镜泊岩 上

李文富 / 著

美丽的镜泊湖不仅是世界闻名的旅游胜地，也是中国人民实现国家独立、民族崛起的一个永远值得纪念的红色圣地。

黑龙江人民出版社

图书在版编目（CIP）数据

镜泊岩 / 李文富著 . -- 哈尔滨：黑龙江人民出版社，2018.4

ISBN 978-7-207-11340-5

Ⅰ . ①镜… Ⅱ . ①李… Ⅲ . ①长篇小说—中国—当代

Ⅳ . ① I247.5

中国版本图书馆 CIP 数据核字 (2018) 第 089113 号

责任编辑：姜海霞
封面设计：鑫源出版
XINYUANPUBLISHING

镜泊岩

出版发行	黑龙江人民出版社
地　　址	哈尔滨市南岗区宣庆小区 1 号楼
邮　　编	150008
网　　址	www.longpress.com
电子邮箱	hljrmcbs@yeah.net
印　　刷	北京万博诚印刷有限公司
开　　本	787×1092　1/16
印　　张	60.25
字　　数	1530 千字
版　　次	2018 年 4 月第 1 版　2021 年 1 月第 2 次印刷
书　　号	ISBN 978-7-207-11340-5
定　　价	150.00 元（上、下册）

版权所有　侵权必究　　　举报电话：（0451）82308054
法律顾问：北京市大成律师事务所哈尔滨分所律师赵学利、赵景波

目录
contents

男人屌，女人脚，愚朽当歌醉王朝；国人刀，洋人炮，卑躬邪媚谁英豪？一身屈辱恨难消，镜泊火山集殉爆……

▶第 001 章◀

　　自打再次潜入深山老林内，周子昂就一直沉浸在兴奋和不安中。兴奋的时候，他就好像在梦中，又唯恐真的在做梦；不安的时候，他又总感觉有无数双贪婪的眼睛盯着他，慌恐的心几乎要从胸间迸出来。

　　终于心情平静些，立刻又捂着胸口窃喜，我的天啊，那么多的银圆、金条和珠宝，怎么偏偏让我遇见了！莫非我今后就是这龙凤山区的大富豪了吗？恐怕在辽宁奉天也屈指可数了吧。

　　这样暗中感叹了多少遍，他已经很难数清了，就像很难数清他在那个地窖里发现的金银珠宝。来到这个世上已经二十三个春秋了，他最多在奉天的家里见过爹的钱匣里有几十块银圆，那是爹开洋铁铺积攒下来的，其中大部都供他和妹妹子君读书了，尤其他学绘画花得更多些。

　　眼下他不知该怎样支配这一大笔财富。尤其是金砖、金条和珠宝，此前他也只是从大人们的闲聊中听说过，或在一些年画上见到过。但他坚信那些黄澄澄、沉甸甸的条条块块就是人们梦寐以求的那种宝贝。他也坚定这事对谁也不能说，尤其不能让镇西森林警察所和镇东大河两岸的日本军营知道。

　　每当产生这种担忧，他的心便又提到嗓眼处，身体也不由得打一冷战，忙又暗中安慰自己道："不会的，不会的，只要自己守口如瓶，小心隐藏，谨慎使用，谁都不会知道。"

　　他开始为自己从辽宁奉天寻亲到黑龙江，又从他的出生地牡丹江逃出误入这深山老林而感到庆幸，这真是不幸中之大幸。

　　终于在要走出山林那一刻，他忍不住大喊道："香荷儿——你是我的——！"好像再不把心中的渴望和兴奋释放出来就会憋炸。

　　喊声震撼了寂静的森林，传向远处的群山。那一瞬间，他仿佛感到森林里那些粗壮高耸的大树在战抖，又仿佛看到密林中一群群山禽野兽在失魂落魄地逃窜，而自己则将无所畏惧地面对未来的一切。

　　脱去身上的布褂和布鞋，换上一身灰色的学生装和黑色高档皮鞋，他感到自己更加英俊潇洒，真不知那些他喜欢的和喜欢他的人又将如何面对他。

　　他更感谢爹妈将他生养得聪慧而英俊，也快慰着每个见到他的女孩儿都娇羞地与他友好和亲近。在他的记忆中，除了小他三岁的妹妹子君和他耍过性子，似乎再没有第二个女孩儿和他闹过不愉快。不论是对他敬慕还是爱慕，都会令他快慰和感动。于是，他遇见每个女孩儿都是愉快的，而这种愉快在他八岁那年就有了。

　　那年，爹把他送进离家几里远的关东模范小学。学校的课程里有图画课，教图画的老师是位温婉秀美的年轻女子，姓穆名岚，十二生肖中和他一样属狗，但整整大他一旬。

　　第一次见到穆岚时，八岁的子昂就注意到，她没像母亲似的盘起头，也没像大姐姐们似的留着长辫子，而是梳着齐耳的短发，上穿粉底白花的斜襟短衫，下穿黑色裙子和白长袜，脚穿青布方口拉带鞋。春秋时节，她穿红色外衣蓝色裤，扎着一条白色长围巾，脚上还是方口拉带鞋，露着洁白如雪的细线袜。到了冬天，她就穿着淡蓝色的长袍，扎着一条红色长围巾。

这时的他，对于俊和丑的理解并不清，但不论穆岚怎么打扮，他都觉得她比任何家的姐姐光彩而温暖。他尤其注意到她脚上穿的鞋比母亲穿的小鞋大许多，走路也轻盈，不像母亲那双小脚，走路一顿一顿的。于是，在他学的几个学科中，最喜欢的就是图画课，最愿听的就是穆老师的话；凡是她让做的事，他都孜孜不倦地认真做。

穆岚显然也很喜欢他，手把手地教他绘画，还常微笑着用手抚摸一下他的头。他抬头望她，从她那温和的目光里更加感到亲切和惬意。

那日放学，她将他带到自己家，让他看她画的画。她家离他家隔着两趟街，是幢洋房中的一户。她和父母住一起，自己一个房间，房内摆设雅致，还有一种耐人回味的芳香。

她将她画好的画让他看，山水画，人物画，还有一些静物画。他爱不释手，看得如醉如痴，尤其对她的一副画来感兴趣，里外认真地看个遍。

见他对画夹爱不释手，她笑着嘱咐道："现在你要好好打基础，老师让你画的，一定要多画，画得越多，手法儿就越娴熟，将来也得用画夹儿。"随后还为他讲解、示范着画夹的用法，说里面是用来装纸装画装笔的，合起来就用它当画板。他望着她，认真地点着头，心中对绘画更加充满了兴趣和神往。

虽然图画课不是天天有，但他天天回家画，然后就去她的家，有时还带着五岁的妹妹子君一同去，规规矩矩地将画端过去，一脸期盼地望着她说："老师，我又画一个。"

每次他领妹妹去，穆岚和她家人都用糖果招待他们兄妹。对他每幅新画的画，穆岚也总是先夸他，然后告诉他哪里画得还不准确。不论她说什么，他都恭敬地点头应。与她分开时，他心里又总是涌动着一种奇妙的眷恋。有时他去她家时她不在，心里便不免有些失望，就让她的父母将画转给她。

穆岚的父母都已年过半百，子昂得称呼"爷爷"和"奶奶"。穆家爷爷总是很庄重，因在当地政府里做事，平时很少在家，偶尔见到他，也是见他半倚在一把圈椅内读书看报，要么就是在窗前侍弄花草。穆家奶奶端庄慈祥，但和子昂的母亲、外祖母一样是小脚，走起路来一顿一顿的，所以一直在家做家务。

放暑假的一天，子昂带着自己画的岳飞骑马和几幅静物素描又去穆家，不巧穆岚又没在家。这时，外面下起大雨，穆家奶奶就让他在堂屋内避下雨，还拿来几颗蜜枣让他尝。他在自己家里吃不到这种糖果，只尝了一颗，就将另几颗包起揣进兜里。

穆家奶奶见了问道："咋不吃了？"

他坦然道："给俺妈俺妹儿留着。"

穆家奶奶喜欢道："这孩子，怪懂事儿的。吃吧，奶奶再给你包些。"

正说着，穆岚打着油伞回来，脚上的布鞋已被泥水浸透。子昂欣喜道："老师，我又画了好几个！"说着将画递上去。

穆岚微笑道："好。老师待会儿看。"边说边将收起的伞立在门边，又听母亲夸子昂懂事，习惯地在子昂头上抚摸一下，随后将他带到自己房内，在藤椅上坐下后吩咐道："帮老师干点活儿，找奶奶打盆儿水来，老师洗洗脚。"

他愉快地跑出去，不大工夫就端着半盆温水回来，小心地将水盆放到她脚前。见她正在看画，他忙蹲下帮她脱鞋。她放下画说："老师自己来。"一边脱鞋一边指导道："线条又有进步，但还得多练。"

他点头应着，眼睛却盯着她已亮出的白嫩的脚丫，觉得新鲜又神秘。

作为一个大姑娘，自然不该在外人面前光着脚。但在一个小孩子面前，她没有顾忌。这时见他盯着自己的脚，忙问道："看啥呢？"

他忙说："老师脚好看。俺妈、俺姥、俺姨，还有俺姑的脚都那么点儿，溜尖儿溜尖儿的，走道儿可慢了。"

她忍不住笑道："小孩伢子，你咋啥都琢磨？她们都是封建脚，老师的是解放脚，以后都得是解放脚。"说着将两脚伸进水盆里。

他仍看着她的脚，忍不住又蹲下身道："老师，我给你洗。"说着将两手伸进水里，随即摸到她脚面。她像被触了电，猛地抬起两脚道："不用不用！"

他也被吓一跳，忙站起身，一脸不安地在看着她。

见他被吓到，她心里有些不忍，又笑着问道："愿意给老师洗脚？"

他点下头。她抿嘴笑道："那你给老师洗。"他很开心，忙又蹲下为她洗脚，小心翼翼地，还用了香胰子。

她惬意地看着他，又抚摸一下他的头问道："给你妈洗过脚吗？"

他一边为她洗脚一边说："洗过。那天俺妈切菜手割了，就能搁一只手洗，我就给她洗了。"

她夸奖道："真懂事儿！"

他和她更亲了，只要一天见不到她，他就心里慌慌的。

转过年的一天，又是她的图画课，但她没有讲图画，讲的是中国大好河山的美丽，告诉学生们要学好绘画，将来要把中国的大好河山都画下来。

对于一群八九岁的孩子来说，他们还听不懂这些，但她还是讲。子昂也不用心去听了，开始照着前面的穆岚画起来。

下课时，穆岚把子昂留到座位上，一脸严肃道："你咋不好好听课？"

见穆岚一脸的严肃，他不安地低下头，想说他在画老师又不敢，但并不隐藏他的画，是想让她高兴而有意让她看到。

她看了他的画，一眼看出画的是她，虽然不是很像。她的两眼湿润了，拿着那幅画像走开了。他以为是他把老师气哭了，望着她离去的背影愈加忐忑不安，心里还有种莫名其妙的委屈。

第二天，他想再见到穆岚时，其他科的一个老师将穆岚的画夹交给他说："这是穆老师送你的。"

他高兴地打开画夹，见里面只有一张他为穆老师画的像，画的下面还用娟秀的楷书写道：

子昂：

青岛召唤我们，老师去北平。你还小，好好学绘画，要永远记住，我们的国家是最美丽的，我们的大好河山等着你们描绘。

老师：穆岚

民国八年春

九岁的子昂，没能看懂这封信，只是疑惑不解地问那位老师："穆老师呢？"

那位老师回道："去外地了。"然后走开了。

他心里一沉，又不安地追问道："穆老师啥时回来？"

那老师没有回头，只回了句"不知道"。

他认定穆岚真的生他气了，是他把她气走的，也预感她再也不回学校了，心里顿感失落，不顾一切地跑出学校，直奔她的家。

她的家人还都在，但她却不在。他得到的回答还是她去外地了，别的什么都没说。

此后他天天失魂般地去她家，却一直不见她的影。白天，他难过地捧着她的画夹想念她，夜里他躺在被窝里更加伤感。

母亲听说穆岚离开学校了，又见子昂如此难过，只以为他担心以后没人教他图画了，便和他爹商量为他另找个绘画先生教他。

他牢记穆岚老师的嘱咐，就跟着新的绘画先生学绘画。其间他时刻盼着穆岚老师能回来，近乎天天去穆家打听。后来穆家人不愿见他了，他也不敢再去穆家了。

到了上中学时，他的绘画技艺闻名全校，男同学便给他起了个"画家"的绰号，而女同学却都背后叫他"美男子"。

十八岁的他，已然生得温润如玉，见过他的女孩子，无不喜欢和他接近。但他没有发现一个像穆岚那么温婉秀美的。尽管已经过去了九年，他仍时常梦见她，这时对她的思念，就像对他曾经的恋人；尽管他清楚他与穆岚只是师生情，但他希望能有个如穆岚当年模样的女孩出现。

这时他已明白，穆岚当年离开奉天时，正值世界大战结束不久，中国也因对德宣战而成为战胜国之一。但在"巴黎和会"上，美、英、法及意、日等帝国主义列强不但无理拒绝中国代表关于七项希望条件和废除二十一条的要求，还将德国在中国山东的权利全部让给日本，并写进了《凡尔赛和约》。

更令人气愤的是，北平军阀政府竟几次训令中国代表，放弃对山东问题的力争，并让中国代表在割让中国领土的"和约"上签字。

消息传到国内，北平各大院校数千名青年学生发起了席卷中国大地的"五四"爱国运动，群情激愤，声势浩大，一致要求"还我青岛""取消二十一条""拒绝和约签字""抵制日货"，并提出"外争国权，内惩国贼"，要求惩办"二十一条"制定时的外交次长曹汝霖、驻日公使章宗祥、陆宗舆，和卖国罪魁段祺瑞及总统徐世昌。

已经懂事的子昂一直很为穆岚担心。他知道，五四运动期间，军阀政府倒行逆施，对抗议学生和后来参加罢工的各行业工人进行了大肆抓捕。这时他也更加敬仰穆岚了。于是，他又在穆岚的小楷下写道：

敬爱的老师，我会像您一样热爱祖国。

他更想知道穆岚是否安然无恙。那天，他又硬着头皮去她家，可她家已经换了主人。新主人对他很客气，说穆岚的父亲得罪了上司，在奉天已经待不下去了，两年前就去了别处，但去哪儿了不知道。

他预感今生再也见不到穆岚了。但他也为自己越来越精湛的画技感到欣慰，这是穆老师对他的恩赐，只要他不放下画笔，穆老师就永远和他在一起。

常常听到有人夸子昂兄妹长得好，这让做母亲的感到很惬意。有时在家看着自己一双英俊秀美的儿女便忍不住自诩道："俺儿俺闺女儿长得都像俺！"

父亲鼻子一哼道："我就不信，种倭瓜能长出西瓜来！"

母亲也鼻子一紧道："看你像倭瓜！"

父亲立刻装作认真的样子道："这可不中了，倭瓜子儿咋长出西瓜了？"

母亲咯咯笑地打爹一把道："那你就是大西瓜中不？"

子昂看着秀美的妹妹笑。他知道，自己和妹妹也随爹，不然就凭母亲当姑娘时也长得花儿似的，外祖父母怎会把女儿嫁给他这个从关里逃荒来的跑腿子？还把他们经营了多年的洋铁铺都给了他！

第 002 章

子昂十八岁这一年，终于遇到一位让他心仪的姑娘，姓钱，名文静，只比他小一岁，若不是梳着长长的辫子，简直就是当年温婉秀美的穆岚老师又出现在他面前。

第一次见到她时是在熙熙攘攘的集市上，他帮母亲买菜，她也陪着母亲逛集。她母亲比他的母亲年纪大，也是小脚。在他发现她时，她也发现了他，两人都不禁愣了下神。

父母已经开始为他日后成亲挑选合适的姑娘了，他也为自己日后娶什么样媳妇确定了标准，他还是想娶个像当年穆岚老师那样的姑娘。这时一见到文静，他心里有种说不出的欣喜。他希望能和她相识相近，不久的将来能娶她为妻。于是，他菜也不顾买了，不远不近地跟在她们母女身后。

文静显然也放不下他了，心不在焉地跟着母亲走，忍不住回头望，左顾右盼地寻找他的身影，突然发现他就在后面偷看她，顿时像被电击了一下，慌忙又转过身去，逃也似的跟着母亲离去。

他看出她也在意他，显然不是反感，索性将母亲交办的事情都忘了，穿大道，走小巷，始终与前面的母女保持那段距离。

她又忍不住回头看他，终于冲他嫣然一笑。这一笑，顿时让他感到沁心般的甜，胆子也愈加壮起来。

钱家离他家有二里多远，但他就这么一直跟着，眼见她随母亲进了一户院门才停住脚，躲在一棵柳树后面偷望。

文静进门前又回头望他一眼，进门后片刻又探出头来望这边，见他还站在那里，似乎想出来，但还是缩了回去。

此后，他每天早晨上学都绕道经过钱家，希望能再见她一眼。不久，她也是每天在他经过她家时出来清扫门口，常常是一笤帚没扫就能和他打一照面，对看一眼，忙又假装扫地。

那日他刚走到她家门口，她也正从门里出来，两人一下都怔住了。

他很紧张，心跳得要从口中蹦出来，不知说什么好，想从她身前走过去，又好像两腿被拴在她家门槛上。倒是她先开口问道："去学堂呀？"

他激动地点头道："嗯。"

这时，院里有人在喊"文静"。她先是一惊，娇羞地看了他一眼道："俺妈叫我。"转身进了院。

他还是为能和她说头句话感到欣喜若狂，心情愉快地朝学校走去，听着柳树上喳喳叫的麻雀声仿佛是在唱歌。

就这样，他俩每天都能甜甜地见上两次面，只要跟前没有避讳的人，都能看着对方打声招呼。他想和她说说话，但见她很怕被自己家人看见，便将自己的名字告诉了她，还告诉她自己的家就在那个集市的后街，洋铁铺就是他的家，她抿嘴笑着点下头。

将他家住址告诉她的第二天早晨，他从家一出来便看见她在不远处朝自家方向望，不禁喜出望外，兴奋地跑过去，真想张开双臂抱一下，却不敢伸手过去，心跳加速道："没想到你能来。"然后又不知道说什么好了。

她也很紧张，想走开又舍不得。他便邀请道："上俺家看看？"

她犹豫道："不了。"

他看出她想去他的家，又恳求道："就待一会儿。俺妈可好了，她一准儿稀罕你。"她羞涩地低着头。

见她还在犹豫，他猛地拉住她的手道："走吧。"她一惊，下意识地挣下手，但被他攥得很紧，便由他牵着走。

这时有人迎面过来，她又慌忙抽出手道："俺自个儿走。"他开心地看她笑，似乎故意让人看出她就是他未来的媳妇。

他们进了洋铁铺。铺内有两间房大小，到处摆放着洋铁壶、洋铁桶、洋铁盆等器皿，有新有旧，有大有小，还有砸铁用的器具和铁皮整料、边角料。

经过这间乱糟糟的铺子，他带她又过一道门和一条窄院子，进了一套三间房的住屋。进门是灶房，对面和左右都有屋门。

子昂的小脚母亲正在灶前做饭，忽见儿子领回一个白净俊秀的姑娘，先是一愣，接着眼睛一眯笑道："呦，这是谁家的俊闺女？"

子昂忙介绍道："妈，她叫文静。"

文静低下头道："婶儿，俺路过这儿。"然后又不知说什么了。

母亲似乎看出她心思，笑道："之前你俩就认识吧？路过了，就串个门儿，俺们又不是坏人家。"又对子昂说："快让屋里坐。"

见母亲高兴，子昂胆子更大了，也更想表现他和文静亲近，便又拉起她的手，牵着进了右间屋。

屋里到处摆着他画的素描。他炫耀道："这都是我画的。"

母亲也跟进来，笑着问道："你俩是同学？"

子昂说："不是，在集上认识的。"

母亲惊讶道："冒蒙认识的？"见文静有些难堪，又说道："挺好，是缘分。"又笑盈盈地看着文静问："还没吃呢吧？我麻溜做，待会咱一块儿吃。"

文静拘谨道："婶儿我不在这儿吃，我出来买东西，俺妈家里等着呢，我得回去。"又对子昂说："我回去了。"说着转身要走。

子昂舍不得，拉她道："再待会儿吧。"

她低头道："等再有空儿的。"

这时，子昂的妹妹子君雀跃着进来。十五岁的子君也长成大姑娘了，白白净净的，很俊秀。一见文静，也愣下神，然后看着哥哥抿嘴笑。子昂忙对文静说："这是我妹儿，叫子君。"又对子君说："妹儿，你先叫她静姐。"

子君先是诡异地笑，又叫了一声"静姐"。

文静依然拘谨，一笑道："妹儿也挺俊。"又对子昂妈说："婶儿我走了。"

子昂妈也不舍道："看你，还没坐会儿就走。要真有事儿，往后常来玩儿。"

文静点下头，又对子君说："我回家了。"说着又看一眼子昂，转身出屋，子昂忙跟出去。

子昂送走文静，美滋滋地回来。母亲、妹妹都对他笑，笑得他有些难为情。母亲笑着问："你俩到底咋认识的？"

子昂支吾道："就在集上认识的。"接着说："你不怕我找不到称心的吗，她你稀罕吗？"

母亲笑道："稀罕。那也得你稀罕呀！"

子君挖苦道："看俺哥美的！要不稀罕，他能领家来？"

母亲又笑道："行，等你把学上完了，妈找个媒人去她家提亲；就凭俺儿长得这么好，她家一准儿乐意。"

此后，文静一赶上子昂休息就来周家，但每次都待不多一会儿，又都是赶在吃过午饭后才来，接着就急着去为自己家里买菜，子昂想为她画幅肖像都不能，也只能期待以后有时间的。

作为父亲，周传孝也为儿子有了未来的媳妇感到高兴，说得抓紧赚钱了。但子昂心里还不踏实，遗憾文静从没和他们一起吃过饭，也焦急她从不邀他去她家。他几次想提出来去她家看看，又不知她心里到底怎么想的。

一日大雨后，道路很泥泞，文静又来周家，不慎脚踩进泥水中，脚上的绣花鞋被浸透。子昂不禁又想起小时曾给穆岚洗脚的事，便也要为她洗，心想她的脚会和穆岚的一样诱人。

将文静带到自己屋后，他忙去打来温水。文静不解地问道："干啥呀？"

他有些紧张道："你鞋都湿了，脱下来洗洗，把脚也洗洗。"

她难为情道："不用，我回家洗。"

他央求起她，她只好脱了鞋。

看着她那白嫩秀气的脚，他不禁心里激动，立刻紧紧握着她的脚求道："我给你洗，我愿给你洗。"她很紧张，犹豫片刻，还是依了他。

自从穆岚离开奉天后，子昂每次想起她时，都会不自觉地想起曾经为她洗过脚，他也由此对女孩的脚产生好感，其中也包含着很多的怜惜。

在他十一岁那年，母亲曾在一次给妹妹洗脚时调侃道："这要是在早些年，俺闺女这脚丫就得搁布条勒起来喽！"

子昂在一旁问道："勒起来干啥？"

母亲说："勒成三寸金莲哪！最后就勒成妈这样的脚。"

子昂却对母亲说："你的脚不好看。穆老师的脚好看。"

母亲很惊讶，便追问儿子是怎么知道穆老师的脚好看。子昂直言，倒也无可厚非。

子昂是看着外祖母和母亲的小脚长大的，开始觉得她们的小脚是与生俱来，虽没觉得好看，但也没觉得多难看。可自从为穆岚洗过脚后，他发现女人的脚也有和母亲、外祖母不一样的。这时他又知道母亲、外祖母的脚原来都是用布条勒成的，却勒得如同芥菜疙瘩，不禁匪夷所思，也担心妹妹会"小脚一双，泪流一缸"，甚至还愿为妹妹洗脚。可子君十三岁后就不再让哥哥洗脚了，子昂便想将来要天天为自己的媳妇洗脚。

这时他给文静擦完脚后，竟忍不住在她脚背上亲了一口。她忙将脚抽回，但只是羞涩地看着他。他胆子更大了，又猛地将她搂在怀里。

文静经常偷偷到周家的事还是被她的嫂子发现了。她的嫂子比子昂大两岁，是个淳朴善良的女子。

那天，嫂子将他拦住问道："你是不看上俺家小姑子了？"

他一时很紧张，但见她抿着嘴笑，并无恶意，便点下头。

她笑道："我看你俩才般配，比俺舅公家那个强百倍。"

他一愣问："你说谁？"

嫂子说："文静她舅家表哥想娶她。俺婆婆家和舅公家都同意，说是亲上加亲辈儿辈儿亲。其实就是俺婆婆相中她哥家趁钱。"

子昂顿时不安地问道："那文静儿呢？"

嫂子说："文静喜欢你呀！可你现在还上学。"

他忙说："我就要毕业了。"

嫂子又问道："毕业以后你干啥？你家有钱吗？"

他说："俺家开洋铁铺，我教画画儿也能挣钱。"

她不屑道："那能挣几个钱？她舅家是做大买卖的！"接着又安慰道："你别着急，我找时候劝劝俺婆婆；你长得这么好，没准她能改主意。"他忙给她鞠躬道谢。

可之后几天，他既没见到文静，也没见到她嫂子，他又不敢进她的家。终于有一天，他在钱家附近又见到了钱家嫂子，可她面无表情地将他叫到没人处说："别惦记文静了，她表哥把她身子糟蹋了，就得和那畜生成亲了。"

他大吃一惊，犹如五雷轰顶。

原来，钱家嫂子答应子昂后便回家劝说了婆婆，说子昂长得特别英俊，文静也十分喜欢他。婆婆立刻不悦道："跟你舅家定好的亲事儿，你说变就变了？再说长得好能当钱花吗？"

说话间，文静在屋外听着，见母亲执意要将自己嫁给表哥，进屋跪地哭求道："妈，我不嫁给表哥，等子昂哥毕业了，我跟他过日子，再苦再穷我也愿！"

文静妈眼一瞪道："不害臊，还自己找上婆家了！把你养这么大，你就不为家里想想？还出去受苦受穷！受苦受穷把你养得这么水灵儿图啥呀？"文静伤心痛哭。

见女儿铁了心要嫁周子昂，母亲担心他们的计划会出现闪失，便态度缓和下来安慰道："这事儿先撂下，容我想一想。不过你得答应我，这阵子可不许和那姓周的小子见面儿。"文静感到还有希望，便泪眼婆娑地答应了。

第三日傍晚，母亲对文静说："你舅家请咱过去吃晚饭，咱都过去。"

文静不去，母亲说："你就是不给你表哥当媳妇儿，也不能连你舅你舅母都不认了吧？"

听母亲这么一说，她心里又豁亮许多，看来母亲已决定不把她嫁给表哥了，便答应去舅舅家吃饭。

她家和舅父家同住望花街，但一个是南街，一个是北街。舅父家确实条件好，房多院大，各屋摆设也高档。

吃饭期间，谁都没唠成亲的事儿。吃完饭，时辰已经很晚，文静便随父母在舅父家住下。小时她常在舅父家过夜，这次她也觉得正常，况且她和母亲住一房间。

房间显然是新布置的，家具、被褥也都是新的。这时文静竟困得睁不开眼，上炕衣服都没来得及脱就睡了。

可当她再睁开眼睛时，发现自己和表哥睡在一个被窝里，顿时惊叫起来。表哥倒很镇静地说："反正咱俩要成亲了，早几天圆房也没啥。"

她仿佛掉进了万丈深渊，显然这都是母亲和舅父家事先预谋的。

听完嫂子的诉说，子昂痛声哀号起来，全然不顾路人怎么看他了，吓得钱家嫂子慌忙离去。

天上又下起雨来，他的情绪糟糕透顶了，索性一个人站在雨中痛哭。

就在当晚，他发起高烧，母亲用热酒为他擦身也不退烧，又夜里请来老中医针灸。为他针灸时，他的嘴里总是嘟嘟囔囔的，不知说些什么，接着又满嘴起了水泡。

等他清醒时，他从脸到脚开始爆皮，等于活活扒掉一层皮。他几乎不说一句话，一想起文静被她表哥迷奸就心痛如割，忍不住哀伤流泪。但他不甘心就这么放弃文静，即使她被她表哥糟蹋了，他也要娶她，好好疼她。但钱家嫂子又告诉他，文静被表哥破身后的第三天就被舅舅家娶进门了。

他彻底绝望了。但他每个夜里都梦见和文静在一起，为她洗脚，与她亲吻，醒来时却是一枕黄粱，感觉心在流血。

他不想等到中学毕业了，就和父母提出要去北平考美术学校。他还想找他思念的穆岚老师。他对穆岚没有那种不现实的奢望，但他就是想念她，似乎只有见到她心里才能得到一些安慰。

父母担心他会就此沉沦下去，便给他备了路费和学费。就这样，他背着穆岚送给他的那副已经很旧的画夹，结伴登上去关内的火车。

到了北平后，他已错过当年的招考，又无处寻找穆岚，便到一个私人画社做学徒。第二年才报名考试，竟以出色成绩考进油画大师徐悲鸿任院长的北平艺院。

第 003 章

在北平艺院，周子昂得知大师徐悲鸿擅长油画，尤精素描，作品还曾入选过法国美展，便专攻素描、油画，尤对笔触细腻的西洋油画爱不释手。

原指望能够得到大师的真传，不想第二年九一八事变爆发。此时的周子昂，更是牵挂家乡的父母和妹妹，便告假回乡看望亲人。他一身学生装，依然背着穆岚送他的那副画夹，又登上开往关东的火车。

火车上的乘客们操着不同的口音，却几乎都在谈论日本人攻占东北各地的坏消息，让子昂更加心急如焚，也终于一路颠簸地回到奉天。

奉天的景象让他更为震惊。多处房屋已经坍塌，有的整体坍塌，有的坍塌一半一角，景象十分破落而凄凉。街道两侧也都杂乱无序，来往行驶的日本军车，卷起浓浓的灰尘，似乎到处都有日本士兵巡逻和把守，过往的百姓也不是从前那样悠闲自如了，个个都是惶恐不安的。

子昂也是惶恐不安的，躲闪着日本军车和巡逻兵，匆匆地朝着自家方向疾行。

到了自家那趟街，眼前仍是杂乱不堪。自家的洋铁铺和住房都已被炸，四面房墙还都立着，但都没了房顶。他简直不敢相信这就是他从小长大的地方，浑身的神经和肌肉都在抽搐。

他拼命地踹着门板，大声喊着爹妈和妹妹。门里面顶得很实，他又用一根圆木撞开窗棂，随后钻进去，顺着空隙寻找。除了他熟悉的家中物品外，并没见到任何人，没有活的，也没有死的，只是在那个空的钱匣子附近陆续找到五块银圆。

在他的记忆中，钱匣里远不止五块银圆。看来那些银圆已被爹妈在匆忙中拿走了，若是这样，说明他们还平安。他多少感到一点安慰，站在露天的家中发起呆。

突然，有人在他身后喊道："子昂！"

他醒过神来，回头见从窗框外伸进一个脑袋，原来是自己的发小和同学童雪峰。

说起他与雪峰的关系，那可是他们两家老辈的交情，他的外祖父和雪峰的祖父年轻时就结下了患难之交。

子昂的外祖父姓唐，于光绪二十三年同雪峰的祖父从山东黄县闯关东到奉天。因当时黄县的日子不好过，听说许多黄县人在奉天做买卖发了财，就也变卖了自家房地，长途跋涉到了奉天。当时，子昂的外祖父带着小脚媳妇和两个小脚女儿，两个女儿大的十五岁，小的十三岁，小女儿便是子昂的母亲，叫春英。雪峰的祖父当时也带着个小脚媳妇和一个八岁的女儿，一个五岁的儿子，这个五岁的儿子便是雪峰的父亲。

虽然奉天城内有老乡，但他们谁都不认识，变卖房地的钱也所剩不多，便在城边的一座破庙内住下来。随后，子昂的外祖父和雪峰的祖父就到城里找老乡、找活干。先是雪峰的祖父被一家榨芝麻油的铺子收了学徒，之后子昂的外祖父在一家洋铁铺当了伙计，女人们则在庙里附近开些自留地。

第三年，芝麻油铺不慎失火，又引着了油坊，东家便关了铺子，家中的伙计也各奔东西，雪峰的祖父便想凭着学到的手艺也开个小油坊。子昂的外祖父这时也学了铁匠活，两家便合伙在城内租了一户屋院，各自开起属于自己的买卖，一面磨着芝麻油，一面做些洋铁匠小活，直到又都积攒些钱，才一同买下两户相邻的两室房，总算在奉天城内落稳脚，继续各自做着洋铁匠和芝麻油的生意，依然相帮互助，日子一天比一天好起来，两家人也一直亲如一家。

就在这一年，子昂的姨母春秀十七岁，生得俊俏，被邻居一个从黑龙江省牡丹江嫁过来的王姓女子看好，说希望春秀能做她的弟媳妇。可说起这王氏的弟弟，竟还远在黑龙江省。子昂的外祖母开始只是将此当个笑话，不想王氏却是认真的，不久便回娘家把弟弟领来相见。

王氏的弟弟这年二十岁，身材魁梧，英俊中透着憨厚，别说子昂的外祖父母看好了，就连子昂的姨母春秀也喜欢上了。于是又问到王家的家境，王氏说她娘家有良田百余亩，是他弟弟的，还说亲戚结成后，妹妹要过不上好日子，她愿以命赎罪。话已说到这分，谁都不再怀疑王家是殷实的。子昂的姨母更是急着成为王家的媳妇，便拧着小脚随王家姐弟去了黑龙江。

其实王家的经济条件并不很优越，说王家有良田百余亩，那是因为牡丹江北面黄花甸子还有大片荒地无人开垦，只要肯出力气，莫说百余亩，就是千亩万亩也不足为过。子昂的姨母毕竟是因情所动，这一切便都不放在心上，只想与心仪之人恩爱百年，便决意在黑龙江安下自己的家。好在婚后丈夫对她疼爱有加，便跟着丈夫开荒种地，生儿育女，后来也真的实现了家有良田百亩，日子过得倒也甜蜜滋润。

后来王氏也道出心里话，当初她执意要促成这门亲戚，既是她真的喜欢弟妹及其家人，也是因她只身远嫁到辽宁奉天颇有不安，只想身边多些娘家亲戚。弟弟、弟妹不但没有埋怨她的私心，还一直感激她将两个相隔数千里的人结成姻缘。

到了第五年，子昂的外祖父也收了一个学徒，姓周名传孝，就是子昂的父亲。

周传孝也生得英俊，只身从河北秦皇岛来此谋生。在唐家做学徒不久，他就被唐家招了养老女婿。因唐家只有两女，于是协定周传孝成为唐家养老女婿后，生下长子为周姓，次子为唐姓。

其实周传孝在他们周家是单传，只有一个妹妹，叫妞儿，加上父母和祖父母，全家共有六口人。虽靠种田为生，可六口人仅有几亩地，种棉不富，种粮不余，勉强一年充饥。

在他十六岁那年，祖父忧虑周家子嗣不旺，担心日后断了香火，便急于让他娶妻生子。可一家人活都勉强，哪有好姑娘愿意嫁过来？虽然他相貌可谓英俊，可家家日子紧，谁都不看脸蛋俊不俊，只认肚皮鼓不鼓。后来听说祖父和父亲要将他十三岁的妹妹卖给一户富家当丫头，然后给他娶媳妇，就跪地哭求不要卖了妹妹。可买卖已经成交，最终妹妹是在一个布袋里挣扎哭喊着被人扛走的。

妹妹被卖当天，他忍着悲伤离家出走了，他要随人去关东赚钱赎回妹妹。可在大连扛了一年麻包也没攒下一两银子，只是几个铜子儿在兜里出来进去，便又随人去了辽宁。

那日他在奉天一个铁匠铺门前路过，见店铺主人正向一个顾客连赔不是。原来是这家店铺耽误了这位顾客的铁匠活。那顾客并不是个胡搅蛮缠的人，其中一席话让举目无亲的他心中一动。那顾客对铺主人训斥道："活儿忙你就找个帮手，要不你就甭乱答应。"铺主人连连称是。

顾客离去后，他觉得铺主人性情随和，便鼓起勇气上前问道："我想和您学徒，您看行吗？"

铺主人四十多岁，衣着俭朴，那条长辫子缠在头上，像戴一顶黑帽子。见周传孝衣着破旧，但长得还算英俊朴实，铺主人便答应让他试试。这时他知道主人姓唐，没有儿子，只有两个女儿，大女儿已经嫁到黑龙江，二女儿这年十七岁，三寸金莲，生得俊俏。

周传孝心灵手巧，不到两月就能把铁料裁得精简又精确，不到半年就能打出精致又精密的铁盆、铁桶、铁水壶，很得东家器重，也深得东家的二女儿爱慕。第二年，东家真就决定把二女儿许给他，只等会了亲家就成亲。这时他求准岳父出钱帮他将老家被卖的妹妹赎出来，并保证赎出妹妹后，他就做唐家的养老女婿。准岳父当即应下，先让二女儿和他成了亲，然后又备了银两，让二女儿随他去秦皇岛见公婆。

再说周传孝离家出走后，祖父母怕他一去不回返，忙去买家退钱换人。买家先是一口回绝，后见小的里面哭，老的外面闹，便提出让周家再加五斗黄米做赔偿。周家只好勒紧腰带，凑齐五斗黄米，将妞儿领回家。

妞儿听说哥哥因她被卖而离家出走，对哥哥感激又思念，泪流不止，望眼欲穿。三年后，哥哥带着嫂子回来时，她的两眼已看不清哥哥的模样了，兄妹抱在一起痛哭。

嫂子很受感动，念妞儿年已十六，便张罗为她选婆家，说："咱不找富人家，就找个穷点的，只要对咱妞儿好就行，我和传孝贴补他们。"

妞儿便高高兴兴地嫁了一个疼她的人，隔年生下个胖小子，但看人看物时，还是眯眼靠得很近。

周传孝很感激媳妇，唯一让他心里不爽的就是媳妇迟迟不孕。婚后八年时，已经二十七岁的他，预感自己若只守着一个媳妇怕是周家真的要断后，便想纳个妾，或算是借腹生子。其实他这时已经偷着喜欢上同街一个叫婉儿的姑娘。婉儿当时十七岁，长得清秀可人，只是有娘没爹，生活艰难。他想帮她，却又不好明帮。

那次婉儿找他修桶箍，明明可以当即处理一下，可他却说忙不过来，让她拿一对新的先用着，旧的过两天再来取。婉儿当真，拎着新桶回家了。两日后，她来以新换旧，可他又说旧桶不知哪去了，让她就用那副新的，算是赔她的。婉儿看出他有意帮她，心存感激，经常路过铁匠铺时和他说说话，一口一个"哥"地叫。他也常趁跟前没有外人时，偷偷塞给她点钱，两人感情愈加深厚。

周传孝开始对婉儿动了心思，想她家里条件不好，让她给他当个偏房许不会拒绝。可岳母一直也没断了为女儿请大夫医治，他便忍着不敢提，只是埋怨媳妇喝了这些年中药也不管事，更为已经有人到婉儿家说媒感到不安，经常夜里梦见婉儿被别人娶走，梦里心如刀割，醒来心急如焚。

媳妇已经看出他正心猿意马，怎奈自己的肚子不争气，只能忍气吞声。也就在这时，婚后第九年的她怀上了子昂，既欣喜万分，又神气十足，索性提出要去黑龙江的姐姐家住段日子，甚至要将孩子生在黄花甸子，让姐姐为她伺候月子。其实她主要是为了分散自己男人的移情别恋。自然，这时的周传孝，既为自己要当爹感到高兴，也为纳不了婉儿而沮丧。

这年的农历七月二十九日，子昂在牡丹江黄花甸子出生。原定一家三口入冬前返回奉天，不想十月下旬时，满洲里突然暴发鼠疫，随后蔓延到哈尔滨，以致波及河北、山东等地，直到次年春才得到遏制。据说这次造成近六万人死亡的鼠疫是因一伙日本人投毒所至，后因日方辟谣、恐吓而不了了之。

周传孝带着妻儿回到奉天时，那个叫婉儿的姑娘已经出嫁，他的心也跟着碎了。

再说童雪峰，他比子昂小三个月，一开始就被童唐两家老人指腹为婚。当时两家都希望自家生男孩，对家生女孩。可接连生下来后两家都如愿了，只是结不了亲家。又过了两三年，两家又各生一个女孩，但子昂的妹妹子君比雪峰的大妹妹美珍长一岁，自然先被童家认了媳妇。

美珍生得也秀气，子昂也曾幻想把她当成自己未来的媳妇，但雪峰和子君这对娃娃亲的约定在前，他和美珍虽然也能结成一对，但两家大人又都很顾虑，觉得结成双亲家会让人说成是换亲，尤其是怕人讲究这两家都是"娶不上"或"嫁不了"的人家。四个孩子个个都出色，怎么就"娶不上""嫁不了"？虽有"肥水不流外人田"的说法，但就怕外人说出闲话来。既然个个都出色，又何必让外人说三道四？子昂便视美珍为妹妹。

但随着子昂越大越英俊，美珍也越来越不甘心，总是主动接近他，看他的眼光就像子君看雪峰，直到见他故意躲避她，才忍着心痛与他疏远。

女大十八变，子君变得越来越秀美，雪峰也越发对她依依情深。未懂事时，子君只认为雪峰对她比别人好。渐渐懂得娃娃亲的含义后，也对雪峰一往情深了，谁说雪峰一句不好听的话她都不高兴；一对儿青梅竹马，就这样天天快乐着。

在子昂考入北平艺院时，雪峰也如愿地考入东北讲武堂，算是学业有成，指望将来拼个上等军官，使子君成为有尊严的官夫人。

子昂虽然没有找到父母和妹妹，但突然见到雪峰也很欣喜。要不是文静被她表哥霸占，他俩现在可能已经成亲了，接着就是雪峰和子君成亲。雪峰也已把子昂当成了舅哥；既然是哥，最好先让哥把嫂子娶回来。可子昂还在因失去文静心里疼痛着，迟迟不想找媳妇，倒让雪峰、子君都很焦急。

这时雪峰也顺着破窗跳进来问道："你刚回来？"

子昂点下头道："我听到信儿就往回赶，刚下火车，火车站都让日本兵给把上了。"

雪峰心情很沉重，叹口气道："这帮该死的日本兵！"

子昂现在最关心的是爹妈和妹妹，急切地问道："俺家人呢？"

雪峰说："他们没大事儿，就你爹受了点伤，不碍事儿。"

子昂又问："他们现在在哪？"

雪峰说："都去黑龙江你大姨家了，前天走的。"

子昂心中一震。每当提起黑龙江，他都会想到自己是在黑龙江省黄花甸子出生的，他应是牡丹江生人，只是他一直对他的出生地很陌生。虽然他在黄花甸子出生，也曾跟着父母回过一次黄花甸子，但那年他才五岁，妹妹还在怀里抱着。本打算在他十岁那年再回一次黑龙江，却赶上那年东北各地再次暴发鼠疫，便好久没敢举家外出。再之后他忙于读书和绘画，一直没有机会回黑龙江熟悉一下。好在他还认得姨母、姨夫，还有一个比他大一岁的三表姐，是四年前他们一同来奉天串门，跟过年似的欢聚了一段时间，至今令他难忘。

他尤其记得三表姐长得秀气，和他很是情投意合。母亲和姨母那时都想让他俩成亲，也说是亲上加亲辈辈亲。但爹不同意，说女大一不是妻，日后若有不祥，必会亲也不亲了。那次三表姐是流着泪离开奉天的，回到黑龙江就嫁了人。他也伤感了好些日，直到遇上文静，他的心情才好起来，可惜好景还是不长。

这时雪峰说："你爹开始打算去秦皇岛奔你姑姑家，可你妈说她好久没见大姨了，就都去了黑龙江。咱这不少家都往关里逃了，俺家外头没啥亲戚了，就只能在这儿守着。"

子昂叹口气道："现在全东北都不安全。我在回来道上听人讲，不光是咱这儿，吉林也都被日本人占领了，黑龙江恐怕也挺不住。"

雪峰愤慨道："东北军实在让人失望透顶了！其实谁都不愿往外逃，就是看东北军没啥指望，才都要出去避一阵。"接着，他向子昂讲起日本人炮轰北大营、攻占奉天城的事。

雪峰说："白天一点动静也没有，晚间十点多突然响起炮声，都感觉不对劲。北大营的人都撤到东山咀子后面了，又和我们讲武堂的人朝龙海那头撤，我们谁都没有枪？"

子昂急切地问："你们不都有枪吗？"

雪峰更加愤慨道："别提啦！也不知道是咋回事，说是上头不让抵抗。旅长还从城里打来电话，说是总部指示，日军进入营房，任何人不准还击，谁惹事端谁负责。更可气的是，还叫咱的人把枪都放到库房里，挺着死，大家成仁，为国牺牲。这叫啥事儿呀？真他妈的窝囊死了！"接着又说道："听北大营逃出的士兵讲，日本兵进了营房见人就杀，都用刺刀挑死，惨不忍睹！"

子昂愤怒道："那就这么让他们杀？"

雪峰拍腿叹息道："人家不让抵抗啊！"接着又说道："上头不让抵抗，不等于没有抵抗的。日本人攻城的时候，公安局局长黄显声带领警察抵抗了一阵，不少警察阵亡了，子弹也都打光了，剩下一些只好撤到锦州去了。说到子弹我更来气。听说咱这儿的兵工厂也让日本人给占了，等于完好无损地送给人家了；里面的枪支弹药和大炮，足足可以装备十个整编师！政府不但不抵抗，还为日本军队装备了十个杀我中国军民的整编师！这是中国军队的奇耻大辱！"

子昂气得肺都要炸了，愤然骂道："他妈的，这算什么国家？"

雪峰也愤然道："国家个狗屁！摊上这么个主事的，不亡国都怪了！"

子昂决定去黑龙江寻找父母和妹妹，语气沉重道："我得去找他们，现在到处都是日本兵，他们到没到大姨家也不知道。"

雪峰也为子君担忧，态度坚决道："咱俩一块去！"

子昂说："还是我自个儿去吧。这边还挺乱，你不能把你家人扔下不管。再者，路这么远，一个人花销和两个人花销得差不少；我身上钱也不多，一个人用还勉强。"

雪峰不过一个兵学生，身上并没有多少钱，但为了子君，他会想尽一切办法弄些钱，便坚持道："钱不用担心，担心的是他们！"

子昂坚持道："还是我自个儿去吧，你照顾好这边。再说讲武堂也不能放你走。"

雪峰轻蔑道："讲武堂我不想回去了，东北军就是一群窝囊废！"

子昂劝道："你别太感情用事，咱再等等看，我就不相信中国会亡。再者说，我去黑龙江也是冒蒙去，别看我在那头儿出生，实际我对那儿一点都不熟悉，去了也得现打听。等我找到他们就回来，这些房子还得想法儿盖起来。"

雪峰不好再坚持，又叹口气道："那我等你信儿。"

子昂和他拥抱道："你们在这头也多保重！"

雪峰哽咽起来，兵荒马乱的，他是真的担心就此永远失去他深爱的未婚妻。

第 004 章

奉天城依然气氛紧张，子昂想乘坐火车都不成了。但他不想等，就打听有没有去黑龙江的汽车。一连问了多人，都说没有去那么远的汽车。

就在他不知所措时，前面一个中年汉子回头打量他。他不禁一愣，也打量起对方。汉子四十多岁，身材不高，其貌不扬，算得上是个丑男人。

见他停住脚，汉子主动和他搭话，膛音很重地问道："你有急事儿啊？"

虽然对这汉子没有什么好感，但见他这样问，子昂猜想他或许有去黑龙江的办法，眼下只要能去黑龙江，什么办法他都能接受，便毫不隐瞒，说自己在北平上学，得知日本人攻占奉天后才赶回来，可自家房子挨了日本人的炸弹，父母和妹妹都去了黑龙江的姨母家，还愤愤地讲了日本人占领北大营和东北军不抵抗的事。

听完子昂讲述，汉子也愤愤地骂道："这个蒋该死！"顿时又紧张起来，四下望了望，见没人注意，转了话题道："俺家就是黑龙江的。不过黑龙江可大了，你要去哪儿？"

子昂回道："黄花甸子。"

汉子思索片刻道："牡丹江北面有个黄花甸子。"

子昂点头道："听我姨家人说过，黄花甸子离牡丹江不远。"

汉子笑道："那就是牡丹江。还好，咱俩是顺道儿。"

子昂开心地问道："叔，你家也在黄花甸子？"

汉子说："我在宁安，离黄花甸子挺远。你就跟我走吧，我把你送到黄花甸子就是了。"又问道："扒过火车吗？"

子昂不懂，问道："啥叫扒火车？"

汉子问："铁路上拉货的车知道吗？"

子昂点下头。汉子说："咱就坐这个车走。"

子昂又问道："那上哪买票？"

汉子笑道："买啥票？就是为了不花钱才坐它。我来回走从来不买票，有买票的钱，还他娘的喝二两，才不给老毛子、小日本儿呢！你这傻小子！"

子昂心怀感激道："叔，我听你的。"

汉子又提醒道："就是道上遭点罪。"

子昂不假思索道："叔不怕，我也不怕。"

汉子脸上露出喜欢的样子，在他肩上拍了一下道："行！等晚间的。一会儿我找人问下，看看有几点是哈尔滨的车。记住，这事儿咱是偷着做，只要钻进车厢，就得一直猫着，不能让日本人看见了。吃的喝的多备些，赶上点儿背得猫好几天。"

子昂真心感激汉子，不然他真不知怎样才能去黑龙江，便慷慨道："叔，吃的喝的你别管，我买，买啥你告诉我；我兜有五块大洋，够了吧？"

汉子的小眼睛在笑，点下头道："也好。这样，你买二十个饼，再来点酱菜，别的不用你管。一会儿到前面找个地方，咱俩在那儿分头去办，天黑前回那儿碰头。听明白了？"

子昂点头答应，随后两人去确认会合地点。

傍晚，子昂按照汉子的吩咐，仅用了一块大洋，买了二十张饼和一包酱菜，还特意为大汉买了一块酱牛肉。用一只面袋装好后，早早到了事先约定的地点，眼下能快点奔向黑龙江是他最大的愿望。他也怕错过扒火车的时机，更担心那汉子突然变卦不来了，便焦急不安地期盼着汉子的身影出现。

直到天色黑暗，他终于盼来那汉子，那汉子手中也拎着一包东西。

他欣喜地迎上前道："叔，您让我买的东西都买了。我还给你买块酱牛肉。"

汉子高兴道："行啊！没给买点酒？"

子昂疏忽了，刚才汉子还真提到酒了。见子昂懊悔，汉子笑道："跟你说着玩儿。走吧。"一边走一边又说："今天这趟车不好，整列都是露天车。"

子昂还不懂，问："啥是露天车？"

汉子说："你这书呆子！就是没盖没遮的，容易让日本人看见，赶上天下雨，咱还得挺着挨浇。"

子昂担心地问："那咋办？"

汉子说："那也得走，听说日本人要占整个东北，家里啥样儿还不知道呢！上车后千万不能大意了。"子昂点头应着。

天上的月亮被浓云遮住了，没有一颗星星，四周黑得看不清人。子昂身上背着自己的绘画用具，肩上扛着食品袋，紧紧跟着汉子，好像走在迷宫里，不知东南西北。汉子让他翻墙他就翻墙，让他蹲下不动他就猫着不敢动。拐来拐去，他们终于靠近一列火车，先是伏在铁道旁的草丛内，四下观察了好一会儿，才悄悄地攀爬车厢。

子昂刚向上爬时还不得要领，在汉子帮扶下才上去。随后，汉子将东西递上去，自己伶俐地也攀上车厢。虽然看不太清，但他们能辨出车厢内装的都是砖，从车厢底向上码，到车厢沿只差两尺多高。

汉子低声对子昂说："先趴着别动，等车开了的。"两个人便身挨身地趴下来。

大概过去一个小时了，列车仍没有启动，子昂已经感觉肚子发凉了，但他仍不敢起身，用手捂着肚子悄声问："叔，能不能不开了？"

汉子低声道："不会。这儿的铁路里有我朋友，他说日本人这几天大量往哈尔滨运砖和洋灰，好像还挺急。这些砖都是从大连运过来的。"

子昂不解地问："奉天也有砖场，为啥从大连运？"

汉子说："大连有日本人开的砖厂，有好几十家呢，都是大清国那会儿建的。这车里装的都是日本砖。"

正说着，前面传来很长的火车汽笛声。汉子低声道："开车了。"话音刚落，"咣当"一声，车身向前一动，就像闷雷的声音，传向身后很远，接着，列车启动了，头顶上的风，渐渐地大起来，远处的光亮也渐渐飞快向后移动。

列车很快离开了奉天，两个人这才坐起来。汉子吩咐道："把砖倒腾倒腾，腾出空儿来。"

随后，两人摸黑配合着，将一处的砖向周围分散，最后腾出一个向下一米多深的空间，正好够两个人和那些东西藏在里面。汉子打开由他带来的包，取出一件给子昂道："把这个垫屁股下，这老凉砖，坐长了得落下病。"

子昂伸手接过来，显然是件雨披，又问道："能下雨吗？"

汉子仰头看看漆黑的天空道："没看天上连星星儿都没有，要没这个，咱俩更惨了。"

子昂听得出，这雨肯定是要降下来。

黑夜中，列车晃晃悠悠地向前开着，子昂和汉子都倚在车帮上打着盹。天上果然下起了雨，雨水将他们淋醒，忙都展开雨披，将整个身子罩在里面。子昂还特意将画夹和食品袋搂在身前。

天亮时，雨还在淅淅沥沥地下着。子昂忽然从梦中醒来，感到身上很冷，见天亮了，自己正在火车厢内，鞋和裤角都是湿的，立刻想起昨晚的事，但列车这时正停着。

他不知列车是什么时候停的，停了多长时间，更不知这是什么地方，掀开雨披看汉子，见汉子也已经醒了，问道："到了吗？"

汉子立刻低声提醒道："小点儿声！还没到，刚到长春，待会儿还得往前开。"

他紧张起来，将脸贴近车厢板，顺着缝隙朝外看。十几米外的一条铁道线上，有辆蒸汽机车拖着黑烟和白汽开过去，汽笛的吼声很响，令他心里一惊一惊的。外面显然是火车站的站内，许多背枪挎刀的日本军人，这时正在站台上列队。他感觉日本兵已经无处不在了，不禁沮丧道："这也都是日本人了！"

汉子也顺着缝隙朝外看了看，见日本人都离本列车很远，就小声道："这疙瘩早就归日本人管了。我是说铁路。"接着又讲道："这段铁路是大清国光绪那会儿老毛子来修的，从哈尔滨修到旅顺，咱中国人就是花钱坐车，别的没咱啥事。大清国就他娘的窝囊废，眼瞅着老毛子在咱地界上赚大钱，连个屁都不敢放。日本人一看眼红了，就跑到咱中国来，和老毛子好通干，结果一家伙把老毛子打服了，这段铁路就归了日本人，改名叫南满铁路，还是没咱中国人啥事。后来大清国亡了，中华民国还是惹不起日本人。这回日本人更邪乎了，整个辽宁、吉林都让人家给占了，黑龙江我看也悬乎。"

子昂觉得汉子懂的挺多，不禁对他增添了一些敬意。这时汉子一指子昂身边的食品袋子道："先吃点东西，吃饱了能暖和点。"

子昂也感觉肚子饿，忙在雨披下解开食品袋子，从里面取出饼和酱菜、酱牛肉。汉子已从自己怀里取出一瓶酒，只从子昂手中接过酱牛肉，打开纸包，先仰脸喝一大口酒，又低头咬口肉。见子昂只是看他，又喝了一口，然后将酒瓶子递给子昂，示意让他也喝。

子昂忙摇头，示意不会喝。汉子坚持将酒瓶塞过来，低声道："暖暖身子，要不会得病。"

子昂正身冷，便接过酒瓶，瞅着被汉子含过的瓶口，一时难以下口，又不想让汉子看出他嫌弃他，就往嘴里倒，一下倒大了，强咽下去，只觉得嗓子火烧一样，咧着嘴样子痛苦。他平时从不喝酒，但他尝过酒的味道。父亲在家时，顿顿饭都要喝几口，他曾偷着尝过，觉得并不好喝，可爹每次都喝得津津有味。

汉子看出他的心思，低声问道："离嘴那么远干啥？嫌我埋汰？"

他心一惊，忙小声解释道："不是，我就尝一口，怕你再喝时嫌乎。"

汉子诡笑道："你挺招人稀罕，没事儿，沾你吐沫我都喝。"

子昂心里说，你的吐沫我可不愿沾，将酒瓶递给汉子道："辣嗓子。"坚持不再喝了，自己吃起饼来。汉子没再让，自己继续喝酒吃着酱牛肉。

子昂边吃边想他刚才做的梦，梦见自己放假回家看爹妈，还梦见妹妹子君又和他吵嘴仗，便又担心、焦虑起来，嘴里嚼着饼，眼泪忍不住涌出来。

吃喝完了，子昂感到内急。因不能将头露出车厢沿，他便忍着，盼着早点开车。可忍了好一阵，列车还是没开，已经忍不住了，就悄声求汉子道："叔，我想撒尿。"

汉子低声道："现在可千万别露头儿！能憋再憋会儿。"

子昂一脸苦色道："憋老半天啦！"

汉子笑道："那就蹲着尿。"

子昂便低头按平时小便的样子从前面解裤子。可鼓捣了一阵，学生服都快被雨淋透了，却还是没能把前面将要喷射的家伙亮出来。

汉子见他有些气急败坏，几乎笑出声来，低声挖苦道："你可笨死了！不知女人咋撒尿？"

子昂也忍不住乐，只好使劲低头，将裤子褪下，露出光亮的臀部，接着像射水枪似的把尿排了，不禁长舒了一口气。汉子仍在一边偷乐，子昂羞愧得只是低头系裤子。

傍中午的时候，列车才又启动，这时雨也小了许多。子昂仰头望下天空，还是灰蒙蒙的，又顺着车厢板的缝隙朝远看，远处的天已经露出白亮色。

列车在摇晃着运行，他们在车厢内又猫了一天一宿。

凌晨，天色刚刚放亮，汉子朝车外望了望，起身拎起他的包，将还在迷糊的子昂叫醒道："精神点，马上就到了。前面有个坡儿，车开得慢，咱俩就从那儿跳下去，再往前就不保险了。"

听说要跳车，子昂心里有些紧张。他没跳过车，但见汉子说得轻松，便点下头。不多会儿，车速果真慢下来，汉子拍下子昂的后背道："你先跳。记住，跳的时候，要顺着车开的方向跳，这样就不会摔跟头。"

子昂又紧张地点下头，然后按照大汉的指导，借着黎明的光亮，颤抖地抓住车梯，小心地顺到底层，见车速又慢了一些，才手一松跳到路基下的土道上，只是跳的方向与车体近乎九十度，脚一着地便被车的惯力掀倒在地。他觉得没什么事，爬起来一切自如，只是学生服沾了大片泥水。

汉子也跳下车来，身上背着他自己的包裹和子昂的绘画夹，说："你可真够笨的，这速度还站不稳！没事儿吧？"

他摆出若无其事的样子道："没事儿，我没注意看地上，掉水坑里了。"

汉子又挖苦道："那也叫水坑？你还是没按我说的跳；不是往外跳，是往前跳，跳完跟着往前跑。没摔坏就好，下回就能跳好了。"接着说："再往前就是哈尔滨了，不过咱得先去个地上歇一歇，等天黑了再搭别的车去牡丹江，到牡丹江就到黄花甸子了。不瞒你，我哈尔滨这儿也有个家。"

子昂也特别想找个暖和屋子歇一歇，高兴地点下头，然后跟随汉子顺列车开去方向走了一段，又拐上一条羊肠小道，直奔一片散乱住户。

在一扇对开的院门前，汉子停住脚敲门，里面正插着门。敲门声惊动了里面一条狗，吠叫声由远至近。他顺着木杖的缝隙朝里望，见一条大花狗叫着奔过来。

这时，里头的房门开了，出来一个披着长发、穿着红衣绿裤的女子，一边系着衣上的纽袢，一边吆喝着大花狗，然后冲着院门问道："彪哥吗？"他知道那女子在招呼汉子。

他们在车厢内闲唠时已经互报了姓名，汉子姓齐叫龙彪，比子昂大二十岁，说是倒腾买卖的，至于什么买卖没有对他说，他也没心思多问。

听到里面问话，龙彪隔着门应道："金瑶儿，是我。"

那金瑶小跑着过来。大花狗已经到了门前，发出嗯嗯的声音，好像在和外面的人打招呼。

金瑶在里面去了门闩拉开门，见门口站着一位温润如玉的英俊青年，顿时愣住了。见女子看子昂的目光里透着惊喜，龙彪顿时沉下脸道："咋的？还有意思啊？"

金瑶这才缓过神来，嗔怪地打一把龙彪道："瞎说啥！"便不敢再看子昂了。

大花狗先是和龙彪一番亲昵，又围着子昂嗅来嗅去。见大花狗没有攻击自己的意思，子昂这才显得平静些。这时他已看清了女子，也就二十左右岁，身段模样与文静不相上下，虽然披着半拢起的长发，却透着诱人的妩媚和娇美。

龙彪对他介绍道："这是你嫂子。"

子昂有点蒙。龙彪忙又说："噢，以后别再叔、叔地叫我，就叫我大哥。"

突然长了辈分，子昂有些不自然。龙彪坚持道："就这么叫，再叫叔我不高兴。来，叫一声。"

子昂只好叫了一声大哥。龙彪在他肩上一拍道："哎，这就对了！来，叫嫂子。"

他这才确信，金瑶真是龙彪的媳妇。他无法理解，一个俊美诱人的年轻女子竟给一个丑男人做媳妇，而且还相差二十多岁，心里不禁一阵抽搐。他为金瑶抱不平，但却不敢正眼看她，是怕龙彪看出他的心思，便对她鞠下躬道："嫂子。"

她并没有应，只是神情不自然地让道："进屋吧。"说着转身先走了。

从院门到房门是一条土道，道的两边各有几十平米的菜园子，只是这深秋时节，一些蔬菜的秧子已经青黄混杂，上面挂着一些还没有长开的茄子纽、豆角纽、辣椒纽。但一片菜地里的白菜和萝卜樱子长得正绿，一趟杖子前的玉米和向日葵都已成熟，正一穗穗邪恶般立挺着，一盘盘羞涩般低着头。

土道尽头的房子是套三间土坯草房，虽然墙面都是夹草泥抹的，但却有棱有角，门的两边挂着成串儿的红辣椒和干蘑菇，房顶的稻草也很厚实整齐。

一边朝里走，龙彪一边对子昂说："这是你小嫂子，宁安那个是你大嫂，跟她妈似的。"

金瑶回头不悦道："讨厌！"说着过来使劲打龙彪，趁龙彪躲闪的工夫，又看了一眼子昂。

子昂觉得她的眼神就像文静开始看他一样。他能读懂她的眼神，心里很暖但也很痛。龙彪没有注意到他俩对视的一瞬，只是嘿嘿地笑，看得出，他很宠着金瑶。

说笑间，他们一同进了屋。中间一间是灶房，两侧各有一屋。东北住房基本都这样，冬天寒冷，烧火取暖便显得尤为重要，凡是有两整间内屋的，灶房都要设在当中一间，一边一个炉灶，轮流烧火做饭，也为两间内屋供暖。

龙彪将子昂领进右侧一间，虽然火炕上铺着旧草席，但炕上堆放着一些粮食、蔬菜，靠火墙一侧的炕席上，还晾着一层豆角丝，地上也堆放着一些杂物。

龙彪说："兄弟，这一道儿咱俩都没睡好，先都消停睡一觉儿，一会儿让你嫂子弄几个好菜儿喝两盅儿。你就睡这屋，那屋有孩子，一会儿醒了闹人。"又指着炕上的豆角丝对金瑶说："把这儿收拾了，拿套被乎来。"

子昂说："不用，我就穿衣服躺会儿就行。"

金瑶又慌乱地看一眼子昂道："那多硌得慌，再说天也凉了。"又对龙彪吩咐道："你把豆角儿收起来，我去拿被乎。"转身去了对面屋。龙彪顺从地抄起地上一个簸箕，将炕上的豆角丝往里搂，子昂也上前帮忙。

不大会儿工夫，金瑶抱着一套被褥回来，又吩咐龙彪道："把渣子扫扫啊！"

龙彪便拿过一把笤帚，边扫边问："大宝儿还睡呢？"

她说："这刚几点！昨晚折腾我半宿。"

龙彪问："咋的了？"

她说："没咋的，就是不睡觉。好不容易把他哄睡我才睡，没睡多会儿就听见狗叫，一猜就你回来了。"

龙彪诡笑道："还有别人回来吗？"

金瑶又生气地用怀中的被褥撞了一下他道："瞎说啥！"龙彪被冷不防撞趴到炕上，却不生气，笑着爬起，喜欢地掐她脸蛋一下，又继续扫炕席上的碎渣儿，然后美滋滋地看着她铺被褥。

见她铺好，齐龙彪又对子昂说："行了，上炕脱了睡吧，俺们在那屋。"说完，拉着金瑶出了屋，顺手将门关上。

屋里只剩下子昂。他本来想舒舒服服地补一觉，但金瑶那深情的目光已让他的困意散去。他又开始思念起文静，心又痛得恨不能去她表哥家将她夺回来。虽然他不嫌她，可他实在没有这种能力。

正想着，忽听金瑶在外屋"哎呀"一声，不知出了什么事，便下意识地开门去看，见龙彪正抱起金瑶进了对面屋。他能想象到他们进屋后要做什么，不禁满脑子都是金瑶被这个丑男人脱光衣服的情景，心里又像被刀子捅了一般疼。

第 005 章

朦胧中，子昂还在北平的学校里。他依然痴迷于和几个同学私开的人体写生课。按说作为美术学校是应该开设这一科的，但中国人还无法接受这种"伤风败俗"。虽然中国的第一个女裸体模特在民国九年就出现在上海美专的画室里，但作为校长和组织者，刘海粟很快遭到五省联军统帅孙传芳的通缉。

政府不允许，学生们就偷着自己做，既有提高画技的需求，也有对异性身体的神往，便背地里联络一些肯出钱的学生，一起集资租房子，再一同出钱雇来等钱用的穷家女子。

在同学中，他的经济条件不算很好，但也不算最差。同样受着那种诱惑的驱使，他也省吃俭用地出了一块大洋，然后做贼般地溜进那个临时画室。已经有六七个男同学坐在里面了，前面有一人体模特，是个皮肤白皙的外国女子，中国女子再穷也很少有人肯做这行。

他被女模特秀美丰满的胴体所吸引，浑身的热血在沸腾。他猜她一定是穷人家的，不然怎会当着许多男人的面脱光衣服。这时他见那女模特正深情地望着他，那眼神就像金瑶在看他。定睛再看，果然是金瑶，忙上前去问道："你咋也干这行？他不管你了？"

她愤然道："他那么丑，我嫌他恶心！"

他心中一亮，又问道："那你咋给他当小媳妇？"

她哭道："他是我表哥，那晚他给我下了药，身子让他糟蹋了。我就想嫁给你，又怕你嫌弃。"

他这才看清，眼前的模特，正是他朝思暮想的文静，便一把将她搂在怀里道："不嫌不嫌，你本来就是我的。"

正与她激情时，齐龙彪手持一把长刀冲过来，一脸凶恶道："你敢勾我小媳妇儿！"

他申辩道："她是我的！"

齐龙彪骂道："放屁，你把我的当成你的了！"

他再看自己怀里，果然是金瑶，娇美迷人，舍不得放手，理直气壮道："她嫌你太砢碜，以后跟我了，我搁八抬大轿娶她！"

齐龙彪怒不可遏，一刀刺进他腹中。眼见鲜血涌出来，他想他就要死了，再也见不到爹妈和妹妹了，越发恐惧，猛地睁开眼，见自己正躺在齐龙彪和金瑶对面屋的炕上，原来是场梦，只是身下正晨勃一样坚挺得有些胀痛。

就在这时，他听到外屋有女子说话声："大宝儿，要吃饭了，去看叔叔醒了没？"

是他见过一眼就牢牢印在心里并在梦里和他激情过的金瑶。他开始对她痴迷了，这时他既渴望见到她，又害怕见到她。

屋门开了，进来一个四五岁的小男孩，显然就是龙彪和金瑶说的大宝儿。大宝长得虎头虎脑，凑到他的脸前看了看，见子昂还闭着眼睛，就冲外面喊道："他还睡呢！"

听是孩子声，他猛地睁开眼，把小家伙吓一跳，慌忙朝门口跑去喊道："他醒啦！"

又听见金瑶埋怨道："就你吵醒的！"随即，大宝又进来，倒是自来熟，看着他问道："是你自个儿醒的，是不？"

见小家伙挺可爱，他笑道："就你吵醒的！"是刚才金瑶说的话，一字都不差，他连重复她说的话都感到很惬意，身下反应也更强烈，随即又担心起来后被金瑶看到他那里高高地凸起，好在这时进来的是个不懂那种事的孩子。

大宝嘿嘿一笑道："俺来好几趟了，你老也不醒，还说梦话。"

他清楚自己有梦呓的毛病，这时心里一惊问道："我说啥了？"

大宝说："胡说八道呗！俺娘说的。"

他更加不安了，忙稳定情绪，一边起来穿着外裤一边转移大宝注意力问道："你几岁了？"

大宝儿立刻伸出一只小胖手儿道："一巴掌！"

他一时没明白是什么意思，问道："一巴掌是啥？"

大宝神气道："笨蛋！一巴掌是五岁啦！"

他恍然大悟，暗中嘲笑自己够笨的，很简单的事情竟没想到。随即又逗道："那六岁几巴掌？"

大宝顿时怔住了，看了看自己的两只小手儿，跑出屋去大声问："娘，六岁几巴掌？"

金瑶说："几巴掌也不是。"

大宝不安道："那咋办哪？"

金瑶说："六岁就长大了，啥都知道了。不行说叔叔是笨蛋，不礼貌！"她一边和儿子说一边进到这屋里，看子昂的眼神虽然自然了许多，但目光里还是透着喜欢，说："孩子可淘了，耽误你睡觉了吧？"

他已穿好衣服下炕，只是裤裆里还在别劲，见她进来，忙侧身半坐在炕沿上说："没事儿的，我睡醒了。"

她并没注意他那里，笑道："你们这觉儿睡得够长的。他还没醒呢。这倒好，早上饭和晌午饭凑到一块儿吃了。"

他不安地问道："我说梦话了？"

她笑道："我哪听着了，大宝儿那会进来过，说你闭着眼说话。说啥他也没听懂。孩子可讨厌了，把你那个夹子也弄开了。我知道你是画画儿的，画得真好。等有工夫给俺娘儿俩也画画。"

大宝也刚想起那画夹的事，冲着子昂嚷道："我要大姐姐！"

金瑶训斥道："不害臊！"又笑着对子昂说："你那里画个小姑娘，他就想要，我没让他拿，说等你醒了的，这会儿他又想起来了。"

他笑道："稀罕就拿去吧。"

大宝兴奋地去开画夹，对一张女孩的画像喜欢得不得了，这是子昂在北平画的。

他这时最担心他在刚才的梦里说过那种事的话，对金瑶的解释也半信半疑，但见她不想再提他说梦话的事，便不好再问。

他不太相信大宝是她亲生的，便问道："大宝是你生的吗？"

她惊讶道："是呀，咋的啦？"

他也惊讶道："瞅你也不大，儿子五岁了！"

她这才明白他的意思，难为情道："俺十五岁就出门儿了，十六那年有的他。"

他心里算了一下，又问道："那你今年二十一？"

她点头应。他继续问道："属狗的？"

她又点头，嫣然地笑道："你还挺会算！"

这时没有第三者，他大起胆子来，看着她迷人的眼睛道："我会算我自个的，我也属狗。"

她忙问道："咱俩同岁？"

他点下头。她又问道："你是几月？"

他回道："七月二十九。"

她惊讶道："哎妈呀！"随后两眼发直地看着他。

他被吓一跳，问道："咋了？"

她先回头看对面屋，又催大宝道："看你爹醒了没，没醒叫他起来，就说吃饭了。"

见大宝端着"大姐姐"去了对面屋，她才小声对他说："咱俩是一天儿的。"

他也惊讶地盯着她说："是吗？这么巧！"心里在想，他和她该是天上一对，可老天爷却让他俩相见太晚。惋惜中，他也很激动，恨不能与她拥抱在一起，就像刚才在梦里。

她被他看得发慌，又小声道："别和他说咱俩一天儿的，就说你比我小两月。"他明白她的心思，欣慰地点下头。

她依然显得兴奋，看着他问："真是的，咋这么巧哪？"他也激动不已，真想把梦见她的事说出来，但又怕她不信，反被疑他心怀不轨，便又把话咽了回去。

见他神情异常，她又不安地朝对面屋看了一眼，换个话题道："饿了吧？饭好了，你先洗脸吧，我给你打水。"说着先出了屋。

他倒不明白她的意思了，隐隐觉得她让他洗脸，是在暗示他别不要脸，不禁心一激灵道："我自个儿来。"说着起身要跟出去，可裤裆里那家伙依然坚挺着，忙又坐下，心里惴惴不安，索性将自己的上衣搭在手腕上，刚好挡住身下凸起的部位，这才跟出去。但这时他想去院子里小解，心想小解后下面就能缓解些，便由着金瑶为他舀水，直接去开房门，猛见那条狗趴在院道上，未等狗直起身，他又缩了回来。

金瑶看出他要出去方便，是因见到狗才又缩回来，忙先出去将狗撵到窝里，又告诉他茅房在西山墙的旁边。他唯恐她发现他身下的异动，点头应着去了房西头，尽管金瑶还立在那里看着狗，好在是背向她，他这才边走边将上衣穿上。

拐过西山墙才见到一处用木板围成的单人厕所，他进去掏出家伙便射，竟高高地射在对面干爽的木板上；他不是故意将尿射在木板上，只是那依然坚挺的家伙实在无法将尿射在茅坑里。

小解过后，他那里并没有缓解多少。焦急中，他又见木板缝里塞着几张黄包纸，索性又蹲下来大解，竭力地不去想金瑶，刻意地去想齐龙彪好心将他带出来的过程，想他俩在车厢里被秋雨淋嘚瑟瑟发抖的狼狈相，果然大解过后他那里缓解了许多。

子昂在灶房内洗脸时，金瑶也去小解了，一进厕所便瞧见对面木板上被子昂尿湿的一片，不禁惊讶道：“哎妈！”随后又忍不住自己咯咯笑。

开饭了，矮方桌摆在龙彪和金瑶母子俩睡觉的屋炕上，桌上摆着八盘菜，除了四道青菜炒肉，还有炒鸡蛋、炸小鱼儿、猪肉粉条、蘑菇炖小鸡。

为了这顿饭，金瑶整整忙了一上午，鱼和肉都是她特意去一里外的一个集市上买的，可见她对子昂的到来很重视。

子昂先对这间屋打量一番，比自己刚才住的屋子干净利落许多，各种摆设不比自己家里的少，倒也算是殷实。

金瑶一见子昂就想笑，又怕引起齐龙彪的怀疑，便故作镇静地让子昂脱鞋上炕。子昂一边上炕一边说：“大哥、嫂子把家置弄得挺好。”

龙彪拎着酒瓶子，与子昂并肩坐到炕里道：“这算啥，我在宁安又买套砖瓦的，过几天就把她娘儿俩接过去。”

子昂问：“那这个房呢？”

龙彪说：“这儿的房子不值钱。在这儿住的，都是外地逃荒来的，我是不想让你小嫂子住这穷窝子了。”

金瑶一边携大宝上炕一边说：“那也不能把房子白扔了，咱可没少搭钱！”

龙彪一边往酒杯里倒酒一边说：“能卖多少卖多少，卖多了人家也不愿买。”接着端起酒杯对子昂说：“兄弟，说句心里话，我这人实际挺独的。别看我长得不起眼，一般人我还真看不上眼。这个家除了你以外，我没领过第二个人来，也从没弄过八道菜，这都头一回。你这小嫂子，挺会来事儿吧？其实就是咱哥俩的缘分。也不知咋的，一见到你我就稀罕，就想交你这个小兄弟。你挺孝顺，也挺实在，但出门在外，有情还得有义。啥叫义？就是朋友的衣，可以披，朋友的妻，不可欺。”

子昂听出他话里有话，显然是在警示自己和金瑶，也必是他已看出金瑶对自己露出那种好感，忙表态道：“小弟谨听大哥教诲，不会不仁不义。”

龙彪笑道：“好兄弟，咱哥俩先干一个。”说着和子昂碰下杯，先一饮而尽。

子昂在火车上喝那一口就觉得不舒服，这时仍不想喝，但见金瑶在拿自己当贵宾，龙彪又对自己有那种戒备，忙用双手端杯道：“大哥，我以前从没喝过酒，可今天我喝。我挺感激你，要是没有你，我也不能这么顺利出来。今后我要像敬我爹妈一样敬大哥和嫂子。”随后也想一饮而尽，可喝了一口就感觉噎嗓子，不禁呕了一下。

金瑶忙拦道：“一看你就不会喝，喝一口就行啦。”

龙彪早知他不能喝，这时说："慢点喝，但这杯得喝下去。男人要在道上混，不能喝酒哪行？大姑娘开苞儿头一回，有头回就会有二回。"

金瑶打他一把道："瞎嘞嘞啥！"又对子昂说："别听他的，不能喝就不喝，哪那些臭讲究？"

可子昂知道这杯酒是龙彪让他保证以后不打金瑶的主意，他无论如何也要喝下这杯酒，不然自己下一步或许很难走，便逞强道："没事儿，我多喝两下。"随后咽一口呕一下，总算将一杯酒都咽下。

第 006 章

子昂将一杯酒喝下，龙彪很高兴，夹一筷子肉塞进他嘴里道："这才是好兄弟。"金瑶也往他碗里夹肉，猪肉、鸡肉装了大半碗。

子昂很感动，几口菜下肚后，气也顺畅许多，见龙彪又在倒酒，忽然意识到年小的应该给年长的斟酒，便夺下酒瓶道："我敬大哥和嫂子一杯。"

龙彪逗起子昂道："苞儿开了？"

金瑶又打他道："臭嘴！"

龙彪对金瑶说："臭嘴香嘴都得喝，人兄弟是敬咱俩的。"

金瑶没有反对，主动将一空碗递到子昂跟前道："俺也不会喝，不过今天也喝点。从和彪哥认识后，还头回有人管俺叫嫂子，叫啥都一样，反正没名没分的。"

龙彪急忙打断道："别老说你没名分。你的名分，就是我疼你，疼你一辈子，不就啥都有了吗。今儿个有兄弟作证，我齐龙彪日后要对不住你柳金瑶，那就不得好死！"

金瑶解释道："俺不是那意思，是感激你呢，要是没你，俺娘俩今天不知啥样呢。咋活不是一辈子？名分不名分，俺才不稀罕呢！"

龙彪说："你稀不稀罕我心里都有数。"转头又对子昂说："你嫂子命苦。要说苦，就苦她当初没能嫁个好男人。不过也不能说人家都不好。开始还行，在哈尔滨做生意，你嫂子也算享点福。后来就完犊子了，吸大烟吸上了瘾，自个儿家败了不说，婆家那头亲戚也都断了。也不能怪人没人情，大烟这玩意，只要上了瘾，你就有一百个家也得败坏光了！人家当然得离你远一点，亲爹亲妈亲兄弟都不行。更可气的是，去年夏天，那家伙和人立了字据，用你嫂子和这孩子做抵债。你可能不知道，你嫂子要是抵了债可就惨了，人家肯定是把她玩够了再送进窑子里换钱。就你嫂子这俊模样，换百十块大洋没问题。还有孩子呢，你总不能带着孩子当窑姐吧？那就得把孩子卖给另一家。就这么的，你嫂子带着孩子，连夜从哈尔滨逃出来。可往哪逃啊？婆家是指不上了，回农村娘家，身上又镚子儿没有，就沿着铁道线一步一步走。嘿，那天让我碰上了，就是咱俩跳车那地儿。当时你嫂子是看这孩子饿得一劲儿哭，就想管我要点吃的。我身上也没带吃的啊。一看这娘俩怪可怜的，我就带她娘俩来到这个逃荒区，叫开一家门。我对那家人说，'给你一块现大洋，给俺们做点好吃的'。那家人乐的，赶紧生火做饭，那家还以为俺们是一家的呢。后来我又说，给俺们找个歇着的地儿。那家人就给俺们腾出个屋。其实我当时就是想让她娘俩睡一觉儿。你想啊，你嫂子是夜里逃出来的，一直走到天亮，能不困吗？我也挺困的，俺们就在一条炕上睡了。"

金瑶不安地看一眼子昂，又打一把龙彪说："别不要脸！"龙彪嘿嘿一笑，继续让子昂喝酒。

子昂听出龙彪那天是乘了金瑶之危，既为金瑶心痛，又对龙彪反感。但他不能表露出来，怎么说金瑶现在算是有主的人，跟着龙彪好歹也能安身立脚，吃穿不愁。

龙彪继续说道："那天也是赶巧，平时我回来身上都没多少钱，那趟上去遇上点事，货没提成，就把钱带回来了。我又找房东问，你这有卖房子的吗？结果房东说，俺家房子就想卖，愿买你就买我这个，你说多巧！这不就是老天爷成全我和你嫂子吗！"

金瑶撇嘴道："别臭美！"旋即又尴尬地看了子昂一眼。

子昂故作镇静地问："就是这套房子？"

龙彪得意道："是啊，看咋样？开始这房子挺破，都是后修的。现在这一片房子中，还数俺家这套房子好呢！"

龙彪这一连气的讲述，使子昂刚才要敬的酒没能进行下去，这时他倒感激齐龙彪救了金瑶母子，好像救的是他的亲人，就又端起酒杯道："大哥，听了你们的经历，我挺受感动，更该敬你了，大哥真是有情有义的人。嫂子虽然不幸，遇上大哥也是不幸中的幸运。相信大哥能一直对嫂子好。"随后又分三口喝下第二杯。

龙彪也激动了，举起酒杯道："兄弟！你放心，我下半辈子一准儿对你嫂子好！"随后也一饮而尽。

金瑶听出子昂对她的关心，也端起里面只有一口酒的碗，双手捧着对子昂道："谢谢你！"便也把酒喝尽了，随后捂着嘴去夹菜。

齐龙彪显得很开心，见大宝正津津有味地啃着一只鸡腿，便笑问道："儿子，好吃吗？"

大宝不但没回答他，还翻了他一眼，样子很招笑。

龙彪脸一沉道："嘿，你个小崽子，我问你好吃不，你瞪我干啥？"

大宝继续吃着鸡腿道："你坏蛋！"

龙彪又骂道："你个小瘪犊子！供你吃供你喝，还骂我是坏蛋，我咋坏蛋了？"

大宝愤怒了，横眉立眼道："你压妈妈了！把妈妈压哭了！"

金瑶被吓了一跳，脸唰地又红了，忙扯一把儿子道："别瞎说！"

大宝又冲金瑶大声道："我看见啦！"

金瑶忙哄道："妈和爹闹着玩呢。"

大宝看着金瑶说："骗人！妈妈哭了。"

金瑶又哄道："妈妈骗你爹的。"大宝儿迅速转头去看齐龙彪。

齐龙彪这时也显得很尴尬，对大宝说："你妈总骗爹，你妈是大坏蛋！"

大宝又迅速扭头看金瑶，一脸的疑惑。

金瑶很紧张，不知道儿子还会说什么，忙假装认错道："妈错了，妈以后再不骗人了，快吃吧。"然后用筷子指下龙彪说："尽撩骚！"又往子昂碗里夹了鸡肉说："你多吃。孩子可调皮了。"

子昂假装糊涂道："大宝挺招人稀罕。"

金瑶叹口气道："良心讲，要是没彪哥，俺大宝现在真不知啥样儿。我这辈子就这命了，那个吸大烟的把俺娘俩坑了，彪哥又搁大烟把俺娘儿俩救了。"

齐龙彪立刻冲金瑶皱起眉头道："哎哎！说啥呢？"

金瑶一激灵，下意识地捂下嘴，不安地看着子昂。龙彪又说："倒不怕跟咱兄弟说。我想问你，你跟别人也这么说？"

金瑶像犯了错的孩子，恐慌地看着龙彪道："没有啊！我就和刘婶说说话，没唠这些。"见金瑶要哭的样子，大宝又生气了，停住手中的鸡腿，冲龙彪又瞪起眼。

龙彪在大宝头上摸下道："没事，儿子，快吃吧。"又对金瑶说："没说就好。记住了，今后不论在哪，说话千万小心。咱做完这把就不做了。现在钱有了，开个啥正当买卖都能开起来，到时给你开个酒楼，啥都不用你管，就让你管收钱，你就是老板了，噢！"说着在她俊俏的脸上摸一把。

金瑶这才显得安然。大宝也高兴了，嚷着也要当老板。一同笑过后，龙彪又让子昂喝酒，说："兄弟，实在不好意思。我知道你一直猜我做啥生意。今儿就不瞒你了，我是贩大烟的。这事本不想让你知道，你还在读书。再说我做完这把真就不做了。贩大烟犯法不假，可这行来钱来得快，咱不做别人也在做。我真挺稀罕你，是想日后我转行带你一块儿干。不过也得看你愿不愿？你要是在学业上有出息当然好，要是没啥奔头，就来跟我一块儿干。钱这玩意儿，没有不行，可太多了也是祸害，我就想遇几个真和得来的，大家一块儿享福。再有，我做大烟的事儿别到外头讲。"

子昂忙说："大哥，你放心，我保证不会说。"

龙彪说："你不用多说，我看人还是挺准的，就是该提醒的还得提下醒。今天也不怪你嫂子，俺家除了东院刘婶，再没外人来过；我和你嫂子交代过，不要和别人来往。今天突然把你领来，她就把你当自家人了。也对，好兄弟就是自家人。"

金瑶便理直气壮道："可不呗！我还以为你俩一块儿做这生意呢。"

龙彪安慰道："没事没事。"又对子昂说："你嫂子开始我也不想让她知道，没承想那次她看我带这玩意儿就害怕了。我跟她说，我沾这个就是为了挣钱，吸我是一口都不吸，这她才放心。"

子昂突然问道："听人说，大烟还叫妖花儿是不？"

龙彪笑道："你知道的还不少呢。不过你说的不全对。大烟长在地上叫罂粟，也叫妖花儿，但不是大烟。把妖花儿加工了才能出大烟。现在黑市上的货，差不多都是日本人在青岛加工的，奉天接货也挺赚。"

子昂恍然道："怪不得你老往奉天跑。我刚才还寻思呢，哈尔滨不是也有吗。"

龙彪说："哈尔滨也基本都从那头倒。其实奉天我不天天跑，实在弄不到货了，才往那头跑，跑一趟遭罪不说，风险也大，和人大手比，咱差远了。这阵往这头儿跑的次数多，主要是为了她！"说着又亲昵地在金瑶鼻子上刮一下。

金瑶显得很反感，嗔怪龙彪同时，目光又闪电般在子昂脸上扫过。龙彪又对子昂说："其实我们宁安那就有种大烟的，可后来都让花蝴蝶给收拾了。"

子昂以为他说的花蝴蝶是天上飞的蝴蝶，便问道："蝴蝶还吃大烟吗？"

龙彪笑道："我没说明白，我说的花蝴蝶，是一个人的外号，女的，长得挺漂亮，原来是土匪头子，后来归了保安队，给刘快腿当了媳妇。"

子昂又问："刘快腿是干啥的？"

龙彪说："俺们那儿的保安大队长。噢，现在是总大队长，叫刘万奎，他媳妇花蝴蝶也是队长，是他手下的。"

金瑶笑道："看人家两口子，都是当大官儿的。"

龙彪也笑道："将来咱两口子都当老板，你当大老板！"

金瑶说："俺才不稀罕呢！还是你当吧！"

龙彪嘿嘿笑过，又问子昂道："那倒腾大烟的叫啥知道吗？"

子昂听人说过，答道："好像是耗子吧？"

龙彪笑道："是老鼠。你说的也算对。但话说回来，真正老鼠不是俺们这样人，是西洋鬼和东洋鬼。你也看到了，咱国家现在让小日本儿熊得跟三孙子似的。老早以前可不这样，老早前咱中国可挺强大。这么说吧，咱国家自己产的东西，足够中国人用的。但这些洋鬼们不行啊，他们得花银子买咱的东西。他们也希望咱买他们的东西。可清政府不让洋鬼们来咱国家经商。这样一来，洋鬼的银子可就哗哗地流咱中国来了。洋鬼们一看，这也太亏了！荷兰、英国、葡萄牙，心里都挺憋气！他们就开始琢磨弯弯道了。琢磨啥弯弯道？就是这大烟。你不是不买俺们东西吗？你不是不让俺们到你那儿做买卖吗？那我让你尝尝大烟。只要你尝了，你就觉得舒服，只要你上瘾了，你就离不开它。再瞧咱中国人，傻乎乎的，还真就进了这个套。结果咋样？中国的银子又哗哗地流到西洋鬼那头去了。后来清政府一看国库要空了，钱都哪去啦？原来都他娘的买大烟了。这还了得，赶紧下令，禁烟！可这一禁烟不要紧，英国人和咱急了，就开着军舰来和咱们打仗。要真和他们打，咱也不怕，可问题就出在朝廷里。这些大臣们，有想打的，还有不想打的。那些不想打的知道为啥吗？他们都指这大烟发洋财！这仗你还打得赢吗？结果是越打越糟糕，后来是八国联军一块来儿打咱，连他娘的小日本儿也跟着一块儿打。这一打不要紧，中国可就伤了元气了，让人挣咱银子不说，咱还得从兜里掏银子赔人家。要不人家为啥要联合打咱呀？都他娘的盯上中国这块大肥肉了！"

子昂很感兴趣。虽然他是个读书人，但这些事情还真就很少听过，不禁对龙彪又多了几分敬意，称赞道："大哥学问挺大。"

龙彪一笑道："这算啥学问？"接着叹口气道："我最大遗憾就是读书少。我爹活着那时还行，读了一年私塾，就学了《千字文》《百家姓》《三字经》。我爹死后，家就难维持了，吃了上顿没下顿，没办法。后来我就喜欢和有学问的人交朋友，不论你干啥的，多大岁数。我知道的这些，都是从朋友那听来的。"

子昂笑道："这也挺好啊！《师说》里说过，吾师道也，夫庸知其年之先后生于吾乎？是故无贵无贱，无长无少，道之所存，师之所存也。"

龙彪笑道："这个太文了，我听不懂。"

金瑶也笑对龙彪说："人家才是大学问呢！"

子昂说："也不是啥大学问，都是课本里的。刚才说的意思就是，我想学到学问，就别在乎对方的年纪大小，也别在乎他地位高低，只要他有学问，他说的有道理，那他就是我的老师。

刚才大哥讲的我就不知道，今天从大哥这儿学到了，那大哥就是我的老师。"

龙彪有些不自在道："行啦行啦，我受不了你这么抬举，我还没个正经老师呢，哪能给你当老师！"

子昂说："大哥懂的我不懂，你就可以当我的老师。"接着又笑道："大宝还是我的老师呢！"

金瑶一脸桃花道："俺大宝咋也成你老师了？"

子昂对大宝笑道："大宝教我一巴掌是五啊！"大家一起笑起来，连大宝也跟着傻笑。

子昂强喝三杯酒后，嗓子里开始作呕，第四杯刚搭嘴唇便要吐，怕吐到桌上，急忙转身，又怕吐到炕上，忙捂嘴下地，鞋没穿好就冲出屋去，一到灶房就将刚下肚的东西喷了出去，随后便止不住了，蹲在灶坑前不停地呕吐，却越吐越感到头沉，只觉得天旋地转，眼睛也睁不开了，最后已吐不出东西来还是干呕，好像要把五脏六腑都吐出来才安稳。

齐龙彪本想和他边喝边唠到天黑，然后再扒一列火车去牡丹江，不想子昂这么不胜酒力，又见他昏昏沉沉，便扶他到对面屋的炕上躺下。子昂一头扎在炕上，好像瞬间掉进万丈深渊，但他已经不能自我，本能地挣下身子，随后便什么都不知道了。

金瑶酒后也头晕，但她一直显得兴奋。见齐龙彪又鼾声如雷，她索性将大宝哄到院子里，转身进了子昂睡觉的屋，先为他盖好棉被，然后一边警惕地留意着对面屋龙彪的鼾声，一边对着他仔细端详，听着他的鼾声，远比齐龙彪的雷鸣般鼾声动听得多，终于忍不住去摸下他英俊的脸。

夜幕降临时，子昂被齐龙彪叫醒。他还有些头晕，但已经清醒许多，毕竟实实地睡了一下午，只是记不清他那会儿怎么痛苦地折腾了。

金瑶已经包好了饺子，说是"上车饺子下车面"。吃饺子时，只是龙彪唠着子昂喝醉的样子，金瑶却一句话也没再说。直到吃完饺子，他俩拎上各自东西出屋时她才说："有空儿再来。"

屋外黑暗，看不清她的脸，但子昂能感觉到她的语气很沉重，心里不禁隐隐地在痛，只是应了一声。龙彪说道："有空儿就去宁安了。要不差这趟货，咱们白天一块儿走。"又对金瑶说："晚上把门插好，闲着没事把家里有用的东西归拢一下，剩下的都给刘婶吧。房子让刘婶搭搁着卖了，我明天就回来接你娘儿俩。"说着和子昂出了院门。

黑暗中，子昂蒙头蒙脑地跟着齐龙彪，终于又看见远处一片蓝红黄白颜色相间的号志灯，仿佛那里是个很神秘的世界。

又走了一段路后，才隐隐看见一列车厢停在铁道线上。机车停在前面很远处，但风泵的嗒嗒声却在寂静的夜里响得格外清晰。

龙彪就近攀上一节车厢，然后骑在车沿上接应子昂。这是一节空车，估计整列都是空的。车厢仍是用木板制成的，但眼下既可躺在底板上睡觉，也可以自如地大小解了，比他们从奉天到哈尔滨时行动方便许多。

龙彪低声道："把雨披铺上，还能睡几个时辰，你就放心睡。"

子昂的头还有些晕，借着车外隐隐的光亮铺好雨披，然后侧身躺在上面，很快又睡着了。

子昂再醒来时，天色已大亮。长时间的颠簸，他竟全然不觉，头的晕痛感也都消失了，只觉得浑身有些冷。见齐龙彪还在睡，他起来伸下懒腰，然后对着车厢尽头的车帮撒了泡尿。

因是早晨，铁路两边的旷野内还见不到人。这时列车突然降速，隆隆声中猛地咣当一震。

他裤子还没系好，全身随着惯力扑到车帮上，随即又弹倒在角落里，好在没有伤到。

齐龙彪就在这一震中醒来，见子昂爬起来系裤子，问道："尿憋醒的？"

子昂说："不是，冻醒的。"

龙彪没多问，也伸下懒腰去撒尿，一边撒尿一边说："这一道没下雨挺不错。前面就是牡丹江站，咱还得提前跳车。"又嘱咐道："这回跳车可别忘了身子往前使劲，往前不是往外，是往车开的方向，懂了吗？"

子昂还有些胆怯，但一想到黄花甸子就在前面，左右还能活着见到爹妈和妹妹，便多了几分信心，只是对牡丹江站和黄花甸子还搞不太清楚，点下头又问道："牡丹江站和黄花甸子是一个地上？"

齐龙彪说："牡丹江站在黄花甸子南头，也是老毛子修的。"接着道："该跳了，还你先跳。"说着扶子昂攀上车沿。

车速又慢一些，子昂胆怯地下到梯子的最底磴。有了上次跳车摔倒的教训，这次他特别注意顺着列车前行的方向跳，终于心一横，向前一跃落在地上，只觉得身体向前倾斜，紧跑了几步，趔趔趄趄的，但总算没再摔倒。

齐龙彪随车到了子昂前面才轻松跳下，等子昂过来称赞道："这回带点架儿，下回再跳就能跟我似的了。"

子昂开心地一笑，又问道："这是啥地上？"

齐龙彪说："从这往北就是黄花甸子。你得顺这条道先去火车站。火车站往南是乜河。乜河也是旗人起的名儿，用咱汉话说，就是水鸭子。东头还有掖河、爱河，得过了桦树林子。"

子昂朝四下望了望说："我看这头都没有人家，那面有人家吗？"

齐龙彪说："比黄花甸子热闹。要说最热闹，还得是华街，就在车站跟前儿。一会儿你去黄花甸子搭个毛驴儿车就行，我得去见个哥们，就不带你去了。以后有事就到宁安找我。去宁安就到华街坐车，那有汽车行，乜河还有汽船，都有往宁安去的。到了宁安，你就提我名儿。提齐大胆儿也行，我的外号。"

子昂心想他胆子是不小，这一道还真仗他胆大才敢这么走。与他告别后，又一路打听到了牡丹江火车站。

▶▶▶ 第 007 章 ◀◀◀

牡丹江站因站址南靠牡丹江水域而得名，于清朝光绪三十二年开始承担国际客货联运业务，原与周边的海林、东宁、绥芬河、三姓等广阔地域同属宁古塔将军府管辖。宣统年间，宁古塔府改为宁安府，直到民国以后，宁安府才改为县制，乜河、牡丹江站、黄花甸子、掖河、桦树林子等被划为宁安县的第五区。

牡丹江水域在道光年间叫胡尔哈河。咸丰年后，该水域先后改称穆丹江和牡丹江，是从满语穆丹乌拉译音而来，意为弯弯曲曲的江。牡丹江连着镜泊湖，清朝年间，这一流域虽然经常发生水灾，但因土地肥沃，便一直成为政府官粮地。清政府除派靖边军驻守防范沙俄从水陆进犯外，还经常派遣钦差大臣到宁古塔辖内督办边务，遇灾赈灾。尤其牡丹江、海浪河、镜泊湖出产的东珠，更是朝廷青睐的贡品。

中日甲午战争后，中国逐渐成为软弱可欺的大国，中国东北也成为沙俄帝国主义执行远东政策极为重要的地区。

光绪二十四年，沙俄为掠夺中国东北丰富资源，以中俄合办名义，强行修筑哈尔滨至绥芬河间的铁路，亦称中东铁路东线。光绪二十七年，沙俄又开通了从海参崴经由牡丹江到哈尔滨的列车，是为东清铁路东线。

利用滨绥、东清铁路线，沙俄西伯利亚洋行等资本家在中国东北压价强买大豆、小麦、燕麦和大宗农副产品、毛皮、山货，并倾销其本国日用消费品。同时，他们还对中国进行文化侵略，除在东北开办学校、设立医院、出版各种刊物、发行报纸以外，还利用东正教进行侵略活动，先后从奉天到哈尔滨，又由满洲里到牡丹江铁路沿线修筑教堂一百多处。各教堂神甫道貌岸然，和沙俄资本家一样，强占中国土地后也经营面粉厂、榨油厂、制酒厂、畜牧厂、印刷厂等各种企业，甚至把教堂变成他们奸淫妇女、杀伤人命和进行特务活动的魔窟。

就在八国联军攻占北平、天津的半年前，沙俄以"护路"为名，加紧扩充"护路军"，在掖河建起大片营房，在牡丹江江岸架设炮台，还在乜河建立了俄罗斯士兵村。不久，山东、直隶派出义和团密使在绥芬河至牡丹江铁路沿线宣传反对沙俄入侵，成立义和团。八国联军占领天津、北平后，沙俄侵略军开始进攻乜河。乜河义和团勇士和爱国清军与沙俄侵略军展开激战，数百名勇士为保卫乜河英勇捐躯，但终因清政府软弱，与沙俄签订妥协"和议"后共同镇压义和团，使坚持高举"扶保中华，驱逐外洋"大旗的义和团只能忍恨息鼓。

民国以后，驻守原宁古塔辖区的清军都换成了东北军，但这里的人民却依然受着沙俄和日本资本家的剥削、奴役、奸淫和掠夺。

火车站前的街道上人气很旺，这便是龙彪所说的华街，也叫兴隆街。人们似乎已经适应了外强的侵入，街道两边排着各种店铺，各种招揽生意的幌子正懒洋洋地随风飘动。熙熙攘攘的街道上除了川流不息的行人，还有行驶的"万国牌"汽车和人力车、骡马车、驴车、牛车等。各种店铺除了中国人开的煎饼铺、馒头铺、包子铺、剃头棚、浴池、中药房、杂货铺、绸缎庄等外，还有俄国人、日本人开的各种涉及民生且规模较大的商行。日本人于民国二十四年就在这里做起银行、旅店、大烟馆、窑子铺等大赢利生意，虽然是东北军的管辖区，但中国百姓还是受着外商的挤对，加上官府的各种税收，日子过得很不宽松。

因不熟悉去黄花甸子的路，子昂只好叫了辆马车。那马车上面罩着棚，挂着蓝布帘的棚门正对着马屁股，车夫就坐在棚门和马屁股之间的左侧，右侧支起一盏玻璃灯，是天黑赶车照明用的。

车夫将他送到一片很空旷的地方停住车，说黄花甸子到了。在子昂的想象中，黄花甸子应该是遍地黄花有人家。对于他来说，这可是野外写生的好地方。但眼前的一切让他傻了眼，除了田地就是荒草地，面北一道山，东西望不到头，虽有人家，但都是土坯草房，分散在一块块的田地间。

子昂并不知道姨母、姨夫家的具体位置。因母亲叫唐春英，他才清楚记得大姨叫唐春秀，而姨父的名字他似乎从没听父母叫过，平时父母唠起大姨夫，父母只是叫他姐夫，他和妹妹叫姨父，只是通过表哥表姐知道他是王姓。

顺着弯弯曲曲的小道，他挨户打听着大姨的名字唐春秀，但没有人知道。其实他忽视了一件事，虽然各家夫妻都有自己的姓，但以家对外时，则都是以男主人的姓氏为主，所说张家李家王家赵家，基本没有称呼女主人姓氏的。女主人的名字除了自家人或亲近的人知道以外，一般人是不知道的，虽有称呼，一般都是随着丈夫的姓；丈夫姓什么，叫起来就是什么奶、什么娘、什么婶儿、什么嫂，要么就是谁谁家的媳妇儿。如此子昂找不到唐春秀也就不奇怪了。若按照姨夫王姓找，乾隆以后许多满人也入了此姓，可谓大姓，仅凭一个王姓找到大姨夫，可谓大海捞针，子昂不禁感到茫然。

天色开始暗了，他依然没有收获，走得两腿好像灌了铅。他从小到大还从来没有这样奔走过，何况他这些日子就没休息好。

他想找家旅店住下来，便顺着马车拉他来的方向又回到火车站前的华街。但他一时不知哪有客栈，正好遇到一个沿街叫卖烟卷的男孩儿，便拦住问道："这跟前儿有客栈吗？"男孩忙应道："我带你去！"

他很感激这男孩不惜放弃自己生意帮助他，谢过后就跟着男孩向火车站方向走去，最后到了一家名为"兴隆客栈"的门前。男孩冲着门里喊道："老板娘，来住店的了！"

话音刚落，从门里走出一位大约二十四五岁、身材匀称、貌美姿秀的女子。

虽然天色已有些暗淡，但面对该女子，子昂还是感到眼前豁然一亮，暗中惊叹这女子美得醉人，就连娇美迷人的文静、金瑶也有些逊色。

媚气夺人的老板娘一见到子昂，也被他的温润如玉般的英俊所打动，愣下神后，又面如桃花般地微笑道："快里面请吧。"

他顿时感到心里一丝温馨滑过，一身的疲劳也都消失了，忙向她微鞠一躬，又回身谢过那领路的男孩。男孩见他转身要进店，突然说道："我都给你领道儿了！"

见子昂发愣，老板娘笑道："有零钱儿就赏他点儿，没有就拉倒，等着我给他。"他这才明白，忙从兜里摸出一个小子儿递过去。

男孩接过钱看了看，脸上露出笑容，随后又冲老板娘邀功道："我领三个了。"

老板娘笑着应道："知道了，给你记着呢。"男孩转身又去叫卖香烟。

子昂这才明白，这男孩除了卖香烟，还担着为这家客栈拉客人的差事，卖香烟是一份挣头，客人和老板还各给他赏钱，真够精灵的。

进了店门，迎对着是一大约两米长的柜台。因屋中有些暗，柜台上已经点起一盏洋油灯，只是有意把灯火捻小了。

老板娘忙着将灯火捻大，又打量子昂道："你是个学生吧？多大了？"

子昂也看她看得更清晰，唇红齿白，笑眼迷人，好一副桃花面，欣然答道："我二十一了，在北平上学，我家是奉天的。"接着又补充道，"我是在这旮出生的，黄花甸子。"

她有些惊讶道："是吗，那你是回老家呀，咋还住店呢？"

他腼腆道："当年我爹我妈上我姨家串门，说是赶上闹鼠疫了，就猫在俺姨家，我就是那会儿出生的。鼠疫过后俺一家就回奉天了。后来我跟我爹我妈又回来过，那会儿我还小，啥都没记住，这次回来找我姨家没找到，就先找个店住下，明天接着找。"

老板娘笑道："别着急，在我这儿住你放心，咋说咱是老乡，不会黑你的。我比你大七岁，给你当姐乐意吗？"

他还以为她和自己年纪差不多，虽然心里有些落差，但还是欣喜地点下头。她仍微笑地看着他问："你想住啥样的？有大间儿，有小间儿，都是火炕。"

他知道小间都比大间贵，为了省钱，便说要大间的，随即从兜里掏出一块银圆递给她。

她眼睛一亮道："呦，大洋啊！咱这儿可很少有人用了！"

他又一愣，问道："那你们用啥钱？"

她笑道："日金，日本钱，还有哈票、江票、奉票。早些时候还用过羌帖儿，是老毛子的。"

他有些不安，身上只有几块银圆，要在这儿不能用怎么办？忙问道："你们不用大洋吗？"

她笑道："以前都用，民国十年就不咋用了。不过大洋还是值钱的，兑换一下就行，有出远门儿的用。你要相信姐，姐帮你兑，不会让你吃亏。"

他便又掏出两块银圆递给她道："姐，我信你。"

她在一枚银圆上吹口气，随即举到耳边听声，然后又冲他一笑。他不在意她对自己多么谨慎，只觉得她手掐银圆时的兰花指特别优美，尤其笑得让他心醉。

她将银圆收起道："我先带你进房间，待会儿兑好了给你送过去。"他点头应着，随她进了一个大间。

借着一盏马灯的光亮，左侧是一条通炕，叠起的被褥、枕头在炕里摆了一长趟，有十多个睡位。

这时屋内只有一个老汉赤着上身和双脚坐在炕头处。老汉五十多岁，有点黑瘦，正一手大饼子一手咸菜地吃着，显然是他的晚饭。见有来住店的，直起身道："呦，又来做伴儿的了。"

他向老汉点下头，算是打了招呼。迷人的老板娘对他说："你就挨着大叔睡吧，夜里炕热乎。我去给你打盆水来，先把脚烫烫，解解乏儿。"说完出去了。

子昂先将身上的画夹斜立到对面墙脚处，然后脱去上身外衣。老汉呵呵笑道："你还真行，老板娘亲自给你打洗脚水。"

子昂意识到老板娘对他格外关照，心里惬意，故意问道："没给你打？"

老汉笑道："我可没这福分。"又神秘道："这老板娘可厉害。"

子昂不以为然道："我看她挺好的。"

老汉又呵呵笑道："大美人儿能不好？好些爷们来住店，就是来看她，都叫她美人蕉。但有一点，没人敢撩她，有给她撑腰的。"

子昂心有戒备地点点头，毕竟美人蕉比自己大七岁，不管谁为他撑腰，自己认她做姐姐总不能说是撩她吧？这时老汉又问道："瞅你像个学生，远道儿来的？"

子昂只觉得两腿发酸，坐到离老汉跟前的炕沿上说："从奉天来的。"

老汉有些惊讶道："听说奉天让日本人占领了！你是啥前儿出来的？"

子昂说："我从北平回奉天时，我家那儿就已经让他们给占了，家里房子也让他们搁炮弹给炸了，我爹我妈和我妹妹都来黑龙江了。我大姨家住这面，我是来找他们的。"

老汉叹口气道："听说日本军队正往黑龙江这边打呢，政府开始往齐齐哈尔调兵了。"

子昂半信半疑地问道："蒋介石不是不让抵抗吗？"

老汉说："他不抵抗有抵抗的，马占山不听他的，听说正准备和日本人大干呢。"

子昂兴奋道："这太好了！"

这时，美人蕉端着一盆热水进来了，水盆是用洋铁皮打的。她笑盈盈地将水盆放到地上，又从身上掏出一叠纸币递给子昂道："这是兑的钱，多少就这些，姐可没赚你的。"

子昂接过一沓票子，见面值有十钱、二十钱、五十钱、一元不等，但仍看不明白，也没好意思多问，回道："我知道，谢谢姐。"

她笑道："不用谢，有啥事儿招呼我。你们歇着吧。"说完转身离去。

望着她秀美的身影离去后，子昂才转过头将票子亮给老汉说："我来时带的是大洋，这街面儿上没有用的，就掏两块大洋让她兑一下，咋兑我也不明白。"

老汉接过票子说："我来帮你瞧瞧。"点了点票数道："差不多，黑市也就这个价儿。她要是也做这买卖，估计还能挣点儿。"

他正陶醉她的美，并不在意她挣多少钱，不禁又想起他在北平时，不花钱是无法实现对那个外国女模特艳美的人体素描的。

虽然美人蕉身上的衣服有些宽松，但从她走路的姿态中，他还是能感到她三围间柔美的弧线，他甚至幻想能为她画一幅人体画，但他清楚这是不可能的。

这时，朱老汉把钱还给子昂，叹口气道："你说咱国家的银圆多好啊，那可都是用银子打的。可老毛子、小日本儿来了后，这银圆就变成了洋纸，银圆都被人家换走了。开始这儿都用老毛子的羌帖，可后来羌帖都成废纸了。咳，坑老鼻子人啦！现在老百姓用的钱还有好几样纸票子呢！什么哈大洋票、奉票、日金票，也不知是哪发的。我就知道日金票是日本人发的。你换的这个就是日金。日金也有钢镚儿。"说着从旁边拽过一件粗布上衣，又从兜内摸出三枚硬币让子昂看，说道："可这不是金不是银，没准儿哪天也不值钱了，还得坑些人！"

子昂接过三枚硬币，见上面分别是五厘、一钱、五钱，没有接话，将钱还给老汉。老汉又说："还得说是咱们的银圆，啥时都值钱，就是不让花了，那银子还值钱呢！没看人有钱人都攒袁大头，那可是实打实的银子。"

两个人越唠越有兴致，老汉还有半块玉米饼没有吃完，想起吃时，就问子昂道："你晚饭吃了没？"

子昂说："我晌午吃得晚，现在也不饿。晌午是在黄花甸子一户人家吃的，我想给那家留点钱，可那家说啥也没要。"

老汉说："在黄花甸子住的，大都是外来户，心肠都好着呢。也有当地人，是在那儿开地的。那块儿地界儿大，没人管，又都是好田地。我也是来开地的。"

子昂不禁问："你是本地的还住店？"

老汉说："我是朱家屯儿的，离这儿好几十里呢。"

子昂又问："在家干啥呀？"

老汉说："也种地，种了大半辈子啦！"

子昂又问："咋不在家种？"

老汉说:"家里种的是官粮,一年到头儿剩不多少,就出来再刨点儿。白天去黄花甸子选了一块儿,就打发儿子回去把牛牵来,把家伙什儿拿来。我不想住这店,现在挣点儿钱比吃屎都难!这不,白天看地时不小心摔了一跤,把腿抢破了。左右明儿个还得来,儿子就硬让我住这儿。咳,没办法,就得跟小鸡儿刨食儿似的,这多刨点儿就多得点儿,要不拿啥给儿子娶媳妇儿?"

子昂认可老汉是个好父亲,不禁又想起自己的爹妈和妹妹。离家在外,多个朋友多条路,他也想和老汉亲近些,便又问道:"叔您贵姓?"

老汉说:"姓朱。你呢?今年多大了?"

子昂坦诚道:"我叫周子昂,在北平上学,今年二十一。"

老汉说:"噢,和俺家大小子一般大。不过你可比俺那几个强。读书人总不会差,我那几个也只能种地了,日后成个家,生儿育女,一辈子也就这样了。咳,都是一辈子,活儿法不一样。"

子昂也忧虑道:"现在也不好说。日本人这次把动静弄得这么大,蒋介石又不抵抗,可别就这么把东北让给日本人。马占山要和日本人打,那倒是好事,但终归不如蒋委员长能力大。辽宁、吉林整个都让日本人占领了,黑龙江能不能打过日本人还两说。我听说日本人打长春时,东北军也抵抗过,可还是没守住。要是真的亡国了,我这学上不上还有啥意思?我现在最重要的,就是想法找到我爹我妈他们。"

朱老汉又问:"你是冒蒙过来的?那就不大好找了。"

子昂说:"我现在搞不准我姨家是不是在黄花甸子,我就记得我姨在俺家提过,他们经常在家门口采黄花儿,晒干了炒肉吃,还给俺家带了些,是挺好吃的。"

朱老汉样子认真道:"那是不假。可你要是指这个找人,那就没准儿了。再说你姨家就是真在黄花甸子住,那也不太好找;黄花甸子可不算小啊!要说南北方向,从火车站往北有山拦着,这还不算太远,可要说这东西的距离,那就长了!从桦树林子到海林,都是黄花甸子,就是跑火车,我估摸也得半个多时辰。"

子昂更加忧虑,愁眉苦脸道:"我明天再找找看。"边说边脱鞋准备洗脚。

朱老汉看他很焦虑,安慰道:"难得你这么孝顺,你也别犯愁,明儿个俺们也去黄花甸子,我和我孩子也帮你打听着。"

子昂感激道:"那太谢谢您了。"

朱老汉说:"甭谢,都是出门在外,互相帮忙很正常。对了,你还没吃晚饭,我这儿还有饼子,就对付一口吧。"

子昂说:"我还不饿,等饿了再说。"

朱老汉自己吃起剩的饼子和咸菜,边吃边说:"你们大城市人尽吃好的,这苞米面儿干粮你们吃不惯吧?"

听朱老汉这样说,子昂倒不好意思了,说:"朱叔,俺们家也吃这样干粮。等会儿,我洗完脚的,我吃点儿;您这一说,我还真饿了。"

朱老汉边笑边从身后拎过一个褡裢,然后从里面取出一整个玉米饼子。

第二天醒来时,子昂发现通炕上住满了人,都是大男人,这时有的醒来下炕了,有的还在被窝儿里打着呼噜。这些人什么时候住进来的,他一概不知,就连打鼾声和脚臭味也都没听到、闻到，自然是前天酒劲未过就在火车厢内颠簸了一宿，接着昨日又在黄花甸子走了一白天，身体确实太乏了。好在这店内夜里发生的事情都与他无关，无外是些陌生人和他睡在同一条大炕上。

朱老汉也起得早，这时并不在屋，但他的裤裤还在叠起的被子上，大概是出去遛弯了。他忙看一眼自己的画夹，又摸了摸自己衣兜内的钱，见都还在，这才穿衣下炕。

他走出大间，在柜台处见到了美人蕉。打过招呼后，美人蕉问："退房吗？"

他喜欢看她，想多住几日，便说："先不退。"说着先交了三天的店钱，又找话题问道："大姐，和我住一起的朱叔呢？"

她看着他说："去逛街了吧？"

正说着，朱老汉有点瘸地从外面走进来，一手端着烟袋杆，烟袋杆上挂着巴掌大的烟口袋。

子昂先打招呼道："朱叔起挺早。"

朱老汉说："习惯了，到点儿就醒。"

他又关心地问："看你走路挺吃劲儿，就是昨天摔的？"

朱老汉说："是，强多了，再活动活动就没事儿了。"

见他俩唠得亲热，美人蕉笑道："你俩挺有缘的，一宿觉工夫就近乎到一块儿了。"

朱老汉说："小伙子仁义，我挺喜欢。"

她又微笑地看着子昂，目光是温柔的。他也喜欢看她，但目光和她一对上便感到一阵心慌。见他害羞的样子，她说："我去给你们打洗脸水，热水现成的。"

朱老汉说："天儿还不算冷，搁凉水就行啊。"

美人蕉斜一眼朱老汉道："都深秋了，咋不冷？不冷晚上给你们烧炕干啥？"然后去用一铜盆端来温水，放到柜台旁的凳子上，招呼子昂先洗。

美人蕉看着子昂洗脸，提前备好一条毛巾。他擦完脸想把毛巾洗一洗，她伸手夺下毛巾道："这是我自个用的，我来吧。"说着又在他脸上摸一把。

他下意识地躲闪一下，随即感觉心脏跳得激烈。她咯咯笑道："瞧把你吓的，姐还能吃了你？"

他心里又涌起一股甜蜜感，慌忙解释道："不是故意的。"

她仍咯咯地笑道："姐故意的。"

他浑身的血液也在沸腾，脸也涨红了。

因昨晚吃了朱老汉的玉米饼，子昂这时便执意要请朱老汉出去吃早点，在一家馃子铺吃了馃子，喝了豆浆，然后等来朱老汉的三个儿子，一同儿坐上牛车，又去了黄花甸子。

第 008 章

然而又过去数日，子昂依然没能寻到家人。朱老汉带着两个儿子去开荒了，一直也没送来好消息。他只好每天晚间继续住在兴隆客栈。尽管省吃俭用，但身上的钱还是不多了，他不敢续交店钱，怕没钱吃饭连路也走不动，只渴望尽快找到家人，届时所欠店钱自然都能还上。

美人蕉看出他的窘况，不但没有催他交店钱，还把他调到一个单人间，并天天为他送些好吃的，一再嘱咐道："别总对付，要不身子骨受不了。"

他很感激她，更感到她身上有着强大的魅力在吸引着他。

这日，她又为他送来饺子，见他的画夹放在被褥上很好奇。这些日子他一直想让她注意到他的绘画，然后向她炫耀，最好能为她画一幅画像。这时见她终于问起，就让她看了他在北平画的人物素描。

她看后大加赞赏，对他又增添了好感。他要为她画一张肖像，她欣然接受。

恰巧第二天秋雨连绵，他没法出屋寻找家人，她便让他端详让他画，还对他述说了自己的身世。

这时他才知道，她姓薛名婉娇，人们所以叫她美人蕉，既因她长得美，也因她名中的"娇"和"蕉"谐音。

婉娇还告诉他，这个客栈是他男人继承父亲的，生意虽然还好，但后来发现黑市的钱币生意更有赚头，便将客栈交给她经营。

她已生下两个孩子，大的是儿子，今年八岁，小的是女儿，今年四岁。除了客栈，她还另有住家，就在客栈的后趟街，年已八旬的婆婆和他们一家四口住一院。

子昂正为她画像时，房门突然被推开，一个身穿长袍马褂的男人进来，五十多岁，中等身材，有些秃顶。见子昂、婉娇对望着，秃顶不禁一愣问："干啥呢？"

婉娇坐在那里没动，很淡定地对秃顶说："他给我画像呢，画得可好了！"

秃顶没有理她，过来打量着子昂又问："你哪儿的？"

子昂没见过此人，也不知他和婉娇是什么关系，不禁有些紧张，刚要回答，婉娇回答道："住店的，来这儿找亲戚。"

子昂忙补充道："我家是奉天的。我姨家住这儿，还没找到呢。今天外头下雨，待着也没事儿，就给大姐画张像。"

秃顶又将目光移到画面上。画像已经完成了一多半，她微笑的花容已经定格在画面上。

秃顶看了一会儿说："笑得挺好看，你对我可从没这么笑过。又遇到称心的啦？"

婉娇脸色一变道："别胡说！人家还是学生呢！"

秃顶又看着子昂问："你多大了？"

子昂有些蒙，如实回答。秃顶转身出去。子昂疑惑地问婉娇："他是谁？"

她想说又不想说，正犹豫着，秃顶又推门进来对她说："罗掌柜那儿一直想找个画画儿好的，他能去吗？"

她不耐烦道："你问呗。"

秃顶便问子昂道："我有个朋友，开寿材店的，他那想用个画材头的，按月给工钱，你能去吗？"

子昂没听懂，问道："啥叫材头？"

婉娇解释道："棺材头。"

子昂浑身一激灵，忙摇头道："不不，我是来找人的，等找着了，我还得回北平。"

秃顶皱起眉头问："你家不是奉天吗？"

子昂解释道："我在北平上学。"

秃顶有些沮丧道："拉倒吧。"说着又离开了。

子昂又看婉娇，想再问却不知该怎么问了。她看出他的心思，终于难为情道："你别笑话，他就是俺男人。"

他不禁惊讶。他还以为她的男人很英俊魁梧，没想到会是这副样子，顿时像看到龙彪和金瑶在一起似的，心里又在拧劲地疼。

他不理解，她年轻且容貌、身姿姣好，怎么偏偏嫁给这样一个人？一想到她天天和这个男人睡在一起，更加觉得浑身不自在，忍不住爱怜地看着她。

她冲他一笑，笑得很不自然，说："俺家穷，爹娘又贪财……噢，他对我挺好。"又一笑道："来吧，咱接着画。"

他们又边画边唠。这时他又知道，婉娇的男人比她大十三岁，姓何名耀宗，祖辈是光绪年间闯关东来到这里的，算是牡丹江的老户。婉娇的爷爷也是从关内闯关东来到黑龙江的，但落脚在牡丹江东面的爱河村。因为家里穷，她成了何耀宗娶的第三房老婆。

何耀宗在他家中最小，上面竟是七个姐姐，家里人便都盼他娶了媳妇后能多为何家多生男孩。

在他十六岁时，家里人就四处为他选媳妇，可姑娘看了几十个，父母、姐姐们总是意见不统一，那架势非要给他找个仙女不可。直到民国三年，二十五岁的何耀宗才娶了头房媳妇，姓萧名惠娴，长得端庄秀气，也很贤惠。

可成亲以后，惠娴一直没有怀上孩子。何家人又都不安了，认定是惠贤的毛病，可看了几家中医，大夫们的说辞都不一样，有的说她体寒，有的说她体热，总之就是挂不住胎。

补寒补温的药都没少吃，却仍无济于事。有个老中医怀疑问题出在何耀宗身上，说要给他把脉下方子。何耀宗顿时感到羞辱，骂老中医治不了他媳妇的病还胡说八道，连诊费也不给，拽着惠娴离去。

但惠娴由此看到了希望。那日她守着公婆和大姑姐们的面又提起此事，还让何耀宗去看大夫。何耀宗当即恼羞成怒，指着惠娴大骂道："明明你是骡子，反倒说我无能，实在可恨，去死吧你！你死了我再娶个大姑娘，给俺们何家生一炕！"惠娴伤心欲绝。

就在那天夜里，惠娴悬梁自尽了。何耀宗十分懊悔自己说的狠话，但人死不能复生。周围的人也都在背地里咒骂他。他越发窝火，整日借酒消愁。

又过了两年，也就是民国九年，三十一岁的何耀宗才娶上第二房媳妇，姓尹名春桃，进何家时十八岁，长得也很俊俏。可过了两年多，春桃也没怀孕。更让何耀宗没想到的是，第三年春桃竟与奉系军阀张宗昌手下一个军官私通，并跟着去了绥芬河。

春桃离去的第二年，何耀宗去爱河参加一位朋友孩子的婚礼，而办喜事这家正是婉娇家的远房亲戚。

婚宴上，何耀宗一眼相中梳着一根大辫子的婉娇，随后便托这位朋友替自己到薛家说媒，还说何家愿出大彩礼，而且等姑娘嫁到何家后，整个客栈的收入也都由她把着。

婉娇这年十八岁，同村和她同岁的姑娘都已经是两三个孩子的母亲了，可她此前就是出不了嫁。同村还有一个比她大的姑娘也嫁不出去，是因为长得奇丑无比。而婉娇嫁不出去竟是因为长得如花似玉。

事情就坏在她爹妈的身上。她家就她一个女孩，上面三个哥，下面一个弟，爹妈见她长得人见人爱，便一心想为她选个好人家。所说的好人家，就是家中富裕，彩礼给得多，至少可帮薛家娶回两个儿媳妇。结果提亲的不少，她爹妈都没看好，一一都给打发了。

婉娇小时倒是与本村一个比自己大两岁、名叫蒋绍黎的青年情投意合。虽然蒋绍黎也是全村长得最好的，但婉娇的爹妈嫌他家老少三代人只靠几垧地生活，蒋绍黎又是长子，身下两个弟弟，怕婉娇嫁过去受累，便坚决不同意她嫁到蒋家。

婉娇十六岁时已楚楚动人，她的心思也只在蒋绍黎身上。爹妈看出她的心思，就对她严加看管，不再让她和蒋绍黎见面。婉娇无奈，每日只能待在屋里院内，偶尔出去赶集，也得有爹和哥哥们跟着盯着守着。

蒋绍黎的心思也全在婉娇身上，这突然见不着她的面，想得几乎要发疯，天天失魂落魄地在薛家房前屋后转。

婉娇爹一看他这样就心烦，轰也轰不走，骂也不管用，那日竟抢起锄头吓唬他。谁知蒋绍黎这时正心痛如绞，有股娶不到婉娇便去死的劲头，竟迎着锄头冲上去，顿时满面流血。

蒋家人与薛家理论，可婉娇爹咬定是蒋绍黎自己故意往锄头上扑的，两家人便由对骂发展到殴斗，结果蒋家人都受了伤，而薛家却几乎毫发未损。事后经村长等人出面调解，薛家赔了蒋家一百斤玉米，但此后薛蒋两家结了仇。

之后又有多家到薛家提亲，可都被要彩礼要跑了，再后来竟没人敢来提亲了。就在薛家人都为婉娇的婚事犯愁时，何耀宗派人来提亲了。虽然何耀宗比婉娇大十三岁，但何耀宗说出的彩礼数，还是让婉娇的爹妈眉开眼笑，当即订下了这门亲事。

婉娇听说要娶她的人竟比她大十三岁，坚决不同意。但直到最后，她也没能犟过爹妈。她妈这时候倒埋怨起她来："没看看你都多大啦？再不出嫁，以后这样的也遇不着了！"

她爹更是坚决道："嫁也得嫁，不嫁也得嫁！只要你成了何家的媳妇，咱家你两个哥哥也能娶上媳妇了！"

两个哥哥也劝她就这么嫁吧，话说得更让她心寒："你也不能一辈子在家白吃白喝，你就给咱薛家出点力吧！"

婉娇伤心地哭了一整天后，终于决定嫁到何家。当她同意嫁到何家时，爹妈和哥哥、弟弟们竟都欢天喜地的，她觉得自己像个瘟神，终于被自己的亲人逐出了家门。不久，她毫不留恋地离开了家，坐进在她看来就像一口棺材似的大花轿。

此后她对娘家人一直不肯原谅。嫁到何家已经十年，她却一次也没有回过娘家。何耀宗曾劝她不要这样对待娘家人，她却眼睛一横道："我是卖给你的，这就是我家！我还有一个家是棺材！哪天这个家也待腻了，我就住在棺材里。"何耀宗感到后背冒凉气，不禁想起惠娴上吊自杀、春桃与人私奔，便不敢惹她。

娘家人见她总不回家，就来人看她，但不管谁来，她都只当素不相识，甚至她爹来店里住，她也会板着面孔冲她爹道："把店钱交了！"

她爹有气也不好发作，终于服软道："咋说也是爹把你养大的！"

　　她毫不心软，愤愤道："你拿了何家那些钱，就是我的卖身钱，也算报答你们了！今天你不给店钱就不行！"末了，是何耀宗从自己身上掏钱为岳父付了店钱。婉娇不在乎谁掏钱，只要钱递过来，收了就走，然后到没人处又哭一场。

　　婉娇跟子昂讲了这些，还在他面前哭了一通。他很同情她，更为她感到心痛，恨不能搂着她一起哭。

　　将近中午时，子昂为她画完了像，画得很完美，他甚至想自己留下日后欣赏。但他还是送给了她，心想日后要再为她画一张，自己留个念想。

　　正当婉娇对着画像夸他时，屋门突然又开了，闯进一个小少爷打扮的胖男孩，身上已经被雨淋湿。

　　胖男孩一进来就哭着对婉娇说："娘，媳妇儿不和俺玩儿！"显然，这就是婉娇的儿子。但他没听准婉娇儿子说的是"媳妇儿"还是"喜凤儿"。婉娇刚要说话，由门外又匆忙进来一个拿伞的姑娘。

　　姑娘十六七岁，没有梳头，过腰长的黑发松散地披在后背，随意地用只花手帕拢在一起，在那张俊俏的面庞衬托下，显得舒展和柔美。

　　子昂尤其注意到，她的俊俏容貌，竟如同第二个婉娇，只是她俩的年纪有些差距，若说她是婉娇的女儿显然不可能，倒像是一个妈生的亲姐俩。

　　姑娘的突然出现，让他眼前又一片明亮。那姑娘一见子昂也一愣神，脚步戛然而止，立在门口有些不知所措。

　　婉娇顿时冷下脸，训斥姑娘道："死丫头，不在家哄他玩儿，下这么大雨出来干啥？头也不梳！疯啦？"

　　姑娘惶恐道："娘，俺正洗头呢，平儿老用水往我脖子里头灌，我说他两句他就跑来找你，我是来追他的。"

　　子昂蒙了，姑娘居然真管婉娇叫娘。他听婉娇说过，她的女儿才四岁，便问婉娇道："你闺女不四岁吗？"

　　见他吃惊，婉娇笑道："俺家闺女小，这是儿媳妇。"

　　他简直不敢相信自己的耳朵，瞪大眼睛，看看发梢还滴着水的姑娘，又看着已不再哭正对自己打量的胖男孩问："他媳妇？"

　　婉娇不自然地笑道："看你大惊小怪的，这算啥？娶大媳妇儿的不有的是；只要有钱，想娶啥样儿就找啥样的。俺家你姐夫不就是吗！"

　　他哭笑不得道："我的天，你们也太……"他见那不大不小的媳妇有点无地自容的样子，后半截话便咽了回去。

　　婉娇也感到气氛很窘，就对儿媳介绍道："香子，你得叫他舅舅。"

　　香子低头不语。婉娇又不悦道："死丫头，这么没规矩！"

　　香子一惊，忙给子昂鞠了一躬。婉娇还是不悦，继续训斥道："咋还哑巴啦？"

　　香子这才低头道："舅。"

　　看着和婉娇一样娇美的香子，他的心里又隐隐地痛起来，暗中哀叹道："这不糟蹋人吗！这么俊的大姑娘，居然给个不懂事的孩子当媳妇！"他还想，这姑娘要给他当媳妇正合适。

婉娇又对胖男孩说："平儿，你也叫舅舅。"平儿噘嘴看着子昂不开口。婉娇便拿着自己的画像哄儿子道："看看这是谁？"

平儿一看画像便乐了，一指她嚷道："你！是你！"

婉娇说："这是舅舅给娘画的。舅舅能耐吧？等让舅舅给你画一张。"

平儿害羞地躲在婉娇身后看子昂。子昂看他还不懂事，冲他一笑问："想画吗？"

平儿这才站出来，挺着胖身子道："想！"接着问道："舅舅，你咋画的呀？"

他不愿接受香子称他舅舅，却欣然接受平儿称他舅舅，说："你就坐那儿别动弹，我照着你画。"

平儿便一屁股坐在婉娇坐过的椅子上说："我坐了，你画吧。"

子昂说："等吃完晌饭的，行吗？"

婉娇也劝道："舅舅画一上午了，让舅舅歇歇，等吃了晌饭再画。走，咱现在回家，奶奶和妹妹还在家呢。"

趁着婉娇和平儿说话的空隙，他又看了一眼香子。香子也是利用这一瞬间向他投来目光。他能感觉到，她的目光里充满着对他的柔情，也似乎要对他倾诉她心中的委屈。

他有些激动，真想多看她一会儿，但她又低下了头，面颊透着娇羞的红润。这时，婉娇又哄平儿道："先跟你媳妇回家，娘待会儿就回去。"又对香子说："带他回家，赶紧把饭热了，我和你舅再说几句话。"

香子应了一声，过来蹲到平儿身前，平儿娴熟地趴在她背上。那一瞬间，子昂只感觉胖墩墩的平儿像一座大山，重重地压在香子的背上，也压在他的心头上，仿佛血从他心底被挤了出来。

平儿在香子背上对他说："舅舅，吃完饭就画。"

子昂这时对婉娇的好感已不如开始那么强烈了，对平儿的反感也开始加剧。尽管平儿还是个孩子，他还是恨不能将他从香子的背上扯下来。

但他还是笑着对平儿说："行，吃完饭你们就过来。"他实际上是希望香子还能跟过来，最好也能让他端详让他画，再听她诉说她心中的苦。

香子背着胖墩墩的平儿出去了，好像把他沉重的心也扯去了。他对婉娇说："姐，你咋给孩子找个这么大的媳妇？"

她不屑道："大啥呀？她进俺门儿那年才十三，已经三年多了。"

子昂说："这得跟平儿比，他俩比可差挺大，又不是就平儿长岁数她不长。"

她笑道："大的好，大的知道疼人儿。"又深情地看着子昂说："咱姐俩要能成夫妻，得把姐疼死！"他被她这话吓一跳。

见他紧张的样子，她又咯咯笑道："姐和你说笑话呢，看吧你吓的。"接着又说："其实是我很喜欢香子。都说她长得像我，可我不想让她和我似的，嫁给一个跟爹似的男人，多恶心人。我是完了，可我不甘心。我嫁了一个比我大十三岁的人，我想让香子嫁个比她小十三岁的人，可惜香子才比平儿大八岁。"

子昂又问道："平儿不是你亲生的吗？"

她笑道："是啊。这不要紧，儿子大了再娶个小儿的。"立刻觉得失口，忙又说："噢，只是这么一说。你看香子的模样多招人稀罕！就这小模样，长到三十也是难得的一朵花儿！你看姐姐我，都二十八了，谁见我还都说我是一朵鲜花儿呢。我敢说，哪个男人见了我，都在打我鬼主意！"

子昂听她这话心里又一惊，觉得像在说他。她又问："你看呢？姐还算是一朵花吗？"说着脉脉含情地看他笑。

他感觉她的目光如同盛夏的骄阳，晃得他睁不开眼，忙又低下头回答道："姐，你真挺美。我是从美术角度评价你。真的，在奉天和北平，像你这么好看的也不多，至少我还没见到过。"他还想说香子也很好看，又怕她看出自己心怀鬼胎。

她开心地笑道："你长得也好，是我见过的男人里长得最好的。我第一眼见到你就喜欢上你了。"然后又看着他笑。

他又紧张起来，忙说道："姐，你在我心中，就像女神一样，女神是不可侵犯的！"她怔了一下，然后又看着他笑。

他随她笑笑，问道："那香子她爹妈愿意吗？"

她叹口气道："她家是掖河的，爹妈早都没了，有个爷爷和叔叔，还有个弟弟和妹妹。"

他心又一震问道："她爹妈咋没的？"

她又叹口气道："这得从她爹说起。她爹是种地的，每年得交租子。牡丹江像他这样儿的多的是。原先这块儿种地和收租都是六四分成，种地的得六成，收租的得四成。可大前年，这种分法就颠倒过来了，种地的得四成，收租的得六成，农民都不干，就联合起来闹事。香子她爹就是领头的，结果啥也没闹成不说，还让警察署的人打伤了。其实这事儿也就这么拉倒了，可接着呢，老毛子也来欺负咱种地的，说是西伯利亚洋行的来收大豆，价格给得可低了，农民不卖还不行。她爹就出主意祸害这些老毛子：冬天装大豆时，他们把冰块儿砸碎了掺在豆子里，结果你猜咋的？船开到暖和地儿后，碎冰块儿都化了，豆子就在船上发起豆芽儿了，愣把大船给胀裂了，连船带货都沉到海里了，死了不少老毛子。老毛子急眼了，让咱警察署查是谁干的。也不知他们咋查的，一查就把香子她爹查出来了。后来听说她爹是被人塞进大江冰窟窿里了。她家人从一开江就沿着江边找，一直没找到尸体，她妈就那年春天投江死了。香子是她爷爷找人家要卖。要买她的有好几家，可谁也没俺家出钱多。我就看她长得挺像我，才舍得出高价。她挺懂事儿，看孩子、做饭，啥活儿都会干。我也没亏着她，买她的时候，俺家可是搁八抬大轿把她抬来的。"

他为香子家的不幸感到痛心，但仍为香子嫁给一个不懂事的孩子感到惋惜。

这时，他们听到其他房间住店的正张罗着吃午饭，她便说："你等着，一会儿姐给你送吃的来，为姐忙一上午了，姐得好好谢你。"

子昂说："不用了，我这还有剩的干粮和菜，一会垫补一下就行。"

她拿着自己的画像往外走着说："你甭管了。"说着出了房间。

婉娇在客栈对面的牡丹香菜馆点了两盘炒菜和一包馒头送进来，然后说家里还有老的小的等着她，就转身回家了。婉娇送来的饭菜，子昂一顿吃不了，连他的晚饭也带出来了。

·第 009 章·

吃过午饭，子昂想睡一觉，可躺在炕上，满脑子里又都是香子。他越想她就越为她感到惋惜。他也为自己遗憾，怎么不先遇见她呢？要是先遇见她，不论她家多穷，自己也要带她回奉天。忽然想到她是被婉娇花高价买来的，自己爹妈怕是拿不出重金来买她。

正胡乱地想着，屋门突然被撞开，吓他一跳，抬头一看，是平儿闯进来，显然外面的雨已经停了。可后面并没有香子跟着，他忍不住问道："你自个儿来的？"

平儿一边大口喘气一边点头。他又问："你媳妇呢？"

平儿仍喘着粗气，一屁股坐到椅子上道："不知道。"

他有些沮丧，盯着平儿发呆。平儿急了，冲他嚷道："快点呀！你咋不画呢？"

子昂又感到困倦了，想睡觉，但已经没法睡了，便打着哈欠道："画，这就画。"说着懒洋洋地下了地。

正这时，香子也来了，显然又是后追来的。他顿时眼前一亮，精神头又来了。但也感到有些不舒服，是因为她的头发已经盘起来，全然一副小媳妇的模样。看着她盘起的头发，他的心也好像被缠卷起来，有些喘不过气。

但他依然觉得她娇美迷人。他现在最想画的是她，却又不好说出口，怜爱地和她打招呼道："你来了。"

她娇羞地冲他一笑道："嗯。"

他心里很甜，忙给她让座，然后准备画平儿。

正画平儿时，婉娇推门进来，一脸怒气地训斥香子道："一猜你就跑这儿来了！不让你哄他睡觉吗？"

香子忙解释道："他不睡，偏要来画画儿。"

婉娇质问道："你就不能拦着他？"

平儿不耐烦地冲婉娇嚷道："我不困！我让舅舅画画儿！"

婉娇用手指捅了一下香子的脑门道："就你出的馊主意！"

香子不安道："不是，他先跑来的，我是来找他。"

子昂心疼香子，也怨婉娇有些蛮不讲理。

见子昂一脸的苦色，婉娇忙笑道："你看，老给你添乱。我刚把闺女哄睡，去他们屋一看，两都没影儿了！平儿天天晌午得搁人哄着睡觉，你瞅，这对你画画儿又着迷了，觉也不睡了。"

子昂怕她看出自己的心思，笑道："小孩儿都这样。我就是像他这么大时开始学画画儿的。"

婉娇眼睛一亮道："那你给平儿当先生吧，让他也学着画。"

他点头应道："行，他挺灵的，要有人教他，将来比我强。"其实他并不愿教平儿，教个不懂事的孩子学绘画谈何容易，他的心思还是在香子身上，只要常和平儿在一起，就有可能和香子在一起，虽然娶不到她，但能多看她几眼，感觉也是美妙的。

婉娇很高兴，问平儿道："想学画画儿吗？"

平儿大声道："想！"

婉娇说："那就跟舅舅学。"又对香子说："你回家吧，把我刚脱的衣服洗了。"香子一脸无奈地应着，离去的动作也缓慢。

子昂真不愿意她离开，但又不好挽留。就在这时，外面有人瓮声瓮气地喊道："老板娘呢？"

婉娇一怔，忙对香子说："你先别出屋。"又对子昂说："你们画吧，外头来客人了。"又嘱咐道："把门划上。"然后匆忙出了房间，答应着外面喊她的人。

子昂心里疑惑，看着香子问："咋回事儿？"

香子小声道："税务局的。"

子昂问："没看见人你咋就知道？"

她看一眼平儿，见小胖家伙正好奇地摆弄子昂的画画用具，又小声道："他常来。"

他又问："那让咱划门干啥？"

她又低头道："他可烦人了。"

子昂忙去划门。回过身，觉得轻松许多，不再提外面的事，看着她说："我还想画你。"她含羞而甜美的一笑道："先给平儿画吧，我看着。"他便让平儿坐在椅子上，她站在他身旁看他画。

可平儿坐了没多会儿便打起哈欠，接着眼睛也有些睁不开了，毕竟他天天睡午觉，这突然不睡，又干坐在那里自然受不了。香子扶着他问："你困啦？"

平儿闭着眼睛不回答，就势歪到她怀里不动了。她吃力地抱起平儿，立在那儿，清澈明亮的眼睛里露出对子昂的深情。

他大胆和她对望，疼爱地说："把他放炕上吧，抱着多累。"

她迟疑一下，轻轻将平儿放到炕头处。他忙去拿来枕头为平儿垫在头下。香子说："给他盖上点被。"他便又拽过被来，由她轻轻盖在平儿身上。

子昂突然唤她名字道："香子，我给你画？"

香子纠正道："我婆婆管我叫香子，我真名叫芸香。"

他立刻称赞道："这名儿挺好听。"

她羞涩地看着他问道："你叫啥名儿？"

他立刻将自己的姓名、年龄和自己家住奉天，在北平上学，以及自己来牡丹江是找爹妈和妹妹等事都告诉了她。他想知道她的准确年龄，便又问道："你十六还是十七？"

她说："十六，属兔的。"

他点下头，又心情沉重道："你家的事儿我知道了，听了挺难过。"

她顿时哽咽起来，他的眼泪也涌出来。

见他也哭，她忙止住哭道："你别哭，让我婆婆看见该……"

他忙擦去眼泪问："她家人是不对你不好？"

她说："公公对我好，比亲爹还亲。"

他从没听过谁家老公公对儿媳妇好。听老人们讲，老公公要对儿媳妇好，那都是不怀好意的好。他担心何耀宗是对她动机不纯，而芸香还没感觉出来。

他没法接着问下去，就把话题转到婉娇身上，问道："你婆婆对你不好吗？"

她沉默片刻，突然小声对他说："她不正经，老勾引男人，你小心点。"又一指炕上熟睡的平儿说："他和他妹妹，都是她跟别的男人生的。"

他又大吃一惊，心想婉娇果然是个不守妇道的坏女人，她对他说过的那些诱惑的话，看来是真想勾引他结成野鸳鸯。他不禁为婉娇的放纵感到痛心，想她长得那么美丽，为何偏要当个不守妇道的女人？又问道："你公公知道吗？"

她小声道："知道，管不了。其实不全怨我婆婆，她和别的男人睡觉，是我公公让的。"

他更为吃惊，觉得这事太不可思议了，世间竟有让自己媳妇和别的男人睡觉的！他不禁怀疑芸香是故意诋毁何家人和婉娇，又小声道："你公公精神病啊？"

她解释道："不是精神病，是他那块儿有病，生不了孩子。"

他有些愤慨道："那也不能让媳妇跟别人哪！"又想到这种事谁能跟芸香说呢？她又是怎么知道的？便又问："你咋知道的？"

她说："他俩一整就吵架；我婆婆可厉害了，啥话都敢唠，我是偷听的。听我婆婆说，我公公让她借种，她才学坏的。"

子昂这才坚信不疑，又问道："那男的就这个税务局的吗？"

芸香说："税务局这个叫鲁荫棠，也和我婆婆那个。平儿和丽娜的亲爹不是他，是外地的，姓蒋，叫蒋绍黎。我刚来时见过他两次，长的挺好，可没你好看。"

他惊呆了，看来婉娇对他讲的自身经历只是冰山一角。

原来，何耀宗连娶两房媳妇都没怀上孩子，问题真就出在他本人身上。自打头房媳妇惠娴受辱悬梁后，何耀宗十分懊悔自己说的狠话，整日借酒消愁，常常醉得不省人事。娶了春桃以后，见她也不怀孕，才意识到是他自身有毛病，便更加觉得对不住惠娴。

他追悔莫及，只能每年到她坟头烧些纸，越来越怀念她。他不想再冤枉春桃，便又去找那老中医。虽然一再赔礼道歉，可那老中医就是不给他开方子。其实老中医并不记恨他曾骂过自己，而是忍不下他之后又逼死自己媳妇。

何耀宗见老中医执意不原谅他，只好去找别的中医。可吃了几家方子，不但没使春桃怀上孕，他那办事的家伙也越来越萎靡不振。不想春桃身体旺盛，见他不能人道，婚后第三年就和个军官私通并跟随去了绥芬河。

临走前，春桃挽着那个军官来见他，说毕竟夫妻一场，不想让人说他的媳妇跟人私奔，何耀宗便含泪写下休书。

春桃的离去，对他是个更大的打击，他又四处游荡，整日和一些朋友打牌喝酒。他爹娘这时都已年过七旬，见他整日醉生梦死，索性将客栈都给了他，想以此收收他的心，还答应再给他娶房媳妇。

开始他坚决不娶媳妇了，说："我现在得了这毛病，娶一百个也留不住。"姐夫们又给他出主意道："要能找个特别漂亮的媳妇，你这病兴许就能好。"

他信以为真。可认识何家的人都不愿把姑娘嫁给他，说他是克妻的命。就在他心灰意冷时，他在朋友家的婚礼上偶然遇见了如花似玉的薛婉娇。

　　洞房花烛之夜，何耀宗面对娇美的婉娇，身下确实有了反应，急忙要与她房事。可婉娇面对这个比自己大十多岁的男人丝毫没有房事的准备，就连衣服也不肯脱，惊恐地躲闪着。他强行扒去她的衣服时，却在她身上努力了好一阵子也无济于事。他简直要疯了，跪在炕上揪着自己的头发大声号叫。

　　婉娇这时惊呆了，用棉被遮住身体看着他号叫。就是从这以后，何耀宗发现自己那里又多了毛病，常常那处还没硬起，裤裆里已是黏乎乎的了。

　　再后来，他总是觉得体乏，晚间躺下便睡，一觉到天亮，那种事想都不想了，婉娇也总算能在夜里睡上安稳觉了。

　　不论何耀宗如何想法治好自己的病，婉娇都毫不关心，好像这事和她没有一点关系。她一直在想，不生孩子更好，生了孩子也不光彩，只要有钱花，吃穿不愁，索性就这样一辈子到死。

　　她对何耀宗的情感一直是复杂的，一方面盼着他把自己休掉，见他真是舍不得，又盼他遭祸死掉。另一方面，她承认他确实对她好，也常常被他的关爱所感动，但她感动时却笑嘻嘻地叫他"爹"，弄得他哭笑不得。

　　何耀宗意识到自己不能使婉娇怀孕，也意识到他将永远没有亲生骨肉，便想到了抱养一个孩子。但婉娇坚决不接受，他又不敢太逼她。他也为自己不能使婉娇开心而愧疚，便想让她做回开心的女人，主要是让她借精生子，如此婉娇会对自己生的孩子精心照料，既不会像春桃似的跟人私奔，又有了管他叫爹的人。

　　那日，他将这种想法对婉娇讲了，不想她立刻冷脸道："你拿我当成牲口了？"这事便撂下了。又过了一阵，店里住进一个年轻人，这人正是曾与她相恋的蒋绍黎。

　　虽然薛蒋两家已成冤家，但并没有削减婉娇与蒋绍黎的相恋之情。得知婉娇出嫁的消息后，蒋绍黎痛不欲生，但他也只能奢望以后还能见到她。

　　薛蒋两家大人依然水火不容，蒋家人便不能为婉娇送亲。蒋绍黎想知道婉娇到底被嫁到哪里，便老远地跟在送亲的队伍后，从爱河一直跟到牡丹江，远远看着花轿进了何家的院。

　　此后他常来牡丹江。后来他见婉娇和何耀宗一起经营兴隆客栈，自己便在黄花甸子开了一片荒地，秋天卖了粮食填补家中，父母倒觉得他是个懂事的孩子，便任由他来牡丹江，并没往婉娇身上想。终于有一天，他见何耀宗长袍马褂地出了门，便以住店的身份进了兴隆客栈。

　　婉娇见到他格外欣喜，又怕别人知道他是她的心上人，便竭力克制，急忙将他拉进一个单间。

　　一进房间，她便忘情地扑进他怀里。他俩从小一起长大，却从没这样亲近过，这一拥便什么都不顾了，恨不能都把对方含在口里。

　　何耀宗并不认识蒋绍黎，他俩商定以后再相见时，都要装着从前不认识，他也不能说他家是爱河的，就说是吉林的，至于为什么来牡丹江，就说佳木斯有亲戚在此路过，彻底打消何耀宗对他的怀疑。

　　一天，何耀宗见到蒋绍黎，见他长得英俊，家又在外地，尚未娶亲，顿时又想起他想让婉娇借精生子的事。他相中了蒋绍黎，而且他从婉娇和蒋绍黎的目光里看出，只要他这面一松口，婉娇很快就能怀上孩子，便又和婉娇商量。婉娇这时心中暗喜，但没说同意，也不表示反对，只是一脸的害羞。他看出她已接受了蒋绍黎，心里不爽，却也只能如此。

　　第二天，何耀宗把蒋绍黎安排到一个僻静的单间内，说晚间有事对他说。傍晚，快到半夜时，何耀宗来到他房间。

他一惊地从炕上爬起，不安地看着他问："掌柜的有事儿？"

何耀宗坐在地上的椅子上，不冷不热地说："有事儿。这些日子，我看你和我媳妇儿挺近乎。"

他心一惊，心想一定是他和婉娇拥抱亲吻的事情被他知道了，现在要拿他出气了，但却没见他手里带着家伙，忙解释道："掌柜的，您别多想，您要多想，我明儿个就走，现在走也行……"

何耀宗倒很平静道："你别忙着走。你俩亲近，我没生气。我不但不生气，我还想让你俩继续亲近。"

他更加慌神了，有种不祥的感觉，怯怯地问道："何掌柜，你要干啥呀？"

何耀宗开门见山道："我想要儿子！"随后又说，"闺女也行！可我实在不中用。你是外地人，我就不瞒你，我那里有病，生不了孩子，明白我的意思吧？"

蒋绍黎不敢相信自己的耳朵，只是胡乱地摇下头。何耀宗又叹口气道："其实我想抱养一个，可她不愿伺候。仔细一想，这也不怨她，不能生的是我，人家能生，凭啥养个和自己不相干的崽子。再者说，我听说没生过孩子的女人，岁数大了都挺特，孩子靠这样人带大，肯定也挺特。我见过不少抱养的，真正孝顺的确实有，可养大变成狼的也不少。要么人都说，隔层肚皮隔座山。我是实在没招儿了。"接着又说："你该知道，不孝有三，无后为大。俺们家我是单传，偏偏又是个废物！可我真的不甘心！我爹就是为这事儿窝囊死的。所以说，怎么着也得有个管我叫爹的！现在我想开了，左右不是我的种，干脆我让她借种生个算了。"

蒋绍黎更加惊愕了，婉娇的男人竟允许他俩办房事！当然这正是他梦寐以求的。他常听人说起男女偷情的诱人事，却从没听过这种偷法的。他感激何耀宗，不再多想，只想和梦寐以求的心上人同床共枕，哪怕只有一次也不枉此生，况且何耀宗是让婉娇怀上孩子，至于孩子降生后姓什么管谁叫爹他已无所谓了。

何耀宗叹口气继续说："我啥都认了！这样也好，一是让她也做回真正的女人，再者孩子是她亲生的，她一定能好好伺候。孩子能和她亲就好办，老了也不至于没人管。还有一件事儿，今天也不瞒你。我以前的媳妇跟人跑了。说心里话，我不恨她。但我现在很在乎这个媳妇，我离不开她，哪怕我天天只是看着她，心里就踏实。她倒没让我丢过脸，就是死活不抱养，我是真不放心。我一定要把她留在我身边。所以我让她一步，让她跟别人怀上孩子，但孩子生下来是俺俩的，这样她就安心了。我让她怀别人的孩子，有仨条件：第一，这个男的我来挑，只要是我选的，她就不算背叛我。第二，这个男的必须是外地人。事成后互不来往，谁都别给谁找麻烦。第三，这男的必须是没成家的。没成家的将来得成家，得娶大姑娘，我想他不会把这种事说给别人，这样双方就都没有麻烦。这事以前我跟我媳妇提过，可她死活不干，说我拿她当牲口了，其实我根本没往这上想。别的我就不多说了，从今晚起，你俩一起睡，等她怀上孩子，我给你一笔钱，你就再也不要来了。能答应我吗？"说着两眼盯着蒋绍黎。

蒋绍黎经常梦见婉娇被何耀宗用大花轿抬走的情景，自然心如刀绞。眼下，既然不能娶她为妻，能和她偷着做一回临时的隐夫妻也该满足了，便低着头答应道："能。"何耀宗倒沉默了，起身出了房间。

蒋绍黎正激动不已时，婉娇开门进来了。她也显得紧张，搭坐在炕沿上，低头摆弄着衣襟。终于抬头看他，见他仍低头不语，羞怯道："我不想这样，可他偏要这样。他是真心的。他前阵儿就给我找了一个，是个外省的，我没同意，这又遇上你。反正得走这步，我就想和你……你要是嫌，那你就走，我不生你气。你还是小伙儿呢。"

他唯恐她离开，终于抬起头道："我不在乎！"他浑身的血液涌动起来，见她泪水涌出，大胆地搂住她亲吻，然后为她脱去衣服。

第 010 章

蒋绍黎原以为婉娇还是处女身，欣喜若狂过后，却并没见她那里流红，显然已被破过身，有些失望道："你不说他一点也不行吗？"

她尴尬道："一下就蔫了。"

她也认为她和他是初夜，但眼下也对他疑虑道："你还挺懂的。"他忙说是听别人讲的。

其实婉娇这时不知，就在她被嫁到何家两月后，蒋绍黎的父母觉得他该放下婉娇了，便让媒婆在邻村为他物色一门亲事。可一连说了几家，都嫌他家穷。倒是有户财主要招上门女婿相中了他，并愿给蒋家一笔厚礼。看着蒋绍黎整日魂不守舍，跟个游神似的，蒋家父母就着急让他也有个媳妇，虽然是上门女婿，好歹还有一笔厚礼，可以用来给下面的儿子娶媳妇，一面答应下来，一面又劝说蒋绍黎。

蒋绍黎这时想，已经当了富太太的婉娇，以后也只能把自己当成过路客，便应下这门亲事。成亲时没让本村人知道，直接和那财主的女儿拜了堂。

这时财主才告诉他，他娶的媳妇是石女。他不懂石女是什么，财主坦然告诉他，石女就是不能生孩子，并承诺说，如果她对石女好，保证日后再为他娶个黄花闺女，但生的头个儿子要认石女做亲娘。他为自己日后能有两个媳妇感到欣喜，便保证一定能对石女好。

原以为石女生不了孩子也是女人，暂时还能满足他那方面的欲望，却不想，洞房夜他和石女连房事也办不了。他这才明白什么是石女。

见他心烦的样子，石女变脸道："我本来不想嫁给你，都丢回人了，不想再丢人了，是爹逼我和你成亲的，没办法儿，咱俩就是面儿上的事儿，你就等我爹给你填房没啥病的媳妇儿吧。"

他听出她和他成亲不是第一次，随后知道她是被婆家休回娘家的。可这时说什么都没有意义了，只好等着财主给他填一房可以办那事又能生孩子的黄花姑娘。但他不知什么时候能如愿，和石女睡在一起也不能尽兴，便继续偷着去会婉娇。婉娇不知他是如何知道女人那些事的，不过不论他怎样，自己已经嫁人了，便不去计较。

此后，蒋绍黎每隔两三日来一趟，晚间在那个房间里与婉娇相拥而眠，倒也甜蜜而温馨。好在店里没有长住客，他俩又小心谨慎，感觉没有外人知道他俩夜里在一起的事。

与蒋绍黎合房不久，婉娇的父母又来牡丹江看她。她仍怨恨父母，理都不理，倒是何耀宗还讲些亲戚情面，总能让岳父母有个台阶下。

父母临走时，母亲仍在努力打消女儿对他们的怨恨，猜想女儿心里必是还在挂念蒋绍黎，就耐着女儿的冷脸子道："绍黎也成亲了，让外村儿一个财主家招了上门女婿，也有好日子过了。"

婉娇这才明白蒋绍黎为什么和她办事前就懂得女人的事。但她并不恨他，反倒更加憎恨父母，要是父母成全他们俩，蒋绍黎也不能委曲求全地去当上门女婿，不禁更加伤心，一边哭一边训斥父母道："以后不许你们再来！卖闺女的钱都拿了，还觍个大脸来干啥？谁家卖完的东西还老去看？烦不烦人哪！"

何耀宗也瞧不起岳父母，但婉娇骂得太狠了，便闻声过来劝她道："别这样，咋的也是你亲爹娘。"

婉娇更加凶狠道："我不是他们闺女了，我就是个玩意儿，早就让他们给卖了。"又冲父母严厉道："记住了，以后你们谁都不行来，再来我就寻死去，我死都不愿再见到你们了！"

父母惊呆了，他们怎么也没想到，曾经乖巧的女儿如今变得如此无情，只能伤心地离去，真就再也没来看过女儿。

后来再遇蒋绍黎，婉娇问他入赘的事，他才哭着对她说出实情。婉娇原本因他有事瞒着自己而不满，赌气让他以后不要再来了，在家好好陪媳妇，可听他说他的媳妇是石女，那种事根本办不了，她倒觉得对不住他，消了气，让他以后继续来。每次他来，再没心情她也要让他开心。

几个月后，婉娇果真有了喜。何耀宗发现她呕得厉害，知道她已经怀上孩子了，却说不出是喜还是悲。他立刻提醒蒋绍黎该离开了。不想蒋绍黎已经舍不得婉娇，婉娇也离不开蒋绍黎，但他俩谁都说不出口。何耀宗离开后，他俩搂在一起哭了好一阵。

蒋绍黎不敢再进兴隆客栈了，甚至不敢在客栈前经过，是怕被何耀宗看见。但他还想和婉娇在一起，有时想得恨不能去杀了何耀宗，但他无论如何也不敢做那种欺男霸女的事，毕竟何耀宗已经让他得了那些日的快活，而且还真的给了他一笔钱。

原本他已放弃了在黄花甸子开的那片地，现在他又捡起来，媳妇家不差他种的那点粮，但他勤俭持家终不是什么坏事。只要他在牡丹江有事做，就可以去偷看婉娇。他每次去看她时，都是躲到几十米外的牡丹香饭店里，一边喝着闷酒，一边透过窗户朝兴隆客栈方向望，还真能看到她出来进去。每次见到她，他都心急火燎一般，但也只能强忍着。

就这样，他一直望到她挺起大肚子。牡丹香的老板是个大脚老太太，六十左右岁，性格开朗。许是因为蒋绍黎长得英俊，老太太对他比较关注，也很热情。又见他总是坐在靠窗的地方朝外看，便也跟着往外看，发现兴隆客栈那年轻俊美的老板娘每次出现时，他的眼里都有泪光闪，终于看出些门道，却从不去打扰。

再后来，他好长时间没有见到婉娇，掐算她已经生产坐月子了。

第二年春，他的田地又该翻种了，估算婉娇生的孩子差不多满百天了，就又去了牡丹香。

见婉娇的体型又恢复到从前的样子，倒觉得她比从前还楚楚动人了。

他实在忍不住了，不顾一切地又去看她。婉娇生下的是男孩，因是冬天生的，生产时又不太顺，故给孩子起名叫冬平，乳名平儿。

婉娇很感激何耀宗，对他也温柔许多，还天天让他搂着睡。但她更想蒋绍黎。有时何耀宗看她一个人在那笑，便好奇地问："你傻笑啥？"

她先被吓一跳，然后冲他横眼道："你才傻呢！"说完转身走了。

看着她离去，他自己叹息道："可不就我傻，天地下头号大傻瓜！"

这时婉娇又见到蒋绍黎，欣喜万分，毫不犹豫地又投入他的怀抱。何耀宗发现他俩又到了一起，甚至把孩子的摇篮也挂在他俩当时住一起的房间内，顿时恼羞成怒。

那日，他见他俩正有说有笑地在房间里面哄孩子，竟将一把菜刀架在蒋绍黎的脖子上。

婉娇见状，竟跟疯了似的上前夺刀，夺刀不下，又猛地将他撞个趔趄，并怒视他道："你要伤着他，我就和你玩命！"

何耀宗惊呆了，随后刀一扔，蹲在地上捶头哭道："我造孽呀！"

婉娇对他说："你放心，孩子永远姓何。可俺俩的事你别管，要管你就自个管孩子，我走，不让我走趁早给我备副棺材。"

何耀宗只好由着他俩继续在一起，但规定蒋绍黎每次只能夜间来住店，次日天亮前必须离开。这个协议蒋绍黎履行了。就这样，他俩又持续了三年多。其间，他俩又生下一个女孩儿，却取个洋人名字叫丽娜，自然也姓何。

就在生下丽娜那一年，蒋绍黎终于纳了一个姑娘为妾，年纪比婉娇小五岁。

娶亲之前，他对婉娇提起过，说石女也想让他生儿子，他也是没办法。婉娇不愿他纳妾，倒希望他能不顾一切带着她和他们的女儿逃到偏远地方去，安下属于他们的家。但她已经看出，蒋绍黎最大的愿望是想娶个没被别的男人破过身的黄花姑娘，既无法怪他，也无法劝他，只能希望他以后还来找她。

自打纳妾以后，蒋绍黎好久没再来客栈。婉娇想他，尤其在夜里，可想见见不着，恨又无法恨，倒担心他再也不来了。

那段时间里，她就像丢了魂似的。本来她对芸香很好，可这时却看她干什么都不顺眼，常常无缘无故地对她发脾气，芸香再见她就像老鼠见了猫一般。

从入冬到春天，蒋绍黎一直陪着新媳妇。但他渐渐觉得新媳妇也不如婉娇温存体贴和相处默契，便又来找婉娇。

见蒋绍黎终于又来，她高兴得忘了所有的不愉快。此后，他们虽然不像开始幽会得那么频，但每月总能有一两夜在一起。每次他来，她总会撒着娇地在他怀里哭一回，问她为什么哭，她却只说是高兴的。

似乎婉娇和蒋绍黎的这种关系可以一直保持下去，但就在蒋绍黎纳妾第二年，牡丹江的税务分所变成了税务分局，而横道河子税务分局则变成了税务分所，两地税务人员来了个全员大对调。新调来的税务人员立刻分派到各区，火车站这片是由一个叫鲁荫棠的税官负责。

鲁荫棠三十多岁，身材魁梧剽悍，如同凶神一般，许多人见了他都很畏惧。此人在横道河子税务分局时就联系牡丹江的各领域，因此在牡丹江的警察分署和黑道里都有不少朋友。到了牡丹江的辖区内，他可以横着膀子满街晃，几乎没人敢惹他。

一日，鲁荫棠来到兴隆客栈查税，一见到婉娇便两眼发直了，目光在她脸上、身上扫了一遍又一遍。

虽然婉娇这时已经二十六岁了，但谁看她都说也就二十多一点。见凶神般的鲁荫棠总是盯着自己看，婉娇心里不禁有些发毛。鲁荫棠此后经常来查兴隆客栈，每次来专收住店客人的人头税，即使没有那些人住店，他也往高估着要，客栈简直没法开下去了。其实婉娇心里明白，鲁荫棠在打她的鬼主意，便不敢和他面对，总让何耀宗出面交涉。何耀宗也很无奈，找了许多他的朋友出面说合，但他能找的人谁说话也不管用。

又一日，鲁荫棠来后见婉娇自己在前厅，就说要挨个房间看一看，并让她跟着。她只好怯怯地跟着他。当走进一间空房时，他对站在门口的婉娇说："你进来，我跟你说点事。"

她犹豫一下才进去，故意开着房间的门。鲁荫棠淫笑道："我听说了，你外面有个野男人，你男人连管都不管。"

她心中一惊，不安地朝门外看。他又诡笑道："对，这话别让外人听到。"说着过去关了门，并反插上。

她感到不妙，害怕地哭道："长官，你要干啥呀？"

鲁荫棠靠近她安慰道："别哭别哭。"说着伸手为她擦泪。

她不敢拒绝他，身子在颤抖，由着他为自己擦泪，他就势一把将她搂在怀里。她不敢喊，怕被外面住店的人听见，一边往外挣，一边哀求道："长官，你别的，让人看见不好。"

但他的臂膀比蒋绍黎还有力，她的身子像被铁板箍住一般。他紧搂着她，语气温和地说："你别怕，咱不让别人看见，听我跟你说。"他又贴她耳边说："你咋这么不会看事儿呢？我不想难为你，就是太稀罕你了！再说了，你找野汉子也不挑一挑，找我这样的，保准你舒服。今儿我就想让你知道我咋疼你的。"

她又挣扎道："求求长官放了我，我给你钱。"

他说："我不要钱，就要你。你要随了我，以后我给你钱。"说着一把将她抱起，放倒在炕上，健壮的身体随即压上去。

从此，婉娇便成了鲁荫棠炕上的女人，兴隆客栈的一切官税也不用交了，而且客栈的房间几乎天天都爆满。

但有个单人间，不论客人多少，给钱多少，是绝对不让客人住的，那便是婉娇和鲁荫棠的专用间。鲁荫棠只要不回横道河子的家，两天不来三天早早的，近乎是公开的事了。

何耀宗想管也管不了，周围人知道也不敢随便讲，都装着不知道。有同情婉娇的，还有也想在婉娇身上找刺激的，但因她被鲁荫棠霸占着，即使有贼心也没贼胆。

渐渐地，婉娇完全变成了另一个人，对别人的说三道四也无所顾忌了。

一日晚间，蒋绍黎又来和婉娇幽会。婉娇将他带进一间僻静的空房内，关上门，将她和鲁荫棠到一起的事告诉了他，并劝他以后不要再来了，守着媳妇好好过日子。

蒋绍黎顿时傻了眼，毕竟她是他的初恋，又生下本该是他的两个孩子，他早已把她当成他三个媳妇中的一个了，而且越来越感到她是最称心的一个。这时他后悔此前对她不够珍惜，抱着她失声痛哭，并求她带上丽娜跟他去别处安个家。

婉娇突然严肃道："咱俩在一起的时候也不短了，你娶小儿的也还不到一年，今天你不想要她了，那你当时娶她干啥呀？我现在已经这样了，你娶她之前咋不带我走？是不太丢你的脸？"

他想解释，立刻又被她打断道："你知道吗？你回去娶她那阵子，我的心里多难受？可我没怨你，为啥呀？我不是黄花儿闺女，你不就想娶个黄花儿闺女吗？你们男人都这样！"她显得很激动。

蒋绍黎没想到她能说出这番话，顿时感到惭愧，又哭着自责道："都怪我，我当时没想那么多。"

她继续责问道:"你咋没多想呢?光想着那点事儿啦?你咋就不为我多想点?你咋不想想平儿和丽娜都是你的种?你没想那么多,还管我跟谁睡干啥?"

他觉得理亏,也觉得委屈,更觉得她珍贵,但却将不属于他了。他认为这一切都是鲁荫棠造成的,便悲愤地骂道:"姓鲁的,你个王八蛋!我就在这儿等着,我非杀了你不可!"

婉娇顿时和他翻脸道:"你别诬赖,这事和他没关系,是我和他好的,以后他就是我的靠山。我不想再见到你了!你要住,就在这儿住一宿,但别再碰我,我现在已经是他的人了!我还要提醒你一下,他可又高又棒,抓你就跟抓小鸡儿似的。我都试过了,可他不是抓我,是抱我,他抱我就跟抱只小猫儿似的,舒服着呢。我现在可愿让她抱了,他抱越久我越舒服!"她想把他气走。

他看出来她已经喜欢上了鲁荫棠,便恨起她来,突然愤怒地掐住她的脖子,又将她按倒在炕,恶狠狠道:"那你去死吧!"

她顿时喘不上气来,但她既不反抗,也不挣扎,看着他,等着让他掐死,泪水泉涌般流出来。

见她在等死,他又不忍心了,忙松开手,抱着她痛哭。她闭眼躺在他怀内,剧烈地咳嗽着,咳得心都要吐出来了。

他心疼地为她拍着后背哭道:"娇儿,我错啦!你原谅我,我真离不开你!"

终于见她喘气正常了,他不再哭了,疯狂地亲吻她的颈部,亲吻被他掐过的地方,然后又吻她脸上的泪,见她的眼泪一直在流,他又伤心地搂着她哭。

她突然推开他坐起,满脸泪水道:"睡觉吧,明早你就回去。"说完朝外走去。

他又从后面抱住她哭道:"娇儿,我真舍不得你!"

她立着没动,由着他在身后紧紧地搂着,说:"绍黎,你知道吗?女人很苦,女人的苦很难说出口。你媳妇也是女人,我不想因为我让她也苦,好好疼她。我现在已经这样了,就当是疼我吧。天一亮你就离开这儿,要是被他看见了,你肯定要吃大亏的,到时我真帮不了你。"说着用力掰开他的手,开门出去了。

他绝望了,跪在地上痛哭。虽然伤心得一宿没睡,但天一亮就悄悄离去了,他害怕碰上鲁荫堂,毕竟婉娇不是他明媒正娶的。

鲁荫堂很拿婉娇当宝贝。他在横道河子税务分局时就常来牡丹江,但表面是公差,实际是奔着逛妓院。可自从霸占了婉娇后,除了自己的媳妇外,他还真就没再碰过别的女人,以致婉娇说什么他都听。他从不花婉娇的钱,还总给她买东西,只要她喜欢,他舍得花钱。但婉娇还是惧怕他,而这时对他的怕,已不是怕她本人受多大伤害,而是她发现他对自己的儿媳妇芸香也起了邪念。

那日,平儿哭着找她,芸香便背着他来到客栈,正巧遇见她和鲁荫棠从那个房间里出来。一见到芸香,鲁荫棠顿时两眼又直了,上下看着芸香,吓得芸香快要背不住平儿了。

婉娇心里不安,立刻骂芸香道:"操你妈了的,不在家好好哄他,跑这儿来干啥?"好像谁都没见她这么凶狠过。这一骂,平儿也不敢哭了,趴在芸香背上要回家,芸香便背着他逃回了家。几个住店的听到骂声也出来看,但一见到鲁荫堂,立刻又都缩了回去。

芸香走后,鲁荫棠埋怨婉娇道:"干啥发这么大火儿?这姑娘长得多像你,比你还水灵儿呢！"

婉娇顿时对他也翻脸道："她是俺家儿媳妇儿！你可是她长辈儿！我让你糟蹋我认了，你可不能在她身上打主意，你要敢祸害她，我就跟你玩命！"

见她冷冰冰、恶狠狠地这么说，鲁荫棠有些难堪，但却哄她道："看你说的，咋这么难听？我哪是糟蹋你，我是疼你。"

她仍眼里射着冷光问道："那你还想疼疼俺家儿媳妇儿呗？"

他更加难堪，忙一本正经道："不能不能，既然是咱家孩子，我能那样吗？我就是纳闷儿，这美人儿咋也聚堆儿呢？真是不是一家人，不进一家门儿。"说着双手去摸她的脸道："看你，刚才还挺开心的，这会儿咋又变成了冷美人儿了。放心，我这辈子遇到你就算满足了，我就想正装其事地娶你；你要说把俺家那口子休了，我立马就把她给休了！"

她忙说："你休不休你老婆我不管，我还不想休俺掌柜的呢！"

他淫笑道："我才是你掌柜的呢！"

她温和起来，撒娇道："我不已经是你的了吗？你还得疼嫂子！俺俩你一块儿疼！"

他搂住她笑道："疼，都疼。刚才没疼够你。"说着又将她硬拉进那个房间。

第 011 章

芸香对子昂讲述婉娇，也不过是讲些表面的事，她并不理解婉娇真正的苦衷，于是子昂也顺着她的感觉，认为婉娇是个天生的荡妇。他见过很多年轻时就守寡的女人，一辈子也没有人说三道四，她怎么就守不住妇道？

他也想到她迷人的美，许是太多的花男人在勾引她，甚至强迫她。尤其这个鲁荫棠，一个凶得谁见都怕的官家人，要想强迫她的话，她岂能抵挡得住？但又想到她对他也调情，便又认定鲁荫棠没有强迫她，而是她为了生意求他保护才以身相许的。他觉得她太不自重了，长得那么娇美，却落下这个坏名声，不禁又为她感到惋惜和痛心。眼下，他更在乎芸香，每看她一眼，他浑身上下都会觉得那么清爽，心里那么甜美。

婉娇出去有一会儿了，一直没进来。平儿在炕上睡得正香。他想尽情地欣赏芸香，就问她道："平儿睡了，我画你吧？"

她娇羞地看着他说："我怕婆婆不让。"

他说："那咱俩就这样待着她该往别处想了。"

他说这话也有挑逗性，往别处想还能往哪想？这么一说，她脸红了，低头道："那画吧。"说着坐到椅子上。

他一边用画笔测量着比例，一边仔细地端详她。细嫩光洁的脸庞上，弯弯的细眉，清澈的眼睛，秀挺的鼻子，还有晶莹红润的小嘴儿。他看她哪儿都看不够，不禁又暗中惋惜道："自己怎么没早认识她呢？老天爷也太不公平了！"

　　她被看得不自然了，红着脸，眼睛也不知该往哪看好了，但还是由着他看，渐渐地才显得自然。

　　他为她画了刚一半时，外面有人说话，是婉娇送鲁荫堂走。

　　芸香低声道："他俩完事儿了，真恶心！"

　　子昂忙去抽出门插板，他猜想婉娇肯定会进来。不多会儿，婉娇果然推门进来，一见芸香站在椅子前，子昂画的是她，横着眼问道："你没走啊？"

　　芸香很不安。子昂忙解释道："你不让俺们在屋里待着吗，也不知外面啥事儿，俺们也不敢出去。给平儿画没多会儿他就困了，寻思等他睡醒了再给他画，就又给香子画了，要怪你就怪我。"

　　婉娇倒不好意思了，看一眼还在睡着的平儿，说："看你说的，画就画呗，还啥怪不怪的。没事儿，接着画吧，我外头还有事儿。"说着出去了，他便继续为芸香画。

　　此后，子昂每天上午出去寻找自己家人，下午就去婉娇的家里教平儿绘画。

　　何家的房子是砖瓦结构，而且前后两排，在这趟街上显得很气派。前排房中有门楼，大门是黑色的。过了门是条门洞，门洞两侧分别是住人和存放物品的房子，对面是套三间房。两排房子中间是空场地，宽约十米，算是何家的院落。

　　除了何耀宗的母亲自己住前排房子外，其他人都住后排房。婉娇和何耀宗俩带着女儿住灶房的左间屋，芸香和平儿住右间屋。但子昂教平儿绘画是在何耀宗母亲的房里，房子是里外间，外间是灶房，里间一面空地一面火炕，很宽敞，也很整洁。

　　何耀宗的母亲很慈祥，虽已年过八旬，但耳聪目明，只是小脚走路一顿一顿地。

　　婉娇的四岁女儿丽娜一般是和婆婆在一起。丽娜虽小，但小脸蛋儿上透着秀气，有些婉娇的模样，说话也清脆动听，就是叫芸香"嫂子"时，子昂怎么听都像是叫"傻子"。

　　芸香并不介意，对丽娜说："你才傻子呢！"丽娜嘎嘎地笑，过去打一把芸香道："你傻子。"然后跑开，边跑边笑。

　　子昂觉得她十分可爱，想抱她。开始她不让他抱，嘎嘎笑着跑开了，直到婉娇说"舅舅稀罕你，让舅舅抱抱"，她才让他抱。于是，他连丽娜一起教。但丽娜并不按照子昂说的做，随意在纸上乱画，画够了纸笔一扔又玩别的去了。

　　老太太很喜欢子昂，一直坐在炕上看他教自己的孙子、孙女绘画。芸香好像有干不完的活，只能抽空过来看一看。每次过来，她的迷人目光都会与子昂爱怜的目光碰到一起，旋即又闪开。

　　子昂教平儿画的都是简单的人物画，先是教他画圆圈，又教他在圆圈里画五官。平儿倒是很认真，但他画的头型都和倭瓜、土豆差不多，眼睛大小不一，鼻子像笤帚，嘴巴东扭西歪的，耳朵像扇子，但子昂还是用心教他。

　　每天教一阵平儿后，他都要回到客栈。婉娇仍经常为他送好吃的，只要那个鲁荫棠不来，她就到他房间来，和他说说话，让他照着她画，但不再和他调情，倒真像是个温柔体贴的姐姐。

　　他已经为她画了多幅了，却没有感到厌烦。她总和鲁荫棠在那个房间办房事，他一方面感到惋惜和痛心，一方面也感到刺激和诱惑。他夜里除了梦见父母、妹妹和文静、金瑶，还几次梦见她和芸香，有时梦里竟分不清她俩谁是谁，也包括她那丰满又曲线优美的胴体，真想为她画一幅比维纳斯还美的人体油画，但也只是想想而已。

何耀宗似乎看出子昂是个风流种，尤其他比那个蒋绍黎更英俊，还是个有学问有才华的人，恐怕婉娇和芸香这婆媳俩都难抵挡他的诱惑。婉娇和他怎样他可以不理，但最怕他把芸香也勾引得神魂颠倒，没准日后也和春桃似的，跟着他私奔；毕竟芸香已经是何家的媳妇，何家不能再发生媳妇跟人私奔的事了。他不想让子昂继续留在兴隆客栈，便又想起乜河棺材铺的罗老板。

他和这个罗老板是多年挚友，对罗家的情况都了解。罗家有个女儿比芸香大一岁，尚未论嫁，论长相，绝不逊色婉娇和芸香，又正在读书，和他正般配。他想，只要子昂到了罗家，罗家人定会喜欢他，只要子昂见了罗老板的女儿，兴许他今后就不再惦记芸香了，芸香也就安心守在何家了。

一日，子昂又出去寻找亲人。他在黄花甸子向一伙收玉米的人打听姨母家。其中一个老汉说："在这住的，哪来的都有。这黄花甸子就这点好，啥人都养活，要饭的来这儿肯出力，也能过得挺好。不少人家开始在这儿住，条件好一好的就搬到街里去住了。有的人家搬走了地还留着，年年来这儿只是种庄稼。有的人家搬走后，要么把地卖了，要么把地送人了，还有荒着的，谁种是谁的。"

听老汉这一说，他更加茫然了，心想，自己寻找大姨这些日子也没结果，莫非他们家也搬到街里了？可这黄花甸子还没找全，再要去街里找，那得找到何年何月？

这些日子他听婉娇对他讲，街里也很大，仅一条华街就够他看一个时辰的，况且这华街的东西两侧还有好多街。他又想，大姨家即使搬到街里去，他们在黄花甸子种过的地也应该还在，要么接着种，要么卖给现在的地主人。眼下刚进寒露，正是收庄稼的时节，何不打听收庄稼的人？可是一片庄稼地就得走好一会儿，问了十多家都不是，倒是有从别人手里买地的，但也都是一手钱一片地，彼此谁都不认识，此后也没有来往。也许大姨家就是这样一手钱一片地的，那就更难找到他们了。

太阳落山时，他又疲惫地回到兴隆客栈。刚进自己房间，何耀宗就进来告诉他说，棺材铺的罗老板来找他。他顿时感到晦气，竟一时迷信地担心爹妈和妹妹遇到不测。本想不见，但犹豫间，那罗掌柜已经到了他面前。

罗老板有五十多岁，中等身材，很结实，长袍马褂，头戴礼帽，四方大脸，浓眉炯目，是个庄重的生意人。罗老板一见子昂，脸上立刻露出喜色，随即先做自我介绍，说话声音洪亮。

罗老板叫罗金德，年轻时为俄国人当过伐木工，后来又拜师学木匠，手艺精湛。再后来他自己开了个寿材店。虽然寿材打得好，但寿材头尾和两侧需要画的日月青云等图案让他为难，每次打完棺材刷好油漆，他都要现请画师，要价高点低点他不太计较，只是有时抓不着画师的影，这边刷好油漆的寿材眼瞅着出不了手，总想找个画技好又能长期为他做事的画师。当他听何耀宗说子昂画技很高，眼下正被困在兴隆客栈时，便有意将他招到他的门下。罗金德来到兴隆客栈，点名要见周子昂，见子昂出去寻亲还没回来，就说过会儿再来。

这时，罗金德自我介绍完，仍很客气地问子昂道："听说小兄弟很有学问，画的也挺不错，罗某特来求教，可以吗？"

子昂见此人庄重且不失礼节，年纪又和自己父亲差不多，一时忘了棺材的事，忙恭敬道："叔，您太客气了。我是学美术的，但画得不算好。"

罗金德又问："听说你有画好的，看看可以吗？"

子昂便将自己画的几幅素描画和小油画拿出来让他看。罗金德看后大加赞赏，接着又说："听说你在这儿遇到点困难，我想帮帮你。我是做殡葬品生意的，如果你不忌讳，不妨到我那儿做点事，我给你开工钱，你看咋样？"

听说给开工钱，想到自己已囊中羞涩，子昂动了心，说："我没接触过这些，不知我能做什么。"

罗金德说："这你不必担心，你去了一看就明白。"

子昂真想挣点钱，便说："那我试试吧。"罗金德很高兴。这时，婉娇也进来了，罗金德便问她："他欠店上多少钱？都算到我身上。"

婉娇见罗金德诚心要将子昂接走，竟如被人挖了心一般。但子昂也答应了，她就不好多说什么了，这时又见罗金德要替子昂付房钱，心里觉得别扭，实在不愿疏远与子昂的关系，便坚决不收罗掌柜的钱，说："看你说的，好像俺姐俩一点情分都没有似的，您能帮他我还谢谢您呢，只要不欺负他就行！"

罗金德笑道："弟妹真会说玩笑话。放心吧，我保准亏不着他！"

婉娇看一眼子昂，也笑道："那谢谢大哥了。"

子昂很感激她，想到自己就要离开她和芸香，心里也不禁涌起一股酸酸的感觉。但他还是收拾了自己的东西，然后跟着罗金德往外走。

临出门时，婉娇更显得依依不舍道："这些日子，姐没好好照顾你。"

看着她难舍的样子，他更加感动，居然想哭，说："姐，您已经帮我很多了，您是我的恩人，我一辈子也忘不了你，改日一定来报答您！"说着眼泪真的涌出来。

她也控制不住了，眼泪也涌了出来，却伸手为子昂擦泪道："咱姐俩就别客气了，今后日子还长着呢！"

罗金德都看在眼里，带些嘲讽道："看你们的感情还真不浅！"

婉娇有些尴尬，忙解释道："大哥，子昂可懂事了，到时你也舍不得！"

罗金德说："那敢情好，只要他愿意在我那儿，我留他一辈子都成！"

婉娇笑道："最好给你当姑爷。"

罗金德只是呵呵地笑。子昂立刻意识到，罗金德定有个还未出嫁的女儿，只是不知有没有文静、金瑶、婉娇、芸香秀美可爱。

出门时，子昂心里依然酸酸的。他想再见一眼芸香，但他知道婉娇一直有意不让他俩接触。有时他也怨恨婉娇，但转念一想，婉娇也没错，芸香再好，毕竟已经是过了门的媳妇。这时他竭力显出自若的样子，劝婉娇留步，然后随罗掌柜走出客栈。

走出一段，他更感觉自己的心像被拴在了客栈里，这时如同生扯一般，忍不住回头去看。尽管行人流动，他还是一眼看见婉娇仍立在客栈门前，显然正在抹眼泪。他险些失声哭出来，心里哀怨为什么好女子都成了别人的媳妇！婉娇虽然大他七岁，但他觉得她更有魅力，似乎因她风骚才有着与文静、金瑶和芸香不同的魅力。他回头去望婉娇时，罗金德正在拦一辆拉脚的马车，然后叫子昂一同上了马车，朝着乜河方向驶去。

乜河原本在清军入关前是这一带的中心地，宣统年间曾和掖河同属绥芬府辖区，后来改归宁安府。但随着俄国人在乜河和黄花甸子间建起火车站，牡丹江站站前便日益兴隆起来，人口也日益增多，相继形成了向东定为东一、东二、东三条路，向西定为西一、西二、西三条路等，及横穿各条路的兴隆街、铁道街、维新街、牡丹街、新安街等多条街道。

牡丹江站前的兴隆，使这里的地域称呼也发生了改变，人们将牡丹江站周围都说成牡丹江，渐渐地形成了一个独立区。再后来，原本中心地域的乜河也成了牡丹江的一部分。

但乜河依然是人口密集的地方。这里于清朝年间就建有学校、商会、巡警公所等，各种商号店铺林立繁多，与火车站前不相上下。尤其逢年过节时，这里的关帝庙和娘娘庙要比火车站前的人气更浓。

从火车站到乜河，中间隔着牡丹江。江水很宽，缓缓东流，但这一带却没有江桥，只是在渡口处扯一条跨江索绳，来回过江的只能依靠船家摆渡。

江水东流，船向南行，船的侧绳和跨江索绳通过一个滑轮连在一起，彼此保持着一定距离，船家在船上用力划桨，船便别着劲地向南岸移动。

子昂随罗金德赶到渡口时，天色已经暗下来，但还有来回过江的人。两人随帮上了船，罗金德先交了船钱。

罗金德的家住在乜河一条繁华的街上，临街一连排五间房。听他自己介绍，罗家的人也很多，除了自家老少四辈，还有一些雇工。雇工分为木工、纸工、布工等。木工便是用锯刨铲凿打制棺材的人；纸工、布工则分别是制作丧事所用的花圈花篮、纸牛纸马、童男童女等纸活和死人穿的寿衣之类的人。

进入寒露的深秋，天色变得越来越短，正是吃晚饭的时辰，天色已经暗下来，各家各户的屋里都点起了豆油灯、煤油灯或蜡烛。那些为了省油省蜡的人家则或摸着黑闲唠，或已经上炕睡觉了。

罗掌柜将一盏马灯的火苗捻大，然后领着子昂将自家的各种木活、纸活、布活看了一遍。雇工们都已下工离去，只是制作的各种成品、半成品摆在那儿，不免有些瘆人。

在制作寿材的一个大间内，阴森森地排着几口大棺材，有已经画了图案的，有只刷了深红色油漆的，还有刚刚打完、亮着木头本色准备刷漆的。

子昂面对这些棺材有些毛骨悚然，虽然有罗掌柜在身边，但他俩的身影通过马灯光亮不时地在墙上晃动，还是令他忽而心中一惊，忽而头皮一炸。

罗掌柜倒是兴致勃勃的，一边走一边向他介绍着各种制品的用途和制作方式，以及每天的销量，最后说："你要能在这儿干长远了，我就把所有的都交给你打理，工钱自然也少不了。"

子昂沉吟着没有回应，他不想在此干太久，要不是身上已经没钱了，他一天都不会干。他想，每天能有吃有住就行，一边干活，一边设法寻找亲人，一旦找到，就立刻离开。

这时罗掌柜又转了话题道："住的地上也给你安排好了，我送你过去，看满意不。"说着带他朝棺材铺的后门走去。

第 012 章

从棺材铺的一个后门出去，还有一排五间房，显然也是罗家的，中间闪出一溜几米宽的空地便是院落，类似何家的院落。其实这条街的各家基本都是这样的结构。前屋临街，多是用来做生意，后屋才是真正的住屋，中间院落也多是两头码柴垛，或再养些鸡鸭鹅狗等动物。也有饲养猪羊和牛马骡驴等大牲畜的人家，临街砌起院墙，或夹起木障、板障，中间或一侧设上木门，多为双扇对开的。即使是穷户人家，也用木棍、树枝圈起一圈杖子，中间好歹也有扇单门。

子昂被安排在靠东侧的一间。开门进去，就着马灯光亮看，这是个套间屋，外间有灶台，里间有火炕，炕上铺着被褥。

罗掌柜说："事先不知道你愿不愿来，也没太拾掇，回头好好拾掇拾掇。"

子昂说："这就挺好。"

罗掌柜坚持道："明天我叫人弄，你就安心帮我做事儿。走吧，到我家屋去，家人都等着吃饭呢。"

子昂客气道："我吃过了。"其实他还没吃晚饭，一回到客栈就被罗金德拦住了。

罗金德不容分说，一挽子昂的胳膊道："吃了也得过去，这饭可是为你预备的。临走时我就跟家里交代了，能不能把师傅请来，都得等我回来。"

子昂跑了一白天，这时确实也饿了，便没再推脱，将画夹放到炕上，跟着罗金德出了这间，又进了当中的一间。

一开屋门是灶房，子昂闻到浓浓的饭菜香，真像在自己家母亲做的菜，不禁又思念起爹妈和妹妹。

借着灶台上一根蜡烛的光亮，他觉得这屋和齐龙彪在哈尔滨的家比较相似，只是更宽敞一些。

又跟着进了右边的屋，左侧是一面大炕，炕面是用纸糊后又刷的蓝色油漆，被一盏放在高架上的洋灯照得泛着亮光。

这时炕上很热闹，老老少少快将一条炕坐满了。罗掌柜一进屋便兴高采烈道："师傅请来喽！"

见他俩进来，炕上除了一对七旬开外的老爷子、小脚老太太和一个一岁多的幼儿原位没动，其他人都高兴地起身下炕。

罗掌柜对家人说："小师傅手艺真不错！我还没见过画得这么好的呢！"接着又对子昂说："既然你叫我叔，那我就拿你当晚辈了？"

子昂忙说："您本来就是我长辈，您和我爹岁数差不多。"

罗金德说："那就好。来，我给你介绍一下。"先介绍坐在炕里的一对老人道："这是我爹我娘，你叫罗爷罗奶就行。"

子昂从没见过自己的祖父、祖母，便冲里低头行礼，叫着"罗爷好！罗奶好！"两位老人都笑呵呵地应着。

罗金德又介绍那个盘着头、面容和善、五十来岁的女人道："这是你婶儿。"子昂便又行礼道："婶儿，您好！"

罗婶更是乐得合不上嘴，喜欢地端详着子昂道："你叔回来都学了，说你手艺好，又孝顺。"忽而关心地问："找到你家人没有？"

子昂摇下头，他很吃惊他的事居然连罗掌柜的家人都知道。罗婶安慰道："别着急，咱接着找，只要在这片儿住，一准儿能找着。"

罗金德接着又介绍他的儿女们。大儿子叫景吉，模样憨厚，身体健壮，比子昂大两岁。景吉的媳妇小青长得小巧秀气，眼神里透着机灵，很受看，比子昂小两岁。景吉和小青的儿子刚一生日多，胖乎乎地讨人喜欢。

罗掌柜的二儿子叫景祥，比子昂小一岁，高个儿头，身材匀称，相貌不及子昂倒也英俊。罗家唯一的女儿叫懿莹，十七岁，长得和嫂子小青很像亲姐俩，但个头比小青高，一笑一对小酒窝。罗掌柜的小儿子叫景利，十二岁，一看就很顽皮。

罗金德每介绍一人，子昂都微笑着点头说"你好"。唯介绍到懿莹时，他竟不敢抬眼看她，还不由自主地给她行了礼。

他在来的路上还想着婉娇要让罗金德收他做女婿的事，只是觉得一个棺材铺老板的女儿不可能比婉娇、芸香长得好。刚才在棺材铺里毛骨悚然时竟忘了这件事，只是进这屋时，他好像第一眼就发现了她，顿时眼前一亮。她的两根黑黑的辫子编得很松却很均匀，一根垂在胸前，一根垂在背后，透出一股清雅，让他感觉很清爽。他简直不敢相信，一个开棺材铺的家里，竟会有如此花容月貌、亭亭玉立的姑娘。他甚至对诱人的菜香也失去了兴趣，总忍不住想再看她一眼，而每次将目光闪过去，都能和她那双清澈有神的眼睛对在一起，心中又一惊地闪开。

懿莹竟如婉娇一样落落大方，红润的脸上一直透着甜甜的微笑。在他心中，懿莹和婉娇、芸香都同样美，婉娇美中透着成熟，芸香美中透着含蓄，而懿莹则美中透着天真和浪漫。但婉娇和芸香都是有男人的，他这时便想和懿莹拉近距离，直至娶她为妻，毕竟他早已到了娶妻的年龄，他已急不可待了，既然遇到称心的，就该好好把握机会。但文静、金瑶、婉娇和芸香他也无法忘却，都将成为他美好又心痛的回忆。

为子昂一一介绍完后，罗金德便吩咐搬桌子上菜。几个人一起动手，工夫不大，那些蒸的炸的炖的焖的已在炕桌上热腾腾地摆了一大半，外面灶房里又传来沙沙的炒菜声，子昂倒感觉像在自己家里过大年。

围桌坐下的时候，爷爷、奶奶坐在里面桌子中间，子昂被奶奶拉到自己身边坐下。懿莹立刻样子顽皮地说："我挨着爷坐。"没等别人说什么，她已经坐到了爷爷身边。坐下前，她的头轻盈地向右一摆，胸前的辫子便一旋地飘落到她后背上。她的这一动作，不禁让子昂想起妹妹子君也有这样的动作，但好像没有懿莹做得优美动人。

懿莹抢先挨着爷爷坐在里面，大家都很自然，好像那个位置就该她坐。随后，罗金德两口子分别坐在子昂和懿莹的身边。这样，子昂和懿莹便分别被祖辈和长辈护在中间。

爷爷、奶奶和罗掌柜都喝小烧酒，奶奶先问子昂喝不喝，子昂想起在齐龙彪家时喝得难受，忙摇头道："我不能喝，爷、奶你们喝。"罗金德让他称呼懿莹的爷爷、奶奶为"罗爷、罗奶"，但他听懿莹"爷、奶"地称呼，便也这样称呼，感觉就像和懿莹是一家人，心里很是惬意。

但好像谁都没在意他怎么称呼，只是好奇他是怎样学的绘画。他便将自己在家里怎么认的老师，怎么去的北平，在北平怎样上课，都画些什么讲述一遍，但他没敢提他画过人体模特儿的事，是怕罗家人接受不了，尤其是怕懿莹因此讨厌他。他尽量把他能说的和值得炫耀的事情都说出来让大家听，尤其是让懿莹听。

懿莹对他说的都感兴趣，总是微笑地听他讲。子昂不敢直对着她，他讲话时，她便停住筷子，美美地笑着看他。讲到自己有画现成的画带在身边时，罗金德吩咐小儿子景利去东间屋把画夹取来。

不多会儿，景利捧着画夹进来，交给子昂。画夹里有写生、素描画十多幅，其中还有婉娇、平儿、丽娜的，还有一卷画笔和一些空白的画纸。他将画好的一一分给大家看，大家交换着欣赏，赞不绝口，连景吉和小青的儿子也呀呀地伸手来抓。罗金德事先看过这些画，这时便自己坐那儿津津有味地喝着酒。懿莹忽然笑着问："画我行吗？"

这正中子昂下怀。他想仔细看看她，只有通过这种方式。在兴隆客栈他想欣赏婉娇和芸香，就都是通过这种方式实现的。他终于能直看一眼她道："行。就是坐那儿挺腻歪人。"

懿莹似乎还没看出他看她那一眼有多深情，笑道："那怕啥的？"接着又说："先给俺爷、俺奶画。"

子昂有点失望，他最想先画的是她，他太急于尽情地欣赏她迷人的眼睛、秀气的鼻子和诱人的小嘴儿了，但他只能乖乖地听从她的吩咐。

夜里，他自己躺在东间屋的炕上睡不着，脑海里又全是懿莹对他微笑的样子。但接下来他又和文静、金瑶、婉娇、芸香在一起了，当然是在梦里。醒来后，一想起他现在正在罗家，脑海里便又浮现出懿莹对他的天真的微笑。

第二天，子昂的任务就是给罗家的爷爷、奶奶画像。虽然他心里急着画懿莹，但给两位老人画的时候依然很精心，用时也很长。他总担心懿莹会改变主意不让他画了，便竭力地把爷爷、奶奶画得逼真些。

当把一头花白头发、留着山羊胡子的爷爷画完时，罗家的人都惊呆了，画纸上的爷爷就如同本人照在镜子里一般。随后，懿莹又欢快地让他画梳着髻鬏的奶奶，画完奶奶又该吃晚饭了。

第三天，他原以为能画懿莹，但懿莹又让他给娘画、给爹画。他心里着急，但一句不顺从的话也不敢说，装出欣然接受的样子。

懿莹和二哥景祥、弟弟景利都在乜河读中小学，每天早晨和中午，她为子昂派完任务便去上学。第四天学校休息，懿莹终于闪亮登场，子昂心里尤其激动。

懿莹和爷爷、奶奶住在一间屋，在父母住屋的对面。画爷爷、奶奶的时候，都是在懿莹的父母屋里画的，子昂自来到罗家后，还是头一次进这间屋。

这间屋里比对面屋还整洁，奶奶正伸腿坐在炕上缠线，两只小脚穿着线织的白袜，撑开一桄做针线活用的白线，扯出的线丝正连着她手中的白线团，身边的线管箩里已经缠了许多鸡蛋大的线团。她是在帮儿子做事，寿材店里布工用的线，基本都是她这样缠出来的，既可省些雇工费，分到雇工手里也有数。

奶奶知道子昂今天来这屋画孙女儿，见懿莹带他进来，亲热地招呼着。

子昂还有点拘束，对屋内打量一番。屋内除了箱柜之类的家具，很多东西是懿莹个人的，其中一些东西妹妹子君也有的，但他对懿莹的每件东西都感到异常亲切，就连她的一双绣花鞋也仿佛从里面散发着芳香。

懿莹不知子昂在想什么，欢喜地脱鞋上炕，炕面也是油光的蓝色。从她开始脱鞋，他就注意她的脚。她的脚似乎很像文静的脚，只是脚上紧绷绷地穿着浅绿色的细线袜，看不到脚趾，这倒让他更感到神秘诱人。

懿莹微笑着倚在她自己的粉花被上，从容地由着子昂端详。

他将懿莹画得更加完美，但却遗憾道："要是能上颜色就好了，可我没带来，寻思在这头也能买到。"

懿莹喜欢自己被画得和年画一般，就歪头问他："这儿有卖的吗？"

他说："北平、奉天都有，这头我还不知道。"

她说："俺爹认得好几个画画儿的，等让俺爹给你问。"

他希望罗金德能买到油画颜料，到时候就用画布为懿莹画一大幅的、精彩的，说："到时候我再给你画个更好的。"

她愉快地应道："行。"然后欢喜地端着自己的画像对奶奶说："奶，把咱们的画都贴墙上行吗？"奶奶应着"行"，却对子昂笑。

懿莹更开心了，站在炕上比画道："奶，你跟俺爷的贴这儿，我的贴这儿，行吗？"

奶奶咯咯地笑道："行，行。"又对子昂说："她可从没这么高兴过，从你来以后，瞧她欢实的。"

懿莹没理会奶奶的话，继续在墙上比画着。奶奶又笑着问子昂："在家定亲了吗？"

他立刻感到好事要来了，忙说："没有。"

懿莹也听出音儿了，忙蹲下身推一把奶奶道："你问人这个干啥？"

奶奶没回答，只是对着他俩抿嘴笑。懿莹有些慌，看一眼子昂，见他正深情地看她，这才害羞起来，推揉着奶奶道："笑啥呀？"

子昂也在慌，但见懿莹不是生气，心里很激动，恨不能过去紧紧搂住她，但他知道这还为时太早，慌忙道："奶，我出去了。"说着转身出了屋。

自打懿莹在子昂面前害羞后，便不再看着他笑了。虽然也不时去看他，但也是看一眼便慌忙闪开目光。子昂每次和她含情的目光对过后，心里都有一股甜滋滋的感觉。因为有了这份甜蜜，他帮罗掌柜做事也更用心，各种祭品制作都由他来操持，对外销售则由老大景吉来把持，罗掌柜则谁家有白事就过去帮着张罗，每个丧家都不白让他张罗。

子昂还想寻找父母和妹妹，但这时他却不知该去哪里找了。一有空闲，他就为罗家的人画像，小青、景吉、景祥和那个不老实让他画的孩子都被他画过。他还为几个线条清晰的雇工画了几幅。罗家到处都洋溢着温馨的气氛。

罗金德还真托人为子昂买来了油画用品，懿莹的油画像便也诞生了，画面上的懿莹楚楚动人，比其本人更加白皙靓丽。

她心里喜欢，嘴上却说："我有这么白吗？"

子昂说："你皮肤挺好的，以后别太晒着了。"

她开起玩笑道："那俺天天猫被窝儿里啊？"两人又开心地笑。

入冬了，天气渐渐地冷了，大人孩子都开始换上了棉衣、棉鞋，出门也都头戴狗皮帽子和围巾。懿莹妈特意用好料子为子昂做了棉装，罗金德还亲自为他买回狗皮帽子和棉鞋。

子昂来到罗家已经一个多月了，父母和妹妹没法去找，也只能让罗金德、景吉出去办事时帮着打听，但一直没有确切消息。

好在天天有懿莹陪着，他一直很开心。在这里，他的情感远比在何家自由释放，他对懿莹的情感流露，无须像对婉娇、芸香那么纠结又胆怯。尤其他俩情意浓浓，罗家人都心里清楚且默许，还背着子昂、懿莹在一起商量过，等子昂找到爹娘，两家长辈就坐到一起，争取把这份姻缘结下来。虽然子昂家在大城市，但罗家人都自信自家的经济条件和懿莹的俊模样不会被周家拒绝，何况子昂对懿莹的那份真挚，已不是别人能够轻易阻拦的了。

懿莹和子昂分别从嫂子和景利那儿得到老人要为他俩定亲的消息，当目光再相对时，他俩就好像已经订过婚似的，更是大胆地传递着脉脉深情。

但罗金德还是给他俩在一起的时间定了规矩，即每天晚间吃完饭，他俩都要和大家一起唠嗑，然后懿莹回爷爷、奶奶屋里睡觉，子昂回他自己屋睡觉。于是，白天的时候，他俩便有说不完的话。她总是滔滔不绝地把她在学校里听到或看到的新鲜事儿讲给子昂听，他也总是津津有味地听她讲。

但懿莹讲的事情都没有超出乜河的范围，倒是景祥的消息广，时常对子昂说一些当前的国事。张学良支持马占山抗日，并任命他代理黑龙江省主席兼军事总指挥的消息就是听他说的。

从此，他俩的接触也亲密起来，常常一同睡在东屋。但子昂知道自己有说梦话的毛病，景祥提出和他一起睡，他又不好拒绝，便每次一起睡时都一唠唠到深夜，等景祥真困了、睡实了他才敢睡。

那天，景祥又对子昂讲了马占山率军在齐齐哈尔江桥上同日军激战的消息。子昂兴奋中期盼马占山能将日军打回日本老家去。但半个月后，景祥又沮丧地对他讲，马占山和日军打到第十五天就因援军无望撤兵去了海伦境内。

子昂的心又沉重起来。懿莹倒是让他开心，但他担心日军赶不走，将来会危及他和懿莹的婚事，就盼着快点找到父母，定下亲事就拜堂成亲。

这时，他和景祥也无话不谈了。景祥还时不时地唠起他和懿莹的事，总要说一句"真心希望你俩能成"的话。

那天，景祥又对他说："你俩能成。"接着又说，"真羡慕你，能和自己喜欢的人在一起。"

子昂心里美着，也问景祥有没有心上人，而景祥却突然沉默了。子昂笑道："你肯定也有！"又追问道："她是谁？"

不想景祥突然烦躁起来，一转身道："哎呀困了，睡觉吧！"说着熄了马灯，背向子昂躺下。

子昂被搞蒙了，心想，平时都是自己催他睡觉，今天他怎么自己主动睡了？他意识到景祥有心事，但景祥不愿说，他也不好追问。

深夜，子昂在等景祥发出熟睡的鼾声，可景祥好像一直也没入睡，困得他有些挺不住了。就在他昏昏欲睡时，忽听景祥在抽泣，便立刻又清醒了。

他不想让景祥知道他还没有入睡，假装打起鼾来，鼾声很均匀，很像真的入睡了，景祥竟在他被窝里哭出声来。

景祥的情绪变化，让他感到吃惊和好奇。第二天，他还是早早就起来去棺材铺内画材头。

懿莹也起得很早，梳洗完了就过来看他绘画。一见懿莹，他就小声问她道："你二哥心里有喜欢的人，你知道是谁吗？"

懿莹怔了一下问："你咋知道？"子昂便将昨天夜里的事讲给了她。

懿莹叹口气道："二哥挺可怜。"

子昂问："你知道是谁？"她只是点下头。

他又追问道："谁呀？"

见他很想知道，她犹豫一下说："告诉你，别跟别人讲。"他点下头。她低声道："是嫂子。"

他吃了一惊。她又低声道："嫂子应该和二哥成亲。"接着讲起景祥和小青的恋情。

第 013 章

小青作为嫂子，比当小叔子的景祥还小两岁。她的娘家也在乜河，姓杨，长年靠种地为生，家中子女多，生活很困难。

小青的上面有两个哥哥和两个姐姐，下面还有一个弟弟和一个妹妹。大姐杨小花比大哥杨大喜小两岁，可作为妹妹，小花却比哥哥大喜早成家一年，哥哥是靠着大妹妹的彩礼才娶上媳妇的。二姐杨小月倒是比小青的二哥大有长两岁，但小月五岁那年得了场大病，此后便落下聋哑的残疾，想指望她收彩礼给大有娶媳妇已经很难办到，父母便指望家里长得最俊的小青嫁个好人家，收了彩礼好给大有也娶个媳妇，剩下的弟弟大贵就得指望妹妹小秋的嫁妆娶媳妇了。

景祥是十七岁那年喜欢上小青的，当时小青十五岁，已经是个俊俏的大姑娘了。

每到种地时节，小青经常下地为爹和哥哥们送饭。景祥见她长得俊俏，就总想去看她，甚至常在她送饭的途中等着看她。小青心里明白他的心思，见他长得英俊，每次见到他就冲他害羞地一笑。

小青的笑让景祥的胆子大了起来，他主动帮她拎篮子，给她买东西，还常常把自己攒的钱塞在她手里。小青也越来越喜欢景祥了，称他祥子哥，其实除了她以外，没有第二人称他祥子哥。

小青知道景祥家比较富裕，所以他给她东西和钱时，虽然不好意思，但都接受了，这让景祥很开心。后来他俩的秘密被小青的家人发现了。小青的爹开始不知景祥是谁家的，还以为是坏小子来调戏他女儿，有一天便在路上将等小青的景祥训斥了一通。

景祥忙报出自己爹的名字，他知道爹在这一带是很有名的。一听他是罗金德的儿子，小青她爹立刻态度缓和下来，心想，罗家是个买卖人家，远比种地人家富裕，既然两个孩子情投意合，就让他俩好着，找机会让媒人去罗家说一说。就这样，景祥和小青更加亲密了。

说来也巧，罗家这时正琢磨景吉的亲事。一天罗金德和人闲唠，唠到自己大儿子亲事时，有人就向他提了个姑娘，说姑娘俊俏勤快，心灵手巧。这姑娘正是杨小青。

罗金德后来在街上特意去见过小青，竟觉得她和自己的女儿懿莹长得很像姐俩，顿时有了好感，心想："行，像俺们罗家人，都说不是一家人，不进一家门，既然像俺罗家人，那就得进俺罗家的门！"便找媒人到小青家去提了亲。

小青的爹以为是景祥跟罗金德提了小青，便欣然答应了这门亲事。小青也很高兴，想象着自己和景祥拜堂成亲的情景，总忍不住自己偷着乐。

景祥只听奶奶说爹为哥哥找了媒人，但没想到是到小青家里说媒。当再次见到小青，只听小青那么一说，他脑袋嗡的一声，随即疯了似的跑回家，怯怯地对爹说："爹，你给俺哥提的叫小青，俺俩早就认识了。"

罗金德不屑道："邻邻居居的，谁不认识谁。认识归认识，亲事归亲事。你还小，这事儿得可着大的来！"随后又训斥道，"你说你，花钱供你上学，这学还没上完呢，就急着讨媳妇儿！还跟你哥争起媳妇来了，你可真出息！"

景祥既羞又恼，但又不敢和爹顶嘴，心像被磨碾子碾碎了一般。无奈之下，他又去了小青家的玉米地，将事情对小青哭诉一遍。

听了景祥的哭诉，小青也傻了眼。尤其听景祥说他爹比牛还犟，他定的事，谁都改不了，心里更慌了，好像自己的身子被什么东西扯成两半，忍不住和他搂在一起痛哭。

但小青毕竟还不了解罗金德，她还是希望事情能有转机。她回到家，跟爹一说，她爹也傻了。他清楚三女儿和景祥的感情有多深，惊愕中更夹着忧虑道："我的天哪！这可咋好？这你要嫁过去……"

小青的爹亲自去找罗金德，近乎乞求地说："俺家三闺女和你家老二认识早，能不能让他俩成一对儿？"

罗金德顿时不悦道："我大的还没解决呢，小的急什么！"

小青爹忙解释道："我也是考虑这样孩子在一起感情好，日子也能过好不是。"

罗金德仍不屑道："过日子就是过日子，啥感情不感情的！咱们成亲那会儿，不揭红盖头你都不知媳妇长啥样，不也都过得挺好吗！现在的孩子，啥都想解放，就是烧包儿！认识早咋的，认识早能生出金元宝？"小青爹哑口无言。

罗金德又坚持道："我就一个理儿，先可大的办，你们要同意，我就备彩礼。咋说这是我们罗家婆的长媳妇，一定要办得体面。我也知道你家日子难，到时候我多搭你们一些就是了。再者，日后成了亲家，家里要有点啥难事儿，我还是要帮的。"看来罗金德十分相中小青做罗家的长媳。

小青爹忧喜交加。忧的是活生生把一对有情人拆散，三女儿和景祥心里的滋味可想而知，日后他们在一个家里如何相处？喜的是罗金德的那席话，也算通情达理，并且了解他家的难处。为了自己的儿子，他硬着头皮让老婆劝说小青。

小青坚决不同意嫁给景祥的哥哥，也提到日后无法面对景祥。但母亲哄道："过上日子就好了。娘也知道难为你和祥子，可你也得为咱家想想。你罗叔就想让你过去给他家当长媳妇，当长媳妇可有说道儿了，将来对你有好处。你罗叔还说，你当了他家的长媳妇，他家多给彩礼。你是咱家最懂事的孩子，只要你二哥也娶上媳妇，你弟弟就不愁了。闺女，就当爹和娘求你，这辈子爹娘穷，没法让你们过上好日子，眼下就指望你了，下辈子娘是说啥也不往这人堆儿投了，当牛做马也报答你！"

小青实在受不了母亲这样说，搂着母亲伤心痛哭。她已意识到，自己即使坚持不嫁景祥他哥，也不可能和景祥结为夫妻了。为了可怜的爹妈，也只能就这么嫁过去了，好歹还能经常看到景祥，总比永远见不到心上人好受些。

景吉很快也知道了景祥早就认识小青，并意识到弟弟与自己未来的媳妇感情颇深，但小青确实长得俊秀可爱，他此前做梦都不敢想，如今有了机会，便怎么也不舍得退出。再者他也不敢和爹提出他不要小青，那就是给脸不要脸，爹还不得将他轰出家门？便索性装起憨，按照爹的意思，等着和小青拜堂成亲，只是觉得对不住弟弟。

初秋的天空，却骄阳似火，"秋老虎"将成片大豆的角都烤成了一串串煳色。虽然那一片片比人还高的玉米地还在向人展示着没有褪去的绿色，但立挺的玉米穗已经敞开了外衣，露出里面金黄的米粒。

景祥实在无法接受将小青嫁给哥哥这一事实，但他也知道这事求爹也白求，便去求景吉放弃小青。但景吉却说："你跟爹说吧。"然后便总是躲着景祥。

景祥看出是景吉不想放弃小青，气得肺都要炸了，恨不能扑上去掐死他，但不论是从爹的威力，还是从哥的体力，他都只能忍气吞声。唯一能够宽慰自己的，就是去他和小青常相聚的玉米地。

景祥和小青又在玉米地里见面了。他毫不顾忌地将她搂在怀里亲吻。她流着眼泪迎合他，心里在憎恨着未来的公公和丈夫。

又哭了一通，她两眼发直地盯着他说："祥子哥，我不能成为你媳妇了，我恨他们！我想先把身子给你，你敢要吗？"

他很激动，但也为她以后担心。她却说："我死都不怕！"他又担心她会寻短见，求她无论如何也不能寻短见。她又坦然道："我不死，咋的我以后还能见着你，到啥时我都是你的人。"

想起爹的霸道和哥的贪婪，这时他毅然决然道："我敢！"随即解开她的衣服，俨然将玉米地当成了他们的洞房。

此后，他俩每隔几日就去那里云雨交融一番，直到地里的玉米和大豆收割完，随后小青和景吉拜了天地。

这时的小青已然是过来的女人，通过姐姐的阅历，她已意识到自己当月的红事没有如期到来的缘由，本不想洞房夜里让景吉碰她的身子，但又担心自己肚子鼓起来就会铁定她之前与人私通，索性两眼一闭，僵尸般躺在那儿，由着景吉尽情发泄。

景吉也真心喜欢小青，但他也真的怀疑小青之前失过身，还曾向人讨教过如何辨别处女之身；他知道她和景祥早就私订终身，只是不知他俩发展到什么程度。兴奋过后，他见她那里果真没有一丝红，顿时板起脸来让她解释。

小青从上花轿那刻起就一直和他板着脸，这时见他问这事儿，并不惧怕，睁开眼盯着他说："那就是没有！俺大姐就没有，干农活累的！你要嫌俺不干净，干脆就把俺休了吧，俺压根儿也没想嫁给你！嫁给你也是没办法。"

她既为自己婚前破过身找理由，又不怕她和景祥的越轨之事露出来。她之所以敢这样，主要因为罗家已经给过她家彩礼，算是她已帮了爹和娘。既然不能和自己心上人结为夫妻，此后她就豁出去了。但她不是一味地想把事情搞砸，如果能够蒙混过关，她就将就着留在罗家。虽然不能再和景祥在一起，但总能天天见到他，想着和他在玉米地里的快乐，她也算心满意足了。如果这事被挑破，那就让罗金德和罗景吉去难受、去痛苦。毕竟景祥也是罗家的骨肉，罗金德再霸道，他还能把景祥杀了不成？如果真杀了也不怕，那她就跟着景祥一起去死。再者，既然罗金德好脸面，估计事情即使被挑破，他也不敢把此事闹大了。

见新娘子把话说得这么绝情，新郎官顿时傻了眼。他真搞不清她婚前因何流过红，但他还是怀疑景祥事先就已经破了她的身。

而这时他却很纠结。想着是小青和景祥私订终身在前，自己与她定亲成亲在后，等于是自己硬将她从二弟怀里抢来的，心中不免惭愧。又见她什么都不怕，他倒怕起她来。他实在不舍得失去她，便不再去提那些让他烦心的事了，即使她真和弟弟有过那事，他也只能当个缩头乌龟了，只要他们以后不再乱来就算给他面子了，于是便竭力哄着她高兴。

从这以后，他也开始暗中注意媳妇和弟弟，但并没发现他俩有过分之举，只是从他俩说话的语气和眼神中可以感觉到他俩彼此还是疼爱着，他也只能装着没感觉到。

得知小青怀孕后，景吉虽然仍有疑虑，但还是欢天喜地的。母亲掐指算了算，觉得天数对不上，又不好直接问，就从景吉嘴里套话，问小青头次来红事流的多不多。

景吉立刻明白母亲问这话的意思，也想知道小青怀的是不是他的孩子，便直言道："从没见她流过。"母亲心里咯噔一下。

母亲敢断定，小青在嫁进门前就已经怀孕了，但怀的是谁的搞不清。这一天屋里只有她和小青，她就开门见山地问道："青儿，有件事儿妈想问你，就不跟你打哑谜了。你怀孕的日子不对，要算起来，你进门儿之前就已经怀孕了。你跟妈说实话，这孩子到底是谁的？"

小青清楚自己怀的孩子是景祥的，不但不紧张，反而感到幸福。她知道姐姐孕后四个月才刚显怀，而那时她再有半个月就嫁进罗家了；左右是罗家的骨血，到时候就是真露出破绽也不怕，心想，可恶的罗金德，看你要不要这个孙子？看你怎么要这个孙子？

这时一听婆婆这么问，她索性坦白道："娘，既然你看出来了，我也不瞒你了，孩子是景祥的。"

母亲脑袋嗡一声。小青这时仍为没和景祥成亲而心痛，便哭道："我就该嫁给祥子哥，可你们偏把我嫁给景吉。"接着又说："我知道这样丢人，可我豁出来了，死也要报复你们！我报复不了你们，就让你们家孙子报复你们！"

母亲目瞪口呆，只感到小青太可怕。

母亲哭了一气儿，又去向景祥核实此事。景祥一时不知母亲是怎么知道他和小青曾经发生过关系的，怀疑母亲是在诈他，便说没有这事。

母亲板起脸道："那你可说准了，如果你没碰过你嫂子，那你嫂子怀的孩子就不是咱罗家的！"

景祥这才意识到问题的严重，也断定小青怀的孩子是自己的，忙向母亲坦白了一切。母亲又哭了一场，说是家道不幸，罗金德造孽，只是又嘱咐景祥、小青，这事万万不能让第四个人知道了。可她也没想到，儿媳妇怀孕本是高兴的事，可她难掩忧虑下的强作笑颜还是让懿莹感到不正常。就在景祥向她坦白事情真相的时候，懿莹偷听到了关键的秘密。

虽然懿莹在得知大嫂怀的孩子是二哥的很震惊，但她也暗中对父亲棒打鸳鸯感到很不满。再有，她虽然觉得大哥将给自己弟弟的孩子当爹很可怜，但却更对二哥和小青不能喜结良缘而深感惋惜，这倒促使她和小青这对姑嫂如同一对亲姐妹，只是心照不宣，不想把家里的丑事传出去。

懿莹到底还是很天真，她对子昂的痴情，已经到了认定她日后一定和子昂是夫唱妇随的一家人。虽然她这时十分感激爹为她带来好郎君，但她之所以将家丑告诉子昂，是为了让子昂知道他爹在罗家是说一不二的，更是提醒子昂千万不要去冒犯他爹，因为她爹到现在还没有正式认可子昂就是罗家的女婿，而在这之前，爹一直想把她许给一个汪姓朋友的儿子汪守江。

听了懿莹的讲述和提醒，子昂想不出自己哪里能够冒犯罗金德，倒是深为景祥和小青异床同梦感到心痛，平日再看到小青和景祥碰面，也只是假装什么都不晓得。

转眼到了腊月二十三，家家户户忙着过小年。罗家的人也高高兴兴地准备灶糖、香供、纸马等来祭拜灶王爷。然后包括子昂在内，大家围在一起吃饺子，开心地谈着各种话题。

唠到和日本人打仗时，景祥又提到东北军都撤到关里的事。懿莹插话道："咱们国军咋这么不抗打，一打就败。"

奶奶也插话道："咱的枪炮不如人家，可不一打就败。咱乜河和老毛子打仗那会儿不就是吗，人家用长枪大炮，咱义和团都用大刀和扎枪，人家大老远地就打着你了，可咱呢，还没到人跟前儿呢，就被人打死了，都不知道咋死的。你爷爷那会儿还带着你爹给义和团送过吃的呢，把我和你大姑、二姑扔家里，吓得俺娘仨一天都不知咋好了！"

子昂很好奇，便问爷爷道："爷，您还参加过义和团呢？"

爷爷端着酒盅说："没有。"吱儿地嘬一口接着说："人义和团帮咱守家来了，咱送点儿吃的算啥？"

母亲笑着对子昂说："你叔可入过义和团，半年没着家。"

罗金德立刻有些不悦道："尽在那儿胡说！"随后又觉得不妥，转头对子昂说，"子昂，家里都不拿你当外人，也不怕你知道。我呢，确实打过毛子，可不是义和团……"

母亲有些不服气，反问道："那刘禅子不是义和团？"

罗金德说："刘禅子是忠义军，忠义军招了不少义和团的散兵。我入的是王林的'老双盛'。'老双盛'投了忠义军，都是打老毛子的。"又对子昂说："光绪二十六年，老毛子来打咱乜河。开始义和团和咱乜河这儿的清兵还一条心，和老毛子打了一个多月，最后还是没守住乜河。想夺回乜河，可吉林将军给咱乜河清兵下了道密令，不但不让和老毛子打，还和老毛子一起打义和团。义和团不少人都死在清兵手里。后来才听说，这个吉林将军和老毛子签了什么狗屁'和议'。我那时候气盛，可把我气坏了。第二年，听说王林的'老双盛'在招兵，我就去了宁古塔。其实'老双盛'的总部在细鳞河，离咱这儿挺老远呢。可我已经入了伙了，咋整？跟着吧。好家伙，绥芬河、双城子、密山、穆棱，哪有毛子的营房，就往哪打，打得过就打，打不过就逃。打了半年多，一看这毛子是越打越多，我就泄了气了。那次队伍又打到宁古塔，可不到一天就又让毛子给打散了。我那时也怪想家的，就势就退出来了。不行啊，打不过人家，人家要没点儿能耐，也不会来咱中国打。再说了，清政府都不打，光靠俺们，白扯！就是白送死！话说回来了，和日本人打不也这样！蒋介石都不打，靠一些散兵来抵抗，那要不打败仗都怪了！我都怀疑啊，这蒋介石会不会是西太后生的！"

母亲一边笑一边责怪道："瞅你，守着孩子面儿，尽胡说八道！"其实大家都觉得罗金德骂得痛快。

懿莹又问道："爹，日本人能打到咱这儿吗？"

罗金德边喝酒边说："东北军都撤到关里了，人要想来，还不走平道似的。"

懿莹不安了，继续问道："那日本人来了咱咋办？"

罗金德说："咱做咱的买卖，还能咋办？"

懿莹说："听说日本人可坏了。"

罗金德说："老毛子好啊？中国姑娘让他们糟蹋多少？在咱这儿做生意的日本人也不少，我看他们挺懂礼节的。懂不懂礼节的，人家打咱家里来了，咱也别和他太近乎，就消停做咱的买卖。"

景祥也忍不住说："蒋介石手里有军队不去打日本人，偏偏追着红军打。红军想和日本人打，根本都没法打。"

罗金德立刻警告景祥道："在外头可别啥都瞎唠，国家的事，咱谁都说不明白。"

景祥便不敢说了。但包括罗金德在内，大家还是担心日本人打过来，尤其不知牡丹江、乜河一带要被日本人占领后会是什么样，不免还是有些惶恐。

第 014 章

转眼到了大年除夕，因本年没有阴历三十，便将腊月二十九当成大年三十。家家户户，不论穷富，除了家有丧事或守孝期内的，都在门上贴了对联、挂起灯笼。而供祖先、拜财神则是各家必不可少的，恭恭敬敬，不得孩子说一句忌讳的话。孩子们早就盼着这一刻，年夜饭、年嚼裹儿、放鞭炮，无不让他们开心雀跃。

以往的年夜饭，子昂都是同外祖父母和父母、妹妹坐在摆有八道大菜的炕桌前。外祖父母离世后，他们一家四口也是这么过除夕，然后就和雪峰、妹妹等伙伴们开心地放鞭炮、点烟花、玩纸牌。饿了、馋了都有平时很少吃到的好嚼裹儿顶着，一直到天亮。可今年的除夕夜，他无论如何也不能和父母、妹妹围坐在一张饭桌前了。这时见罗家灯火辉煌、其乐融融的样子，他不禁更加思念爹娘、妹妹和童家的人，不时觉得心里酸酸的，总有眼泪要涌出来。

他之所以情绪这么低落，还因为白天景祥告诉他，日军正在攻打哈尔滨，而守卫哈尔滨的中国军队是原依兰镇守使兼东北军二十四旅，旅长李杜这时已担任吉林自卫军总司令。可一想到马占山都被日本人打败了，他对这支抗日军也失去了必胜的信心。他最希望作为国家元首的蒋介石这时能够停止围剿红军，齐心协力把日本侵略军都赶出中国。

罗家人都看出了子昂心情不好，猜他这个时候准是想念家人了，一再嘱咐他要把这里当成自己的家。

各家年夜饭后的鞭炮纷纷响起，景利也在院外噼噼啪啪地放了很长一挂鞭。母亲将屋里的洋灯也捻到大光亮，然后招呼大家上炕吃年饭。加上子昂，老少一共十一口，将一张方桌围得满满的。

爷爷、奶奶仍然坐在炕里的正中间，父亲和母亲分别坐在爷爷、奶奶的两侧。子昂和景吉分别坐在父母旁边，景祥和怀抱孩子的小青分别挨着子昂和景吉，懿莹和景利则分别挨着小青和景祥，已经是炕沿的位置了。

懿莹的头发梳的和往常不同，刘海儿上面一侧的一绺儿头发用细细的红头绳缠了一小段儿，像块红宝石嵌在头顶上。辫子编得也比往常紧一些，两个辫梢儿都用红头绫子系的蝴蝶结。身上的衣服也都是新的，上身是红底大花的对襟棉袄，下身是蓝色缎面棉裤，脚上穿的袜子也是红的。刚刚脱下的鞋子很精致，红色缎面，里面贴着兔皮白毛，一直贴到鞋沿外，看着就有种温暖舒适感。

外面不少人家刚放头遍鞭炮，虽然不很激烈，但也连成了片。罗金德对子昂做事很满意，这时见子昂情绪仍不很高，就搭话问道："头次不在自个儿家里过年吧？"

子昂点下头道："嗯。也挺好。"便又无语了。

罗金德又安慰道："别拘束，就拿这儿当自个儿家。也别想太多，你现在只是还没找到你姨他们，他们这会儿准和咱一样过年呢！你在这儿啥都不缺，咱就慢慢找。"

子昂也意识到自己的情绪会影响罗家人，尽量做开心的样子道："我没事儿。"又和斜对面的懿莹碰下目光，心里遗憾没能和她挨着坐，可罗家这时的规矩很多，座次也是罗金德之前交代好的，谁都不能乱坐。

懿莹冲子昂会意地一笑道："子昂哥你多吃，今晚咱都一宿不睡觉。"

景利揭她短道："得了吧，你还能一宿不睡？哪年你都挺不到半夜。"

小青一边哄着孩子，一边拿懿莹逗乐道："今年可不一样了，咱家多人了。"说着自己抿嘴笑，眼睛还在懿莹和子昂的脸上扫来扫去。

大家都明白她的意思，也都抿嘴儿乐。懿莹害羞地冲嫂子一努嘴道："去边儿去！"

小青立刻装出委屈的样子道："你说你多歪，俺也没说别的呀！"

母亲笑道："都好好吃，吃完啥都不用你们管，愿干啥干啥。"

被解围的懿莹抢着说："我放炮仗！"

奶奶被吓一跳道："呦，那都淘小子玩儿的，咱姑娘家家的，离那玩意儿远着点！要把俊脸蛋儿崩坏了，看你还咋找婆家？"

小青和景利竟异口同声地笑道："今年她不怕！"大家都笑。

懿莹立刻装着生气道："奶，你看他们呀！"又看了一眼子昂。

罗金德板起脸道："都别闹！大过年的，别一整就叽叽歪歪的！"

懿莹听出爹在责怪她，不服气地用筷子头指下小青。母亲立刻也冲她板脸道："过年不行搁筷子点估人！越大越没规矩！"接着又对儿女们说："再都别忘了，半夜吃饺子，要是看到露馅儿的，可都要说'挣'了，记住没？"

景祥、景利立刻一齐拉长调道："知道啦！"显然母亲已经不止一次这样嘱咐了，奶奶、母亲咯咯笑。

　　吃过饭后，母亲和小青收拾饭桌，爷爷、奶奶、父亲和景吉在一起玩起纸牌，子昂、懿莹则跟着景祥、景利出去放鞭炮。这时懿莹头戴红线围巾、红绸棉袍，子昂和景祥、景利则是狗皮帽子、青缎棉袄，青布棉裤和棉鞋。

　　大街上半大以下的孩子很多，放着鞭炮，玩着纸花，借着房顶、地面上的积雪和各家门上的红灯笼，都能看得很清楚。

　　这时的鞭炮声都是短脆的，大的小的噼噼啪啪地响成一片，各种烟花纸花也哧哧嚓嚓地在半空中闪亮着，加上孩子们叽叽喳喳的嬉笑声，好一派和平又和谐的景象。

　　其实就在这一刻，由李杜将军率领的抗日自卫军，在哈尔滨保卫战中由于孤军奋战，独木难支，也不得不撤兵退守依兰。至此，整个东北三省已全部掌控在日军手中。

　　子昂他们这时还不知道哈尔滨也已经沦陷，正都沉浸在节日的喜庆中。懿莹一直围着子昂转，点燃的鞭炮一扔出，她便双手捂住耳部，有意将头歪到子昂的肩上。景利还故意趁她不注意点燃小鞭炮丢到她脚边，啪的一炸，惊得她叫着扑到子昂怀里。子昂也趁景利开心大笑或逃去的工夫，就势搂她一下，心如裹了蜜一般甜。

　　放了一阵鞭炮，懿莹觉得冻脸冻手又冻脚，便张罗着玩纸牌，说是打五钱的。但景利要继续在外面放鞭炮，她便又去召唤嫂子。

　　母亲说由她来看孩子，让小青陪着一起玩。懿莹又叫上子昂、景祥，四个人围坐在爷爷、奶奶的屋炕上，借着要亮通宵的洋灯光亮玩起来。

　　玩的过程中，小青见懿莹和子昂总像打一手牌似的相互照应，便不时地拿他俩逗乐子。本来没法玩下去的牌，但小青、景祥还是尽兴地陪着，叔嫂间流动的目光也是暖暖的。但子昂和懿莹只顾他俩间的温情脉脉。

　　他们最多能玩到子时，一进入子时，大家就得一起动手包饺子，然后全家人一同吃除夕饺子。所谓除夕饺子，亦为除夕交子，预示新的一年由此开始，也都期盼新的一年交上好运。

　　母亲先将孩子哄睡，又自己和了面，剁了猪肉葱花馅。子时一到，就招呼大家下炕包饺子，还让景利将除夕夜的整挂鞭炮准备好。

　　子昂急忙下炕道："我给你们擀皮儿。"

　　懿莹欣喜地看他问："你还会擀皮儿？"

　　子昂笑道："在家就我擀。"

　　懿莹开心道："我会包。"

　　小青笑道："那你俩一伙，我和咱妈一伙，看谁包的快。"

　　懿莹爽快地应道："行！我去洗手。"随后也下地穿了鞋，又哼着小曲去了灶房。

　　看懿莹这么开心，小青在后面又挖苦道："看把你美的！"然后又对子昂抿嘴乐。

　　子昂有些难为情。他现在真有点怕小青，他感觉她实在太精了，似乎他和懿莹的心思都时时被她看得明白。

　　景祥也想跟着一起包饺子，似乎是小青在吸引着他。但对屋玩纸牌的奶奶也过来帮着包饺子了，爷爷、父亲和景吉还要继续玩，他只好去接奶奶那副牌，临出屋时忍不住和小青也对了下目光，目光中都流露出沮丧和失意。

　　奶奶、母亲、小青和子昂、懿莹围着一张一米宽一米半长的面板包饺子。小青和子昂擀剂子站在地上，奶奶、母亲、懿莹包饺子坐在炕上。子昂的饺子皮擀得很像样儿，只是没有小青擀得快，但仅供懿莹包还富余，所以还是受到了大家夸奖。

懿莹显然包过饺子，将子昂擀的饺子皮牵起一片，搭在左手心上，右手持着用骨头磨的鱼匙，先打一团馅到饺子皮上，又将鱼匙放回馅子盆内，然后一手端着，一手兜起打了馅的饺子皮，将对边的一点捏在一起，又将两头漏气的饺子放到两个合起的虎口间，用力一捏，一个上面打褶下面溜鼓的饺子便包好了，再精心地摆在用高粱秆编成的圆盖帘上。奶奶、母亲包的饺子则摆在另一只盖帘上。

子昂一边擀着饺子皮，一边不时地欣赏着懿莹包饺子，觉得她包的饺子好看有食欲，她用力捏饺子的样子也可爱，自然翘起的兰花指就像花开一样美，忍不住想起婉娇掐起银圆时的兰花指，和芸香雨后捋发梢时的兰花指，不知她们这时是不是也在包饺子。还有文静和金瑶，她俩这时在做什么，他想象不出来，只希望她们今晚都能开开心心的。

母亲见子昂很留意懿莹包饺子，便一边包着饺子，一边和奶奶、小青抿嘴笑道："俺闺女包的饺子可带劲儿了。"

小青也笑道："俺今天就吃俺妹儿包的饺子，多喜庆啊！"

懿莹听出嫂子又在拿自己开心，装出生气的样子道："不让你吃！"

小青不生气，又说："不吃哪行？俺还得多吃呢，要不你让人领走了，俺可就吃不着了！"

懿莹娇气起来，伸手拍一下嫂子道："坏蛋！"嫂子的套袖上便粘了些面粉，但谁都没在乎，除了子昂、懿莹，都在咯咯地笑。

正笑着，景利从外面进来，见正包饺子，就问："包钱了吗？"

母亲忙说："呦，你不说还忘了。赶紧，在锅台上呢，都洗干净了。"

景利转身出屋，很快端着一只小碗进来，用眼睛数着，里面有六枚硬币，但都是小面值，五厘、一钱、五钱，埋怨道："咋不多放点？"

母亲说："放多就不灵了，这才能看出谁的运气好。"说着接过碗，从里面取出一枚，包到饺子里。懿莹也在碗里取出一枚五钱的包进饺子里。

饺子都包好了，包了满满五盖帘，灶房大锅里的水也烧开了，正翻着花儿。这时外面已有很多人家开始放除夕炮了，整个七河都是噼啪的鞭炮声。

纸牌的局子也已经撤了，罗金德催促道："赶紧下饺子放炮仗！"话音刚落，自家院内便传来噼噼啪啪的鞭炮声，母亲、小青忙端起盖帘进灶房，将饺子下入翻着水花儿的大锅内，用勺子贴着锅沿，朝着一个方向轻轻推水，沉底的饺子便在水中旋转着，待饺子都浮上水面，又用冷水点三开后用笊篱捞出装盘端上桌。

饺子一盘一盘地端上桌，还有上顿饭没有吃了的佳肴热过后也端上来，大家还是按照上顿饭的座位坐下来，分别就着酒就着菜吃起来。

母亲一见到有露馅的饺子便喊道："挣了！挣了！"其他人也在各盘内寻找露馅的饺子，夹起来也喊道："我也挣了！"然后开心地笑。

子昂吃到第二个饺子便硌了牙，然后从嘴里取出一枚五钱的硬币。懿莹忍不住兴高采烈道："太好了，太好了，这是我包的！"

小青想说懿莹胳膊肘朝外拐，立刻又觉得不妥，便用嘴撇了她一下。懿莹以为嫂子不信是自己包的，辩解道："真是我包的，就两个五钱的，都让我包了。"

小青忍不住冲懿莹道："你该嫁人了！"说着又看一眼子昂。

奶奶和母亲都听出小青的意思，只是咯咯地笑。懿莹只感到大家都希望自己不久的将来嫁给子昂，心里美美的，却又装出不高兴的样子，冲嫂子一紧鼻子。

吃过除夕饺子，便是农历新年开始，也就是由羊年转入猴年。尽管人们都迷信地认为猴年有点上蹿下跳、动荡不安的意味，但赶上这样的年份，也不能找个地方躲起来，只好祈求各路神仙保佑有个好运气，尤其要为猴年出生的孩子起个吉祥的名字压一压。

收拾完饭桌，母亲便吩咐晚辈们摆椅子、铺垫子，准备进行磕头拜年仪式。先是在地上面南背北地摆上两把围椅，然后由爷爷奶奶端坐上去，再将一张一米正方的狍皮垫铺在爷爷奶奶脚前。

先是罗金德跪到狍皮垫上道："爹、娘，儿子给二老拜年了！祝二老健康长寿！"随即磕一响头。

爷爷、奶奶端坐在上面，高兴地应道："好，好，你也过年好！"随即由奶奶递过一个内装压岁钱的红纸包道："不论你多大，在爹和娘眼里都是孩儿！拿着，新年发大财！"

罗金德自然是不缺钱的，但这心意他必须要接，便接过红包道："谢谢爹娘。"然后站起身。接着，懿莹娘也跪上去给二老拜年磕头，接下红包。

再接下来，便是孙子辈的由长到小地给爷爷、奶奶磕头、拜年、接红包。

三个孙子及孙媳妇都磕完了才轮到懿莹。懿莹很自然，也很高兴，磕完头起来，碰了一下有些拘谨的子昂。

事先懿莹不知道子昂今夜可不可以随自家规矩，便偷偷问了母亲；她十分希望子昂能随自家规矩，这样他就成了罗家的女婿。母亲看出她的心思，故意绷起脸道："他又不是咱家人！"见她不是心思，忙笑道："你问他愿意不？"她立刻由阴转晴，高兴地跑开，把子昂叫到一边说："半夜吃完饺子都给长辈磕头，你磕吗？"

子昂也想随罗家的规矩，反问道："我可以吗？"

她也反问道："你愿意吗？"

他点下头说："俺家那边也兴磕头。"

她笑道："俺娘说可以。"但他还是不自信，毕竟自己还是外人，会不会被人笑话，尤其是小青，不知又该拿他和懿莹开什么玩笑了。

看着罗家的人依次地给爷爷、奶奶磕头拜年，子昂心里一直有些紧张，见懿莹在提醒他，慌乱地跪到垫子上，"咚"的一声，比谁磕得都响。他觉得额头很疼，但没敢理会，急忙拜年道："爷、奶过年好！祝爷、奶长寿！"

大家都忍不住笑，景利、小青、懿莹都笑得哈哈的。奶奶一边咯咯地笑，一边递过红包道："好，好，你也过年好，早点找到你爹你娘他们。"

子昂面对红包有点犹豫，奶奶仍笑道："这头不能白磕，快拿着。"子昂道了谢，也用双手接过红包。

随后又是新一轮，爷爷、奶奶上了炕，罗金德两口子坐到围椅上，也开始接受儿女们的跪拜，母亲发红包。

又轮到子昂时，母亲笑道："可别使那么大的劲儿，看你脑门子都磕红了。"忍不住又咯咯地笑。

子昂也难为情地笑着，跪上去，忍痛磕了头说："叔，婶儿，过年好！祝叔和婶儿身体健康，发大财！"

母亲立刻也递过红包道："你也过年好！早点找到你爹你娘他们。"

除了炕上睡觉的孩子，该磕头的都磕了，该轮到同辈之间相互拜年了，拜时只是对面站着，由小的向大的鞠一躬，说"大哥过年好""大嫂过年好""二哥过年好""姐过年好"，大的再向小的祝福，但都没有红包。

子昂给每个同辈都鞠了躬，给懿莹鞠躬时，小青要让他俩一起拜，又弄得两人害起羞。最后，子昂给了小青的孩子和景利各十元，自然是他刚接过长辈们的红包。

除夕夜的最后一个讲究就是迎接财神回家。母亲又嘱咐道："出了门儿，朝西走一百步，回家时都不行吭声。"

小青笑着对子昂说："你陪懿莹去。"懿莹看嫂子的眼光是感激的，随后样子害羞地先出去了。小青推了一下子昂，子昂也跟了出去。

屋外放鞭炮的少了许多，但借着雪的光亮，街上行走的人却不少，基本都是朝着西方走，也听不到说笑声。

子昂挨着懿莹向前走，懿莹随即挽起他的胳膊，头又搭在他的臂膀上。他心里很激动，但只是默默地向前走。

就这样，他们走出百步后，转身往家返，仍都没有出声，直到家门口才分开。

到了这个时候，还想玩纸牌的可以玩到天亮，不想玩的就可以上炕睡觉了，留着精神头儿明天挨家去拜年，或守在家里用糖果款待前来拜年的大人孩子们。

懿莹被母亲劝着回到爷爷奶奶的屋里睡觉了。子昂没有懿莹在跟前也感到困了，便也回到自己屋里，可躺下之后又睡不着，美美地回味着他和懿莹挽臂、拥抱和手拉手的感觉，也后悔刚才没敢亲吻她，不禁又想起给过他初吻的文静。

▌第 015 章▐

直到过了正月初十，景祥才听说日本人在除夕夜就占领了哈尔滨。他将这个不好的消息告诉子昂的同时，还告诉他一些值得振奋的消息：原东北军第十三混成旅七团三营营长王德林率领抗日救国军从吉林敦化开到宁安、牡丹江、乜河驻防；宁安保卫团总队长刘万奎将队伍编入抗日自卫军，并到牡丹江发展抗日队伍。

听说日本人已经占领了哈尔滨，子昂一时间感到崩溃。而当他听说还有抗日救国军接连奋起抵抗时，他心中不禁也燃起救国激情，就对景祥说："我想报名，你说行吗？"

景祥说："我同学有不少报了的。我也想报，就怕爹不同意。"

子昂说："问问呗，要行咱俩一块报。"

景祥为难道："我不敢问。你问行，他不能骂你。"

子昂想了想问："你说那个王德林，和你爹说的那个'老双盛'是一个人吗？"

景祥肯定道："是，我问过，以前他叫王林，现在叫王德林。"

子昂说："你爹不是和他一块儿打过毛子吗？要说说这些，他兴许还支持咱呢！"

就这样，两个人决定选个合适时机和罗金德谈一谈。

子昂还将他的打算告诉了懿莹。懿莹惊讶道："那多危险呢！"

他叹口气道："要是日本人打过来更危险；我去当兵也是为了保护你。"

她很感动，但仍很不安道："我是怕你出事儿。"

他安慰道："你爹还打过毛子呢，不也没啥事儿吗。"

她立刻反驳道："那可两码事儿。再说俺爹现可不跟从前了。他一唠和外国人打仗的事就来气，东北军他更瞧不起。其实咱东北一直都是外国人说了算。听爹说，俄国人和日本人咱都打不过，还老想和人打；不打还好，一打更糟。现在说是大前年，张学良觉得自己挺厉害，想从老毛子手里把咱的铁路抢回来，结果这一打，铁路没抢回来，咱的黑瞎子岛也成人家的了。现在咱又和日本人打，肯定打不过；老毛子都打不过日本人，咱还能打过？也不是说咱中国军队啥也不是，关键是心不齐；上次张学良和老毛子打为啥败了？不就是蒋介石光耍嘴皮子，就东北军和老毛子干！那把咱东北军打的，都给打傻了！这回日本人也来欺负咱东北，都骂张学良不抵抗，真是那回事儿吗？蒋介石要下命令都抵抗，张学良他敢不抵抗吗？可蒋介石不张罗抵抗，别人抵抗顶啥用？"

子昂今日才发现懿莹知道的事情也不少，也觉得她说的有些道理，但他现在就是无法忍受日本人得寸进尺，参加救国军的决心已定，就又开导她说："咱现在就不能指望蒋介石和张学良了，他们当缩头乌龟，咱就得等着亡国吗？我也不相信，没他那臭鸡蛋，咱还做不了槽子糕了？再说现在是救国军，甭管你干啥的，想救国就可以报名参军，那得多少兵力啊，一人扔块石头也把他们给埋了，况且到时咱手里得有枪不是！"

懿莹不想和他争执，就又提醒道："反正爹不会同意你俩去当兵的。不过他不能太管你，咱俩又没成亲，我二哥他肯定不能让。"

他希望景祥和他一起去报名，有个熟悉的同伴，在外心里也踏实，便说："和他商量商量呢？"

她摇头道："爹在家里没有商量的；他就瞧不起中国军队，你可别和他较劲。"

子昂说："我不和他较劲，就赶他高兴时候唠一唠。"懿莹没再多说。

正月十五这天，晚间街里有花灯，罗家便定下一天两顿饭，早饭晚点吃，晚饭趁着天亮吃，吃完想看花灯的就一块儿出去看花灯。

懿莹很高兴，早早与子昂和哥哥、嫂子们商量一块儿去街里看花灯，说是先在乜河看，然后再过江去华街。

母亲嘱咐景吉和小青道："出去都互相照看着点，子昂对这儿不熟悉，别走丢了。"

懿莹笑道："我领着他！"

小青又冲懿莹一撇嘴说："你都要丢了，还领人家呢，让人领着你吧！"说着又抿嘴冲着子昂笑。

懿莹明白嫂子的意思，得意地晃下头说："丢了就没人和你吵架了，你高兴了吧？"

小青笑道："俺不高兴，你才高兴呢！"大家都笑。

要吃饭的时候，天上又开始落下雪花。大家都围炕桌坐下后，母亲一边上炕一边说："真是正月十五雪打灯，今年种庄稼的又有好日子过了。"

罗金德说："今年是猴年，别上蹿下跳的就行，日本人要能消停点比啥都好。"

见罗金德也担心日本人闹个不停，子昂觉得是时候谈他和景祥参加救国军的事了，吃了一会儿便拉起话题道："叔，日本人就要打到牡丹江了，救国军也准备和他们打呢！他们还在征兵呢！我和景祥也想去报名，等打跑日本人就回来。"

罗金德立刻变了脸色，皱着眉头问景祥："你出的馊主意？就你爱打听这些事儿。"

见爹要发火，景祥紧张起来，不禁看一眼子昂。子昂忙打圆场道："是我的主意。日本人太得寸进尺了，中国人都该起来抵抗，要都不抵抗，那咱不赚等着亡国！"

罗金德还是一脸不悦道："我也不愿当亡国奴，可你就不想想，马占山都打不过他们，就凭你们这些连枪都没摸过的，那不就是白送死？"

子昂努力转化罗金德，忙解释道："救国军不都是新兵，是王德林带的队伍。"

罗金德一愣问："哪个王德林？"

子昂忙说："就您说的'老双盛'。"

罗金德仍板着脸道："早听说他参加东北军了，他没去山海关？"

子昂说："听说为了抵抗日本人，在东北军里闹了暴动，现在他手下有好几万人呢！咱乜河也派来救国军了。"

罗金德冷眼看着子昂道："你知道的真不少！"又转头对景祥厉声道："一准儿是你干的好事！你要不瞎触鼓，子昂上哪知道这些！"

子昂又忙替景祥解脱道："景祥就是随便和我唠唠，是我当回事了。我就寻思，日本人就要打到咱家门口了，咱不能这么眼瞅着他们这么欺负人！"

罗金德克制地劝子昂道："子昂，你就听我的，这不是咱想的事儿！咱就是个做生意的，谁来了也不能不让咱做生意。再说了，这仗要打起来，死人是免不了的，到时咱这生意得多忙啊！"

子昂觉得罗金德的这种说法有点丧良心，不假思索地责怪道："叔您这么说可不对，仗打起来肯定要死人，那咱这棺材也不能给日本人用啊！要指着给咱中国人用，那咱不成了发国难财吗！"

罗金德已忍无可忍，勃然大怒，啪地将筷子拍在桌上骂道："放你娘的狗臭屁！你怎么说话呢？说谁发国难财？"

屋内所有人都大惊，小青怀里的孩子也吓得大哭起来。子昂也很惊讶，但他无法接受任何人辱骂自己的母亲，本来找妈找不到就很心焦，现在又被无故谩骂，心里的火也腾地涌起来，真想回骂一句，但一想他是懿莹的爹便忍住了，但仍愤愤道："叔，你打我骂我都行，你不能骂我妈呀！"

见子昂也撂下脸子，说话的口气透着不依不饶，罗金德更火了，吼道："你少他娘的跟我来这套！你个小兔崽子，真是没老没少，敢这么和我说话！我就骂你了，你想咋的？"

子昂终于看到了他的霸道，忍不住也大喊道："我不能把你咋的，可你那样说，跟发国难财有啥两样，我觉得这不该是您说的话！"心里说，我没法骂你，但提醒你几句总不算过分。

可这让罗金德更加恼羞成怒，霍地从炕上站起道："真是反教了！"又居高临下地指着子昂吼道："你和老子就这么没规矩？给我滚！现在立马给我滚蛋！你不是要走吗，以后别再进我们罗家的门！滚！"

事情突然发展到这种地步，让懿莹感到震惊。她觉得子昂想抗日是没错，但他不该这么冲动顶撞她爹，况且她之前还提醒过他。同时她也觉得爹不该骂子昂他妈，毕竟子昂不是他的儿子，就是对女婿也不该这么劈头盖脸地骂。但一面是亲爹，一面是心爱的人，她实在是左右为难，五脏俱裂一般，跪在炕上哭求道："爹，您别生气……"接下来便不知说什么好了，只能伤心地痛哭。

母亲惊讶过后也急忙劝道："他爹，大十五的你这是干啥呀？"又安慰子昂沉住气。

景吉、景祥、景利都吓得坐在原位不敢吭声，小青忙着哄孩子。爷爷、奶奶在桌前也急了，一个拍着桌子道："这咋说着说着就翻儿了？"一个拍着大腿道："我的祖宗哟，这脾气咋都这么冲啊？"

罗金德又冲跪在炕上哭的懿莹瞪眼喊："哭什么哭！你都看见了吧，咱家哪块儿对不住他？就这么待他，他反过来骂我发国难财！"

子昂有些蒙，忙也跪在炕上服软道："叔，我错了。"

可罗金德正在气头上，立刻挖苦道："你拉倒吧！你错了？你想救国没有错！我发国难财才大错特错呢！"接着又说道："咱们不是一路人，啥都别说了，你去救你的国，我就发国难财了！赶紧的，赶紧收拾东西给我滚蛋！小兔崽子，黄嘴丫还没褪干净，就来和我讲道理，你还嫩着呢！滚！"

子昂此时的心情简直糟透了，看着伤心痛哭的懿莹，心如刀割一般，也哭道："懿莹，我没想到会这样。"

罗金德却仍不宽恕，继续吼道："你没想到？是俺们没想到！今儿我可看到了，你可不是个省油的灯！你赶紧给我滚，我不想再见到你了！滚！"

母亲急了，冲着罗金德瞪眼道："外头大雪天的，你要把他撵哪去？"又忙安慰子昂道："子昂，你叔在气头上，咱哪也不去，就待在家里。"

罗金德也觉得不该这时将无家可归的子昂轰出去，就又呵斥道："让他回那屋，明儿个哪来哪去！"又吩咐景吉道："把这几个月的工钱都给他结了！"景吉也左右为难。

子昂已经无地自容了，甚至不敢再看懿莹，起身下炕穿上鞋。懿莹的心像要被扯碎一般，哭喊着"子昂哥"到了炕边，从后面一把搂住子昂哭道："你别走！"

罗金德用力一扯懿莹道："别给我丢人现眼！"却没能扯开懿莹，气得抬手就打，先打脸，又打脑袋，边打边骂道："给你脸了是不！"

见懿莹在挨打，子昂的心要炸开了，脑袋一热，疯了似的抓住罗金德的衣领吼道："我和你拼了！"一股猛力，将罗金德按倒在炕上。

景吉先是惊讶，随即扑向子昂，母亲也呼喊着过来拉架。可愤怒的罗金德一缓过手就先将自己的老婆蹬开，又使劲去拧子昂的一只胳膊骂道："小兔崽子，还敢和我动手！今天我他娘的就废了你！"

奶奶惊慌地扑上来，一边捶打儿子一边骂道："你个王八犊子！你想作孽呀？撒开他！"

罗金德这才松了手，又盯着子昂喘息道："滚，现在就滚，我不想再见到你！"接着暴跳如雷道："滚！"

事情彻底搞砸了。子昂开始后悔和罗金德动手，但刚才他实在无法忍受心爱的人被他那样殴打。虽然他知道罗金德讲究多、重礼节，也很自负，但之前还没有体验过他这么不讲道理，甚至是横行霸道。眼下，他必须得离开罗家了，便直起身，长叹口气出了屋，只听到懿莹在里面撕心裂肺般的痛哭，接着又传来罗金德愤怒的喊声："老实待着！敢出这屋我就打折你的腿！"显然是懿莹要跟出来。

望着灰蒙蒙的大雪天，周子昂简直像在噩梦中一样。事先怎么也想不到会是这种结果，这时他也只能懊恼地用拳头捶打自己的脑袋。

屋里一直没有人出来，还在伤心痛哭的懿莹显然已被控制住了。

子昂进了自己住的屋，他要带走属于自己的东西。但他所能拿走的，除了那副画夹，就是他的那套学生装；头上的棉帽、身上的棉衣和脚上的棉鞋，虽然都是罗家给的，但也是他替罗家画了那些材头该得的。

出屋前，他又环视了一下屋中，平时没对这屋有什么特殊感觉，这时要离去才觉得十分留恋。但他仍不甘心就这么放弃懿莹，他也只能把一切希望都寄托在参加救国军上；只要打败了日本侵略军，他就一定还能和懿莹成亲，那时他没准已经当上军官了。

天色已经暗下来，大雪却刮得更加疯狂。街上的人很多，都是早早吃过晚饭，成帮结伙去看花灯和秧歌的。

风雪并没有掩盖住牡丹江两岸的秧歌声，周子昂茫然地望着漫天飞雪，失魂落魄地走在冰封雪盖的江面上，俨然一个无家可归的流浪儿。

他又想起了兴隆客栈，举目无亲中，现在只有薛婉娇才是他最亲近的人。可自打到了罗家，他就没再回过兴隆客栈，不仅是棺材铺里事务繁多，也是天天有懿莹陪着他。这时他心里很愧疚，毕竟婉娇真心实意地帮过他很多，可他现在仍是个穷光蛋。如果现在是白天，他就直接去报名参加救国军，不再给婉娇添麻烦，可眼下他也只能再去投奔婉娇，尽管他会很难堪，不过好在她已认他是弟弟了。

﹌第 016 章﹌

兴隆客栈过年期间一直没停业，但比往常要冷清得多。婉娇穿着毛领缎面冬装，显得雍容华贵。听见有人开门的动静，以为是新来住店的，忙从里面出来，但就着柜台上的油灯光亮，一眼便认出是子昂，惊喜道："哎呀，是你呀！是来看秧歌，还是来给姐拜年的？"

他正伤感着，竟忘了拜年的事，听她这么一说，忙鞠一躬道："姐，过年好。"

她笑着回拜道："好，你也过年好。"

他又歉意道："姐，真对不起你，我来晚了。"

她笑道："没过十五就不算晚。"

终于发现他的情绪不对，敛起笑容问："你有啥事儿吧？还没找到你家人？"

他叹息着摇下头。她又问道："你不还在罗老板那儿吗？"

他竟像个受了委屈的孩子哭起来。她吃惊道："咋的了？啥事儿跟姐说。"说着将他领到一个没人住的小间客房，点上灯，又关切地问道："到底咋的了？"

他这时真希望有人听他诉苦，便将他因要参加救国军和罗金德闹翻并被撵出来的经过诉说一遍。

听完他的诉说，她先骂罗金德是混蛋，接着又说道："听你姐夫说，罗老板真想招你做他家女婿，开始他家还担心你不愿意呢，说你家是大城市的。要说他家懿莹，我前年见过一次，也是过年，跟他爹来俺家给老太太拜年，模样儿长得真挺招人稀罕。现在有两年没见她了，准比那时还俊吧。那天我听罗老板说要招你做女婿，真挺为你高兴的。不过挺好的事儿，咋一下闹成这样？"

他低沉道："我也没想到会这样，就那么一句话，突然就发生了，想挽回都来不及了，他根本就不给我机会了。都怪我！"说着又懊恼地捶起头。

她安慰他道："别难过了，等罗老板消消火儿，我去帮你说说。不过你和老丈人动手可是犯了大忌。"便又嗔怪他道："你也是，他犯起倔来谁都拦不住，你说你惹他干啥。听你姐夫说，罗老板他家讲究可多了。就是不多，人家是长辈，你当晚辈的哪能那么讲话，你是真有学问！再说了，看你文质彬彬的，你咋还敢和他动手呢？他打懿莹再不对，那也是他的亲闺女，打小就这么打过来的，再说人还没嫁给你呢。"

他愈加感到理亏，解释道："我向来尊重长辈，可那会儿也不知咋的了，我……我……"他说不出来了，又委屈地哭起来。

她又劝道："好了，姐知道你挺委屈。"又责怪罗金德道："罗老板就是财迷心窍儿了！这日本人蒋介石不去打，马占山又打不过，咱要再不打，那不真的亡国了！姐就是个女人，要是个男的，就和你一起参加救国军。日本人真是太欺负咱中国人了！就说站前这片儿，日本军队还没打进来呢，好多生意就让日本人抢走了。要是日本军队打进来，还不知道会变成啥样呢？我是希望所有老爷们儿都去参加救国军，让日本人都滚蛋。"接着又问道："那你以后打算咋办？"

他叹息道："还能咋办？为参加救国军弄成这个样，也只能去投救国军了，等把日本人打走了再说。"

她笑道："我看行，哪栽倒就哪爬起，等把日本人打走了，没准罗掌柜就后悔了。今晚你就睡这屋，明天姐给做好吃的，就当给你送行。"说完帮他铺了被褥。

夜里，子昂一人躺在热炕上，伤心地想着懿莹，眼泪总是忍不住地流着。不知什么时候，迷迷糊糊地睡着了，梦见爹妈找到了罗家，正和懿莹的爷爷、奶奶、爹妈坐在一起，商量他和懿莹的婚事。他和懿莹激动地搂在一起，立刻又令罗金德不满，说他没教养、不懂规矩，一把将懿莹拽过去道："你已经是你表哥的人了，那头等着拜堂呢！"说着将懿莹推进一顶花轿内。

他的心要被扯断了，伤心地跟着送亲队伍的后面追赶。花轿越来越远，他怎么看那花轿都像一口棺材，仔细再看，前面就是罗家，院子到处摆着棺材，懿莹果真躺在一口棺材里。他脑袋嗡的一声昏了过去，随即又醒来，原来又是场梦。

其他客房的人都起来洗漱、吃早饭，有说有笑，子昂昏沉沉地躺在炕上不想起。婉娇进来见他眼睛有些红肿，猜他夜里没有休息好，安慰道："今天就别去报名儿了，在这儿歇一天，我一会儿就去找罗掌柜说说，我不光是为你，也为懿莹。我寻思让老何再跑一趟，那死鬼，昨晚也不知跟谁喝的，回来吐的可哪都是，熏死我了。待会儿你帮我守下店。"他感激地点下头。

傍中午时，婉娇才回来。子昂见她脸上没有笑，感到不妙，不安地问道："咋样？"

她一脸愧疚道："真不好意思，我没说动他。"说着从怀里取出一沓钱，递给他道："这是他给你的工钱。"

他的心凉了。婉娇说："现在你唯一的希望就是赶走日本人。他多一句都没跟我说，就说看你怎么把日本人打跑。我寻思跟他掰扯掰扯，这倔种，说我多管闲事儿，气死我了！"

他又问："见着懿莹了吗？"

她叹息道："他连后屋都没让我进。"

他也叹口气道："我去报名。"转身要回他住的房间。

她忙说："你等等，现在都晌午了，姐陪你吃顿饭，为你壮壮行。"他木然地点下头。

婉娇亲自去外面饭馆点菜。子昂见一住店男子拎着一瓶白酒回来，突然想借酒消愁，就从罗家给的工钱中抽出一张十元票递过去道："这瓶酒卖给我吧，这钱都是你的。"那男子占了便宜，欣然接受，连连道谢着又出去了。

饭馆伙计送来熘肉片、熘肝尖、熘腰花、熘肥肠和一小桶白米饭。婉娇在炕上摆好炕桌，一边将饭菜端上一边笑着对子昂说："都是你喜欢吃的，多吃点儿。也不知救国军天天都吃啥，肯定赶不上咱家里。再说你去了就是个当兵的，可别和当官的耍性子，咱要学着乖一点，会来点事儿；俺弟弟有学问，长得也好，没准也能当个官儿啥的。"

这时她见他手里拎着一瓶白酒，吃惊道："哎妈，你哪弄的？"

他启着瓶盖道："一个住店的去买的，一进门就让我截下了。"

她不安道："你不是不能喝酒吗！那你少喝点，一会儿你还去报名呢。"

他一边应着一边启开酒瓶盖，大吃大喝起来，她拦也拦不住。

他没喝多少就又醉了，眼睛发直，舌头发硬，但还认识婉娇，说："姐，我……找我叔去，我跟他好好唠唠。"

她拦住道："你现在不能去。"

他又打断她道："没事儿，我给他跪下，我给他下过跪，三十儿晚间，我还给他磕头了，还有……爷，奶，婶儿，都给我压岁钱了。"

见他真的醉了，婉娇突然一拍桌子吼道："干啥呢你？能不能像个爷们儿？"

他被吓得一激灵，直着眼看她。看着看着，他忽然笑了，说："姐，你真好看！你咋嫁人了呢？你嫁错人啦！文静也嫁人了，嫁错了！金瑶，嫁错了，芸香，错了！懿莹，她还没嫁呢，我得去找她。"

她态度缓和下来，疼爱地看着他，眼里竟闪着泪光，说："好弟弟，姐帮你，你听姐的。现在你别去，你这个样子去了，罗掌柜可就拿你当醉鬼了，那你以后就再也见不到懿莹了。"

一听再也见不到懿莹了，他又伤心地喊道："懿莹！"接着又哭起来。

她叹口气道："你睡一觉儿吧，昨晚你可能没睡好。"说着起身拉他。

子昂又醉眼发直地看她，忽然又笑道："姐，你真好看！"说着一把搂住她，将脸紧紧贴在她胸前。

她只是惊了一下，没有推开他，由着他紧搂自己，爱抚地摸着他的头。

他在她怀里睡着了。她将脸搭在他的头顶上，忍不住在他脸上吻了一口。忽听门外有动静，忙将他放倒在炕上，拿了枕头垫在他头下，又为他盖上被子。

第二天清晨，子昂睁开眼见自己没有脱衣服，身上还盖着被，想着自己昨天和婉娇在一起喝酒，但喝到什么时候，他什么时候睡的却想不起来。

这时，婉娇开门进来，见他正睁着眼想事，笑着问道："醒酒了？"

他忙坐起来，头还很晕，揉揉眼睛歉意道："我昨天喝多了。"

她笑道："没事儿，好好睡一觉儿不挺好吗？"并没把他搂她和她吻他的事说出来，只是让他起来洗脸吃饭，然后出去端盆温水来，又出去拿来刷牙粉。

洗漱过后，他脑子清醒许多。他必须得去找救国军了，便将他从罗家带出的画夹和学生服等物品交给婉娇道："姐，我得去报名了。这些先放这儿，找个旮旯放着就行。"

婉娇依依不舍道："这个屋就给你留着，等你们赶走日本人，就先回这儿来，这是你的家。懿莹那头你先放下，寻思得再多，不如把日本人赶走了再说，到时让老何也去帮你说。"

他很感动，对她的好感又油然剧增。他已无法再把她看成是坏女人了，越发觉得她是这世上最美丽的好女人。

他想以拥抱她的方式与她告别，但又怕她不高兴，便深深给她鞠一躬道："姐，您的大恩，我永远也不会忘。"见她在抹眼泪，他的泪水也涌出来，忙转身出了房间。

第 017 章

子昂原本是奔着王德林的救国军去的，但通过打听，他所到的那个报名处是刘万奎的抗日自卫军。

这时他想，王德林虽然名气大，但毕竟是从吉林来的。他不想离开牡丹江太远，左右在哪都需要有人抗日，便决定加入刘万奎的自卫军，这样他就不会远离牡丹江和乜河，可以近距离地保护婉娇、芸香和懿莹的安全了。况且大姨家还没找到，如果他们还在黄花甸子、牡丹江一带，也是保护父母、妹妹和大姨的家人。

和子昂一起入营参军的有一百多人，都是牡丹江周边和乜河的铁路工人、伐木工人和农民、学生，岁数都和他差不多。

在他们当中，大部分人都没有摸过枪，一些玩过枪的，也不过是上山打猎用的土枪，好在他们都要经过一段时间训练，才能去和日本人打仗。

自打进了自卫军的军营，他便一直在卡路关帝庙接受军训。他听说当年乜河准备抵抗沙俄侵略军的时候，新组建的义和团成员就是在这里盟誓结义、习武练兵。但那时候练的是刀枪棍棒和从直隶、山东传入的梅花拳。

因为日本人进攻宁安、牡丹江已迫在眉睫，他们这些新兵练习射击、投弹的时间已经不多了。子昂除了听从带兵军官的口令外，一般很少讲话，与和他一起吃饭、睡觉的人在一起，也都表现得很孤僻。

他倒是对射击训练很感兴趣。每次射击时，每射出一弹，他都感觉心中的痛苦得到一些释放，恨不能早日将日本侵略者消灭掉。也许那时自己真的当上军官了，罗金德也一定不敢再那么横行霸道了。

一个多月后，带兵的军官为他们发了服装，都是灰色的国军军装。前脚换上军装，后脚又都领了长枪，随后便列队向东进发了。这是他们自军训以来头一次长途跋涉。

大约一个时辰后，他们在掖河火车站前停下，然后重新列队。一个指挥官站在队前训话，说刘司令来看望大家，让大家都精神起来。子昂知道这个刘司令是刘万奎，但他还没见过刘万奎本人。

刚列好队，就见几个卫兵护着一个四十左右岁、身材魁梧、身穿灰色军官服、脚穿高腰皮靴、腰间别着短枪的军官朝队伍走来，显然就是刘万奎。

刘万奎大步走到队伍前站下，左右看了看说："士兵们，我们这支队伍，是专门抗日的自卫军。今天站在这里的，都是爱国的，也都是好样的。从日本人占领奉天到今天，已经一百九十五天了！可日本人得寸进尺，现在就要打到牡丹江了！他们是想占领我们全东北！可东北军主力已经撤到了山海关，这等于把东三省白白让给日本人！士兵们，我们都是有家的，如果强盗闯进你的家，抢走你家里的好东西，还上了你家的热炕头儿，你能忍受吗？"

士兵们顿时愤怒地齐声道："不能！"

刘万奎更大声道："那就对了！"接着又说道："我们都是黑龙江的人，我们要誓死保卫黑龙江！……"

没等他说完，子昂突然向前一步道："报告，我是辽宁奉天的！"他是忍不住了才大胆打断司令的讲话。刚才他听刘万奎提到奉天时心里便激动，而这时刘万奎又说都是黑龙江的人，好像奉天人都不敢保卫家园似的，心里有些不甘示弱。

谁都没想到他能喊出这一嗓子，所有人的目光都投向了他。刘万奎也怔住了，上下打量一番子昂，脸上露出欣喜，笑道："嗬，好英俊哪！还有胆量！我喜欢！"说着走到子昂身前，口气温和地问："你家奉天的？"

子昂一挺胸道："是！司令！"

刘万奎又问道："那你咋在这儿入我队伍了？"

子昂又向上一挺胸道："报告司令，我家让日本人炮弹给炸了，我爹我妈我妹都来黑龙江了，我姨住在牡丹江！我是在黄花甸子出生的，这里是我第一个家。"他还想说他的未婚妻在乜河，但是心里又没有底，便将后截话又咽了回去。

刘万奎猛地一拍他的肩，说："那这也是你的家！"

他被刘万奎拍得一趔趄，但立刻又一挺身道："是！司令！我要保卫我的家！"

刘万奎非常高兴，又对他上下打量一番，回头对那个指挥官说："这个兵搁我身边吧。"

那指挥官接受命令后又命令子昂道："周子昂出列，为刘司令护卫！"

子昂喜出望外，看来真让婉娇说着了，自己现在是司令身边的人了，估摸不用多久就能被提拔。他大声应过后出列，又冲刘万奎敬礼道："谢谢司令！"

刘万奎吩咐道："好，站在我旁边。"

子昂应后便向前两步走，站在刘万奎身后一侧。

这时队伍有些乱，都在窃窃私语着，显然都很羡慕子昂。指挥官又冲队伍大声喊"立正"，队伍才安静下来。

刘万奎继续讲演道："大道理我不多讲了，但我们要记住一点，保卫家园，赶走日寇！"

指挥官随即冲队伍举拳大声重复道："保卫家园！赶走日寇！"士兵们也齐声反复高喊："保卫家园！赶走日寇！"

子昂喊得更响亮。刘万奎转头看他，满意地点头头。

子昂这时才知道，刘万奎的前线指挥部就设在这儿。他对指挥部没设在牡丹江或乜河有些遗憾，因为担心日本军队若从西面进攻，那么婉娇、芸香住的牡丹江，懿莹住的乜河岂不成了日本人的军营。但他不敢多嘴，每天只是负责指挥部的警卫。值岗期间都挎匣子枪，主要守住指挥部的门，无关人员都不得进入，对强入或偷入的无关人员可以当场击毙

指挥部有五位警卫人员，除一名班长随时查岗，其他四名警卫昼夜轮流值岗，每人连续值岗八小时，规定在寅、午、戌三个时辰交汇点上换岗，即当天凌晨三点开始值岗，到午间十一点交岗，再值岗就是从第二天午间十一点开始，到晚间七点，如此类推。

子昂这时的情绪好了许多，除了轮流值岗，基本就和一同休息的警卫人员闲聊。那位班长跟随刘万奎的时间长，知道一些刘万奎起兵抗日的传奇，其中刘万奎生擒他的上级长官后统兵抗日一事，尤其令他感慨万分。

又在夜里值岗时，趁着夜深人静，他突然来了灵感，泉涌般写出一首两段打油诗，诗云：

一九三一年，东北炮火连，日本侵略军，闯进我家园，国军不抵抗，退到山海关，不甘亡国奴，谁来收河山。敬仰刘司令，爱国有虎胆，不容大汉奸，生擒赵旅长，获得战利品，两缸匣子枪，成立自卫军，杀敌冲向前。

班长来查岗时，看了他写的打油诗，不禁大加赞赏，后又将诗念给了刘万奎听。

刘万奎听后欢喜，叫来子昂道："行啊你！还是个秀才呢！"接着又说："前面那段好，给大家伙也念念，后面夸我的，就别让外人看了。"说完又拍着子昂的肩头道："好好干，将来干个参谋长准成！"这话一出口，子昂不禁又思念起婉娇。

警卫班长将打油诗的前段读给大家听，不想军中还有会谱曲的，就为这段打油诗谱上了铿锵有力的曲调，只是诗中的词句又做了改动：

一九三一年，东北炮火连，日本侵略军，闯进我家园。不甘亡国奴，谁来收河山？义勇自卫军，杀敌冲向前。杀！杀！杀！

最后的"杀！杀！杀！"是歌唱后的呐喊词句，喊声震天，振奋人心。刘万奎立即将这首歌定为自卫军军歌。

子昂在军中有了名气。有人叫他周秀才，但也有人叫他"梦子"，是取笑他梦中哭喊文静、

懿莹的事。

大地上冒出绿色生机的时候，各路抗日军开始准备和日军展开一场激战。终于，作战命令下来了，抗日军都被拉到了海林火车站。

让子昂吃惊的是，这里聚集了多支抗日队伍，其中很多人并没穿军装，原来是农民和铁路工人也都组成了抗日武装。

通过刘万奎安排作战部署，子昂知道，抗日军在牡丹江左岸设下第一道防线，把战线拉到牡丹江西线的高岭子，第一步作战是进攻高岭子以西的五卡斯，以堵截日军增援。

又等了两日，铁路线上由绥芬河方向开来一列铁甲车和九列载兵车。按照命令，他们分别登上九列兵车，随后向西攻打五卡斯。

在军列行驶中，子昂问他的班长道："五卡斯在哪？"

班长说："在海林西头，离这儿还挺远。"

子昂心中高兴，暗想："这可真好，把日本鬼子消灭在五卡斯，那牡丹江、乜河就都安全了。"

军列行驶了几个小时才到五卡斯站外。远远见到车站站台上设了作战掩体，身着黄色军装的日本人已经严阵以待了。

刘万奎在铁甲车里指挥战斗，这时开始传达命令道："列车继续前进，靠近站台，先用手榴弹轰他们，机枪手瞄准各个房顶……"

一片忙乱声后，大家都将手榴弹准备好了，机枪手也将机枪架到窗口处。

军列又加快了前进速度，还没到站台，机枪手已经向站舍的窗户、房顶扫射了。手榴弹在接近站台时纷纷投了出去。

顷刻间，火光一片，浓烟滚滚，互相已看不清对方了。子昂接连将身上的手榴弹都投了出去，投前根本看不清日本兵，但手榴弹爆炸的一瞬间，他能看到有日本兵在火光中腾起又落下，心中痛快。

火车头冲开线路上的障碍物，通过站台，随即便停下又朝回开，对那些还在顽抗的日军继续轰炸扫射。

一个来回过后，日军阵地上没了动静，军列这才停下来。待硝烟散去后，只见二十多具日军尸体横在站台上。五卡斯站就这样轻松地被他们从日军手里夺下来。刘万奎见战役打得如此顺利很高兴，命令官兵就地休整三日。

到了第三天，天上下起雨来。夜里，官兵们都在车里睡觉，隐隐地，有人听见车外有搬木头的声音，起来探头向外看，借着车站的灯光，他们发现是日军正在用枕木掩他们的车轮，立即大声喊道："鬼子来了！"

大家都被惊醒，慌忙抄起枪支，向掩车轮的日军射去。紧接着，列车四周都响起激烈的枪声，他们已被日军包围了。

刘万奎万万没想到日军会在下雨时包围他们，惊醒后急忙组织突围。但日军显然做了充分准备，火力很猛，压得自卫军在车内抬不起头。

保护刘万奎安全的卫兵是轮流值班的，子昂这时也在后面车厢内睡觉。被枪声惊醒后，他急忙抓起枪，跟着班长等人跳下车，贴着车身向铁甲车靠近。子弹射在车身上，发出让人心惊肉跳的嘭嘭声，也真有士兵中弹倒地，更让活着的人惊恐不安。

子昂头次遇到这种生死攸关、命悬一线的阵势，不禁两腿在打战，但他这时也只能硬着头皮向前冲。

终于靠近铁甲车，正遇上刘万奎带着几个卫兵在集中兵力。班长焦虑道："司令，咱被包围了，还是先撤吧，我们保护你！"

刘万奎心中懊恼，无奈地跺脚叹息道："撤！"然后在子昂等人的保护下向东撤。

跑出没多远，他们看见一台机车头停在东头，直奔过去，纷纷登上机车，命令司机开车。司机、司炉正藏身在座位下，听到命令，司机连汽笛也没拉，将手把打到前位，脚踩排气阀，手拉汽门将机车启动。

子昂和其他两个护兵一上机车便钻进煤厢内，将枪架在两侧厢沿上警戒。机车一溜烟地开回了爱河火车站。

这场战斗，自卫军伤亡很大。事后，大家都在私下议论刘万奎因没有执行上级"占领五卡斯后立足高岭子"命令而受到批评。子昂一直认为各支抗日队伍都是各打各的，自卫军只听刘万奎的指挥，这时听说刘万奎还有上级，便问道："司令还有上级？"

班长说："有啊！这么多抗日队伍，得有总指挥。"

子昂问道："总指挥是谁？"

班长说："李杜、王德林，他们的队伍都是正规军。"

子昂心想，这么说自己人还是王德林的队伍。他尤其欣慰这一带的抗日军比他想象的还壮大，看来牡丹江是能保住了。虽然这次打了败仗，但失败的原因是刘万奎违抗命令、麻痹大意。

他还想，攻占五卡斯站就很顺利，日本人没有什么可怕的！可马占山、李杜开始怎么都打不过呢？他有些无法理解。

刘万奎吃了败仗，很不服气，他开始重新集结兵力，准备一雪前耻。半个月后，子昂听说日军一个少佐带领的部队在进攻牡丹江，虽然在放牛沟遭到抗日军队抵抗，但日军先头部队抢占了牡丹江站前公记号商店大院，心中又不安起来。又听说王德林正率领救国军攻打这个大院，不安的心又振奋起来。

不久，他们也接到了作战命令，支援王德林攻打牡丹江站，便夜行军从爱河火车站直奔牡丹江站。

一到牡丹江，他们便同几路抗日军投入到打击日军外援的战斗中。战斗打得很激烈，双方的伤亡都很大，抗日军在车站水塔附近牺牲的战士最多。这样打了半个月，抗日军仍未攻下火车站。

刘万奎因未能一雪前耻而耿耿于怀，便率领队伍于夜间出动，从北山迂回下来，在黄花甸子与另外一支抗日队伍合兵一处，抄袭牡丹江站水塔两侧停在铁路线上的日军装甲兵、步兵和迫击炮阵地。

从凌晨打到天明，终于攻破了日军防线，拿下了日军指挥所，缴获了一辆装甲车和大批枪支弹药等军需物资，立即运往掖河。

日军也不甘心火车站落到抗日军手里，又从拉古方向派来大批人增援，抗日军便坚持不住了，只好丢下牺牲的战士撤退。

子昂和几个警卫一直在刘万奎身边护卫。但在撤退中，他突然觉得右腿像被谁踢了一脚，身子一歪跪倒在地上。他立刻意识到自己中弹了，强挺着站起来，一瘸一拐地往后撤。

后撤的抗日军很乱，他已经看不到刘万奎他们了。这时，他疼得厉害，每迈一步都很艰难。他又往后看了看，后面还有边打边撤的抗日军和受伤在挣扎的抗日士兵，但好像都没注意到他也受伤了。

他意识到自己已经跟不上队伍了，而且会落到日军手里，或死在日军的刺刀下，心里万分焦急。

这时，他想起这里离兴隆客栈不远，不如先奔那里躲一躲，便将枪藏在一家店铺前的柴火堆后，挣扎着奔向兴隆客栈。

▶第 018 章◀

子昂到了兴隆客栈跟前，见这儿的所有店铺也都关了门，便别无选择地奔向何家，他想婉娇不会不收留他。

因为附近正在打枪打炮，街上空空荡荡。他艰难地到了何家门前，刚要敲门，门开了，芸香一脸惊喜地出现在他面前。

他也很惊喜。从打去罗家到现在，他还是头一次见到她。上次从兴隆客栈去投自卫军，他倒是想见她一面，可婉娇不会让他俩接触，即使见了又如何，她又不能嫁给自己，本来和懿莹分开就很难过，见了她岂不痛上加痛。这时再见到她，觉得她比去年还娇美动人。

见他拖着一条腿，她忙扶住他，吃惊地问道："你咋的啦？"

他说："枪打的。"

她又一惊道："哎妈呀！"忙将他扶进门里，重新插上门，犹豫一下，小声道："先上这屋。"说着扶他进了与何家老太太住屋隔着大门的屋里。

这屋的结构同何老太太的住屋一样，只是平时不住人当了杂货间，灶房内摆着几口腌菜的大缸，里屋地上放着粮食袋和蘑菇、辣椒之类的干菜，炕上堆着一些破旧的被褥和棉花套。

她迅速将炕头腾出地方，选一套洁净的被褥铺上，又扶他趴上去，心疼地问道："伤哪儿了？"

他回手摸下自己的右臀下面道："这块儿。"

她见他棉裤的臀下部位有个破口，但看不到伤口。他穿的是棉军装，小腿上缠着裹腿带。她想让他脱去棉裤，又很难为情，便转身去找来一把剪刀，从枪眼处扩开一个洞，这才见到里面的棉花已是鲜红的了，惊叫道："哎妈呀，都是血！"随即哭道："咋办哪？"

他很感动，安慰道："别哭，我没事儿。帮我看看伤口多深，我看不着。再看里头有没有弹头。"

她止住哭，忙用棉裤里的棉花擦伤口，感到伤口内有坚硬的东西，就怯怯地用手指向里探一下说："里头有硬疙瘩，咋办呢？"

他忍痛道："那是子弹头。能看见吗？"

她说："能摸着，看不着，还出血呢！"

他说："能摸着就行。是从远处打的，要近打就麻烦了，你帮我抠出来。"

他虽然感到伤口处疼，但当她的手轻柔地触到他大腿肌肉时，他浑身都流动着一种异样的感觉，竟觉得不像刚才那么疼了。

听说让把子弹抠出来，她更紧张了，又哭道："那多疼啊！"

他说："那也得整出来。没事儿的，你去找把刀来。"

她忙去找刀，可找来的竟是把菜刀。他哭笑不得，问："你家没有尖刀啊？"

她茫然道："没有啊。"

他便说："那就用剪子。"又嘱咐道："你把剪子搁火上烧一烧，再用盐水泡一下。"

她又忙取来一盏油灯、一把食盐和盛着清水的饭碗，先泡了盐，又去了油灯上的罩，点着火，将剪刀的尖部在火苗上翻转后又将剪刀伸入盐水内，"嚓"的一声，由盐水中冒出烟一样的清气。

但当她要从他的伤口内取子弹时，握着剪刀的手在抖，又哭道："我害怕。"

他却很欣慰，不顾疼痛道："你就抠吧，我现在不知道疼。"

她这才小心地将剪刀尖部探进伤口，抠出一颗血淋淋的子弹头。再看子昂，见他疼得头上冒汗，又为他擦汗哭道："还说不疼呢，疼死啦！"

他更加感动，又安慰道："这就没事了。"又问道："家有消炎药吗？"

她止住哭道："那得上医院。这跟前去年刚开一家，叫济民医院。可现在外头还打枪呢，怕不能开板儿。"接着说："家有马粪包行吗？"

他问道："马粪包是啥？"

她说："地上长的，谁要哪出血就用它，要么用刺儿菜，止血消炎都管。"

他说："行，拿来吧。"她忙又出去。

工夫不大，她手里拿着一把白布条和一个好像土豆的东西。他在奉天的野地里也见过，却没听说能用来止血消炎，好奇地问道："这玩意儿还能当药使唤！"

她一边应着一边将"马粪包"扯开一个小孔，里面呈囊状，由囊中冒出一股烟似的粉末，倒在伤口上是深褐色的粉面。

她将"马粪包"里的粉面儿几乎都倒在了他的伤口上。可要包扎时她又犯难了，总不能围着棉裤包，她这才难为情地让他脱下棉裤。

他却更为难，说他穿的棉裤是空筒的，里面没有内裤和短裤。她忍不住笑道："多大了，还跟小孩儿似的。"

他说："这样省钱，省了钱好买枪买子弹。"

她决定先毁了棉裤，说："你这身衣裳一看就是当兵的。这旮儿可能又让日本人给占了，不能让他们看见，我把棉裤都铰开吧？"他同意。

她从他大腿根处将棉裤一圈铰开，一边铰一边问："都快夏天了，咋还穿棉的？"

他说："夜里还是凉，有时还下雨。要是打埋伏，穿单的凉不说，还硌得慌。"

她心疼地说："以后别打埋伏了，多遭罪。"

他笑道："谢谢你救我。"

她又开心地道："昨晚我做个好梦，今儿就见着你了。刚才我在院儿里扫地，听见外头有人，趴门缝儿一看是你，跟还做梦似的。"说着将棉裤腿从裆上剪下，然后往下翻了一段，将臀部和大腿露出，上面还光亮，下面则都是血。她又"哎呀"一咧嘴。她顾不得害羞，开始为他包扎。他趴在那里很不方便她包扎，便侧起身，将受伤的大腿转到上面。

她用布条围他大腿根包扎时，手须贴着他的生殖部位滑过。他顿时像被触了电一般，浑身的血液不禁沸腾。她也紧张和害羞起来，不禁停住了手，一时不知所措。

他感觉他那里正在膨胀，怕挺出来让她更难堪，便猛地起身，又情不自禁地将她搂在怀里道："你不该嫁平儿！跟我走吧！"

其实就在刚才见到芸香那一刻，他不仅对救国军、自卫军打败日军感到绝望，也对重新得到懿莹失去了信心，甚至觉得作为一个亡国奴，他的道德底线也无须坚守了；他要放任自己，努力将芸香带到奉天或北平去过日子，毕竟平儿还太小，不会像自己那么喜欢她，只是他会愧对婉娇。

芸香竟在他的怀里答应了他，点头道："你去哪我都跟着。"

他激动万分，仿佛她已经是他的人了，像当年亲吻文静一样亲吻她。可就在这时，屋外有人大声喊："香子！死哪去啦？"是婉娇，吓得他俩急忙分开身。

她舔下嘴唇出了屋，见婉娇站在对面房的门前，忙应道："我在这儿。"

婉娇还是那么美。这时见芸香从杂货间里跑出来，疑惑地问道："你左一趟右一趟地忙乎啥呢？"

芸香嘴唇颤抖道："他受伤了。"

婉娇一怔问："谁呀？"

子昂一听是婉娇，忙在里面招呼道："姐，是我，子昂。"

婉娇一脸疑惑地闯进仓房，见子昂正龇牙咧嘴地包扎伤口，惊讶道："哎妈呀，你咋的了？"

他夸张地咧着嘴说："大腿挨一枪，队伍让鬼子打散了，我死也不能当俘虏，就躲这儿来了。给您添麻烦了。"

婉娇嗔怪道："说啥呢你？都受伤了还不到姐这儿来。快让姐看看，伤啥样儿？"说着要看他伤口。

他怕她看见自己正在膨胀的下身，更怕她知道他和芸香的事，忙又趴下道："没大事儿，伤后面了，子弹是从远处打的，不太深，刚才我把子弹抠出来了。"

婉娇又冲芸香瞪眼道："死丫头，你胆儿也忒大了，这么大的事儿也不去喊我一声。"

芸香很恐慌，刚被子昂吻过的嫩嘴唇还在抖，终于说："我怕你生气。"

婉娇又骂道："滚你爹个腿儿的，把我看成啥人了？这是你舅，我能看着不管？"

他虽然感激婉娇，但也心疼芸香，苦着脸说："姐，你别说她。"

婉娇狐疑地看着他，温和道："好好好，我不说了。"又冷脸对芸香道："你去看孩子，这儿不用你管了。"芸香很不情愿地出去了。

见芸香离去，婉娇坐到炕沿上，心疼地看着他问："疼不疼？"

他对她这样对待芸香很不开心，但又没法怨她，说："没事儿，忍忍就过去了。"

她焦急道："忍着干啥？咱上点止疼药。"

他说："我刚自个儿上了，香子给拿的马粪包。"

她又狐疑地盯着他问："自个上的？你后脑勺儿长眼了？撒谎都不会。"

他怕她难为芸香，乞求的口吻道："你别怪香儿，是我求她帮忙的。她害怕血，想去叫你来，是我说她胆儿太小，也没让她叫你。"

她又不悦道："都她给你弄的？咋不让姐给你弄？"

他支吾道："我寻思，血乎拉的，她都沾一手了，再让你沾一手……"

她一撇嘴道："怕我沾？我可看透你了，一肚子鬼心眼儿！"接着又笑道："行啦，我谁都不怪。甭管咋说，你来这儿就对了，以后姐照看你，你就在这儿好好养着。"又亲昵地在他身上抚摸道："昨晚姐还梦见你了呢，一早上就听水楼子那头打枪，还寻思呢，你能不能也跟过来呀？"接着又问道："这阵儿你都去哪儿了？"

他仍趴着说："待了好几个地上，关帝庙、掖河、海林、五卡斯、爱河。"

她又问："都干啥呀？天天打仗吗？"

他说："开始是训练，这阵儿总和日本人打。可惜今天这仗又打败了。"

她叹口气道："也不怪罗老板说，马占山的正规军都打不过，靠你们这些新兵蛋子哪行啊！"

他也叹口气道："我是看明白了，中国爷们儿就是完蛋货，还赶不上个妓女呢！"

她一愣神问："说啥呢你？"

他忙解释道："我是说跟日本人打仗。咱真打不过他们，就这么救国，还有啥指望？"

她又问："你说赶不上妓女啥意思？"

他又解释道："八国联军占北京时，皇帝、太后和大臣们都跑了，谁也救不了北京城。当时，北京八大胡同有个妓女叫赛金花，听说她是靠着和八国联军的司令官睡觉才救了北京城。后来又有人说，赛金花是靠卖身救了国，可慈禧太后是靠卖国救了身。"

她不屑道："妓女还怕跟谁睡觉？牡丹江妓女多的是，你敢说没和日本人睡过？可日本人照样打咱们。别听他们瞎咧咧。"又问道："心里不难过了？"

他明白她问什么，又叹息道："难不难过还能咋的？难也过去了。"

她静静地看了他一会儿说："你变了。"

他一怔问："咋变了？"

她继续用眼瞄他说："我咋觉着你对懿莹的劲头不像开始那么大了？"

他这时还在回味他刚才与芸香拥抱、亲吻的快感，又怕她知道这一秘密，忙说"没有"。

婉娇真就对他和芸香刚才偷偷摸摸在这屋里感到犯疑，又问："没有是啥呀？我看的准没错儿，你是不在动香子的心思？"

他吓了一跳，想坐起来，又怕身下那家伙亮出来，忙又假装腿疼，"哎哟"一声又趴在那里。

她脸一板道："你看，让我给说着了吧？"

他无奈道："姐，我没有。"

她说："按说你和她真是一对儿，可咋说她也是何家的媳妇了。"

他更加不安道："姐，你要这么说，我就不能在这儿待了。"说着又要爬起，却又一脸痛苦地趴下。

她又看看他的伤口说："快别动了。没有就好，以后就姐伺候你。姐舍不得你走，这两次你每次走，姐都偷着哭过。也不知是咋的，就好像上辈子咱俩真有点啥似的。"说着真的抽泣了。

他感动道："姐，我有你这个姐，真挺幸运的。"

她抹去眼泪，小声问道："你是不也稀罕姐。"

他难为情了，但内心又无法否认。来到牡丹江后，她是他喜欢的第一个女人，尽管她比他大七岁，又尽管她总和自己丈夫之外的男人鬼混。他为她感到惋惜，也曾因她感到纠结。

现在他和芸香有了私约，便恭维道："姐，您是我的恩人，我很敬重你。"

她却撇下嘴道："撒谎，你心里咋想我还不知道？知道你上次喝醉酒都干啥了吗？"

他一愣神，不安地看着她问："我干啥了？"

她笑道："搂我了，搂得那个紧。"又悄声道："还亲了我，记得吗？"

他惊呆了，但他却不敢否认。在他的记忆里，他曾对她有过那种神往，但却没有那种胆量，有也是在梦中。而在醉中又做了什么，他真的记不起来了，便又不安地问："你说的是真的？"

她嘲讽道："咋的？干了坏事还想不认账？我能和你开这种玩笑？"他只能相信她的话，不禁感觉对不住芸香。

他不敢再看她了，羞愧道："姐，我喝多了，您别生气。"

她坦然地笑道："姐不生气，那你告诉姐，是不稀罕姐？"

他心跳加速地点下头，毕竟一开始他对她痴迷过，但他担心何耀宗和鲁荫堂找他麻烦。

她又神秘道："你瞅我第一眼时，我就看出你的心思了。你瞅芸香的第一眼时，我也看出来了，你是先打我主意，又打她主意，是不？"

他索性坦然道："姐，你俩一样美。"

她立刻反驳道："那可不一样，香子比我小一旬呢，谁不喜欢嫩的？你也别怪姐说得难听，以后我还真得把香子看紧了，别哪天你把她给拐跑了。"

他又心惊，不知她是否已经知道他和香子刚才的私约，忙试探道："香子又不是小猫小狗，给点吃的就领走了。"

她果然是吓唬他，但他担心以后会更难见到芸香。他要彻底打消婉娇对他和芸香的戒备，便又说道："您不说还帮我去问懿莹她爹吗？我还等着呢。"

她想了想说："我肯定帮你问。可我得先问你，你稀罕姐哪儿？"

他要转移她的注意力，就对她赞许道："你不仅相貌美，三围也特别美，我说的是真心话。"这是他的真心话。

她不明白三围，问道："啥是三围？"

他说："就是胸、腰和屁股，实际是这些形成的曲线，也就是说你的身子美。"

她惊讶道："你咋知道我身子美不美？"

他如实说道："从你外表就能看出来。我在北平画过女的，开始是穿衣服的，画的时候就把衣服都脱了。"

她更加吃惊，很不自然道："还有啥都不穿让你画的？"

他解释道："他们是模特儿，为了挣钱，也是为了艺术。我们学校就开这种课，在个大课堂里，也不是我一人画，是好多人画一个人。"他又在说谎，他画的那个女模特儿，分明是他们私下偷着凑钱雇来的。

这也让她无法理喻，惊诧道："妈天哪！当着那么多男人不穿衣服？那咋好意思？"

他心里平静多了，说："这你就不懂了，这是艺术，是展示人的美。所有画人物的画家，都画过裸体。"

她又问道："就是啥都不穿呗？"

他又点头应。她终于害羞了，红着脸说："我就饿死也不当那些男人面脱得溜光儿的。"

静了一会儿，她突然笑道："女人光着身子你也见过？那你也算是过来人了。你还想画吗？想画我为你脱。就是画完了不行别人看。"

他感到很意外，尽管仍不甘心放弃芸香，但一想到她秀美的胴体，他浑身的血液又奔涌起来。他竭力地自我克制着，又故意逗她道："要画好了，还能上国外展览呢，全世界人都能看到。"

她打他一把道："臭小子！不行让别人看。"那口气好像立刻就要为他脱光衣服似的。

她看着他裸露的大腿上都是血，又心疼道："你瞅瞅，流这么多血，等姐好好给你补一补。先等着，我去打盆水来给你擦擦，顺便把这身衣服也换了。我也是过来的人了，啥都见着过，你也不用和我遮遮掩掩的。"接着又嘱咐道："别老惦记香子，咋说她也是嫁过来的，是你的外甥媳妇。不瞒你说，老何不介意咱俩干啥，就怕你把香子拐走了，咋说她也是他的儿媳妇。他第二个媳妇就是让人拐走的！老何要知道你和香子又见面，肯定又得想法儿撵你了。你去罗老板那儿，实际就是他把你支走的，我也没法和他硬别着。回头我先让老何去找罗老板说说，让你和懿莹再到一起。"

他预感到自己和芸香的私约难以实现了。他感到很沮丧，也很不安。这时婉娇又对他开导道："人活着，开心是一天，不开心也是一天，那为啥要天天自寻烦恼呢？懿莹那儿要还是不行，不还有姐疼你吗！"说着冲他笑，笑得尤其媚气迷人。

他对何耀宗去劝说罗金德也不抱希望，现在倒是只有婉娇能让他开心些，他便再次觉得婉娇才是这世上最值得他珍惜的人。

见他又不敢看她了，她又安慰道："天越来越暖和了，以后就在这屋里养着，姐天天来伺候你。等好一好的，咱还去客栈住，那屋还给你留着呢。"

随后她出去打来温水，留下一套何耀宗穿过的衣服，又去做了一大碗手擀面，里面还有两只荷包蛋。

❖第 019 章❖

何耀宗回家来见子昂藏在仓房内养伤，果然十分不悦，守着婉娇对子昂说："你这不是害我们吗！日本人抓了不少抗日伤兵，可还在那儿查呢，要是在这儿把你查出来，那我们可犯了窝藏罪，全家都得遭殃！你不能藏在这儿，赶紧离开这儿！"

婉娇顿时丹凤眼一横道："你说啥？让他现在离开？你瞎呀？没看他身上有伤？"

何耀宗斥责婉娇道："他有伤你弄的还是我弄的？我看你就是头发太长了，没长脑子！日本人现在还可哪撒目抗日军呢！你好心也得分个时候，你就不管咱家人死活了？"

何耀宗如此不留情面，让子昂感到很难堪，忍痛坐起来说："你们别吵了，我不给你们添麻烦，我这就走。"

婉娇上前按下他道："你躺着，别听他放屁！抗日军除了死在街上的，活的都跑没影儿了。你就好好养着，等外面消停了，咱去客栈养着！有姐在，你啥都别怕。"

何耀宗提醒道："去客栈也不能去咱家客栈。"

婉娇顿时骂道："滚你个王八犊子！不去咱家去谁家？"

何耀宗不耐烦道："那我管不着！"

婉娇愤怒道："那你就想管我呗？瞅你个熊样儿！你管我试试？今儿我就把话撂在这儿，子昂要在咱家出啥事儿，我跟你没完！"

何耀宗也眼一瞪道："没完你想咋的？"

婉娇凶狠道："我死给你看！你信不信？"

何耀宗又指着婉娇骂道："你是真不要个死脸了！"

婉娇上前打他一把道："我就不要脸了咋的？快和俺弟弟讲讲，我是咋不要脸的？你个王八蛋！"

何耀宗顿时软下来，一脸无奈道："行啦行啦，我不管了行不？我他娘的认了！"说着愤然离去。

子昂心里很不是滋味。他理解何耀宗怕惹麻烦，但他也恨何耀宗把婉娇变成今天这样。看着何耀宗离去，他更加感激婉娇。他坚信，她和鲁荫堂鬼混，只能说是身不由己，便更加对她怜惜，就连她那样对芸香也不怨恨了，但希望她以后能对芸香好一点。

婉娇拿来一套何耀宗穿过的长袍马褂帮子昂换上。见穿在他身上有些紧，笑道："先将就着，姐得空儿给你做套新的。你那套当学生穿的衣裳姐还给你保管着呢，还有你画画儿的那些玩意儿，都在客栈里。你住的那间屋，姐一直没让外人进去过，有时就我进去躺一躺。"

他更感动了，真想投进她温暖的怀里哭一场。

见他眼里涌出泪，她疼爱地为他擦泪道："你看你，都是扛过枪的大英雄了，咋还说哭就哭？"

他感激道："真不知该咋报答你。"

她笑道："心里有姐就行了。经常让姐到你梦里串个门儿，噢！"

他被她逗乐了，更被她暖了心。

婉娇想把子昂从家转移到客栈。骂归骂，打归打，她不想过深地去伤何耀宗，毕竟他俩还是夫妻。但街上到处都能见到扛枪的日本兵，还有插着日本军旗的军车在穿梭，显然牡丹江已被日军全面控制了。尤其在夜里，日本人似乎更加忙碌，巡逻兵的皮鞋声和铁甲车的马达声，让这里的每个中国百姓都不免胆战心惊。

她还有一个担心就是鲁荫堂经常去她的客栈。她可以在何耀宗面前随心所欲，却不敢让鲁荫堂看出她对子昂有特殊关照，暂时也只能借着何耀宗的妥协，将子昂留在仓房内。

她不在家时，就在外面锁上仓房门，只有一日三餐时才打开门，由她亲自送吃的，顿顿白米饭，还让芸香为他炖了鸡，里面放了人参等补药，说是让他补身子。此外，她还为他擦脸、擦手、洗脚、换药、倒便桶，都是让他既感动又难为情的。

为他换药时，她的手也要从他生殖部位滑过。每次他都像被通了电似的，浑身的血液在沸腾，身下的家伙又不安分起来。

她先是忍不住笑，又忍不住去抓一把道："鸡汤喝多了吧？跟个地橛子似的，拴八匹马都跑不了！心里又想啥坏事儿呢？"

他难为情道："我不是故意的，咋也按不住它。"

她咯咯笑道："故意也不要紧，可我告诉你，伤没好利索别胡思乱想，要不伤口不爱合，还可能变成瘸子，等好利索的，你咋想都行。"他脸色通红，连看也不敢看她了。

子昂住的这间屋，前后墙都有一扇窗，但上面的窗纸没有了，之前都用棉被遮挡着，是怕冬天这里放的一些腌菜冻得太实，这时考虑天气开始转暖，子昂白天在里需要亮光，便将炕对面窗上的棉被从中间挂起，露出窗的上一节，透过早已没了窗纸的窗格可以看见外面的天空和偶尔飞过的鸟儿。

夜里，他躺在热炕上，呆呆地望着天空的月亮。他想，今天大概是阴历十六吧，不然天上的月亮怎么那么圆，倒像是日本人的膏药旗。

白天，他希望婉娇一直陪着他，更想再见到芸香。芸香显然也想和他在一起，怎奈仓房门被婉娇上了锁，她只能趁婉娇在客栈时和平儿、丽娜到仓房的窗前玩，故意让子昂在里面听见她说话。

他还是舍不得芸香，听见她在窗前说话，就忍不住启开堵窗棉被的一角，透过窗格去看她。

芸香也发现了他，忙先将平儿和丽娜哄进屋里，又回到窗前，一句话没说就委屈地哭了。

他很焦虑，又不知如何安慰她，伸出手去，将她的手从窗格拉进来亲吻。从外面看她，就好像她在窗里取什么东西。

芸香容姿娇美，但秀气的小手却有些糙，不像文静、懿莹和婉娇的手那么细嫩。他知道她是干了很多累活才这样的，更加疼爱，亲过手心手背，又逐个将她手指含在口里，恨不能将她的手亲吮成和文静、懿莹、婉娇的手一样。

平儿发现芸香总有一只胳膊伸进仓房窗内，真以为她在窗里拿什么好东西，也要朝窗内伸胳膊，被她拦住了，说里面什么都没有。平儿不信，坚持要看里面，被她硬拉进前屋。

婉娇回来后，听了平儿告状，知道芸香又和子昂有接触，心中恼火，骂她"犯贱""不要脸"。

芸香慌了神，谎说子昂要喝水，只送进一杯水。婉娇已为子昂备了所有需要的东西，根本不信她说的话，但也不深究，过来对子昂说："别老勾引香子，老太太和俩小的都不知你在这里养伤，要让他们知道传出去就麻烦了。"子昂便不敢再勾引芸香了。

之后，他每天都靠想心事打发寂寞，既有惬意，也有沮丧。他惬意芸香和文静一样接受了他的吻，也感激婉娇对他的深情，此外便都是令他沮丧的事了。

他最大的沮丧就是抗日军又被日本人打得惨败，牡丹江还是落到日本人手里。从参加的五卡斯和牡丹江两次较大战役中，他感到抗日军总是得小便宜吃大亏，也感到没有国民政府和蒋介石出兵支援，这些由散兵集结的抗日军，根本不是日军的对手。他在自卫军里认识的战友中，很多已经见不到了，有他眼见牺牲的，也有掉队开了小差的。这次牡丹江战役中，本来人数就不如从前多，又被打得落花流水，活着的能否再次集结起来也难说。即使再集结起来，力量与日军比将更加悬殊。他已对抗日军赶走日本人彻底绝望了。

现在他在想，自己的伤好以后该怎么办？只要日本人不被赶走，他就无法自己回罗家见懿莹，尽管婉娇准备让何耀宗去和罗金德谈，但曾被他揪过衣领子的罗金德，还能接纳他这个没有规矩的女婿吗?

他还要继续寻找父母和妹妹,可眼下怕是更难了。父母并不知他也来到黑龙江,没准见牡丹江也被日军侵占了,这时又都回奉天了。可要是自己伤好后回到奉天,而父母和妹妹还在黄花甸子、牡丹江一带怎么办?

他什么都说不清,只有一点他清楚,牡丹江已经是日本人的领地了,就连警察分署、税务分局等政府机构也都归顺了日本守备队。唯一让他感到庆幸的是,日本人没有挨家搜查抗日军。

牡丹江的各种店铺又恢复了营业,街上的中国百姓又多起来,日本兵和日本军车也不那么忙乱了。

趁着鲁荫堂又回了横道河子的家,婉娇悄悄将子昂带回客栈。他走路还是不敢用力,但怕被人看出他身上有伤,他便忍痛装出若无其事的样子。

离开何家前,他想和芸香告个别,但婉娇不允许,他心里难过,不知何时再能见到她,她俩要私奔的约定,估摸也只能就此终结了。

兴隆客栈还没正式恢复营业,子昂住进来,算是日本人占领牡丹江后的第一个住店的人。

婉娇将他带进他上次住的房间。房间里显然刚刚打扫过,被褥整洁地叠在炕里,小饭桌依然放在炕梢处,桌上还是那盏油灯,还有他那时用的白纸和画笔。

他找他的画夹,见画夹静静地挂在墙上,不禁又想起穆岚老师,也想起文静和懿莹。他还想齐龙彪是否已将金瑶母子从哈尔滨接到宁安?

婉娇先上炕铺好被褥,让他躺下休息,又从身上掏出一沓哈大洋悄声道:"这个你揣着,别让别人知道你没钱,该买吃的买吃的,该交店钱交店钱,到时你就喊我,都是给外人看的,花没了姐再给你拿。"

子昂接过钱,又感激道:"谢谢姐,等我好了,一定好好报答您!"

她笑道:"姐就图你早点把伤养好。等过两天,让老何再去和罗老板说说,你和懿莹的缘分尽没尽,就看这一回了。"

他还是期盼能和懿莹在一起,罗金德十有八九不会原谅他,即使罗金德原谅了他,他还担心他又搂过、吻过婉娇和芸香的秘密被懿莹知道。尤其他的隐私部位已被婉娇看过、摸过多次了,即使懿莹不会知道这秘密,他也会对她有愧疚。

住店的人渐渐多起来,婉娇又开始了忙碌。子昂的三餐基本都由婉娇暗中安排住店的去代买,理由是子昂忙着绘画,脱不开身。她依然常在家里做些好吃的,趁人不注意送进去。他已习惯了她的关心,俨然没了你我之分。

第 020 章

进入 8 月,正值中末两伏,牡丹江一带秋雨连绵。这日,懿莹的大哥景吉冒雨来到客栈,上面打着油伞,脚上的鞋已都湿透。

子昂的伤已经痊愈，这时正对着婉娇画新像。她已告诉他何耀宗上午去了罗家，但还没有回来，可能是被罗金德留下吃饭，或在路上遇到了别的事。

子昂已做好去求罗金德宽恕的准备，保证以后用心帮他打理棺材铺生意。这时他见景吉来，希望是来接他回家的。他并不记恨上次景吉和他爹一起和自己作对，作为儿子，当爹遇到外人攻击的时候，必须要挺身去保护。他也不记恨罗金德险些废了他，说到底是自己当时太鲁莽，尽管他是不忍心懿莹挨打。

景吉管婉娇叫何婶儿，说何耀宗去他家里了，因天又下雨，被他爹留下吃饭。

听着景吉叫婉娇"何婶儿"，子昂心里很别扭。婉娇也不好意思景吉当着子昂面一口一个"何婶儿"地叫，瞄了一眼子昂，说外面有事，自己出去了。

景吉斜身坐在炕沿上说："我爹让我来给你送点钱，是给你养伤的，说等你伤好利索就回奉天去吧。"

听他这么说，子昂的心又凉下来，一时不知说什么。想自己和婉娇、芸香都无法结合，和懿莹也将彻底分手，不禁又伤心地流下眼泪。

景吉说："现在谁也劝不了我爹，你就把懿莹忘了吧。"

他哽咽道："我忘不了她！"

景吉叹口气道："其实我爹开始真想让你俩成亲，可现在他全变了。不瞒你说，在你之前，他就想和我汪大爷家轧亲家。汪大爷和我爹是老交情。但这事儿一直没正式提过，也就是汪大爷的儿子看好懿莹了。他叫汪守江，和景祥是同学，可懿莹不得意他。说真的，你们要能把日本人打跑就好了，那样我爹就会觉得理亏，你和懿莹还有希望。现在倒好，你都成我爹的话柄了，除非不唠你，一唠就说你主意太正，将来肯定弄不到一块堆儿。我爹现在铁了心不让懿莹嫁给你。还有一个原因，我本不想和你说，可事儿到了这一步，你听了就装在心里，也算给你以后提个醒儿。"

子昂急切地问："啥原因？"

景吉说："你长得太好了，我爹说你是万花迷，就是说你太讨女人喜欢了。"

说到这儿，景吉开门朝外看了看，见无人在跟前，又关上门小声问道："何婶儿和她儿媳妇是不都对你有心思？"

子昂心一惊道："哪有的事儿？你听谁说的？"

景吉说："我猜是何叔说的。他倒没和俺家人说，我爹是听他另个朋友说的，说何叔家的客栈里住个会画画儿的，长的又好，不是你还是谁？"

因为景吉说的是事实，他一时紧张得无法回答。景吉接着说："其实谁说的不重要，重要的是，谁都看出你有女人缘。懿莹就不用说了，就说我媳妇儿，自从见到你以后，动不动就夸你，那把你夸的……像我这样的，好像都不配活着了。也不瞒你说，我一听她夸你，心里就不舒服。有时我就想，她是嫁人了才这样夸你，她要还是个姑娘，肯定不会这样夸你，她得跟懿莹一样发疯！"他说着竟有些激动。

子昂觉得他很酸，想到小青与景祥才是美满一对，是罗金德棒打鸳鸯才使他娶了小青，真想说"你的情敌是你弟弟罗景祥，跑这儿跟我较的哪份劲！小青是也挺俊，可我的心思在懿莹！"

但他不想激怒他，想继续和他解释，力求寻到转机。可刚叫他一声"大哥"，他就打断道："你先听我说。女人有了男人，也不一定安分守己过日子，做了媳妇又和别的男人私通、私奔的还少吗？再说我奶和我娘，第一次见到你，就惦记着把懿莹许给你。有句话，我这个当孙子、当儿子的不该说，但今天哪说哪了。我奶我妈也是女人，她们就是老了，她们要是年轻又该咋对你？我不是说我奶我妈咋的，我就是想说，人长得好不是坏事，可长得太好了就可怕了。我爹开始是喜欢你，可后来他挺担心你，主要是担心懿莹将来受你气，就是受小媳妇的气也犯不上。"

子昂觉得他比窦娥还冤，一脸无奈道："这都哪跟哪儿呀！大哥，我能那样对懿莹吗？我是真心喜欢她，我疼还疼不过来呢！"

景吉说："现在才哪到哪儿呀，俩人成了亲，那就得一辈了。我承认我妹妹长得不孬，可就没有比她长得还好的？就是今天没有，谁敢说以后也没有？我告诉你，今天没有，兴许还在娘肚子里呢！这世道，男人趁了钱，孙子辈儿都能给他做媳妇。何况现在就有比俺家懿莹还好的。我觉得何婶儿和她儿媳妇就比俺家懿莹长得好！"

子昂意识到罗家是要把他和婉娇、芸香扯到一起了，忙说："大哥，你听我说一句行吗？"景吉点头同意。

子昂说："大哥，你和懿莹是一家的，有些事你可能还辨不出。这得站在局外人这面看。现在我是局外人，要让我看，懿莹和……"他突然在景吉面前不知怎么称呼婉娇了，忙改口道："噢，她们三个……"

景吉看出他心思，忙替他补充道："你是想说何婶儿和她儿媳吧？你该咋叫就咋叫，咱俩不是一个辈儿的人。"

子昂有苦难言，真想哭出来，又诚恳道："大哥，你别这么说，她非要认我做弟弟……"

景吉又打断道："现在论的话，那我和懿莹都该管你叫舅。"

子昂看出他执意要将自己排斥掉，忙又说道："大哥，咱先别在乎咋叫……"

景吉立刻反驳道："可我爹在乎，他非常在乎！"

他又说错了。他愈加意识到他今天怎么说都是错，终于大声道："我不是不在乎，我也想和你们一样叫。"立刻觉得自己声音大了，忙又缓和道："大哥，待会儿我就改口，管他们也叫叔叫婶儿！"

景吉忙阻止道："别别别，你可别乱改口；咱们非亲非故，跟着俺们改口算咋回事儿？俺们受不了。"

子昂强忍怒气道："那咱先各论各的，可你得让我把话说完哪！"

景吉默许。子昂这才说道："刚才你说懿莹不如她俩长得好，这不对。要我说她们仨长得都好，但各有不同。"

景吉立刻又抢话道："对了，问题就出在这不同上。那我问你，馒头、饺子、大米饭，啥好吃？"

子昂一时没明白，随口道："都好吃。"

景吉又问道："可一年到头让你天天吃饺子，你就不想馒头和大米饭？"

他觉得景吉是讲歪理，想辩驳，可景吉又拦住他道："啥吃常了都有腻的时候，饺子吃腻了想馒头，馒头吃腻了没准儿还想窝头儿、大饼子呢！人就这么怪！我给你讲个真事儿。我爹有个朋友，儿子娶个媳妇，长的不比俺家懿莹差，可后来呢？这小子就好逛窑子。结果染上梅毒，把个好端端的媳妇也染上了！咋样？好好的饺子不吃，偏要去吃豆腐渣。咱不说窑姐儿是豆腐渣，就比方她是馒头，那又咋样？不还是吃着饺子又想吃馒头？"

子昂无法忍受了，冷着脸问道："那你娶了嫂子，心里还想着别的女人呗？"

景吉冷笑道："要有比我媳妇好的愿跟我，我当然也愿意要，口味儿不一样；谁不想尝尝鲜儿？你就记住，世间男人都花心，就看你有没有机会！没有机会才去守本分，才去当君子，也不过是个伪君子！当然了，有没有机会，那都是老天爷早就安排好了的。但老天爷没给我那些钱，也没给我好长相，我能守着我媳妇就挺知足的了。"

景吉如此说，子昂简直就是色狼和负心汉。他认为这是罗家对他的欲加之罪，不禁心中更恼，但还是不敢发作。他也真是小看景吉了，平时见他不太愿讲话，这时讲起话来竟句句赶劲，咄咄逼人。

他又想，景吉绝对不是那种胆大妄为的人，定是罗金德的授意，目的就是让他不再惦记懿莹。但他继续为自己辩解道："大哥，我没觉得我长得有多好，就算长得好，可这也不是我的错呀！我爹我妈就这么生的我！要是因为这个我连媳妇都娶不上，那我爹我妈不成罪人了！再说俺家还没你家趁钱呢！"

景吉笑道："咱们都没错，可你能保证别人没错儿吗？甭管咋说，你太招女人喜欢，这日子就不能过消停。你现在是没有多少钱，可将来呢？就算你一辈子也没多少钱，可这世上有钱的女人也不少。知道吗？她们要看上你，备不住也变成疯子呢；她们可绝对舍得为她喜欢的人花大钱！杜十娘为啥怒沉百宝箱？不就因为她是妓女，进不了贾家的门儿？贾公子要能把她娶进门儿，那百宝箱不就是贾公子的吗！然后他再用这些钱找别的妓女去。"

子昂想起婉娇舍得为他花钱的事，猜想景吉说的就是他和婉娇，也实在不愿再听他这些歪理了，况且他已感到，他真不是景吉的对手，就说："大哥，刚才说这些，真的和我挨不上。我是真的喜欢懿莹，我对天发誓，我将来一定实心实意对懿莹，你回去帮我说说话儿。不行让爷和奶帮着说一说。"

景吉叹息道："我说肯定不管用。我爷我奶那面儿，我爹肯定要说服他们；我爹的道理可是一套儿一套儿的。我奶是真希望你和懿莹成一家，开始也说我爹，可一说我爹就说你不懂规矩。"

子昂委屈道："我不是不懂规矩，那天……咳，现在说啥你们也不能相信。"

景吉又说："还有一件事儿，抗日军从撤走以后就再没打回来。现在这不明摆着吗，日本人已经在这儿站住脚了。刚才我还听我爹说你呢，要是让你回俺家，日本人知道了肯定得找俺家麻烦。现在日本人到处抓抗日的，你住在这儿也不把握，还是赶紧走吧。"

他觉得罗家有这种担心也可以理解，但他怀疑何耀宗和罗金德串通一气。看来再求也没有意义了，他最后想知道懿莹的想法，便又问道："那懿莹呢？"

景吉又苦笑道："她能有啥法？俺家是都挺宠她，是因家里就她一个姑娘。小来小去的让着她，可像这种大事，我爹是不会让她胡来的。在俺家，我爹总是有理，总是说了算，这些懿莹不是不知道。我爷我奶是能说说我爹，可他们老了。人到了这把年岁，有儿子就得靠儿子。再说他们就我爹一个儿子，有两姑娘他们敢指望吗？嫁出去的姑娘，泼出去的水，就得指儿子。人到啥时说啥话，一个时候一个活法。孩子小时你咋吆喝都行，我爹也当爷爷了，你还拿他当孩子吆喝吗？当儿子该孝顺不假，可咋样孝顺谁的心里都有分寸。你就别指望我爷我奶帮你说话了。懿莹跟我爹也讲不出啥道理。从你走以后，就没见她高兴过。你们和日本人打仗的时候，她还有点精神头，天天打听你们的消息，就盼着你们能打赢！可是呢？"他没再往下说，叹口气，起身留下二百元钱。

子昂不要他的钱，这钱对他来说是耻辱。景吉劝道："其实这钱是给何叔家的，他们照顾你，起码吃的喝的需要钱。你要不接着，我就给何婶儿。我看还是你给她好。"说着将钱放在炕上，又说道："还有更要紧的事儿告诉你，我爹已经接了汪家的彩礼，现在他们汪家正准备办喜事呢儿，懿莹马上就成汪家的媳妇了。我爹不想让汪家知道你和懿莹的事。你要真想懿莹好，就赶紧回奉天吧，至少别在俺家跟前露面。"说完转身离去。

子昂现在只是感到惋惜，毕竟这一断雨残云的结果在他与芸香私约之前就已经想到了。

送走景吉后，婉娇担心子昂心里再受打击，便赶紧又回到他屋里，但见他好像什么事都没发生似的，只是坐那儿等着继续为她画像。

想着这些日子婉娇与他拨云撩雨，这次他居然提出要为她画人体。其实真画假画都是他的借口，他只是想自己已然亡国之奴，家破亲离又情无所归，倒不如图个天天开心，也情愿将他情恋的初夜献给这个看似放荡但却肯为他付出一切的女人。

婉娇心领神会，好像早就知道这一时刻会到来，还特意拿来两根红蜡烛，让子昂天黑时一同在桌上点亮。

外面还在淅淅沥沥地下着雨，牡丹江的江水已经泛滥，市区的一些洼地也都可以划船了。因为连雨天，住店的人有出没进，只剩下几位一时没有处去的，就连又回横道河子的鲁荫棠也好像被雨截住了。

夜深人静时，子昂终于等来刚刚沐浴过的婉娇。见她松散的长发用条红绳微拢在背上，竟比哪天都娇美迷人，他不禁浑身的血液又沸腾起来。

她轻轻地插上门，没等回过身，他已从后面将她搂住。她惬意地由他静静地搂着，明显感觉到他的身体在抖，也感觉到他的心脏在激烈地跳动，她猛地转过身来，与他亲吻。

他也大胆地对她狂吻，又将她抱起，感到她身上的绸装薄薄的、滑滑的，仿佛已摸到她透着神秘的肌肤，而此时他更急于欣赏她秀美的胴体。

婉娇的胴体果然秀美，白皙袅娜，在两根红烛的光亮中格外耀眼，更仿佛由她细腻柔滑的肌肤里透着诱人的芳香。顷刻间，两人融为一体，如醉如痴，如飘如幻，巫云楚雨，颠鸾倒凤，反复至黎明。

太阳又升起时，子昂还一人躺在炕上睡懒觉，何耀宗突然冒雨来找他。他不禁一惊，担心他和婉娇的一夜激情已被他发觉。可何耀宗这时却一副关心的样子告诉他，日本人要在海浪修飞机场和江桥，正在到处抓劳工，除了当地有职业的，其他成年男人都要被抓走。

即使何耀宗的目的还是赶子昂走，不过婉娇也听别人说起过这件事，不禁为子昂何处藏身感到焦虑。

子昂现在尤其惧怕见到日本人，虽然已与婉娇情天孽海，但他还是决定离开牡丹江，暂去宁安投奔齐龙彪，估摸金瑶已被接到宁安了。

他不敢奢望金瑶能给他和婉娇一样的美妙和陶醉，但他就想再见她一面。那次与她分别时，他俩都是恋恋不舍地，再见她一面，或许对彼此都是种安慰。

婉娇更是舍不得子昂离开，但她又实在不知把他藏到哪里更安全，就怕藏到哪儿都会被日本人搜出来，自己良心过不去不说，甚至他们这辈子也恐怕不能再相见。既然他有地方投奔，就暂且让他出去避下风头也好。

她一边难舍难分地抹着泪，一边为他备好路上吃的用的东西。他也如同新婚宴尔之别，为她擦去泪道："你在这儿也是受欺负，要是舍得，咱俩一起走，以后你就是我的媳妇，我不嫌弃你。"

她很感动，安慰道："我也想这样。可这太委屈你了。你说啥也得先娶个黄花闺女，将来有机会，我给你当小的也乐意！我不要名分，能和你在一起就行，就是不知以后还能不能见着你了。"说着又抽泣起来。

他又安慰她道："我先不回奉天。我还没找着我爹我妈他们呢。等这边不抓劳工了我就回来找你。"

听他还要回来找爹妈，她又嘱咐道："先别把心思放我身上，已经对不住你了，别到时再惹你爹妈不高兴。就听姐的，一定要先娶个黄花儿闺女，钱你别担心，姐给你拿，只要你爹妈高兴，咱俩就有机会到一块儿。"

他清楚，她想和他在一起，又怕她的经历和年纪被他父母所不容，也只有做他正室之外的女人才容易被父母接受。

他担心日本人随时来客栈搜查，问道："去宁安咋走？"

她说："往常坐船坐汽车都行，可现在外面发大水，怕是啥都不通了。"

他又问："发大水走船该没事儿吧？"

她担心道："那得往乜河那头走，就怕遇见抓劳工的。再说前面街都让水淹了，人过不去，船也过不来。听说大江水可急了，走船也危险，我猜也不能有。"

他继续问："那坐汽车呢？"

她说："这些天下雨下的，道儿都稀泞的，根本跑不了车。要是等天儿好，就怕日本人过来抓人。你要走，真就得趁着雨没停走，估计过了海林那片儿就没事了。"

虽然是中午时分，如哭如泣的阴雨天，如同被黑夜前的黄昏笼罩。为了安全把握，子昂只有立刻起身。

他还是那身学生装，连同他的画夹。婉娇此前就想为他做两套新衣裳，只是考虑他一时间不出客栈便不着急，这时子昂突然要走，现找裁缝做已经来不及了，不禁后悔莫及，只能为他多拿些钱。

他接下她的钱，回手将罗家送来的钱交给她说："这是懿莹她大哥送来的，我不要她家钱，有时间给他送回去。"

她哄他道："咱不和钱置气，都带上，穷家富路，兴许在外有个急用啥的。"

他坚决不要，说："我就带你给的，这些就够了，到了宁安，我那个大哥也趁钱。他还说让我跟他做生意。看看吧，要能跟他做，挣了钱就给你攒着。"

她又亲他一口，嘱咐道："别惦着我，我不缺钱，我的钱也是你的钱。外面要待的久，别忘了娶个黄花儿闺女，那样我心里就踏实了。"说着又递他一个包裹和一把油布折伞，说包裹里装着她烙的大饼和十几个咸鸭蛋，还有一只熏鸡和几盒火柴。

他不解地问："拿洋火儿干啥？"

她嘱咐道："拿着也累不着。到宁安也挺远，道上小心点儿，估计你在道儿上得过夜，要是赶上个前不着村后不着店的，就拢把火烤烤；已经立秋了，又赶上连雨天，晚间肯定凉，千万别冻病了，平平安安地，找到你那个大哥。"说着眼泪又涌出来。

他安慰道："我不会忘了你，我一定还回来。"又和她拥抱亲吻。

又是一次送别时，婉娇将他送到客栈门口，一双泪眼直望着他撑伞消失在雨中。

┅┅ 第 021 章 ┅┅

周子昂眼下不是急着去宁安，而是尽快离开牡丹江，越过有日本人抓劳工的海林区域，只要绕着人家一直朝西走，估计几个时辰后就能绕开海林，到那时再上大路寻找去宁安的汽车或马车。因为下雨，加上他有意躲避人家，他几乎见不到人，偶尔见到人，也不是日本兵。

走到傍晚时，雨终于停了下来，但西边天空上的云团，还如群狼一般狰狞着涌来。

这时，他见道边有片叶子已经泛黄的黄豆地，其实是地里的一间有些倾斜的旧草房引起了他的注意；在这荒郊野外的，能遇到和他一样孤单的栖身之所倍感亲切。即使那里有人住，估计也不会是日本人，他要去那里藏身过一夜，便蹚着泥泞靠近那间草房。

那草房确实很破，虽有门窗，但门窗扇都已经没有了，倒是房顶上已经发黑的稻草还密实，屋内基本没有淋到雨。一面小土炕上铺着相对干爽的草帘子，显然是地主人在这儿干活间歇当褥子用的。

他想点堆篝火取暖，顺便将潮湿的裤子烘干。可刚将一把稻草点成引火，就听见远处传来汽车的马达声，忙先将火熄灭，又悄悄伸头朝外张望，见两辆日本军车在自己刚才走过的土道上向东行驶，车厢内站着端枪的日本兵，还有被反绑的中国男人。他不知道那些被捆绑的中国人是抗日人员还是日本人抓的劳工，只当何耀宗告诉他的消息是真的。

他缩忙回头，心中一阵后怕，要不是遇上这间破草房，自己是否也会被绑在日本军车上也说不定。眼下，他又不知后面是否还有日本军车，便不敢点火了，只是打开食品包，掰开一张饼，就着咸鸭蛋吃起来。

夜里虽然有些凉，好在平安无事。天刚放亮他就醒了，身上虽缠裹着草帘子可他还是浑身感觉冷。他希望今天是个"秋老虎"的天气，哪怕让烈日烤得他大汗淋漓，可天空依然是灰蒙蒙的。

他起身活动一下四肢，又冲着黄豆地撒了泡尿，然后带上包裹、画夹和雨伞，又踏上那条曾让他感到不安的土道。他不知道再走多远才能离开危险区，但他想，再这样走一白天怎么也绕过海林了。就这样，他又绕着人家走了一白天。

又到傍晚时，他看见前面是一条铁路线，铁路线两边的山林前都有庄稼地，地里除了成熟的玉米和黄豆，还有一片西瓜地。瓜地已经被收过，剩下一片青黄混杂的瓜秧和一些没长大的生瓜蛋。

地中间有个木棚子，显然是种瓜人用来间歇的。他不知道木棚里面有没有人，心想即使有也不会是日本人。

一白天虽然没再下雨，但上空一直阴云笼罩着，瑟瑟的秋风将大片的阴云一团接一团地刮走，却不知后面还有多少乌云等着涌出来。

他这时感到很疲惫，就想进到瓜棚里睡一觉。

瓜棚里这时并没人，因棚顶上铺了很多稻草，棚内的雨水不是很多，看瓜人休息的木架上有条破棉絮，还有些潮湿。

他如获至宝，决定在此再过一宿。又见棚内有主人剩下的烧柴，便点起一堆篝火，不禁感激婉娇替他想得周全，一边烤火吃着饼和熏鸡，一边又陶醉在他和婉娇前日夜里的几番销魂。

吃熏鸡吃得口渴，他又去瓜地里寻来一只稍大的西瓜敲开，看似生瓜蛋子，里面却是红瓤黑籽，吃着也甘甜。

从他进入瓜棚起，那条铁路线上每隔段时间就有火车开过，或是向东，或是向西，不知是开向哪里，也不知去宁安有没有火车。眼下他不敢轻举妄动，只有等到天亮向路人打听了。

深夜，隆隆的过往列车让他睡得很不踏实，朦胧中总好像是与日军激战时的爆炸声，两次惊醒，倒让他没了困意，身上盖的潮湿棉絮也让他感觉不舒服，便又下了木架子，坐在篝火旁烤火，想着他这段时间经历的一幕幕。

除了对与日军交战屡屡失败和与懿莹彻底分手感到沮丧，他也为得不到芸香而惋惜。眼下唯一令他快慰的就是他与婉娇的那夜销魂。

他明白他把他的初夜给了已经生过两个孩子和被三个男人睡过的女人有失体面，但他也感动她那夜对他的珍爱和痴迷，仿佛她俩本来就是融为一体的。

他希望有一天真的为她画一幅女神般的人体油画。他已不在意日后还能不能娶到黄花姑娘，就想让她此后成为他的妻子，一边与她甜甜蜜蜜地过日子，一边将她的千姿美态画出来。但他也看出她内心很矛盾，一方面平儿、丽娜都是她的亲骨肉，平儿又是何家的后继，她既舍不得与亲骨肉分开，也不忍心让何家断后；另一方面，她清楚他的父母定不会同意他娶一个大他七岁，又已经做了两个孩子母亲的女人。看来他日后就得先娶一个姑娘，只是那时他会不会忘掉她？他不希望自己成为那个娶了黄花姑娘就将她放弃的蒋绍黎。他倒希望自己将来能和齐龙彪一样，也更希望自己这次去宁安投奔他后也能变成有钱的人。

正胡思乱想着，铁道线上又传来嗡嗡声，与之前火车过往的隆隆声明显不同，倒很像是他在自卫军时乘坐过的铁甲车，急忙起身跑出瓜棚，见铁道线上果然停着一辆铁甲车。

他希望这是自卫军的铁甲车，然而借着铁甲车的大灯光亮，只见几个端枪下来的竟是日本兵，正哇啦哇啦地朝着瓜棚方向奔来。他立刻感到不妙，忙拎起自己的东西，朝着瓜地里面奔跑。

瓜地已被雨水浸透，刚跑上去两步便粘了一脚泥，越粘脚越沉，跑着很吃力。他不慎踩到一个西瓜蛋上，脚下一滑摔倒了，急忙爬起来继续奔跑。

后面日本兵看到地里有人跑动，开始用日语喊话。他听不懂他们喊什么，但猜想是让他停下来。他不敢停下，不论他们为什么奔向瓜棚，一旦他落入他们手中，肯定没好事。紧接着，身后响起了枪声，有一颗子弹是在他耳边飞过去的。他一激灵，险些又摔倒，急忙变向继续奔跑。

许是越远越看不清地里的人影，泥泞的瓜地也不便奔跑，那几个日本兵并没有穷追，只是在后面又打了一阵枪便回铁甲车了。但子昂总觉得日本兵还在后面追他，依然头也不回地奔跑，一直跑进一片树林才停下来。回头再看，早已看不到铁甲车了，也不知有没有日本兵追过来。

他不敢返回瓜棚了，这山林深处倒让他有些安全感。于是他向林子深处摸去，仿佛他多走出一步，就少能一分危险。

离天亮还有一段时间，他想在林子内找个能睡觉的地方。可林内一片漆黑，脚下虽然软软的，但却都是湿漉漉的。他后悔没将瓜棚里那条破棉絮带出来，又发现婉娇给他的那把雨伞也忘在了瓜棚里。他像珍惜穆岚的画夹一样珍惜婉娇送他的那把伞，但他又担心有日本兵守在那瓜棚里。

他又摸索到一棵矮树前，只听树叶哗啦一声，一只看不清的动物蹿了出去，又吓得他浑身一激灵，这才意识到林子内兴许有野兽，不禁毛骨悚然，步也不敢大迈了，只好随便找了个空地，依着树干坐下来，随即又听见树上飞起一只稍大的鸟，扑啦啦地飞走了，让他的头皮又一炸，但也只有挺着了。挺了一阵，他没再受到惊吓，困劲也上来了。

他好像只打了个盹就醒了，但这时他已能看清林子内的树木，黑灰色的树干高矮粗细不等，仍透着绿色的树冠仿佛遮挡了整个世界，只能从树顶的枝叶间看到一孔孔灰白色的天空。这是一片茂密的杂树林，他分不清东南西北，又感觉前后左右都看不到头，不禁有些茫然。

虽然没再下雨，但地上的杂草和枯叶却都是潮湿的。他站起身，裤子的屁股处好像被他尿湿了一片，用手摸了摸，立刻又觉得有些冷，但他不像昨晚那么恐惧了。

他想走出这片林子，试图再见到那片西瓜地，如果那里没有日本兵把守，他要在那个瓜棚里再点起篝火暖身烤裤子，还要取回婉娇送他的那把伞。

可他怎么也走不出林子，而且他又走进一片高密的松树林，每棵树的树干都超过一搂粗。抬头看天，只能从高入云天的树头缝隙中看到些亮光，再就什么也辨认不出来了。他意识到自己走错了方向，试图再走回他原来的休息处，可怎么走也找不到原来的那片杂树林。确定自己已经迷山了，他不禁有些发毛，也不知道再朝哪个方向走。

终于，他发现前上方有光亮，似乎是林子的尽头，他满怀希望地攀过去，到了那个亮处，他不禁更加发蒙。这里确实露出一片天，不过是个高岗处，再往前便是很陡的山坳，可以居高临下地看到一望无际的大森林。

他被困在了深山老林内。

一连三天过去了，他一直在焦急地寻找出山的路，但走过的路，回头就不像是原来的样子，忽然见到熟悉的地方，那却是自己开始用树枝做的记号，敢情他又绕回他的迷失处，再往哪走都是一片茫然。

这几日，他还真在林中见过一些野兽，好在都没与他靠近，不是他躲开动物，就是动物躲开他。凶狠的野兽中，他只是见过一只大黑熊和一条大花蛇。

发现黑熊的时候，那黑熊正在距他几十米远的一棵松树下用身体蹭树干，似乎并没发现他。他心里一惊，立刻悄悄地退了回去，慌不择路地逃出很远，但依然没有离开大森林。

那条和他手腕一般粗的大花蛇是他猛然发现的，正在一根很低的树杈上慢慢蠕动，离他只有一米多远，吓得他又浑身一炸，不禁惊叫一声。而更令他惊讶的是，随着他的惊叫，那条花蛇一下坠到地上，随后竟一动不动，如同死了一般。他忙又后退，绕过那条不知是死是活的蛇，继续朝着不确定的方向走去，一边走一边紧张地回头看，原来那条蛇并没有死，正朝着与他相反的方向爬去。

他还知道山里有狼和虎，只是远远地听到过似狼嚎虎吼的声音，便丝毫不敢朝那个方向靠近。其间，他还遇到过狍子、鹿和野兔等温和的动物，而这时他倒如同只野兽，它们见到他后都老远地逃去。

一次次心惊胆战后，他的胆子比刚进山时大了许多。特别到了夜里，他总是故意将篝火烧得很旺，野兽不敢靠前，如果遇上人就能解救他。

这时他身上的食物只剩下两只咸鸭蛋。虽然衣兜内有钱，但在这深山老林里根本用不上。地上的蘑菇很多，可他认不准哪些有毒哪些没有毒。好在松树上偶尔落下松塔来，松子也能暂且充饥。

他也发现，落下的松塔原来是树上的松鼠嗑落的。那松鼠见地上有人拿了它的果实，上蹿下跳地冲他吱吱叫。他无暇理睬松鼠的愤怒，只是用石头砸松子，然后一粒一粒舔进嘴里。吃了一气又口渴，也只能寻找坑洼里存的雨水喝，实在找不到时就去含那些还盛着一汪露水的树叶。

他实在很难找到出去的路，他预感自己将要成为森林中的野人了。但野人也只能是暂时的，如果寒冬到来，他恐怕要被冻成僵尸的。他越想越恐怖，渴望能有第二个人出现在他面前，只要有人带他走出大森林，哪怕遇到那些抓劳工的日本兵也认了。

终于在第五日早晨，他突然被远处几声枪响惊醒，接着有几只梅花鹿慌张地从他身前闪过。

他心里一亮，急忙起身朝响枪的方向跑去。可跑了一气，他又没了方向。他希望再次听到枪响，可枪声没再响起，便大声喊道："有人吗？——你在哪里？——"

他喊了好一阵，隐隐听到几只狗的叫声，不禁又激动起来。他知道，狗是家养的，这深山老林里能有狗，必是和主人在一起，见到狗就可能见到它的主人，于是他也不管它的主人是什么人了，只朝着狗叫的方向奔跑，一边跑一边继续喊。

几条狗叫的声音越来越近，他不禁又紧张起来，担心狗的主人没有跟来，而那些狗又不可能认识他，定会将他当成敌人。其实他很喜欢狗，很大程度是因为他属狗。小时见别人家养狗他也要养，偏偏父亲在老家时曾被一地主放的狗咬过，便说铁匠铺里养狗会影响顾客上门，坚持不许家里养狗。但不论怎样，现在他必须要先见到狗。为防止被狗咬到，他寻了一根干树杈拎在手上。

终于，三只大黑狗出现在他前面，他忙端起树杈恐吓。三只狗虽不敢再靠前，但却在他的对面凶恶地露出犬齿狂吠，并摆出要扑上来的架势。

见狗都不敢靠近他，他冲着那些狗说："别咬别咬，谢谢你们来救我。"这是他几天来说出的头一句话，竟是和狗说的，但它们依然对他狂吠着。

这时，一个手拎猎枪的汉子出现了，四十多岁，中等身材很健壮，面色黝黑，目光透着冷峻，上下一身黑的打扮，腰间系着细麻绳，小腿扎着黑布带，显然是个打猎的。

猎人先吆喝住狗，又打量着子昂问："刚才你喊的？"说话底气很足。

虽然猎人的样子也很凶，但子昂这时却觉得见了亲人一般，心情激动道："叔，我迷山了，求您把我带出去！"

猎人又问："你咋进来的？"

子昂支吾一下道："我从牡丹江来的，想去宁安。"

猎人又皱下眉头道："宁安也不是这么走的。再说你从牡丹江过来应该是从东面来，你现在是从西面来的。你是绕大圈了吧？没绕到日本人的军营里？"

子昂一惊道："没有啊！哪有日本军营？"

猎人说："你要从牡丹江那头过来，应该先经过日本军营，在这东面，也就五六里远。"

他不禁感到后怕，尽管之前绝望时已不怕遇到抓劳工的日本人。

见主人与陌生人说话，三条大黑狗都过来嗅子昂。子昂紧张得不敢动，猎人叫道："黑子！"三只黑狗忙转身回到原处。

子昂松口气，解释道："我也是为了躲日本人才迷山的，在这里转了好几天了。"

猎人吃惊道："你胆子真不小，这里老虎、黑瞎子啥都有，你没碰上？"

他又感到后怕，说："见过黑瞎子和长虫，都躲过去了，可咋也出不了山。"

猎人一转身道："跟我走吧！"又边走边问道："你背的啥玩意儿？"

他解释道："画夹子，画画儿用的。"

猎人没再问，继续向前走，三只黑狗蹿到前头领路。子昂紧跟在后，问道："叔，这是啥地上？"

猎人边走边说："北山，离这儿最近的是龙凤镇。"接着又说："你命够大的！要不是听到有人喊，这面我都不敢自个儿来。"

他跟在后面感激道："叔，谢谢您！要不遇上您，我得困死在这里。"

猎人没答话，急匆匆地朝前走。他也不再多问，紧紧地跟随着，只有人和狗在望不到头的树林内发出的唰唰声。

正走着，跑在前面的三条狗突然又摆出进攻的架势狂吠起来。猎人顿时迅速举起枪，随即见到前面有一只老虎。那老虎似乎想离开，但迫于三条狗的疯狂围攻，突然吼叫一声，直向侧面的一条狗扑去。猎人急忙扣动扳机，枪声如炸雷一般穿透山林。

老虎在奔跑中躲过子弹，但枪声一响，旋即转身逃去。猎人迅速换了个位置，又朝虎逃去的方向补了一枪，可老虎钻进一片矮树丛便没了踪迹。

三条狗又扑上去，却只是在矮树丛前狂吠。猎人谨慎地举枪瞄着矮树丛，也不敢贸然靠近。一条黑狗突然冲进矮树丛，另两只也随即跟进，一边叫着，一边向深处追赶。猎人忙在后面吹了一声口哨，那三条黑狗这才停住叫声跑回来。

子昂心有余悸地靠过去问道："叔，咋样儿了？"

猎人沮丧地骂道："狗日的，遇上虎精了！"又对他说："你跟紧点，别让它从后面扑过来！"

他又紧张起来，遗憾自己手里没有枪，便紧紧跟随着猎人，一边走一边四下张望。

那只老虎一直没再露面，他们也没再遇见别的野兽。走了近半个时辰，子昂隐隐听见了流水声，而且水声越来越响，显然不远处有条很大的河流。再顺着水声寻去，他看见树干之间露出灰白色的天空，知道已经到了林子的尽头，心也豁然敞亮起来。

随着前方露出大片天空，他们出了林子，眼前是一条半米多宽的蜿蜒小道，临着小道就是一条汹涌奔流的大河。

显然这里不久前也下过大雨，河内汹涌的流水还都是浑浊的。大河的对面还是高山密林，密林前沿着河道还有一条可以走车的山道，这里是处空旷而幽深的山谷。

沿着小道向东，有座两米多宽的木桥，桥很简陋，两边没有护栏，只有两排高出桥面的圆木。桥面还有些偏斜，都是用碗口粗的木头连成的，顺着连接的缝隙朝下看，可以看到下面湍急的河水。

子昂瞅着有些眼晕，两腿也不禁打起战来，索性在桥上爬行起来。而猎人和他的狗们却都自如地走在上面。

猎人回头见了忍不住笑，但并没去理会，先带狗们到了对岸，再看子昂刚爬到桥中间，就蹲在草地上抽起旱烟。

等子昂爬过来后，猎人笑道："在山里转了好几天不害怕，过个桥把你吓成这样？"

子昂舒口气道："我就觉这桥不结实。"

猎人说："这桥是我搭的，我们天天打猎，就这样来回过，承几个人还经得住。"

子昂又回头看湍急的河水，惊讶地问："水这么急，你是咋搭的？"

猎人说："非得赶水急时候搭？得等河面冻结实了才行；先凿冰窟窿，把木头塞进去，都在冰上干，冰化了，桥就坐里了。"

子昂还是担心道："那不就跟个长板凳坐在河里了吗，水大还不冲跑了？"

猎人又说："没看一边高一边低？顶水那边都挂着石头呢，不来山洪就没事。"

子昂这才注意到木桥迎水侧挂了一长排半鼓的袋子，显然里面都装着石头，但他还是担心桥会被水冲走。

猎人收起烟袋站起道："别担心，结实着呢。"随即又说："结实也都白搭了，日本人过阵就要把它给拆了。狗日的，亡国了，人家咋说咋是。"

子昂不安地问道："这头也有日本人？"

猎人抱怨道："东三省都是人家的了，这有日本人有啥奇怪的。"

子昂又问："那咱搭个桥碍着他们啥事了？"

猎人说："刚才不说了吗，北山有他们的军营。以后北山就不让中国人打猎、采山了，都是他们的地盘了。"接着又告辞道："我就把你送到这儿吧。"又向东面山道一指说："顺这儿往前走，再走五里地有个镇子，那就是龙凤镇，到那儿打听咋去宁安，我山那面还有人等着呢。"

他顿时又感到孤独。虽然和猎人在一起的时间很短，但在这陌生的山谷间，他还是对前面的幽深感到不安，这时已对这个素不相识的人产生了依赖，只是又不好勉强对方，心想自己能被他领出深山就已经很庆幸了。

他想对猎人表示一下谢意，忙从兜内掏出一张百元金票道："谢谢叔，为了我，把你的事都耽搁了，给您买酒喝吧。"

猎人脸上露出欣慰的笑，但没接他的钱，说："老虎没打着，把你救出来也值了。你还得去宁安，留着自个儿用吧。"说完叫着三条狗又上了桥。

他感激地望着猎人离去，突然又追到桥头道："叔，您贵姓？将来我一定报答您！"

猎人在桥上转回身道："报答就不用了，到镇里有啥难事儿就提我。我姓陆，在镇里问谁都能找到我。要不你在镇里找店住一宿，明儿个我让人送你去宁安。"

他开心道："我去看看再说，不行我就找您去。"

猎人点下头，带着狗们继续过桥。

第 022 章

沿着河岸向东，子昂见到的行人越来越多。先是遇到几个钓鱼的，又打听了龙凤镇的位置，证实了猎人为他指的路没有错，又问了去宁安怎么走，告诉他的也是进了龙凤镇才能奔宁安方向。他心里更加踏实，便一气找到了龙凤镇。

这是个百十多户人家的小镇，位于一面靠河一面靠山的平地上。南面的山是从西面山林延伸过来的，依山住着许多人家，就连山坡也被利用成各家房后的庄稼地和菜园子。向北至大河，纵横交错的土道间也都是住家，既有单房独院的，也有连成一趟的。成趟的住房前是街道，都临街开着门市，弯曲而幽深，近乎望不到头，其实拐过弯道再向前就是零零散散的人家了。

这时正傍晌午，听人互相打着招呼，子昂知道今天是该镇赶集的日子。

在一条十多米宽的街上，他看到了熙熙攘攘的生意人和赶集人。顺街望去，各种招揽生意的幌子琳琅满目，布料庄、酱菜园之类的幌子都由近一米宽、三四米长的一幅布制成，四周还缝上波纹状的飞边。挂着"龙凤阁"牌匾的饭庄，两边各用木杆挑着红布裹起的圆筒，下面缀着一圈红布穗。药铺的幌子是由里向街挑出一串膏药状的木牌。裁缝铺则是在一块木牌上画上醒目的剪刀，底下垂着一绺红布穗。铁匠铺索性挂出一只完整的洋铁壶，只是壶底系着两根红布条，和子昂他爹在奉天开的铁匠铺有些相似。粮食店、杂货店、馒头铺、烧饼铺、包子铺、馃子铺、豆腐坊、修鞋房等，也都各用木板写上相关的字，让人明白里面所经营的项目。

一见到包子铺的包子热气腾腾地刚出锅，他越发感到饥肠辘辘。在山里吃的松子再多也不如吃粮食，而且包子有馅，连粮带菜都有了，他便想痛痛快快地饱餐一顿。可卖包子的老汉说这锅已经有了买主，后一锅还得等一会儿。

他现在就想吃包子，便说："那我待会儿过来。"便又沿街看起热闹。

实际他也成了一景引人注意，估摸是他的英俊长相和他一身脏兮兮的学生服有些不协调，还有他身上背的画夹子，似乎没人知道那是什么东西。他不管人们怎么看他，继续边走边看着。

镇西大河旁边也有个集市，沿着河岸近百米都是摆摊的，卖的多是杂货和蔬菜、瓜果之类。从商贩们叽叽喳喳的说笑间，子昂听出一些人不是专门经商的，要么是自家园子里吃不了的蔬菜、瓜果和从山里采摘的野果拿来换些油盐酱醋钱，要么就是趁农闲从商贩手里倒来些生活用品挣些零花钱。洋火、洋蜡、洋袜和针线，还有小脚女人用的裹脚布。鞋摊上有单鞋和棉鞋，这深秋季节就以棉乌拉、草疙瘩和毡靴为主。小孩子穿的草疙瘩，按大小号码一串一串地挂在一根"丁"字形的木架上，有买的就从上面剪下一双来。

这里还有远道来的货：舒莲记的扇子，张小泉的剪刀，张允升的丝线。北平、天津街面上常见的柳条箱、点心匣子和帽筒、掸瓶等器皿在这儿也能见到。还有女人用的梳头匣子、胭脂等。

他还发现这里有家纸店，内有马粪纸、高丽纸、粉连纸、红绿纸，还有他可用来绘画的橡皮纸，但这些纸都连同办丧事用的烧纸一起卖。

除了开店、摆摊的，还有走着叫卖的，不过是香烟、块糖、糖葫芦之类。人流中还有几个乞讨的，都是蓬头垢面、衣衫褴褛。老乞丐一手拄根木棍，一手端只烂齿碗，见人就将烂齿碗伸过去，有气无力地央求道："发发慈悲吧。"小乞丐则不拿棍和碗，见人就地立在对面挡住路，伸出一支脏兮兮的手，有一脸虔诚的，也有嬉皮笑脸的。但肯施舍的人却不多。姑娘、媳妇多是老远就绕开，爷们儿、婆子们也多是横眼扔句"没有"便擦身而过。那些肯施舍的，也就能往烂齿碗内或小脏手里投一枚小钱、一张小票。

婉娇给子昂的钱一直没处花，小钱没几个，都给了一个老太婆，是因他想起了母亲。之后，兜里便都是大票了，再有人要就舍不得了。他不知去宁安后要有多少花钱处，只好也躲闪。可当他看到一个孤零零的小女孩在茫然地左顾右盼时，恻隐之心顿时强烈起来，毫不犹豫地掏出一张十元金票递过去。

女孩也就七八岁模样，虽然穿的不很破，但也大概几日没有梳洗了，头发有些蓬乱，脸上还挂着泪痕。

女孩接过钱，一双忧郁茫然的眼睛突然一亮，看一眼手中的钱，又抬头望着他，脸上的表情说不清是哭还是笑。

凭他多年画人物，他感到这女孩的眉眼间透着灵气，若不是她头发蓬乱、脸上挂着泪痕，好生打扮一下，定是个俊俏可爱的女孩，就像他妹妹子君小时的模样。可这么可爱的女孩，爹妈怎么不精心呵护？莫非她是孤儿？

他不敢往下想。即便她真是孤儿，他也帮不了她，便想象她不过是和后爹或后妈在一起，受点歧视，被撺出来讨些钱，以补贴家用，但好歹还有个家，而他现在却正漂泊不定。

他又疼爱地在女孩头上抚摸一下道："回家吧。"

女孩侧着身子往后挪，眼睛依然望着他，那目光似乎有种新的期盼。他不敢再看女孩儿，转身离去。

走到一条"丁"字街上，每个摆摊的场子更大些，各种牲畜、家禽、鱼肉、山货等都聚在这里，其中蘑菇、木耳、兽皮、草药和松子、核桃、榛子等山货摊就占七八成，购买者许多都不是当地人。

他准备一会儿吃顿包子就去一家客栈好好睡一觉。在山里紧张奔走这几日，这时只是精神放松许多，浑身依然感到疲惫。

他算着新蒸的包子这时也未必能出锅，就继续看看这里还有什么新鲜东西。又到了西头一处场子更宽敞的地方，各种卖艺的都在这里聚集。唱蹦蹦戏的、耍武术的、变戏法的，还有打板算卦的。供看热闹的消遣和哄小孩儿的零食也不少，除了炒熟的倭瓜子、葵花子外，就是孩子们喜欢的浆糖人儿、棉花糖、大块儿糖、冰糖水儿、糖葫芦等。

这里还有个森林警察所，几个穿着黑色制服的警察，这时正在门前看着艺人变戏法，还有跟着押宝的。

子昂没有去看变戏法，见有一年逾七旬、戴着水晶眼镜的老算卦先生在摆摊，就走了过去。走到近处再看，老先生身前摆着一幅八卦图，图的一角放着一只一尺高的竹筒，筒内插满上涂了红顶的竹签。他在北平街头也见过算卦人，但从未让他们算过，这时见算卦老人像个懂学问的人，又想自己落到这种地步，今后吉凶未卜，便想算一卦，以辨后路如何走。

见他停在八卦图前，老人打量他一下问道："遇到难事了吧？想问一卦吗？"

他决定问一卦，蹲下身问："问一卦多钱？"

老人回道："一角儿。算一卦？"

他又问："问卦怎么问？"

老人说："随便抽支签儿，看签儿上写什么。"说着拿起卦筒摇晃几下让他抽。

他从卦签中摸出一只，见上面写着"天风姤"，下面还有两行竖排小字，右行写道：不期而遇，客入主家，主人受制，避之不及。左行写道：他乡遇友，喜气重添，审时度势，重振威风。

他不明白卦中的客与主分别指的是谁，只能比较清晰地理解"他乡遇友"一句，隐隐觉得他要去投奔齐龙彪是有益无害的，但如何"审时度势"就不明白了，将卦签递给老人道："您给我讲讲。"

老人接过卦签道："你该是离家出走的人，家里已经不适合你再待下去了。"

他这才感到，他该是卦中的主人。因他离家出走首先是因日本人毁了他的家，所以他想到日本人占领了东三省，如今东三省的中国人都已成了亡国奴，自然是"主人受制"，抵抗不力，也自然是"避之不及"，便说："我家让日本人给炸了，现在无家可归，真就是出来投奔朋友的。"

老人立刻惊讶道："哎哟，那你可不是个简单人，你要投的朋友也不简单。"

他却又不解了，心想："齐龙彪一个大烟贩子能有什么不简单？是说他很有钱吗？"但他不能说出来，毕竟卦中还有"重振威风"，便笑了笑问："我该怎么审时度势？"

老人说："要是家里的事，交朋友一定要谨慎，你该知道客人是谁？这个人你惹不起，但也不要和他交往过深。只要认准你该交的朋友，你就要以诚相待。"又见子昂一脸茫然，突然说道："如果我没说错，你的后屁股上应该有伤。"

他吃了一惊。老人看出他不安，笑道："卦上说，臀无肤，其行次且，厉，无大咎。只是验下我说的对不对。还有，你身边的女人很多，少说有两个女子抢着和你成亲，娶妻也要三思。"

子昂不禁又想："难道这两个女子是指婉娇和芸香？那文静、懿莹就不想和我成亲吗？"

老人又解释道："本卦不算好，但也不是很糟，关键是他乡遇友这一步，走好了，对你日后有好处。"

他还是觉得他算得比较准，一边认真地点下头，一边掏出十元日金递过去。老人有些为难道："这么大，我找不开呀！"

子昂说："谢谢您，不用找了。"说完转身离开，他很担心有人知道他臀部上有伤，尽管算卦老人没说出是枪伤。

从卦摊离开后，他匆匆地绕回那家包子铺。第二锅包子早就端出来了，只是买的人已经不多了。他又递过去一张十元票，说要五个包子。

卖包子的老汉六十多岁，接过十元票看了看，又打量他道："这么大票子！"

他解释道："小钱儿都给要饭的了。"

老汉又看他一眼，点下头，先从大笼屉内夹出五个包子，用纸包好递给他道："等我找钱去。"转身回屋了。

包子正温和，他抓一个就吃，是猪肉葱花馅的，感觉格外香，一边吃，一边等着卖包子的老汉为他找钱。

这时，他发觉身旁站个人，扭头一看，不禁愣住了，原来是刚才收了他的钱的小女孩。他不知是巧合又遇见，还是女孩一直跟着他，但见女孩儿正可怜巴巴地看他吃包子，便问道："你咋不回家？"

女孩没答话，抬眼望他一下，又看着他手里的包子咽下口水。

他意识到女孩正饿着，便又问道："是不饿了？"

女孩点下头。他又问："刚才不是给你钱了吗？"

女孩将紧攥在手里的票子看了一眼又攥紧道："俺妈病了，这是买药的。"

他心一震，将纸包里剩的三个包子递给她两个说："吃吧，不够再要。"

女孩立刻将两个包子接过去，一个用怀搂着，一个抓在手里，使劲咬一大口，急促地嚼着，眼睛却一直望着他，目光里充满着感激。

他怕她噎着，就问从屋里出来的老汉道："掌柜的，能给碗水喝吗？"

掌柜的见此情景也动心了，一边应着，一边取来一只碗，然后拎起桌上的一个茶壶道："这是我自个喝的，别嫌乎，还温乎呢。"

子昂谢过，端水送到女孩嘴边道："慢点吃，先喝点水。"见她两手都占着，就将碗端到她嘴前。

女孩真的渴了，一气喝下大半碗茶水，然后接着吃包子，依然感激地望着他。他也渴了，见碗里还剩些水，也没嫌弃，一扬脖喝净。他已经认识到水的珍贵，这小半碗水需要他在深山老林里舔好多树叶。

掌柜的一见，忙又将茶壶端过来道："还有呢，来，倒上。"

子昂将碗递过去又致谢。掌柜的一边为子昂倒水一边说："不用谢，你是个好心人。"又问道："家不是跟前儿的吧？"

子昂回道："辽宁奉天的，可那儿让日本人给占了。我在北平上学呢，听到信儿就往家里赶，可家让炮弹炸塌了，我爹我妈我妹妹也没见到。他们是来黑龙江避难了，我就出来找，可找一年多了也没找着，我现在都不知该咋办了。"

掌柜的叹口气道："亡国喽，哪还有避难的地方了？这边也让日本人给占了，占了有几个月了，从牡丹江来一波儿，从宁安来一波儿，一来就把河北那片庄稼地给占了，修了他们的军营。这街面上平时很少见到日本人，听说他们都在大沟里，他们是冲咱红松林子来的。前些日子，他们在镇子上找了不少会伐木头的，都进沟里了。"

子昂吃惊地问道："这儿也抓劳工吗？"

掌柜的说："抓倒没抓，警察所的挨家问，说日本人给发工钱。"

子昂这才松了口气道："你们这儿还挺好。龙凤这名儿也好听，有啥来历吗？"

掌柜的笑道："可是有。乍开始这不叫龙凤镇，叫龙封关。"接着讲述道："康熙爷的时候，宁古塔的三道亮子有户姓关的人家。这家有个闺女叫黑姑。其实长得很白很俊，要不钦差敢为皇上选妃子？钦差回朝一禀报，康熙爷挺高兴，就给黑姑娘封了个黑妃，又派个钦差到宁古塔来接娘娘。先头的钦差见康熙爷挺高兴，就说黑姑娘是镜泊湖的红罗女转世。康熙爷一听更高兴了，就对大臣们说，自己身边能有这样个娘娘，那不是百姓都高兴的事儿吗，这国家不也和平了吗，就又改了圣旨，给黑姑娘又封了和妃，让传圣旨的骑快马去追前面那道圣旨。可到了宁古塔，黑姑娘已经被封了黑妃，刚刚离开宁古塔，正往京城赶呢。要说去京城呢，他们应该走沙兰奔吉林，可和妃的老家在老宁古塔的旧街，这进京的路就绕道儿了，正好走到这疙瘩。送二道旨的追到这儿，就地儿读了圣旨。后来有人给这儿起了个名，叫龙封关。为啥叫龙封关？龙就是皇帝，皇帝的圣旨在这儿传的，就是真龙天子在这封老关家的闺女。可后来也不知是没记准，还是特意的，都管这儿叫起龙凤关了，有的连关也不提了，就叫龙凤。要说叫龙凤也对，皇帝是龙，那娘娘就是凤啊！龙凤呈祥吗！"说完呵呵地笑。

子昂也笑着问："是你们当地传说吧？"

掌柜的说："有些是传的，可这旮儿出过娘娘是真的，就在宁安那旮溜儿。娘娘她爹是个打鱼的，皇帝就封给她家三道亮子。现在你去问，三道亮子还是老关家的，现在都叫关家亮子。"

子昂对这里真的出过皇妃很感兴趣，也隐隐觉得这里曾经名为龙封关或许另有含义，只是老百姓并不领会。

这时他的三个包子都吃完了，女孩也正吃着第二个包子，就问女孩道："你家在哪住？"

女孩用手向东一指道："那头大河边儿上。"

他向东望去，可这里看不到大河，又问道："你妈得啥病？病得重吗？"

女孩说："在炕上躺着呢，起不来了。"

他又问道："你家还有谁？"

女孩说："俺爷俺爹上沟儿里了，老也不回来。"

掌柜忙问道："不是也给日本人伐木头去了？这是谁家的孩子？"又问女孩道："你是谁家的？你姓啥？"

女孩说："姓夏。"

掌柜的恍然道："噢，知道了。"又对子昂说："没错，给日本人伐林子的有他家。"

子昂觉得女孩家里现在需要帮助，决定随女孩去看看，看自己能帮些什么，就对掌柜的说："掌柜的，我过去瞅一眼，她家可能有啥事儿，不然她咋出来要饭？"

女孩立刻反驳道："俺不是要饭的，俺来找满秋姨，忘了她家在哪了。"

掌柜的对子昂说："你真是菩萨心！俺这当地人都不如你。"说着又包了五个包子塞给他说："我和她爷是老伙计，也帮不上啥，这个你给捎去吧，就点儿心意。"

他谢过掌柜的，又问女孩说："我去你家看看行吗？"

女孩欣然道："行。"接着又说："俺自个儿不敢回家。"

他一怔问道："自个儿咋不敢回家？"

女孩说："俺妈说胡话，我听不懂，可吓人啦！"

他想起自己发高烧时就说胡话，想必女孩的母亲也在发高烧，不再多问，和女孩一起告别了掌柜的。

东头大河岸边是几片庄稼地，房子稀少且零散。女孩的家是套两间房，挨着主房东墙是一个斜顶木棚子，房的前后左右都是园子。后园最大，一直连到河岸边，地里种着玉米，都已经熟透了。前园比后园小许多，地里种着蔬菜，除了秋天生长的，茄子、豆角、辣椒等都已开始罢园了。

他又随女孩进了屋。虽然也是开门见灶，但灶房很小。在一般家里，这一间是全当灶房的，但女孩家则将这一间横着分成前后两个半间，去了灶房这半间，那半间是个带火炕的小屋。灶房左侧的屋是大屋，这样一来，锅灶起火时，大小屋的炕便都可取暖。

大屋的一溜炕是贴着后墙起的，左为炕梢，顶着山墙，右为炕头，挨着灶房。这时炕头处正盖被躺着一女子。

他不知她是死是活，不安地靠前看了看，见她不到三十岁，头发有些乱，闭着眼，嘴唇有些干裂，但还在喘息。

他伸手试一下她的额头，感觉发烫，就让女孩拿来毛巾，自己去掀开灶房内的水缸盖帘，见里面的水只剩半尺多深。

他又找来水盆浸湿毛巾，将毛巾搭在女子的额头上。之后，他又在灶房找出碗筷，用筷子蘸清水滋润她的唇。

女子的嘴开始动了，似乎努力把唇上的水咽下去，显然是渴了。他又让女孩儿取来一个羹匙，一下一下地喂她喝，喝了近一碗。

终于，女子从嗓眼儿里发出了声，无力地唤着"玉莲"。

女孩靠到近前哭道："妈，我找叔叔来了，给你看病了。"

子昂问女孩："你叫玉莲？"女孩点头应。他又说："玉莲，你在家照看你妈，叔叔去药店抓点药。"

玉莲顿时一脸不安，又看一眼母亲，竟要哭。子昂忙说："别哭别哭，叔叔去抓药，你妈得喝了药才能好病。"

玉莲不安地求道："叔叔，那你一定回来。"

他爱怜地抚摸她的头道："叔叔一定回来，把你妈病治好。"说完转身出了屋。

第 023 章

子昂已对龙凤的街道有了些了解，很快在一家药店抓了退烧的草药，又在一家杂货铺买了只熬药的砂壶。

接近夏家时，他见玉莲正站在大门外朝这边望着。玉莲见他回来，立刻由不安变得欣喜，边喊着"叔叔"边跑过来，撒起娇道："我帮你拿着。"他欣慰地将草药都交给她捧着。

熬好了药，他将药汤滤到一只碗里，又晾了一阵，叫玉莲去喂母亲。玉莲高兴地答应着，又对仍闭着眼的母亲说："妈，叔叔给你买药了，你喝吧，喝完病就好了。"说着舀一勺汤药往嘴里送，结果进嘴一半，淌出一半。

子昂在一旁指点道："慢点儿，一次舀半勺儿喂。"

玉莲照着做，果然见效，抬头冲他得意地笑。

快傍晚时，子昂犯愁了。他不知自己该不该留下来。开始他觉得自己该留下，倒不是因他没有住处，他身上还有许多钱，只要找家客栈就行，但玉莲妈的高烧还没退，神智也不很清，都交给一个孩子他真不放心。但又一想，自己留下来，玉莲倒是愿意，但她妈好像还不清楚家里来了陌生人，而且还和她们住在同一房内，日后仅凭个似懂非懂的孩子怎么能说清。

犹豫再三，他对玉莲说："叔叔一会给你做饭，吃完饭你就和你妈睡觉吧，叔叔该走了。"

他的话音未落，玉莲一下紧紧搂住他的腰哭道："你别走！"

他心里猛地一颤，脑海里又浮现出懿莹与他分手时也是这样哭着说的情景。可尽管懿莹多么舍不得他，罗金德还是收了汪家的彩礼。

他不去想了，可随即，他脑海里又浮现出芸香被婉娇从他身边撵走时不舍又无奈的样子，以及婉娇三次送他走时都在客栈前偷偷抹泪的情景。

他偷偷擦去眼泪，对玉莲说："叔叔明天再过来。"

玉莲仍紧紧搂着他哭道："俺不嘛！"哭得更伤心了。

他不忍心再听到她的哭，安慰道："那好，叔叔先不走。"他决定今晚就住她家外面的木棚内，这样也比睡在深山老林里舒服。

玉莲这才松开手，小脸蛋更是混画的了。他又疼爱地抚摸她的头道："叔叔给你洗洗脸吧，瞧你都成小花脸了。"她冲他嘿嘿一笑，跟着去了灶房。

他先为玉莲洗了脸和手，小花脸和小手都变得白白净净的。他又看她头发乱，就又将她的头发也洗了，然后轻轻地为她梳起头。

她静静地坐在一只小板凳上，乖乖地让他梳掠着，脸上透着甜美的笑。但他从没编过辫子，就学着芸香、懿莹、婉娇刚洗过头的样子，将她的头发用一根花布条拢起披在背上，同样显得娇美。

他像欣赏自己画的画一样看着她说："挺好看。等你妈病好了，让你妈给你编辫儿吧。"

玉莲去照过镜子说："叔叔说好看，那俺就不扎辫子了。"

他劝道："那哪行，人家该说你是疯子了。"她又冲他嘿嘿地笑。

他开始做晚饭，但掀开装米的箱子，里面只有一只装有不到一碗小米的米袋子，便都用来熬粥了。

粥熬好后，他先盛出一碗，又将一个羹匙放在里面，对玉莲说："先凉一凉，等不烫嘴了，还是你来喂你妈。"说着将粥盆端进大屋。

玉莲妈虽然还未睁眼，但已有了食欲。玉莲小心地喂着，竟都喂进去了。在玉莲喂母亲喝粥时，子昂摘了园子里的菜，素炒了白菜条和豆角丝，又将从包子铺带回的包子热了一遍。见玉莲喂完母亲，便将两盘菜和几个包子从锅里端进屋。

玉莲已将一张矩形炕桌摆到靠炕梢处，两个人对面坐着吃起来。他笑问道："叔叔炒菜好吃吗？"

她先奉承他，随即又说包子好吃。他也知道自己炒的菜不好吃，笑道："那你吃包子。愿吃明天叔叔还给你买。"她很开心，又过来挨着他坐。

吃完饭，天已经黑了。就着油灯的光亮，他又为玉莲妈热了一遍汤药。见玉莲一边给妈妈喂药，一边打着哈欠，他也感到特别乏，就兑了温水为她洗脚，不禁想起自己小时为妹妹洗脚，继而又想起为文静和穆岚老师洗脚的情景，只是不知妹妹和父母现在在哪，文静现在过得好不好，穆岚老师那次参加五四运动是否平安无事？

玉莲洗完脚就忙着去铺被褥，竟铺了两套，与她母亲躺的位置连在一起。子昂明白玉莲的意思，忙说："铺你自个儿的就行。叔叔不能在这屋睡，别人会笑话的。"

她天真地说："没事儿的。"

他笑道："叔叔在小屋睡，你在这屋照看你妈。"说着叠起一套被褥。

见玉莲一脸委屈地看着他，他忙哄道："玉莲听话，快躺下睡吧。"

她眼泪又流下来，央求道："你别走，我害怕。"说着又失声哭起来。

他也不禁一激灵，问道："你到底怕啥呀？"

她心有余悸道："俺妈晚上自个儿说话，我听不懂就害怕。"

他舒口气，又安慰道："你妈是发烧烧糊涂了，吃了药就好了。"接着又保证道："叔叔不走，叔叔向你保证，叔叔就在小屋，噢，快睡吧。"

她半信半疑地脱去外衣和长裤，穿着红肚兜和花裤头，钻进被窝里，仍不放心地扭头看他。

他又保证道："叔叔真不走，你放心睡。叔叔明天领你上街，去吗？"

她这才闭上眼睛，很快便睡着了，毕竟她昨晚受了惊吓，不但没敢在家好好睡，还在街上走了一上午。

他悄悄出了大屋，怕玉莲还没睡实，就先是去了小屋，真想也躺下好好睡一觉，即使不脱衣服也比在深山老林里睡得舒服，但他必须得等玉莲睡实后去睡院里的木棚子。

终于熬到半夜，估计玉莲睡实了，他从炕上抱起一卷棉被出了房门。但他没有立刻离开，在门外顺着门缝听里面动静，听里面一直很静，才轻轻合上门，去了木棚子。

木棚子的门没有锁，开门进去，里面很黑，什么也看不见。他从身上摸出火柴，划亮一根，见都是烧火的桦子，还有一些晒干的蘑菇、茄子、辣椒、豆角等干菜。

他将棉被铺在一面半人高的桦子垛上，然后连铺带盖地躺上去，虽然下面不平整，但总比在有野兽出没的森林里睡得踏实些。

黎明时分，他被外面的哭声惊醒，是玉莲在哭喊"叔叔"，声嘶力竭中充满恐惧，将寂静的黎明也打破了。

他心里一惊，急忙爬起，不慎从桦子垛上坠下，疼也不顾了，一边往起爬，一边冲外大声喊道："玉莲，叔叔在这儿！"

冲出棚子，见天色刚刚放亮，玉莲正站在院门外哭喊，身上穿着她睡觉时穿的红肚兜和花裤头，脚上穿的绣鞋是她妈妈的。

他被她的依恋深深感动，不禁想起自己当年在穆岚老师离开奉天时也是这样伤心，急忙跑过去，心疼地抱起她哽咽道："叔叔没走！"随即眼泪涌出来。

玉莲紧紧地搂着他的脖子，哭得上气儿不接下气儿。他抱着她往屋里走，绣鞋落到了地上也没去管。

屋里的油灯已经点亮，只见玉莲妈正强打精神站在地上，吃力地扶着炕沿，一双脚光着没穿鞋，她的鞋被玉莲穿出去掉在院里了。

和子昂对视片刻，她身子软软地跪在他身前，并一沉地将头贴到地上，蓬乱的头发搭到他的脚背上，声音微弱地说道"谢谢"。

他慌了，一手抱着还在哭的玉莲，一手去拉她道："大姐别这样！"但她的上身已经贴在地上了，随即又斜着躺下。

他忙将玉莲放到炕上，又用两手去搂起玉莲妈说："大姐快起来。"见她没有力气撑起来，索性将她抱起。

就在要将她抱起时，他感觉她身上是凉的，原来她身上的衣服全都湿透了，忽然想起昨晚又是烧水又是做饭，准是炕被燎得很热。他有些懊悔，昨晚要想到这些，就会将她往外挪一下。由于他的疏忽，她这一宿都是实实地躺在热炕头上，没把她烫坏实在是万幸。

他将她抱起，感觉她身子软得像面条，竟然想起在林子遇到的那条蛇，脑袋不禁又嗡地触电一般。

定了下神，他将她放到玉莲的褥子上。他猜她的被褥内也是湿的了，随后摸一下她睡过的被褥，果然也都湿透了。

这时他又想起自己在家发高烧，母亲就为他盖上两层棉被在热炕头发汗，倒也觉得她出这些汗是好事。同时他也想起，自己在家发过汗以后，母亲还逼他喝下淡盐水，说发过汗后身子虚，喝些淡盐水就能补充体力，便劝玉莲道："别哭了，你看你妈衣服都湿透了，家里还有没有干的衣服裤子找一套，帮你妈把湿衣服脱了，换上干的，要不湿乎乎在身上煴着，还会生病的。快去找，找出来就帮你妈换上，我到外屋去烧点水。"说着出去了。

玉莲不哭了，忙着去开一个箱子找干爽衣裤，然后又费了很大劲，将母亲身上的湿衣裤都拽下去，赤裸裸地亮在那儿。

可再让她给妈妈穿上衣裤就不容易了，玉莲便冲着屋外喊道："叔叔你进来，我穿不上，你给她穿。"

他不敢进屋，隔着门问："湿衣服都脱了吗？"

玉莲答道："脱了，脱光腚了。"

他被吓一跳。虽然他已经欣赏过婉娇的秀美身子，但眼下这个女人他万万看不得，就又冲里面说："那先不穿了，你把被给她盖好就行了。"玉莲在里应着。

烧好开水，子昂在灶台上找到盐罐，沏了淡盐水。水变温时，玉莲出来了。他问道："给你妈盖好被了吗？"

她脆声道："盖好了。"

他还是不放心，板起脸说："不行骗叔叔，叔叔不能看见你妈没穿衣裳。"

她认真地说："看不着，我没骗你。"他这才小心地端着盐水进屋。

他见玉莲妈果真盖得严实，但靠上前时还是心跳加速，说："大姐，这是盐水，把它喝了。"

她仍很虚弱，但还是竭力地睁开眼睛看他，看不出她要表达什么。他先舀起一勺盐水解释道："这是我妈教的。那年我也有病发汗，完了就让我喝淡盐水。不太好喝，可喝了身子就不虚了。"

她吃力地点下头，然后微微张开嘴，一口一口地咽下他喂的盐水。

玉莲也凑到跟前说："妈，你病好了，是叔叔给你买的药。"

她又孱弱地应一声。玉莲又说："你老说胡话，我害怕，就去找满秋姨了，我忘了她家住哪了，没找到，把叔叔找来了。叔叔可好了。"

她又点下头"嗯"一声。

子昂问玉莲："你满秋姨是亲姨吗？"

玉莲说："不是。她和俺妈可好了，她管俺妈叫姐。"

他点点头，又问玉莲妈道："大姐，现在觉着咋样？还能说话吗？"

她这才弱声道："就是累。"

他松口气道："你出汗出多了，喝了盐水就能好，一会儿再喂你喝点粥，慢慢自个儿就能下地了。"

她又孱弱道："谢谢你。"然后直直地看着他。

他却不敢看她，毕竟她在被褥里什么都没穿，就又让玉莲来喂，随即又去了灶房。

玉莲喂完母亲盐水，穿好衣服出屋去了。不大工夫，她一手握着一个鸡蛋进来，说是她家的鸡新下的。

他笑着问："你想吃啊？"

她立刻说："给叔叔吃。"

他欣慰地笑道："叔叔不吃，给你妈吃吧，吃了病好得快。"又补充道："你俩吃，一人一个，愿意吃叔叔待会就去买。"

玉莲乖巧道："我不吃，你和俺妈吃。"

他只是笑，将鸡蛋洗干净放进粥里一起煮。然后，他疼爱地抚摸玉莲的头问："叔叔吓着你了吧？"

她歪头看着他，小嘴噘着埋怨道："你说你在小屋睡，你没有，骗人！"

他谎说道："小屋太热，叔叔出去凉快一下。以后可别这样了，你把叔叔也吓着了。叔叔说不走，肯定就不走，叔叔说话得算话，是不是？"

她点点头，又将脸贴在他身上问："叔叔，你还领我上街吗？"

他应道："一会儿就去，先给你妈喂完粥的，你喂你妈吃，叔叔就在这儿等着。"

她疑惑地问："你咋不进去？"

他不知怎么对她说。正犹豫着，她诡笑道："我知道，你怕看俺妈大光腚，是吧？"接着又说："没事儿的，给她盖被了！"

他笑道："那也你喂，闺女是妈的小棉袄儿，妈有病，闺女得孝敬妈，对吗？"她又点头答应。

第 024 章

市场上的店铺和摊位刚有几家开门或摆出来，买东西的人还就子昂和玉莲。他想买些他们早晨吃的东西，同时再买些米面。可领着玉莲转了好一阵，店铺的门仍没开全，要买的东西也没买齐。

玉莲一直雀跃地在他身前跑来跑去，后来有点气喘吁吁的。他心疼地问："累了吧？来，叔叔背你一会儿。"说着在她前面蹲下，让她趴他背上。

从黎明醒来到现在，他一直被她感动着，也更加疼爱她了，恨不能时时刻刻地这样背着她，抱着她。他不知当父亲是什么样的感受，心想也不过如此吧。玉莲也喜欢让他背，高兴地在他背上趴着，又惬意地将脸搭在他肩上，别的都不感兴趣了。

终于有家馒头店开门了，他要放她下来，发现她在自己背上睡着了。他能想象到，因担心他离开，昨夜她又没睡好觉，这时便不忍心叫醒她，便只买了一包馒头回去了。

这时，东边的天空上，太阳已经升了起来。

过了晌午，玉莲妈的精神头好了许多，能下地走路，和子昂唠嗑了。他们先唠了各自的情况，子昂这才知道她姓武叫村妮，本年二十七岁，属蛇的，是八年前从山林深处的一个小村庄嫁到这里的。丈夫姓夏，叫松林，大她三岁，有两个姐姐，都已经出嫁。婆婆在她嫁过来前就不在世了，他们和公公在一起生活。婚后她怀过两次孩子，先是生下玉莲，后面本该还有个男孩，但五个月时不慎摔了跟头流掉了，就再没怀上。两个月前，她丈夫和公公被日本人招到深山里伐木头，可从走后就一直没回来过。

村妮的衣服和布袄都穿得整齐，倚着火墙坐着。许是身体没有完全恢复，她说话轻而缓慢。在和他说话的时候，她不时地端详他，目光是温和的，有时看得他抬不起头。

说到她得病时，她说："平时没啥毛病，可能头几天下雨激着了。前天下午就是觉得浑身冷，抖得不行，就躺被窝里了，后来就啥都不知道了。玉莲领你来时，我迷迷糊糊的，知道点事儿。你们喂我药和吃的，我也知道，可就是睁不开眼，也动不了。"

他被玉莲缠着，斜身坐在炕沿上说："你就是让雨浇的。不过昨晚的汗出得好。"

她看着他说："是兄弟照看的好。"

他避开她的目光说："是玉莲懂事儿。开始我还以为她是要饭的呢，给她钱又不舍得花，说要给你买药，我这才知道你有病了。"

她将玉莲拉到自己怀里说："也不知为啥，她咋和你这么亲？她对俺家谁都没这样过。你俩好像有前世没了的缘。"

他感觉她的话有些玄，笑道："大姐开玩笑了，其实都很正常，她是让你的病吓着了，又没个亲近人帮她，当然是谁帮她就和谁亲了，小孩儿不就跟小狗儿似的。"

玉莲不高兴了，在母亲怀里歪着脑袋冲他抗议道："俺才不是小狗儿呢！"

他笑道："玉莲是好孩子，没说你是小狗儿。"

村妮没有接他和玉莲的话，突然对子昂说："俺想认你做亲弟弟成吗？俺高攀了。俺是想让玉莲认你这个舅舅，玉莲就你能救她。"

他疑惑道："我现在还没个着落呢，咋说起救她呢，她不好好的吗？"

村妮说："那都不碍事儿，你就是要饭的，也能救她。没别的意思，就是想让她认你做舅舅，她难得遇上个亲近人儿。从她今早上哭我就看出来了，她跟你真有缘。说句不好听的，我死了她也哭不成这样儿。"

玉莲辩解道："我哭了，你不理俺！"

子昂也嗔怪道："姐咋这么说？"

村妮又说："有些事儿是说不清的，咱就说眼前的，愿给玉莲当亲舅吗？"

他点头道："愿，玉莲挺懂事。"

村妮笑道："那俺就沾光给你当姐了。"

他难为情道："我这个弟弟也没啥能耐，你能沾我啥光？是我沾姐的光了，是沾外甥女儿的光了。"

村妮又笑道："也别说谁沾谁光，认了姐弟就是一家人，就得姐有姐样，弟有弟样，两头的爹娘都是亲爹娘。你要是愿意，咱就拜拜仙家。"

他惊讶地问道："还有这说道？"

她看着他说："拜了就和亲姐亲弟一样了，仙家给咱作证，看着咱，姐有姐样，弟有弟样，要是做了不姐不弟的事，仙家就会生气的，咱办啥事儿都不顺当，有灾有难的，仙家也不保咱了。"

他明白她的意思。眼下他要继续待在这儿，就只能按她说的办，这样日后也不至于让外人说三道四。即使他明天离开这儿，认个亲姐姐也不是见不得人的。但他对他和婉娇的关系纠结起来，不知道他俩那夜激情会不会让仙家不高兴？

他有些不安，立刻又暗中自我安慰，"虽然自己曾认婉娇是姐，可还是和她有了那夜激情，也是他们不知道有拜仙家这样的事。不知者不怪，自己和婉娇的姐弟关系也不过是嘴上说说而已。如此，自己和婉娇今生再不能成为姐弟了，即使自己日后还能娶个黄花姑娘，也定将婉娇视为自己的头个媳妇。"

知道玉莲为村妮脱光衣服后，他脑海里还真就闪过她的身子是否和婉娇一样美。现在他要和她拜仙家，以后就万万不能对她胡思乱想；既然有仙家，那仙可就无所不在、无所不能，便对村妮说："我愿拜。咋拜？我听姐的。"

村妮笑着取来两炷香，一并点着，分给子昂一柱，她自己留一柱，然后拉他面南背北跪在地上，将香举过头顶道："各路仙家在上，我和子昂兄弟从今往后结为姐弟，俺们一定姐有姐样，弟有弟样，不是同胞，胜过同胞，要是做了不姐不弟的事儿，任凭仙家惩罚。"然后连磕三个头。

子昂也跟着道："各路仙家在上，我愿和村妮姐结为姐弟，不是同胞，胜过同胞。我发誓，以后我要做了弟弟该做的不做，不该做的做了，情愿接受仙家惩罚。"也磕三个头。

村妮很高兴，拉起子昂道："你比姐说得好。"

玉莲一直在旁边看着，这时笑道："你俩拜天地呢？"

村妮责怪道："别瞎说，这是拜仙家。以后他就是你亲舅舅了，再叫就得叫大舅，不叫叔叔了。来，叫大舅，给大舅磕头。"

玉莲问村妮："叫大舅他就不走了吧？"

村妮说："那你就是大舅的孩子了。"

玉莲高兴道："那行！"急忙跪地磕头喊"大舅"。

他被叫得心里甜甜的，一把抱起玉莲，紧紧地搂着，忽见村妮看着他俩笑，忙放下玉莲，冲她鞠一躬道："姐，谢谢您看得起我，就是弟弟没啥能耐。"

村妮说："会好的，姐看你行。"又道："我看棚子里有被乎，你昨晚儿在棚子里睡的吧？今晚儿就进屋吧，小屋闲着呢，就是她爷回来也睡开了。"

子昂说："不用了，我还准备去宁安。"

村妮笑道："你离不开龙凤。"

他心一惊，刚要问，村妮又笑道："我是猜的，我还猜你明年这时能成亲，玉莲儿她舅母一定是个大美人儿。"

子昂惬意地笑道："姐尽说笑话，我都落魄成这样儿了，哪个大美人儿愿跟我？"

村妮说："暂时你还走不了，没看玉莲和你多亲。就先在这儿待段时候吧，我也想让你帮着干点活儿。"

他心中不快，暗想，"有啥事直说就是了，还拿那种美事来蒙我，这人咋这样？"刚才他还以为她会看点什么，尤其一提到大美人，立刻想到婉娇、芸香和懿莹。可转念一想，她们都不知他迷山到了这里，必是这龙凤还有大美人？接着又听村妮说要留他干些活，心里立刻又凉了。

但他不好露出不高兴，说："姐，有啥活儿我帮你干，你现在还得养一养，没事儿就在炕上歇着吧。"

村妮说："也没啥大活儿。"她还想说什么，但爆着皮的嘴唇张了一下，又将话咽了回去，看看窗外，见天色暗了，就改了话题道："我去弄晚饭。"

他忙说："姐说话都没劲儿还能做饭？你歇着，我做，就是做得不太好吃。"

玉莲一旁又奉承道："好吃！我愿吃大舅做的饭。"

他用手指点一下她的小嘴儿道："就你嘴儿甜！"然后去了灶房，玉莲也欢快地跟着乱忙。

晚间睡觉的时候，玉莲闹着要和大舅一起睡小屋，子昂和村妮哄了好一通，她才同意和妈妈一起睡。

夜里，子昂虽然还很乏，但躺在炕上睡不着。村妮根据什么说他离不开龙凤？又根据什么说他会娶个大美人？他要坚决离开龙凤会怎样？

他决定暂时不去宁安，毕竟宁安什么样他还不知道，而且去了宁安也不晓得他能干什么。他倒是想起齐龙彪想在宁安用他倒大烟赚的钱开个酒店，估摸他去宁安也就得跟着齐龙彪开酒店，很可能就是个店小二。虽然也可能天天见到曾令他惋惜的柳金瑶，可天天见了又管什么用？也说不定真如他曾梦见的，因和金瑶私通被齐龙彪用尖刀刺死。

他希望龙凤真有村妮说的大美人，心想皇帝都能在这儿选到妃子，这个地方定是出美人的地方；若真有大美人，没了皇帝的今天，他这个美男子就是皇帝了，也可能像那个算卦先生所说，会有多个美人都想嫁给他。这样想着，他更不愿离开龙凤了。

他也清楚村妮手上没有钱，自己身上虽有不少婉娇给的钱，但只要他住下，这些钱就不能他自己花。要仅仅是买吃的，三口人一年也够用，但毕竟他还要回牡丹江继续寻找父母和妹妹，还要按婉娇说的先娶个媳妇。他不想总花婉娇的钱，尽管她舍得给他花，如果自己真的像村妮所说的离不开龙凤，那就趁早想点儿挣钱的路子。

他想起有人靠卖画为生，可在这儿不像在北平，有没有人肯花钱让他画还不清楚。

他知道这里没有照相馆，也可能想画像的人会很多，毕竟这山沟里不可能有比他画得还好的。

他决定上街给人画像。他又想，要想招来生意，不仅在于画得好，还需让人一开始就知道他画得像。他倒是有些画好的，其中还有婉娇的迷人画像。可这儿的人不知婉娇是谁，像不像本人，单靠他嘴说是不够的。他想先为玉莲画一张，然后领着玉莲去揽生意，让人对着本人看画像，更能让人信服。想到这儿，他不禁又激动起来，仿佛这儿的所以人都要把钱掏给他，也仿佛他就要成为这里最有钱的人了。

不知不觉，他又进入梦乡，梦见文静在哭，自己却在汪洋中的一只船上漂泊。望着思念的人在岸上，他拼命地将船划过去，却是懿莹在岸上迎接他，还高兴地对他说："找到你妈他们了，都在俺家呢，正给咱俩定亲呢。"

他欣喜地随她进了罗家，只见罗家院内到处摆着棺材。他好奇地问："咋这么多定材的？"

罗金德对他说："这回咱们可发财了，你今天抓紧把材头都画出来！"

他不高兴道："这么多寿材，一天哪能画出来！"

罗金德说："你画纸上，然后往上印，一会儿就完了。"

他高兴道："我真有画好的。"说着拿出一张事先画好的太阳图案印在棺材头上，果然一印一个，太阳都闪着刺眼的光，光亮照进棺材里，忽见玉莲躺在棺材里，心中哀叹道："她还是个孩子，咋就死了呢？"

他难过地抱起玉莲，觉得她身子滑嫩的，不禁心一震地醒来，发现竟然真的摸着滑嫩的身子，吓了一跳，急忙爬起身。

这时天还没亮，屋内漆黑一片，但他想起他正在村妮家的小屋炕上，忙起来点亮油灯，见玉莲身上穿着红肚兜和花短裤，枕着自己枕的枕头熟睡着。

他有些不安，猜她肯定是背着村妮自己溜过来的，该怎么向村妮解释？村妮得怎么看他？他又没了睡意，一边想着梦中的情景，一边起来穿衣服，坐在熟睡的玉莲旁，怜爱地端详着她，又为她盖好被子。

天刚亮，他就下地生火做饭了。正忙着，村妮也起来穿好衣服，出来先问："玉莲咋没影儿了？"

子昂慌忙起身道："姐，你看，也不知啥时候，她跑小屋来了。"

她一怔道："这孩子！"

他又忙说："以后我还是睡棚子吧，外面不太冷。"

村妮说："你别想那么多。孩子不懂事儿，你是他大舅。"

他不知该说什么好，慌忙道："她正睡着呢，睡得可香了！"

村妮一笑道："我不说了吗，就你能救她，你是她大舅。"

他仍听不懂她的话，问："到底啥意思？"

她一笑道："随便说的。"

他又承诺道："姐你放心，我一定像对亲外甥女儿一样对她！"

她笑道："姐信。"说完去打水洗脸，又让他再睡一觉儿，自己来做饭。他不肯，还是让她回炕上养着。

吃早饭时，村妮责怪玉莲道："你昨晚咋钻你大舅被窝儿里了？"

玉莲却理直气壮道："我就和大舅一块儿睡！"

村妮用手指在自己脸上接连划说："丢丢丢！"

玉莲立刻顽皮道："不丢，不丢，就不丢！"

村妮又说："你这么稀罕大舅，明天让大舅把你领走吧！"

玉莲竟干脆地答道："行！"

村妮骂道："死丫头，吃里爬外，你个没良心的！"

玉莲看一眼子昂，又冲村妮得意地晃起脑袋。

子昂为玉莲亲近自己而疏远母亲感到不自在，说："小孩儿懂啥呀？大了就啥都懂了，都说姑娘是妈的小棉袄儿。"

村妮笑一下说："那我真得好好等。"

子昂又哄玉莲说："以后不能和大舅一屋睡，知道不？"

玉莲不理解地看着他问道："那怕啥的？"

子昂说："玉莲长大了，得自己一个被窝儿睡，要不人家会笑话。还有，你妈病了，你得照看你妈呀，这样人家就会夸玉莲，说玉莲懂事儿了。"

玉莲倔强地噘起小嘴道："俺不！"

他则装出认真的样子说："那大舅一会儿就走了。"

玉莲立刻搂着子昂胳膊道："不嘛！"

他又哄道："你要答应和你妈一屋睡，大舅就不走。"

玉莲仍不解地看了他一会儿才勉强答应道："我跟俺妈睡，你别走！"

他在她滑嫩的脸蛋上摸下道："大舅不走，快吃吧，吃完跟大舅一块儿干活儿。"

吃完早饭，时候还早，子昂便先到菜园子里摘菜，备着下顿用。玉莲时刻不离他，一起跟着忙乎。忙了一阵，她突然想撒尿，竟毫不忌讳地在他旁边的空地上褪下裤子，蹲下就尿。

他也正蹲在地上，一回身，见她正低头对着自己撒尿，吃了一惊，忙转过身去。

见玉莲提上裤子，他责怪道："以后再撒尿，找个没有人的地上撒，知道不？"

玉莲则不以为然嘻嘻地笑道："俺给地浇肥呢！"

他也一笑道："好，来年大丰收！"她又得意地笑。

摘完菜，子昂想将自己身上的衣服洗一洗，从兴隆客栈出来到这儿，还在深山老林里奔波了多日，衣服裤子都已很脏。可他见灶房水缸里已经见底了，就让玉莲带他去挑水。

这里人家吃水，一般都是从公用的摇井里打，每十几户人家共用一口摇井，也有在自家院内打井自用的。村妮家的院内没有井，就得与别人家共用一口摇井，井就在街对过一个住房较多的胡同里。这里专为摇井腾出一片地儿，井台上架着一侧伸出摇把的轱辘滚，滚上缠着拇指粗的麻绳，绳子末端拴着一只小铁桶。打水的时候，将小铁桶摇入十几米深的井内，人站在井台上，用巧劲一抖麻绳，井下漂在水面的铁桶便斜着沉入水中，然后用力滚动摇把，轱辘滚上的麻绳缠满了，一桶清水也上来了，倒入自家桶中，得来回七八次才能装满一缸水。

子昂从没用过这样的井，抖动麻绳的劲也用不好，井底水面上的铁桶便只是摇头晃脑不下沉，水也无法打上来。在他后面等着打水的一个老汉忍不住笑。但也不能总看他占着井口穷折腾，便上来教他怎么抖井绳。

老汉认识玉莲，问道："丫头，他是你家啥亲戚？"

玉莲一脸神气道："俺大舅！"

老汉说："噢，我猜也不会远。"显然并不熟悉玉莲姥姥家的人，接着又问道："你爷还没回来呢？"

玉莲说："没呢。"

老汉没再问，开始教子昂怎么抖绳。子昂很快便学会了，将两只水桶装满水。

来回几次，将家里的水缸装满了。见到村妮说："我想洗洗我身上的衣裳，太埋汰了。可我脱了这身没穿的，家里有姐夫穿的旧衣裳吗？"

村妮便找出一套她男人松林的衣服。

子昂去了屋外木棚内换衣服。他准备将身上的内外衣都洗一下，便迅速脱得精光。玉莲见他拎着衣服进了木棚内，忙也跟进去，见他浑身赤裸裸地要穿衣服，顿时哈哈地笑起来，嚷道："大舅也脱光腚啦！"

他被吓一跳，忙用衣服挡住身下道："你进来干啥？出去！"

见他变了脸，玉莲愣了一下，忙关上门，跑回屋里，样子神秘地对村妮说："妈，告你话儿，大舅也脱光腚了！"

村妮一惊，立刻训斥道："熊孩子，大舅换衣裳你也看，咋这么不嫌害臊！"

玉莲本以为妈妈也会和她一样惊喜，不想却挨了训，有点沮丧，但立刻对抗地歪着头，紧着小鼻子道："不臊不臊，就不臊！"说完跑开，又跑到屋外的木棚前，依然毫无顾忌地拉开门问："好了吗？"

子昂已换好衣服，这时再看玉莲觉得很难堪，嗔怪道："以后大人换衣裳不行看！"

玉莲顽皮道："就看就看！"

他想她太天真，无奈道："别跟别人说！"

她诡笑道："跟俺妈说了，她知道你脱光腚了！"

他更难堪了，又训道："你个小混蛋！"说着虚张声势地去打她，她嘎嘎笑着跑开了。

子昂在屋前洗衣服时，玉莲跟着玩皂沫，已经忘了刚才的事。

村妮出来忍不住笑。子昂明白她的笑意，红着脸，笑也不是，说也不知说什么。村妮说："刚才我把她骂了。熊孩子，没啥不看的。你也别往心里去，她是个孩子，啥都不懂。"

这话倒提醒了玉莲，她抬起头说："我懂！我看见大舅光腚啦！"说着指着子昂嘿嘿笑道："大光腚！"

村妮变脸呵斥道："去！越说越赛脸！"然后却忍不住乐。

玉莲更来劲了，带着一手皂沫到他身上摸道："大光腚！"

村妮真火了，骂道："你个死崽子！"

玉莲这才不笑了，样子委屈地看子昂。

他也严肃道："以后不行这么说了，再这样，大舅真的生气了！"

玉莲这才意识到自己犯了大错，似懂非懂地应了声。

洗完衣服，子昂先让村妮和玉莲看了自己画好的画像，然后将自己要让玉莲帮他揽生意的想法说了。村妮没反对，玉莲也很愿意让他画，接着他便准备为玉莲画像。

村妮一直没有精神头为玉莲编辫子，子昂便又按照他的方式为她梳了头，又找来一根红色布条，将她的头发在背上微微拢起，然后让她坐在小板凳上。

画玉莲用了很长时间，他尽量要把玉莲画得逼真，这样别人就会对他更认可，钱也挣得容易。玉莲开始还能老老实实地坐在他对面，可时间一长，便没了耐心，坐一会儿便过来趴他背上看画中的自己。

傍要天黑时，他才画好玉莲，简直是她在照镜子。村妮惊讶极了，在旁边不停地称赞着，精神头也强了很多。玉莲也立了功似的，得意扬扬的。

▶▶ 第 025 章 ◀◀

第二天吃过早饭，子昂换上学生装，背上他的画夹，又让玉莲带上两只小板凳，一同去了那个有卖艺的集市。

因为不是赶集的日，这时的人不是很多，但他只能在这里展示他的才艺。他在一棵树下将玉莲的画像斜立在树根处，上面又挂了一个写着"画像一元"的小木板。

市场人虽不多，但还是有不少好奇的人围上来，纷纷称赞画得好。有人发现画上画的女孩就是站在旁边的女孩，又都惊叹地称赞画得和城里照相馆照出来的一般。有人说应该给自己爹妈画一张，老人百年后也有个念想。也有人问子昂以后还来不来，看来这生意还真能做下去。

终于，一个小脚老太太靠上前说："画得是挺像，就是贵了点，一块钱可够俺家吃好几天的。"

也有替子昂说话的，笑道："人那可是真手艺！画一个吧，画一个能留好几十年呢！你一天少吃一顿饿不死。"大家都笑。

老太太被说得动了心，到了子昂对面的板凳前笑道："那就画个吧，勒两月肚子咋也勒出来了。"又对子昂说："画吧，我有钱。"说着从裤腰里摸出一张一元票，递给子昂，又整理着衣服，端正地坐在板凳上。

子昂便坐在老太太的对面，先用画笔对着老太太量比例，然后在已经备好的画纸上画起来。

画了近半个时辰，那老太太便逼真地呈现在纸上。围观的人更多了，都夸子昂确实手艺高。被画的老太太也很高兴，端着自己的画像道："真不错，真和照镜子似的！这钱花得不冤枉。"又夸子昂道："你有这本事，可真是造化！"

子昂笑道："能挣口饭吃就不错了。"

一个看热闹的老汉说："你这手艺画年画儿也成啊！那可能发大财！"

他心中一亮，老百姓都喜欢年画，过年了家家还都贴对联，这都是他能做的，看来他真的能发大财。

就这时，几个年龄和他差不多的青年嚷着挤上前来，显然是一伙地面青皮、二流子。子昂在奉天、北平都见过这种人，但没和他们打过交道，这时不免有些不安。

这伙人一来，原来围观的人立刻散去一多半，子昂更加感到不妙。

一个歪戴礼帽、尖嘴猴腮的青皮冷着脸问："哪来的？"

子昂答道："牡丹江。我是奉天的。"

歪礼帽训斥道："到底是哪的？"

他补充道："家是奉天的。"

歪礼帽继续训斥道："来了也不拜下门，就随便在这儿收钱？交费了吗？"

他不懂，问道："交啥费？"

歪礼帽冲同伙们诡笑道："瞧瞧，这是啥玩意儿？交费不知道，收钱倒挺会。"同伙们都迎合着歪礼帽怪笑。

歪礼帽又对子昂说："不知不怪，那我来教你。你得交地盘费，不用多，十块就成。"

他知道他们在欺生，但又无法和他们对抗。正当他不知如何是好时，忽听一侧传来女子的喊声："死侯七，你又欺负外来人！"

子昂扭头一看，见是一位一身红色着装的美貌姑娘骑在枣红马上，顿时感觉像一轮暖暖的红太阳。

红太阳与芸香和懿莹的年龄相仿，模样绝不逊色芸香和懿莹，只是眉眼间透着一股子泼辣。她的头型也很特别，满头是细长的辫子，大概有近百条，看着很别致，手握马鞭的样子也显得霸气。

歪礼帽就是红太阳叫的侯七，这时有些不耐烦道："我又没欺负你！"

红太阳眼一瞪道："你敢！"

侯七忙嬉皮笑脸道："不敢不敢，你有八个哥，我才六个！"

红太阳眉头一皱道："咱谁都不用！你别动！"说着翻身下马。

侯七一见，竟忙冲同伙道："不好！快跑！"第一个冲出人群，撒腿就跑，其他几个也跟着跑了。众人大笑，一帮孩子在起哄。

红太阳见侯七等人都跑了，并没追赶，用马鞭指着跑去的背影喊道："猴崽子！别让我逮着你！"然后回头看子昂，脸上立刻现出甜甜的笑来问道："你刚来的？"

子昂心里暖暖的，暗想龙凤果真有美人，忙冲她点下头道："谢谢你。"

姑娘嫣然一笑道："你画得真好！"

他鼓下勇气问道："你画吗？我不要你钱，就想谢谢你。"其实他就想像端详婉娇、芸香、懿莹一样端详她。

她迅速瞄一下众人，见大家目光都投向她，害羞道："我不画，你给别人画吧。"说完牵马往外走，不再看他，又飞身上马，两腿用力一夹马肚子，马便向前一跃离去。

他望着她骑马离去，头都不知回转了。一个盘了头的女子笑道："呦，这就对上啦！"

子昂忙看那女子，年纪和打扮都和村妮差不多。

那女子又说："你是外地来的不知道，俺这儿好看的姑娘有的是，就看你有没有本事娶家去。不过看你还行，长得这么俊，还有这么好的手艺！"

他心里很美，暗想村妮说他能娶大美人，莫非就是这轮红太阳？心里激动，忙打岔问那女子道："大姐你画吗？"

另一个中年妇女往里推她说："人要给你画呢，也不要钱，快去吧。"

那女子使劲往外挣道："哎呀，俺不画！"

推她的妇女说："你都说人长得俊了，还不赶紧去对对眼儿？"

那女子扭身去打那妇女道："哎呀妈呀，你缺死德了！要对你去对！"

那妇女笑道："俺可不敢！让这么俊的小伙儿瞅着俺，心还不得蹦出来！"大家哄笑。

一个中年男子也跟着玩笑道："要蹦晚间到梦里蹦，想干啥都行！"

那女子急了，回身捶打那男子道："滚你爹个腿儿的！去，把你媳妇拽来，就搁这蹦给俺们看！"大家又哄笑。

子昂听不出他们说的话竟能让这些人笑得如此开心。

正笑着，侯七那伙人又返回来了。大家一见他们又都笑。侯七自我解嘲道："笑个屁，我是好男不和女斗。"

一个中年汉子挖苦道："你尽往脸上添彩儿，打不还手才行呢，你跑啥呀？"

侯七反驳道："你尽站着说话不腰疼，让她抽你一鞭子试试？她的鞭子跟长牙似的，一抽一道檩子！"又对子昂说："来，给我也画一个。"

子昂顾虑地看他道："画一张一块。"

侯七不耐烦道："你那不写着吗！"

子昂只好递给他一只板凳，自己蹲在那儿，开始画他那副嘴脸。

又用了不到半个时辰，他便画出侯七的怪模样，围观者又都夸他画得像。那个汉子又拿侯七寻开心道："这张脸，除了你妈，也就他能整出来。"大家又哄笑。

侯七立刻骂道："回家问你妈，没我咋冒出你来的？"

那汉子并不生气，一指侯七的画像道："就这德性，我是种不出来！"说完转身走开。

大家又笑起来，侯七又横下眼没再理那汉子。

其实侯七是一副线条很清晰的长相，尽管长得质量不高。子昂让侯七把钱交给玉莲。侯七却突然变脸道："先把你的钱交了！"

子昂心中有气只能忍着，说："我才画一张，本钱还没回来呢。"

侯七一摇头道："那我不管，交费是规矩，挣钱是你本事，赶紧掏钱！"

见几个小子狼似的冲子昂嚷着要钱，玉莲吓得直哭，怯怯地仰脸望着大舅招呼着。

侯七鬼假惺惺地问玉莲："他是你大舅啊？"

玉莲畏惧地点下头。子昂将玉莲搂在身边，像怕被侯七他们抢走似的。侯七又对玉莲说："你大舅也得交钱，不交钱，没人能救他！"

这时，从人群后又传来一声喊："你狗日的，谁说没人救？"

子昂顺声望去，见一个大汉拨开人群过来，原来是在深山里将他救出的那位猎人，心中顿时又豁然。

猎人是路过这里，老远看见这里围了一群人，还一哄一哄的热闹，觉得好奇。他又见侯七一伙人也往人群里面挤，不知发生什么事，就也凑过来，顺着人缝，他认出了子昂，但没往前靠，站在后排看他为侯七画像，一直站到这时。这时他突然一喊，侯七和同伙们顿时又像老鼠见了猫似的。

侯七样子懊恼地自言自语道："操，真倒霉！"

猎人到了侯七跟前，眼一横道："你说啥？"

侯七忙满脸堆笑道："大爷，没说你。"一指子昂道："我说他呢。今儿也不知咋的，都为他说话？"

猎人问："还谁替他说话？"

侯七说："多日娜刚才要搁鞭子抽我。"

子昂这才知道那骑马的姑娘叫多日娜，也觉得这个名字不是汉族人叫的，不是满族就是蒙古族。

这时猎人绷着脸道："她咋不抽别人？"

侯七嬉笑道："就是，她尽胳膊肘朝外拐。"又一指子昂道："这小子是外来的。"

猎人立刻瞪眼道："放屁！他是我从老虎口里救出来的！"他的话有些夸张，但子昂备受感动。

猎人又盯着侯七问："要不他敢在这儿收钱？"

侯七吃惊道："呀呀，不知道不知道，我真不知道！小的有眼无珠。那俺们不敢了。"说完转身要离开。

猎人又不瘟不火道："站住。"

侯七立刻站住转过身来，惴惴不安地看着猎人。猎人说："把你狗模样儿画完了，白画呀？"

侯七忙在身上摸着道："噢，给钱给钱！"但他身上却没有钱，就冲一个同伙喝道："钱！赶紧的！"

那个同伙一脸苦色道："我也没带。"

侯七骂道："操你妈的！"一把将没带钱的同伙推开，又命令另一个同伙："掏钱哪！没长眼睛？"

这个同伙还算宽绰，慌忙从兜里掏出一元钱递给他，他又双手将钱递给猎人。猎人接过钱骂道："瞅你个熊样儿，滚！"侯七和同伙们立即灰溜溜地离去。

猎人将钱塞到子昂手中笑道："从老虎群里钻出的大英雄，咋让一帮小蟊贼给熊住了？"未等子昂开口，他又说："接着画吧。"说完转身走了。

子昂忙叫道："叔！"猎人忙示意他不要多说，转身离去，迎面碰上两个背枪的警察正朝这边走来。

两个警察见到猎人，都恭敬地叫"大哥"。猎人回头指一下子昂说："帮着照看点儿。"

两个警察都朝子昂这边看，一个问："又谁起幺蛾子？咋围这些人？"

猎人说："没事儿，有个画画儿的，挣点零花儿。想画也去画，不过得把钱给了，回头龙凤阁接着喝。"

另一个警察笑道："大哥，你哥几个也太能喝了，昨个俺们都高了，现在头还晕着呢！寻思睡个懒觉，可俺们头儿偏撺俺们出来瞎溜达。"

猎人笑道："我管不了你们的公事，你要觉着屈得慌，就找日本人说理去。"又冲着子昂的方向示意一下。那警察只是笑着冲猎人打一敬礼，猎人又笑笑走开了。

子昂以感激的目光望着猎人离去，见两个警察过来，忙称"长官"。前面的警察点头应一声就去看他画的玉莲，笑道："呵，画得真不赖。"又打量着子昂问道："在学堂里学的？"

子昂点头应道："在北平。"

警察惊诧道："还是远道儿的呢！"

这时，一辆摩托车从远处开来，车上加上驾驶人有三个日本官兵。两个警察忙立正敬礼，但车上的日本官兵都没理睬他俩，从他俩身前开过去。

子昂乍见到三个日本官兵不禁一惊，又见日本官兵并没理睬这些人才暗松口气。围观的人群并没在意日本官兵，依然对子昂很感兴趣。

一个老汉坐到子昂跟前的板凳上说："来，给我也画一个，画好俺就留着，没准儿哪天嘎嘣儿了，得给儿孙们留个念想。"围观的人都笑。

天快黑时，子昂共画了四个人，算上歪礼帽给的，一共挣了四元钱，够三口人一个月的饭火。子昂心里高兴，对玉莲说："今天挣着钱了，跟大舅说，想吃啥？"

玉莲歪着脑袋想了一下说："糖！还有槽子糕！"

他立刻去给玉莲买了糖果和点心，又将三元钱交到玉莲手中说："一会儿你给你妈，让她攒着。"

玉莲又将钱攥在手里说："我攒着，俺还有个大钱呢！"

他想起他开始给她的十元钱，说："你妈没有钱，都给你妈吧。你想吃啥就跟大舅说，大舅给你买。"她爽快地答应了。

村妮已强挺着身子把饭菜做好了。见玉莲捧着糖果进来，惊讶道："买这些好吃的！这是真挣着钱了！"

玉莲将十三元钱都交给村妮道："大舅说，让你攒着。"

村妮又惊讶道："挣这老些呢！"

玉莲说："大钱是大舅给我的，三个小钱是大舅画画儿挣的。"

村妮对玉莲说："都给你大舅！"

子昂说："姐你揣着吧，我兜还有。"

玉莲将钱塞给村妮道："你攒着，明天还和大舅去挣呢。"

村妮难为情道："家里真没钱了。你是我亲弟，那我就揣着了。"随后一同进了大屋。

吃饭的时候，子昂讲了侯七要敲他竹杠和多日娜为他解围的经过，也讲了姓陆的猎人救过他两次。

村妮竟对多日娜和姓陆的猎人很了解。因他先提到多日娜，便先讲了多日娜的情况，说："多日娜是蒙古人，我认得她，可她不一定认得俺们。她好骑马满街逛，我在街里见过，长得挺俊的，骑在马上也挺神气的，就是一个姑娘家太厉害，这儿的野小子都怕她。听你姐夫回来学，她哥也是打猎的，和老黑枪在山里互相救过命。老黑枪就是那个姓陆的，他们是磕头弟兄。多日娜她家是后到这儿的，听你姐夫说，她家是几年前从蒙古逃难过来的。"

接着，她又讲起那姓陆的猎人，说："他叫陆林海，在家排老二。早先都叫他陆老二，叫他老黑是后来了。他家在俺家西面住，离这儿有二里多地，靠着山根儿住。他原来住街里，听说是为了打猎才和他家分开的。他在这儿可有名儿了。他有七个把兄弟，都挺邪乎的，个个都有外号，什么大巴掌、小飞刀、大马勺、铁头，反正个个都有。我不记这些，你姐夫都能叫出来。陆老黑也挺有意思，他叫老黑，他家的狗叫大黑，还有二黑，弄得跟哥们似的。"

子昂插话道："我见过他家狗，都是黑毛儿的，可没觉得他长得黑。"

村妮边吃边说："不是说他长得黑，是他手黑。平时看他挺仁义，可谁要惹到他和他身边的人，他敢用枪打人，还不要人的命，专打胳膊、腿儿。我来这儿也晚，听你姐夫说，警察所抓他好几回了，可都没用。警察所里就有他兄弟，还是所长呢！他要惹了事儿，肯定前脚进去，后脚就出来了，没人敢惹他。他对你可挺好的，连着救你两回。"

子昂强调多日娜也算救他一回。村妮看出他的心思，笑道："甭管谁救，你的命真挺好！也挺有女人缘儿。"

他并不介意她的话是褒是贬，自己一路过来，他还真就步步与美女们有着不解之缘，除了婉娇让他尽情地快乐过，其余都让他感到惋惜。

夜里，他一人躺在炕上，白天为他解围的多日娜又在他的脑海里浮现。上学时他崇尚的英雄中，除了关羽、岳飞，也有威震世界的成吉思汗，他想他若能娶个像多日娜那样的蒙古族媳妇也很骄傲，只是多日娜有八个很"邪乎"的哥哥，不禁又对她望而生畏。但不论结果如何，他还是感激陆林海和多日娜。他想他日后若真能发财，就一定好好报答他们，但眼前还无法报答他们。

第 026 章

第二天，子昂早早就又去集市为人画像，他希望还能见到多日娜骑马而来。开始他怕累着玉莲，就让她在家陪村妮，但玉莲执意还要跟他挣钱，他便等村妮为她编好两条辫子后又一同出门了。

围观的人还很多，可花钱画像的却没有了。子昂站在人群中焦急等待，眼睛还不时地四下观望。虽然还对多日娜心怀顾虑，但内心却无法将她抹去。昨晚他还一再告诫自己不再想她，但这时他还是希望能见到她。

多日娜果真又出现了，远远地骑在马上，正朝这边看。然而见子昂发现她时，她却催马离去了。他那颗刚激动起来的心顿时又凉了下来，不仅暗中责怪自己太自作多情。

又等了一阵，看热闹的人都各忙各的了，就剩他和玉莲并排坐在小板凳上。这时，一个年近花甲、身体矫健、面容刚毅的老汉靠上前来，先是对他打量一番，又看看玉莲的画像，问子昂："这是你画的？"

他以为这老汉有让他画的意思，忙热情答应。不想老汉竟问他能不能画已经故去的人。

老汉说的也是东北话，但话里还不时露出些天津口音。在北平学画期间，他认识一些天津学生，因此对天津口音比较熟悉。经老汉自己介绍，子昂知道他姓米，叫米秋成，家开一个粮食店，位于本镇的东街。

米秋成原本是个天津人，八国联军侵占天津时，侵略军的炮弹瞬间将他的家炸成废墟，一大家中九位亲人遇难，母亲、妻儿和嫂子、妹妹、侄儿、侄女是一块死在一间房子里面。将遇难亲人掩埋后，他又和父亲、叔伯、哥哥和叔伯兄弟们一同入了义和团，怒杀洋鬼保天津。但他们的敌人最后由八国联军扩大到有清兵加入的九国联军。不久他们便惨败消散，除他以外参战的亲人全部阵亡。

就在他只身躲避洋人和清兵追杀时，他无意中在一大宅内救下一位将要被两个日本兵强暴的小姐，辗转逃到东北，在黑龙江这个鲜为人知的龙封关安了家，后又开起粮食店。

因为老家已经没了亲人，他从来东北后就一直没再回过天津。但他常常清楚地梦见那些死去的亲人，醒来后又为他梦见死去的人而不安。为此他在家中设了一个供堂，摆上爹娘和其他在天津阵亡亲人的灵位，逢年过节都要焚香祭奠。但死去的亲人依然常在他梦里出现。他猜想是亲人们在阴间怕他忘了他们的模样才频繁清晰地进入他梦里。于是他开始琢磨凭借记忆或逝者与谁长得相像来画像，然后挂在供堂内，这样的诚心和孝心或许就可让那些在天之灵感到欣慰和心安了。

但他不会画，在龙凤镇也没有这样的人，到远地方请又不知花多少钱、能不能请来。昨日他听人说镇里来了位打虎英雄，还会画人像，手艺特别高，便按照那人说的找过来，见是位身穿学生服的英俊青年，又见摆放在外的画像和旁边站的小女孩真是一模一样，不禁惊叹这青年的绘画功底了得。正好这时没人画，看热闹的人也都散去了，便决定将绘画青年请到他家去。

子昂开始以为米秋成是让他临摹照片，倒是胸有成竹，可后来一听连照片也没有，完全是凭着老人的记忆画，不禁感到为难，心想，总不能撬开老人的脑袋照着画；虽然老人要将逝者的模样口述给子昂，但口述中的每种说法都有很多不一样的容貌，一笔走偏，就难保逝者原貌了。随后米秋成又问，要是有活着的人长得像，能不能先照这人的模样画，然后再凭他记忆去修改。子昂说这样差不多。就这样，他跟着米秋成去了他的家。

米秋成的家在村妮家南面的一条宽街上，同属宽街的东区，只是村妮家靠着河岸有些偏僻，而米家位于正街上的东端。

米家的住房结构和懿莹的家有些相似，所不同的是，懿莹家都是砖瓦房，而米家都是土坯草房，懿莹家临街一排五间都是棺材铺，而米家临街是四间，中间是两扇对开的本色木门，门上挂着一块菱形"米"字木牌，牌子下角垂着一绺红布穗，就算不知道这家姓米也知道这是个卖米的铺子。

再看米家临街的四间房也不一样，东两间都有玻璃窗，一间窗户敞着，能看到里面经营粮食的柜台，这时柜台后正有一半百年纪的妇人在答对着外面买粮的人；西两间本来也有两扇窗，但都用插板封堵上了，显然很久没有打开过。

米秋成将子昂和玉莲领进院。院内两排房之间是一条六七米宽的沙土地，后屋一排也是四间，墙皮像是新抹过不久，房草也厚实并整齐。在这四间房中，西侧三间为一套房，一扇门两侧各有一个木格玻璃窗。东侧一间显然是后接的，单独开门，门的西侧是扇纸糊的窗。

院子的西头是个柴垛，下面是个狗窝，一只大黄狗趴在窝前打着盹。院子东头是个很高的木板棚，上面是间玉米楼，一只木梯正斜搭在上面入口处，从入口处可以看见里面还有一些没有脱粒的玉米棒。玉米楼下用树条围起一个鸡窝，十多只鸡中只有一只大公鸡。大公鸡羽毛尤其鲜艳，翘起的尾羽好似彩带般垂至地面，走路的姿态也高傲，在一群母鸡中显得神气十足。

子昂和玉莲一进院，那条大黄狗立刻站起蹿过来，却没有叫，自然因为有主人在场。但子昂和玉莲还是被吓了一跳。米秋成忙"去"了一声，大黄狗立刻转身回到原处，好奇地看着两个陌生人。

那个卖米的妇人是双小脚，这时正顿着小脚从临院的房门内出来，一边打量子昂一边笑着问："哪领来个俊小子？还带个俊丫蛋儿！"

米秋成说："街上遇着的，这孩子画儿画得好，让他给咱画几个画儿。"

妇人疑惑地问："画啥画儿呀？"

米秋成有些不耐烦道："供堂里的，不是跟你说过吗！"

妇人不屑道："咳，我还寻思你就随便说说呢，这还动起真格儿了。"

米秋成没有接话，又为子昂介绍道："这是你大娘。这儿的街坊都叫她格格夫人。"

子昂觉得这名字怪异，也打量着格格夫人，见她年纪比米秋成年轻，和自己母亲的年纪相仿。虽然也是小脚，但气质很好，慈眉善目，端庄大方。他猜想，她年轻时必是文静、金瑶、婉娇、芸香、懿莹一般模样的美人。

再看格格夫人的穿戴，虽不华贵，但干净利落。子昂不知她是否有女儿，要有女儿，一定也是很俊的。他忙冲格格夫人鞠躬道："大娘好。"随后问道："大娘是在旗的？"

格格夫人笑道："都是他们乱叫的。大娘小时家里穷，可就是长得俊，十三岁就让王府买去当小姐了。"

他更感到稀奇，又问道："还有这好事？"

格格夫人说："人家是为了糊弄皇宫选秀女，是不是好事也没场儿说，人家咋不把自个儿亲闺女送进宫里，还花钱买汉人家的闺女去充数？咋说咱的家里穷，宫里再不好，也不至于吃不上穿不上不是？要不是八国联军打进来，大娘没准还真就进皇宫了呢。"说完咯咯笑。

子昂显得自如许多，说："听说要被宫里选上，就能当娘娘。"

格格夫人笑道："那也没准儿的事儿。可八国联军打来了，没戏了，大娘也就这命儿了。"然后继续打量着他咯咯笑。

米秋成急着和子昂说事，便挖苦起格格夫人道："又臭美！大清国早都没了，还在那儿做娘娘梦，你就是给我当老婆的命！"

格格夫人被扫了兴，虚张声势地打他一把道："你个老东西！要不闹洋鬼子，我可是跟着你！"又对子昂说："咱不理他，屋里说去。"

米秋成不耐烦道："你吗都跟着掺和！麻溜忙你的，我还有正事儿和他说呢！"

格格夫人商量的口吻道："不差这一会儿，我给孩子倒口水喝！"转头又对子昂笑道："你大爷就是火燎腔，弄嘛都忙三火四的！咱不忙，先屋里歇歇。"话语中也露出天津口音。

不管米秋成什么脸色，格格夫人一边顿着小脚朝对面屋走，一边又看着玉莲问子昂："这丫头是你妹妹呀？"

子昂回道："我姐家的！"

她自责道："呦，瞧我这嘴！还给弄差辈儿了呢！"又看着子昂说："看你打扮不是当地的。"

他回道："我在北平上学。"

她立刻停住脚，惊讶道："家是北平的！"

子昂也停住脚说："不是，我家是奉天的。"

她又一怔道："呦！日本人最先占的就是奉天吧？"

他点下头。她又问："奉天待不下了？"

他回道："家里房子让炮弹给炸了，我爹我妈和我妹妹都来黑龙江了。"

她又问："在龙凤这儿哪？"

他说："不在这儿，在牡丹江。"

她又不解地问："那你们咋上这儿来了？"

他说："牡丹江我没找到他们，想去宁安，结果迷山迷到这儿了。"

她怜惜的样子道："哎哟,可苦了孩儿喽!"又摸下玉莲的脸蛋儿说:"跟着舅舅受罪了吧?"

他忙解释道:"她家是这儿的,在对面河边上住,离这儿不太远。我们也刚认识不长时间。她爷和她爹去沟里给日本人伐木头去了,她妈又病了。我遇上了,就帮着照看一下。"

格格夫人这才明白,感慨地说:"呦,你也是菩萨心肠儿,这怪好的!快进屋!"便进了后屋的西屋。

西屋依然先是灶房,左右各一屋。他们进了左屋,对门墙上贴着一幅寿星图年画,下面架起一只紫檀色的四开门木柜,柜上摆着内插鸡毛掸子的花瓶和梳妆匣子等摆设,柜底以下挂着一条蓝帘,近乎垂到地面。

屋的左侧是空地,一扇窗前摆着一张方桌和两把带扶手的椅子,桌上摆着茶壶、茶碗和油灯,透过格子窗的玻璃,能看到外面的街门和米铺的房门。

屋的右侧是一整面铺着黄色草席的火炕,后墙上还有一扇镶着玻璃的格子窗,透过玻璃可以看到房后一片自留地,沿着木杖子种的葵花籽已经熟了。炕梢处与地柜并排放着一个一排门的长柜,也是紫檀色,柜上摆着被褥,被一张从棚顶垂下的白帘遮挡着,白帘上绣着松鹤图。

格格夫人一边用短笤帚扫着炕席一边说:"炕上坐,我沏点茶去!"

子昂忙说:"大娘我不渴,大爷要和我说点事儿。"

格格夫人笑道:"他那点事儿我知道,不急。"随后又开门冲对面屋召唤:"香荷儿,你来,看看这孩子,多像你们小时候。"

不多会儿,由外屋进来一个十七八岁的姑娘,手里拿着一个绣花撑子。这是个喜欢绣花儿的姑娘,姑娘长的也如一朵靓丽的花儿。

子昂感到眼前豁然一亮。他很吃惊他刚才的判断,这家果真也有个如花似玉的姑娘,便忍不住又看她一眼,见她面色嫩白,目秀温和,鼻子秀挺,双唇红润,还有搭在她胸前、背后到腰下的长辫子,简直比花儿还要美。

他尤其为她那双手而惊叹。他画过很多女子的手,还没有如此让他心醉的。她的手修长清秀,白皙如玉,指甲晶莹,泛着光泽。他竟想到了她的脚,一定比文静、婉娇的还诱人。

一见到子昂,香荷也不由得一愣,随即慌乱地将目光移开,有些不知所措。他俩的神情都被格格夫人看在眼里,只是笑着让香荷看玉莲。显然,她让香荷来看玉莲是假,而让她和子昂见面才是真。

见子昂和香荷都不知所措,格格夫人摸着玉莲的头对香荷说:"我就看这丫头可像你小前儿了!"香荷伸出白嫩秀美的手,摸一下玉莲的脸蛋儿,喜欢地笑笑,但没有说话。

格格夫人又对子昂说:"这是俺家老闺女,叫香荷儿。"又对香荷说:"他是你爹请来画画儿的。"

香荷含羞一笑,微微侧身施一万福礼,姿态尤其文雅。

子昂又很意外。自己的妹妹子君和文静、金瑶、婉娇、芸香、懿莹都没有这么文雅的举动。他觉得米家是个比罗家还讲规矩的人家,香荷也是个更有教养的姑娘,心中更加喜欢,忙也鞠了一躬,但心慌得不知说什么好。

格格夫人又笑着对子昂说:"快炕上坐,我去沏茶。"

香荷也轻声道:"坐吧。"说完转身出屋了。

他正失望时，香荷又回来了，手捧着一个里面装有姜米条和糖块儿的点心盒，放到炕边上，拉着玉莲到跟前道："吃吧。"又对子昂说："你也吃吧。"目光在他脸上闪了一下，转身又要离去。

他想留住她，忙对玉莲说："谢谢姑姑。"

玉莲也对香荷有好感，嫩声道："谢谢姑姑。"

香荷止步转过身，只冲玉莲一笑，还是转身去了。

子昂清楚地记着，这一会儿工夫，香荷一共看了他三眼，但每闪来一眼都正是他偷看她的一瞬，便跟着慌了三起。她一共说了三句话，每句不多，但都很轻柔，似乎比懿莹说话还动听。她一共露出三次笑，笑得和婉娇、懿莹一样好看，和文静、金瑶、芸香一样含蓄。

格格夫人和香荷脚前脚后都出去了，子昂见玉莲看看点心盒，又瞅瞅他，便说："想吃就吃吧。"他倒觉得不让玉莲吃是对香荷不礼貌。玉莲这才小心翼翼地捏起一块包着花纸的糖。

格格夫人为子昂沏好茶便换回米秋成。米秋成坐在地上一把椅子上说："我想让你帮着画五个人，我爹娘和我大爹、二爹、四爹，画好了，钱我多给。"

子昂本来是为了挣钱，但见了香荷后便不在乎钱了，忙说："大爷，您不用给钱，算我帮您忙。"

米秋成说："那哪成？你是在做生意。"

子昂说："也不是，我就是出来找我爹我妈，还没找到。可日本人在牡丹江抓劳工修飞机场，我就出来躲躲。回头我还得去找他们。我能有口吃的就行。"

米秋成说："你有这份孝心真不赖！"接着又说："这日本人是够可恶的！"

子昂说："蒋委员长要支持抵抗，也不至于这样。"

米秋成叹口气道："这国家的事，咱老百姓是弄不明白。当年八国联军打天津和北京，我们本来和清兵一道和洋鬼子打，末了朝廷又让清兵打俺们，咳，别提了。"

子昂立刻意识到米秋成也曾参加过义和团，忙问道："大爷参加过义和团？"

米秋成看着子昂说："你知道的还不少！"

子昂说："我也听别人说的。"自然是罗家人让他对义和团有所了解。

米秋成没有回答子昂的问话，转了话题道："听说你抹塌山了，从哪儿进的山？"

他听出抹塌山就是当地人说迷山的意思，答道："大概是海林那旮溜。"

米秋成吃惊道："那你可是翻了好几座大山过来的！海林离这儿可不近乎！"

子昂说："在牡丹江有人对我说，绕过海林就没有日本人抓劳工了。我觉得我走挺远了，结果还是碰上日本人的铁甲车了。"他断定米秋成参加过义和团，索性要将自己参加过自卫军的事也露给他，兴许能博得他的好感，继而能把香荷许给他，只要他以后对长辈恭恭敬敬的，他定不会是第二个罗金德，便说："不瞒您说，我在牡丹江参加了自卫军，和日本人打了好几仗，可后来还是让日本人打散了。我受伤后，不知队伍撤到哪去了，只听说是向穆棱转移了，现在在哪不知道。"

米秋成果然欣喜道："嗯，好样的！大爷也不瞒你说，八国联军占天津那会儿，我真参加义和团了。咳，咱爷俩儿还真是有缘哪！我为吗让你画这些不在世的人？他们都是保天津那会儿战死的，就活了我一个。后来，西太后也派清兵打我们，我就和你大娘逃到东北来了。当时啊，你大娘就和俺老闺女这么大；我是从日本兵手里把她救出来的。"

子昂听得激动，这时又惊讶地问："那时也有日本兵？"

米秋成却反问道："你不听人讲过吗？这还不知道？"

他有些尴尬道："我没多问，我以为八国联军都是西洋鬼子，日本人是东洋人。"

米秋成说："东洋人就他一个，当海盗当惯瘾了，成不是个东西。这不又来了，还大势了，把全东北都给占了。可话说回来，国家不扛事也没辙；这就跟咱东西不要了扔道上，你还不让人去捡？东三省就是蒋介石兜里不值钱的玩意儿，想不要了，一点儿都不心疼就撇了。日本人本来就惦记咱，这正好帮了人家忙儿了！前阵子日本人在这儿招了不少伐木头的，都弄进沟里去了。日本人是想把咱的木头都运到他们日本去！照这样儿下去，将来咱们连副棺材板儿都没处淘弄了！"

提到日本人征召伐木人，子昂想起了玉莲的爷爷和爹，将玉莲拉到身前说："我本来不认识她，我是刚来这儿时在街上遇见的。那天她正在大街上，跟个小要饭儿似的。后来听她说，她妈病得起不来炕了，我就过去看了看。她妈病得挺重，她爷和她爹都去沟里给日本人伐木头了，一直没回来，家里吃的花的都没了。我又不忍心丢下她们不管，可我身上的钱也不太多。我这几天画画儿挣钱，就是想帮下她们。"

米秋成点头道："噢，这回事。我还寻思呢，你抹塌山走到这儿，咋还领个丫头蛋儿？"接着又感慨道："看你心眼儿不坏。你大娘也是好心肠，她成天为菩萨上香，看谁遇上点难事就想帮一把。"

子昂又问："大娘也入过义和团？"

米秋成说："她走路都费劲，义和团要她做吗？也别说，跟我在忠义军那会儿，她给大家伙做过饭，也算是忠义军的人。刚才不说吗，你大娘是我从日本兵那儿救出来的。日本人炮打天津时，她待的王府也给炸得没样了，死的死，逃的逃，王府好像就剩她一个了，还让两个日本兵逮住了。我坐地把那俩日本兵给拾掇了，就带她逃出来了。到了黑龙江，我又入了忠义军。忠义军里也有女的，可没有小脚的，带她东奔西跑的，甭提多麻烦！仗着她会做点饭，麻烦就麻烦吧。和老毛子打仗时，得把她藏起来，转移爬山的时候，我就得背着她。那时我年轻，力气也足，就一直把她背到龙凤这儿。"

他没想到米秋成也是个有着奇特艳遇的人，便又想到香荷，心想他要是能和香荷既有奇遇又有结果该多好。他现在十分想接近香荷，也希望米家的人能接纳他。

见米家有米铺，他不知米家是否需要个帮工，他若能像在懿莹家那样就好了，便说："你们这儿挺好的，日本兵还少。"

米秋成说："少吗？一点都不少！他们是冲着树林子来的，都在大沟里头。"

子昂本想把话题引到自己要留在龙凤上，可米秋成这一接话，把他想说的给岔过去了，索性截下话题道："大爷，我想和您商量个事。"

米秋成警觉道："吗事？你直了说。"

他说："我想在龙凤这儿待一阵。现在我在她家就是帮帮她们，等她妈病好一好，我就不能在那儿待了，挺不方便，我想另找个住的地上。"

米秋成问："你不是要去宁安吗？"

他说："宁安我也没有太熟的人。从奉天来的时候，我是和一个家在宁安的人扒火车来的，到牡丹江就分手了。要不是牡丹江抓劳工，我也不想去宁安，实在是没处躲了。其实去宁安能咋样，我心里也没底。"

米秋成说："我大闺女家就住宁安，说那儿的鬼子比牡丹江还多。不过呢，艺不压身，你有这手艺，在哪待着也饿不着。昨个我听界壁儿说，这咱来个打虎的，画画儿画得还好。"

他难为情道："我哪打虎了，是救我那个人打的，后来老虎还跑了。长这么大，我还头次见过真老虎，腿都吓哆嗦了。"

米秋成又说："翻那么多山，能活着出来，也是福大命大。"

他有些后怕，要是出了事他连见香荷一面的机会都没有，又问道："这儿有让老虎吃的吗？"

米秋成说："有过，不太多。让狼掏熊瞎子舔的常有。"

他忙说："我在山里见过熊瞎子，老远我就躲了；我就是躲熊瞎子躲的，要不我也不能抹塌山。"

米秋成忽然笑道："那兴许是只母瞎子，公瞎子有时你躲都躲不开；公瞎子臊性，就对女人感兴趣，男人要穿着女人衣裳它也扑。"

他也笑笑，但他对熊瞎子扑女人不太感兴趣，现在他最大的心思是能够扑到米香荷，便直入主题道："大爷，您这儿用不用干活儿的，要是用，我想给您干；我不图挣钱，就想在这儿躲一阵，等风声过了，我还得回牡丹江找我爹我妈他们。"

米秋成想了一下说："要是把这几个画儿画完，估摸也得用些日子，我得现找人。人倒是现成的，也常见面，要不咋想起这茬儿。我一见到他们，就想起我那些亲人。要画这些人，你还不能明说，照着活人画死人，人家肯定不乐意。我也觉着不好，可这真是我的大心事，就不琢磨那些了，日后勤打听着点，人家啥时过大寿，咱实心实意地去给人祝祝寿也就解了。要说画呢，到时你就跟着我，我告诉你是谁，你就想法把他画下来，最好他自个儿想画，钱算我的。"

子昂意识到米秋成确为此事用了不少心思，这倒是他接触香荷的好时机。眼下，讨好米秋成，把好时机，远比挣钱还重要，便说："算我的吧，就当我练习了。"

米秋成不知他另有算盘，说："咱爷儿俩算谁的都中，可咋得先画出个大概齐来，然后我再慢慢想，哪旮不像，你再给调一下。"

他开心道："大爷，您放心，这个都好办。"

米秋成也高兴道："嗯，那就中了。等把这些画完，你要愿留这儿，我大田里有一片地，种的苞米和黄豆，平时也顾不过来，到时你就帮我拾掇拾掇。"

子昂为自己能暂时留在香荷家里而欣喜，忙应道："行，我啥活儿都能干。"

米秋成又说："可是不能在一块儿合火，平常你就得自个儿做着吃，家里啥都不缺。这个你别挑，家里就我们老两口和一个老闺女。闺女大了，在一起容易让人说闲话儿。你要觉得行，我就把东面那间屋给你拾掇出来，你啥时想来就搬过来，这样咱爷俩也省得来回跑。"

他真希望他能像在罗家那样，但米家这样为香荷考虑是有道理的。他现在不能急于求成，只要能常见到香荷，往后就走一步看一步，便欣然接受道："行，我一个人好将就。"

这时，吃着姜米条的玉莲突然不吃了，不安地问道："大舅，你不在俺家住了？"

他按捺着激动说："大舅得在这边干活儿。"

玉莲不高兴地闷了一会儿，又央求他道："大舅，俺也来干活儿。"

米秋成笑道："小丫头片儿，你能做吗？"

子昂对玉莲笑笑，对米秋成说："大爷，那我先回那头，交代一下，晚间就过来。"

米秋成也站起道："中。"

子昂又一指放在身边的画夹说："这个就先放这儿吧，里面都是我以前画的，想看您就打开看。"

米秋成将画夹放到木柜上说："中，我先给你经管着。"子昂便带玉莲回到村妮家。

▶第 027 章◀

回到村妮家，子昂将自己要去米家的事说了。因都住在东街，村妮知道米家粮食店，除了偶尔去买粮，再没有其他交往，米家的事也不太清楚，甚至没见过香荷的面。

考虑子昂毕竟是个大男人，住在自己家里传出去好说不好听，拜了仙家也是有信有不信的，便说："也行，这样你在这儿待多久，也算有个营生。"

子昂嘴上应着心里想，但愿米家日后能成全他与香荷的好事。玉莲也抢话说起香荷给她东西吃的事，又说："姑姑长得可好看了！"

村妮问他："他家姑娘多大了？"

他装出不经心的样子道："十七八吧，不知道。"

她笑着问："玉莲说她长得可好看了，是吗？"

他肯定地点头应。她又抿嘴笑道："是又不相中人家了？"

他心里一慌，忙狡辩道："不是……"

她撇下嘴道："一看你就嘴不对心！是又怕啥？你这年龄正该娶媳妇，这不挺好吗！遇到称心的，千万别错过。"

他觉得村妮善解人意，索性亮出心思道："姐，我倒是见过和她长得一样俊的，可没见过咱中国人也有长得这么白的！外国女人长的就白！"

村妮问："你见过外国女人？"

他未加思索道："见过呀，我在北平还画过呢！浑身白得透明。"

她吃惊地问："外国女人还让你们画身子？"

他感到自己说走了嘴，又紧张道："没有，看脸就能看出来，我是这么想的。"他不想将他看过赤裸女人的事说出来，估摸这儿的人更无法接受，何况眼下他又正在惦记着香荷，他要争取让香荷成为他明媒正娶的媳妇。

他这样想着，好像香荷就要和他成亲似的，激动得近乎无法控制情绪，不禁赞美起香荷道："她的手也好看，我还没画过这么好看的手呢！"

村妮好奇地问："手还能咋好看？"说着看了看自己有些粗糙、显露骨节的手。

他有些得意道："姐，你是没见着，见了你也能稀罕；她的手白白嫩嫩的，不大不小，可秀溜了，还看不出骨节，跟一包水儿似的。"

她咯咯地笑起来，见他又难为情，就伸出手问道："跟姐的比呢？"

他只是笑。她有些难堪道："瞅你这一笑我就明白了，要跟她比，我这手就跟鸡爪子似的是不？"

他嗔怪道："你别这么糟践自个儿，你的手天天干活儿。其实你手和脚也挺好看。"

她又吃惊道："你咋啥都那么上心？"

他解释道："画画儿的都这样，啥都得上心。"

她不安地问："你还看我啥了？"

他忙又解释道："你衣服是玉莲给脱的。"

玉莲立刻接话道："你脱光腚了！"

村妮难堪地冲玉莲一横眼，玉莲冲她诡笑。

子昂笑道："你亲闺女看怕啥的？"

她又疑虑地问："你没看？"

他被吓一跳，忙辩解道："说啥呢？我哪能看！"

她追问道："你不啥都留意吗？"

他又辩解道："那我也不能乘人之危呀！我真没有！我在外屋地，让玉莲进屋给你穿的。她说穿不上，我也没法靠前，就让她把被乎给你盖好，寻思等你有劲了自己穿。我真没看！我对仙家发誓！"

她叹口气道："看就看了吧，我糊了巴涂的，你也没啥坏意。"

他更急了，拍腿道："哎呀姐，你想冤死我呀？"

她忍不住咯咯地笑道："姐信你的。"

他依然不痛快，嘟囔道："不如不和你唠了，唠唠还唠出一身不是了。"

她又笑道："可不是呗，真没个地儿说理了，姐要也是娇贵人儿，这手不也跟那个香荷儿一样好看。"

这一说，他又唠起香荷道："娇贵她倒没有，她挺懂礼节的。她给我行个礼，姿势可好看了！大城市的姑娘也没有行她这样礼的。我猜是和她妈有关，她妈是大清国王府里的，要不是八国联军打天津，她应该选秀选进皇宫当娘娘的。来到这儿都叫她格格夫人，你不知道？"

她点下头道："听你姐夫唠过，我和她家人不咋来往。我来这些年，就买大米去过他家两次，一次是我公公病了想喝大米粥，我就去买点，还有一次是玉莲看人家吃大米饭，馋得不行了，咧咧咧地就要大米饭，烦我的没招了，又去买了一斤回来给她解解馋。"

他觉得玉莲可怜，在玉莲头上抚摸一下。

村妮又问："香荷儿跟你说话了吗？"

他说："她不太爱说话，一共就说了三句，和玉莲说两句，和我就说一句。"

她笑笑又问："她脸上有笑模样吗？"

他又如实道："笑了三回，对玉莲笑两回，对我笑一回。"

她又咯咯地笑道："还说没相中人家，让你夸得和仙女儿似的不说，人家笑几回、说几句话你都记得清清楚楚的，你心真挺细的。"

他不知她的话是褒是贬，难为情地嘿嘿一笑，也知道自己心思瞒不了她，索性坦然道："姐，我真挺喜欢她，可她对我不太热情。"

她笑道："这就够啦，你还想让人姑娘亲口说她也喜欢你？"

他仍不安道："可俺们走时她也没出来。"

她说："这也正常，她要出来，兴许后头就没戏了。大姑娘的心思，哪那么轻易让你看透。这事儿急不得，你们以后不还常见面儿吗！"

他仍担心道："我和她爹说话时，她一直在对面屋，她咋知道俺们还能见面儿？"

她仍笑道："到时你就知道了。"

他只是嘿嘿一笑，心里美滋滋的。

早早吃过晚饭，子昂要去米家，玉莲哭哭啼啼地不让他走。他没觉得玉莲闹人，倒觉得不放心她，就哄道："大舅是去挣钱，到时还回来，要不你和你妈搁啥买吃的？"

玉莲努着嘴道："大舅骗人，我知道了，你去娶新娘子。"

他心里高兴，笑着问："哪有新娘子？"

玉莲怨声道："那个姑姑就是新娘子。"

他心里更美了，但眼下他得想法稳住玉莲，说："这可不能乱说，人家会生气的。大舅真不骗你，要骗你就是小狗儿！"

玉莲突然愤愤道："俺爹就去挣钱了！俺爷也去了，都不回来了！"

村妮觉得玉莲说得不吉利，忍不住恼怒地训道："闭上你臭嘴！熊孩子，咋这么不听话！"

玉莲本来心情不爽，这时又挨了训，委屈得哭起来。子昂忙哄道："别哭别哭，听大舅说，大舅和你爹你爷不一样，他们去的地上远，回来一趟不容易，大舅就在家跟前儿，能天天回来看你，大舅挣了钱就给你买好吃的。"说着又从兜里掏出十元钱，塞到玉莲手里说："这张大钱你自个儿花，喜欢买啥就买啥。"

玉莲仍在抽搭，央求道："那你明天真回来！"他又做了保证，玉莲这才不纠缠了。

子昂返回米家，格格夫人样子高兴地将他领到东面那间房内。

屋内很简单，进门对着一条炕，炕上能挤三四人睡觉，这时炕上叠放着一套被褥和枕头。空地上临炕一侧摆着一张方桌，桌上只有一盏马灯。因为这间房是后接的，炕洞走火便也是单独的，在炕的一头下面设一灶眼，专门用来烧柈子取暖。灶眼前有一铁皮帘，可以左右拉动，点火前将铁帘拉开，点火后用铁帘挡上灶眼，里面的烟火便顺着炕洞奔向烟囱了。

格格夫人说："平时也就闺女们都回来有人住；要是外孙儿、外孙女儿也都回来，这屋用上也住不开，得去别处借宿儿去。"

子昂只是点头应，他这时希望香荷能跟着母亲，可香荷一直没露面，他也不好问。

对于子昂平时吃饭，格格夫人对米秋成的安排很不满，这时对子昂说："你大爷就跟没长心似的，让一个孩子自个儿做着吃，咋做呀？甭听他的，一块堆儿做，分着吃，俺们吃啥你就跟着吃啥，做好了大娘给你端过来。"

他很感激格格夫人，暗想她要真能成为他的岳母该多好。

夜里，他又梦见自己在奉天的家里，爹妈、妹妹和文静都在一起。他和文静去了一间空屋，随即两人深情拥吻。可再看他亲吻的人，是芸香，在他怀里娇羞地笑。接着他又梦见他和香荷、玉莲是一家人，玉莲是他和香荷的女儿。可玉莲竟然死了，躺在罗家的棺材里。他却和懿莹守在棺材旁，一同哭着他们的女儿。再看棺材里，竟又是芸香躺在里面，还有两口棺材，一口里面躺着文静，一口里面躺着婉娇，大吃一惊后便醒了，见外面已经亮天了，忙起来穿衣服。

想着那一连串奇怪的梦，他又思念起文静、芸香、婉娇和懿莹。但现在他想立刻见到香荷，也不放心玉莲。他安慰自己，梦都是反的，梦中的人一定都是平安的。要有事也就是玉莲夜里会哭着找他。

他想去看玉莲，昨晚答应过她，在她醒来时就能看到他，如果她醒来看不到他会不会真的哭？

这时，米秋成也起来了，正在往下卸着米铺的窗板。他帮着卸完窗板，见不需要自己做什么，便说去街里转转。

米秋成"嗯"一声道："转转就麻溜回来。"

他应过后出了米家的门，希望所有人都看见他是从米家出来的，那样就会被人认为他是米家的一员，无疑是米家的女婿。走出一段，又回头再望米家的大门，好像那就是他的家，心里很是惬意。

他先去了一家卖油炸馃子的铺子，为村妮、玉莲买了一包馃子，还押钱赊了一个铁盆盛豆浆。

到了村妮家，村妮刚起来，子昂问："玉莲起了吗？"

她叹口气道："昨晚又咧咧半宿，真让她烦死了！"

他心一颤问："咋的了？"

她说："也没咋的，昨晚睡觉时给她把被乎铺好了，死丫崽子尽起高调儿，非要自个儿上小屋睡，说她两句就大舅大舅地号起来没完。他奶个腿儿的，好像我是她后妈似的，气得我没管她，自个儿在小屋哭到啥前儿我也不知道。刚才一看，衣裳也没脱。"

他心疼地埋怨她道："你当妈的咋这样呢？以后别让她哭着睡，那会作病的！"

听他这样说，她倒感慨起来："咳，你要是她亲爹就好了！"忽然觉得这话说得不妥，忙解释道："哎哟，姐不是那意思！姐是说她爹要能像你这么疼她就好了。你不知道，俺家他随俺公公，重男轻女，就稀罕小子。后来我还真怀的是个小子，五个多月时，到院儿里找玉莲，没小心绊了一下，结果就流了。要是流个丫头也没啥，可流的是个带把儿的，这她爷就看不上玉莲了，说她妨性大。玉莲长这么大倒没受过多大屈儿，可也没个像你这么疼她的。"

他又觉得玉莲可怜，尤其昨夜为找他哭了半宿，便急着要看她。村妮玩笑道："快去看看吧，看你宝贝外甥女哭坏没有？"他笑笑进了屋。

进了小屋，见玉莲没脱衣服趴在炕席上正睡着。又见她小脸儿被泪水弄得混画的，心疼得忍不住眼圈一热。他想把她抱在怀里，又不忍心弄醒她。

村妮进来见他爱怜地看着玉莲，感动道："都是姐不好，姐保证以后好好疼她，咋说也是姐身上掉下的肉。"

他俩说话间，玉莲醒了，见到子昂，霍地坐起来，惊喜地叫着"大舅！"

他将她抱在怀里，她也紧紧地搂着他的脖子，就像亲人久别重逢一般。村妮表情复杂地离开了。

吃过早饭，子昂背着玉莲回到米家。格格夫人已经将早饭端到子昂住的屋里，两块二合面干粮和一碗豆角炖猪肉。

米家是轮换着吃饭的，先是米秋成自己吃，格格夫人在前屋守铺子，米秋成吃完后去换格格夫人，格格夫人这才回后屋和香荷一起吃。

见子昂迟迟没回来吃早饭，格格夫人一边吃一边对香荷说："昨个儿说好了，这头儿给他预备饭；这孩子，咋没回来吃呢？"

香荷正就着羊奶吃干粮，说："没和他说清吧？"

格格夫人说："说得清楚的。横是你爹那么说，他不好意思在这头儿吃？"

正说着，她们听见院内有人说话。格格夫人放下筷子，屁股底下一蹭下了炕，小脚儿蹬上小鞋儿出了屋，见子昂带着玉莲回来，责怪道："你是回那头儿吃了！不是让你在这头儿吃吗？"

子昂有些过意不去，歉疚道："大娘，实在对不住。我昨晚来时玉莲就哭了一气儿，我有点不放心她。刚才寻思过去瞅一眼，听她妈说，我走后她又哭半宿，心里怪不得劲儿的，就把她领过来了。"忙又解释道："她不淘气，也不耽误我干活，吃饭前我就送她回家。"

格格夫人嗔怪道："看你说的，就在这儿吃还能吃多少？"又看看玉莲说："你大爷昨晚都和我学了，你是个好心人，大娘稀罕。"又摸着玉莲的头问道："你俩到底吃了没？"

子昂说："吃了。刚才过去买了点儿现成的。"

格格夫人有些不是心思道："你瞅瞅，我都给你预备好端你屋去了。我去端出来，别在那儿亮着了。"

他不安道："放那儿吧，留我晌午吃。"

格格夫人说："在这儿哪能让你吃凉的！"又叹息道："这出来寻爹找娘的，也没个信儿，真是个可怜孩儿。"说着顿着小脚去了东屋。

他心里很暖，眼圈也跟着一热。他曾经感觉懿莹妈像自己的母亲，现在他又感觉格格夫人也像自己的母亲。可一想到懿莹将要成他的媳妇时自己被撵出罗家，心里不禁打一冷战。他暗中告诫自己，这回一定要吸取他在罗家的教训。

米秋成说他和他爹长得像，他爹就是比他还瘦。他爹死时是四十多岁，而他现在已年近花甲。子昂要先为他画，然后根据他的画像，再往年轻和瘦里调整。米秋成答应了，让格格夫人去守铺子，他坐在炕上让子昂画。

香荷终于又出现了，还是拿来糖果给玉莲，然后站在一旁看他画。他因有香荷在一旁观看，情趣很高，竭力地将米秋成画得逼真。他也希望香荷能喜欢，然后也让他画，画她俊美的面容、袅娜的身段和秀美的手。

他用了很长时间才将米秋成画好。格格夫人一边称赞一边问香荷道："老闺女看看，像你爹不？"

香荷抿嘴笑道："挺像的。"目光又在子昂脸上一闪，忙又去拉玉莲道："到姑姑屋去。"便牵着玉莲出去了。

第 028 章

　　香荷的屋和对面屋是一样的结构，但更显整洁。炕上虽也铺着草席，但炕头处工整地摆放着一套被褥。褥子铺开着，上铺一条绣着花鸟的浅绿色布单，平整得没有一条褶皱。棉被在褥子上头叠成有棱有角的方块，又罩上一个绣着绿叶荷花的白色外罩。炕梢处是一条上端两个抽屉，下面对开门的朱漆木柜，柜上摆着梳头匣子和一只掸瓶，瓶内也插着一根鸡毛掸，像一束开放的花儿。

　　玉莲对这里感到新鲜，伸出手去抚摸褥单上的花鸟图案。

　　香荷微笑地问："好看吗？"

　　玉莲有些拘束，收起手说："好看。"

　　香荷又说："等姑姑给你绣一个，喜欢吗？"

　　玉莲腼腆道："喜欢。"

　　香荷又问："你叫啥名？"

　　玉莲说出她的名字。因是同一种花的两种叫法，香荷更觉得玉莲亲近，拉她上炕，又为她脱了鞋。

　　玉莲一到炕里就跪在被褥旁边摸荷花。香荷欣慰地抿嘴笑，转身去开那个柜门，从里面取出一对红头绫，转身又见玉莲正将脸贴在被罩上，没去打扰，微笑着看她。

　　玉莲忽然发现香荷看她笑，忙直起身，有些不好意思。

　　香荷说："姑姑给你扎头绫。"

　　玉莲愉悦地坐在她身前。

　　子昂在照着米秋成的画像画第二幅，米秋成在旁边一边端详着，一边凭着自己的记忆为他纠正，一会儿眼睛好像如何如何，一会儿又嘴好像如何如何，子昂都不厌其烦地修改。

　　终于，米秋成有些得意地说："嗯，这回是那模样！"又闭上眼睛想了会儿再睁开眼睛看，肯定道："是这模样！中，这就成了！"又端在手里端详，一脸的惬意。

　　子昂也开心，想不到自己蒙着修改，还真蒙上谱了，也不枉他翻来覆去地修改。这时见米秋成满意了，他舒口气，又提议道："画别人的时候，最好把人请家来，也别光找咱想画的人，别人也捎带着，这样就谁都看不出是咋回事了。"

　　米秋成说："那咱也不能都白画呀！"

　　子昂说："咱表面儿上都收点钱，对咱想画的就不收了；但得悄悄告诉他别对外讲，这样也显得咱和他近便，人心里还得感谢咱。"

　　米秋成赞许道："你小子脑瓜儿挺够用。就这么着，过午把老贾家大媳妇叫过来，她模样儿和我娘那会儿长得像。"忽然又说："这得让你大娘去请好。"

　　子昂又建议道："最好别特意请。要是不经意碰上时说最好。平时能见着面儿吗？"

米秋成说："有时来买粮，多咱来不知道。"

子昂说："那还真得让大娘去请。也别硬请，假装去串门儿，闲唠嗑就说家里来个画画儿的，就跟城里照相一样，比照的还大。到时我先给您画，让她来看热闹，完了让大娘问她画不画。如果她不画也没事儿，那我就注意看看她，也能画个大概轮廓，完了你说我改，眼大眼小、嘴上嘴下的，自家人一打眼儿就能看出来。"

米秋成又赞同。这时已近晌午，格格夫人进来对米秋成说："都快晌午了，你俩不饿呀？"见子昂又画出一幅，米秋成也认可像他爹，就又夸子昂好手艺。

子昂不好意思留玉莲在这儿吃饭，便说："我先带玉莲回那头儿。"

格格夫人忙说："回啥那头儿！你这孩子，是怕俺们心疼那口饭？"

米秋成也说："别让丫头走啦，都搁这儿吃吧，让你大娘多弄两个菜。"

格格夫人笑道："你大爷这是让你画高兴了。"又对米秋成说："你就别在这儿候着了，出去看会儿铺子，我好整饭。"米秋成应着出去守米铺了。

格格夫人荤素搭配地炒了四个菜。往上端饭菜的时候，格格夫人对子昂笑道："听香荷儿说，这丫头叫玉莲。这可挺巧的，俺香荷儿开始准备叫香莲，后来想起戏里有个秦香莲，命挺苦的，就改成香荷了。"

子昂关心香荷的事，便问道："大娘喜欢荷花儿？"

格格夫人说："喜欢是喜欢，可不是冲着池塘里的荷花儿起的，是照着观音菩萨的莲花座起的。当时给香荷儿琢磨起名时，就闻着屋里有香味儿。我问家里人，谁给菩萨上香了？结果都说没有。我就纳闷儿了，那是哪来的香味儿？一寻思，我天天供奉菩萨，准是菩萨显灵了，就想给她起个带香字的。可光有个香也不成呀，就想到菩萨周围的荷花儿。叫香莲不好，就叫香荷吧。俺家她们姊妹六个，就俩小的和姐姐们不一样。四个姐姐都犯'津'字，天津的津；俺们老家是天津的。先给大闺女起个津兰，后来二闺女就叫津菊，三闺女叫津梅，四闺女叫津竹。"又问子昂道："你们画画儿的是不都知道梅兰竹菊？"

子昂点头道："知道，花中四君子，可一般都是画水墨。我小学老师画过，后来我学油画儿了。"

格格夫人说："我在王府当小姐那会儿就知道，还瞧他们画过呢。"

他还想让她讲香荷，说："叫津香也挺好听。"说着不禁想起了芸香。

格格夫人叹口气道："你是不知道，你大爷一辈子就盼儿子，可生了一串儿都是丫头，你大爷就闹心了。生第五个时，你大爷连瞅都没瞅，直接就给送人了。咳，不唠这个了，一唠这个，我这心就跟刀剜似的疼。寻思咋也能生个小子，可再一生，还是丫头，还是个双棒儿！"

他惊讶地问："和香荷儿是双棒儿？"

她不无惋惜道："可不呗！我的天哪，你大爷就更火儿了，还要都送人，这回我是死活也不让了。一寻思这俩孩子一生下来就不招亲爹待见，就不指着爹疼了，一个叫天娇儿，图着让天老爷娇惯娇惯，一个叫香荷儿，图着让菩萨保佑着。"

他知道双胞胎都是彼此很相像，猜想那个叫天娇的一定和香荷的美丽不相上下，想问天娇和香荷是否长得一样，又怕被怀疑他一同惦记亲姐俩，忙止住口。

格格夫人接着说："我那会儿就寻思了，我和你大爷，这辈子也就这命了。还好，这些闺女都挺孝顺的，姑爷也都挺好。现在就差香荷儿没出门子了。"又笑着问子昂："你家里给你定亲事了没？"

他心里一亮，忙说："还没呢！我来前还在北平上学呢。"

她又问："那你家哥们几个？"

他答道："我就一个妹妹。"

不想她一愣道："哎哟！"

他一惊问道："咋的了？"

她忙说："没事儿没事儿。我是说，你妈生的少，罪也遭的少，是个有福的人，你兄妹俩也能跟着享福。"

他暗舒口气道："俺家还行，别人家有供不起上学的，俺家我和我妹妹都能念中学。"

她说："那可挺好的。"接着又说："你坐着，我去换你大爷过来，你爷俩先吃，俺娘仨待会儿吃。玉莲跟着香荷儿就行，你就甭管了。"说完转身要出去。

他希望能和香荷坐在一起吃饭，忙说："那就一块儿吃呗。"

格格夫人又转过身道："家里开着铺子，得有人照看着，哪顿饭也吃不到一起去，都是各吃各的。每天早上饭得做三样，你大爷喜欢喝鸡蛋水，香荷得意喝羊奶，我呢，就离不开稀饭；你瞅瞅，就三口人，还得吃三样，好像没有和俺家一样的。"说着咯咯笑。

他对香荷喝羊奶也感兴趣，问道："羊奶天天喝呀？"

她说："她和她小姐从小到大也没断过。"接着又说："香荷和她小姐生下来就没奶吃，没法子，就得靠羊奶喂。该到戒奶的时候，见她姐俩愿喝，就一直也没断。你瞅俺家吃饭是不有意思？"这才咯咯笑着去换米秋成。

晚饭也是分开吃的，饭后子昂趁着天还没黑，将玉莲送回家。

村妮家里这时来了一位小脚老太太，是村妮的母亲。原来村妮和邻居说她头阵得了场大病，而那家媳妇和她在沟里的娘家认识。前日这个媳妇回沟里，就把村妮得病的事告诉了她母亲。母亲念女儿自己在家带着孩子，得了大病也不知道，放心不下，便特意赶来看望。

老太太显然通过女儿知道了子昂，也高兴他们拜过仙家，认了好姐弟。这时见了子昂也喜欢，说她多了个好儿子。子昂便跪地磕头，和村妮一样也叫妈。因为好久没见到姥姥，子昂再回米家时，玉莲没再纠缠。

夜里，他躺在米家东屋炕上睡不着，脑海中又都是香荷的影子了。但进入梦乡，却依然是在罗家的棺材铺里。一会儿是几口等着他画材头的棺材，一会儿又是他和懿莹结婚了，可掀起红盖头却是香荷。他欣喜地将香荷抱起，直接进了洞房，见玉莲坐在炕上，香荷不悦道："你回家吧，我是新娘子。"玉莲哭喊着："我跟大舅睡！"他一时不知该哄谁，急得醒过来。

他为米家奇特的吃饭方式感到不如意，要是像在罗家那样该多好，自己就能和香荷说说话了，也便于他俩沟通感情。但他相信机会还是有的。

他看出香荷喜欢刺绣，这和自己的绘画有关联，他想她一定需要各种刺绣图案，这是他的拿手好活，他坚信她一定会喜欢，继而也会喜欢上他。他又想起这里集市上卖的杭州花线，他要为她买些来，但现在还不是时候。这样想着又睡着了。

子昂终于将米秋成需要的画像都画完了，女人们都按上了当年的发髻，男子们都是去了额前发，加上一条辫子，绕着脖子，搭到肩后。

米秋成很满意，又让他帮着布置了他们家的供堂。

供堂设在街门西侧的那间草房内，是个套间，都没有火炕，也没有灶台，显然冬夏都不烧火。

供堂里散发着焚香的气味，对门供着一尊只有三寸多高的观音菩萨像，看不出是金还是铜。菩萨前摆着一个落满香灰的香炉和两个蜡台，还有一些点心、水果当供品。

米秋成带他直接进了里面那间，屋内也是对门放着一条长案，上面供着米家七位长辈的灵位牌，灵位前也有一个装满香灰的香炉，周围也供着一些点心。

子昂将每个画像都用钉子钉在与灵牌相对应的墙壁上。米秋成换上新供品，又上了香，然后跪在前面地上的一个圆垫上，面对各画像说道："爹，妈，大爹大妈，二爹二妈，四爹，不孝儿子、侄儿一直念着你们呢！多年不见你们了，都快忘了你们啥样儿了。这不，我请了画师，为你们都画了像，都是照着和你们长得像的人画的，也没别的法子了，你们都不要埋怨，要是在天有灵，就都入像吧，逢年过节就给你们送些吃的用的，你们取着也方便。我的那些兄弟都和你们在一起，你们都照看着点，为你们送钱的时候，把他们的也一块儿送去。我们都挺好，你们不用挂念，保佑我们平平安安的就中了。"说完连磕了三个头。

子昂知道上面所供的男性牌位都是在抗击八国联军中死的，心里由衷敬仰。他也想借此机会与米秋成拉近关系，于是见米秋成起身便说："大爷，他们都是打洋鬼子死的，我挺敬佩，我能为他们磕个头吗？"

米秋成果然高兴，点头道："中，就怕屈着你。"

他忙说："不怕的。"说着跪下，又对着画像说："各位前辈，你们是抗击洋鬼子的英雄，子昂万分敬仰，愿意为你们磕头。如今，日本鬼子又来侵略中国，占了东三省，子昂虽然也参军抵抗过，可心有余而力不足，望前辈们原谅。"说着情绪激动，竟哽咽落泪，忙也连磕了三个响头。

米秋成很受感动，亲自扶起他。他擦下眼泪说："大爷，我觉得应该给这屋起个名字。"

米秋成说："这我还没想过，那你说说，起个啥名儿好？"

子昂已经想好了名字，说："他们都是英雄，叫祭英堂咋样？"

米秋成点头道："嗯，我觉着行。我去叫你大娘过来，她也读过书，让她帮着参谋下。"

格格夫人也来到供堂。她对给供堂起名感到新鲜，但没反对，对祭英堂这个名字也没有异议，还夸子昂说："这孩子怪有心计的。那菩萨那屋也得有个名儿啊，就叫观音阁吧。"

子昂称赞道："大娘不愧也读过书。"接着又说："等我刻两个扁挂上头。"格格夫人又夸他手巧。

米秋成突然问："你们家哥兄弟几个？"

子昂想起格格夫人也这样问过，心里便特别注意，但也只能说他就一个妹妹。

米秋成皱了下眉道："要是哥俩儿就好了。"

他不解地问："那为啥？"

格格夫人忙说："别听你大爷的，他一天尽瞎寻思。"

他感到米秋成话里有音，但格格夫人不让提，便不好意思再问，心里却放不下了。他有心找机会问一下，但发现米家人如同卸磨杀驴似的，突然和他疏远了，每天吃饭都是由格格夫人单送过来。倒是玉莲被他接过来玩时，竟被格格夫人叫过去，说是香荷让叫的。有时格格夫人过来递话，让他去告诉村妮一声，说玉莲和香荷一起睡。

开始他见村妮和母亲一脸狐疑，便要带村妮一同去米家问。村妮虽然没好意思立刻跟子昂去米家，但第二天一大早就亲自找到米家。

见到格格夫人，她先说玉莲在这儿添了不少麻烦，然后说要接玉莲回家，也说子昂是她的好弟弟，以后她就不再担心了。子昂很理解村妮，觉得这样也好。

子昂帮米秋成忙完供堂的事情后，偶尔还有人来找他画像。因为他带来的炭笔快用完了，这里又没处购买，便不给人画了，说画笔用没了，等找人买到笔以后再画。虽然他手头的碳笔还能画一些，但他是给香荷留着的，他希望哪天香荷也让他画，他好借此更仔细地欣赏她。但格格夫人和香荷根本就没有让他画的意思。

第 029 章

各农家都开始收割庄稼了，子昂也准备为米家收割大豆和玉米。米家因为劳力不足，每年都是花点钱雇人耕地，庄稼长起来后，除草、间苗就都是米秋成一人的事了。收庄稼时，都赶在仲秋节后女儿、女婿们从宁安、牡丹江和哈尔滨赶回来一起收割。今年收庄稼就是子昂的事了，可他还不知道米家田地的位置。

吃过早饭，米秋成带他去"大田"认识米家的田地，事先备好的镰刀、扁担和绳索，都由他挑担似的挑着。

出了家门，他们顺着沙土道向东走出三里多弯路，渐渐没了人家，沙土道变成了泥土道，一些坑洼和被车轮压出的沟壑内，还有前阵积存的雨水，好在两边行人常走的路已经干爽。

走到一片桦树林子前，向北可以看到那条依山流淌的大河，河面上架起一座圆木桥，桥头处立着一座上插日本太阳旗的木制岗楼，两个日本士兵正在门前把守。顺桥望去，桥对岸那片连着高山密林的平坦地上，集中建了一些木头房，有更多的日本士兵的身影在晃动。

子昂意识到，这里就是猎人陆林海说的日本军营。虽然这里的日本人还不知道他曾参加过抗日自卫军，但他仍感觉岗楼前的日本兵正在注意他，便不再向北观望。跟随米秋成沿一条被汽车压过的土道穿过桦树林，又看到南面一大片三面环山的缓坡平地，地里都是等着收割的玉米和大豆。

路上还有其他行人，除了步行的，还有坐着牛车、马车的，基本都是下地干活的。米秋成边走边告诉子昂他家一年下来有多少收成，以及大豆怎么收、玉米怎么收。子昂一边听米秋成讲一边观察道路，四米多宽，向南伸出很远后岔开，大体呈一"丫"字形，分岔的路径又分别穿出远处的东山和南山。

在道路分岔前的一段，一条小溪从西面山林里流出，弯曲着穿过田地，流向东北方向的山里。如果站在岔路的南面看，"丫"字形的道路和拦腰穿过的小溪，恰是一个"大"字。

子昂想米秋成说的"大田"，可能就与这个"大"字有关，便问道："这就是大田吗？"

米秋成背手拎着烟袋应后又回问道："你觉着小啊咋的？"

他笑笑说："不算小，也不算大，我是看这条道在前面分开了，和这条水沟合一起像个'大'字，'大田'就是这么起的吗？"

米秋成惊讶地看他道："你小子行啊，这你也能看出来！你比俺这儿的陆举人还有眼力！"

他也吃惊地问："这儿还有举人？"

米秋成得意道："那咋的！你可别小看这儿，啥能人都有。"接着又说："镇上老陆头就是个秀才，考举人没考上，一来气就蹽这儿来了。这镇上数他学问大，这个大字就是他先看出来的，大家伙就都跟着这么叫。叫得对，别说田大田小，人想活，有田就为大。"

子昂觉得他说的有道理，既然民以食为天，那也该食以田为大。同时他也在想，陆举人会不会和陆林海有关系？

这时，一辆插着日本军旗的军车从远处开来。显然这段路常有汽车行驶，一些路面已经干透，军车开过时，将地面的灰尘卷起来。

道路上的牛车、马车、驴车都忙靠边躲闪。子昂一见日本军车开来又紧张，好在米秋成镇静自若。

军车没有理睬路上的人，穿过桦树林朝着军营开去。子昂舒一口气问："你们不怕日本人？"

米秋成一哼道："井水不犯河水，有吗怕的？"

他又问："日本人咋在这儿修军营？"

米秋成说："清朝那会儿这里就驻过清兵。日本人在河北占的那片地，早先就是军营，后来兵撤了，老百姓就在那儿种地。日本人来了也相中那片地了，把那儿的人家都赶河这头来了。按着兵家说法，龙凤这旮可是咽喉要道，早先叫龙封关。当年康熙皇帝在宁安那旮选了个姓关的娘娘，娘娘进京时打这儿路过，钦差大臣就在这儿读的圣旨，有人给这起名叫龙封关。一说是真龙天子封老关家的闺女当娘娘，还一说是康熙皇帝想把这儿当作中国的头道关，山海关改成二道关。真的假的不知道，反正没人拿这儿当关守。老毛子打过来时，慈禧太后连管都不管，日本人又打进来，蒋介石让张学良去守山海关了，这道关就让给日本人了。这儿的人也不争气，本来叫龙封关挺不错，可后来都给叫成龙凤关了，再后来，关也没了，现在一提就是龙凤，要不就是龙凤镇；关都不守，你镇得住吗！"

子昂感到米秋成也为这里被日本人占领而感到愤慨和无奈，似乎对以后能否摘去亡国奴的帽子也不好说，便转了话题问："这两条道都通向哪？"

米秋成说："去宁安、牡丹江都得打这儿走，前面岔道那儿往右是去宁安的，往左是去牡丹江的。"

子昂不禁又想起牡丹江的婉娇、芸香、懿莹，又想起宁安的齐龙彪，不知金瑶这时是否已在宁安当上老板娘了。

但他现在已被香荷勾住了魂，根本不想去宁安了，就想在米家多待些日子，等赢得香荷的芳心后，就从这条道去牡丹江看婉娇，还要继续寻找爹妈和妹妹。如果在牡丹江还找不到爹妈和妹妹，他就先回趟奉天，看他们是不是已经回家了。只要见到爹妈，他就让爹妈求米家人把香荷嫁给他，至于是在这儿成亲，还是将香荷娶到奉天去，那就由大人们来定，大人定哪就在哪，只要能和香荷在一起就好。

米家的田地在道西，紧挨着那条小溪，向南有两垧多地，分成两片，东片平坦些的种大豆，西片连到西山树林边的种玉米。

见道东那一大片地都是平坦的，而米家的地一半是坡地，子昂感到惋惜，就指着东南方的田地说："那面地挺好。"

米秋成说："那面就是平整些，天一旱就不如咱这儿了，别看咱这儿地势高，咱地边这条水沟就管用了，甭管天多旱，沟里总能见着水，水比咱井里的还好，清亮，喝着还有点甜味儿呢！"见米秋成很得意，子昂心里也感到欣慰，他希望香荷家的地是宝地。

米秋成还告诉他，小溪北面与他家相隔的一片田地是他家东院老王家的，面积比他家的还大。当年在龙封关安家时，这里的人家还很少，除了打猎的，就是采药的，种地的也就十几家，包括米家和王家。几家都喜欢把地开在靠近水源的地方，说将来种地人家多了也不会受水气。王家和另一家耕了小溪北面的地，若没有居民区的那条土道，可以把田地开到大河南岸。小溪南面的大片地则由米秋成等几家一同开，米家抢先紧靠着那条小溪开了地。但论耕种面积，田地最多的要数镇西也开粮食店的田大宽家。

子昂不认识田大宽，但听说田大宽的大儿子原是东北军的一个军官，现在已经跟随上司投了日本人，正在长春给满洲国皇帝做事，不禁感到心里别扭。

子昂也不认识米家东院王家的人，听说他给米秋成画像时，王家的人都去看过，可他现在也没对上谁是王家人，谁是刘家人。这时倒是见溪水清澈，潺潺流淌，忍不住过去捧起一把喝，还真像米秋成说的有些甜。

玉米、大豆都熟了，米秋成先教子昂怎么割豆子。他俩各把一垄，从一头割到另一头，割下的豆秸先一把一把放到地垄上，等割完后一起扎上捆。

当接近自家玉米地时，米秋成隐隐听见里面有哗哗的响声，便冲着里面喊道："谁在里头？"可里面没有回应，哗哗的声音依然不息。

米秋成拎着镰刀进了玉米地，子昂也跟在后面。他俩一边拨着玉米叶，一边谨慎地朝着发出声响的方向靠近。

子昂不太习惯在玉米地里行走，稍不留意，就被玉米叶子划下脸，像针扎似的疼，便深低着头走。

忽然，他从玉米秆间看见前面有个黑黑的家伙，是黑熊。那黑熊个头不是很大，但身长也有一人高，这时正在那里捧着一穗玉米大口咀嚼着，全然不顾有人靠近它。他心一惊道："黑瞎子！"

米秋成在相邻的垄沟里也发现了黑熊，立刻蹲在那里冲熊吆喝，想把熊吓跑。可那黑熊一边嚼着玉米，一边朝这边儿看，丝毫不显惊慌，转回头去，又立起身子掰玉米，一举一动，如同人一般。

米秋成恼怒地从地垄沟内寻出两块拳头大的石头，朝那黑熊投去，一块竟很准地打在熊嘴巴上。那黑熊顿时被打急了，嗷地奔这面扑来。米秋成一见不妙，转身便跑。子昂也跟着跑，任凭玉米叶子刮他的脸。

伴着人和熊与玉米叶间发出的哗哗声，米秋成还是被黑熊追上了，只觉得后腰被重重拍了一下，脚下一软倒在地上。

　　子昂转头见米秋成被熊扑倒，脑袋嗡地一炸，首先想到他是香荷的爹，这时他必须要把他对香荷的迷恋全部释放到保护她爹上，救下她的爹，就可能是救下他未来的岳父，便没了畏惧感，只觉得浑身有股神奇的力量，猛一转身，穿过玉米秆，飞身扑到黑熊身上，连同几棵玉米也被压倒。

　　毕竟熊是野兽，他也怕熊反扑过来使自己丧命，便将全身力气集中在双臂上，紧紧勒住黑熊的脖子，随即站稳脚，一边大声叫着，一边继续往怀里用力。

　　不知那熊是被他掐中了要害，还是被他的喊声吓破了胆，这时只顾竭力地挣扎四肢，就连嚎叫声也断断续续的。但他一直不敢松手，唯恐手一松被熊反咬一口，一旦丧命就再也见不到爹妈、妹妹和婉娇了，让香荷成为他的媳妇也不可能了。于是他竭尽全力，一边紧紧勒黑熊的脖子，一边继续叫喊，双目圆睁，太阳穴上的血管也膨胀起来。

　　黑熊已经叫不出声了，整个身体都在顺着他的力。他也不再叫喊了，但还是觉得不安全，一边大喘着用力，一边拖着黑熊出了玉米地，又猛一用力，竟将黑熊的整个身体抢起，黑熊近乎是飞进相邻的黄豆地里的，只是嗵的一声，就再没动静了。

　　米秋成的后脊梁已被熊爪抓伤，从抓破的衣服下能看见鲜红的血浸出，但他还是为子昂的举动所惊讶，直到子昂将熊拖出玉米地他才缓过神来，忙从地上爬起冲出玉米地，见子昂瘫倒在地上喘息着，问：“熊哪？”

　　他一边喘一边面说："豆子地里。"

　　米秋成惊愕道："我的天，你哪来这么大劲儿？"

　　他继续喘着，嘴上说"我也不知道"，心里却说："是香荷给我的力气。"

　　黑熊的鼻孔和眼里都在流血，已经断了气。一些收庄稼的人听见这边叫喊，不知出了什么事，便都跑过来看，听说子昂只用手臂就将一只黑熊活活勒死，也都惊叹不已，说："真看不出，长得跟个大姑娘似的，还有这把力气！"

　　有认识米秋成的，问子昂是他家什么人。米秋成这时有些得意，并不在意自己身上的伤，对问他的人说："我大侄子。"子昂因米秋成说他是米家的亲戚，心里又美起来。

　　正好认识米秋成的那位有马车，为了讨些熊肉吃，他主动帮米秋成将熊抬上车，又将米秋成和子昂割下的黄豆装上去，一同赶着回镇里。

　　虽然子昂神奇地将米秋成从熊爪下救出令人惊叹，可毕竟米家这些年收庄稼都是女婿们来帮忙，米秋成每到这时便老太爷似的悠闲，而子昂头次帮米家收庄稼，米秋成就被熊瞎子抓伤，这在米家还引起一场风波。

　　米家人先前还对子昂感激不已，可香荷的二姐夫马骏先来后，就有了不知吉凶的疑虑。

　　子昂刚到米家第三天就认识了香荷的二姐津菊和二姐夫马骏先。米秋成当年就跟着马骏先的爷爷、人称马九爷参加了忠义军，情同父子。后来他们一同落脚龙封关，两家人一直当亲戚走动，再后来，米家又将二女儿津菊嫁到马家，津菊便是米家已出嫁的姑娘中唯一嫁到当地的。

　　津菊二十九岁，因娘家没有男孩，她小时就和姐姐津兰被爹妈当作男孩子使唤，所以性情直爽，小时又和爹学些武术，十岁就敢帮姐妹们打架，曾被人称为"假小子"。但格格夫人说她是阵阵落不下的穆桂英，自然有褒有贬，褒她敢为姐妹出气，贬她有时惹是生非，免不了要挨爹的打骂。

马九爷是看着米家姑娘们长大的，也想让他唯一的孙子骏先日后和米家女儿中的一个成亲，使两家的关系成为名副其实的亲戚。最后骏先绕过米家大女儿津兰娶了津菊。接下来，津菊先后生下两个儿子，深得马家人的宠。随着姐姐津兰和身下三个妹妹相继远嫁，她也越来越成为娘家的管家，大事小情都参与，米秋成的倔强脾气也因她对娘家的忠心而渐渐收敛，一般的事都要由着她。

对于子昂勒死黑熊的事，津菊一心感激子昂救了她爹，也觉得他应和老妹香荷结成一对儿，并没在意骏先的那些疑虑，但还是把骏先的话说给了母亲。

格格夫人在家供奉菩萨，每逢初一、十五摆供上香，得知二女婿有这种想法，竟觉得那黑熊死得可怜，说道："我是不忍心吃它的肉。你说它就为吃咱几穗苞米，这命就没了，真怪可怜的。子昂看上去挺老实的，可这么大个黑瞎子，咋就让他一夹就给夹死了？这孩子，手也够重的。"

米秋成正在屋里炕上养伤，听格格夫人这一说便不高兴；本来自己被黑熊抓伤就很窝火，这时家里人却为只黑瞎子诉冤屈，不禁发怒道："都给我把嘴闭了！不夹死它恁吗？瞅着把我舔了？这心眼子怎么长腕眼子上啦？"

格格夫人这才又觉得子昂也没有错，对津菊一缩脖子道："也是，人子昂是为救你爹的命，咱可甭瞎嘞嘞了。"

津菊倒开起玩笑道："爹，你和人打架仨俩都靠不了你跟前，这咋还让只黑瞎子给扑倒了？"

米秋成又不悦道："屁话，你去苞米趟子和它武着下试试！尽搁那儿站着说话不腰疼，一边儿拉去！"

津菊也缩头吐下舌头。骏先过后又对津菊嘀咕道："我看他就是奔香荷儿来的。"

津菊笑道："要能成还真挺好，可爹这关他能过吗？"

原来，香荷是米秋成留着招上门女婿的，而子昂的家里就他一个男孩，这就是格格夫人和米秋成先后问子昂家里兄弟几个的缘故。

一整只熊，除了分给帮忙的一些，还是烀了一大锅。津菊将烀好的熊肉分成好多块，除了马九爷一家和村妮家的，连关系不错的左邻右舍也分了些。

子昂原以为自己为米家立了大功，米家会考虑把香荷许给他，不曾想，他依然连和米家人同桌吃饭的资格都没有，觉得香荷就像是月亮里的嫦娥，而自己则是被贬到地上的猪八戒，不禁又伤感地想起他在罗家的日子，又思念起爹妈、妹妹和懿莹、婉娇、芸香了。

正躺在炕上想着，格格夫人提着一大块烀熟的熊肉进来，见桌上还放着炖熊肉和米饭，惊讶地问："咋没吃呢？"

子昂坐起来说："晌午吃得挺饱，还不饿。"

她没多想，说："赶紧把这点玩意儿分吧了。给你姐那儿拿块大的，趁天没黑给他们送去。"

他不想流露出心中的郁闷，急忙应着下地，拎着熊肉去了村妮家。

村妮的母亲赶在仲秋节前回沟里了，村妮正和玉莲吃晚饭，玉米贴和炖茄子。玉莲没食欲，正一脸不高兴的样子，见子昂来才又欢快起来。子昂一边讲他与熊拼斗的经过，一边亲自切肉端上桌。村妮也惊讶道："你俩还碰到一块儿了！"

子昂不解地问："碰一块儿咋的？"

村妮笑道："一对儿雄（熊）呗！一个英雄，一个狗熊。"玉莲一边吃着熊肉，一边哈哈笑。

见玉莲吃得香，他也感觉饿了，但他不想在这儿吃，自己在这儿多吃一口，母女俩就少一口，便说："我今天可累了，明天还得去割豆子，我回去睡觉了。"然后告辞返回米家。

米秋成在家养伤，收庄稼的事就都由子昂来做了。别人家收庄稼都是全家一起上阵，而米家的庄稼地里只有他一人，别人家都用牛车或马车往回运庄稼，而他只有一个人力推车，他便当起牛马拉着那辆车，割一些往回拉一些。他发现他每次拉车回到家，香荷都候在屋门口，好像有意在迎他。香荷要帮他卸车，他怕黄豆秸扎着她秀气白嫩的手，便不让她动手，抢她手里的豆秸时，他还有意无意地碰她手一下，感觉特别舒心。但从她被他碰过手后就不再上手了，这又让子昂感到不安。

各家庄稼地接近收完的时候，变得萧条、空旷的田地里出现了捡地的人，就是当地主人收过粮食后，一些家里没有地种或日子过得紧的人，去捡丢在地里不要的散粮，捡玉米是捡那些没有长开但上面还有少许玉米粒的玉米棒，捡黄豆则是一豆角、一豆粒地捡。

米家收完的黄豆地里也有捡地的，是一个老妇人带着一个和玉莲一样大的小女孩。女孩长得单薄，身上穿的也多带补丁，一双眼睛很有神，两个小辫子梳得还利落。

女孩的篮子里是一层豆粒和几穗没长满粒的小玉米棒，豆粒中除了黄豆还有红豆和绿豆。子昂看她可怜，就捧出几穗玉米棒放进她的篮子里，心想米家也不差这几穗。女孩竟一下愣在那里。

老妇人忙过来拒绝道："这可不成。你心肠儿好俺心领了，可俺不能要。老米家和俺家就住界壁儿，你是给他家扛活儿的，可别让人家说你胳膊肘往外拐。俺们捡地就得像个捡地的样儿，要不捡都没处捡了。"边说边将篮子里的玉米拿出来，放回子昂的车里。

子昂有些尴尬，就和妇人搭讪道："你家没有地吗？"

妇人说："早先有，后来家里摊了事儿，都卖了，不卖也种不动了。"

他又问道："那你们指啥过日子？"

妇人苦笑道："老天爷饿不死瞎家雀儿，靠山吃山，靠水吃水，咱这山里宝贝多，春夏秋都有东西采，还能换点钱。赶上你们收庄稼，不少双棒苞米长得不好，就都扔地里了，粒儿是小点，也能当粮食。豆子别看一粒儿一粒儿的，都是好豆子，赶在下雪前，也能捡不少，够俺娘儿俩吃的。到了冬天，就在跟前儿捞点柴火，一年也就熬过来了。等孙女儿大了，给她找个人家，我就可以闭上眼了。"

他听出女孩是她的孙女，又问道："她爹妈呢？"

妇人叹息道："都不在了。"之后没再说。

他不好多问，心里很酸，怜悯地看着女孩问："几岁了？"

女孩腼腆道："七岁。"

他又问："也属牛的？"女孩点头应。果然和玉莲同岁。

这时妇人对女孩说："谢谢叔叔，咱去别处捡。"女孩谢过后就随奶奶走开了。他想知道女孩的名字也没得再问，心想，知道了又能怎样，便也拉起车回米家了。

第 030 章

过中秋节这天，米家和往常一样平静，只是格格夫人在给子昂送晚饭时加了一块核桃仁馅的月饼。

夜里，他一个人站在院里望月亮，不禁又想起他思念的人，早知仍不能和米家人一起吃饭，真不如答应村妮去她家里过节，尽管只是像似一家三口在一起。

第二天傍中午时，香荷的大姐米津兰、大姐夫李春山带着四个孩子来了。看他们长袍马褂、穿绸着缎的，生活条件应该还不错。

米津兰三十一岁，长得也漂亮。李春山也三十一岁，端庄魁梧、朴实稳重，完全配得上津兰。

津兰作为长女，因为家里没有男孩，在家当姑娘时就像男孩一样帮着父母担家事，后来也能当起半个家。爹妈不在跟前时，她就一副家长的派头管束着妹妹们。不懂事的妹妹还能听她吆喝，但大一点的妹妹则都不服她，但也架不住爹妈为她撑腰。后来，别人也觉得她比米秋成和格格夫人还多事，以致长辈们为她定的娃娃亲也中间出了变故，直到本该属于她的夫婿马骏先明确要娶津菊，她才变得不再张扬。

马骏先执意放弃津兰娶津菊，还得说是马九爷替孙子撑的腰。马九爷原本有两个儿子，分别比米秋成大三岁和一岁，但大儿子马海生在抗击侵略军时死在沙俄士兵的马刀下。二儿子马兰生随他逃到龙封关后，娶妻生下一个儿子，就是骏先。之后兰生在山里抬木头用过了力，得场病后就再也没生育，所以马九爷至今只有骏先一个孙子，曾想要个孙女也没如愿。

马骏先长的也算标致，大津兰一岁。因马米两家关系密切，他们打小就在一起玩，曾被两家认为娃娃亲。开始骏先和津兰还合得来，可到了谈婚论嫁时，骏先因看不惯津兰太多事，便坚决想娶比他小三岁的津菊，又怕米秋成不许，便去哭求爷爷。

马九爷一出面，米秋成果真没辙了，但也是牢骚满腹，对九爷说："这事儿咋也该从大的往下排。"

马九爷板起脸说："你拿孩子当啥呢？随便扯过来就配对儿。行啦，你要愿和九爹轧亲家，就随俩孩子意，要不呢，闺女是你养的，你想和谁轧亲家都成。"

见九爷撂了脸子，米秋成不安道："我就随便一说，那就依九爷的。"自然心里还是不痛快，更觉得对不住儿子一般的大女儿。

恰此时，从宁安来了一位贩米的青年，就是李春山，长得比马骏先还魁梧英俊。到米家粮食铺推销大米时，春山发现米家的女儿个个貌美如花。但当时津竹、天娇、香荷还都小，他的眼睛便在津兰、津菊、津梅的身上闪来闪去。骏先和津菊的亲事定下后，来米家的次数和小时候差不多，自然是来看他未过门儿的媳妇，春山便知道津菊已经有了主。再看津兰和津梅，觉得津兰近乎刁蛮，便将注意力集中到性情比津兰温和、年龄比他小五岁的津梅身上，而且越来越觉得津梅甜美迷人，喜欢得一日不见就跟丢了魂似的，便常到米家批发大米。

自打迷上津梅以后，本该一次就可送够米家需要的米，他总要编个理由分两三次送，而且只收成本，分文不赚。

津梅当时十五岁，正值少女怀春时，面对一个二十岁的英俊青年对她含情脉脉，禁不住情窦初开，就在互传秋波中心有灵犀地相恋了。

米秋成和格格夫人也都觉得春山给他们家当女婿很合适，但米秋成还是坚持应从大的往下排，决定要将津兰许给他。

转过年，春山和津梅的恋情被格格夫人察觉，意识到有些话必须要挑明了。一日见春山又来送米，格格夫人就将他叫到米铺里问道："还没定亲呢吧？是不想娶媳妇了？"

春山知道米家人已看出他的心思，索性将心事道出来，说："我想娶你家津梅。"

格格夫人叹口气道："这得你叔答应才行。不瞒你说，你叔挺得意你，可他想让你娶俺家老大。"

春山顿时傻了眼，心里好像被猫抓一般。

见春山样子痛苦地呆在那里，格格夫人心里也不是滋味，只能让他和米秋成谈。

春山忐忑不安地进了米家后屋。米秋成正盘腿坐在炕上吸烟袋，见春山进来，只是直下身道："来啦。坐吧。"

春山立刻乞求道："叔，我想……"

米秋成立刻打断他道："你要真想当俺们家女婿，就娶老大吧。"

春山痛心道："叔，我喜欢你家津梅，津梅也愿意嫁我。"

米秋成一愣问道："你俩唠过这事儿？"

春山也一惊道："是我偷着问她的，我寻思，她要同意，我就让我爹找媒人来提亲。她同意。"

米秋成顿时火了，吼道："她同意？你们还把我们当老的放在眼里不？"

春山忙要解释，又被米秋成打断道："你别说了！这死丫头！简直要把我这张脸丢尽了！我还没死呢，她就敢自个儿找婆家！我非把她腿打折不可！"说着将烟袋锅使劲儿在炕墙上磕了磕，下地穿鞋。

春山吓坏了，急忙跪在地上哭求道："叔，这不怪津梅！是我问的她。"米秋成一边穿上鞋一边说："你问的？你问的她就敢答应？简直没点规矩了！"说着拎着烟袋往外奔。

眼看心上人要受苦，春山一把抱住米秋成的一条腿哭道："叔，你要打就打我吧！"米秋成尽管有武功，但挣了两下也没挣出腿，盯着春山喘粗气。

春山见米秋成执意要拿津梅出气，实在不忍心上人受苦，只好妥协道："叔，您消消气，我听您的，你让我咋的就咋的，这还不行吗？"

米秋成终于语气缓下来说："你把手撒开。"

春山怕米秋成还去打津梅，继续哀求："你别打津梅，求您啦！真不是她的错！"

米秋成说："行，我不打她。你不说你听我的吗？那咱爷儿俩坐下说。"

春山这才半信半疑地松开手，忙爬到门口堵住门。

米秋成横了他一眼，转身坐回炕上道："起来吧。"他这才起来站在那儿。

米秋成连座也没再让，说："我看你这人挺诚实，就想让你当我们米家的大女婿。你要同意，就赶在老二前面把亲事办了。要不同意，想当我们家女婿就甭想了。老三你甭惦记，她还小，得后头排着。"

春山不敢再提津梅，又实在舍不得她，便不答话，只是伤心地哭。米秋成心烦道："平时看你像个爷们样，这咋跟个娘们似的！"接着吼道："不行拉倒，走吧！你放心，欠你的米钱，一分不少都给你。"

春山无奈，又不想空手离去，只好答应娶津兰，为的就是日后能经常见到津梅，尽管她将是他的小姨子。

春山与津兰定亲和成亲，津梅都是伤心地躲在屋中不露面。春山多日不见津梅，想得没了魂似的，尤其成亲那日仍没见到她的影儿，真想哭一场。好在日后是亲戚，总有见到她的机会。就这样，他闷闷不乐地将津兰娶回宁安。

很长一段时间，津兰、津菊、津梅这姐仁的关系很复杂，可以说是津菊抢了津兰的意中人，过后津兰又靠着父亲的武断夺了津梅的心上人。但津兰这时一面惬意着比骏先还好的春山成为她的男人，一方面又对春山和津梅的藕断丝连感到纠结。

津梅从不管春山叫姐夫，春山也从没怨过她。他最懂她的心，也不愿听她叫他姐夫，那样他的心里更痛。但只要米秋成不在跟前，他俩还是说话的，尽管不多，但都很温情。他很愿叫她的名字，叫得亲切，心里也快慰些。

和津兰成婚后，春山继续为岳父母送米，总愿叫津梅出来当帮手，津梅也从未拒绝过。津兰和津菊相继出嫁后，米家没出门的姑娘中，津梅便是大的了，春山叫她当帮手自然无可厚非。

有时春山和津兰一同回来，格格夫人让津梅去叫大姐夫，她到春山面前只说一声"妈叫你"。而当跟前没有第三者时，她则会深情地叫他一声"春山哥"。他这时也深情地看着她，心里的痛又透在脸上。

津兰嫁到李家后很勤快，什么活都拿得起放得下，公公婆婆都喜欢。街坊邻居都夸春山娶了个既漂亮又勤快的好媳妇。春山有时也很欣慰，但他心里怎么也放不下津梅。他常常梦见津梅伤心地与他相望，也曾梦见岳父因要打津梅而哭着醒来，甚至他还将睡在身边的津兰哭醒，问他做了什么梦，他只说想不起来了。

尽管心里怨恨岳父，但春山还是愿为岳父母家送大米，就为能和津梅单独见一面。渐渐地，米秋成和格格夫人似乎忘了他和津梅曾经私订终身的事，只认为他是个孝顺的长婿，拿他跟亲儿子一般。

津兰、津菊出嫁第二年，米秋成又认识一个从牡丹江来龙凤收山货的青年。此人姓张，叫宝来，比春山小一岁，身高长相还都过得去。尤其看穿戴，一看就是经济条件不错，又很会说话，便立刻想到津梅。其实他这时已发现三女儿和大女婿互看的眼神不正常，意识到他们还藕断丝连着，但又没法说出口，只是怕他们在家中闹出丑事，便急着为津梅找人家。经别人给搭桥，宝来假装到米家打听有没有山货，米秋成也假装向他了解山货行情将他请进屋里。

宝来一进内屋，米秋成便让津梅烧水沏茶。宝来一见到津梅眼睛便直了。

津梅被宝来看得心慌，放下茶壶就出了屋。她对宝来没有好感，但也没有反感，虽然她心里一直装着春山，但春山毕竟已是大姐的男人了，自己又总不能一辈子待在家里。这时她见宝来这么喜欢地看她，心里也紧张起来，她想，如果爹妈同意，她就趁此嫁出去。

果然，第二天宝来托媒人来米家提亲，几日后，宝来的父母也专程从牡丹江来米家定了亲。

一过了秋忙，津梅就被花轿抬出龙凤，又乘火车去了牡丹江的张家。

津梅出嫁那天，春山亲自去送亲。他一想到自己最心爱的人晚间将被张宝来脱光衣服，心就像被刀捅似的疼，尽管他想到津梅迟早会有这一天。

夜里，他又在梦里大哭，并喊出他最喜欢叫的名字。丈夫梦里哭喊自己妹妹的名字，津兰听得清清楚楚。于是，丈夫在梦里哭，她在黑暗中流泪。但第二天她没再问丈夫夜里梦见什么，此后再也没问过，性情也变得沉默寡言了。

张宝来在牡丹江的朋友很多，经常在外面喝酒。渐渐地，津梅发现，在他的朋友中，有些品质很差的，一直在她身上打主意。

那日夜里，宝来喝多被一个朋友送回来。那朋友以为他醉得什么都不明白了，将他放倒在炕上后，回头一把搂住津梅，满口酒气道："美人儿，我都想死你了！"说着去亲她的脸，并在她身上乱摸。

津梅疯了似的，一边挣脱着，一边大声哭骂，刚一生日大的孩子也被吓得哇哇哭。还好，哭骂声把醉倒的宝来惊醒，见自己媳妇正在朋友的怀里挣扎，一下坐起来骂道："操你妈的，你干啥？"

那朋友一惊，撒开津梅逃去。见朋友跑了，张宝来并没去追，身一歪又躺在炕上，随后鼾声大作，一觉睡到天亮。

津梅哭到天亮，宝来醒来竟疑惑地问她出了什么事，他什么都不记得了，甚至不相信他的朋友会那么不义气。

津梅一气之下回了娘家。从那时起，春山十分憎恶张宝来。但津梅还是要和张宝来一起过日子。春山为她担心，便偷偷为她买了把精制的匕首，说是让她用来防身。津梅感激地将匕首揣到怀里，但一直也没用上。

自打津梅出嫁后，春山来龙凤送米的次数也少了很多，送一次就多送些，够老两口卖上好一阵，基本都是赶在年前和中秋节前后，毕竟不年不节的时候都不舍得吃大米。

这次他们一家来，既是中秋节后来看老人，也是来帮着收割庄稼。春山还期盼着津梅一家也能来，见她一面心里也安然些。

第 031 章

春山和津兰的四个孩子为两男两女，按大小长女淑晴，乳名晴儿，十一岁，长子树仁，乳名仁儿，八岁，次女淑霞，乳名霞儿，五岁，次子树义，乳名义儿，两岁。

格格夫人在向子昂介绍津兰一家人时，还特意说晴儿只比她小姨天娇、老姨香荷小六岁。之前他一直没敢问香荷的实际年龄，这时他才知道香荷和芸香同岁，都是属兔的。随后，格格夫人又告诉他，她生六胎七个女儿，除了老大津兰和老二津菊差两岁，下面四胎都差三岁，这样一算，香荷的二姐津菊也是属兔的，又和婉娇同岁。

　　见家中多了一位英俊青年，津兰一家人也都很惊讶。听了母亲的介绍后，又都好奇地看了子昂画的画。

　　津兰见子昂英俊又有手艺，就悄声对母亲说："人挺不错的，给俺老妹儿撮合一下呗。"

　　母亲说："我也这么想，可你爹要招上门女婿，人家可是单传。再说人家是大城市里的，出来找爹找妈的，来这儿就是避下难，啥时走还说不准。我看他倒是对咱香荷儿挺有那意思，给咱当伙计是他上赶子留下的，津菊两口子也看出来了，一准是奔咱香荷儿来的。他还不知你爹想招上门女婿呢。这阵儿我没事儿就和他唠唠嗑，寻思把这事儿也和他露露，在家是单传，哪能给人当上门女婿！可就是说不出口。我琢磨呀，这话真要和他说了，八成他就不能在这儿待了，怪舍不得的。"

　　津兰也惋惜道："那就和俺爹商量下，就别招上门女婿了，咋说他还救俺爹一命不是？"

　　母亲叹息道："你还不了解你爹，继香火好像比他命还要紧。不过这阵儿我也在瞄，我看你爹真挺稀罕子昂，谁知他心里又咋想，没准儿他心里也在顶牛儿呢。先瞧瞧再说吧。"

　　这时香荷进来了，母亲便不唠了，看着她笑，笑得她一脸羞涩，似乎猜到她们在唠她和子昂，但却什么都不说，转身又走开了。

　　院子内，春山和子昂也唠得热乎。子昂得知他们家在宁安，不禁想起齐龙彪，便问春山是否认识。

　　春山竟吃惊，地问道："你咋认识他？"

　　子昂说："他去奉天办事儿，我在来的道儿上遇见的。俺俩一块儿扒火车来的，可到牡丹江就分手了。这次我本想上他那儿躲一躲，可在山里抹塌山，让人领出来就到这儿了。"

　　春山说："你现在就是去宁安也找不到他，听说他进山当胡子了。"

　　子昂吃一惊，问道："他不挺有钱的吗，咋去当胡子？"

　　春山说："他前阵杀了个日本人，日本人正可哪抓他呢！他在宁安刚开个酒店，听说有个日本人去调戏他小老婆，把他惹恼了。他是俺们那儿有名的齐大胆儿，白天没占着便宜，晚上就找了几个人，把那个日本人给宰了。日本人猜到是他干的，就去他家抓他。有人先给他送了信儿，他就带着小老婆跑了，家里那些人都让日本人抓走了，寻思能把他引回来，可这小子瞪眼儿不露面儿。日本人一来气，把他家里人都杀了。"

　　子昂更惊讶。他不知齐龙彪的小老婆是否就是柳金瑶，也担心齐龙彪的家人里是否包括金瑶和大宝，就说："他哈尔滨还有个小媳妇呢，不知去没去宁安？"

　　春山说："那不清楚。他的事我也都是听别人说的，这阵儿总有日本人遭暗算，都说是他干的。反正你想找他是不好找。要信我的，你可离他远点，你俩不是一路人。不是说他长的砢碜，他压根儿就不是啥好鸟儿。叫他齐大胆儿，就是说他胆子大，这里可有故事了。"

　　子昂好奇道："你给讲讲呗。"

　　春山笑笑说："这个齐大胆儿，爹妈死得早，家里房子地都让他哥哥嫂子占了，他一天啥事没有，游手好闲，后来就给家开赌局的伺候局儿。他认识的人倒是挺有钱，可他每天也就挣点端茶倒水儿的钱，长的又砢碜，快三十了也没混上个媳妇。那天呢，俺们跟前儿有一家死了闺女，是上吊死的。听说姑娘和隔壁家的小子好上了，可她家又不认这门亲，非要把她嫁给一个老地主当小老婆。姑娘死活不嫁，又拗不过家里，就上了吊。她家人本指望能跟着她攀个富亲戚，可姑娘一死，啥都没捞着不说，还搭了副棺材板。这事在俺那儿都传遍了，都为姑娘可惜。姑娘发送那天，齐大胆儿听几个打牌的唠这事儿，说那姑娘长得那个俊，死了可惜了了。后来就有人说笑话，说谁敢半夜去扒坟撬棺材，和那姑娘做一把夫妻，就送他一百块钱。这事儿谁敢呢？也是看没人敢，后来那小子又说再加一根金条，那也没人敢。可齐大胆儿说他敢。他是真敢哪！就那天夜里，这几个小子一块儿去了坟茔地，亲眼瞅着齐大胆儿把坟扒开了，棺材盖儿也启开了，下去就是一通胡噜，没想到那姑娘又活了。去看的几个小子还都以为炸尸了呢，吓得撒丫子就跑。那姑娘又哭又喊的，就是不想活了，齐大胆儿就把她扛回她娘家了，说是他把姑娘救活的，他要娶这姑娘做媳妇。这姑娘家是恨也不是，谢也不是。你说谢吧，人姑娘都已经下葬了，你扒人家坟干啥？你说恨吧，家里人是真舍不得姑娘死，管咋的姑娘这又活了，总比真死了好。可要把姑娘嫁给他，就他那穷样，指啥过日子？齐大胆儿就说了，我有一根金条和一百块钱，成了亲可以开买卖。姑娘家一听他还有硬货，就答应他了，让他回家准备一下办喜事，他们再劝劝姑娘。这时大家就都猜了，说那姑娘肯定是被齐大胆儿那个了，要不她咋说啥也不想活了？就活了三天，一没看住，又跳井死了。要说齐大胆儿也挺够意思，第二次发送姑娘，都是他发送的，是当成自己媳妇发送的，衣服从里到外都是新的，棺材也是新打的，连坟茔地也都是他又找先生选的。"

子昂听后却说不好齐龙彪到底是好鸟还是坏鸟。

子昂和春山虽然唠得投机，但午饭和晚饭时，格格夫人依然将饭菜单送到小屋。平时与米家人分开吃就感到被冷落，此时米家人欢聚一堂，他在小屋里就更感到孤独和伤感。

十五的月亮十六圆，晚饭后，米家人坐在院内赏月闲唠，子昂却没有脸面再面对他们，躲在小屋里连油灯也不敢点。

开始他还听到津兰和香荷说话，但唠了一阵，香荷和津兰都回屋了，院内好像只有格格夫人和春山两个人，说话的声音也很清晰，春山突然问道："你把他留咱家，是不想让他做老姑爷？"

子昂也突然来了精神，一轱辘从炕上爬起，贴着窗户纸仔细听。这时他听到格格夫人说："他是你爹请来画画儿的，过后人家还得回牡丹江找家人呢，找到了还不得回奉天？"

春山说："那你没探探他啥意思？"

格格夫人说："你爹探过了，他家就他一个小子。"

春山问："这有啥呀？"

格格夫人叹口气说："你爹不还指香荷儿招上门女婿嘛！"

春山不满道："我爹也真是的，那有啥用啊？"

格格夫人嗔怪道："你可别瞎说，要让你爹听到还了得！"

春山说："津兰还说呢，他要个儿有个儿，要长相有长相，还有一手好手艺，瞅着也本分，让他和香荷儿成一对儿多般配。"

格格夫人叹息道："我也这么想，可你爹一辈子就盼儿子，我也是太不争气，生了一帮丫头片子！"

春山嗔怪道："丫头片子咋的了？丫头片子咱不说，就俺们这些做姑爷的，哪个不孝顺你们？"

格格夫人解释道："这是两码事儿，你爹不是为有个继香火的吗！这没儿子也就罢了，咋得有个姓米的孙子不是？"

春山又问："那香荷儿咋想的？"

格格夫人说："咱哪知道。"

春山立刻又说："等让津兰问问她。"

格格夫人嗔怪道："八字没一撇的事儿，你们聊她干啥？也没看出香荷儿啥反应，就看她对子昂领来的小丫头蛋儿挺上心的。"

春山说："津兰和我说了。"随后声音低下来，子昂在他屋里听不清了。

静了一阵后，格格夫人突然又责怪道："她净瞎寻思！人就怕这个，才跟你爹商量来咱这儿。咳，也怪可怜的，孤苦伶仃地出来寻爹找娘，人没找到，又躲日本人抓劳工，这两眼一抹黑的，能做到这份儿也够难为他的。村妮儿的病刚见好，他就来咱家了。以后谁都不能这么想人家，人姐俩是拜过仙家的！"

春山说："津兰也就随便问一问。"

格格夫人继续责怪道："还有这么问的？可别糟践人家！"

春山又说："看你这么护着他，你是真想让他当老姑爷吧？"

格格夫人坦然道："我看他个是本分孩子，一天就知闷头干活儿，不多言不多语的，模样好，手艺也好，配咱香荷儿真是没说的。"

春山说："人要不当上门女婿呢？"

格格夫人说："这些日子我也寻思呢，这事儿还真不能一条道儿跑到黑，看能不能有个折中的法子。"

子昂这才明白米家是准备让香荷招上门女婿的，不禁想起了蒋绍黎。他清楚他的爹妈无论如何也不能让他当上门女婿，但他没有听到格格夫人的折中法子是什么。

津兰一家人只住了一宿便要回去了。临走时，津兰两口子还特意和子昂道下别，并歉意道："来了也没能在一块儿吃顿饭，你别介意，啥时去宁安就到大姐家。这边儿收庄稼你就受累了。"

子昂得到些安慰，说："我闲着也没事，大姐、大姐夫放心。"忽然他想起件事说："有件事儿想麻烦你们。"

春山笑着问："不是想找齐大胆儿吧？"

子昂忙说："不是。我画画儿用的炭笔快用完了，这边没有卖的，麻烦您帮我在宁安看看有没有卖的，要有就帮我买点儿，我给你拿钱。"说着要掏衣兜。

津兰忙拦住道："你就别拿了，这事儿就包在大姐身上，宁安要没有，就等俺家津竹和天娇回来的，哈尔滨估计肯定有。"

子昂谢过，和格格夫人、香荷一同送他们出了大门。

子昂继续为米家收割庄稼，一日三餐还是格格夫人定时送到他屋里。他几乎见不到香荷，偶尔拉粮食回来能在院里见她一面，也只是互相一笑。

每见她一笑，他的心里都是惬意的。但一想到她将来要和一个愿意做上门女婿的男人拜堂成亲，他就不禁感到心慌，有时心里还像被熊抓了似的疼。

他不甘心，又想起格格夫人和春山的月下谈话，渴望格格夫人早些想出折中的法子。

为能娶到香荷，他还要尽力表现，尽管以前从没干过这么累的活儿。也亏了有玉莲让他不太孤单。

玉莲喜欢和他一起下地干活，但这些日又有几户人家的玉米被熊糟蹋了。就在他勒死那只黑熊的第三天，一只个头更大的黑熊将一人的头皮抓开了，后来十多个汉子一起将那只黑熊打死。

子昂当时刚拉一车玉米回米家，等他要拉下一车时，在道上见到那位被黑熊抓得满脸是血的老汉躺在马车上呻吟，那赶车人的衣服也被抓烂了，不禁对玉米地产生了更大的畏惧。

但玉莲就认大舅是英雄，不怕遇到黑熊，坚持要跟他下地干活，他只规定她不得靠近玉米地，将草帽戴在她头上，用推车推着她下地。再往回拉车时，遇到个坡坡坎坎的，玉莲还真帮他省了不少力，舅甥俩倒也其乐融融。

香荷几乎从不出大门，这一直让子昂感到是个谜。香荷始终对玉莲很好，留她过夜还合盖一张被，第二天早晨又一起喝羊奶。

村妮不再惹玉莲哭了，只要她闹着去米家找大舅和姑姑，她就将她送到米家。子昂有时也去接玉莲，每次都为她带去些山果等食品。他身上的钱除了婉娇给他花剩的，再就是米秋成那天硬塞给他的十元画像钱，总共有二百多元。他担心以后没法再弄到钱了，他还没有机会给香荷买礼物，一旦可以送她礼物，买绣花线也不能只买一次。

为了省下身上的钱，他要哄玉莲高兴就只能学着采山人去采山葡萄、山里红、山丁子和狗奶子、臭李子、山梨等野果。他更想让香荷高兴，每次采回野果都希望能亲自交到香荷手中，可他只能交给格格夫人，心里不免有些惆怅。

庄稼快要收完时，米家在牡丹江的三女儿津梅一家也回来了，大人孩子共五口，三个孩子两个大的是女孩，一个七岁叫丹青、一个五岁叫丹红，最小的三岁是男孩，叫洪生。

见家中来了位既英俊又会画画的青年，他们也都惊讶，自然也都想到与香荷的婚姻有关，格格夫人将说给津兰和春山的话又都重复一遍。

二十六岁的米津梅虽然不及香荷可人，但也确比津兰、津菊靓丽有魅力。津梅的男人张宝来有些瘦高，能言善语，听说子昂家在奉天，又在北平读书，便自己向子昂介绍他是牡丹江的坐地户，一直从事山货生意，还常到包括龙凤在内的各山区收购各种山货，到处都有他的朋友，不外乎显示他是个玩社会、见世面的人。

听说张宝来在牡丹江方面面都很熟，子昂便向他打听自己的姨母。宝来听后立刻摇头道："不认识。要是知道你姨夫叫啥兴许还能找，可你就知道他姓王，那真没法找。姓王的人家太多了，光旗人姓王的就不少，平常你也看不出谁是旗人谁是汉人。"

子昂对找到姨母家已近乎绝望，接着又向他打听牡丹江的其他事，问道："日本人修飞机场了吗？"

宝来说："听说在修，在海浪那头，还成立了航空株式会社。"

子昂又问："航空株式会社干啥的？"

宝来说："管飞机场的。"随后又遗憾道："牡丹江原来有个飞机场，是国军修的，在新立屯儿那块儿。当时有三架飞机，可大前年东北军和老毛子打仗都给炸了。老毛子也有飞机，比咱的多，结果人家飞机一来，把这边的机场、飞机都给报销了。"

子昂也遗憾道："要能留下来就好了，和日本人打仗也能用上，牡丹江也不会这么快就让日本人给占了。"

宝来说："这也很难说，日本人还没进牡丹江呢，东北军就都跑到山海关那边了，有飞机还能咋的，不也得飞到山海关去！"

子昂点头道："也是。"接着又问："救国军和自卫军回过牡丹江吗？"

宝来说："没见到，听说他们在穆棱那一带。现在他们不叫救国军和自卫军了，看传单上写的，又叫联合抗日军了。头阵还有伙儿抗日军，在小东沟和营基屯那片闹得挺凶，打死不少日本人。他们连地主家也打，听说地主家的枪都让他们给收去了。"

子昂只是点头应，他现在不想去找队伍了，心想联合抗日军也不过是被打散的救国军和自卫军重新组到一起的，但要打就打日本人，打地主算什么抗日？他们可是中国人。

唠了一阵，宝来带着孩子去逛市场了，子昂便又推车下地去了。

津梅对子昂比津兰、津菊对他还热情，晚饭前还让他和她家的人一起吃。可到了吃饭时，格格夫人还是单独为他送去饭菜。

因为地里的活都交给了子昂，津梅一家也只在这儿住了一天，第二天吃过午饭便回牡丹江了。

送他们出门时，子昂也从自己屋里出来，叫声"三姐"道："回牡丹江帮我打听一下我姨家。"

津梅爽快道："行，让你三姐夫去打听，他狐朋狗友多。"

格格夫人便吩咐张宝来道："你当回事儿，回去帮给打听下。"

宝来一边答应一边往外走，子昂在后面谢他，他却好像没听见。还是津梅为子昂圆场道："你就等好消息吧。"说着又对香荷一笑。香荷又显得不自然。

子昂感到米家人都在背后议论他和香荷，也似乎有了折中的办法。他内心又开始激动起来，白天去地里也带上笔和纸，精心地为香荷设计绣花图案，晚间睡不着就将设计好的图案画出定稿，又当香荷自己在院内时，将几张绣花图案交给她说："你喜欢绣花儿，这是给你画的，不知你喜欢不。"

她欣喜地看着图案，除了荷花，还有龙凤呈祥和鸳鸯戏水。当她看到鸳鸯戏水时，还羞涩地看他一眼，旋即又低头回了屋。那一瞬间，他又像第一次见到文静时的情景，心里也豁然敞亮许多。

地里的庄稼收完了，子昂又用镰刀将地里的玉米秆都放倒晾晒，留着冬天当柴烧。

米秋成在家也不闲着，将拉回家的大豆摊到地上脱粒、装袋，又将玉米棒的外衣都扒开挂起晾晒。玉米楼上的陈玉米棒也都倒下来，对着簸箕、大盆搓米粒。

格格夫人和香荷也跟着搓米粒，每年这时他们都这样。子昂没事也加入进来，自然是香荷吸引着他。他又心疼起香荷那双白嫩秀气的手，终于等到老两口都不在跟前时对她说："你歇着吧，别伤着手。"

她对他微笑道："没事儿的。"见格格夫人又从屋出来，两人又都低头各干各的。

自从津梅一家走后，格格夫人对子昂又多了些关心，每天晚饭尽量做些好吃的，也不外是菜里的肉多了些；将饭菜送进他屋时，表面看碗里都是炖豆角，可豆角下面藏了很多他喜欢吃的五花肉。他很感动，吃完后自己把碗筷送回西屋灶房刷洗。

最后收拾田地时，他将所有的玉米秆都码成垛。明明一天很难干完的活，他贪黑一天就都干完了。格格夫人便将饭菜又热了一遍给他送过去，等他吃完已是该睡觉的时候了。

他依旧把空碗筷送到西屋灶房刷洗。可一进灶房，看见香荷正在灶前借着锅台的油灯洗脚，顿时被她那双洁白如玉、秀美如花的脚丫吸引了，暗想就是文静和婉娇的脚也不及她的玉足迷人，恨不能上前捧在手里，含在口里。

她被他突然进来吓一跳，本已洗完的脚又慌忙落入水盆内，将水溅了出来，就像当年穆岚老师在他面前洗脚时吃惊的样子。他忙解释道："我来送碗。"说着将碗筷放到锅台上，像犯了大错似的逃出去，可满脑子都是她那双花一般的玉足了，心想今生要娶不到香荷实为天大遗憾，他一定要努力娶到她，天天亲手为她洗脚。

▶▶第 032 章◀◀

收完地里的庄稼，子昂便没事做了，见米秋成和格格夫人互相替换着看铺子，便对格格夫人说："看您和大爷一天挺辛苦的，您二老要是信得过，我来帮你们卖。"

格格夫人笑道："大娘就信得过你，是怕你累着；这阵儿可把你累坏了。"

子昂希望自己在米家冬天也有事情做，这样他在米家就能住得心安理得，还能增加米家人对他的好感，自然也是在等格格夫人那个折中的法子。这时他见格格夫人并不排斥自己，立刻愉悦道："我不累，我干您和大爷看着就行，哪不对就教教我。"格格夫人只是"中、中"地点头笑。

此后，子昂又天天帮着米家卖粮食，米秋成或格格夫人只是在他吃饭的时候过来替他一下。

米铺内靠窗一排盛粮的深木箱分为米、面、豆三类，米类有大米、小米、大黄米、高粱米、玉米糙；面类有白面、高粱面、玉米面、黏米面；豆类有黄豆、红豆、绿豆、白豆、黑豆等。

子昂卖粮才知道，很多人家是来换粮食，如一斤干透的玉米粒可换七两玉米面。也能用粗粮换细粮，但一斤也就能换回三四两，若不是过年过节解口馋，一般很少这样换。

销售的大米、白面还是由春山来送。春山说他运来的大米、白面都是从五常和沙兰采购的；因是老客户，一直给他好价钱，每斤五分多进的大米，运到来就能卖七分。

春山来送米面时，子昂将搬运米面的活也担下来，百斤重的米袋他扛得很轻松。这时他还熟悉了东院王家的老两口，是因为王家的院里有水井，米家用水都是到王家院里拎。之前米家拎水的活都是米秋成做，子昂想帮他，他却说他是外人，怕王家的人忌讳。后来王家老太太来米家串门，一见子昂就夸他画像画得好，还让他给他们老两口各画一张，又讲他们有个儿子叫文翰，在北平报馆里做事，能用照相机给人照相，就是照出来的不如画的大。如此子昂和王家老两口也亲近了，米家打水的活他也接下来了，学着米秋成的样子，不用扁担，一手拎一桶，从东院拎到西院。

子昂第一天站在米柜前就遇到一件让他感到意外的事。一个年龄和他相仿的公子哥，竟像警察似的对他一通盘问。其实他之前就对这个相貌平平的公子哥比较面熟了，都是在他去地里收庄稼的路上遇见的，但每次只是互相看一眼。他不想惹事，也从不和他正视，公子哥也从未和他搭过话。后几次他发觉，这个公子哥好像一直在注意他，不禁感到疑惑和不安。

这时他正得意地站在米家铺子里，忽见公子哥又出现，心里便警觉起来。这回公子哥竟直奔他来，站在铺台外问道："你从哪儿来的？"

他担心这个公子哥是在帮日本人查找抗日人员，便竭力表现得镇静，这回便仔细打量了对方，中等身材，头梳得整洁，长得不英俊但也不像齐龙彪那么丑陋，从他那身青缎子马褂可以看出他是个很有钱的人，便不敢再说自己是从牡丹江来的，回答道："奉天。"

公子哥又问："干啥来了？"

他又回道："找亲戚。"

公子哥以轻蔑的眼神看他道："不是来找媳妇的吧？"

他一愣问："你说啥？"

公子哥又冷冷地问："你是来倒插门儿的吗？"

他有些蒙，但隐隐意识到这人问的话和香荷有关，竟一时不知该怎么回答。正这时，格格夫人过来换他吃午饭，不想那公子哥一见格格夫人便慌忙离去。

格格夫人显然听到那公子说了什么，对子昂说："甭理他。"

他问道："他是谁？"

格格夫人说："他是西头田大宽的老儿子，叫田守旺。"

他听米秋成说过，龙凤镇田地最多的是田大宽，田大宽有个曾在东北军的儿子已经投降了日本人，现在正给满洲国皇帝做事，但他不知是不是这个田守旺，说："我听大爷提起过，说他家有个儿子给满洲国皇帝做事。"

格格夫人说："那是他家大儿子，这个是小的，一天游手好闲的。家里趁，也是倒腾粮食的。要说开粮食店，咱比他家开的早。后来西头人家也多了，要买点粮、换点粮得走挺远的道儿，这他家才也开了个铺子，一开板儿就比咱门面大，米、面、油啥都卖；他有个侄子，老早就在东北军里当团长，可神通了。后来田大宽的大儿子也入了东北军，日本人来后又投了日本人；以前常回来，现在不咋回来；给满洲国皇帝做事儿就是给日本人做事儿，咋还回来显摆？可人家里趁钱。宁安还有他家铺子呢，是和他家亲戚合伙儿开的。开始田大宽想让这个小儿子去打理，他老婆又舍不得，弄得孩子一天就这么游手好闲。这街上有帮坏小子总跟他蹭吃蹭喝。咱别招他，他也不敢惹乎咱。"

子昂说："我不认识他，我看他老是盯着我。"

格格夫人说："不瞒你说，他相中俺家天娇儿和香荷儿了，总来撩骚儿，吓得她姐俩连门儿都不敢出。天娇儿去年出的门子，他这又总来撩骚香荷儿。"

子昂终于弄明白香荷为什么总是守在家里了。又想起田守旺刚才一见格格夫人就慌忙离去，便笑道："他挺怕你的。"

格格夫人笑道："他是怕你大爷。也不知咋的，你大爷死看不上他，好几回还想揍人家哪。你大爷拳脚好，脾气可不好，年轻时一点都不让人，现在是岁数大了，有些事儿不大愿较劲了。也亏了你大爷虎超超的，要不咱还不得让人欺负死。"

子昂对米秋成更加钦佩，问："我一看我大爷就是练家，他练的啥武？"

格格夫人说:"梅花拳,义和团那会儿学的,武着起来仨俩靠不了他跟前儿;这儿的人都知道,轻易没人敢和他比画。"接着,子昂又知道田守旺是如何纠缠天娇和香荷的。

天娇和香荷长得如同一个人,十五岁时走在街上就能吸引很多男人的眼光。这时田守旺十九岁,已被天娇、香荷迷得神魂颠倒,心想这姐俩能有一个给他做媳妇就行。因了解米秋成的脾气,他不敢对米家孪生姐妹粗鲁,就央求父母与米家亲密交往,以图接近孪生姐妹。但田米两家是同行,早时生意上曾有过摩擦,米秋成便不愿和田大宽深交。又因米家和马九爷家是亲戚,田大宽和马九爷的关系也很好,米秋成便图大面上过得去,你做你的大生意,我搞我的小买卖,一个镇西,一个镇东,很少往来。

尽管如此,田大宽通过马九爷还是非常了解米家,知道米秋成是天津人,曾经加入义和团和忠义军抗击八国联军和沙俄,也知道米秋成和马九爷在抗击沙俄侵略军时出生入死,情同父子。他还知道格格夫人曾是天津一家王府的小姐,八国联军占天津时随米秋成逃到黑龙江。"格格夫人"就是因此叫起来的,开始叫格格,后来得知"格格"并非满族,就冲着米秋成的名气改称"夫人"。可格格和夫人都有人在叫,便叫成了格格夫人。总之,他们都是龙凤镇几十年的老街坊。

田大宽比米秋成大两岁,但粮食店却比米家开得晚,靠着在东北军中当团长的侄子和当连长的大儿子,粮食生意比米家做得红火。尽管如此,田家在龙凤镇的粮食店还算是小打小闹,主要是经营在宁安的粮行,所以并不把米家的小米铺放在眼里。米秋成其实并没有同行是冤家的抵触,只是一直对田家人的傲慢感到不爽。

田大宽虽然不把米家的小米铺放在眼里,但后来知道小儿子守旺迷上米秋成的两个小女儿,又见天娇、香荷生得貌如花、身如柳、肤如玉,这才主动与米秋成亲近。可提亲时天娇已准备嫁到哈尔滨,便希望香荷能嫁到他们田家,对米秋成试探道:"那老侄女也该论嫁了吧?"

米秋成回道:"老丫头就不想让她离开了。说来也惭愧,养了一炕,都是丫头片子,剩下这个小的,就指望招个上门女婿了;都这把年纪了,身边咋得有个照应的。"

田大宽很理解米秋成这席话,但也不能接受自家儿子入赘米家,这事便不再提了。回家后,他让小儿子死了这份心,可田守旺却怎么也放不下米香荷。

就在半年前,田守旺见家人又张罗给他选媳妇,便又提出想娶香荷,并宁愿去米家当上门女婿。田大宽顿时感到奇耻大辱,一气之下对老儿子动了家法。可家法让田守旺更加伤心,还寻死觅活地吓唬家人。好歹将他哄得不想死了,他又要去出家当和尚。见儿子这般没出息,田大宽索性死活都不管他了,还告诉管家备钱,他愿意去哪就去哪,拿钱出了这家门就再也不要回来。

田守旺黔驴技穷之后,又如幽灵一般在米家门前晃来晃去,见香荷自己在里面守铺子,就笑嘻嘻地上前搭话。香荷不理他,他索性直接问她愿不愿意嫁给他,吓得香荷转身跑回后屋,再也不敢守铺子了。米秋成知道此事后心中不快,认定田守旺不是个好鸟儿。

终于有一天,米秋成将田守旺堵在门口训道:"赶紧滚边儿去,再来嘚瑟我就去找你爹说道说道,他要管不了我替他管管!"

不提他爹还好,这一提,田守旺竟不顾有人看热闹,无助地哭起来;他是真有一肚子委屈说不出,也想通过这一哭赢得米家人怜悯。可他这一出又恰恰犯了米秋成的大忌,更加不耐烦起来，如同轰狗一般道："去去去，别守俺门口哭，愿哭回你家去哭！"田守旺只能伤心绝望地离开。

过了几日，米秋成又见田守旺从他门前过。明知他是故意却只当没瞧见，心想：小兔崽子，你心里咋想我不管，从我门前过也不能不让你走，只要不过来骚扰，你走断腿也不理你。

格格夫人也常在守铺子时见田守旺失魂落魄的样子，晚间躺在炕上就对米秋成说："瞅那孩子也怪可怜的。"其实她是觉得田家很富裕，见田守旺是真的喜欢香荷，想劝说米秋成放弃招上门女婿的想法，与田家结下这门亲事。

可她的同情心一露出，立刻又引来米秋成不痛快，脸一沉道："你为吗不可怜我？他要给咱当上门女婿，我立马答应他。"

格格夫人为难道："人家那么趁钱，又是好脸儿的，能来咱家倒插门儿？"

米秋成不耐烦道："不来倒插门儿，就让他给我滚犊子。"转过身去睡了，格格夫人也气呼呼地转过身去。

其实这时谁都无法阻拦米秋成想招上门女婿，自然是米秋成内心深处的苦痛和无奈在驱使。

光绪二十六年，米秋成怀着国仇家恨随父亲、伯父、叔父及家族兄弟一同参加义和团抗击八国联军。但在保卫天津战役中，除他以外亲人全部阵亡。天津城内的百姓也惨遭侵略军屠杀，能逃的都像西太后一样猖狂外逃。可许多行走不便的小脚女人实在逃不出去，就只能在家隐藏。但许多家宅甚至王府都被侵略军投了炮弹，藏在暗处的女人、老人和儿童都被炸死或烧成灰烬。

在躲避侵略军捕杀中，米秋成与同伙失散，只身在接近北门城楼处潜入一户也被炸得凌乱的大宅院。原本想寻些吃的，却在经过一处花园时，遇到两个日本兵正在争抢一个十六七岁的姑娘。看穿戴，姑娘不像是个下人，生得白净秀美，已被吓得不会哭喊了。米秋成怒火万丈，一跃过去，用短刀将两个毫无防备的日本兵接连刺死。

虽然素不相识，但被救姑娘视米秋成为亲人，终于哭出声来。他怕他俩被其他洋人发现，先将日本兵的尸体隐藏起来，还在一个日本兵身上搜出一尊金质观世音菩萨像，然后带着姑娘寻找藏身处。姑娘因是小脚行走不便，他索性将她背起，共同藏在后花园内一个被炸开口子的酒窖内。

虽然是小暑时节，但酒窖内还是有些凉。这时他才知道，姑娘并非旗人，而是被在旗官人买回府里准备送进宫里选秀的。可日本人一开炮，府中没能跑出去的人便都没了安全处所。姑娘是被一个受了伤的女佣救到一座假山石洞内的，后来救她的女佣也死了，是她的哭声惊动了两个正在搜寻财物的日本兵，随后又被寻找食物的米秋成遇上。

日本侵略军是在天津北门城楼上架炮向城内居民区轰击的。轰击过后，从城内鼓楼到北门外水阁几里长的街上，满是义和团勇士和无辜百姓的尸体。米秋成和姑娘在窖内藏到凌晨才出来。见四周无人，姑娘凭着对府内的记忆，又寻来一些食品和贵重物品，然后由米秋成背着逃出天津城。

远离天津城后，他们遇上一伙朝吉林逃难的人，便也随在其中。原以为吉林是个吉祥平安的地方，可逃到吉林后，他们听说这里的沙俄侵略军更是烧杀淫掠，顿时没了方向。

为躲避沙俄侵略军，他们专挑偏僻的山野乡村流浪。一路下来，他们虽然躲过了沙俄官兵，但有的农户也不本分，不是见财起意，就是见色动邪，好在米秋成拳脚功夫了得，一看不妙，出拳就打，然后背起姑娘就逃，有没有被他打死的，他一概不知，也全然不顾。

姑娘一路惊魂不定，早已顾不得害羞了，除了感激米秋成的救命之恩，更是将他那个有力的脊背当成了依靠。她这时已经知道他成过家，也为他年轻的妻子和年幼的儿子都死于侵略者的轰炸中而难过。她要报答他，只有做他的妻子，日后为他生儿育女。

就在他们东躲西藏时，他们在山里遇到了马九爷所在的抗俄忠义军。马九爷这年四十九岁，在忠义军内是个中层首领。见米秋成年轻体壮，又有拳脚功夫，便让他带着小脚媳妇加入忠义军。

行军的时候，米秋成背着媳妇翻山越岭，御俄寇和毁教堂的时候，他就让媳妇和一些女眷藏在一处，直到西太后向八国联军妥协，《辛丑条约》告示"永远禁止中国人成立或加入任何反帝性组织，违者处死"。最后活下来的一些义军只能分头隐姓埋名，从此销声匿迹。

忠义军分散时，马九爷本想带着仅剩的一个儿子躲避清军追杀，可米秋成执意要跟着他们父子，并认马九爷为义父。这样，米秋成背着媳妇随九爷逃到龙封关，他这一路背来的媳妇就是格格夫人。

可遗憾格格夫人接连为他生孩子，却一直没能生下个儿子。所以米秋成执意要用香荷招个上门女婿，日后生下孩子也能为他们米家续香火。

几天后，田守旺再次在子昂眼前出现，这次还有几个混混跟着他。子昂立刻认出那几个混混，就是见了陆林海就哆嗦的那一帮，侯七也在其中。

快到米家门前时，侯七认出子昂来，立刻转身离去。

田守旺一脸疑惑道："你干啥？"

侯七便在田守旺耳边嘀咕一阵。田守旺恶狠狠地盯了子昂一眼才沮丧地离去。

此后，田守旺和侯七等人都没再来过。子昂每天除了吃饭、睡觉，就是守在米铺里，玉莲想他时都是村妮陪着过来。这期间，子昂通过米铺那扇一直敞着的门，看见香荷在院子里的时候也比往常多了，虽然还不能和她多说话，但她给狗喂食时，总能和他对望一下，如此也能令他舒心愉快。

子昂还愿意去老两口的屋里说事，这样他有时能遇见香荷在灶房内打水或帮助母亲烧火做饭。他还想看到她在灶前洗脚。可从那次被他看过脚后，她就都在自己屋里洗了，他是通过玉莲知道的，玉莲每次在她屋里睡前都要洗脚的。有时他也担心香荷反感他喜欢看女孩的脚，可他也暗中为自己辩解，那次他不是故意去看的。

玉莲每天都想来米家玩，子昂和村妮都担心米家人会烦，可每次都是格格夫人吩咐他："去把玉莲儿接来，香荷儿想她了。"有时还感慨道："看她俩好的，都快成一人儿喽！"

玉莲也确实和香荷不外了，说话也都是直言不讳。那天，她在香荷屋里的炕上突然问："姑姑，你是新娘子吗？"

香荷一愣问道："问这干啥？"

玉莲歪头看着她说："你给大舅当新娘子呗！"

她立刻慌了，忙用手挡住玉莲的嘴说："别胡说。"

玉莲又看着她的手说："大舅说，姑姑手好看。"

她又一怔，低头看了看自己的手，笑问道："你大舅咋说的？"

玉莲说："跟俺妈说的。"

她很感兴趣，又问道："咋跟你妈说的？"

玉莲想了想说："俺妈说，以后就不叫你姑姑了。"

她明知故问道："那叫啥？"

玉莲说："叫舅母。"

她还是紧张地阻止道："不行叫！"

见她不安的样子，玉莲顽皮地笑道："俺不，就叫！舅母舅母舅母。"

她更加心慌了，板起脸道："再叫以后不让你来了！"

见她脸色不对，玉莲也收起了笑，显得不安和委屈。她忙下地去开门朝外看，见灶房内没有人，爹妈屋的门也紧关着才舒口气。再一回头，见玉莲正跪在炕上委屈得要哭，忙上炕将她搂在怀内，脸贴着脸，温和地哄道："以后还叫姑姑，姑姑喜欢听，叫姑姑你就能天天来玩儿了。"

其实她内心正感激村妮把她和子昂结成一对，也愿意玉莲称呼她舅母。见玉莲的泪珠还是滚下来，心里觉得愧疚，忙哄她开心道："金豆子，银豆子，赶紧接住打镏子。"见玉莲在用手背抹泪仍不笑，她突然用手胳肢她的胳肢窝，玉莲这才嘎嘎地笑起来，气氛顿时又活跃了。

玉莲笑了一阵，又冷不防胳肢香荷。香荷更受不了，忍不住倒在炕上打滚笑。

格格夫人在灶房经过，听见香荷在屋里笑声很大，直接推开门看，见香荷和玉莲在炕上滚在一起笑，也觉得开心，笑道："呦，还从没见俺老闺女这么笑过。"

第 033 章

转眼到了冬天，这里的雪显然比去年牡丹江下的厚。格格夫人专门为子昂做了棉袄、棉裤，米秋成也亲自从街上为他买了棉鞋，虽然懿莹的爹妈也为他做过这些，但他这时还是格外感动。

又是一个年三十。日本人已经占领这里八个多月了，但却似乎并没有影响这里的人们过大年，家家户户照旧忙着挂灯笼、贴春联、准备年夜饭。

米家虽然门上也挂了红灯笼，贴了祈求吉祥的对联，但家里却和往日一样宁静。

子昂希望米家今晚能像懿莹家一样邀请他一起吃年夜饭，但等到吃晚饭时，格格夫人还是为他单送来道："今晚做些好吃的，吃完就歇着吧。"根本没提过年的事，好像忘记了今晚是大年除夕。

外面的鞭炮声渐渐连成了片，而米家的院内和各屋却是静悄悄的。子昂很郁闷，也很伤感，没有脱衣服，孤寂地躺在小屋炕上，对格格夫人送来的饭菜也没有胃口。

他想起去年在罗家过年的情景，那是多么幸福的一夜。可懿莹现在怎么样了？她是不是已经和景祥那个叫汪守江的同学成亲入了洞房？他不想那些令他心痛的事，又想象着懿莹这时可能正和家人围在一起吃年饭，半夜的时候还要包除夕饺子，但为她擀饺子皮儿的可能是那个他没见过面的汪守江，心里还是隐隐地痛。

他不再想罗家了，想婉娇和芸香这时在做什么，一定也在吃年夜饭，可饭菜一定又是芸香做的。芸香太辛苦，婉娇不该对她那么苛刻。婉娇还守着客栈吗？那个鲁荫棠是不是又把她扯到那个屋里了？他又一阵心痛。他又想文静和金瑶，却都感到心像碎了一般。

虽然此时米家不像罗家那样为他带来快乐，但他还是不舍得离开这儿，他能从香荷的眼睛里看到和文静、芸香、懿莹一样的温情，这就是他的希望。况且格格夫人还说过要为他和香荷想个折中的法子；他盼望这个折中的法子能早点想出来，到时候他好回趟奉天，也许爹妈和妹妹真的平安地回去了。

夜里，他梦见自己的爹妈来米家找他，他忙求母亲去和米家人提亲。然而米家却不答应，说香荷得和她表哥成亲，这样亲上加亲。香荷的表哥竟是田守旺！田守旺带着侯七等人来抢走香荷。他的心随着花轿的离去而疼痛，在后面追着，喊的却是文静，一直追到牡丹江的兴隆客栈，那花轿又变成了棺材，原来又到了罗家棺材铺，却到处寻找懿莹寻不到。他看到婉娇躺在里面，又吃了一惊，原来他俩那夜激情被鲁荫堂知道，随即见鲁荫堂凶狠地扑向他，并将一把刀刺进他腹部，眼看着鲜血涌出，意识到自己也要死了，可爹妈还没找到呢！他不想死，希望是场噩梦，惊慌中醒来，果然又是一场梦。

清晨，他和往常一样早起，一边往外走一边想着夜里的梦，心里还在隐隐地痛。屋外又落下一层新雪，显得明亮。可出了屋，让他眼前更亮的是香荷。

香荷正在院内扫雪，红色长条围巾和粉色过膝棉袍，仿佛冰雪中升起一股暖流。他正惊喜得发呆，香荷已对他施了万福礼道："过年好。"

他这才想起大年初一是该互相拜年的，忙也鞠一躬道："过年好。"然后看着她一时不知说什么。她慌忙低下头，从怀中取出一卷细纹红缎料递给他说："照你画的绣的。"然后丢下笤帚，逃也似的回屋了。他心里又感到一股甜甜的暖。

他忙将绣品揣进怀里，拾起香荷丢下的笤帚，接着扫雪，匆忙扫完院子就回到自己屋里，小心地将红缎料展开，现出一幅艳丽的荷花图，立刻闻到一股香气，显然是用香草浸过的。新年头一天，能得到这幅荷花图是他此前做梦都不敢想的。更让他兴奋的是，这该是香荷向他明确表达的心意；她将散着芳香的荷花送给他，也就是想将她本人送给他，至少她已将她的芳心给了他。他感到那朵荷花就是她，忍不住将脸贴上去，尽情地闻着那股芳香。

忽听院内有动静，他忙将荷花图叠起藏在被褥内，出屋见米秋成提着扫帚要去扫门外街上的雪，忙跑过去抢过扫帚道："大爷，我来。"忽然想起这时应该为他拜年，忙深鞠一躬道："大爷过年好！"

米秋成平静的脸上透出喜色道："好，你也好。"转身进米铺去撤窗板木栓。

子昂以为大年初一不会有人来买米，也不需要撤窗板，听到撤木栓的声音，忙先放下扫帚进米铺问："今天有人买米吗？"

米秋成说："那也得开板儿，接接财气。"

他忙说："我来吧，您回屋歇着。"说着又到院外，将窗板一扇一扇地撤下来，但窗户还都紧关着，冬天卖粮就不用敞开窗户了，有来买米的就从院里进米铺。

看着子昂不停地忙，米秋成显然心情愉悦，听见有人在放新年头一天的鞭炮，就回屋取出一挂鞭炮让子昂放。香荷也出来看子昂放炮，什么都不说，只是捂着耳朵抿嘴笑。

从初一到初二，米家不时有左邻右舍的来拜年。大黄狗不知是懂得这时不该叫，还是被鞭炮声吓着了，谁进院子也不叫，老老实实地待在自己窝里。

子昂除了为米家三口拜了年，再就是去村妮家和东院老王家拜拜年，此外他就只能待在米铺或自己的屋里，实在不好和那些不熟悉的人打招呼。

但他从格格夫人送客人时的说笑中得知，米家这些年都是初三女儿回门日才算过大年。他想，难道家里没有儿子都是这样吗？他不知道，也不知道米家初三过年会是什么样，心里既期待，又惧怕他在米家人聚齐后继续被冷落在小屋里，那简直是一种折磨和屈辱。他还没想好，如果他依然被冷落该怎么办，他实在舍不下香荷对他的那份幽深的情意。

大年初三是各家出嫁女儿回娘家拜年的日子。米家在外的女儿们，这一天都偕着自己的男人和孩子们回来了。

从早晨开始，一家一家地回门来，互相拜着年，有说有笑，直到近中午才聚齐。就像别人家的大年三十，屋里院内都飘着肉香，大人孩子的脸上都透着节日的喜气。

子昂从没见过的津竹、天娇两家人这回也都认识了，是格格夫人将他叫到他们屋里认识的。

津竹和津兰一看就是亲姐俩，但她说话和津梅一样快言快语，还透着几分泼辣。她的男人董翰林外表憨厚稳重，戴着一副眼镜，很有学者派头，脱去棉袍是一身西装。

天娇和香荷长得几乎一模一样，只是天娇的头发盘起，与香荷有着媳妇和姑娘的区分。

她的男人邱俊章梳着分头，脱去大氅也是一身西装，给人的感觉很精明，还是个谁都可以认同的美男子。

津竹的男人是先嫁到宁安的津兰帮着物色的。董翰林是宁安本地人，家庭还算殷实，从小到大都在学堂里读书，后来考入哈尔滨师范学校，毕业后就留在哈尔滨当教员。

他比津兰的男人李春山小五岁，因双方父辈关系好，他俩小时就亲如兄弟。春山和津兰成亲时，他也跟着接媳妇、抢喜糖、吃喜宴，自然得认津兰是大嫂。

翰林考入哈尔滨师范学校后，津兰就希望他能娶她四妹津竹为妻，便让婆婆出面当了媒人。格格夫人听说亲家母给四女儿介绍个教书的，考虑到身边六个女儿虽然通过她识些文字，可毕竟没有进过学堂，何况翰林所在的哈尔滨是大城市，便欣然同意。事情很顺利，第二年津竹便与翰林拜堂成亲了。接下来，翰林又当起媒人，将天娇介绍给他同校任教的好友邱俊章。

邱俊章长得比米家之前的所有女婿都英俊，家是哈尔滨当地人，经济条件也算好，婚姻上反对父母包办，父母都拿他没办法。在认识天娇之前，他曾先后见过几个姑娘，但都是姑娘看好他而他没看好对方。又听好友董翰林说自己的孪生小姨子是典型的东方美人，便专程随翰林从哈尔滨来到龙凤与天娇、香荷见面，一见便喜欢得不得了，但他只能娶一个。米秋成和格格夫人也都相中了俊章，还是按照以大为先，将天娇许给了俊章，香荷便等着招上门女婿。

这时子昂为天娇和香荷长得惊人相像而惊讶。见他和天娇对上了眼，格格夫人笑着对子昂介绍道："她和香荷儿是双棒儿，长得像，要是一副打扮，连俺们都不好认。"接着向他介绍其他人，居然不管他之前见没见过都介绍一遍，说"这是你大姐大姐夫、二姐二姐夫、三姐三姐夫、四姐四姐夫、小姐小姐夫"，似乎已把他当成这家的一员。

他心里很激动，一一鞠躬拜了年。姐姐们对他都很热情，女婿中老大春山、老三宝来和老四翰林还都客气，津菊的男人和天娇的男人则显得不冷不热，近乎用嘲讽和蔑视的眼光看他，令他刚刚有些温暖的心掠过一丝寒冷。他知道骏先曾对他救米秋成的动机有过猜疑，不禁加深了顾虑，也猜到自己刚才和天娇四目相对时让她的男人感到不爽，不禁又增添了不安。

津竹和天娇都对香荷笑，笑得香荷又不自然，子昂已经领会她们笑的含义。就在他被格格夫人叫进这屋前，他在小屋内隐隐听到津梅和哈尔滨回来的妹妹说："他比小妹儿女婿长得还好呢，当咱老妹儿丈夫真挺好。"好像米家人已经决定接纳他为米家的老女婿。接着他又听到格格夫人说："我去叫他到咱屋里，大伙儿都认识下。"就这样，他被叫进这西屋，心里还激动过一阵。

他不是激动他比谁长得好，而是感到他离香荷更近了；从初一早晨得到香荷的荷花绣，到米秋成让他去代米家放鞭炮，他就预感他的好运即将到来。

除了津兰、津菊在灶房内忙，其余老少十几口这时都聚在屋里说笑，女人和孩子都在炕里，男人除了米秋成坐在炕头抽烟袋，其他人都坐炕沿和地上的椅子、凳子，一边说话一边嗑着榛子、松子、葵花子，还有桂花糖、大块糖、小糖瓣和粘着白霜的柿饼及冻后又缓开的花梨、沙果等。

子昂终于在米家感受到了年的气息。从唠嗑中他还听出，津竹一家四口年前就由哈尔滨到宁安过年了，今天是同津兰一家从宁安赶来。天娇和俊章刚成亲不久，还没有孩子，是在哈尔滨的婆家过了除夕和大年初一，然后奔向牡丹江，和津梅一家同车赶来。

子昂还注意到，许是香荷整日待在屋里的缘故，她还是比天娇更白皙。但天娇比香荷愿说话，许是她已为人妻的缘故。他希望香荷能和天娇一样多说些话。

说到子昂的绘画，津竹、天娇都急着要看，还要进供堂里看子昂画的米家祖像，但被米秋成拦住道："等吃饭前过去，都给上上香，磕磕头。"

格格夫人笑道："你们都没见过你爷你奶长啥样，一会儿看看子昂画的就知道了。"

天娇忍不住又在子昂脸上瞄了一眼，转头问米秋成道："爹，画得像吗？"

米秋成显然不愿听到这种怀疑，眼一横道："怎么不像？在一块儿二十多年，还能忘了亲爹亲娘啥样？一打眼儿就知像不像！你们可都听好了，一会儿谁都不许乱讲话，那上面挂的就是你爷你奶他们，我都叮咕过了。"

天娇忙又解释道："爹，俺没别的意思。警察局里就有专门做这差事的，犯人要是逃跑了，就找见过的人说长啥样，这边说那边就能画出来。"又问自己男人道："是不，俊章？"

俊章也来了兴致道："我有个同学就在警察局，这种事常有。说书的也老讲，犯人逃跑了找人画，叫画影图形；那得画得像才行，画得不像还不抓乱套了！"

米秋成听了天娇的话就不爽，俊章又说画影图形抓犯人，终于不耐烦道："说吗呢，你们？供堂里画的我爹我娘他们，你们搁这抓五抓六的都吗意思？"

天娇惊慌地捂住嘴道："哎妈呀！"接着要哭的腔调解释道："爹，俺们没往那上想，就是瞎说的！"

格格夫人也慌了神，忙圆场道："嗐，就是说秃噜口了，待会儿好好给你爷你奶他们磕个头，你爷你奶他们不会怪的。"

俊章也懊悔道："爹，都是我的错，待会儿我好好给爷和奶他们烧香磕头。"

米秋成也不想让大家不痛快，但还埋怨道："你们这嘴呀，咋就没个把门儿的？你们说的那些，我年轻那会儿就懂，要不为吗找子昂来画？"

格格夫人借机转移话题道："你们是没看着子昂画，可费功夫了！你爹一会儿说这么的，一会儿又说那么的，弄得子昂画了改，改了又画。要搁我，早就没那耐心烦儿了！"说完咯咯笑，气氛也缓和了。

津竹接话对子昂笑道："那你可是俺家的大功臣，待会儿吃饭得敬你酒。"

子昂心一震，难道今天能和米家人一起吃饭？随即他又将这种奢望排除掉，上次津梅还让他一起吃呢，结果他还是空欢喜一场；这个家到底还是老人说了算，津梅、津竹也不过是心好嘴又快，说了又不算，便对津竹说："不用，我在那面吃。"

格格夫人也吩咐道："今儿个家里人多，就一块堆儿吃。"

他有点不敢相信自己的耳朵，又惊又喜又疑，但立刻又觉得是远道回来的津竹当众说错了话，格格夫人不想让她丢面子才不得已客套一下，忙又坚持道："不了，我在那屋吃就行。"

格格夫人倒一脸疑惑道："这孩子！咋还不愿和俺们在块堆儿凑合？"

他这才感到格格夫人是认真的，唯恐失去机会，忙说："啊不是！……"但又不知米秋成的态度，偷眼瞄一下坐在炕头的米秋成。

格格夫人看得明白，咯咯笑道："你看子昂，就是会看事儿，知道咱家谁说了算。快点儿的，老头子，你赶紧发个话儿吧！"

大家都笑了，香荷也在抿嘴笑，目光又在子昂脸上闪一下。米秋成心情又好起来，也笑了笑，对子昂说："今儿就一块儿吃，昨儿个就合计好了。"

子昂心中一热，却不知是感激还是委屈，两眼竟闪动着泪花儿。格格夫人笑道："呦，这是咋的了？"

子昂忙说："没事儿，我在想我妈他们。"说着眼泪涌出来，忙抬手擦去笑道："对不起，我没事儿。"

格格夫人叹口气道："真是可怜孩儿！"又问津梅的男人道："宝来，上次你们回来，不是让你回牡丹江帮给打听下吗，给打听了没？"

宝来怔了一下道："噢，问了一些，都不是。"

格格夫人狐疑地看着三女婿吩咐道："这次回去好好给问问，你是牡丹江的坐地户，咋也比子昂去找容易不是？"

宝来忙应道："好的好的！这回我让我那些朋友帮打听。"

子昂忙向宝来鞠躬致谢。津竹突然在炕上歉意道："哎呀！忘了件事儿，大姐捎信让俺们在哈尔滨买的东西忘带了！"

格格夫人笑着问："啥好东西？"

津竹说："画画儿用的，都买好了。"

翰林坐在凳子上说："这事儿怨我，东西我买的，来时忘提醒了，刚才提到画画儿才想起来，寻思别吱声了，等爹过大寿时再带来。"又对子昂说："实在对不住！"

子昂说："不着急。"又起身鞠躬道："谢谢四姐夫。"又冲炕上津竹鞠一躬道："谢谢四姐，给你们添麻烦了！"

津竹却温和地训斥道："啥麻烦？你好好坐着，不用老鞠躬！"大家又笑。

他感到轻松了许多，心里感激津竹的快言快语。算一下，津竹比津兰小六岁，比天娇、香荷大六岁，可她在这个家里不大不小就是敢说话，许是和她在哈尔滨生活有关；天娇大概原和香荷一样不爱说话，嫁到哈尔滨后才比香荷愿说些。

笑过后，天娇对子昂说："听香荷儿说，你那儿也有画好的画，拿来让俺们瞧瞧呗。"

他竟感觉是香荷说话，一边答应，一边不自主地看一眼香荷。香荷好像猜到他这时会看她，低下头去嗑瓜子，捏瓜子的秀手自然地现出兰花指，就像婉娇掐着银圆、芸香捋着头发、懿莹包饺子一样优美。他很想多看她一眼，但他也察觉到大家都在注意他和香荷，忙转身去了自己屋。

大家对子昂的画又一番称赞。这时津菊进来吩咐地上的姑爷们摆饭桌，炕上摆一桌，地上摆一桌。米秋成却忙着下地，吩咐先为供堂摆一桌，其实也就是将做好的饭菜每样拨一点出来，用小碟摆在供台上。接着，米家晚辈们都去供堂上香磕头。

见供堂内的墙上还挂着"祭英堂"的牌匾，俊章有些不理解，又听说是子昂起的，就有些挖苦道："名字起得太大了吧？不像是个人家的供堂。"

一席话，大家都面面相觑。子昂虽然心中厌恶俊章多嘴，但也觉得他说得在理，便又暗中后悔当时没有考虑周全，便不安地看看米秋成，又看看格格夫人。

翰林见两位老人和子昂都尴尬，忙说："国都亡了，还啥公家私家的？现在咱也只能是以家当国；国就是家，家就是国。"又单对俊章说："咱学校最近发生的事你也知道，校长为啥换成日本人，就是为了在中国人里普及日语。如果日本人一直这么统治咱，也许咱的后代连说中国话的权利都没了，就连认咱老祖宗的权利也没了，想认也就得在家里偷着认。"

俊章一笑道："谁愿抢别人的老祖宗？"

翰林说："关键是后人不能忘了老祖宗。国虽亡了，但老祖宗的灵魂还在。"

俊章又说："中国从宋朝灭亡到现在，已经不止一次亡国了，要我看，没啥大不了的，不过是退一步进两步的事儿。宋朝灭亡前，中国没那么大，等明朝灭了元朝后，中国的疆土一下变大了，蒙古归到中国了！后来清军入关灭了明朝，等民国推翻大清时，关外也归了中国，中国又大了不是？现在日本又来占领中国，你就等着瞧，咱这辈子瞧不见，咱的后代肯定能瞧见，到时日本也得归中国！都想一统天下，靠武力是没用的，飞机、大炮再厉害，也没有民族文化厉害。中国文化几千年，那可不是飞机、大炮能够摧毁的。"

翰林反驳道："要按你的意思，咱就得戴着亡国奴的帽子等着日本亡国是不？咱现在戴着亡国奴的帽子就理所应当是不？"

俊章辩解道："有些事也是没办法，但有一点，中国就是一张越来越大的蜘蛛网，不怕谁来占领，谁来占领的结果都是有来无回。"

翰林又挖苦道："都亡国奴了，你还在这儿异想天开、自我陶醉呢！中国万万不能等着复国，得想法救国；不想法救国，复国你就甭想，只能彻底亡国；无能就说无能，可别乱找借口。"

子昂对他俩的辩论很感兴趣，忍不住也去驳俊章道："中国人会玩文化，但不会玩飞机、大炮，日本人现在是既玩飞机、大炮，也玩文化。他们要在中国普及日语，你能说这不是玩文化？日本人要这么玩，那中国文化真就难保了。"

翰林立刻赞许道："这话对。"又对子昂说："甭听他的，要听他的，咱还得放炮庆祝咱们当上亡国奴了。"大家都笑。

见俊章不自然，翰林又安慰道："别往心里去，辩论嘛，那就得辩得对方认输。"又笑着问："认输吗你？"

俊章一笑道："算你俩赢。"

翰林又反驳道："算能行吗？算了，不和你论了，要论的事太多了，也不过纸上谈兵。想想中国这么大，可就一直这么多灾多难，从鸦片战争到甲午战争，从八国联军占北京到日本人占东北，咱中国人啥时光过宗、耀过祖？如今咱是无法扭转乾坤，但也不能把前辈的努力当儿戏，况且东北现在还有抗日队伍在坚持，我倒觉得，爷爷他们也是咱中国人的英雄和楷模。"

子昂很感激翰林为自己解围，恭敬道："还是四姐夫见多识广，我当时并没多想，就把我的想法和大爷、大娘说了。"

俊章也想让气氛更缓和些，对子昂说："你挺有眼力，四姐夫可是俺们校有名的理论家！"

翰林忙笑道："你可别给我戴高帽儿了，我要是理论家也去教大学，还天天当这孩子头儿？平时也不过是图着解闷儿闲扯淡。不过以后想扯淡也扯不了了，跟日本人高谈阔论，那不对牛弹琴吗？弄不好还引火烧身，还是莫谈国事好！"又拍下子昂的肩头道："你挺不简单，不愧是在北平读书的。"

见几个读书人唠得融洽，格格夫人和米秋成都很高兴，一个招呼都进屋吃饭，一个吩咐把长挂鞭炮拿大门口放了。

春山在大门外放响了长挂鞭炮。长挂鞭炮响在年初三里虽然显得有些不合时令，但米家的年味就是这时才变得香醇而浓郁，倒也乐在其中。

吃饭的时候，子昂和米家女婿们陪米秋成、格格夫人坐在炕上一桌，桌上还有津竹抱着刚会走路的孩子，米家其他女儿和孩子们都坐地上一桌。各桌上除了丰盛的菜肴还有酒，男的喝烧锅白酒，不算子昂，只有翰林不能喝。女的也都象征地喝一些，喝的是用山葡萄自酿的米家女儿红。孩子们则只是夹菜吃着馒头、大米饭和油炸面环。

子昂自从在兴隆客店大醉以后，一闻到白酒味就想呕，就说自己也不能喝。格格夫人笑着说："这么大个小伙子，少喝点没事吧？"

子昂这才接过一盅。但酒很冲，喝了一口刚到嗓子眼就呕了一下。大家一看他真不能喝，就让他和翰林一样喝点女儿红。女儿红喝着甜甜的，喝在口里有股绵绵的口感，但也有酒味。

津兰、津菊都倒了满盅，津梅和天娇、香荷都是半盅。香荷居然也能喝两口，子昂竟觉得她更加可人。

子昂由白酒换上女儿红，也引来不少话题。津梅先对坐在炕沿上的子昂说："不能喝好，可别像你三姐夫似的，大酒包！"

宝来有点尴尬，冲着自己媳妇道："别胡说八道，消停吃你的！"

也在炕上桌的津竹立刻帮着三姐说话："啥胡说八道！我三姐说的不对啊？今天都别喝那么多。"又对俊章说："俊章你也少喝点儿！天娇儿还没怀上呢，别让俺小妹到时生个大酒包。"

天娇立刻冲津竹嗔怪道："说啥呢！"

津竹便又安慰俊章道："四姐是好心，你可别生气。少喝点，完了你们打纸牌，多赢大姐夫、二姐夫、三姐夫，他们都有买卖，趁钱，这时对他们就得下手狠一点。"说完自己哈哈笑。

宝来被津竹数落一通并没生气，嘿嘿地笑道："行，随便赢，那得赢去算。"

俊章看了一眼子昂，还是觉得有点丢面子，对大家笑道："过年了，陪咱爹咱妈喝点。"

格格夫人说："俊章说的对，过年了，都高兴，愿喝就喝点，别喝醉了就好，最好多赢钱，赢的越多越好！"说完又咯咯笑。

喝酒间，大家互相以酒祝福新年。子昂一直盼望能和米家人同桌吃饭，这时虽仍不能和香荷同桌，但已经很开心了，终于插空端杯敬米秋成和格格夫人道："祝大爷、大娘身体健康，生意兴隆！"

格格夫人笑道："也祝你都好，早点找到你爹你妈他们。"

随后，子昂又一并敬了米家五个女婿，彼此祝福。接下来，地上一桌的姐妹们也过来为爹妈祝福，但香荷原位没动。

和爹妈喝过酒后，津兰对子昂笑道："谢谢你，帮了俺家不少忙。"

子昂刚要说话，津兰又对妹妹们提议道："子昂帮咱家这么大的忙，咱一块和他喝杯酒。"又招呼香荷道："老妹儿也过来。"见香荷有点难为情，又说："没事儿的，咱一块儿来。"香荷这才端着半杯女儿红过来。

见香荷也过来了，子昂更加激动，先举杯祝福道："各位姐姐过年好！"津梅立刻挑礼道："你把俺老妹儿给落下啦！"

他心里发慌。认识香荷有半年多了，他还从没叫过她的名字，此时最想祝福她，却不敢叫她的名字，甚至心慌得连看她一眼也不敢，听津梅这么一说，他忙冲香荷微鞠一躬道："你……都好！"

大家轰地笑起来，格格夫人也咯咯地笑，米秋成也忍不住抿嘴儿笑。笑过后，津竹也端杯对子昂说："那俺们祝你心想事成！"又转身看着香荷笑道："俺老妹儿都好，哪都好！也祝你心想事成！"姐妹们又都开心地笑。

不知是喝了酒，还是害羞，香荷白嫩的脸颊泛起红润，更加姣美动人。子昂听出津梅的话，心里美美地，忍不住又瞄香荷一眼。香荷羞怯地推一下津竹，转身回到自己座位上，四个姐姐也都笑着回到本位上。

子昂突然觉得津竹就像懿莹的嫂子小青一样鬼精，也明显感到她已看出自己的心思。他怕米秋成和格格夫人不高兴，吃完饭便告辞回自己屋了，躺在炕上，甜美地想着香荷娇美的样子，也想他要能娶到她，担心会把她和天娇弄混了。

因为正月初五是"破五"，按风俗出嫁的女人都要在婆家过，所以一过了初三，津兰和津竹两家便回了宁安，津梅一家也回了牡丹江，俊章和天娇坐马爬犁到石河火车站后，等着西去回哈尔滨的火车，米家便又恢复了往日的平静。

也是因为初三回娘家，村妮于年初二带着玉莲回了沟里，过了十五才回来。她的丈夫夏松林也跟着回来了，但已经成了残疾人，是在沟里往车上装木头时，木头没捆住，倾泻般地滚下来，当场轧死一名伐木工，他和另外一名伐木工都断了一条腿，随后日本人让他们回家养伤，实际是被辞退了，虽然给补了些工钱，但远不值一条腿。

玉莲的爷爷因山里规矩懂得多，被日本人安排做了领工，还留在山里。尤其冬天要借助大雪往山下顺木头，日本人就更不肯放他这个懂山规的人了。

玉莲一进家门便闹着找大舅和姑姑，村妮只好带玉莲来米家。香荷见到玉莲很高兴，说留她在家住两天。

格格夫人顺着香荷说："没事儿，就在这儿玩吧，过年还剩不少好嚼裹儿，在这儿天天有好吃的。"村妮便自己回家照看丈夫了。

╠┇·第 034 章·┇╣

一过了清明，子昂便开始忙着耕种米家的田地了，每天除了午饭时候回米家，一白天几乎都在地里忙。他先是将地里的玉米根、黄豆根拔出晾到地头上，待上面的土干后抖去，也都拉回家里当柴烧。接下来，他就一锹一锹地将土地翻开晾晒。

米秋成还想和往年一样，花钱雇人用牛拉犁翻，但子昂坚持自己翻，替米家把雇金节省下来。米秋成领教过他有一身力气，便由着他自己用锹翻。

子昂虽然为了香荷舍得出力，但真做起来就不那么容易了，只挖了两天，一亩地没翻完就感觉到很吃力了。但他已向米秋成表了决心，这时反悔香荷会怎么看他？就是再累，他也得硬挺下去。每天天一亮他就去大田，干到吃早饭时回米家，吃完早饭再让格格夫人为他带些中午吃的干粮和咸菜，一直干到该吃晚饭的时候。

随着劳动量的增多，子昂的饭量也明显增大，米家为他提供的食物，已经无法让他吃饱肚子了。但即使是夜里被饿醒，他也不好意思让格格夫人为他增加饭量，毕竟他一人的饭量快赶上米家三口人的饭量了。终于熬到了天亮，可街市的食品店铺还都没有开门，他索性去敲开村妮家的门，狼吞虎咽地吃光灶房里的剩饭剩菜，全然不顾村妮的瘸腿丈夫夏松林对他的冷脸挖苦，然后放下一张百元大票离开。

夏松林第一次见到子昂时就不开心，听了村妮、玉莲介绍后，只对子昂说了句"麻烦你了"，便挂着双拐进了大屋，脸色难看地倒在炕上，显然对子昂有排斥。此后，子昂便很少再来村妮的家，这次起大早来敲门，也是他饿得受不了了。

这时村妮心疼子昂在米家吃苦又挨饿，执意让子昂把钱揣起来，一直追到院子里嗔怪道："你还当俺是你姐不了？"

他理解她的诚意，忙解释道："姐，你别多想，我可能是干活儿太累了，就觉着咋吃也不饱，我要是身上没钱也就罢了，有钱干啥不花呀；我现在都成饭桶了，不给你填补点，你们也得跟着吃不饱。再说了，给你留钱也不为别的，就是让你给我多预备些吃的，晌午在他家吃完我来取，要不半夜饿得难受，困也睡不踏实。"

她又埋怨道："他家人也真是的，给他家干活儿咋还不管饱儿？"

他忙打断她道："不是不是，是我不想麻烦他们。"

她反驳道："干活就得吃饱肚子，这咋还扯上麻烦了？"接着又以嘲讽的口吻问道："你是不怕香荷拿你当饭桶？"

他只是尴尬地一笑。她也咯咯地笑道："我咋看你像猪八戒娶媳妇儿呢！"

他一愣道："说啥呢，俺咋又成猪八戒了？"

她笑道："猪八戒能娶到高小姐，不就是高员外相中他能干活儿吗！"

他叹口气道："要这么说，我还不如猪八戒的福分大呢。"

她会意地笑道："着急娶香荷儿了？急啥呀！人家闺女那么俊，哪那么轻易就松手？没把你当妖怪撵走，已经是你的福分了；放心吧，是你的飞不了，还不到时候呢。快去吧，好好给人家干活儿，待会儿姐给你烙油饼，晌午过来取吧。"

他嘿嘿一笑道："油饼好，抗饿。想着多烙点，给俺外甥女也留些，你和姐夫也别舍不得吃。"这才离去。

晚间，他将村妮为他烙的一厚沓油饼偷偷藏在自己屋里的衣服包裹内，先吃格格夫人为他备好的两大块二合面干粮和一大碗白菜条炖五花肉及一碟咸椒炒肉丁。熄了灯后，他又在黑暗中吃起油饼，既惬意认下村妮这个姐姐，也感激着婉娇给他的那笔钱。他不敢想象，如果没有婉娇给他的这笔钱，他今天会忍受多么大的饥饿和羞愧。

夜里，他又梦见婉娇秀美的胴体，却正被那个鲁荫堂蹂躏着，不禁心如刀割。他奋力扑向鲁荫堂，用力勒死的却是只黑熊，原来他正在米家，从熊爪下救下米秋成，米香荷却对此无动于衷。他望着香荷住屋的窗户，窗里隐隐现出她袅娜的身影，但就是看不见她那双秀美的玉足，急得他从梦中醒来。

黑暗中，他不再饥饿，又遐想着米家能在不久的将来把香荷许给他，他情愿天天为她洗脚。但此时他也更加思念婉娇和芸香，回想着与他俩有过的亲密，身下不由得又火一般膨胀，还是夜难眠。

进入立夏时节，子昂见别人家的地也开始翻了，都是赶着牛马犁地，一天就能翻起三四亩，而他干了这些天也就翻了三亩多地。他不想再挺了，如果再挺下去，不仅是自己疲惫不堪，还可能耽误播种，便决定用婉娇给他的钱去雇人犁地。

他正要去询问那些犁地的人，一个老汉过来问他道："老米头儿今年雇你了？这么剜得剜到啥前儿去？"

子昂尴尬地笑道："不是，是我想这么干，练练身子骨。"接着又问道，"你家有犁杖吗？要有我雇你，干吗？"

老汉笑道："老米头儿都雇我好几年了，他要接着雇人干，那我还得接着。"

子昂问道："耕完这些地多钱？"

老汉反问道："你是老米头儿家啥人呢？"

子昂支吾道："亲戚。"

老汉又问道："那老米头儿没和你说过雇人的事儿？"

子昂说："说过年年雇人，没说多钱。"

老汉说："他这片地，全耕完十块钱。可你剜了一些了，这就不好说了。"

子昂这时已不顾及多花几块钱了，虽然心里惋惜自己白白挨了那些累，又多吃那些粮食，废了两双鞋，但还是慷慨道："那还十块钱，我剜那些就是练着玩儿的，都算你的。"

老汉欣然应下，随后牵来马，套上犁，来回吆喝着，不多时便犁出一大片。

米秋成还是知道了子昂自己花钱雇人犁地的事，并没多说什么，硬是把雇金塞给子昂。子昂倒好像是别人替他家的田地花了雇金，心里很是过意不去。

离芒种还差近半月，子昂和米秋成一起将玉米种和黄豆种都播入地里。

村妮家的园子地就都是子昂翻种的了，毕竟面积不是很大。可夏松林一直没对他说一句感谢的话。子昂心中不爽，实在不想再去夏家了，怎奈玉莲总是缠着他，还经常跟他去米家的地里玩。

那天子昂又去夏家接玉莲，正赶上村妮和松林闹情绪。从松林那敌意的目光中，他隐隐感到事情和自己有关。在去米家的路上，他问玉莲道："你爹你妈因为啥吵架？"

玉莲说不清楚，突然问他道："大舅，啥叫偷汉子？"

他心里咯噔一下，不用说，松林在怀疑他和村妮私通。他很不安，也很矛盾。毕竟这种话没当他面讲，他真不好去解释，是怕越描越黑。

再去夏家时，他对村妮说："姐夫是不误会咱俩了？那以后我就不来了。"

村妮顿时不悦道："身正不怕影子歪，你该来来你的，别搭理他！"索性又去训斥倒在炕上的松林道："子昂就是俺亲弟，你愿咋想就咋想；不做亏心事，不怕鬼叫门，你站大街上骂我都不拦你！一天啥活儿干不了，熊事儿倒不少！想戴绿帽子你说谁都行，别往俺弟身上扣屎盆子，人家还没娶媳妇呢！"

话虽说得很明白，但还是无法解开松林的心疑，毕竟自己的媳妇还青春，和一个比自己英俊许多的大小伙子仅隔个灶房过了好几夜，能说她一点投怀送抱的心思没有吗？但他又因自身残疾不得硬气，更怕事情闹得外人皆知后，假的也给说成真的了，便不耐烦道："咋呼个屁，我想啥了？我啥都没想，要想你想吧。"然后两眼一闭，长叹一口气。

子昂帮村妮种地时，每天都不多干，干到一定量，饭也不吃就走，村妮和玉莲留也留不住，好在她家就房前屋后三片园子地，帮米家忙完春耕，她家园子里的活也都干完了。可每当给村妮干活，他就不由自主地想起夏松林怀疑他和村妮私通。他能理解松林的心，但随后他便被刺激得身下不由自主地出现那种反应，裤裆里就像有根棍子别在里面，走路都不方便了。每当这时出现反应，他都有种不可饶恕的罪恶感，也隐隐感到神仙正在准备惩罚他，忙暗中向仙家解释他没想对村妮那样，只是他那里真的不被他主观意愿所左右，有时还心情烦躁地自扇自己嘴巴，外人看上去就像他在狠狠地拍死一只蚊子。他也意识到，村妮确实不是一般女子，如果她也和婉娇一样，或者她不早早提出和他拜仙家，他真不敢想象在自己体力恢复后会和她发生什么事。

他自己也说不清他近期为什么总会出现那种反应，有时认为是他得了怪病。他也想到这可能和婉娇那夜激情有关，也和抽大烟似的上了瘾，之后随着生活的安定，他那里越发变得敏感。近期几乎每次看到香荷他那里都有反应，尤其那次看见她洗脚后竟更强烈，之后他便不敢轻易靠近她了。但每次深夜从梦中醒来，他那里都胀得滚烫且疼痛。初三米家姑娘回门时，他在酒桌上又出现了反应，好在他穿着厚棉裤。他也想过，若和香荷成亲后兴许就能好许多。所以他愈加迫切渴望能和香荷拜堂成亲入洞房。

玉米和黄豆开始出苗了，子昂每天除了给米家的田地除草间苗，就是在地头继续为香荷设计绣花图案，只有下雨的时候才敢白天待在米家，盼着能和香荷见见面，直到这时才想起，香荷也不能站在院里让雨浇着，倒觉得自己可笑。

这时他见有人上山采摘高粱果，便也插空上山为香荷采，自然也有玉莲的。

熟透的高粱果是鲜红甘甜的，都有手指肚大小，形状很像高粱穗。又因其长在草地里，故而也有叫它草莓的。

先采回的草莓有些还青红相间，但吃着依然是甜的。香荷很高兴，先将摘洗干净的红果给他端过一碗来。他受宠若惊，自己倒出一少半，大半还要留给她。互相谦让当中，他的心里比吃草莓还甜。经历了大年初三以后，她和他说话虽然还很少，但比从前坦然了许多，温和的目光也能和他的眼睛相对了，这让他也少了许多紧张，多了许多温馨和遐想。

采红果的人越来越多，就连几岁的孩子也跟着大人抢，山边附近的果便越来越少。他想到林子的深处找，又怕再迷山，便顺着那条小溪走，这样回来的时候仍沿小溪走，再远也不至于迷山了。

顺溪走在林子里，只见树木很密也很杂。他叫不出这些树木的名，也不感兴趣，只想寻到草莓。

可走出很远，他拎的果筐里还是刚才在林子外采的那一点，也没见到其他采果的人。他并不知道，草莓长在阳面的草地里，树荫大的地方是不长的。

他发现小溪流淌在两山连接的低洼处，他现在是走在一条山沟里，两边的树木花草都是顺山长上去。左右不会迷山了，他索性沿着小溪绕山走，尽情地享受潺潺的流水和山林间的鸟语花香，很有一种心旷神怡感。

他又发现溪水两旁本是有人走过的道，虽然都被杂草覆盖着，但通过和两边的树木对比还可辨出来。

他想，既然这里有人走过，那也定是一些采山人走过的，想必前面会有大片的草莓。但他也犯疑，为什么曾经有人走过，今天却好像没人走了？怀着好奇心，他沿着溪旁小道绕过了一座山，眼前豁然开阔了。

这是一片四面环山的平地，面积相当于一个小村庄，虽然有坡，但都很缓，上面长满了各种花草。花草间，还有许多坍塌的房子，有的房子还有四面残壁，有的房子已经变成一个土堆。显然这里曾经住过人家，后来才变成了废墟。

子昂正在花草掩盖的废墟内查看着，忽然感觉四周刮起了风。本来这一道儿走来走得浑身冒了汗，这时倒觉得很清爽，不想天空很快又被一片乌云笼罩。

望着那滚滚浓云，他不禁感到有些恐怖，急忙转身朝回走。可没走多远，天上又电闪雷鸣起来，第一声雷竟惊得他打一激灵。还没等他缓过神来，豆大的雨点子纷纷落下，接着下起大雨，顿时眼前一片茫然，就连四周很近的高山也看不清了。

他想藏身都没处藏，下意识地摸了下身上，兜里有他为香荷设计绣花图案的本子和炭笔，还有一盒前阵用来烧荒开新地用的火柴。他对本子里新画的绣花图案很在意，可当他摸到火柴时，立刻意识到自己身上的衣服将被淋透，雨后他要用火柴点火烤衣服，便摸索着将火柴夹在本子里，一并塞进他贴身的裤腰里，然后将果筐扣在头顶上，转身又朝那片坍塌的房子跑去，他此时只能找一处断壁避雨了。

他跑进一个露天的房框里，见除了破碎的土坯，就是一些已经腐朽的木头和长短宽窄不一的碎木板。

借助半截青砖墙壁和一条上面堆着碎瓦的破土炕，他用一些木头、板子搭了一个雨棚。可雨越下越大，如同瓢泼一般，雨水顺着他头顶的木板缝隙泄下来。

这时他又发现，自己倚靠的土炕上埋着炕席，心想将这东西弄出来能挡不少雨，便用手去捡炕席上的碎砖瓦。

其实炕席的里面已经腐烂，只是外面一截能被风吹到的还完好。当他将土炕上的碎瓦清理掉后，破碎的炕席令他失望。但这时他也有意外发现，炕席下面还有一张门板。那门板和炕面一平，虽也腐烂，但还能成一整体。他想取出门板挡雨，可用力一掀，门板还是断了，而断开的门板下居然是个洞口。他愣了一下，隔着雨水仔细朝洞里看，隐隐看见一只木梯的上部分。

他的心开始剧烈跳动。他想，在屋里地上挖菜窖的倒是有，可在炕下挖洞还从没听说过，谁家都不可能在炕下储藏菜？看来这个洞里肯定有隐秘。单从里面的木梯看，肯定是为了方便人上下准备的。可这里到底用来做什么呢？

他已对下面产生了极大的好奇，好像那里有着巨大的引力在吸引他。但暴雨还在猛烈地下，雨水顺着洞口往里灌。他已不在乎衣服被雨浇透了，忙用那些遮身的破木板盖上洞口，又将碎砖瓦盖在上面，一切都等雨停了再说，便蹲在墙下，将头顶在墙壁上。他还要保护好身上的那盒火柴，等雨停后，他要用它在洞里照明。

他的全身湿透了，速写的小本子也开始湿了，如不特别保护，裹在里面的火柴也会湿得不能用，他便将包火柴的本子紧紧夹到腋下，侧弯着身，任凭大雨浇着，心里不停地祈求快点雨过天晴。

大雨终于停住了。他欣喜火柴这时还干爽，便先将火柴放到一块干爽的瓦片上，然后脱下身上湿透的衣裤，现出健美的胴体。自打参加自卫军直到在米家整日劳作，他的身体又健壮了许多。

他只是将衣裤上的水拧去后又湿乎乎地穿在身上，去掉遮盖那扇门板的瓦片、碎木板，掀开其余的门板，又拿上那盒火柴，试探着下到洞内。

洞内大概有三四米深。当他攀着梯子下到中间时，梯子突然从下半截断了，就连他脚踩的横格也断了，他随即摔到底部，上半截梯子砸在他身上。好在他是臀部着地倒下，并没感到很疼，立刻就着上面的光亮爬起来，仔细查看洞内。

这是一个人为的地窖，里面一米多宽，像是个廊道，左右墙壁都是用比大腿还粗的圆木横着落起的。他摸了一下木墙，居然不像外面的木板那样腐朽，都很硬实，看来这里平时很少有雨水进来。

再往前走几步就黑了，他划着一根火柴，立刻被一股风吹灭了，这里还有通风口！他又用手罩着划亮一根，借助余光，见右侧圆木墙上有扇单门半开着。他小心地用脚去踢一下，那门吱呀一声移开，里面又是个空间。

他又划着一根火柴，就着光亮朝里看，里面居然是个很大的空间，除了墙壁是圆木，就连棚顶也是用很粗很长的圆木排成的。

更让他吃惊的是，空间内几乎到处都摆放着用木板钉的四方箱，每个方箱都接近一米立方。他不知箱内都装着什么东西，可没等他看到箱里，一根火柴又燃尽了。

当他又划亮一根火柴时，转身发现那扇门后有一张方桌，桌上有一盏马灯和一本旧皇历，仔细辨认，这是一本民国十一年的皇历，算了算，民国十一年距此时已经十一年了。

他又特意查看了马灯，见灯内还有一层油，忙取下灯罩，将灯点亮，屋内顿时亮了许多，他便拎着马灯去看一只木箱里面，顿时又惊呆了，里面竟然都是银圆。

他简直不敢相信自己的眼睛了，抓起一把银圆，感觉还是在做梦，丢下银圆，又揉了揉眼睛，再使劲抽打自己的脸，终于确定不是做梦，竟忍不住抓着银圆惊叫道："妈！爹！"接着又叫道："香荷儿！我要娶你！"随即扑在箱子上，手中的马灯险些被撞碎。

激动的心稍微平静一些，他又用马灯去照其他木箱，虽然摆在高处的他看不到里面，但他通过用手拍打，知道里面都装着沉沉甸甸的东西。

走到窄道里头时，墙脚处有几件木匠干活用的工具，其中有生了锈的锯和斧头。他猜那些木箱都是在这里制作的，银圆等东西都是后放进来的。

他抄起那把锈斧，随意启下一只木箱的横板，竟从里面哗啦啦地涌下沉甸甸的金属块，都是金黄色的长条状。他往后一闪，金属条流在地上成了堆。他拿起一个仔细看，猜想这就是人们常说的金条。

他更加激动了，将金条贴在脸上，凉凉的，心里却热得受不了。他又换个位置启开一只木箱的横板，里面是摆放工整的纸卷，将纸拆开看，里面包的还是"袁大头"，他更加断定那些金属条就是金条，否则不会和这么多银圆放在一起。

他数了一下木箱数，有三层九列，他的个头儿虽高，却举手跷脚也摸不到上层木箱沿，而向里空间多大，木箱有多少排还看不准。

他攀爬到木箱顶部，头已贴到顶棚，只能在上面爬行移动。再用马灯照去，一共是三排，也就是共有八十一箱。除了看到的银圆以外，还有两只箱内满是各种金银首饰和小型玉器。

他对一个紫檀色的油漆正方盒很留意，打开锁鼻掀开，里面是用黄绸衬的，上面摆着一串盘成三圈的粉里透红大珍珠，如同一个模子制出的一般，显然是一串珍珠项链。他感觉项链下面还有东西，取出那一圈项链，下面果然还有一层，依然衬着金黄绸，"十"字形隔出四格，每格都放着和上层项链一样的珍珠，只是形同手链。

他立刻想到了香荷，觉得这套珍珠链戴在香荷身上最合适不过。但此时他想把其他各箱里的财宝也都看一遍。

他兴奋得不知做什么好了，拎着马灯在小空地上转来转去，不时地拍拍木箱，又拍拍自己的脑袋，他仍在怀疑自己是在做梦。

又转到门口时，发现门边挂着一把装入套内的手枪，立刻摘下来，猜想这里曾经住过军队。可要说军队，十多年前东北一带也就是东北军或是俄国军。但军队怎会住在这个偏僻的山窝里？他又想到了土匪，觉得这里盘踞土匪的可能性大，也就是说，这个山窝很可能是个土匪窝。从外面房子全部坍塌的情况看，这里的房主们曾遭过一场浩劫，所以这些财宝才十多年没人来取，十有八九是藏宝人突然不在人世了，等于这些财宝已经没了主人。

他惊喜若狂，心中念道："财宝啊财宝，既然你没了主人，待在这里也没用；既然你们被我发现了，就让我做你的主人吧，我一定把你用到该用的地方！"

他想起他和村妮拜过仙家，但一时不知怎么称呼仙家，又想起米家供堂里供的观世音菩萨，忙先放下枪，合掌闭目念道："观音菩萨，最近我在米家多次见到您，每次我都对您恭恭敬敬的，这一定是您赐给我和香荷的吧！"随即跪倒在地，连磕三个响头，每磕一头就说一声"感谢观音菩萨"。忽然又想起这里人进山求事都拜山神爷，就又许愿道："求山神爷保佑我得到这些财宝，事成后我要为您修个山神庙！"又磕三个响头。

他站起身，抽出那支枪，是支小手枪。他在自卫军当护卫时，刘万奎用的就是这种枪。当时刘万奎常把枪挂在墙上，他也经常对着墙左看右看。那日，刘万奎见他摸那手枪，就将枪抽出递给他道："喜欢就出去打两枪。"就这样，他过了把瘾。又一日，他对班长说："啥时有一把刘司令那样的枪就好了。"班长却斜他一眼道："那得把咱司令撤了你当司令。"他便再也不提刘司令的枪了。

他试了试枪的功能，已经锈得不能使用了，但他还是喜欢，想带出去，又怕被人发现惹麻烦，便又挂到原处。

他开始琢磨如何安全得到这些财宝。他想，这个地窖既然已被他发现，那么财宝要继续放在这里就不安全了。他决定将所有的财宝都转移走。可这么多财宝，先往哪转移呢？就是转移到米家也不是轻而易举的，一旦被别人知道，尤其被日本人知道，自己鸡飞蛋打不说，没准还得大祸临头。

他想回到地面上，可走廊内的梯子已经断了，无法搭到窖口边缘了。想了想，他将一只木箱里的银圆都倒出来，将空木箱扣在对着窖口的地上，再将断了一截的梯子倒过来支上去，总算使他回到了地面。

到了地面上，虽然天空还满是阴云，但视线比下雨时透亮多了，四面青山，遍地花草都挂着雨水。听着那条小溪的流水声，他感到从未有过的清爽，更感觉这里是个清幽怡人的世外桃源。

他决定将下面的财宝一点一点全都转移上来，选些合适的地方掩埋，即使日后有人发现这个地窖也不怕了，他也可以一点一点地将所有财宝移出山去。

他把掩埋点选在小溪北面的一排林子内，准备在每棵树下至少埋两三千块银圆或几十根金条。于是，他用窖内那些木工工具在林子内一些树的周围各挖一圈沟，一气挖了十多个，直到手掌起了水泡才不挖了。

这时他又累又饿，才想起午饭没有吃。可此时他什么吃的也没有，刚才采的那点高粱果也被大雨浇没了，手头金银无数却无法填饱肚子，只能蹲在小溪边喝一肚子水。为了不让窖内的财宝被别人发现，他必须得坚持。

歇了一阵，他又开始用衣服从窖内往上兜银圆和金条，兜上一些，就往他挖的沟里埋一些，上下都用干草、树叶遮挡上，然后填土用枯叶伪装好，将多余的土都扬到别处，即使有人进来也看不出这里曾被挖掘过。如此埋了不到十箱财宝，那十多个沟就都用完了。

他想继续挖沟，可这一连气的反复上下折腾，这时他已经没有力气了。开始他一趟能兜出约两千块银圆上来，最后他连空手上下梯子都十分艰难。他这才意识到，下面的财宝不可能一日内都转移上来，便强挺着将窖口重新封好，再用碎砖瓦伪装好。

等做完这些事，天色已经暗下来，他像一摊泥似的倒在地上，可他心里依然激动不已。

不知不觉，他又进入了梦乡，梦见他发现了大批财宝，他把这个消息悄悄告诉了香荷，并让香荷看了那些财宝。可香荷说这些财宝都是田大宽家的，是田大宽家给她的定亲彩礼，她马上要去和田守旺成亲，花轿已在门外候着。他忙转头去看那花轿，见花轿已被抬走，香荷就在那轿里。他的心又碎了，拼命地追赶那花轿，一气追到兴隆客栈，见婉娇正在门前哭。他忙到她跟前道："我发大财了，以后你就有用不完的钱了，客栈咱也不开了，离那该死的家伙远点。"

鲁荫堂闻声大怒，一把抓住他，将他塞进牡丹江的冰窟窿里。他感到浑身寒冷，意识到他就要被水淹死了。他不想死，爹妈和妹妹还没找到呢，一激灵醒来，头却依然昏昏的，只想接着睡。

他发现四周漆黑，自己正赤裸着上身躺在草地上，浑身正冷得发抖。他想起他此时还在山里的废墟中，白天他在这里发现了内藏大量财宝的地窖，忙振作精神爬起来，顺手摸到他用来上下兜钱的外衣，虽然还很潮湿，但还是胡乱地穿在身上，浑身抖得更加剧烈。

无意中，他摸到两个衣兜里都有银圆，却不知怎么装进去的。他顾不上想这些了，眼下他最大的愿望就是赶紧回到米家，躺在温暖舒适的被窝里美美地睡到天亮，醒来后偷偷把发现财宝的事告诉香荷。可他不知离米家还有多远，昏昏沉沉地也不知该怎么走了。

他又找不到出山的路了，完全是盲目地奔走。终于又隐隐听到流水声，他想起应该顺着那条小溪走就能出山，便朝着水声奔去。水声越来越近，他却冷得好像在寒冷的冬天里，这时若有一堆熊熊的烈火，他也会毫不犹豫地扑进去打个滚。

第 035 章

黑暗中，子昂昏昏沉沉、跌跌撞撞地寻找着出山的路，可那流水声却怎么也听不到了。他竭力寻找那条小溪，突然他脚下踩了空，整个身体向下坠去。

感觉自己落到一张软软的东西上，虽然已冷得缩成一团，但他实在没有力气爬起来了，想休息一下，可之后便什么都不知道了。

朦胧中，香荷正以兰花指着他画的鸳鸯图，他陶醉地在一旁看着。她的眼睛、鼻子、嘴都和文静、金瑶、婉娇、芸香、懿莹一样诱人，他想亲吻她，又感觉有人在监视他俩。这时他听见外面有人喊道："香荷儿，我出去一下，你别乱走啊！"香荷甜脆地应了一声，但还是走了。他想去搂她，却发现自己正躺在兴隆客栈的炕上，腿上的枪伤还没痊愈，便唤道："香荷！"喊了好几声，喊得嗓子发干，也不见她回来，原来自己被困在深山老林里。这里没有水，只能舔树叶上的水珠。他又发现那棵树长在一座木桥上，桥下波涛汹涌，他看下去不禁两腿发抖，忙伏在桥上。他想起来了，这桥是陆林海从冰窟窿里放进很多木头搭成的，木桥浸在汹涌的河水里竟生出新的枝叶。他正口渴，却不敢看那汹涌的河水，只能舔树叶上的水珠，那树叶上的水竟泉涌一般，他便含着吮起来。可吮着吮着，竟觉得喘不过气来，原来身下这座本就让他不放心的木桥到底倒在河里了，就连他也沉在汹涌的河水中，若再不浮出水面就会被憋死。他想看到水上的蓝天，便猛地用力挣扎，真就见到了，原来他又在做梦。

他发现此时正有人亲吻他，吓了他一跳，想将身上的人推开，但觉得头发晕，浑身乏力，便竭力地扭下头，觉得脑子里如刀剜一般疼。

他身上的人抬起脸，竟是个陌生的姑娘，十六七岁，长得还算秀气，两根辫子和文静、懿莹、香荷的一般粗长。

见他睁开眼，姑娘惊喜道："你醒啦！"然后样子娇羞地对他笑，眼睛眯成一条缝，也很迷人。

他吃惊地问她："你是谁？"刚说完便觉得嗓子又胀又疼。

姑娘惊诧道："我是芳娥儿呀！"

他没听过这个名字，不知道自己躺在哪里，想起身，还是觉得头晕乏力，只能看着天棚。天棚是用花纸糊的，也很陌生，就又用力转头，顿时又觉得脑浆子要迸出似的疼。

但他知道这时是白天，自己正躺在一间屋里炕上的被褥内，手在里面一摸，身上竟什么都没穿，又是一惊，紧张地看着她问："这是哪儿？我咋在这儿？"

芳娥说："这是俺家，俺爹把你背回来的，你掉进俺家陷阱了，还发高烧呢，烧得尽说外国话，谁也听不懂，可吓人了！"

他想不起自己掉进陷阱的事，但忽然想起他在那个山窝内发现过大笔财宝，怀疑自己还在梦中，就又定了下神，确定这回不是梦，那一大笔财宝就在现实中，心中不禁又兴奋，只是眼前的一切还让他发蒙，又问道："我昨晚在这儿睡的？"

她眼睛又笑成一条缝道："啥昨晚哪，你都睡三天了！"

他更惊讶。想起香荷和她的父母，不禁又焦虑起来，担心他们会生他的气。又想起罗金德因生他气，生生地将他和懿莹分开，心中不安，眼泪顺着眼角流下来。

见他流泪，她忙用一条手帕为他擦泪道："你的病就要好了，别哭。"接着又笑着问："我知道你家是奉天的，你还会画画儿，画得可像了！"

他惊愕地看着她问："你咋知道？"

她得意道："俺爹说的。"

他不知道她爹是谁，但猜想自己应该认识。可在龙凤镇他只接触过米家人和村妮家的人。猛然间，他通过陷阱想到曾经救过他两次的陆林海，难道这次又是被他救的？便问道："你家姓陆？"

她眯眼笑道："你想起来了，俺爹救你好几回了！俺妈说，你和俺家有缘分，还不浅呢！"

果然又是陆林海。他心中感慨道："自己和他真是缘分不浅。"又问道："你爹呢？"

她笑着答道："上山了，他天天上山打猎。俺娘去集上了，俺哥和俺弟也都出去了，屋里就咱俩。"

听她这么一说，他猛然想起刚才在梦里好像香荷也是这样对他说的，觉得不可思议。他想起身，便难为情地问："我衣裳呢？"

她羞涩地笑道："你还不能穿衣裳，俺爹天天用酒给你擦身子，你身上可烫了。"

他怀疑她摸过自己的身体，但又不好问，也不敢看再她了。

原来，子昂掉进的那个陷阱，就是林海为捕猎挖掘的。他白天在坑内设上网，再将网上四根钢绳引到坑外，不同方向地系在四棵树上，然后在坑口上盖些树枝和杂草，看上去就和平地一样，各种野兽上去都会跌进坑内落到网上，再能跳的野兽，脚下不着实地也跳不上来，不但可以轻松收网擒获，还可取到完整无损的兽皮。陆林海希望能有老虎之类的大动物掉进去，可第二天早晨去看时，发现上面躺着一个人，仔细再看，竟是被他救过两次的人，忙和一个兄弟一起，将昏迷不醒的子昂提了上来。

子昂一被提上来就闭着两眼说胡话，但谁也听不懂。陆林海摸下他的额头，热得像块火炭。又发现他兜里揣着二十多块银圆，觉得他很神秘，甚至觉得他不是一般人。可他没再多想，和兄弟一道，轮流地将他背回自己家。

陆林海的父母家和米家同住在宽街上，相距百十多米。父亲陆光儒老家在山东，从小读书，先考取了清朝秀才，后又赶考举人。可连连赶考都不中，就从老家带着媳妇来到黑龙江，又在龙封关落下脚。龙封关熟悉他的人都被他的学识所折服，也为他遭遇不公感到惋惜，故都称他陆举人。陆家和米家虽然和睦相处二十多年，因米家整日忙生意，所以平日无事，很少聚到一起。

陆林海为方便上山打猎，几年前与父母、哥嫂分开，与一个结拜兄弟合伙在镇西靠山处盖起一趟六间房，各住三间，沿坡就是他们家的菜园子。

通过父辈交往，林海对米家很熟，但他却不知子昂一直在米家当伙计。米家位于镇东，与镇外的大田较近。村妮家也住镇东，子昂平时便只在这一区域出现。林海是镇上颇有名气的人，他常接触的人也都是市面上有点能力和靠些本事挣钱的人，其中七人与他结拜了弟兄。和他一起背回子昂的兄弟，就是他结拜兄弟中的老八，也就是多日娜的哥哥山鹰。

林海和山鹰是通过在山里打猎认识的。山鹰仪表堂堂，性格豪爽，林海一见便喜欢上了，甚至曾有心把女儿芳娥许给他，可是山鹰已经有了媳妇。但他两人一直很合得来，除一同打猎外，还互从野兽爪下救过对方的命，便磕头结为兄弟。除了这些人外，镇子里的其他人就很少有和他直接接触了，其实都是有意躲避他，邻里关系都是他父母和媳妇等人在相处。

林海的媳妇姓胡名玉兰，三十九岁，娘家也和米家是同街邻居。因一直与陆家住房相邻，两家关系更密，她与比她大三岁的陆林海成了心心相印的一对，实实的青梅竹马、两小无猜。

十七岁那年，她称心如意地被陆林海抱进洞房，现已有三个孩子，老大是儿子，叫弘文，十八岁，但还没定亲，老二是女儿，就是芳娥，比香荷小一岁，老三又是儿子，叫弘武，比芳娥小三岁。

玉兰比香荷的大姐津兰大七岁。因名中都有"兰"字，又有"金玉"之音，在津兰八岁那年，陆米胡三家长辈在一起唠家常时，因陆举人一句"金镶玉"之说，玉兰便与津兰结为金兰之好。恰巧玉兰在胡家为小，身下没有弟弟妹妹，津兰在家为长，上面没有哥哥姐姐，两人便亲如亲姐妹一般，胡米两家大人也都高兴。后来她们都嫁了人，便难得一聚了，但彼此都还惦记。玉兰虽不如米家长大后的女儿们靓丽，却也端庄秀丽，当姑娘时就一直是林海日夜牵挂的人，林海一次和人打架险些坐牢就是为了她。

宣统二年秋，一个森林警察相中了十六岁的玉兰，没事就去骚扰。此时的林海刚刚十九岁，平日就和山中野兽斗狠，对不顺他眼的人也敢下狠手。得知那警察调戏玉兰，二话没说，一猎枪将那警察的一条腿打断，从此得了"老黑枪"的绰号。

虽然那次惹了官司，但一个跟着办案的小巡警看好了他，这个人姓包名万全，身高体壮，和林海同岁，只是生日比林海小，人送绰号"盖天掌"，又称"大爪子"，是说他手大力猛，一掌拍在谁的脑门上，那人便可见阎王。

包万全见陆林海不畏强暴，又重情重义，很想和他结为挚友，便找他在乜河巡警公所当差的叔叔疏通关系，结果给那个断了腿的警察定了私闯民宅、调戏良家妇女罪解了公职，林海也被放出来。从此，林海对万全倍加恭敬，每次打回猎物都主动先敬过去，两人感情越发深厚。此后，他俩先后与其他六个讲义气的朋友拜了把兄弟。他们先是三人结拜，但没有宝号，之后又随时有人加入，宝号先后改为"四海一家""五指一拳""六气通关""北斗七星"和"八面威风"，其中林海老大，万全老二、山鹰排老八。

这时，玉兰见林海和山鹰上山时候不大就回来，还背着一昏睡的年轻人，吃惊地问道："这是谁呀？"

林海背着子昂有点喘，但一见媳妇就感慨道："我跟这小子是太有缘了！"说着进了灶房左侧那间屋，将子昂放到炕上，又对玉兰说："就是我上次救的那个，这又掉我陷阱里头了。我还寻思能套只老虎呢，咋把他给套着了？这小子，我就觉着他神道儿的。他正发高烧，都烧糊涂了，赶紧把酒拿来，给他搓搓身子发下汗。"又吩咐山鹰道："去把你六哥叫来，他那儿有偏方，这小子烧得太厉害了，光搓酒怕不管用。"山鹰应后转身离去。

玉兰端着一大半碗酒进来，又端详一下昏睡的子昂，惊讶道："他长得挺俊哪！"又对林海笑道："给咱当姑爷挺不错儿！"

林海说："人家是大城市的，能在这儿找媳妇儿？"

玉兰说："那让咱家芳娥儿嫁到城里不更好！"

林海一撇嘴道："八字没一撇的事儿，尽瞎寻思。"

正这时，芳娥也进来了，惊喜地端详起昏睡的子昂。玉兰看着女儿笑道："你爹说了，他和咱家有缘分，八成是奔你来的吧？"

芳娥害羞地推下母亲道："看你呀，俺又不认识他。"

玉兰说："缘分这东西可由不得你。再说了，过去女人嫁人，之前有几个认识自个儿男人的？不都是入了洞房才见面儿。"

林海着急给子昂搓身子，对母女俩说："别嘚嘚些没用的！都出去儿，我要给他脱衣裳。"说着为子昂解衣服。

母女俩躲了出去，林海为子昂脱光衣服，竟对着他健美的胴体端详了一会儿，嘴角露出一丝诡异的笑。

子昂又在说胡话，林海还是听不懂，知道他是发烧烧糊涂了，并不理会，将碗里的酒点燃，然后伸手进去，带起一团蓝火苗，火苗在他手上舞动，他急忙捂在子昂的胸口处快速涂抹。火苗熄了，他的手继续在他肌肤上用力快速地搓擦，搓完前胸，又搂起一团火苗搓后背。

之后又搓了子昂的手心和脚心，对子昂不停的嘟囔只当听不见，最后连他的生殖部位也用热酒搓一通，竟见他的阳具在勃起，继而挺起来，嘿地笑道："臭小子，挺旺啊！"

就这时，子昂闭目乱语的声音更大了，他看看他问："你倒是明白还是糊涂？"子昂继续乱语，仍听不懂说的是什么。

芳娥见了子昂后就心里不安了，她真的喜欢上了他。听说母亲要将自己嫁给这个英俊的青年，她喜不自禁，也为子昂胡言乱语感到不安，期盼他早点退烧，早点清醒过来。

在院内，她心神不安地经过那间屋的窗前，恰恰窗户开着，不由自主地朝里望一眼，正瞧见子昂正光着身子，吓得差点叫出来，慌忙躲开。

林海为子昂搓完身子后，又将他挪到褥子上，盖上两层棉被，然后吩咐芳娥点火烧炕。芳娥开心地蹲在灶前烧火，子昂赤裸的身子已在她脑海里挥之不去。

这时，山鹰领着一个瘦高的中年男子进来。这瘦高男子就是林海刚才让山鹰去找的六兄弟，这时他手上拎着一串用来退烧的草药。

这位六兄弟姓朴名金万，三十三岁，朝鲜族。光绪十三年，他父亲和伯父随大帮从朝鲜来到中国境内采人参。后来又来了一伙淘金的朝鲜人，伯父觉得淘金更赚钱，就跟着那伙人去淘金，他的父亲则继续采参，并娶了本族媳妇，落脚龙封关。

金万就在龙封关出生，十五时岁跟着父亲学采药，如今已是采药高手，人送绰号"药靶子"。

子昂躺的屋是林海、玉兰两口子和两个儿子住的屋，芳娥住在对面屋。但芳娥不是自己住一个屋，和她一起住的是山鹰的妹妹多日娜。

林海和山鹰两年前为方便一同上山打猎，一起在山根处盖房合住。六间房子两家各住三间，虽也夹了道木杖，但中间设了一扇便门，两家人不需出院便可来回出入。

多日娜开始和母亲住一屋，可哥哥的孩子从能满地跑就喜欢和她母亲在一起。侄儿有时顽皮闹人，她就想把孩子撵回哥哥嫂子身边，有时撵也撵不走，自己又不好和哥嫂住一起，时常故意将侄儿惹哭，想让嫂子接过去。嫂子便时常因此和她这个小姑子闹得不痛快。

芳娥比多日娜小两岁，论起来她俩是姑侄关系。但两人合得来，玩时也不想姑侄的事，怎么开心怎么来。芳娥刚搬到这面房子后是自己一个屋，有时母亲陪她睡。自打和小姑好得不分彼此时，她就让小姑和她住一屋，林海两口子也把多日娜当成自家的一员，天天像对自己亲妹妹一样吆喝。

与芳娥相比，多日娜自然是早认识子昂半年多。但自打子昂去了米家，她就再也没能见到他。她当时一见子昂也喜欢上了，有心和他亲近，可当时在场看他画像的人很多，实在难为情。她不知子昂是从哪来的，但她想，他既然来龙凤镇画像挣钱，就一定还会在那里出现，他也一定会记住她帮他打过抱不平。当日晚，她把遇到子昂的事情讲给芳娥听，说街上有个小子画画儿画得非常好，人也长得英俊。芳娥没见到子昂，并没往心里去，还嘲笑小姑是着急嫁人了。

第二天早上，多日娜还想去见子昂，先跟着林海一家吃过早饭，又回到母亲屋里梳妆打扮。她想起子昂画的那个女孩，女孩的发型是舒展拢起的，确实很有美感，索性将一头细辫子都打开，也梳成了披发。可母亲、嫂子见她梳成这样要骑马出去，就都骂她是疯子。这时她转念一想，子昂画的是个小女孩，而自己已经是个大姑娘了，平时还真没见过谁家大姑娘披着头发出门的。可再梳成那些细辫子就太费工夫了，索性让母亲帮她梳成两条朴素文静的粗辫子。

但这一折腾还是用了很长时间，等她骑着马到了那个集市时，太阳已经升起很高了，而恰在此前几分钟，子昂已被米秋成请走了。当时她以为子昂没有出画摊，有些扫兴但并没放弃。之后她又去过几次，自然都没能见到子昂。虽然记得当时子昂和一女孩在一起，但她和村妮没有直接接触，对村妮的孩子就更不清楚了。

几日后，她又遇见侯七一伙人在街上晃，本无心理他们，但侯七主动和她套近乎，说那个画画儿的是陆林海从老虎嘴里救出的，她这才知道她喜欢上的人和陆林海认识，忙去问陆林海，谎说她也想画像。

陆林海没有多想就训斥道："人家是为了挣钱，你让人白画？"

她忙说："我给他钱还不行？"

他又责怪道："有钱没处花了？小小年纪画那玩意儿干啥？"

她不甘心，挽着林海的胳膊央求道："大哥，你就告诉我他在哪呗！"

陆林海这才意识到她是醉翁之意不在酒。但他也不知道子昂去了哪里，说："他不是咱这儿的，我也好几天没见着他了，八成是走了。他家是奉天的，出来找亲戚。我听他说要去宁安，准是去那边了。"

她很惋惜，但也很无奈，便不再去想了。

芳娥也很快便忘了多日娜说的那个会画画儿的美男子，但自子昂被爹从陷阱救出背回家后，顿时也被他的英俊吸引了，尤其听了母亲说的缘分，竟认准这个美男子就是将来要娶她的男人。

那日透过窗户看到子昂赤裸的身子后，她更是魂不守舍了，好像他已是她生命的一部分。这时她也清楚，这个让她喜欢的男子就是多日娜那次对她说的俊小子。但她已舍不得让出这个俊小子了，心里说："是俺爹救了他三回，他掉进的陷阱也是俺爹挖的，要讲缘分，他是和陆家有缘分，和我有缘分。"

这样想过后，她决定开始努力和子昂形成那种关系，绝不让多日娜把他夺走。但她还是担心多日娜，毕竟多日娜比她还俊俏，他俩又是先认识的，俊小子要是喜欢上她怎么办？她不知该怎么办，最好的办法就是先不让多日娜知道，等她知道了，她和俊哥哥已经生米做成熟饭了，爹也会帮着她说话。

多日娜每天都是晚间睡觉时候回陆家，白天不是在自己家里，就是骑着马逛街，有时还跟哥哥去打猎。按说她早该选婆家了，但她是个令人望而生畏的人。且不说她哥是"八面威风"之一，就她天天骑马逛街、不高兴就抢马鞭也让许多人家难以接受。

晚间，林海让玉兰和芳娥、多日娜睡一个屋，让弘文和弘武去爷爷家，他和子昂睡一条炕，便于夜里照顾子昂。

林海已把子昂的事对山鹰讲过，多日娜本该可以从哥哥口中得到子昂的消息，可事情又赶了巧，之前多日娜刚教训了侄儿，惹得嫂子又不高兴，姑嫂俩竟翻了脸。哥哥也对妹妹骄横跋扈感到不爽，但有母亲祖护妹妹，他也没办法，便兄妹俩也都懒得搭话了。

晚间回芳娥屋里睡觉时，见玉兰过来和她们睡一炕，才知道林海从陷阱里救回一个人，根本没想到对面屋里说胡话的人就是她半年前喜欢上的人，还说笑话道："往哪跳不好，偏往陷阱里跳，要跳进只老虎、熊瞎子啥的，咱还能吃顿肉，他跳进去顶啥用？废物！"

芳娥不悦道："不行说人坏话儿！"多日娜虽然感到芳娥有些反常，但她这时已经忘了半年前的子昂。芳娥不想多事，随即又和小姑亲热起来，这个话题就过去了。

子昂被搓了身子发过汗，随即又灌了中药，第二天果真开始退烧了，也不胡言乱语了，但还是昏睡不醒。

玉兰熬了小米粥，滤出米粒让芳娥喂他米汤，她是见女儿真对子昂动了心思，便有意让她照顾，就图日后让子昂娶她进城。

芳娥明白母亲的心思，心里美滋滋的，欣然答应后，就一手端米汤，一手拿羹匙，坐在昏睡的子昂身旁，一边端详他，一边一点一点往他嘴里送米汤，好像是她自己喝着蜜糖一般。

就这样，芳娥每天只负责喂子昂。两天过去了，子昂还没醒来。夜里，林海见他尿了炕，索性将他穿上的衣服又都脱下来，让他赤裸地躺在被褥内。玉兰便嘱咐芳娥道："喂他时可不行掀被子，他没穿衣服，姑娘家家的，看了不好。"

芳娥知道子昂夜里尿了炕，嘴上答应不掀被子，但趁屋里没有其他人，还是忍不住掀开看看，是看他尿没尿炕，心想："他以后就是俺男人了，看看怕啥的，又不是没看过。"

弘武对家里多出个外人很不喜欢，在爷爷家过了夜回来，见院里挂着尿湿的被褥，立刻发起牢骚，不满家里来了个尿炕精。

芳娥自然不高兴，冲弘武眼一横道："不行瞎说！"

弘武却不服她，又示威道："尿炕精，尿炕精，尿完三更尿四更，尿到五更脱光腚……"

他还要接着说，芳娥已怒不可遏，抄起一把笤帚追他打，愣把个十几岁的大小子打得哇哇哭。

多日娜从屋里出来，也埋怨芳娥道："你咋这么能管闲事儿？弘武又没说你！你急啥眼？看把你嘚瑟的！"

芳娥心里说："哼，你不嘚瑟就行。"并不生多日娜的气，紧一下鼻了走开了。

玉兰却责怪弘武道："挺大个小子，就知哭。打你也该！人在咱家治病，你叨叨那些屁嗑儿干啥？你躺那儿两天不撒尿试试？行啦，别哭啦！"又悄声逗起芳娥说："八字还没一撇呢，这就疼上了？"芳娥害着地跑回屋里。

第 036 章

第四天一早，林海和家人吃完早饭又上山去打猎了。玉兰又滤好米汤让芳娥喂子昂，然后又吩咐道："我去集上买点东西，你别老和弘武吵架。"芳娥愉快地答应，她很高兴家里就她和子昂，尽管子昂还在昏睡，但感觉就像他俩是这家里的主人。

玉兰出屋后又在灶房内冲屋里道："芳娥儿啊，你别可哪乱走啊！"芳娥又开心地答应。就这时，她听见子昂在她身前说话，说不太清，但她听着是在叫"芳娥儿"，不禁惊讶。

子昂实际是在梦里叫香荷。"香荷儿"和"芳娥儿"的发音本来就接近，他的声音从嗓子里发出又含糊不清，芳娥更想不到他与香荷认识，便认定是在叫她，心里猜想："一定是爹也看好他了，对他说'我有个闺女叫芳娥儿，以后给你做媳妇吧'，他也一定同意了。"越想心里越美，又将耳朵贴近他的嘴仔细听，怎么听，他喊的都是"娥儿"。她更加坚信是在叫她，忙答应着，耳朵已经搭在他嘴上，浑身有种异样的感觉。

这时他的嘴在蠕动，她第一感觉是他已经醒了，而且在喜欢地亲吻她。她很害羞，但又不想让他扫兴，索性将脸一转，与他对嘴亲吻。可他是在吮，吸力很大，以致将她的舌头吸进他口中。她浑身酥软了，一下瘫在他身上，继续由着他吮。

忽然他不吮了，头在她脸下转动一下。她忙直起身看他，见他正睁着一双惊愕的眼睛。

子昂醒过来了，见眼前的姑娘也很秀气，只是觉得莫名其妙，心想："我怎么和一个陌生姑娘在一起？"

芳娥害羞地嗔怪道："你早就醒啦！在那装睡呢！"

他更加糊涂了，想辩解，嗓子还有些紧，终于发出声道："没有。"

她笑道："还骗人！那你咋知道亲我？把俺舌头都裹疼了。"

他更惊愕了，心想："哪有的事啊！"他只记得他醒来就见她伏在他身上，正在亲吻他，心里责怪道："明明是你亲我，怎么成了我亲你？还把你舌头裹疼了！我啥时裹的？"他怀疑她有什么目的想诬陷他，毕竟她爹是当地有名气的人，又不安地想："如果她真想诬陷我，那我可跳进黄河也洗不清，外面的人会说，陆林海几次救了你，你还调戏人家闺女？——周子昂，你简直是个混蛋！过后你还怎么向米家人解释？又怎么面对香荷？"他心里越发惶恐不安。

见他一脸惶恐，芳娥又哄他道："没事儿的，不咋疼。"说着又端起米汤要喂他。

他没有食欲，转下头说："不要。"

她笑道："这几天都是我喂你，一天喂五遍呢！你知道吗？"

他心里有些感激，只是想不起他是怎么出的山，怎么掉进陷阱的。

他又想起半年前见过的多日娜，她是陆林海结拜兄弟的妹妹，而他就在陆林海家里昏睡了好几天，多日娜会不会也喂过他？他也没法忘掉多日娜太阳般的美丽和温暖，只是她对他出手相助并不等于就喜欢他，不然她那天就不会骑马离去，让他自作多情一回。

他现在就想尽快回到米家，把他发现财宝的事偷偷告诉香荷，再去求她的爹妈接受他做米家的老女婿。

芳娥仍很有兴致，又笑着问他："你知道我叫啥了，我还不知你叫啥呢？"

他不想告诉她，只想尽快离开这儿，但他还是头涨乏力，身上又没穿衣服。又想陆林海必然也会问他，犹豫一下，还是告诉她道："周子昂。"

她重复着他的名字，眼睛又笑成一条缝，接着又笑着问："那你多大了？"

他又如实回道："二十三。"

她立刻抬起右手，数着指节，竟也现出了兰花指。他心又一震，脑海里又现出文静翻画页、婉娇掐银圆、芸香捋头发、懿莹包饺子和香荷持绣针时现出的兰花指，暗中惊叹，她们彼此相隔甚远，互不往来，可做出的手势却如此相似。

芳娥数完指节，吃惊的样子道："你比俺大六岁呢！"忙又说："也不算大。"

他也算出她比香荷和芸香小一岁，问道："你属大龙的？"

她笑道："是啊！我也知道你属啥，你属狗，对吧？"

他惊讶道："瞅你跟算卦似的，你真会算？"

她得意道："俺爷就会算卦，还能挣钱呢！"

他不禁想起他刚来龙凤时为他看卦的算卦先生，便问道："你爷是不戴眼镜？"

她吃惊道："你也会算卦？"

他摇头道："不会。"

她又笑道："那你咋知道俺爷戴眼镜？俺爷是秀才你知道吗？他们都管俺爷叫举人。举人比秀才还高一等呢，再高就是进士了，最高的是状元。"

他一下都对上号了，那个给他算卦先生和米秋成说的陆举人是同一人，这个人就是陆林海的爹。可眼下他担心米家人知道他在陆家炕上睡了好几天，尤其令他难堪的是，他现在在被窝里光着身子，醒来又正被陆林海的女儿亲吻着，还说是他裹了她的舌头，真不知接下来会出现什么新情况。

她继续向他炫耀道："我知道天干地支，能算出谁属啥，多大岁数。刚才你一说岁数，我就算出你属狗的。属狗好，狗是忠臣，猫是奸臣。"

他不敢惹她不快，强作镇静地玩笑道："有属猫的吗？"

她咯咯笑道："哪有属猫的！有属耗子的！猫能抓耗子，狗拿耗子就是管闲事了。俺没说你。"又眯着眼睛对他笑。

他觉得她比懿莹还天真活泼，也感到了她对自己的爱慕，便愧疚地想，以后顶多可以认她做妹妹，和村妮一样拜仙家，只是她说他裹过她的舌头，又令他有种罪恶感。

她又笑着问他："我叫你子昂哥行吗？"

他用嗓子眼"嗯"了一声。

她便开心地叫道："子昂哥！"然后看着他眯眼笑。

他又应一声，不敢再与她深情的目光相对。

她关心地为他整理被角道："你病还没好利索，还想睡是吧？那你睡吧。现在你能吃东西了，我给你做鸡蛋糕吃；我会做，等你醒了我喂你。"说完哼着小曲儿下了炕。

他这时就是口干舌燥，但他不想让对她讲。

玉兰回来了，芳娥兴奋道："妈，他醒了！"

玉兰进来欣喜地看着他说："哎呀，你可醒了，俺们是天天盼着你早点醒过来。"

他打量玉兰，见她端庄大方，年纪比香荷的大姐大些不多，但他已经管陆林海叫过叔了，也只能管她叫婶了，便叫声"婶儿"然后道："给你们添麻烦了。"

玉兰一脸喜色道："麻烦啥，咱就是有缘。"又关心地问道："身子是不还挺虚的？不要紧，这就给你炖只鸡补补，多吃点，明儿个就能下地了。"又问道："你咋掉进陷阱了？你上山上干啥去了？"

他暗中提醒自己，千万不能说出发现财宝的事，便说："就是想看看，后来下雨了。"

她又问道："你家不是奉天的吗？这块儿有你亲戚吗？"

他立刻又想到米家，但他不想告诉她他住在米家，怕她万一去报信，米家人就可能知道自己裹过芳娥的舌头，尽管他还不信，但他怕到时就是浑身是嘴也说不清，那样他对香荷的心思就都白费了。

他又想到多日娜和林海都见过他和玉莲在一起，怕是想瞒也瞒不住，便坦诚道："我在我姐家，她叫村妮。"

玉兰一愣问："你说的是东头老夏家？听说有个小丫头跟着你，那是她家的？"接着又惊讶道："村妮儿是你姐呀！"听口气她很了解村妮，便又后悔说出村妮，但也只能承认了。

玉兰又尴尬道："哎呀，那咱这辈分可就弄差了。村妮儿和我是同辈的，那你就不能管我叫婶儿了！"

他觉得也好，这样他就是芳娥的长辈了，可心里更加纠结他裹芳娥舌头的事。玉兰又问："村妮是你亲姐吗？"

他不敢撒谎，说："以前也不认识，我来这儿后帮过她家，她就认我当她弟弟。"

她又愣了一下说："听说她男人去沟里给日本人伐木头了，就她带个孩子在家。"

他听出她的意思，忙解释道："俺俩拜过仙家，就是亲姐弟了。"又补充道："拜了仙家，就得姐有姐样，弟有弟样。"说着心里还是不安，担心她去给村妮送信，便求她说："先别告诉她我在这儿，我出来时跟她说，我要回奉天。就去几天，我还得回来，等我回来，我一定好好报答你们。"他想尽快离开这里，然后自己先去村妮那儿解释，村妮一定能帮他圆场。

玉兰叹口气道："有啥报答的！行，我不跟她说。那你在这儿多养两天，你现在身子还挺虚。"他感激地点下头。

傍晚，林海打猎回来，一进灶房就听芳娥告诉他子昂醒了。见女儿兴高采烈的，他责怪道："醒就醒了呗，瞅你这个咋呼！不怕人笑话？"

芳娥并不介意，以为爹是怕子昂笑她，得意道："他才不会呢！"接着做下鬼脸跑开了。

林海进了屋，见子昂和正常人一样躺着，先是狐疑地看他一会儿说："好病了？"

子昂本想先打招呼，但见他是那种眼光，不禁心里有些紧张，又听他这样问，忙说："好多了。又亏了您，您真是我的大恩人！"

林海放下猎枪说："恩人谈不上，我看咱俩真是挺有缘！"接着问："你一直就在龙凤？"

他谎说道："我想走，可又抹塌山了。"

林海坐炕沿上装着烟袋说："我有五个阴眼儿，就两个挂网的，你要掉进没挂网的，不死人也废了。我就不明白，你咋老往山里钻？你不是在躲啥吧？我看你大腿后头有枪伤，是不当过兵？"

子昂没想到他会问这些，尤其想起村妮说他是当地不好惹的人，便不想把他参加自卫军的事露出来，毕竟这里有日本军营，可想说谎话掩盖他的枪伤，却又一时编不出其他和枪有关的理由。

见他一脸不安，林海又说："咱都是中国人，别害怕，你要说你和日本人打过仗，我还真佩服你是个爷们儿，但和别人不能说。这儿的日本人，面儿上和我们是朋友，实际也互相提防着。街面上日本人不太多，去了在沟里的，都在大河北头，这头儿不大过来，镇上的治安都归我兄弟管。我这个兄弟给日本人当差不假，也是为了保护咱的人。就这么回事儿吧，蒋介石不要咱们了，张学良只听蒋介石的，马占山又打不过日本人，咱个小百姓，就得学着机灵点。也别说汉奸不汉奸的，胳膊咋也扭不过大腿，咱也犯不着拿鸡蛋往石头上碰，能消停活着就可以了。"

子昂坦然了许多，问道："日本人来这儿，没遭到抵抗吗？"

林海说："这老山沟子，指啥抵抗？我兄弟就在警察所，当官的下啥令，他就接啥令，让你当亡国奴，你还敢给人当主子？"

听林海也满腹怨恨，子昂才承认他参加过自卫军，身上的伤是在牡丹江战役中负的。林海钦佩地点点头道："我就琢磨你有点来头。那你真是出来避难的？"

子昂点头道："是。可我来一回，让您救了三回，以后我一定会报答您。"

林海笑着问道："你想咋报答？"

他犹豫一下道："以后你就知道了。"

林海又狐疑地看他一眼，转了话题说："你模样不错，枪也不错。"

他又一愣，想起他在那个窖里发现的手枪。可他并没把枪拿上来，陆林海怎么知道他有枪？莫非他也发现了那个还藏着大量财宝的地窖？立刻不安地问："啥枪？"

林海呵呵一笑，伸手掀开他身上的棉被，见他已经穿上裤头，问道："穿上了！"又小声道："我说你这里的枪。"

他暗舒口气，也很难为情，忙扯被盖上。林海接着说："你真行，都烧得胡说八道了，我搁酒一搓就自个儿支棱起来了！有媳妇了吧？"

他又一惊，心想男人有了媳妇能从那上看出来吗？他是怎么看的？他想起了婉娇，他只和她有过那一夜，眼下他正奔着娶香荷，便点头道："有了。"

林海顿了一下，又问："我看你身上还揣着不少现大洋。牡丹江和这儿早都不花这种钱了。"

他怕露出山里的财宝，忙遮掩道："奉天还有用的，这面也能兑换。"

林海说："那是。大洋到啥时都是好东西，比纸片子强！"又问道："看你家挺有钱，做啥生意吗？"

他又被问住了，但也提醒了他，想他要是真成为米家的女婿，那些银圆、金条、金砖就得在市面上用，一定得有个家里有钱的理由，便编了谎话道："我爹在奉天开工厂。"又想起他从奉天出来是搭乘拉砖的火车，奉天又确有开砖场的，就又补充道："开砖场的。"

林海没有怀疑，又问道："那你还得回奉天吧？"

他说："我回去就是取钱。这面日本人少，将来我想在这头安家。"

林海站起身说："那行，甭管咋的，咱们能认识也不错！以后常过来，这片儿有啥事尽管说。说是日本人的天下，这也是我的地盘儿，只要咱不惹日本人，也没人敢惹咱！你先歇着吧，待会儿饭好就给你端来。"说完便出屋了。

玉兰正在灶房炒菜，林海小声问她："我俩在屋说的你都听着了？"

她显然没注意他和子昂在里屋说的话，一边翻着锅里的菜一边问："说啥了你俩？"

他贴她耳边说："人家有媳妇了，家里是开砖厂的，挺有钱。当朋友走动行，别的就别瞎寻思了。"

她一愣，随即忧虑道："咱家娥儿对他心思挺大的，这可咋整？给她提俩了都没相中，这好不容易相中一个，还让我给整岔劈了。"

他责怪道："就你嘴快，还天天让她贴乎他。"

她也认识到自己草率，后悔道："我看他岁数不大，长得又好，就没想那些。"

他嘱咐道："行了，先别跟娥儿学，她啥样你又不是不知道，别弄得让人家笑话。他再养养就走了，到时再说吧。"见媳妇愁眉苦脸的，又说："别撑不住劲儿，开始啥样还啥样，先别让娥儿看出来，让他俩少往一块堆儿凑合，再挺两天三天的。"

这时，芳娥从对面屋出来，见爹伏在妈的耳边私语，好奇地问："干啥呢你俩？"

两口子都被吓一机灵。林海直起身道："没你事儿。"

芳娥大声叫道："啥没事儿，菜煳了！"

玉兰慌忙去翻动肉炒干榛蘑，闻到从锅底泛起的焦煳味，不禁懊恼。

芳娥责怪道："这还能吃了吗？"

玉兰心烦道："那就煳吃！"

芳娥忙说："先把没糊的挑出来，我给子昂哥端去，他自个儿能吃东西了。"

林海一愣道："他叫子昂？"

芳娥得意道："是啊，他叫周子昂！"

林海为自己救过子昂三次却还不知他的姓名有些难堪，反而责怪女儿道："我还不知他叫啥呢，你咋知道？"

没等芳娥说话，玉兰不耐烦道："光知名顶啥？放桌吃饭！"边说边盛出已经有些焦煳的肉炒干蘑。

芳娥又埋怨道："你咋盛一块儿了？先给子昂哥挑出来！"

林海眼一横道："他的你别管，我和他一块儿吃。"

芳娥这才感到气氛不对，不安地看看母亲。玉兰心疼地摸下女儿的头说："没事儿，娘再炒个鸡蛋，一会儿让你爹端，他们有话说。你往你屋里拿碗，待会儿咱吃咱的。"

芳娥又猜想爹有话说也是说她和子昂的事，脸上立刻又露出光彩，欣然地去碗柜取了碗筷，嘴里还哼起小曲，显然是京戏《西厢记》里的曲段，玉兰心里更不是滋味。

第二天早晨，子昂还是感到头沉，但他可以下炕走动了。他想去茅厕大解，虽然玉兰正在灶房内做早饭，但他还得向她询问茅厕在哪，只是不知该叫她"婶儿"好，还是叫她"嫂子"好，索性什么都不叫。玉兰对子昂不如开始那么热情了，只说茅厕在院子西头，根本没想子昂这时还辨不清方向。

芳娥在对面屋听到子昂说话，急忙出来要为他带路。玉兰心想他俩不可能一起进茅厕，就由着芳娥去，自己继续忙着手里的活。

许是连续躺了几天的缘故，在迈灶房门槛时，子昂竟被绊了一下，险些栽倒，芳娥忙一把扶住他，然后就不松手了。他坚持要自己去茅厕，她这才松手嘱咐道："那你慢着点，茅楼儿比门槛儿还高呢！"他说他没事了，就自己朝院子西走去，她则站在院中等他。

茅厕位于房西头的杖子前，是一顶一米多平方、两米多高的木板棚。他小心地进去，脱了裤子蹲下，顺着门缝可以看见芳娥在对面不时地往这边看。他虽觉得别扭，但也很感激她对他有这份心，觉得很像婉娇那般疼他，也希望香荷能如此这样在意他。

在完事提着裤子站起时，他突然感到头晕，身体也失去重心倒在茅厕门上。门被他撞开，整个身体随着门悠出去，他本能地抓住门边，但还是栽倒在茅厕前。

芳娥见他拎着裤子悠出茅厕，大吃一惊，急忙奔跑过来扶他，又见他的裤子还没有提上，忙帮着他提。

他难堪道："不用，我自个儿来。"

她却淡定地笑道："看把你吓的。"又小声对他说："你那儿有啥保密的？"

他一怔地看着她，担心她看过他浑身赤裸的样子，不安地问道："你看过？"

她笑道："俺不是故意的，俺爹用酒给你搓身子时，把你脱得溜光的！吓死人了！"然后对他嘿嘿笑。他感到无地自容，什么也说不出来了。

她帮他系好裤子，又对他撒起娇道："俺舌头还疼呢！"

他心不在焉地问："咋整的？"

她推他一把嗔怪道："你还装，就你给裹的！"

他无法相信，惊愕地看着她说："尽瞎说！我啥时裹你了？"

她一愣道："你耍赖，就你裹的！"

他还是不信，坚定道："不可能，你逗我呢吧。"

她急了，要哭的样子道："大赖包子你！干了坏事儿不认账！"

见她认真的样子，他只能信了，一边哄她不要哭，一边暗中骂自己：周子昂，你真是个混蛋！

来到黑龙江不到两年，坏事快让你干遍了。

见他呆呆地立在那儿，她以为他还想耍赖，就继续证实他裹过她，又伸出舌头问他：“你看看，是不裹坏了？”

他没看出她粉嫩的舌头有什么异样，但还是使劲打了下自己脑袋道：“我真该死！”

她立刻眼一瞪道："干啥呀你！"忙去揉他的头，撒娇地责怪道："不行你这么说！俺没生你气。"然后又扶着他进屋。

他确信自己做了亏心事，便木偶般地由着她。

将子昂扶进灶房后，芳娥又为他打了洗脸水，看着他洗完脸，然后又扶他到对面屋吃早饭。他就像被绑架了一般，恨不能长出翅膀飞离这里。

进了对面屋，子昂见林海已经等坐在炕桌边，桌上放着白面馒头、煮鸡蛋，还有小米粥、小咸菜。桌前还坐着弘文、弘武和一个姑娘。子昂一看那姑娘，忍不住脱口道："多日娜！"

多日娜也惊讶地丢下碗筷道："哎妈呀！咋是你？你没走啊！"

望着她秀美却透着惊愕的面庞，他更不想说出他在米家了，就说："想走，可又掉陷阱里头了。"

她却疑惑道："你在陷阱里待半年哪？"又埋怨林海道："大哥就怨你，那次我还问你呢，你说他走了！"

林海一皱眉头道："我哪知道他走没走，我就说他家不是这儿的。这都去年的事儿了，谁想到他又掉我阱里了？"

她继续埋怨道："那他掉你阱里你也没告诉我呀？"

林海有些不耐烦道："你不是知道他在这儿养病嘛！"

她沮丧道："我哪想到是他呀？"

玉兰也惊讶地问："你俩去年就认识了？"

多日娜说："我还救过他呢！"

林海一哼道："你那也算救？不就侯七找他碴儿的事吗？"

多日娜理直气壮道："那咋不算？我要不管，侯七不得熊死他！"

林海不想和她理论，说："行行行，是你救的。"又对子昂说："她才是你恩人，可千万别忘了她。"

子昂这才看出多日娜对他的心思，心里顿时乱了，忙点头道："忘不了。"可他现在已经把心思都用在香荷身上了，心里不禁又对多日娜多了一份歉疚。当初要不是米秋成把他请回家，他肯定会在以后的时间里再和她见面。但那样他就不可能认识米香荷，自然也是极大的遗憾。

弘文、弘武也是初次正脸见到子昂。他在对面屋里躺着这些天，弘武虽然去看过，但子昂一直昏睡，额头上还搭着湿毛巾，想再细看时，见他尿湿的被褥晾在院子里，顿时产生了厌恶感，即使现在，他也不愿和子昂一桌吃饭，但有爹在跟前，他不敢说什么。

多日娜也曾为那套尿湿的被褥心烦过，但她真没想到那是子昂尿的。当时因刚刚下过一场大雨，天还没有晴起来，尿湿的被褥晾了半天也没干多少，芳娥就点火烧自己屋的炕，想把被褥铺在炕头处烘干。

多日娜见芳娥将一陌生男人尿湿的褥子晾在炕头上，很不高兴，又见芳娥坚持，玉兰也支持，便赌气回母亲的屋里睡了，后经玉兰出面哄劝，她才又回到这面住。

这时多日娜对子昂尤其热情，还亲自为他剥了个鸡蛋。芳娥早已不痛快了，但又不好发火，就也剥了个鸡蛋硬塞进他嘴里。

多日娜责怪道："你疯啦！"

芳娥终于发泄道："疯了！就疯了！欠儿登！"

多日娜立刻眼一瞪道："你才欠儿登呢！"

林海也眼一瞪道："干啥呢？吃也不好好吃！不吃下去！"

多日娜立刻赌气下地，临走前又笑着对子昂说："等你好了，给我也画个像。"

子昂对两个姑娘为自己争风吃醋感到不安，这时只是点下头。芳娥却不允许，命令子昂道："不行！要画就画我！"

多日娜又冲芳娥瞪眼道："损色！"说完转身离去。

玉兰忙追出去哄道："好妹妹，别和她一样。"

多日娜并不领情，一边出屋一边说："你就向着你闺女吧！"随后一摔门离去，气得玉兰又回屋数落芳娥。

林海见女儿毫不顾忌地给子昂夹菜，筷子一摔怒斥道："你也滚边儿去！"

子昂、芳娥都被吓一跳。

芳娥便也委屈地下了炕，随后接连摔了两道门离去。玉兰嗔怪林海道："你看你，她俩不掐就拉倒了呗。得，准是又去咱爹那儿告状去了。"

林海冷着脸道："不管她。就咱爹惯出的臭毛病！"然后又让子昂动筷。

吃过早饭，陆林海又出去了。玉兰把芳娥叫到身前，将一张纸币塞进她手里说："你出去给他买点好东西吃，他病刚好，嘴里没味儿。我寻思我去买，又一寻思，这事儿就你能办好，还是你去吧。"

芳娥高兴地揣好钱，喜滋滋地出去了。其实，玉兰是故意把芳娥支开，她要和子昂单独说些话。

第 037 章

吃完饭，子昂躺在炕上想心事，见玉兰进来，忙坐起来，既不叫"婶儿"，也不叫"嫂子"。

玉兰侧身坐在炕沿上笑道："想问你点事儿。听说你已经成亲啦，是真的？"

他明白她的来意，点下头道："是。"

她又问："媳妇是你家那旮儿的？"

他知道她问的是奉天，因不想这时对他们提米家，便又点头应。她顿了一下又问："媳妇俊吗？"他还是点头。

她不再问了，也不笑了，说："看来你对你媳妇挺好，就是苦了俺家芳娥儿了。"

他忙说："芳娥儿长得也挺好，一定能找到可心的。"

她叹口气道："山沟子哪像你们大城市。这旮儿像样点的也有，可她都没相中。按说儿女婚事都由父母来定，可俺家和别人家不一样；别人家是重男轻女，俺家是重女轻男。不怕你笑话，俺老公公就疼女孩儿，闺女、孙女儿咋都行，儿子、孙子管得溜溜的。闺女、孙女要受点儿委屈，就跟挖他心似的。就是对俺们当儿媳妇的也这样。儿子、儿媳要闹计咯，不论谁对谁错，肯定打儿子、骂儿子，儿媳妇都对。"说完一笑。

子昂惊讶地问："你公公咋这样？"

她又一笑，问道："你是不觉着俺老公公挺不正经的？你要这么想就错了，俺老公公那可是个正经人。他是大清国的秀才，可这儿的人都管他叫举人。他考过举人，老也考不上，就因这，他才带我婆婆从山东来这儿的。我婆婆是个大户家的丫头，是我公公偷着把她带出来的。这话要说就长了，咱不唠那些。你知道我公公为啥重女轻男吗？你肯定不知道，刚一听说时，我都感动哭了。他说女人活着不容易，女儿、孙女都是爹妈身上的肉，可迟早要嫁到别人家。一旦嫁了人，是苦是乐就说不上了，娘家人也不好去深管。所以呢，没出门的时候，女儿不能受一点委屈。娶进来的儿媳妇也是，在娘家受了多少苦不去问，娶过来就当自己亲闺女疼，将心比心呗，就图老天开眼，让咱家闺女在婆婆家也不受屈。"

他觉得很合情理，不禁对林海的父亲产生敬意。

玉兰接着说："俺老公公都七十多了，这么多年，他一直这么疼俺们，俺们也都孝敬他。他要有个头疼脑热的，不用别人，两个儿媳妇就受不了了。你看哪家儿媳妇给老公公洗过脚，俺家没那些滥想法，就当自个儿亲爹侍候；伺候亲爹也达不到这份儿。俺老公公信神，他说举头三尺有神明，咱看不着他，他可看得着咱。女儿和孙女的婚事他也想得可开了，让女儿、孙女自个儿挑，挑好了再嫁。我为啥要跟你说这些？你也看到了，俺家芳娥儿挺随便的，你肯定得笑话，这都是他爷惯的，谁也不敢管。可眼下有点麻烦，怕她爷也没办法。芳娥儿就看好你了。"

他忙解释道："可是我……"

他话刚出口就被她拦住道："我知道，我知道。就是像你这么好的太难找，我猜她一定舍不得离开你。我是想说，这几天，芳娥儿和你亲近，你避她点儿，别啥都由着她。等你走了，我慢慢和她唠；咋唠她也得难受一阵子，可也没别的法子了。"

他觉得芳娥可怜，但他无论如何也不能放弃香荷，忙对玉兰说："你放心，我会把住自个儿的。再有，我走以后，你让芳娥再挑一个，她的嫁妆都我来办，我还给她买房子买地，一定让她过上好日子。"

玉兰笑道："知道你家挺趁钱。听俺家他说，你爹是开工厂的？你也不用太破费，以后咱能当亲戚走动就行了。"

他这才感到心里踏实些。玉兰也不想多唠了，让他继续休息。

芳娥哼着戏曲回来了。她花光了钱，买了糖果、糕点和草莓。一进家，她直接到了子昂身前，将买来的东西都放到他旁边，随后扒开一块糖，硬塞进他嘴里。这时，她发现子昂的脸和嘴唇都起了皮，便要去揭。

他拦住道："我自己来，你找个镜子来。"

她坚持亲自动手，说："我给你揭，比你看镜子还清呢！"

　　玉兰在灶房听见后忙进来说："别乱揭，高烧退了肯定要爆皮，让它自个儿退，没长好就揭，你想让他变成麻子？"其实她主要是不想让芳娥和子昂太亲近。

　　芳娥吃一惊道："哎妈呀，那可别揭了。"但还守在他身边，仔细看他脸上爆的皮。

　　玉兰看着不舒服，就拉她出去干活，她很不情愿地跟着出去了，子昂立刻躺下装睡，不久真的又睡了。

　　又一天过去了，子昂身上有了力气，但脸上和身上的皮爆得更厉害了，除了渐渐脱落的皮屑，还有大块的爆皮伏在脸上和身上。

　　芳娥实在看不下眼，坚持要帮他揭下来。他也觉得浑身发痒，便让她去问玉兰能不能揭。

　　玉兰进来看了看，惊讶道："爆皮的我见过，没见过你这样的！咋跟蛇蜕皮似的？"

　　芳娥笑道："那你不成蛇精啦！蛇精变的人都好看，你看白娘子，一下就把许仙迷上了。你也挺迷人的！"

　　玉兰倒觉得难为情，脸一板道："别瞎说！"芳娥冲子昂一吐舌头。

　　子昂觉得身上更痒，忍不住去挠，玉兰靠近看了看，随手揭下一片，见下面长的是嫩肉，呈粉红色，说："那就把翘起来的揭下来，连着肉的先别揭。"

　　这一说，芳娥忙推开她道："我来我来！"她傻在那里。

　　他忙说："我自个儿来。"

　　她竟急了，喊道："你别动！"

　　他也傻在那里。

　　芳娥开始从上面一点一点地往下揭，竟是大块大块地揭下来。然后，她小心地将这些爆皮放在炕上。玉兰哭笑不得，训道："干啥呢你？揭下来不赶紧扔了，还想留着呀？"

　　芳娥笑道："嗯哪，这是子昂哥身上的东西，不能扔！"

　　玉兰见女儿对子昂痴情到了极点，心里又不是滋味，也不知该说什么。芳娥一边眯眼看着子昂，一边摸下他的脸说："哎呀，粉白儿粉白儿的，跟大姑娘脸似的！"接着又命令他道："你把衣服脱了！"

　　玉兰看不下眼了，厉声道："滚边儿去！太不像话了你！"

　　芳娥回身往外推母亲道："你别看，出去出去！"

　　玉兰愤怒道："我不能看，你也不能看！"

　　芳娥一边推着母亲一边说："哎呀我啥都看了！别人不能看！"

　　玉兰又傻了。子昂很尴尬，他怎么也没想到芳娥竟这么肆无忌惮。

　　玉兰被推出了屋，站在灶房内骂道："我咋生出你这么个虎玩意儿！"

　　芳娥不管母亲，将门一插，又让子昂脱衣服。他真的怕她了，怕她随时将她舌头被他裹疼的事说出来，就求她道："就这样吧，剩下的我自己来。"

　　芳娥顿时急得跺脚道："不行，你该弄坏啦！"

　　他心一横道："那你来吧。"说着脱下上衣，袒胸露背。她又笑了，一边欣赏着他，一边抚摸他的前胸和后背，小心地将与肉离开的爆皮一点点揭下。

　　揭完上身，她又让他脱裤子。他终于不想忍受了，脸色阴沉，坚决不让她揭了。见他脸色难看，她不安地问道："生气啦？"

他又心软了，说："没有，你这样不好。"

她笑道："有啥不好？你还裹我了呢，我舌头还疼呢！"

他感到紧张和不舒服，近乎愤怒道："你别老这么说！你要偏这么说，我就啥都不在乎了，反正我不能脱裤子！"

她有些惊讶，妥协道："我不看哪，你那怪吓人的！那你自己揭。你得好好揭，别都弄坏了。"

他确定她真看过他的身子，但很无奈，只是木然地点头道："行，你先出去吧。"

玉兰贴门听见他俩在屋里说的话，心里更加不安。这时见女儿从屋里出来，愤怒地训斥道："你疯啦！"说着将她拉到院子，低声训道："你是不掀过他被乎？"

芳娥愣了一下道："我看他尿没尿炕。"

玉兰羞愧地骂道："你真不要个脸！"

芳娥辩解道："他刚来时我就看见了，俺爹给他搓酒都光着呢！谁让他不关窗户，我又不是故意看的。反正都看到了，就看看他尿没尿炕怕啥的？"

玉兰有火发不出，又训问道："他裹你舌头咋回事？"

芳娥不耐烦道："你别管啦！那是俺俩的事儿！"说完转身又回屋了。

玉兰预感到事情严重了。

芳娥在灶房内推那扇门，子昂已在里面插上了。她敲门问道："还没好啊？"

他已经受不了她的纠缠了，心里有些烦躁，索性不理她，一点点揭下身上的老皮，那感觉就像揭下干在身上的一层糨糊，身上的汗毛随着爆皮的掀起挨排竖起来，又从爆皮上漏过去，留下细小的毛孔，嘶嘶的，没有痛感。再看揭去老皮的皮肤，确实比以前显白了。

这时他想起了村妮，记得她那次高烧后也是满脸爆皮，只是没见她像自己这样去揭。之后，他还真觉得她比开始白了些，还以为她以前就是这样的肤色，并没多想。现在看来，她的肤色也是后变的，想必她的身子也很白嫩。

一想到这，他又暗中对神忏悔道："我错了我错了，可我没别的意思。"随即又自扇了嘴巴。他又去想香荷，暗想道："还是香荷的粉白肤色好看，她可不是后变的。她妈说她是喝羊奶喝的，那也未必，她就是天生的白净人，还是天生的好。"

芳娥又在外面敲门催他。他不耐烦道："还没呢，再等会儿。"忙穿好衣服，然后去开门。

芳娥见到揭下的爆皮，竟如获至宝，找来纸一并包起来捂在胸前对他说："俺留着，这是你第一次亲我时的，不能亲完就扔了，那不白亲了！"

他很难堪，也有些感动，他不知道假如他不认识香荷会如何对她，随即又想到多日娜，心又乱了。他现在必须想法应对米家人，便问道："你家有笔和信纸吗？"

芳娥问："干啥呀？"

他说："我想晚间写写字。"

她炫耀道："俺家笔墨纸砚啥都有；俺爷让俺们没事儿练写字。你等着，我去拿。"说着捧着包裹爆皮的纸包出去了。

过了一会儿，她拿来笔墨纸砚。随后，玉兰也跟进来，怒视着芳娥说："你先出去，我问他点事。"

她猜到母亲要问子昂什么，并不惧怕，说："问呗，反正就是那回事儿。"说完出屋了。

玉兰坐下后对子昂说："真不好意思，芳娥儿实在太没规矩了，我没想到会这样，她简直疯了。她说她看过你身子，有这事儿吗？"

他难为情道："她一开始就这么说，我真啥都不知道。就昨儿个上茅楼，我头晕一下，裤子没来得及提上。"

她又问："她说你裹她了是咋回事？"

他一直对此感到冤枉，本想混过去了事，可眼下又被第三人问起，害怕被米家人知道，眼泪也涌出来，说："我刚睁开眼睛时，是她在亲我，我好像是被她亲醒的，我连动都不能动，哪能裹着她呀？我真不知咋回事儿。"

玉兰叹口气道："我琢磨也不可能。甭管咋的，这肯定不是你的错。死丫头，咋说变就变成这样了？等你走的！"

他心里轻松一些，但又为芳娥担心，忙说："你别难为她。说真的，咱就是认识太晚。你放心，我一定让她过上好日子，不管咋说，我昏迷的时候，是她天天喂我。"

她又叹口气道："这也怨我，是我让她照顾你的。我也是想事儿太简单，俺家他还一个劲儿地怨我呢！"又安慰他道："你别往心里去，先安心养着吧。"说完出了屋。

晚间，林海有人宴请，晚饭不在家吃。子昂和林海的家人吃完晚饭又都坐在炕上说话。

多日娜顿顿都在这面吃，对他也格外热情，问他绘画的事，他就热心地讲给她听，就好像芳娥不在跟前似的。

芳娥极为不爽，总想把话抢过来，但子昂还是和多日娜说的多，还答应有机会为她画张像。见芳娥要发怒，玉兰就对子昂说："你还没好利索，早点歇着吧。"

子昂听出她是在撺他，和多日娜碰了下目光，起身回对面屋了。

芳娥还在生气，冲多日娜嚷道："人家唠得好好的，你老插啥嘴？"

多日娜理直气壮道："是俺俩唠得好好的，你老插嘴。俺俩可早就认识，你才认识几天！"

玉兰怕子昂在对面屋听见，冷着脸冲她俩训道："都闭嘴！焐被睡觉！"

芳娥开始怨恨子昂，嘟囔道："大花蛇！吃着碗里的，还惦着锅里的！"

玉兰压低声训道："别瞎说！"忙又语气缓和地说："别把人想得那么坏，他和你小姑真认识得挺早，你小姑还帮他打过仗呢。"她是想通过多日娜给芳娥降下温，渐渐让她放弃对子昂的幻想，但芳娥已经痴心不改了。

子昂回到屋，铺好两个人的被褥。见林海还没回来，便在油灯下写书信。正写着，忽听有人从外面进灶房，是林海回来了。他忙将正写着的书信藏起，装着练字。

林海有些醉态，见子昂在写，皱起眉问："写啥呢？"

子昂说："没事儿练练字。"

他醉笑道："好！好！"说着脱了鞋，摇晃着上炕，趴到他的被褥上说："你练吧，我睡了。"然后便不吱声了。

子昂说："把衣服脱了睡吧。"他只"嗯"了声，却不起身，接着打起呼噜。

子昂只好将自己盖的被盖到他身上，其实不盖被也不凉了，毕竟已经入夏。然后他下地插上门，上炕接着写，快到天亮时他才停笔。

林海还在打着呼噜，对面的屋里也很静，显然还都在梦里。他先将几张写好的书信揣在身上，又将另一张写好的书信放到桌上，然后悄悄地离开。他放在桌子上的书信是写给林海一家人的，上面写道：

叔，婶：

我回奉天了。感谢你们的救命之恩，我会很快回来报答你们的，我要让你们全家都过上好日子。钱我带走一些路上用，等我回来就都好了。

多日娜、芳娥，感谢你们救我照顾我，有对不住你们的地方请原谅。日后你们的嫁妆都由我来出，需要什么尽管说。你们都长得好看，一定能嫁个好男人。

弘文、弘武，我知道你们都不喜欢我，以后咱们会越处越好的。不多说了，等我回来。

周子昂上书

民国二十二年夏

从林海家出来时，天已开始放亮，路上没有行人，除了鸡鸣声，全镇都是寂静的。

子昂先到一家远离米家和林海家的闵氏小客栈，这里是他刚来龙凤时就知道的，但此后再没来过，每天去米家田地干活也不经过这儿。

他敲开门，见是一位六十多岁、身披布褂的老人，手里拎着一盏马灯。他先递过去一块银圆道："我在你这儿睡一觉儿，不用找钱了。"

老人惊愕地接下钱，掂了掂，又吹口气听了听，然后提灯打量他，问道："远道儿来的？"

他点头应一声。老人又客气道："睡单间儿吧？"

他又点头应，跟着老人进院。

两排草房中间，是片很大的院子，借着灰蒙蒙的天色，他见院内到处摆着成筐的草药、山菜和干蘑菇，问道："这都是你采的？"

老人说："客人采的。在这儿住店的，差不多都是远道儿来收山货的。你不是收山货的？"

子昂说："不是，来找亲戚。"

老人说："看你用现大洋，不像是近地上人。"他只回了句"远地上的"。

见他不愿详说，老人没再问，领他进入一个单房间。房间内很小很暗，一条小炕能躺两个人，地上只有一张方桌，桌上有一盏架式油灯。老人现给他抱来一套被褥，放到炕上问："早饭吃不？到时好叫你。"

他又点头应。老人说："饭我给你预备，你先好好睡。"

他已来了困意，谢过老人，脱鞋上炕睡下。

不知过了多时，他被一阵说笑声吵醒，通过窗纸透进的光，知道外面已经大亮，先看了看枕下，装钱的衣服还在。他两眼还是发紧，但却不想睡了。

刚一下炕，就听见有人敲门，打开门，还是那老人。老人两手端着一盆洗脸水，一只手里掐块香胰子，一条胳膊上搭条花毛巾，说："睡有一个多时辰，睡好了吗？"

他点下头，又问道："我听外头闹哄哄的，咋的了？"

老人说："都是住店的，货收差不多就该回了。"说着将水盆、胰子、毛巾放到炕边上，接着说："洗洗脸，我再给你拿牙粉刷牙，完了就吃饭。"说完出去又取来水杯和牙粉盒，最后又端上冒着热气的馒头、煮鸡蛋、白米粥和碎咸黄瓜炒肉丁。

吃过饭，子昂对进来收拾碗筷的老人说："大爷，麻烦您去给我买点东西，我对这儿不太熟。"

说着将三块银圆递给老人。

老人一愣道："买啥东西用这些钱？"

子昂说："你想法儿给我买个皮箱子，旧的也行。再给我买双鞋，就我脚穿这么大的。"又问："你这儿有卖皮鞋的吗？"

老人笑道："住山沟子还穿啥皮鞋？我没说你。这旮儿穿皮鞋的少，有也是外来的。我去卖鞋那儿问问吧。"

他又点下头说："还有，回来给我找个裁缝，我要做套衣裳。"

老人疑惑地看看他，忙又点头。他又说："衣裳钱和裁缝那儿我另算。我让你买的，剩钱是你的，不够我再补。"

老人似乎想问什么，可张下嘴又咽回去，说："好的好的，我这就去。你这鞋我拿一只吧，到那儿比着买。"

他嘱咐道："不用和别人多说啥，只管买就是了。"说完脱鞋上炕了。

老人应过后，拾起他的一只旧布鞋出去了。

一个时辰后，老人回来了，一手拎着一只约一米长、半米宽、一尺厚的半旧皮箱，一手拎着子昂的那只布鞋，先将旧布鞋放到地上，又将皮箱放到炕上问道："爷们儿看这个行吗？"

子昂满意道："挺好。"

老人笑道："亏你说旧的也行，要不这儿还真没有卖这玩意儿的。这是邻居家媳妇陪嫁带来的。我就记得在他家见过这东西。去一问，人家还不舍得卖呢，我给他两块大洋才答应，还寻思里头装的啥宝贝呢，一看里头啥值钱的也没有，都是些破烂玩意儿，现倒腾的。"

老人说着打开皮箱，里面竟真有一双黑色单皮鞋和一双白线袜，接着说道："这个就不知你能不能相中了，也是人穿过的。我看你是得意穿皮鞋，就先去修鞋那儿问，寻思问问咱这儿穿皮鞋的多不多，都在哪买的。人说了，他那儿也修皮鞋，可都是给外来人修的，咱这儿除了警察和日本人，老百姓没有穿的，卖的也没有。这双鞋咋回事儿呢？前年有个外地人来这儿看山货，还跟着一块儿进山了，结果在山里赶上下大雨，回来时这道又泞，深一脚浅一脚的，好好一双鞋，弄得没模样了，就去让修鞋的帮着拾掇一下。人修鞋的知道咋弄，拾掇好了就跟新的似的。结果快两年了，一直也没人来取，估计人家是不要了。刚才我一说有个想穿皮鞋的，他就把这双找出来了，还搁油布包着呢，里头塞了一下子棉花，一看真挺好的。寻思拿回来你瞧瞧，要相中就留下，相不中我就送回去。"

子昂忍不住笑道："我也不是非要穿皮鞋，就是问一问，我估摸这儿也买不着。"说着拿起皮鞋打量，见鞋是牛皮的面，擦得锃亮，对襟系带，宽底凹纹，高雅而厚重。

子昂知道，这本来是双很高档的鞋，脸上不禁透出欣喜道："这人也真是，咋舍得穿它进山里？"

老人说："你别看这地上不起眼儿，尽些趁钱的人来，都是倒腾山货的。"

子昂欣然道："我留下。"说着又从衣兜里摸出两块银圆给老人。

老人拒绝道："从我这儿给他一块就够了，这还是怕人家一旦来取鞋，修鞋那家得付人家赔金。"

子昂说："我当新鞋买，新鞋什么价我也不知道，先给他两块，不够以后再说，以后我还会来。"

老人说："那你也得试一下，看可脚不？"

子昂说："我买鞋不用试，可不可脚一打眼就知道。"

老人惊奇道："你会点儿啥呀？"

他继续端详着皮鞋说："会画画儿。"

老人不解道："会画画儿还有这功夫？"

他郑重道："那必须得有，没这功夫趁早别画了，画也画不好。"

老人恍然道："噢，还有这说道儿！遇上你可真是长见识了。"这才接下钱，又想起什么事说："刚才没顾上去找裁缝，我这就去。"说完转身又出去了。

子昂是真的喜欢这双被人穿过的皮鞋。在北平上学时，他见学校里有人穿过这种样式，穿在脚上确实提神气，但那时他对这种高档鞋连想都不敢想。老人走后，他有点欣喜若狂，急忙先穿上袜子，又穿上鞋，在地上来回走着，觉得紧紧实实的，脱了袜子再试，才觉得舒适。

一袋烟工夫，老人带着一个手拿木尺的中年裁缝进来。经老人介绍后，子昂说："我想做套衣裳，布料儿你去买，最好要米色的，裤子也是。要没这种色儿，蓝色儿的也行。"又怕裁缝不知米色什么样，左右看了看，见门旁有把笤帚，在笤帚把里选了一个颜色道："就是这个色儿。我把料儿钱和手工钱先都给你，你在这儿量好了就去买料子，天黑前做出来就行，明儿个我起大早用。"说着递过去三块银圆，问："够不够？"

裁缝惊喜地接过银圆道："呀，好久没见这宝贝了！够了够了！"忙又问："你想做啥样儿的？"

子昂就用笤帚把在地上画起来，他画的是套学生装，上衣是小立领，前面一排扣，左胸有个小兜口，下身是个筒裤。

裁缝看了一会儿点头道："这种衣裳样儿我见过。你放心，甭管啥样儿的，我瞅一眼就能做出来，保你穿着舒服。"

子昂开心道："晚间能做出来吗？"

裁缝说："今儿我旁的都不干了，就赶你这套儿，管保天黑前送来。"

他谢过裁缝，又对二人说："以后咱还常见面儿，到时我还要谢你们。"

老人对裁缝笑道："今儿咱是遇上财神了！"又对子昂说："再来就来这儿住，有事儿只管招呼。"子昂点头应下。

傍中午时，裁缝拿着几种颜色的布角来找子昂，说没找到他说的米色，能做男装的布料他都要了布角，子昂便从中选了灰色的布料。

当日天黑，裁缝将一套做好的灰色学生装送到客栈。他试了一下，顿时又换了一个人，更加精神焕发，也更加英俊潇洒。

第二天天刚放亮，他准备离开这里，却依然穿着原来的衣服，新做的衣服和皮鞋都放在那只皮箱内。

客栈老人也起来了，问："咋起这么早？"

他说："我得赶早走。谢谢你对我的照顾，改天我还来。"说着将剩下的两块银圆塞给他。

老人谢过后说："别空肚子走，吃点东西吧。你等着，我给你做点吃的去。"

他说："不用了，看家里有啥我带点走。"

老人说："昨晚儿蒸的二合面干粮，是预备给那些住店的。"

他说："这就行，给我带够一天吃的。你炒的咸菜挺好吃，也给我装点儿。"

老人笑道："那可委屈你了。以后再来，不收你钱了，还给你做好吃的。"说完笑呵呵地去准备了。

工夫不大，老人捧着一个包裹进来，里面是用玉米面和少许白面蒸的干粮和一盒咸菜、几只咸鸭蛋，说："给你拿几个咸鸭蛋，一打开就淌油儿的，好吃。"

他又谢过，将吃的东西都放进皮箱，然后告辞，这时他知道老人姓闵，客栈是他和儿女们专为收山货的商人们开的。

第 038 章

街上很静，只有子昂一人匆匆行走。晨风习习，他感到从未有过的清爽。

天色大亮时，他刚好走进那片他已多日没见的庄稼地。地里的玉米已经长到半尺高了，大豆地里的豆苗也都放开了叶，远望一片绿油油的。

他径直奔向那条小溪，沿着溪旁的花草地进山。

高密的山林中，鸟儿叽叽喳喳，像在谈论着一个美男子发现宝藏的欣喜，又似乎在传报着一个孤独飘零的不幸儿终于好运要降临。

沿着潺潺小溪，他终于绕过那座山，远远见到那片充满诱惑的废墟，快步到了跟前，先观察了整个废墟和周围，没有见到其他人，只有潺潺流水声。随后他又查看了掩盖宝藏入口的碎砖瓦和记号，看过他埋财宝的林子，一切都没有被人动过，不禁长舒口气，却又好像在梦中。

天上的云彩是洁白的，显然今天是个大晴天。他先在溪水旁洗了脸，然后饮着溪水吃了二合面干粮和咸菜、咸鸭蛋，之后将一棵树下的银圆、金条挖出来。地窖里没有取出的财宝他先不去动，等他和米家人见过面以后再说。

将皮箱里装满了银圆和一些金条，他拎着有些吃力，索性换上新衣物，将换下的旧裤子系在皮箱把手上，准备像拖爬犁一样在草地上拖着走。

脱去旧装，换上新装，又欣喜地欣赏着自己脚上的高档皮鞋。踩在松软的草地上，他心里洋溢着一种说不出的惬意和激动。

他终于忍不住呐喊一声："香荷——你是我的——"好像再不发泄一下，那颗激动的心就会蹦出来。他知道这里距镇里和农田隔着一座高山和千层林，不会有人听到。

他的喊声还是穿透了四周山林，各种飞禽好像被他的喊声惊着了，箭一般飞向别处。他想起自己就在附近跌入过陷阱，不禁担心附近会有打猎的人。

他最担心遇到陆林海。他至今也没想起自己怎么掉进陷阱的，只隐隐记得当时浑身寒冷，仿佛是在寒冷的冬季里，就想找个可以取暖的地方，之后便什么都想不起来了。他想那个陷阱应该就在这附近，估摸这周围也是陆林海狩猎的区域。

他在想，一旦被陆林海撞见怎么办？他必须做好这种准备。于是，他又想出了新的谎言，到时就说这箱财宝是他爹多年前藏在这里的，他两次迷山都是为了寻找这些财宝。他已经不在意陆林海黑不黑了，还有让他纠结的多日娜和芳娥，左右都要报答他们。眼下，他要抓紧远离那个藏着更多财宝的地窖，以免引起别人的注意。

他开始拖着皮箱出山。箱子很沉，只有在草上能拖动，遇到石土路段，他得翻动着皮箱前行。

直到太阳就要落山时，周子昂才将皮箱拖到要出深山的林子处。许是大病初愈的缘故，并不被他放在眼里的力气活，这时竟让他感到很疲惫。但他再累也高兴，心潮依然澎湃着。他要继续在林子内休息一阵，总之天黑前他是不能走出这片林子的。

这时天色还没暗，透过林子缝隙，他可以看见那片他已十分熟悉的农田。田地里有人正在为苞米间苗，虽没见到米秋成的身影，但他也不能让其他人发现他，只有等到天色黑了才能动身，那时地里的人都各回各家了，也正是米秋成、格格夫人和香荷一起吃晚饭的时候。想自己在米家田地里付出的辛勤和汗水，他不禁又感慨万千。但毕竟是米秋成让他结识了香荷，继而他为赢得她的芳心且意外收获大笔财宝而欣喜。不论米家过去待他如何，他都要让米家分享他的幸运。

按说他拥有这些财宝就无须这般周折，可他毕竟在这里孤独无助，就连米家的那些人也让他心里不托底。他也完全可以抛开米家，就在山里待上一段时间，把那些财宝分散隐藏好，然后分批带出龙凤，那时他就有信心夺回文静或懿莹，也可以带走婉娇或芸香。但他现在实在舍不下香荷。他除了对香荷的喜欢，还对她深怀感激；若不是被她吸引着，他采高粱果又何必费那么大心思？哄哄玉莲也就可以了，自然是发现不了这批财宝。那么接下来，即使米家人坚持要招上门女婿而执意不把香荷许给他，他也要让香荷过上富裕的日子，况且他不信米秋成见了这些财宝不动心。

他先将皮箱藏在隐蔽处，然后躲在一块半人高的石头后，一边等着天黑，一边想着他已多日不见的香荷。

他最想看的是她那双秀美如玉的脚，但他必须要与她拜堂成亲入洞房。他还想象着今晚见到香荷时的情景，他要对她说："香荷儿，嫁给我吧，我会一辈子疼你的，天天给你洗脚。"他也会对米秋成和格格夫人说："把香荷许给我吧，我会一辈子疼她。我不当上门女婿，但日后我和香荷生下的头个男孩就姓米，永远是米家的孙子，我也永远是米家的儿子。"他想米秋成和格格夫人一定会答应，格格夫人的折中办法也不过如此了。

想他就要成为龙凤镇最有钱的人了，日后他该如何面对人们的惊讶和猜疑？他要先对米家人撒个大谎，左右他们不知他爹到底是做什么的，就按照他曾对林海说的那样，爹是在奉天开砖厂的，日本人占领奉天后，是母亲和妹妹先来黑龙江躲避，爹在奉天处理砖厂事宜，等把砖厂转让出去，就带着钱来黑龙江做生意。下一步，他要花大本钱找到爹妈和妹妹，然后在龙凤镇为他们买套大房子。这样，他就可以一边同香荷甜甜蜜蜜地过日子，一边守着双方老人了。

他还挂念着婉娇，他不想让她继续不人不鬼地活着。只是如果娶了香荷，他还能和她到一起吗？他不敢说，但他忘不了她和芸香，不仅仅是恩情。

还有懿莹，不能和她拜天地，就和她拜仙家，然后作为哥哥，用钱保证她以后过上好日子。

但这与罗金德没关系，就让他后悔去吧。可眼下最难办的就是爹妈和妹妹一点消息也没有，也只有等张宝来帮他找到大姨家了。宝来对他的事不太上心，那就回头给他一笔钱，这回他总该卖些力气了吧？

之前他最担心有人愿到米家当上门女婿，现在他得抓紧与香荷把亲事定下来，绝不能让她和别人定了亲。同时他还担心，自己父母作为未来的公婆不在场怎么好？于是他决定先以富家子弟身份出现，携带一些钱财回米家，就说他这些日子回了奉天，爹已知道他还没有找到大姨家，同意他在龙凤镇与香荷成亲，婚后就不把香荷带到奉天了。如此，他必须要仿着爹的口吻，写一封给米家二老的信，以他爹在奉天因生意脱不开身为由，由米家做主为他和香荷完婚。他不在乎米家信不信，不过是把他的心思和现状挑明罢了，主要是让米家知道他是个富家子弟，他现在很富有。

编造的书信已经写好，就是他在离开林海家之前那个夜里写的。只要把书信交给米秋成和格格夫人，他的戏就算演完了。只要米家同意把香荷许给他，即使事后谎言被揭穿，估摸米秋成也不会拒绝一个腰缠万贯的女婿，就是罗金德看到这些财宝也会后悔接了汪家的彩礼。

懿莹现在可能已经成了汪家的媳妇，而香荷在这几日内充其量就是定了亲；即使香荷定了亲，他也要想法把那个上门女婿轰走，他现在已经有这个能力了。

他正胡思乱想着，忽见一只兔子在他前面一蹿一蹿的，急忙起身去抓。香荷就是属兔的，要能抓到就送给她，她一定会喜欢。

可那兔子很机敏，没等他靠前，一个急转身便进了一棵树下的杂草内。那是棵大杨树，底部足有两搂多粗。他以为兔子藏在杂草内，可拨开杂草才发现，树根处有个碗口大的洞。

他猜兔子不咬人，便将手探进去，觉得里面空间很大，原来这是一棵空心杨。他摸遍里面也没摸到兔子，只是摸到一个向下去的洞口，再伸手就够不到底了，心想，真是狡兔三窟。

坐回原处后，他又想，他带一箱子财宝必须得经过大片田地和一路土道，拎是肯定拎不动，拖又担心把箱子磨漏了，不如在此先分出一些银圆来，就藏在那个树洞里，于是立刻起身将箱子内的一半银圆藏在树洞内，然后再用杂草遮住洞口。

皮箱内腾出一半空间，剩下的银圆仍有三四千块，还有十多根金条。这回他可以拎着皮箱走了，但依然有些吃力。

终于等到天色暗下来，田地里已见不到干活的人了。他恨不能立刻见到香荷，拎起皮箱走出林子，顺着溪旁小道，经过米家的庄稼地，将皮箱拎出田地。

他在通往镇里的土道旁又歇下来，听见路上传来赶车声，隐隐见一辆牛车由南向北来，显然是奔镇里去的。不管赶车人是谁，他都要搭车回镇里。

等牛车到了跟前，他仔细打量赶车的人，是位六十多岁的老汉，并不熟悉。老汉坐在车上也看他，显然也感到陌生，似乎看他穿戴不是当地人，并没搭话，继续赶着车。

他上前问道："您是去镇里吧？我搭下脚行吗？"说着递去一块银圆道："这是大洋，给你的拉脚钱。"

老汉接过银圆，拿到眼前仔细看，又掐着银圆吹气，举到耳边听，欣喜道："还真是大洋唉！这可是好玩意儿。"又问："去镇里哪呀？"

他说："宽街东头，米家粮食店，认识吗？"

老汉说："知道，老倔头儿家，轻易不大靠前儿。"又问道："你是他家啥人？哎呀，是姑爷吧？"

他心里又喜又慌，应道："是。"

老汉又不安道："那你不用给钱了，就搭个脚儿有啥的。"

他诚恳道："哪有给了还往回拿的？你就拿着吧。"

老汉说："那这也太多了！要让你老丈人知道了，还不骂我黑心哪！"

他笑道："我不告诉他。再说我还有个箱子。"

老汉不屑道："一个箱子才多重？上来吧。"

他将皮箱拎到车上，箱子竟将车板压得翘一下。老汉吃惊地问道："东西挺沉哪！装的啥玩意儿？"

他谎称道："石头。"

老汉说："咋都拿石头当宝贝？"

他没听明白，问道："你说啥？"

老汉解释道："头阵有两个日本人也在后山找石头。"

他疑惑地问："他们找石头干啥？"

老汉说："没敢多问，听镇里知道的说，日本人在这山里找什么矿。"

子昂心里愤愤道："日本人是真拿中国当他们自个儿家了！"对老汉解释道："我不是。我用石头做雕刻，我是变废为宝。"说着也上了车，一下摸到车上的东西，是两个装满东西的麻袋，问道："你这拉的啥？"

老汉说："豆粕儿，喂牲口的。"

他又问："从外头买的？"

老汉一边赶车一边说："都从外头买，镇上有豆腐房，就是没油坊。"

他应了声便不再问了，他开始默记一会儿见到米秋成、格格夫人和香荷时要说的话。

正晃晃悠悠地朝镇里走着，迎面驶来一辆开着大灯的汽车。他知道那车是从大河北岸的日本军营里开出的，心里又紧张起来。

老汉忙下了牛车，将牛车紧往道边上靠。那军车没有停，顺道直接向南开去。牛车继续朝镇里赶，子昂这才暗舒口气。

到了米家门口，天色已由暗变黑。子昂见米秋成正在米铺外面上窗板，忙跳下牛车，倍感亲切地叫道："大爷！"

米秋成仔细辨认一下，认出是子昂，立刻嗔怪道："哎呀，你上哪儿去啦？"

他怕老汉说出自己是从大田处搭的车，忙对米秋成说："对不起大爷，待会儿屋里说吧。"说着卸下皮箱，从兜里又掏出一块银圆塞给老汉道："谢谢你，你走吧。"

老汉不敢收，说："你刚不给了吗？"

他坚持道："拿着吧。天黑了，快走吧。"

老汉见米秋成没注意他，不再多说话，一边应一边赶着牛车离开。

见子昂拎着皮箱很吃力，米秋成又问："这是吗玩意儿？"

他卖起关子道："进屋您就知道了。"说着推门先进了院，惊动了大黄狗，叫了一声又和他亲近着。

他见格格夫人正在米铺内拎着马灯找什么，就将皮箱拎进米铺，像见到亲妈似的唤道："大娘！"

格格夫人先一愣，又惊讶道："哎哟，是子昂啊！你上哪去啦？这咋还换个人儿似的！出远道啦？"

他谎说道："我回了趟奉天。"

格格夫人嗔怪道："那走咋不吱一声儿？家里都急疯啦！你大爷往地里跑了好几趟，老是犯寻思，这下场大雨咋还把人给浇丢了？就怕你出点啥事。村妮儿都来好几趟了，也急得跟啥似的。"

他既感动又愧疚，眼泪随之涌出来，见米秋成也跟进来，扑通跪在地上道："都是我不好，让您二老着急了。"

格格夫人忙将灯放在案上，过来拉他道："哎哟，这咋还跪下了？快起来，你只要还好好的，俺们就放心了。"

他站起来，擦两把泪，将皮箱打开，现出里面的银圆，老两口一时都蒙了。米秋成问："这是吗意思？"

格格夫人也吃惊地问道："哎哟，你哪弄来这些钱？"

子昂说："我爹给的。"

老两口疑惑地对望一眼。子昂又说："大爷、大娘，开始我说谎了。我爹不是洋铁匠，是开砖厂的。可我确实是出来找家人的，是找我妈和我妹妹的，也真的还没找到，所以我就回了趟奉天，告诉我爹一声。"

米秋成又问："那你爹拿这些钱来做吗？"

子昂忙又跪下求道："大爷大娘，我喜欢香荷儿，求您二老成全。我当不了上门女婿，但可以当养老女婿，我和香荷儿一块儿陪着您二老。"

米秋成这时倒是平静道："你可是大城市的，家里就你一个小子，你爹妈能乐意？"

子昂说："到时候他们也都过来。奉天被日本人占领了，我爹也不想开砖厂了，现在正等着把砖厂转出去，完了就去找我妈我妹妹。"说着从兜里掏出他那天夜里在林海家假借父亲之口写的信，颤抖地端给米秋成道："这是我爹给您二老的信。"

米秋成接过信，看了一眼说："我不识字。"回手递给格格夫人道："你念念，都说的吗？"

格格夫人接过信，又扶起子昂说："我和你大爷早就看出你对俺香荷儿有心思，快起来吧。"然后将信端到马灯近前，为米秋成念道：

"仁兄惠嫂：悬隔两地，遥书相见。虽不曾谋面，闻子昂回来恭述，深晓兄嫂德高望重，下风引领，愚肃然起敬。亦闻犬子子昂于战乱中承蒙兄嫂庇护，感激不尽。此次子昂回来，实则只为令千斤香荷贤淑所动，欲结良缘。子昂此愿，海枯石烂，愚弟不为左右，只图他们恩爱百年，但不知仁兄惠嫂意下如何？故园念切，梦寐神往，然国有不幸，家业悬案，不能即往拜见兄嫂，祈获谅解。兄嫂如若不嫌犬子，肯请纳其为婿，陪伴兄嫂，愚不胜荣幸。当下日寇横行，愚弟正为出兑砖厂而不得脱身，弟妹与小女自奉天落陷以后，已去黑龙江亲戚家中躲避，子昂虽曾前往寻找，但因家址不详，徒劳而返，尚不知其母女今日祸福，倍感焦虑。只望这边砖厂早日兑出，愚弟亲自去寻，一经寻到，将携带妻女和家财前往龙凤镇安居世外桃源，以度晚年。因犬子对令千斤钟爱深切，珍惜倍至，唯恐夜长梦多，望早结姻缘。兄嫂若不嫌子昂，就于年内择日操办婚事。国难当头，实属无奈，望兄嫂酌情办理。子昂此去所带钱财，不足为重，就用这些钱财为他们操办婚事。若兄嫂对令千金另有打算，就劝犬子早日回奉天，切不得纠缠，钱财也不要带回，只当对兄嫂庇护犬子一点答谢。

谨祝

日后相见，安好健康

弟周传孝上

癸酉年初夏

读完书信，格格夫人一脸欣喜地问子昂："你爹也是个读书人呢！"

子昂清楚自己的爹是写不出这种文字的，便不敢过于为爹炫耀，只是点头应道："嗯，读过。"

格格夫人又转脸看着米秋成笑。米秋成有点不知所措，问格格夫人道："你笑吗？"

格格夫人仍笑道："听明白了你？明白你就拿个主意吧。"

米秋成手一扬道："这个你来吧！"

格格夫人一脸认真道："要让我来，那我可就认这女婿了！你可别再老提孙子的事儿。"

子昂怕米秋成放不下这件事，忙许愿道："大爷，您将来会有孙子的。说句现在不该说的，等我和香荷儿将来有了儿子，第一个就让他姓米。"

米秋成说："你没当爹哪知道，这事儿不是说说那么轻巧！你们要真能守着俺们，别的先不唠。"

子昂又保证道："这个俺们一定做到！"

格格夫人一脸喜气道："香荷儿还不知道这事呢，我去问问她。"又对子昂说："把钱拎你屋去，别放这屋。还没吃饭吧？我去给你做点好吃的。"

子昂为米秋成和格格夫人接受自己做米家女婿而激动，恨不能立刻见到香荷。他也没有客气地阻止格格夫人为他做好吃的，觉得这顿饭是丈母娘给女婿做的，心里有股说不出的喜悦。

第 039 章

格格夫人喜滋滋地进了香荷的屋。香荷今晚早早就洗了头和脚，乌黑的长发披在背上，用一条手帕微拢着，身上穿着粉底白花内衣，光着白嫩秀气的脚丫。虽然被褥已铺在炕头处，因还不困，她就在炕梢的小桌前借着油灯光亮绣鸳鸯。

母亲突然进来，将她吓了一跳，忙将鸳鸯图藏在桌下道："哎妈呀，吓俺一跳！"

母亲看着女儿笑道："哎哟是吗？那妈可对不住你！"说着一侧身坐在炕沿上，又身子一拧，一腿盘炕一腿垂地地贴上香荷，摸着她的头和嘴说："摸摸毛儿，吓不着，摸摸嘴儿，吓一会儿。"

香荷笑道："还拿俺当小孩儿哄呢？"

母亲假装恍然道："噢，可不，妈真糊涂，俺老闺女是大姑娘了，该找婆家啦！"

香荷难为情地推下母亲道："说啥呢！"

母亲又眉开眼笑道："妈跟你说点事儿？"

见母亲兴高采烈，香荷疑惑地问："啥事儿？"

母亲一脸神秘道："子昂回来了！"

香荷不禁惊叫道："啊！哪呢？"立刻觉得自己失态，下意识地又用手遮住嘴，神情有些紧张。

见女儿这副神态，母亲笑道："嗯，有门儿！"

香荷愈加不安了，红着脸问道："啥门儿呀？"

母亲笑道："我说子昂呢。他可趁钱啦！"

香荷好奇地问："他哪来的钱？"

母亲点下她的鼻子道："这得问你呀！"

香荷更紧张了，推一下母亲道："看你呀！俺又不是他肚里的蛔虫。"

母亲又咯咯笑道："可你是他心上人儿呀！"

香荷生气的样子转身道："不和你说了！"

母亲从后面搂住她说："咱不闹，妈真有话儿说。"

香荷又害羞地挣开到了炕里，头顶墙壁不语。

母亲咯咯地笑，一转眼，看见香荷藏在桌下的绣花撑子，取出一看笑道："你瞅瞅，你瞅瞅，我说咋吓一跳呢？这早跳到河儿里戏水了！"

香荷不清楚母亲说什么，回头见母亲拿着自己的鸳鸯图，一跃地过来。母亲借机将女儿又搂在怀里道："好闺女，咱好好说话儿。"

香荷没再挣，就势将脸贴在母亲胸前，好像受了委屈。

母亲爱抚地拍着她说："妈懂，妈懂。子昂要娶你，你愿意吗？"

香荷仍将脸埋在母亲怀内，害羞地用头拱下母亲。母亲又逗她说："俺老闺女就是眼眶子高，子昂可配不上俺老闺女。要嫁就嫁给田大宽的老儿子，一个老闺女，一个老……"

香荷立刻在母亲怀里使劲摇下身子道："俺不！你别老提他！"

母亲继续逗她道："那咱也不能嫁给子昂。一个给人家扛活的伙计……"

香荷突然大胆地抬起头道："伙计咋啦？"

母亲又咯咯地笑道："你瞅瞅，急了吧！"

香荷又害羞，再将脸埋在母亲怀里。

母亲轻轻拍着女儿说："妈看出你的心思了，就别掖着藏着了，有啥话就直接跟妈说。"

香荷仍不好意思抬头，怯怯地问："那俺爹呢？"

格格夫人鼻子一紧道："你爹？你爹也得听妈的！你说是不？"

香荷又说："俺怕爹生气。"

母亲得意道："他生气？他这会儿一准儿也偷着乐呢！你没看见子昂拿回那些钱，还有金条呢！"

香荷这才抬起头问："他哪来的钱？"

母亲看着她问："你真不知道？"

香荷以为母亲又逗她，装出生气的样子说："俺哪知道？"接着又说道："那天就听你们说他没影儿了，也不知他出啥事儿了。"说着竟一双泪珠涌出来。

母亲惊讶道："哎哟，这咋还掉下金豆子了？妈这回可明白了，子昂走这阵子，俺老闺女一准儿在偷偷地想，偷偷地急，憋得好苦哟！"

母亲这一说，香荷竟忍不住在母亲怀里失声地哭起来。

母亲更惊讶道："哎哟，瞧我这妈当的，老闺女这是早就动了心思啦，我咋就愣没瞧出来呢！"

母亲由着女儿哭了一气，说："好了好了，这回妈知道了，你心里早有子昂了，也没少为他担心，可他现在不是平平安安地回来了吗？还给你带回那老些钱呢，你得高兴才是啊！你要把眼睛哭肿了，还不把他心疼死，中了，快别哭了。"

香荷这才止住哭，又抽搭一会儿问："他上哪儿去了？"

母亲说："他说他回了趟奉天，敢情他爹是开工厂的！"

香荷又问道："不是铁匠铺吗？"

母亲说："他说那是假的，开工厂才是真的。"

香荷又欣喜地问："他找到他家人啦？"

母亲说："他是找他大姨家没找到，不碍事的。"

香荷埋怨起子昂道："那他把咱家人都骗了！"

母亲笑道："我看他就是奔你来的！他是真的稀罕你，他一来妈就瞧出来了。可妈愣没看出你是咋想的，敢情你比他心思还大呢！"

香荷又害羞了。母亲说："他还说愿当咱家的养老女婿呢！"

香荷惊讶道："他家里愿意吗？"

母亲沉吟片刻道："我也寻思呢，他家那么趁钱，咋会来守俺们？"又笑道："我估摸着，就是他稀罕你稀罕得昏头了。"

香荷又嗔怪母亲。母亲说："妈是说正经的。你爹一直想让你招个上门女婿，子昂准是怕得不到你才这样。"又咯咯笑道："看俺老闺女又俊又白的，他不着急才怪呢！"接着又说："甭管咋说，子昂到底是个有钱人，长得俊，有手艺，还懂礼数，把你嫁给他，我和你爹死那天也能合上眼了。"

香荷又紧紧搂住母亲说："别说些不吉利的。"

母亲说："我和你爹生了你们姐七个，一个是这辈子也见不着了，五个嫁得都不赖，现在轮到你了，又遇上个这么有钱的，说啥我都不忌讳了。"

香荷笑着问："他要是没钱呢？"

母亲又逗她道："没钱就一边儿去！要么就当上门女婿。"

香荷松开母亲道："财迷！"

母亲笑道："傻闺女，人为财死，鸟为食亡，我和你爹能看着你过苦日子吗？这不都是为你好！"

香荷胆子更大了，说："子昂哥没钱俺也愿跟他，他会画画儿。"

母亲又吃一惊道："你俩不是早就自个儿好上了吧？"

香荷急忙否认道："没有！"

母亲不相信，说："这些年你可没这么哭过，这得亲到啥份儿上了？告诉妈，他碰没碰过你？"

香荷又急着解释道："没有！就是……"可后面的话却不说了。

见她话说一半，母亲忙追问道："啥呀？"

香荷低声道："他看过我的脚。"

母亲惊讶地问："你脱鞋让他看的？"

香荷忙解释道："不是！我那天在外屋地洗脚，他去送碗看见的。他一看见我光脚儿就不动了。"

母亲又问："后来呢？"

香荷说："我把脚又放盆儿里了，他就走了。"

母亲笑道："也好，等你俩成了亲啊，就让他天天给你洗脚。男人就这样，要是真心稀罕你，恨不能天天把你含嘴里。"

香荷又难为情地推一把母亲，然后问道："俺爹给你洗过脚吗？"

母亲说："你爹呀，年轻那会儿洗；那会儿妈就和你这么大。要不是八国联军打天津，妈也不能跟着他。"

香荷很了解自家历史，便替爹抱起不平道："你咋不说俺爹从坏人手里救了你？"

母亲板起脸道："你这没良心的，妈白疼你了，咋老向着他说话！"

香荷忙又解释道："不是，俺爹就是你救命恩人，你咋不念着？"

母亲说："妈要不念着，能一门儿心思跟着他？来黑龙江打老毛子那会儿，妈是天天提心吊胆的。再说了，咱米家今天能有这份产业，也有妈的功劳，要不是妈从王府里带出那几件玩意儿，咱家哪来这些房子地？你爹救我时，咱家那个金菩萨就在日本兵的兜里揣着。你爹就像神兵天降似的，要不妈那会儿就让日本兵给祸害了，能不能活到今儿还两说呢。后来一想，敢情就是菩萨保佑。别看金菩萨在日本兵的兜里，可他们是强盗，菩萨要保佑强盗那还叫菩萨吗？打那以后，金菩萨就一直保着咱们。刚来东北那会儿，你爹跟着你九爷参加义军，天天刀光剑影的，杀老毛子，烧洋堂，天天都有义军让枪打死的，可你爹和我就啥事儿都没出。"

香荷知道母亲就喜欢讲述这段家史，而且讲起来就收不住，便打断母亲的话说："我都听过好多遍了，你讲俺爹后来还给你洗脚吗？"

母亲故意板起脸道："鬼丫头，急着让子昂给你洗脚啊？"

香荷忙又否认道："不是！这个你没讲过。"

母亲笑道："那怨谁呀？你也没说过子昂稀罕你的脚啊！"

香荷又推一把母亲道"哎呀！"

母亲还是咯咯地笑，说："妈的脚是不经提了，天天搁裹脚布缠着。没听人说，俺们的裹脚布是又臭又长，这脚还有啥稀罕的？说是三寸金莲，也有说跟咸菜疙瘩似的，哪有俺老闺女儿这脚丫好看，清清亮亮，秀秀溜溜，白白嫩嫩，走路也稳当，难怪子昂要盯着瞅。"

香荷又推下母亲道："你看你呀！"

母亲不以为然，仍咯咯地笑，然后说："你们是赶上好时候了，不用遭那些罪。"

香荷又问道："那后来女人咋都不裹脚了？"

母亲说："妈小那会儿也不是都裹脚，满族女人裹的就少。东北这旮儿是满族老祖宗待的地儿，当地人都不裹脚。在东北见着的小脚儿女人，都是从关里来的。后来关里也不让裹了。最早不让裹的，还是外国人办的耶稣会。外国人瞅咱中国女人的小脚儿跟瞅怪物似的，可中国人不听他们的。后来革命党也不让裹了，那会儿妈就不在关里了。听关里人来学，民国以后，小脚女人都不让走马路，还得交捐子，谁愿花钱买罪受？听说关里的乡下女人现在还裹呢。让我说就是贱，我是没赶上这时候，要不给我多钱也不裹。"

香荷又问："那早先为啥要裹脚呀？"

母亲说："裹脚这事，从唐朝时候就有了。当时皇宫里有个宫女叫窅娘，舞跳得好。她每次跳舞前，都用帛把脚裹起来，在好几尺高的金莲花上跳，就跟腾云驾雾似的，皇帝可喜欢看了。打那以后，歌女和贵夫人也都学，后来又传到老百姓里头。到了大清朝，汉人裹脚的就更多了，最好的是三寸金莲，脚缠得越小越好，一步挪不了四指那才叫好看。"

香荷又笑着问："你觉着好看吗？"其实她觉得母亲的脚真不如她们姐妹的好看，嘴上不说，心里觉得怪异，尤其见母亲走路不便的样子就感到不舒服。

母亲叹口气道："这咋说呢？此一时彼一时，那时候都说好看，你能说不好看？可是呢，小脚一双儿，眼泪一缸。妈是七岁裹的脚，疼得我呀，哭有大半年。可再疼也得忍着，不然大了就没人娶。就是娶了，婆家的门儿也不好进。当年姑娘出嫁进婆家门，那得穿着婆家给做的小鞋。婆家都愿意过门媳妇是小脚，就把鞋做得可小了。脚小的还好，脚大的就难穿了，可再难穿也得往里挤。今天人说的'给小鞋儿穿'，就是打这儿来的，知道吗？"

香荷看着母亲说："你就是比俺爹懂得多！"

母亲神气道："那是，你爹一天书也没读过，妈咋说还学过四书五经呢。不过要讲杀洋鬼子、护着你们不让人欺负，那妈肯定是赶不上你爹。"

香荷怕母亲再扯到家史上，忽然将自己一双白嫩秀气的脚伸向母亲问："我脚好看吗？"

母亲抚摸着她的脚丫说："妈说没用，人子昂稀罕才是真格儿的！"

香荷忙又将脚抽回，又一副不高兴的样子道："不问你了。"

母亲笑道："那就等着问子昂吧！"说完又咯咯地笑，身子一翘下了炕，小脚一时站不稳，从容地倒着碎步道："光顾着和你唠了，子昂还没吃晚饭呢，我得给他弄点好吃的。我猜你准是着急见他，都这前儿了，就等明儿个的吧。赶紧省省灯油睡吧，做个好梦。"说着一顿一顿地出了屋。

香荷本来就无困意，这时又正沉浸在喜悦中，终于放纵地扑到被褥上，想象着母亲将对子昂讲述她方才为他哭过，还想象着明天见到子昂时的情景，不禁激动又紧张。

第 040 章

子昂听格格夫人说，他就是不趁钱，香荷也愿跟他，欣喜不已。想着明天就能见到香荷，也是兴奋得睡不着，搂着棉被当香荷，直到凌晨才入睡，梦中又是文静、懿莹、婉娇、芸香变来变去，有心痛也有甜蜜。

终于变出香荷来，说他偷了别人藏的钱，日本人已经把她家给包围了，一脸厌烦地撵他走。眼看就要人财两空，他一惊醒来，却好像还在梦中，随即又担心他会真的人财两空。

大公鸡正在院中打着鸣。子昂穿好衣服出了屋，格格夫人已在他屋门口为他备好了洗脸水、新毛巾、香胰子和牙粉，这是以前从来没有的。

香荷也已梳洗完出来，是格格夫人有意让她和子昂见面的。可见子昂一身新装站在院内，她紧张得不知所措。

子昂现在只有激动，鞠一躬道："对不起，走时也没和你打招呼，以后和你解释。"

一席话不禁又勾起她那些日子对他的思念和担忧，泪水忍不住又涌出来。他既感动又心疼，眼里也不禁湿润了，见院内只有他俩，便鼓起勇气上前为她擦泪道："都是我不好，以后一定对你好。"

这时格格夫人出来了，她倒觉得他俩早已情深意笃，可惜她没有发觉，这时惊讶道："呦，可真不得了了。也好，那就麻溜给你们张罗办喜事，都别哭了。"又对香荷说："你还没看子昂给你带啥好东西呢吧？快让他领你看看。"子昂便领香荷到了自己的屋。

自打子昂来到米家后，香荷还头次进这屋，虽然以前就熟悉，但这时却觉得这间屋子充满着神秘和温馨。

子昂打开皮箱让她看，又拿起一根金条说："这是金条。"

她没见过金条，接过金条新奇道："金条这样的！"

他胆子大起来，一下握住她白嫩秀气的手说："你的手真好看。你的脚也好看，你哪都好看！"

她不安地看下窗外，见外面很静，才含羞地由着他抚摸。见她乖巧，他又猛地将她搂在怀里，顿时身下又有了反应。她先是一惊，随即身子软下来，手中的金条也落在地上。他意识到她也愿意被他搂，更加大胆，又开始亲吻她白嫩的颈部、脸颊和耳朵，身下的反应更加强烈。

当他又要亲吻她的嘴时，院内忽然传来老两口的说话声，他忙松开她，香荷随即慌张地出了屋，他却不敢出去了，是他裤裆里的家伙又不听他左右了，又没有棉裤遮挡，忙调整一下里面的角度才追出去，见格格夫人进了西屋，米秋成进了米铺，就对香荷说："把钱放你屋里吧。"

她站住说："不用。"

他低声道："我还没进过你屋呢，想去看看。"她笑着点下头。

他头次进香荷的屋，一放下皮箱就打量屋中的摆设，看哪都觉得诱人。见窗台上晾着她的一双绣花鞋，喜欢地去抚摸，仿佛在抚摸她白嫩秀美的脚。抚摸了一会儿，他又将鞋贴在自己的脸上。

她忙抢下鞋，难为情道："鞋有啥好的？"

他嘿嘿一笑，又看炕上遮挡被褥的绣帘，见上面还放着一本书，一边坐在炕沿上，一边拿过书来看，见是叶圣陶编写、丰子恺插图的小学国语课本，问道："你学这个呢？"

她说："四姐夫教书用的，说校长换了日本人，这书不让用了，就都给我了。"

他又问："这里字你都认得？"

她腼腆道："也有念不出来的。俺妈都认得，她在王府里学过《四书》《五经》。"

他又问："你妈教你《四书》《五经》了？"

她摇下头道："没有，学过《女儿经》。"

他点下头，心想她有礼节许是和学《女儿经》有关，又顺手将国语课本翻到《中华》一篇，忍不住念道：

中华，中华，我们大众的家！高大的山岭连延南北，广阔的江河滚滚东下。良好的田地到处都是，年年生产米、麦、桑。富足的矿山指说不尽，多量采用哪怕缺乏。中华，中华，我们爱护它！谁来犯它，我们抵抗他！中华，中华，我们大众的家！

念过后愤然道："日本人一定就因这个不让用了。"又叹息道："也别说不让用了，就是让用也好意思用？该抵抗不抵抗，全东北都成日本人的了。"见香荷表情复杂，忙又说道："咱不唠这些不愉快的。"放下书后又将她搂在怀里，更大胆地亲吻她。

就这时，格格夫人突然开门进来，见他俩搂在一起亲吻，不禁惊叫道："我的天哪！"忙退出去，随即又进来责怪道："这哪成啊！"

他俩又慌忙分开，都羞得抬不起头。见香荷被吓得要哭，格格夫人忙将她搂在怀里安慰道："哎哟，妈吓着你了，没事儿没事儿。"

子昂慌忙自责道："是我不好。"

格格夫人压低声音道："你急啥呀？咋也得办了亲事的，你俩还没定亲呢！"

见格格夫人并没真生气，他暗舒口气，也很得意。

格格夫人侧身坐在炕沿上，搂着香荷对子昂说："香荷儿从下生到现在，还没让男人碰过一指头呢！你大爷也从来没抱过她和天娇儿一下。天娇儿是去年出的门儿，她女婿来接亲那天，抱她上花轿也是头回让男人碰。"又叹口气道："一说这些我就生你大爷气。你大爷就想要个儿子，可我这肚子不争气，踢里秃噜的，一连气儿生了七个闺女。生头两个时，你大爷脾气还没那么坏，从打生下老三，这老东西就变个人似的；孩子生下来，人连看都懒得看一眼。生老五时，一眼没瞧就让接生的抱走了。眼瞅着自个身上掉下的肉送人了，我偷着哭了半拉月。咳，我的五闺女，现在也不知送给谁家了？"

子昂听着惊讶，也替格格夫人心痛，说："不是接生的抱走的吗，问她不就知道了。"

格格夫人说："人接生的不缺孩子，就是帮着把孩子抱出去。一出咱这院儿，给谁就人家说了算了，扔进林子喂狼咱也管不了。好在她真的送人了，是个收山货的，就记着姓郝。头些年还有人见他来过，这些年再没人见着他。躲咱也好，咋的也好，估摸孩子去的家比在咱家享福。"

他惋惜道："再享福也是后爹后妈，哪有守着亲爹亲妈好。"

格格夫人叹息道："那也得冲哪说；咱家就不中了，妈啥时都亲，爹就甭指望了，还赶不上人当后爹的。不唠这个了，一唠心难受。"

子昂不知天娇、香荷这对孪生姐妹是怎么熬过来的，说："那我可挺幸运的，香荷儿生在后面还没送人，要是也送人了，我上哪找她去？"说着逗香荷道："是不？"香荷低头不语，但嘴角上又透出微笑。

格格夫人说："生她俩时也可有故事了。"说着看一眼香荷说："看俺香荷和天娇儿现在长得招人稀罕，当年也差点让你大爷都给送人。你九爷家有孙子没孙女，她俩一下生，你二姐她婆婆，见你大爷又嘟噜着脸，就跟你大爷商量，把她俩都过继给他们。你大爷就这事儿可痛快了，立马就答应了。你九爷他们要不来要我还不生气，他们一来要，我这气就大了。你说你要倒是早点要，要俺小五啊，管她在谁家，我还能见着我亲骨肉不是？早他们不要，弄得小五送了远地上，这生一对双他们想要了，我是说啥也不答应，关系好归关系好，我也不能太造孽了。小五送人就够让我揪心的了，这还一下把俩都送出去，我豁出命也得和老东西扛着了。你大爷还和我急呢，说要那些丫头片子啥用？完了就让你九爷家里人把孩子抱走了。他们是真不长心，我这死活不答应，他们抱起孩子就跑，就跟抢似的，我下地追也没追上，出门还摔个大腚墩儿。我就干脆坐在地上哭，谁拽我也不起来，哭得昏天黑地的。也不知是巧啊还是咋的，正哭着呢，就听轰隆一声，前面那趟土坯墙都倒了，那会儿前面还没盖那趟房子呢。"

子昂认真地听着，除心疼香荷幼时遭亲爹冷落、遗弃以外，还对格格夫人哭倒土坯墙感慨不已，笑道："那您不成孟姜女哭长城了嘛！"

格格夫人说："那哪一样；孟姜女是哭她男人被秦始皇抓去修长城，我是哭俺闺女。"说着疼爱地摸下香荷的脸问："是不老闺女？"

香荷这时很平静，对格格夫人说："别说这些了，爹听见又不高兴了。"

格格夫人不屑道："他不高兴？当初他也没让咱娘们高兴啊！妈哭天抹泪儿的也就罢了，害得你姐俩连妈的奶水也没吃几口儿！"又对子昂说："天娇儿和香荷儿生下没多久，我就没有奶水喂她俩了，就和你大爷生气生的，把奶憋回去了。没办法，就开始喂小米汤。你是不知道啊，瞅着她俩喝米汤，我这心就跟猫抓似的，喂次孩子我就哭一起儿。也是把你大爷闹得没着没落儿的，就开始给她俩买羊奶喝，这一喝就一直也没撂下。我是看她小姐俩儿可怜，喜欢喝我就供着喝，看谁能把俺娘们咋的？你大爷也生气，我不管他。那会儿你大姐和二姐都出门儿了。你大姐夫懂事，看我总和你大爷为羊奶的事儿闹计较，就给买来一只大奶羊，这你大爷才不管了。也就这几年，你大爷才想起疼她俩，可她俩都大了，不用他喂，不用他抱了。咋知道疼她俩了呢？这几个大的接二连三都出门子了，家里越来越冷清，你大爷就开始指望天娇儿和香荷儿给他招个上门女婿。现在倒好，就剩香荷儿一个了，我看他这上门女婿要泡汤。"说着看着子昂笑。

子昂倒是理解米秋成的苦衷，但他不想替米秋成说话，打岔道："那现在咋不养羊了？"

格格夫人说："开始也想多买几只带着卖羊奶，赚个食料钱就中，可家里还有这么个铺子，赶上羊褪毛的时候，就见哪都是羊毛，你敢保不刮进粮食里？人买你粮食也犯寻思。再说伺候三只羊也挺忙乎人，就把羊卖了，又从别人家里定奶喝；日子比以前好了，就不差这点奶钱了。"

子昂刚才听格格夫人说是买了一只羊，这时又多了两只，便问道："养三只羊呢？"

格格夫人笑道："你大姐夫可实在了，买奶羊时连两只羊羔儿也一招儿买回来了。"又看一眼香荷说："香荷儿就得意看小羊羔儿跪在地上喝奶，宁肯自个儿少喝点，也让羊羔儿多喝点。这要在以前，你大爷非扇她不可。可从打惦记着让天娇儿、香荷儿招上门女婿后，就啥都由着她俩。就一样惹得香荷儿好通难过，卖那三只羊时，香荷儿偷着哭了好几起儿。"

他心疼地看看香荷，恨不能再将她搂在怀里好好疼着，又问道："那香荷儿让九爷家抱走后咋回来的？"

格格夫人说："不是墙倒了吗！你大爷就害怕了。哎哟，这哭还能把墙哭倒了，准是老天爷不高兴了。可不就是吗，生下孩子不养活，白白送给别人，这不是造孽吗！就这么着，你大爷又去把孩子要回来了。开始人家还不愿给呢！你大爷就说了，不给可不中啊，老天爷都不高兴啦，孩子他妈把俺家围墙都哭倒了！你说这墙有被人推倒的，有被风刮倒的，哪有被哭倒的？这一说，你九爷就自个儿把她姐俩抱回来了，还张罗人给盖的房；粮食店就是打那儿开始有的。"

香荷终于又开口道："妈，你别老说得那么邪乎，俺爹说了，咱家墙本来就不结实。"

格格夫人一哼道："他是强词夺理！那大风天天刮都不倒，咋偏偏赶上我一哭就倒？让我说，就是观音菩萨可怜俺娘们儿。"说完咯咯笑，又板起脸嘱咐香荷道："你爹爱咋说咋说，你可不能向着他。"

香荷玩笑道："那俺也不能跟着你说，怕爹打俺！"

格格夫人眼一瞪道："他敢！"

子昂借着香荷的话问道："香荷挨过打吗？"

格格夫人说："小时挨过。她不好说话，我说都是你大爷那时给吓的。她小时就会看人脸色。也没看谁的，就看你大爷的了！那些年，你大爷是天天嘟噜着脸，一整就嗷嗷喊，都快把这帮孩子吓出毛病了。"

他更心疼香荷了，说："大娘，您放心，以后我一定好好对香荷儿！"又看一眼靠在格格夫人身上的香荷。

格格夫人笑道："大娘对你说这些就这意思，日后你俩成了亲，你可得好好疼她，她胆儿小，可大娘胆儿大。你早知道你大爷武功好，这回你也知道大娘厉害了吧？哭都能把墙哭倒了，还怕他武功不成？"说完又咯咯地笑，子昂和香荷也随着笑。

笑过后，格格夫人又对子昂说："不过呢，办喜事儿前，你可不许再碰她，让人知道了多砢碜！既然你爹在信上那样说，那我这就张罗给你俩办喜事儿。"子昂既难堪又感动，连连点头应着。

吃早饭时，子昂被叫到老两口屋里吃。为了陪子昂一起吃，格格夫人说米铺今天晚开一会儿。饭桌上的饭菜基本和往常吃的一样，除了杂和面的饽饽。两盘素炒菜和两碟小咸菜，还有鸡蛋水、小米粥和羊奶。

子昂刚到米家时就知道米家人喝羊奶，羊奶是养奶羊家的人每天早晨送到大门口，米秋成出去摘窗板时顺手捎进来，开始还以为是米秋成自己喝呢。

这时格格夫人问子昂："子昂喜欢喝啥？你跟香荷儿喝羊奶吧！在家喝过吗？"

子昂说："我姥爷、姥姥活着的时候喝，我和我妹妹偷着喝。也不是偷，俺妈不让俺俩喝，我姥儿就偷着让俺俩喝。"

格格夫人笑道："那你就跟香荷儿喝奶吧。在这儿不用偷着喝，大大方方的，不够咱多订点。"

香荷忙将一碗羊奶放到他面前，笑着让他道："你喝吧。"

他不好意思道："你喝吧。"

香荷说："还有呢，我去盛。"说着去了灶房，又盛来一碗，然后也脱鞋上炕。他在偷偷留意她的脚，虽然穿着花线织的袜，但他感觉里面正透着神秘和芳香。

他喝了一口羊奶，里面放了糖，很香甜。香荷笑着问："好喝吗？"

他点头应。又见老两口都抿嘴笑，便找了新话题道："头阵子我听东院王大爷说，他家房子要卖，不知现在还卖不，要卖我想把他家房子买下来。"

格格夫人高兴道："那敢情好。"又接着说："老王头正找合适的买主呢，一直还没遇上呢，你要去买，那他两口子就能脱身了。他家小二儿在京城报馆里做事儿，看咱这儿都让日本人占了，又变成满洲国了，就要接他老两口去那头儿。他两口子倒是想去，就是舍不下这房子地。也是，故土难离，住了快一辈子了，这冷不丁地都撇下，哪舍得？老王头是想把房子地都卖了，去了京城还能贴补一下小二儿，就是卖少了有点可惜了，卖多了又没人照量。你要能买下来还真挺好的，正好和咱挨着，中间开个门儿就是一家。"

子昂自信道："那我照量照量。"

格格夫人欣喜道："那你跟香荷儿合计，俺们可没你们趁钱。"又笑着问香荷道："是吧老闺女？"

香荷羞涩地推下母亲。格格夫人又笑道："你们自个儿拿主意。现在都好了，多套房院也应该。昨夜里我还寻思呢，要是急着成亲，你俩就得用香荷儿那屋当新房；这要把那院都买下来可太好了。老王家那片庄稼地也挺大的，要一招儿都买下来，那咱家就不比田大宽家少多少了，就是秋天收粮食成愁事儿了！"

米秋成心中得意道："那有吗愁的？吃租子也够了。田大宽家就是年年抽租子。"接着又说："要和咱家地连成片就好喽！他家和咱家还隔着一家地。"

子昂说："那再问问这家卖不卖？"

米秋成说："人家还得在这儿过日子，把地卖了吃啥去？"接着又说道："别看你帮我种了一年地，你对地还是不了解。家里有地的，差不多都是指地活着的，人不离开这儿，一般不会卖。除非跑远地上新开地，那样伺候庄稼也不顺脚儿。不过这事儿我问问，成就成，不成就拉倒。"

子昂说："行，您出面儿，我出钱。"

格格夫人边吃边笑道："瞧你爷儿俩，一唱一和的，那你俩谁是地主啊？"

子昂笑道："大爷是。"

米秋成说："我还能扑腾几年？以后都是你们年轻人的。"

子昂说："那就让香荷儿当地主。"

格格夫人笑道："家有男人，哪有女人当地主的！当也就是你，香荷儿就是地主婆儿了。"

香荷不喜欢听，竟喊道："妈！"

格格夫人吓了一跳，捂着胸口责怪道："哎哟我的天哪，你这可真是有给你撑腰的了，说话跟打雷似的；从子昂回来，你说话动静都变了，再一惊一乍的，妈得让你吓死。"

香荷难为情地看一眼子昂，放下筷子，愧疚地依在母亲身上道："妈，不是故意的。"

格格夫人笑道："吃吧吃吧，逗你玩儿呢。"

米秋成边吃边抿嘴乐，都很少见他这么好心情。

子昂还有许多设想，说："要能把他家房子买下来，咱就把两个院子连成一个大院子，行吗？"

格格夫人笑道："那敢情好，那咱家可就成了大宅院儿了。就是挺费工夫，那道墙搁不少大坯堆的，还有苞米楼子和鸡窝也得折腾个新地上。"

子昂兴致正浓，又对米秋成说："等我把那道墙扒了，就把我住那间房重新盖一下，和老王家的西房墙连上，能盖个挺大的两间房呢。"

米秋成赞同道："你就看着办吧！"忽然又说："老王家西头现在是个过道儿，按理说在道上起房不好。你要盖也中，里面就别住人了，放些东西啥的。真要和那院连起来，屋子就多了，不差这两间。"

子昂说："我想有个画室，就是画画儿用的，用它当画室没事儿吧？"

米秋成不敢下定论，说："这我还没遇着过，兴许没事儿吧。到时多放点炮仗。"

子昂愉快地点头应。忽然，院里的狗在叫。子昂要出去，米秋成忙下炕道："是来买米的，我吃完了，你们接着吃。"说着穿鞋出去了。

工夫不大，米秋成领着村妮进来。村妮一脸焦急的样子，见子昂一身新打扮，先是一愣，随后说："哎妈呀，你可回来了！玉莲这几天就闹着找你，也不知你咋的了，昨儿个我糊弄她说你不回来了，寻思让她别再闹人了，今早上咋叫她也不醒。"说着抹起眼泪。

子昂很吃惊。这些天他也想念玉莲，本想吃过早饭去看她，没想到村妮这么早就来了。香荷对子昂说："你去看看，没事把她接来。"

子昂对村妮也说他这些日子回了奉天。本想还告诉她香荷就要和自己成亲了，但心里急着去看玉莲，便随村妮匆匆离开米家。

到了村妮家，松林拄着拐杖出来，见了子昂比过去客气许多。

玉莲穿着小褂和短裤躺在大屋炕上昏睡。子昂叫了几声仍没叫醒，担心她再也醒不过来了，心中不禁愧疚和悲伤，将她抱起哭道："玉莲！大舅回来了！你醒醒！"

哭喊了一会儿，忽听玉莲微弱道："大舅！"接着就见玉莲睁开双眼，直直地看了他一会儿，猛地搂住他的脖子道："大舅！"

他惊喜道："你可把大舅吓死了！"

玉莲哭道："大舅，俺去找你了！"

子昂问："上哪找我了？"

玉莲说："大街上。"

村妮和松林都一愣。村妮说："她没出过屋啊？"又问玉莲："你啥时上大街了？"

玉莲没回答，依然搂着子昂哭。子昂也问："你啥时上街了？"

玉莲边哭边说："就刚才。"

松林说："尽胡说。"

村妮说："准是做梦呢。"

见玉莲恢复了正常，子昂说："姐、姐夫，香荷儿要接她过去住几天，我带她过去行吗？"两口子都答应。

他又一脸喜悦地对村妮说："她家答应把香荷儿嫁给我了！"

村妮高兴道："我说你们咋在一桌上吃饭了。"又笑着问他："姐没猜错吧?"

子昂美滋滋地点头。村妮舒口气道："这回妥了,就等喝你俩喜酒了。"边说边为玉莲穿着外衣。

第 041 章

和香荷一起住了两日,玉莲完全恢复了状态。子昂在这两天又以看庄稼为由进了两趟山,先将藏在树洞内的银圆取回藏在小屋内,又去查看了废墟和树林间的财宝,一切安然。他准备给林海五百块银圆、三根金条,再给村妮家二百块银圆。

他先去了村妮家,将二百块银圆放在炕上。村妮两口子都吃了一惊。子昂说："这些钱是我从奉天带来的。我拿你们当亲姐、亲姐夫,也希望你们真当我是亲弟弟。"

松林难为情道："看出来了,你挺有弟弟样。前阵我那样对你,是我小心眼儿,你别生气。"

村妮挖苦道："俺弟弟可没你那小心眼儿,你是借你闺女光了!"

松林尴尬地笑笑说："是是,我看出来了,玉莲跟子昂是挺亲,我这当爹的也不如。"又对子昂说："玉莲有福气,能遇上你这个大舅,把俺全家都救了。"

子昂笑道："是玉莲救了我,要不我上哪认识米香荷?钱是好东西,就是花一个少一个,只有亲情是永远的。以后咱就是实在亲戚,只要我吃干的,就绝不让你们喝稀的。"接着又违心地聊了几句回奉天的事,说还要去陆林海家答谢便离开了,回米家又取了五百块银圆和三根金条。

子昂再进陆林海家的院门,觉得这里亲切了。玉兰正在屋门前洗衣服,忽见子昂一身灰色装、脚穿黑皮鞋、手里拎着沉甸甸的布兜进来,先吃了一惊,站起身道:"呦,是子昂吧?这么快就回来了?"

子昂真就忽视了从黑龙江到辽宁的往返时间,后悔自己还是来早了。但既然这身装扮露面了,就无须在意她怎么想了,重要的不是他回来的快不快,而是他报答的心意诚不诚,便说:"来回都坐火车还不快?回去就取了些东西。"

玉兰也不知黑龙江到辽宁来回需要多长时间,笑道:"俺也没去过太远的地上,就跟俺家他去过宁安、牡丹江。"又端详着他说:"比前阵儿还精神了,真是个阔少爷!"接着又叹息道:"我跟芳娥说了你的事儿,这两天她就是一劲儿地哭。她哭不说,多日娜也跟没了魂儿似的。她俩那天闹得不乐呵,听说你有媳妇了,这她俩又到一块堆儿了,整天憋在屋里,也不知都嘀咕啥。我把我公公也找来过,咳,咋哄也是不开窍儿,都快愁死我了!"

他心里很难过,但不知该说什么。玉兰又说:"别在这儿站着了,进屋吧。"说着擦手先往屋里走。

子昂随玉兰进了他养病时住的屋,见屋里没人就问道:"我叔呢?"

她说:"又上山了,弘文、弘武都跟着去了。"接着又嗔怪道:"咋还不改口?以后叫哥叫嫂子，咋说我和村妮是一个辈分的。再说你成了长辈，芳娥儿兴许也就不闹了。"

他还是不好意思改口，坐到炕沿上又什么都不叫了，说："谢谢你们救我三回，我一辈子也忘不了你们。"随即将五百块银圆和三根金条倒在炕上说："这是我的一点心意，芳娥儿和多日娜的嫁妆我都预备好了，肯定比这还多。"又指着金条说："这个是金条。"

她吃惊道："你咋拿这老些来？"

他笑道："不算多。以后咱们就当亲戚走，我叔以后也不用天天上山打猎了。"

她又嗔怪道："咋还叫叔？快改了！"

他笑笑道："叫习惯了。"接着说："有件事挺对不住你们。"

她以为他要说他和芳娥之间的事，忙说："我知道你要说啥，这事儿不怪你，要怪就怪我，我没想到你已经成家了，那天也是和芳娥儿说个笑话儿。她也是真稀罕你，所以就当真了。可我没想到她胆子这么大。"

他难为情地一笑道："我说的不是这个。"

她一怔问："那还啥事儿？"

他说："我还没成家，是定亲了，就在龙凤这儿。"

她又一愣问："谁家呀？"

他说："她家姓米，是开粮食店的。"

她惊讶道："哎妈呀！他家把香荷儿给你了？这是啥前儿的事儿，俺们咋不知道？"接着叹息道："也难怪，去年春天，我娘家爹老了，寻思身上有重孝，上人家不好，就一年没敢串门了。"

听出玉兰竟和米家关系不一般，子昂很吃惊，开始担心起自己在这儿养病的事会露给米家，尤其担心芳娥总说他裹过她舌头的事，心中更加不安地问："你对她家挺熟啊？"

玉兰说："俺两家可是父一辈子一辈的老感情了。你大姨姐和我还是干姊妹呢！"又恍然道："那咱更是同辈儿了！你还得改下口，得管我叫姐才对，管俺家他叫姐夫，芳娥儿得管你叫老姨夫。"

他有些愕然，一时又不知说什么好。玉兰见他似乎在怀疑，又说道："今年初三回门那天，你大姨姐还去看我妈了呢，年前还给送些大米去。她家姊妹六个都长得花儿似的，这镇上不知道的少。他家就老二津菊嫁给镇里马九爷家，其他的都让外地人娶走了。你也是外地的，香荷儿……"她突然顿住，看着他问："他家不说让香荷儿招上门女婿吗？你当他家上门女婿了？"

他笑道："当啥都一样。"

她也一笑道："你准是让香荷儿给迷上了。要讲模样儿，他家六个姑娘一个赛一个，天娇儿和香荷儿最招人稀罕。"

子昂说："芳娥儿长得也行，将来一定能找个好人家。"

她又叹息道："她可没香荷儿福分大。以前我对天娇儿、香荷儿真没太注意，这几年她俩越变越招看，长得还白白净净，一年不洗脸都看不出埋汰！"又笑着问道："那你知道她俩是双棒儿吧？"

他惬意地点下头。她又说："她俩就跟一个人儿似的，要是一样打扮，外人都分不出谁是谁，俺们熟悉的还能分出来。这儿的大小子没有不惦记她俩的，就是你老丈人太倔，又会武把抄，没人敢去撩骚。"

子昂想把话题转开，说："芳娥儿一定也有人惦记。"

她脸上终于露出得意的神采道："那倒是。可这儿的人又都怕你大哥，也是没人敢靠前儿。也不全因这，主要是芳娥儿没相中。这好不容易遇上个称心的，可你早就有称心的了。"又笑着问："姐打比方问你，哪儿说哪儿了；要是你没和香荷儿定亲，你喜欢俺家芳娥儿和多日娜吗？"

他为多日娜点下头。

她又问："她俩你最喜欢谁？"

他很为难，只是笑。她笑道："其实我看出来了，要是没和香荷儿定亲，你准是喜欢多日娜；多日娜就是跟小辣椒儿似的，长的不比香荷差，是不？"

他忙狡辩道："她长得挺像我妹妹，我还没找着我妹妹呢。"

她看出他在说谎，笑笑又问道："对俺家芳娥儿呢？"

他打岔道："你要和我大姨姐是干姊妹，那她就是我外甥女。"

她苦笑道："刚才我就是随便问问，是想看俺家芳娥儿能不能找个和你一样的。"接着叹息道："看她一天哭哭啼啼的，我这心里真不是滋味。"又转了话题道："咋说香荷儿也是俺老妹儿，姐为你俩高兴。"又问道："你发现没，老米家门前，晃常就有些小子转来转去，那都是惦记这对双棒的。"

他点下头，为香荷即将成为自己的媳妇感到幸运和欣喜。

她又说："她家六个姑娘都让人惦记过，惦记也是白惦记。香荷儿就更不好惦记了，你老丈人就指她招上门女婿呢。要说当上门女婿，那些臭小子都乐意，可他们家里不答应；媳妇好看是顺眼，可也不能找个俊媳妇连老祖宗都不要了。"又忙解释道："我可没说你；我就觉着你不像给他家当上门女婿，肯定他家看好你爹是开工厂的了。有个这么趁钱的亲家，姑爷长得又好，还啥上不上门儿的。"

他只是笑，已不在乎她怎么看他了。

其实他已经感觉到，米秋成现在并不十分苛求上门女婿了，这不能不与他说爹是开工厂的有关。但他并没有因此瞧不起米秋成，倒是对米秋成为他让步而感激。他也在想，日后除了疼爱香荷，还要好好报答岳父母。

这时，芳娥突然出现在屋门口，两眼直直地盯着他。见她头发有些蓬乱，面容也有些憔悴，他心里感到愧疚，忙起身唤道："芳娥儿！"

芳娥扑进他怀里哭道："俺咋办呢？"越哭越伤心。

他左右为难，搂着也不是，推也不是，便傻站在那儿，由她搂着哭，真想和她一起哭，终于安慰道："芳娥儿，我说话算话，你的嫁妆都我管。"

芳娥边哭边摇晃他道："俺不要钱，就跟着你！"

他为难道："可我已经定亲了。"

她任性地哭道："俺不管，反正你裹俺舌头了，我就是你的人了！"

玉兰心疼地看着女儿劝道："娥儿呀，妈不跟你说了吗，那会儿他还糊涂呢，一定是口渴了；他啥都不知道，你就别怨他了！"说着去拉芳娥，可芳娥依然不从。

玉兰火了，猛地将她从子昂身上拽开训道："这么大个姑娘，咋四六不懂！人家已经有媳妇了，你算干啥吃的？"

芳娥伤心地哭着出去。子昂的心有些疼，忍不住追出去，他要好好安慰她，也想借机看看多日娜。

芳娥趴在炕上哭，多日娜也在炕里歪躺着。见他进来，多日娜愤愤地坐起道："出去！"

他难堪道："我来劝劝她。"又对趴在炕上哭的芳娥说："芳娥儿，我谢谢你，我不会忘记你，我一定让你，还有弘文、弘武都过上好日子，你相信我。"

芳娥霍地爬起，又扑他怀里哭道："俺没脸活了！"

他吓了一跳，其实他刚才也担心她会做出不理智的事，这时她果然将他的担心说出来，他心中不安，忍不住也紧搂她哄道："芳娥儿，你别这样，你要做傻事，我也没脸活了！求求你，咱都好好活着，行吗？真的，我没怨你，你也别怨我，我真不是故意的。你长得也好看，一定能找个比我好的，我帮你，我一定让你过上好日子！"

她猛地抬起头，止住哭道："俺谁都不嫁，就跟你！"

他又为难道："我真定过亲了。"

芳娥哭道："那我当丫头，天天伺候你！"

他又哄道："我得让人伺候你，还有多日娜，你们得当富家小姐。我给你们盖新房子，啥都买新的，我说了就算。"

多日娜又愤愤道："你愿给谁给谁，我不稀罕！"转身对着墙壁躺下。

他不好再说，想把芳娥推开，可她将他搂得更紧，哭道："俺不，俺就跟着你。俺啥都不图，就天天看着你。"

他继续安慰道："以后咱也是亲戚，我会常来看你们。"再看多日娜，见她正在炕里偷偷抹泪，心里更如刀剜一般疼。

这时玉兰也进来了，又扯开芳娥，说话的口气也温和了，说："好闺女，你就别难为他了。你可能还不知道，他是和你香荷儿老姨定的亲。"

芳娥已经知道这事。子昂进院说话时，她和多日娜正在她们屋里说话。先是多日娜透过半开的窗户看见子昂进院，穿戴一新，更显英俊潇洒。几天前她还对他抱有希望，结果又听玉兰说他已经定过亲，不禁感到被愚弄，心里便产生了憎恨。

见多日娜朝窗外看，芳娥也看见了子昂，更是觉得委屈，就想当他面痛哭一场，希望子昂能够退亲娶她。见母亲将子昂领进对面屋，她也出了屋，站在对面屋门前，伤心欲绝地听着里面说话。

这时她听母亲又提香荷，顿时恼羞成怒道："你别老姨老姨的，她才比俺大一岁！"

玉兰板起脸道："萝卜不大在个背（辈）儿上，她辈分在那儿，大一时辰也是长辈儿；妈和她大姐是干姊妹儿，那她就是妈的亲妹子，你还能管妈的妹子叫姐姐？"见多日娜也在偷着抹泪，她又说："你小姑和你小姨是同辈儿，她还比你先认识的你小姨夫，她都不说啥了，你还闹啥？"

不想多日娜并不喜欢听，起身下地穿上鞋，指着子昂怒吼道："你个害人精！你等着！"随后摔门离去。

玉兰焦虑起来，拍下大腿道："哎呀我的天哪，这可咋整！"见子昂傻在那里，忙又安慰道："她说啥你别理她。"又对芳娥说："看见了吧，你小姑还不算完呢，你就省省心好不？"

芳娥不理她，对子昂说："那你给我盖房子吧！"

子昂和玉兰都一愣。玉兰问："你盖房子干啥？家里又不是没你住的地儿。"

她冷眼看着母亲说："不盖也行，那你给我买口棺材！"

他又被吓了一跳，忙说："盖房子，咱盖房子。"

玉兰急得要哭出来，说："我的姑奶奶，求你别闹了行不行？"

芳娥倒显得镇静了，道："俺哪闹了？俺要闹就让子昂哥娶我！我不难为他了，他说他有的是钱，那盖个房子又咋的？"

子昂忙说："我答应你，你选地上，选好了我就给你盖。"

她没再回答，趴在炕上谁也不理了。

子昂从米家出来有时候了，玉莲还在米家，况且他现在就想和香荷坐在一起吃饭，便又对芳娥说："芳娥儿，那我先回去了，盖房子的事我一定办。"

玉兰挽留道："午间在这儿吃吧，你姐夫他们估计要回来了。"

子昂对自己在林海、玉兰面前提了辈分还是有些不习惯，但他知道这已是无法推辞的事了。

第三天，村妮过来米家接玉莲回家，可玉莲还没待够，目光乞求地看香荷，香荷却只是抿嘴笑。子昂要忙买房子的事，还想找机会和香荷单独在一起，就哄着玉莲说："你妈想你了，回家和你妈住两天，大舅再把你接来。"玉莲求援无助，只好悻悻地随村妮回家了。

东院王家老两口已欣然将房子和田地都卖给子昂了，房子田地一共得了一千银圆，显然多得超乎他们的预期。

子昂已不计较钱多少了，只要房子、田地能买下来就好，也开心道："我在北平待过，这些钱在那儿能买套挺像样的四合院，要是买套一般的，剩下钱还能开个店铺，吃的住的都不愁了。"王家老两口欣喜不已，拿出房地契都交给他，说屋里的东西和田里的庄稼也都归他了。

之后，子昂当着米秋成和格格夫人的面，将房地契都塞给香荷道："以后我就听香荷儿的，她让我住哪屋，我就住哪屋，她让我去种地，我就去种地。"

香荷抿嘴笑着推一下他。格格夫人高兴得合不上嘴，说："你俩的事儿，俺们可管不了。"接着又说："现在我可就盼着早点儿把你俩婚事办了，也好早点听你叫我一声妈。"

子昂忙说："我也着急，就盼着早点管你二老叫爹叫妈。"

格格夫人玩笑道："呦，这可未必是真的，要说你想早点娶香荷儿俺还信。"

子昂不好意思道："那也得先认爹妈呀。我现在就叫。"说着跪地磕响头，叫道："爹，妈，儿子给二老磕头了，儿子永远孝敬您二老！"

老两口顿时都蒙了，想拦也来不及了。格格夫人笑道："你瞅你，也太急了点，咋也得让俺准备一下。甭管咋说，这爹妈都叫了，不能白叫；你先起来，我给你拿改口钱。"说着屁股一蹭到了炕梢的柜子前，从腰间取出把钥匙。

子昂站起说："不用了，我是诚心的！"

米秋成也笑道："两码事儿，给你就接着。"

格格夫人从柜子里捧出一个四角镶着铜皮、正面挂着铜花锁鼻的紫檀色匣子，转身又屁股底一蹭到了炕边，将匣子塞给子昂道："俺们不如你钱多，家里的钱都在这儿，你刚才叫的，俺们都应了。"

他很感动，低头看了看钱匣子，又看着香荷说："你看，咱妈把家底儿都给咱了，这也你收着。"说着将钱匣子塞到她怀里，然后又对二老说："爹，妈，往后咱用钱就跟香荷儿说。"

事情来得突然，香荷不安地看一眼爹。格格夫人安慰她道："你爹现在乖了，将来就得指着老闺女，往后老闺女也当家了！"

子昂重复道："爹，妈，俺俩一定好好孝敬您二老。"

米秋成说："你们好就行。"

格格夫人又笑道："你有孝心俺们能看出来，那我和你爹可就等着享清福了。"又对米秋成说："你先别着忙当老太爷，这姑爷进了门儿，小鸡儿丢了魂儿，麻溜去抓只鸡拾掇了。"接着又吩咐道："完了你再去喊九爹一声，让他晚上来这头吃，顺便合计下他俩的婚事咋办；一个院儿里娶媳妇，咱也没经过啊！"又补充道："今晚儿做好吃的，让老爷子把咱那俩外孙儿也带来。"米秋成也掩饰不住心中喜悦，答应着下炕穿鞋。

▶▶第 042 章◀◀

傍晚饭时，年近八旬的马九爷带着津菊的两个儿子来了。老爷子头发全白，就连那绺山羊胡子也都是白的。但他耳不聋，眼不花，目光有神，说话声音也洪亮。跟他来的两个重孙子一个十岁叫龙江，一个七岁叫龙东。

长方形的饭桌顺势摆在炕中央，桌上除了小鸡炖蘑菇，还有其他可口的菜，一共四碗四碟。马九爷坐的上座是桌子的一窄头，只坐他一人，米秋成和格格夫人坐在左侧，子昂和香荷坐在右侧，两个孩子对面坐在炕边处。

子昂到米家后曾见过九爷两次，但因未和香荷结成姻缘关系，只是见面打下招呼，私下里九爷与米家人唠过他什么也不知道。

格格夫人今天把九爷请来，是想让马九爷为子昂和香荷做月下老人。一上桌，格格夫人就先提了子昂的父亲，自然是按着子昂说给他们的说，还提到子昂已经买下东院王家的房院和田地。

马九爷听过后，先对米秋成笑着问道："你们是嫁闺女呢？还是娶姑爷？"

米秋成不自然地笑道："孩子说了，守着俺们，这就中了。"

格格夫人也笑道："他爹在奉天往外卖厂子呢，完了也来咱龙凤，说来这儿养老。"

马九爷不解地看着子昂问："这儿有啥好的？"

子昂忙谎言道："这边有山有水儿，我爹说养人。"

马九爷点点头，又对米秋成和格格夫人说："这孩子不错。开始我就说，要配俺老孙女儿蛮来。"又对香荷说："我就说你是个有福的丫头，他爹能在大城市开工厂，那得趁老鼻子钱了吧！"

香荷羞涩道："俺不为钱。"

马九爷端起酒盅笑道："甭管为啥,这媒人九爷愿当。"说完一口干了。格格夫人忙吩咐子昂、香荷为马九爷斟酒点烟。

唠起子昂和香荷的婚事如何操办,马九爷有些为难道："这个院儿里娶,又是这个院儿里嫁,这走花轿得咋个走法儿?"

米秋成和格格夫人也不知怎么办。马九爷想了想说:"让我说呀,就抬着花轿绕咱龙凤转一圈儿就成。出进都是一道门,我看这才叫一门心思过日子。"

格格夫人高兴道:"那就按九爹说的办。等闺女们都回来,咱再把日子定一下。"

格格夫人说等闺女们都回来,实际是等米秋成过六十大寿,那时家里人基本都到齐了。随后他们又唠起婚事之外的事情。

马九爷开始对子昂的印象不过是相貌好、绘画好,其他的也只是听米家人说他是出来找家人的,这时他问起子昂的父亲在奉天开什么工厂。

子昂只说开砖厂,怕马九爷多问,又补充道:"我在北平读书,我爹的事我从来都不过问,只管花钱。"说完笑了,转头又看一眼香荷。

香荷只是慢慢地吃着,不插一句嘴。马九爷点下头道:"嗯,真不错,这上过大学堂的,和咱小地上人就是不一样。你和香荷儿也是有缘千里来相会。"

格格夫人笑道:"可不,我就寻思津竹和天娇儿能在哈尔滨找女婿就不近乎了,哪承想还能和奉天搭上缘!要是再生几个,俺这亲戚还不扯到北京、上海、广州去?"说完咯咯笑。

米秋成不耐烦道:"你快拉倒吧!"

格格夫人听出老伴又在怨她没生儿子,忙打住道:"得,得,咱不唠这些。"便又听子昂和马九爷说。

子昂说到自己在牡丹江参加自卫军时,马九爷说:"你爹也打过洋鬼子。八国联军打天津那会儿,你爹就参加过义和团了,还到吉林打过老毛子!"

子昂清楚九爷对他说的"你爹"就是米秋成,心中得意,但也使他想起自己亲爹亲妈和妹妹,心又惴惴不安起来。

格格夫人对子昂说:"你九爷和老毛子打过仗,我和你爹还加入过呢。要不是你九爷带着俺们,现在还不知在哪安家呢!"

说到家,九爷叹息道:"安了家也都不是咱本家。不过你们还成,天津还是中国的,我就不成了,老家都成人老毛子的了,怕是这辈子也回不去了!如今这块儿也变了,好不容易置个家,这又变成了满洲国,也说不准还算不算是中国的。"说着喝口酒夹菜。

子昂对九爷的话有些没听明白,便问道:"九爷老家是哪儿的?"

马九爷说:"海兰泡。搁满语说,就是穆麟德。可现在都成人老毛子的了。还有江东六十四屯,地上老大了,都让他们抢去了。他们来抢那时,就要土地不要人,见了中国人就杀,杀不过来就成群往江里头赶,完了他们站在岸上朝江里打枪,没挨枪子儿的,不会水也都淹死了,甭提多惨了!后来我就参加了赵起龙的队伍,专打老毛子,扒铁路,拆教堂,咋解恨咋来。东北铁路都是老毛子修的,没少让俺们拆吧。那也没管用,打到奉天就打不动了。"

提到自己家乡,子昂更感兴趣,忙问道:"九爷还去过奉天?"

马九爷又叹口气道:"去是去了,可我们这支子还没等到奉天,西太后就不让打了,还派清兵帮着老毛子打俺们。老些忠义军兄弟，都他娘的让清兵打死的！没法子，就都各顾各地逃命了。你爹那会儿就给我做干儿子了，就得跟着我逃。往哪逃啊？家都被老毛子占了，后来就在龙凤这旮儿落了脚。"

子昂更加敬佩九爷，又跪着敬了酒。马九爷更开心道："香荷儿可是我的老孙女儿，招人儿疼着呢，你得好生对她。"

子昂忙说："九爷放心，我一定好好对她。"

九爷满意地点头道："要说疼媳妇儿，你得学你爹。你爹那会儿可是从天津把你妈背到这儿的！"

格格夫人反驳道："看九爹说的，好像我来东北脚没沾地儿似的，我也没少走，脚后跟都要拧碎了！"

米秋成也开口道："得了你的吧，就指你的三寸金莲，早让老毛子逮去了！你就是我背着来的！就我当年那体格，都累得两腿直哆嗦。"

格格夫人笑着拍一把老伴道："你还报屈！白捡个俊媳妇咋不说？那会儿我长的也跟朵花儿似的，香荷儿和天娇儿长得就像我！要不是八国联军打天津，我没准儿还真进皇宫了，还跟你遭这老些罪！"

米秋成不悦道："别臭美了，这都满洲国了！你别说，满洲国也有皇帝，就在长春呢，你去吧，没准儿能当皇太后！"

格格夫人又拍他一把道："你个缺德鬼！"接着咯咯地笑，大家一同笑。

请马九爷吃过这顿饭，子昂和香荷便算是订了婚。因为要收拾从王家买来的房子，加上米秋成六十岁生日临近，子昂便天天忙得不可开交。

为米秋成摆寿宴，原本只想自家人摆两桌，但子昂提出要大办一下，让把和米家关系不错的街坊邻居都请来。

人生六十年为一轮，走过一轮的米秋成也想把自己的六十大寿办得热闹些，便依了子昂，将范围扩大到六桌。子昂希望办寿宴那天最好是个大晴天，就是烈日炎炎也无妨，届时将餐桌摆到院子里。他更想把酒席一直摆到原王家院内，便急着拆掉那道土坯墙和鸡窝、玉米楼。

子昂在米家干农活穿的单褂子都已扔在山里，现在他有了新装，从奉天出来时穿的学生装便当成干活穿的衣服。开始他没把刨墙运土的活放在眼里，米秋成要和他一起干也被他拦住，可自己干了一气就觉得吃力了。

正对着剩下的半截墙喘吁时，格格夫人领着林海和玉兰进来了。林海拎着一只鼓起的袋子，玉兰怀里抱着两个红漆木盒。格格夫人这时对林海说："听子昂学了，他抹塌山是你给领出来的；多亏在山里遇上你，要不他可够悬的。"

林海笑道："是他福大命大，也是俺俩缘分不浅。"

见林海和玉兰来，子昂倒很不安，自然是担心他掉进陷阱后的事情早早被米家人知道。其实林海和玉兰压根就没想把子昂在他们家养伤的事说出来，芳娥痴迷子昂，这已让他们很难堪了。

子昂忙对格格夫人说："妈，他们是我的救命恩人！"

玉兰笑道："呦，还没成亲就叫上妈了！"

格格夫人笑道："就他猴急；事儿都定妥了，就等着办喜事儿。"

玉兰又笑道："俺们就是来给干爹干妈道喜的。"

格格夫人高兴道："那敢情好，快屋里头说，瞧院儿里让子昂弄的，批儿片儿的，都没落脚地儿了。"说着一起往屋里走。

子昂看出玉兰和津兰果然是干姊妹，原来干姊妹是这样称呼对方父母的。

林海笑着拍下子昂肩头道："那天咋不多待会儿，你刚走我就回去了，要不咱俩能喝两口。"又嗔怪道："你的礼太大了，哥都没法还了。"

子昂忙说："再大也没您的恩情大。"又问道："我是不得管您叫姐夫？"

林海笑道："叫啥都行。"

玉兰对子昂说："你得跟着香荷儿叫，叫他姐夫没错。"说笑着进了内屋。

米秋成正在炕上躺着，听到有客人进屋忙坐起，一见是林海、玉兰，笑道："你俩今儿咋这么闲着？"

玉兰将怀里的木盒放在炕上笑道："干爹，有日子没来看您二老了，生干闺女气了吧？"

格格夫人说："津兰回来学了，说你身上有重孝，不方便串门子。咱们还用那些说道干啥，想来就来呗。年前弘文来送野猪肉，连院门儿都没进，我这心里还怪不得劲儿的。"

玉兰笑道："年前津兰也让妹夫给我妈送些大米去，初三回来她还特意去看看我妈，正赶上俺们摆饭桌，吃了几口就回这头了。"

格格夫人笑道："可不，这边饭都好了，她跑你那头儿吃上了；那头儿吃一半儿，这头儿吃一半儿，真是妈多饭碗也多。"说着咯咯笑，接着又惋惜道："你们当姑娘时来回跟跑马灯似的，现在都有自个儿家了，就没闲工夫串门子了。"

玉兰说："她们离得远，见一面真不容易。等今年过年的吧，在块堆儿好好乐乐。"

格格夫人问："你娘家爹走有一周年了吧？"

玉兰说："过周年了，要不今儿个俺们还不能来。"又问道："八月节津兰没说回来不？"

格格夫人笑道："过些日子就都回来了，你干爹今年六十大寿。"

玉兰自责道："可不，我都给忘了。"接着说："那这回得像样办一办了，到时俺们都来祝寿。"

格格夫人笑道："开始不想张罗，子昂偏要张罗下；那就办一办，到时你们人过来就中，啥也不用拿，你们姊妹在块堆儿好好叙一叙。"

玉兰将两只木盒推到米秋成身前道："干爹，这个您先收着。"

米秋成问："这是嘛玩意？"

玉兰将两个盒打开，一只盒内是棵老山参，另只盒内是鹿茸。米秋成愣一下，一脸疑惑地看着林海和玉兰问："嘛意思？"

林海上前笑道："好久没来看您了，别生气。"

米秋成道："咳，生哪门子气？年年都吃你打的野猪肉、狍子肉，都过意不去了。你在咱龙凤可是大名鼎鼎，怪忙的，我没那些说道。"

林海笑道："您老可别这么说。要说大名鼎鼎，您老才是呢！看您身子骨还这么硬朗，对付仨俩还不要紧吧？"

米秋成说："不中了，老啦！马上就六十了！我看你爹身子骨也行，俺们晃常还在街上见面儿。"

林海说："你们岁数都大了，就都好好享福吧。等您过大寿时，我也过来，您不嫌闹哄吧？"

米秋成说："说吗呢？高兴还来不及呢！"又问道："你们就为这码事儿来的？"

林海说："不瞒您说，您的新姑爷，是我好兄弟，俺们两口子，今儿是冲着兄弟来看您二老，先为您二老道个喜，得个好姑爷。"

格格夫人笑道："子昂能让你这么夸，那是俺们没看错。这不正忙着为他俩办喜事呢吗，就怕子昂让别家姑娘抢跑了！"说着想起香荷，就开门冲香荷屋喊："香荷儿啊，快过来，看看谁来了？"

香荷过来了，一见玉兰就笑了，轻声叫着大姐、大姐夫，还施了万福礼，却都不觉得惊奇。

玉兰喜欢地拉着香荷的手说："哎呀老妹儿呀，大姐来给你道喜了！"

香荷不好意思了，牵着玉兰的手说："坐炕上。"

玉兰笑道："看大姐给你带啥来了？"说着去打开林海拎进来的袋子，往炕上一倒，是十多张已经亮过板的紫貂皮，每张都是色泽光亮的。

玉兰接着说："听说子昂要和俺老妹儿成亲了，俺们为你高兴。这是送给你的，做件好衣裳。"

格格夫人惊讶道："唉哟，这可金贵，咱这样人家哪穿得出去呀！"

玉兰说："那得看谁穿，就俺老妹儿这身子配得上。"

米秋成也客气道："你们也太破费了！"

林海说："这不算啥，天天林子里头转，也没啥好玩意儿。以前都是跟着玉兰过来，往后我可就冲着子昂兄弟来了。"

米秋成嗔怪道："咋还这些说道？和你爹这些年老感情，咱爷们还外吗？"

林海笑道："你们是长辈，我当晚辈的想近乎也近乎不上。"

格格夫人挽留林海、玉兰吃午饭，但林海说他还有别的事，等老爷子大寿时一定都过来。

林海问子昂扒墙做什么，子昂就将自己买下王家房院及此后打算说了。林海说："你别忙了，这事我给你办。"说完和玉兰离去。子昂送走林海两口子，回院继续拆墙。

第二天一早，林海领来十多位农家打扮的壮汉，手里都拎着干活的工具，还拉来几马车的青砖。子昂正在往外运着碎坏残土，林海拦住道："你啥都别管了，都给他们干。"然后一面组织那些人卸砖，一面安排人将子昂拆下的土坯也都清了出去。

米秋成和格格夫人也出来看，都被这阵势搞蒙了。米秋成问林海："拉这些砖来做吗？"

林海说："铺院子，这俩院子一连起来，就都铺上砖，那走在上面，感觉就不一样了。"

格格夫人高兴道："那敢情好，往后还能在上头晒粮食、打豆子呢！"又问道："这得用多些砖哪？"

林海说："得个万八千。这几车不够，一会儿还得去拉，拉完砖再弄几车沙子找找平，您二老就等着享受吧！"

格格夫人客气道："这俺们心里多过不去！"又对子昂："别让你姐夫破费了。"

子昂刚要说，林海抢话道："这么说就外道了，子昂是我好兄弟，做这点事儿算啥？就不冲俺兄弟，玉兰和津兰还是干姊妹呢。她姐俩的事儿我不掺和，这有子昂了，我就不能拉了空子。您放心，赶在我叔过大寿前，这院子管保铺得好好的，要是赶上个好天儿，咱就在院儿里摆酒席。

昨儿个子昂说要加盖两间房，那就等叔过完大寿的，我再帮着把房子盖起来。"

格格夫人啧啧道："那可得钱啦！"

子昂得意道："就这么办吧，钱就是花的，咋好咋来，这钱我花。"

林海忙拦道："你就甭管了，都我来办。"

子昂觉得林海很仗义，值得和他结交；眼下就由着他做，回头再给他一笔钱。

林海找来的人都很卖力气，仅用两天时间，一条六米多宽、三十多米长的地面就都铺好了，还在原王家院内的水井旁建起一个两口大锅的灶台，是用来办寿宴的，子昂和香荷办喜事也能用得上。

米秋成看着新建的院子很高兴，跟着大伙一起忙。格格夫人则忙着给大家做饭。香荷本来也站院里看大家干活，反倒成了那些干活的观赏对象，便又躲回自己屋里。

一切收拾利索后，林海又让干活的用清水将地面洗刷干净，好在原王家的水井这时也用着方便了。清水冲刷过的长长一条青砖地面让人感到清爽和舒畅。

干活的刚刚离去，玉莲就被村妮送了过来，在砖地上欢快地由东跑到西，再由西跑到东，然后又缠着子昂和香荷和她玩跳绳。绳是用红布条连接拧成的，小手指粗，五六米长，两头打着纽，是她前段时间在香荷屋里发现的，今天忽然想起来玩。

香荷以前玩过这游戏，迫于玉莲恳求也跳几下，姿态优美，两根乌黑的长辫子随着她娴熟地跳跃舞动着。子昂一边摇绳一边立在那里又陶醉了。

见子昂正惬意地观赏着自己，香荷不好意思再跳了，就和他一起为玉莲摇绳。玉莲一边欢快地跳着，一边嫩声地数着数，跳的不少，数的却不多，是她还不会数太多的数，子昂便帮她纠正着。

子昂后来也把数查错了，他在思考如何把米秋成的六十大寿张罗好，香荷的姐姐们还不知道他和香荷定亲的事。眼下，米家的房院扩大了一倍多，当姐姐、姐夫们见到这些变化时，一定都会感到惊讶，也一定会以新的目光再看他。林海还说要帮他举办一次让他露脸的祝寿宴，至于怎样露脸没细说，只说要把餐桌摆满院子，由之前定好的六桌增加到十二桌。他更感激林海，但也更加愧对芳娥和多日娜。

院子收拾好的第二天早晨，子昂又带三百块银圆去了林海家。

林海一家正吃完早饭，但多日娜没在这儿。见子昂来，芳娥立刻沉下脸来，并不说话，放下手中筷子和干粮，下地摔门出去了。

林海、玉兰都显得尴尬，但又不想再惹女儿，劝子昂不要理她，又让他和他们一起吃。子昂很难堪，说自己已经吃过了。

林海问："这么早过来有事儿？"

子昂从身上取出三卷银圆放到炕上说："您为我花得太多了，这个您收下。"

林海一愣道："还是袁大头！你家开银号的？"

子昂笑道："我爹给的，我想咋花就咋花。"

玉兰也忙拒绝道："你可不能这么乱花，这个拿回去，俺们不能要，上次你拿的够多了，再说你还要办喜事，哪都得用钱。"

子昂的语气坚决道："你们必须收下，我够花。我不会乱花的，我认准的人我舍得。再说姐夫还要帮我忙事呢，我不能让你们花钱，要不我就没法让姐夫帮我了。"

林海突然激动地搂住子昂，拍着后背道："行，是个有情有义的好兄弟！"又猛地分身问道："咱做结拜弟兄咋样？你愿不？"

子昂想自己将来就得生活在龙凤，真的需要朋友帮衬。尤其拜了兄弟后，更表明他是芳娥的长辈，便笑道："您要不嫌，我当然愿意。"

林海开心道："那好。我告诉你，我已经有七个磕头兄弟了，不是一块儿拜的，可都是亲如一家的好兄弟。每次有新入门的，我们都要换新帖子、烧香盟誓。"

玉兰对子昂笑道："你们真结拜，你还真得管我叫大嫂；这样也好，那你可就是芳娥的九爹了。"

弘文、弘武也不吃了，都凑过来看银圆，听爹说要和子昂拜兄弟，弘武笑嘻嘻地问道："那也给改口钱吗？"

林海训斥道："别没出息！不吃赶紧出去，大人唠正事儿呢。"哥俩便也下地穿鞋出去了。

子昂不知结拜兄弟需要盟什么誓，首先担心起香荷。虽然林海三次救他，也是个正经过日子的人，但他毕竟让这里的很多人畏惧，心里便想：不论盟什么誓，只要危及香荷和他的所有亲人，他都不能认。他现在最大的愿望就是张宝来能早日在牡丹江寻到他的姨母家，然后将爹妈和妹妹都接过来，和香荷一同守着四位老人过平安富裕的日子。既然已经答应结拜，他也只好继续应道："我听大哥的。"

林海高兴道："那行，先把你出生地是哪、爹妈叫啥、兄弟姐妹几个、媳妇姓啥、儿女几个都写下来；有的写，没有就不写。还有你的生辰八字，我让老爷子给你排一下。"

子昂问："哪个老爷子？"

玉兰笑道："俺老公公，他会批八字。"

子昂想起芳娥说过她爷爷会算卦，也想起那个为他讲解卦签的老先生，十有八九是同一人。他更对结拜兄弟感到新奇，敢情还有这些讲究，便说："我是宣统二年七月二十九生的，时辰没记准。我妈能记得，得等她来了的。"他不知何时能见到父母和妹妹，心里又焦急起来。

林海吩咐玉兰道："赶紧把桌子拾掇了，让子昂在桌上写。"又对子昂说："时辰记不住先空着，过后补上。"

玉兰忙收拾饭桌，然后出去了。林海将笔墨纸砚都放到桌上，子昂按照林海要的都写在纸上。之后，林海笑道："我还得去告诉你那些哥哥，再选个吉日。正常咱们要都先认识，一块儿处段时间再拜，可我是老大，可以破例做这个主。"

结义的事就这么定下来，只等择吉日盟誓。

第 043 章

中午，玉兰又到米家问米秋成和格格夫人道："俺家他那几个兄弟想认识一下子昂，晚间请他上俺家吃饭，您二老同意吗？"

格格夫人笑道："这是哪的话？俗话不说嘛，在家靠父母，在外靠朋友，年轻人多几个朋友是好事儿。子昂能让他们这么待见，我高兴还来不及呢。去吧！"

玉兰又逗香荷道："这还得问老妹儿准不准。你准吗？"

香荷不好意思地推下她，什么也没说，又看一眼子昂。

玉兰开过玩笑又说家里等她备宴，让子昂晚饭前就过去，然后便回去了。

子昂猜想今晚要和林海他们结拜盟誓，送玉兰出了大门，回屋就向米秋成询问道："爹对陆林海挺熟吧？"

米秋成说："打小儿看他长大的。他在家是老二，小前儿淘，挺好打个仗。这些年就和他家老的在一块儿，和他不咋见面儿。"

子昂又问道："镇上人都咋看他？"

米秋成说："都知道他手黑，好搁枪打人，就叫他老黑枪。咱界壁儿那个丁瘌子就是他给打的，闹了一通官司，嘛事儿都没有。他有个把兄弟，包大爪子，是这警察所的所长，没人敢和他比画。"边说边装上一袋烟，子昂忙给点火。

子昂想对比着判断一下林海，便又问："那丁瘌子人咋样？"

米秋成说："不咋样。听说是因撩骚老赵家的媳妇，老赵太太就去找玉兰，寻思让老二出面说和，结果两人一碰面儿就整拧了。甭看丁瘌子现在不行了，当时那也是不好惹的主，比老二还结实。那次他们动手，老二没占着香儿，就回家拎出猎枪，再见面吗都没讲，一枪就把波凌盖儿打碎了，打那儿就成了瘌子。"

格格夫人对子昂说："就那揍性，打死也不值可怜！你可不知道，那年他还撩骚过你大姐呢，吓得她姐几个门儿都不敢出。你爹可不管他是谁，出去三拳两脚就给打趴下了，再也不敢往咱跟前凑合了，就去撩骚别人家的，哪承想老二比你爹下手还狠。咱镇上早先好几个瘌子呢，差不多都是他打的。这些年没听说他打过谁，都让他打怕了。可是呢，镇上恨他的人真不太多，也都知道他打的不是好人。"

听两位老人这一说，子昂觉得林海是个行侠仗义的人，便对晚间的结拜盟誓少了许些顾虑。但他还是没把要和林海结拜兄弟的事说出来，左右拜兄弟的事已经定下了，就等盟誓时看看什么情况再说。

林海为了晚间兄弟聚会，白天特意上山打了猎，至于打什么开始没有确定。入夏时节，山里除了狍子身上起瓮不能吃以外，野猪、黑熊、马鹿等，遇着什么猎什么。最先猎到一头野猪，晚间便烀了一锅野猪肉，这时他家各屋都飘着肉香。

玉兰准备再炒些菜，只是邀请的人还没到齐。见子昂又穿着那套灰色装和高档皮鞋进来，忙放下手中的活，热情地将他让进屋。

屋内这时已经有了好几位，除了林海和他的小儿子弘武，还有四个年纪都在三十以上的男人，正都盘腿坐在炕上说笑。见子昂进来，林海对炕上人介绍道："来认识一下，这就是我说的子昂兄弟。"

炕上几个人都是当地的，除了林海，只有多日娜的哥哥见过子昂，但却是在子昂掉进陷阱之后；子昂当时正处于昏迷中，也不知哪位是多日娜的哥哥。今天他一身富家弟子的打扮，大家都感到眼前一亮。

一个长得喜庆的胖子称赞道："嗬，这个长得够俊的！不是女扮男装吧？"

林海笑道："验过身了，比你们还爷们儿呢！"

胖子一本正经道："那这可真是潘安在世了。"

立刻有人嘲笑道："你嘴安个把门的好不好？认识老七、老八时，你都说潘安在世，这见了小九也这么说。"

胖子反驳道："我想在你嘴上安把锁；这又不是看自己手指头，哪长哪短都在那明摆着；人海茫茫，你知从哪冒出一个来？甭管咋说，咱后结这三个真是一个比一个俊气。"

林海对子昂笑道："这些没正形的，都是我的好兄弟。往后也都是你的好哥哥。"

子昂刚才被胖子夸得难为情，这时忙冲炕里鞠躬道："很高兴认识各位哥哥。"

林海先介绍一个中年大汉道："这个你得叫二哥，大名包万全。"

子昂一进屋就对包万全有了注意，四十多岁，四方脸，剃胡须，两腮下颚铁青，看装束，是个挎枪的，忙又鞠躬道："二哥！"

林海立刻纠正道："以后不要学生那一套，再见面打招呼，左掌右拳掌（长）在上。"说着打一江湖礼示范。

子昂笑笑，又效仿道："大哥！二哥！"

林海满意道："对劲儿，就这样儿。"接着说："你二哥是咱这警察所的，这大山的树林子和镇上的治安都归他管。不过现在是替日本人管，也是没法子的事儿。咱不唠这些。你二哥是我大恩人。"

包万全忙打断道："哎哎哎，哥兄弟别老提这茬儿，外道了不是？"

林海笑道："有些事得让子昂知道。"又对子昂说："那年我犯事儿，要没你二哥搭救，我可就让人关进大牢了。你二哥的巴掌大，谁要挨他一巴掌，那可就不见天日了，所以外号'盖天掌'，也叫'大爪子'。"

子昂特意去看包万全的手，确实比其他人的粗大且透着劲力。包万全笑着将一只大手伸向他问："掰一腕儿？让你俩手。"

子昂笑道："摸摸就行。"说着去摸，感觉很硬，又笑问道："铁打的？"

大家都笑。万全也笑道："行啊兄弟，说话还挺逗。"

林海对子昂说："你二哥好逗，你逗不过他。"又向他介绍一个有些消瘦但看着很精干的中年汉子道："这是你三哥，姓狄，狄庚寿，外号小飞刀。"

子昂与狄庚寿互相施过礼后，林海又讲解道："你三哥的老祖宗，大明朝那会儿就是刀子匠。到了大清国，变太监的事儿都成官办的了，就改行阉猪骟马。到了他爹这一辈儿，又多了皮匠这一行，反正都是玩刀子的。"

子昂惊奇道："刀子匠原来是干这个的？"又问狄庚寿："三哥阉过人？"

庚寿逗他道："你怕了？"

子昂一笑道："就是问问。"

庚寿说："从我爷那辈儿就离开河间不做了。不过这种事儿我爷爷可都底儿清。"

子昂说："听老辈儿人讲，变太监不是胡来的，搞不好会出人命。"

庚寿说：“想变太监都得打小变，岁数大了不行，一般都是十五六岁儿。”

子昂一咧嘴道：“那也疼死了，十五六岁那玩意儿挺大了。”

万全假装不解地问道：“啥玩意儿挺大了？”

子昂看出他是明知故问，笑道：“还能啥，钆的那个呗！”大家都笑。

万全却不笑，又假装认真的样子道：“没多大，也就辣椒纽儿那么大。”说着用两指比画得比辣椒纽儿还小。

子昂却认真起来，也用手比画道：“不可能，咋也得这么大，硬起来得这么长！”

万全终于忍不住笑起来，其他人也都笑，子昂这才知道自己上了当。那个胖子边笑边对大家说：“我就猜二哥搁那套他呢，这老弟也够实在的。”

林海也抿嘴笑，见子昂样子难堪，说：“你二哥好逗笑话儿，没人笑话你。”

万全接着逗子昂道：“是照着自个儿那玩意儿说的吧？行啊，十五六岁就那么大了，现在得老大了吧？来，让二哥摸下。”说着将大手伸到子昂裆下。

子昂惊讶地夹起腿，又用双手按那只大手道：“别的！”

林海看过子昂那里，但却没说，一边笑一边推把万全道：“别瞎闹！拿老弟当你们这些虎玩意儿呢？”又对庚寿说：“你接着讲，老弟挺愿听。”子昂红着脸没说话。

庚寿接着他刚才的话说道：“阉割这事儿，小时我就听我爷跟人讲过。阉割之前，得先把人搁酒灌醉了，再把整个人绑在凳子上。凳子就放在一个大盆里，大盆里都是石灰，这样就是酒劲儿、麻油劲儿都过了，他也不能乱动了，出的血也都让石灰吸走了。关键是喝酒前有好多话要问，得先问‘你是自愿净身吗’？回答得说‘我自愿净身’。还得问他，‘如果你反悔，现在还来得及’。回答得说‘决不反悔’。还得问，‘那你断子绝孙可跟我毫无干系’，回答得说，‘毫无干系’。等这些问完了，就可以给他酒喝了，喝到醉倒为止。详细怎么割，还有好多说道，割深了不行，割浅了也不行，没点真功夫，那就不是刀子匠了，成杀猪匠了。还有割完以后，怎么养还有好多说道，比伺候月子还精细，要不还是活不了。”

子昂惋惜道：“我就不明白，老天爷让人长的玩意儿，干啥要给弄没了？”

万全插话道：“谁愿弄没它？谁不知那玩意儿留着能快活？可想进皇宫混吃混喝就得这样。再说想当太监的，哪个不是穷人家的孩子？有钱有势的，谁舍得这么糟蹋孩子？”

子昂又愤慨道：“你说这皇帝哪有一点好？三宫六院七十二嫔妃咱不说啥，就说女人的脚，长得好好的，偏偏缠得和咸菜疙瘩似的；男人那玩意儿是用来传宗接代的，也变着法地给整没了，他们咋寻思的？天子不顺天意，那就是造孽；孙中山推翻皇帝就对了。袁世凯还想复辟当皇帝，护国军反他也有道理。”

万全说：“女人为啥裹脚咱不知他们咋想的，皇帝需要太监，是怕有人给他戴绿帽子。”

子昂继续不平道：“他怕戴绿帽子，别人就得断子绝孙？这哪是天理！”

林海说：“有理也得看理字咋写的，没看一旁站着王；就是说，起码得王爷以上说的话才是理，咱老百姓就是墙头草，风往哪吹往哪倒。”

万全骂道：“他奶奶的，日本人要不来，龙凤这儿咱说的话就是理！”

林海阻拦万全道：“这嗑儿待会儿唠，我先让子昂都认识完的。”又介绍那个胖子道：“这是你四哥，姓莫，莫文普。”

又互相施礼后，林海接着介绍道："你四哥老家宁安的，但生在北京城，八旗子弟，还是正黄旗呢。刚才你说孙中山推翻皇帝有理，他就不赞成。"

莫文普打断道："得了您，别扯些没用的；我不赞成也得有章程回到大清国不是？也甭做那美梦了，大清皇帝现在又当了满洲国的皇帝，他认识我大贵姓啊？"

林海又对子昂说："要是大清国不亡，你四哥得是个贝勒爷，咱想靠还靠不了他跟前儿呢。"

文普笑道："没影的事儿。现在咱都一样，都他娘的当亡国奴了。"

林海又对子昂说："你四哥有手好厨艺，和你四嫂在这镇上开酒馆儿，龙凤阁，你四嫂是掌柜的，你四哥就是个掌勺的；他不掌勺也不行，'八大碗'数他做得地道，外号'大马勺'。大马勺啥意思？开始是掌柜的，后来让你四嫂给刷了，就剩个大马勺了。"大家都笑。

林海接着说："你四嫂可不是一般人儿，能说会道，咱这儿有名的花喜鹊，买卖做得红火。"

这时屋中还有一位年纪和子昂相仿、长得也很英俊的男子没介绍，林海介绍道："他叫布日固德，比你大两岁，你得叫八哥。"

互相施礼后，林海又说道："那天就是他和我一块把你从陷阱里弄出来的，道上差不多都是他背的你。多日娜你认识了，是他亲妹妹，也是咱的亲妹妹。"

子昂对八哥倍感亲切，忙又施礼道："谢谢八哥。"

布日固德客套后笑道："那天你发烧说胡话，大哥说，你说的是我们蒙古语，我仔细听了听，一句听不懂。"他的汉语不如多日娜说得流利，大家都笑，子昂也对自己昏迷中说些别人听不懂的话感到匪夷所思。

林海又对子昂说："你八哥的名字我们都叫不惯，实际是鹰的意思，我们干脆就叫他山鹰。他来这儿也没几年；那年他家那儿的王爷想把蒙古从中国分出去，不愿分的就闹起暴动，结果让老毛子杀得血流成河。他的阿爸和哥哥都死在那次暴动上，他额吉就带着他和妹妹逃到齐齐哈尔，后来又来到这儿。我看你八哥长得挺英俊，就带他进山打猎，现在枪法比我好，那回他还从老虎嘴里救我一命呢。"

山鹰对子昂解释道："我说汉话嘴笨，少的可以。"

子昂恭敬道："说得挺好，我都听懂了。"大家又都笑。

林海笑过后又说："在这儿的，都让你认识了，还有三个没到，你五哥、六哥、七哥。你七哥去牡丹江唱堂会了，你五哥和他在一块儿呢，正往这头儿赶，估计该到了。先跟你说说吧。你五哥老家是北京的。八国联军占北京那会儿，老百姓可遭大殃了，让洋鬼子杀得一条街没剩几个活的。你五哥是让收尸的从死人堆里扒出来的。那时他还小，啥都不懂呢。救你五哥的是个过路的和尚，一共救了十多个孤儿，就找了个空房子住下了。那空房子原来住着一户大家，也让洋鬼子杀光了。后来这和尚就成了你五哥他们的爹。可到现在你五哥也不知那和尚姓啥，都叫他悟通师傅。你五哥他们的姓和名都是和尚爹给起的，姓仇。小子的名儿，按大小儿、二小儿、三小儿往下排，丫头的名儿按大妞、二妞、三妞往下排。你五哥在小子堆儿里排老二，就叫他二小儿。在这儿没人这么叫他。你五哥七岁跟着和尚爹学武，靠打把势卖艺吃饭，现在是一身好功夫，最打眼的数他的铁头功，就都叫他'铁头'。你当老弟的不能这么叫，得叫五哥。他十七岁那年，袁世凯当大总统，给天下男人发了一道令，可以随便纳妾。其实都是说给有钱人的，钱越多，纳的妾就越多，有纳十好几个的。可这一来，长得俊的姑娘就遭有钱人惦记。你五哥的一个妹妹就让个有钱的主惦记上了，你五哥一来气，一脑袋把那家伙顶吐血了。和尚爹看他惹了祸，就领他们去了青岛，结果在青岛和个日本人比武，又闹出了人命，青岛也待不了了，就自个儿逃到这儿来了。这事儿千万不能让日本人知道。现在你五哥又开了把势班，一边帮你七哥护场子，一边打把势、变戏法儿。"

接着又介绍另一人道："你六哥姓朴，叫朴金万，老家是朝鲜的，可他是在这儿生的。大清国那会儿，六爹跟一伙人来这儿挖人参，后来别人都回朝鲜了，六爹没回去，在这儿成了家，生了你六哥他们哥仨。他哥仨都学着跑山，可谁也跑不过你六哥。你六哥挖人参是高手儿，别的药材也都不放过，外号'药耙子'。从牡丹江、宁安、延寿来的药贩子都找他。头阵儿你发高烧，就是你六哥配的药。"

顿了一下，林海又说："最后一个就是你七哥了，姓白，叫白玉良，外号'小凤仙'，老辈也是北京的，要不他咋和你五哥近。现在家在宁安，带个戏班子，也算是班主，京戏、小秧歌都会唱。咱这人杂，有喜欢听京戏的，也有喜欢小秧歌的，就是蹦蹦戏。咱这儿大多都喜欢小秧歌儿，九腔十八调，七十二嗨嗨，都是逗人开心的。京戏也不错，可性子急的不得意，太慢，咿咿呀呀的急死人。你老丈人、丈母娘都是天津人，喜欢听京戏，等你老丈人过六十大寿，让你七哥把戏班子也拉过去，到时让你七哥扮个女相儿；那脸儿一勾，行头一上，听声看相，根本看不出是男人。你这些哥哥中，平时就你五哥、七哥不着闲儿，一个把势班，一个戏班子，宁安、牡丹江、延寿、方正哪都跑，哥兄弟有点急事得打发人去找。"

就这时，朴金万到了，三十多岁，瘦高个儿，一看就很精明，进屋看着大家问道："我没耽误事儿吧？"听不出是鲜族人。

林海对子昂说："这就是你六哥，朴金万，外号药耙子。"

子昂忙又施礼。林海接着说："你六哥老会抓钱了，各路山货经他一折腾，大票子就挣到手了。刚才来过一趟，弟弟又来找他，说家里又来个收货的，就又回去赚把钱。"

朴金万呵呵一笑道："都是老客户，咱不能让人傻等着。"又对子昂说："咱俩见过一面儿了，那天把你从陷阱里弄出来，烧得糊里巴涂的。"又笑着问："给你配的药好喝不？"

子昂又有些难为情，施礼道："多谢六哥。"

金万上下打量一下子昂道："那天我着急有事，也没仔细瞅你，现在一看，你真比老七、老八还精神，怪不得大哥偏要拉你进门！"

子昂忙谦虚道："六哥过奖，子昂啥都不懂，还靠各位哥哥关照。"

正客套着，铁头和小凤仙也到了。那叫铁头的嗓门大，在灶房内和玉兰打过招呼又嚷道："听说大哥又给俺找个兄弟来，俺咋的都得回来瞅瞅！"说着开门进来。

铁头也近不惑之年，剃着光头，身体健壮，上下黑缎子，裤腿紧扎着，脚穿圆口青布鞋，走路轻盈，一看就是个功夫人。那位叫凤仙的三十左右岁，白面书生，梳着侧分头，上下白缎子，脚穿白皮鞋，确实一表人才，但也确实照子昂逊色些。

林海又先后将铁头、凤仙介绍给子昂道："这是你五哥，姓仇，没大名，俺们当哥的叫他铁头，你得叫五哥。这是你七哥白玉良，十几岁就有外号了，叫凤仙。"子昂又一一施礼。

见人到齐，玉兰招呼铁头道："去仓房把大桌子搬进来，锅台有抹布擦一擦。"

铁头痛快地应着出去了。子昂要帮忙，玉兰拦住道："让你五哥来，他浑身是劲儿，不用都糟践了。"子昂笑笑又坐到炕沿上。

盖天掌包万全对子昂说："九弟上炕，今儿个是你新入门，啥都不用你。刚才大哥让你都认识了，这都是表面儿的，还有好多故事没讲呢，待会儿听二哥给你讲。"说着往炕里挪下身子，给子昂腾出个位儿。

子昂脱鞋上了炕。万全压低声音道："趁你五哥出去，咱先说说他。他刚逃到这儿时，身上一个锛子儿没有，可他就敢爷似的往那一坐，牛肉一碗，猪肉一碗，锅烧三大碗，馒头一大盘，那吃的，头不抬，眼不睁。你四嫂压根儿也没想到他兜里锛子儿没有，还寻思遇上个财神呢。可等你五哥吃饱喝足了，你猜他咋说？往后我就给你家当伙计了，这些都算我工钱里。嘿，没把你四嫂鼻子气歪了，敢情遇上个无赖！你四哥可没惯着他，这是咱地界儿呀，还怕他个无赖不成？哥俩没说两句就动上了手。别看你四哥肚子大，可两下就让你五哥撂倒了，还逼着你四哥四嫂问呢，我给你家当伙计了，要不要？不要就砸了你的馆子！霸道不？那天也巧，咱老大打猎回来路过龙凤阁，一看这阵势，更不惯他了，哥俩打他一个，那也白扯，全给撂趴下了。这可把老大惹火了，抄起喷子就搂。你四嫂一看要出人命，上前就是一搪。就这搪的工夫，嘭的一声，子弹贴你五哥脑瓜皮干出去了，你五哥当时就吓堆碎了。你看动手时候谁都不让谁，这一静下来，咱老大就寻思了，这小子还真有功夫，一来二去，俺们就拜了兄弟，还帮他娶了媳妇。你四嫂把她表妹给他了，就是你五嫂；你四哥、五哥还是连襟呢！"

林海并没介意万全讲这些，只是一边抽着烟袋一边笑。这时铁头端一大方桌进来，责怪万全道："趁我不在，又说我坏话儿呢吧？"

万全在炕上接过方桌道："我那是夸你，俩都打不过你一个。"

铁头说："甭老提那茬儿，就不怕伤了哥们情义？"

万全笑道："子昂刚入门，得让他知道他五哥多邪乎。"又对子昂说："咱再说和你七哥是咋拜的。大前年，俺哥几个去宁安办事，顺便去戏园子看戏，正看得过瘾，呼啦进来一帮砸场子。要按我当时的意思，看不了就走人，没想到你五哥耐不住性子，三拳两脚撂倒好几个。可人家帮手多，又都带着家伙，眼瞅你五哥要吃亏了，我们就得全上了。"

文普插话对子昂说："那天是你五哥先动的手，可下手最狠的是二哥，那大铁爪子，一家伙下去倒下好几个，把那儿的警察也给惊动了。警察倒不怕，里头有二哥的朋友，两下一说和也就算拉倒了。"

凤仙也突然插话道："一说这我想起个事儿来，齐大胆儿去拉杆子了，在山里和日本人干上了。"

子昂已通过李春山知道齐龙彪当了土匪，尤其对他扒坟讨媳妇的事印象极深，但没想到他和林海他们曾有往来，便问凤仙道："七哥说的是齐龙彪？"

大家都一愣。林海想起子昂曾要去宁安，猜想他和齐龙彪有交情，不禁皱起眉头问："你咋认识他？"

子昂忙解释道："我来黑龙江，是他带我扒火车来的。以前不认识，在路上碰见的，到牡丹江就分手了。我从牡丹江出来，本想去找他，就是过去看一看，没想到抹塌山到这儿了，还净遇上贵人，就不想走了，过阵儿我爹我妈他们也都过来。"他内心真正感慨遇到玉莲、村妮、香荷和那批财宝，也焦虑爹妈和妹妹没有音信，盼望张宝来能早日找到姨母家，最好能在自己和香荷成婚前就找到爹妈和妹妹。他相信爹妈会理解支持他，因为他现在已经是富豪了。

林海接着刚才的话题对子昂说："齐大胆过去就是个小瘪三儿，后来不知咋的挺趁钱，在宁安开了三家铺子，面上也挺仗义。开始也想和他拜兄弟，可听你二哥朋友说，那小子在女人上挺不地道，连亲嫂子都不放过。他哥和嫂子以前是因他长得丑还是咋的，就是八眼看不上他，连家门都不让进。可后来他嫂子就能进他被窝儿；就是钱多了，丑八怪也成香饽饽了。这样人离他远点，他拉杆子和咱没关系。"随后又感慨道："人哪，不能有钱就坏了规矩！"又问子昂道："是不兄弟？"

子昂心一惊，觉得林海是在提醒自己，估摸与芳娥有关，忙说："大哥，小弟不太懂规矩，一定好好跟哥哥们学！"这时他倒急于和这些哥哥们磕头盟誓了。

见子昂有些不自然，林海又笑道："有钱不是坏事，有钱人也不都是坏人；钱虽好，但钱不是一切，家有万贯，不如好好做人！"

他更觉得林海是正派人，连连点头道："大哥的教诲，子昂永远不忘！"

山鹰转移话题，对大家笑道："这回可好了，我也有兄弟了，以后都别再叫我老疙瘩了，再叫老疙瘩可就是子昂兄弟了。"大家都笑。

第 044 章

只有铁头和凤仙还不知子昂的来历，林海就又介绍道："他家是奉天的，在北平读书，学的是画画儿，画得相当不赖！日本人占领奉天后，他妈和他妹妹都来黑龙江他大姨家躲躲，可他还没找着他大姨家，又赶上日本人在牡丹江修飞机场，可哪抓劳工。"

铁头说："日本人在海浪修飞机场我知道，可没在牡丹江抓人。"

子昂忙问："日本人没抓劳工吗？"

凤仙补充道："抓了，不是在牡丹江，是在海林、乜河那两片儿。"

子昂猜想何耀宗还是骗了他，但现在他倒感谢他。凤仙接着说："牡丹江一些没事儿做的，还想去当劳工呢，日本人说一天一给工钱。"

林海说："他是来找他家人的，家里又不缺钱。再有就是，咱在家里说，他入过刘万奎的队伍，咋敢往日本人跟前凑乎？他开始要去宁安，哪知他是要去找齐大胆儿！结果他抹塌山让我碰上了，要不碰上我，他不得跟着齐大胆儿去当胡子？这都去年的事儿了，我和老八去北山打猎，老八不知转哪去了，这工夫我就瞄上一只野猪，打了几枪，就听他在里头嗷嗷喊。开始我还以为老八让啥玩意儿缠住了呢，赶忙往里蹿，后来一看是他，就把他领出来了。他说要去宁安，我也没管他，后来又看他在咱街上画画儿挣钱。开始我还寻思，他准是兜里钱不多，挣点路费去宁安，我也没太理他。可那天他又掉进西山的陷阱里了，就和老八把他弄家来了。啥都别说了，就是和咱兄弟有缘分。那会儿我就觉着他不是一般炮儿；在山里待那些天没出啥事，我都不敢想。这些天和他一交往，觉得真不错，为人处事都挺像样，年纪不大，挺孝顺，也挺懂礼数，仗义疏财，我就想拉他入咱的门，就是时间短点，跟各位兄弟还没共过事。不过咱来日方长，子昂现在是米老前辈的老姑爷，还没成亲，等他成亲时，咱这些当哥哥的得帮着好生张罗。"

大家都对子昂是米家的女婿感到惊讶，原来他们都熟悉米家，一方面米秋成二十年前就在龙凤打出了名，再就是米的女儿们长大后个个都貌美如花，但却没人敢去骚扰。这时大家更对子昂刮目相看。

万全感慨道："能给米老爷子当姑爷，那可不容易。"又对林海说："你是老大，你认俺们就跟着认！"

铁头说："人哥看人不会差！我瞅着也不赖！"

林海说："子昂兄弟愿入咱的门，大家要都没啥说的，那就换帖子，老爷子都给写好了。"说着从炕头处取过一个红布包打开，里面是一摞红皮册子，封页烫金印着金色花纹和"金兰谱"三个字。

每人各拿一册，样式相同。子昂接过兰谱打开，见是一联折成十二页，首页印诗一首云：

桃园结盟义气凌霄，管鲍忘形旧雨联交，挂剑季子邹难芊角，子期知音平仲久要，前肇休后进续貂，登芨四逢楫下慰劳，如松如竹岁寒莫凋，咸有一德天鉴孔昭。

再看其他十一页，九页按兄弟大小顺序每人一页，同式楷书写着结拜人的姓名、年龄、出生月日时、出生地、职业、祖上、父母、兄弟姐妹个数和妻子姓氏、儿女个数。最后两页是收存人和结拜时间。子昂特意看了自己的一页，上面竖式或有或无地写道：

周子昂，字□，宣统二年二十三岁七月二十九日□时生，辽宁奉天县籍人，现居海林保龙凤村东街，职业粮食店，曾祖□，祖万祥，父传孝，母唐氏，兄□，弟□，姐□，妹一，妻米氏，子□，女□。

他又看了后两页，依旧竖式写道：周子昂 如 惠存 如 鞠躬 盟于民国二十二年闰五月二十九日。

林海见子昂看完便问道："填的对吧？"

子昂说："我家祖籍是秦皇岛，你这上写的是辽宁奉天。"忙又说："不过我是在奉天生的，也不算毛病，不用改。"

林海点下头道："那咱待会儿就盟誓。盟完誓，这个就你自个儿留着，得留一辈子。要是有绝情断义那一天，这个得守着哥几个的面儿扔进灶膛烧了。"

子昂忙说："我会留一辈子的。"

林海又点头道："我再跟你说说盟誓的事。盟誓可不是乱说的，盟完誓就得按着说的做，不是亲兄弟，要胜过亲兄弟。再就是认亲人，兄弟的亲人就是咱的亲人，兄弟的爹娘、老婆孩子、兄弟姐妹都是咱亲人。认亲人主要是认爹娘，先认娘。娘不生咱不是娘，得让兄弟的娘也生咱一次。可咱没法回到娘肚子里，就得换个法儿。认娘的时候，在娘的身后跪下，完了从娘的两腿中间爬过去，再回身给娘磕个头，算是娘生了咱，咱还得说，'娘，我也是您的亲儿子，儿子永远孝敬您。'认完娘再认爹，给爹磕个头，把说给娘的话再说一遍。儿子认完爹娘，爹娘还要认儿子。娘要为新认的儿子亲手做一套四季穿的衣裳，是说娘对咱有生有养。爹要在儿子身上抽三鞭子，是说爹对咱有管有教。娘认儿子还有说道，一天只行认一个，得扎红腰带，儿子一天认几个娘都行。现在咱们是九兄弟，如果认你娘……"

子昂忙解释道："我是叫妈，那咋办？"

林海说："你叫啥我们跟着叫啥。像你六哥是朝鲜族，他管爹娘叫阿巴吉、阿妈尼，那咱也都得这么叫；你四哥是满族，他管爹娘叫阿玛、额娘，咱也得这么叫；你八哥是蒙古族，他管娘叫额吉，咱也这么叫。"

子昂笑道："好像都差不多，容易记混了。"

文普笑道："以后日子长着呢，叫叫就不混了。"

金万也笑道："等上俺家连叫一百遍就记住了。"大家都笑。

林海笑过后又说："如果认你爹妈，俺哥八个最快也得八天，谁认谁摆席，其实都是兄弟一起来。"又问子昂道："这些你都能接受吗？"

子昂这时很新奇能和不同民族的兄弟结合在一起，忙点头道："能。"接着又问道："可我爹我妈还没来咋办？"

万全说："那都不耽误咱们结拜。你三哥的爹娘都不在了，到坟头上摆上供，点炷香，磕三个头也算认了。你五哥从小就没爹没娘，有个和尚爹还不在跟前儿，就冲着远方烧香磕头也算认！"

林海解释道："子昂他爹妈都在，就是还没过来。"又对子昂说："他们啥时过来，我们啥时认。"

子昂刚才看金兰谱时，知道林海、万全、庚寿都比自己母亲小不到十岁，让他们都从母亲的胯下爬过去，定会让母亲难堪，不知母亲能否接受，便对林海说："我妈才比你大九岁。"

林海笑道："往后咱是弟兄了，你是她的儿子，那我们也是她儿子！年龄不要紧，咱讲的是义、是孝、是亲情，别的啥都别想。娘咋待儿咱不怪，但咱得孝敬娘！赶上咱当儿子的过生日，还要给娘作大福。这个以后你就知道了。"

听到这儿，子昂立刻向大家作揖道："感谢各位哥哥看得起我，子昂一定做个好弟弟，做个孝顺的好儿子。哥哥们的亲人就是我周子昂的亲人！"大家都高兴。

万全将大手一扬道："摆堂子！"接着都下炕，到了地桌前，往墙上挂一幅关公像，在桌上摆一碗肉、一条鱼和九枚鸡蛋。又将一只公鸡宰了，鸡血滴入一碗酒中，用针将每人左手中指刺破，把血也滴入酒中搅拌均匀，先洒三滴于地上，再从林海开始，依序每人喝一口，剩下的放在关公神像前，最后每人点一炷香，手持金兰谱开始盟誓。

兄弟九人依序站成两排，前四后五，林海站在前排左侧，子昂站在后排右侧。

林海举香冲关帝像道："义公关帝爷在上，宝号"八面威风"，又为兄弟子昂开门，今改宝号为九龙肝胆，请关帝爷验证。今九龙肝胆纳金兰谱，正式义结金兰，结兄弟之情谊。"随后林海领念，众人复诵道：

今我兄弟九人，虽不同胞，有缘结义；死生相托，吉凶相救；福祸相依，患难相扶；视兄弟爹娘为恩德，生养兄弟，如同生我，我当尽孝不可拒；视兄弟妻室为家神，生育后代，如月中天，我当敬仰不可犯；视兄弟儿女为血脉，兄弟骨肉，如同己出，我当教养不可弃；视兄弟同胞为手足，同根兄弟，如亲一家，我当帮扶不可怠。兄弟结义，感天动地，外人乱我兄弟者，视金兰谱，必杀之；兄弟乱我兄弟者，视金兰谱，必杀之。

盟完誓，九兄弟一同对关公磕了头，又相互在金兰谱上按了手印，各自将兰谱收好，子昂又依次为八位哥哥行了兄弟礼，结拜仪式完毕，招呼上酒上菜。

酒桌上除了白酒，全是肉食，炸、炖、蒸、炒，满满摆了一桌子。

九兄弟桌前三面就座，闪出炕沿一面，每人的座位也讲究，老大、老二、老三坐炕里，"老黑枪"林海作为老大坐中间，"盖天掌"万全在左，"小飞刀"庚寿在右。其他六位分坐两侧，老四"大马勺"文普挨着万全，老五铁头挨着庚寿，老六"药耙子"朴金万和老七"凤仙"白玉良分坐两侧中间，老八"山鹰"和老九周子昂作为小的分坐两边靠炕沿。

头碗酒按规矩由子昂来斟。斟满九碗酒后，林海说开场辞，为子昂入门共同端碗庆祝，均一饮而尽。

子昂此前有过两次醉酒，这时对酒有些畏惧，想随哥哥们一饮而尽，可咽下一口便要呕。

林海问："以前没喝过？"

子昂咧嘴道："喝过两次，都醉了，第二天脑袋跟裂了似的疼。"

万全说："喝过就不怕，再说这碗酒是认兄弟酒，必须得干，慢点可以，但不喝完不行撂碗。"

林海笑道："入门就这规矩。这样，头筷子肉大哥让给你，压一下再喝。"说着夹起一块肉，伸胳膊送进子昂嘴里。

子昂有些难堪，也向前探身叼过肉来道："让哥哥们见笑了。我能喝下去。"匆忙咽下肉，憋口气将碗中的酒灌下去，随即又咧起嘴。终于顺了过来，捋下胸口道："好了。"

大家都笑。铁头说："是咱好兄弟！"边说边往子昂碗里夹肉道："多吃，多吃就能多喝。"

林海说："别难为老九。老七、老九都随意。"显然凤仙也不能多喝。

山鹰来了兴致，为大家斟第二碗酒，是为他告别排序最后敬大家。子昂端起酒碗刚靠近嘴边，胃内便反得厉害，已经是非吐不可了，忙放下酒碗，捂着嘴下炕，鞋穿了一半就朝外跑，一推开房门，哇地喷出去。

天色已黑，他一时看不清外面，在他一吐的瞬间，只听一只狗嗷的一声，吓他一跳，接着那狗在几米外处冲他叫，好像是吐到狗身上了，令狗很生气。

玉兰跟出来，一边为他拍背一边责怪道："你看你，不能喝就不喝。"

凤仙也跟出来，说："你是真不行啊，咱俩一样，不过七哥现在练得还行了，喝酒也在练。"

子昂又吐出一些，直起身道："好了。"又长舒口气返回屋里，大家都看着他笑。

玉兰也跟进来，对大家说："别让子昂喝了，要把他喝出毛病来，我可饶不了你们！别看你们拜了兄弟，他也是我妹夫。"

铁头说："大嫂别操心了，大哥说了，他和老七随便，小口遛着就行！"

子昂也觉得适应一些，又端起酒，对玉兰说："从今往后，我就叫您大嫂了。都说长嫂如母，今后我会像对我妈一样对您！"说完又要干。

玉兰拦住道："我懂我懂，你也别逞强。"说着夺下酒杯，将酒往铁头碗里倒，只留下一点递给子昂道："喝这些就行，大嫂不挑你！"

子昂虽然酒喝得少，但大家还是觉得他很诚实，便都想听听他的经历。子昂除了讲他奉天和北平的生活经历，也讲了他到牡丹江后参加自卫军，一共打死十多个日本兵的事。开始他不想讲这些，但听说铁头也杀过日本人，便认定包万全不是真心给日本人做事。但他坚决不能露出他在山里发现财宝的秘密，反倒着重讲他爹多是在奉天开工厂，不然他的仗义疏财就会被人怀疑。

万全听了子昂参加自卫军的事后感慨道："真看不出，九弟才是咱当中的爷们儿。来吧，咱共同敬九弟一杯，九弟挺实在，要喝少喝。"

大家都响应，各将杯中酒干了，子昂咽酒便呕，只得一口一口喝，无人责怪。山鹰突然问子昂："九弟还没名号吧？"

子昂不懂，问道："啥名号？外号吗？"

山鹰说："也对。我们都有，就你没有哪成？甭管好听赖听，得有一个，是不是各位哥哥？"

大家都赞成。林海说："他是抹塌山过来的，在山里困了好几天，能活着出来是他福大命大。就从他翻这些山过来给他起一个。"

山鹰忙说："大哥说九弟在山里遇过虎，叫他翻山虎咋样？"

金万说："虎没豹子翻山快，不如叫穿山豹。"

万全赞成道："嗯，这个行。"

林海也满意道："那就叫这个，也就是个名号。"又问子昂："你看咋样？"

子昂笑道："有就比没有强，哥哥们定，啥都行。"

凤仙笑道："要啥都行，我看叫花豹；九弟模样好，是咱男人中的一枝花儿，叫花豹准成。"

林海立刻反对道："尽瞎扯，爷们就得像个爷们样，花什么花？就叫穿山豹！"

这时，林海的两个儿子正顺门缝朝里看，听见里面给子昂起了"穿山豹"的名号，弘武顽皮地喊一声："穿山豹！"

林海要责怪，见门关上了，又觉得该让孩子们进来认一下九爹，便招呼弘文、弘武进来，让他们给子昂磕头。

子昂头有些晕，但也很兴奋，忙从身上掏出一沓银圆，塞到弘武手里，说是改口钱。林海责怪道："意思下就行，给那老些干啥！"

子昂说："不多，我还嫌少哪！"说着又掏出一厚沓说："这是给弘文和芳娥儿的，叫他俩也进来，我有这么大的侄子、侄女高兴。"林海让弘武去叫弘文、芳娥过来。

弘文过来磕头叫了九爹，也接下一沓银圆。芳娥不但不过来，还将弘武轰出来。子昂就担心芳娥不接受他这个九爹，可暂时也没法让她转变态度，就将他兜里的所有银圆都掏出来交给弘武道："你给你姐送去。"

弘武见给姐姐的赶上给他和哥哥的多，一撇嘴道："九爹偏心眼儿。"

子昂说："今天带少了，以后九爹还给。"

弘武高兴地离去，随后芳娥气冲冲地进来，将钱都扔在地上道："狗屁！"转身又离去。

林海要发火，被万全、庚寿拦住。子昂也尴尬道："没事儿，大哥。"又对弘文、弘武说："捡起来你俩分了吧，等芳娥出嫁的，我给她个大份儿的。"

铁头惊讶道："嗬，九弟也太仗义了！"

文普也笑道："我看九弟的名号真得改，应该叫他金钱豹才对。"大家都赞同，又一起端碗喝酒。

喝过酒，万全感慨道："这十里八乡也难找到兜里揣着袁大头的，还得是咱九弟，不愧是金钱豹！"大家又都笑起来。

因怕子昂喝不了勉强，玉兰给子昂换了碗糖水。子昂倒兴奋起来，坚持要和哥哥们一起喝酒。大家都为子昂担心，便都说不喝了。

子昂这时就觉得对不住芳娥，竟借着酒劲要去哄芳娥。玉兰怕惹出笑话，便示意大家早点散席，让林海送子昂回米家。

子昂走路明显摇晃，但他自己却不觉得，一再说他没事，执意要自己回去。林海不与他争执，悄悄跟在后面，直到他摇摇晃晃地到了米家门前才回家。

格格夫人一直等着为子昂开门，听到狗叫就出来开门，一见子昂问："喝酒了吧？"

他嘿嘿一笑，舌头发硬道："没事儿，他们没让我多喝。"又问道："妈，香荷儿睡了吗？"

格格夫人见他喝多了，嗔怪道："你不是不能喝酒吧，敢情那会都是装的！"

一席话，说得他酒醒一大半，不安道："妈，我真不能喝，我没喝多会儿就吐了，连他家狗都骂我！"

格格夫人咯咯笑道："尽说醉话，狗还能骂你？不是真喝到狗肚子里了？"

他解释道："不是，我吐狗一身，那个狗就冲我汪汪叫。"

格格夫人又咯咯笑，哄道："快回你屋睡吧，香荷儿早睡下了。"

他又嘿嘿地笑，乖乖地回自己屋去了。

第二天，他又头痛得睁不开眼，想睡懒觉又不好意思，穿上衣服强支撑。

吃早饭时，米秋成见他精神不振就嗔怪道："昨晚喝多了？可别养成喝大酒的坏毛病。"

子昂不安地看一眼香荷道："我真不能喝酒，可他们都喝，我一口不喝也不好，喝了一碗就吐了。"

话音刚落，就听香荷扑哧地乐了，显然她听了格格夫人讲他吐狗一身的笑话，不禁更难为情。格格夫人笑道："咱家子昂喝酒，狗都跟着借光儿。"

他不假思索道："这酒喝的，连狗都骂我。"

格格夫人一怔道："嘿，这话儿赶得这个寸，不知道的还当你在骂我呢！"

他愣一下才恍然，懊恼地抽了自己一嘴巴道："哎呀！"忙又解释道："不是，我是说昨晚上，我吐狗一身，狗就冲我直汪汪，它准是骂我呢！"格格夫人和香荷都咯咯地笑，米秋成也忍不住乐。

第 045 章

子昂又睡到傍中午才醒，起来还是有些头疼。他要先去认林海的爹娘，虽然林海他爹就是那位曾为他讲解《天风姤》卦签的老先生，但他更对老人的"女尊男卑"感兴趣，便带上两卷银圆，又在街上买了两坛酒、两包酱牛肉。

他先去了林海家。芳娥一见他来就变了脸，转身回了自己屋。他想起她昨晚拒绝认他九叔的事，自然也想起他在这里养病时，她可能真的看过他赤裸的身子，说他裹她舌头的事也不是讹诈他，更加感到羞愧和内疚。

得知子昂来意，林海便领他去见自己父母。

林海的父母家就在米家向西一百多米处，临街没有门市，一条一米多高、二十多米长的石头矮墙中间，凸出一道约两米高的大门，门是对开的两扇，上面有雨棚式的木顶。

进了门，里面是院落，一条约十米长的砖道两侧是菜园子，这时正郁郁葱葱的。砖道的尽头是一排五间盖着青瓦的土坯房，还是让人感到这是个殷实的家庭。林海的哥哥一家也住这院内，还有一姐一妹都早已出嫁。

林海的娘也是小脚，和格格夫人的年龄相仿，脸上也透着慈祥。林海的哥哥嫂子都五十左右岁，憨厚朴实，有四个孩子，大的已经娶媳妇，小的也十多岁了。林海让侄子、侄女也管子昂叫九爹。

林海娘热情地招呼着子昂道："听说你要来，大妈把好吃的都给你预备好了。"又端详着子昂说："真比玉良和老疙瘩长得还好！听说你和香荷儿定亲了？真不错，你俩可真是天生的一对儿；要这样，那香荷儿也是俺儿媳妇啦！"

陆举人和蔼热情，让子昂坐在方桌旁的椅子上，还给他倒了杯茶。

子昂从身上取出两卷银圆，双手递过去道："这是我看大爹大妈的见面礼，以后我会像亲儿子一样孝敬您二老。"

陆举人接过银圆掂了掂，有些吃惊道："现大洋呢！"子昂点头应了声。

两位老人都嗔怪子昂给的太多。林海说："子昂也是您二老的儿子，您二老好好疼老儿子就有了！"

林海娘笑道："那还用说！你们都一样。"又对子昂说："等会儿，大妈先去上炷香，告诉王母娘娘，俺又收个儿，让她老人家也保佑着你。"然后颠着小脚出去了。林海的哥嫂也过来和子昂说话，知道二老又要举行认干儿子仪式，便也跟着出去了。

林海娘去上香的工夫，陆举人先问子昂的学业，又问他知不知道认干爹干妈的礼数。子昂说："大哥都跟我说了，我愿意。"

陆举人点下头，又捋着山羊胡子道："这规矩都是我帮着定的。老二喜欢交友，我说这不是坏事儿，但要交就交好样儿的，可不能结伙为非作歹。"

林海坐在炕边上抽烟袋，听着他俩说话。子昂正要问陆举人一些事，林海妈上完香笑着进来，林海便让子昂准备。林海娘显然很熟悉这套礼仪，站在地中间，分开双腿，脸上透着喜悦。

子昂先在林海娘的面前说："娘，子昂以后也是您的儿子了，感谢娘认我这个儿子。"然后绕到她身后跪下，低头从她的两腿间爬过去，又跪着转过身，望着娘道："娘，以后儿子永远孝敬您！"说着砰地磕了响头。

母亲扶起子昂，摸着他的头笑道："我的好儿子！"说着又将一张百元票子塞到子昂手里道："这是改口钱，多少得收着。"

子昂谢过后，又按林海吩咐认了干爹，然后趴在炕上由爹认儿子。林海说："爹用棍子抽你可别怕疼，爹说一句，你就说'爹，儿子记住了'。"

子昂点下头，顺炕沿趴在炕边上，心里寻思，小时爹用鸡毛掸子、笤帚疙瘩教训过自己，不知干爹的棍子落在身上有多疼？

开始认干爹，陆举人真拿出一根棍子，但也只是在子昂的身上搭一下道："叫你一声儿，爹对你管教不够，还要对你管教，你要听爹的话！"敢情一点都不疼。子昂脸对炕面，心里怪怪的，应道："爹，儿子记住了！"

爹又将棍子在他身上搭一下道："叫你二声儿，你要孝敬老人，善待亲人，钱多钱少不是要紧，只要尽心尽力。"子昂再应。爹第三声道："叫你三声儿，在外你要好好做人，吐个吐沫也是个钉，伤天害理的事咱不做！"子昂又应，如此便干爹认了干儿子。

陆举人扶起子昂道："往后这也是你的家，要常回来。"子昂答应，又跪在地上磕了头，接了改口钱。

接下来，子昂要和家人一起吃午饭，自然也是认爹认妈的必然规矩。他还想更多地了解陆举人的内心世界还有哪些古怪，老人便唠起他的个人经历。

陆举人名光儒，字文举，本家山东，与孔圣人同乡，但三代务农，家境一般。许是沾了孔圣灵气，他自幼喜欢读书，家里也指望他能考个进士名望，省吃俭用供他读书。顺利过了县试、府试、院试，而三年一次的乡试却两落孙山。最令他郁闷的是，一个学识远不如他，但家中富裕、朝中有人的秀才竟在头次乡试后中了举人，转过年就可进京城应会试、殿试，考取贡士、进士，而他得再读三年后才能三赴乡试。

他看到官场昏暗，怎奈家中没有银子打点考官，看来这辈子也考不出省城了，心中怨恨。又想自己已经到了成婚年龄，便放弃功名，为有钱人家孩子当识字先生，只图日后娶房媳妇，踏踏实实过一辈子平民日子。可没承想，他当识字先生不久就惹了祸。

那日他给那富家的八岁公子上课，一个十五六岁的丫头来送茶，不小心将水洒在公子的书本上。公子大怒，对那丫头大打出手，最后还骑在那丫头身上打，那丫头竟连哭都不敢。他心疼那丫头，就去拉公子，可拉了两下没拉开，不禁动了脾气，不慎将公子的头撞在桌腿上。虽没有生命危险，但见公子额头流了血，东家很恼怒，先是又打了那丫头一顿，又将他轰出家门，半月佣金一文没给。

他实在没了奔头，回到家中伤心不已。爹娘见他神情沮丧，就为他凑些盘缠，让他到黑龙江宁古塔的姑姑家住一阵。他姑父就是打猎的，此前他跟着爹来过，对大森林也格外喜欢，心中盘算此去黑龙江就不再回山东了。

临走那天早晨，他又想起那个被主人欺负的丫头。自被那家解雇后，他一直怜惜那个丫头，也后悔他那天太不冷静，不但没能帮上她，反而害她吃了大苦，不知他走后主人又怎样打她，便鬼使神差地又奔那家去了。也赶巧，他刚到那家门前，就见那丫头一脸惆怅地出来倒泔水。

那丫头一见到他就过来问他又去了哪家当先生，他却更关心她最近是否还总挨打。她哭着告诉他，小主人的额头可能得落疤，每次照完镜子就拿她出顿气，她几乎天天都要挨小主人的打，实在不想活了。

他又问她为何不回自己家，她说她是被自己爹妈卖给那家的，自己原是谁家的也不知道。本来就对她怜惜，这时听她说出不想活的话，立刻说："我要去黑龙江投我姑母，想带你一起走，你可愿意？"

他实际是想与她结为夫妻，此后相依到白头。丫头激动不已，放在主人家的东西也都不取了，急忙跟着他走了，好像晚走一步就会被那家人抓回去。

经过乘船又坐马车和步行，他们终于到了宁古塔。他对姑母姑父说，姑娘是他还没过门的媳妇，姑母便简单地为他们操办了喜事，此后便跟着姑父上山打猎。但因他长年灯下读书，眼神已经不是很好，见有大片闲置的黑土地比他们老家肥沃，便又开始种地。

到了晚间，他就与比他小十岁的媳妇在那间由仓房改成的新房里甜甜蜜蜜。但毕竟寄人篱下，亲手开垦的田地也成了姑母家的财产。他想带着媳妇远离姑母一家，后来看好龙凤这片地域人少僻静，既有闲置土地，又靠着大森林，便决定在此扎根。日子一久，当地人发现他很有学问，都愿和他接近，又知晓他科考的不幸，就都叫他举人，还一同帮他盖起三间土坯房。

要将媳妇接到属于他们自己的家时，十七岁的媳妇已经有了身孕，他就借辆牛板车将媳妇拉过来，此后夫妻俩便快快乐乐地种地过日子。闲的时候，他也跟着采山的去采山货，日子越过越好。第三年，他在山东的爹娘和弟弟妹妹也奔他来了。多年后，曾当丫头的媳妇一共为他生下两儿两女，次子林海是他第三个孩子。每每想起他闯关东后才过上安逸日子，他便感到惬意，只是日本人来了以后让他感到不爽，更对林海与日本人有来往感到无奈。

听了陆举人的讲述，子昂不禁感慨道："您救的丫头就是我娘吧？"

陆举人一边抽着烟袋一边笑道："也不知救得对错；甭管咋说，我是把人家的丫头拐跑了！"

这时，林海娘进来吩咐把炕桌摆上，听见说自己是被拐出来的就嗔怪道："别老拐拐的，俺就是闯关东来的。"又对子昂笑道："过去在朝廷里做官，谁要惹恼了皇帝，该杀头的就推到午门外砍头，不想杀的，就都发配到宁古塔来。你大爹是中不了举，也做不了官，皇帝也发配不了他，他就自个把自个发配这儿来了。"说完呵呵笑着又去了灶房。

陆举人笑笑后又对子昂说："米家那些闺女都是我看着长大的。那俩小儿的，比她妈年轻时还俊呢！你能娶香荷儿是福气，可得好好待人家！"

子昂心中得意道："大爹放心，我会好好疼她的！"

陆举人这时又想起事来，站起身道："你等下。"说着去翻炕梢处的一个红漆木柜，从里面找出几页纸，上面用小楷写着工整字句，递给子昂道："这是我写的，都是大白话儿，念给不识字的也能懂，也送你一份。你也是读书的，一看就明白，就是想告诉你，好好疼媳妇！"

子昂忙双手接过来，见上面的题目是"女儿谣"，题下写道：

女子好，少女妙，女人真是神仙造。天生花容又月貌，地造心灵手精巧。嫦娥奔月性相同，女儿身内隐红潮。男有阳刚精华涌，女怀阴柔太极到。阴阳交合孕生机，天地日月齐关照。十月怀胎千般苦，万代人间最功劳。

女人珍，女人宝，男人总想看管好。一缸眼泪无人顾，三寸金莲跑不了。两耳穿针挂银坠，转身要稳坠不摇。绣花小手惹人爱，在外不许男人瞧。金环套在手指上，见到戒指藏袖袍。大门不出才本分，含辛服侍家老小。

女人弱，女人小，男人定规如镣铐。三从四德圣贤篇，女儿经书要记牢。在家从父又从兄，娘亲有怨不敢恼。出嫁为媳夫为君，夫去子大成父老。年少落寡天之祸，空房苦衷谁敢表。一身贞节守亡灵，山中牌坊冷萧条。

女人亲，女人娇，怜香惜玉不可笑。妻子女儿姐妹亲，世间母亲最崇高。女人辛苦要体贴，少让女人心烦躁。女人有错要说教，莫要羞辱动粗暴。女儿姐妹婚姻事，终身安生是首要。妻妾红杏出墙时，休书可下莫挥刀。

女人苦，女人恼，花鲜红艳终有涸。男爱娇色终难断，奉劝多行仁之道。喜新厌旧良心丧，始乱终弃不可饶。莫因女丑而不恭，勿见窈窕媚折腰。张家女儿李家媳，月貌花容莫骚扰。与谁共枕缘注定，强霸女人遭天报。"

看完《女儿谣》，子昂不禁有些激动，连夸大爹是菩萨心。又想起他们的结拜誓言，就问一旁用碗喝茶的林海道："大哥，咱磕头盟的誓，也是咱爹写的？"

林海说："别人谁能写？不过你行，正儿八经的读书人。"

子昂笑道："我可没咱爹墨水多！我是搞美术的，这个写不好，读着还行。"

陆举人又嘱咐道："光读可不成，得照着做，别看是大白话儿，理儿可都没错。"子昂认真地点头应。

这时饭菜都已做好端上桌，有蘑菇炖鸡、猪肉粉条、葱烧鹿肉、红烧熊肉，再就是园子里的青菜，每道菜里面都有肉，又都用大碗盛，摆了满满一桌子。

上桌的时候，大人孩子都上炕围在桌前，十口人有些挤，但有说有笑，其乐融融。子昂心想林海娘这大半辈子一定比别的女人快乐，格格夫人也似乎无法和她比，便先敬二老，又敬林海的哥嫂。林海念他昨晚喝多了，便不让他多喝，他也只是象征地喝了一杯。

吃完饭，包括林海大侄儿新娶的媳妇，子昂又给每个晚辈五块银圆的改口钱。林海大嫂客气道："都是孩子，给那些钱干啥？意思下就行了。"子昂只是笑笑。

之后几天，子昂又接连认拜了住在当地的万全、金万的父母和山鹰的母亲。各家老人不论双全还是鳏寡，都给银圆二百，孩子各十块。随后他又随哥哥们去了墓地，在庚寿的父亲坟前摆供上香磕了头。文普和凤仙的父母还健在，但都住在宁安，只能以后去认拜。铁头的和尚爹也已经不在了，墓地又不在跟前，就在家的灵位前上香磕了头。这一圈儿下来，子昂共支出银圆两千多块，除了芳娥、多日娜，诸位哥嫂及亲人都很感动，对他也倍感亲切。

第 046 章

转眼到了米秋成六十岁寿辰的正日。六月的天气总是阴晴难测，为了能在铺着青砖的院内摆寿宴，子昂头天夜里还站在院内看星星，见夜空中星光闪烁，断定明日是个炎热的大晴天。

太阳一升起来，林海就安排人将借来的一式十二张地桌送来，将铺着青砖的院内摆得满满的。米家人自然都没想到，而接下来还有什么惊喜，就连子昂也不知道。

就在米秋成生日的头两天，林海带着子昂之外的七个弟兄来看望了米秋成，各自的寿礼也提前送了过来。米秋成这时才知道子昂已与龙凤的"八面威风"结拜了兄弟，既没赞许，也没反对，倒觉得子昂有些神秘。对于将香荷许给子昂的事，他也反复想了想，但没有让他改变婚约的理由，就接受了"八面威风"的寿礼。子昂还让香荷认识了八位哥哥。香荷随着子昂叫了哥，还一一施了万福礼。

弟兄们出了米家门后，凤仙忍不住惊叹香荷的美貌，说比他的媳妇还漂亮，立刻被林海瞪一眼道："那咱兄弟媳妇！"

凤仙一惊道："我没别的意思！我是看九弟媳挺懂礼节，平时真见不到这种礼了，也就戏里头还有。"

本来凤仙赞叹香荷美貌也不为过，但刚才见他不停地偷看香荷，子昂心里还是隐隐地感到不爽，这时见林海训斥凤仙，心里感到一些慰藉，忙缓解尴尬局面道："我岳母原来在王府当过小姐，挺讲这种礼节，可只是在家当姑娘时用，出了嫁就得随婆家了。"

林海自然比子昂还晓得，不想多唠，让大家上心准备寿宴，又吩咐凤仙办大寿时把戏班的人都拉来，堂会先定下的，宁可赔钱也要辞掉，说这是家里的事。凤仙连连答应，说已经把日子为老爷子留出来了。

这时，米家在外的五姐妹也都带着家人回来给爹祝寿。开始一见娘家的房院突然大了一倍多，地面又都铺了青砖，不禁都惊讶，好像误入了别人家。好在亲爹亲妈都没变，方知子昂竟是有钱人家的公子，如今就要成为米家的老姑爷，又都转惊为喜，看子昂和香荷的眼光也大不同从前。

更让他们没想到的，子昂竟和林海他们结为九兄弟，十二桌席多半是冲着子昂来的，送来的寿幛、寿礼、寿联也都是在给子昂撑面子。

子昂穿着一套蓝色中山装，头发也向右梳得整齐，隐隐泛着光亮，比以往还要光彩照人。这时见凤仙真将戏班子拉来，他十分感动，亲自将戏班人安排到靠前处。其他七位哥哥也都带来一些关系不错的朋友，既来捧人场，也想认识一下"八面威风"新结拜的兄弟。

更让子昂惊讶的是，万全不仅带来一群警察，还带来一个日本人，叫田中太久，也说是来给米秋成祝寿。

田中太久也很年轻，但比子昂大些，身穿西装，颇有风度，中国话也说得很流利，万全若不介绍，子昂根本辨不出他是日本人。

得知自己面前是个日本人，子昂心里一惊，又忙作镇静。田中太久先为子昂鞠一躬道："认识子昂君，非常荣幸。"

子昂忙回敬一躬道："谢谢光临。"便让他就座。

万全离座招呼客人时，子昂将他叫到一边悄声问："你咋带个日本人来？"

见子昂顾虑重重，万全笑道："别怕，二哥不会坑你。我要坑了哪个兄弟，老大都不干。都说日本人坏，我看田中太久这人挺仁义。咱老大开始和你一样，现在也接受了，没事儿。再说了，眼下日本人势力大，咱太较劲了也没用。但你记住，和他交友，把尺度把好就行，该说的说，不该说的不说，面儿上的事儿，正常应对就是了。他说他喜欢中国文化，他们来中国是准备打老毛子。有机会和他唠一唠，你会改变对他的看法，但我不是让你改变对所有日本人的看法儿。"

听万全这一说，他心里安稳些。但他担心米秋成知道后会不高兴，甚至会危及他和香荷的婚事。当初和懿莹分手，是因为自己要打日本人，如今自己要和日本人交朋友，米家人会不会反感？又会不会翻脸解除他和香荷的婚约？想到这里，他愈加忐忑不安。

趁着没有开席，他悄悄将米秋成和格格夫人叫到屋里。门一关上，他就跪在地上道："爹，妈，儿子可能得惹您二老生气了。"

米秋成今天是一身绸子料的黑衫，很有老太爷的派头，见子昂神色不安，一愣神问："恁么了？"

子昂忐忑不安道："今天还来个日本人。可他不是我请的，我也刚知道。"

米秋成一皱眉道："日本人？他来干吗？"

子昂怯声道："也是给您祝寿的。"

米秋成有点不相信自己的耳朵，又问道："怎么的？给我祝寿？太阳打西边出来啦？"

子昂解释道："刚才我二哥说，这个日本人反对侵略中国。"

米秋成还是不悦道："那他来中国做吗？"

子昂忙又说："他喜欢中国文化。"

米秋成的脸色更阴沉了，骂道："蛋子儿的，来伐咱的树林子是吗文化？"

听米秋成话里带着火药味，子昂更加心慌道："爹，您别生气，今天您大寿，我就想让您高兴。这个日本人我真的不认识！可他真不是来捣乱的！爹，咱就当没他，别因为一个日本人搅了咱家好事儿，咋的也要把这台戏唱下来。爹，求求您，该高兴就高兴，以后我一定小心。"

格格夫人来扶子昂道："孩子说得对！快起来吧。"

子昂望着米秋成没敢起。米秋成态度缓下来道："起来吧。人家是来祝寿的，咱也不能失了礼，今儿个来的都是客。我没想到你这么在意我这个老头子。"说着也拉子昂起来，子昂只感觉他的手劲很大。

见事情总算没和香荷扯到一起，子昂暗舒口气道："爹您别这么说，往后我就是您的儿子，哪有儿子不在意爹的？"

格格夫人为子昂拍打着裤子上的土说："得嘞！今儿高兴日子，都乐着点儿。"又嘱咐米秋成道："你也别拉着个脸，让人看出来还寻思咱怎么了。"然后先笑脸出屋，与新来祝寿的邻里打招呼。

从屋里出来，子昂见香荷正和五个姐姐围在一桌。香荷今天身穿粉花衣裙白丝袜，脚穿红色缎面系带鞋，也比往日更加姣美。这时再见香荷，就像失而复得一般，恨不能去抱她。香荷还是看出他哭过，不安地问："咋的啦？"

他如释重负地看着她说："没事儿，高兴的。"

她半信半疑，但还是抿嘴一笑。五个姐姐也都笑。津梅开起玩笑道："瞧人俩，多甜哪！"他不好意思了，忙说去招呼客人。

院子东头的灶台前，文普身穿马夹衫，肩搭湿毛巾，腰系一条大围裙，正汗淋淋地领着几个下手忙灶上的事。他做山野味都很拿手，今天上席的也大多是林海刚从山上打来的黑熊、马鹿、野猪、山兔以及山鸡、飞龙等，很多前来祝寿的人还没吃过这样的山野大餐，这时都兴致勃勃地围坐在桌前等着品尝，每桌预定八人，但实际各桌都超出八人，如同过大年一般热闹。

寿宴即将开始，参加寿宴的人也都落座。米秋成和格格夫人陪九爷、陆举人坐在中间一桌，桌上还有九爷的儿子、儿媳等人，都是比九爷小一辈的。镇西粮食店的田大宽也坐这桌上，他是从九爷那里听到消息主动来的，米秋成对他也很客气。

田大宽六十多岁，一看打扮就是富家老爷，给人的感觉很清高，好像谁都不在他眼里。他的年纪比米秋成大，殷实的家境又有着特殊的背景，便也是当地很有名望的人。但对林海这伙人，他以长辈自居，并不与他们过深交往。今天他来，并不完全是冲着米秋成。因他小儿子田守旺先后痴迷过米家的天娇和香荷，而米家先后以天娇已经定亲和香荷等着招上门女婿为由回绝了他。本来他很理解，可听九爷说米家招的并不是上门女婿，而是大城市里来的富家公子，心中便有些不爽，觉得米家一开始就没瞧得起他们田家。本来他也不想来参加寿宴，但他想看看与香荷定亲的富家少爷究竟什么样，寿礼也是按着一般关系准备的。

米秋成并不在意他的礼多少，毕竟他的年纪比自己长，能来为他祝寿已让他感到很意外，见他和九爷一坐下就想认识米家的老姑爷，他便把子昂叫到跟前。

子昂也是初次和田大宽见面，但听米秋成一介绍，他第一想到的就是田大宽有个投降日本人又为满洲皇帝做事的儿子，便只是礼节性地叫他一声"田大爷"。

田大宽倒是对子昂刮目相看，是因为刚刚知道子昂和林海一伙人拜了兄弟，这时便只对子昂说了句"是不一般"，然后就虚捧米秋成有眼力，格格夫人则以"有缘千里来相会"来敷衍。

子昂的结拜哥哥们坐一桌，这时文普正在灶前忙碌的，多了万全请来的田中太久。

香荷和五个姐姐及玉兰、村妮坐一桌。津兰和玉兰又好久没有见面了，村妮又是子昂认的姐姐，便坐在米家姐妹的桌上，除了姐妹叙旧，就是夸奖子昂，但子昂掉进陷阱和在她家养病的事却只字未提。村妮只将玉莲带来了，还备了十块银圆的寿礼。松林因为腿瘸，不想在这种场合露面，事先就和子昂打了招呼。

子昂结拜哥哥们的媳妇们除了玉兰去了米家姐妹的桌上，这时也都围在一桌上。她们也算是妯娌，妯娌中玉兰年纪最大，不算香荷，山鹰的媳妇二十岁最小。虽然比不上米家姐妹俊美，但也不乏端庄、朴实、温和、秀美。她们在一起说笑无拘无束，满院子都能听到她们叽叽喳喳的，互相的称呼也特别，小的叫大的，一般还能按着兄弟排序叫嫂子，大的叫小的则都是绰号。

玉兰因其姓胡，名中有兰，人送绰号"蓝蝴蝶"。老二包万全的媳妇比玉兰小一岁，却身高体大，虽然外表也很端庄，但性格泼辣，抽着烟袋，因名中有个"红"字，人送绰号"红辣椒"。老三狄庚寿的媳妇比红辣椒小，性格也开朗，说话也是大嗓门，绰号"喇叭花"。老四莫文普的媳妇年三十，因开酒店常与外人打交道，练得能说会道，又因姓花，绰号"花喜鹊"。老五铁头的媳妇是花喜鹊的表妹，性情温顺，一难为情便脸红，绰号"红樱桃"。老六朴金万的媳妇也是朝鲜族，外表朴实，绰号"达达香"。老七凤仙的媳妇俊俏活泼，也是唱戏的，只唱花旦，因擅演《白蛇传》的白娘子，绰号"小白蛇"。老八山鹰的媳妇姓宋名云霞，是山鹰一家逃难到齐齐哈尔认识的，但她本家就在龙凤，那年随父母去齐齐哈尔走亲戚到小店吃饭，遇见正在那里打杂的山鹰，一个英俊，一个俊俏，两人一见钟情，两个母亲也合得来，便结下姻缘，又因她喜欢采山果，绰号"山里红"。

子昂和五个准连襟坐在一张桌。张宝来和狄庚寿、朴金万平日有些山货买卖往来，这时便对子昂更加亲近。马骏先开始对子昂追求香荷很反感，但没想到他和林海这伙地头蛇结拜了兄弟，这时也对子昂客气一些。春山一直没有反对把香荷许给子昂，这时便庆幸自己没和骏先、俊章一样在背后说过不该留子昂在米家的话，觉得自己以后是最有资格与富有的小连襟亲近的，暗中自鸣得意。

寿宴开始的头件事，就是代东的当众唱礼单，将各家送的礼品数量喊出来，以显示东家的人气。代东的是位五十多岁的男人，是林海请来的。所唱的礼单上，一般人家送的是米、面、点心、糖酒、布料之类，也有送金银票的，但数量不多，都在三元以里。唱礼单是从最低价开始唱，张家两包点心，王家两斤小米，李家两坛老酒，赵家银票一元等等，每念完一单，席上的人们都要鼓掌，以替东家致谢。田中太久也送来了寿礼，代东的高声喊道："日本朋友，田中太久，满洲国钞票一百元——！"

席间掌声却更激烈，都是林海、万全等兄弟带来的人给造势，尤其万全带来的一群警察是在欢呼。田中太久脸上露出惬意的笑，还站起身向大家鞠躬。

包括田大宽在内，也有许多人对有日本人来米家祝寿感到惊讶，互相窃窃私语。米秋成本来还有说有笑，这时则显得有些不自然。格格夫人忙碰他一下，他尴尬地一笑，对田大宽说："是跟警察所一块儿来的，来的都是客。"好在唱单还在进行，尴尬局面很快便过去了。这时代东的又喊道："夏松林家，现大洋十块——！"

许多人并不熟悉夏松林，掌声又弱下来。代东的又喊道："最后一单，是东家老姑爷的结拜哥哥们，陆林海、包万全、狄庚寿、莫文普、仇铁头、朴金万、白玉良、布日古德合伙送的寿礼，紫貂皮五十张——！"

席间又一片惊叹声，几乎都忘了鼓掌。代东的只好镇场道："静一静，还有哪！"全场又静下来，代东的继续唱单道："老山参五棵！老灵芝五对！鹿茸五对！熊肉一百斤！鹿肉一百斤！猪肉二百斤！野猪肉二百斤！鲫鱼三十条！细鳞鱼三十条！山鲶鱼三十条！野兔二十只！野鸡二十只！飞龙五十只！宁安小烧二十坛！各种鲜菜，五百斤！唱单完了，山珍野味，都在今天的寿宴上，各位来宾，尽情品尝。现在，我宣布，米老爷子六十大寿，寿宴开始！"

席间又响起欢呼声和掌声，大家都听得明白，米家设此大宴，竟没花米家一分钱。田大宽也惊呆了，开始听九爷说子昂的父亲在奉天开工厂并没放在心上，但这时他很在意林海一帮弟兄很拿子昂当回事，不知子昂到底什么背景。

这时，代东的让寿星对大家讲几句。米秋成很激动，冲左右抱拳道："托大家的福，谢谢啦！我这有礼啦！"又对身边的九爷说："九爹，今儿是我当晚辈的过寿，您当长辈的也来了，晚辈受不起啊！请受晚辈一跪吧！"九爷忙拦住道："得了得了，跪也别个儿。"

见米秋成落座，林海双手端着酒杯站起，大声喊道："喝祝寿酒——！"

顿时满场有一多半人站起，都是林海、万全带来的人，双手端杯面向米秋成。米家姐妹、女婿和玉兰的妯娌们顿了一下也都跟着站起。林海又高声喊道："祝老爷子，福如东海，寿比南山！"

紧接着，场上众人也齐呼："福如东海，寿比南山！"连呼三遍，一遍比一遍人多，一遍比一遍声高，最后一遍近乎震耳欲聋，不但让坐席的邻居们惊讶、羡慕，就连街上的人听了也感到震撼。

米秋成更是激动，又站起来却说不出话，只是抱拳左右致谢，眼里闪着泪光。

格格夫人也激动得抹着眼泪，米家六姐妹更是激动得哭出了声，她们怎么也没想到自己的娘家能有这么风光的事。玉兰也不由得泪眼汪汪的，却劝说米家姐妹道："高兴事可别哭，咱都乐着点。"米家姐妹忙都止哭擦泪，又都露出笑来。

津梅激动地抱住香荷道："我的好老妹儿，你可让咱家风光了！"接着津竹也去抱香荷，津兰、津菊也被感染，五个姐姐将香荷搂在中间，全场人都笑起来。

接下来，大家开始吃喝，有说有笑，喜气洋洋。酒过三巡后，场面开始乱，有单为寿星敬酒的，也有串桌互敬的，还有青年男子专来敬米家姐妹的，戏班里还有管香荷叫九嫂的，羞得她慌忙逃回自己屋去。

子昂的哥哥嫂子们也分别为米秋成敬酒。万全敬酒时，田中太久也跟着，米秋成也客气地向他表示谢意。

回到本桌后，田中太久和万全等人一边继续吃喝，一边开心交谈。他问万全道："我刚听说，龙凤镇是有来头的？"

万全喝得兴奋，得意道："有啊！康熙皇帝时，镜泊湖一带出过一位皇妃，姓关，叫黑姑，跟传说中的红罗女似的，貌美如花。本来黑姑被封为黑妃，可皇帝又听大臣说，黑姑是红罗女转世，就又封了和妃。黑姑她爹是打鱼的，皇帝就又封给他爹三道亮子，就是三道江岔子，后来也叫关家亮子。传圣旨的赶到宁古塔时，黑姑已经让先来的钦差接走了，正往京城赶呢，这后传圣旨的就骑马在后面追，追到咱这旮才追上。当时这儿还没有名字呢！可传圣旨的就在这儿读的圣旨，后来这就有了名字，叫龙封关，就是说真龙天子为姓关的加封。可后来让人给叫白了，都给叫成龙凤关了。要说也不算错，皇妃就是娘娘，娘娘就是凤啊！再后来，龙凤关又叫成龙凤镇了，有的干脆就叫龙凤。要说说道，咋说的都有。还有说，黑龙江挨着老毛子，龙封关就应是中国第一关。可官府从来没把黑龙江当作关，只把山海关当第一关，山海关这头就是关外。关外是啥呀？等于不是中国的了。结果咋样？老毛子想来就来，江东六十四屯都让他们占去了，西太后连个屁也不敢放。蒋介石也不拿黑龙江当关看，到了真格儿的，他让国军都去守山海关了，这片儿不管了！他这一不管，东三省又让你们给占去了，我们现在就都成了亡国奴了！"

田中太久笑笑说："万全君很会讲故事。你也不要难过，我们来中国是帮你们的。刚才说了，老毛子占了你们的江东，我们来就是对付老毛子，把江东夺回来的。"

万全叹口气道："我们现在可是给你们做事，有人骂我们是汉奸，实际都是蒋介石给逼的！"

田中太久又笑道："万全君不要激动，只要我们亲善，这里就是王道乐土。"

万全问："王道乐土是啥样？"

田中太久说："你会看到的，关键我们要亲善，我们不是敌人，是朋友，老毛子是敌人，时机成熟了，江东都要夺回来！"然后又张罗同桌的警察为"亲善"干杯。

子昂听着众人齐呼和米家姐妹抱在一起也激动不已，真想再醉一把，可他在去寿星席为各位长辈敬酒时，米秋成和格格夫人都劝他少喝，他便不敢多喝。又见香荷害羞回了屋，心疼她没有吃好，将津兰叫到一边道："大姐，香荷没吃好。"

津兰会意地笑道"大姐帮你照看她。"然后也进屋里了。他这才放心地接着吃。

大家热热闹闹吃喝好一阵，老人、孩子见凤仙的戏班子已经换上戏装化了妆，便都等着看戏。

凤仙见林海、万全带来的人还没有撤桌的意思，就对林海说："差不多都撤吧，俺们还有场子，今晚得赶回宁安，明天那个堂会没法辞了。"

林海便招呼道："该上戏了！差不多就撤桌吧。"那些还在桌上说笑的人们才离开桌。

工夫不大，院内的桌子都撤了，在东西两头各排一趟桌子，凳子都排在桌后面为观众区，中间闪出空场为演出舞台。

米秋成、格格夫人和九爷、田大宽等人坐在西区的桌后头排，桌上摆着糖、果、茶等。子昂和香荷也被九爷叫到前排挨着坐，米家其他五姐妹及村妮、玉莲都坐二排凳，再往后就是来祝寿的邻居，还有没随礼的人这时也挤进来看戏。林海等兄弟陪田中太久坐在与寿星对面的头排，后排是林海、万全带来的人。

戏一开场，凤仙首先以戏班班主身份亮相，再次祝贺米秋成六十大寿，随后锣鼓弦子响起。

当地人都喜欢听戏里打情骂俏的唱词，本该这台戏应以蹦蹦戏为主，但考虑米秋成和格格夫人打小就在天津听京戏，便以京戏为主，事先点了《白蛇传》《西厢记》《空城记》《捉放曹》《打渔杀家》等唱段，蹦蹦戏选了逗大家发笑的段子。两种戏交叉上演，都是全装上阵，会看的不时叫好，看热闹的也随着鼓掌喝彩，气氛异常欢快，一直演到太阳偏西。

铁头在凤仙等人卸妆时也上场表演了少林武功，还和万全一同表演了内功开砖，一个是用头，一个用掌，不断引来惊叹声和喝彩声。最后，林海还邀请米秋成也露一手。米秋成正开心着，一邀便上了场，打了一套梅花拳。虽然已经是六十岁的人了，但一招一式，顿挫有力，又赢得阵阵喝彩声。至此演出结束，前来祝寿的人才纷纷离去。

玉莲还想待在米家，村妮见米家人多便哄她回家。香荷让她娘俩吃了晚饭再走，村妮说家里还有个腿脚不好的等着吃饭，格格夫人便将烀好剩下的肉各切了一些让她带回去。

九爷单被米秋成留下来，说现在屋子多，格格夫人今晚和闺女们一起睡，他要陪九爹再喝两盅，晚间一起睡，九爷便随米秋成进了屋。

格格夫人这时很清闲，正在炕上为津竹两岁多的儿子说童谣，一边对坐着手拉手前后晃着身，一边嘴里念着童谣：

拉大锯，扯大锯，姥儿家门口唱大戏，接闺女，送女婿，小外孙子也要去，不让他去，他偏要去，你说可气不可气？

然后用手指刮一下孩子的鼻头重复道："你说可气不可气？"逗得孩子嘎嘎笑，津梅、津竹、天娇、香荷及其他孩子也跟着笑。

这时见九爷进来，都忙起来让座。小外孙没听够童谣，缠着姥姥接着讲。格格夫人笑道："你太姥爷来了，让你太姥爷讲一个，太姥爷讲的可哏儿了！"又对九爷说："九爹来给你重外孙儿说一段。"

九爷喝了酒，情绪正好，呵呵笑着脱鞋上炕，看到孩子的胖脚丫，拍一下道："好，太姥爷给你说一个，就说小脚儿吧。"然后抱起孩子，一边晃着身子一边念叨：

小脚儿小脚儿，上山割草，丢了小鞋儿，扎了小脚儿，小脚儿鼓脓，鼓到西城，西城放炮，放到西大道，西大道冒烟，冒到天边，天边吹喇叭，吹到老马家，老马家蒸包子，蒸了一锅兔羔子！

大家又都笑起来，孩子更得意地重复着"兔羔子"。天娇笑道："九爷你就姓马，咋还骂自个儿？"

九爷笑道："九爷家要蒸包子蒸出一锅锅兔羔子，那还大发财了呢！"大家又笑。

吃晚饭的时候，就在这屋里摆桌，炕上一桌，地上一桌，三位老人和姑爷们在炕上桌，姑娘们和其他孩子在地上桌。这时的话题除了感慨白天的寿宴，就是夸子昂，接着又提到子昂和香荷的婚事，姐姐们都说着急吃他俩的喜糖，他俩的心里又甜起来。

第二天，回门的姑娘们都分头回家了。临走前，子昂为他们各发了一百块银圆，说以后就是一家人，要有福同享，感动得五家人不知说什么好。

邱俊章本来对子昂也很反感，尤其对子昂昨日祝寿间占尽风光看着不爽，这时他和天娇也得了百块银圆，不禁有些愧疚，突然和子昂拥抱一下表示友好，天娇便也和香荷拥抱在一起，米秋成和格格夫人看着高兴。

第 047 章

米家又恢复了往日的平静，但这时一所大院子内的四个人已俨然是老两口和小两口，就差子昂和香荷晚间一条炕上睡了。

自打子昂有了钱以后，格格夫人就不再让他守米铺了。他闲着无事，却不想总去打扰哥哥们，主要是为了躲避喝酒。他想为香荷画像，可她又羞于被他盯着瞅，只是犹豫道："改日的。"他不想为难她，说："那等咱俩成了亲，我天天画你？"她只是抿嘴笑。

米秋成这些日子心情特别好，自己躺在炕上闭目养神时，一条腿还搭在支起的膝盖上摇晃着，嘴里哼着不在调上的戏曲。格格夫人见了忍不住笑，又对子昂、香荷说："有年头没见他这么高兴了。"

除了哼戏曲，米秋成有时还起早打打拳。子昂见了就说也想学几招用来防身。米秋成高兴道："你学行，别人我还不教呢。要学就不能学得二八八的，我都教给你，要不也都带进棺材里了。看你脑子挺灵，还有把子力气，学着也快。"于是便从马步蹲裆教起，又起早贪黑手把手地辅导行步和出拳。

几日下来，子昂掌握了基本拳法，没事也自己在院内习练，还特意让格格夫人为他缝制一套白绸子料的练功服，穿在身上也真是精神抖擞，再武起来，就连米秋成看了也频频点头。

这日清晨，他正在院内打拳，山鹰来邀请他中午去他家吃饭，说是烤全羊。子昂没吃过烤全羊，欣然答应。

山鹰出了米家院又小声道："是我过生日，给额吉做福。"

子昂听林海说过，但还是好奇地问："咱们过生日都这样？"

山鹰说："大爹说，儿的生日，妈的苦日。咱哥九个的生日，都写在金兰谱里了，四哥给咱瞅着，到时他就招呼了，谁过生日谁摆桌。我做过两次了，今年第三次。"又笑道："他们都愿我过生日，喜欢手把肉。这里养羊都是喝羊奶，吃的羊不好弄，五哥在外头买的，我给你们烤。"

子昂却叹口气道："我妈也不知啥时能过来。得等我爹把事儿办利索的。"他很心虚，也很焦急。现在他很富有了，听宝来说，日本人在乜河抓劳工的风声已经过去了，可寻找父母和妹妹的事还是让他焦虑。好在宝来对他的态度已大转，还信誓旦旦地要在牡丹江拉大网寻找。就在为米秋成祝寿的当晚，他额外给了宝来五十块银圆，希望他尽快打听到他姨母的家。

这时他心里还有件为难的事，就是多日娜是山鹰的妹妹，他给母亲做福，多日娜会不会也在场。他害怕见到她，但也很想见她，是想像哥哥一样对她，让她不再怨恨他。他问山鹰："咱妹妹也去吗？"

山鹰会意地笑道："她去她的，咱做咱的。但你得准备多喝酒，她一定会敬你酒的，喝不喝，喝多少就看你的了。"

他倒很想喝多日娜敬的酒，也笑道："喝能喝，就怕喝多了狗骂我。"

山鹰也想起子昂那晚喝吐的事，笑道："那我不管了。"又说："应该带上媳妇和孩子。你要带弟妹去，就怕咱妹妹见着她……"话说一半，但已明了。

子昂说："我明白，没事儿的，既然年年都有，就不差这一回，今年俺俩能成亲。"山鹰点点头。

子昂把山鹰要请他吃饭的事告诉了香荷和格格夫人。格格夫人之前通过玉兰知道陆家有这个规矩，又羡慕道："这真挺好的，谁摊上这样的好儿女，那可真是福气。"

子昂说："我要是您亲生的也给您作。"又对香荷说："等你过生日的，你给妈做，我帮你，以后让咱姐她们也都给妈做。"

格格夫人立刻叹息道："拉倒吧，我要生个儿子还中，生了一帮丫头还做大福？少让人数落两句就意足了！"

子昂反驳道："您这么说不对，姑娘也是妈身上掉下的肉，和生儿子有啥两样？"

格格夫人叹息道："那可差多了，到时咱是开心了，准有不痛快的，咱可别惹人家不痛快。"说完转身走了，边走边说："不敢想哦！"

看着格格夫人顿着小脚离去，子昂心里不是滋味，又看了一眼香荷，见她也神情忧郁。

傍中午，子昂去了山鹰的家。他本想先去林海家，他家与山鹰家只隔一道杖子，穿过那道杖子门就是多日娜的家，可他这时更怕看见芳娥，就走了多日娜家的大门。

院子内的人很多，哥哥嫂子和孩子们几乎都到了。山鹰这时已换上一身蒙古装，作为山鹰的家里人，云霞和孩子也都是一身蒙古装。

这时，大人们在帮文普、庚寿将已经烤好的羊肉卸成块装盘，端到屋里屋外的桌上，孩子们各自嬉戏玩耍着，又和过年似的。

芳娥这时也在这院内，正看文普、庚寿卸羊肉，见子昂进来，又狠狠地翻他一眼，转身穿过杖子门回自家了。

哥哥们见芳娥愤然离去才发现子昂进来，都招呼着他，嫂子们也都和他打着招呼。玉兰让他不要在意芳娥，又问怎么没把香荷也带来。他不自然地一笑道："以后的吧，我怕她和她俩见了不乐呵。"玉兰只也是笑笑没再说，其他嫂子则催他抓紧与香荷拜堂成亲。

嫂子们都让各自的孩子来见九叔，可子昂还是记不全二十多个孩子的名字，大小孩子叫他"九叔"，他只是答应。

正这时，凤仙带着他的唱戏班子也赶来了，一些道具行头需要从马车上卸下来。子昂忙去帮忙，抱起一捆长刀长矛，跟着放到马棚跟前。

他看见多日娜骑的那匹枣红马，脑海中又浮起多日娜骑马的英姿和对他一脸幽怨的样子，忍不住去抚摸马的前额。那马仰起头躲闪，他便转过身来，见多日娜也穿一身艳丽的蒙古装站在他身后，吓得他一激灵。

多日娜忍不住笑，笑的和婉娇一样美，接着问："你也稀罕马？"

他点头道："小时画画儿没少画，岳飞、关羽、秦琼都骑马，骑啥马我都知道。"

她问道："这是啥马？"

他看着马说："啥马倒说不准，但我要叫就叫它赤兔马，关羽骑的马好像就是这种枣红色。"

她说："它还没名儿，那以后就叫它赤兔，送给你了。"

他忙拒绝道："还你骑吧，我平时也不骑。"

她郑重道："我不要它了，它不听我话，送给你了，骑去和米香荷成亲吧。"说完转身走开了。他心里隐隐有些痛。

酒席一共摆了五张桌，除了院子里的四张桌，山鹰母亲的屋里炕上还摆一大张桌，是今天作大福的主席，除了母亲，就是山鹰和他的八位哥哥弟弟，一共十人。

山鹰的母亲也年过半百，面容端庄而慈祥。和子昂认干妈时不一样，这时她也是一身蒙古服饰，一脸愉悦地坐在正位上，左侧是亲生儿子山鹰，右侧是她认的大儿子林海。

做福开始，林海双手捧起酒碗道："儿的生日，妈的苦日。今儿是八弟的生日，也是给咱额吉做福的日子。"又吩咐山鹰道："八弟先来，给额吉献福。"

山鹰已经起身跪在母亲身前，手里捧着一条蓝色的哈达，身体前倾，深垂首，将哈达举过头顶，口里说的是蒙语，意思是说："二十五年前，母亲含辛茹苦生下了我，今天的儿子，知道母亲受苦了，今天的儿子，一定要好好孝敬母亲，让母亲增福增寿。"

母亲欣慰地双手接过哈达，搭在自己双膝上，又将一条事先备好的洁白色的哈达为儿子挂在脖子上，也用蒙语祝福，意思是："母亲生下你这个儿子，再苦也是福，愿我的儿子越来越坚强，像天上的雄鹰一样飞翔。"

儿子谢过母亲，又将一银质酒碗双手举给母亲。母亲接过酒，先以右手无名指蘸酒敬天敬地，再蘸酒抹在自己的前额上，然后将碗中的酒一口饮尽。

接下来，林海等兄弟也同山鹰一样，逐个跪着为母亲敬献哈达，斟酒敬酒，祝母亲福星高照、福如东海，只是斟酒时都只斟一口，是因她不能一气喝下九碗酒，况且院子里的人还要来敬。母亲不论接了谁的祝福，都是先以哈达祝福，然后用汉语祝福儿子"越来越坚强，像天上的雄鹰一样飞翔"。

屋里的祝福进行完，院子里的人也纷纷来祝福，先是兄弟八人的媳妇和多日娜分别敬酒祝福并献哈达，孩子们则为福奶奶夹肉，然后磕头祝福。

酒至三巡，多日娜又进来，直奔子昂，说要连敬他三碗酒。

子昂这时已经头晕，不敢答应三碗酒，急忙告饶，说顶多还能喝一碗。哥哥们也替子昂求情，多日娜坚持道："这是俺们最高贵的敬意，别人想喝还喝不着呢。"说着为子昂斟满头碗酒，双手端到子昂面前道："祝你幸福。"见子昂还在犹豫，就端着酒碗唱起委婉动听的歌。

他惊叹她的歌声，却不知如何是好，更为她深情的目光而不安。山鹰提醒他道："接酒吧，要不她就一直唱。"

万全笑道："九弟先不接，俺们想多听会儿。"外面的人听见屋里唱歌也都涌进来。多日娜全然不顾，继续端酒看着子昂唱。

见多日娜眼里噙着泪，子昂才明白她并不是开心地唱，心里又疼起来，忙双手接过酒，说声"谢谢"后一口气喝下去，差点又反出来，但还是咽了下去。

这工夫，多日娜又斟满一碗举给她，歌声再次响起，眼里的泪水已经涌出。这时竟没人在替子昂说情了，他也来了激情，连着又喝下两碗。

子昂大醉，连戏班子的演出也没能看一眼，先是吐了两起，接着站立不稳，眼皮就像被挂了秤砣，突然睁眼看见多日娜，硬着舌头道："你跑哪去了？我还寻思你不愿搭理我哪！"见他是真醉了，铁头忙将他按在炕里睡觉，可他这一睡，直到天黑也没醒。

玉兰便去米家说子昂又喝多了，今晚就让他睡那头。米秋成和格格夫人都埋怨子昂逞强，玉兰难为情道："子昂是真不能喝酒，哥几个数他喝得少，还就他醉得厉害，往后说啥也不让他硬喝了。"米家人便不好再埋怨。

第二天太阳升起，子昂才迷迷糊糊地爬起，发现自己睡在多日娜家的炕上，很难为情，也很懊悔。

林海过来看他安慰道："在娘的炕上睡怕啥？多日娜和芳娥儿一块儿睡，再说这炕上还有你八哥。"他这才打消一些顾虑，但又为一宿没回米家感到不安，忙回米家自责，保证以后再也不这么喝了。香荷只是玩笑地说句"真丢人"，便都过去了。

几天后的一个晌午，张宝来又从牡丹江返回来了，身后还带着两个人。

子昂正在准备当新房的屋里和米秋成往院里搬着旧东西，一见宝来领来的两个人，顿时呆住了，原来这两人就是他苦苦寻找的亲爹和亲妈。

子昂的爹妈都比前年苍老许多，爹的头发已花白，看外表已和米秋成一般年纪了，母亲的头发几乎全白了，看上去比格格夫人还老。他简直不敢相信自己的眼睛，好像又在做梦，可眼前的一切确实不是梦。

他将手中的旧椅子往地上一扔叫道："爹！妈！"向前两步跪下哭道："我一直在找你们！可咋也找不着大姨家！"

见儿子跪地痛哭，母亲也紧紧搂着儿子的头哭道："我的儿呀，妈还以为这辈子见不着你了呢！做梦也没想到你在这儿！俺们连家也回不了。"接着哭道："俺们把子君领丢了！"哭得更加伤心。

子昂大吃一惊，霍地站起来，盯着母亲问："你说啥？子君丢了？"

母亲继续哭道："丢了，咋也找不着了。"

他又焦急地追问道："咋丢的？在哪儿丢的？"

母亲继续哭道："丢在哈尔滨了。"

他又急切地问："到底咋丢的？"

母亲只顾哭了。子昂又盯着爹问道："爹，你们咋给领丢的？"

周传孝一脸苦色地叹口气，随即也涌出泪水道："日本人把咱家房子炸塌了，寻思奉天乱哄哄的，先回老家躲一躲，再看看你姑他们。你妈说她想你大姨了，这就奔黑龙江来了。可来的道上把钱弄丢了，没办法就去个有钱的人家，那家人说让俺们去干点零活儿，去了吃住，按月给工钱，啥时攒够路费，啥时就能走。俺们还挺感激她的，哪承想她是看好子君了，让子君嫁给她儿子。结果干了半年多，哈尔滨都让日本人占了，他们家还不给俺们工钱，逼着子君和他儿子成亲。她家儿子长得不如雪峰，其他还都行，对子君也挺好。我就寻思，这兵荒马乱的，人家不给工钱，我们又没路费，前不着亲，后不着家，就先答应了，说劝劝子君也答应。可子君心里就装着雪峰，咋说也不干。转过年，那家人等不及了，说俺们欠他家的钱，只要子君和她儿子成亲，就一笔勾销。子君没法也答应了，哪知她是糊弄俺们，那天趁俺们不注意自个儿跑了。我和你妈到处找也没找着，光在哈尔滨就找了一个多月。你是想不到，我和你妈天天要着吃，数九寒冬，那罪遭的就甭提了！我们都没想到能活到今儿个。后来看哈尔滨实在找不到，寻思她要么回奉天，要么自个儿去牡丹江找你大姨了。要说她回奉天可能性大，可回奉天太远了。又一想，就希望她能去找你大姨，咋说离的近些，就还是奔牡丹江来了，寻思先找着你大姨他们再说吧。俺们也没钱坐车，就顺着火道线儿打听，一道儿都是要着吃的。这前儿个才走到牡丹江，可你大姨家不住黄花甸子了，房子地都卖了，听说搬到街里去了，住哪也不知道，幸亏有人知道俺们，就把他三姐夫找来了。他三姐夫说你在这头儿。做梦也没想到你也来黑龙江了。"

宝来对子昂说："上次你交代完，我回去就撒了大网，只要见着打听道儿的，就问他认不认识周子昂，有认识的就去告诉我，我赏给他五十块大洋。"

子昂这时很难堪，但也只能硬着头皮道："谢谢三姐夫，回头我加倍还你。"张宝来没多问，只是客套两句。

子昂妈也止住哭，一边抹泪一边对子昂说："他三姐夫可是咱的大恩人，管俺们吃的住的，还给俺们买了新衣裳，钱可真是没少花！"

张宝来又客气道："婶儿别这么说，以后咱都是亲戚。"说着看一眼米秋成和格格夫人。

米秋成、格格夫人、香荷都在跟前，都被眼前一幕搞得不知所措。格格夫人听说子昂的亲妹妹失踪了，不禁想起自家送给人的五女儿，心里也跟着难过，虽然还没互相介绍，但还是主动去搀子昂妈道："孩子也挺大了，许是自个儿找地界去了，你们也别太难过。走，咱都屋里说吧。"

子昂妈这才想起身边还有其他人，一边擦着泪一边说："真不知该咋说。听他三姐夫说，俺家子昂和你家闺女定亲了？真谢谢你们收留子昂，谢谢嫂子，谢谢老哥哥！"说着在米秋成和格格夫人身前跪下来，并要磕头。

格格夫人忙往起拉道："这可不中！"又埋怨子昂道："这个子昂啊，撒谎撂屁的！开始俺们就纳闷儿，可也没多想。"

子昂做梦也没想到自己爹妈会这个时候在这里出现，但他不能怨爹妈，只是自己对米家人编的谎言就这么露了馅，实在感到无地自容。此时他既为妹妹失踪感到心焦，也为能不能和香荷成亲感到不安。

其实他之前就明白有些事情很难瞒到底，但他没想到这么快就露了馅，尤其没想到父母是沿街乞讨过来的，妹妹还不知去向。他原想宝来告诉他找到大姨家后，他就亲自到牡丹江去，顺便把所有真相告诉爹妈，再让爹妈配合他把戏演下去。但眼下很麻烦，他不怕香荷和四位老人知道真相，但很顾忌他们五人之外的人知道。

见格格夫人在生自己的气，宝来又正在跟前，他忙又对米秋成和格格夫人说："我没撒谎，有些话我一直想和您二老单讲，可总是觉得不是时候，您二老别生气，容我个空儿，现在咱先不谈这些，求您二老啦！爹！妈！"其实他还在说谎，但这次说谎只是说给宝来一人听的。

大家都感到子昂心中确有难言之隐，米秋成也越发感到子昂神秘。但见子昂如此恳求，便都不多说了，其实一切都很明了，唯独不明了的就是子昂心中的秘密。

格格夫人扶起子昂道："知道你有难处，回头再说吧。"又招呼子昂爹妈道："快屋里去！"

子昂忙向母亲介绍香荷道："妈，这是香荷儿。"

子昂妈已经注意到香荷了，只是一时控制不住情绪，只顾委屈了。这时她情绪稳定许多，喜欢地看着香荷道："闺女可真俊！要真能跟俺家子昂成亲，我后半辈子吃斋念佛都愿！"

香荷一脸的纠结，不知该怎么称呼子昂的爹妈，便只是又施了万福礼。

格格夫人就是初一、十五吃斋，听子昂妈这样说感到亲近，一边朝屋里走一边对子昂妈说："一看你就是个心善的人，要没啥大碍，咱这亲家轧定了！"

子昂妈忙去换扶格格夫人道："子昂不懂事，哪块不对，您就当亲儿子管着点！"米秋成没理子昂，礼让着周传孝进屋。

子昂见香荷表情复杂，心里不安道："你别生气，待会儿和你解释。"

她恢复平静道："进屋吧。"

宝来忙拦道："先让他们在里唠会儿吧。"说着去拎过一把椅子和一只凳子让子昂、香荷坐。子昂把凳子留给宝来，椅子让给香荷，自己又去拎来一只凳子。

坐下前，他先给宝来鞠一躬道："谢谢你三姐夫！你放心，回头我一定好好报答你！"宝来眼里透着诡异笑道："自家人别那么客气。"又用担忧的口吻道："不是我说你，你这谎可撒大了，没看老爷子不高兴了，你真得好好解释一下，要不你和香荷儿的婚事挺悬。"又觉得不该守着香荷这么说，又劝道："好好解释明白，把心里藏的事说出来，肯定没大事儿。"

子昂不认为宝来是危言耸听，他与懿莹分手就是他事先做梦也没想到的。一想到懿莹，当初那股哀伤又油然生起，他不安地看一眼香荷，唯恐她也离他而去，不禁哽咽道："我没错儿。香荷儿，你相信我。"说着眼泪滚下来。

宝来起身拍拍他道："哎哎，看你挺是条汉子，这咋跟孩子似的！"

子昂擦把泪道："我不能没有香荷儿！不然我要那些钱干啥？"

宝来忙说："是我胡说，爹到底咋想我也不知道。再者，这爹妈都让你叫一阵子了，香荷儿也有人叫弟妹、叫嫂子、叫九娘，我猜老爷子再生气也得寻思寻思，关键看你咋解释。到底咋回事儿我不问，现在我就走。"又对香荷说："跟妈说，我还有事儿，先走了。"转身便走。

香荷说："要吃晌饭了。"

宝来已走到门口，说："我不在家吃，我去子昂他六哥那儿，收山货的事儿，我要请他吃顿饭。"

子昂忙追过去嘱咐道："家里的事儿千万别和他们讲，讲了对谁都不好。"

宝来嗔怪道："我那么嘴欠吗？行了，我在外面吃完再过来，你去好好解释下！"说完出门走了。

香荷还站在院中。子昂回到她身前说："来我屋一下呗，我有话说。"她略微犹豫下，还是跟他进了东屋。

一进屋，他竟跪在她面前。她被吓一跳，忙拽他道："你干啥呀？快起来！"又说："爹说过，男儿膝下有黄金，不能随便跪。以后你可别乱跪。"

他起身道："是，我有的是黄金和银圆，但也都是你的！"

她疑惑地问："你哪来那些钱？"

他说："我上山给你采高粱果时，发现一片破房子，都不能住人了。当时下大雨，我去拽个破炕席，可炕席底下是个地窖。后来我下去了，里面地上挺大，有挺多的钱，还有一把枪！

我在里面看见一个皇历牌儿，是十一年前的，我猜这些东西是没主了，就往别处藏了几箱，剩下的没动，把盖儿又盖上了。反正是没主的，那也不能给官府；整个东北都是日本人的了，那狗屁满洲国算啥官府？这钱就是咱的了，咱这辈子也花不了！其实我该早和咱爹妈说，可我爹我妈一直没找到，定亲这事儿爹妈不露面儿又不行，实在没办法才撒的谎。"

她终于笑了，嗔怪道："急啥呀你？"

他认真道："咋不急？你小姐都嫁人了，你也该嫁了，惦记你的人又那么多，真要冒出个愿当上门女婿的，那我就捞不着你了！"

她抿嘴笑着推一下他，他就势一把将她搂在怀里，恨不能立刻与她生米做成熟饭，米秋成就是想反悔都不成了。

香荷在米秋成过大寿那天一直很激动，更觉得子昂光彩照人。因曾被他拥抱、亲吻过，那种让她说不清的愉悦开始吸引她。这时她在他怀里不安道："我害怕。"说着要哭。

他忙又哄道："那咱俩一块儿去解释，你顺着我说，只要不让咱俩分开就行。"她点头应后，随他去了爹妈的屋。

第 048 章

周米两家长辈正在说话，两个女人坐在炕头处，两个男人坐在炕梢处。子昂一进屋便又跪在地上，香荷犹豫了一下，也挨着他跪下。

子昂愧疚道："爹，妈，我是来向你们认错的。"米秋成见香荷也跟着跪下，板着脸问道："他认错儿，你做吗？"

香荷紧张道："爹，子昂哥和我说过，没跟你们说，想等一阵的。"她也说了谎话，子昂深感欣慰。

坐在炕上的，都不知香荷说的何事，他们正为子昂哪来那么些钱犯疑。格格夫人问："到底啥事儿？有话起来说。"

子昂扶起香荷，将他在山上发现宝藏的事讲了一遍，随后又对米秋成和格格夫人说："爹，妈，我爹我妈知道，我不是爱撒谎的人。我也是没办法，我想娶香荷，又怕你们把香荷嫁给别人。我知道爹想招上门女婿，可我家就我一个小子，我爹我妈肯定不能同意。可有了这些钱以后，我就想等找到我爹我妈我妹妹，把他们都接来，和香荷儿一块陪着你们。我看不少人都惦记香荷儿，我爹我妈又没处找，就编了瞎话儿，写了那封假信。"

听着子昂的叙述，米秋成和格格夫人很欣慰子昂为得到香荷下了这么大心思。米秋成没再埋怨他，又点上一袋烟说："这钱还真有来头呢。我想起来了，十多年前，马架子里头有一伙胡子，好像是叫长江马队。兔子不吃窝边草儿，他们就搁宁安、牡丹江、乜河那溜儿转悠，专门砸大户，听说连老毛子的洋行也敢砸，后来让张作霖的队伍拾掇了。要说民国十一年也对，那年直系兵在绥芬河拉拢山林队闹兵变，和奉系兵打得天昏地暗的，一直打到牡丹江。牡丹江火车站一带都遭了抢，听说抢了不少金银财宝。后来这些金银财宝又让长江马队给劫了。也有说长江马队劫了张作霖的军饷，东北军就把长江马队的老窝儿给围了，就在大田西山的里头，打了好几宿，听说里头的胡子都得愣了。打那以后，这旮儿就没听说有胡子来过。要这么说，这些钱就是长江马队那拨人藏的，这么些年也没个动静，横是连个喘气儿的都没了，这下子让子昂可抖了！"又问子昂道："那里藏了多些？"

子昂说："挺多的，我往外倒腾了一天。"

周传孝也欣喜地问道："你都往哪倒腾了？别再让别人捞个现成的。"

子昂说："都埋在别的地上了，把我累得拾不成个儿了。也不知咋的，就是浑身冷，再后来就啥都不知道了，是林海大哥把我背回家的，他说我掉他陷阱里了，还发高烧说胡话。"

米秋成又问道："是打摆子了吧？"

子昂说："不知道，我在他家睡了好几天，啥都不知道。"

格格夫人恍然道："敢情你那些天都在玉兰家里！嘿，他两口子嘴也够严实的，没和俺们学这事儿。"

子昂忙又说："是我不让他们说的。他家芳娥儿偏要和我成亲，可我就想娶香荷儿。他们都不知道我发现那个地窖，后来我跟他们说，我是回奉天取的钱，他们现在都相信我爹是砖厂老板。所以谁都别再问他们，他们要知道我那几天没回过奉天，肯定得往别处寻思。"

格格夫人警醒道："这可不能问了，这些话咱在家也不能唠了。"随机转移话题道："嗨，那天一掉雨点儿我就急呀，再瞅着云彩，猜想雨肯定小不了，还寻思不得把你浇在道上，也寻思顶不济湿身褂子。嘿，可倒有想头了，一场瓢泼大雨，愣是把个大活人浇没影儿了。还得亏你惦着香荷儿，要不你半道走人子了，俺们还不知急到啥前儿呢！香荷儿是一肚子屈儿也没地儿说，子昂回来那晚上，可是跟我倒了苦水，敢情他俩早就好上了！"香荷难为情地推下母亲，又看了一眼子昂。子昂妈心情好了许多，惬意地看着香荷笑。

这么一唠，紧张的气氛缓和许多。米秋成的心情也好起来，一再为周传孝倒茶。格格夫人忽然想起张宝来，就问子昂道："你三姐夫呢？"

子昂说："他去见个朋友，说晚间还过来。"

格格夫人又问："刚才说那些，你跟他也讲了？"

子昂说："我就怕他知道，所以刚才在院里没敢提。我不是独，五个姐姐家谁用钱就说，就是这事儿知道人多了真容易惹麻烦。"

子昂妈插话道："你得好好谢谢你三姐夫，要不是你三姐夫，这会儿俺们还在街上要饭呢，没准儿今冬就成死倒儿了。"

子昂庆幸父母还平安，忙应道："妈你放心，三姐、三姐夫那头我心有数儿。"

格格夫人又嘱咐道："你三姐夫那张嘴，真得想法给堵上，别让他可哪乱讲。子昂编的这出戏，咱还得接着往下演。对外呢，亲家爹还是砖厂老板，现在不想做事了，就来这儿养老了。"

听格格夫人在称呼他们是亲家，子昂妈显得轻松道："我还怕咱这亲家变卦呢，嫂子一说，我心里就踏实了。"

格格夫人假装无奈道："咱想变，他俩变得了吗？没看香荷儿也跟着撒谎呢！她可不会撒谎，小前儿她这些姐姐教都教不会，她一说谎我就看出来了。"

香荷愧疚地唤道:"妈!"

格格夫人假装生气道:"边儿去!还妈呢,这还没嫁呢,就开始学着分心眼儿了!"说完又咯咯笑。

见香荷又难为情,子昂妈疼爱地召唤香荷道:"来挨婶儿坐着,我咋看都稀罕不够。"说着主动挪到炕沿处让香荷靠近她。

格格夫人笑道:"子昂在这头儿已经改口了。这孩子,那天猴儿急似的!"又对香荷道:"左右亲也定过了,你也把口改了吧。这就是你公公婆婆,也得叫爹叫妈,叫吧。"

香荷看了一眼子昂才冲炕上的公公婆婆道:"爹!妈!"

子昂的爹妈都慌了神。子昂妈尴尬道:"这咋整?俺们现在太穷了!从家出来手上还戴个镏子,后来道上给当了。现在兜里不多,还是他三姐夫给的,也拿不出手啊!"

香荷知道婆婆说的是改口钱,忙说道:"不用。"

格格夫人也笑道:"现在咱谁都没有他俩趁,改口钱就等成亲时的吧。"子昂爹妈这才心安些。

子昂妈轻轻抚摸着香荷的白嫩秀丽的手说:"日后妈给你补上!能有这样好的儿媳,真是上辈子积德了!瞧瞧,白白嫩嫩的,比俺子君还俊呢!"随即情绪骤变,一脸忧虑道:"也不知俺子君现在在哪儿。"说着又抹眼泪。

周传孝既责怪又安慰道:"别一整就哭。再找找她姨家,她姨家要没有,也兴许真回奉天了,就怕道儿上遇着点啥事儿。"

子昂也焦虑道:"我回趟奉天,看她回去没有。"

格格夫人说:"也中,能找抓紧找,兵荒马乱的,这么大个闺女自个儿在外头,哪个当妈的能放心?"子昂便决定回趟奉天。

傍晚,宝来果真回来了。子昂见他不像喝过酒的样子,猜想他是故意躲出去了。他不想让宝来把自己爹妈从哈尔滨要饭要到牡丹江的事说出去,就在宝来回牡丹江之前,又悄悄给了他二百块银圆,说是感谢他帮他找到爹妈,又交代他再帮着找到大姨家。

宝来欣喜不已,保证一定尽力去找,但也对子昂提出要求道:"你单给我的钱可别告诉你三姐。俺家她是个把家虎,弄得我手里总是紧巴巴的。我朋友多,没事在一块儿玩玩,老吃人家的也不好是不?我寻思藏点私房钱,省得老和她磨叽,看她脸子不说,也总吵架。"

子昂很理解他,答应单给他的钱不外讲。

第二天,宝来回牡丹江,子昂准备回奉天。自从他来龙凤就一直没出过这片山区,况且来的时候是从大山林里出来的,对这儿的道路还不熟。米秋成说得单雇马车到石河火车站,再坐从牡丹江开往哈尔滨的火车。可雇马车他也不知怎么雇,就去问林海,顺便告诉他自己的父母过来了,但又编出一套谎话道:"我妹妹从牡丹江回奉天了,我爹在奉天办完事去牡丹江了,可没见着我妹妹。现在都不放心,我想回去看看她是不是到了奉天,奉天要没有,就怕在道上出点啥事。"

林海听说子昂的父母来了很高兴,准备带其他弟兄去认拜,可见子昂着急回奉天找妹妹,心想不过是看妹妹到没到奉天,这一来一回少说也得两天,便提议道:"你要是就看咱妹妹到没到奉天,不如让常往那头跑的人去看看,左右他得来回跑。这样,找你七哥,他有几个朋友常往哈尔滨、长春、奉天跑,你把咱妹妹她婆家住哪写纸上,让他照着去打听,不也能知道咱妹妹回没回去吗！要是没回去，咱还真得抓紧先在牡丹江找，牡丹江挺乱，妓院也不少。"立刻又自责道："咳，我说这干啥？咱妹妹保准没事儿。你也别着急，就让你七哥找人帮你跑。"

子昂觉得林海说得有理，就写了封信，是写给童家的，信上讲了他和爹妈都在海林保附近的龙凤村，一切都好，只是子君头几天从牡丹江先回奉天了，不知现在是否已平安到家，回与不回，告诉送信人便可。

可把信一交给林海他就后悔了，心想如果去找童家的人顺便打听他爹在奉天做什么，童家人必会毫无戒备地告诉那人，他爹就是个洋铁匠，根本就不是砖厂老板，那么他的谎言在把兄弟面前也露馅了。

他想朝林海要回那封信，还是他自己回奉天，但他又意识到，林海所以不让他这时回奉天，是想带那些哥哥们去认拜他的父母，如果他这么固执己见，许会更惹得哥哥们猜疑和不快，况且林海是识字的，他要真想去调查他家的底细，这时他已经知道怎么调查了，他若真要回那封信，反而欲盖弥彰了。

现在他必须要做好应对更糟糕的准备，那就是继续编造谎言；如果还有必要，他就把谎言编到他死去的外祖父身上，就说外祖父生前有一大笔财产，但只有他母亲知道，母亲又唯独告诉了他。这么一想，他便由着林海去做了，心想那送信的人也很可能把信交给童家的人就离开了。

朝回走的时候，他又想他太多虑，那么多钱都在自己手里攥着，咋说不是理？有钱就是理！

子昂不去奉天了，林海便叫上弟兄们各带礼品来认子昂的爹妈。

子昂爹妈住在子昂后买的房子内，精神头也比刚来时好多了。听说子昂结拜了八位好哥哥，周传孝两口子都为儿子已经立事感到欣慰，只是子昂妈听说林海八兄弟认她做干妈时还要从她胯下爬过去，觉得极为难堪，尤其他们与还未正式结成亲家的米家人住在同院，更加觉得别扭，便坚决不肯，说怎么对她称呼都可以，就是无法接受一群大男人从她胯下爬过去。

林海和子昂都很尴尬。林海这时也觉得，子昂妈和自己的亲哥哥年龄相仿，自己和她以姐弟相称还合适，而让人家接受这样的规矩也确实强人所难，只好由着子昂妈，说今后就保持兄弟九人，不再与其他的人结拜了，但还是跪在子昂爹妈身前叫了九爹和九妈，其他兄弟都跟随着。

过了几日，凤仙来说奉天那边来了消息，但并不如愿，对子昂说："姓童的那家没见着咱妹妹，你信上提的雪峰也没见着，他家人说他出远门儿了，啥时回来也说不准。"显然没谁在意他爹在奉天到底做什么。

子昂最想听到子君回到奉天的消息，就是已和雪峰入了洞房也好。可眼下，他只能将最后的希望寄托在牡丹江的姨母家了。母亲已经告诉他，大姨夫名叫王治有，是满族。他想这回再找大姨家该不是难事了，但愿妹妹已经去了大姨家。

秋收时节，周米两家长辈开始商量子昂和香荷的婚事。按风俗，子昂应随爹妈备好四样彩礼，由保媒的九爷领着为米家送小礼。

送小礼是为了两家长辈一同商谈过大礼的事，但大小礼都被米家免了，格格夫人笑道："现在咱四个老的可啥都没有，这一大家子都是他俩的，往后咱就指望他俩了，帮着把成亲要办的事儿定下来，咱就大功告成了。还是把他九爷叫来，一块堆儿吃顿饭，把成亲的日子定下来，让香荷儿先给你俩点袋烟。"

米秋成说："九爷哪会选日子，选日子得找陆举人。"

格格夫人自责道："瞅我这脑子！我就认准九爷是大媒人了，咋把大先生给忘了！这么着，大媒人也请，大先生也请，就该这么着，我给马虎了。"大家都很开心。

当日，格格夫人在自家屋内摆了一桌席，马九爷和陆举人都被请过来。虽然大小礼的过场都免了，但子昂的爹妈还是备了礼物。

子昂为爹妈备了一千块银圆，是给香荷的装烟钱，一千零一，意为周家娶的媳妇是千里挑一的。他还单为母亲备了份另送香荷的礼物，就是他在山里藏宝窖内为香荷选的五件大粒珍珠链。

那天他为母亲拿不出给香荷的改口钱而难堪，第二天就又去查看他的藏宝窖，见一切正常，除了把那盒大珍珠链取出来，还给母亲选了金项链、金手镯和翡翠戒指，回到家连香荷也没见就进了爹妈住的屋子，亲手为母亲戴上项链、手镯、戒指，又让母亲找机会把珍珠链送给儿媳妇，还嘱咐母亲道："要有外人问，就说是我在北平上学那会儿买的，这样他们再问就得问我了，我都准备好了。"

母亲激动得又问儿子自己是不是在做梦，他却开导母亲道："往后在外人面前别老一副可怜相，要把自己当成贵夫人。"

母亲笑道："妈能哈下腰，就是拉不下脸儿来。"

他又安慰母亲道："习惯就好了，我一定要让我爹我妈在外人面前活得体面有尊严。"

母亲想到自己一路乞讨过来，受尽歧视，忍不住搂住儿子又哭一通，先是为自己能过上贵妇人的日子感动地哭，又为丢了女儿伤心地哭。

这时，子昂爹妈和九爷、陆举人也见了面。格格夫人先介绍马九爷和陆举人，子昂爹妈便也跟着格格夫人管马九爷叫九爷，管陆举人叫老哥哥。格格夫人又特意向马九爷、陆举人介绍周传孝，说他在奉天开砖场，是个大老板，日本人占领奉天后就把工厂卖了，以后也不做事情了，就在龙凤养老享清福。

周传孝这些日子也努力使自己进入曾是砖厂老板的角色，这时便也违心道："赚钱赚惯了，这冷不丁地闲下来，还真不太习惯。"

陆举人宽慰道："咋都一辈子，在哪都一样。别小看这个山沟子，挺养人。再说了，瘦死的骆驼比马大，你们来这儿可就着过着神仙日子喽！"大家都笑，米秋成只是默不作声地抽着烟袋。

因为米家没有男孩，周家也是办头桩喜事，这时都对操办婚事有些不知所措，便问陆举人都需做些什么。

陆举人说："要按土话讲就五件事，提亲、对八字、送彩礼、定日子、拜堂成亲。要文一点讲，那就得说六礼了。六礼分为纳彩、问名、纳吉、纳币、请期、亲迎，都是咱眼巴前儿的事儿。纳彩就是男方家得请个媒人去女方家提亲，女方家要答应这门亲事，男方家就带上礼品到女方家正式求婚。问名是男方家得知道姑娘的名字和生辰八字。纳吉是男方家得找个先生，批一下姑娘的生辰八字，看看合不合婚，先生要说不合，这门亲事就成不了。纳币，就是男方家给女方家送聘礼，多少都是两家之前商量好的。请期，就是男方家择吉定下成亲的日子，再问问女方家同意不，同意就定下来了。亲迎就是成亲了，一对新人拜天地、拜高堂、入洞房。咱现在不一样的是，亲家算是做了纳彩和纳币，剩下都托付给咱这头了，实际就剩下定哪天成亲。但这也不少事儿要做，成亲在哪成亲？新房咋布置？接亲怎么接？要请哪些人来贺喜？这些是咱要费心思的。现在咱要做的是立份《婚书》。"说着从他的卦书里翻出一张固定式的空白《婚书》。《婚书》底儿为淡黄色，上有红色描边"龙凤呈祥"梅花篆字和龙凤戏珠图案，再依式填写上新婚人的祖籍、生辰、婚约誓词及相关人等。由陆举人以小楷逐项填写好的《婚书》云：

周子昂，直隶省秦皇岛县人，二十三岁，宣统二年七月二十九日寅时生

米香荷，天津省南门外县人，一十八岁，民国四年七月十二日酉时生

今承马忠义、陆光儒先生介绍，谨詹于中华民国二十二年九月二十六日午吉时在龙凤东街米家宝宅举行结婚仪式，恭请陆林海先生证婚两姓联姻，一堂缔约，良缘永结，匹配同称。看此日桃花灼灼，宜室宜家，卜他年瓜瓞绵绵，尔昌尔炽。谨以白头之约，书向鸿笺，好将红叶之盟，载明鸳谱。此证！

结婚人：周子昂、米香荷

介绍人：马忠义、陆光儒

主婚人：周传孝、米秋成、唐春英、米白氏

中华民国二十二年九月五日谨订

子昂这时才知格格夫人没有汉名。格格夫人笑道："卖到王府时给起了个名，叫格福克真格，就是说长得好看；长得好看不假，就是叫着挺绕口，从天津一出来就跟着姓米了；我自己的娘家姓宋，我爹就把我自个儿送人了。嗨，不唠那个了。"便又说起婚书的事。

因婚书内还需要相关人的名章，而子昂的名章只适用于书画，父母的也不在跟前，陆举人便去让会刻印章的人为子昂和其父母刻了名章，都对应着印在婚书名下，倒也显得严肃而庄重，子昂和香荷也自然成了名正言顺的结发夫妻，然后将完成的婚书及子昂假冒父亲写的求亲书信当作纳彩文书一并交给香荷保管。

又说笑了一阵，子昂妈当着马九爷和陆举人的面，将那盒珍珠链递给香荷道："这是妈送你的礼物，是子昂那会儿从京城里买的，戴你身上挺合适。"

香荷还不知盒子里装的是什么，但她知道礼物很贵重，也知道是子昂从山里拿回的，便抿嘴笑着接过盒子。

九爷坐在炕上，见盒子精致，笑问道："就瞧这匣子，里头的玩意儿孬不了。"

香荷将盒子又递给九爷道："九爷先看。"

九爷笑道："那我可就先瞧瞧了，看俺老孙女儿的婆婆送的啥宝贝？"说着将盒打开，见盒内黄绸上是鲜亮贵重的粉珍珠，称赞道："是好玩意儿。"

子昂妈介绍道："下面还一层，是五件套儿。"

九爷掀到第二层，不禁愣住了，疑惑道："嗯？咋觉着有点像老古头说的那玩意儿。"挨件拿出仔细看过又说："真挺像的。"又问子昂妈："这玩意儿咋会在你这儿？"大家顿时都愣住了。

子昂这才意识到这东西非同寻常，不由得紧张起来，他是害怕自己发现财宝的事因此暴露，忙解释道："我在北平花十块大洋买的，那人说他急等着用钱。"

陆举人也仔细看过五件珍珠链说："还真是了！"

马九爷又对陆举人说："那年我听你也说过，还一套一套的，你再给说说。"

格格夫人也知道这东西是子昂在山里发现的，本想子昂发现财宝的事除了香荷，再就只能

是周米两家老人知道，但听九爷这一说，也不安起来，对陆举人说："老哥哥，你快说说咋回事儿？"

陆举人说："我也是听老古头说的，他是宁古塔那儿有名的手艺人，已经死了十多年了。要看这些东西，还真和老古头说的一点不差。要真是他说的那玩意儿，这可不止十块大洋！据讲当年做这套玩意儿，是准备送给慈禧太后的，可往京城送的时候，还没等出宁古塔就让人给劫了，宫里派了好几拨人来查也没查到！"

大家都去看珍珠链，子昂也特别注意看了。陆举人接着说："按老古头讲的，这种珍珠挺特别，人戴在身上能治百病。看见没有？"陆举人说着拿起一环道："个头都大，乍看是白色儿，其实是粉色儿，里面透着红。这种珠子叫东珠，出在镜泊湖。传说东珠是红罗女的眼泪。可这么大个的东珠，一万颗珠子里也未必能挑出一颗来。想巴结慈禧太后的官老爷可不管这些，下旨挑出一百零八颗，用八十一颗做项链，说是九九归一。还有二十七颗，用十七颗做两只手链，一只用九颗珠子，是左手戴的，左为上，上是天，九在数里又是最大的数，都是表示尊贵的。另一只用八颗珠子，是戴右手上的，右是下，下是地，也指地上八方，八在先天八卦中是坤卦；乾为天，坤为地，乾为男，坤为女，八还是女人的意思。还有十颗珠子，是用来做两只脚链的，每只链是五颗珠子。五在五行里是中间数，表示正中，也是尊贵的意思。这样一连起来，胸前九九八十一，是指胸有大志，天下九九归一；左戴九，为最大，一国皇帝为最大，所以是天子；右戴八，为坤为女人，也指地上八方；脚戴五，五为中央。就是说，一个女人行走正中，至高无上，威震八方。最重要一点，是有人想让慈禧太后和武则天似的，也当个女皇帝。"

子昂忙去查各链上的珍珠数，果然大链八十一颗，四个小链一个九颗，一个八颗，两个五颗，心中不由得紧张，看看香荷，又看看米秋成和格格夫人。

见子昂有些不安，陆举人安慰道："咳，这也没啥，大清国早就没了，现在咱都变成满洲国了。再说咱是花钱买的，又不是偷的。但还得说，这宝贝咱家里人知道就行了。"

马九爷补充道："老古头早就不在了，除俺俩外，好像田大宽也听老古头讲过，再就不知他和谁讲过，那咱就甭管了。要真是老古头讲的那玩意儿，那我老孙女可比慈禧有福气。"

这么一说，气氛又缓和下来。格格夫人笑道："呦，那俺老闺女岂不成了女皇帝？"

香荷难为情道："说啥呀！俺不戴。"

格格夫人笑道："傻闺女，没听你陆大爷说，这东西戴在身上能治百病。咱戴在里面，谁还能掀你衣裳瞧瞧？"

子昂也心里平静许多，安慰香荷道："没事的，你先收着。"之后大家便不谈珍珠链的事了，一边吃喝，一边商量成亲的日子。

周米两家开始设想把成亲的日子定在八月十五的第二天，既都占双，又有十五月亮十六圆的说法，以图婚后圆满。陆举人特意带着算卦的书来，听格格夫人问八月十六这天好不好，便翻起书查看，末了却说此日不妥，又解释道："要按《奇门遁甲》的说道，八月十六为阴遁中的甲辰日，这一天的八门中，开门为大吉，但这天是轩辕星主事，出门接亲正对伤门，接亲上路走西为景门，走东为休门。"

格格夫人问陆举人轩辕星和伤门、景门、休门各是什么意思，陆举人郑重其事道："这《奇门遁甲》上讲，门中见轩辕，做事必牵缠，相生能克主，相克主熬煎呀！就是说，凡出轩辕星者，远行阻滞，求财不利，还要防备灾难不吉。要说伤门呢，远行伤门见血光，须防暗箭被人伤，求财惊恐多不利，则宜索债不需防。这一星一门中都提到'求财不利'。那财是什么？按照批卦人讲，财可不光是大洋和银票儿。《三命通会》中讲，我克者为妻财，就是说妻财相同，妻也是财。新郎娶新娘，也可说是取财，取财不利，不就是娶妻不利！休门在八门中是三吉之一，但好女不沾休，所以这嫁闺女，娶媳妇，休门还是不走的好。这景门呢，除了寻找亲人见朋友大吉，其他都不好，容易好事空欢喜。"

最后陆举人将日子定在立冬后第五天，也就是阴历九月二十六这天，说："九月二十六为青龙喜神主事。《奇门遁甲》上讲，门中见青龙，求事喜重重。再简单点儿讲，凡出青龙星者，百事大吉！这天出门接亲对着开门。其实这天生门是吉门，但开门也是吉门，况且出门奔西就是生门，绕街转一圈，又奔生门进家拜天地。"

听陆举人这么一说，大家都很高兴，日子便定在九月二十六，照先定的日期后延了一个多月。

格格夫人又笑道："开始也寻思等把苞米、豆子都收回来就让他俩成亲，是看子昂急得跟啥似的。"大家都瞅子昂笑。

子昂难为情道："我听老人的。"说着看一眼香荷，见她正低头抿嘴笑。

子昂虽然心里真的急着和香荷成亲入洞房，但陆举人这么说，双方父母也认同，便顺从道："也好，趁着一个多月的空闲，雇些人把庄稼收了；今年得连老王家的地一起收。我还想把要接的房子好好盖一下，顺便将房顶的稻草都换成清一色的新瓦。"随即又让陆举人为他破土动工再选个日子。

陆举人说："接房接东不接西。你们接的这房是两房间的空当，东西都占。所以呢，你们要以咱们现在待的这房为主房，按东连西。要说盖房呢，关键是破土。破土不能定在双月双日上，现在刚入八月，肯定是不行，也得等到下个月，最早也得九月初一，赶在九月初八这天上大梁。"

子昂为自己此前没考虑房子的事而懊悔，可现在懊悔也没有用了。但他不想干等一个月，就利用这段时间将砖瓦、房梁、门窗框、玻璃等备在院内，其实他只是管出钱，所有的活都是林海找人来干。

第049章

一切准备就绪，但离九月初一还有半个月时间。子昂看着院里院外码的砖瓦，猛然想起他在山里发现财宝后曾跪地许愿建一座山神庙，忙又去找陆举人，自然不能说出他发现财宝的事，只说他是在迷山时许的愿。

陆举人说："举头三尺有神明，既然许了愿，那就得还。"

子昂又问："我这个月就想把愿还了，是不双月也不好？"

陆举人说："神仙虽在人不见，是为阴。阴为双数，给神仙安家，双月为佳。"子昂欣喜，决定先建山神庙。

　　林海、金万和山鹰都赞成子昂建山神庙，说守着深山老林，真该有座山神庙。山鹰欣喜道："有了山神庙，以后进山打猎前，就可以求山神爷保佑了。"

　　这又给子昂提了个醒：既然有人求拜山神，也不能让人对着空房子求拜，他想应在新建的庙里立一座山神像。可他没有真正搞过雕塑，便还是用他拿手的，画个山神像挂墙上，像前摆上供案。而山神爷什么模样他也不知道，就又去问陆举人。

　　陆举人也不知山神什么模样。林海这时也过来，就给他出主意道："画个关公得了！咱那天拜过关公，就照那样儿画。"

　　子昂欣然接受。可陆举人却说："要我说，要画就画岳飞。"又解释道："岳飞才是大好河山的保护神。金国入侵中原时，他就提出让金人还我河山，还让母亲在他背上刺了精忠报国四个字。他还有首《满江红》，里面也提到收拾旧山河。现在日本人占领咱东北，咱是没法子，可也不能心甘情愿当亡国奴是不？"

　　子昂觉得也在理，又欣喜道："大爹说得对。可岳飞的像，我上中学时照着画过，现在画只能画个大齐概。"

　　陆举人说："我这有本书，里头就有岳飞的图画，骑马持枪，威风着呢。你照这个画。"说着去翻书箱子。见林海不说话，子昂担心他有想法，问道："大哥你看呢，画岳飞行吗？"林海说："听爹的。"如此，山神庙里准备供奉岳飞画像。

　　山神庙的庙址是子昂自己选的，定在距离米家田地不远的西山林里，是一片相对平缓的矮树林子，南对那条溪流，又是他去藏宝地的必经处。他的用意是让山神帮他保护那批财宝。林海和山鹰等都对庙址没有异议，便一同摆了供香和供品，又一同跪地通禀山神爷接纳。随后，林海一面让人伐去矮树林扩场地，一面又找人购来砖瓦木料，然后找来瓦工、木工等工匠。

　　子昂既不用亲自收庄稼，也无须为建山神庙操心，一心忙着画岳飞。他画的岳飞像高三米、宽两米，只能晴天在院子里画。四位老人都明白子昂建山神庙的用意，也觉得这样就可以保证他们今后长期富有。

　　不多日，画面上呈现出金盔金甲、威武庄严的岳飞，正横枪立马怒视前方，栩栩如生，呼之欲出。

　　香荷并不多言，在他登高绘画时，她就在下面帮着扶凳子，要么就坐在一只板凳上看他画，脸上一直透着恬静的笑。

　　山神庙落成时，子昂的岳飞画像也画好了。落成的山神庙面南背北，顶高五米，长九米，宽五米，南墙上一扇对门和八扇长条木格窗，只是屋内没有隔断，是一宽敞的大空屋。

　　屋门对面是一整面墙，墙下放了一条木本色的长条案，案上摆着供品和香炉，就等子昂将画像挂上墙，然后放一挂鞭炮，算是山神爷就位。

　　鞭炮声在山林间传得很远。子昂让林海和万全动手揭下红布，现出威武的岳飞，然后由子昂上了香，大家一齐跪拜。跪拜后，子昂为工匠们发了工钱，又同哥哥们去龙凤阁庆贺。

　　第二天傍午，万全来找子昂，说田中太久也去过山神庙，对庙里悬挂岳飞画像很不高兴，要和子昂谈一谈。

　　万全说："他的上司还不知道，如果知道了，肯定要把你当成抗日分子抓起来。他的上司就是北营里面的，是个少佐，叫东条敏夫。我和田中太久解释过了，说你没有旁的意思，开始想画关公，可有个关公像不太清，这才画的岳飞。他说他要送你一个关公像，赶紧把岳飞换掉。"接着又说："待会儿见着田中太久，你就按我说的说，完了按他意思办。你的心思我明白，可胳膊扭不过大腿，咱好汉不吃眼前亏，懂吗？"

子昂不悦道："你还说他好，咋样？开始张嘴咬人了吧！强盗就是强盗，对你仁慈也是表面的。"

万全说："能咬人的不是他，是东条敏夫。甭管咋说，田中是为咱好，他要直接把这事儿告诉东条敏夫，那咱可就麻烦了。"

子昂说："我就不信他真的为咱好。"

万全劝道："别犟了，男子汉大丈夫，要学会能屈能伸。待会儿千万按我说的做，听见没？"

子昂勉强应后随万全去龙凤阁，心里却对田中太久又充满敌意。

田中太久正在雅间里等候，桌上已经摆了酒菜，还有一尊两尺高的关羽瓷像。

见田中太久冷着脸，子昂冲田中太久抱拳道："惹你不高兴了，别误会。"

田中太久审视着子昂道："我也是为你好，都是朋友，互相关照一下。前段时间，哈尔滨出过这种事，学校老师天天教学生读岳飞的《满江红》，结果那个老师被宪兵队抓走了，他是用《满江红》煽动学生抗日。这不好，我们要亲善，建设大东亚共荣圈。我们是好朋友，我不希望你们有麻烦。"

子昂心里骂他心怀鬼胎，嘴上却迎合道："多谢了。"

田中太久又说道："我承认岳飞是忠臣，可惜他太不识时务了。你们中国人都知道，岳飞的罪名是莫须有的。莫须有是什么？就是你不需要有罪，让你死你就得死；中国古代有'君让臣死，臣不得不死'的规矩，对吧？所以说，害死岳飞的，绝对不是秦桧，是皇帝。可皇帝为什么一定要让岳飞死？当时的皇帝是宋高宗赵构，他能当上皇帝，是因为太上皇和皇帝都成了金国的俘虏。可岳飞发誓要救回两个老皇帝；如果救回老皇帝，赵构还能继续当皇帝吗？别看赵构也说过要迎回二圣，那是他不得不这么说说而已，岳飞错就错在不识赵构的真假话，也就是不识时务；赵构下了十二道金牌，岳飞才放弃攻打金国，班师回朝。岳飞已经十一次背叛皇帝了，皇帝能不恨他吗？所以皇帝一定要让岳飞死。后来宋孝宗赵眘当了皇帝，还为岳飞平了反，为什么？赵构就一个儿子，还早早地就死了，所以新皇帝就得从皇室家族里面选。赵眘已经要立为太子了，秦桧却上奏要另立别的人做太子。最后还是赵眘当了皇帝，就说是秦桧害死了岳飞。谁冤枉？秦桧才是真正冤枉的。你们中国人的是非功过，都要看主子的喜好，作为臣子，想当俊杰就要识时务。"

万全也听出田中太久的话中含义，但也只能迎合地恭维道："想不到田中君对我们中国古代的事也这么了解！"

田中太久得意道："我是中国通，多数中国人不如我知道得多。"随即又对子昂说道，"我看子昂君很识时务，我们会成为永远的好朋友。"说着拿起那尊关公像道："做朋友要讲义气，要供就供关公吧。"

万全忙又招呼喝酒，唠起子昂要成亲的事。田中太久举杯祝贺，说大婚之日他也要送一份贺礼，气氛倒也融洽。饭后，万全陪子昂去山神庙撤下岳飞画像，由子昂收藏起来。

几日后，子昂又去查看他的藏宝。经过山神庙时，他见一道士在门前已用碎砖搭起一个炉灶，正在烧火做饭。

他上前打量那道人，五十多岁，长得消瘦，但却神清智睿。他在北平去过白云观，也见了殿内所供的灵官护法门神及关羽、赵公明等神像，却对那些活生生的、身着道袍的道士们格外有感触，觉得他们都比常人高深莫测。这时，他上前恭敬地问道："师傅从哪来的？"

那道士也打量一番他，见他打扮是个富家人，施一礼道："贫道云济，四海为家。今见此庙清静，欣喜如归，想在此落下脚，不知施主有何见教？"

子昂说："没什么，我只是随便问问。师傅能来这儿落脚是我的荣幸；不瞒师傅说，这座庙是我刚修的。"

云济道士眼一亮，忙又施礼道："无量天尊，贫道有幸遇见道缘之人，不知可否在此打扰？"

子昂忙说："谈不上打扰，师傅要想住这儿，住多久都行，就是里头修得简单，怕师傅住得不舒服，冬天也不好过。"

云济说："修道之人，澄心遣欲，万类皆空，得道实无所得，即清静为真道。"

他不完全理解他的话，但听出他想求清静，更觉得他不同凡人，便不忍心他过于清苦，说："师傅要想在这儿长住，明天我让人在屋里盘条火炕，这样冬天也好过些。吃的用的您也不用愁。"说着朝庙门走去，云济一边谢一边跟随进了门。

见西墙根处铺有干草，子昂说："把两边都隔个小屋吧，在外面砌个烟筒。"接着又说："您还需要什么尽管说，我能做的就帮你。"

云济说："芸芸众生，所以遭浊辱、沉苦海，皆因妄心贪求。贫道不敢贪求，贪求多了，就难得清静了！"又谢了他。

子昂想他是不愿给别人添麻烦，便转了话题问："这里就是没能立尊山神像，是不是应该立一尊山神像？"

云济说："祭神如神在。但缔念老君真形，老君真形可见，则起再拜也。缔念山神真形，亦该如此。"

他大概听懂他的意思，就是心中想神，神便出现，无须一定立尊神像。

但到底有没有神他也不敢说，左右人们都无法见到，也只能宁信其有，不信其无。他倒希望山神爷真的存在，那样就不枉他这一片感恩之心，山神爷也一定欣然保佑他。

子昂又去找林海，说还需要一些砖和工匠，帮助道士间壁两间能住人的屋。林海嗔怪道："你真是钱太多了。"立刻觉得不该说出此话，忙改口道，"我不拦你！我这就找人去！"便又找来那些工匠。

仅用一日，庙里的两间小屋就间壁好了，但只有一间搭了火炕，一条两米多宽的小炕顶着西墙和新墙。新墙一侧的半截炕沿处砌起半截高火墙，火墙下是个小灶台，灶眼连着炕洞和墙洞，通向外面墙根处一根三米高的烟囱，灶内烧火，烟就从烟囱里冒出去。

晚间，子昂又将他曾用过的被褥和一袋大米、一袋玉米面及一些油盐送进庙里。云济一再对他"无量天尊"，然后又建议他在庙门两旁挂副对联。

子昂觉得很在理，笑道："我看师傅学问不浅，就劳驾您写一副吧。"

云济施礼道："无量天尊。施主若是不嫌，那贫道就献丑了。"子昂鞠躬道谢。

云济很快用毛笔在一张纸上写下一副横批为"举念通灵"的对联：

天道山风神知大千祸福，地德松海镜照人间善恶

子昂端详着，称赞字好词也妙，又欣然道："等我找个刻匠刻出来。"便将写着对联的纸叠好揣入兜内，然后恭敬地与云济告辞。

两日后对联便刻好了，是木匠用上好红松板刻成的，半米宽，两米半长，墨底金字，十分醒目。子昂找来一辆马车送对联，但只能送到田地边，剩下的路程，他就扛着对联步行。

到了山神庙前，子昂见云济正在山庙前不紧不慢地练拳法，很好奇地靠上前，将对联牌匾靠在树上，站在那儿静静观看。

云济闭着双目，轻步慢掌，犹如漫游在仙境一般，直到一路拳法下来才收气睁开眼，见子昂站在对面，施礼道："无量天尊，不知周施主已来。"

子昂也躬身合掌道："师傅客气。"接着问道："师傅打的什么拳？"

云济说："道家太极。"

子昂说："看您出拳，不如梅花、少林有力，只是健身的吧？"

云济笑道："道不求攻，攻则霸道，故而能守便是德，继而可成道。"

听云济谈及道德，子昂兴致道："我知道道教创始人是老子，也知道他留下《道德经》，可我还是不知道德是咋回事？"

云济沉思片刻道："《道德经》里说的只是人的行为之规。如果说大一些，也就是如何治理天下之人，并没说清什么是道，什么是德，道和德之间又是什么关系。实际老子根本也没想说这些；他所说的道德，不过是个称呼而已，也就是他认为合理的行为和方法。行为也好，方法也罢，但说到底，也多是空有其谈；历朝君王治理国家都是因时、因况、因人而异的，远不是《道德经》所能左右的。若说道德，其本身就是宇宙生存的状态，也是人类共处所应效仿的道理。人们视天为大，可谓人类能见之首大。殊不知天外有天，无底无顶，八方无际，以至人类无可想象，这就是宇宙。我们生存的地球，就是这浩瀚宇宙间万万兆物之一体，下无举，上无提，浮于空间，与日月星辰比肩，看似静止，实在运转不息。夜望天空，星罗棋布，各自运转，却互不冲撞。这就是德与度、度与道之所在。就说我们所见所知，地球绕日运行，月随地球周转，彼此相安，不离不弃，是因日有霸夺之心，地有不屈之张，地有吞噬之意，月有外驰之力，彼此力衡，相持不让，互为制约而成德；强霸不得，脱而不去，相持其度而成道，如此我界方有日出日降、月圆月缺、潮起潮落、春夏秋冬；周而复始，生生不息，此为宇宙之德所造化，亦为世间效仿之天理。"

子昂能听懂大意，更有兴致道："以前我总以为，我们能见到的天地是最大的，听师傅这一说，地球在宇宙里不过沧海一粟。"

云济说："若以大宇宙衡量，恐怕连一粟也不足。"

子昂说："那我们岂不太渺小了？"

云济说："人虽渺小，却贪心大过宇宙；你争我夺，战乱不息，可争到最后，就连一粒灰尘都不是你的。要比争夺，人再强大，也比不过日月星辰之间的较量。日月星辰尚还遵德循道，相安无事，可我人类恩于宇宙之德，却不效仿传承，无度贪婪，无度争夺，到底还是德不成而道不就。"

子昂不禁想到日军侵华，又问道："那人类怎样才算有德有道？师傅的意思，与世无争就

是德？就是道？那日本人侵略中国算是道吗？中国人甘当亡国奴算是德吗？"

云济回道："人类之中，德与不德，就是能与不能；就是说，能不能克制自己的私欲而谦谦君子？能不能抗衡别人的侵犯而和睦相处？这里能不能克制自己是品德，能不能抗衡别人是德望。若两者都没有，那就是无能者，也不外是婴幼无知和疯傻垂命之人。此外，缺了哪一样都是缺德，尤其不能克己为缺大德。"

子昂不禁心中一惊。他在情欲上实难自我克制，又无法与文静的表哥以及齐龙彪、何耀宗、鲁荫堂等人抗衡，实为无能，但他又并非婴幼无知和疯傻垂命之人，那无疑就是个缺大德的人。幸亏现在有那笔宝藏为他撑腰，不然米香荷他也可望不可及。虽然他如今已然是个富豪，却不知是否可算是他的一德？

正不安中，云济又说道："你问日本人侵略中国和中国人当亡国奴可为道德？实际道不是霸占，德也不是臣服，要两力相衡方为德，彼此节度方成道。道无形，但需彼此共守，不能守，则必有霸道，有霸道，则必有毁灭。宇宙间也有星体毁灭，不外彼此强弱悬殊而失度。"

子昂听其话题不在他的品德上，便释然道："国有大小，有强有弱是必然，那人类就无法和平了是吗？"

云济说："人类和平，当以道理服人，然重私道而轻公道，无不与虎谋皮。唯凭一己私欲，行弱肉强食以征服，是为战争也。若熄战火，唯胸怀一家之亲，行道德之节度。"

子昂又问道："刚才您说失度，这又说节度，度是什么？"

云济说："度乃相持，亦为相间而通。比方说，官出于民，但官就是官。官为民谋事，民为官守制，在于彼此都可承受。官家纳税，富家收租，多多益善，但过多则失度，你总得让百姓吃饱穿暖才是。百姓缴税付租，少付多利，但过少也为失度，你总不能让国库空虚、商人亏本，这都是度。遵循此度便是德，坚守此德便有道。"

子昂再问道："那度最大吗？"

云济笑道："一最大。"

子昂不解地问："哪个一？"

云济竖起一指道："一数。"

子昂仍不解，继续问道："那万哪？"

云济笑道："很多，但很小，远不如一。"

子昂更疑惑地问道："那为啥？"

云济说："这是天理，也是宇宙大帝之道法。宇宙间虽有万物，但都生于太极。太极为混沌一体，体中本有道理，故而又生两仪。两仪为阴阳，可造万物，就是老君说的道生一，一生二，二生三。换言之，道生一统，约相互之德，是为一道生二德，三合成道德，继而千万之道德。"随即又解释道："世间万物，皆无中生有，又无不源自一数。物以类聚，人以群分，千万个一，最终都要归为一个千万。人乃世间一切生灵之主宰，一个人，就是一个太极，一个千万人，那也是个太极。太极大小不同，则德道不同。小太极则小德小道，大太极则大德大道。何以大德大道？一个人若能分里表、辨四象、通八门，那此人必是人中豪杰，也必能大德大道。"

子昂似懂非懂，又问道："那您说的宇宙大帝和戏里说的玉皇大帝谁大？"

云济笑道："玉皇也好，天皇也罢，这都是人们仅凭喜好编排的，而宇宙大帝则确实存在；

仰望天空，可见日月星辰，它们共同生存在浩瀚宇宙间，不停运转，却各守其道，相安无事，这都是宇宙大帝施以天德的结果。我们看不到宇宙大帝，是因为宇帝太大，大得无法让我们想象；蚂蚁可以感受到大象的存在，却永远无法看清它的容貌。"

这些子昂听明白了，点头赞同。而云济却不想多说了，又婉转道："说到底，宇宙之法，世间之道，非你一时所能领悟。况且你尘缘正旺，此玄术略知便可。你若真感兴趣，日后我慢慢讲给你。"

子昂确实感到道理宏玄，一时不好深究，便又鞠躬道："日后定有劳师傅。"又将话题转向世间道德上来，问道："道德能涉及多少事？"

云济说："世间之事，无所不包。"接着又说："天有天德，地有地德，二德相度，方成天地宇宙之道。日有日德，月有月德，二德相度，方成星转之道。邦有邦德，国有国德，二德相度，方成邦国之道。君有君德，臣有臣德，二德相度，方成君臣之道。夫有夫德，妻有妻德，二德相度，方成夫妻之道。你有你德，我有我德，你我相度，方成友朋之道。如此千万之道，方成大千世界；如此相度循道，方显和平圣世。"

云济说到夫妻之道时，子昂不禁为自己曾与婉娇那一夜激情而忐忑，想求解，又不好坦言，便谎问道："依我这个年纪，是不该纳妾的，可我现在已有两个媳妇，这也是无德无度无道吧？"他全当婉娇是他第一个媳妇，香荷是他即将新娶的。

云济笑笑道："天道永恒，人道无常。何以民道，要看何以国道。为国者，不外治国安邦。治国无道，官逼民反，安邦无道，国破家亡。当下之民国，治国安邦均无道；异党群起，为治国无道，外敌入侵，为安邦无道，自然国民也就无道了。就说安邦之道，保家卫国是兵家之道，兵保不了国，民又何以为民？当下东北沦陷，国民已然亡国之奴，民又何以民道？所以说，当下无道，你就是道。"

见子昂仍疑惑，他又说道："民国大总理段祺瑞，人送美名'六不总理'：不抽、不喝，不赌、不嫖，不贪、不占，却堂而皇之地娶了多房太太。那年他又娶回一房太太，可这位太太被接进段府后就愁容不展，一问才知，这位太太早已有了意中人，只是碍于段府权力，不得不屈从。段总理一听，即刻将这位太太改为干女儿，之后又把干女儿嫁出去，成全了一桩良缘，竟为世人佳话。还有妇女解放先驱康有为，人称南海康圣人，却也妻妾成群，妻中不乏和他孙女同龄的。革命先行孙中山有一爱将胡瑛，官至山东都督，平日主张破除阶级、男女平等，却别出心裁，一日同娶双妻，号曰平妻，不分嫡庶。更有袁世凯诏书天下男人娶妻纳妾，也无非成全了达官贵人。看他们无不道貌岸然，却都表里不一，理直气壮，正所谓'人前孔孟一张嘴，满腹荒淫偷自醉，圣女无奈含羞辱，莫谈欢喜身高贵'。国风如此，你且正恋红尘，又不是公家人，也就无须顾忌了。世间的事，很多都是虚伪的，你能现实，就不枉生，能不欺男霸女，也就算是仁德了。"

听了云济这番话，子昂心中又释然了，心想"六不总理""南海康圣人"妻妾成群也不过为了情欲，却能被世人认可，乃至传为佳话，而自己与婉娇只是机不逢时，但不知日后能否再与她如醉如痴、如飘如幻；他既不忍让香荷伤心，也忘不了婉娇给过他的恩情和欢快。这时他又见云济正以敏锐的目光瞄他，随即又诡异地对他一笑，顿时心又慌乱，忙去捧过那套木板对联。

挂了木板对联的山神庙，更显庄重而神秘。子昂婚前事多，便与云济告辞，又恳求道："看师傅太极拳打得悠闲，日后想跟师傅学学，不知能否赐教？"

云济笑道："无妨，能传你太极，也不枉我此次云游，闲时你就过来，贫道愿尽所能。"然后将子昂送到小溪前。

次日，子昂果真趁闲到山神庙向云济学习太极拳法，先从内气练起。云济让他牢记的一句话是"人活一口气"。

他以为云济让他长志气，问道："志气是靠内气练出的吗？"

云济笑道："人若气绝，何以立志？气与志，均不可少，有志无气，空有宏志，有气无志，苟且偷生。人活一世，既不空有宏志，也不苟且偷生，还需从活上做起。人何以活得好，就在这口气上；气可让人长命百岁，也可让人英年早逝。若无变故，人之正寝，当逾三个甲子；一个甲子六十年，三个甲子就是一百八十年。"

子昂惊讶道："人能活一百八十岁？"

云济说："这要在运气。"

子昂又灰心道："那还是不可能。"

云济问道："何以见得？"

子昂说："您说看运气，运气不就是撞大运吗？"

云济笑道："所说运气，不是你说的那种。运气本是运转体内之气，气运得好，五脏清新，健体益寿。运气在天也在人；天有精气利于生，是为天医，气运体内益于命，是为养生。人活一口气，绝于三气间。所说三气，就是清气、浊气、晦气。清气润身，人可长寿，浊气攻身，病殃纠缠，晦气败身，命不可救。所说运气，就是纳清气、排浊气，不可晦气。"

子昂这才领会云济的本意，便学着运气，接下来又学太极拳法，速有长进，师徒愉悦。

第 050 章

一过九月初一，林海又将那些瓦工、木工、力工召集来。不到半天工夫，就将子昂住的屋子扒掉，清出两间房空地。

子昂刚刚设计出房内结构，和村妮家的完全一样，进屋是半间灶房，灶房里面是半间小屋，左面是大屋，都有火墙和火炕。

他先将画好的图纸拿给香荷看。香荷正坐在炕桌前刺绣龙凤呈祥图，是用来装饰他们的新房的。听了他对图纸的讲解，只说"挺好的"。

他忍不住在她脸上亲一口道："挺好的！"

她却嘲笑道："学老婆舌。"

他诡笑道："学的就是你，你是我老婆。"

她假装生气，从桌下抽出一只脚蹬他，好像是故意让他看她白嫩秀美的脚。他就势将伸来的玉足捧起也亲一口。

这时林海在院里喊他，他忙松开她说："我先出去，他们要挖地基了。"说着出了屋。

林海正吩咐一些人准备挖地基，但需要看子昂画的图纸。子昂把图纸给了林海，林海看了一眼就转给一名工匠，工匠们便按着图纸在新腾出的空地内丈量、画线、挖地槽。

当槽内垒起石头时已是傍晚，起墙的活只能等到明日。工匠们领了当日的工钱各回各的家，林海等兄弟都被留下来，子昂要借动土日在家宴请哥哥们，同时还将马九爷、陆举人也请来。

两位母亲从午后就开始筹备两桌宴席，子昂和六位哥哥在爹妈住的屋里吃，香荷和长辈们一起吃，两面的话题都是盖房子和婚事如何操办。

子昂还是想将一趟八间房统一换成瓦顶。林海见他舍得花钱，就说明天去将八间房需要的青瓦都拉回来。万全又建议把东院前面的木板房也拆了盖起像样的住房，和米家的供堂和粮食店连起来，届时米家的粮食店就能扩大到和西街田大宽家的粮食店一样大。

文普笑道："那可得银子了，你别让咱九弟把娶媳妇钱都花光了。"

子昂倒不怕花钱，但过于奢侈会让外人想些不该想的，便笑道："这阵没少花，两头父母也让我悠着点。可该花的还是得花，我寻思不着急用的就等我们成了亲再说。"大家便又将话题都转到他的婚事上，都说成亲那天也要办得风风光光的。

九月初八这天，房子大框盖起来，就等着上房梁。一大早，干活的人都到齐了，但要按照陆举人定的巳时才能上房梁。

陆举人在家吃了早饭也赶过来，等到巳时才吩咐干活的工匠们往上抬房梁。待一排房梁在上面被固定好后，子昂攀上房梁间点燃一挂鞭炮，随后又在主梁上钉上一块红布，系上铜钱，都是用来避邪的。

铺完新房梁底后，工匠们又将两边旧房上的稻草揭去，和新盖房子一同灌松毛子、钉瓦条、铺上青瓦，一趟四十多米长的八间房变得浑然一体，很有大宅院的气派，就等着子昂、香荷的婚期到来。

子昂和香荷结婚的头一日，天上下起入冬后的头场雪，虽然不是很大，但整个山区还是被覆盖了。好在白天又出了太阳，落在道上的雪又开始融化，到了正午时，也就是深秋早上的温度，大婚宴席还可在长院内摆放。

米家在外的姐妹五家，大婚头一天就都赶回来了。跟着津梅一家来的，除了公公、婆婆等亲属还有一伙人。子昂一眼就认出是他一直没能寻到的姨母一大家，显然是张宝来花了功夫打听到的。

子昂姨母的年纪和格格夫人差不多，也是小脚，看面相能看出和子昂妈是姐俩。他的大姨夫却不如米秋成岁数大，有些黑瘦，眼里透着精明。还有子昂的一个表哥、一个表弟、三个表姐和表嫂、表姐夫、表弟媳及他们的孩子。

表哥比他大八岁，已经是四个孩子的爹了，表弟比他小一岁，去年刚刚娶了媳妇。三个表姐都已出嫁，日子过得都很紧。

子昂最关心大他一岁的三表姐，六年前姨母想让他俩亲上加亲，就是爹以"女大一，不是妻"为由让三表姐伤心地离开他奉天的家。现在看三表姐已不是当姑娘时的俊模样了，典型的一个乡村妇女，脑后盘着一鬏，身上也穿着偏襟棉袄和上腰棉裤，下腿扎着黑腿带，脚上穿布棉鞋。

他不知三表姐要做他的媳妇今天会什么样，但凭她当年对他那份爱，他要让她一家人以后过上好日子。

子昂妈见到久别的姐姐，想着自己一路乞讨而来又不好在众人面前讲，只是抱着姐姐痛哭，更哭子君并没去他们家，找到女儿的希望近乎破灭。

本来明天办喜事，大家都很高兴，可眼前的情景，让大家的心一下都沉下来。姐俩抱一起痛哭时，子昂和他爹也在一旁流泪，就连格格夫人和米家五姐妹也都泪汪汪的。

哭了一阵，格格夫人抹着泪劝道："吉人自有天相，咱都是信菩萨的，闺女一定会平安无事的。"这才心情都好些。

子昂这时才知道，姨母家确实曾在黄花甸子，三年前，五个孩子四个成家住到街里，老两口和一个小儿子觉得冷清，就卖了旧房和大片田地，在比较热闹的牡丹街买了套旧房，临街开了一个果子铺，铺面不大，日子也算过得去。

第二天，子昂爹妈虽因找到女儿的希望近乎破灭而抑郁，但毕竟是儿子大婚，便都竭力显出高兴的样子。婚礼基本按照当地风俗，但米秋成还能记得一些老天津的一些婚俗。

那天周米两家谈论子昂和香荷的婚事，米秋成闲唠时又提到愧对格格夫人，当年没让老婆坐回花轿。听米秋成这一说，格格夫人倒显得开通，叹口气道："那会儿还顾得上这些？整天和老毛子打来打去的，能活到今儿个就烧高香了！"又对子昂说："那会儿和你爹成亲，就在密林子里，你九爷单给搭个棚子，就算入了洞房了。"

子昂为格格夫人当回女人却没坐过轿子感到惋惜，但也只能让她晚年享享清福了。又想成亲时香荷一定要坐上花轿，就让米秋成讲讲轿子里面的说道。

米秋成说："要是在天津，轿子的说头多着呢！黄花闺女要坐花轿，吹吹打打，那可是热闹。要是再嫁，就不能坐花轿了，得坐青布小轿，什么锣啦鼓啦都没了，还得是晚间悄悄抬到婆家去。要说花轿呢，还得分头轿和二轿。家里趁钱的，都用头轿。吗是头轿？就是轿围子上的花样都是东家自己个儿定，赁货铺得照着东家给的样子找人绣。像轿架子、轿杆儿了，都得重新定做加彩漆。还有旗伞、高照、串灯、香谱，那都得是新的，就连吹鼓手用的乐器，还有抬轿子的衣裳、帽子也都得是新的。这一套下来，得好几百块。赁货铺就喜欢遇上这样的人家，这一套下来他们就能挣一大笔，花轿和那些玩意儿用完也都归他们。他们再赁给别人娶媳妇时叫二轿，他还能接着挣。"

子昂立刻说："我得让香荷儿坐头轿，还得是八抬大轿！"说着看一眼香荷，见她正娇羞地贴在她母亲的身上，心中惬意。

格格夫人笑着说："也别弄大发了，有钱也得省着花。"

子昂妈也看着香荷笑道："给俺香荷儿多花点儿值！"说着又在她白嫩的面颊上摸一下，婆媳俩竟如母女一般。

这时婚礼准备开始，院内的账房先生还在记着贺礼，闺房内做了新娘子的香荷也正受着大家的呵护。姐姐、嫂子们近二十位，一大早就将她围在中间，完全不分婆家人和娘家人了，一边叽叽喳喳地说笑着，一边为新娘子绞脸、盘头、戴凤冠，蒙盖头，就连红袄绿裤也有人帮她穿，俨然伺候皇后一般。

在院子的东头，子昂披红戴花，头戴礼帽，身穿长袍马褂，手里牵着多日娜送他的那匹枣红马，身旁的花轿果然是八抬式，轿围子上的图案都是他设计的，荷花图显得格外亮眼。

轿夫、吹鼓手和打旗伞、举高照、持串灯、捧香谱的也都是新打扮，每人脸上都透着节日般的喜悦。

虽然香荷是嫁到本院内，但子昂妈还是按当地风俗备了一块离娘肉，到女方家后一分两半，分别代表娘和女儿，代表娘的一半留下，代表女儿的一半由婆家人带走，从此女儿离开了娘，开始跟着自己的男人生活了。

村妮作为大姑姐，用红布裹着一个新水盆，盆内装着梳妆用的梳子和镜子，届时大姑姐要象征性地给弟媳妇梳梳头，寓意新媳妇到了婆家与大姑姐、小姑子们都和睦相处。

这时主婚人高喊道："吉时已到，起轿迎亲！"随即锣鼓乐器响起，八抬花轿被缓慢地抬到院西头娘家房门前。

子昂上前开门，门里正插着，便大声喊道："妈，开门！我来接香荷儿去享福。"按规矩，新姑爷这时必须要喊岳母第一声妈或娘。一般这时还不好意思开口，但子昂已经喊了几个月了，因此喊得自然也亲切。可门里却传出声音道："没听清，大点声儿。"自然是逗新姑爷。

子昂便在外面提高嗓门喊。可里面还是嫌声小，子昂就将声音提到极限道："妈——开门哪——"嗓子快要喊破了，逗得大家又哄笑。这时，里面的门童又传出声音："开门得给钱，你有钱吗？"

里面的门童都是津兰、津菊、津梅家的孩子。津竹家的孩子小，但子昂也备了钱。这时他将嘴靠近门道："把门开点缝儿，我先把钱送进去，看看够不够。"

门立刻开条缝隙，子昂从身上掏出一份备好的红包，里面包的是纸币。红包被里面的门童扯进去后又有门童喊："钱不够，还有吗？没有你就回去吧！"

子昂笑道："再把门开下！"门又开条缝，他便又递进一个红包，直到四个姨姐家的孩子都有了红包门才敞开。其实都是事先安排好的，不然他一次递进去一千银圆也心甘。

进了灶房，子昂与五个连襟施了礼，随后进内屋。内屋炕上放着方桌，桌上摆着四碟点心，这是女方家对新女婿的接待礼。男方家这时则安排人趁人不注意"偷"两双筷子，以求"快生子"。

子昂脱鞋上炕，坐在上位，他的几位哥哥也围桌坐下，象征性地吃了点心便都下炕。子昂又站在香荷的屋门口，对里面说："香荷儿，我来接你了，跟我一起过好日子去。"

里面传出津梅的声音："你说的是真的吗？"

子昂大声道："是真的！"虽然是走过场，但他很认真，又补充道："我对天发誓！"

屋门立刻敞开，屋内仍然很多人，但都是女人。香荷被挡在炕上，他第一眼竟把天娇误认为香荷，立刻觉得不对。

天娇看出他有些眼花缭乱，扑哧一笑闪开，他这才看见香荷红袄绿裤坐在炕上，正喜不自禁地望着自己。

他该为香荷穿鞋，但鞋被姐姐们藏了起来，他得求各位姐姐，五个姐姐都拜过了，津竹才从香荷坐的褥子下取出一双新的红绣鞋。

子昂为香荷穿鞋时，五个姐姐又故意不让他顺利穿。子昂知道这也是说道，便由着姐姐们推搡，在摇摇晃晃中为香荷穿上了鞋，又为她蒙上红盖头，然后抱她下炕，走到对面岳父母屋的门前放下，与她手牵手进去。

屋里只有新装打扮的米秋成和格格夫人端坐在炕上，除了新郎新娘，别人都不让进来了。

子昂将香荷引到二老面前，格格夫人掀起一半红盖头，眼睛湿润道："老闺女，以后可就跟妈远一步了……"说着落泪，香荷叫声妈后也哭起来。

格格夫人忙又劝道："好了，哭一下就行了，妈没白疼你。好歹咱还都在一院儿里，要不妈得难受死。咳，不说这些了，跟你爹说句话儿。"

香荷面向爹叫道："爹！"随后不知该说什么了。

米秋成的眼里也闪着泪光，但他强作镇静道："丫头，别恨爹。"

香荷又哭道："爹，我没有。"

米秋成的眼泪还是涌了出来，抹一把道："好了，跟子昂去吧，子昂差不了。"

格格夫人说："咳，要不说呢，这得亏没远走！好了，磕个头就上轿吧。"

子昂和香荷跪在事先备在地上的棉垫上，一同给二老磕了头。子昂说："爹，妈，您二老放心，我保证对香荷好！"

格格夫人说："妈相信，祝你们白头到老！起来上轿吧，别误了时辰。"

子昂扶起香荷，为她擦了眼泪，重新蒙好盖头，牵着她的手出屋。代东的立刻又高声道："吉时已到，新娘上轿——"

子昂一出屋就又将香荷托腿拦腰抱起。众人都笑，他毫不顾忌，抱着香荷直奔花轿。

村妮忙去掀起轿帘，子昂就势将香荷送入轿内，又随着代东的高喊"起轿"，八位轿夫一同将大花轿稳稳抬起，锣鼓乐器也随之响起。

子昂骑马与轿并行，他上马的姿势很娴熟。他只在自卫军时试着骑过，头两天多日娜让山鹰为他送马来，他又练习骑了阵，那马很快便接受了他。

接送亲的队伍出了周米两家的西门后，只是顺街转一大圈，然后再进东门。街上看热闹的人很多，几乎花轿所经之处，都有男女老少在道两边观看，每个人的脸上都透着惊奇。但有一人却眼里噙着泪，这人就是一直痴迷天娇和香荷的田守旺。

那次田大宽参加了米秋成的寿宴，一回家便满腹怨气地将米家已把香荷许给子昂的事说出来，告诉田守旺彻底死了这条心，并说米家现在今非昔比了。

田守旺伤心欲绝，绝食两日，可还是不想死，提出要去长春找他哥哥。他哥哥在长春给满洲皇帝当侍卫官，那日正好从长春回来探家，对弟弟如此痴迷米家姑娘感到不悦，说长春也有好姑娘，但要求他不能再这么游手好闲，承诺先在长春为他谋个差事，再花钱提个一官半职，届时找个皇城的大家闺秀也不难。

子昂这时在马上见到一脸哭丧的田守旺，清楚他是因为没娶到香荷，不禁想起自己因文静被表哥霸占后的哀伤。但他并不怜悯一个惦记自己媳妇的人，便对他那副样子感到厌恶。很快，接送亲的队伍将田守旺丢在了后面。

接送亲队伍返回周米两家的东门前时，由两个真童子点响两挂鞭炮。大门敞开着，院内地上已铺了一长条红毡，上面撒了许多寓为步步登高的高粱粒。红毡的中央还摆着天地桌，桌上放着一只斗，斗内盛满的还是高粱，高粱内插着一炷香，香的旁边还斜插一杆秤。此外，桌上还摆着供品，一对红蜡烛已经点燃。

伴着鼓乐声响，花轿一落地，子昂也跳下马，将马缰绳交给山鹰，过去掀起轿帘，对顶着红盖头端坐的香荷说："别动，我抱你进去。"

她听出是他，说："不用了。"没等她往下说，他又将她托腿拦腰抱在怀里。周围的人又都哄笑起来。他只当没听见，抱着新媳妇进门，在红毡上走了几步又将她放下，牵着她的手，一并往前走。

走到天地桌前，先按主婚人的吩咐拜了天地，又用秤杆轻轻挑起新娘子头上的红盖头，在众人面前露出她更加娇美的容貌。

子昂领着香荷进东面屋时，来宾们都笑着往香荷的身上撒五谷粮，寓为五谷丰登。香荷一边受着祝福，一边跨过一个事先摆好的马鞍，寓为平安无事。过屋门时，她还要跨过一个火盆，寓为日子红火。进入灶房，由主婚人引着，先奔子昂爹妈住的左边屋拜高堂。

子昂爹妈这时心情好了许多，并排坐在地上的椅子上，身前也备好一个用来跪拜的红棉垫。新郎新娘叫着爹和妈拜高堂，由婆婆递给新媳妇正式改口的钱，接着主婚人又高喊"新郎新娘入洞房"，子昂便又牵起香荷的手进了他们的新房。

新房布置得富丽整洁，绣帘、窗花、剪纸等增添了洞房的喜庆，基本都是按着香荷的住屋布置的，只是箱子柜等多了些，又都是新的。炕上一垛摆着四铺四盖，上面两套铺盖是红绿两色，红在上，绿在下，红为官人，绿为娘子。四铺四盖前，放一个绣着荷花的圆垫，是为香荷坐福备的。

除了子昂和香荷，只有一个中年妇女跟进洞房。这时跟进的妇女必须得是个"全合人"，就是有原配丈夫，有父母公婆，还得儿女双全。"全合人"将一个红纸卷藏到四铺四盖中，纸卷里包着从女方家"偷"来的"筷子"，然后笑道："新娘子上炕坐福吧。"

子昂扶香荷上炕，又为她脱去鞋。"全合人"又笑道："我去给你们端配亲饭，新娘子多坐会儿福。"说完出去，将门带上，屋里只有子昂和香荷了。

子昂很激动，挨着香荷坐下，握着她的纤手道："从现在起，你就是我媳妇了，这回谁也抢不走你了！"她只是抿嘴笑。

"全合人"出去不久便返回来，端着一碟正冒热气的饺子笑道："这是配亲饭，是饺子，但得说'叫子'，你俩一块儿吃，可不能剩了。"说着将饺子碟交给子昂，又从四铺盖中取出"筷子"，一人发一双，然后笑着出去。

子昂一手端"叫子"，一手持"筷子"。这之前有人告诉他，饺子中有一个是生的，是故意为新娘子准备的，不是为了吃，就是让新娘子说出"生"字来。

子昂先夹一个熟的喂香荷，让她咬一半，剩一半自己添嘴里了，两人一边香香地嚼，一边甜甜地笑。接着，他又夹起那个生饺子喂香荷。香荷不知为她设套，一眼看出是生的，吃惊道："哎呀，这是生的！"

她的话音刚落，就听门外那全合人高喊道："哎，新娘子说啦，生——！"接着众人大笑起来，原来很多人正趴门偷听他俩说话。

院内的婚宴桌都已经摆好，同样可着院子摆了十二桌。周米两家四位老人和九爷、陆举人等长辈们坐在一起，但田大宽家的人都没有出现，显然心情不痛快。

按风俗，办喜事时婆家和娘家两家是不相聚的，但周米两家要在一起生活，子昂既是米家的女婿，也是米家的儿子，香荷既是周家的儿媳，也是周家的女儿，就不讲那些说道了，大家都觉得很新鲜。

子昂的哥哥、嫂子们分别聚一桌，只是八位哥哥中暂时又少了掌勺的文普，多出那个让子昂感到不安的田中太久。

香荷的五个姐姐和几个孩子坐一桌，子昂的五个连襟坐一桌，其余便是林海、万全的朋友、下属和米家的街坊邻居。

村妮带着瘸腿丈夫坐在邻居桌上。玉莲则和一帮差不多大小的孩子围一桌。今天来的孩子很多，有津兰、津菊、津梅的，有子昂八位哥哥的，还有邻居家跟着大人来的，快将四张桌围满了。但多日娜和芳娥一直都没出现。

在院东头的大灶台前，文普正领着一帮伙计忙着煎炒熘炸，初冬的时节里，竟都忙得不停擦汗。林海和玉兰一直忙着安排大家入席，见大家都入了座才在自己位置上坐下。接着，跑堂的开始上菜，先将早已做好的鸡、鱼、肘子、扣肉、四喜丸子等大件端上席，接着又端文普现熘现炒的菜，每桌十二道菜，寓为一年十二节、十二月都富裕。

整个婚宴基本就是吃喝说笑，只是单为子昂、香荷安排了为长辈敬酒、点烟的仪式。因为除了孩子们，子昂和香荷的年纪最小，所以在敬酒、点烟期间几乎没有和他们开玩笑、逗新娘子。又因天气有点凉，婚宴时间没像米秋成寿宴那么长，凤仙的戏班子又唱了几折戏，婚礼便结束了，剩下的都是周米两家的亲近人。

虽然周米两家的婚事有些与众不同，但香荷的姐姐们还是要等香荷三天回门那天再热闹一下。

子昂妈多年没见到姐姐了，这时也想让姐姐一家人多住几日。这样，晚间住宿的人就多了一些。除了在一起吃饭，子昂特意将姨母一家十多口都安排在闵家客栈，又将三表姐一家单独安排在一个间内。表面看是为米家远道来的姐妹和亲戚腾住屋，其实他是想做些掩人耳目的事情。

除了孝敬姨母、姨夫的，他还为姨母家的五个子女每家赠一百银圆，对三表姐则额外偷着多给了一百。

三表姐此时百感交集，忍不住眼泪流下来。子昂忙安慰道："以后日子难了就和弟弟说。"又对三表姐夫说："对我三姐好点，看看你也做点啥买卖，钱要不够，我这个小舅子尽力帮你。"三表姐夫也感动不已。

孩子们更是过年一般，聚在院内的青砖上玩游戏。玩游戏的孩子有二十多位，先是女孩子踢毽子、跳格、翻花绳，但不方便男孩子玩，便一起玩起跑马城。

跑马城的玩法是将所有参加的孩子分成两伙，相隔七八米，每伙人都手拉手扯成人墙，一面有问，一面有答：

跑马城，马城开，打发丫头送马来。要哪个？要韩英！韩英不在家！要你青格沙！青格沙，不会把磨拉，那就要你干草垛！干草垛，插兵刀，我的兵马由你挑！

然后，先喊的一方准备闯关，指出要闯对方哪个人，奋力跑过去，闯开了就拉着那人回到自己一方，闯不开就被对方俘虏，成为对方的人，到一方把人输没了为止，玩得热热闹闹，后来把子昂和香荷也引出来观看。

孩子们见新郎、新娘出来看，玩得更起劲了。这些孩子对他俩的称呼各有不同，有叫老姨、老姨夫的，有叫九爹九娘的，玉莲就得叫大舅、大舅母，刚才都已得了子昂和香荷的改口钱。

还有来参加婚宴的邻居家的孩子，对他俩的称呼也是各有不同，有叫叔、婶的，有跟着叫九爹九娘的，还有这头管子昂叫叔，那头管香荷叫姨的。子昂不在乎他们怎么叫，左右没差辈分，便也都给了赏钱。

▒第 051 章▒

晚饭是周米两家亲戚一起吃的，分头在四条炕上摆席，米家两桌，周家两桌，吃的都是白天婚宴剩的，却也显得丰盛。新郎、新娘子四桌席都要吃几口，说说话，然后便开始他们的洞房花烛夜。

一回到洞房，子昂就开始兴奋，盼望许久的时刻终于到来，急忙为她解衣。和婉娇那夜激情前，就是他亲手解的衣，虽然心慌手乱，但至今感觉美妙。与婉娇比，香荷不及婉娇丰满，但她皮肤白皙，还有她的纤手和玉足，都是对他的极大诱惑。但香荷显得紧张，害羞地往外推他。

她知道今晚要发生什么，低头倚坐在炕沿上，秀美的纤手也不知放在哪好。他便拉起她的手，仔细地端详着。

她这才开口道："手有啥好看的？"

他惬意道："你的手好看。"说着捧起亲吻。她由着他亲，不再那么紧张了。他又猛地抱起她，一边与她脸贴着脸，一边在地上转着圈。

好一会儿，她睁开眼睛娇声道："你累了，歇歇吧。"

他也真觉得手臂有些酸，便放下她问："洗脚吗？"她含笑点头。他又问她："我给你洗？"她又含羞点头。

他开心地将她放到炕上，又忙脱她的鞋。当他脱下她的一只红袜，眼前光彩般地现出白嫩秀美的玉足时，激动得捧起来又亲。

她又一惊，忙抽回脚，反盘起腿说："没洗呢！"

他直起身说："把衣裳脱了吧。"她迟疑了一下才低头解衣扣。

他忙伸手过去说："我帮你。"

她扭身道："俺不。"

他哄道："咱俩已经是夫妻了，睡觉都得在一起，给你脱衣裳怕啥？"她这才含羞顺从。

他为她解每个纽扣都是小心谨慎的，好像所有的秘密就在纽扣里，又好像劲使大了会伤着她。

她静静地配合着，被脱去外衣外裤，现出粉色的内衣内裤。他仿佛已经看到她与婉娇不同的秀美胴体，忍不住又猛地抱住她的腰，将脸贴在她软软的双乳间。又沉默了好一会儿，她推他去打水，他这才喜滋滋地去了灶房。

灶台上点着两支花烛，上面的火苗正轻盈欢快地舞动着。锅里的水是做饭时留的，子昂就等着晚间睡前亲手为她洗脚。

他调好水温端到她跟前。她害羞地将一双白嫩秀美的玉足伸入水盆，他的手也跟着进了水盆，握着她的双脚，轻轻地抚摸着，一双脚竟被他洗了好长时间。

为她擦干脚后，他又深情地去吻。她抽回脚问："男人都稀罕女人脚吗？"

他说："别人不知道，我稀罕。不过也得看是谁的脚，啥样的脚。"

她又笑着问："脚还能啥样？不都五个脚趾头一个脚后跟。"

他说："那没错，可男人的脚我就不愿看。不过画画儿就由不得我了，再不愿看也是他身上长的，也不能总画半截身，画全身也不能不画脚；本来人长得挺全乎，让我一画就成瘸子了。"

她咯咯地笑，又好奇地问："女人脚哪好？"

他说："也不都好，裹的脚我就看着不舒服。俺家我妈、我姥儿、我姨都是小脚儿，我一看心就揪揪着。你说好好的脚，愣给挤成芥菜疙瘩似的，难看不说，走路也别扭。你看咱俩的妈，走路咯噔咯噔的，我这心就跟搁棍子一捅一捅似的不得劲儿。名儿是挺好听，三寸金莲，可我一点也没看出像莲花儿。还是解放脚招人看，解放脚是老天爷弄的样子，可中国人偏要反天，好好的一双脚给弄成那样还说是美的，简直是胡说。"

她说："我妈说，女人裹脚，得疼出一缸眼泪呢。"

他说："要把你这双脚也裹成那样，我得流一缸血，受不了。"又爱惜地抚摸她的玉足道："解放脚里也数你的好看，我看着比花儿还好看。头次看见你洗脚我就想，一定要娶到你，天天给你洗脚，我还要亲！"说着在她脚上亲起来。

她还是不习惯，抽回脚道："你别的，好好说话儿。"又问道："脚又不像手在外边，你咋知道数我的脚最好看？你还看过谁的？"

他忙说："我搞美术，当然知道。我们经常画模特。"

她忙问道："啥是模特？"

他说："模特就是让人照着画。不过模特得花钱雇，女模特雇一次得好几块大洋呢。"

她又问："就为了画脚？"

他说："主要还是画人，男的女的、大人小孩儿都画，有穿衣裳的，也有啥都不穿的。"

她惊得说不出话来。他忙又解释道："她们是穷人，想吃饭就得让人画，总比当窑姐儿强。"

她又担心地问："你画过？"

他忙谎言道："没有。那样的女模特俺们雇不起，男的还行，女的都是穿衣裳的，顶多是光脚。"他怕说多了让她多想，就央求的口吻道："咱睡吧？"

她又显得不安，但还是点下头。他忙用她用过的水也洗了脚，然后想脱光身子，却立刻被她难为情地拦住，两人便都穿着内衣躺下。

红官绿娘子，她钻进绿色被褥内。他也往她被窝里钻。她更害羞地推他道："盖你自个儿的。"

他理直气壮道："入洞房咱俩得睡一个被窝儿。"说着已钻进她被窝，紧紧地搂住她。

她没再拒绝他，吩咐道："把你被乎盖上头。"

他不解地问："干啥？"

她说："妈说了，今晚不能空被窝儿，得盖两个被。"他还不晓得有这讲究，但岳母的用意他能领会，忙转身扯过"红官"，盖到"绿娘子"上，觉得身上很沉，但却无法压住他的兴奋。

直到深夜，她才坦然接受他，忽然感到体下疼，立刻哭起来。

他一惊问："咋啦？"

她在下面哭道："出血了！"

他这才想起她和婉娇不同，婉娇是过来的女人，可她是黄花闺女，忙下来哄道："别怕别怕，女人刚成亲都这样，过去就好了。"又问道："你没看咋知道出血了？"

她说："妈说的。"

他又笑着问："妈咋说的？"她没有回答，想起母亲白天给她的白手帕，便从枕下摸出来。

再取出手帕看时，上面果然有鲜血。虽然听母亲说过无大碍，但她还是忍不住哭道："咋办呢？"他和婉娇那夜没有这种情况，也不知如何是好，只是哄她不要害怕。

在她刚才擦身下时，他看到了她的身子，通体白得近乎透明，虽不如婉娇丰满，但线条也是优美的。

香荷已经入睡，他却在煎熬，不禁又想起他和婉娇那一夜，不知什么时候进入了梦乡，梦见他自己父母和懿莹父母正在商量他和懿莹的亲事，后来娶走懿莹的却是她表哥。他心痛如割，边追边喊，一直追到牡丹江的兴隆客栈，婉娇正等着他。

天还没亮，香荷就醒了，急忙穿上衣服。他被惊动，也醒过来，身下又胀得要炸开，见她在穿衣服，便哄她再躺一会儿。

她继续穿着衣服说："妈说了，今天得早起，起晚了人家笑话。"

他很无奈，也起来穿衣服，关心地问她那里还疼不疼。她自然了许多，先摇下头，又害羞道："吓死人了！"

他嘿的一笑，见她手上戴着金戒指，想起那五件套的东珠链，忙起身从炕柜里取出说："把这个戴上。"

她躲闪道："俺不想当女皇。"

他逗道："你是我一个人的女皇。"又央求道："戴上我看看。"随后先为她戴上脚链，觉得秀美而高贵。

他一边为她戴着项链一边说："我给咱俩妈和咱姐她们一人一个金项链。咱俩爹和五个姐夫看看给点啥？"

她惊讶地问道："你拿回来多些？"

他得意道："不少呢，就藏这屋里了。"

她去看柜橱。他笑道："没放柜里，你下炕就能踩着。"

她将头探过炕沿，只看到铺的砖和他俩的鞋，没有别的东西，问道："哪儿呢？"

他贴她耳边说："砖下面。"

她笑道："鬼心眼儿！"又问，"啥时藏的？"

他说："都是起早弄的。快天亮时上山学太极拳，学一个时辰去那里，家里吃早饭前就能赶回来。"

她又问道："山里没有了？"

他坦诚道："还有不少，可现在不能再拿了，估计山里上冻了，再说刚下过雪，要是留下脚印儿就会让人知道。就得等来年天暖和的，插着种地工夫，一点儿一点儿往回倒腾。但咱家藏不了太多，我准备把大洋都存到牡丹江的银号里。这事儿得去找婉娇儿姐，她知道咋办。我真得去趟牡丹江，报答一下婉娇姐的救命之恩。"

他在成亲前就对香荷讲过他在兴隆客栈养伤的事，也提到婉娇、芸香都是他的救命恩人。香荷并没有太大的反应，还主动说给婉娇送一些钱去，以示答谢，这当然是他愿意听的话。

对面屋里，子昂爹妈听见子昂在灶房的打水声，忙招呼周传孝也起来穿衣叠被。还没梳洗完，子昂就带着香荷进来打招呼。作为公婆，这时不好多问什么，就让他俩去西屋问候一下。

米秋成和格格夫人也刚刚起来，正在梳洗打扮。格格夫人一边答应子昂问候，一边从镜子里看着新婚小两口笑。

香荷上前搂住母亲撒娇问："笑啥呀？"

格格夫人假装生气道："你瞅你，妈心里高兴，笑还不许了？"接着又笑着问子昂："没给俺老闺女气儿受吧？"

他慌忙道："我不能！"还是觉得心虚，又说："我去把窗板儿打开，待会儿来人买米了。"

格格夫人说："你歇着，让你爹去。"

米秋成刚好洗完脸，听到吩咐，忙将他的瓜皮帽扣到头上对子昂说："你待着，我去。"说着出了屋。

子昂坐立不安道："我也去。"随即也溜出去。

格格夫人还是笑，又对香荷说："脱鞋上炕吧，被乎刚叠，炕还热乎呢！"

香荷说："我不冷。"

母亲关心地问："昨晚儿睡着冷吗？"

她摇头道："不冷。"

母亲又笑道："那是，俩人儿睡还能冷着？"

她顿时像被电击一下叫道："妈！"

母亲被吓一跳，摸着胸口道："哎呀我的祖宗！你想吓死我？就一宿的工夫，咋跟吃枪药似的！"

她忙愧疚道："妈，我不是故意的。"

母亲笑笑又问："他碰你了吗？"

她点下头。母亲又问："手绢儿用上了？"

她又点下头。母亲安慰道："往后就没事儿了。"

她娇声道："那俺也害怕。"

这时，津兰开门进来，见香荷靠在母亲身上，笑问道："咋的啦把俺老妹儿吓这样？"

母亲说："没吗事儿，俺娘儿俩闲唠嗑儿。"又问道："他们也都起了？"

津兰说："他们昨晚儿都没少喝，还睡懒觉儿呢。"

母亲嗔怪道："就认喝哟，有啥喝头？我看预备那些干粮也没吃，待会儿又都跟饿痨似的。你麻溜把火架了，先把干粮馏上。夜个儿还剩那些好菜，热几个就中，再新扒啦几个。俺老闺女头天顶门过日子，也不能都是折罗儿。"

津兰对香荷笑道："老妹儿头天顶门儿，出来露露手儿，大姐帮你。"说着拉香荷去了灶房。

周米两家人依然欢天喜地的。许是子昂、香荷分别为大家分发了珠宝首饰，小两口依然被大家众星捧月似的。

宝来倒是显得很平静，毕竟他已知道子昂的富另有缘由。但子昂不对他讲，对岳父母的解释也无法露出心中疑惑。他用话套过子昂，但子昂总是左躲右闪的，反复说他过些日子就去牡丹江，显然是在堵他的嘴，便不好再套了。

一白天，子昂一直惦记昨晚只与香荷做了一半的房事，便盼着夜幕再降临。终于挺到了晚间，一吃过晚饭，他就说困了，便又早早叫着香荷回新房了。

窗户又被堵得严严的，桌上的油灯也一直亮着，他喜欢不够她的白嫩的身子。她又坦然了许多，在哭泣般的撒娇中，被他的一股热流滋润了全身，然后猫儿似的偎在他的怀内，不久便又入睡了。

到了凌晨，他的身下又膨胀起来，可她顿时恐慌道："俺不，还疼呢。"他欲火难耐，又不好强迫她，不禁又想起婉娇。

见他悻悻不语，她主动和他说话，说："你半夜说梦话了，说得可真亮儿了，我都害怕了。"

他一惊问："我说啥了？"

她说："叫我了。"他暗舒口气，不想她又说："你还叫一个人。"

他又一惊问："谁？"

她看着他问："懿莹是谁？"

他又被吓一跳，不安地看着她。她也更惊讶，不安地看着他问："咋的了？"他无法再瞒她，如实讲了他在罗家与懿莹相恋又被棒打鸳鸯的经过。

听完讲述，她心里矛盾起来。她怎么也没想到，自己深深喜爱的人，心里还放不下一个曾要和他成亲的姑娘。但她又无法怨他，也明白要不是懿莹她爹蛮横无理，与自己成亲的人理应是懿莹的男人，且不说自己今天能否成亲，即使日后成了亲，也不知招个什么样的上门女婿，肯定不如现在的好。又不论爹妈是相中他的钱，还是相中他的人，她总算是称心如意了，可子昂和懿莹却苦了。

她也在想，既然他曾被罗家认为未来女婿，他与她成亲后还梦里哭喊懿莹，那他俩的感情一定不比和她差，就像三姐和三姐夫，谁都看得出他们这些年一直就异床同梦。怪不得他婚前那么大胆地亲吻她，定是亲惯瘾了。她甚至怀疑他和懿莹已经有过房事，不然昨夜她那里流血，他怎么懂得新婚女人都有这一步？但她已经离不开他了，忽而觉得是她抢了懿莹的男人，不禁又纠结。

他怕她怪罪他，忙解释道："你别多想，我知道我和懿莹不可能成亲才离开了牡丹江。我总不能和她相过亲，就再不娶媳妇了。我真不知还能遇见啥样儿的，根本就没想到能遇见你。要不是遇见你，真不知我今天在哪干啥呢！顶多上大街给人画像挣口饭吃。现在我有钱了，这都是你给我带来的福气，我会感激一辈子的。再说懿莹现在可能也成亲了。"

不想她却说："你俩受苦了。"

他心里涌起一股暖流，将她搂在怀里说："有你我就不苦。"

她犹豫地问："你也亲过她吧？"

他又一惊道："没有！和她拉过手，就一次！"

她撇下嘴道："我才不信呢，咱俩还没定亲你就亲我了，手还不老实。"

他开始心虚，想起他曾吻过文静和芸香，还和婉娇有过那夜激情，觉得很对不住她。但他不后悔，这时倒更加思念婉娇、芸香、懿莹、文静了。他也为金瑶担心，不知她是被日本人杀了，还是跟着齐龙彪上山当了胡子。他还觉得对不住多日娜和芳娥。但最让他感到不安的却是他自己，真怕他夜里说梦话的毛病将他与婉娇、芸香、文静和芳娥之间发生的事情都吐露出来。

这时她在他怀里又问道："你啥时上牡丹江？"

他说："等咱姐他们都走的。"又补充道："我就是想去报答她们一下，她们救过我的命。我还想去三姐家认认门儿。到时咱俩一块儿去。"

她在他怀里摇头道："俺不去。三姐说，牡丹江满大街都是日本兵，怪害怕的，要去你自个儿去。再去看看懿莹。"

他以为她在试探他，忙说："我没想去。"

她撇下嘴道："又骗人。想去你就去，我又没怨你。本来该你俩成亲，现在好事儿让我摊上了，觉着挺对不住她的。"

他感动道："这不怨你，都是命。我和她就是有缘没分，咱俩是有缘有分。"

她释怀道："你去牡丹江多给带点钱。懿莹要没成亲，就给她做嫁妆，要是成亲了，就给她过日子用，让她也过好点儿。"

他又激动地亲吻她，搂她躺回被窝。

第 052 章

子昂一年多前逃离牡丹江时还是一身学生装，当他再次踏入牡丹江时，他头戴毡礼帽，外穿风衣挎围巾，脚上的皮鞋泛着亮光，手里拎着沉甸甸的皮包，俨然一位英俊潇洒的阔少爷。

他的皮包内和身上共有两千块银圆、三千元绵羊票和几根金条，除了给婉娇、芸香和津梅一家的，就是给懿莹的。他曾想将银圆都换成钞票，但他不敢在龙凤一下露出太多银圆，那样会引起太多人的注意和猜疑。

他从龙凤出来时天空就是阴的，马车在山林间行驶时，天上又下起了雪，而且越下越大。等到了石河火车站，就连火车道也看不见了，这是今冬的头场大雪，但眼下还不影响列车运行。

透过火车窗户，漫天飞舞的大雪已经辨不出远处的山了。子昂脑海里又浮现出他当时被罗金德赶出家门后在大雪中哀伤的情景，而今他已摇身变为富豪，不禁感慨万千，既有扬眉吐气的得意，也有为懿莹与他有缘无分感到惋惜，更为他可让懿莹的日子过得更加殷实感到欣慰。不论罗金德现在是什么态度，他都要无所顾忌地见见懿莹，毕竟自己已经不是当时寄人篱下的周子昂了。他更想看看懿莹成亲后是什么模样，她的男人能像他对香荷那样好吗？她的吃穿能有香荷那么富足吗？不论怎样，他都要竭力地帮她，让她也过上富裕的日子，以不枉她对他情深一回。

火车一开进牡丹江，他要见婉娇、芸香和懿莹的愿望更加强烈了。因为兴隆客栈靠近火车站，他决定先去看婉娇和芸香。他忘不了婉娇在他艰难时给予的救助，也绝不后悔与她那夜激情。

他也感激芸香曾想和他私奔，即使婉娇仍不让他俩相见，他也要大胆地提出来，估计婉娇和何耀宗也不会执意阻拦。

下了火车，他觉得身上有些冷。来时香荷还嘱咐他穿棉衣，皮坎肩、棉裤和旱獭帽都给他备好了，但他喜欢戴礼帽、扎围巾、穿风衣，这是他在奉天、北平最羡慕的一身男人打扮，觉得这种打扮尤其能显出他的英俊和潇洒，便说："外头没有山里风大，棉衣等进入三九天时穿。"母亲也嗔怪他道："你就是耍俏儿，别冻出病来。"他只是嘿嘿一笑，然后与香荷和四位老人告别，坐上林海为他叫来的蓬马车，初次从大深山返回牡丹江。

迎雪走在牡丹江的街道上，他觉得这里已经不是一年前的样子了。那时他在街上很少见到日本人，但眼下不仅日本军车和日本士兵随处可见，就连穿和服的日本平民也很多，走在街上就像走在自家的院落里。

更让他感到吃惊的是，中国百姓见到不同穿戴的日本人一点都不慌张，从容地走着自己的路，做着自己的事。显然，日本人已经完全控制了这里。他很愤慨，但他无法改变这种局面，只是他这时走在街上不像一年前那么忐忑不安了。

虽然是大雪天，但火车站的周围依然人很多，有出入各种店铺的，有街旁摆摊的，有走街叫卖的，还有沿街乞讨的。

一个老妇人领着一个七八岁的女孩儿在乞讨，大雪天的，她们穿得很破又单薄。他想起自己父母沿街乞讨过，也想到了玉莲，就从兜里抽出几张百元绵羊票塞给老妇人。老妇人和女孩儿都显得惊喜。他怜悯地看着她俩说："先买套棉衣裳，别冻出病来。"

老妇人终于缓过神来，拉着女孩为他跪下。他忙拉起她俩，又为小女孩捋了下蓬乱的头发道："天冷了，回家吧。"老妇人又鞠躬道谢后才拉着女孩离去。

这时又有一个衣衫褴褛、蓬头污面的驼背老汉过来望着他，颤抖着伸出一只脏兮兮的手。他先四下看了看，几个过路人也在看他，远处还有一个带着孩子的中年妇女蹲在雪地上。

他又从兜里捻出几张票子递给老汉，然后朝着那个带着孩子的妇女走去。那孩子仍是个女孩，也就五六岁，穿的还算厚实，手中还拿着半串糖葫芦，但头上却插着一根草，显然是要被卖掉的。

他蹲下身，疼爱地用两手为孩子暖着脸蛋问妇女："为啥卖孩子？"

女人一脸惆怅道："俺家男人病了，换点钱治病，要不天塌了。还有好几张嘴等吃呢。"

他索性从包里取出一沓票子塞进妇女手里道："带孩子回家吧。"

妇女捧着一厚沓票子惶恐道："太多了。"

他站起身道："别卖孩子。"又摸着孩子的脸蛋儿责问道："你也狠心卖？"

女人哭着跪下道："谢谢大恩人，你给这老些，把俺全家卖了也不值。"

他扶起女人道："把钱揣好，领着孩子回家。你家在哪？我送你们回去。"

他本没想亲自送女人和孩子，但他发现跟前有人在注意他们。两个头戴狗皮帽子，两手互插袖筒的男人正瞄着他们窃窃私语。他怀疑这两人在打着他给这女人那些钱的主意，更担心女人和孩子没到家钱就被打劫了，这种事他在奉天、北平都见过。

随着女人转转弯弯走了很长一段路，一直将女人和孩子送进一个内有三间破草房的院里才放心。

　　女人让他进屋，他说："你们到家我就放心了，先给你男人治病。以后再难也不要卖孩子。"说完转身出了门。

　　往回走出几十米远时，他忽听身后多人在喊"谢谢恩人"，回头再看，那女人带着好几个孩子跪在大雪中，不禁眼睛一热，只是摆下手，又转身去了兴隆客栈。

　　当他走近让他难忘的兴隆客栈时，不禁一下呆住了。虽然雪下得正大，但他清楚地看见，"兴隆客栈"的牌子已被换成"牡丹春"，门前只有几行被新雪覆盖的脚印。挨着兴隆客栈的那家客栈也变成了兴隆烟馆。

　　他感觉"牡丹春"这个名字像妓院，难道婉娇现在又开起了妓院？他立刻想到那个鲁荫棠，定是他连何家的客栈也霸占了。他担心起婉娇和芸香，心里有种不祥的感觉。他想进去，但又止住步，转头见对面的牡丹香菜馆还是老样子，便奔了过去。

　　这时正是午间吃饭时间，菜馆内吃饭的人很多。一个伙计热情地过来迎接道："爷快里头请，想用点儿啥？"

　　他一眼认出这伙计，就是那个曾被婉娇吩咐给他送过饭菜的伙计，客气道："你好，兴隆客栈咋换牌子了？"

　　伙计也认出了他，吃惊道："是你呀！"

　　他点下头又问道："我咋觉着跟妓院似的？"

　　伙计吃惊道："你还不知道呢？那就是窑子，日本人开的。"

　　他心里又一震，原以为是鲁荫棠开的，这却冒出日本人来，心里更为婉娇和芸香担心，又问道："她家把店卖给日本人了？"

　　伙计摇下头后小声道："我没法儿说，你上他家去问吧。"

　　他忙转身出了牡丹香。

　　何家的大门紧插着。他用力去拍了一气门环，出来开门的是何耀宗。何耀宗一脸憔悴，认出他来后先是一愣，随后将他拉进门里问："你咋来了？"

　　子昂看他紧张，问道："出啥事儿了？"

　　何耀宗哽咽道："兄弟，出大事儿了！"随后带子昂直奔他和婉娇住的屋里。

　　屋里没有别人，何耀宗让子昂坐到方桌旁的椅子上，随后哭诉起家里发生的事情，事情就发生在两个月前和两天前。

　　牡丹江被日本人占领后，抗日队伍一直在山里与日军对抗，掖河、牡丹江、乜河、海林等地便成了日本人控制下的自由区。日本人除了在海浪建机场、修江桥，在北山修筑军用工事外，还在恒山、鸡西等地开煤矿，所征用的劳工多是被强征的。日本商人也开始抢夺商机，强买强占位置好的商铺，改头换面，大开各种商行和烟馆、妓院。

　　一个叫近藤四郎的日本商人也来牡丹江强买好地盘。此人三十多岁，中等身材，油头粉面，春穿长袍马褂，夏穿日本和服，秋穿西装革履，冬穿一身狐狸皮。他从日本来中国专门从事皮肉生意，牡丹江各街的老妓院已被他收并了好几家，还从四处网罗妓女，其中不乏被逼良为娼的。

　　他不怕妓女多，妓女多时他就将看不上眼的妓女送到掖河军营里供日本士兵享乐。他的一个叔父就在掖河宪兵队做文职，加上他常往军营里送女人，已与宪兵队的关系十分密切，他甚至可以借用日本宪兵和伪军为他做事，俨然军商一体的恶霸。

在街里收并几家妓院后，他又想在火车站附近开妓院和烟馆。他第一看好兴隆客栈所处的位置，想将兴隆客栈及左右店铺都以低价盘下来。

那日上午，他西装革履地进了兴隆客栈。婉娇以为他住店，便过来迎接。一见婉娇长得貌美姿秀，他顿时两眼发直，心想这女子若能成他的人，日后在妓院里挂个头牌必能大揽生意，便想连人带店一同占为己有，就地开家妓院。

婉娇因有鲁荫棠撑腰，并没将这个盯着自己看的色狼放在眼里，一脸厌恶道："干啥呢你？到底住不住？"

近藤四郎淫笑着冲她一伸大拇指道："你的大大地美！"

听出他是日本人，婉娇吃了一惊，转身去叫鲁荫棠。

鲁荫棠正在里面睡懒觉，被婉娇叫醒时，近藤四郎已经跟了进来。一见近藤四郎，鲁荫棠也吃了一惊。他认识近藤四郎，也知道他的势力，忙下地穿鞋道："不知太君来，失礼失礼。"

近藤四郎没太理睬鲁荫棠，又一脸淫笑地看婉娇。鲁荫棠看出他对婉娇不怀好意，却不敢发怒，满脸堆笑道："太君，这是我家里的，她不懂事，得罪之处，我来赔罪。"

近藤四郎不耐烦地看了鲁荫堂一眼，没再说话，转身离开了。

近藤四郎走后，鲁荫棠不安地问婉娇："他咋来了？"

婉娇不耐烦道："他自己进来的，一进来就盯着我瞅。"

鲁荫堂更加不安道："你太招风了，他是冲你来的。"

她既怕又恼，愤愤道："我又没招他。那咋办？"

他安慰道："别怕，他要敢碰你，我他妈劈了他，管他太君不太君。"又不安道："他是妓院老板，总和宪兵队打交道，一整就往掖河送女人。"

她更害怕了，又哭着问："那咋办呢？"

他心里焦躁道："还没咋的呢，啥咋办？看看再说。"

之后一连两天没见近藤四郎再来，以为是虚惊一场。

第四日上午，店里又住进两个农民打扮的人，都是三十多岁。婉娇只当是正常住店的，就将这两个人安排在一个大间里。

下午，店里突然又闯进几个日本兵和伪军，直接奔向那个大间，将两个农民打扮的人架到柜台前，还从两人身上搜出一些抗日传单。

一个伪军冲婉娇喊道："这俩小子是抗日分子，你敢窝藏抗日分子！"婉娇吃了一惊，忙辩解道："我哪知道他们干啥的，他们是来住店的。"她的话音未落，另外两个伪军上前将她也捆起来。

鲁荫棠担心近藤四郎再来找婉娇的麻烦，这几天没事就待在客栈里，这时正在房内养着，忽听外面很乱，感到不妙，忙下炕穿鞋。出来一看，见是日伪军来抓两个住店的，就连婉娇也被捆起来，大吃一惊。他再看那两个被抓的，竟是常在街上偷东西的蟊贼。他立刻明白了这是近藤四郎安排的，两蟊贼是帮着近藤四郎栽赃客栈的，不禁恼羞成怒，抓过一个蟊贼就打，边打边骂："操你妈的，你也配抗日？"

那被打的显然认得鲁荫棠，一边躲打一边求饶道："大哥，俺们也是没办法！"日伪军先是愣在那里，见那蟊贼道出受人指使才都扑向鲁荫棠。

鲁荫棠推开伪军对一日军说："他俩都是偷东西的贼，根本不是抗日的！"

一伪军将传单亮给他问："你家贼偷这玩意儿？"

鲁荫棠大喊道："有人陷害俺们！"

一个日军也大叫道："你的帮他们，也是抗日的！"随即向日伪军打一手势。

日伪军一起上来抓鲁荫棠。但他身高体壮，猛地转身，几个日伪军都倒在地上。一个日本兵举着上了刺刀的长枪对他刺，他一闪身抓住枪头，抬脚将那日军踹翻在地，枪也被他夺下来，随即用刺刀刺向又扑上来的一个日军。

当他将刺刀扎入那个日军的小腹时，两杆枪的刺刀也刺进他的后背。他晃下身子又站稳，怒目圆睁，大吼着将刺刀又刺进另一日军的腹部。

随着那个日军倒地，鲁荫堂也倒在地上，剩下的两个日军则凶狠地用刺刀在他身上乱刺。被捆绑的婉娇已被吓得只是哭了，眼瞅着鲁荫棠被日军乱枪刺身，她两腿一软昏了过去。

当她醒来时，近藤四郎正在她身上发泄。她想到了死，但她又舍不得平儿和丽娜，她还不知道自己家人现在怎样了。

近藤四郎几乎每天都过来，来后只是强行在她身上发泄一番。为了活着，她不敢再反抗，就像一具能喘气的死尸。等近藤四郎离开后，她就被锁在屋里，屋里除了一套被褥，没一件她穿的衣裤，她也只能赤身裸体躺在被褥里。

第 053 章

虽然鲁荫棠死了，但何耀宗却没有雪恨的感觉，这时他只为自己的客栈和妻子同被日本人霸占而痛心。他知道婉娇被近藤四郎关在客栈里，但近藤四郎不让他进去找人，依然威胁他道："她的，抗日的干活，宪兵队的抓走了！客栈的，皇军的封了，我的买了。"

他已经不想要客栈了，只想要回婉娇。可近藤四郎又谎言道："你去掖河宪兵队，她的在那里。"还让他为鲁荫棠收了尸。他忍辱负痛，将鲁荫棠葬在黄花甸子内。

然而噩梦并没有结束。平儿和丽娜多日不见婉娇，整日哭着喊着找娘。何耀宗花了很多钱找能和近藤四郎说上话的人，但钱快花尽了，却一直也没能见到婉娇。平儿自己去客栈找娘，可客栈里有干活的工匠，也有替近藤四郎监工的人，根本不让他靠前。何耀宗怕平儿挨那些人打骂，就让芸香看住平儿和丽娜。不想那日平儿又偷着去了客栈。

这时的客栈已经由兴隆客栈变成了牡丹春，旁边的一家客栈也变成了大烟馆。芸香突然不见了平儿，知道他又去了客栈，忙去追赶，结果撞上了近藤四郎。

见芸香长得很像婉娇，年纪又小，近藤四郎的眼睛又直了。他在这之前并没见过芸香，但他知道平儿是婉娇的儿子。这时见芸香拉着平儿惊慌离去，猜她应是婉娇的亲妹妹，便在后面跟踪到了何家门前。但他没有直接进去，又私下打听何家情况后，心中又有了鬼主意。

他还想用日伪兵入室搜查抗日分子的方式抢走芸香，但上次为霸占婉娇和兴隆客栈死了个两日本士兵后，他的叔叔已经受到宪兵队的责罚，好在有两个假抗日分子当了替死鬼，这事才算过去，但他也不敢再用士兵为他做事了。他通过打听，得知何家除了何耀宗和芸香，再就是一个小脚老太太和两个不懂事的孩子，决定寻找机会入室强抢芸香；他就是个商人，军方不会介入本国公民抢个中国姑娘，这里的中国人更是对他无可奈何。

就在两天前，近藤四郎远远看见何耀宗又出门了，便悄悄溜进何家。

何耀宗出门时本还告诉芸香出来插门，但芸香应后耽搁一会儿，当她想起出去插门时，一出屋正撞见近藤四郎进来，吓得转身回屋。近藤四郎紧跑几步将门拽开，芸香又躲进自己屋里，想插门又被近藤四郎撞开，只好又躲到炕里。

见屋里只有芸香和平儿在炕上，他脸上露出得意的淫笑。芸香已意识到厄运临头，喊都不会喊了，在墙角处缩成一团。

平儿倒是来了虎劲，站在炕上，指着近藤四郎骂道："你是坏蛋，别上俺家！滚！"

近藤四郎根本没把一个不到十岁的孩子当回事，手一挥将平儿推倒在炕上，然后饿狼般地扑向芸香。

芸香终于叫出声来，一边哭喊一边挣扎。但她抵不过近藤四郎的疯狂，很快被从炕里拉到炕边。平儿见芸香哭喊着挣扎，愤怒至极，爬起来，握紧小拳头，大声骂道："大坏蛋！"随即照近藤四郎的面部一抢，正击在他的右眼上。

平儿虽然人小，但却用足了力气，近藤四郎顿时疼得松开芸香，捂着眼睛大叫。芸香趁机起身跳下地，冲平儿喊道："平儿快跑！"

但平儿跑不了了，近藤四郎一手捂着眼睛，一手抓住平儿，又猛的一抢，将平儿从炕上甩到墙角处，只听咚的一声，平儿便一动也不动了。

芸香大惊，急忙扑到平儿身上哭唤。近藤四郎捂着右眼又扑过来，用一条胳膊从后面夹住她。

芸香又是一惊，随即疯了一般，双手去掰近藤四郎的手，接着又在他手背上狠狠咬了一口。近藤四郎又疼得大叫，撒开手，一时不知顾眼还是顾手了。

芸香见平儿在墙根处一动不动，本想去抱，但见近藤四郎甩甩手又来抓她，忙转身跑出屋，直奔老太太的屋里，上了炕，抱着老太太痛哭。

丽娜是芸香从小抱大的，对芸香很有感情，这时见嫂子哭得恐怖吓人，也跟着大哭起来。奶奶还没反应过来，近藤四郎也追了过来，根本没把老太太和一个小女孩放在眼里，上炕又去拽芸香。

老太太心里明白了，嘴里骂着"畜生"，奋力用小脚去蹬近藤四郎，但无济于事，于是从头后抽出簪子，猛地刺向近藤四郎的脸部，恰恰又扎进他的左眼。

近藤四郎近乎崩溃，又捂着眼睛惨叫。芸香见状跳下炕，冲进灶房，拎来一把菜刀，照着近藤四郎的头部砍去，一刀砍在他耳下，顿时血如箭般，溅了她一身。但她并不停手，依然不停地抢刀，直到近藤四郎面目全非，气断身亡。

何耀宗出门时间并不长，回来见母亲、芸香、丽娜正抱在一起哭，地上躺着血肉模糊的近藤四郎，什么都明白了，忙将近藤四郎的尸体拖出去，扔进院内的菜窖。再回到母亲屋时，发现平儿不在跟前，便问芸香："平儿呢？"

芸香惊魂未定，这才跳下炕，跑向自己房间。何耀宗感到不妙，随芸香过去一看，见平儿七窍流血，已经气绝身亡，他悲痛欲绝。

平儿虽然不是何耀宗亲生的，但从他出生那天起，何耀宗就当他是何家的后，包括平儿的亲爹蒋绍黎和婉娇在一起的时候。

为平儿擦去脸上的血后，何耀宗将他安放在他和婉娇的屋炕上，盖上棉被，平儿就像睡着了一样。

当晚，芸香和老太太、丽娜睡一屋，已经不顾近藤四郎就死在这条炕上了。何耀宗则搂着死去的平儿睡，其实他整整哭了一宿，既哭平儿，也哭婉娇。

听完何耀宗的讲述，子昂悲愤交加，但近藤四郎已经丧命。他很佩服平儿和芸香的勇敢。虽然他当初并不喜欢平儿，但现在他还是为他的死感到悲伤，怎么说他还是个孩子。

他还没见到芸香，好在她还平安。他更为婉娇心痛，心急如焚道："想法儿把我姐救出来呀！"何耀宗叹口气道："我咋不想救？可咋救啊？家里的钱都搭上了，谁说话都没用。我连见她一面儿都见不着，她肯定就在那里。"

子昂心痛道："那她现在已经是妓女啦？"

何耀宗哀伤道："在那里还能干啥？听说还没让她接客，一直是近藤四郎霸着。这还不够，他还惦记芸香儿。我早想找机会杀了他，他倒送上门儿来了。只要他死了，回头我死活都无所谓了。"

子昂说："杀得好，这不就有机会救我姐了吗？"

何耀宗忧虑道："近藤四郎是死了，可那里都是他的人。我现在慌得厉害，还没想出好法子，正好你来了，帮我想想，咋说你姐救过你。"

子昂忙说："这个你不用说，后面都我来办。"说着打开皮包，从里面取出一卷银圆和一沓纸钞放在炕上，说："这个你们先用着。"

见子昂的皮包里都是钱，何耀宗惊愕道："你哪来这些钱？"

子昂说："你别问了，我一定把我姐救出来。"又哽咽道："这些钱要不够，我回家再取！"

何耀宗既惊诧又感动，见子昂提起皮包要走，忙问道："你想搁钱赎人哪？没用，我试过，都打水漂儿了。日本人是拿她当抗日分子，看得死死的。现在人家想咋糟蹋她就咋糟蹋她。"说着又哭起来，边哭边自责道："娇儿，让你受罪了，都是我害了你，当初我就不该娶你！"

子昂责怪道："光哭有啥用！我再试一下，他们肯定还不知道近藤四郎死了，我去看看情况再说，最好能直接把我姐救出来。"说完拎着皮包出了屋。

一出内屋，他见芸香正站在灶房内哭。好久没见到她了，她比那时还娇美。他疼爱地走到她跟前，不知该怎么安慰他，不想她主动扑进他怀里痛哭。何耀宗跟在后面，见芸香扑进子昂怀里，立刻又缩回屋里。

子昂将皮包丢在地上，也忘情地紧搂着她，用脸贴着她的头，眼泪直流进她的头发。哭了一阵，他一边为她擦泪一边说："你等着，我先去办事儿。"她泪眼汪汪地点下头。

子昂以一嫖客身份进了牡丹春妓院。里面的格局好像没有太大变化，只是前厅更换了柜台，墙壁也都粉刷过，又在墙上挂了一些美人图。这时，厅内站着几个身穿旗袍、两侧露着大腿的艳丽女子，年龄大小不一，十七八岁到四十多岁。

一见子昂进来，她们都睁大了眼睛。岁数稍大些的抢先围过来献媚，抢着说："呦，这位爷可真俊！让这位爷疼一把，死了也开心。爷，是来开心的吧？我来伺候您？"

这时，一位身穿紫色旗袍的中年女子从柜台后出来道："去去去，还有点规矩不？这位爷一看就是个上等客儿！"

这中年女子四十多岁，是厅内女子中年纪最大的一个，但她很有姿色，而且长得白净，年轻时必也是个让男人见了就动心的，年轻的女子有称呼她妈妈的，显然她是这儿的鸨母。

鸨母对子昂打量一番，还特意看了一眼他手中的皮包，笑着问："是过路的？打算在这儿歇歇脚儿、开开心是吧？这儿的姑娘可都是从各地儿挑来的。全牡丹江有青楼上百家，俺们当家的就有好几个店，可没一家能比上牡丹春的，一般姑娘想来还来不了呢！这儿的姑娘还全合，除了中国姑娘，还有日本姑娘、朝鲜姑娘、毛子姑娘。不是说大话，咱家的姑娘，随便拉出一个就是赛金花，就是价格比别处的贵，就凭这些姑娘长的，也算挺公平。你看看，喜欢啥样的？舍得花钱，来个四喜发财，让四国姑娘一块儿伺候您。"

子昂头次见到这阵势，不免有些紧张。他逐个看了看，个个身材秀美，却让他感到心痛。他没见到婉娇，有些焦急，便对鸨母道："我要薛婉娇。"

鸨母怔了下道："呦，你是奔她来的！她现在叫金牡丹了。这儿的姑娘都刚刚换了名儿，身价高的都是牡丹辈儿的。你点的是金牡丹，还有红牡丹、白牡丹、黑牡丹、香牡丹、春牡丹；多着呢，过些日子还要来个银牡丹。金银牡丹将来就是俺们这儿的头号儿牌。不过你现在就点金牡丹还有点早，她还没挂牌儿呢。"

他不解地问："挂啥牌儿？"

鸨母笑道："看你像个雏儿。告诉你吧，她还没到接外客的时候呢。"

见子昂还是不解的样子，她又说："她先被人包下了。等包她的人稀罕够了，你再来点她。现在你只能点这些牡丹，放心，保你快快活活的。"

子昂心中自有主意，就对鸨母说："那我要你！"大家都吃了一惊。

鸨母也很意外，一脸喜色道："呦，这我可没想到。我可是她们的妈妈，你不嫌我长的老啊？"

子昂说："看你长得挺白净。"

有个牡丹讥讽道："打小儿就没妈吧？"牡丹们都笑。又有位牡丹笑道："他饿了，想吃妈妈咂儿。"牡丹们又哄笑。

鸨母对那几个牡丹说："姑娘们，这可是人家自个儿点的，要别人我还不应呢，今个儿这位爷还真让我舍不得。"又冲一个三十多岁的牡丹道："你在这儿招呼着点儿，我哄哄这位不吃嫩草儿的，等他嚼不动了，你们再让他尝尝鲜儿。"牡丹们继续笑，也有不悦而去的。

他随鸨母进了一个僻静的房间。这一间的位置原是客栈的大客房，这时已间壁成几个小间，一面是炕一面是地，炕上被褥没叠，靠窗处的地上有桌椅，桌上有洋钟、洋灯和梳妆用的东西。

一进房间，鸨母将门关上小声道："你不是来寻开心的，我猜你和金牡丹早认识。"

他直言道："她是我姐，我想见她。"

鸨母说："刚才我就看出来了，你俩像是一家儿的，长得都这么好！我猜你这包里都是钱，是来赎她的？"

他点头道："是。"

她立刻又说："看你挺招人疼的，我劝你死了这份心，除非你能从掖河找来人，牡丹江守备队都不管用。"

子昂问道："掖河咋的？"

她说："日本宪兵队在掖河。这个妓院是个日本人开的，他叫近藤四郎，他叔叔就在宪兵队里，好像是个当官的。现在包下金牡丹的，就是这个近藤四郎。他玩的女人没数，玩儿够了就让去接客儿，不好好玩活儿的就往日本军营里头送，专让日本兵玩儿，这是他们国家允许的。前阵儿我就差点儿让他送进那里。你不知道，女人到了那里，跟下地狱没两样儿，每天接的可不是几个，模样好点的，一天都穿不上裤子。你姐要不跟我们一样学乖点，下地狱是迟早的，要那样，你就当她死了吧。"

他的心要碎了，情急下跪在鸨母跟前求道："姨我求你了，帮我把我姐赎出去。"

鸨母一惊道："你别这样，还从没有人给我下过跪呢，我哪受得了！"说着拉他起来，一脸无奈道："我也是泥菩萨过河，自身难保。近藤四郎现在还没稀罕够她呢，你就别打她的谱儿。要是指我，我可没那胆儿，他得折磨死我。上个月他就祸害一个，搁棍子愣给捅死了。"

他感到这里太恐怖，擦把泪说："那我连你一块儿赎！咱们一块儿都离开这儿！只要你帮我，你要多少钱我都舍得；我保你一辈子花不了！"

她一怔问道："你是干啥的？"

他说："干啥不重要，重要的是我有的是钱！"

她半信半疑地问："有的是也得有个数吧？"

他有些不耐烦道："我数不过来。你尽管放心，只要你帮我，我肯定说到做到。"说着打开皮包，从里面抓出两根金条问："这个认得不？"她睁大眼睛点头。他又掰开一卷银圆问道："这个呢？"见她在犹豫，他又说："回头给你一箱子，够不？不够再加一箱！"

鸨母有些蒙，抓了下头，好像浑身在抖，盯着子昂低声问："你说的可是真的？"

见她活了心，他又跪下道："我对天发誓，有半句假话，天打雷劈！"

她忙又拉起他道："我应该信你的。那我可就把命交给你了！"接着又低声道："可现在不行。我们当家的这两天没露面儿，去哪了也不知道，我怕他不定啥时回来碰上咱。再说外面还有为他盯梢儿的，是看着俺们的。等半夜的吧。你说个地上，俺们去找你。"

他心里宽松许多，看来还没人知道近藤四郎已死，便从容道："在我姐家，就在这儿的后趟街，我在那儿等你们。"

她点头道："那你先回吧，我也说到做到。"

他不知道婉娇是否真在这里，便又问道："我姐真在这儿吗？我想先见她一面。"

鸨母认真道："我是骗过些男人，可我今天绝不骗你，我把我下半辈子都交给你了！"

他坚持要见到婉娇，哪怕就看一眼。她一脸无奈道："除了近藤四郎，我们谁都不能进那屋，就给她送吃送喝、端屎端尿时，白牡丹才能进去。你要见她，就得经过白牡丹，钥匙在她那儿。再说别的姑娘知道了，若有去巴结当家的，那白牡丹也得遭殃。"

他心想，此一时彼一时，现在谁也不能再去讨好近藤四郎了，便说："给她们发钱，每人十块大洋，就说弟弟想见姐一面儿，我想她们不会一点不通情理。"说着将两卷银圆塞到她手上。她端着钱，思考片刻才转身出去。

过了一阵，鸨母带着一个二十左右岁、长得也很秀美的姑娘进来，对子昂说："我让她们数一百个数，一百个数内你必须出来。"

那姑娘一见子昂，竟为他鞠一躬道："我帮你。"说话舌头发直。

他问她道："你是哪的人？"

鸨母说："她就是白牡丹，朝鲜人。"

他不再问，跟着白牡丹出了房间，又轻步朝里面走，听到一些房间里传出男女嬉笑声和女人呻吟声。他装着没听见，跟着到了尽里头一扇门前。白牡丹轻轻开了锁，将他放进去。

房间内一盏油灯闪着无精打采的光。这是一间面积不大的屋，全是地炕没有窗，油灯就放在一张炕桌上。炕桌上放着碗筷，碗内还有吃剩的东西。

他没看清碗里是什么，只是注意到有一人身裹棉被躺在桌旁，真是婉娇。但她头发凌乱，目光冷峻，如同女鬼一般。他心痛地上前唤道："姐！"接着哽咽起来，眼泪泉涌一般。

她也认出他来，惊愕地从棉被内爬起，竟浑身一丝不挂，光洁秀美的身子映上红色的光，通体红润。虽然他对她丰满优美的胴体不陌生，但还是很惊讶。

她不顾光着身子，扑到他怀里痛哭。他怕外面听见，忙捂她嘴道："别出声。"然后他紧搂着她问："咋不穿衣裳？"

她低声哭道："这里就有被乎，衣裳都给拿走了。姐没脸儿活啦！"

他忙安慰道："不管咋的，你都要活着，就当为我活着！我现在有钱了，我要让你过上好日子！"说着抱起她疯狂亲吻。

外面开始敲门，白牡丹对着门缝小声道："一百个数。"

子昂冲门外道："知道了。"忙为婉娇盖上被，贴她耳边道："近藤四郎死了，今晚我就带你走，再也不让你受苦啦！"

她惊喜地问道："你杀的？"

他又贴她耳边道："是芸香儿和你婆婆。"接着又安慰道："你别着急，我得等晚间接你出去，顺便把你衣裳也带来。"

她却不安地问道："香子咋样儿了？"

他怕她再问平儿，松开她说："她没事儿。我先走了，你安心等我。"说着转身出了房间。她真想再问平儿和丽娜是否也平安，可他已经出去了。

白牡丹锁上门，又拽了他一把。他看她时，她推开旁边一间的房门，自己先进去，然后向他招手。

他以为她要卖身给他，忙摇手离开。她忙又出来拽他，样子焦急地小声道："说句话。"他这才跟她进去。

这间屋和囚禁婉娇的屋子一样，但后墙有扇窗，窗户从下往上多半用帘挡着，光线从上面的窗口射进来。她关上门，竟转身跪在他身前，乞求的目光仰脸望他："救救我！"他不禁一惊。

她又说道："你们说话，我听到了，把我带走吧，我会干活。"

他又吃一惊，敢情他和鸨母说话时，她就在门外听着，不禁感到紧张。好在她是向他求救，想她一定和婉娇一样落的难，不禁心生怜悯，小声道："我答应你，晚上我过来，不要跟别人说，多了我带不了。"

她感激地点头，接着又磕头。他扶起她，一边爱怜地看着她，一边擦去她额头上的土。她不说话看不出是朝鲜人，长得如同文静、金瑶一般秀美，白净肤色有些像香荷，他必须将她也带出去。

到了前厅，除了鸨母，还有几个没有接到客或接完客又开始等客的，但除了穿旗袍的，这时里面又多了一个二十左右岁、身穿日本和服的姑娘，相貌也尤其耀眼，是一种让人感到清纯的美。

他不敢多看，到了鸨母身前说："晚上我还来。"

鸨母怔一下又笑道："那敢是好，啥时来俺们都欢迎，这些姑娘随便挑。"又将他的包递给他说："这是你的包，别落下。"说着使下眼色。

他本是要将钱都留下，见她使眼色，立刻想到她是怕夜里出去带东西不方便，便接过皮包，谢过后转身出了牡丹春。

还没到半夜，子昂就又拎着皮包进了牡丹春，这回他皮包里装的不是钱，都是给婉娇带的衣裤。

他回到何家后对何耀宗说了婉娇的情况。开始他本不想说婉娇光着身，可他需要他找出婉娇穿的衣服。何耀宗听后只是一脸苦色地找来婉娇的衣裤。他本想为婉娇带去棉装，但皮包里顶多能装一套秋天穿的服装。

将衣裤都交给子昂后，何耀宗说："都交给你了，我也省心了。我现在就想自己在屋里待着，你去陪陪芸香儿，我再也不碍你俩的事了。"

子昂感觉他变了个人，并没多想，便去了芸香的屋。芸香显然在等他，这时又扑进他的怀里哭。毕竟他俩曾经互吻没能尽兴，这时他忍不住又与她互吻，若不是香荷的身影在他脑海里浮现，他连她的身子也都得了。

当他再次走进牡丹春，见只有鸨母焦急地在柜台前走动着。见他进来，她忙奔过来小声道："俺这老板没影儿了，他的人都在可哪找呢！我看了，门外盯梢的好像都去找他了，现在跑正是时候，我正想去找你，又不知是哪家。还有件事儿，白牡丹找我了，说你答应把她也带走？"

他说："她求我把她也带走，我怕她漏了风，就答应了。"

她说："那倒行，我是想让你再带一个人，是个日本姑娘，白天你俩见过面儿。"

他立刻想起那个相貌清纯的日本姑娘，但还是不安地问："她是日本人，别弄出岔子来。"

她忙保证道："你放心，她很靠谱。我也不想给您添麻烦，可她救过我，没有她我早就送进军营了。我实在不忍心丢下她。她家在日本落难了，是老板把她骗来的。求求你，把她也带走吧。"

他也答应下来，又急切地问道："我姐呢？"

她说："都准备好了。"说着又带他去了囚禁婉娇的房间。

一进屋，他见屋中站着三个头戴礼帽、身穿长袍马褂的人，吃了一惊，但仔细一看，原来是婉娇和那个朝鲜姑娘和日本姑娘，松了口气，对婉娇说："咋这身打扮？我把你穿的衣服带来了。"

鸨母说："你个傻狍子，从这儿出去的都是老爷们儿。别磨蹭了，咱们分两下走，你先带你姐和白牡丹出去，我也换套衣裳。"又问道："俺们直接去后趟街就行呗？"

他说："后趟街有辆马车停那儿，俺们在那儿等你俩。"又对婉娇说："咱先走。"

鸨母忙对白牡丹说："你跟他俩走。"白牡丹忙跟上子昂。

子昂带着婉娇和白牡丹先出了房间。经过几个房间时，里面仍有男女说笑声和女人的呻吟声。他们低着头，悄悄经过空荡的前厅。

⊩·第 054 章·⊫

子昂带着婉娇和白牡丹走出牡丹春。虽然已是深夜，但地上的积雪却泛着让人不安的暗光。街上早已没了行人，这时隐隐见到远处还有挂着马灯的马车在行驶，马铃声在寂静的夜里显得格外清晰。

就在他们走出牡丹春的一瞬间，迎面纵列走来几个扛枪的日本兵，这时离他们也就十多米远，三人都不禁一惊。子昂立刻意识到，这时往回返就更会引起对方注意，便心一横，硬着头皮往前走，并小声对婉娇和白牡丹说："别慌，往前走。"

日本兵们见他们从妓院出来，显然认为他们是嫖客。一个士兵还冲他们淫笑着大喊道："快活快活地！"另一个也跟着喊："快活喽！花姑娘地，哭啦！哈哈哈哈！"

子昂感到一丝轻松，还冲那些日本兵摆下手。日本兵们说笑着从他们身前走过去，他们虚惊一场后快步到了后街，借着雪的光亮，老远看见有辆高棚马车停在何家门口。

何耀宗迎了过来，见都是男人打扮，忙问子昂："你姐呢？"

婉娇扑进他怀里哭道："我在这儿！"

何耀宗搂着婉娇也哭道："让你受苦了。出来就好，赶紧上车，香儿和丽娜在车上。"

婉娇止住哭问："那平儿呢？"

何耀宗说："他让近藤四郎推了下，头破了点皮儿，在七姐家养着呢。你们先走，我把这头安顿一下，回头就带平儿过去。"他对婉娇撒了谎，是他之前和子昂、芸香合计好了的，就怕婉娇无法承受新打击再发生新的意外，只有让她远离牡丹江后再把实情告诉她。

婉娇信以为真，又问："伤得重吗？"

何耀宗故意轻松道："能跑能颠儿的，没事儿。现在最不放心的是你和芸香儿，赶紧上车吧。"

子昂说："还有两个人，马上就过来。"

何耀宗一愣神问："你们几个人？"

子昂说："加我总共五个，有三个帮忙儿的。"

何耀宗担心道："那加上赶车的，这一车得坐八个人。"

子昂问那赶车的："这头儿七个人，能坐下吗？"

赶车的说："坐不下咋整？挤挤吧。"

何耀宗说："我担心马跑不动。"

赶车的说："先顾我大嫂吧，回头你赔我一匹马就结了。"

何耀宗叹口气道："回头我赔你全套的。"

赶车的说："和你说笑话儿呢。"

何耀宗情绪低落道："我哪还有心思说笑话！道上注意点儿。"说着扶婉娇上车。

这时，鸨母和日本姑娘也匆匆赶来，忙都上了车。车里两边各有一条座，每面能坐三个人。借着车外的雪亮，隐隐看见芸香抱着入睡的丽娜坐在车里。她俩都穿上了棉衣。芸香没认出婉娇，婉娇叫她才认出，两人依在一起哭泣。

子昂刚要上车，何耀宗拉住他说："你的钱我都放在车上了。还有一只匣子，里面有件贵重东西，你先替我保管着，等我这头安顿好了就去找你们。再有，匣子上着锁哪，你要想看，就启开看。"

子昂说："我不看，我在那头等你。"

何耀宗压低声音道："看也不怕，只是你要自己看，别让别人看。行了，上车走吧。"

子昂觉得他怪怪的，但此时又不好问，便上了马车，坐在棚口处的座边上。赶车的吆喝一声，马车朝着西方驶去。

夜路一直很静，没再遇上日本兵。马车沿着已经轧出沟壑的雪道，一气到了海林界内。因为下的是二场雪，夜里的气温更低。车内，芸香和丽娜都穿着棉衣，没有感到很冷，便随着马车的颠簸和摇晃，倚坐在角处相拥地睡着。其他人虽然也困，但都觉得冷，闭着眼缩成一团。

婉娇挨着子昂坐，越坐挨得越紧。他感到她冷得身子在抖，忙将皮包里的衣裤掏出来。她见鸨母也冷得发抖，就将衣裤给了她，自己又倚在子昂身上取暖。鸨母也没自己穿，将衣服披在日本姑娘的身上，她和朝鲜姑娘一同用薄棉裤搭在腿上。

子昂将风衣脱下来，和婉娇合披在身上，一只手紧紧搂着她的腰。她也无所顾忌地转下身，将上身倚在他怀里，礼帽掉了他也不顾，为她搂起头发，然后紧紧搂着她。不多时，她在他怀里睡着了，他也感到了温暖。

天色大亮时。芸香和丽娜都醒了。丽娜见车上有陌生人，有些蒙，问芸香："坐马车呢！干啥去？"

芸香见婉娇睡在子昂怀里，显得很不自然，听丽娜问，就说："去舅舅家。"

子昂看出芸香对他搂着婉娇心不爽，不自然地问道："你冷不？"

她只是摇下头，不再看他俩。他又左右为难了。

听见他说话，婉娇也醒了，鸨母和两个外国姑娘也都睁开眼。婉娇从子昂怀里直起身，丽娜这才认出她来，惊喜地叫着站起，但车身一晃，倒在中间窄道上。

婉娇忙将女儿扶起，搂在怀里又哽咽。鸨母对芸香笑道："你挺幸运的，近藤四郎还惦记你呢，他说的银牡丹就是你，可我没法儿帮你。这回可好了！"

子昂也暗为芸香庆幸，但不喜欢听鸨母叫她银牡丹，皱着眉头道："以后谁都不要再提牡丹这种名儿！"

见子昂不高兴的样子，鸨母和两个外国姑娘都显得不安起来。子昂又口气温和道："你们跟我出来，我就想让你们做个有脸面的人。牡丹江的事儿，以后谁都不要再提。叫名儿都叫真名儿。"又对鸨母说："你比我妈小不了多少，我就叫你姨了。"

鸨母这时显得很激动，对子昂说："叫啥都行，有没有脸面俺可全指你了，你昨个说的可要算数儿啊。"

他知道她说的是银圆，一笑道："你是不放心我？放心吧，我可是对天发过誓的。"接着又问道："她俩叫啥名儿？"

鸨母先介绍日本姑娘道："她叫芳子，秋田芳子。"接着又介绍朝鲜姑娘道："她叫金顺姬。"

他点点头，又去看芳子和顺姬，确实都长得娇美。芳子和金顺姬忙对他低头施礼，看他时都面带羞涩，目光里还透着感激。

鸨母又介绍自己道："俺娘家姓潘，我真名叫若玉，小时让识字先生给起的。可卖到妓院就改了，叫花如玉；那时我比现在长得好。"立刻又谦虚道："没她们好看。"接着又对子昂说："想跟你商量点事儿。"

他说："你说。"

她犹豫一下才说："我不要你太多钱，你就把你包里的给我就行。"

他狐疑地看着她问："你不会还回那里吧？"

若玉不悦道："那我何苦这么折腾？好像我愿在那里待似的。我可跟你说，看你实心实意我才帮你，你可不能变卦！"

他忙解释道："我没那意思，我想知道你要去哪？"

这一问，若玉倒难过起来，叹口气自言自语道："就是，能去哪呢？"

他又问道："你没有家吗？"

她又叹息道："开始有，可说起来心酸。我是被俺家男人赌钱输给别人的，逃又没逃了，就让人卖到牡丹江了。在牡丹江都十一年了，你是不知我这些年咋熬过来的。"说着抽泣起来。

他忙安慰道："姨你别哭。你男人简直是畜生，这种男人我要见了就宰了他！我手上有好多条人命，现在就不怕杀人。"他故意把自己说得凶狠恐怖，是为了让她不出去乱说。

若玉果真不安了，声音颤抖道："我知道，您是好汉。那你就可怜可怜我吧，我有三个孩子。我离开家时，大闺女九岁，二闺女七岁，儿子才五岁。这些年我天天都想回去找孩子。开始被人看得紧，连门儿都不让出。后来也想开了，左右身子不干净了，回去也不能空手回去，就想多挣点儿钱，要不咋见孩子？可这些年我一整就遭贼惦记，一直也没攒多点钱。昨天听你一说我就动心了，也就你能帮我了。我不成箱子管你要，就把你包里的给我就行。有了这些钱，我保证再也不回牡丹江了。你放心，到哪我也不说这事儿。我不是怕死，我就想临死前再见见我那三个孩子，他们现在变啥样了也不知道，就怕他们也让那畜生给卖了。您要对我开恩，我回去天天烧香求佛爷保佑你！"说着要在颠簸中为他跪下。

他忙扶住她说："我相信你。你要不嫌少，这些钱你就拿着。可你家在哪？"

她抹去眼泪说："我家是亚布洛尼的，可那儿早没亲人了。我是从五卡斯出来的，只能先回五卡斯找孩子，可现在让我找还真没处找。"

一听她说五卡斯，他心里一震，说："我去过五卡斯，那块儿也早让日本人占领了。这些钱不算多，但也不算少，我担心你拿这些钱不安全。你要信我的，就先跟我去龙凤，我安排人帮你找孩子。要是找到他们，就把他们也接过来，对他们也别说你在那种地方待过，就说你当年是逃到龙凤的。到那时，你要愿回就回去，不愿回就在龙凤安个家。你也是我恩人，到时我给你买套房子，啥都不缺你的。"

她思虑片刻道："你说的也在理儿，我这会儿就是有钱也没脸回去，人家认不认我还两说。

看来我没走眼，那我就再听你一回。"接着又说："我大闺女属马的，也不知你俩谁大？"

他说："我属狗，那她比我大四岁。"

她眼一亮道："那你和我儿子同岁！我儿子十月生的，你是几月的？"

他说："那我大，我比他大仨月。"接着又感慨道："头眼见到你，就觉得你和我妈以前有点像。"

一听这话，她又叹息道："我可不敢比你妈，你妈是有福的人，有个这么好的儿子，我儿子要和你一样就好了。就是他有个不干净的娘……"她说不下去了，又难过地抹起眼泪。

他又安慰道："这不怨你，是这个世道不好。等到了龙凤，别的我不敢说，我能让你们和正常人一样活着。"忽听婉娇、芳子、顺姬也在哭泣，转身对婉娇说："都忘掉过去，等到了龙凤，一切都会好的。"又劝芳子和顺姬道："你俩也别哭了，我能把你们带出来，就一定让你们好好活着。"又单对芳子说："我恨日本人侵略中国，可这和你没关系，你也是受害者，别害怕。"

芳子、顺姬都要站起鞠躬，但马车不停摇晃，她俩都站立不稳，他让她俩坐下。

雪停了，可道路上的积雪已有一尺多厚。马车顺着已被轧出的车辙前行，那匹马显得很吃力，赶车的便不停地抢着鞭子吆喝。

直到将近中午，马车才到石河村。从石河火车站坐火车，既可向东返回牡丹江，也可向西奔向哈尔滨，但去龙凤就不能乘坐火车了，只能乘坐马车或马爬犁进入大深山。米家在哈尔滨和在牡丹江的姐妹回娘家，基本都是从这儿下火车，然后乘马车或马爬犁。

这时，去龙凤的道路还有许多积雪没有轧实，马车走上去雪没一半车轮很艰难，但马拉爬犁还算顺畅。

一个身穿羊皮袄、头戴狗皮帽子的老汉问子昂："我有马爬犁，你用不？"

他归心似箭，立刻回道："用。马爬犁能坐几个人？"

老汉说："雪要压实成了，七八个都轻巧，这雪太厚，马拉着挺吃劲，一个也就能坐三四个。"

子昂说："我们七个人，得用两只爬犁吧？"

老汉说："得两个。你要用，我再找个来，有个搭伴儿的更好。"

他答应下来，老汉转身走出两步又回身道："山里头雪大，出山的人不多，我们回来兴许得空跑。"

子昂问："多给钱呗？"老汉呵呵一笑。他说："钱我加倍给，你们尽量快点赶。"

老汉欣喜道："好咧，那你们等会儿，我再找个来。"又看了看马车里的女人们说："你们穿这些少点，山里头可比这儿还冷。这样吧，我从家里给你们每人捎件皮袄来。"

子昂感激道："那太谢谢你了，放心，到时不白用。"老汉谢后小跑着去了。

子昂又对何耀宗的朋友说："那你就不用往里送了。这一道儿真把你这匹马累坏了，我给你拿钱，你再买一匹。"赶车的说："没那么邪乎，歇一会儿，找地上喂把料就没事了。"

提到给马喂料，子昂也觉得饿了，说："咱先弄点吃的，早饭都没吃，这都快晌午了。"说着环视周围，见不远处有一挂单幌的酒馆，直奔过去。

酒馆不大，里面除了卖酒和一些下酒小菜外，还有馒头、豆包、窝窝头等干粮。他忙去招呼马车里的人都到酒馆吃饭，还给何耀宗的朋友要了一碗干烧。

吃完饭出来，何耀宗的朋友要返回牡丹江，就此与子昂和婉娇告辞。子昂将一沓钞票塞给他表示感谢。他说他是何耀宗的发小，何家里摊了事，帮帮忙是应该的，但还是收下了钱，然后赶车离去。

这时，子昂见赶马爬犁的老汉和一个中年人正等他们，两辆爬犁都是三匹马的，爬犁上放着几件羊皮袄和狗皮帽子。他还发现一件皮袄里还裹着两杆猎枪，不安地问道："道上还有野兽吗？"

老汉说："大雪封山的，那些玩意儿找不到吃的就可哪窜。别的都不怕，就怕遇着成群的狼。"见他有些紧张，又笑道："不用怕，头场大雪还不至于。怎么还得几天，有饿得受不了的就出来寻食儿了，打野鸡就这时候打。"

说话间，婉娇她们都已穿上羊皮袄，戴上狗皮帽子。丽娜从头到脚都被裹在一件皮袄内，头一脚就踩到了衣角，木偶般地倒在地上，婉娇的脸上也终于露出一丝笑。

子昂、婉娇、芸香和丽娜坐一辆爬犁，若玉和芳子、顺姬坐一辆，然后鞭子一响，两辆马拉爬犁便顺着积雪上的车辙向山里进发。

山里更是白茫茫的，只有雪道两侧高高的松树干是深褐色的，每棵松树的枝头上都托着一包包的白雪，那些大些的雪包已将松枝压得低了头。树干下的白雪高低起伏，眯眼望去，像一张巨幅白纸铺在眼前，上面画着挺拔的松林。

林海雪原间，风大吹得树梢狼嚎一般，气温果然比山外还低。子昂搂着丽娜，坐在婉娇和芸香的对面。芸香用围巾围着脸，只露出眼睛，一眨一眨地看着他，好像在向他述说什么。

他明白她的心，但也只能心疼。看着她清澈明亮的眼睛，他越发觉得她媚气夺人，只是他还没有这样看过香荷的眼睛，回家后他也要这样看她的眼睛。

婉娇见子昂和芸香对望，有些不自然，假咳了一下。他又将脸对向她说："姐你高兴点，到那头就都好了。过段时间我给你们盖套三间房，砖瓦的，好日子都在后头呢。"

她一脸凄苦道："好赖都得指你了！"说着又潸然泪下。他忙为她擦去泪道："别哭了，风大容易皴着脸。"

赶爬犁的老汉以为他俩是亲姐弟，感慨道："瞅你姐弟俩多好。再看俺家的，哎哟，谁都不服谁，整天老计咯，天天还得给他们断官司。"

子昂问："叔家孩子多大？"

老汉说："大丫头十五了，儿子十二。"

子昂说："那还小。等到俺们这么大，就啥都懂了。"

老汉笑道："那是那是。"又去吆喝着那三匹马，鞭子在空中抽得炸响，仿佛穿透了整个林海雪原。

马爬犁走出很远一段路后，他们陆续看到两边雪地上有野鸡觅食，却谁也看不出它们能觅到什么。丽娜看见羽毛漂亮的野鸡就露出头来喊"大公鸡"。这时老汉一指前面说："前头有只狍子。"

子昂顺着手指方向望去，见一只狍子在积雪里笨拙地奔跑。老汉又说："这时打狍子也好打，狍子傻，要不都说傻狍子。"

子昂问："怎么傻？"

老汉笑道："你看它现在往前跑吧，我要一开枪，它准先站在那儿听动静，这时再打，一准儿能搂着。不过咱是走道的，图个道上平安，能不杀生就别着他们。"顿了一下又说："咱不打它，吓吓它你瞅瞅。"说着抄起猎枪，偏离狍子方向放了一枪。枪声划破山林，十多只落在雪地上的野鸡惊慌飞去。再看那狍子，本来还在奔跑，枪声骤然一响，果然立在雪地里回头望，看见有人向它靠近才又一跃地继续奔跑。

老汉笑道："要真想打它，接着补一枪就撂倒了。"

子昂逗丽娜道："看见傻狍子了吧？咱可不当傻狍子。"

丽娜笑着一指芸香道："她是傻子！"

婉娇立刻责怪道："别瞎说。"

他更不愿芸香被叫"傻子"，就哄丽娜以后不要这么叫。可她又认真地叫了一声"嫂子"，听着仍像是"傻子"。

太阳快落山时，他们才进了龙凤。子昂在路上也担心他突然领回一群美女会让父母和米家的人猜疑。但这时他无论如何也不能丢下婉娇和芸香不管，毕竟她俩都对他有恩有爱，何耀宗又将她们都托付给他。他只求父母和米家人能接受他对她们的救助，尽管钱财还都由他把控。即使都不肯接受她们，他也要义无反顾地安排好她们的生活。

米家的粮食店已经不在窗口卖粮了，买粮的都要先进院门，再进粮食店的门。这时有位买粮的妇女出来，一见子昂便笑道："新姑爷回来啦！"

子昂一边笑着应着一边脱下皮袄。女人们也将皮袄、棉帽子还给赶车的，从牡丹春逃出的四人虽然都是男人装，但这时都露出了长头发。

听外面说话声，格格夫人在里面开门往外看，身上穿着藕荷色的偏襟缎面棉袄，衣领衣袖都镶着貂皮，下身是青色宽腰棉裤，扎着黑腿带，三寸金莲上穿着青布面的小棉鞋，好像年轻了许多。见是子昂，高兴道："呦，回来啦！"又见后面跟着几个女人和一个孩子，愣一下问，"这都是谁呀？"

子昂有些紧张，强作镇静道："妈，这就是我跟您说过的婉娇儿姐和芸香儿，他们在牡丹江落了难，待不下去了，我把她们接这头避一阵。"又介绍若玉、芳子、顺姬道："她们是跟我娇儿姐一块儿落难的，暂时也没地上去。"又对婉娇说："姐，这是我岳母，我妈天天拜菩萨，可善良了！"

没等婉娇说话，格格夫人惊叹道："哎哟，咋都长得这么俊！"又对子昂说："你是掉进美人堆儿里了？"子昂一时不知说什么好。

婉娇忙向格格夫人鞠躬道："婶儿，给您添麻烦了。"

格格夫人客气道："不麻烦，你是子昂的大恩人，这遇了难事，他不帮谁帮？"

子昂很欣慰，婉娇更是感动得流下眼泪。格格夫人又说："别哭孩子，到这儿就当到家一样。"又招呼大家："快都屋里去。你说这天儿，说冷就冷上了。道上也刮烟儿炮了吧？快进屋炕上暖和着。"

大家往院里进时，子昂为赶爬犁的老汉和年轻人都多付了钱。两位各得五块银圆，都很惊喜，谢过后赶着爬犁离去。

大黄狗对着进院的陌生人叫起来，不知是欢迎还是驱赶，被格格夫人一吆喝又回到窝里。

听到狗叫和格格夫人的吆喝，香荷从东屋出来。她已穿上了厚棉装，上身是红面镶着纯白毛边的偏襟棉袄，领子立起，毛茸茸地护着颈部，衬着她粉白秀气的面孔，下身是红底绣了裤角的筒裤，脚穿红面镶兔毛的系带棉鞋，都是子昂婚前为她设计定做的。女人到了冬天，一般都是简单的偏襟棉袄和扎着黑腿带的护腰棉裤，但子昂不喜香荷这样打扮，就连她的一鬏发型也在琢磨换个新颖的。这时看着香荷穿的新冬装，他还是感到赏心悦目，才一日多没见她，竟好像许久没有见到她了。

见子昂回来，香荷脸上也透着欣喜，但见还有几个俊俏女子，眼里又露出疑惑。子昂为她又介绍道："香荷，这就是我跟你说的婉娇儿姐。这是芸香。这是娇儿姐的闺女，叫丽娜。"

香荷习惯地为婉娇、芸香施了万福礼。子昂又向婉娇介绍香荷道："姐，这就是我新娶的媳妇儿，叫香荷儿。"

婉娇很惊讶，不自然地笑道："弟媳妇真挺俊。"

子昂又向香荷介绍若玉、顺姬、芳子道："她们仨是给婉娇姐干活儿的，出事后也都没地儿去了，先在这儿避一避，回头送她们回家。"又特意介绍顺姬、芳子道："她俩都是朝鲜人，中国话说得不太好。"并没说芳子是日本人，是怕家人难以接受，他也不好自圆其说。

香荷又施了万福礼，若玉不知所措，顺姬、芳子都还了鞠躬礼，都不讲话，随后由香荷领着进了东屋公婆的房间。

子昂妈正在炕上做衣服。她要亲手为子昂的八个结拜哥哥每人做一年四季的衣服。冬天的衣服都已做好分了下去，现在做的是春秋装。忽见香荷领着陌生人进来，一愣神道："哟，这么多人，长得都挺俊。"

香荷说："妈，子昂哥回来了。"子昂也跟进来，又向母亲介绍。

子昂妈惊喜地往炕上蹭下身子，拉着婉娇的手说："你可来啦！头儿个我还跟子昂说，等天暖和的，带我去牡丹江看看你那个姐姐，没想到你能来。你可是俺们全家的恩人哪！"

婉娇为子昂找到爹妈感到高兴，这时就像自己找到了妈，有一种回家的感觉，侧身坐到炕沿上道："婶儿，别这么说，当时他住我客栈，看他挺难的，我也不能瞅着不管。"猛见香荷站在地上，又站起招呼道："弟媳妇也坐。"

子昂妈也招呼道："都把鞋脱了上炕，炕上暖和，道儿上冻坏了吧？"说着将摊在炕上的衣服收起来。

格格夫人也进来了，嗔怪子昂道："你可给你妈找活干了！我的天哪！八个干儿子！每人都得做出春夏秋冬的衣服，你也不怕把你妈累个好歹儿的？"

他有些尴尬道："可他们就这说道。"

格格夫人又笑道："和你逗乐子呢！你这些哥哥还真挺像样的，你才一天没在家，他们就来问，有啥事要他们做不。今儿早上你大哥又来了，他们在山上又套了野猪和狍子，拿来那老些个肉哪！正好你救命的姐姐来了，咱好好摆一桌，吃顿答谢饭。"

婉娇因和子昂有过那夜激情，这时感到愧对容貌姣好的香荷，忙客气道："不用谢，随便吃点就行。"

子昂也因和婉娇、芸香有私情感到忐忑不安，便讲起日本人强行占了何家客栈，又讲那个日本人在打婉娇她们的主意，唯独不提妓院半个字。他讲的半真半假，婉娇、芸香则在一旁真的落泪。

子昂妈心疼地安慰婉娇、芸香，格格夫人一旁叹息道："亡国了，啥好东西都成人家的了，咱没能耐就认了吧。"

香荷这时想起子昂梦里喊的懿莹，便问道："懿莹结婚了吗？"

子昂遗憾道："我还没顾上去呢，三姐那也没去成。娇儿姐那离火车站近，下了车就先去她那儿了，哪知出了这种事，就先把她们带回来了。"

婉娇也突然想起事来说："罗掌柜家也摊事儿了，你还不知道呢吧？"

子昂一惊问："他家咋的啦？"

婉娇叹息道："罗掌柜和他大儿子把俩日本兵杀了。"

他吃一惊道："这咋可能？懿莹她爹不想得罪日本人啊！"

婉娇说："可有个日本人看好懿莹了，说要娶她。他们哪是娶？就是糟蹋人！听说是给当官儿的找去取乐儿的。"

他心里顿时又像被插了刀，一时忘了香荷还在旁边，焦虑地追问道："懿莹咋样啦？被日本人糟蹋啦？"

婉娇说："她跑了，可罗掌柜的儿媳妇遭殃了！"

想着小青灵敏秀气却不能和她心爱的景祥在一起，如今又被日本人糟蹋，子昂心里也很难过。他忘不了小青曾为他和懿莹增添的愉快，就担心地问："小青现在咋样？"

婉娇说："那我就不知道了，我就知道罗掌柜和他大儿子都让日本人抓走了，现在死活也不知道。懿莹和她二哥一起跑的，这都一年多了，好像一直没消息。"

子昂简直无法相信，痛心道："我离开牡丹江也就一年多，这咋出了这些事？"

婉娇说："你离开客栈没几天，他家就出事儿了！那阵日本人在乜河抓人修飞机场，结果去他家点丁时，有个日本队长看上懿莹了。具体咋回事我也说不清。这些也都是他家人跟老何讲的。"

子昂决定再次带上钱去牡丹江，这次他一定要过江去罗家，虽然可能见不着让他无法忘掉的懿莹，但他也该去看看罗家的爷爷、奶奶和曾经像母亲一样的懿莹她娘，当初他们可都愿意把懿莹许给自己的。他还希望能看到小青，即使她被日本人糟蹋了，他也希望她能好好活下去，他要单独给她一些钱，让她好好生活，算是对她当初为自己和懿莹增添愉悦的答谢。

晚饭安排在子昂爹妈的屋内，炕上摆了大桌，桌上十二道菜都是芸香一个人做的。原本子昂妈要做，但婉娇觉得她们突然来打扰过意不去，便说芸香在家天天做饭，什么饭菜都会做，菜炒得也好吃，大家便都想尝尝芸香做的菜。子昂妈倒觉得是在欺负芸香，便跟着打下手，看着芸香娴熟地忙碌着，闻着她炒菜的香气就有食欲，心里倒尤其喜欢了，也在想她的儿媳妇应该是这样的，只可惜她是子昂的晚辈。

香荷知道芸香和她同岁，但又听说芸香得管子昂叫舅舅，作为舅母，她也与芸香亲近起来。

席间，周米两家老人都感谢婉娇、芸香曾经救过子昂，又夸芸香炒的菜确实好吃，而婉娇、芸香、若玉他们都是不问不开口，尤其忌谈日本人和妓院。

吃完收拾好，子昂安排婉娇、若玉等人休息住处。婉娇、芸香和丽娜被安排在香荷当姑娘时住的屋，若玉和芳子、顺姬则被安排在新盖的房子内，若玉自己住小屋，芳子和顺姬住大屋。

第 055 章

将婉娇、芸香等人带回家的第三天，子昂见她们的情绪都稳定下来，便又带上装钱的皮包去了牡丹江。这次他头戴狐狸皮帽，身穿狐皮大氅，胸前披着羊绒长围巾，脚上一双皮棉鞋，踩在积雪上嘎吱嘎吱响。

在牡丹江下了火车，他还是先奔何家。他不知何耀宗要办的事情办得怎么样了，他要让他准备一下，待他去过罗家后就随他去龙凤。可是到了何家，他被眼前的一幕惊呆了，何家正在办丧事。灵棚搭在街门前，棚内摆着一大一小两口棺材，大棺前摆着灵牌，上面竟是何耀宗的名字。

他简直不敢相信自己的眼睛，可那灵牌上写的真真的。他这才想起何耀宗那天就有些反常，心想他一定是自尽身亡的，而且他在那天就准备走这条路了。

何家屋里院内的人很多，虽然人群中有些人的穿戴和他差不多，可他的出现还是引起大家的注意，立刻有人找来代东的。

那代东打量一下他问道："这位先生是从哪来的？"

子昂指着何耀宗的灵牌问道："他咋死的？"

代东吃惊地反问道："你不知他死？那你和他啥关系？"

见没有他认识的，他不好提婉娇，说："我是他朋友，路过来看他。"

代东忙将他领进何老太太的屋，对屋中人说："耀宗的朋友来了，是路过赶上的，你们谁认识招呼一下。"

子昂只认识何耀宗的母亲。这时她已悲伤过度，正合着眼，满脸泪痕地躺在炕上，一群妇女正守护在她周围，显然是何耀宗的姐姐们，其中两个似乎比他母亲的年纪还大。

在教平儿绘画期间，何母一直很喜欢子昂。因为何母的年龄比他祖母还大，他对这个"大娘"也一直感情特别。他最忘不了老太太曾对他说的一句话是"香儿就是和平儿拜了堂，要不你俩可真是一对儿"。还说"好姑娘有的是"。当时他知道老太太已看出他对芸香有意思，不过是拿话敲打他，让他节制些。在当时根本就无法和芸香结合到一起的情况下，这席话已经让他感到欣慰了。这时见她过度伤心，不禁酸楚，哽咽着唤道："大娘！"随即泪水夺眶而出。

老太太睁开眼睛，见是子昂，眼神立刻明亮些，一边努力爬起一边哭道："我的儿呀！"乍听似叫子昂，接着又哭道："他就这么把娘给扔了。"屋中的人还是惊异地看着子昂。

子昂有些拘谨，便安慰老太太，只说让她保重身体。老太太哭了几声便停住了，一边拉子昂坐在她身边，一边让其他人都出去。大家面面相觑一番，还是疑惑不解地出去了。

屋里只有子昂和老太太。老太太告诉他，何耀宗是自己上吊死的，和他头个媳妇吊在同一根梁上。

他难过道："我这次回来，就是来接他的，之前和他定好了的，他咋这么糊涂？"

老太太说："他先让她们几个跟你走，准是已经想不开了。"

他试探着问："我把她们接回来呀？"

老太太摇头道："不用了。平儿是娇儿的心头肉，让她回来，弄不好再搭上一条命，这头折腾不起了。再说她哪还有脸见这伙儿人，本来就和姐姐们闹得挺别扭，这又在那种地方关了那些天。算了，好歹还有丽娜，过后你跟她说吧。还有香儿，还是个黄花儿大闺女呢，就成了寡妇，总不能让她这样守一辈子呀！我知道你稀罕她，哪知你还是个少爷？就把她托给你了。和你家里说说，过后把她收了房，让她也有个依靠。香儿懂事儿，干啥像啥，长得又俊，我估摸你媳妇没她俊。"

老太太高看芸香没有错，但小瞧香荷也太主观。他不怨她，毕竟她没见过香荷，心中纠结道："她俩都俊。不过您放心，我会照顾好香儿的，给她找个好人家。"

老太太有些失望，叹口气道："反正把她托给你了，你要能把她收了房，我就可以闭上眼了，到了阴曹地府，也算少份罪孽。"

他立刻感到她说这话像似也要离开这个世界，忙安慰道："大娘，您可别想不开，儿子、孙子没了，不还有那些闺女吗！闺女家要不愿去，您就跟我走，我养您老。"

老太太欣慰道："你有这份心，我就知足了。"

他感激老太太肯把芸香托付给他，诚恳道："我说的是真心话！您要觉得外道，那我就认您做干娘，我一定好好孝敬您。认您做奶奶也行，当孙子孝敬奶奶也应该。"

老太太又哭道："还是儿好！"又哭了几声说："你要不嫌我这没用的老太太，那我可就认你做儿了。"

子昂忙说："我不嫌！那我以后就是您的儿子了。俺家是叫爹叫妈，他们管您叫娘，我也管您叫娘。"说着跪地道："娘，以后您就跟着儿子，到时儿子为您养老送终！"

老太太激动得屁股在炕上一蹭，两只小脚下了炕，鞋也没顾穿，抱着他道："我的儿呀！"随即又哭起来。

刚才被撵出屋的人其实都在门外偷听里面说话。这时女儿、女婿们都涌进来，一同拉老太太上炕，责怪道："娘，你这是干啥呀？"

老太太来了犟劲，鞋也不穿，在地上挪着小脚道："我走了个儿，这又来了个儿！往后他就是你们亲弟弟！"

何家大女儿已经六十多岁了，这时一脸难堪道："娘，俺们知道你心里难过，可你也不能这么糊涂！"

老太太眼一横道："谁说我糊涂？我说真格的！子昂是真人不露相，你们要摊上这样的弟弟那都是造化！"

何家大女婿也六十多岁了，这时横了一眼子昂，不高兴地冲老太太说："啥造化不造化，我都能给他当爹。"

老太太立刻"呸"一口道："你也配？叫你声大姐夫，你就偷着乐吧！"说着上炕。

这时屋中又聚满了人，有人愤愤道："老太太这是魔怔了！"

老太太听得清楚，坐在炕上骂道："放你娘的狗臭屁，谁说我魔怔？"大女儿气急败坏道："我说的！你就是魔怔了！让俺们认他做弟弟？你这些外孙子能接受吗？你大外孙儿都能当他老丈人！"

老太太也恼怒地骂道："我操你祖宗，不认给我滚！还谁不认？都给我滚犊子！我是看透了，你们谁都指不上。"

这一骂，屋中人顿时走了一多半。但没走的也不接受老太太认的干儿子。一个四十多岁、腰扎孝带的中年男人走到子昂跟前问："你爹多大岁数？"

子昂一直很尴尬，这时如实回道："五十多。"

男子冷脸道："我也是扔了四十奔五十的人了，可我得管老太太叫姥儿；那我还得管你叫舅不成？我就不明白，你认我姥儿做娘，是图充大辈儿，还是图别的？"

老太太抓起炕上的虎枕投向外孙子骂道："你个王八犊子！没大没小，也给我滚犊子！"

子昂没想到很简单的事会变得这么复杂，也惊讶这个大外孙子在怀疑他对何家有所图谋。他承认自己对何家有过图谋，那就是婉娇和芸香。但他与婉娇和芸香发生过的事，其他人肯定还不知道，那么何家这个大外孙一定是怀疑他在图何家的财产，毕竟何家曾经还算富裕，现在老太太的儿子、孙子又都不在世了。现在他只想减轻他对何家的愧疚，必须要替何耀宗担负起孝敬老人的责任，便笑笑说道："我只认娘，何家有金山银山都与我无关，要稀罕你们都拿走，老人家我养着，这行吧？"

大外孙愣一下道："那行，但我舅母和芸香得回来，她俩是何家的媳妇，何家财产应该归她俩。"

老太太气得骂道："操你祖宗的，你个外甥狗，我还没死呢，死了也轮不着你来分家产！"

大外孙忙解释道："姥儿我没那意思，他不说要把你接走吗，你跟他走了，这家产不得有人管吗？"

老太太依然愤愤道："我不死哪也不去，你也别指望她俩回来。让她俩回来干啥？还不够你们这帮狼惦记的！"

大外孙顿时一脸难堪，随即转身离去，紧接着，大女儿、大女婿等人也都愤然离去。

这时，屋中除了子昂和老太太还有三个人，一个中年男子和一个中年妇女，还有一个十五六岁的姑娘。

中年妇女有四十多岁，上穿蓝色偏襟棉袄，下穿黑色棉裤，扎着黑腿带，脚上黑棉鞋，相貌一般，但朴实和善。中年男子也五十左右岁，相貌憨厚，头戴狗皮帽，身穿羊皮坎肩，脚穿猪皮乌拉。那个姑娘梳着一根长辫子，辫梢系着白绳，上穿蓝底白花偏襟棉袄，腰间系孝带，下穿蓝色扎腿棉裤，脚穿青布棉鞋。

中年妇女先将屋门关紧，回身对子昂说："兄弟，我认你，我是耀宗的七姐。耀宗和我提过你，可我没法对他们讲。俺家挺乱的，你别往心里去。"

子昂说："我没事儿，你们也别为这闹得不痛快。"

七姐点下头后向他介绍中年男子道："这是俺家那口子，你叫七姐夫。"

子昂对七姐夫点下头。七姐又介绍那姑娘道："这是俺家老闺女，叫三嫚儿。"又将三嫚儿引给子昂说："三嫚儿，快叫舅舅。"

三嫚儿一脸羞涩，有些犹豫，见母亲又催促，才红着脸唤道："舅。"

子昂这次出来仍带不少钱，主要是送给罗家的，想着到时连皮包一起给了便是。此外，他衣兜里还揣了些银圆和绵羊票，以方便零用。这时他从怀里掏出一沓银圆塞到三嫂儿手里道："拿着，回头买套新衣裳，剩下的自个儿留着花。"

七姐夫有些激动，忙对三嫂儿说："快谢谢舅，跪下谢。"

三嫂儿要跪，子昂忙拦道："不用不用。几个小钱儿用不着这样。"

七姐为难道："你看你，我想让几个孩子都进来认下舅，你这样俺还不知咋好了。"

子昂笑问道："七姐是怕我给钱？就算是改口的，别在意。"

七姐夫问三嫂儿："你大姐、二姐他们呢？"

三嫂儿说："刚才还在这儿，也出去了。"

老太太见子昂给了三嫂儿改口钱，恍然道："你看我，真是糊涂了！我也该给儿子改口钱才对。"说着要去开炕梢处的柜子。

子昂忙去拦住道："娘，我不缺钱。"

老太太说："要说钱，娘是赶不上你多。娘不给你钱，给你个洋玩意儿。"说着打开炕柜门，从里面摸出一块金光闪闪的带链怀表道："这是瑞士牌儿的，是老头子在前儿有人搁它顶账的。这街面上一直没见有戴的，就一直撂在柜儿里。今个儿娘把它送给你，我看就你戴着合适。"说着啪地按开表盖，露出表盘和表针，说："瞅个点儿还准呢，一拧就走字儿。"说着塞给子昂。

子昂曾在北平见人戴过这种表，表揣怀里，金色的细链系在衣扣上，看点时端在手里，轻轻一按那表盖便弹起，露出表盘和表针。他也觉得怀表是象征男人身份的装饰，但他此前还从没奢望过，这时见老太太要将这么珍贵的东西送给他，忙拒绝道："我可不能要家里的东西，要给就给他们吧。"

老太太问道："给谁呀？要给我就给老女婿，他能戴了这玩意儿？别人我就不想了，他们心里想啥我比谁都明镜。娘自个儿的玩意儿，喜欢给谁就给谁。我就给我儿，他们就是在跟前儿也不怕。"他只好接下。

老太太又对七女儿说："啥事儿都别强求，认舅的事儿，就先到这儿，那些个就是回头来认，也赶不上三嫂儿！"

话音未落，屋门开了，一个二十左右岁、身上也戴孝的年轻媳妇进来，怀里还抱着一个三岁左右大的女孩。

年轻媳妇瘦高挑儿，一进屋先看一眼子昂，略有礼貌地点下头，然后将孩子放到炕上，一边给孩子脱鞋一边说："哄哄太姥儿去，别让太姥儿生气了。"又劝老太太道："姥儿，您别生气了。"

老太太冷眼看着她问："你不跟他们出去了吗？"

她不安道："姥儿，我没想走，是俺家他拽我出去的。"

老太太又问道："那你咋又回来了？"

她更不安道："姥儿，看你问的，俺爹俺娘还都在这儿呢！再说我也不放心姥儿呀。"

老太太这才消些气道："姥儿今儿认的儿子，你认舅不介？"

她又看一眼子昂，害羞道："我听姥儿的。"

七姐高兴道："你真是妈的好闺女，那快叫舅吧。"又对子昂说："这是俺家二闺女，叫二嫂儿，这是她家孩子，叫妞儿。"又催二嫂儿道："快叫舅！"

二嫂儿一时不好意思，但还是低头对子昂叫了"舅"，又指着子昂对妞儿说："叫舅姥爷，快叫。"

妞儿一边往老太太怀里坐，一边心不在焉地叫着"舅姥爷"。

子昂虽不习惯他又升上姥爷辈，但觉得妞子很可爱，又从怀里掏出一沓银圆放到她的小手上说："待会儿给你娘。"他猜何家都管妈叫娘，又见没人纠正他，猜是说对了。

妞子低头看着银圆问："是啥呀？"

子昂说："是钱呢，能买好多糖葫芦。"

妞子却不屑道："不是，是片片儿，俺家有大钱！"

七姐对妞儿说："你个傻妞儿，你家那是大纸片子，这是现大洋！"

妞子这才感到手中的"片片儿"不寻常，两只小手颠着看。

二嫂忙对妞儿说："快谢谢舅姥爷。"

妞儿却把钱又递给子昂道："舅姥爷！"他笑着接下，转手塞给二嫂。二嫂又忙鞠躬道："谢谢舅。"

老太太又对七女儿说："就先认到这儿吧，啥都讲缘分。"

子昂没说什么，心里极佩服这个八十多岁的老娘一点也不糊涂。

子昂原打算先和何耀宗打声招呼就过江去罗家，但眼下赶上这种事，他只能先参加何耀宗和平儿的葬礼了。

晚间吃饭的时候，何家各个房间内都摆了桌。这时吃饭的都是何家的亲属及何耀宗的生前挚友，有好几十口人。老太太的炕上也放了一桌，但她只招呼子昂和七姐一家，大人孩子围坐着，也有十多口。

七姐的大女儿叫大嫂儿，也竭力反对外祖母认子昂为儿子，但老太太最疼老闺女，大嫂儿再有不是，也是老闺女身上掉下的肉，便让大嫂儿和她的男人、孩子也都过来。

大嫂儿比子昂小两岁，相貌一般，还有点阴阳怪气。开始让她和子昂同桌吃饭还不愿过来，是三嫂儿偷偷将她和二嫂儿认舅的事说了。大嫂儿眼睛一亮，却又觉得很为难，一是不好意思管和自己年龄相仿的美男子叫舅，二是自己随了六个姨母的帮，站在外祖母的对立面，怕外祖母生她的气，三是自己落在两个妹妹后面，怕日后被这个新认的舅舅瞧不起。就在她犹豫时，三嫂儿将她拉到姥姥这边儿。

大嫂儿低着头羞愧地对老太太说："姥儿，我错了。"又羞愧地对子昂说："舅，您别笑话我。"

子昂忍不住笑，笑得大嫂儿恨不能找个地洞钻进去。好在她的五岁大的儿子对钱感兴趣，甜甜地叫着"舅姥爷"，老太太脸上也露出了笑模样，尴尬的局面才算过去。

七姐家的两个女婿都比子昂大，一个大四岁，一个大两岁，但见了银圆后，都认可比子昂小一辈，小舅小舅地叫着，还纷纷举杯敬小舅。听说子昂不能喝酒，便不硬劝，反骂起那些醉鬼们，讲了几段酒后无德的乐子。

老太太这时也开朗许多，听着大家唠也说："孩子都是好孩子，就是这酒是浑犊子！你大舅那些年就毁在酒上了。"七姐、七姐夫和外甥女们边听边往子昂的碗里夹鱼夹肉，弄得他吃也不是，拦也不是。

吃过晚饭，子昂听见外面在按几更天轮班守灵，便也提出去守灵。老太太阻止道："家里你是长辈，守灵是他们晚辈的事儿。明个儿起早出殡，你就早点歇着，今晚咱娘俩睡一炕。"又对其他人说："你们该忙啥忙啥去，没事儿自个儿找地上睡觉，明个好早起。"屋里便又剩下娘儿俩。

老太太要铺被褥，想将子昂的皮包挪个地方，结果竟没拎起来，惊讶地问道："儿呀，你这里装的啥呀？这么沉！"

他如实道："给别人带的钱。"

老太太吃一惊道："呦，那可得看好了，明个儿人可多。也没事儿，明个儿娘就帮你看着。"说完铺好两套被褥。

熄灯后，外面的雪光从窗户映进来，黑暗的屋里渐渐变得清晰。因为认了干儿子，老太太的丧子之痛似乎有些缓解。她也只能接受这个不幸的事实，但夜里还是难以入睡，便躺在被窝里为子昂讲何耀宗从小到大的事。她讲的基本和婉娇对他讲的一致，但比婉娇讲得详细，有些讲述也磨叨。

不知听了多久，子昂睡着了，老太太又伤心地哭起来。

子昂被哭醒的一瞬间还有些发蒙，借助雪的光亮才想起，自己正在出了丧事的何家，此时正和白天认的干娘睡在一条炕上，忙起来点灯，坐在干娘身旁安慰着，一直到天亮，又随众人将何耀宗和平儿也葬在黄花甸子。

葬后返回何家，子昂说自己得去乜河办事，等办完事再回来。老太太知道子昂这次来主要是奔乜河，便催他抓紧去办事。离开何家的时候，只有七姐一家人将他送到大门外。

雪又不大不小地飘下来，天空中便又凌乱和模糊。子昂叫了辆马车，风雪中直奔乜河渡口。

牡丹江的江水除了岸边已经结冻，中间的水流依然向东奔涌，雪花落入江水中随即消失，但流动的江水被夹在白茫茫的冰雪间，仿佛一条黑龙在凄冷地离去。

过江的缆绳还是那一条，只是水域窄了许多。摆渡的依然守着他们的生意，这时他们都已经穿上了冬装。

渡船渡到江心时，子昂又想起他与懿莹分别的那个雪夜。仰头望着漫天飞雪，他脑海里又浮现出懿莹对他甜甜的笑，对他讲述她从学校里知道的新鲜事，还有她倚在炕上让他画、除夕夜里和他一起包饺子、迎财神时与他相依手牵着手。又想到她现在下落不明，不禁焦虑不安，暗中对天祈祷道："老天爷，保佑懿莹吧，保佑她平平安安地回来！"

他又想起妹妹子君，暗中又祈祷上天还保佑妹妹平安并早日和他们团聚。眼下，他希望懿莹已经回到家中。但他只能和她拜仙家，做一辈子相爱的好兄妹。

罗家的房屋还是那些间，但棺材铺早已经关门了。他直奔老人住的三间房，灶房里没有人，左右屋里也很静。他先进了右屋，见懿莹妈一人躺在炕上。她也苍老了许多，和他母亲一样，头发几乎全白了，精神头也明显不如一年前，像个病婆子。见是子昂，她既高兴又悲伤，搂着他痛哭了一气。

懿莹和景祥依然都没有音信。景利自家中出事后已经懂事很多，见棺材铺关门没了往日的收入，就趁着家里还有些存款，在家用山楂做糖葫芦，再倒来一些糖果、香烟去蹲大街上叫卖，也能对付出几口人的饭钱，但生活质量远不及从前。

懿莹妈陪子昂到了对面屋，爷爷、奶奶也都躺在炕上。爷爷躺在被褥内，已经骨瘦如柴，只是通过他的喘息知道他还活着。自打家里出了事，老爷子一病不起，找郎中治了几回，却越治病越重。上次再让郎中看时，郎中只说了句"准备后事吧"，便不再来了。

奶奶也显得虚弱，但一见到子昂便想起孙女，拉着子昂的手哭道："我的孙女儿啊，你在哪呢？奶还能活着看着你不？"

他一边跟着落泪，一边安慰着。懿莹妈似乎已经习惯了哭声，全然不顾婆婆的哭，又问子昂去了哪里，在做什么，父母找到没有。他一边回答，一边还留意着小青的情况；他最担心她被日本人糟蹋后寻了短见，终于忍不住问了句。小青还活着，只是这段时间见她既伺候爷爷、奶奶，又照顾孩子挺辛苦，就备了些东西让她带孩子回娘家住些日子。

又说到懿莹，懿莹妈惆怅道："你走以后，她成天在家哭，学也上不了。你在兴隆客栈养伤的事儿，开始就你叔和你大哥知道，俺们都蒙在鼓里，还以为你跟着抗日军去穆棱了呢。后来你离开牡丹江后，景吉才和我讲，说你受伤了，已经给你拿些钱去了。可这事儿一直没敢告诉懿莹；左右你已经走了，也没处找你去。懿莹就知道你去投救国军了，整天盼着你们能把日本人赶走，哪想到啊，到头来是日本人把救国军打没影儿了。"然后才说起罗金德、罗景吉被日本人抓走和景祥、懿莹离家出走的事。

第 056 章

原来，就在子昂为躲避日本抓劳工迷入深山时，罗家也被乜河保长点了壮丁。那天跟着保长进罗家的有个被称为松井队长的日本军官。此人不到三十岁，是牡丹江日本守备队的一个小队长。一进院子，保长就照花名册念了景吉和景祥的名字，说是为日本皇军修飞机场和江桥，还说如果家里只出一人，另一人就得交捐五百元。

罗金德不愿儿子为日本人做事，就说要为两个儿子都交捐。就这时，懿莹从屋里出来，正和松井打一照面。见懿莹貌美如花，松井眼里顿时射出异样的光，一脸淫笑地盯着她，吓得她慌忙回了屋。

懿莹进屋后，松井立刻冲他身边的人一挥手，然后自己先出了院子，其他人便也都跟了出去。保长疑惑地追出去问道："咋走了？人还没见着呢。"

松井只是诡异地一笑道："那边的。"便去了别的家。保长不知松井想什么，但罗金德已经意识到他对懿莹没怀好意。

果然，松井第二天又来了。当时，罗家人正在屋里商量让懿莹与汪家儿子成婚的事，说早完婚就少了外人惦记。这时，家中一个雇工忽然慌张地跑进来说："掌柜的，日本人又来了，是那个当官儿的，还有个会说两国话的，他们要见你。"

罗家人顿时都紧张起来。懿莹一心想着子昂，虽然知道那个汪守江一直喜欢她，但在她眼里，他哪都不如子昂好。眼下大家都恐慌，罗金德绷着脸吩咐道："你们都在屋待着，我去瞅瞅。"

进了棺材铺，罗金德见只有两个身穿日本军装和高要马靴的人，一个是松井，仍是腰间挂着手枪和军刀。另一个是生面孔，四十多岁，身上没带枪械，眼前架着一副眼镜。

罗金德正要问话，那戴眼镜的上前道："你好，罗掌柜。这位是皇军松井小队长，今天特来拜会。"

罗金德问道："你是中国人？"

眼镜说："我是翻译，给中国人和日本人传个话儿。"

罗金德说："我是个开棺材铺的，从不和当兵的打交道，不知松井队长又来寒舍有何贵干？"

翻译官和松井用日语对说了一通，然后对罗金德说："松井队长说，今后牡丹江就是他的第二故乡了，他要在这里成个家。他说他想找个中国姑娘，他挺稀罕你家闺女。"

罗金德虽然事先担心会这样，但这时还是吃了一惊，厉声道："这可不行，我家闺女已经定过亲了，彩礼都收了，请松井队长去别处挑个吧。"

翻译官又用日语和松井说了几句，然后又对罗金德说："松井队长说，他就喜欢你家闺女，希望你能接受他这个日本姑爷，将来你们都会有好日子过的。"

罗金德愤然道："这绝对不行！我们中国有规矩，收了男方彩礼，就等于姑娘嫁人了。听说日本国也讲礼节，还望松井队长不要难为我们。"

翻译官和松井用日语对完又说："松井队长说，只要没入洞房就不算嫁人，收的礼都给退回去，松井队长明天来送他的彩礼。"罗金德愤怒道："你们说得轻巧！我家没这规矩！"

翻译官警告道："松井队长说了，他这样对你已经很尊敬了，希望罗掌柜不要敬酒不吃吃罚酒。明天他来送彩礼。"

未等翻译官说完，松井已经转身走了，翻译官把话说完忙也跟了出去。罗金德气得团团转，骂道："什么东西！简直是强盗！强盗！"可日本军官和翻译官都没听到。

全家人都慌了神，男人愁，女人哭，都不知该如何是好。看架势，即使懿莹和汪守江马上成亲也难逃松井的纠缠。

第三天，松井没来，是翻译官领着一个中国警察来的，放下一沓日金和两卷布料道："这是松井队长送的彩礼，让姑娘做两套衣服，再买点喜欢的东西。松井队长还说，修飞机场你家就不用出人了，以后有好事儿还会想着你们。"

罗金德这时只好软下来求翻译官道："甭管咋说，咱都是中国人，亲不亲故乡人。咱中国人的礼节你也知道，彩礼都收了，哪能说变就变。日本人可能对咱中国的礼节不了解，劳您大驾，好好跟松井队长解释下。"说着从衣兜里掏出很厚一沓钱塞过去。

翻译官见跟自己来的警察出了屋，接钱后急忙揣进兜里，低声道："老哥，我给日本人做事，也是为了养家糊口，平时也只能看着他们脸色。日本人想做的事儿，哪是咱能拦得了的？"又压低声音道："能逃就让你闺女逃吧！我也不忍心她去那地上。成啥家呀？就是祸害着玩儿！现在咱中国到处都有日本人，上海也有日本人军队了。听说日本海军里就养着妓女，专给日本兵祸害着玩儿的。现在日本陆军也在招妓女。开始都是从日本长崎招来的，后来又从朝鲜招，现在他们开始惦记咱中国女人了。你闺女要是去了，那可就入了狼窝了。松井还没资格在这儿成家，他是为了讨好上司，等他上司玩腻了，就不知再让谁玩儿了，比当窑姐儿还惨呢。头几天他们从朝鲜拉来一帮姑娘，还有几个中国姑娘，都送到掖河兵营里了。咳，没法子，逃吧！

我走了，得回去交差。"

罗金德还是感激翻译官，说："这就谢谢你啦！"

翻译官出了屋，见随他来的小警察正在棺材铺看木匠打棺材，摆下手一起离去。

罗金德立刻安排懿莹先到汪家躲起来。懿莹看出爹这就要将自己嫁给那个汪守江，整个身子仿佛僵死了一般，更加思念子昂，趴在奶奶的怀里又哭起来。

要在往常，罗金德兴许要发火，但眼下，他开始心疼女儿，眼里含泪道："闺女，爹知道你还惦着子昂，可现在……啥都别想了，保个平安吧！宁可让你大哥二哥都去修飞机场，也不能把你往火坑里推！"

景吉愤愤道："我去修飞机场！挨点累，遭点罪，我都能忍！"

懿莹只是哭，她觉得自己嫁给汪守江一样是被推进火坑。景祥趁爹不在跟前，说有话要单对她讲，样子很神秘。谁也不知景祥对懿莹说了什么，只见懿莹再回到屋里时，情绪稳定许多，就等着跟爹去汪家。

小青感觉里面蹊跷，便悄声问懿莹道："你二哥和你说啥了？"

懿莹淡定道："没说啥，就让去躲躲。"

小青不相信，但也不好多问，只是冲懿莹撇下嘴。

汪守江家也是四世同堂，有爷爷、奶奶、父亲、母亲，还有两个姐姐已嫁人、一个哥哥也已娶妻生子、一个妹妹刚十五岁。汪家人都了解罗家，也都见过懿莹，无论是冲懿莹的相貌，还是冲罗家的经济条件，都愿懿莹成为汪家的媳妇。

一见懿莹来，汪家人都很高兴，好像她已经是汪家的媳妇了。只是这次日本人强征劳工，汪守江和哥哥也被点了丁。哥哥当天就被日本人带走了，汪守江那天在同学家里没赶上，之后就没敢回家。眼下，汪家人既担心已被带走和正在外面躲藏的，又不安松井在罗家找不到懿莹后会怎样。但他们一再向罗金德保证，一定保证懿莹平安，罗金德这才回家商量如何应对松井的纠缠。

就在前些日，牡丹江及周边接连降雨，江水泛滥，就连火车站一带也可以划船了。这时大水还没退去，天上依然乌云笼罩，令人压抑和恐惧。

罗金德猜到松井还会来，便给棺材铺的雇工们放了假。为了应对松井，他们已经等了两天，心里一直惶恐不安，连吃饭的心思也没了。

第三日傍晚，松井才带着翻译官和一名端枪的日本士兵来接懿莹，他们一同乘坐一辆高棚马车。一下车，翻译官比画着手语，让赶车的在门口等着，原来赶车的是个哑巴。

进了罗家的后房，松井听见右间屋有说话动静，便推门进去。屋内除了懿莹、小青和孩子没在，其他人都在，但个个都是神色不安。

翻译官对罗金德一鞠躬道："松井队长来接人了。"

罗金德一脸苦色道："接不了了，小女不见影儿了，找了两天也没找到，连大江也找了，就担心她被大水冲走了。"

听了翻译的日语，松井立刻瞪起眼睛大叫，好像是在骂人，但罗家的人除了听懂一句"花姑娘"外，别的都不懂。翻译说："松井队长说，你在耍滑头，他让你必须交出花姑娘。"

罗金德也显出气愤的样子喊道："我闺女现在死活都不知道，你让我交什么花姑娘！"

松井听不懂罗金德说什么，但通过他愤怒的表情似乎看明白了，便更加恼怒，狂叫着扇了罗金德一个大嘴巴。

罗金德也暴怒了，当松井的巴掌又抡向他时，他抬手一架，随即用肘部猛地一击松井肋部，松井便倒退几步倒在地上，一边往起爬，一边冲那个日本兵大喊。日本兵立刻叫喊着用枪刺向罗金德。罗金德急忙闪身，但刺刀还刺中了他的左臂，疼得他一咧嘴，随即抬起右手，照着枪身向下一砸，枪从日本兵的手中坠到地上。

就这时，倒在地上的松井又掏出手枪朝罗金德射击，子弹射进罗金德的大腿，并在他一趔趄的工夫，那个日本兵又抬脚踹在他的中弹处，终于站立不稳，倒在地上。

懿莹妈哭喊着扑到罗金德的身上，炕上的奶奶也急得拍大腿，爷爷则指着松井大骂道："你这个畜生！我和你拼了！"说着要下地。奶奶忙拽住爷爷哭道："咱别硬来，人家手里有铳子！"

景吉、景祥、景利哥仨也忍无可忍了，一同愤怒地扑向日本兵。这时，松井手中的枪又响了，子弹射中了景吉的腿，身体一趔趄倒在地上。松井没再开枪，爬起来，用枪指着景祥、景利大叫，哥三个惊恐地看着松井不敢起来。

日本兵急忙爬起来，抓起步枪，也将枪口对准倒在地上的罗家父子。见罗家父子都被镇住，松井又恼怒地转向翻译官哇哇大喊。

翻译官已吓得脸色发白，听到训斥，连连点头后对罗金德说："罗掌柜，你看这事儿闹的，松井队长说，你在欺骗皇军，不交出姑娘，你们都得死，我真没办法。"

罗金德两眼仿佛要冒火，但身受两伤，实在站不起来，索性两眼一闭道："跟他说，我家闺女去哪了不知道，要杀就杀；老子杀洋毛子那会儿就死过好几回了！"

松井又听了翻译后，气急败坏地用枪点着罗金德大喊一通，又对日本兵大喊。日本兵应了一声，又冲地上开了两枪，子弹射在景祥和景利身边的空地上，吓得哥仨缩在一起。

这工夫，松井气冲冲地出了屋，在灶房内听见对面屋有孩子哭声。踹门进去，见屋里只有小青和孩子。

小青正神色惊慌地哄着孩子，孩子是被枪声吓着了。松井端详了一下小青，情绪顿时稳了下来，脸上露出淫笑，回腿将门关上，然后猛地上前将小青连孩子从炕里扯到炕沿处。

小青忙先放下孩子，一边惊恐地挣脱，一边大声哭喊，喊爹喊妈喊景吉，却一直不见来人救她。在她的衣服被扯下的一瞬间，她又声嘶力竭地喊了声"祥子哥"，她已经绝望了。

对面屋的人都听到了小青绝望的哭喊，都跟疯了似的要朝外奔，但日本兵的枪又响了，子弹在门扇上穿了三个洞。

景祥急得眼睛要冒出来了，猛地就地一滚，到了日本兵身前，又一伸手抓住他一只脚用力拉，日本兵便大劈胯地栽倒在地。

但日本兵也很灵巧，身体向后一仰躺在地上，准备翻身爬起。景利反应也快，跃身扑上去。但他的身子太轻，被日本兵一把推出老远。景祥也站了起来，一脚踢在日本兵的脸上。

日本兵这才丢下枪，双手捂着眼睛大叫。与此同时，景吉也忍着伤痛扑到日本兵身上，奋力抡起拳头。

景祥没再顾及日本兵，抓起地上枪，箭一般冲进对面屋，见小青在炕上已被松井太郎扒得只剩下红肚兜和花裤头，孩子正躺在一边哇哇大哭。虽然他曾几次在玉米地里为她脱过衣服，但这时他脑袋还是嗡的一声，怒火万丈，端枪扑向松井。

松井正想扒光小青的下身，忽听屋门被撞开，见景祥端枪冲进来，慌忙松开小青要掏枪，但景祥已将刺刀扎进他的侧腰，随即又一枪托砸在他的头上。

松井便重重地倒在地上，景祥一边愤怒地叫骂，一边疯狂地在他身上乱刺，直到他一动不动了才停手。

小青已不顾自己近乎全裸，只是捂着被揪疼的脑袋大哭。景祥忙从地上捡起她的棉衣给她披上，然后又抓起长枪冲出屋。

回到对面屋，他见爷爷奶奶、父母、景吉、景利正同日本兵和翻译官分别滚在一起。开始他以为翻译官谁都不会帮，这时见翻译官在帮日本人，怒吼道："都躲喽！"

爷爷、奶奶和母亲忙都松开翻译官，景祥先是照着翻译官的面部踢一脚，随后又一枪刺中他腹部。本想再刺几枪，但见父亲、景吉、景利和日本兵也正难解难分，便又大喊一声，刺刀又扎进日本兵的侧腰，接着便轮番在日本兵和翻译官的身上乱刺，直到他们一动不动了才停下。

景吉身受两伤，见景祥过来解围，想去对面屋看小青，却怎么也站不起来，便焦急地问景祥道："那屋咋样了？"景祥不理他，依然疯狂地刺着日本兵和翻译官。

奶奶和母亲都哭道："这可咋整呀？出了人命啦！"

罗金德也站不起来，靠着炕墙大声道："杀得好！偿命我来偿！"

这时，头发蓬乱的小青已穿好衣服过来，怀里的孩子还在大哭。景吉盯着她问："他把你咋的啦？"

小青又开始哭，奶奶、母亲也随他们母子哭，爷爷则在那儿长声叹息。

景吉向前爬两下又问："你说呀，到底把你咋的啦？"

景祥丢下枪吼道："别问啦！你想让她咋的？"说着去扶罗金德。

罗金德朝窗外看了看，见天色已暗，就吩咐景祥道："你去腾副棺材，把他们都装里头，等半夜没人的，把棺材推到江里去，剩下就凭天由命了！"景祥应后出了屋。

一进棺材铺，见有一人蹲在门口，吓了他一跳，问道："你干啥？"那人正是赶车的哑巴，看出景祥问他话但听不明白，便冲景祥打起手语。

景祥看不懂他比画的是什么，但知道他是个哑巴。又见门外停着高棚马车，猜是松井雇来接懿莹的。见景祥看不懂哑语，哑巴又从自己衣兜里掏出一张小额纸币，先在纸币上点点，又伸三个手指朝后屋比画。景祥这才明白，他是在等松井他们出来给他付车钱，忙也用手比画起来，意思是说，"你在这等会儿，我进屋给你取钱去。"

哑巴明白了，笑着点头。景祥转身跑回屋说："咱家铺子里有个哑巴，是他们雇的马车。"

大家都吃了一惊，除了孩子，哭的顿时都不哭了。

罗金德不安道："这不好办了！"

景祥说："我看他好像啥都不知道，就等着给他车钱。"

罗金德说："那赶紧给他钱。"说着掏出一张百元日金道："都给他吧，现在还什么多少的，但愿破财能免灾。"

景祥将钱交给哑巴，哑巴却犹豫了，指指钱，又指指自己，然后张着嘴巴，疑惑地看着景祥。景祥猜他是问这钱是不是都是他的，便点点头，又帮他把钱揣进兜里，示意他赶车赶紧走。

哑巴又笑了，一边往外走，一边冲景祥竖着大拇指，然后赶着马车离去了。

哑巴离去后，景祥赶紧插上铺门，然后和景利将三具尸体连同那杆长枪一同塞进一口大棺材，又在棺材盖上钉了大铁钉。随后，景祥又花钱从一户有牛车的人家租来一辆牛车。车主人知道他家租车都是给丧主家送寿材，好在这种事租车要比其他租车价格高。

深夜，罗家人都镇静了许多，除了还不会走路的孩子，不论男女老少，不论身上有伤没伤，一同伸手往牛车上抬棺材。但棺材很大，里面又塞着三具尸体，他们很难将棺材抬上牛车。实在没了办法，景祥又启开棺盖，将三具尸体一一抬出来，像摔麻袋包似的抛在地上，然后先将空棺材一同抬上牛车，再将三具尸体一一塞进棺内。

凌晨时分，景祥和景利赶着牛车直奔江岸。道路上的积水已经退去，但还很泥泞，车轮转动也很艰难，就得牛拉加人推。

正走着，迎面开来一辆铁甲车，锃亮的车灯已经照到了他们。哥俩都知道这是日本人的巡逻车，顿时都慌了神。景利想跑，立刻被景祥拽住道："别跑，跑了更麻烦。"便将拉着棺材的牛车赶到路边停下。

让哥俩喜出望外的是，那铁甲车的大灯在棺材上和他俩身上照了照，竟直接从他俩旁边开过去。哥俩长舒了口气，急忙继续往江岸赶。

终于到了江水旁，但这不是往常的江岸，因为发大水使江面变宽了很多。他俩只好将棺材卸在这儿，再推进水里。但他俩无法将棺材抬下来，便解开牛套，将车板往后一掀，棺材便滑入水中，像木船一样漂在上面。

哥俩又下水将棺材往江心推，到了水已没过景祥的腰，才用力往里一推。棺材顺流而下，哥俩拖着疲惫的身子回到岸上，重新套上牛车。

水葬松井等人的第三天，汪家来人说汪守江和懿莹都不见了，这时罗家人发现景祥也神秘失踪。两家人急成一团，但没有寻找的线索。

懿莹妈这时想起一件事，就在景祥失踪的当天，他曾和小青偷偷在棺材铺里说过话，看样子两人还哭过。当时她只担心景祥那天救了小青后，小青会不顾一切地敞开他俩的私情，还把小青叫到屋里，嘱咐她别再做出越轨的事，还提到景吉还不敢确定他们的孩子是景祥的。不想小青只是苦笑一下道："我现在死都不怕了，他知道了还能咋的？"随后又说道："要不差孩子小，我也离开这个家。"

母亲这时只担心小青不再做罗家的媳妇，哭着哄道："咋说孩子是你身上的肉，也是罗家的亲骨肉，你要真疼孩子，咱就一块儿好好过日子。俺们是对不住你，以后我当你是亲闺女疼还不成？"就在她俩说话的时候，景祥出去了，此后就没再回来。

这时懿莹妈猜到小青知道景祥的下落，可小青只是提到景祥曾对懿莹说了什么后，懿莹才愿意去汪家的。如此可以断定，景祥、懿莹和汪守江一定事先计划好了，如果这样，他们还不至于丧命，只是去了哪里不知道。

罗金德很挂念景祥、懿莹的下落。但他更担心自家杀人的事被日本人知道。所以一开始他就做了最坏的打算，告诉家人，一旦这件事情败露，就把事情全都推到他身上，别人啥都不知道。他还说他能替女儿去死，没有什么遗憾的，说得家里人抱在一起痛哭。几天过去后，见一切都很平静，罗家以为杀死松井等人的事就这么过去了。

但没过半个月，日军守备队的人还是找上门来了，见罗金德和景吉身上都有枪伤，二话没说，拖上卡车拉走了，此后再没回来。显然，日本守备队已经掌握了真实情况，但至于在哪出了岔，他们就一概不知了。过后，他们花钱托人去牡丹江守备队打听，终于得到了消息，罗家父子已经被送到掖河监狱了，据说进那里的，活着和死了是一样的，不是花钱能救得了的。罗家人感到罗金德和景吉肯定活不了了，最大的愿望就是能把尸首要出来，但也有人对罗家人讲，掖河监狱天天有人死，不少都是活活被狼狗吃掉的。

▶第 057 章◀

听了罗家的不幸遭遇，子昂心里又很难过。虽然他恨过罗金德和罗景吉，但他也不希望这父子俩这么死去。

懿莹妈倒是很清楚，又抹着泪说："你叔和你大哥回不来了。你叔之前认识一个给日本人做事的，是给他家张罗丧事认识的。那天他来家里说，他在掖河监狱见过他俩。日本人没几天就在那里杀一些抗日的，那天杀的那些，说里面就有他俩。"又哭了一阵说："那个监狱天天有人死，人死了就都喂狗。俺们去找过，日本人不让靠前儿，收尸也不让。老天爷是真不公平，你叔他俩为别人打了那些棺材，到头来，自己死了连口棺材都没有，还让狗给掏吃了！"又悲声号哭道："他爹呀，我的儿呀，俺上哪找你们哪？"奶奶也"我的儿、我的大孙子"地叫着哭。子昂不知怎么安慰，只是跟着流泪。

这时，景利从外面进来，身上披着一层雪。他比那时长高了些，脸上的顽皮也都不见了。认出子昂，他惊讶地叫道："子昂哥！"然后随着母亲、奶奶一起哭。

终于都止住了哭，子昂说："婶儿，奶，看看这面能待就待，待不了就去我那儿，我养你们老。"

懿莹妈感叹道："你是好孩子！"随即又仰起脸哭道："他爹呀，你看见了吗？子昂是个好孩子，你真不该呀！"又哭喊懿莹在哪里。

这时奶奶突然说："快别哭了，看你爹，能睁眼了！"

大家都将目光投向老太爷。老太爷已转过头，正直眼看着子昂。懿莹妈忙靠上前说："爹，你能睁眼了！这是子昂，还认得吗？"

爷爷从嗓眼里发出"嗯"的声音，显然还认识子昂。子昂见他从眼角处淌出泪水，想到爷爷奶奶最疼懿莹，也流泪道："爷，我看您来了！"边说边为他擦泪。

爷爷咧下嘴，不知是哭还是笑。之后，因怕说话影响爷爷休息，懿莹妈就和子昂又回到对面屋说话。子昂这时才说出他已经成家了，并说以后懿莹就是他的亲妹妹，这次他来乜河也是盼着懿莹能回来，还给懿莹带来一笔钱，让她以后过得好一些。

懿莹妈更加惋惜，景利也在埋怨爹。子昂这时不想唠罗金德的不是，便将话题转到小青身上。

说到小青时，懿莹妈见景利出去了就说："景吉被抓走前，小青正和他闹别扭。咳，也怨景吉，他就以为小青那天让那个日本人糟蹋了。为这事儿，景祥跟他还急过。要是别人急兴许还好，可偏偏是景祥急，他就更寻思了。家里有些事儿你不知道，现在也不怕你笑话。小青应该和景祥是一对儿。要说这还得怨你叔。咳，人都不在了，还怨他干啥。"

子昂说："嫂子和景祥的事儿，我早就知道。"

懿莹妈一愣问："你咋知道？"

他说："懿莹跟我说的。"

她嗔怪道："咳，这孩子，咋啥都说！噢，没事儿，懿莹是真和你一个心眼儿！我是想说，那天小青到底咋样儿了，除了她自个儿，也就景祥知道。后来我也偷着问景祥。开始他啥也不说，我就和他保证，不管咋样，我都不说出去，他这才跟我说。他说当时松井还没脱裤子呢，可小青的身子都露着。这也不能怪他，要不是他过去的快，小青今儿个就真没法儿活了。回头我就糊弄景吉说，景祥进去时，他们还都穿着衣裳呢。有时我就想，景祥离开家，能是因为看了他嫂子的身子？我猜不至于。再说他咋也不该把懿莹带走。这个瘪犊子，兵荒马乱的，能把她带哪去？"

子昂也为懿莹担心，但他无可奈何。眼下他只能关心一下小青，问道："嫂子今年才二十吧？也不能让她一辈子就这样儿啊！"

懿莹妈说："说的是呢。头阵儿和她唠过，劝她再找个人家，俺们就是她娘家，可她就是摇头，别的啥也没说。咳，俺们家真对不住她。一开始硬把她和景祥拆开了，这景吉又让她小小年纪成了寡妇。她不想离开这个家，也不知她是咋想的。"

子昂谨慎地问道："她会不会是等景祥？"

懿莹妈说："我觉着有那么点儿。可这叫啥事儿呀？我倒真想让他俩续上这份缘，只是好说不好听啊。"

子昂也不好妄谈此事，就说想见见小青。此时景利已经去接小青和孩子了。

外面的雪又大起来，景利去接小青还没回来。懿莹妈忙着做晚饭，事先没有准备，现杀了一只鸡炖了，又缓了块冻猪肉，和白菜、冻豆腐一起炖。

子昂去了自己曾经住过的屋里看了看，还是原来的样子，脑海里又浮现出他和懿莹在一起的美好时光。

饭菜刚好时，景利和小青回来了。小青也是一身普通的冬装，背上背着包裹严实的孩子，她的头巾上和孩子的被头上都是雪。她比以前瘦了些，但还是那么秀气，只是眼里没了往日那般神采。

见到子昂，她头巾没摘，孩子没解下，眼泪先涌出来。子昂现在就怕他们再哭成一片，忙说："嫂子，别哭，我都知道了……"说着自己倒哽咽了，一边强忍着，一边上前帮她解下孩子。

小青终于忍着没有哭出声，摘下头巾，又为孩子解开棉被。孩子已经两岁多了，比子昂上次见到时伶俐许多。棉被一打开，小家伙先左右看了看，一翻身爬起，小屁股从开裆处露出，随即跑到炕里，好奇地盯着子昂看。

子昂想把气氛缓和一下，笑道："自个儿能跑啦！"

小青用头巾擦着眼睛说："话儿也能说些了。"又召唤小家伙，指着子昂说："家旺儿，这是叔叔，来让叔叔抱抱。"

小家旺冲着子昂笑，跑过来却扑到奶奶怀里，像藏猫似的偷看子昂，看完又笑着将脸藏起来。

子昂回身从皮包里取出二百块银圆，递给小青道："你日子苦，这些先用着，不够我再给。"小青到底忍不住哭起来，小家旺见了也跟着哭。

吃晚饭的时候，懿莹的大姑来了，接近五十岁的年龄，是个快言快语的张罗人。罗金德只有两个妹妹，都嫁在乜河。子昂未被撵出罗家前，也就是在过年前后见过两次，除了互相认识下，就是拜个年，和懿莹成亲的事也没当着她的面唠。老爷子病重以后，家里人手少，作为女儿便轮流过来护理爹。

今晚轮到懿莹的大姑护理，见子昂也来了，寒暄过后又对嫂子惋惜道："子昂这孩子多好，俺哥咋就这么不容人儿！咳！"但随即又换了话题。

吃完饭，小青不回娘了。因为晚间没有开往石河的火车，子昂也只好在罗家住一夜再回龙凤，他也很留恋他曾经住过的小屋。

子昂让景利陪他一炕睡，小青则带着孩子和婆婆一起睡。临睡前，小青要单独和子昂说事儿，便将他叫进棺材铺，点亮马灯。

棺材铺里只有一口新棺材，是因郎中说过该为老爷子准备后事而特意留的，一直用几片草帘遮盖着。

小青开门见山道："懿莹是找你去了。"

他吃了一惊，不自主地站起问："上哪找我？"

她说："救国军。她以为你还在救国军里，就跟景祥去投救国军了。我也挺担心，可景祥说，他认识一个当官儿的。"

他的心又乱起来，想懿莹对他坚贞不移，而他却和芸香、婉娇有私情，又娶了香荷，深感愧疚，双手抱头哭道："懿莹，我错怪你啦！"

小青安慰道："你别担心，听说他们有十好几个人呢，男的女的都有。要不差有孩子，我也跟着去了！"

子昂止住哭问："那和懿莹定亲的汪守江没找她？"

小青说："听景祥说，汪守江答应过懿莹，要是找到你，就让你俩在一起。"

子昂叹口气道："这辈子怕是不成了。"又问道："那婶儿咋不知道？"

她说："景祥偷着告诉我的。他连爹妈都不告诉，偏偏告诉我，景吉又该瞎寻思了；那时我公公和景吉还没出事儿呢！"

子昂说："那都这么长时间了，你咋还不告诉婶儿，我看她挺着急的。"

她叹口气道："后来想说，可说了有啥用？我不知道他们现在在哪，怕说一半，他们还想知道那一半。开始就瞒他们了，我又不全知道，就怕他们还以为我藏着掖着的。"

子昂说："现在说了吧，别老让他们提心吊胆的。"

她忧虑道："说了更让人担心，打仗哪有不死人的？听说日本人占牡丹江时，抗日军的人死了不少。"说着又哭起来，显然是为景祥担心。

他安慰道："你别担心。咱不说他们去投救国军，就说他们去远地上躲起来了，有一大帮人呢，互相有照看。"她边抹泪边点头。

要回后屋前，子昂想知道小青以后有何打算，说道："大哥不在了，你也不能总自个儿带着孩子过，以后有啥打算？"

她又捂脸哭起来。他直言道："我知道，你应该和景祥成亲的。"

她一惊，立刻止住哭，不安地看着他，一时不知说什么好。

他解释道："懿莹跟我说过你俩的事儿。我真希望你能和景祥在一起。"

她低着头说："我做梦都想，可我和景吉……"

他安慰道："你本该就是景祥的。景吉已经不在了，景祥要真心喜欢你，就不应该嫌弃你。"

她坦然了许多，说："临走时他对我说，让我好好活着。"

他又安慰道："那咱就好好活着，等他回来，我帮你。"她感激地点头。

一同回到后屋，小青将景祥和懿莹出走的事说了。懿莹妈只是叹口气，没再提景祥和懿莹，对小青说："景祥心里就装着你。咳，真是造孽。俺们罗家对不住你。妈这回豁出这张老脸了，景祥要回来，就让他和你成亲，你愿不？"

小青沉默片刻道："俺得听他的。他要是嫌乎俺，俺就这样一辈子！"

子昂说："到时俺们都帮你！"

小青很害羞，子昂便说等见到景祥再说。但他们也担心景祥和懿莹再也回不来了。

院内的雪又积了一尺多厚。子昂和景利出了屋，见雪不下了，就找来雪锹和扫帚，一同清出一条道，然后才进屋躺下。

夜深了，子昂和景利还在被窝里唠嗑。景利很愿听他讲参加自卫军、攻打五卡斯、保卫牡丹江的故事。

正唠着，忽听小青急促地敲门道："你们快起来，咱爷走啦！"

子昂一时间没明白是什么意思，心想，爷爷走了？去哪了？他也不能下地呀！忽然意识到小青说的"走了"就是"死了"，忙和景利起来点灯穿衣。

老爷子已经咽了气，但他咽气的时候，就连守在旁边的老伴儿也不知道。老伴儿是从梦中醒来后发现他已经走了。

因老爷子病了很长时间，家人都清楚他挺不了多久，加上前一阵知道了罗金德和景吉的死讯，悲痛至极，这时哭了一会儿便从容地准备葬礼。大姑一边为老爷子穿寿衣一边内疚道："他白天那些精神头，准是回光返照，咋把这茬儿给忘了！这临走连衣裳也没穿上。"又哭道："爹，你慢点走，闺女给你把衣裳穿上！"

又因家里开了多年棺材铺，丧事的一切规矩都清楚，很快为老爷子穿了袜子、寿衣和寿鞋。懿莹妈又忙着为老爷子准备口钱和绊脚绳。先将一枚铜钱系上红线，塞进老爷子的口中，又用一根红绳系上老爷子的双脚。懿莹妈则又忙着找来一个馒头和一根木棍，以当作老爷子去阴间路上用的打狗干粮和打狗棍，竟忘了子昂就是属狗的，叨咕道："爹，这是打狗干粮和打狗棍儿，路上别让狗咬着。"说着为老太爷右手塞入"打狗棍"，左手塞入"打狗干粮"。

虽然棺材铺早已停业，但家中还剩下不少没有卖出的祭品，所需祭品，一概不用出去买。子昂和景利按着大姑的吩咐，找来一块旧门板，在灶房内按照门板的尺寸摆好四只方凳，然后将门板平放上面，又按照铺金盖银的说道，先铺上褥子，又铺上黄纸，头处摆上莲花枕，脚处摆了七星板。铺摆完后，他们一同抓着褥子四角，将老爷子从炕上抬下，脚前头后地抬至灶房内，又脚冲门外放到门板上，头枕莲花，脚搭七星板，身上盖好象征白银的白布单。

大姑又吩咐小青、景利先取来丧盆、烧纸、油灯和香、碗、碟等，又在老爷子灵前摆上灵桌，在倒头饭中插上三根裹了棉团的筷子，三只碟里摆上点心，香炉内点燃三根香。

懿莹妈叠出"三斤六两"烧纸，然后在灵桌前的丧盆内一张张焚烧，边烧边叨咕道："爹，您就要上路了，别空着手走，先给您装点上路钱，您都收好了。"

这时除了奶奶和小家旺不在跟前，其他包括子昂在内五人都跪在灵盆前往火盆里送纸，火苗蹿起两尺多高，青烟在空中盘绕。

景利烧了几张纸，又被大姑安排去相关人家报丧，先去两个姑姑家，天亮时再去左邻右舍。

景利出去后，懿莹妈一直在灵前烧纸，其他人便开始为老爷子叠岁头纸，加上天一岁地一岁，一共叠了八十四张，系成串，挂在街门的左门框上，以告知外人家里在办丧事，以及死者的性别和享年。忙完岁头纸，又忙起家人的孝服孝带等，基本都是之前准备好了的。

天快亮时，"三斤六两"纸的纸灰已晾凉，用黄纸包成七包，六包分别压在老太爷的两腿下，一包放入老太爷怀内，都是丧事的例行规矩。

这时，大姑家的其他人和二姑一家人都赶来奔丧。

懿莹的二姑四十多岁，虽然也裹了脚，但相貌端庄秀气。子昂曾听懿莹说过，她二姑当姑娘时是乜河一带出了名的美女，说媒的快把罗家的门槛踏平了。当时也有很多外国人在牡丹江、乜河经商，除了俄国人，还有日本、英国、法国、丹麦等地的人，谁见了她都想看她的三寸金莲。一次她被一个俄国商人堵在集市的胡同里，正要强脱她的小鞋，幸遇巡警公所的人解围。不久，罗家就将她嫁给当地一个开面包铺的中国人，家境一直比较殷实，也帮了不少娘家。如今她已当了外祖母。得知父亲过世，她先在家中哭了一气，后悔爹咽气时没在跟前，然后一身素装地奔过来，先在门外跪地哭喊着爹，磕了头，然后冲进后屋，见老太爷已经被抬到灵台上，嫂子、姐姐、侄子、侄媳妇等人都已披麻戴孝，愈加悲伤，哭喊着要往上扑，被大家拽住，说不能把眼泪滴在死者身上，由小青扶进内屋才安静下来。

天大亮时，罗家又来了不少人，但自家亲戚不是很多，大都是街坊邻居和罗金德的生前好友。大家一起动手，在街门前搭起灵棚。

当要将那口棺材抬进灵棚时，懿莹妈又失声痛哭道："他爹呀，你爷俩在哪儿呢？你们走连口寿材都没有啊——"

子昂听了心里又难过，毕竟罗金德、罗景吉是懿莹的亲爹亲哥哥，就是懿莹在跟前也不忍他俩死后魂无居所，便上前将她挽到一边说："我想跟您商量点事儿。"接着说道："这事儿我还不太懂，叔和大哥的尸体没法找，能不能给他们也定套寿材？"

懿莹妈先是一愣，随后说道："那就得引葬。"

子昂问："啥叫引葬？"

懿莹妈说："就是葬空材，材里面就放个灵位牌儿，还得请道士招魂，咱请不起。"

子昂说："咱请得起！懿莹不在家，我替她为叔和大哥一人定套寿材，道士该怎么请就怎么请，和我爷一块儿发送。"

懿莹妈激动地将他搂在怀内又哭。随后子昂就吩咐景利道："去把咱家那些木匠都招回来，再打两口好寿材！再有，让先生去庙上请道士来，该请多少请多少，别怕花钱，所有的钱都由我花，就当是你姐花的！"

景利也激动不已，真想叫他一声姐夫。其实他不知，子昂要真和懿莹成亲了，也只能帮助罗家打理棺材铺，必不会像今天这样腰缠万贯又慷慨解囊。

老爷子的灵台被从灶房抬到灵棚，放在棺材的左侧，按着阴阳先生的说道儿，必须等到晚间申时入殓。

这同时，曾经在罗家出工的木匠都被请回来，从有闲置木料的四邻家买来上好的大板，紧忙打制罗金德和罗景吉的寿材。

罗金德的寿材和老太爷的寿材同规格，日月墙七寸，天九寸。景吉的棺材则五七规格。因为之前就熟悉那些木匠，这件事便由子昂来张罗。他也扎了孝带，只是没有披麻。

子昂原定第二天就返回龙凤，可眼下这情形，怎么也得几天后才能回去，便在木匠打棺材时，先揣了些钱，按着津梅、宝来之前给他的地址找到他们家，说何家和罗家都出了丧事，他以后几天要在乜河帮着操办丧事，让宝来先回趟龙凤，告诉家里人不要着急。他想香荷一定能理解他，只是婉娇、芸香她们刚在龙凤安身，担心她们会因为他不在跟前而感到不安。

当晚申时，风水先生先让罗家人去关帝庙为老子爷送了浆水饭，然后让景利顶替罗家长子为老爷子开七光，包括子昂在内，其他家人都跪在一旁。

景利手持一根裹着棉团的筷子，蘸了白酒，立在老爷子的尸体前，阴阳先生说一句，他就重复一句，同时用棉团点一下所说部位："开眼光，看西方。开耳光，听八方。开鼻光，嗅芳香。开嘴光，吃牛羊。开心光，心明亮。开手光，抓钱粮，金银财宝满兜装。开腿光，三魂七窍走他乡。开脚光，脚驰莲花奔西方。"

为老爷子开完光后，阴阳先生又吆喝人们捧头捧脚抬两侧，将老爷子放入棺内，随后盖棺封钉。每进行一项，风水先生都有口诀在念。

为罗金德和景吉打制棺材的木匠活一结束，子昂便重操旧业，亲自上手涂漆、画材头。他做梦也没想到会亲自为罗金德的寿材画材头。他已经不再恨他了，心里一直想着他对他的好，越想越伤感，眼泪在脸上簌簌地流淌。

夜里，他还要和景利及两个姑姑家的男人轮流守灵。虽然也感到疲倦，但出于对这种大葬的好奇，他一直精神头很足。

因为出殡得进山，懿莹妈担心子昂穿得不厚实，就对子昂说："你在这儿穿过的薄棉裤还给你保管着呢，一直都是懿莹替你保管着，把它穿里头，下葬得进山，山里比这儿冷。"

他捧着懿莹为他保管的薄棉裤，心里不禁又一酸，眼泪又涌出来。他能想象出，懿莹是多么盼着他回来，心里愈加愧疚。

出殡的头日夜里，他随着众人去了关帝庙，是给罗家祖孙三人烧大纸、送盘缠。虽然是深夜，但到处覆盖着大雪，天地间便透着阴冷的光亮。

在关帝庙旁，按规矩风水先生要念路引，面向西南方，对着手中三沓纸大声道："南瞻部洲中华民国，黑龙江省宁安县乜河区人氏罗兴堂，生于咸丰元年，享阳寿八十二岁，卒于中华民国二十二年癸亥月甲午日乙亥时，寿终正寝，赴阴间冥界，随身携带金银珠宝无数，白马一匹，马童一位，名叫听用。西南大路封都城，各路关卡，各路神灵，见此路引，一律放行，不得阻拦，如有阻拦，格杀勿论！黑龙江省宁安县乜河城隍土地庙。民国二十二年癸亥月庚子日丁亥时。"

景利在风水先生的指导下，代替罗家长子为老爷子指明路，站在一个凳子上，手举一根扁担，扁担指向西南方，钩上挂着一串纸钱，风水先生说一句，他跟着说一句："爷爷大人，高高在上，后人给您老人家指一条明路。黄泉路，光明无限，我指天门天门开！我指地门地门开！我指山门山门开！我指庙门庙门开！爷爷大人骗上马，金童前引路，玉女送西天，十八罗汉来保驾，您老人家西南大路要走好！"

后面还有很多口诀，诸如金桥、银桥、奈何桥、极乐世界、望乡楼、王母娘娘蟠桃会之类，都是让逝者在阴间过得好，并在阴间保佑阳间的后人吉祥安康之类的话，然后烧了纸人、纸马、纸钱等，火光冲天，让跪在雪地里挨冻的家人忍着火烤。

接下来，又为罗金德指明路，"爷爷大人"改为"父亲大人"。景吉也只能跟着爷爷和父亲走了。大纸烧完朝回走时，子昂还是觉得两腿和后背发凉。

后半夜时，天又下起雪来，直到天亮时还在下，地面房顶的积雪已有两尺多厚了。这时，参加出殡的男女老少有二百多人，其中仅念经的道士就有二十多人，还有吹乐的、举挽幛的、抬花圈的、为罗金德和景吉打招魂幡的几十人，剩下的便是罗家的人和罗金德的生前好友及邻居。

起灵前，披麻戴孝的罗家人都跪在棺椁前的雪地上，子昂也戴孝跪在当中。景利跪在最前面，身边插着三只灵头幡，双手高高举着丧盆，随着阴阳先生高喊一声"起灵"，他用力将丧盆摔碎，盆内的纸灰随着风雪飘散。紧接着，也都身着孝服的吹乐手们一同吹响哀乐，身穿道袍的道士们齐声诵经，让罗家的人顿时更感伤悲，齐声痛哭。哀乐声、痛哭声、诵经声混成了一片，让前来参加葬礼的人们也都油然生悲落泪。

随着老爷子的灵柩抬上马车，两口引葬棺材也抬上另外两辆马车。这时，参加出殡的人们也都自觉地排起长队，最前面的一辆马车是开道的，也是抛撒买路钱的。

罗家棺材铺里还剩不少纸钱，这次全部带出来，索性倒进带箱的马车内，在送葬的路上不停地抛撒。这件事本该由老爷子的长婿来做，但纸钱太多，担心一个人撒不完，二姑便让子昂帮着撒，显然是有意将他当成罗金德的长婿。子昂懂这些，却并不忌讳，反倒为能以懿莹丈夫的身份做此事而激动。

在开道车的后面，是身穿孝服、手持挽幛的人们。每条挽幛都是两米多长的竖幅白布，分为单幅式和对联式，单幅式上面分别写着"永垂不朽，万古长青""音容宛在，天人同悲""驾返蓬莱，名垂青史"等。对联式的一左一右，写着"白骨未入三尺地，忠魂已上九重天""魂魄托日月，正气留千古；肝胆映山河，丹心照万年"等。

挽幛队伍后面是吹乐班和道士诵经班，还有打着招魂幡和抬着花圈的人们，花圈上的挽联都是家人和亲朋寄托哀思的词句，并署上与死者的关系。再之后才是灵车，三辆驮着灵柩和棺材的马车，按三个辈分一字排下去，家人和亲属们在两边护灵。最后一长队人便是罗金德的生前好友和邻居，个个表情庄重，也有随着前面的哀乐落泪的。

许是上天也在悲伤，雪竟越下越大。望着漫天大雪和纸钱一起飞扬，听着如哭如泣的哀乐声，再看后面缓缓移动的三副木棺、林立飘舞的挽幛花圈和长长的送葬队伍，子昂不禁感慨场面悲壮，不禁泪涌不断，车内的纸钱也被他不停地抛向空中，与漫天大雪竟相纷飞。

第 058 章

罗家出完殡的第二天，子昂才与罗家人告别，彼此都是依依不舍的。子昂知道罗家接下来还有三天圆坟、烧头七等祭日，便对懿莹妈说："等这头忙利索了，我来接你们去我那儿散散心。"

懿莹妈叹息道："现在哪也没心思去，就寻思把景祥和懿莹等回来；也不知他们现在在哪。"说着又抹眼泪。

他又安慰了几句说："年前我会再来看你们。"然后对小青说："日子别太紧巴了，钱该花就花，不够我再给你们拿。"

小青也抹着眼泪道："够花了，这次让你花那么些钱。"

奶奶也激动道："可是没少花，谁家能办这么大的事！俺们欠你的太多了！"

子昂说："奶您外道了，您就当我是您的亲孙子还不成？"

奶奶一边点头一边用衣袖擦着眼泪道："成、成！"懿莹的两个姑姑也随着母亲抹泪，又惋惜他没能成为罗家的女婿。

虽然大雪已停，但寒冷的风又不时地将地上的雪卷起，时而在天空飞扬。

断断续续的几场大雪已将道路堵塞，各种车辆都无法行驶了，一些人便自发地清理起道路上的雪，也就是清出一条人行小道，再加上风吹的雪，小道两边的积雪便有一米多高。

从罗家出来时，子昂顺着小道到了江岸，再向前看，白茫茫的积雪和刮起的残雪已经分不出天和地、陆地和江面了，只有脚下一条过江的小道。仅仅几天时间，江面已经封冻可以走人了。

顺着踩出的小道，他终于走到火车站。车站这时旅客很多，据说火车因下雪已经停运了一天，今天通往哈尔滨方向的火车是开通运行的头趟列车。一名铁路信号员在和认识的旅客闲唠，说之前也有火车在线上跑，但只是一台开道的火车头，最后将铁道线上的雪推成一座雪山，火车开不动了就组织人清除雪山，然后火车头继续开道，如此多次才将一条铁路线开通。

火车拖着青烟白气，在盖着白雪的山林间运行，轰轰的排汽声和嗷嗷的汽笛声，将雪地里觅食的山鸡惊得朝林中飞去。

车厢内人多嘈杂，旅客中除了说中国话的，还有说朝鲜话、日本话、俄国话的，多是商人和农民。子昂买的票正靠着车窗，这时他不管别人说什么，若有所思地望着窗外的银白世界。

他已经出来五天了，既想念香荷，也担心婉娇、芸香这几日过得不开心。他想婉娇和芸香都已成了寡妇，以后到底该怎么办？

当时他逃离兴隆客栈时，真想带着刚与他有过一夜激情的婉娇一起逃走。婉娇显然愿意和他长相厮守，但又唯恐他的父母不能接受她，所以一再嘱咐他要先娶个黄花姑娘，日后情愿给他当小的，尽管她的年龄肯定要比正房大许多。

眼下，他已娶了如花似玉的香荷，而米秋成可不是好欺负的，他也不忍心让香荷伤心。但婉娇现在更需要他的安慰，尤其平儿的死，能不能让她挺过来也难说。一想到她也可能会死去，他的心便一阵抽搐；他无论如何也不能让她死，他无法忘掉她曾给过他的救助和对他全身心的付出。即使在他与香荷的房事间，他依然快慰着她那一夜给他的快乐，他一定要让她和芸香都过上比从前还好的日子。

火车到了石河站，车厢内又有些骚动，要下车的旅客都涌向车门，子昂也前封后拥地走向车门。

一下火车，他就与几个去龙凤方向的山民合伙搭上了一辆马拉爬犁。尽管山里的积雪又厚了许多，但依然挡不住进山出山的人们。厚厚的积雪上，不停地被雪爬犁轧出小道，尤其火车在石河站停过后，林海雪原间的雪道上就又响起清脆的马铃声和车老板的吆喝声。

坐在奔往龙凤的马爬犁上，子昂无心观赏这林海雪原间的银白世界，也不想与赶车的和坐车的人搭话，背向前方闭着眼，继续想着香荷、婉娇、芸香和被他一同救出的若玉、顺姬、芳子。

论姿色，顺姬、芳子毫不逊色香荷、婉娇、芸香、懿莹，东方女性的美，在她俩身上依然体现得那么富有魅力，也为她俩红颜薄命感到惋惜。

太阳落山时，马爬犁终于进了龙凤。到了家门前，他先下了马爬犁，付了车钱。进院子时见米秋成正从米铺出来，亲切道："爹，我回来了！"

米秋成却一脸冰霜道："你早该回来！家里都快出人命了！"说着又进米铺道："你进来！"

他吃了一惊，一边跟着进了米铺，一边不安地问："爹，咋的啦？"

米秋成回手关上门，又一脸愤怒道："你想怎么的？窑姐儿你也往家里领！"

他脑袋轰的一震，心想这事怎么还是露出来了？慌忙解释道："爹您别生气。里头是有窑姐儿，可婉娇儿不是，她家真是开客栈的，日本人霸占她家客栈，开了妓院，还把她关在那里。爹，她真救过我的命，我不能不救她！"

米秋成不耐烦道："我没说她，我说那个日本丫头！"

他心里又是一震，问题怎么会出在芳子身上？他临走前连亲爹亲妈都不知道她是日本人，米秋成是怎么知道的？是芳子自己说出来的？他一时不知所措。既然米秋成提到了"窑姐儿"，他就不能再瞒了，忙又解释道："爹，是这样，我救婉娇姐时谁都不认识，就假扮嫖客进的那里。爹您放心，我就是想救人，别的啥都没想、啥都没干。我当时求的是那个岁数大的，她在那里管点事儿，要把婉娇儿救出来，就得靠她帮忙。可看婉娇儿的是另一个人，就是那个朝鲜姑娘，她是个抗日的，被日本人俘房后逼着当的窑姐儿，想逃又逃不出来。那个日本姑娘本来还在日本上学呢，是让妓院老板骗出来的，也是想逃逃不了。她们答应帮我救出婉娇儿，我也得帮她们逃出来。爹，这事儿怨我，我是怕和您解释不清，再惹您生气。爹您别生气，她们就搁咱这儿避一下，过后她们得回自个儿家去。"

他还要说，但被米秋成打断道："还有个事儿。你偷着给宝来钱了？"

他又一愣，只能如实道："给了两次，我是谢他帮我找到我爹我妈。他不让我告诉三姐，我就对谁也没说。"

米秋成怒指他道："你呀你呀，就是钱多了烧包儿！"

他这时又担心起他发现的那些财宝被人知道了，又急切地问道："爹，钱咋的了？"

米秋成愤愤道："那个王八犊子，拿你给的钱去打炮儿了！还把那个日本丫头绑起来糟蹋！昨个儿津梅两口子来，那丫头一见着宝来就豁了命了！"

他虽然也感到吃惊，但还是为他那些财宝没出意外暗舒口气，又急问道："他们现在在哪儿？"

米秋成愤愤道："张宝来让我打跑了！狗杂种，等我逮着他的，要不就总也别登这个门儿！"

他明白芳子在妓院里可能被多人糟蹋过，但怎么也没想到张宝来也糟蹋过她。他痛恨张宝来，同时也不放心芳子怎么"豁了命"，便又问道："那日本姑娘呢？"

米秋成一脸厌烦道："在屋呢！你麻溜的，该送哪送哪，别留家里头，咱家又不是窑子馆儿！我没说你救人不对，可窑子里想赎身的多去了，光宁安、牡丹江的窑子就有上百家，你救得过来吗！"

子昂对米秋成急于驱赶他救的人感到不悦，心怀怨气道："我想救也没那么大能耐，我就是为了救婉娇儿才多带出几个。"

米秋成毫不留情道："我不管你怎么的，都给我弄走！都猫咱家算怎么回事儿？"

子昂有些恼火，但他不敢和米秋成顶嘴，出了米铺直奔西屋。

屋里这时只有几个女人，除了母亲、岳母，就是香荷、津梅和津梅的两个女儿。津梅和衣躺在炕头处，身上盖着一件棉大衣。

一见子昂进来，母亲顿时哭道："哎呀儿呀，你可回来了！"

津梅听到子昂回来，霍地爬起来，哭着训斥子昂道："你坑死俺们了！"

格格夫人训斥津梅道："你个死丫头，咋还狗咬吕洞宾！张宝来天生就那玩意儿！人家好心给他钱，咋还给出罪来了！"

津梅委屈地哭道："那也不能偷着给他那老些！就是给也该告诉我一声，我好管他要下来！"

格格夫人有些不耐烦道："行啦你！有钱就往那上花？还真是的，女人学坏有钱花，男人有钱就学坏！"

见子昂发愣，她忙又改口道："也不都这样，子昂可没那花花肠子。没听说那日本丫头在里头还是个头牌儿呢，张宝来一准儿不是头回嫖娼。这遇上子昂他手头宽绰了，他钱少时就担保不去嫖？妓院玩不起，还不得逛窑子去？没把你染上梅毒你就知足吧！"津梅趴在炕上痛哭，她的两个孩子也跟着哭。

子昂看一眼香荷，见她一脸苦色，一时不知说什么，默默地挨着她坐下。要不发生这种事，他俩这时可能在自己的屋里耳鬓相磨、蜂迷蝶恋呢，但眼下似乎都没了这份情趣。

子昂看着两位母亲懊恼道："没想到会这样，让你们操心了。"

格格夫人叹口气道："这事儿弄的，咋说好啊？"

子昂问道："事儿咋引起来的？"

格格夫人便为他讲述了事情的经过。可话还得从子昂由乜河去津梅家说起。

津梅的家住在新安街的商区内，一打听便找到了。津梅和公公婆婆住在一个院，临街的房子是用来卖山货的店铺。

从家中的摆设看，津梅跟宝来过的日子不算很富裕。因急于回乜河帮罗家料理丧事，见面只寒暄了几句，子昂就掏出五百元钞票给宝来说："要过年了，到时买点年货儿。"

津梅客气道："你都没少添补俺们了，再收咋好意思！"

子昂说："要不是你们，我真没法找到我爹我妈，就是找到了，没准真和我妈说的，已经冻死在街上了；现在一想就后怕，真的很感激你们。"

宝来借机问道："我还想问你，你现在这么趁钱，是不和你爹没啥关系？"

子昂尤其顾忌宝来的疑惑，这时已想好了如何应对，淡定地笑笑道："以前我只能那么说，既然你知道我家咋回事了，我就和你说实话吧，但你们别对外人讲。"

宝来点头道："这你放心。"

子昂如是道："我在龙凤遇见个大贵人，都是他帮我。"

津梅惊讶地问道："谁呀？"

子昂说："他不让我说，你们也别多问。以后你们要是钱不够花，就跟我言语一声。我给你们多少，你们也别对别人讲。不过三姐你放心，咱家亲戚我都会帮的。"

津梅笑道："这我相信。再说了，你趁钱也是我老妹儿趁钱，我咋也不能坑我老妹儿啊。"

宝来对子昂的"实话"并不满意，也看出了子昂仍在与他周旋，不好打破砂锅问到底，只好悻悻地奉承道："子昂仗义，我能有你这么个担挑也算三生有幸。咋说咱都是实在亲戚，以后你有啥需要我做的尽管吩咐。"

听宝来这一说，子昂便说何家和罗家都出了丧事，他要帮着忙几日，让宝来先回龙凤告诉家里人一声。随即他又后悔自己将平儿被害的事也说出来，是想起婉娇还不知道何家出了丧事，怕得知平儿被害她再出意外，忙又嘱咐道："你回去别提何家的事，就说是罗家办丧事。"

见津梅一脸疑惑，他又解释道："婉娇姐在咱家避难呢，还不知道她家出了这些事。先不能让她知道，怕她知道了又哭又号，咱爹咱妈他们该闹心了。等我回去安排一下再说。"

津梅仍不解地问："她咋去咱家避难？"

子昂说："她是我的救命恩人。她长得特别好看，有个日本人总惦记她。"

津梅又问道："她多大？"

子昂说："她属兔的，比你大。"

津梅说："二姐也属兔，那她三十了呗？"他点下头。

宝来笑问道："你说她长得特别好，有多好？比天娇儿香荷儿还好？"

子昂下意识地点下头，忙又说："差不多，见了你就知道了。"

津梅狐疑地看着子昂说："看你的意思，她赶上仙女儿了。"

子昂看出她有疑虑，忙遮掩道："我没那意思，我是说那个日本人总惦记她。"

宝来这时才欣然应道："明儿一早我就回去。你放心，我回去不提何家的事儿，等你回去说。"子昂这才告辞返回乜河。

津梅想到再有半个多月就过春节了，节前要不回趟娘家，就得等大年初三才能回去，便和宝来商量备点年货，一同回趟龙凤。其实她决定和宝来一同回去的另一个原因是想看看婉娇，心想这个被子昂认为长得特别好的婉娇是如何成为他的救命恩人的？她更想到婉娇已经成了寡妇，担心子昂背着她的妹妹和这个女人有私情。她还想将三个孩子也带上，但婆婆提出让孙子留在家里陪他们，第二天她便和宝来带着两个女儿回了娘家。

格格夫人见三女儿、三女婿领着两个外孙女回来很高兴。津梅先将子昂吩咐的事说给母亲，正好香荷也从屋里出来，就将子昂吩咐的事又说了一遍，然后玩笑道："子昂怕你着急，你急了吗？"

香荷难为情地拍她一下道："坏蛋。"然后又相挽着进了内屋。

格格夫人和香荷正和津梅、宝来及两个孩子在炕上闲唠，听见灶房内有刷锅的动静，知道是芸香过来做午饭，就下炕要告诉多做四口人的。这些天，大家都吃好了芸香做的饭菜，便每顿饭都离不开她了。

津梅和香荷也想到灶房帮下手，就也跟着母亲下了炕。一见到芸香，津梅不禁愣住了。她很吃惊芸香的俊美，也吃惊她的年龄并不大，心想，她就是子昂说的婉娇吗？可怎么看也就是香荷的年纪，便问香荷道："子昂说的婉娇儿姐……是她吗？"

香荷和芸香都笑了。香荷说："婉娇儿姐她们在中间屋呢。她叫芸香儿，是婉娇姐的儿媳妇。"

津梅立刻又想起婉娇的儿子也死了，可听子昂说那就是个孩子，便问芸香道："你婆婆几个儿子？"

芸香听津梅这样问，立刻想起自己的小丈夫，有些羞愧和不安，但又不能不回答，就低下头道："一个。"

津梅顿时发起蒙。香荷已经知道芸香的丈夫是个还不懂事的孩子，这时见芸香有些难为情，便对津梅说："别问了。"格格夫人也冲她使下眼色。

津梅隐隐感到芸香嫁的是小丈夫，如此她也是个寡妇了，便不多问，同情地看着芸香说："你长得真俊！"

芸香这才抬头看着津梅笑道："你也俊！"又看一眼香荷说："你家人都俊！"

格格夫人和津梅、香荷都欣慰地笑了。津梅这时倒着急见到婉娇了，便说："一会儿我来帮你们，我去看看婉娇儿姐。"说完出了屋。

自打子昂又去了牡丹江，芸香天天帮着做饭，丽娜跟着玉莲屋里屋外玩耍，而婉娇、若玉、顺姬、芳子几乎一直待在屋里。婉娇一想到自己是从妓院里出来的便感到羞愧。她待在米家老人对面屋里也很不安，除了晚间睡觉或去茅房，其余时间都在中间屋和若玉她们唠嗑解闷，教芳子、顺姬学说中国话，倒也有几分乐趣。

第 059 章

若玉一直在惦记着子昂皮包里的钱，但见子昂又拎钱去了牡丹江，心里便不安起来。她是看子昂和家人住的房子，虽然比一般人家阔气些，但看经营的米铺，不像是大富大贵的人家，和他在妓院里说的多有不符，担心子昂当时是夸大其词骗了她，也后悔在牡丹江那么轻信他的话。她想追上子昂要个说法，又怕子昂当初就诚心骗她，这时索性与她翻脸不认账，那后果就不堪设想了，尤其顾虑子昂在来的路上说他已经杀了近藤四郎，心中不时感到恐惧，仿佛掉进无法解脱的陷阱。

子昂当时自然不知若玉的心事，听婉娇说罗家也出了命案，尤其懿莹下落不明，立刻又心急如焚了，并没顾及若玉怎么想，只说"等我回来的"，便拎着那只装钱的皮包走了。

若玉每天看似和婉娇、顺姬、芳子有说有笑，其实她一直都是寝食不安的。夜深人静，她愈加后悔没在牡丹春将那一皮包银圆留下，反倒跟着底细不详的人逃出这么远。虽然在牡丹春留钱就得放走婉娇，但她没想到他们逃出来会这么容易，早知如此，何不自己带钱逃离牡丹春。可眼下到了人家的地盘，人家一块银圆不给她又能如何，也只能想想如何让子昂履行诺言。

顺姬和芳子的汉话说得都不好，别人听懂听不懂都会笑，便认真地跟着若玉、婉娇学，似乎忘了过去的不幸。

大家都喜欢吃芸香炒的菜，子昂妈便像喜欢香荷一样喜欢她，总是让她和周米两家人一起吃，还不停地轮流往她和香荷的碗里夹菜。毕竟她是婉娇的儿媳，又都看她懂事、勤快，便谁都不计较。虽然子昂不在家，但他们相处得很和睦，好像原本就是一家人。

这时津梅出了西屋，直接进了中间屋，见婉娇、若玉、顺姬、芳子和丽娜都在炕上。婉娇这时正倚着火墙想心事，若玉正教丽娜剪纸花，芳子和顺姬则在一旁看得认真。见津梅开门进来，大家都抬起头看她。津梅更感惊诧，五个女子，年纪有大有小，却个个俊美靓丽，忙做自我介绍。婉娇忙坐直身让她坐炕上，但她只寒暄几句后便出来了，心中又多了许多疑虑。

返回西屋灶房内，她没有帮着干活，直接进了内屋，见宝来躺在炕上养神，两个女儿在逗着猫玩，便上前打一把宝来悄声道："子昂带回好几个女的，就一个岁数大点，那些都不大，长得都那么好看！说是来避难的，子昂咋认识的？你说子昂会不会和她们有啥事儿？"

宝来腾地坐起问："比你还好看？"

她又打他一把道："别闹，说真格儿的呢，跟天娇儿、香荷儿绝对有一比！"

宝来两眼又一亮道："除了我小姨子，还没见过比我媳妇儿长得俊的呢！"

津梅生气地捶他一下道："缺德鬼！"

宝来不介意，又笑问道："我去看看哪？"

津梅挖苦道："你个大老爷们看啥呀？别看了拔不出来。"

宝来玩笑道："拔不出来？她们真是仙女儿咋的？就算是仙女儿，也都是子昂带回来的，咱去问候一声，不显得和子昂近乎吗！子昂知道了也领咱的情，到时咱和他张句嘴，还能驳咱面子？"津梅觉得宝来说的有道理，便同意带宝来去中间屋。

两个女儿也要跟着，津梅脸一沉道："别欠儿，老实儿待着！"

宝来又玩笑地问津梅："你真带我去？不怕我被仙女儿勾跑了？"

她又捶他一把道："瞅你那德性！你要真有这章程，巴不得你滚蛋！"

他嘿嘿笑着下了炕，随津梅一同出了屋。

灶房内，格格夫人还带着芸香和香荷做饭。宝来一见到媳妇打扮的芸香就愣住了。津梅厌恶地扯他一把。宝来回过神儿来说："噢，我当是香荷儿呢。"

津梅愈加反感道："你瞎呀？香荷儿不也在这儿吗？"香荷只是抿嘴一笑，继续往灶火里添样子，火光照着她白嫩的脸。

格格夫人捅下津梅道："你瞅你，有话不能好声儿说？"

津梅仍不悦道："我老妹儿那么大个人他看不着？瞪着眼睛瞎说！"又笑着对芸香说："你别见笑，他是俺掌柜的。"

芸香不知怎么称呼，只是冲宝来鞠下躬。宝来尴尬地看着芸香说："你看您是客人，还跟着干活！"

津梅立刻又训斥道："你干吗？快滚，别搁这儿捣乱！"又笑着对母亲说："妈，别着急，我马上回来帮你们。"

格格夫人责怪道："忙乎啥呢你？左一趟右一趟，跟跳马猴儿似的。"可津梅和宝来已经出屋了。

到了院内，津梅又训宝来道："我看你一见着漂亮女人就闪神儿！我可跟你说，进那屋可不行直勾勾地看人家！也不怕人笑话！"

宝来不耐烦道："哎呀！不能啊！"随后进了中间屋。

宝来进屋见炕上坐的都是美女，先对婉娇一愣神，又对着若玉、芳子大惊失色。这同时，正看丽娜剪纸花的芳子也吃了一惊，美丽的眼睛顿时睁得溜圆，随即愤怒地从丽娜手里夺下剪刀，一边怒喊着日语，一边跳下炕扑向宝来。宝来惊慌失措，转身便逃，一直逃到院内。

愤怒的芳子光脚追出去，嘴里喊的什么谁也听不懂。但津梅意识到宝来和芳子早就认识，彼此间还有她不知道的积怨。

米秋成正在守米铺，这时正手里端着一只茶壶从西屋走到米铺门前，见宝来神色慌张地跑出来，芳子手持剪刀，鞋也没穿地在后面追赶，也吃了一惊，顿时感到问题严重。他第一感觉是宝来在那屋里对这个朝鲜姑娘无礼了，不然他们怎会刚见面就和仇人似的，忙拦宝来道："怎么了？"不想宝来也疯了一般，推开他道："你别管！"飞步到了大门前。

米秋成做梦也没想到三女婿会和他动手，顿时急了，手一扬道："狗日的你！"茶壶随即飞向宝来，并击中了宝来的后脖颈，随即又落在地上摔得粉碎，撒在地上的茶水，冒起一股热气。这是一壶新沏的茶水，热水显然烫了宝来的脸和脖子，就听他"啊呀"地叫了一声，忙用手去捂脖子。

趁此机会，米秋成两步到了他身后，一把抓住宝来的棉衣领子道："反了你啦，跟我动手！"说着用力向后一抡。

宝来要做解释，但已身不由己，一边倒退着一边喊着"爹、爹、爹"，结果他"咚"地跌倒在地上。

芳子就在米秋成向后一抡宝来的同时怒吼着冲到门前，但她没想到米秋成一抡胳膊宝来又倒退着摔到院中心，就转身又奔宝来疯扑过去。

这时屋里的人都惊恐地冲出来。大黄狗也被搞蒙了，立在自己窝前汪汪地叫。若玉不顾芳子手里举着剪刀，过来一把抱住她道："芳子！求求你，这是他们家！"

顺姬也扑上来，死死地抓住芳子握剪刀的手，嘴里喊着谁也听不懂的朝鲜话。芳子一边奋力挣脱着，一边伤心地哭喊，大家都感觉到她心里装着莫大的委屈。

米秋成上前将宝来的一只胳膊反拧过来，宝来疼得大叫，叫了一阵才又喊"爹"。米秋成用膝盖一顶宝来的后腰问："怎么的？"

宝来哭求道："爹，我错了，你饶了我吧！"

米秋成意识到问题真就出在宝来身上，又薅住他的脖领子往屋里拽道："屋里说。"

宝来不肯进屋，一边痛苦地挣扎，一边继续哀求说："爹，求您你放了我吧！我再也不敢了！爹！"

米秋成并不答话，又用膝盖顶他一下腰道："走你的！"宝来又疼得一仰身，只得顺从着进了屋。

进了屋，米秋成又将宝来一抢道："到底怎么回事？"

宝来倒在炕沿上哭丧道："爹，我就不明白，这帮窑姐儿咋都跑咱家来了？"

米秋成一愣问道："你说吗？她们是窑姐儿？"随即怒视着宝来问："你去逛窑子了？"

宝来跪地磕头求道："爹，我再也不敢了，你饶了我吧！"

米秋成的眼里要冒火，骂道："奶奶的，你长能耐了！"接着抡起左右巴掌，啪啪地打在宝来的脸上，打得宝来哭爹喊妈。

子昂爹妈、格格夫人和津梅、香荷等也都赶到这屋来，一同上前阻拦米秋成。米秋成一边在众人中挣脱，一边冲宝来吼道："你说，我闺女哪儿配不上你？是给你老张家泼米洒面了，还是在外头偷野汉子啦？你奶奶的，趁两镗子儿还去逛窑子！"

津梅也什么都明白了，哇地哭了起来，上前对着宝来使劲捶道："你个臭不要脸的！你恶心死我了！"宝来被打急了，这时眼里露出凶光，一把将津梅推倒在地骂道："滚你妈了的！"就势起身冲出屋去。

米秋成更恼了，冲着拦他的人们瞪眼怒吼道："你们弄我干吗？都躲了！"大家这时也都对宝来愤怒了，几乎同时松了手。

米秋成追出屋去，见宝来已经跑出了大门，知道追不上了，气得立在院中喘嘘着。这时他觉得事情有些不对劲。虽然他没去过妓院，但妓院里的事他听人讲过，窑姐和嫖客之间就是买卖关系，她们就是指这个挣钱的！如果这个外国姑娘真是窑姐儿，就不该在乎那种事，想必里面还有其他事情，便回屋吼道："去，叫个会讲中国话的来。"

若玉过来了，一再向米秋成道歉。米秋成不耐烦道："你甭跟我来这套，说说究竟吗事儿？这咋还出了窑姐儿了？"

若玉只好说："不瞒您说，这里就我是窑姐儿，她们都不是。这个芳子是被日本人骗到窑子来的，让她当头牌接客。你们许是不知道，点头牌得花大钱。可芳子死活不接客，那个日本人就把她脱光了绑起来。她拢共就接过一次客，这位客爷就是你家这个姑爷。他也挺趁钱，那天他拢共花了二十块现大洋，要不他还能乖上芳子？芳子那天是被脱光绑在棍子上，让你家这个姑爷弄了一把。芳子那天嗓子都哭哑了。后来老板怕她死，就先不让她接客。再后来，你家老姑爷把俺们救出来了。芳子最恨的就是你家这个姑爷，她就想杀了他，然后她也不活了。"

大家都明白了，痛恨宝来的同时，也很同情芳子。但米秋成认为她们毕竟是从妓院出来的，这样留在家里怕传出去不好听，便问若玉道："你们还有吗打算？家里不消停了，你们也不能总待在这儿！"

若玉出来就是为了子昂答应她的那笔钱，可眼下子昂不在跟前，也不知是真有急事，还是有意躲避她，心中不安地哭道："我打算去五卡斯，可你家老姑爷不让俺们走，他还该我不少钱呢！我是把脑袋别在裤腰带上帮他救的人，现在一毛儿都没给我，我哪都去不了！"说着哭得更伤心。

米秋成心烦意乱，又不好对若玉发火，见津梅和她的两个孩子还在炕上哭，瞪眼吼道："叫吗？哭丧呢？都憋回去！"

顿时哭声都止住了，若玉也被吓得不敢哭了。米秋成又单对津梅说："老三你给我听好了，从今往后不许再回他们老张家！他奶奶的，敢和我来武把抄，等我逮住他的，非打折他腿不可！"说完气哼哼地出屋去米铺了。

津梅和两个女儿在这屋又呜呜地哭起来。芳子在中间屋里又哭得嗓子哑了，若玉、婉娇她们都忐忑不安守在一旁，就盼着子昂早点回来。

子昂妈一面安慰津梅，一面又不时地去帮着照看芳子。虽然她开始因为芳子是日本人而很少接近她，但此时她的情感发生了变化。

晚间，她回屋和周传孝说："这日本人连他们自个儿国家的人也祸害！那闺女嗓子都哭哑了，怪可怜的！"忽然想起自己的女儿，担心女儿也会这样落在日本人的手里，便叫着女儿的名字也哭了起来，越哭越伤心。周传孝只是一边叹息，一边闷闷地抽着烟袋。

香荷在对面屋听见婆婆哭，心里很不是滋味，便过来劝道："妈别哭了。妹妹一定没事儿。"

婆婆止住哭道："但愿老天爷保佑。"忽然又说："你说我咋就觉着她们是老天爷故意让子昂领回来的呢！是不是老天爷在让我看呢？"

香荷不解地问："妈，让你看啥呀？"

婆婆说："你说子君到今儿也没个信儿，那老天爷能不知道吗？老天爷可是有眼的，咱可不能昧良心！都是爹生妈养的孩子，想让人家照顾咱的孩子，咱也得好好待见别人家的孩子。你看芳子和顺姬，一个在日本，一个在朝鲜，都离家这老远，爹妈指不定也急成啥样呢？真怪可怜的！"说着下了炕道："我还得去看看她们，也不知芳子这会儿吃了没有？"香荷便陪婆婆去了中间屋。

中间屋里这时住着六个人，芸香、丽娜睡小屋，婉娇和若玉、芳子、顺姬睡大屋。津梅带着两个女儿住娘家，西屋的右间就让了出来。格格夫人没有阻拦，显然她也是这么想的。

芸香每天都做三顿十多人的饭菜很疲惫，晚间收拾完就想躺下睡。丽娜依然和她亲，见她进小屋铺了被褥躺下，也跟着钻进被窝。

大屋的油灯还点着，整条炕上已经铺了四套被褥，只有芳子闭着红肿的眼睛躺在被褥内，其余人还都没有脱衣服，依然默默地守在一旁。她们都被白天发生的事情搅得心神不安，尤其见米秋成看她们的眼光是冷冷的，更加令她们感到这温暖的屋内也如寒冬一般。

见子昂妈和香荷进来，三个还没有躺下的都显得拘谨。子昂妈见地桌上放着一碗小米粥、一盘两样炒菜，粥里有只羹匙，菜上放着一个杂和面的干粮和一双筷子，便关切地问婉娇道："芳子吃了吗？"

婉娇说："没呢，两顿没吃了。"

子昂妈叹息着坐到芳子身边，爱怜地抚摸着她那张还挂着泪痕的脸道："可怜的孩儿！"又想起自己的女儿，自己也哭起来。

芳子惊愕地睁开眼睛，见子昂妈正看着她流泪，既感激又委屈，便又哭起来，嗓子是沙哑的。子昂妈索性伏在芳子的身上哭道："孩儿呀，咱不哭了，别哭坏身子。"这样劝着芳子，她倒哭得伤心。芳子如同见到亲人，也哭得更加伤心，其余几个也都跟着抽泣。

哭了一阵，子昂妈直起身，让香荷将粥碗端过来，问道："是不都凉了？"

若玉说："我刚馏过。"

子昂妈一边往起扶芳子一边说："来,闺女,起来吃点东西,啥都不吃哪成?"怕芳子听不懂,从香荷手里接过碗,指着饭说："吃点饭,噢!"

芳子明白,感激地点下头,然后坐直身子,泪盈盈地望着子昂妈,那眼神就像女儿望着久别重逢的母亲。

芳子被喂了两口,又伸手接过碗和羹匙自己吃。子昂妈忙又让香荷将菜盘端过来,往芳子嘴里夹着菜。芳子就着眼泪往下咽,子昂妈又难过了,疼爱地为她擦着泪说："好了,咱都不哭了。"话一出口,一旁的顺姬也失声哭起来,随即婉娇也哭起来。

芳子吃不下去了,将碗放在炕上,一头扎进子昂妈的怀里痛哭,嗓子沙哑得几乎哭不出声。随后,婉娇、顺姬也都扑到子昂妈身上,哭成一团。香荷和若玉也跟着流泪,已在小屋躺进被窝的芸香和丽娜也都无法入睡了。

之后,每顿饭前,子昂妈都先过来看芳子她们,有时还和她们一起吃。米秋成很不理解,背后发着牢骚。格格夫人不耐烦道："别瞎操心了,等子昂回来的吧。"便又平静下来,倒好像周米两家在怄气。

▌▶第 060 章◀▐

听了岳母和母亲的讲述后,子昂心里矛盾重重。虽然对米秋成反感他带回的女人感到不痛快,也实在不想让婉娇她们在这儿看着米秋成那张驴一般的脸。

他想起村妮家的大屋炕也不算小,眼下最好村妮能替他接纳一下这些落难者,将她家的大屋给婉娇她们腾出来,他们一家三口睡小屋。他坚信村妮两口子一定会帮他渡过这个难关;只要让这些落难者尽快离开被歧视的恐慌,他就可以无须焦虑地去寻找卖房子的人家。

他立刻去了夏家,向村妮两口子讲了事情经过和自己的苦衷,希望姐姐、姐夫能帮他渡过这个难关。

村妮嗔怪道："瞧你说的可怜样儿,还是我弟弟不?是不又怕你姐夫不乐意?别拿老眼光看你姐夫了。"

松林在一旁笑笑说："弟弟有难处,就是俺全家的难处,都接来吧,想住多久都成,就是六个人睡一炕怕她们挤,还得做几套被乎褥子。"

子昂欣慰道:"被乎褥子你们不用管,我一块买新的,要没卖的我让裁缝铺抓紧絮。炕要嫌挤,先在地上搭个地铺将就下。你们抓紧帮我问问谁家卖房子,不要空的时候太久的,空太久的都不能暖和,现修理也不赶趟,最好是三间一套没断过火儿的,进去就暖暖乎乎地住。"

村妮笑道:"你倒挺明白。可你没想想,谁家空房子还天天点火烧炕,那得费多些样子?你要进去就暖暖乎乎的,卖房子那家人就得去空房子挨阵冻,好房子谁舍得卖?炕要不好烧,得遭一冬天罪。这都已经入冬了,你就别折腾了,让她们在这儿猫一冬,人多挤着也暖和。"

子昂想了想说:"那就让她们在这儿猫一冬,有你们守着我也放心。一会儿我看看哪有现成的桦子弄几车来，专门烧炕用。还有，她们过来后你们就合着吧，钱都我来出。"

村妮又嗔怪道："别分得那么清，你给这头留了那老些钱，咱就正常吃，够花了。"

子昂坚持道："不用你们花，也别说咋吃，以后这头就天天吃香的喝辣的。就这么定了，我就不信没他那臭鸡子儿就做不了槽子糕；我还就不用他那臭鸡子儿！"显然还在生米秋成的气。

村妮笑道："别置气了，你老丈人摊上那么个姑爷也够窝火的。"

子昂仍愤愤道："他窝火就和这些人发火？我生气他说话太难听。"随即又叹口气道："算了，我不能让香荷儿跟着为难。不过我现在是给姐和姐夫添麻烦了。不说了，明早我就把她们领过来。我得先去弄被乎褥子，再弄几车现成的桦子。"说完转身出了屋。

实际林区内并没有卖桦子的，家家都是自己进山伐木头，被褥也都是自家絮自家的，有互相帮忙的，却没有拿此当生意做的。子昂便去找曾为他做服装的裁缝，一进屋就笑道："给你送钱来了，欢迎不？"

裁缝的家人已经熟悉他了，忙沏茶迎接。子昂说："着急用几套新被褥，明晚就得用，要赶不来就找几个会做的帮下忙。"他原想做六套被褥，忽然觉得让婉娇她们盖新被褥，村妮一家还盖旧的不太好，索性连村妮一家三口也带上，一共九套，成品费用将成本翻一倍，等于卖一套被褥赚一套被褥。然后他又吩咐裁缝的家人帮着买些干透劈好的桦子，先照三块现大洋采购，待被褥做好后一并送到东街大河边的夏家。

临走时，他又想起为婉娇她们做年装的事，就又吩咐道："等忙完这些，年前还得做不少棉装，样子也是我自个儿设计，到时你把尺带上，还去老夏家，挨个量一量。"裁缝一家欣喜不已，一同出来送他。

进了家门，岳母从米铺出来问："看你出去挺不是脸子，去哪儿了？"

他心中挂念的人已经有了新的安身处，这时听了岳母的话倒有些不安，歉意道："妈您别多想，我刚才是看我爹生气挺着急，寻思赶紧去给她们找个地上。"

格格夫人舒口气道："还当你生气躲出去了呢，回来晌午也没吃，弄得香荷儿心里也没底了。你不生气就好。你爹就那臭脾气，他说啥你别往心里去。你三姐摊上这档子事更闹腾，她说啥你也别理她。"

子昂说："我没事。婉娇姐她们明天就走了，谁都不闹腾了。"

格格夫人听出他话里还带着怨气，怔了一下问："你把她们送哪去了？"

子昂说："让她们去我姐那儿待一阵，过了年再说吧。"他以前对米家人提村妮都是"村妮姐"，今天他还头次在米家人面前把"村妮姐"改成"我姐"，其中的变化显然不是改变称呼那么简单。

格格夫人感觉到，子昂现在已把村妮这个后认的姐姐家看得比他们当岳父母的还亲近了，心里有些不是滋味，还是特意问了句："村妮儿家？"

他只是点下头，又说："再容她们在这儿一宿，我姐那儿得准备一下，明天我起早送她们过去。我去让她们也准备一下。"说完去了中间屋。

格格夫人一脸忧虑地叹口气。

见子昂回来，婉娇她们都像见到了最亲的人，眼里都涌出了委屈的泪。他忙安慰，说马上就给她们换个新家，她们这才显得轻松一些。芳子和顺姬什么都不说，只是不时地看着子昂，目光中又都充满着感激。

婉娇突然问子昂："你姐夫和平儿咋没来？"

他不想这个时候将何耀宗和平儿的死讯告诉她，至少先让她好好过了年再说，便慌言道："姐夫还有些事儿没处理完，完了他们就过来，你别着急。"

她抹着眼泪道："我就惦记平儿。这几天老梦见他。"

他心里更加不安，真担心她知道平儿死后真会发生意外。这时又怕她看出他有事瞒着她，忙转话题道："就要过年了，我想给你们一人添套衣裳。我亲自给你们设计样子，都用好料好皮子，把你们打扮得跟画儿上画的一样，让人一看，就知道你们是从北平来的。"又玩笑道："以后有人问你们从哪来的，你们就说是北平王府井的。"

大家的心情开始好起来。若玉讨好子昂道："俺们这几天都没这么开心过，你一回来，俺们心里咋这么亮堂？"大家又都看着他笑。

子昂又去了西屋，见自己的父母正陪着岳父母说话，香荷则陪着津梅和她的两个女儿，他先是向岳父、三姨姐表示了歉意，又声明明早就把他带来的人都送到村妮家。

都沉默了一会儿，米秋成说："去哪我就不管了，留家里都在一块堆儿，谁瞅着心里都别扭，我怕再闹出别的不痛快。"

格格夫人责怪道："你也是，事儿都已经出了，何苦闹得惊天动地的。"

米秋成顿时眼睛一瞪道："那是我闹的？他逛窑子，还是我逛窑子？这事儿没完，等我逮着他，非打折他腿不可！"

格格夫人撇嘴道："看把你能的！那咱老三往后咋办？让老三伺候他一辈子？"

米秋成愤愤道："美的他！老三不行回去！"

格格夫人急道："人有自个儿的家，你把她留在娘家算怎么回事儿？"

米秋成倔强道："爱怎么的怎么的，老在家里也不伺候那狗杂种！有娘养没娘教的玩意儿，我可不惯他！"格格夫人气得说不出话来，转身出了屋。

子昂妈也跟了出去，安慰道："亲家爹还在气头上，你就别和他怄气了。津梅就留家住段日子，等气儿都消了，坐下来说说就得了。世上这样的男人多的是，让咱摊上了就认了吧。"说着将格格夫人领去东屋。

格格夫人边走边哭道："这丢人现眼的事儿咋让俺们家摊上了？我咋这么不省心！"哭得鼻涕一把泪一把。

子昂妈这时竟舍不得婉娇她们了。尤其是芸香，不仅长得讨人喜欢，还很懂事不娇气，炒的菜吃着也香，比起香荷，优点还是多一些。闲时她也想过，子昂要娶芸香这样的媳妇该多好。

准备晚饭时，子昂以商量的口吻对格格夫人说："妈，她们明天就去村妮儿姐家了，今晚做点好吃的吧。"

格格夫人说："做吧，家里啥都有，想吃啥就让芸香儿做。"

做饭的时候，东西两屋都开灶，东屋专门炒菜，西屋则炖菜、蒸馒头。

芸香在东屋灶房内炒菜，心里感觉很别扭；右边屋就是子昂和香荷的屋，想着心上人每晚就在这间屋炕上搂着香荷睡，心里如同在流血。又想自己和子昂两次互吻，心里又不禁慌慌的。

这时，子昂从屋里出来，见灶房内就她一人，心疼地看着她说："受累了你。"

她想再扑进他怀里却不敢，只是委屈地流下眼泪。

自从芸香来到这里，他俩好像事先约定好了的，只要有其他人在跟前就谁都不看谁，只有现在这样，他俩的眼光才能深情地望一望。

见她流泪，他有些紧张，在她耳边低语道："别让她看见。"又快速为她擦下泪，匆匆出了屋。

子昂本想大家都在一个屋里吃，炕上一桌，地上一桌，这样都可以见面说话，但米秋成立刻反对道："我不和她们一块儿吃。"便只好东屋一桌，中间屋一桌。

子昂妈这时真拿婉娇、芳子、顺姬当成自己的孩子了，一想到她们明天都将离开这儿，心里就不是滋味，犹豫再三，终于说："我去和她们一块儿吃吧，咋说人家是客人，明天就都走了，咱都不过去陪陪不太好。"

米秋成一皱眉道："吃的都不差样儿，哪那些讲究。"显然不高兴。

子昂很感激母亲，也更加不满米秋成。格格夫人看出子昂不是心思，也觉得老伴儿太不讲情面，便迎合着子昂妈道："咱在一块儿吃也不差这一顿，过去说说话儿咱也不失礼，我和亲家母过去。"

米秋成先对老伴儿一横眼，立刻又觉得会让亲家母难堪，便只是牢骚道："你们老娘们就事儿多！愿去你们去。"

许是因为格格夫人也过来，中间屋吃得很拘谨。子昂妈和格格夫人被让到炕里中间位置，自己吃着，还不时地让着别人。见谁都不想说话，子昂妈就找话题道："你们来这几天，也没照顾好你们，真对不住。"

若玉忙说："这哪的话？都是俺们的不是，给你们添了这么大麻烦！"

格格夫人说："也甭说添麻烦，你们要不来，俺们上哪知道老三女婿是那号人？不是不想留你们，家里出了这种事儿，回头还不知咋闹腾呢！"又叹口气道："爱咋地咋吧，管不了。"

若玉不想再唠这些事，忙转话题道："你家子昂可真是好样儿的。"这话当妈当岳母的都愿听，气氛便缓解了许多，自然都是夸子昂。婉娇也喜欢听子昂的好，但只听不语，脸上也渐渐透出微笑。

东屋炕上，除了米秋成和周传孝一边吃喝一边唠着家外的嗑，就是津梅的两个孩子时不时地打嘴仗，声音一大些，米秋成就脸一板道："你俩好生吃！"但孩子终究是孩子，妹妹总愿撩姐姐，姐姐就一边小心地瞄着姥爷，一边向母亲告状。

津梅的情绪还没有完全调整过来，也不愿和爹同桌吃饭，除了沉默，就是训斥女儿。

子昂从结婚后就一直没再喝酒，是母亲和岳母都说这样对香荷怀上孩子有好处。这时他很高兴能和香荷、芸香同桌吃饭。香荷和芸香他都喜欢看，但眼下守着香荷却不敢正眼去看芸香，在芸香面前也不好太关心香荷。

芸香几乎不敢抬头，只是低头默默地吃。香荷一直显得平静，见芸香像只猫儿似的不吭声，便主动往她碗里夹菜。芸香仍不安道："我自己夹。"笑也很不自然。

米秋成和周传孝继续边喝边唠，主要是米秋成在讲，开始讲起他参加义和团时怎么扒沙俄的铁路，怎么烧洋人的教堂，这时又讲起周边新发生的事情，讲了日本人要在牡丹江至图们间修铁路，在牡丹江上修的海浪公路大桥已经通车，牡丹江至宁安、敦化的长途汽车已经开始营运，牡丹江建了新安电影院、满大制粉厂、大兴当铺，牡丹江警察派出所已经改成了警察分署，但还归宁安警察署管。还有日本人在牡丹江、绥芬河、穆棱一带搜捕为山里的抗日军偷送粮食的人，凡被抓到的，都被送进掖河监狱里等等。这些消息子昂在为罗家办丧事时已经听说了，所以待听不听，心思一直谨慎着香荷和芸香，也惦记着婉娇她们在中间屋里吃得高兴不高兴。

不到半个时辰，不喝酒的都吃完了饭，米秋成和周传孝还在边喝边唠。米秋成说："你们吃完就下桌儿吧，我俩还得会儿。"桌上便只剩下他俩喝酒闲唠了。

下桌后，津梅带着两个女儿回西屋睡觉，子昂要到中间屋去看看，还让香荷、芸香都随他去。

中间屋也刚吃完饭，还都围坐着唠嗑，气氛比开始轻松了许多。见子昂带着香荷、芸香进来，子昂妈就招呼着上炕说说话。

芸香见大家也都吃完了，便上前收拾桌子，子昂和香荷也要上手，芸香拦住道："不用你们，我自个儿就行。"说着推香荷上炕，还要帮她脱鞋。香荷不好意思，忙自己动手。

芸香又对子昂说："你也歇着吧。"他不知怎么说了，只是觉得心疼。

婉娇看出子昂的心思，说："让她自己干吧，你也累一天了，坐着歇会儿。"

他心里埋怨婉娇这时还拿芸香当使唤丫头，但什么也没说。

子昂妈说："芸香儿是真懂事儿！"

格格夫人也说："这是真的，孩子从打来了就没着闲儿，活儿干得麻利，饭菜做得也好吃，那可是得挨些累。"随即又接着刚才的话题问若玉道："你们是咋去的牡丹江？"

若玉叹口气道："说来话可长了。"接着先讲起她自己的不幸遭遇。

若玉祖籍山东，祖父于咸丰十年随流民来到黑龙江，在苇沙河一带务农，并娶妻生子。光绪二十二年，俄国人在中国黑龙江境内修铁路，若玉的父亲和叔父都去做了华工，家也安在筑路华工住的北大棚里附近。后来一个俄国工头发现附近山上长有坠满累累果实的苹果树，便将北大棚改为亚布洛尼，俄语的意思是"苹果园"。

若玉十三岁那年，铁路上也闹起义和团，导致铁路工程延误。义和团被镇压后，俄国人逼迫华工超劳抢回延误的工期，她父亲被累得吐血身亡。为了生计，她的两个哥哥也在铁路上当了华工。不想两年后铁路上又闹了瘟疫，死了不少华工和俄国人，她的叔父和两个哥哥也都染病身亡，家中便只剩下她和母亲，靠种几亩田地为生。

这年她刚满十七岁，生得如花似玉，上门提亲的人家也不少，最后她和邻居一孟姓青年定了亲。可就在转过年的正月十五晚上，因为去看秧歌自己提前回家，她在路上被一名护路的俄国士兵掠到一幢木房内施了暴。

当那个俄国士兵放她回家时，准婆家的人也都焦急不安地在她家里，原来母亲见秧歌已经散了，可她却没了踪影，便四处寻找，就连她的准婆家也去找了。

见她哭着回到家，衣裳也被扯得凌乱，大家就都猜到发生了什么事。准婆婆还找来几个妇女，强行扒了她的裤子，见她已被破了身，当即退了亲事。

她实在没脸活了，可又不想死在家里。哭到天亮时，她趁母亲睡着去了铁路线，她想在火车轮下结束她的耻辱。

正月的时节里依然冰天雪地。望着空寂延绵的铁路线，她不知火车何时开来，而瑟瑟的寒风更加让她失去对这个世界的留恋。这时，她发现铁路旁的一堆枕木上有根干活落下的绳子，便又想在铁道另一侧的树林内自缢。

可就在她将脖子套上绳套的一刻，一个男子在下面紧紧抱住她的下体向上举。她想知道下面救她的男子是谁，可男子将整个脸紧贴在她昨晚被俄国士兵凌辱的部位，两只手很有力地搂着她的臀部。她不知男子是有意还是无意，不禁又羞愧起来，哭着求他松手。

下面的男子也求她道："求求你别死。你的事儿我都知道了，我不嫌乎你，以后你就给我当媳妇吧，我保证一辈子对你好。"

她用力挣脱着，可下面的男子将她搂得更紧，继续哀求道："你要不愿嫁人，也不该把你娘丢下不管，你死了让她咋活？"

她已经听出下面的男人是谁了，也是她家的邻居，姓韩名殿臣，是个单身青年，曾想到她家当上门女婿，只是相貌平平，还比她大六岁，家里只有三间破房和几亩地，母亲即使想招上门女婿也不招他这样的。母亲这年四十岁，因生长于黑龙江未曾缠足，家里家外的活儿都能拿得起放得下，人送绰号"秦大脚儿"，后来只称"大脚儿"。虽然"大脚儿"这时是个寡妇，也很有些姿色，却一般人不敢对她无礼，韩殿臣自然也不敢因为喜欢若玉去纠缠。

其实韩殿臣家本来人口不少，可那次闹瘟疫期间，他家在铁路出劳力的男子也都染了病，继而将厄运传给家人。而他当时正在凤凰山给俄国人采石灰，因而躲过这场瘟疫。但劫难过后，他只是守着三间破房和几亩地，没人愿把姑娘嫁给他。

再说若玉被俄国士兵强暴的事很快在邻里间传开，韩殿臣也听说孟家因此退了亲。他在为若玉感到惋惜的同时，也想借此得到她，虽然她已失过身，毕竟她是他梦寐以求的，不然他也娶不上媳妇。他夜里激动不已，早晨起来就去她家求亲，道儿上见她正在铁道上徘徊，随后又去树林内寻短见，立刻上前将她紧紧抱住。

听他提到母亲，她的心顿时又软了下来，况且她眼下想死也死不成，又哭了一阵才答应下来回家。见她冷得发抖，他竟脱下棉袄给她裹上，而他却在寒冷中光着上身。她终于被他的真心感动了。

韩殿臣将若玉送回家，再次向她娘求亲。若玉娘感激他救了女儿的命，这才答应他做上门女婿。几日后，韩殿臣将自家的三间房卖了，只夹套铺盖卷和若玉过起夫妻生活。

当年秋，若玉生下个女孩，一看就是个混血儿。韩殿臣没想到若玉被那个俄国士兵强暴后就受了孕，开始竟想溺死这个"毛子种"，但若玉念孩子是她身上掉下的肉，苦苦哀求他留下孩子一条命，说以后就说是从山里捡回的。

韩殿臣经不住若玉哭闹，虽然同意抚养孩子，但一看到"毛子种"就心里别扭。毕竟跟前住的都知道若玉被毛子兵糟蹋过，到时人们一见孩子是混血儿就知道是若玉生的。

韩殿臣没脸住在亚布洛尼了，就说五卡斯有他个姑姑，不如房子地都卖了，带上母亲和孩子去奔姑姑，这时说孩子是捡的才会有人信。

离开亚布洛尼前，若玉考虑孩子生在亚布洛尼，又有俄国人的模样，就按着孩子的出生地和俄国人给女孩起名多带"娃"字的习惯给女儿取名为"亚娃"。

韩殿臣的姑母家开个炒货铺子，也代卖炒熟的榛子、葵花子、山核桃。但姑母并不愿意收留他们老少四口。倒是他的姑父很愿收留他们，说有间空房儿没人住，收拾收拾就行，还能帮他们做生意。

他的姑父叫吕家栋，四十多岁，而若玉这年十九岁，美得让所有男人都动心。吕家栋一见到她就被迷上了。若玉也看出他心怀鬼胎，但一想他是个长辈，姑婆婆还在跟前，他也不过是想入非非罢了。

可没过多久，吕家栋在外面给韩殿臣找了份挣钱的活儿，是去高岭子给俄国人伐木头，去一次就是好几天。韩殿臣一不在家，吕家栋就偷着对若玉小恩小惠，还总对她动手动脚。开始她想忍一忍，等韩殿臣攒够钱就自己出去买套房子，然后也开个炒货铺子。

不想那天姑婆婆领着孩子去逛庙会，吕家栋见家人都出去了，就让若玉把一簸箕葵花子倒在前屋炕上烘干。她没多想，端着簸箕就进屋了。可她前脚进了屋，吕家栋后脚就插了门，随即将她按倒在炕上。

"大脚儿"在外面听见女儿在里屋又哭又喊就过来敲门叫骂，可吕家栋直到在若玉身上发泄完才开了门，直接塞给"大脚儿"一沓子钱便不了了之了。

之后，"大脚儿"经常晚间抱着亚娃去和韩殿臣的姑母闲唠，将女儿一人留在他们住的小屋里。而每当这时，吕家栋都会借机进来将若玉压在身下。这样几回下来，若玉不再拒绝和反抗，她知道吕家栋给了母亲很多好处，也可说是母亲把她卖给了吕家栋。

后来这事还是被韩殿臣发觉了，一天晚间他突然回来，将他俩堵在炕上，一看就是私通。但韩殿臣没打也没闹，就管吕家栋要钱，说不给钱就把这事告诉他姑母。吕家栋真的害怕了，连从自家拿，带从外面借，一共凑了五百卢布给他了事。

打那以后，韩殿臣再也不去伐木头了，用这些钱去买了房子。房子挺宽敞，就是挺破的。修房子再花些，吃饭的钱就没有了。好在若玉她娘这时手里还有些钱，便也做起炒货生意，勉强供上嘴。但若玉并不感激她娘，她知道娘手里的钱都是她的卖身钱。

从这以后，他们家的日子一天天好起来，后来她又生了二女儿秋菊和儿子秋虎。韩殿臣怀疑二女儿是他姑父的，对若玉和她姑父私通也耿耿于怀，整天和人喝酒赌钱。直到若玉生下儿子，他才敢确定是他的，对若玉的怨恨也缓和了许多。

再后来，韩殿臣赌上了瘾，但却输多赢少，实际他是让人算计了。和他一起赌钱的一个男人早迷上了若玉，尽管二十七岁的若玉已经是三个孩子的娘了，就圈人给韩殿臣设了老千。最后韩殿臣给他打的欠据有一沓子，估计两套三间新房也还不上。

这位债主见韩殿臣拿真不出那些钱，就吓唬他不给钱就让他去坐牢。韩殿臣害怕去坐牢，就问债主用什么可以顶债，债主便说没钱就用人来顶。韩殿臣还以为债主是打亚娃的主意，便说让大女儿顶债。

亚娃这年九岁，长得白嫩讨人喜欢。可债主却说亚娃是"毛子孩儿"，怕俄国人日后找他麻烦，点名要若玉。迫于催债的压力，韩殿臣这时又想起若玉曾被他之外的两个男人玩过，也为自己没能娶个黄花姑娘而惋惜，便立刻为债主写下若玉的卖身契。

直到债主来接人时，若玉才知道自己被卖，还没等她缓过神来，韩殿臣已将她推出门外，随即那债主用一只胳膊将她夹上棚马车，任凭她哭喊打骂。

当天夜里，债主把她关在一个屋里，身上的衣服也被扒光了，想逃走都难。她这时只是担心自己的三个孩子，尤其担心亚娃也被韩殿臣卖掉，急得近乎疯狂。就在债主赤身骑上她的一瞬间，她怒不可遏地咬下他肩上一块肉。债主大怒，忍着伤痛将她反绑上，两天没给她一口吃的，后又找来其他男人强暴她，实际是用她卖大炕。

因她不停地疯狂反抗，债主又一怒将她绑着卖到牡丹江，从此她无可奈何地开始了她的妓女生涯，有时一天都穿不上裤子。

若玉在讲述她的不幸遭遇时一直在哭泣，屋里的女人们也都跟着她落泪。这时她继续讲述道："刚开始就是想孩子想得厉害，可身上没有钱，就是逃出去又顶啥用？我就想多挣些钱，自个儿把自个儿赎了回家看孩子。我最担心亚娃也让那个犊子给卖了。俺亚娃儿是属马的，过了这个年该二十八了，也不知她找婆家了没有，嫁给啥样的人？就怕和我似的苦命。我被卖那年，俺虎子才五岁。他也属狗的，比子昂小几个月，也不知他娶媳妇儿了没有。"

格格夫人更加同情她了，过去与她拥抱道："我苦命的妹子啊！"说着也失声哭道："观音菩萨呀，你咋不早点儿救出我这苦命的妹子啊！"

她这一哭，若玉又见到亲人一般，号啕大哭，好像要把她半辈子的苦水都倾泻出来。

大家情绪稳定些后，子昂妈更关心婉娇是怎么进的妓院。但婉娇不想说，只是不停地哭。子昂心疼她，就自己大概讲了讲，也只是说近藤四郎设圈套霸占了兴隆客栈，还不让婉娇离开客栈，并没提她在那里也一直光着身子。

格格夫人还想知道芳子和顺姬是如何被逼到妓院的，但顺姬和芳子都说不好中国话，就由若玉来讲。若玉虽然不会说日本话和朝鲜话，但妓院里有两个朝鲜姑娘一个会些中国话，一个会些日本话，这样，她便可以同时了解芳子和顺姬的不幸遭遇。

第 061 章

芳子的家在日本长崎，父亲秋田英夫一直从事教育工作，也是一名共产国际成员，竭力提倡与包括中国在内的各国友好往来。

然而，日本大正天皇去世后，新继位的太子将年号改为昭和。从此，日本已经奉行了多年的自由主义和国际主义开始遭到冷落，并排斥西方文明的知识和文化，古老的日本意识形态开始复活。在日军发动"九一八"事变的同时，强烈的军国主义和帝国主义潮流在日本国内骤然凶猛，国内的政治家们完全丧失了影响，陆军和海军成为支配政府的主导力量。

昭和六年冬，若槻内阁倒台，政友会总裁犬养毅组阁，荒木贞夫任陆军大臣。昭和七年春，犬养首相被军方暗杀，斋藤子爵组成了非党派人士内阁，荒木贞夫继续担任陆军大臣，高桥是清任藏相，从而结束了日本党派内阁制度，军国主义占领统治地位。

在这种情况下，日本国内开始执行向大陆扩张领土的计划，攻占目标主要是中国和苏联。同时，为了压制国内反战派的抗议和宣传，主战派对一些反战派的活跃成员实施了下狱、绑架和暗杀等行动。秋田英夫就是在这一系列的阴险行动中突然失踪的。

芳子是秋田英夫的三女儿，一年前她刚十七岁，正在中学读书，是学校里很有名气的一枝花。父亲突然失踪后，她和家人分头寻找。就在这时，有一人正悄悄地跟踪她。

当她发现身后有个西装革履的中年男子在跟踪她时，立刻提高了警惕。那男子在她身后说道："你在找你的父亲吧？我知道他在哪。"她这才止步，用狐疑的眼光看着他。他靠近她道："他现在藏在一个安全的地方。你要想见他，我可以带你去，但不能让别人知道。"

这个人就是近藤四郎。近藤四郎嗜好女色，热衷于不择手段地猎取年轻貌美女子来玩弄。他的猎取对象主要是各中学的貌美女学生。他认为女学生被男人强暴后一般不敢声张，如再施些好处，此猎物便可任其操控。他对芳子就是事先看好的，并对她的住址、家人、学校和她每天的出行线路、时间都探得清清楚楚。但芳子从不单独走夜路，这使他一时不得下手。

日本关东军占领中国东北后，其叔父近藤佳彦被以"文职人员"征入关东军，日军攻下牡丹江后又被安排到掖河日本宪兵队。眼见牡丹江局势得到控制，包括妓院、烟馆在内的各种商铺也纷纷开张营业，近藤佳彦想起家乡的侄儿无所事事，常寻花问柳惹是生非，就给他捎信去说："大日本帝国为延续圣战，日本海军已在中国上海为将士提供慰安所，所招妓女多来自长崎，只要忠于天皇，肯为关东军圣战效力，我大和国民均可军商一身，既可私利，亦可安抚将士，报效天皇。牡丹江现已成为大日本关东军占领区，驻军将士也需安抚，实为大日本帝国完成圣战之所需。牡丹江原已青楼密布，但都规模不大，生意萧条，你可以商家之身速来中国牡丹江，一统青楼，振兴家国之大业。"

近藤四郎欣喜若狂，只是他梦寐以求的芳子尚未得手，实不甘心。因叔父在信中让他"速来中国牡丹江"，他只好暂时放下芳子，乘商船先到朝鲜，又辗转到了中朝交界，继而从中国延吉到了牡丹江。

与在掖河宪兵队的叔父见过面后，他立刻在牡丹街低价收购了两家濒临关门的妓院。见所接妓院中妓女寥寥、树老株黄，他不禁又想起他还没有得手的芳子，想借回长崎招募妓女之机顺手牵羊，既可满足他的私欲，又可帮他经营，便又返回日本长崎。

这时他已知道秋田英夫是反战分子，军方特务要对他们中的一些人采取秘密行动，但他并不知道军方如何处置秋田英夫。通过对秋田家人的监视、打听，他猜想秋田英夫已被军方采取了行动，而秋田家人尚不知晓，仍在分头寻找，便紧紧盯住芳子不放。

芳子听近藤四郎说他和她父亲是同党，格外欣喜。近藤四郎又对她说："你跟着我，要保持距离，不要被别人发现。"

就这样，她跟着近藤四郎到了港口，先被安排在一个旅馆的房间内等候。可等了很久，近藤四郎回来对她说："有人在抓你父亲，现在他藏在一艘商船内不敢露面。你只能到船上见他一面，但要装着不认识，然后你就下船回家。"她想见父亲心切，便又跟他登上一艘商船。

船上都是准备去朝鲜和中国发财的商人。近藤四郎将她带进一个货仓，告诉她朝着一个只能进去一人的货物间隙里走。她在前面走，近藤四郎在后面用一条毛巾捂住她鼻子，她只挣扎了一下便失去了知觉。

她醒来时正躺在一间客房的床铺上，身上盖着毯子，近藤四郎正坐她旁边用淫荡的目光看着她。她又吃一惊，忙要起身，觉得身下摇晃，更觉得头晕想吐。她意识到自己正在行驶的船上，立刻想起了昏迷前的事情，自己一直没有见到父亲，不禁紧张起来。她又掀去身上的毯子，见身上衣着并无异样，只是恶心想吐。近藤四郎忙扶她，她想推开他，但忍不住开始呕吐。近藤四郎在她背上轻轻抚摸拍打着，她已经顾不得拒绝了。

终于适应了些，她问她的父亲在哪，近藤四郎诡笑道："他在中国，我怕你不相信，就先让你睡一觉，实在对不起。"说着为她鞠一躬。

她半信半疑，又问道："我们这是去哪？"

他回道："去中国，是你父亲让我带你去的，他很想念你。"

她不再相信他的话。她想起她的学校在号召男女学生到中国为天皇效忠，不少同学都热血沸腾地报了名。她没有报名，是因为父亲对她说过："我们日本资源匮乏，军方进兵中国就是去掠夺，这是不道德的，有损于我们大和民族的形象。就像我们家里过日子，你家东西少，就可以到有钱的人家去抢吗？说是建立东亚共荣圈，那是骗人的！甲午战争我们是赢了中国，但现在的中国不是大清国了，中国的国民党和共产党有抵触、有冲突，那是他们自己家的事，但他们都是爱国的。我们要想打赢这场战争，是要付出很大代价的，甚至会耗尽我们所有的国力，但中国终归还是中国。"

芳子已经意识到自己被绑架了，愈加恐慌地哭道："我要回家，你让我下去！"

近藤四郎说："你要现在下去，只能跳进大海喂鲨鱼。要想回家，我不反对，那就等船靠岸了再说。"

可等上了岸，已经是朝鲜了。她更是六神无主，又哀求近藤四郎送她回家。近藤四郎说："我也是要回家的，你要想回家，就乖乖地跟着我，等我把事情办完了，我们一起回去。"她只好乖乖地跟他到了牡丹江。

一到了牡丹江，她就被近藤四郎带进妓院。她不知这里是什么地方，还随近藤四郎进了一个房间。这时的近藤四郎，立刻去了所有的伪装，也剥下她公主般的尊严。她的眼泪要哭干了，但她是叫天叫地都不应。

尽管芳子被近藤四郎视为掌上明珠，但她的脾气也开始变得暴躁，曾用水杯将近藤四郎的额头砸开一个口子，血流满面。近藤四郎恼羞成怒，随即让她做了接客头牌。虽然价钱很高，但仍有人出于好奇多花钱点她。

但她死活不肯接客，嫖客根本无法靠近她。近藤四郎又恼羞成怒，将她扒光后用两根木棍绑成"大"字形，使她躺在地炕上无法翻身。而凡来点芳子的人都是有钱人，即使做这种事也想绅士一些，见芳子这副架势，又惊恐万状、拼命摇头地大哭大叫，听不懂她在骂人还是乞求，实在不忍心上去，也觉得没有情趣，便都随即离去。但近藤四郎还是收他们那些钱。嫖客不服，但立刻从外面进来几个凶汉，吓得嫖客只好舍财离去。

也有不绅士的有钱嫖客，见芳子长得楚楚动人，根本不顾她面目狰狞地哭喊。芳子清楚地记得，自从被绑上接客起，一共有三个嫖客点了她，但只有一人在她体内种下了仇恨，这个人就是张宝来。

张宝来一直疼爱津梅，也由着津梅对他管束，但一直让他感到屈辱的是，爱妻的心里一直装着大姐夫李春山。

开始他不知津梅和春山私定终身，但婚后他曾夜里听她梦中喊过"春山哥"，心里很不是滋味，也开始偷偷询问春山和津梅的事。大人们自然要避讳，可那时天娇、香荷还都小，他连哄带套，真就知道了一些秘密，是岳父从中别了一下，津梅和春山才没能成为夫妻。

他也注意到，津梅从来不叫春山"大姐夫"，表面看彼此如同互不相识，这才觉得津梅到底还是他的。后来他又注意到，津梅很愿回娘家，有时在娘家一住两三天，而他在牡丹江有山货生意，不能在岳父母家陪她两三天，就让她在娘家住两天他再来接她。接着他又发现，春山常常为岳父母的米铺送大米，便怀疑津梅所以喜欢回娘家，是与春山藕断丝连，甚至怀疑爱妻已和春山私通成奸。

但捉奸要捉双，媳妇在娘家私通又如何抓双？便整日郁闷，时常酒后露出疑心，津梅便一肚子委屈地又跑回娘家。醒酒之后，父母骂他胡思乱想，便又悔恨不已，忙从牡丹江去龙凤接媳妇，还怕津梅不能原谅她。而这时的津梅，恰恰又不敢让娘家人知道宝来怀疑她与春山私通，一旦让爹知道，她以后连回娘家都不敢了。

宝来也不敢对岳父母露出自己的怀疑，毕竟没有真凭实据，一旦真的冤枉了米家姑娘，米秋成是不会饶他的。于是，他嬉皮笑脸地和媳妇一亲近，津梅便乖乖随他回了牡丹江。然而这更令他怀疑媳妇心里有鬼，只是实在抓不到她和李春山私通的证据，也实在是对津梅爱也不是，恨也不是，索性无所顾忌地跟着酒肉朋友逛窑子，以求心理平衡。

虽然宝来家里做着山货买卖，可真正当家的是津梅，到山里进货也基本是明码实价，绞尽脑汁地砍砍价，也没有太多赚头，喝酒、玩女人也只能去挂着一只幌的小酒馆和没有名牌的窑子馆，双幌的酒楼和有名牌的妓院，也只能偶尔随些狐朋狗友去一次，头牌的姑娘还是可望不可及，就渴望兜里有他可劲花的钱，去家名气大的妓院点个头牌姑娘。

自打他将子昂爹妈送到龙凤后，他就想从子昂身上捞些私房钱，子昂还真就如了他的愿。那天偷着得了子昂的谢金后，从龙凤一回到牡丹江他就去了一家颇有名气的妓院，五块银圆就点了一位头牌姑娘。

半个月前，他见火车站旁新开一家妓院，进去听说头牌是个日本姑娘，心中好奇，当即付了二十块银圆点下。可一进内屋，见一姑娘赤裸着被用两根木棍绑成"大"字形，不禁吃了一惊。仔细再看姑娘，确实比他的媳妇年轻貌美。这个姑娘就是被刚挂了头牌不久的芳子，在柜前收他钱的便是若玉。

见又有嫖客进来，芳子又惊恐万状地摇头哭喊。宝来虽然听不懂日语，但他知道她是被强迫接客的，有些不忍，只是喜欢地在她光洁的身上摸了摸，转身出去让若玉给他换一个。

可若玉对他说，姑娘是光着身子的，只要他进去了，就按"打炮儿"收费，出来再进去按两次"打炮儿"算。他刚要理论，门外进来两个汉子说："想打炮儿重新交钱，不想玩儿门就在后面。"

他惹不起这伙人，又不甘心花二十块银圆没过把瘾，索性心一横，又掏十块返回那房间，不顾芳子如何哭喊，脱光衣服扑上去。

芳子被宝来强暴后，再次将嗓子哭哑，只想一死了之。可绝了一天食，她又不想死在异国他乡，便乞求近藤四郎道："让我做什么都行，就是不接客！"

近藤四郎念她是同乡，不想往死里逼她，便让她到前厅诱惑客人。她反倒感激起近藤四郎了，尽职尽责地当起皮肉幌子来。见芳子不再哭丧着脸了，近藤四郎又对她好起来，又指望她日后成为他的得力助手。

这一切，都被若玉看得明白，便主动讨好芳子，教她说些简单的中国话，倒成了芳子最知心的人。那日近藤四郎为打造牡丹春这一品牌，决定将先来的几个年纪大和不上眼的姑娘换掉，被换掉的姑娘可能被送到别的妓院里，也可能送到军营里。

若玉知道自己岁数大，担心也要被换掉，尤其害怕被送进军营，忙求芳子为她说情，保证一定尽心打理前台、招揽客人。

近藤四郎竟答应了芳子，是看她跟若玉学中国话学的有进展，觉得若玉还有用，便让若玉一边继续当鸨母，一边继续教芳子说中国话。若玉隐隐感到，自己虽然暂且留下，但等芳子学好中国话以后，她还是免不了被换掉。

第 062 章

金顺姬的本家在朝鲜会宁，家有父母和两兄一姐，一直靠租种水田为生。本该生活过得去，但已为亡国奴的朝鲜农民，打下的粮食要为日军供口粮，国人多次发起针对日本侵略者的反抗，但均被残酷镇压。顺姬的祖父和大伯就是在农民暴动中丧命的。后来日本军方改组朝鲜政府，以民政代替军管，并允诺说，只要朝鲜人放弃独立运动，就给朝鲜一定自治权。然而这个自治权并没使百姓的生活有所改善。冬天一过，他们每天都得靠野菜来补充粮食。

日本侵占中国东北后，朝鲜农民种的粮食还要补给在中国参战的日军，这使得朝鲜国内的粮食更加匮乏。许多男人为了能吃饱，只好穿上日军军装，扛枪到了中国。

顺姬的两个哥哥也被征了兵，可就在当晚，父母带着她和哥哥姐姐进了山。这时他们才知道，父母都是抗日游击队的秘密联络员。就这样，她和哥哥姐姐也都参加了抗日游击队。

在游击队里，她负责照顾伤病员，为伤员端水送饭和换药喂药。入队没几天，她又随队伍从山里越境到了中国吉林境内，同在中国境内的朝鲜抗日军一起作战。

去年春的一天，她正为前线下来的伤员包扎，队伍下达命令全部后撤，原来日军又调来重兵围剿他们。因为有十多位伤员，行动不便，队长便让几名男战士和包括顺姬在内的几名女队员保护伤员向北撤，主力部队则边打边向西撤。

日军果然跟着主力的枪声追去，可这支伤员队伍却不知该怎么走了，朝着主力撤退的方向走，怕撞上追赶主力的日军，往日军追来的方向走，又怕日军还有后续部队，便继续向北撤。原想大绕一下再与主力会合，可再穿过一片山林便都不知道自己在哪了。这时他们就想走出林子，可一连走了几天也没有走出大森林。

这日清晨，他们将身上仅有的一点干粮分吃了，然后继续寻找山林出口。她正跟着队伍朝前走，忽听落在后面的一个女队员惊叫，回头一看，见是一只黑熊将那女队员扑倒。

一个队员举枪要打，被另一个队员拦住道："别开枪，会把日本人引来的！" 大家便端着枪拿着木棒扑上去。

黑熊这时正在用嘴撕扯那女队员的裙子，已经扯下了一半。大家一起将手中的家伙抡在黑熊的背上，可黑熊没被打倒，霍地站起，一掌拍在一个男队员的头上。这名男队员顿时倒地捂脸大叫，鲜血从他的两手间涌了出来。其他人急忙闪开，黑熊又扑向那个拎着裙子要逃的女队员，随即骑在她身上，居然做出交配的动作，令其他队员都感到惊愕。一个男队员忍无可忍，举枪就放，枪声穿透了寂静的山林。

黑熊后背中了弹，却又起身扑过来。枪声再次响起，黑熊才晃下身体倒下。

顺姬先为那个被熊抓伤的男队员包上眼睛，又为被熊羞辱的女队员整理衣裙，见她身上也有抓伤。受到惊吓和羞辱的女队员这时只顾抱着顺姬哭。一个男队员却笑道："哭什么？怕不能嫁人了吗？不要怕，给我当媳妇吧！"大家都笑。

受辱的女队员训斥起那个男队员道："你就知道保护顺姬，娶她去吧。"

男队员看一眼顺姬，又摇头道："顺姬太漂亮，看不上我，有人会要我命的。"

顺姬确实每个男人见了都喜欢，行军打仗倒好像她是伤病员，一直被人关注和照顾，这时见那男队员在拿她说笑，过去用脚轻踢他道："坏东西！"

这时，几个队员说已经好几顿没吃饱了，赶紧点火烤熊肉，没有伤的队员便去拣来干柴燃起篝火烤熊肉。

他们连熊的三分之一都没吃上就吃不动了。就在这时，有人惊叫道："日本人！"

大家同时看见林内不足百米处有十几个日军端着枪向他们靠近。一个队员大喊道："准备战斗！"说着一个打滚抓起自己的枪，再一滚身藏到树后，举枪就射。其他人也都躲到树后，有枪的开枪，没有枪的则掏出手榴弹投出去。

枪声、爆炸声都是这边放的，对面的日军都藏在树后，一枪也没放。大家正纳闷时，对面有人用朝鲜语喊话："不要打了，你们被包围啦！赶紧投降吧！"

大家往左右和身后方向看，见每个方向的十几米远处都有日伪军藏在树后。他们都意识到，抵抗已经毫无意义了。一个躺在担架上的受伤队员拉响了一颗手雷，顿时血肉横飞。另一个躺在担架上的伤员也拉响了手雷。因为几个伤员离得较近，两声爆炸，当场死了五人。

顺姬等人躲在爆炸点后面的大树后，也想找手榴弹，但身上已经没有了，周围又因爆炸的烟雾没有散去，什么也看不清。等烟雾散去时，敌人已经冲到跟前，将他们都按倒在地。

这时抗日队员们才看清，前来包围他们的日伪军一共有三十多人，而此时的抗日队员只剩下五男四女九个人。

在日军的押解下，九名被俘队员在林中也走了好一阵才出林子，可以看见一条铁路线就在前面。又沿着铁路下的小道向东走，远远看见一个火车站站舍，站内停着一辆铁甲车。

原来，这条铁路线是滨绥线的一段。日军为保证该线路免遭中国人破坏，车站都配备了巡逻队，实行分段守护，管区内有列车运行之前，必须由铁甲车在线路上巡逻一遍。就在朝鲜抗日队员开枪打熊的时候，铁甲车正巡逻到海林西段，坐在铁甲车内的日军忽然听见山林内有枪声，便让两个士兵进山搜查。

两个日军在附近查了一阵并没发现有人，便又回到铁甲车上。之后，巡逻队将听到山林里有枪声的情况告诉了海林站的巡逻队。巡逻队里既有日军，也有皇协军，接到情报后，立刻兵分多路进山搜查，还真就发现了一伙武装人员，随后从不同方向包围，一枪未打就结束了战斗。

这时从西面开过一列旅客列车，九名被反绑的抗日队员由三名日军押着上了车，他们将被送到牡丹江守备队。

巧的是，近藤四郎外出回牡丹江也在这趟列车上。他一向对女人敏感，见三名日军押解的九人中有四个身着朝鲜服的女人，便挨个打量，一眼就看好了顺姬，便与三个日军搭讪，又递上自己的证件。

三名日军并不认识近藤四郎，但看了证件后，竟都恭敬地为他打了军礼。近藤四郎说顺姬是宪兵队寻找的人，他要单独带走。就在三名日军感到为难时，他又掏出一沓钞票贿赂，终于将顺姬带到另一节车厢，这时列车已经进入牡丹江站。

顺姬直到她被带进牡丹街的妓院扒光衣服才明白，自己出了虎穴，又入狼窝，整日以泪洗面。与此同时，芳子因用茶杯打伤近藤四郎而被挂了接客头牌。

近藤四郎正对顺姬爱不释手时又发现了婉娇。随即将兴隆客栈和婉娇霸占，他便又多了一家妓院和头牌人选。他要把牡丹春打造成牡丹江最有名气的妓院，便将管内几家妓院里有模样的姑娘都调到牡丹春，自然也包括芳子和顺姬。

虽然芳子服软后被摘了头牌，但近藤四郎不想为顺姬挂牌，不仅因她相貌姣好，也因她是朝鲜族，还会说一些日语。而说到顺姬会说些日语，这还要说说中日甲午战争。

1894年7月，日本入侵朝鲜，击溃了朝鲜守军，挟持了朝鲜国王李熙。同年8月，清政府应朝鲜政府要求，出兵进入朝鲜，同时与日本宣战。因此年天干地支为甲午，故称中日甲午战争。

但此战以中国战败而告终，也使清朝政府丧失了对朝鲜半岛的保护。在战后签订的中日《马关条约》中，日本要求中国承认朝鲜"完全无缺之独立自主"，实则就是承认日本对朝鲜的控制。从此朝鲜成了日本的殖民地，后来又实行了所谓的"日韩合并"，朝鲜人又成了所谓的"日本国民"。

顺姬出生时，日本迫使朝鲜签订《日韩合并条约》已经是第五年了，她自然也是个"日本公民"，便同步学了朝鲜语和日本语。

近藤四郎原想把芳子当成只属于自己的女人，同时让她帮着打理生意，可她到底还是将他惹恼，直到她被捆绑着接了客才服软，但这时已经不如顺姬了，毕竟顺姬的身子还只他一人碰过。

顺姬知道自己已经落入青楼，想到以后她还要和许多不认识的男人办那事，决定一死了之。近藤四郎让一个朝鲜族妓女劝说她，那朝鲜妓女便劝她道："已经这样了，就别自己祸害自己了。不管怎样，我们一定要活着回到亲人身边。"又讲了芳子是如何被强迫接客的，还为她出主意道："你长得比我们好，你要学得乖点，兴许也不用接客。"

顺姬无奈，只好向近藤四郎保证道："只要不接客，我愿帮你做事。"

见顺姬乖巧，近藤四郎喜不自禁，便让她暂时负责看管婉娇，每天按时送吃送喝进去，端屎端尿出来。

芳子摘了牌，顺姬又不能接客，近藤四郎便着急把婉娇理顺后接下头牌。就在他为婉娇也不能配合他感到犯愁时，他又发现了芸香，便急于将她也弄进牡丹春，还是由他试身，然后先替婉娇接头牌。

但芸香几乎不出大门，他只好策划趁着何家到处找人救婉娇时，先入何家将芸香强抢到妓院，到时就说她和婉娇一同窝藏了抗日分子，结果他做梦也没想到会死在一个小脚老太太和一个柔弱的小媳妇手中。

听完若玉对芳子、顺姬不幸遭遇的讲述，大家的心情愈加沉重。已是半夜时分，除了丽娜已在小屋入睡，其余人都没有一点困意。

芳子和顺姬虽能生硬地说几句中国话，但也不过是些日常必用语。但她俩清楚婉娇和若玉在讲述自己的不幸遭遇，后来若玉又讲她俩的不幸，见大家落泪她俩也跟着落泪，大家抱在一起痛哭，她俩也跟着哭。

格格夫人看着芳子和顺姬叹息道："以前我还以为当妓女的都是坏女人，现在一看哪是啊！也是，哪家好端端的姑娘、媳妇儿愿意当妓女？这不都是被逼的吗！要么说逼良为娼呢，我今儿个算是清楚这句话了！啥时候这世上没了妓女，那就真是天下太平了！"

子昂妈也叹口气道："啥时候是个头儿啊？大清国那咱就有妓女，换了民国还是有妓女，老毛子来了没少祸害人，日本人来了还更邪乎了，都是爹生妈养的，他们咋就不长个心呢！"说着又想起了失踪的女儿，焦虑地哭道："我的闺女啊！你现在在哪呢？你可别落到日本人手里呀！"大家又都安慰起她。

芳子和顺姬都泪汪汪地来拉子昂妈的手，一边操着生硬的中国话，一边还打着自己理解的哑语，劝她不要难过了，显然是以为子昂妈还在为她俩难过。

子昂妈爱怜地将芳子和顺姬一并揽在怀里说："可怜的孩儿呀！这爹妈要是知道了，心里得啥滋味儿？兵荒马乱的，家又那么远。"又问子昂："咋把她俩送回家？"

子昂说："现在我也没办法。"

格格夫人还不知芸香杀了近藤四郎，说："不行让那个田中帮帮忙不行吗？"

子昂立刻反对道："这不行。我没把他当朋友。"

子昂妈知道芸香杀了近藤四郎，也担心道："日本人来咱中国，可都是扛着枪炮来的。芳子和他们是没干系，可这个田中也是军营里的，找他真不保准儿。"又看一眼芸香说："芸香昨儿个还跟我说，这两天她老做噩梦，千万别惹出别的事儿来。"格格夫人只是点点头。

子昂之所以不让田中太久介入，是考虑送芳子、顺姬回国虽不涉及芸香，可近藤四郎的失踪难保日本军方不追查，要是他们看到芳子和顺姬，许会将她们逃出妓院与近藤四郎失踪联系起来，也可能以她俩为突破口追踪近藤四郎的下落。尤其他已将近藤四郎的死讯告诉了她们，不论她们以何种方式将近藤四郎已死的事情露出来，后果都不堪设想。这时又见芸香不安，忙安慰道："别害怕，我不找日本人。这事儿先放下，以后再说。"又对若玉说："明天我把你们送个新地上，都不要轻易露面。主要是芳子，对谁都别说她是日本人，就说她是朝鲜人。"

若玉答应道："你把俺们安顿妥了，俺们就老老实实在屋待着。芳子她俩我照看着，不会再给你惹麻烦了。找俺家孩子的事儿，你就费心了！"子昂又向她做了保证。

这时，米秋成和周传孝已喝到量，要回自家睡觉。周传孝见其他人都不在跟前，就将饭桌朝炕梢一推，铺了被褥躺下了。

米秋成在经过中间屋时，见里面还亮着油灯，并瞧见一炕的人还在说话，便进屋招呼老伴回家睡觉，大家便各回各屋。

子昂多日没办房事，进屋就急着为香荷脱衣服。她没拒绝和他房事，但却让他先洗个澡，说锅里已经备了热水。他立刻意识到她是忌讳他在牡丹江刚参加完葬礼，便去灶房打水。

他惬意地倚在浴盆里让她帮着洗，身下那里又胀得吓人。他嘻嘻地笑道："要是盆子再大些，咱俩一起洗，来个鸳鸯戏水。"

她愠怒地撩他一脸水，起身要上炕，他忙拉住她说："和你商量点事儿。"接着说："我想做点生意，咱在这儿开个澡堂子咋样？我在奉天、北平、牡丹江都洗过澡堂子。在这块儿洗澡就得在家搁盆儿洗，太麻烦，还不如夏天在大河里洗。咱要开个澡堂子，能方便大家洗澡，还能挣钱。要开就开个牡丹池那样的就行。"

她问："牡丹池啥样儿？"

他说："牡丹池是牡丹江一家澡堂子，男人用池子，女人用盆儿。"

她又吃惊地问："你还看过女人洗澡？"

他忙说："没有！男的我见过，女的我是听说的。男的也有用盆儿的，那都是干净人儿，舍得花钱的。"

她觉得洗澡是隐蔽的事，要是去澡堂子洗。别人岂不都知道自己在里面光着身，便说："俺才不去澡堂子呢，就在家洗。"

他又说："那咱家弄一个，能俩人一起洗的，我就想和你一起洗。"她又撩他一脸水，抿嘴笑着上炕，他也急忙擦了身子钻进她被窝。

第 063 章

子昂夜里梦见何耀宗没有死，带着平儿来找婉娇，他歉意道："我正准备去找丽娜她亲爹呢，他们才是一家的。"

何耀宗不耐烦道："他死了，刚给他发送完。"

平儿愤怒道："骗人，俺爹没死，找俺娘去了，我也去。"说着跑去。

婉娇忙追赶道："平儿，娘在这儿呢！快回来！"可平儿已经跑没影了，婉娇也没影儿了。

他也要去追，却被身后的芸香拽住道："不管她，他们是一家的，咱是一家的。"

香荷过来不悦道："不害臊，哪有舅舅和外甥女是一家的？"

芸香辩解道："他裹我舌头了，现在还疼呢！"

米秋成对他愤怒道："你天天和窑姐儿鬼混，香荷儿哪对不住你？"说着将一茶壶投过来，吓得他一躲便醒来。

他摸索着起来点亮煤灯，见香荷正睡着。又看一眼桌上的座钟，刚刚寅时。但他已经没有睡意了。他回忆着刚刚做过的梦，忽然想起何耀宗上次与他分别时让他带回一只匣子。眼下这匣子已经没了主人，他不知里面装的是什么。又想起何耀宗曾对他说过的话，隐隐感到这匣子里的东西就是给他的，忙穿衣下地，从地柜里掏出那只匣子，又用菜刀别开锁，见匣内有十多页写满毛笔字的纸，忙凑到煤灯前，见信上写道：

子昂：

你看到这封信时，我已不在这个世上了。我去找平儿了，我带平儿去找我第一个媳妇惠娴，我们在那边成个家。

今晚你就带婉娇她们去山里了，让你去陪芸香，我是用这点时间给你写这封信，有些事要对你讲。不是你和芸香搂在一起我生气，我现在已经不生这个气了，我希望你今后能永远这样搂着她。

我是个罪孽很深的人，从前没觉得对不起谁，现在觉得很对不起我的三个媳妇和芸香。我最对不住的是我头个媳妇惠娴，她是我给害死的，可我没诚心害她，我一直很后悔。不知为什么，这些天我总梦见她，还有我的平儿，我想我该跟他们去了。到了那边，我要好好向惠娴认罪，求她原谅，和她继续做夫妻，平儿就是我和惠娴的儿子了，总比他俩在那头都孤苦伶仃的好。

子昂，我也对不住你。我不能跟你去山里，你钱再多，对我也没用了。你来我家客栈两次，都是让我撵走的。说心里话，那时我很烦你，就因为你太讨女人喜欢。我看得出，婉娇和芸香都喜欢你。不瞒你说，婉娇从来就没喜欢过我。我是个废人，平儿和丽娜都是婉娇和别的男人生的。是我让她借种生儿子，没承想家里丑事不断。平儿他亲爹没你长得好，但也不错，婉娇喜欢他，他们在一起好几年，我都认了，就因为我是个废人。后来这事被鲁荫堂发现了，他以为婉娇是个坏女人，就把她霸占了。平儿他亲爹在家有媳妇，见这样就不敢再来了。这些都是我造的孽，当初我就不该娶她，她就是嫁给一个种地的，也不会落到今天这地步。她是学坏了，可最坏的是我，还有鲁荫棠和近藤四郎。

子昂你不坏，你是个情种，以前我烦你，可现在我不恨你。其实世间男人都多情，就看你能不能打动女人的心。猪八戒是个多情种，可他长得太丑，唐僧长得俊，可他心里装着佛，孙悟空无情无佛，多俊的女妖他都舍得杀。你舍不得，你和孙悟空相反，心中有情也有佛。

你一来我家客栈，我就看出婉娇和芸香都喜欢你，你对婉娇和芸香也动了心思。你一定觉得芸香嫁给平儿太荒唐，所以在打她主意。你和芸香很般配，可她是我们何家的媳妇。我不管你和婉娇的事，你要能斗过鲁荫堂，你俩睡一块我都不管，我就怕你把芸香拐跑了。芸香是平儿的媳妇，我一直拿她当亲闺女待。我能看得出，你要想拐走芸香，她一定能跟你跑。我的第二个媳妇就是跟人跑的。让你去罗老板那，是因罗老板真的需要你，认识你前他就让我帮他找个画画好的人。可我把你推给罗老板，是想让你给他当女婿。他闺女懿莹我是看着长大的，我知道她还没定亲，就劝罗老板收你做姑爷，他同意了，还担心你家不同意。那天你们闹翻了，我真没想到。后来我知道，汪家因为他要将懿莹嫁给你特别不高兴，罗老板不想和多年的朋友断交，你就不要怪他了。他死了，为懿莹杀了日本人。我的儿子也死了，我也不想再活了，当了一辈子王八头，活着太没意思了。

第二次撵你走，是看芸香让你迷上了。可我也没骗你，当时日本人确实在抓人修飞机场，他们来不来火车站抓人我也不知道。现在一想起你当时顶着雨离开客栈，真的对不住你。你走后芸香一直不开心，你为她画的像，她一直当宝贝似的，我知道她想你，可我没怪她。我知道她不该嫁一个不懂事的孩子，但事已至此，我没别的办法，家里需要她干活、看孩子，我就想等平儿长大就好了。

没想到你是个很有钱的人。有钱的人我见过不少，都是想干什么干什么，可你那么喜欢芸香，也没做过出格事，你是个可以依靠的人。现在我家出了这么大的事，幸亏你来了，不然我是没有办法了，家里的钱都白搭了，我是没钱赎婉娇了。你能救她们，以后就都托付给你了。

其实我家亲戚很多，我有七个姐姐，但现在除了七姐家外，和那六个姐姐关系都不好，原因还是出在婉娇和芸香身上。我有十八个外甥，大的四十多了，小的也十八九了，都娶了媳妇。可他们都觉得我娶婉娇、平儿娶芸香不合适，都对她俩心怀鬼胎。好几个外甥都比婉娇大，可他们一见着年轻漂亮的舅母就犯贱，总拿自己当小孩，想着法儿地和舅母动手动脚。这些外甥没有一个让婉娇得意的，不然家里早就乱套了。婉娇以前不爱说笑，也不会骂人，对我所有姐姐、姐夫和我那些外甥也都尊重，可后来我这些外甥也实在太过分，她就开始骂人了。芸香一直不敢骂，我那些外甥一来，她就跟见了鬼似的，东躲西藏，可活还得她去干，她就总让我守着她，她知道我拿她当亲闺女待。那天我见我一个外甥硬往仓房里拽她，他们连表弟媳也敢下手，气得我将那个外甥打了一顿，婉娇也为这事气得不行了。

去年大年初三，我姐他们都来给我母亲拜年，婉娇当场和那些外甥翻了脸，让他们滚出去，以后再也不要来。我姐他们都不高兴，说他们是回娘家，想来就来，婉娇就把外甥的那些事都说了。我大姐觉得丢人，骂婉娇偷汉子、养杂种。我忍无可忍，连扇大姐几个嘴巴。我大姐都六十多了，她的三个儿子就一块来打我，那些姐都在一边看热闹，就七姐伸手拉拉架。后来我被打急了，用斧子砍了大姐家的七口人，就是受伤了，我没想要他们的命。这半年，只有七姐有时来家看我娘，和我们的关系也可以。这次家里又出这么大的事，我决定将这些房子都给七姐，母亲的晚年也交给她。婉娇、芸香和丽娜就都交给你了。你有很多钱，养活她们三口就跟养几只猫差不多，你心里有她俩，猜你不能拿她俩当畜生。你说婉娇被关在那屋里没穿衣裳，你一定啥都看到了，我不恨你，你俩以后咋样是你俩的事。另外你对婉娇说，别说芸香是平儿的媳妇了，就说她是我何耀宗的亲闺女。她还是个黄花闺女，希望你能把她收了房，嫁给别人我不放心。你是有钱人，有钱人多几个媳妇很正常。我当初要像你这么有钱，也会多娶几个。可等我有钱时，我连一个媳妇也养不起了，准是我上辈子做了什么孽，老天爷才这样惩罚我，也害了惠娴，苦了春桃和婉娇。

女人就是这样，得靠男人夜里疼，男人办事的家伙不管用，媳妇就像扔进油锅里。开始我不懂，是我的第二个媳妇让我明白的。那时她常想这种事，说那里一抽一抽地肚子疼，可我实在不能为她解疼了，想了很多办法也不管用。以前我认为女人这样不光彩。后来我想明白了，要说不光彩，那也都怪天老爷，天老爷就是这么造的女人，强壮的男人都无法逆天行事，柔弱的女人又能如何？就像吃饭一样，我本不想吃，吃饭就得想法挣钱，可老天爷就这么造的我们，不吃饭就饿得慌，就得死。春桃跟别的男人私通，现在我一点也不怪她，想一想她也挺可怜，婉娇我就不说了。

我也知道，很多女人年轻就守寡，也能活一辈子，可苦不苦也只有她们自己知道。我不想让婉娇这样苦下去，也想让芸香将来有人疼她。如果婉娇愿意，你再给她找个男人，去找丽娜她亲爹。芸香也是要嫁人的，我就希望你把她收了房。你去救婉娇时，我看见你俩搂在一起哭，你俩的姻缘断不了。我问过芸香，愿不愿给你做小的，她说她愿意。和你父母、媳妇好说，就把芸香收房吧，她一定是个好女人。我真对不住你，当时你想要她我不给，现在你娶了媳妇，我又求你把她收房，不知我是不是又在造孽。是不是我都不在乎了，我已经是个要死的人了。我去找我的平儿和惠娴了，婉娇和芸香你就安排吧，如果你把芸香收了房，我在阴间也会感激你，拜托了！

何耀宗绝笔

民国二十二年冬

看过信，子昂心里伤感，还有激动和不安。他激动何耀宗终于愿把芸香许给他，虽然为时已晚。他伤感何耀宗早已做好死的准备，如此镇静地视死如归他还没有见过。

他也不安香荷一旦看到此信会难过。至于信中所说让他把芸香收了房，当下倒是有钱人都可这么做，但他不仅怕香荷难过，也怕米家人都和他翻脸。他虽然舍不得芸香，但也只能在婉娇知道真相后为她选个如意郎君。

他想将信毁掉，但又不知婉娇知道平儿死的消息后会怎样安排芸香，一旦她不同意芸香改嫁，这封信许会起作用。可这封信如果藏在屋内，又难保不被香荷发现，他便决定将匣子藏在鸡窝或狗窝内。

屋外很冷，他打一冷战。走到狗窝前，大黄从里面蹿出来，似乎以为给它送吃的，先摇着尾巴凑到他身前，又嗅他手中的匣子。

他又觉得往狗窝、鸡窝里藏都不妥，脏是一方面，怕狗嫌窝里多个与它无关的东西，继而将匣子弄出来或被去鸡窝里捡鸡蛋的人发现。他一抬头看见高高的玉米楼子，觉得藏在这上面能保险，便登梯上去，将匣子藏在玉米堆内，然后回屋看着香荷睡觉，心里却更加放不下芸香了。他幻想着香荷、芸香同是他的媳妇，他会左也疼，右也疼，只是他清楚这是不可能的。

天快亮时，子昂妈和芸香也起来了，准备生火做早饭。子昂从屋里出来，小声对芸香说："不用做太多，咱马上就去新地上。那边也不用做，待会儿我去果子铺买点果子。"

母亲用商量的口吻道："就让芸香儿留下吧，妈怪舍不得她的。"

他沉默了片刻，低声对母亲说："先都过去吧，等我三姨姐走了再说。"

母亲也小声道："香荷儿她爹不是不让她回去吗？"

他鼻子一哼道："他就那么说吧，咋说人家有家。过阵再说，正好让芸香去那头歇歇，这阵她太累了。"

母亲又叹口气道："她们在这儿待好几天了，走了是不得和他们打声招呼？"

他心想米秋成巴不得她们快点离开这儿，便说："不用，就说他们不方便见外人，趁道上没人赶紧走。"

母亲又爱怜地看着芸香道："俺香儿是个勤快人儿，到哪也不着闲。"

子昂说："没事儿，有我姐呢！"其实他也不想让芸香整日在他和香荷中间那么拘谨，他觉得这才是芸香最累的，也是他感到不安的。

见子昂坚持让芸香走，母亲恋恋不舍地对芸香说："那你也去拾掇拾掇一下吧。"

芸香眼睛湿润道："那我走了。"

母亲将她搂在怀里安慰道："别哭，好孩子，等姥儿看你去！走吧。"自己却流下泪来。

╟·第 064 章·╢

天刚放亮，米家人还都在梦乡。子昂没去打扰他们，也没叫起香荷，自己领着婉娇、芸香等六人悄悄出了院子。

外面更加寒冷，好在她们穿的冬装都厚实。丽娜由子昂背着，脸用围巾裹得只露一双还没睡醒的眼睛。他觉得对不住她们，一道上不知对她们说什么，除了各家的鸡叫声，再就是他们脚踩积雪发出的嘎吱嘎吱声。

村妮知道子昂他们今早过来吃早饭，所以起得也很早，就连松林和玉莲也被她早早叫起来，然后开了院门，忙着点火做饭。

村妮上身穿青花偏襟棉袄，下身穿青布棉裤，下腿扎着黑腿带，脚穿青色布棉鞋。松林穿着对襟棉袄和宽腰棉裤，脚穿猪皮乌拉。玉莲上身穿着和香荷一样的兔毛镶边棉衣，只是颜色是绿色，衣领没有那么高，脚穿红缎面的棉鞋。

见子昂领着六个女子进来，村妮一边往屋里迎着，一边挨个打量。子昂去牡丹江这几天，她虽然每天都去子昂家接送玉莲，但只见过芸香和丽娜，其他四人这时还是头次见面。

玉莲和丽娜天天在一起玩，自然已经很熟了，这时一见到丽娜很亲热，帮她摘头巾和小手闷子问："冷不冷？"

丽娜说："不冷。"边说边配合着摘下围巾和手套。松林拄拐在旁边立着，不说话，只是笑脸迎着。

将客人让上热炕后，村妮见子昂出屋，也跟出去笑道："她们咋都这么俊！我咋说来着？你就是有女人缘儿。你可得悠着点。"

他难为情道："啥呀？你别想那么多，人家是来避难的！"

村妮撇下嘴道："没那么简单吧。我从你们眼神儿就能看出事儿来。"

子昂一惊问："啥事儿？"

村妮忙说："没事儿没事儿。把人交给我你就放心吧，保准儿都给你伺候得好好的！就是这些人睡一条炕挤了点儿。"

子昂说："先将就一下吧，等开了春儿，我就给你家盖新房，盖砖瓦的。"接着又说道："我给你家盖新房不是给她们盖，开春儿我还在别处盖。我还想做点买卖，不能这么坐吃山空；我想在这儿开油坊、开磨坊都能挣钱。"

村妮笑道："能挣，俺弟弟一准儿行。到时姐就请仙家保佑你。"

他笑问道："请啥仙哪？"

她笑道："这不关你事儿，你就好好做你买卖。回屋吧，怪冷的。"

他说："我去买点大果子，咱早上都吃大果子。"说着要往外面走。

她拉住他道："别的了，家有鸡蛋，我给你们卧荷包蛋吃。"边说边将他拉进了屋。

子昂要做买卖经商并非突发奇想。自与香荷完婚后，他一直在思考他以后如何做一个成家又立业的人。

开浴池只是他设想中的一项，他主要是想开油坊和磨坊。他看到这里的油和面都是从宁安等地贩入，就想利用当地和附近种植大豆、玉米人家多这一资源条件，开油坊、磨坊，挣不多也赔不着。他开始还想开个大餐馆，但这样会和文普的龙凤阁抢生意。他还见这里喝酒的人多，即使不酿酒，从宁安贩进干烧白酒开个酒铺也能挣钱。这次婉娇来，他还想开个客栈。但他都没拿定主意，想再听听林海的意见。

村妮将一盆鸡蛋都做了荷包蛋，十口人敞开吃也足够。往锅里打鸡蛋的时候，她的动作很娴熟，先将生鸡蛋在锅沿上一磕，随即借着蛋壳裂缝用手指一掰，蛋清和蛋黄便坠入滚开的水中，片刻白成一团，顺手将两半的蛋壳丢在灶火前，又磕下一只，鸡蛋在滚开的水中好似一朵朵洁白的花儿。

连续煮了多轮，最后将之前煮好的大半盆荷包蛋一并倒入锅中，又将一罐砂糖倒入锅内，轻轻搅拌后又将荷包蛋连汤盛进一只只碗里，由大家动手端进大屋炕桌上。吃时还可就着翠绿的韭菜花和咸黄瓜纽。玉莲连吃了几个荷包蛋，又连喝了两碗甜汤，然后拍着肚子道："撑死我了！"丽娜也学着她的样子，一同笑着，都感到轻松愉快。

子昂一连吃了三个荷包蛋就不想吃了，村妮怕他吃不饱，坚持让他再吃几个，笑道："这么大的个子，吃那几个哪够。锅里还有那些呢，剩了下顿儿就不好吃了。再吃几个！"简直是在命令他。玉莲抢先用笊子又盛了三只蛋，他便接着吃。

婉娇、芸香等人都为村妮一家人如此敬重子昂感到欣慰和心安，没了在米家人跟前时的拘束，吃得也舒心，好像真的回到了家。

吃过早饭，子昂没回自己家，他要和林海唠唠他要做买卖的事。

街上除了子昂再没有戴貂壳皮帽、穿貂皮领马褂的，遇见他的人都好奇地多看他一眼。他不在意别人怎么看他，自如地朝着林海家走。多日没见林海他们了，不知他们都在忙什么。多日娜和芳娥现在怎样了？希望她俩再见到他时能心平气和地说说话。

推门进了林海家的院，见弘武刚将一盆冒着热气的狗食放在狗窝前，几只狗都围上去。一只狗见有人进来就先叫了一声，似乎认出了子昂，便没再叫，又去抢食。

弘武头戴狗皮帽子，身穿棉袄皮坎肩，脚穿高腰毡靴，听见狗叫才转头看，见是子昂，一脸愤怒道："你还来干啥？把俺姐都弄疯了！"

他大吃一惊道："你说啥？"

弘武冷冷道："滚边儿去，不稀搭搁你。"又轰赶道："你走吧，别再来了。"说着自己朝屋里走去。

他像根木头似的呆在那里，猜是陆林海两口子在怨恨他，也担心自己以后在龙凤无法立足了。

玉兰这时正在灶房做早饭，屋门半敞着排热气，听见弘武训子昂，忙出来训斥弘武道："咋和你九爹说话呢？"

弘武愤然道："狗屁！"

玉兰打他一把骂道："你个瘪犊子！滚屋去！"又安慰子昂道："别理他，我和你大哥都没怪你。快进屋吧。"

他感觉出芳娥是真的疯了，不安地问道："弘武说的是真的？"

玉兰叹口气道："你成亲第二天她就不太正常，见啥抠。那会儿你发烧不是身上爆皮吗，好像记住那茬儿了，墙上的画儿都给揭了，墙皮也抠得一块一块的，一说她就急。"

他真想哭，焦急道："那得想法儿给她治呀。找个好大夫，花多钱都行，钱我出。"

玉兰说："谁出都一样。可她药也不喝，针灸也不让扎，就跟要杀她似的，再就没啥好法子了。"

他愧疚道："我真不知道，知道早过来了。"

玉兰有意为他减轻压力，笑道："你过来能治啊？看你挺忙的，就不想让你知道。"

他懊恼地狠拍打自己的头。她又安慰道："你也别太往心里去。摊上了，怨谁都没用，兴许过阵儿就缓过来了。再说要怪就怪我。"忙又转了话题道："听说你家里也挺闹的，事儿都消停了？"

他一惊问："你们知道了？"

她说："你三哥昨晚儿过来学的。"

他忙问："我三哥咋说的？"

她回问道："你猜你三连桥儿能咋说？"

显然，宝来被米秋成打跑后去庚寿那里诉苦了。虽然他俩以前就有皮毛生意往来，但都是正常交易，自子昂结拜八位哥哥后，他觉得他和庚寿的关系也更近了。但庚寿还是看子昂的面子。这时子昂不悦道："他咋这样？又不是啥光彩事儿，出来瞎嘞嘞啥！"

玉兰刚要接话，芳娥光着脚从屋里出来，手里握着一把剪刀，一见子昂就欣喜地叫道："子昂哥！"

玉兰训斥道："别瞎叫，叫九爹！"

芳娥立刻冲母亲一瞪眼道："去！"

子昂难过地上前哄道："地上凉，快穿鞋去。"

玉兰担心地说："别让她搁剪子穿着你！"

芳娥又一瞪眼，用剪刀吓唬玉兰，随后又扑到子昂身上道："我不扎你！"

他就势将她抱起，一边朝屋里走，一边说："想扎就扎吧，扎了我心里好受些。"说着眼睛湿润了。

芳娥在他怀里急了，大声道："不扎你！"

他随和道："不扎不扎。"说着进了屋，并没见到多日娜，倒是见到满炕是剪好的双喜字，心里愈加愧疚。

将芳娥放到炕上，见她脚底沾着雪水和灰土，就找来毛巾为她擦脚。他还初次见她光着脚，虽然没有香荷的秀美白净，但也觉得俏丽。她乖乖地坐着看他笑，他不自然地陪她笑。

为她擦净了脚，他拿起一张双喜字问她："你铰的？"

她得意地应道："我铰的！你要吗？"

他点下头。她在炕上巡视一下，选了一张大的说："这个好！"然后笑着将大喜字搭在他的头上喊道："拜堂啦！拜堂啦！"但喜字掉了下来，她又往他头上搭，又掉下来，她索性往喜字背面吐吐沫，又往他额头上沾。他始终动也没动，由着她开心。

从子昂为芳娥擦脚到芳娥往他头上搭喜字，玉兰一直表情复杂地站在门口看，这时又见芳娥用起吐沫来，实在看不下眼了，训斥道："干啥哪你？"

芳娥被吓一跳，顿时又一瞪母亲道："去！"然后又要往子昂脸上贴，见子昂脸上正流泪，吃惊地丢下喜字，一边为他擦泪，一边哄他道："不哭，噢！乖，不哭。"

他本来为她难过，这时又一下被她逗乐了。见他破涕为笑，她歪头看着他笑。玉兰想笑笑不出，叹口气对子昂说："你别往心里去，她真不正常了。"

他心情沉重道："我没事儿，只要她高兴，咋的都行。"说着竟哽咽起来。芳娥又愣了，忙又用她刚才那套嗑来哄他。

玉兰也劝道："别难过了，俺们真没怪你。弘武不懂事，你也别往心里去。"

林海一直在对面屋，身上也是棉袄皮坎肩，脚穿高腰毡靴，正在检查擦拭他的猎枪，听见外面玉兰骂弘武，透过窗户见是子昂来了，就在屋里等他。可子昂进了芳娥的屋，便也过来，见子昂在哭，责怪道："你瞅你，都快当爹了，咋跟孩子似的。男儿有泪不轻弹，掉滴泪珠子也得是颗金豆子！你这是啥呀？行啦，上这屋来！"

子昂起身要走，芳娥急忙拽住他道："咱俩玩儿。"

林海一瞪眼道："老实待着！"接着又哄道："我闺女喜字儿铰得好，还会唱《西厢记》是不？"

一提到《西厢记》，芳娥立刻高兴起来，随即全然不顾地真唱起来，先是蹦蹦戏的腔调，可唱了几句又换成京戏调，居然各调都唱得字正腔圆，很有韵味。

子昂听过她哼小曲，还没听她这样唱过，可此时听着心里很不是滋味，为林海深鞠一躬道："大哥，真对不住。"

林海说："好了好了，咱是磕头弟兄，以后不提这事儿。我和你那些哥也说了，这事儿和你没关系。有病治病，治不了也是咱孩子。"

子昂说："大哥大嫂放心，我一定想尽办法给她治，花多钱都行。"

林海叹息道："这种病不是花钱就能治的，顺其自然吧。"

林海又催他去对面屋，他出屋问道："她唱戏和谁学的？"

林海说："都你七嫂教的，唱得还算不赖。你七哥还带她出过场子呢，就是跟着玩儿玩儿，没想让她入这行儿。"

玉兰也跟出来说："她一唱就谁都不管了。一会儿给她打碗水放那儿就行。"

子昂更感到心酸，真想回去守着芳娥。

到了对面屋，见猎枪放在炕上，子昂问："你要去打猎？"

林海说："就是干这个的，不打吃啥？指着花你的钱，还不把你吃空了？"

子昂想起自己要做买卖的事，便将想法说了出来。林海听过后说："你这么想就对了。我还要和你说这事儿呢。我看你能干出点大事儿，可开澡堂子不行。咱这儿可没有城里人那么洋气，也就洗洗身上的泥儿，咋洗洗不净！夏天泡到河里洗，冬天在家站在盆儿里洗，没人舍得花那钱。你可别跟开砖场那小子似的，老拿城里人的眼光看咱山里人。"

子昂下一步正需要大量砖瓦给婉娇、芸香她们盖房子，听林海这一说，不禁问："砖场咋的了？"

林海说："你盖房子用的砖都挺便宜，你知为啥？砖场老板把砖都窝手里啦！那个老板是宁安的。他见咱这儿人家不少，可盖砖瓦房的少，就在这跟前儿开个砖场。咱山里人盖房都搁石头和大坯，没谁琢磨砖的事儿；跟前儿没人买，他就得一车一车拉到别处卖。你要开澡堂子，也只能给自个儿家人开。就打俺哥几个天天去，你能挣多少？"

子昂笑道："哥哥们去，我也不能要钱哪！"

林海说："那你就得白忙活，还得赔钱，这叫啥买卖？你要说开油坊、磨坊还可以，可你在哪开？你家地上是不小，可要开油坊、开磨坊，那就差多了！"

子昂立刻想到山里藏钱处，心想，要在那个基础上开个油坊或磨坊，既不用担心钱被人发现，还能做生意挣钱，关键是他觉得那里偏僻，可以建一处属于他的世外桃源，届时婉娇、芸香她们也没人打扰，平平静静地过着丰衣足食的日子，便又问："要是离这儿远点盖房哪？"

林海说："那得看离多远，别跟砖场似的，烧完砖四下都不靠，挣点钱都扔道儿上了。"

子昂说："那不能。我现在是担心在别处盖房子行不行？"

林海说："你别占人有主的地儿就行，其他有你二哥在，你占座山也没人管你。"这话正合子昂的心思。

子昂决定就在藏钱的地方将那些房子重新盖起来，等山里的雪融化了就动工。但他没对林海说，他要亲自将那里处理一下再告诉他。

正这时，万全身穿一身警装来了，一进屋便说："大侄女昨晚做好梦了咋的，一大早就开唱。"

林海说："她啥高兴不高兴的，没事儿就唱。"又笑道："我和子昂刚唠到你，真是说曹操曹操就到。"

万全也笑道："我也是，想谁谁来。"又对子昂说："田中太久找你。他看你岳飞画得挺不错，想让你给他媳妇画张像，好挂他墙上天天看。"

子昂不想和田中太久深接触，但又不好对万全直说，笑道："看本人多好。"

万全说："要能看着还说啥？他媳妇还在日本。他让你照着相片儿画，大着点儿画。"显然，他已经答应了田中太久。

子昂不想驳他面子，便问道："相片儿拿来啦？"

万全从兜内取出一张黑白相片递给他，相片上是一个二十左右岁，穿着日本和服的美貌女学生半身像，正在开心地笑着，眼睛虽半眯却也有神，牙齿洁白整齐。

林海也接过相片看着说："他媳妇挺俊！"又笑着问子昂："跟你媳妇比比。"

子昂笑道："都好看，各有千秋。"又对万全说："既然二哥答应了，那我好好画。"

万全高兴道："到时让田中太久好好谢你！"忽然想起事来说："听你三哥说，你把一帮窑姐儿领家去了，你想干啥呀？"

子昂忙解释道："就一个是，其他都不是。我在牡丹江打败仗那会儿，后腿挨了一枪。眼瞅着让日本人追上了，有个姐姐救了我。她是开客栈的。日本人占领牡丹江以后，她的客栈也让日本人霸占了，开了妓院，还把我这个姐姐关在里头了。咋说她是我的救命恩人，我不能不救她。可救又不能硬抢，就得靠那里人帮忙。开始我求一个人，后来有两个朝鲜姑娘也知道这事儿了。"

他本想对哥哥们也隐瞒芳子是日本人，立刻想起宝来肯定得和庚寿说出芳子是日本人，忙又补充道："其实里面有个日本姑娘，对外人就得说是朝鲜人。她俩一个是抗日被俘虏的，一个是让妓院老板骗来的，想逃逃不了，就求我把她们也救出来；我是怕她俩坏我事儿才把她俩一块儿带出来的。"

林海说："救恩人没错儿，就是连窑姐儿也救，好说不好听。"

子昂叹息道："本来不想管闲事，后来一看，不管她们我的事儿也成不了。"

万全说："你三连桥儿和你三哥说，你救的那几个，长的都和仙女儿似的，说你是看人家长得好才救的。"

子昂气愤道："那他没说他咋认识窑姐儿的？"

万全笑道："说了，说他去逛窑子了，还说你老丈人把他好顿揍。他找你三哥，是想让咱们出面帮他说说情。"

子昂摇头道："这情不好说。我昨天一回来他们就跟我说了，我老丈人还没出完气他就跑了。他要不弄这一出兴许还行，这一整，我老丈人更恼火了。再说这事儿也太不光彩了，我丈人又是个好脸儿的人，他不会轻易拉倒，现在求他肯定不管用。"忽然问万全道："你和田中太久说这事儿啦？"

万全说："我跟他说干啥？你不说了吗，又不是啥光彩事儿。再说了，具体咋回事儿我也得问问你再说。他是你连桥儿不假，那不还有远有近吗。光听他一说我就全信，完了就出去乱讲，你当二哥真虎了吧唧的？"

子昂解释道："我不是那意思，我是怕田中太久知道我从妓院里救的人。"

万全说："你别把田中太久想太坏。他一整就说亲善，咱救了个日本人，这不就是亲善吗？他还应该高兴呢。"

子昂心里痛恨宝来的同时，也担心万全真去和田中太久炫耀此事，只好将芸香杀死近藤四郎的事也说出来。林海和万全听后都震惊，这才意识到此事非同一般。

万全对子昂说："别人都好办，你这个连桥儿得想法稳住，别让他可哪乱讲。"

林海说："这得让老三跟他讲，他们走得近；跟他说，再可哪嘚嘚就割了他舌头。"

这时，玉兰做好了早饭，让子昂和万全一起吃。万全说他在家吃过饭来的，马上还得去警察所，就将画像的事又对子昂嘱咐一遍先走了。子昂刚刚吃了糖水荷包蛋，自然也吃不下了，便也要回去，只是心里还惦记着芳娥，听对面屋静下来，他问玉兰道："芳娥儿好了？"

玉兰说："唱累了，自己在屋吃饭呢。要走你就鸟悄儿地走，快来到年了，都有不少事儿忙，要不一会儿她想起来，你就走不了了。"

子昂突然又向玉兰鞠下躬道："给你们添麻烦了！"弄得林海和玉兰都一愣，等缓过神来，子昂已经出屋了。

第 065 章

子昂回到家里，家人已经吃完早饭，这时正在米家那屋的炕上说话。格格夫人问子昂吃了没有，子昂说自己在村妮家吃了六只荷包蛋。

格格夫人惋惜道："应该把芸香儿留下。我还吃好她炒的菜了。"

米秋成挖苦道："吃好吃赖这些年也吃过来了，好吃还能怎么好吃？"

格格夫人嗔怪道："话一从你嘴里冒出来就不中听！"

米秋成说："我没说人丫头咋的，人家一块堆儿来的，你给人家掰开了算怎么回事儿！"大家便换了话题。

子昂要赶在年前把万全揽的差事给办了，白天就在中间屋的大间内画田中太久妻子的画像。香荷看了相片上的日本女子很惊讶，问道："她是谁？"

他说是田中太久的媳妇，是万全给他揽的差事，实在不好推辞，随后看着她说："没有你好看！"

她撇下嘴道："想说她好你就说，我看挺好的。"

他嘿嘿一笑道："我有好长时间没画了，画这个就当练练手，完了就画你，将来拿到外国展览去。"

她摇头道："俺不。"

他又哄道："那我就在咱家展览，就咱自家人看。"她只是抿嘴笑。

他仅用两天时间就完成了田中太久妻子的画像，竟比照片上的还甜美迷人。

腊月二十二这日中午，子昂将还没干透的油画卷成卷去了龙凤阁。田中太久听说子昂已将他妻子的画像画好，执意要在龙凤阁宴请子昂。这时，除了铁头和凤仙在外赶堂会，其他六位哥哥和田中太久都在楼上间内等候，中间一张桌上已经摆满了酒菜。

当子昂将油画展开时，大家都惊叹起来。田中太久更是激动不已，端着画欣赏，说："吆西！"忙又改说中国话道："子昂君果然给我个惊喜！你画得真是太好了！"说着对子昂鞠一躬。

子昂笑道："是她长得好。"

田中太久立即说："你的夫人也很美！能和自己心爱的人朝夕相处，是多么美好！子昂君，真是太羡慕你啦！"

子昂这时倒很想知道他是如何看待日本侵略中国的，便问："你啥时回日本？"

田中太久立刻惆怅道："军命在身，身不由己。为了来中国，我们是提前结婚的，只睡了两宿觉就分开了，什么时候再见面还不知道。"接着说起他的妻子道："我妻子二十一岁了，比我小四岁，按你们中国人的说法，是青梅竹马。我上大学时，她的父母就同意我们结婚了。"

子昂问："你在大学学什么？"

田中太久得意道："就学你们中国文化，我非常喜欢。中国文字和我们日本文字很多是一样的。"

听田中太久这么说，子昂倒觉得他是说中国文字的发明也有他们日本人的功劳，如同自家的宝贝贴上别人家的标签，又想到当下日军强占东三省，如此下去，中国人的老祖宗真的要变成日本人，心中不悦道："那是你们用了我们中国文字。其实日本人早先就是中国人。"

田中太久怔了一下，立刻又笑着摇头道："这是不可能的！我们大和民族是一个独立的民族，我们有我们的祖先。"

子昂又问："中国有个秦始皇你知道吗？"

田中太久点下头说："知道，那又怎样？"

子昂说："秦始皇总想长生不老，就让大臣们到处为他寻找长生不老药。结果派了很多人都没找到，都让他给杀了。后来他又让一个叫徐福的大臣去找。徐福明知找不到，可还是答应了。他跟秦始皇要了五百童男童女，东渡到了一个空岛上，靠这五百童男童女繁衍后代，成立了国家，就是现在的日本。"

田中太久很镇静地笑道："这只是传说。中国在周朝时候就有日本国了，秦朝还在那后面呢。日本和中国，绝对不是一个祖先。但有一点我承认，琉球和台湾以前是中国的，但后来归了日本，那是有条约的。"

子昂反问道："你们占领东三省也有条约？"

万全觉得子昂在挑衅，忙阻止道："哎哎，咱不谈国事，今天是朋友在一起，都唠点高兴的事儿。九弟，那天二哥不跟你说了吗，田中君不愿意侵略中国，他也没办法。"

田中太久笑着对万全说："万全君，不要紧。子昂君很有想法，我想听他说。今天我们随便讲，就在这里讲，只要不骂我们的祖先，不骂我们的天皇，不骂我的父母，什么都可以说。"说着冲子昂端起酒杯，笑道："我喜欢中国，可来得不是时候，我只能跟着军队来，不然我是来不了的。"

子昂说："那你还是赞成日本侵略中国！"

田中太久郑重道："我们不是侵略。要说我们大日本帝国出兵来满洲，那得说是三十多年前的事，是大清政府同意的，让我们帮着把俄国人赶出满洲。你知道俄国人为什么要修西伯利亚大铁路？就是为了方便占领全满洲。如果没有我们大日本帝国，满洲早就是俄国人的了！那次我们派兵来满洲，就是和俄国人打仗。打了一年多，最后是我们大日本帝国胜了，将俄国人赶出了满洲。但我们也有十多万将士在满洲殉国了。不管怎么说，满洲需要大日本帝国的帮助。张作霖是大日本帝国的老朋友，可他也不太讲信誉。"

子昂谨慎地责怪道："那你们也不该炸死他。"

田中太久叹息道："炸死张作霖，确实是关东军的人干的，是个参谋官，可他为什么要这么干，就连关东军司令官也不知道。你们不知道，大日本天皇听说张作霖死了，非常恼火，把首相和陆军大臣都给撤职了，关东军司令也给调回东京问罪，那个惹祸的参谋官，现在连吃饭的地方都没了。这你们就该明白了，大日本帝国是不希望张作霖死的，他死了，对大日本帝国一点好处都没有。现在军部怀疑是俄国人收买了关东军的人，就是挑拨离间，让中国人都恨大日本帝国。这个不要紧，要紧的是，满洲没了张大帅，大日本帝国要义不容辞地来帮助满洲，还要建立大东亚共荣圈。"

子昂本来就觉得皇姑屯事件可能是另有隐情，但又很反感田中太久把赤裸裸的侵略当成友好援助，忍不住问道："要是中国军队去日本，也说是帮助你们，你们愿意吗？"

田中太久轻蔑地一笑道："中国人连自己都保护不了，还能帮助大日本帝国？那我问问你，俄国人抢走中国那么多的土地，中国人怎么不去要回来？嗯？"

子昂立时无语，只是尴尬地笑笑。

田中太久又友善地对子昂笑道："我很理解你的心情，但是你要怨，就怨你们的大清国。中国和苏联地大物博，可我们大日本却穷守孤岛，资源匮乏，又经常发生地震。俄国人的土地本来就用不了，大清国却把大片土地让给他们，这很不公平。大日本帝国不想与中国为敌，就想从俄国人手里夺回那片土地，这和中国没有关系了，中国不要的我们要，我们派兵来中国，是准备和俄国人打仗的。但现在很麻烦，我们军方的想法不统一，分成两派人，一派是以荒木贞夫将军为代表的北进派，主张集中力量对付苏联，反对与中国伤和气。另一派是以东条英机和土肥原为代表的南进派，主张迅速建立大东亚共荣圈，主要还是进攻苏联。我是北进派的支持者，但我是个小人物。我来中国，不想与中国人对立，能多交中国朋友，是我最大的快乐。但作为一个军人，没有战功就不是合格的军人，如果有一天军部派我去和苏联作战，我将义不容辞地去为天皇尽忠。我是真心的，不会把中国人当敌人，希望我们永远是好朋友。"

　　子昂脑子有些乱，辨不清田中太久所讲的是事实还是谎言。但转念一想，他也不过是个翻译官，无论怎样也无法让日本军队退出中国，自己又何必与他做毫无意义的辩论呢？便缩小话题问道："你和中国人交朋友，你的长官愿意吗？"

　　田中太久正要夹菜，听子昂这样问，就又放下筷子说："我们讲究日中亲善，只要不背叛天皇，我们可以多多地交中国朋友。我们有军队在这里，不是和你们打仗的，是在这里守备。"

　　子昂又问："我看你们总有军车往山里开，是在别处打仗吗？"

　　田中太久说："打仗也是和山里的土匪打，和这儿的人没有关系，只要不和满洲国和大日本帝国作对，你们会在这里享受到王道乐土的快乐。"接着又说："我们少佐阁下要求很严格，一般不让士兵到河这头来，怕他们和这儿的老百姓发生不必要的矛盾。这里的治安，都是万全君负责，我负责与万全君联系，所以我可以随便出来。我很高兴能和你们成为朋友。"说着招呼大家干杯。

　　大家都端杯响应，子昂也端杯抿了一口。田中太久见子昂只饮了一口，就挑礼道："子昂君不喜欢和我交朋友？"

　　子昂一怔道："怎么了？"

　　田中太久又笑问道："你为什么不干杯？你们东北男人都是海量。"

　　林海忙解释道："他喝酒真不行，再说他刚娶媳妇儿。"

　　田中太久疑惑地问："刚娶媳妇不能喝酒？"

　　万全笑道："也不是不能喝，但喝多了不行，要不生下儿子就会打醉拳。"

　　田中太久哈哈地笑起来，大家也跟着笑。

　　田中太久急于将妻子的画像带回军营裱挂，喝下两杯后便为文普留下酒钱离去。

　　送走田中太久后，哥几个又坐下接着吃喝，但都不攀子昂多喝。万全对子昂说："田中太久走了我才跟你说，你别担心，这儿的日本人真不打扰老百姓，他们一直守着河北那头，至于在那头干啥不知道，我还从来没进去过，他们也不让我进去，弄得神神道道的；他神道他的，不干涉咱的事儿就行。"

　　子昂想起他要经商的事，就和哥哥们唠起如何开好油坊、磨坊。大家都支持他，感慨哥们中终于有个做大生意的了。

　　文普忽然想起件事，就对子昂说："你七哥前阵子还问我开不开油坊呢，说要开就开电转的。"

　　子昂颇感兴趣地问："电转？什么电转？"

　　文普说："就是一通电就能榨出油来，还能点电灯！"

　　子昂明白了，兴奋道："是发电机吧？那更好了，还省人力哪！七哥咋想起问你这个？"

　　文普说："他一天可哪跑，见的世面也多。那天他跟我说，他在爱河给人唱堂会，认识一个火车站的站长。火车站就点电灯，站长说他那儿的机器旧了，电不够用，想把旧的卖了换新的。你七哥说那是好东西，问我买不买，说到时一边开酒馆，一边开油坊，晚间还能用电灯。主意倒不错，可我哪整那些钱去？你七哥还以为我趁多钱呢。现在好了，哥们中真有趁钱的了，正好你还要开油坊，等你七哥回来问问，看看怎么整？你要是钱够，就开个大油坊，到时肯定得用些人，就让你五哥、七哥都帮你，咋说都是自家兄弟，用着也放心，也省得他们整天可哪跑。工不工钱的，你让他们过好就行了。"

子昂心想，凤仙既然能让文普买那种机器，估摸贵也贵不到哪去，便高兴道："我定了，油坊一定开。等让七哥问问，到时候咱们一块儿发财！"哥哥们都开心地笑，举杯祝愿他的油坊早日开张。

第 066 章

随着大年临近，各家都在准备年货，这也给米家米铺带来一些商机。李春山自然想到了这些，头戴狗皮帽子，身穿羊皮袄，亲自赶着马车来送大米。

津梅一见春山，竟忍不住又哭了一场。听说宝来逛窑子，春山既憎恨宝来，也心疼津梅，但守着众人又不好说什么。

一同卸完了车，子昂留春山吃午饭。春山心情不好，两杯酒下肚，便大骂起宝来，大家都很吃惊。子昂看出他心里恋着津梅，忙劝阻道："咱不唠他了，待会儿我想单独和你说点事儿。"

春山也意识到自己的心思被人看穿，便不再唠宝来，酒也不喝了，吃完饭就随子昂去了中间屋。

进屋后，子昂关上门道："大姐夫躺炕上睡一觉儿。"

春山问："你不要和我说事儿吗？"

子昂拉他上了炕道："我是为你好，说啥你别往心里去。"

春山说："我知道你为我好，你说吧。"

子昂说："我听香荷说过，当初你相中的是三姐。"

春山一愣，有些不安。子昂忙又说："我挺同情你俩。你刚才骂三姐夫我也理解。可他俩是两口子，你心疼三姐就装在心里，说多了对你不好，对三姐也不好。"

春山借着酒劲道："子昂，既然你知道了，我就不瞒你，我心里是真疼，疼了整整十年了！我就希望你三姐过得好，可宝来这个狗杂种，身在福中不知福，我现在杀他心都有！"

子昂被他对津梅的真情所感动，说："我挺为你们惋惜，可事已如此，你也别太露了！"春山愤然道："奶奶的，露就露，有时我连老头子都想骂！那个老东西，把俺俩坑苦了！"

子昂被吓一跳，忙说："大姐夫，这时说这有啥用？咱先不唠了，你睡一觉儿吧。"说着从炕里拿过枕头，放到炕头处道："就当我求你，啥也别说了。"

春山直直地看了他片刻，叹口气道："我是真羡慕你和香荷！"然后闷闷地躺下。

子昂要出屋时，忽听春山在伤心地哭，嘴里居然还唤着津梅的名字，顿时不高兴道："你是不想让我三姐活啦！"

春山顿时止住哭，爬起身盯着子昂问："你说啥？"

子昂又劝道："你让我三姐省省心好吗？你这样会让别人寻思你和三姐……"他没再往下说。

春山又叹口气道："你走吧，我想睡觉。"说完又躺下。

子昂到了小灶房没有离去，既怕有人进来听到春山胡说，也是这屋平时烧火不多，他要把炕再烧一烧，让屋子更暖和些。

春山一觉睡到晚间才醒来。格格夫人本想早点叫醒他，借着天亮返回宁安，但子昂说他喝多了，让他多睡会儿，可随后就把他给忘了，结果到了傍晚见春山去茅房才想起。格格夫人见天色已暗，只好说："这数九寒冬，又黑灯下火的，住一宿儿再走吧，就怕津兰在家等急了。"

春山说："我来时她还说呢，到年根儿了，这头要是活儿多，就让我在这头住一宿。"

格格夫人说："那就住一宿，正好晚间和子昂说说话儿，我看你俩挺投脾气。"然后又一起吃了晚饭。

春山还要喝几口，子昂怕他酒后再激动，便劝他不要再喝了，陪着他吃饭，米秋成和周传孝则继续喝，格格夫人、子昂妈也跟着喝了几口。吃饭间，格格夫人唠着下午卖米卖得好，都没再提及宝来。子昂见津梅的心情好像比哪天都好，也看到她瞅春山的眼光是温暖的。

深夜，子昂被一阵孩子哭似的声音吵醒，知道是家里的猫在院内什么地方叫春，叫得很凄厉。他听人讲过，猫叫春都是立春以后，可现在还是腊月呢！他不知这时是什么时辰，便起来点着灯，看一眼地桌上的座钟，刚刚凌晨三点，想接着睡，但猫的凄厉叫声让他心烦，便想出去轰猫。

香荷也醒了，见他穿衣下地，也看一眼座钟问："起这么早干啥？"

他说："让猫离这儿远点，叫得我心烦。"说着出屋。

屋外刺骨般的冷，他一开门便打一冷战，心里仍在责怪那只猫：这骚猫，大冷的天，春劲儿这么大！回手关上门，再听那猫不叫了，也不知猫在哪里，借着房顶的雪光四下望。

就这时，中间屋的门开了，从里面出来一人。借着雪光，他一眼认出是津梅，不禁暗中惊愕。他知道那屋只有春山一人住，津梅这时鬼鬼祟祟地从里面出来，必是做了见不得人的事。他不想惊动她，忙蹲在鸡窝旁的角落里。

津梅没有发现子昂，是没想到他会大冷天的在这时候待在院内，还冲门里小声道："别出来。"然后去了西头的茅厕。

他敢断定，津梅和春山已经行过房事，心想他俩简直是疯了，敢在米秋成跟前做这种事。但他却为他们苦恋十年终于有了鱼水之欢感到惬意，也不禁兴奋，转身回屋，脱衣上炕，将香荷亲醒。

早晨吃完了饭，春山套好马车准备回宁安，好像夜里什么事都没发生过，津梅的神态也是自若的，脸上又多了舒心的笑，米秋成和格格夫人也都没异样。显然，除了子昂，没人知道津梅和春山夜里到过一起。子昂也清楚，这事万万说不得，说了许会闹出人命来，就是对香荷也不能说，那会让她感到难堪的，便也装出若无其事的样子。

送走春山后，子昂要再去趟裁缝铺。上次他让裁缝往村妮家送了被褥和柴火，但要给婉娇、芸香她们做的新衣服还没顾上量，估摸裁缝铺之前收的活儿已赶得差不多了。他猜香荷不会反对他这么做，就以商量的口吻对她说："后天就是小年儿了，我想给婉娇姐她们一人做套新衣裳。"

香荷真就没有反对，他便从柜里取些钱去了裁缝铺，又带裁缝去了村妮家。

到了村妮的家，子昂从婉娇开始，挨个叫着下炕，让裁缝上下前后地量。除了玉莲已经有了新冬装外，其他人也都被量了一遍。芳子、顺姬开始不明白子昂领来个陌生男人干什么，经过解释才明白，一再为子昂鞠躬致谢。村妮开始不想量，说自己有衣服，但子昂不依，硬是将她拉下炕。

裁缝走后，子昂又对松林说："姐夫也换套儿新的，你就买套现成的。这你就不用管了，我给你买啥样儿你就穿啥样儿。"又笑道："我要把姐夫打扮得也跟老爷似的。"大家都笑。

玉莲说："那我不两个姥爷了？"

子昂笑道："不是那个姥爷，是趁钱的老爷。"

玉莲说："我也当趁钱的老爷！"

子昂说："你不能当老爷，你得当趁钱的小姐。"

玉莲感到新奇，重复遍"小姐"后又认真道："那你就不是大舅了，是大哥哥。"

村妮呵斥道："瞎说！"

子昂也哭笑不得，解释道："小姐不是姐姐，是有钱人家的闺女。"

玉莲这才明白，说丽娜也是有钱人家的闺女。

婉娇的精神状态好了许多，夸村妮对她们照顾得很好，村妮则夸芸香勤快。子昂看着芸香说："你受累了。"

芸香低头道："没事儿。"转身出去了。

子昂又给村妮留下一千元绵羊票，说是用来购置年货，再给大家买些贴身的内衣和鞋袜等东西。村妮没推辞，接着钱对婉娇笑道："姐，咱上辈子积德了，老天爷才送咱个好弟弟。"婉娇和若玉、芳子、顺姬都对子昂笑。

若玉笑道："俺们也跟着沾光儿了。我现在是真想搁这儿安个家，就怕子昂以后……"她不说了，看着子昂笑。

子昂说："我不答应你了吗？你就在这儿安家。还有，我让我五哥去五卡斯找你家我姐夫他们了。开始我想一块儿去，可我这边事儿太多。再者我去也不认识，我五哥那边有朋友，就可着他们去找吧。我跟他们说了，找到后别怕花钱，无论如何也要把他们接过来。"若玉激动了，要跪炕上磕头。

他忙去扶道："姨你别这样。这些日子我就想，我要给你革下命。等忙过这阵儿的，我在这儿帮你找个踏实过日子的男人，帮你成个像样的家。不管岁数大小，你看好就行。当回女人，咋也得坐回花轿，我想让你这辈子不遗憾！"

若玉惊讶道："这哪行，我都过来人了，还坐哪门子花轿？"

子昂笑道："我说句话您别不愿听，以前就当你白活了，我要让你重新活一把。只要你想过正常人的日子，我就能让你过上好日子！"

若玉感激道："那俺得咋谢你啊？下辈子当牛做马也得报答你！可你说这事儿真不行，我身子是脏的，谁愿和我过日子？"

子昂安慰道："不是你脏，是这个世道不干净。你别老看不起自个儿，你比我妈小好几岁，长的也有模有样，还是解放脚，肯定有愿娶你的。我再往你兜里揣满钱，没准儿娶你的还是小伙儿呢！"

若玉咯咯笑道："你可真会哄人开心，都要美死俺了！"

子昂说："你真挺美的，二十年前你一定和她们一样好看。你的不幸，也就因为你那时长得太美了。话说回来，过去的咱都让它过去，以后我要让你一天比一天好。还有我娇儿姐、村妮儿姐、芸香，以后一定都会好。芳子和顺姬只要在这儿待一天，我就保证她们过得好。"大家又都感激地看他。他又不自然了，告辞说还有事要去忙，村妮和松林都留他吃午饭也留不住。

村妮和芸香出屋送他。这时他想和芸香单独说几句话，就对村妮说："姐，我和芸香说点事儿。"村妮怔一下，应一声回屋了。

他疼爱地看着芸香说："我知道你累。不过咱在人家，能干就帮着干点儿。"

她点头应。他又说："平儿的事儿，这时千万别和她说，那是她亲生的，她肯定受不了。"

她不安道："她老是问我，我也怕说漏了。"

他嘱咐道："你可得把住了。我还怕丽娜知道点啥，没准哪天想起来。"

她说："她啥都不知道，一直在奶奶屋里，后来咱们就都来这儿了。"

他舒口气说："那就好。不过这事儿迟早得说。等过了年的吧，还得找个合适机会。等都消停了，我帮你选个好人家吧。"

她脸一沉道："我不要。"

他违心地劝道："你和平儿的事儿不能算数。再说你还小，不能就这样一辈子。"

她哭道："我给你当丫头，一辈子伺候你。我啥都不图，天天能见着你就行！"

他又想起何耀宗在遗书中让他把她收了房的事，思绪又乱起来。他心里愿意，但也只能是幻想，又安慰道："我会常来看你。回屋吧，我回去了。以后有啥需要我做你就说。"边说边为她擦去泪。

她显得开心些，突然撒娇的口吻道："俺们想洗澡，这块儿洗不了。"

他想了想说："我去给你们买个大澡盆，你们在屋里拉上帘儿洗。我这就去。"说完转身走了。

他在一家杂货店买一个最大号的浴盆，又雇辆马车送到村妮家。村妮见他弄进一个大浴盆，笑道："你心怪细的！"

他难为情道："芸香儿让买的。"

她说："也是，要过年了，大伙儿是该洗洗澡，这都怪姐想得不周。这下好了，烧锅水就能洗了。"

他忙说："那我去挑水。"说着要去拿水桶扁担。

她忙拦住他笑道："你急啥呀？行啦，这事儿你就别掺和了，几挑水姐还能干。"他说："姐太累了，我挑吧。"说着出了屋。

村妮回大屋把这事讲给大家听。大家又都受感动，芸香脸上更是透着舒心的笑。

过小年这天，大家都忙着备办灶糖、香供、纸马祭灶王。子昂是周米两家屋来回跑，将需要的物品置办齐后，剩下的就由父母亲和岳父母来做了。之后，他又为家里置齐了各种年货。他还用银圆在各家店铺兑换了几千元"满洲国康德元年"的绵羊票，除了林海家给一千元，其余哥哥家各五百元，说是用来办年货，哥嫂们又备受感动。过后不久，文普来找子昂，说万全有事找他商量，他便跟着去了龙凤阁。

许是过小年的缘故，酒店里没有客人。子昂被带进楼上单间，见宝来坐在里面喝茶，顿时又想起津梅与春山私通的事，好像自己做错了事，有点不好面对他。但立刻又想起他曾在芳子身上施过暴，不免又对他恨起来，好像被他强暴的是他的女人，倒觉得津梅与春山到一起尤其痛快。

宝来是为津梅来的。他不敢见米秋成，便求文普找子昂出来问事，这时见子昂有些冷淡，一脸愧疚道："我知道你也挺看不起我，看在我帮你找到你爹你妈的面儿上，别用这种眼光看我，我咋觉着你眼里好像有把刀子在剐我。"说着委屈地哭起来。

他不想与宝来对立，毕竟他还在替他保守着秘密，便语气温和道："三姐夫，不是我挖你心，是你把三姐毁了！"

宝来不知子昂的话意，以为津梅因他受了打击，这时可能病倒了，更加惭愧，一边哭一边诉说他的悔恨，并说想接媳妇、孩子回家。

见宝来哭得伤心，他心中又怜悯。但他很为难，只好说米秋成还没有消气。宝来仍哭道："老爷子那儿我是没指望了，现在关键是你三姐，她要能看在孩子面上原谅我这回，我以后一定好好的。你回去偷着跟她说，让她偷着出来，孩子出来不出来先不管。只要她和我回到牡丹江，其他事儿都好说。"

子昂不好拒绝他，回家把话捎给津梅。他原以为她和心上人有了鱼水之欢就报复了背叛她的人，这时会考虑和宝来回到自己家去，但让他感到意外的是，津梅的态度很坚决，说她永远也不回那个家了。他不知那天夜里她和春山是如何约定的，但从她的话里他感觉到，她可能要借此永远和春山保持这种不正当的关系。

这时，他又想起津梅昨日守着他和香荷对格格夫人说，要和孩子住在中间屋。格格夫人当即阻止道："大冬天儿的，那屋住人儿就不能差了火儿，白白多烧那些柴火干啥？又不是没屋住。"

见津梅有些沮丧，格格夫人也觉得不对劲，问道："你们打小儿就睡那条炕，这会儿咋不爱住了？"

津梅搪塞道："不是，我怕孩子晚间闹，妨碍你和爹睡觉。"

格格夫人不屑道："咳，隔着两道门儿哪！闹还闹哪去？能把房盖儿鼓起来？"

津梅又说："也不完全为这些，我寻思那个屋是大小屋，让俩崽子睡大屋，我睡小屋。你不知道，她俩一来精神头我也睡不好。"

格格夫人又嗔怪道："把你娇惯的，你们小时不都跟我一条炕上睡？你们少打少闹了？我把你们往哪塞了？"

津梅有些心烦道："我就说那么一句，看让你扒扯的。我也是，嫁出的姑娘泼出的水，回来能有个睡觉的地儿就不错了，还挑三拣四的！"

格格夫人本来是顺口说说的，听津梅这样说，话里显然带着气，想到她近日因为宝来的事不开心，忙又说："哎哟，我的闺女，你把妈想哪去了？妈就寻思你姐和你妹妹他们都没回来，那屋不住人一天燎把火儿就中，你们娘们要过去，就得可着时候儿烧了，那得多烧多少柴火，咱住的地儿又不是不够，糟践那些柴火干啥呀？这亏着子昂那些哥哥帮忙儿，要不就得子昂上山打柴火。"

津梅更不耐烦道："行了行了，我不去了。"说完转身走开了，弄得子昂和香荷也很尴尬，不知她是冲着谁。

这时子昂意识到，津梅想住中间屋，十有八九是为了方便以后和春山再到一起。

他开始为她和春山担心。他想，如果津梅和两个孩子住在中间屋，春山夜里来和她办那事，倒是比她住父母对面屋更隐蔽，但毕竟是一个院里住着九口人，谁敢保证天天后夜没人去茅厕？他不就是因为猫叫春出来偶然发现他俩私通！即使大人们不往那上想，他俩在小屋办那事也难保不出动静，一旦被孩子隔门隔墙听到什么动静说出去，不论说什么都会引起米秋成的注意，到那时，米秋成捉奸拿双将是板上钉钉的事，肯定不能容忍，那津梅恐怕连命都难保，即使米秋成不逼她死，她还怎么有脸活？

他要设法阻止她和春山的疯狂，但他的出发点是保护她。他也希望她能原谅宝来，但不是为了帮助宝来，只是不让她受到更大的伤害。

眼下，他觉得津梅有在此长住的意思。虽然她和格格夫人唠得不愉快，但格格夫人定会考虑她心情不好而由着她的愿望。即使冬天不让她去中间屋住，她若是夏天也不回牡丹江呢？他决定要自己占着中间屋，可他和香荷有屋还占那屋也说不通，便决定开始用那屋为香荷画像，不让别人看，也不让别人进，只要津梅不出更大的意外，即使她不高兴也无所谓。

子昂将津梅不想回牡丹江的事又传给了宝来，但并没将津梅"永远也不回那个家"的话说出来，只是说："她还没消气呢，再等等吧。"

宝来顿时被气得火冒三丈，恼羞成怒道："这马上就要过年了，她想等到啥时候消气儿？我今天把话儿撂在这儿，米津梅要把年过在外头，我要不休了她，我就是她生的！"

听宝来这样说，子昂顿时不悦道："三姐夫，你这样说就不对了，错是你引起的，还不是小错，三姐生你点气很正常，你至于这样吗？"

宝来一脸哭丧道："子昂，不瞒你说，俺家人还不知道这事儿哪，我现在是天天跟他们撒谎。往年这时，过年的活儿都是你三姐忙活，过年的干粮都蒸完了，今年倒好，这都小年儿了，家人还没见着她影儿呢！我实在没话儿蒙他们了。她要不回去过年，我的事儿可就全都露馅儿了，家里这年也不带过好的。我也知道，这事儿迟早得露馅儿，可我就想把这个年过去。"

子昂开始同情他，但现在他实在是爱莫能助，即使他能说服米秋成，可津梅已经红杏出墙，并发誓永不回那个家，恐怕谁也说服不了她。如果他用她与春山私通的事来压她，没准也会压出意想不到的后果，那自己岂不变成罪人，就对宝来说："现在只有一个办法，你去求求老爷子，他要打你，你就挺着，挺过了，老爷子就得撺三姐了。"

宝来一脸苦色道："你来这家时间短，还不了解他。我跟他接触了这些年，太了解他了！这时让我去求他，你是让我往老虎嘴里钻，他非打死我不可。你别看他岁数大，要动武，咱都不是他的个儿。我现在只后悔当时没挺着让他打，当时要挺一挺，他会认为我诚心认错儿，兴许也就没事儿了。过后我才反过劲儿来，他闺女已经让我用过了，他再有气，也得为他闺女想，咋也能放我一马，可现在不一样儿了。再说已经来到年了，我让他打个半死，他要让你三姐跟我走还行，要还不让她跟我走，那我这打不白挨了吗？我现在是前后都不考虑了，只要你三姐跟我回家，哄着我家人过个消停年，以后她想咋的都行！"

子昂又回了趟家，见津梅正和母亲、岳母、香荷一起包豆包，就把香荷先叫出来，将宝来交代他的事说了一遍，让她把津梅叫到他俩屋里。

香荷说："这得爹同意。"

子昂说："还是先问三姐，三姐要同意，爹那儿我去求，问问爹到底啥意思。爹要想打三姐夫一顿，我就让三姐夫过来挨顿打。"香荷便过去将津梅叫到自家屋里。

可不论怎么劝，津梅就是不同意。子昂只好说："三姐夫说了，你要不回去过年，他就休了你。"

津梅却不屑道："那就让他休吧。"说完转身出屋了。

他意识到她已全身心地给了李春山。

他真想把津梅和春山私通的事说给香荷，但话到嘴边，又觉得说不得，自己的同胞姐姐和另一个同胞姐姐的男人私通，作为妹妹，那会情何以堪？他不忍心让香荷为此蒙羞。

他没法深劝津梅，便又传话给宝来说："你先回去吧，等三姐气儿消了，自然就回去了。"

宝来又哭丧着脸说："你让我回去说啥呀？要是因为别的事儿都好说，可这事儿，我爹都没法来！"忽然站起道："行，既然她跟我玩儿狠的，那我就啥也不在乎了。她不是没消气儿吗，那就让她在这儿好好消吧。我还是那句话，只要她把年过在外头，我就让她难看！"说完气哼哼地走了，文普要留他吃饭也没留住。

第 067 章

受子昂委托，铁头去五卡斯寻找若玉的孩子，人都打听到了，但却一个也没带回来。不是他带不回来，而是他觉得情况有些复杂，不知如何是好，便自己冒着大雪返回。

一回到龙凤，他就去了龙凤阁，这已成了他的习惯。一方面她的媳妇是花喜鹊的表妹，他和文普是表连襟，另一方面，当年他逃难来到龙凤时，不管怎么说是文普两口子给了他头顿吃的，接着又是花喜鹊拦了林海的枪，使他躲过一劫。虽然不愿当兄弟面说这些，但心里还是感激四哥四嫂救了他。每次从外面回来总是先到龙凤阁，将特意买的糖果之类的东西给侄儿侄女一分，然后大大咧咧地让四哥四嫂给他做些好吃的解解馋。文普两口子从来也没烦过，后来一见他从外面回来，就玩笑地问他"又馋啥了？"他从不客气，心里想什么就说什么。

傍中午，龙凤阁开始上客了，花喜鹊正在前堂为几个吃客上菜，见铁头披着一身雪进来，便将菜盘放到客人桌上说："五弟回来了！"

那几个吃客都认识铁头，招呼他上桌一起喝点。铁头一边谢绝，一边摘下狗皮帽子，抽去上面的雪，又脱下粘满雪的羊皮袄。

花喜鹊问："找着人了吗？"

铁头说："找是找着了，没往回领。告诉四哥，给颠两个，我去把九弟叫来，有事儿和他合计。"

文普从灶堂出来说："你回来咱哥兄弟可就全合了，正好有日子没坐一块儿了，你赶紧去拢人，晌午上这儿来吃，咱稍晚一会儿吃。"然后又小声道："你来下，跟你说点事儿。"

两人进了单间。文普说："我是想咱一块儿谢谢九弟。"

铁头问："又谢他啥？"

文普说："你出去这几天，九弟又挨家给了五百块买年货儿的钱。你那份儿九弟给五弟妹了。"

铁头惊诧道："那又得四千块！"又悄声道："你说他咋这么趁钱？"

文普说："这咱就别问了，人心里可一直装着咱这些哥哥。"

铁头点头道："那是那是。我是说，咱这小老弟儿真挺像样儿！"

文普笑道："你这当五哥的不也挺像样儿！九弟一句话，把你支出那老远，不也啥说儿都没有！"

铁头说："我是道儿熟，跑跑道儿算啥？"

文普笑道："三九四九，棒打不走。这又这大雪嚎天的，别说子昂感谢你，我们也都感谢你，正好待会儿也给你接下风。老大和八弟刚又为各家分了鹿肉、野猪肉。我这份儿待会儿咱可劲儿造。你去把他们都叫来吧，我这就预备。"铁头应着又穿衣戴帽出去了。

文普本意是想九兄弟相聚，不想万全又把田中太久带来了，心中不悦，但面上却装出很热情道："欢迎田中先生，快里面请。"

田中太久开心道："听说莫老板请客，家里有什么喜事？我问万全君，他也不说，我可什么礼物也没带。"

文普说："就是哥几个年前聚聚，能聚一块儿就是喜事，是不是？"田中太久点头笑着随万全进了单间。

文普在灶房里低声埋怨万全道："我是想咱九兄弟聚一块儿说说话儿，主要是谢谢子昂，你咋又把他带来了？"

万全说："你晌午不请，我晚间也得请他来，我想让他帮着给所里换几条新枪。咱不差一双筷子。待会儿你得热情点。"

文普无奈道："我知道。"继续忙灶上的活。

九兄弟加田中太久围坐在单间大方桌前。林海和田中太久坐上位，子昂被哥哥们硬推到挨着林海坐，虽不是上座，可坐在三号位上，让田中太久也觉得他在八兄弟心中的位置不低。席间，铁头唠起找若玉儿女时听说的事，大家听了都感到惊讶。

铁头到五卡斯后就向朋友打听韩殿臣。这位朋友住的裤裆街与韩殿臣家相隔不远，虽然不相来往，但却知道他是个畜生。

这位朋友说："这个韩殿臣，年轻时有个媳妇。小时我见过，那绝对是个大美人儿，十里八乡也找不出第二个。可韩殿臣赌钱欠了一屁股债，就让媳妇去顶债了。他还有三个孩子，俩闺女一小子。大闺女是个毛子种。听老人儿讲，他媳妇当姑娘时让毛子兵祸害了，后来就生下这个闺女，叫亚娃，现在有二十七八了，长得挺白净儿，比毛子娘们还俊，比她娘还招人稀罕。可就是没人敢娶她。你猜为啥？她十几岁时让她后爹给祸害了，就是韩殿臣。要看亚娃儿，真是招人稀罕，可又招人嫌弃、招人可怜。韩殿臣在家做炒货，要是没亚娃，他的炒货没人买，都是看亚娃可怜。也有不少骚爷们惦记她。不过惦记也白惦记，那个韩殿臣看她看得特别紧。还有，她那个弟弟也邪乎，叫秋虎。听说十多年前把他亲爹给阉了，就是这个韩殿臣，现在是个假太监。我是没见过，可有人趁他喝多时扒过他裤子，说就剩一箍篓茬儿。"

铁头问："他儿子剁他那玩意儿干啥？"

朋友说："好像他当年看见他爹祸害他姐，就来了虎劲儿。准是韩殿臣当时光不出溜的，那小子不知是哪股子劲，一刀把他那玩意儿给剁下来了。他把他爹砍了以后，就去给一个葛姓地主家放羊，后来又在珠河入了小丐帮。别看他是个叫花子，名气可挺大，就是敢下手，有人给他起个外号叫小滚刀。去年他又和日本人结了梁子，就进山当了胡子。有时偷着回来看他姐，韩殿臣见他就跟老鼠见了猫似的。"

铁头又问："那他姐咋还和他爹在一起？"

朋友说："他家的丑事儿，俺们也就是背后讲一讲，面上亚娃和韩殿臣还是父女俩；家里就他俩，晚间啥样也不知道。都说这个亚娃可惜了了。别看没人愿娶她，可都想睡她，我都想！"

铁头笑后又问："那老臊炮不是还有个闺女吗？"

朋友说："早就出门子了，出门儿那年也就十五六，叫秋菊，好像也不是韩殿臣的。这谁都不知道，是韩殿臣一次喝酒喝多了，顺嘴儿嘞嘞出来的。"

铁头又问："那不会也被老臊炮给祸害了？"

朋友说："这不好说。不过小滚刀阉他那年，秋菊也十多岁了，长得也不赖，说长得挺像她娘。很多家也想把她娶进门儿，也怕让韩殿臣祸害过。后来她让镇上一个地主家娶走了，嫁给他家的一个傻儿子。这个地主家不知是咋回事儿，生的孩子都傻呵呵的，可秋菊嫁过去这些年，一连生了仨孩子，都挺精挺灵的。后来就有人背后讲，这仨孩子都是他老公公的，背里都叫他老公公扒灰匠。"

铁头讲述的时候，因田中太久也在桌上，没敢说秋虎上山当胡子的事。子昂听了铁头的讲述，觉得简直不可思议，说："这天底下竟有这种事儿！还都让他一家儿摊上了！"

万全不屑道："这算啥稀奇？林子大啥鸟儿都有。九弟要不信，二哥现在让你猜两个闷儿。你有学问，肯定能猜出来。"

子昂笑道："我猜过闷儿，你说吧。"

万全问："你都猜过啥闷儿？"

子昂想了想说："兄弟七八个儿，围着光棍儿过。"

万全笑道："不新鲜；小孩儿都知道，不就大蒜吗。咱今天不猜东西，猜事儿。"

凤仙也笑道："我知道二哥要说啥。"

万全忙用筷子一指凤仙道："别说啊！"

凤仙笑道："你说你说。"

子昂好奇道："猜猜看吧。"

万全说："爹的儿，娘的孙儿，丈夫的兄弟，我的心肝宝贝儿！你猜吧。"子昂猜一会儿，只觉得有些乱。

凤仙替子昂着急，想提醒一下，万全又用筷子指他道："别欠儿！"又对子昂说："我再说一个，你两个一块儿猜。听好了。爹的亲儿，娘的外孙儿，丈夫的小舅儿，是我身上掉下的肉。猜吧。"

子昂一个也没猜想出来，认了输。万全嗔怪道："你瞅你这书读的！"

林海笑道："得了你的吧，孔圣人可不教这玩意儿！"大家都笑。

万全揭了谜底，说："这不就是你五哥刚讲的俩真事儿嘛！一个是说儿媳妇和老公公生了孩子，一个是说闺女和爹生了孩子。"

子昂又想了想，还真和亚娃、秋菊的不幸吻合，笑问道："这都谁编的？"

万全说："顺口溜儿好编，那也得有事儿才能编出来。我再给你说一个。爹是舅，娘是姑，爷爷姥娘住一屋，舅是爹，姑是娘，奶奶姥爷睡一床。"

子昂这时首先猜到的是，万全说的闷儿都是乱伦后生下孩子的事，范围便小了。再一想，叫舅定是姐或妹的孩子，叫姑肯定是哥或弟家的孩子，既然爹是舅，娘是姑，也就是哥和妹或姐和弟生的孩子。

这回他猜对了。但一想起日日想念的妹妹，竟难为情道："这肯定是瞎编的！"

田中太久这时显得很开心，笑道："传说我们的祖先就是兄妹变成夫妻。"

子昂惊愕，笑着问田中太久："你说的祖先是指你们日本？"

田中太久却一笑道："是日本，但中国也是。"

子昂又惊愕道："都不可能。"田中太久说："都是有记载的，当然是神话。传说日本人的创世神是伊邪那歧和伊邪那美，这两个神就是兄妹。哥哥想和妹妹玩，就对妹妹说，用我的多余之处，插进你的不足之处，他们就结成了夫妻。中国的创世神是伏羲和女娲，这两个神也是兄妹，后来也成了夫妻，就是用哥哥的多余之处，插进妹妹的不足之处。"

大家都随田中太久诡笑。子昂显得很尴尬道："神话、传说都不是真的。"

万全说："那给你讲个真的，就发生在北京城里的。"又招呼文普道："老四，这个是你先讲的，还你来。"

文普笑道："行，这段儿我讲。"接着讲道："这事儿说的是八国联军打北京那会儿。当时北京城乱套了，有钱人家儿一看西太后都逃了，就也四处投亲戚。当时逃难的人多了去了，就有这么一家儿人，道儿上没小心，把一个三岁大的小姑娘弄丢了，当时是瞪眼儿也找不着了。其实这小姑娘是被另一家逃难的捡去了，也是京城的人。后来，八国联军滚蛋了，这两家人又都回到了京城，可谁都不认识谁。这样呢，小姑娘就一直在捡她那家儿住。那家人还挺稀罕这小姑娘儿，拿她跟亲生的似的。这小姑娘原来的家里有个哥哥，比她大两岁。等兄妹俩都长大的时候，已经是民国了，官家办的学堂也多，这两家都挺趁钱，这兄妹俩就都被送进学堂读书，还进了一个学堂。这兄妹俩一见面儿，也不知是亲兄妹，就是看着对方长得好，那家伙，都稀罕得不得了。后来，这哥哥就求自己爹娘去他妹妹家提亲，别家姑娘再好也不要。再后来，这两家大人一看挺门当户对，就定下这门亲事，接着亲兄妹就拜堂入了洞房。第二年，兄妹俩先生下个闺女。又过了三年，这闺女三岁了，和这个妹妹当年走丢时一般大。妹妹就把她当年戴的小手镯带在闺女手上了。结果她婆婆，就是她亲娘，这一看，可了不得了，敢情当年丢的亲闺女，又让他们当儿媳妇娶回来了！这可咋整？亲儿子和亲闺女把孩子都生下来了！其实谁最难？孩子！叫舅不对，叫姑不对，叫爹叫娘还丢份儿！所以就说，爹是舅，娘是姑，爷爷、姥娘住一屋，舅是爹，姑是娘，奶奶、姥爷睡一床。"

子昂更想自己的妹妹了，只是幸运自己不可能和妹妹误成夫妻。他也在想，假如自己的妹妹也是不懂事时丢的，长大后两人相遇会怎样？

见子昂若有所思的样子，万全问："还不相信？"

子昂说："这个有可能。"

凤仙又抢话道："不是可能，就是真事儿。这样的真事儿有的是，还有儿子和娘生下儿子的呢。"

子昂更加吃惊道："这咋可能！"

万全不满凤仙道："你可真够欠儿的！先说闷儿让他猜呀！"

子昂说："不用猜了，这个绝对不可能！"

凤仙说："那你还是听二哥讲吧，听完了，你肯定还是信。"

万全说："这个七弟讲吧，瞅他急得火燎腚似的！"

　　凤仙嘿嘿笑过后对子昂说："这个要让你猜，就得说：娘的宝贝儿爹的孙儿，媳妇儿的小叔是我儿。你已经知道咋回事儿了，我就直接讲了。"接着讲道："有个地主挺有钱，可他老婆就为他生了一个儿子就再也生不出来了。地主不甘心，就想多有几个儿子。那年呢，他娶了个小媳妇，才十八岁，比他儿子还小，长得还俊，地主美坏了。成亲那天，地主也骑着马去接媳妇，结果到了家门口一放炮，马毛了！地主咚地从马上摔下来。一开始疼，可爬起来还能动，就把喜事办了。可入洞房和新媳妇一办那事儿就动不了了。找个郎中来一摸，说是腰伤了，得糊膏药静躺养些日子。可这一养就养出事儿来了。你猜咋的，他儿子看好这刚进门儿的小妈了。其实这个儿子也刚娶媳妇没多久，可他就让这小妈迷上了！这小妈呢，还真和他对心思，一来二去，娘俩儿就睡到一块儿了。再说这地主，一养就是好几个月，已经伤了筋骨了，咋也得一百天，一百天内还不能办那事儿。过了百天儿以后，老夫少妻就又到一块儿睡，谁也没看出啥事儿来。可又过了段儿时间，出事儿了。咋的？小妈儿怀上孩子了。女人一怀上孩子有两样儿，一个是恶心，吐，再一个，嘴馋，那叫害口，是吧？地主还真没发现小媳妇儿吐，就看她跟害口婆子似的，嘴馋。但还是搞不准，就又找来那个郎中，给小媳妇号了脉，看看是不是怀上自己的种了。郎中号完脉就说，真有喜了，已经两个多月了，还埋怨地主呢，你胆子可真不小，不是跟你说仨月内不能办房事吗！地主一听，觉得不对劲儿，可当着郎中的面儿又没法儿说，就说自己没出息。郎中一走他可不干了，问小媳妇，说，这孩子是谁的？小媳妇做贼心虚呀，一听就害怕了。可嘴还挺硬，说：就是你的呀！地主一听就火儿了，说：你他娘的净胡扯！成亲那天晚间我就不能动了，接着一躺仨月！这孩子是两个月前怀上的，两个月前我和你办过事儿吗？小媳妇儿就说了，成亲那天，你不和我办过事儿吗！我那块儿还让你弄出血了呢！"

　　大家哄笑。凤仙很得意，又笑着讲："小媳妇一这么说，地主更火儿了，说：你以为你那出血就能当种儿用啊？那得我的种儿放炮放到你那里！那天我刚弄那么两下子，腰就疼得不能动了，我的种一直在我这里憋着呢！"大家又哄笑。

　　凤仙继续讲道："小媳妇一听这话可傻眼了！最后只能说是儿子把她强迫了。什么强迫呀？可她就得这么说，她得让儿子出面帮她扛大头儿，不然她一人哪扛得了？你别说，这儿子还真挺护着小妈儿的，把事儿全都揽到自个儿身上了，把他亲妈也搬出来了，就是地主的大老婆。大老婆本来就不高兴地主娶小老婆，这时一看宝贝儿子惹了祸，又当起好人了，说，已经这样儿了，就别吭声儿了，传出去还不得让人笑掉牙！咋的也是咱们家的骨血，就当是咱儿子生下来吧。那把地主气的，那真是七窍生烟，可又有火儿发不出。就这一股心火，地主又一病不起。再后来听说自己的媳妇生下自己的孙子，嘎嘣儿，死了！地主这一死，儿子就成了地主了，干脆把小妈当成自己的小媳妇，可在外人眼里，小媳妇儿还是他小妈。"讲到这儿，大家都看子昂笑。

·第 068 章·

听过这些乱伦的荤段子，子昂不禁想起景祥和小青、津梅和春山，又问道："要是小叔子和嫂子生孩子，姐夫和小姨子生孩子怎么说？"

万全惊讶地看着子昂问："你小子是不知道点啥？说出来让大家听听。"

子昂不能说，忙找借口道："没有真事儿，都是听别人开玩笑说的，可没听他们说过闷儿。"

万全说："都有闷儿啊！你听着：亲爹婶子睡同床，谁见都说挺正常，也可以说亲爹大娘睡同床，谁见都说很正常，姨和亲爹睡同床，谁见都说挺正常。为啥正常？人家就是正经两口子，两口子睡一起有啥不正常？要说不正常，亲爹和亲娘为啥不同床？因为他亲爹和亲娘不是一家的，亲爹是他大爷、是他叔、是他姨夫。能转过个儿来吗？"

子昂对照景祥和小青，觉得是那么回事，看来景祥和小青这种事也不是什么太离奇的事，便点头。

万全又笑道："九弟，你没有小姨子，可你那些大姨姐儿，个个都让男人动心！"话没说明，但意思谁都很清楚。

见子昂尴尬，林海立刻耻笑万全道："不会是你动心了吧？"

万全忙遮掩道："瞎扯瞎扯！"

林海说："别和子昂提姨姐的事。"

万全不屑道："就是逗逗乐儿，笑笑拉倒了。我看九弟挺在行，让咱九弟讲一个。来，大家呱唧呱唧！"大家鼓掌。

子昂很为难，他不讨厌别人讲荤段子，但他确实没有荤段子。这时他想，既然荤段子都和女人有关，不妨讲段关于女人的事，便说道："我讲讲女人吧。"

大家很好奇，便又叫好鼓掌。子昂讲道："要说男尊女卑，哥哥们都知道。其实在原始时期，人类不是这样的，是女尊男卑。换句话说，这个世界原本是女人的世界，就是历史上讲的母系社会。"

铁头反驳道："这咋可能！女人能干啥？"

林海拦住铁头道："听九弟讲，他比咱学问大，他这么说准有道理。"

子昂对铁头笑道："男人再能干，但有一件事干不了。"

铁头说："除了生孩子，男人没有干不了的！"

子昂笑道："五哥真说到点子上了。我的一个老师就曾经跟我们讲，就因为女人能生孩子，所以这个世界曾经是女人的。原始社会的人都靠打猎为生，不会盖房子，也没有固定的家，哪有野兽就到哪里。还有一点，不论到哪，男人有一件事必须要做，就是和女人办那事儿。那时也没有夫妻的说法，一个男人可能跟很多女人睡，一个女人也和很多男人办那事，和野兽没啥两样。问题是男人办完事继续到处去打猎，女人一怀上孩子就不方便了。现在女人怀上孩子，家人得在旁边守着护着。可那时没有家这一说，女人怀上孩子就是自个儿的事。等肚子大了，孩子要生了，她们就没法跟着男人到处打猎了，就得让男人丢下，自己照顾自己，就是凭天由命了；命大的能活得长远，命小的就让野兽给吃了。当时怀孕的女人也不少，想不让野兽吃掉，她们就得聚到一起，找个安全地方猫起来，想吃东西还得靠打猎，大的打不了就打小的，反正饿不死。等孩子生下来，她们还得照顾孩子，远地上去不了，近地上就得安全点。于是她们发明了房子。那时的房子不是现在这样的，也就是用石头、树枝子搭个窝棚。有了房子就安全，可这房子是女人用的，和男人没关系。你们看平安的'安'字，上面是个房盖儿，下面是个'女'字，对吧？老祖宗已经把这事给记到文字里了。再有，现在咱们有了房子就是家，你再看'家'字咋写的？上面还是个房盖儿，下面是个'豕'字，'豕'就是咱们现在养的猪，就是说，女人有了房子以后，必须得养猪。为啥必须养猪？因为她们已经不能和男人一样出去打猎了。她们要想活下去，就得在房子跟前盖猪圈养猪，也就是说，有猪圈的地方就是家，但这家是女人的家，和男人没有关系；男人那时不需要家，跟野兽一样，满山窜，得哪打哪，得哪住哪。后来，她们越聚越多，房子也就多起来，于是形成了部落。这就是最早的部落，是女人的部落。部落里有首领，当然得是女人。其实这时的部落里也有男人，这些男人是哪来的？都是这些女人生的。他们从小到大都得听母亲的，也就是得听女人的，女人是部落的统治者。后来女人就规定了，男人长大后得出去打猎，打回的猎物要交公，由大家平均分配。那男人打不着猎的咋办？不许回部落，也不分给他食物，打猎打得少的，食物得的少，还不让他和女人睡觉。就这两样儿，男人一样儿都少不了，所以就有男人开始反抗，他们既要享受食物，还要享受女人。但他们要推翻女人统治得有个理由啊，就是五哥说的那样，女人除了会生孩子，还能干什么？"

大家都笑。铁头玩笑地数落子昂道："九弟你真行啊，转着磨儿地寒碜五哥。"

子昂笑道："这可不是寒碜你。我是说那伙推翻女人统治的人，他们说女人会生孩子啥意思？就是说女人不配当首领，应该由男人当首领。最后，男人推翻了女人统治，又怕女人翻身，就对女人严加管制，咋管制？大爹写的《女儿谣》里就是，欺负女人，迫害女人。我不是反对男人统治这个世界。女人有智慧，是在被逼无奈的情况下才有的，男人有能力，可以把家建得更好，但男人永远别忘了，在人类发展史上，女人的功劳是最大的，男人要怀着感恩的心去尊重女人。可当下的多数男人，不但不尊重女人，还肆无忌惮地羞辱、摧残女人，实际真正被羞辱、被摧残的是男人的良心。咱再说妓院，这就是摧残女人的，可政府允许开妓院，这样的政府，就是没有良心的政府！"

他竟有些激动，也立刻赶到气氛有些凝重，忙缓和口气道："我讲的是不太没意思了？"

文普忙说："有意思。我还头次听说这么讲女人的，还真是那么回事。我看九弟和大爹能唠到一块堆儿。"说着拍掌道："好！"大家跟着鼓掌，但不如听完黄段子热烈。

林海数落道："巴掌拍得不响啊，不像刚才听黄段子那么来劲儿。要我说，子昂讲的比你们那些都好，这可是大学问。"

万全笑道："我讲那些也都是学问，女人会生孩子，男人得会打种！"大家哄笑。接着他又说："九弟讲的这个可以讲给女人听，等哪天让九弟给咱大嫂和八弟妹讲讲，打到猎可以上炕睡觉，打不到猎就和狗做伴儿去！"大家又笑。

林海并不介意，笑道："你大嫂和山里红都不够辣，也就你家红辣椒冲劲大。还得问问田中先生，每月给你发多少军饷？往家交了多少？要是交的不够数，去，蹲外头看门儿去！"大家又笑。

万全吃口肉道："不可能了，子昂说的是古代人，现在的世界是男人的。"

庚寿也笑道："二哥家有点像古代，女人当家。"

万全道："我是不和女人一般见识。"又觉得子昂讲的竟引出这些话题来，也夸子昂讲的好。

田中太久这时也很有兴致，接着万全的话说："嗯，子昂君讲的很有学术价值。今天我们要高兴，要刺激的。"万全便让他讲个刺激的。田中太久欣然接受道："好的，我来讲个刺激的。"万全带头鼓掌。

田中太久讲道："我有个同学，十五岁那年，关东发生大地震，死了十多万人。父亲死了，他就和他母亲和妹妹一起生活。十七岁那年，他得了病，母亲照顾他，和他住一个屋。他难受的时候，就想趴在母亲的怀里，用脸贴母亲的乳房，中国人叫呃儿呃儿。"

大家又都笑。子昂还是猜不出一个母亲带着一双儿女能有什么刺激，便继续听。田中接着讲道："一个月后，他的病好了，可离不开母亲了，就得寸进尺，摸母亲的下面。开始母亲不让，后来就随便了。他很爱她的母亲，他要和他的母亲做夫妻，偷偷地做。十八岁那年，母亲说他长大了，就不和他玩了，让他娶妻子。"

大家都惊讶，子昂坚信他是乱编，打断道："这绝对是编的！"

万全劝道："田中君，咱说笑话咋说都行，千万不能拿母亲开玩笑。"

田中太久却认真地说："是真的，咋不信？你们中国人，太含蓄。"

林海反驳道："啥含蓄？这是大逆不道。不好听，讲个别的。"

田中太久先一怔，又笑道："说笑话，大家高兴就好。"又看着山鹰说："那讲个妹妹的。"随即问道："你的妹妹好漂亮，你俩一起洗澡吗？"

山鹰也一惊，显得很不自在，不知所措地看万全和林海。

万全说："那得看多大，小时我娘就把我和我妹儿放一盆里洗澡；那会儿我刚会乍吧走，我妹儿还没断奶呢，啥都不懂！再大就不行了，得分开洗，看都不能看。"

田中太久摇头道："小孩子不算，大姑娘，长得好。"又问子昂道："你妹妹我没见过，你长得好，她一定也漂亮，和妹妹洗过吗？大姑娘，脱光了洗。"

子昂被吓一跳，他只小时给妹妹洗过脚，但妹妹十三岁以后就再没让他碰过脚，忙摇头道："不可能。"

见山鹰、子昂都一脸难堪，其他人也都目光惊诧，田中太久扫兴道："这没什么。男人得研究女人，不了解女人，不是好男人。"

万全说："女人有啥研究的？人老天爷给造得好好的，还用得着咱研究？再研究也生不出三只眼的二郎神，就那点事儿，打种儿怎么打？孩子搁哪出来的？开始不明白，一入洞房啥都明白了。今儿咱不研究了，喝酒。"说着招呼大家端杯。

田中太久不自然地笑道："中国人含蓄，好。"说着和大家一起饮酒，又见大家看他的眼神有些怪，便从上衣兜里扯出怀表看了看，见时间已经过了晌午，便说军营里还有事，先早走。

万全忙提出要给他手下换新枪的事。田中太久先是顿一下，立刻又笑道："我们是好朋友，警察所是忠于皇军的，少佐阁下不会反对。不要着急，慢慢来。"然后离去。

送走田中太久后，大家又重新围桌坐下。子昂不满万全总将田中太久扯进兄弟中，但口气还算随和道："咱和日本人合不来。"

万全笑问道："咋合不来？"

子昂说："和咱不一样，讲笑话都和咱两股味儿。你们讲的就够难听的了，他讲的简直是骇人听闻！"

万全叹口气道："咱不得看人脸子吗？别惹他，他也别祸害咱，这就行了。"

凤仙说："我看他也挺色，好像对多日娜有心思。"

文普嘱咐山鹰道："管管多日娜，别整天骑马可哪逛。"

铁头瞪眼道："咱自家的地儿，想咋逛就咋逛！"

万全挖苦道："都亡国奴了，自家地儿也得悠着点，他们军营还是咱家地儿呢，不信你去逛逛。"

铁头骂道："操，他敢动咱妹子一指头，我把他卵子儿挤出喂苍蝇！急眼把他老窝儿给端了！让人打死，也不能让人熊死！"

林海嗔怪道："还没到那步，赌气的话少说。"

万全解释道："他也就背后唠起女人挺来神儿，平常看他瞧见女人挺仁义，对老四媳妇儿也挺客气。他还想和咱磕头呢，我没敢答应他。我先和他说，咱磕头是要经老祖宗承认的。奶奶的，他知道咱哥们中有汉族、满族、蒙古族、朝鲜族，还和我说不差他一个大和族，这样就五合了。满洲国的国旗就是五合旗，里头就是这几个族。去他奶奶的，他五合他的，咱这里可不要日本人。没招了我又跟他说，拜兄弟认娘也很主要，得从每个娘的卡巴裆下爬过去，表示也是娘生的。奶奶的，他一听这个就不干了。"说着笑起来，大家也笑。

铁头笑说："他是日他娘的，不干就对了，咱娘哪能生出这种败类儿子？"大家又笑起来。

文普的媳妇花喜鹊进来劝阻道："你们小点声。数你老五，嗓门儿就不能关一关？我在下面都听着了！"

文普问："底下还有吃饭的？"

花喜鹊说："几个喝多的，在那磨叽呢。再磨叽老五下去轰他们。"

铁头说："要不差咱钱儿，让他磨叽去。"

花喜鹊说："我要拾掇桌子，你不轰他们，他们得磨叽到天黑？他们菜也不点了，酒也不咋喝了，光搁那天南海北地瞎白乎。"

铁头笑道："四嫂就是会做生意，看人不点菜了就想轰人家。"

花喜鹊打他一把道："说啥呢？你当俺开黑店呢？我是烦他们白乎的不在道，还搁那白乎袁世凯呢！不知从哪弄来一块袁大头，一个劲儿地穷显摆。"

万全又笑道："你没拿出一卷和他比比？就当金箍棒抢蒙他。"

花喜鹊说："咱和他显摆啥，还不让九弟笑话！"

凤仙笑道："四嫂今个儿就没听出来？"

花喜鹊一怔问："二哥又啥意思？"

文普向着媳妇说："二哥又说你猴精呢！谁使唤金箍棒不知道？"

花喜鹊恍然，却笑道：俺哪会耍那玩意儿，想都想不到，还得是二哥，整天蹦着高地耍，现在是不稀得耍了。"说完一脸得意地离去，大家又都对着万全笑。子昂佩服花喜鹊嘴茬子果然不一般。

第 069 章

腊月二十八这天，铁头二次从五卡斯返回，带回一个脸带刀疤、右耳残缺的老汉和一个梳着两根长辫子的大姑娘。这老汉就是十几年前将若玉推出家门顶赌债的韩殿臣，姑娘便是若玉当年被沙俄兵强暴后生下的亚娃。

子昂原想让铁头将若玉的儿女们都带回来，但儿子秋虎已经上山落草，自然不能去招惹，二女儿自嫁给傻男人后，似乎真被公公偷占着，现已生下三个聪明伶俐的孩子。听说母亲有了音信，她也很想跟来，但公公坚决反对，说就要过年了，家里正有很多事要忙，要见就等过了年再说。

韩殿臣听铁头所说之人确实是他多年前卖掉的若玉，又听铁头慌说若玉现在十分富有，想把儿女们接去过好日子，立刻动了心，暗想自己过去是对不住若玉，但凭他这些年一直照顾她的女儿，也能捞些好处。他以为这边的人不知他做过的缺德事，亚娃也不能将被他欺辱的事说出来，便坚持随铁头一起来。铁头怕韩殿臣阻拦他带走亚娃，只好同意。

在龙凤阁，子昂一见到亚娃，眼前不禁又一亮。她身材高挑，姿态袅娜，雪肤如玉、貌美如花，既有母亲若玉的模样，也有欧洲人的模样，一看便是混血儿，模样尤其可人。他记得若玉说她今年二十七八岁了，又听铁头之前说她长得俊美，却没想到她和香荷一样白净，和婉娇、芸香、芳子、顺姬一样妩媚动人，比他在北平画的那个外国人体模特还迷人。

亚娃见到子昂也是一愣，随即神色慌乱地低下头。子昂这时想起铁头说过她被养父糟蹋过，心中不仅为她惋惜，也对在自己面前谦卑的韩殿臣感到厌恶，恨不得就地将韩殿臣暴打一顿赶出龙凤。

子昂带着亚娃和韩殿臣去了村妮家。从离开龙凤阁到村妮家，他和亚娃对了几次目光，但都不知说什么。

韩殿臣看出子昂和亚娃互有好感，忙和子昂搭话，解释他和若玉当年分开也是不得已，又问若玉在这儿做什么生意。子昂不愿答话，只说："待会儿你就知道了。"

若玉见到亚娃后，悲喜交加地抱在一起哭，并不理睬韩殿臣。哭了一通后才训斥韩殿臣道："我要接孩子过来，你跟来干啥？"

韩殿臣虽见村妮家不是富贵家，但看若玉穿得像个贵妇人，相信她日子过得不错，不敢抱怨，嬉笑道："来送闺女，送闺女。"若玉更加反感地训道："这边有人去接，用得着你来嘚瑟！这没你待的地儿，赶紧滚吧。"

子昂自然也反感韩殿臣，但不好立刻把他赶走，便对若玉说："我带他去客栈住一宿。"又不冷不热地对韩殿臣道："这里确实不够住，你就先住客栈吧。"

韩殿臣显然不情愿离开，但见屋里人都对他冷漠，只得皮笑肉不笑道："有地儿住就成。"然后不放心地看一眼亚娃，有些犹豫地随子昂出了屋。

若玉和亚娃的情绪稳定下来。若玉询问亚娃这些年是怎么过来的，弟弟、妹妹现在都怎样。亚娃也不爱说话，问一句答一句。最后若玉又问："你今年都二十八了，咋还没出门子呢？"

不想这一问，亚娃又扑进母亲怀里痛哭道："爹说我不是他亲生的，让我和他……"下面的话便说不出口了，只是伤心地哭。

若玉目瞪口呆地盯着女儿问："他把你咋的啦？"

亚娃只是哭。若玉不再问，哭得比亚娃还伤心，大声号着"我苦命的闺女"。大家都很同情她们母女，也都憎恨起畜生不如的韩殿臣。

韩殿臣当年用若玉抵赌债，虽然有被逼无奈的成分，但他内心深处的处女情结确实也在作怪。一贫如洗的时候，他渴望若玉满足他的生理需求，并不嫌她已被俄国士兵破过处，后来姑父又给他戴了绿帽子，也是他在寄人篱下之时寻求自主。而随着生理欲望的满足和物质上的自主，心理上的缺失也开始寻求得到弥补。本来就有"孩子自己的好，媳妇人家的好"的花男嗜好，他还承受着外人对他"刷锅底""拖油瓶""戴绿帽子"等歧视的羞辱，便又有了不甘心一辈子没娶过黄花闺女的遗憾。负债累累之际，他在家产与糟妻的取舍上选择了对糟妻的放手，既能为他眼前消灾，也算洗掉他的十年屈辱，为他日后选个黄花闺女填房、同时挽回他一个男人曾经失去的尊严腾出空间。

其实周围的人并不在意他和什么样的女人过日子，倒是他以妻抵债的行为让这些人对他产生极大反感。何况他家除了三间房，就是一个没有多少积攒的炒货买卖，家里还有个"大脚儿"岳母和三个不懂事的孩子，别说是黄花姑娘，就连寡妇见了他都厌恶。

填房不成，夜里还想女人，虽然窑姐可满足他一时饥渴，可逛把窑子就要耗去他家几天的吃喝，实在舍不得。这时他才又珍惜起若玉的花容月貌，留恋起他们一起操持家事的日子，只是一切都晚了。

后来他想女人想得色胆包天，见庄稼地里常有妇女独自干农活，便伺机劫色过把瘾，不想色胆刚刚释放就遇上一个泼辣女。

那日晌午，他见一片玉米地里有一年轻媳妇在掰苞米，四下又无他人，便上前和那女子搭话献殷勤，接着又嬉皮笑脸地动起手。

见他不怀好意，女子眼睛一瞪道："你干啥？"

此时他满脑子都是久违的女人身子了，丧心病狂地将女子按倒在玉米丛中。女子一边骂他一边反抗，但还是被他褪下裤子。可就在他低头要脱自己裤子时，女子在下面猛抓起他的脸，险些抓瞎他的眼。

几日后，那个被他扒过裤子的女子又来收苞米，但这回她的男人跟来了。女子发现他竟躺在她家的苞米地里，就命令自己的男人道："揍他！"

她男人不解道："他躺他的，揍他干啥？"

女子说："他不要脸！"

男人醒悟，见韩殿臣起身要跑，一把抓住他问媳妇道："他碰你了？"

女子却说："没有，他出贱！"

男人便扇了韩殿臣一嘴巴道："贱就该打！"女子也扑上去，连打带挠，又踢又踹，直到她男人觉得过火了才放了他。

这时他已遍体鳞伤，却不敢吭声。从此后，外面的女人没有和他说话的，谁见了他不是唾一口，就是跟见了瘟神似的躲开。

实在无法满足生理需求时，他开始打起家里人的主意，竟把主意打在还守在家里的年近半百的岳母身上。他本想夜里做，可夜里三个孩子和姥姥住一屋，索性大白天趁孩子们都上街卖炒货时在家将"大脚儿"强暴了。

女儿被卖那天，"大脚儿"哭着大骂韩殿臣丧尽天良。可韩殿臣却理直气壮道："我就卖了！就是没人买你，有人买连你也卖！我正愁娶个黄花姑娘没钱呢！再说了，你姑娘是我卖的吗？是你卖的！是你贪财，你才让她和我姑睡，老二是谁的还不知道呢！现在你知道哭了，别在这猫哭耗子了，你姑娘就是听见了也不领你的情！是你先把她给卖了，你能卖我就能卖！我是她男人，你卖她的时候想过我吗？"

"大脚儿"被训得哑口无言，只能忍气吞声，暗中靠女儿长得俊能在买她那家享福来安慰自己，继续帮着韩殿臣打理炒货生意，渐渐跟家里什么事都没发生过似的。

这时韩殿臣又将她这个当岳母的强暴，更是羞愧不已，对不住不知身在何处的女儿。前脚韩殿臣提上裤子离去，后脚她就悬了梁。可刚吊上去，就被亚娃回来撞见。

韩殿臣忙跑回屋将她从梁上卸下来，竟哭得伤心欲绝。往日曾觉得她是个累赘，仗着她手脚利落能帮他很多家事才留下她，这时在她身上满足了久违的欲望后，倒觉得她是个宝贝了。

"大脚儿"竟也被他的伤心所感动，擦干眼泪继续帮他打理家务，还经常故意把孩子们支出去，大白天里满足他的欲望，竟夫妻般默契了好几年。后来他俩的丑事还是被三个孩子知道了。

按说他俩的丑事很难被人发现，每次都是将三个孩子支出去卖炒货，然后插上屋门。窗户纸虽然能遮住里面的一切，但仍怕有人捅破窗纸偷看，便又在窗前挂上一道帘，只是那帘比窗扇短一截，只能顾下顾不了上，便让秋虎偷窥到了。

秋虎六七岁时就很顽皮，淘得上房揭瓦掏鸟窝，下钻菜窖藏猫猫，几乎没有他摸不到的。之前他也遇过进不去自家屋的时候，知道里面有人，就在外屋又喊又砸，每次都是"大脚儿"在里面不得已答应，开门后说她在数钱，不能让外人看见。

秋虎见屋里果真只有姥姥一人，就想看看姥姥数的钱。姥姥便哄他道："姥儿给你攒钱娶媳妇。"说着给他点零钱，让他出去买好吃的。

虎子怎么也想不到，他爹这时正藏在炕上的柜子内。他拿了钱跑出去后，韩殿臣才从柜子里出来回到自己的屋，就和什么事都没发生似的。

等秋虎到了九岁时，心眼也比过去长了许多，就开始怀疑姥姥白天插门另有隐情，也想知道姥姥到底有多少钱这么数。

那日他见姥姥又没在院内，就直接捅破窗纸看，不想窗纸破了里面还有一层帘，隐隐听见爹和姥姥说话，心里更加犯疑，索性用上掏鸟窝的本领，登上梯子捅破上面的窗户纸，昏暗中看到爹和姥姥在炕上都光着身子。

他知道这是很丢人的事，一旦惊动了里面，自己免不了要挨爹的打。但过后他将所见到的说给了两个姐姐。亚娃、秋菊这时一个十三岁，一个十一岁，也都清楚这是不光彩的事，但怕惹恼了爹，便都不敢说。不想转过年的一天，秋虎又淘气挨了爹的打，姥姥不但不帮他，也跟着骂他"活该"，一下把他惹恼了，张口回骂姥姥"不害臊"和"大光腚"，姥姥立刻傻了眼。就在当天，"大脚儿"偷喝了同街一家豆腐坊的卤水。

"大脚儿"的死，并没让韩殿臣感到多么悲伤。这时亚娃已经十四岁了，长得楚楚动人。韩殿臣一直对她是"毛子种"耿耿于怀，早已将淫念由被他玩腻的"大脚儿"身上转到她身上，只是"大脚儿"活着时总像老婆一样看着他，他也只能偷偷瞄亚娃。

没发现爹和姥姥做那种丢人事时，亚娃从没把爹往坏里想。夏天她身上穿得少，这更加激起韩殿臣的淫欲，恨不能将眼珠子投进她的衣服内。

为"大脚儿"办完丧事的当夜，韩殿臣就急不可待地将手伸向亚娃。亚娃睡梦中觉得有东西在她下体移动，一惊醒来，下意识地摸到一只大手，不禁惊叫。就着外屋的油灯光亮，她看见逃出门外的那个身影就是爹。

秋菊也被惊一下，但迷迷糊糊地"嗯"一声，随即又睡了。亚娃便将门插上一直坐到天亮。想起爹和姥娘这几年一直偷偷办那事，她又感到浑身不寒而栗，意识到厄运又要落到她身上，便指望弟弟秋虎保护她，尽管秋虎这时才十岁。

母亲被爹卖掉时她也是十岁。她恨爹但很无奈，只能像娘那样照看弟弟、妹妹。这时的妹妹和弟弟，一个八岁，一个五岁。弟弟、妹妹天天哭着找娘时，她就搂着弟弟、妹妹一起哭。老娘开始也和他们一起哭，后来又帮爹忙起炒货生意，他们一哭她就哄，再后来哄也不哄了，甚至嫌他们闹人，和爹一样训斥他们。

不想娘的时候，秋虎很顽皮，哪都想碰，哪都敢钻，就喜欢玩火玩水，点着过灶房和院中的柴垛，也弄湿弄翻过炒好的榛子、葵花子，和邻居孩子打架、弄脏刮破衣服更是常有的事，自然少不了挨爹和姥娘的打骂。

每当弟弟挨打时，亚娃总是奋不顾身地去保护，免不了身上也挨笤帚、柳条、鸡毛掸子的抽。渐渐地，秋虎对她比对爹和姥姥还亲。本来每晚是姥娘搂他睡，可姥娘总嫌他尿炕，有时还因夜里叫他起来撒尿不愿起而挨打，亚娃心疼弟弟，便让弟弟到她被窝睡。但除了尿炕以外，弟弟在夜里还总是蒙眬中像摸娘的乳头一样在她胸上乱摸，嘴里还喃喃地叫着娘。她知道弟弟戒了奶后也没离开过娘的乳房，虽然不用嘴裹，但总是摸着乳房入睡，和姥娘一被窝时也这样。可她才十岁，弟弟在她胸上乱摸时，不禁浑身打激灵。见弟弟想娘想得可怜，她也思念起娘来，一边暗中流泪，一边由着弟弟摸。

可弟弟总是摸着摸着就不摸了，顿了一会儿，自己把小身子转过去，显然她那里没有娘和姥娘的大。她知道弟弟醒了，也感到弟弟又在难过，便搂过来说："来，姐搂着。"搂了片刻问："有尿吗？撒泡尿再睡。"说到尿，弟弟真就来了尿，应着爬起来。她也忙起来，摸索着下地穿鞋点油灯。

她白而细嫩的身上只有红肚兜和花裤头，在微弱的灯光中显得格外鲜亮。姥娘和妹妹都在被窝里睡得正香，弟弟光着小身子已站在枕旁，憋着尿的"小鸡"正翘着。她用一陶罐为弟弟接尿，一个炕上，一个炕下，尿竟直接射到她身上。她惊叫着躲闪开，可弟弟一发不可收了，就都尿在炕外一米远的地上，一边尿一边看着大姐嘿嘿笑。她埋怨道："还笑，都进大姐脸上了，以后自个儿下地尿！"

此后弟弟一在她胸前摸时便醒来，竟不再尿炕了。姥娘惊讶道："这可怪了。"接着又玩笑道："你个小混蛋，是不看姥娘好欺负？也成，以后就你大姐搂着睡。"

直到一年以后，弟弟才不怎么惦记奶头了，但还是不愿自己一被窝。尤其白天里，弟弟对大姐更依赖，不论谁把他打哭了，他都是闭着眼睛哭喊大姐，没人再听他喊过娘和姥娘。

亚娃也听大人说弟弟拿她当娘了，心中便更多了对弟弟的关爱，只要一听到弟弟哭就发毛，扔下手里的活就奔过去，见又是爹在打他，不敢埋怨，背起弟弟离开，有时哄着哄着，弟弟就在她背上睡着了，直到她承受不住了才把他放下来。

秋虎七岁时就敢替娘一般的大姐抱不平。爹和姥姥谁对大姐不好，他都气得疯了一般，但他只能暗里使坏。不论是将死老鼠塞进爹的鞋里，还是将长满刺的东西投进姥娘的被窝里，他们都知道是秋虎干的。爹骂他是"杂种操的"，姥娘骂他是"王八羔子"，分别打他一顿才算解气。挨打的时候他还嗷嗷哭，哭过之后却更加记仇，不知啥时姥娘的鞋不见了，又挨一顿打才告诉你，鞋已上了房顶了。

那日亚娃和秋菊因为干活吵起来，秋菊可不如亚娃温顺，一句"臭毛子"将亚娃骂得无言以对，伤心地哭起来。秋虎立刻愤怒地冲秋菊抢起小拳头。可他毕竟小她两岁，几拳头过去也不顶她一把挠过来，顿觉得脖子火燎燎地疼，气得疯了一般，竟抄起院中剁鸡食的菜刀冲过去，凶狠地喊道："杀了你！"吓得亚娃忙过去拦住道："虎子，这可不行！听大姐话，咱不搭摒她。"这才让秋虎安定下来。

但亚娃担心秋虎气不消会偷着对秋菊下手，秋菊再不好也是自己的同胞妹妹，实在害怕弟弟真的闹出人命来，便主动与秋菊和好。

亚娃也不希望弟弟杀死爹，毕竟他们要靠爹的炒货生意生活。自打那日深夜受了爹的惊吓后，她不但每晚睡前插好门窗，还让弟弟、妹妹一边一个紧挨着她。秋虎在姥娘去世头一年就和爹一屋睡了，还是被亚娃撵过去的，说他已经是大小子了，应该自己一个被窝睡，可现在她需要他回来保护她。

韩殿臣知道亚娃那晚认出了他，但见她第二天连看都不敢看他，心中得意，贼心也更加活跃起来，猜想得机会在她身上发泄一番她也说不出什么，便开始另打主意。

一连几日，韩殿臣总在找理由把秋菊、秋虎一起支出去，但秋虎总是听亚娃的，也妨碍着他的美事，心中十分恼火，便找茬打骂秋虎，父子关系更加紧张。

亚娃看得明白，知道韩殿臣对她贼心不死，深感不安，便趁韩殿臣不在家时对秋虎哭道："咱娘让爹卖给别人了，咱姥娘也是让爹害死的，现在爹又想害死大姐，你要不护着大姐，大姐也活不了了。"

秋虎早就淡忘了娘被爹卖的事，但通过当时爹对他的愤怒，他感到姥姥的死是因为他气后骂的那几句。但他心里还是不相信，他就骂那几句，姥姥就去寻死了？这时，大姐说姥姥是爹害死的，他更加觉得爹可恨，也无法接受大姐和姥娘一样死去，便恶狠狠地说："他要打你，我就杀了他！"

此后，只要韩殿臣让秋虎和秋菊一起离开家，秋虎就想起大姐对他说的话，不论让他去做什么，他都蹲在地上喊肚子疼。韩殿臣知道他撒谎，但总以为他是在为了逃避干活儿。

那日，韩殿臣又让他和秋菊去南山根一家取两袋葵花子，让亚娃在家等着炒。迫于韩殿臣的恼怒，秋虎只好跟着秋菊去拉车。忽然，秋虎在院门口招呼亚娃道："大姐你来，我告你话儿。"亚娃正不安，忙迎上去。

秋虎贴在她耳边道："你别怕，我不走远。"

韩殿臣在房前狐疑地问："干啥呢？"

亚娃忙说："虎子想要钱。"韩殿臣慷慨起来，从兜里摸出钱塞给秋虎道："给给，快去吧，上街买点好吃的。"

眼盯着秋虎、秋菊推着空车拐过一道弯，韩殿臣忙回家插了院门。亚娃见势不妙，忙回自己屋也插了门。

韩殿臣进了灶房，急切地叫着亚娃道："大白天插门干啥？赶紧出来干活儿！"

亚娃在里面惶恐道："爹，我怪累的，就睡一会儿，等他俩回来就干活儿。"

见亚娃就是不开门，韩殿臣出屋到了窗前。正值秋老虎的季节，窗户白天都不关，即使雨天关了也不插，他便翻窗进了亚娃的屋。

亚娃忽视了窗户，这时见淫性大作的韩殿臣翻窗进来，吓得在炕里缩成一团，哭道："爹你干啥呀？"

韩殿臣已经丧尽了廉耻，上炕将她按倒，又亲又啃道："好闺女，让爹稀罕稀罕你。"

她一边挣扎一边哭道："爹，我是你闺女，你别这样。"

天气炎热，亚娃穿着被称为"布拉吉"的裙子，他的手便一下伸到她那里，一边乱摸着一边说："你不是我亲闺女，以后就给我做媳妇吧。我娶你娘时，你娘就怀上你了，我还没碰过黄花闺女呢，你就可怜可怜我。"说着又将她的裙子掀起，露出白嫩光洁诱人的下体。

秋虎一拐过那道弯便丢下车往家跑，秋菊在后面喊他他也不理。跑到家门前，见大门里面已经插上，立刻将障子拆出一空钻进去，听见大姐正在哭喊"虎子"。

他冲到窗前朝里看，见大姐已头朝炕里光着下身，被也光着下身的爹压在下面。他疯了一般，顺手又抄起那把剁鸡食用的菜刀，攀过窗户跃上炕，照着韩殿臣的头就砍。

韩殿臣正在兴奋中，并没察觉秋虎进来。忽见秋虎举刀砍来，慌忙躲闪，但刀还是落在他左耳上，随即血涌出来。

韩殿臣仰面摔倒在炕，捂着半张脸叫骂道："杂种操的，你敢和老子动家伙！"

秋虎怒火正旺，又见大姐体下的炕席上有血迹，而韩殿臣身下那家伙正挺着，更是疯了一般举起菜刀喊道："我杀了你！"准准地砍在挺起的家伙上，又捎带着大腿，连同耳朵一同朝外淌血。

韩殿臣怒不可遏，忍痛叫骂着爬起，试图抓住秋虎。秋虎知道一旦被抓住，最轻也会打个半死，先是想逃，可韩殿臣爬起时正在炕沿处，下地下不了，便又对着韩殿臣胡乱抡起菜刀，边抡边喊"杀了你"。

韩殿臣连忙躲刀，秋虎又用上他和其他孩子打仗的本领，一头撞了过去。韩殿臣已经抓住了秋虎，可随即一脚踩到炕沿外，扯着秋虎倒仰下去，后脑海正磕在地面上，当即昏了过去。

亚娃也已止住了哭，慌忙遮好下身，见韩殿臣浑身是血地躺在地上不动，吓得又哭道："你真把他杀了！咋办呢？"

秋虎被扯下地时正砸在韩殿臣的身上，这时站在地上也不知所措。这时秋菊也回来了，听说爹死了，也吓得大哭，边哭边朝外跑。

秋菊喊来了邻居，见韩殿臣还没死，就又去药铺喊来郎中。顿时间，周围邻居都知道韩殿臣因糟蹋女儿被儿子阉割的事，便对韩殿臣更加厌恶，也为亚娃感到惋惜。

那个郎中更是对韩殿臣的兽性厌恶至极。本来秋虎并没砍断韩殿臣那造孽的家伙，可郎中在为他止血时说："这得漏尿儿了，连上也得烂掉。"索性就着秋虎留下的伤口给剪断了。不久就传出是这个郎中故意惩罚他，让他以后想害人也害不成。

韩殿臣好歹保住一条命，半只耳朵和脸伤早已封口结痂，而体下被截断的家伙却迟迟不愈合，郎中也不愿为这个畜生般的家伙太用心，止了血便不理睬了，致使他那里直到烂得像扣只烂皮囊才封口，排尿像只喷壶，便只能蹲着排。

韩殿臣醒来后发现自己变成了"太监"，躺在炕上哭号，发誓要剁掉秋虎的手。秋虎吓得不敢靠前，随后便离开了家。

亚娃被韩殿臣糟蹋后就没脸出去见人了，又不放心弟弟，就让秋菊以后保护弟弟，她也要寻短见。外祖母已经寻了短见，家里又发生血光之灾，这时见姐姐也要寻死，秋菊哭得伤心欲绝，哭得亚娃终于弟弟妹妹都舍不下了。

见弟弟几日没有回家，又不知他去了哪里，秋菊出去找也没找到，亚娃便不顾街坊邻居看她如看怪物似的，四下寻找弟弟。一个好心邻居偷偷告诉她，秋虎被送到镇外一个地主家里放羊了，只是管吃管住，不给工钱。

为了不让韩殿臣伤害弟弟，她只能让弟弟待在别人家里，而且不能让韩殿臣知道。但她也担心弟弟在那家能不能吃饱穿暖，会不会被那家人欺负，毕竟他才十岁。

让秋虎放羊那家地主家位于镇子外的一个村子里，离镇中有十里地。有时地主还让他到镇里买些东西，他就借此机会到街上找姐姐。亚娃、秋菊也只能在街上卖炒货时见到弟弟，开始见面就抱在一起哭，几个月后才顺过劲来。

一年后，秋虎因放丢两只羊被东家撵出来寻找。他知道无法找到丢失的羊，便连东家也不敢回了，流浪到了珠河县城内，饿急了就要，不给就偷，偷不成就抢。每次抢的时候，趁人不备，抢到手就跑，边跑边往嘴里塞。也有被人逮住的时候，自然免不了挨打。而每次挨打时，他都一声不吭地挺着。有人看不下一个孩子被大人拳打脚踢，就好心劝他求个饶。可他这时却说："我偷他家吃的了，打吧。"就这一席话，打他的人也下不了手了。

这样时间一长，有人送他"小滚刀"绰号，说他小小年纪就这么抗打，大了也准是个刀扎不透的滚刀肉。但不知内情的人，一听这个绰号就瘆得慌。后来没人打他了，好几家店铺主人嘱咐他，以后别再偷别抢了，饿吱一声就给他。

他不贪多求好，一日三餐轮着要，只要肚子不饿就行。街上一个小丐帮竟对他崇拜有加，诚心拉他入帮。可入了帮后，又免不了和外帮的争斗。一间破庙、一片乞讨区，都争得你死我活。他虽年纪小，打起架来却灵敏，下手也狠，今天捅这个一刀，明天又给那个放点血，隔三岔五就被警察抓进局子里。可警察们也不愿和个乞丐计较，抓了几次便不愿抓了，还告诉那些好惹事的人以后少惹他。这样他又被帮里推举为头人。这时他若想大姐，就带上几个手下满街晃，身上穿的破，买的东西却都是富家人买得起的。

那次他见几个混混正在街上调戏亚娃和秋菊，上前一句话也不说，将匕首顶在一个混混的胸脯上，眼瞅着刀尖扎进肉里，贴着骨头朝下划，血顺刀刃往下淌，接着几只打狗棍子也抢上去。从这以后，镇里的混混们一见到小滚刀就如老鼠见了猫似的，也没人再敢欺负亚娃和秋菊了。

但亚娃的婚事，一直受着韩殿臣的影响。虽然都喜欢她，但本分人家都嫌她身子不干净，不嫌她身子的，又怕外人说闲话，不怕说闲话的，又怕担不起小滚刀，便一直没有提亲的，倒是有人出高价勾引她卖炕。有时她真想离开韩殿臣随风漂泊，但既不忍心妹妹跟她下水，又担心妹妹在家受欺负。韩殿臣也发现家门口总有不三不四的男人，知道是冲着亚娃来的，就将亚娃看得紧紧的，甚至不让她出去卖炒货。

韩殿臣身下的伤愈合后，竟依然偷着对亚娃纠缠，既图报复，也图他心中没有除净的欲望。秋菊这时也很厌恶他，姐俩便合起伙来对付他。有时秋菊不在家，他的胆子就大起来。可亚娃这时更加提防他，见他嬉皮笑脸地来搂她，就从怀里掏出锥子扎他，气得他用最下流的脏话骂她，她扎不着他就随便抓起东西投他，直到他告了饶才停手。

十九岁那年，亚娃遇上一个想娶她的青年。开始那青年天天来她家里买炒货，但每次都不多买。那天韩殿臣在外面进生货还没回来，青年又来了，对她说："我想娶你，他们说你啥我都不嫌。"

她对这青年也有好感，不想那青年的母亲上门来训她道："你是不忘了你是啥身子了？"

韩殿臣不知何事，上前询问。那女人冲他呸了一口道："缺德鬼，还觍脸活着？"说完转身离去。走了几步又回头对亚娃道："你要想嫁人，看谁不嫌嫁谁去，别老勾引我儿子，俺家受不起你这大美人儿。"

亚娃委屈得哭一通，更加憎恨韩殿臣。韩殿臣却进来安慰她，并试图贴近她。她回手从炕上摸起剪刀骂道："你个害人精，我杀了你！"说着起身朝他刺。

韩殿臣吓得慌忙逃出去道："狗咬吕洞宾！"

她追到门口停下道："你也配当吕洞宾？呸！"

他却在灶房门口得意道："我就配你！你不是我亲生的，你就该做我媳妇！"接着又下流地说起他破过她身子的事，似乎感到很快慰。她又冲过去，可他在外面顶住了门。

镇西有个地主，人称"算盘子"，已年近半百，他听说镇中有家被亲生儿子阉割的事很好奇，尤其听说被养父糟蹋过的亚娃是个混血姑娘，长得比画里画的还娇美动人，便忍不住来看，终于隔着杖子见到了亚娃，心里喜欢得发痒，便找韩殿臣提亲，说是给他儿子娶媳妇。

韩殿臣不肯放手亚娃，又听算盘子说要给他家厚礼，便提出让十七岁的秋菊顶替亚娃，一来为得财，二来为让亚娃永远守着他。

算盘子见秋菊模样也可人，便答应了。不久，秋菊被大操大办地娶走了。哪知与她拜堂的竟是个什么也不懂的傻子。他家三个儿子，大的二十三，小的十七，却个个都弱智。秋菊想悔婚，但已来不及了，被人按着拜堂后锁进洞房。

夜深人静时，算盘子悄悄进了洞房对秋菊说："其实要娶你的是我，是俺家那母老虎不让。你放心，只要你进了这家门儿，这家就由你做一半主，将来这家就都你说了算。"说着去解她的衣服。

她奋力挣脱，可算盘子压在她身上淫笑道："和公爹睡，总比和你亲爹睡强，我不嫌你，你也别假正经了。"她顿时没了底气，也没了反抗的勇气。

算盘子发现秋菊还是个处女，更是喜欢得不得了。此后，秋菊也和又傻又胖的丈夫一屋睡，但丈夫那办事的家伙竟和几岁孩子一般大，想办那事也办不了。

算盘子每次深夜偷进她的被窝都是无拘无束的。开始她怕被傻丈夫看见，公公就说他们的饭里都已下了药，天不亮谁都醒不了。

但事情还是被母老虎发现了。母老虎气得发疯，怎奈家丑不可外扬，自己生的儿子又不争气，只能忍气吞声。

一年后，秋菊生下一个健康活泼的胖儿子，自然得管傻丈夫叫爹，管算盘子和母老虎叫爷叫奶。母老虎见儿媳妇生的孩子又精又灵，一想自己的肚子不争气，便一切都认了。没人在跟前的时候，她管自己的算盘子也叫儿子，算盘子也认了。渐渐地，秋菊真的成了这个家的当家人。

秋菊出嫁后，家里便只有韩殿臣和亚娃了，亚娃也开始自己一屋了。这时亚娃已经二十岁了，长得更加姣美诱人，一举一动都让韩殿臣神魂颠倒。但他不敢再对她轻举妄动，只能眼睛不时地在她身上扫来扫去。

一人一屋睡了几日，韩殿臣还算规矩，亚娃便放松了警惕。一日晚，韩殿臣见她要回自己屋睡觉，猜她身上没有剪刀，冷不防又从后面搂住道："家就咱俩了，以后就一起睡吧。"

她厌恶极了，想挣开他去摸剪刀，可两臂被他紧紧箍住，挣也挣不开，骂道："不要脸！滚！"

韩殿臣在后面求道："可怜可怜我，我都成废人了，还不因为你？我不怪你，我就是稀罕你，你就让我稀罕稀罕，以后这家都你说了算，我啥都听你的。"

她实在无法挣脱，口气缓下来道："那你先松开。"

他心中一喜问："你答应了？"

她说："答应，反正我也不嫁人了。"

他信以为真，刚松开她，她就猛地将他推倒在灶台上，又从菜案上抓起菜刀。她并不想杀他，即使杀了他也换不回自己的贞洁，但这个家她不想再待了。她决定去入弟弟的小乞丐帮。

秋虎通过一乞丐知道姐姐正急着找他，担心姐姐又受韩殿臣欺负了。他知道韩殿臣一直想找他报仇，但这时他已经不怕了，只是大姐若平安无事，他绝不回家惹事，如果大姐再受他欺负，他就带人回去教训他。

听亚娃说要跟他当乞丐，他追问出了什么事。亚娃便愤愤地讲了韩殿臣恶习不改的事。秋虎这时虽然才十五岁，但他做事却很果断，就对亚娃说："你不能当叫花子。家是你的，让那狗东西滚蛋！"立即带上一帮十五六岁的乞丐回到家，一见到韩殿臣就吩咐道："揍他！"小乞丐们便一同上前抡起打狗棍，打得韩殿臣哭爹喊娘，又引来不少邻居站在院外看热闹。

韩殿臣已经五年没有见到秋虎了，虽然一直想报断根之仇，可这时他就是一只猛虎也架不住群狼，只求保住一条命，跪在地上连连求饶，发誓以后再也不欺负亚娃了。此后，家里便都由亚娃说了算，让韩殿臣做什么他都不敢怠慢。

从亚娃半隐半露的叙述中，若玉更心痛自己的母亲和儿女们这些年所受的欺凌和委屈，发疯般跳下炕，哭叫着要去杀了韩殿臣。好不容易被安抚住，又一直哭到第二天韩殿臣又来讨好。

见自己这些年所做的事情败露，又见若玉真要和自己拼命，韩殿臣吓得又逃回闵家客栈，想回五卡斯，又舍不得亚娃。

他盼着见到子昂，求子昂帮他领出亚娃。但子昂一眼也不愿见他，给了闵掌柜二百元绵羊票，只管他正常吃住，直到他不愿住了自己离开龙凤，过年他要不愿走，就让他自己在客栈里过。

▶ 第 070 章 ◀

周米两家将在一起过除夕夜了。按风俗，出嫁的女儿是不应看到娘家除夕夜和正月十五的灯的，说这样会把娘家的福气带到婆家去。但周米两家同院居住，香荷出来进去不可能看不到米家的灯。况且津梅和两个孩子也回不了牡丹江，格格夫人就对子昂爹妈说："咱还要那些讲究啥用？俺们拿子昂当儿子，你们当香荷是闺女，有福咱们一块儿的，就一块堆儿过吧。"周家父母都没有意见，定下晚饭在周家屋里吃，年夜饭在米家屋里吃。

一过了中午，子昂就和香荷忙着为各屋各门贴年画、挂钱和春联，春联都是子昂前日就写好的。

往年米家的春联都是陆举人给写，但也就是贴大门的一副，如同宝贝似的。今年格格夫人想让子昂也展示一下，说他画得好，毛笔字一定也孬不了。确实，子昂在奉天就年年给家里和左右邻居写对联，这时便欣然接受，就去陆举人那里选些称心的对联句子。

陆举人听说子昂要写对联，立刻将一本他收集的对联送给子昂，还让子昂把他们家的也带出来，说："你写一定比大爹写得好。"

这一说，子昂倒觉得他在抢风头，忙解释道："大爹，主要还得您老写，我就写几副贴小门儿的，想都让您写，又怕给您添麻烦。"陆举人笑道："大爹写了这些年了，也没给谁家真弄来聚宝盆，都白写了。你财气大，又会写会画的，往后就你来，给大爹大妈多写几副，俺们也沾沾你的财气。"

子昂这才打消顾虑，也笑道："我是您儿子，儿子有钱还能少了大爹大妈的？"

陆举人更加高兴道："大爹今年就想贴你写的对子，把你哥他们的也都带出来，他们准都乐意要。"

子昂欣然应下，去纸店买了一整捆大红纸及笔墨，回到家中便开始写，香荷为他研磨，两面母亲和津梅都帮着叠纸裁纸，一派喜气。津梅更是羡慕子昂和香荷夫唱妇随中透出的甜蜜。

今年的十二生肖是狗，正是子昂的本历年，香荷亲手为自己的男人扎了红腰带。他开心地由着她来扎，心里还深为不能和婉娇、芸香等美人们一起过除夕感到惋惜和焦虑。

因为鞭炮买得多，晚饭前便同时放了两大挂，随后在周家炕上摆上一大桌丰盛的饭菜，老少九口围在一起边吃边唠。

津梅显得心情舒畅，有说有笑的，好像从没有过牡丹江的家。两个女儿倒是问过她什么时候回家，她哄道："咱就在姥姥家过年了，在姥姥家过年可好玩儿了！你老姨夫给你们买了那老些炮仗和呲花，半夜还给压岁钱，比你爷奶给的多。"两个孩子奔着放鞭炮、玩烟花、接压岁钱，便不再闹着回家了。

吃过年夜饭，周传孝将米秋成留下下棋，格格夫人提出玩会儿纸牌。子昂妈这时又特别思念失踪的女儿，想哭又怕别人的年夜过不好，就说自己玩不好，正好多一人，便和津梅的两个孩子在院里放烟花，然后和面、剁馅，准备夜里包除夕饺子，这样，格格夫人便和子昂、香荷、津梅在她屋炕上玩起纸牌。

玩之前，子昂拿出四沓一元面值钞票和一些一角面值硬币，都是"大满洲国康德元年"的，每人各发一沓纸币和五十枚硬币，说玩到包饺子时，看谁赢的多。

子昂想让香荷和津梅姐俩高兴，自己和岳母多输。可格格夫人并不甘心输，盘着小脚，玩得尤其认真。香荷需要什么牌，就暗示子昂，只要他手里有，宁可拆副子也打出去。格格夫人看出子昂只把她个老太太看得死死的，便不满香荷乱讲话，又说子昂心疼媳妇欺负她老太太，逗得大家不停地发笑。后来子昂每打一张牌，只要被香荷吃上，格格夫人就查看子昂手里的牌，看他是不是正常出。子昂不让她看，她就抢着看，见出的不对她就帮他出，有时她前手帮子昂抽一张牌扔出去，后手就将自己手中的牌往炕上一摊道："和了！快给钱！"乐得大家前仰后合的。因为子昂玩赖在前，所以格格夫人以这种方式赢钱也算数。其实谁都没有诚心赢钱，就是想着法儿地逗乐子。

津梅异常开心，子昂这时倒觉得她比香荷还耀眼。她除了没有香荷长得白，其余哪都很美。他一想到她和春山到过一起，就不由得想起他与婉娇的那夜激情。他不知婉娇、芸香她们这时是正在吃饭，还是在放烟花，也不知她们开心不开心。他真想去看看她们，但今晚他得守着香荷，这是他俩婚后的第一个除夕。

他又恨起宝来，他要不去妓院强暴芳子，婉娇、芸香她们也不会被送到村妮家，那样他此时就可以同多个让他牵挂的人共度除夕，那该多么开心和快乐。

一直玩到亥时，香荷赢得最多，其次是津梅，格格夫人赢点不多，子昂输得只剩下几元钱。散了局，他们一同下地，和子昂妈一起包饺子。

各家各户又开始放起鞭炮，鞭炮声渐渐连成了片，寂静的山林又沸腾起来。河北大营里的日本兵们也跟着中国人过除夕，放了一些鞭炮后，又都朝天上放起枪。而镇里的人们都没有感觉到枪声；这杀人的枪里发出的响声，这时竟也显得那么喜庆。

包饺子时，子昂不禁又想起在罗家过年的情景，想起他和懿莹一起包饺子，夜里又拉着她的手去接财神。可在这儿没有人提过接财神的事。

放过整挂鞭炮，他要带香荷出去接财神，一边帮她穿着高领镶边棉袄，一边对她说着接财神的事。她笑道："怪不得你能发财！"然后挽着他的一只胳膊出了院门。

除夕夜，天上没有月亮，但房顶地面的雪光和各家门前灯笼的光亮，还是让街上少了许多黑暗。街上这时还有一些孩子在嬉笑地放着鞭炮和烟花，手里拎着红绿黄等颜色的小纸灯，与积雪光亮和各家的红灯笼相映衬，为本该冷寂的黑夜涂上了喜庆和欢快。

子昂和香荷默默地相依西行，孩子们都用好奇的眼光看他俩。一个七八岁的男孩调皮地用灯笼照他俩，又嘻嘻地对伙伴们笑道："新娘子！"

子昂正很用心地接财神，按讲究不能说话，便只是对着孩子们笑。

听那男孩在喊"新娘子"，又有几个孩子提着灯笼围过来，大的十二三岁，小的六七岁。让子昂感动的是，孩子们都用手提的灯笼为他俩照路，一些扎着头巾的女孩子也效仿，还伴着各家的鞭炮声开心地喊着"新娘子"，就像事先经过训练过一般，整齐而有节奏。

可叫着叫着，不知是哪个孩子嘴喊瓢了，还是故意搞怪，竟将"新娘子"喊成了"新娘娘"，随即其他孩子也颇感兴趣地喊起"新娘娘"。等返回家门口时，跟随他俩高喊"新娘娘"的孩子竟有二十多。

本想默不作声地接回财神，不想却接回一大帮调皮的孩子。他不知出现这种场面有什么说道，但臆想这预示他和香荷将来会多儿多女、多子多孙。他也为香荷成了"新娘娘"感到高兴，就将家门一开道："都进来玩儿吧。"

一个孩子说："俺回家吃饺子去。"

子昂想谢谢这些孩子，忙招呼道："都等会儿，新娘娘给你们压岁钱。"

香荷也很开心，见子昂说要给孩子们压岁钱，忙从内衣兜里掏出刚赢的钱给子昂。他笑道："你给吧，都是奔你来的。过年了，一人给五块，不够回屋取。"又对孩子们说："一人一份，拿了钱就回家吧。"孩子们立刻又惊喜地围上来。

香荷借着门上挂的红灯笼为孩子们发钱，红色的光亮照着她的脸，这时变得红润娇美。

从香荷手里发出的钱都是一元票，一个孩子五张。小点的孩子接了钱就往自家跑，稍大点的心眼儿多，接一份后转一圈又来接。香荷发现了问题，对那个二次来接钱的男孩责怪道："鬼小子，不给你了吗！"那鬼小子嘿地一笑跑去。

最后剩下一个女孩，有七八岁，头扎旧头巾，身穿旧棉衣，脚穿一双草疙瘩。子昂招呼道："你还没拿吧？"

女孩怯声地问道："还有吗？"说话的声音很甜嫩，委婉动听。

他这才认出女孩，就是曾跟着奶奶在米家田里捡豆粒的，忙去拉住她的手说："有，给你留着呢！"说着领到香荷身前。

香荷见自己手中仅有三元钱了，说："就这些了，我回屋取点。"

子昂说："我这儿有。"说着从自己兜里掏出一张十元票道："我见过她，可懂事儿了，多给她点，看她还穿着旧衣裳呢。"说着将钱塞到香荷手里道："还是你给。"

香荷索性将十元票和她手里的三元钱都塞到女孩手里道："回家吧，给你奶奶。"

他问道："你认识？"

香荷说："是刘婶儿的孙女，叫春草儿。"

春草捧着钱，突然鞠躬道："谢谢娘娘！"然后转身跑去。

街上没有其他人了，大概都在家里吃饺子，但鞭炮声还稀稀拉拉地响着。子昂进了门就对香荷玩笑道："新娘子变成娘娘了，那我不成皇帝了？"

她笑道："你是我的皇帝。"

他搂着她说："我听娘娘的。"

这时津梅开房门出来，见他俩贴在一起说笑，不打扰也不躲闪，羡慕地站在那里看。子昂发现了她，也不慌张，对香荷说："三姐看咱俩呢。"

香荷忙抬起头，嗔怪津梅道："你偷看。"

津梅不屑道："你俩没偷就行。"

子昂不禁又想起她和李春山到一起的事，倒希望春山这时能来给她一些快乐。

津梅笑道："看你俩这样我高兴。进屋吃饭吧，饺子煮好了，妈还说你俩回屋睡觉了。谁知你俩在这儿站着，不嫌冷啊？"

香荷开心道："俺俩刚回来。"

津梅问："干啥去了？"

香荷说："进屋跟你说，可好玩儿了！"

老少九口围着炕桌吃饺子。其实这时都不饿，不过吃个"交子"讲究罢了。津梅的两个女儿奔着过了子时磕头拜年得压岁钱才挺到这时。大人们听说子昂带香荷出去接财神都觉得好奇。

子昂妈问子昂这个说道是从哪学来的，子昂毫不掩饰，说是在牡丹江学的。格格夫人说："咱这旮就兴初一拜山神。往年一到初一，山里可哪都是供果，这回子昂修的山神庙该派上用场了，你就瞧吧，天一亮山神庙保准儿热闹！"

津梅说："咱这儿差不多都靠山吃饭，就得求山神保佑。牡丹江跟前儿没有大林子，就兴初一赶早接财神，向西走一百步，来回都不能出声。我就成亲那年出去接过，也没见着钱多。"

米秋成正和周传孝喝酒，听津梅这一说插话道："多少是多？你们家要钱多了，张宝来早就不是他了！"

格格夫人责怪道："你看你！大过年的，你就不能唠点高兴的？"又安慰津梅道："别听你爹的，咱高兴点。"

津梅却笑道："我没事儿。"

子昂能体会到津梅的心思，她一定还沉浸在与李春山卿卿我我的幸福中，并等待着李春山再和她欢聚，但也只能等到初三闺女回门了，不禁又为他俩那天如何把握感到担心，他不忍心让他俩之间的凄美变成凄惨。

子昂接着又讲了他和香荷去接财神竟接回一帮孩子的事。格格夫人恍然道："我刚才听街上有帮孩子都扯嗓子喊，还当他们自个儿闹着玩儿呢，敢情是给你俩喊的！"大家都笑。

笑过后，子昂边吃边问："这儿的孩子咋都这么有精神头？"

格格夫人说："啥精神头，都是穷精神。好多家一年也吃不上顿饺子，就等这时吃顿饺子。有的家儿就连这顿饺子也吃不起，见别人吃馋得慌，自个儿家里又没有，就等着小伙伴儿们从家里拿出几个解解馋。往年三十儿晚间，这街上成宿有孩子跑来跑去的。就各家吃饺子这会儿，你看街上窜来窜去的，准是家里没啥年嚼裹儿的。"

子昂不禁为那些除夕夜吃不上饺子的孩子们感到心酸，也为他和香荷刚才赏给那些孩子各五块钱感到惬意，有些得意道："估计他们今年都能过个像样的年，刚才俺俩给他们一人五块钱。"

米秋成顿时惊讶道："你说吗？那一大帮都给五块？你们是不烧包儿了？五块钱能买七十多斤大米，买猪肉也得十五六斤！你们可倒好，接个财神一下扔出好几头猪去！"

格格夫人也觉得子昂过于大方，但不想守着亲家的面责怪子昂，忙打圆场道："已经给了，怎么说也不是坏事，往后咱可不能这么大手大脚的，也别显摆咱趁多少。"

米秋成又接话道："显摆大劲儿了就容易让贼惦记。真要遭上贼了匪了，糟蹋点东西也就得了，别遇上个图财害命的主！田大宽家不就是吗，那年闹胡子，粮食没少搭，大闺女还是让胡子给抢了。就是他家太趁，让人惦记了！"

格格夫人却一撇嘴道："田大宽是啥人家？属铁公鸡的！这山里山外的你访访，谁欠过他家一碗米？谁要欠他家点东西还了得？大年三十儿还逼着人家还债呢！是，过年都讲究自家的东西不搁外头，可也得分是咋回事儿呀！人家连年都过不去了，你也忍心逼着要？做啥事儿也别忘了举头三尺有神明，拍着良心做事儿，菩萨神仙都保着！"

子昂解释道："我也是看有的孩子真怪可怜的。那个叫春草儿的，秋里还跟他奶奶捡地呢，刚才她也在外头。"

格格夫人说："她家还欠咱十斤棒子面儿呢！我和你爹也没急着要，总不能看着一老一小的连锅都揭不开。要说老刘婆子也够命苦的，二十多岁就守寡，好不容易把个儿子拉扯大，又娶了媳妇，这老天爷也是，霜打独根苗儿；大前年，他儿子上山采药没小心，掉进深沟里摔死了，儿媳妇去年又让人拐跑了，扔下个小丫头片子，就得她养着。她家是真穷，除了三间破房，啥都没有，就靠着上山采点山货换点钱。咱也没啥大能耐，能帮多少就帮多少。"

米秋成口气缓和道："我不反对你们做善事，可好心也甭弄得动天动地的，贼还管你好心坏心。田大宽再不是东西，这些年不也没事儿了。为吗？从打遭了胡子，他家就养了一帮炮手！贼不讲善，就怕恶！"

子昂想起自己在地窖里发现的枪，便笑道："咱家也能养起炮手儿。"

米秋成又眼一瞪道："你快拉倒吧！那不更显摆出去啦！现在不是有胡子那咱了，你就是弄一帮炮手还能斗过日本人？再说了，枪这玩意儿不同钱，你钱多了人偷你、抢你的，白搭些钱也消灾，可你要架上枪在那儿比画着，那就更容易遭灾了！枪是避邪的，可这是兵家的玩意儿，你个百姓家，有杆猎枪打打猎也就算了，要弄些炮手在那儿晃来晃去的，那兵家可就得琢磨你了！老田家养炮手，是靠他侄子和大儿子，当年是东北军里的人，这会儿又去长春给满洲皇帝当差！满洲皇帝不就是给日本人当差嘛！咱跟人比得了吗？咱有钱就眯着点，想做买卖也别扑腾太大了。"

子昂妈也搭话道："亲家说的是。"又对子昂说："咱可别显那能，好生过咱日子，要看谁家过不去，偷摸地帮一把，记住没？"

子昂点头道："知道了。"

周传孝也对子昂说："别光知道，你得听你岳父的！"

子昂笑道："爹您放心，我保证不嘚瑟、不显摆！"大家都笑。

见要撤桌，津梅笑着问香荷："吃完饭还玩儿不？"

香荷说："你问子昂哥。"津梅一皱眉道："你把话说清了，他是你的子昂哥。再说你俩结婚有一阵子了，咋还哥、哥地叫？"

香荷一愣，有些不知所措。格格夫人嗔怪津梅道："就你事儿多！叫哥咋的？我挺愿听的，一听子昂就跟我亲儿子似的！"又对香荷说："甭听你三姐的，就管子昂叫哥，好听！"说完看着子昂妈咯咯笑。

格格夫人这时发现子昂妈神情忧郁，眼里又含着泪，立刻意识到又触及了她的心事，忙歉意道："唉哟妹子！你看我，光顾着自个儿高兴了！是不又想闺女了？"

子昂妈竭力控制着情绪道："不要紧！叫哥好，我听了心里也高兴。"又叹息道："子君还是没个信儿，也不知咋样了。"说着又哽咽。

香荷忙安慰道："妈，别难过！"

格格夫人又自责道："都怪我！都怪我！"

子昂妈忙抹泪道："今儿过年，高兴才对！"说着去夹饺子。

虽然除夕夜最忌讳哭，但米秋成却不好说什么，显得有些郁闷，端起酒杯对周传孝说："来，咱唠一个！饺子酒，越喝越有！"

香荷也来夹饺子吃，一咬便"呀"了声，接着从嘴里抿出一枚硬币。大家都笑了，说香荷有福。米秋成笑道："你看，这不就来了嘛。"

格格夫人也笑道："还得是人小两口儿，真把财神接来了！"

津梅的两个女儿已经困了，见小姨吃到了钱，顿时又来了精神。

尽管家人都让子昂低调做事，可第二天，龙凤有个新娘娘的事还是传开了。有认识米家的，知道米家老闺女刚成亲，还把亲成在自己家了，说米家果真招了上门女婿。也有没见过香荷的，这时便想看看"新娘娘"。

子昂修建的山神庙里香火很旺，前来上香的人络绎不绝，自然也给云济带来了财气，除了出售焚香，还给香客们看卦、画符等。

米家这时也很热闹，拜年的走了一伙又来一拨，进屋都唠孩子们传的"新娘娘"。还有一些与米家不太熟的姑娘、媳妇，借着出门拜年工夫，都聚在米家对面闲唠，等着"新娘娘"出来。

格格夫人听说外面还有人等着看"新娘娘"，心里有些不安，但还是满脸笑容地为大家端上糖瓣、瓜子、松子、榛子说："昨晚儿我都听到了，是叫新娘子，后来又乱叫，叫成新娘娘。这帮孩子，都是逗乐子！"

有拜年的笑道："听说昨晚的孩子可多了，黑压压的一大片！哎哟，一个给五块呢！那得老鼻子钱了！"

米秋成不安道："净瞎扯！哪有那些！就十来个儿。这帮人也真能邪乎！"

格格夫人又说："俺这老姑爷稀罕孩子，盼着早点儿当上爹，正好是婚后头个年，就拿出些钱分给那些孩子，就是图个吉利，可别跟着到处传。"大家恍然。

子昂作为晚辈，这时也该出去拜年。他很惦记住在村妮家的女人们，但他得先为哥哥们的长辈们拜年，老人不在的，还要在牌位前上炷香。

他让香荷换衣服随他去拜年。可听说门外有不少人等着看她，香荷心里紧张，央求道："等外面人走的呗。"

他怕年拜晚了哥哥们会挑理，安慰道："他们就是好奇，和他们见下面儿就过去了。咱要等得等到啥时？咱是小的，哥哥们都等着哪！"她只好穿上毛领毛边的棉衣。

·第 071 章·

街上还聚着不少人，除了孩子们正在嬉闹，姑娘、媳妇们都手插在袖筒里，一边说笑，一边朝着米家看，等着看"娘娘"的同时，也想看"皇帝"。子昂也被看得难为情，先抱拳对大家道："过年好！"香荷只是抿嘴笑。

姑娘、媳妇们都回拜，还互相推搡着笑。春草也在其中，竟第一个对香荷甜声道："娘娘过年好！"顽皮的孩子们立刻又效仿，并又围着他俩齐喊"娘娘过年好"，顿时，把整条街道都惊动了，就连男人们也闻声出来看着笑。

子昂停下来："拜过就行了，来年再拜吧。"

一个男孩笑嘻嘻地问："还给钱吗？"

为了不让孩子们一直跟随着，他许愿道："三十儿晚间给。今天初一了，等明年的。"孩子们这才散去，昨夜得到钱的依然高兴，而昨晚落空的则一脸的沮丧。

子昂年前就听林海说，过年得在老人跟前过，他猜他们一家这时准在陆举人那里，便带香荷直接去了陆举人的家。

林海一家果然都在这里，加上前来拜年的邻居，也是热热闹闹的。见子昂、香荷来拜年，先来拜年的人都站起，一中年妇女笑道："呦，这不是娘娘吗？"

香荷难为情道："他们叫着玩儿的，您就别跟着叫了。"

中年妇女笑道："叫怕啥？你长的挺有娘娘相！俺也给你拜年，到时也发财！"说完和大家一起笑。

芳娥这时正在炕上，身上穿着子昂年前为她定做的粉缎斜襟镶白毛边的新衣，辫子梳得也整齐，倒比得病前还俊俏。往常她一见到子昂就开心，这时见到香荷却发起愣。愣了一会儿，突然又跳下炕，脚穿红袜，并不穿鞋，盯着香荷问："你干啥？不要脸！呸！"所有人都大吃一惊。

林海很挂不住脸，一把将女儿扯到一边道："干啥你？"

芳娥并不怕他，隔着他继续冲香荷唾着。林海恼了，抬手打了芳娥一嘴巴，不想这一嘴巴使芳娥竟歪斜着倒在地上，就听"咚"的一声，脑袋撞在了炕墙上。

林海自己也没想到这一巴掌会将女儿打倒并撞在炕墙上，忙要去扶女儿，陆举人这时愤怒地冲过来，也给他一嘴巴道："你个瘪犊子！不知她有病？"

林海顿时傻在那里，尴尬地看了大家一眼，邻居们都慌忙离去。

子昂开始还安慰香荷不要和芳娥一样，并帮她擦脸上的吐沫和随即涌出的泪水，这时见芳娥被林海打倒在地又一惊，忙去扶起芳娥，见她额头在流血，心里难过道："芳娥儿，都怪我！都怪我！"

芳娥竟惊讶地看着他道："子昂哥！你咋啦？"大家又都愣住了。

玉兰更是觉得芳娥说话语气有变化，就像得病之前一样，立刻过去惊喜道："闺女，你明白事儿啦？"

芳娥看着玉兰问："我咋躺在地上？"

玉兰惊喜地搂过女儿哭道："哎呀闺女，你真明白事儿了！"又扶芳娥上炕，指一下香荷问道："还认识她吗？"

芳娥打量着香荷疑惑道："小姨？"接着又脸色一变道："你来干啥？"

玉兰忙解释道："这不过年了嘛！"

林海妈也兴奋地拍着大腿道："哎呀我的天哪！这是给冲开啦！冲开啦！我孙女好病啦！"接着又去拉香荷道："我的好儿媳妇，你哪年也没来拜过年，今儿你哪是来拜年，是来救芳娥儿的！"一席话说得大家都发蒙。

香荷听林海妈这一说，又不安道："别这么说，我哪有这本事？"

林海妈更加激动道："是这回事儿！是好事儿呀！"紧张的气氛又缓和了，而且变得更喜庆。

陆举人也蒙了一会儿，这时笑着对香荷说："这事儿八成有点啥说道。要不是你，芳娥儿也挨不了那一巴掌。芳娥儿从小到大也没在我跟前挨过打，刚才那一巴掌是好，就是我这巴掌也太快了。"又对林海说："别怪爹。"

林海打女儿的那只手似乎还在抖，忙说："爹，我不怪。可今天这事儿挺怪的！我在家也没舍得这样打过她，刚才也不知咋的了。"他不知再说什么，见女儿额头上在流血，疼爱地用手擦着说："闺女，爹不是故意的！病好了就好。"

芳娥见爹从她额头上擦下血，吃惊地问道："我得啥病了？"

林海忙说："没病没病，爹刚才吓着你了。"

芳娥不安地问："那咋出血啦？"忽然又捂着额头叫道："疼！"

林海忙说："没事儿没事儿，爹看过了，就破点皮儿，爹给你上点儿药。"

林海妈已经取来了一包药和一根红布条说："大初一的，包根红的吧，避避邪！"说着在芳娥的伤处涂了药，扎上红布条，还故意在一侧系了个蝴蝶结，然后端详着孙女说："这还好看了呢！"大家都开心地笑，子昂也暗中舒了口气。

芳娥发现自己穿的衣服很新颖，低头不停地看，终于笑着问道："谁的衣裳？"

玉兰看出她喜欢，问道："好看吗？"

芳娥说："好看。"又问道："你做的？"

玉兰说："妈哪有这手艺？是你九爹让裁缝铺做的。"

芳娥看一眼子昂和香荷，又不高兴起来，厌恶地对玉兰道："你九爹！"

玉兰欲怒又不敢，皱着眉道："这孩子！"

芳娥更来气了，开始解衣扣道："我不要！"

玉兰怕芳娥再犯病，忙拦道："妈说错了，是你子昂哥做的，行不？"

芳娥这才住手，又看一眼子昂，露出羞涩道："谢谢子昂哥！"并不理香荷。

子昂不敢答应，见香荷这时倒一副平静的样子，暗舒口气。玉兰问婆婆道："娘你看咋整？"

陆举人叹息道："没病咋都行，别惹她！说到底，错还是在我；女孩不可欺，但也不能娇宠。"又对香荷说："今天也让你委屈了。"

香荷抿嘴笑道："没事儿"。

玉兰又对芳娥说："那你给子昂哥拜个年吧。"

芳娥一愣问："我咋不知道？"

玉兰唬女儿道："你光睡觉了，叫也叫不醒！"

芳娥又责问道："那你把我弄地上睡？"

玉兰哭笑不得，说："妈那么狠心哪！是你没睡好掉地上的。"

芳娥说："我做梦呢！梦见子昂哥……"她去看子昂时又和香荷对上目光，脸色又沉下来，一副委屈的样子，接着"哇"地哭起来，越哭越伤心。

大家的心又紧张起来。林海妈将孙女搂在怀里说："哭吧哭吧，把委屈都哭出来就真的没事儿了。"

芳娥边哭边冲子昂道："你个大坏蛋！"

玉兰怕芳娥说出子昂裹她舌头的事，忙拉香荷道："让她闹吧，咱去那屋说话。"急忙地出去了。

这时，又有人来，是铁头、山鹰领着各自的媳妇孩子来拜年，加上这屋里原有的，将近二十人。见芳娥在哭，铁头问："谁又惹俺大侄女儿了？"

林海说："告诉你们个好事儿，芳娥儿好病了。"又招呼芳娥道："闺女别哭了，你五爹、八爹来了，快起来拜年，别一点规矩都没有。"

芳娥止哭坐起，似乎对过年还没适应，只是叫着"五爹、五娘"和"八爹、八娘"。谁都没计较她没拜年，见她状态确实比前阵好，都兴高采烈的。

林海妈使着眼色暗示新来的两家人说："芳娥儿一觉儿睡这么久，刚醒！"大家便不提芳娥得病的事，忙着给二老磕头拜年。子昂和香荷还没来得及给二老磕头，便也二老磕了头。接着兄弟、妯娌间也互拜，孩子们也给长辈们磕头拜年，都接了压岁钱。

出门之前，子昂已经为各位哥嫂的孩子们备了压岁钱，这时都由香荷一一发到晚辈们的手上，每人一张百元票。芳娥不磕头，也不接香荷的钱。

多日娜也跟着哥嫂来了，身上穿的衣服和香荷的几乎一样。本来还为子昂给她定做衣服感到高兴，这时见了香荷穿的衣服，心里便不是滋味，年也不拜了，转身离去。

晚辈们磕完头就都让位出去了，留在屋里的，女的坐炕里，男的则坐炕沿边和地上的椅子、凳子。

说话间，大家都感激子昂过这个年没少破费。子昂说："都是自家人，有钱大家花，等我的生意开起来，大家的日子就更好了。"

陆举人夸奖子昂道："子昂这一点，你们谁都比不了。钱这东西，你光会挣不行，还得会花。有的人钱没少挣，可没花到正道儿上，不是胡吃乱喝了，就是赌了嫖了抽了。也有人钱没少挣，可花的不多，都攒在柜子里了，埋在地里了。别看钱不会说话，它里面可是藏着天意和灵气。钱不是用来攒的，是花的。平时攒点过河钱不算毛病，可要攒太多就不好了，说句难听的，那都造孽呀！"

子昂对陆举人的这种说法感到震惊，心想老爷子是不是在暗示他，让他把钱给大家多分点？

铁头也对陆举人这种说法有异议，反驳道："大爹，这就不对啦，俺不偷不抢，全凭本事挣，能攒多少攒多少，关别人啥事儿？那咋还造孽了？"

陆举人笑笑说："这你就不懂了，听我给你们讲。刚才我不说了吗，钱这东西，里头可藏着天意和人气。为啥这么说？钱是人用的，你给牲畜用，它用得着吗？既然说到人，这人是哪来的？天造的！你要说人是人生的，那都是后话！既然天造了人，那就得让他活！咋活呀？那得吃干的，喝稀的，穿衣裳，住房子。那我又问了，你这些吃的、喝的、穿的、住的、用的又都从哪来？得靠人种粮食、种棉花、织布匹、做衣裳、盖房子，还要造好多用的东西。可这些东西要都光靠一个人来弄，那就不容易了。所以呢，我们祖先就给分工了，你种粮食，我做衣裳，你盖房子，我造东西。就说种粮食，还得分你种稻子、麦子，我种苞米、大豆，是不？可也不能光吃粮食不穿衣裳、不住房子，吃也不能光吃大米、白面、苞米面儿，还得吃点鱼了、肉了、菜了什么吧？可这些东西你都想吃、都想用你能置办齐了吗？你置办不齐。那咋办？就得交换。咱们祖先开始是搁东西换东西，换啥都得两下合适才行，不能说我需要一把锄头，你需要一头牛，我就拿我的牛换你的锄头吧？那我不亏大了！后来呀，老祖宗就发明了钱。钱分大小，用它交换东西就方便了。比方说，一文钱能换一把锄头，十文钱能换一头牛，你要用我一个锄头，你就给我一文钱，我要用你一头牛，就得给你十文钱，这不既合适又方便吗？那为啥说钱里面有天意有人气呢？刚才我说了，钱是人用的，人是天造的，天造了人，就得让人活，要不那人不白造了吗？可人活得咋活呀？得用钱！用钱买粮食、买衣裳、盖房子。可这钱是有尽数的，要是钱多得跟山上石头似的，那这钱就没用了；这满世界的山多了去了，谁家院子能装下一座山？就是不往院子里装，谁又能搂着大山过？所以说，钱有数，人还要活，那就得每人都得有钱，这就是天意！天意就是让把有数的钱，分给大家去活命，不是让人攒在柜里头、埋在地底下。一个人钱攒太多了就不是钱了，你自己用不了，别人还用不上，到那时，钱连山里的石头都不如！石头还能盖间房子遮风挡雨，你说你攒那老些钱，自个儿一辈子花不了，别人想拿它活命也拿不去。换句话说，钱是上天分给大家活命的，都让你攒起来了，那就有没钱花的；有用的东西，都让你给变成废物了！再说邪乎点儿，活人都给变成死人了，这不就造孽了吗！所以说，会挣钱的人，是聪明的人；不会挣钱的人，是愚钝的人。会花钱的人，是仁慈的人；不会花钱的人，是造孽的人。这就是人气！钱能通神，但钱是通过人来通神的。人想啥事儿，钱就应啥事儿，钱在世间流动，可真正流动的是人心！我就拿子昂和香荷儿说事儿了。今早上我就听说了，说咱这儿出了个新娘娘，说的就是咱家香荷儿。这可真了不得！小孩子不懂事儿，大人还不想事儿吗？没有说孬的。咱钱花得好，人就念你的好，这就是人气儿。人气儿从哪来的？从钱里来。那钱是谁花的？是聪明的人和仁慈的人呗！刚才子昂也说了，有钱大家花。这话说得汗气！这可是大商之道、巨商之道、圣商之道！谁都想挣钱，但真有想挣也挣不来的，不聪明是一，还有运气差的，还有天生就不能挣钱的。你总不能让一个风烛残年的老人、一个不懂人事的孩子自个儿挣钱活命吧？你也不能说他们因为挣不了钱就该去死吧？天让他活，他就该活，天让他死，谁都救不了。聪明的人都是天赐的，那聪明的人就该懂得替天行道。仁慈的人都是天修的，那仁慈的人就该明白替天行善。这就是天意和人气，这才是招财之道。可是子昂，大爹还得提醒你，好人要做，歹人也要提防，慈悲为怀，善恶也得认清了。"

大家对陆举人讲的道理都听得明白，也觉得这一道理似乎就和子昂有关系。铁头对林海和山鹰说："在这片地儿，谁敢对咱九弟起歹意，咱就把他眼珠子抠出来当泡儿踩！"又对子昂说："九弟，你不想开油坊和磨坊吗，想开就开，想干就大干一场。五哥别的不能干，送个货、护个场子你就一百个放心。我和老七去过爱河了，和那个站长也说好了，只要你钱过去，发电机咱就可以往回拉，人家还派人来帮咱安、帮咱修。牡丹江的老板我也找过了，榨油机、磨面机，都是电动的，他们帮咱买。只要有钱，啥事不能办？"

子昂欣喜道："五哥、七哥辛苦了。不过得等天暖和的，要不现在盖房子也盖不了。"

铁头说："没事儿，等到上秋儿也没事儿，爱河车站的发电机已经拆完了，都放在库房里了，就等咱们去拉了，他们也是等钱花。人家说了，机器是好的，就是出电少。可给咱就用不了地用，说够一个村子点电灯的！"

正说着，万全、文普、金万、凤仙也接连带着妻子儿女来拜年了，屋里屋外都站满了人，便不闲唠，将上屋地上闪出，轮流着进屋为林海的父母磕头拜年。拜完老的，又是兄弟、妯娌间小的拜长的。妯娌中除香荷行的是万福礼，其他都是鞠躬礼。

芳娥果然病情好了许多。因很熟悉往年这样拜年的方式，这时她也被过年的气氛所感染，便在姐妹们招呼下下地穿鞋为长辈们磕头，但就是不给子昂、香荷磕头，子昂、香荷也忙说不用。

林海和玉兰都不敢惹刚好病的女儿，就和她商量道："今儿是大年初一，都得要拜年，这你不懂吗？"

芳娥绷着脸，只好答应只拜年不磕头，然后先为子昂鞠躬道："子昂哥，过年好。"又为香荷鞠躬道："小姨过年好。"将子昂、香荷分开不说，还给差了辈，弄得大家都哭笑不得。大家都知芳娥是痴恋子昂得的疯病，这时仍当她是疯子，谁都不计较，倒觉得是个乐子。

子昂和香荷也没往心里去，又随八对兄嫂和孩子们去给其他哥哥的老人拜年，几十口人走在街上显得很有气势。

一直拜到中午才轮到给子昂的爹妈拜年。考虑子昂爹妈和香荷爹妈住同院，特别米家老人是把子昂当儿子待，林海便带着大家先给米秋成和格格夫人拜年，依然都行大礼，只是称呼上叫"叔、婶"和"姥爷、姥"。到了子昂爹妈的屋，又都叫"九爹、九娘"和"九爷、九奶"。

子昂没想到阵势这么大，之前只听哥哥们说大年初一要一起出动挨家拜年，还以为自己给晚辈们准备赏钱能很特殊，在给林海父母拜年时才意识到，谁的头都不能白磕，也不论是谁，只要接了头，就得给赏钱。

这时他想起他的双方父母还没有这个准备，在哥嫂们给米秋成、格格夫人拜年的工夫，他忙去取了赏钱。当把赏钱送到岳父母跟前时，哥哥嫂子们已磕过头。米秋成没想到子昂的哥哥们能为他们老两口磕头，却知道这是要给赏钱的。正不知如何是好时，子昂将一卷银圆递过来，便忙接过钱，先为林海等人发压岁钱道："就是个意思，多少都得接着。"

林海笑道："叔是场面人，那俺们就接了，一人一块，意思下就行。"便磕头的每人揣下一块银圆。

发完这轮钱，米秋成老两口又接受孙子辈的跪拜，不论大小，也是每人一块银圆。到了子昂爹妈的屋，程序都不变，赏钱也是每人一块银圆，一直洋溢着祥和和喜庆。

第 072 章

为子昂双方父母拜过年后，哥哥们便可以各忙各的了。子昂这时又想到了婉娇、芸香她们。因她们等于是被米秋成撵出米家的，所以他这时没法让她们和米家人见面。他这次要带香荷去看她们，香荷同意了。

母亲听说他要带香荷去村妮家，用乞求的口吻道："把妈也带上呗！"接着说："昨晚我还梦见香儿了呢！这孩子懂事，还手巧勤快，在这儿可没少挨累。这去那头儿了，我这当姥姥的又照看不上她。"

他高兴母亲这么喜欢芸香，欣然答应，便和香荷在两边搀扶着母亲出了屋，正遇上米秋成端盆骨头出来喂狗。

米秋成见他们穿戴整齐要出门，随口问道："这要吗去？"

子昂妈说："去村妮儿家，瞅瞅那些孩子。"

米秋成漠然道："要吃晌饭了。"

子昂看出米秋成依然对他救出来的女人们没好感，忙说："我们过去待会儿就回来。"

米秋成只是从嗓眼里应了声，朝着狗窝走去。因为来拜年的人多，大黄被拴在窝前，见老主人来喂它东西，似乎嗅到了骨头的香，急得要把锁链挣断了。

香荷对父亲这样不冷不热地对待自己男人和婆婆也不是心思，却又不好说什么。子昂妈实际想去村妮家和婉娇、芸香她们一起吃顿年饭。过年吃的有些腻，不在乎那头吃什么，无须提前打招呼准备，就是想到每逢佳节倍思亲，借此去安慰一下那些也都离家在外的苦命人，还能缓解一下她对女儿的思念和牵挂。可听了子昂搪塞米秋成的话，觉得去村妮家也待不了多会儿，也看出香荷有些尴尬，便对香荷说："没事儿。那今儿个就先不去了，等明儿再说。"便又回屋了。

可第二天米家又开始忙碌女儿们初三回娘家的事。见大家都忙，子昂妈怕米家人以为自己是在躲避米家高兴的事，便又不好意思走开了，强作笑颜地跟着一起忙，烀肉、摘蘑菇、炒瓜子等，再就是陪着格格夫人高兴。

大年初三，米家在外的女儿、女婿及外孙、外孙女们又都回来了，满屋的肉香伴着欢声笑语，年的味道更加浓郁而沁心。

虽然米家老小都对子昂爹妈礼让而亲切，但米家女儿们回娘家看爹妈的开心场面，不禁让子昂妈更加思念失踪的女儿，心中焦虑，想哭又怕扫了米家的兴。

彼此拜年寒暄过后，子昂妈突然不顾米家人怎么想，决定先去村妮家看芸香、婉娇她们，想她们初三也该和爹妈在一起，又冥冥中觉得，那举头三尺的神明正在看她是如何对待别人的落难女儿的，就想对神明表现自己在善待着别人家女儿，好像再晚一步，头上的神明就会生她的气，让她的女儿也大难临头。

子昂还很难体会到母亲此时心里有多痛，但他被母亲这一果断举动所感动。虽然他初一就去过村妮家，还给了每人一个红包，但母亲再去看她们，她们也能感受到女儿初三回娘家，便说要陪着母亲过去。

米家老两口对他们母子突然要去村妮家很不理解。格格夫人说："大过年的，哪有长辈儿去看晚辈儿的理儿。"

子昂妈听了心里不爽，暗中怨道：还不是你们米家容不下这些可怜的孩子，弄得她们想来看这些长辈都没法来。但她不好将此怨气露出来，又强作笑颜道："上次她们在这儿闹得挺不好，估计想来也都没法儿来。我也是借引子出去溜达溜达，整天待在家里怪腻歪的。"忽然觉得说这话还是露出她看米家人其乐融融的欢聚不痛快，忙又笑道："看你这些闺女多好，亲家可真有福气。"

格格夫人这才又意识到子昂妈是想女儿了，安慰道："咱都是一家人，你当香荷儿是闺女，也当他们是你闺女、姑爷，还有外孙儿、外孙女儿。"

子昂妈不太自然地笑道："那是那是。"心里却说，"说是这么说，终归你们是亲妈亲闺女，我算哪根葱？"便更加坚定去看芸香、婉娇她们了，又对格格夫人说："那你们娘儿们先唠着，我让子昂领我出去转转。"

格格夫人不再劝阻，心中怜悯道："咱今天两顿饭，出去多转会儿也中，过午回来就赶趟儿，这面可等你们回来。"又一脸灿烂道："你是不知道，俺们家年年是初三过大年，今年子昂炮仗买得多，那得比哪年都热闹！"

子昂妈还真就感觉格格夫人是在掩她，心里更不是滋味，仍点头笑道："挺好的，到时我也凑个热闹。"说着心里更委屈。

香荷过来扶婆婆道："妈，我陪您去。"

子昂妈应道："哎，好闺女。"可话音未落，终于又忍不住哽咽了，忙转过身，紧捣着小脚出去了。

大家都吃了一惊。格格夫人忙对子昂、香荷说："快点儿快点儿，你俩都陪着。"子昂、香荷也急忙跟出去。

从哈尔滨来的津竹、天娇两家，虽也知道子昂有个妹妹来时走散了，但因这时没人特意提起，便都忘了此事。天娇惊讶地问："咋的了？"

格格夫人叹口气说："这就是妈呀！自个儿身上掉下的肉，现在在哪也不知道。一说这，妈就想起小五，嗨！你爹还要把你和香荷儿也送人。要不是妈把咱家围墙哭倒了，妈这肠子还不得断成几箍节儿！"

津兰立刻嗔怪道："看你呀妈，大过年的又提这些事儿干吗？"

米秋成正盘腿坐在炕里和周传孝吸着烟袋，听老伴又揭自己短，真就不痛快，脖子一梗，瞪着格格夫人道："尽搁那儿没屁搁勒嗓子！"

格格夫人也意识到自己说的不合时宜，忙自责道："我的不是，我的不是。"然后又和女儿们亲热地唠。米秋成又继续吸起烟。

津竹也叹息道："也是，俺们都回来看多看妈，周婶儿丢了闺女，瞅着心里肯定难受。"

周传孝虽然情绪也低沉，但想到今天是米家欢聚开心的日子，不禁对自己的女人将气氛变得沉重有些愧疚，叹息道："这事儿弄的，本来都挺高兴，都让她给搅了。"

格格夫人嗔怪道："瞅你说的！要不说你们这些当爹的就是心粗，到底不是你们身上掉下的肉。"

米秋成又不爱听，但只"哼"了一声。

格格夫人又自责道："也怪我刚才话多，把亲家母的伤心事儿又勾起来了。初一早上香荷儿和我学，亲家母三十儿黑里又偷着哭了好一起儿，我这心里也怪不得劲儿的，就寻思让亲家母开心点。可闺女们一回来，就光顾着自个儿高兴了。"

周传孝说："嫂子别多想，今天大家高兴，咱都唠点高兴事儿。"

大家见他眼里也湿润着，便都转了话题。

子昂妈从西屋出来，竟先进了米家供奉观音的供堂。从发现米家供有菩萨起，她就想进去上香跪拜，以求菩萨保佑她不知身在何处的女儿。可一想这是米家的供堂，怕菩萨和米家人都怪，便不好去打扰。想让子昂帮她也设个供堂，又总觉得自己寄人篱下，便只能夜深人静时悄悄出来，跪在米家供堂门外，连磕三个头，心里乞求女儿平安。今早上，她见格格夫人为迎接女儿们归来又摆供上了香，更是心急如焚，恨不得也去向菩萨表下虔诚，渴望自己的女儿也能聚到她身边。这时一见到米家的供堂，便无法控制对女儿的思念、担忧和对菩萨显灵的渴望，好像再晚一步，女儿就彻底没有生还的希望了，索性直接冲进供堂，跪在菩萨下面磕头乞求道："大慈大悲的菩萨啊，您保佑保佑我的闺女吧！"接着又哭喊道："君啊，你在哪呢？妈想死你啦！"又额头贴地痛哭。

这时，菩萨像前的香炉内并无焚香，格格夫人早晨上香时摆的供品还依然摆放着，是五碟样式不同的糖果和点心。

子昂一追出屋就听见母亲的哭声，也到了供堂门前，虽然诧异，但没有去打扰。他明白了母亲此时的心，便也跪下流泪。香荷也希望没有见过面的小姑子平平安安，便默默地上前点上三支香，小心地插入香炉内，然后挨着子昂跪下。

听着母亲痛哭，子昂愈加担心此后不能再和妹妹相见，也忍不住失声痛哭。母亲这才发现儿子、儿媳都跪在自己身后，忙止住哭站起，一边擦泪一边扶起香荷道："妈是实在没法子，所以求求你家的菩萨。"

香荷一边扶婆婆起来一边说："妈，咱是一家的。"

子昂妈一边起身一边又望了一眼上方的观音菩萨，竟一下愣住了。她记得她进供堂时香炉内并无焚香，她想上香可又怕犯了米家的忌讳。刚才她只顾头触地面痛哭，并没注意到香荷过去上香，这时忽见香炉里突然出现冒着三缕青烟的供香，不禁产生菩萨显灵的念头，惊喜道："哎呀，显灵了！你看菩萨显灵了！"说着又跪下磕头谢菩萨。

子昂这时的第一念头是母亲疯了，脑袋嗡的一下，抱住母亲哭道："妈！妈！您没事儿吧？"

母亲倒觉得儿子怪怪的，嗔怪道："说啥呢你？妈有啥事儿？你看你看，刚才里头没有香，这咋自个儿冒出来了？"

香荷想解释，可刚叫声"妈"就被子昂摇头止住。他意识到母亲刚才只顾低头哭而没有注意到香荷去上香，既然这样，就不要把事情捅破，多少也能安慰母亲那颗不安的心。

香荷领会子昂的心思，便问婆婆道："妈你没上香吗？"

母亲激动道："俺哪敢碰！进来我就先看了菩萨，香炉没有香。"

子昂扶起母亲道："那准是个好兆头，那我妹儿一定还好好的。"

母亲又叹息道："咱也不会看香火儿，要是会看香火儿，就知道菩萨跟咱说啥了。"又问香荷道："你妈会看不？"

香荷摇头道："不会。俺妈说，心诚则灵。"

子昂不想把戏演大，劝道："妈，咱心里知道就行了，别声张，咱不知菩萨说的啥，也别惹菩萨不高兴。"又问道："还去村妮儿姐家吗？"

母亲坚定道："得去。妈寻思好了，要真是举头三尺有神明，咱就好好待见别人的孩子，那菩萨也会保佑咱的孩子是不？"

子昂感动地点头道："妈，我听您的，您想咋待她们就咋待。"又不安地看一眼香荷，见她并没介意，便让她也陪着去村妮家。母亲心情敞亮许多，回屋戴围巾时还嘱咐子昂多备些压岁钱。

到了村妮家，除了韩殿臣被拦在客栈内不让来，其余的人都在。松林一个男人不便和女人们在一起，就自己躺在小屋里，倒也显得清闲自在。

谁都没想到子昂这时带着母亲和媳妇来，都忙先拜年。松林也拄着拐杖出来为子昂妈拜年。子昂妈一见芸香就将她搂在怀里，一边端详着抚摸一边问："我的孩儿呀，在这儿好吗？"

芸香感动得哽咽道："挺好的。"

玉莲一见子昂就撒娇道："大舅，我昨天想你了，俺妈不让我去。"

子昂笑道："大舅、舅母、姥姥也都想你，这不就来了。"

香荷听子昂提过亚娃，也知道亚娃的遭遇，今天初次见面，先作一万福礼道："是亚娃姐吧？过年好。"

亚娃也听说子昂的媳妇很俊，这时见了还是惊讶道："你长得真俊。"

香荷谦虚道："亚娃姐也俊。"

若玉笑道："看咱这些女的，哪个不俊哪？不过你姐俩可挺像，都这么白净。"

香荷说："亚娃姐是随姨。"

若玉笑道："姨老了，你们都正好时候。"

子昂见婉娇情绪有些低落，问道："看你不高兴，咋的了？"

婉娇叹口气道："你还啥时去牡丹江？把平儿接过来，我老梦见他。"

他心里发慌道："再等等，我忙过这阵就去。"婉娇这才露出欣慰的笑。

子昂出来前带了一百银圆，这时都交给母亲，母亲便包括同辈的若玉在内，每人给了十块，说是压岁钱。村妮因和子昂拜了仙家，就是亲姐弟，这时便守着大家的面儿给子昂妈跪下磕头叫了"妈"，玉莲也跪地磕头叫"姥姥"。

若玉捻着十块银圆，又想起子昂当时那一皮包的钱，虽然少得可怜，但看着女儿回到她身边，对钱的欲望已不那么强了，只希望能再帮她把另两个多年不见的孩子也聚来。再者她与子昂妈是同辈，这时收了同辈人给的压岁钱总觉不妥，便将钱又递给子昂妈说："在这儿吃穿都不愁，揣钱也用不上。"

子昂妈不假思索道："过年了，花不花都揣兜里，压压兜，正月有财源，好运跟一年。"这样一说，若玉只好收下。

芳子、顺姬显然都没摸过银圆，一时觉得新鲜，翻来倒去地看。见若玉不想接钱，以为村妮可以接，别人都是客套，忙也将钱还给子昂妈。

顺姬说："有好吃的，我不要。"她的中国话说得比来时还好了，是大家这些日没事就教她和芳子，她俩也很好学。

子昂对芳子说："放兜儿里，压兜儿的。"

芳子不解地问："牙都？"又问顺姬道："明白？"

顺姬笑着摇下头，其他人也都笑。子昂又将钱塞到顺姬手里道："过年了，妈给的。"

顺姬惊喜道："阿妈妮？"又一脸期望地看着子昂妈，见子昂妈正看着她笑，立刻学着村妮跪下磕头道："妈妈！"接着，芳子也跪下磕头叫"妈妈"。

婉娇也想跪地叫妈，但当着香荷的面她很胆怯。

子昂妈对村妮跪地磕头叫妈觉得很正常，毕竟她也算是自己的女儿。而这时顺姬、芳子也跪地叫她"妈妈"，顿时觉得意义大不相同，竟觉得是菩萨在看她怎么对待别人家的落难的孩子，便将顺姬、芳子一起搂在怀里哭，既哭她俩的不幸，也哭自己的亲生女儿，引得芳子、顺姬憋在心里的委屈突然迸发出来，三个人哭成一团。其他人也不由得心酸，一同跟着落泪。

因为要赶着回去，子昂妈把大家哄好，然后说会儿话就要回去。村妮诚恳地留他们吃午饭，子昂妈说香荷的姐姐们今天都回来了，开始一看见米家一帮女儿回家看妈就想起子君，这会儿心里敞亮多了，还是先回那头，等香荷的姐姐们都回家后再来，也一起吃顿母女团圆饭。村妮高兴地应下，说她要好好准备一下。

▶▶第 073 章◀◀

从村妮家出来，子昂妈好像换了一个人，不但愿意说话了，脸上的笑容也自然了，子昂和香荷不时地会心一笑。

快到家门口时，子昂见宝来头戴狐狸皮帽、一身毛皮大氅地站在一家房头处，迎上去问道："你猫这干啥？"

宝来说："我就等你。"

子昂妈也看见了宝来，对香荷说："那不你三姐夫吗？"说着也过去打招呼道："他三姐夫，今儿是闺女回门，咋的你也还是米家姑爷，大冷天儿的站这干啥？咋不家里去？"

宝来一脸哭丧道："婶儿，米家人这么无情无义，我哪敢进去。"

香荷一想到张宝来逛窑子就恶心，尤其三姐现在被他害得有家回不了，便低头躲着他回家了。

子昂和子昂妈是看宝来曾帮过他们才对他客气，不然也不会理他。这时听宝来这么说，觉得他太强词夺理，见香荷不高兴地离去，都不好说什么。

宝来接着说："媳妇没回家，我这年过得跟掉进油锅似的。家里我是没法交代了。既然她不仁，就别怪我不义。"说着从怀里掏出一页纸递给子昂道："把这个交给米津梅。"

子昂接过来一看，是一封休书，上面用毛笔写道：

休书

米氏津梅，本家龙凤镇米秋成之三女，是年二十八岁，民国十二年与我成婚，婚后十载，为张家生下一男二女。

初见津梅，花容月貌，令我喜不自禁，不想其之后屡屡梦呓春山。春山者，米家之长婿，与我连襟。初闻爱妻梦呓，心如刀割，疑其与大连襟春山不轨。念其贞节未失，故不声张，暗中观察，其二人果然举目传情，又令我羞愧难却。那日我二人争吵，梅愤然说出"若不是我爹阻拦，我哪能嫁给你"的话。我问她"不嫁我必是嫁给李春山了"，她顿然魂不守舍，此已不言而喻。过后又探问小姨天娇、香荷，证实津梅曾与大连襟李春山私定终身，只因岳丈急于大姨津兰出嫁，才不得不分。然其分人不分心，身于我下，却快于山中，实为妻道之大逆。异心之妻，十年共枕，虽花容月貌，冰肌玉肤，不过抚尸穷乐矣！痛心已抉，休妻米氏津梅，此后一别两宽，各生欢喜。

立书人：张宝来
民国二十三年正月初一

子昂看过后说："你别怪我说你。这本来就是你的错，你不想法认错，弄这玩意儿干啥？再说了，你把三姐休了，你能得啥好？"

子昂妈也说："就是，想法认个错让津梅跟你回去，以后可别那样了。不看别的看孩子，这弄得缺爹少娘的，不苦了孩子吗？"

宝来叹息道："我也不想这样，可米家人对我不依不饶，我还能咋办？你看香荷儿刚才那一出，你再看看俺家现在乱的。不行，这事儿我得先下手为强，至少也和她打个平手儿。其实我真舍不得她，我就想用这法儿拿她一把，她要让我一步，我就把休书嚼着吃了。"

子昂很为难，他知道津梅并不怕被休，甚至盼他下休书，因此这休书给不给津梅看完全是一回事，给她看倒让她更铁了心，不给她看，宝来会认为米家接受这一事实，倒把他扯了进去。

回到家里，米家人正热热闹闹地有说有笑，屋里炕上地上都是大人和孩子。几个回门的姑娘一起在灶房里忙着做饭，唠着宝来逛窑子的事，都为津梅抱不平，也唠子昂救回的那些窑姐，都对子昂顾虑重重，也为香荷担心。

子昂妈也到内屋和大家一起说笑，大家都觉得她出去这一趟像变了另一个人，但谁都没敢多问，假装之前什么都没发生过。

香荷见子昂进来就悄悄问："他跟你唠啥？这么半天。我还要去叫你呢。"

子昂说："待会儿和你说。"

格格夫人还是听到了，问道："谁和谁唠？神神秘秘的。"

香荷笑道："你不认识。"显然没将宝来在门外的事说给家里人。

格格夫人狐疑地看看子昂说："他也从奉天来的？"

子昂笑道："不是，我三哥一个朋友。"然后说去准备放鞭炮，格格夫人也没再多问。

子昂妈不好说，只是抿嘴笑。她觉得香荷做得对，因为米秋成一直想找宝来出那口气，要知道宝来就在门外，没准真要出去发火。要真把火发出来也好，问题是宝来不是来认错的，再知道宝来给津梅下了休书，这大正月的，就更让他晦气窝火了。

放过米家人团聚的鞭炮，又摆上两大桌。等热热闹闹地吃喝完，天色已经黑下来，大人们打牌的打牌，下棋的下棋，喝酒喝得头晕的，就在炕里倒下睡。春山就说自己喝多了，又到中间屋去睡觉了，但这回津兰带着几个孩子也跟过去了。

津梅这场合又不敢和春山说话了，姐妹们都担心她这时会因宝来逛窑子的事心情不好，不想她倒很开心地张罗着打纸牌，还和天娇、香荷合看一手牌地也玩起来。对面屋里还有两伙打牌的，周米两家老人在炕上玩，子昂和骏先、翰林、俊章三个连襟在地上玩，都是赢五角钱纸币和一角钱硬币的，倒也其乐融融。

回门的姑娘各自回家后，津梅和两个女儿依然住在娘家。母亲本想劝她原谅张宝来，带两个女儿回牡丹江，她索性将张宝来已下休书的事说出来，气得米秋成又火冒三丈，格格夫人哭了一场。

津梅倒安慰起母亲道："这样也好，要不俺真染上梅毒可咋整！以后俺就伺候亲爹亲妈了。"

格格夫人更难过，急着让米秋成服下软，把张宝来找来好好唠唠。米秋成一听更恼了，怒斥道："你让我服软？是我逛窑子了？"

格格夫人哭道："人逛窑子也没满街去吆喝，咱闺女住后就这么待家里谁都能瞅见，还指不定人咋寻思咱呢！"

米秋成倔强道："闺女是咱的，待咱家里又怎么的？家里嘛都不缺，咱养得起，我就不信那狗日的能把咱难倒了！"

但子昂更为津梅和春山担心，虽然津梅没再要求去住中间的屋。

初五的早晨，子昂带着津梅的两个女儿在门外放了破五的鞭炮。正准备去西屋一起吃早饭，他见香荷一脸阴沉地从西屋出来，理都不理他就回了东屋。

他看出她在生气，却不知她和谁生气，忙追到自家屋里问出了什么事。她流着泪道："少问我，去问三姐。"

他不明白让他问津梅是啥意思？和她私通的又不是他。难道还和宝来有关系？可她至于这么生气吗？便去问津梅。

一出屋，正好津梅要来找香荷，见她也是一脸阴沉，他忙问："香荷儿咋的了？她让我问你。"

她横他一眼道："吃完饭再说，我不想惊动别人。待会儿你就在你家等着。"说完去把香荷拉到西屋吃饭，从他身前过去，谁都没理他。

他也只好装出若无其事的样子去西屋吃饭，但饺子没吃几个就不想吃了，先回自家屋里，躺在炕上继续想，越想越觉得事情和他有关，难道还是他给宝来那些钱的事？要不就是宝来那封休书的事？想到休书，他不禁想到何耀宗写给他的遗书，心里咯噔一下。这两天都是津梅屋里屋外忙，不会她爬上苞米楼子了吧？那上面都是不能现在吃的冻苞米，她爬那上头能干啥？是想和春山上那顶上幽会？就是夏天也不至于。他愈加不放心藏在苞米楼子内的木匣子，起身要去查看，就在这时，津梅推门进来。

他让她坐下问道："到底咋回事？"他开始为那封遗书担心了。

她依然冷脸道："子昂，我想问你，你和婉娇，还有她儿媳妇，到底咋回事儿？"

他心一惊问："你问这话啥意思？"

她愤然从怀里掏出一卷纸道："这上都写着呢，还用我问吗？"正是何耀宗写给他的遗书，他不禁懊恼。她又说："你还想编瞎话儿是吧？我知道你编瞎话儿挺厉害。"

他埋怨道："哎呀三姐，你可真能翻！你上那顶上干啥？"

她眼一横道："这是我娘家，我上哪还得你答应？"

他不悦道："那是我后买的院子，苞米楼子也是我后盖的。"

她说："我知道你后盖的，我就觉得新鲜才上去瞅瞅，有毛病吗？"接着又说道："子昂，俺家有今天，是都亏了你，可俺家也都拿你当尊贵人，你可不能这样对香荷儿。"

他强作镇静道："三姐，香荷儿对我很重要，我会一辈子对她好。至于信上说的，那是何耀宗的意思。"

她有些激动道："你要没那意思，人家能这么写？那都写的啥呀，又是抽了又是肚子疼的，咋这么糟践俺们女人。"

他低下头道："这种事儿，你们当女人的清楚，我哪知道，又不是我写的。"

她又问："那婉娇在你跟前还光过身子是真的吧？你上次去牡丹江搂过芸香是真的吧？这叫啥事儿呀？你都和香荷儿成亲了，咋还放不下她俩。我听香荷说了，你好说梦话，你心里还藏着两个女人，你是不太花心了？子昂，就算俺们全家求你，你让那些人都走远点吧。"

他并不怕她，因为她和春山到一起的事只有他知道，如果点她一下，姑且她就得改变态度，也幸亏这封遗书是被她发现的，便说："她们谁都走不了。也不是我特意留她们，她们确实没地上去。开始我寻思让芳子和顺姬都回她们国家去，可你让她们咋回去？去求日本人，你觉得日本人能保证她们安全吗？再说顺姬，她就是回到朝鲜又能好得了吗？朝鲜早就让日本人占领了，她家都是抗日的，让她回去不等于自投罗网吗？"

津梅反问道："咱这儿也让日本人占着呢，你就不怕日本人知道你偷着藏个抗日的？"

他很反感有人拿日本人威胁他，便轻蔑地一笑道："三姐，只要你不去日本人那儿告我的密就行。"

津梅急了，说："你说啥哪？"

子昂又说："三姐，我就跟你交个实底儿吧，我要让她们在这儿安家。她们都是落难的人，你和她们较啥劲？"

津梅强硬道："我和她们叫啥劲？我是保护俺家香荷儿。"

他又笑了，笑得尤其诡异，问道："三姐，你知道谁在保护你吗？是我。"

她一愣问："你保护我？保我啥呀？"

他只能将她和春山的事捅破，说："三姐，你胆子真不小，敢在这院儿里和大姐夫办那事儿？"

她大吃一惊，神色不安道："办啥事儿了？你别诬赖好人！"

他忙说："你小点声。"接着说："三姐你也别不认，三姐夫出事儿没几天，你就和大姐夫到一块儿了。那天大姐夫说是因为三姐夫，实际是因为你喝多了，晚间没回宁安，就睡在中间屋里。你是后半夜进的那个屋，我就在窗外。"她害怕了，看着他要哭。

他忙安慰道："三姐你别怕，这事只我一人知道，香荷我都没告诉。我很同情你俩，要不是咱爹乱点鸳鸯谱，你俩就是一家，你俩真的很般配，是爹毁了你俩。我是为你俩感到惋惜，可你俩到一块儿这事儿要让爹知道了，那可就出大麻烦了。所以我想保护你，我不希望你出意外。"

她彻底软了，蹲下身捂着脸哭道："没脸活了！"

他扶起她说："三姐别做傻事儿，我知道你心里苦，可你还年轻，长得也漂亮，我会帮你的。"

她怯怯地看着他问："你咋帮？"

他低声道："你俩得小心了，我想回头在外面给你盖套房子，但得等到天暖和的。我还准备和大姐夫合伙做生意，就是太对不住大姐了。"

她哭着感谢他。他又埋怨她说："你不该让香荷看这封信。不过已经这样了，香荷你得替我哄好。"

她为难道："我跟香荷说了，我要让你把她们都撵走。"

他有些激动道："你让我往哪撵？她们只有在这儿才安全。娇儿姐和芸香儿都是我恩人，亚娃她娘和芳子、顺姬都是娇儿姐的恩人，我必须得保护她们。"

津梅擦去脸上的泪，镇静了一下问："那我问你句话，你别生气。"

他点下头。她又试探地问道："你会娶二房吗？"

他沉了片刻说："我说过，香荷对我很重要，我不想让她难过，别的我就不说了。"

她点下头说："那我知道了。今天的事儿是我惹的，我跟香荷说去。"说完离去。

津梅从气愤地让香荷看了那封信，到回头又劝说香荷，总共也不到一个时辰，可对子昂的态度却前后判若两人，这让香荷有些想不明白。她隐隐觉得这里面有点隐秘，但三姐不说她也没法深问，便回想子昂对她的一幕幕，想来想去，她感到子昂还是真心疼她的。她曾偷偷着问过姐姐们的夫妻关系，可哪个姐夫也没像子昂那样天天给媳妇洗脚、亲媳妇的脚。她很幸福，幸运得时常觉得对不住子昂梦里喊的文静和懿莹。虽然她曾对子昂心里牵挂着别的女人感到不爽，但毕竟他们都分开了，可如今她又发现子昂心中还牵挂着婉娇和芸香，而且婉娇和芸香都在他跟前，这让她心里又不安了。

就在香荷不知如何是好时，不停地呕吐证明她已经有喜了。最初反应是在米家姐妹回门吃团圆饭的饭桌上，她一见端上桌的肥肉就恶心，随即刚刚吃的东西全都吐出来。

格格夫人立刻猜到她已有了身孕，但还不敢确定，说回头找个郎中来给把下脉。子昂心疼香荷翻江倒海般呕吐，也不安她看了何耀宗的遗书，便时刻不离地守着她，照顾得无微不至。尤其在饭桌前，怕她肚子空，专挑她能入口的东西一点点地喂。

格格夫人见了竟高兴得流下眼泪，说她生了这么多孩子也没有过这种待遇，便玩笑地又数落起米秋成。米秋成虽然觉得理亏，但还是不愿听，眼一横道："又没屁搁勒嗓子，好吃好喝也堵不住你嘴。"

自打将婉娇、芸香等人接到龙凤，子昂总觉得对不住香荷。给田中太久妻子画完像后觉得手感不错，这时为讨她欢心，便开始为她画像。

她不想画，他便跟哄孩子似的，总算哄得她同意了，随后接连为她画了两幅油画。第一幅是她穿着红面镶边纯白兔毛的大氅站在雪中，身后还添加了梅花来衬托。第二幅是她沐浴之后的光彩画面，画得格外细腻真实，她在画面上白嫩光洁，蓬松的秀发，柔顺地微拢于身后，一条大红色的浴巾披在身上，白皙的颈部、前胸和秀美的手脚都露在外面，红白分明，更加突显出她的娇美。他显然在她的手脚上下了很大功夫，不仅手脚白嫩清秀，就连指甲和趾甲也都透着晶莹的光泽，与手脚上戴的东珠链相映衬。

香荷不愿让他画露身体的，但他还是忍不住画了出来。见她又不高兴，他又哄她说只他自己欣赏，不让别人看，总算又过了关。

自从香荷有了喜，子昂高兴中还掺杂着忧虑和不安。他想起他曾经答应米秋成，自己和香荷有了儿子后，头一个就随米家姓。如果香荷这胎生了儿子，就该随米姓。可这事还没有和他爹妈提起过，好几次想提但却不知如何开口，毕竟这个愿是他当时担心娶不到香荷许下的，何况他曾为阻止米家接受媒人为香荷提亲而使过骗术，眼下他不想让米家人说他把香荷骗到手后就变卦，那他岂不成了地地道道的大骗子。

现在他必须要和爹妈说清楚了。这日晚，他见香荷睡下，便悄悄熄灯出了屋。

对面屋里的油灯还亮着，周传孝趴在被窝里将头探出炕沿抽烟袋，子昂妈正在灯前做着婴儿装，是为即将来到世上的孙子或孙女做的。

他上炕坐在炕梢处，鼓了下勇气道："爹，妈，有件事，一直想和您二老商量，可总也不好开口。"

母亲一边干活一边问："啥事儿呀？心事还挺重的。"

子昂说："我从奉天出来找你们，确实遭了不少罪。我来龙凤是迷山迷到这儿的，当时也没个着落。真的，要是没有米家留我，我现在还不知在哪呢。那些财宝是我发现的不假，可米家要是不留我，我现在就是个穷光蛋，是米家给我的这份财气。"

这些事周传孝自然已经听说过，道理他也认可，但儿子这时又提起此事，倒让他糊涂了，扭头看着儿子问："你到底想要说啥？"

子昂说："您二老都知道，米家没有儿子，开始他们想让香荷儿招上门女婿。就因为这，开始我答应他们，将来和香荷有了儿子，头一个就让他随米姓。"

周传孝顿时变了脸，霍地坐起来，瞪眼道："你说啥？你是给他家当上门女婿？"

子昂忙解释道："不是上门女婿！就是让一个儿子继承米家，别的都随咱周家。"

周传孝忍着怒气问："香荷儿这胎要生儿子就得姓米呗？"

子昂说："我想这样。"

周传孝忍不住骂道："你他妈的昏头啦！"

子昂妈忙不安地说："你小声点儿，让香荷儿听着多不好！"

周传孝也不想因此与米家闹得不愉快，放低声音，气哼哼地用烟袋点着子昂说："你呀你呀！你咋寻思的？是，米家对咱有恩，那周家还把你养大成人了呢，哪重哪轻？"

子昂不安道："就让一个随米家姓，别的都随咱家姓。"

周传孝又控制不住声音道："你懂个屁？你知道这个是啥吗？要真是小子，那可是长子长孙！"

子昂妈又不安道："长不长孙的，你能不能小声说？"

周传孝已经全然不顾了，又将火发在老伴身上道："一边儿待着去！"

子昂妈也火了，斥责道："你让我哪边儿待着？这是我儿子家，又没在你家！现在你讲长孙了，要饭那会儿你咋没讲？现在你扬摆了，那会儿你给人当孙子都没人要！"

周传孝气得瞪眼骂道："你个败家娘们儿！"举起烟袋去抽她。

子昂忙伸手去拦，烟袋杆落在他的胳膊上，他又疼又恼，便坚持不想妥协了，妥协就对不住米家，对不住香荷，最根本的，他不在乎什么长孙不长孙，那都是老讲究，他也没觉得长孙和其他孙子有什么不同，便忍着疼说："爹，你想得太复杂了，孩子不论姓啥，都是您孙子。"

周传孝愤怒道："放你妈的屁！这能是一回事儿吗？算了，我不和你说了，现在你有能耐了，财大气粗了，我算什么！你妈说的对，我就是个臭要饭的，当孙子都没资格，还觍个大脸当爷！"说着将烟袋往炕里一扔，钻进被窝生闷气。

子昂不知自己是对是错，心里焦躁道："爹，你咋这么说？"

周传孝又霍地爬起道："明天俺们回奉天，就当俺们是要饭的，给俺们打张火车票。"

子昂妈在委屈地哭，突然愤愤地说："你别带着俺，要走你走！"

周传孝又瞪着自己的女人，气得不知说什么好。子昂说："爹你消消气……"

周传孝气愤道："滚滚滚，别叫我爹，我不配！明天我自个儿要饭走！"说完又钻进被窝，连头也盖上了。

子昂觉得爹不可理喻，就对母亲说："妈，我也有难处。我老丈人怪可怜的。"说着眼泪流下来，又说："甭管姓周姓米，咱们是一家人，再说香荷儿还能生不是。"

子昂妈抹着眼泪说："妈懂你，妈跟你一伙儿！老说感恩感恩的，也不能光靠嘴儿！人家给咱带来这么大福分，就这点儿心愿，咱还有啥舍不得的，又不是把孩子给出去见不着了。就是人都说，老儿子、大孙子，老太爷的命根子，能不能生头个姓咱周家的姓，等再生的姓他们姓？"

子昂为难道："我都答应他们了。我就寻思我老丈人盼了大半辈子了，想让他早点高兴。"

母亲叹口气道："要说你老丈人也真挺苦的。闺女再多，没个儿子也是绝户。不说这些了，就凭他家是咱家的恩人，你想咋就咋的吧，妈不拦你！"接着又问，"那以后孩子管俺们叫啥呀？"

子昂说："也叫爷爷奶奶呗。"

周传孝在被窝里听着母子俩说话，这时突然掀起被道："别管我叫！我是孙子！"又将头蒙上。

母亲扑哧地乐了，小声对子昂说，"别理他！去睡吧。香荷睡了吗？"

子昂说："她现在觉儿可大了，一沾枕头就着。"说着下炕回到对面屋。

可对面屋的灯这时又亮了，香荷正坐在被褥里哭。他吓了一跳，猜她已经听到他们说的话，忙脱鞋上炕，将她搂在怀里道："别哭别哭，是不听见俺们说话了？"

她不说话，还是哭。他又保证道："你放心，我答应的事，就按我答应的办。"

她哭道："俺爹俺妈没说非得这样。"

他哄道："我知道，这是我的事儿，跟别人没关系。"

她在他怀里说："别和你爹争了，到时该姓啥就姓啥吧。"

听香荷把双方爹妈分得这么清，他心里又不是滋味，紧紧地搂着她，语气更加坚定道："不行，我主意定了。我不是看不起我爹，我爹就是老想法，我要改改他的老脑筋。其实这根本不算啥事儿，都是一家人，分得那么清干啥？我不在乎，左右我都是爹！"说着为她擦去脸上的泪水，又扶她躺下说："这事儿跟咱爹咱妈他们都没关系，就是我想这样做。我不能说话不算话，我一定要这么做，谁也别想拦我！也别说我叛祖离宗，现在日本人都要给咱当祖宗了，咱还在家为姓啥穷掰扯。只要姓的中国姓，咱就不算背叛祖宗。咱都是炎黄子孙，炎黄子孙是我们共同的老祖宗，炎黄子孙就应该合起心来把日本人赶出中国去！"

见她有兴趣地听他说，他在她的唇上吻一下道："别哭了。没听咱妈说，怀孕时候不能老生气，老生气孩子生下来就没奶吃。你是喝羊奶长大的，还想让咱儿子也喝羊奶？"她这才露出笑脸。

第二天早晨，子昂妈和津梅做好饭招呼大家到西屋吃饭。周传孝怎么叫也不过去，但什么也没说。米秋成、格格夫人不知出了什么事，让子昂再去叫。

子昂妈说："他有点不舒服，待会儿他想吃自个儿吃。"

米秋成问："哪不舒服？找个大夫瞧瞧？"

子昂妈说："不用，他就是没睡好觉。这阵子他老瞎寻思，总想找点事儿做。他能做啥呀？我看就是闲的。"

米秋成说："没事儿出去听听书不挺好吗？"

子昂妈笑道："有福不会享，烧包儿呗！咱吃咱的，不管他，他啥时饿啥时吃。"

吃过饭后，子昂想和爹再唠唠。母亲将他拦在院内说："大白天的，他要再和你吵吵不都听着了。先别理他，没事儿，他不敢明着闹，他当他在自个儿家呢。"

听母亲这样说，他心里又不是滋味，说："妈，这就是你们的家！"

母亲叹口气道："你都是托人家的福，俺们不更是了；咋也不如自个儿家。咳，不唠这些。你也甭担心你爹，今早上我又劝他了，道理又都和他讲了。他现在就是和你怄气，说你现在翅膀硬了，不把他放眼里了。"

他觉得很冤枉，解释道："妈，我不能总骗人家。"

母亲说："好了好了，妈知道你的心思。再有，我和你爹真想回奉天，就想回家等你妹妹，又怕你多想。"说着也流下眼泪，继续说："刚才妈在屋里说你爹要找事儿做，就是想找个理由分出去。"

他不安道："妈，那我给你们盖房子，你们别走。我妹儿要是回奉天，肯定得去雪峰家，她就能知道咱们在这儿；我七哥都给安排妥了，到时有人来送信儿，这面也有人去接。"又解释道："随米姓这事儿，香荷儿她爹妈没说一定要，就是我骗过他们了，这次就想证明我不是骗子，要不我见她家人总是亏得慌。妈，都是我的错，你和爹原谅我这回，我和香荷以后一定好好孝顺你们。"

母亲说："妈都懂，你也别难过了，这事儿就按你的意思办；长孙不长孙的有啥用？眼珠子都指不上，还指眼眶子？等两眼一闭那天，还啥你的我的。"

他心里更加难受，抱着母亲哭道："妈，你是不也生我气呢？"

母亲安慰道："妈没有，妈懂你的心思。"

他继续哭道："可你就在生我气！要不你咋说眼珠子也指不上。"

母亲一怔道："妈是说顺嘴儿了，妈重说。妈下半辈子就指你这个眼珠子了，眼眶子就你说了算。"子昂破涕为笑。母亲也笑，为他擦着泪说："好了，你先待在这边，我再劝劝你爹。"说完回东屋去了。

子昂回到米家屋，大家都定眼看着他。米秋成一脸严肃地问："你跟你爹说了？将来孩子生下来随米姓。"显然香荷讲了昨晚的事。但子昂不知米秋成问这话的意思，忙说："爹，我当时就这么答应你们的。"

米秋成有些激动道："这是你们能做主的事儿吗？我要是还有那想法，我们当老人的一见面儿就提了。当时就是没想到那封信是你自个儿编的。你和我说这事儿时，我压根儿就没当回事儿，我是看你对香荷儿有这份心思。别看我不说，心里啥都明白？"

格格夫人也说："就是啊，就看你疼香荷的劲儿，还有孝顺俺们的心，孩子随谁家的姓都不要紧。"

米秋成又对格格夫人说："行啦，咱别在这儿说了，赶紧过去跟亲家解释一下，别让亲家以为咱是逼着孩子这样做。"说着先出了屋，格格夫人也拧着小脚跟出去。

米秋成和格格夫人一前一后地到了东屋。子昂父母正在炕上闷闷地说着话，见米家老两口进来，忙都起身打招呼。米秋成开门见山道："亲家，都整误会了。子昂有这份心思，俺们心领了，可不能这么来。你们家就子昂一个小子，哪能让他的儿子随俺们姓！恁么说他还救过我一命，他俩好就中，咱当老的不也跟着好了吗？这子昂，刚才让我把他说了，这么大的事儿，他们能做了主？行啦，你们也别跟孩子生气了，该吃饭吃饭，该听书听书，咱是一家人，可别为这事儿弄得不乐和。"

子昂父母一时不知说什么好了，有些慌乱。子昂妈说："哎呀，你看看，到底把你们惊动了。让我说，就按着子昂的意思办。这事儿来得突然，他爹一时没转过弯儿来。刚才俺们又合计了，子昂说的对，俺们都同意。再说香荷儿还能生呢。"

米秋成一扬手道："算啦算啦！俺就是个绝户命，认啦。"

一听这话，周传孝也受不住了，一把抓住米秋成的手说："老哥哥，您可别这么说，是我当弟弟的糊涂！咱俩就是亲哥俩，还啥你家俺家的？孩子生下来，就是咱一家的孙子！老哥哥，听弟弟说一句，就按子昂的意思办，香荷儿这胎要是儿子，就姓米！我定了！绝不反悔！"

米秋成和格格夫人都不答应。子昂妈说："就这么定了吧，俺家他脾气也犟，要认准的理儿，谁也扭不过来，就别为这事儿戗戗了！"

米秋成清楚周传孝说的都是改口话，不禁懊悔道："你看这事儿整的，要知这样，俺们就不过来了！"

周传孝说："你不过来，俺们也得过去，要不咱不就生分啦！这事儿就得咱当老的定！"又对子昂妈说，"你去把俩孩子也叫过来。"

子昂和香荷被叫过来。周传孝郑重道："今天俺们当老的把事儿定下来了，孩子生下来要是小子，就姓米！"又对子昂说，"你小子记住，有老人在，这种事儿不能你们随便做主！"

子昂感激地看着爹说："爹，儿子不懂事，您别生气，我和香荷以后一定好好孝顺你们四位老人！"

周传孝叹息道："事儿都说开了，还生啥气？不生了。"

米秋成这时有些激动，两眼噙着泪，握住周传孝的手说："好兄弟，那我就领了。我替俺们米家老祖宗感谢你！"说着，起身要为周传孝跪下。

周传孝忙一把抱住米秋成道："哥哥使不得！"

香荷见爹要为公公下跪，也吃了一惊，随即也在地上跪下，子昂也跟着跪下了。周传孝一边抱着米秋成，一边命令着子昂和香荷都起来。

第 074 章

自打定下香荷生头个男孩随米姓后，格格夫人就开始干涉她和子昂的房事，背地里告诫她要对子昂节制，以免伤了胎气，要是流了产，以后就容易滑胎了。

香荷虽然从感情上与父亲有些隔阂，但毕竟是亲生父亲，况且一直很严厉的父亲这些年对她不再那么凶了，便越来越体谅父亲。父亲一辈子就想有个儿子，本来只有靠她招了上门女婿后才可实现这一愿望，但她如愿地嫁给不能入赘米家的子昂。好在子昂答应让她生头个男孩随米姓，公公、婆婆也都同意了，尽管都不是发自内心的。又尽管她觉得米家难为了周家，但她还是为自己能够实现父亲的愿望而感到快慰。

可她毕竟不知自己怀的是男是女，一想到母亲接连生下她们姊妹七个，不免担心自己日后生下的也都是女孩儿。如果没有周米两家的协议，她在育龄期内只要生下一个男孩就不枉为周家媳妇。但现实中她既要让米家有后可继，还要为周家生下孙子，至少要生下两个男孩才能完成她当女儿、做媳妇的使命。

出于保证为周米两家生后的使命无闪失，她遵从了母亲的告诫，竭力不让子昂为了那种欲望伤到她的胎气。怀孕之前她就对他的欲望有所畏惧，怀孕之后就更不想与他房事了，只是见他焦躁不安时才让他轻轻入一次，但每次都没让他尽兴，说孩子在里面，别弄得孩子一身脏，随即便在他下面不安地哭起来。

子昂到底是体质好，虽然成亲已有百日，房事需求却一直旺得让香荷受不了。他可一日两三回房事不觉体乏。但每次欲望强烈时，却多是因他梦中的女人，每次醒来身下都胀得滚烫。

香荷这时睡得正香，但很快被他喜欢醒。她的第一反应就是不能和他办房事。见他纠缠不休，她又不安地哭起来。

他顿时又没了兴趣，脑海里又浮现出他和婉娇的那夜激情。

终于昏昏沉沉地入睡了，文静、懿莹又进入他的梦中，梦见他正给文静洗脚。好一双白净秀美的脚，和香荷的一样，抬头一看，竟然是亚娃看他笑。

有时他还梦见他在罗家的棺材铺，已经和懿莹定了亲，就等着找到父母与她拜堂成亲，而新房却在米家院内，这才想起香荷，忙四下寻找，见又是在罗家的棺材铺，两口棺材摆在院内，香荷安详地躺在里面。他伤心欲绝，抱起她痛哭，口里却喊着懿莹的名字。又梦见文静被一群男人抢夺走了，却哭着喊香荷。

香荷多次被他睡梦中的哭喊声惊醒。想他心里至少还装着四个女人，心里再不舒服也只能由着他去想。好在他在梦中也喊过她，现实中他又对她疼爱有加，便又原谅了他。

但有一点香荷还不知道，最近子昂的梦中又多了亚娃、芳子、顺姬。那天他梦见宝来在树林内把芳子、顺姬、亚娃都绑在树上，然后扒光她们身上的衣服。他顿时感到心被刀割一样，愤怒地用枪朝宝来射击。宝来死了，可他发现自己被日本兵包围了，忙端起一挺机枪疯狂地扫射。日本士兵都被他打死了，芳子、顺姬、亚娃也被日本兵开枪打死了，他伤心地扑过去痛哭。哭着时，他不想让她们赤裸裸地被山林中的野兽吃掉，想去罗家拉几口棺材为她们下葬，但罗金德让他把钱留下。他说他现在就不缺钱，忙回米家取钱，再回罗家时，罗金德说人已经入殓了。他在一排棺材前挨个看，可躺在棺材里的却是香荷、婉娇、芸香。这时，懿莹对他说："她们都死了，咱俩成亲吧！"罗金德却对他瞪眼道："你死了这条心，我把懿莹嫁给别人了！"他死也不肯让懿莹嫁给别人，什么都不顾了，拉起懿莹就跑，说："咱上山上住，我那儿有的是钱！"可懿莹跑得太快，他怎么也追不上。懿莹丢了，妹妹也丢了，他焦急地喊着懿莹和妹妹子君，喊声在大森林内回响。这时有人在拉他，他心一惊猛地睁开眼，发现自己又在做梦。是香荷在黑暗中推他，他却不知自己又说了梦话，问："咋的了？"

她心情杂乱道："又喊她呢。"

他很苦恼自己总说梦话，小心地将她搂在怀里道："对不起媳妇。"她没再说话，好像继续睡了。

他起来点亮煤灯，看一眼桌上的座钟，还不到凌晨四点。他不想再睡了，今天他要去找林海说的那个砖厂，在山里盖住房和油坊需要大量的砖瓦，他却不想让任何人介入此事。

想起凌晨做的梦，他吃过早饭就先去了村妮家。虽然已经入春，但夜里的气温还很低。

村妮家里也刚吃过早饭，芸香、顺姬正帮着干活，亚娃和芳子则躺在被窝里，正不停地咳嗽着，显然是病了。他吃惊地问："咋的了？"

若玉忧虑道："冻着了，都发烧了。"

他不自主地去摸亚娃的头，觉得烫手，又惊讶道："这么热！吃药了吗？"

村妮说："熬一锅姜汤，待会儿都喝点。"他又摸芳子的头，热度略轻些。

芳子一边咳嗽一边想起身。他按下她道："躺着吧。"又问道："咋会冻着呢？"

村妮自责道："都怪我没当回事儿，寻思开春儿了，昨儿个就没烧那么多，谁知夜里倒冷了。"

他忙安慰道："姐这不怪你，春天屋里返凉，你这屋也不抗冻。我马上就要盖新房，新房盖起来就好了。"说完又心疼地看亚娃和芳子。

若玉这时却笑道："不要紧，现在炕热了，发发汗就好了。"

他仍不放心道："我去药铺抓几服药。"说着转身离去了。

将药抓回来后，子昂要自己动手熬。村妮拦住道："这活儿俺们干就行。"

若玉也忙到灶房笑道："你这么心疼她俩，不喝药也能好；药抓回来你就甭管了，去忙你大事儿吧。"

他意识到他心疼亚娃、芳子的心思已被大家看出来，不好再守在这里，便去找那家砖厂了。

林海所说的砖瓦厂就在大田的东山外，距米家的田地有五里多路。砖厂的占地有一垧多地，一面靠着山林，一面前临通往牡丹江的土道，由西山出来的溪流也由此经过，只是人为地挨着溪流扩出一个大水池。砖厂内有两座砖窑，周围是一垛垛的砖瓦土坯和烧好的红砖、青砖和青瓦。

窑口的对面是一排简单的红砖瓦房，这时砖瓦厂内见不到人，只是那排房子后的一根烟囱在冒着青烟，才让人感到一些生机。

子昂猜想房内一定有人，便径直走过去。要到门口时，从一扇门里出来一位光着脑袋的中年人，身穿羊皮袄，敞着怀。

见子昂穿戴阔气，中年恭敬地问道："这位小爷有事儿？"

子昂初次这样被人称呼，忙一抱拳道："我姓周，顺道儿过来看看。您是老板吧？"

中年笑道："我姓管，叫管垚，垚是三个土的垚，算不上老板，就为挣口饭。小爷家里要盖新房？"

子昂却问道："你这买卖好做吗？"他明知这个砖厂并不景气，考虑到要用大量砖瓦，他想把价格降到低于林海要的价。

管垚却说他的买卖好做，随后问道："你想做？要做就把这个厂子盘给你，一看你就是干大事儿的人。"

子昂一笑道："要真好做，你还舍得盘给我？我对你这儿了解过，好像没你说的那么好。"

管垚先是一怔，然后叹口气道："从建这个砖厂就没顺过心。开始是愁没买主，现在有买主了还是愁。"

他不解地问："有买主怎么还愁？"

管垚说："买主是日本人，他们要建营房。"

子昂又问："哪的日本人？"

管垚说："北河套的。你从北面来能看着。"

子昂点点头又问道："日本军营不早建完了吗？"

管垚说："没看都是木头垒的吗，现在他们要盖砖瓦的，得用老鼻子砖了。"

子昂笑道："那你发财了！"

管垚又叹口气道："咱没和日本人打过交道，他们可带着硬家伙，谁知到时是挣还是赔？那天他们那个会说中国话的来了，说要买我的砖，让我抓紧烧，完了给他们送去，天一暖和他们就开始建营房。"

子昂猜他说的是田中太久，便说："那个人好像不霸道。"

管垚一愣问："你认得？"

子昂说："接触过，瞅着挺仁义。"

管垚说："咱是为了挣钱，光仁义不给钱顶啥用。"

子昂心一震，问："不给钱？他们白用呀？"

管垚说："也没这么说，就说过后一块儿算。过后的事儿谁敢打保票？再说我得给干活儿的开工钱。开始还寻思能给大伙儿多开点回去过个好年，哪承想日本人连点定钱也没留。我的本钱都要花空了，干活儿的还是不高兴。年是过完了，他们能不能回来还两说。我真不想接这个活儿，又惹不起他们，想把厂子扔了又舍不得。"边说边系衣扣。

子昂也说不清日本军营里的事，便转话题说："管老板也别犯愁，这样吧，你抓紧把干活儿的找回来，我随时付工钱，可你得供上我用的砖瓦，也是天暖和用。"说着从怀里取出一卷红纸包的银圆递过去道："这是定钱。"

管垚先颠一下惊喜道："现大洋！"忙礼让道："来来屋里唠。"边走边问："你是关里来的？"

子昂不解，愣下神问："关里咋的？"

管垚说："在这儿很难见到现大洋，关里还兴这玩意儿。都叫它大洋，实际不对，大洋是洋人的，辛亥前用的是鹰洋，墨西哥的。成立民国后，中国也出银圆，数袁大头值钱。我就弄不明白，都过去二十多年了，政府才把它当国币。"

子昂疑惑地问："你说哪个政府？满洲国？"

管垚有些惊讶道："民国啊！你还不知道呢？"

他有些尴尬道："我家人是民国二十年出来的，就是九一八事变那年，今年第四年了。"

管垚说："噢，也难怪，民国政府是去年发的令，把中国银圆定为国币，可不包括满洲。满洲的钱都是日本钱，不是纸片子，就是铁片子，反正都是大骗子，没准哪天又都变成废纸烂铁了，还是攒点银家伙保险。"

两人说着进了屋，屋内是一面火炕，炕边是灶眼和半人高的火墙。这时炕上躺着一个棉袄棉裤扎腿带的中年女子。管垚显得兴奋地叫道："起来起来，来贵人了！"

女人像是从睡中醒来，一激灵爬起。子昂微鞠一躬道："给您拜个晚年，过年好。"

女人受宠若惊，一边下炕穿鞋，一边笑着回道："你也好你也好！"

管垚介绍道："这是周老板。喏，这是周老板给的钱，放好了。"

女人惊喜道："这么年轻就当老板！看这大洋，您一定是做大买卖的！"

子昂欣慰道："咱都差不多。"

管垚催促女人道："快沏茶去，用好茶！"

女人忙着去沏茶，管垚拿出一盒仙女牌香烟让他抽。他说不会，但特意看了看包装盒上的仙女图案。

管垚将烟卷叼在嘴上，立刻又觉得自己一人抽对客人不礼貌，忙又收起道："我也不抽了。"

子昂并不介意道："你抽你的。"

管垚还是将烟卷收起道："俺家有亲戚在关里，我就想攒点袁大头，才攒了二十多块。你手里要多，就多兑给我点儿，价格就按市上的走，亏不着你。"

子昂不敢露出自己有大量银圆，谨慎道："倒是还有些，不过也不能都用了。"

管垚说："那是那是。"接着又问道："你得用多少砖瓦？"

子昂想了想说："得盖几十套，还有厂房，最晚两年内盖完。"

管垚惊愕道："你比日本人要的还多！"立刻有些为难道："周老板，我愿和你做事儿，就怕耽搁日本人的事儿惹麻烦。"

子昂倒很镇静地笑道："你连本钱都没有，还能不耽搁？"

管垚恍然道："你说的是，到时我就说，不先挣点本钱，后面的活儿没法干。那咱这样，每窑砖你和日本人半对半分。你放心，我先紧着你来。"接着又说："还有两个招你看看。一个是烧红砖，红砖比青砖出窑快。再一个就是，我能联系上别处的砖窑，就是道远点儿，运费得另给。"

子昂说："前阵有人从你这儿买过砖，价钱我也知道。我就按正常价买咋样？"

管垚想了想才同意。子昂又说："那从现在起，你就找人往山里运。"

管垚问道："山里能走车吗？"

子昂说："能走到山神庙。"

管垚得意道："建山神庙的砖就是俺家烧的，我还一直想认识一下那个建庙的人，是你不？"

子昂笑着点下头。管垚兴奋道："那咱就啥都好说了！"

子昂说："你就把砖卸到庙旁边就行。等天暖和了，我再找人往山里弄。你找人也行，那段运费我另给。你放心，钱我一天不短你的。如果有啥事儿，你就去镇上米家粮食店找我。我要不在家，你和我家人说你姓啥就行，别的啥也别说，对任何人不要说我从你这儿买砖的事，我是不想让日本人知道。"

管垚心里有了底，点头道："你放心。那我这就去联系别的窑，先为你送砖。"

子昂谢过后便告辞去了山神庙。年后他还没顾上去给云济拜年，但他去不仅是拜年，还要继续听他讲道德，跟他深学气功和太极拳法。

▐▶第 075 章◀▐

津梅和香荷在灶房内又忙起午饭，子昂在里屋看着父亲和岳父下棋。考虑这时说话就有倾向性，两个爹向着谁也不好，便观棋不语，看着两个老的时不时地互相争执埋怨，只是一旁笑。

院里的狗又在叫，接着听见格格夫人在吆喝狗。不多会儿，文普的七岁儿子阿林被格格夫人领进来。阿林一见香荷就问："九娘，九爹呢？"

津梅听阿林"九爹、九娘"地叫，看着香荷笑。香荷还不太适应有人称呼她"九娘"，见三姐在笑，转身进屋招呼子昂道："找你。"

子昂见阿林来找，猜到文普临时有事找他，问道："谁来了？"

阿林摇头道："不知道。"

他没多问，对阿林说："知道了，我马上过去。"

阿林走后，他小声对津梅说："我猜是三姐夫又来了。"

津梅脸一板道："别搭搁他！"

他说："我就是猜，就真是他来，四哥让孩子来叫我，我也不好不去。"说完回到自家屋里，穿上棉装，又从柜里拿出两沓百元绵羊票。

子昂这时就感觉是宝来又来了。他为津梅下休书是想拿住米家，可米家人并没再理他，肯定是撑不住劲了。如果他接受了假戏成真，还有一种可能就是来朝他要钱；他是个乱花钱的人，他现在可说是个吃喝嫖赌的人了，要是他连大烟也抽，那他可就五毒俱全了。现在他和津梅已经不是夫妻关系，和米家也不能亲戚来往，以后只能找他要钱花。

他不情愿也无奈，毕竟宝来将他的爹妈寻找到并送到龙凤。现在他又很为他俩不再是连襟关系感到不安，他担心宝来会把他爹妈从哈尔滨讨饭到牡丹江的真相说给他的哥哥们。最令他担心的是，他要报复芳子还会惹出更大麻烦。所以他现在万万不能得罪他，也不过是破财免灾罢了。但他要是胃口太大不得逞，会不会翻脸不认人，甚至去日本人那里告发他？他要提前做好准备，见机行事。

子昂没有猜错，果然是宝来又来了。他已让文普在单间里备了四个菜和两壶酒，想让子昂陪他说说话。子昂没有拒绝，一边小口吃喝，一边听他絮叨。

宝来见津梅铁了心不再回张家，虽然心痛，怎奈休书已下，眼下已没了回旋余地。他想再娶一房，但心思却用在了子昂带回的那几个女人的身上。若玉虽然年近半百，可看她白白净净、风韵犹存，要没有婉娇、芸香、顺姬、芳子比着，用她来弥补心中的空虚也不失情调。眼下他最看好的是婉娇。芸香、顺姬、芳子虽然少美，但还是不及婉娇丰姿秀逸，韵味十足。

两杯酒一下肚，他就口无遮拦地道出心思，自然是以婉娇已经是寡妇为借口。但子昂心里像被蝎子蜇了一口，立刻眉头一皱道："那不行！"

宝来盯着他说："我咋觉着像挖你心似的，你俩不会是老相好儿吧？"

他训斥道："别瞎说！她是我恩人！你要再这么说，我啥都不和你唠了。不行就是不行！"

宝来很尴尬，沉默片刻又诡笑道："那你把那个日本人给我，她可是让我玩过的，还没玩儿够呢。"

子昂仍像身上被割了肉一般。这段时间，他每每想到婉娇、若玉她们受到的苦难和屈辱就心痛。他可以为她们找个疼她们的男人嫁过去，但绝不能把她们送给一个吃喝嫖赌的人。此时他不能像护婉娇那样拒绝他，便冷笑道："你不怕她杀了你？"

宝来嘿嘿地笑道："让我好好哄哄，保证以后好好疼她。"

他挖苦道："你还会疼人？"

宝来又嘿地笑道："我就会疼美人儿。"

他立刻责问道："三姐不美？"没等回答，他又情绪激动道："你让外人说说，三姐不美吗？你是玩够了就想换新的！"

宝来反击道："你不也是吃着碗儿里的，还惦着锅里的？香荷那么好，你一下弄回家一大帮！米津梅就说过你来路不明，谁知你娶香荷前玩过多少女人？没准咱俩真是半斤八两。"

他气得将筷子一撂的瞬间，又意识到宝来现在是狗急跳墙，父母沿路乞讨到牡丹江的秘密即使被他说出来也不是最可怕的，最可怕的，是他已怀疑他拥有的财宝可能是在山里发现的。如果这事传出去，恐怕得有人抄他的家，便装出无所谓的样子冷笑道："就算我吃着碗儿里惦着锅里，那也比你喜新厌旧强。皇帝三宫六院七十二嫔妃，官府的人也不少三妻四妾的，哪个不是从锅里捞的？又谁说他们啥了？可你喜新厌旧可就太厌恶了，谁家姑娘和你这样的在一起，有今天有没有明天都难说。"

宝来也不想和他翻脸，委屈道："我不是喜新厌旧，我现在还是盼着你三姐跟我回去。可她心里装着别人，你还让我咋办？我都认错了，也保证了，可她就是不饶我！"接着又哭道："我真后悔写休书吓唬她！这倒好，让他娘的李春山得把了！"

他心一怔，难道他知道津梅和春山到一起的事了？便试探道："打盆儿论盆儿，打碗儿论碗儿，这事跟大姐夫啥关系？"

宝来说："他俩关系太不一般。不信我把话撂在这儿，保准有一天，他俩要不进一被窝儿才怪呢。"

他断定宝来只是猜测，便说："捉贼拿赃，捉奸抓双儿，你没凭没据的掴那儿瞎猜不太好。"

宝来愤然道："凭据？那得等他俩把野种生下来！这事儿要是别人还真不好说，可事儿摊在我身上，我就敢叫准儿！"愤然地自干一杯又说："男人多睡个女人算个屁，像我这样的有的是，一般男人保证以后不敢了，媳妇差不多就行了，媳妇还是媳妇儿，日子还和从前一样过。女人出一家进一家容易吗？可她倒王八吞秤砣——铁了心了，这不明显还惦着李春山！我心里比谁都清楚，她心里压根儿就没我，就有李春山。我让人写的休书你看了，那都是真的，要有撒半句谎话我就遭雷劈。她当年就该嫁给李春山，然后她家把津竹嫁给我。男大五岁还算大吗？你不就比香荷大五岁吗，看你俩多好。"

见子昂又紧锁眉头，他又说："我不是真惦记米津竹，是不知道米津梅和李春山偷着好过。他俩是没成夫妻，可还是亲戚！当年有那一出，以后还常来常住，十有八九得出事儿。我敢说，李春山肯定也在惦记她；他俩要都惦记，那还有好事儿？好事儿也是他俩的。姊妹一嫁也不是没有，明着不行偷着来，也不算什么花花事儿。别说这个，就那些乱伦的，几个真去寻死上吊了？不都活得好好的！还是舒服，不舒服谁扯那个蛋？舒服了干啥要去死？谁爱说啥说啥呗。这种事儿，我见的比你听的还多！"

子昂却笑了。宝来也更加畅所欲言道："不过说真的，当初我一见米津梅，真是高兴坏了。那年她才十七岁，比大姐、二姐都好看。津竹那年十四岁，一看就是个美人儿坯子，现在一看不就是，比米津梅还俊，就是照天娇儿、香荷儿差点。天娇儿、香荷儿那时还不懂事呢，才八岁。我说你媳妇你别不高兴。刚见你媳妇时，一天鼻涕邋遢的。那老东西儿子迷，六个姑娘里就看不上天娇儿和香荷儿。听米津梅说，她们四个大的也不合那老东西的心思，可管咋还能帮着干点儿啥，你媳妇她俩能干啥？用老东西的话讲，干啥啥不中，就是个白吃饱儿。我可不是挑拨你们，天娇儿和香荷儿小时受老气了，一见那老东西就麻爪儿。老太太也没少跟着受气。要没老太太护着，那老东西还不知咋折腾她俩呢！她俩十三四岁时开始变模样儿了，越变越好看。真没想到，她俩今天成了美人中的美人！"

宝来已是醉态，又开始信口开河道："我娘要晚生我几年就好了，那样的话，我娶天娇儿，你娶香荷儿。可是我没你命好。看你媳妇那个白净，一辈子不洗脸都没人知道。"

他反感宝来如此谈论香荷，就是谈论天娇儿也令他不痛快；他要对天娇不怀好意，肯定也对香荷动过贼心，这时便责问道："那我媳妇儿就可以不要脸了呗？"

宝来并没在乎子昂的脸色，一笑道："你看你，这洗脸和要不要脸挨得上吗？我就是打个比方。香荷儿是白里透红，那真是难找的红粉佳人儿，结果让你捞到了，你真太有艳福了！可我呢，现在连媳妇也没了。这事儿就得你帮我。我看出来了，你和你那个姐的关系不一般，那我就不要她了，我就要我玩儿过的那个。"

子昂看出宝来已经不把他放在眼里了，心里愤愤地想，"今天我得给你点颜色看看，让你真正认识一下我"，便又冷冷地盯着他问："她要不愿意呢？"

宝来想了想说："那我要那个高丽行吧？我在牡丹春见过她，听说那个日本老板拿她当宝贝，不让她接客。我听说那个日本老板失踪了，牡丹春老板变成中国人了。那个日本老板哪去了你应知道吧？听米津梅说你当过兵，肯定也杀过日本人吧？人敢杀第一个人，就敢杀第二个，你不会是为了救你那个姐，把那个日本老板杀了吧？"

子昂心一惊，强作镇静道："三姐夫，你可不能乱说，我救出我姐可是花了大钱的！不瞒你说，我进去时就是个嫖客，老板长啥样我都不知道。"

宝来诡异地笑道："如果有日本人来问你，你也这么说？"

子昂又心惊地问："你想去告诉日本人？"

宝来却又转了话题道："子昂，以后我和米家就不是亲戚了，可咱俩得往近里走。我求你两件事儿，第一是钱，第二是美女。要说你为啥这么趁钱，我猜你肯定是发现一个藏钱的地上。大洋咱就不说了，就你给她们姊妹的项链、手镯可都不一样，也不是新的。我敢说，你绝对不是在市面上买的。这事儿就怕日本人知道，说你是盗贼，你咋证明你不是盗贼？"

子昂开始憎恨他，仍镇静道："我明白你的意思，我要不供你钱花，你就去日本人那儿告我，是不？"

宝来说："不全是，还有美女。要说呢，我有钱就行了，有了钱就可以去找女人，可我怕找不到她们这样的美女。"

他又强压怒火问道："还有我媳妇这样的吧？"

宝来又诡笑道："你也真敢问。既然你这么问，我就跟你说心里话。你要肯休了她，我就愿捡，我不嫌她。可她只要是你媳妇儿，我绝不惦记。我惦记谁我都跟你说了。不，还有一个没说，那个叫芸香儿的，长得也那么好。她管你叫舅是吧？如果我能得到她，我也管你叫舅咋样？认你这个舅舅绝对值个儿，有点啥事儿你就能救我，是不？"说完嘿嘿地笑。

子昂的肺子都要气炸了。他这时明白了，宝来所以敢对他放肆，并不完全是喝了酒，主要是他俩已经断了亲戚这根线，他想利用日本人来制约他，然后达到在他身上敛财夺美的目的。但他钱可给，身边的女人谁都不能送给他。以前他只觉得宝来鬼道，却没想到他还这么阴险，现在他又觉得让他继续活着太可怕。

他已横下心杀了宝来灭口，立刻笑道："你是不觉得这事我很为难？你真小看我了，这点事儿算啥？我答应你。咱一样一样来，先说钱，你要多少？"

宝来又嘿嘿一笑道："我最想知道你从哪弄的这些钱？我猜你准是发现藏宝地上了，要是的话就在山里。听说十多年前，这块儿有伙儿胡子专门劫大户，还劫了东北军的军饷，后来胡子被东北军打光了，那他们劫的钱呢？要是没让东北军拿走，肯定就藏在山里了。"

子昂起身去看看门外，见没人在跟前又回到座位上说："咱小点声说，我都告诉你。我在这儿真遇到一个贵人。我在山里采高粱果，见他掉进陷阱了，就把他救了上来，还伺候他好几天。后来他对我也特别好，一下就给了我好一万块大洋。"

宝来说："你在我家也说你遇上贵人了，可那人是谁你没说。"

子昂说："我也不知道他叫啥，我管他叫老山爷。你要真想认识他，我现在就带你去见他。"

宝来眼一亮问："住这跟前儿吗？"

子昂摇下头道："在山里，自己住窝棚。"

宝来狐疑地看着他说："净瞎扯，他那么趁钱住窝棚？"

子昂说："这我就不明白了，我要在那儿给他盖房子他不让，就是不离那个窝棚。"

宝来神秘道："那我说的没错儿，山里准有藏宝地上，可能就在那个窝棚下面。"

他不屑道："那是他的事儿，和我没关系。人家说了，用钱尽管吱声，我管它藏哪干啥？"

宝来站起说："你说你要带我去见他，现在去？"

他却又为难道："其实你还是不去见的好，这样会让人家担心的。不过你要偏要见他的话，我可以带你去，你可千万不要提钱的事。"

宝来立刻答应道："行，我啥话都不说。"

他又为他倒满一杯酒说："那你连干三杯，保证你说话算话，喝完咱俩就走。"宝来贪财心切，又连干三杯烧锅。

子昂这才站起来说："其实你不来我也准备上趟山，我隔几天就得给他送些吃喝。他也好喝酒，咱顺便买几瓶酒带去，走吧。"说着先出了单间。

从单间出来，子昂见前堂喝酒的人都撤了，文普两口子正收拾桌子，女儿梦穗和儿子阿林也都帮着忙。子昂对文普两口子说："他要走，我送他。"

花喜鹊对宝来客气道："再过来就到这儿吃，吃啥都方便。"宝来嘻嘻地道谢，身子有些摇晃。

阿林正帮着扫地，见子昂出来，忙放下笤帚跑过来，一下搂住子昂的后腰，撒娇道："九爹，我要买炮仗，俺爹不给买！"

子昂笑道："是不你又淘气了？"

阿林说："没有。"

子昂说："我咋听说你放炮把人棉帽子崩着了呢？"

阿林说："我不是故意的，我没看着他出来。"

子昂说："可不行使坏，要答应，九爹给你买。"

阿林忙答应。花喜鹊阻止道："买什么买，年都过完了。"

阿林争辩道："还有十五呢！二月二儿还放炮呢！"

子昂笑着对花喜鹊说："我小时放炮，四嫂你都猜不着我惹过啥祸。那天黑了咕咚的，也没看见有人蹲障子根儿那拉屎,往那儿一扔炮仗,把他吓一跳,一屁股坐屎上了。"大家都笑。

子昂继续说:"那小子比我还大两岁,咧着大嘴哇哇哭,裤子也不提,露着屁股上俺家去告状,结果我妈给他擦屁股,我爹用笤帚疙瘩抽我屁股。"大家更笑,梦穗和阿林笑得前仰后合。

讲完故事,子昂从皮坎肩内抽出两张百元绵羊票,先塞给阿林一张道:"去吧。"

阿林接钱谢一声先跑了。他又叫梦穗道:"穗儿,来拿着。"

梦穗过了年就十五岁了,是个懂事的大姑娘了,这时忸怩道:"九爹我不要,过年你都给压岁钱了。"

花喜鹊埋怨子昂惯孩子,子昂却脸色陡然一变道:"四嫂你别管。我高兴就给,不高兴要也不给。"

花喜鹊先一怔,又笑道:"九弟长脾气了。"

子昂说:"脾气谁都有,那得讲道理。"说着将钱塞进梦穗手里道:"拿着!想买啥就买!用钱就和九爹说,九爹还能挣老些钱呢。等你找婆家,九爹给你置办好嫁妆!"

梦穗儿害羞道:"九爹,看你呀。"

子昂说:"看我啥?你就看九爹有钱大家花就行了!"说完转身去搂着宝来出屋。宝来不晓子昂的话意,边走边夸道:"你真挺仗义!"

文普两口子都看出子昂有些反常。文普说:"有点不对劲儿。"

花喜鹊纳闷道:"是啊,老九平时多稳重,今儿是咋的了?我看他俩也没闹啥毛病呀!"梦穗攥着钱在那里发起愣。

山里的雪还很厚,气温也很低,山风吹得林子嗷嗷叫。宝来已经喝了不少酒,出外一见风,身子晃得更厉害。要进西山林子前,子昂去一家酒铺买了两小坛干烧。

又蹚雪走了一程,宝来见子昂带他走的道都是快过膝盖厚的雪,觉得不对劲,停下来又盯着子昂问:"这块儿一冬天也没人走过呀,你要领我上哪去?"

子昂四下看了看说:"你不是要去藏宝的地上吗,从这走近,要不晚上赶不回来。"

宝来又兴奋起来,跟着他继续朝林子深处走。

往前走着时,子昂突然问宝来道:"抽大烟啥滋味?"

宝来道:"舒服呗,跟神仙似的。"

他又问:"你抽过?"

宝来不屑道:"抽过咋的,米津梅管不着我了。"他果然已五毒俱全了。

子昂不禁又想起柳金瑶,又为她被大烟害得屈从齐龙彪而心痛,如今她是死是活也不知,如果活着,齐龙彪已经进山当了土匪,她是不是跟去当了压寨夫人?

在一块被雪覆盖的石头前,子昂停下来对宝来说:"快到了,可有件事儿还没跟你说。老山爷有个规矩,被我领去见他的,必须在这儿喝这一坛子酒。"

宝来已经醉态,挖苦子昂道:"你小子,净些鬼心眼儿。想把我灌醉是不?让我以后找不到这儿。"

子昂不在乎他怎么说,要挟道:"你不喝也可以,咱立马儿往回走。"

宝来冷下脸骂道："操，你就不想带我去，故意难为我是不？"

子昂说："你要不喝是难为我。我真想领你去，可我也不想惹老头子不高兴。你要想去就麻溜喝，醉了就在他窝棚里住一宿。"

宝来一听这话，立刻启开一坛酒道："我喝，多大点儿屁事儿！"说着大口大口地喝起来，觉得自己还有量，竟一口气将一坛酒都喝了，然后得意地问子昂："都喝了，咋样儿？我，诚心吧？"

子昂没理他，用脚往两边踢着雪。宝来不解，醉眼看着他问："干啥呢？这下面有宝啊？"忽然兴奋道："这下面就是宝，是不？"

子昂说："是，就这儿，你来吧，把雪都清了。"宝来更加兴奋，奋力地用手扒着雪，倒了爬起来继续扒，子昂则插手靠在石头上。

被子昂用脚踢过的地方，很快被宝来扒光了雪，露出很大一片枯叶和枯草。这时宝来显得焦急，一边继续扒着，一边眼睛发直地叨咕着："哪呢？在哪呢？"他更加醉态了，接连摔着跟头，但他满脑子就是找宝，便跪在地上扒雪，一边扒着一边嘟囔道："这哪是宝，都他娘的草！宝在哪？在哪呢？娘了的，快给老子出来！"俨然疯子一般了。

见宝来已是这副样子，子昂自言自语道："哼，你就是宝！"说完自己下山了。

第 076 章

丢下宝来出山后，子昂直接去了村妮家。虽然他每天都抽空去看婉娇、芸香她们，但他这次主要是看芳子。宝来曾用那种方式强暴过芳子，他作为宝来的亲戚而感到羞愧。他本不想借酒、借天要他的命，但他又无法接受他拿日本人威胁他。现在他必须要除掉这一后患，但又不能落下蓄意杀人的嫌疑。估摸宝来一会儿就醉得不能动弹了，只要他倒下，必然今夜冻死在山中，届时他有很多理由向他的家人做个与己无关的交代。那时他会觉得对不住宝来的父母和孩子，但他会让他们过上比这个儿子和爹时还要好的日子。

津梅定不会追究他的责任，他倒有责任为她建个新家，至于她和春山以后如何翻云覆雨则和他没有关系，他很愿意为他俩圆回曾被米秋成扯碎的梦。

到了村妮家，他见村妮、若玉、婉娇、芸香又在教顺姬、芳子讲中国话，就笑着问道："学得咋样了？"

村妮笑道："又会说不少了。"

一见子昂进来，顺姬显得格外开心，对他嫣然地笑道："哥哥！我吃饭了！好吃的！吃饱了！"大家都笑。

他觉得顺姬笑得迷人，但守着婉娇、芸香的面不敢多看她，又转头又问芳子道："你也会说了？"

芳子从他一进来就跪在炕上，这时也莞尔一笑道："哥哥好人！谢谢哥哥！"接着深低下头，又感激地看他笑，也是那么迷人。他又心慌，不敢再看芳子和顺姬，转头去看亚娃。

亚娃的病刚见好，本来还躺在炕头处，这时也坐起来，腼腆地笑道："我不用学。"

他关心地为她盖上被说："病还没好利索，躺着吧。"

她也感激道："好多了，屋里暖和了。这儿挺好的，做梦也没这么好。"

若玉笑道："俺闺女也不想走了，你能留下她吗？"

他早希望亚娃能留下来，多看她几眼也舒心，便应道："留下吧，跟你在一块儿总比……"他想说亚娃留在这儿比和韩殿臣在一起好，但欲言又止。

若玉心里明白，脸色一变道："明儿个就把那个畜生撵走，他爱死哪就死哪去，我是一眼都不愿看见他！"

他又问："他没再来吗？"

若玉愤愤道："上午来过，想把亚娃带走，要不是她们拦着，我非搁刀剁了他不可！这个死不要脸的！"

他无所顾忌道："开始就没想让他来。既然您这么说，回头我给他一笔钱，找人把他送走。"

亚娃又感激道："给你添麻烦了。"

他说："不麻烦。你愿留下挺好，你娘在这儿也不孤单了。等天暖和的，我给你们一人盖一套房子。我要做生意，你们都帮我。"她笑着点头。

他又对村妮说："姐受累了。"

村妮说："活儿都让芸香儿给干了。"

他又疼爱地看芸香，见她低着头，就又看婉娇，见她还是闷闷不乐的样子，知道她仍急着见到平儿，就又慌说道："开始和姐夫定好了，他自己带平儿过来，可能是嫌天还冷吧。"

婉娇生气道："他不愿来就拉倒，你把平儿接来就行，我老梦见他，不会出啥事儿吧？"

他忙安慰道："你就是心里太惦记了。本打算过了年我再去趟牡丹江，可这阵儿我正和砖厂老板商量盖房子的事儿。就要天暖和了，盖新房子挺麻烦，得先把砖瓦定下来，这样天一暖和就可以干活儿了。"

她叹口气道："那先可着大事儿忙吧。"

他又很愧疚，真不知道日后把平儿的死讯告诉她后会怎样，也真怕她也发生意外。这时怕她再问，也不忍看她焦急不安的样子，便说去闵家客栈找韩殿臣做下交代，于是和大家告辞。

村妮一边送他一边说："俺们可就等着吃团圆饭呢，也不知你家娘娘愿不愿来。"

他嗔怪道："说啥呢？香荷儿是你弟媳妇，你也拿她开心？这要在外头传开了多不好。"

她笑道："好不好都已经传开了。你还不知道呢？好些没见过香荷儿的，就听说娘娘长得可好了，都想见见呢。"

子昂懊悔道："这事儿弄的。不唠这个了，回去我跟香荷儿说。这阵她挺高兴的，她怀孕了，你弟弟要当爹了。"

村妮欣喜道："那我也要当大姑了。你定个日子，咱一块儿庆贺一下。"

他说："明天是十五，肯定得在家过。咱就定十六吧。"

村妮高兴道："十五月亮十六圆，咱晌午吃，今晚儿我就把留的肉都炖上。"

他又嗔怪道："你们想吃就吃，别老舍不得，钱不够我再给你们。"

村妮笑道："钱花不了地花。这年过的，谁都没短嘴儿，顺姬不说了吗，都是好吃的。亚娃也说了，跟做梦似的。你的心思姐懂，哪敢舍不得？真要怠慢了她们，你还不跟我急。"

他难为情道："谁要欺负姐，我也和她急。"笑着出了院门。

从村妮家出来，子昂又去了闵家客栈。见子昂来，韩殿臣欣喜道："就盼你过来呀！"接着又说："我和孩子他娘分开这些年，早就没情分了，看看就行了，我想明儿个就带闺女回去，你帮把我闺女领过来。"

他冷脸道："没人让你看，我也没请你来，是你硬要跟着来的。让你跟过来，是怕你不放亚娃姐。但只要到了我的地盘儿，一切都得听我的。亚娃姐我留下了，你自个儿回去吧。我给你拿些钱，回家自己活命吧。"

韩殿臣吃了一惊，突然诡异地笑道："你是看好我闺女了吧？我闺女长的真是数一数二的，是个男人都稀罕。不过我就看你行，你要真愿意，让我闺女给你当小儿的，好歹我也是个老丈人。亚娃就是岁数比你大了点，那都不碍事。"

他确实很喜欢亚娃，但却讨厌韩殿臣这么说，不耐烦道："我要是娶了她，首先得让你死。"

韩殿臣目瞪口呆道："你说啥？"

他又怒斥道："啥什么啥？你就是个畜生！"

韩殿臣更加吃惊，也一瞪眼道："瞅你挺仁义，咋张嘴骂人呢？"

子昂一想到如花似玉的亚娃被他这个养父糟蹋过就怒不可遏，见他也瞪眼睛，抬腿踢他一脚道："骂你咋的？我还想宰了你呢！"

韩殿臣感到不妙，又呆在那里。子昂又指他鼻子道："你是不以为你那些缺德事儿我都不知道，我告诉你，你没来之前我就啥都知道了。就因这个，我才让人无论如何也要把亚娃姐接过来，根本没想让你来！你真太缺德了，你也配当爹？你连畜生都不如，还想给我当老丈人？赶紧给我滚！本来我想再给你些钱，现在我改主意了，一个子儿都不给你。滚！我要在山里挖个坑儿把你埋了肯定没人找你你信不？"

见子昂这么说，韩殿臣忙解释道："大兄弟你听我说，她不是我亲闺女，我想娶她当媳妇也没大错儿。"

他愤怒地呸他一口道："她一生下来就认你当爹！你算什么狗屁爹？我现在就把你送进大牢去！"

韩殿臣惊慌失色，忙跪地哭道："好汉爷饶了我，我是个畜生，我知道错了。我就碰过她一次，真的，就一次。我想弄第二次都弄不了，不信你看。"说着褪下棉裤，露出大腿上的刀疤和那个只能撒尿的烂皮盖，继续诉苦道："我现在撒尿都得蹲着撒！还有我这脸和耳朵，都是那回我儿子搁刀砍的！我已经遭报应啦！"

他这时想到了陆林海，他要像陆林海一样，该狠的时候绝不心软，不然自己将来只能依靠别人立足在这乱世间。这样的念头一闪过，他又用脚在韩殿臣的身上踢踹道："你活该！你死有余辜！你这畜生，还觍脸活着！你去死！去死吧！"

韩殿臣光着下半身，抱着脑袋满地滚，鬼哭狼嚎地叫"爷爷"饶命。

闵掌柜和几个住店的都闻声进来。见子昂越打越来气，闵掌柜怕闹出人命，忙上前拦住子昂道："消消火儿消消火儿，大正月儿的，可别让他死在我这儿，我一家老小可指着这小店儿吃饭呢！"

子昂这才停下脚，仍愤愤道："这畜生就不该活着！赶紧把他轰走！"

闵掌柜说："知道知道，我在门口儿都听明白了，你不让我轰我也得轰，留他在这儿住，都脏了我的店！"又对倒在地上哭的韩殿臣说："还不提裤子滚？赶紧滚！"

韩殿臣忙提上裤子，但没有离去，又跪到子昂脚前哭求道："爷爷行行好，我不带她走了，你让我顺顺当当回家成不？来时你的人跟我说，道上都是他花钱，到这块儿他娘有的是钱，我就一毛都没带。你说这大冷天儿的，我身上一个子儿都没有，能上哪儿去呀？"

子昂一指门外道："出了这店向西走，走到你走不动时，那就是你永远的家！"

韩殿臣哭丧着脸说："你是诚心把我往死路上逼呀！我是打不过你，那你就打死我吧！我就不信这里没王法，你能白白打死我！"说着往地上一躺，大声吼道："你个王八羔子，来呀！打死我！要是你娘揍的，就打死我！"

他觉得他刚才狠得不够，便更加用力地在他身上踢踹道："你个狗日的，还跟我讲王法！国都亡了！你还讲什么狗屁王法？我让你讲！让你讲！今天我就打死你！我看你的王法在哪！"

韩殿臣又鬼哭狼嚎一般，终于知道这世上已经没了王法，只好又求起饶来，哭道："爷爷饶命！孙子知道了！爷就是王法！求爷放了我这龟孙子！"

闵掌柜又来拦道："千万别让他死在这儿！"又对地上的韩殿臣喊道："还不赶紧跑？等死呀？"

韩殿臣已经浑身是伤了，但听闵老板这一喊，还是爬起来逃去。子昂要去追，被闵掌柜抱住求道："你是个好心人，得饶人处且饶人，就让他逃命吧。"他这才稳下来。

从闵氏客栈出来，子昂四下没见到韩殿臣。他担心韩殿臣这时去村妮家抢亚娃，就又回到村妮家，见韩殿臣果然在这里，这时正脱光上身，让大家看被子昂踢的一块块青紫色。若玉正在气愤，要亲手再打韩殿臣一顿，但被村妮、婉娇等人又拉又抱地拦在炕里，便又指着韩殿臣骂道："他咋不打死你呢！你嘎嘣儿死了才好呢！你来这哭啥，谁愿看你的猫尿！"见子昂进来，接着喊："子昂你往死里打他，打死了我去偿命！"

韩殿臣再见子昂骨头都软了，瘫在地上哭求道："爷爷别打，我身上没钱真走不了，你不给我，我就上这儿来要点，就要点回家的路费，求求您啦！"接着将头磕得咚咚响。

守着女人孩子们的面儿，子昂不好再下手，从身上取出那两沓本要给宝来的钱，往地上一扔道："就这些，啥都不干也够你花几年的，走吧！"

韩殿臣见身前落下一沓钱，眼睛一亮，忙抓在手里，又拎起棉衣跑了出去。

没有人跟着出屋，屋里这时仿佛空气都凝固了。终于，村妮责怪子昂道："你手咋这么重？看把他打的！"

他一时不知说什么，见亚娃低头不语，心里不安地问道："你生气了？"

若玉抢话道："生啥气？打死他才好呢！"

亚娃还是应道："没有。"但眼里却流着泪。他不知自己做得对还是错，忙又说自己还有事，头也不回地走了。

傍晚时，子昂去了父母的屋。母亲正在炕上糊元宵节挂的花灯。母亲对他说："刚才守着津梅的面儿没好问，是不她女婿又来了？"

子昂心里慌乱地点下头，他断定宝来是活不成了。母亲又说："这是他们家的事儿，咱别跟着掺和。宝来再不好，他对咱家可是有恩的，妈这辈子也忘不了他。妈是报答不了他了，往后他有啥难事，你替妈帮帮他，他能过得去，妈心里就踏实了。"

他脑袋"嗡"的一下，他不愿违背母亲的心愿，更不忍让母亲为此难过，神色慌张道："我知道。"接着又说道："我想起件事儿，还得出去一下！"转身又回到自家屋，将狐皮帽往头上一扣，又抓起狐皮氅，一边往身上穿，一边冲出屋去，见香荷从西屋出来，说："我出去一下，待会儿就回来！"说着已冲出大门外，见从东面跑来一辆空马车，忙迎上前，身子一跃上了车板，险些被晃下来，忙跪在板上对赶车的老汉说："赶紧！拉我去西山！"

车老板头戴狗皮棉帽、身穿羊皮袄，被他这一跃吓了一跳，忙吆喝着马停下来，看子昂的穿戴不敢恼怒，一脸难色道："我给我东家拉活呢！"

本想图快，可车却停下来，子昂不悦道："今天我是东家！"说着从怀里抽出两张百元票，急切地塞进老汉手里道："够不够？赶紧赶紧！"老汉见到两张大票，眼睛一亮，不敢多言，立刻扬鞭催马，大声冲两边行人喊道："闪开啦！闪开啦！马毛啦！"

行人闻声，大老远就靠了边，而近处的人则都受了惊吓，有看出门道的人，指着车老板骂道："我日你祖宗！你才毛了呢！"车老板不去理会，一边催马，一边喊路，马车朝着西山方向飞奔。

到了西山脚下，雪厚坡陡，马车上不去，子昂跳下车说："把马拴树上，跟我来！"说着顺着他和宝来踩出的深脚印往树林里奔。

车老板牵马立在那儿喊道："让人牵跑咋整？"

子昂回身怒视着车老板道："别跟我废话！丢了赔你成套的！赶紧的！"

车老板一愣，仍不敢恼，忙将马车牵到一棵树前，一边拴马一边嘟囔道："操，小尕豆子，不认不识的，也跟我这么喊，真他妈有钱烧的！"

子昂听见了，知道自己这样对待一个和自己父亲年纪相仿的人很不妥，但他已经无法控制自己的情绪了，仍急切地喊道："你快点吧！你是我爹！嘟囔什么呀！"

车老板看出他是真急，应道："马上马上！"忙拴了马追了上来。

宝来果然还在山里，他已将厚雪清出很大一片露出枯草叶的地面，这时正静静地趴在距石头约二十米远的一处厚雪中，一手压在身下，一手伸向前方。子昂过去将他翻过身，见他还活着，只是在沉睡，依然满嘴酒气。

宝来从被子昂抛下后就自己在林子里待了将近两个时辰，虽然已经过了立春，但山林里依然阴冷，他这样一动不动地趴在地上，没将他全身冻硬是万幸。子昂知道他还活着是因喝了许多酒，但他心里说，"张宝来呀张宝来，我是真想让你死，不然你日后一定是个祸害，要不是我妈还念着你的恩情，今天夜里你就得去见阎王！"

他又摸了摸宝来伸向前面的手，如冰一般凉，意识到他的手已冻伤，忙抓雪为他搓，见车老板也气喘吁吁地赶过来，语气缓和道："叔帮帮忙儿，用雪搓他的脚！"

车老板不敢怠慢，为宝来脱下鞋搓脚。搓了一阵，子昂让车老板将仍在醉睡的宝来搭到自己背上，然后一气背下了山，放到马车上。

往回赶的时候，子昂又给车老板一百元。车老板拒绝道："你给的不少了！"

子昂说："你还帮我救人了！"

车老板说："救人还不应该？不说嘛，救人一命，胜造七级浮屠。"

他还是将钱塞到车老板手中道："拿着吧，就冲你这话给的过。"同时心里在想，"这七级浮屠是与我无关了，我本想借天杀他的，又来救他是为了不让母亲难过，而这一杀一救算什么他不知道，但他为自己能坦然地面对母亲而心安。

车老板问："他是你啥人？"

他说："亲戚。"

车老板又问："你咋找得这么准？有人给你送信儿啦？"

他只应了声，看着还在沉睡的宝来想心事。他为不知宝来日后到底能祸害到什么程度而不安。但他仍不肯把婉娇她们中的任何一人送给他，也只能在钱财上多舍一些免灾了。

第 077 章

马车到了闵氏客栈前，子昂将宝来背进韩殿臣退的房间内。见子昂背进一个人来，闵掌柜忙上前搭把手问："这又是谁呀？"

子昂说："我家亲戚。"

可将宝来放倒在炕上，闵老板用马灯一照，不禁惊讶道："是他呀！"

子昂一怔问："你认识？"闵掌柜愤慨地盯着沉睡的宝来欲言又止。

子昂忙问道："咋回事儿？"

闵掌柜说："爷们，我看你和你老丈人都是正路人，那我就和你说了，要不我良心老是不安。"接着说："这小子也不是个好东西！他是收山货的，有时收了货在这儿住一宿。这趟街老尹家有个傻丫头，都叫她傻丫儿，就是让他给祸害的。"

子昂吃了一惊。闵老板又说："前年秋个儿，他来这儿住店，来时就黑天了，我就让他住院儿里的屋。第二天早起，我看傻丫儿从他房里出来，把我吓一跳。我就进屋去瞧，一看他还睡着呢，炕梢堆了不少好吃的。我就寻思，准是傻丫儿自个儿进他屋偷东西吃。这傻丫儿就好可哪溜达，不饿不回家，有时不知从哪儿弄点吃的，天晚了都不想回家。可我哪想到，那天她在他房里过的夜。开始我也没在意，等他退了房，我看他睡的褥子上有摊血！哎哟，我这脑袋就大了，这不造孽吗！"

子昂问："傻丫儿多大？"

闵老板说："今年十七，前年才十五呗！"接着又说："你可别怪我，这我就不能放他走了，我得和他说道说道；我不能老这么昧良心。"

子昂怒不可遏，一跃上了炕，一边抽宝来的嘴巴，一边骂道："你真该死！"宝来被抽得有了反应，但只是扭下头，闭着眼睛道："别动，我的！"不知是梦话还是醉话，然后继续睡。

闵老板之前见过子昂发狠，那个糟蹋自己养女的韩殿臣好歹没被他打死在这屋里，这时他又担心起这个糟蹋傻丫的人被他打死在炕上，忙又上前拉子昂道："你可别打死他呀！"

子昂止住手，又踹宝来一脚道："太可恶！坏事让他做绝了！"然后下炕又问闵掌柜道："那后来呢？"

闵老板叹口气道："别提了！去年傻丫生个男孩儿，瞅着还看不出有啥毛病。可我这心里过不去呀！事儿是在我们家出的，这要让她家人知道了还能饶了我？"

子昂问："那她家还不知傻丫儿被谁糟蹋的？"

闵老板说："我不说他们上哪知道去？"

子昂又问："那傻丫不能说呀？她傻成啥样儿？"

闵老板说："就会笑，没见她哭过。孩子长得不砢碜，可惜了，得上这么个病！"

子昂说："那你该说也得说呀，就这么让他没事儿人似的？"

闵老板说："不是我不想说，我哪知道他和老米头还沾着亲，说了我上哪找他去？他造了孽就再没来过，这你把他弄来了，我猜准是天意！等他醒了，我必须朝他要个说法儿。我倒不想治他个死罪儿，你哪怕偷着帮人家把日子过好点也成啊。你看傻丫儿家那日子过的，一年得有仨月揭不开锅，要不傻丫儿哪能可哪捡吃的？孩子是有点傻，那也是娘身上掉下的肉啊！可她家哪顾得上她？顾不上她不说，这还多出张嘴。她要在家，有她娘喝儿呼着，孩子还能吃口奶，可她不老着家儿，就是可哪逛，瞅谁就知笑，谁给啥都吃，弄个小崽儿就得家里人养着。就她那家，小米汤能供上就不错了。就她家那两个半劳力，光忙乎几张嘴都费劲巴拉的，哪有工夫还顾个吃奶的孩子！你要说不养，那好歹也是条命不是！要是个正常人生的孩子，也就让人抱养了，咋说也是个带把儿的。你说一个傻丫头生的孩子，谁担保以后不落下啥毛病？咳，一条小命儿落在这种人家，那还有好？这下好了，孩子亲爹找着了，我看他咋说。傻丫儿在我这儿出事后，我光给她家送米就有几十斤了，没办法，我是在赎罪呀！不瞒你说，我年轻那会儿，和你一样儿，不敢说侠肝义胆，那也是想狠就敢狠的手儿！你问你老丈人就知道。"

子昂感觉闵掌柜的是在吓唬他，并不介意，说："我明白你的意思。这事儿您不说我不知道，既然知道了我就得管，还要管好！"

闵掌柜钦佩地点下头道："那成。"接着又问道："那他和老米头到底是啥亲戚？"

他随口道："我的一个连桥儿。"

闵掌柜惊讶道："那他也是老米头的姑爷？"

他后悔说出宝来和自己是连襟，左右他已经和米家断了那层关系，忙又说："以前是，现在不是了！"

闵掌柜说："那就好办了。"

他不知闵掌柜到底什么打算，又毕竟母亲交代他要帮宝来，这时倒又为宝来着想起来，说道："事儿已经出了，咱就鸟么悄儿地把事儿平了。"闵掌柜点点头。

子昂回到家里，家人正等他回来一起吃晚饭，也都知道他匆忙截辆马车朝西面奔去，正都不安地唠着。这时格格夫人说："香荷看你忙三火四地上辆马车，啥事儿呀？"

他笑笑说："没啥事儿，买东西忘给钱了，又回去找那个人，找着了。"

子昂妈说："小本买卖都不容易，咱可别占那小便宜。"然后一边吃饭一边唠着往年元宵节有趣的事。

格格夫人还夸子昂那些结拜哥哥，说往年一到正月十五，包万全就让凤仙把戏班子扯一拨过来扭秧歌，是全镇一年最热闹的一天。还说日本人来后的头个正月十五没人扭秧歌，可第二年又和从前一样了，自然是说林海、万全这时已经和日本人成了朋友。

子昂心知肚明，并不愿守着米秋成谈论和日本人交往的事，就转了话题，说他正忙着开买卖的事，又询问油坊、磨坊该怎么开。米秋成、周传孝都懂一些，便教子昂如何开油坊和磨坊。但一听说是要开电动的油坊、磨坊，两个当爹的也说不好了，但都支持他，唠得欢欢喜喜。

睡觉的时候，子昂将宝来的事说给了香荷。香荷只是生气地骂一句"不要脸"，然后默默地躺下先睡了。

第二天，宝来醒过来见自己躺在闵氏客栈的屋炕上，右手指全都肿起来，觉得钻心地疼，却不知发生了什么事。

闵掌柜见他醒来，并不回答他的疑问，叫来自己的儿子、女婿，反问宝来如何了结他糟蹋傻丫的事。

宝来大惊，先矢口否认，但见闵掌柜要去找傻丫和家人来对质，又见闵掌柜的儿子、女婿正虎视眈眈地盯着自己，感到不妙，这才承认他曾破过傻丫的身子，但努力推卸责任，说傻丫自己进他被窝的。

原来，宝来前年秋在龙凤林区内收山货，因运山货的马车都在闵家客栈前聚集，他就让送山货的人家将他订的货运到客栈，次日一早方便装车，他也住在了客栈。凌晨，他有泡尿想排，便起来出去解手。在他对着一堆柴垛解手时，早起的傻丫过来对他傻笑。此时他身下正晨勃，虽知眼前的姑娘弱智，还是起了歹意，一边提裤子，一边说他屋里有好吃的。

傻丫毫不提防，随他进了他住的屋。一进屋，他就插了门闩，然后让傻丫躺在他的被窝内吃他头晚剩的肘子。傻丫只顾吃，并不在意他的下流，直到她身下被弄疼才开始挣脱，但已被他牢牢地扣在身下。

这时，宝来已不顾手被冻伤，跪在炕上求饶。闵掌柜说："你别求了，待会儿还有个人来，等他来了再说。"

他更觉不妙，想抽身逃离，但被闵掌柜的儿子、女婿打倒在地，并用绳子将他绑在一把椅子上。

闵家人终于等来了子昂。宝来一见是子昂，不禁傻愣在那里。子昂气愤道："你真坏透腔儿了！我问你，世上还有啥坏事儿你没干过？"

宝来似乎明白了一切，怒视着子昂道："周子昂，你坏我！"

子昂说："屁话，是你自个儿坏的自个儿。我把你从山上救下来，你想让我把你送哪去？送回家让老爷子出出气？我真不知道你还有这事儿，可闵大爷知道，我把你一背来他就认出你来了，怎么成了我坏你？你要这么说，这事儿我还不管了呢，他们愿把你咋的就咋的！"说完转身要走。

宝来显然已想不起山上的事了，这时也顾不上问，忙恳求道："子昂我错怪你了，你别走，你得救我，就你能救我。看在我把你爹妈找回来的份儿上，你救救我。"

子昂止步转回身问道："那傻丫儿谁救？她给你生的儿子谁救？"

宝来哭丧道："子昂，你啥意思呀？事儿都这样了，你让我咋办？"

子昂说："你不想再娶一房吗，傻丫儿可是为你生了儿子的，你就娶她吧。"

宝来想恼却不敢，苦笑道："你不舍得那几个娘们就算了，也不能开这种玩笑。"

子昂顿时恼怒道："开玩笑？咋的？造完孽就啥都不管啦？"

宝来闭上眼说："子昂，你要不救我就算了，让我去死吧！"

见宝来死也不肯接受傻丫，子昂说："既然你不肯还这笔孽债，就凭我妈还感激你，这件事儿我替你挡一下。但有一点，以后别再来了，我三姐不想再见你了。以后我有空去牡丹江看你，不论给你多少钱都不要乱花了，别逛窑子，别抽大烟，也别老惦记我身边的人，我身边那些都是苦命人，谁都不能跟着你。"

宝来一脸沮丧道："给我解开绳子，我要回家。"

子昂问："那我说的你都同意？"

宝来不耐烦道："我不同意你干吗？行啦行啦，赶紧给我解绳子！"子昂说："你暂时还不能走。"

宝来急了，又不安地问道："你还想干啥？"

子昂说："你得假装认下亲，不然我没法替你挡。你要不同意也可以，那闵大爷就去傻丫儿家把事儿捅破，一切都由你和傻丫儿家的人交涉，我什么都不管了。你要同意，就让闵大爷去找傻丫儿家的大人，来了就搭你一面儿，你就说你愿意娶傻丫儿，然后你就走你的，后面的事儿都由我来办。"

宝来愣了一阵终于说："那咱可说好了，我不能真娶她，我按你说的做，完了我和她啥关系都没有。"

子昂点头应下，又对闵掌柜说："你去和傻丫儿她家人说吧，说这面多给彩礼。"

闵掌柜应后出去了。子昂这才为宝来解了绳索，但闵掌柜的儿子、姑爷还在一旁看守着。

不到一袋烟工夫，闵掌柜领着一对面相朴实的中年男女进来，看年纪，和子昂的父母差不多。中年男女穿的上下都是补丁，一看便知家庭条件很差。中年男女一见子昂便愣住了，问闵掌柜道："你说的是谁？"

闵掌柜忙将坐在炕上的宝来介绍给中年男女道："是他，他想娶你闺女，你看中不？"显然，这对男女便是傻丫的父母。

傻丫父母都两手互插在袖口内，对着宝来打量。傻丫父亲惊讶道："我见过你，你也是收山货的吧！"

傻丫母亲也疑惑道："你咋想娶俺家傻闺女？"

不想宝来反应很快，说："我媳妇跟人跑了，我想娶个傻媳妇儿，傻媳妇没人惦记。"

傻丫母亲笑道："俺闺女是傻点儿，要是有吃的，也不可哪乱跑，还能帮着干些活儿呢！"

闵掌柜看出傻丫父母很满意，便说："那就这么定了吧，回头就把彩礼送过去。"又介绍子昂道："他是你家姑爷的亲戚，有事儿跟他说就行。"

傻丫的父母也认识子昂，忙点头鞠躬道："真好啊，做梦也没想到能攀上趁钱的亲戚！"

子昂说："我是他表弟，这事儿都我来张罗。今天是十五，我表哥得先回家团圆，彩礼的事儿，我这头儿就能办。"

闵掌柜对傻丫父母说："那你俩就先回吧，这事儿差不了，他要变卦，彩礼咱一分也不退！"傻丫父母又谢过子昂，喜滋滋地走了。

宝来这时隐隐记起他昨天和子昂酒后进过一片山林，却不知去那里做什么，这时便问子昂。子昂见他已不记得进山的事了，就又唬他道："你不要去见见我的贵人吗，可你一进山就躺下不走了。我弄不动你，就去找人帮我，再回去就找不着你了，找到快天黑了才把你找着，就把你弄这儿来了。"

宝来却愤愤道："你又胡说八道呢，我都躺下不走了，你还找不着我？你小子不知又使啥鬼主意！你看我手冻的！行，你耍我我认了，可我告诉你，我这手要烂掉了，我可和你没完，不信你就等着，我也豁出去了。"

子昂也不敢保证宝来的手会不会烂掉，感到麻烦倒大了，但他坚持道："事儿就是这么回事儿，我不领你去你不干，领你去了又惹一屁股臊。行了，我也认了，你的手真要废了，我养你一辈子咋样？"

见子昂不安，闵掌柜说："也未必像你们想得那么坏，就是他这手肯定得留下冻伤。这样，我给他拿瓶樱桃泡的酒带回去，没事儿就抹抹。春天樱桃熟了再搁酒泡些，抹一年就能好利索。"宝来这才不再怨子昂，发誓以后再也不喝酒了。

子昂回到家，见香荷、津梅正忙着准备过十五的饭菜，便跟着一起忙。津梅认为子昂是心疼香荷，便让他带香荷回屋休息。

回到自家屋，子昂将在闵家的事说给她听，并解释道："这事儿要声张出去，肯定对咱家不好，左右闵掌柜不想放过这事儿，咱就鸟么悄儿地帮帮傻丫儿家。闵掌柜也说了，事儿已经出了，只要咱这头让他良心过得去，他什么都不说。"

香荷说："傻丫儿也怪可怜的，帮帮她行。这事儿就别和咱家人说了，爹要知道了，还不气个好歹的。"

他点下头道："这事儿就咱俩知道，待会儿我就把钱送过去，这事儿就算了了。"随后又说村妮要明日请他俩过去吃饭，她也答应了。

傍中午时，子昂揣上二百银圆和五百绵羊票又去了闵家客栈，然后随闵掌柜去了傻丫家，自闵家客栈向东不足百米。

傻丫家确实很寒酸，三间破草房已经向后倾斜，正用几根木头斜顶着。年还没过完，灶房里却看不到可吃的东西露在外面，左右屋里除了土炕和几套破被褥，各只有一张四腿顶一面的方桌，方桌上的油灯都是用破碗、棉条做成的，碗内的灯油也少得可怜。

傻丫的家人不少，除了她父母，还有爷爷、奶奶、哥哥、弟弟和傻丫生的男孩。傻丫的哥哥二十左右岁，弟弟也有十二三岁，看着都很憨厚朴实。傻丫生的男孩并不傻，虽然脏兮兮的，但很结实也很顽皮，已经一岁多了，名叫天来，显然是家人不知孩子的父亲是谁。现在可以肯定，孩子就是宝来的，父子俩的名中都有个"来"字，似乎是天怨。

子昂没有见到傻丫，家人说她又去逛街了，兴许一会儿就回来，也可能很晚才回来。

傻丫父母忙前忙后地为子昂倒水、端瓜子，碗和碟子都有破齿，显然没有更好的碗碟了。子昂将钱放在炕上，说是傻丫的彩礼。傻丫的家人一见这些钱，顿时都慌了手脚，不知说什么好。子昂说："收好吧，把家好好弄一弄，儿子也该娶媳妇儿了。以后有什么困难就跟我说，既然是亲戚，咱们就都往好里过。"一家老少都感激不已，几乎要为他跪下。

子昂要走的时候，傻丫被弟弟找回来。没等进屋来，就听她嚷着问："哪呢俺男人？"进屋一见子昂，眼睛顿时一亮，随即害羞地笑，两手捂住冻红的脸，通过指缝看子昂。

傻丫中等身材，不胖不瘦，身穿破旧棉衣，头扎绿围巾，若不带些傻气，还真是个很标致的姑娘。

傻丫的奶奶笑道："这傻丫头，啥都明白。他不是你男人，你男人回牡丹江了，过阵就来娶你。"

傻丫盯着子昂傻笑，对奶奶说："他好，他是俺男人。"

子昂怜悯地看着她说："我是你哥哥。"

傻丫一愣，指着一旁憨笑的哥哥说："他是俺哥。"

傻丫的母亲忙说："傻丫头，这个哥好。你看，给你送来这些钱，到时给你做新衣裳做新鞋，还买好吃的。"

傻丫这才发现钱，扑过去，都捧在手里，看看钱，又看着子昂问："我的？"

子昂点下头。傻丫捧着钱跑出去，她爹忙去追赶，接着听到傻丫在外屋哭喊道："俺不！给我的！"

子昂忙出去，见父女俩正在灶房内互相夺着钱，一些银圆已经散在地上，便劝傻丫道："听话，给你爹，让你爹给你攒着，你要买啥就管你爹要。"

傻丫哭道："他不给！"

子昂说："他不给，哥给你要。"她不哭了，又看着他傻笑。

他帮着把钱拾起，交给傻丫的爹说："我回去了，今儿是十五，家里等我呢。你们也好好过个节，家里人都做套新衣裳，妹妹喜欢吃啥就给她买，别让她可哪乱跑了。"

傻丫的爹连连点头答应，并一再道谢。屋里人也都出来了，傻丫妈抱着小天来也对子昂和闵掌柜连连致谢。

晚间，天又下起大雪，家家门前的灯笼又亮起来，又应了正月十五雪打灯。

伴着稀稀拉拉的鞭炮声，一支由万全、凤仙组织的秧歌队也沿街吹打起来，踩高跷、耍旱船、猪八戒背媳妇等表演，引来许多大人孩子围观，还有不拿枪的日本兵，操着日本话连说带笑。中国百姓已经不把日本人看得恐怖了，但也不去理他们。

听说街上有日本兵，米秋成不让家里人出去看秧歌，就在家里下棋、打纸牌，仍比米家住年的正月十五热闹得多。

村妮家里就不这样了，只是一同吃了好吃的便熄灯睡了，都盼着第二天子昂带着香荷来。

玉莲和丽娜倒是想出去看秧歌和花灯，但子昂一再交代不让她们出院，便由村妮看得紧紧的。

第二天正月十六，子昂对格格夫人说，村妮家邀请香荷过去吃饭，庆贺香荷有喜。子昂妈借机说她干闺女请客，她也去凑个热闹。米秋成和格格夫人都不好反对，子昂便带着母亲和媳妇去了村妮家。

村妮家又和过年似的，玉莲带丽娜在一片洁白的院里堆雪人，村妮带着芸香在热气腾腾的灶房里忙饭菜，婉娇、若玉、亚娃、顺姬、芳子都没事，坐在大屋炕上互相学着汉语、日语、朝鲜语，若玉、亚娃还能说些俄国语，都显得十分轻松。

见子昂带着母亲和媳妇来，大家更是高兴。子昂妈和香荷也想帮下手，村妮说有她和芸香忙就够了，便先换母亲进屋上炕，又对香荷说："你怀着喜呢，也炕上歇着。"又让亚娃从被垛上取一棉被让香荷倚靠在炕头处。玉莲和丽娜也不堆雪人了，嬉笑着跟着上了炕，问香荷什么时候生下小弟弟。子昂看着眼前的一切，感到无比欣慰和喜悦。

第 078 章

就在大家期盼香荷能生下儿子的时候，津梅发觉自己也怀孕了，毕竟已是三个孩子的母亲了，自上次来过红事就再没来过，而且她现在和香荷一样，闻到荤腥就恶心。

她确定这个孩子是李春山的，因为她清楚地记得，张宝来嫖娼的事情暴露时，她最近的一次红事刚过去，说明在这之前她还没有孕情，而且张宝来被米秋成打跑后，她就再没见过他，只是红事过后，那夜尤其想房事，又恰巧梦中恋人李春山年前来送大米后独自在中间房内过夜，便在凌晨不顾一切地与梦中恋人圆了多年的梦。

开始她对这次怀孕感到不安，是怕自己和大姐夫私通的事情败露。但随即她又想到，她与李春山合欢那日凌晨，距离她与张宝来分开也不过几日，况且除了她以外，没人知道她的红事是哪天到来哪天过去。如果有人问起这孩子是谁的，就说是张宝来在她上次回娘家的头夜留下的，估摸没人能算得那么精确。其实她更清楚，张宝来那阵只顾逛窑子，根本就没和她有过房事，只是担心张宝来留意此事。

随即她又释然了，她想起她上次回娘家的头一夜，张宝来又是醉醉醺醺地回到家，见她和孩子都睡了，就自己睡在炕梢处。她想，如果有人怀疑她肚子里的孩子，她就说张宝来那夜在醉中和她办了房事，姑且张宝来肯定记不清，即便记清了也说不清，左右他俩现在已经不是夫妻了。

这样想过后，她坦然地将她可能也怀孕的事情告诉了母亲。格格夫人先是一愣，随后掀起津梅的衣服看肚子。津梅心里明白，忙偷着用气挺肚子。

格格夫人只是用眼看着说："这也有四五个月了，你咋才觉出来？"

津梅一脸无奈道："一天忙忙乎乎的，哪顾得上这些。"随即拉下衣服。她很想生下李春山的孩子，但为证明肚子里的孩子是张宝来的，她又装出不情愿的样子道："我不想要这个孩子，我和张宝来已经不是两口子了。"

格格夫人立刻训斥道："丹青、丹红、洪生不还得管他叫爹呢，你都不要了？错都是大人的错，孩子有啥错？你想造孽啊？"

津梅焦虑道："那我也不能把孩子生在娘家啊！"

格格夫人也忧虑地拍下腿道："这可咋整？"

津梅则借机道："子昂不是要在山里盖房子吗，让他给俺娘们也盖一套，到时我就去山里生。"

格格夫人为难道："你这不难为子昂吗！人家要在那开生意，你跑去生孩子，这让外人知道了，孩子到底谁的也说不清了。"

津梅并没反驳，怎么说子昂也是无辜的，自然能理直气壮地说明白，只要这事不扯到李春山就好，便不屑一顾道："爱谁谁的，反正不能把孩子生在娘家。再说子昂做生意也需要不少帮手，咱家也得有人在那儿盯着不是？"

格格夫人拿不定主意，叹口气道："你先好好养着，走一步看一步吧。"

津梅没再纠缠，暗中庆幸肚里的孩子算是名正言顺了。

山林和大地又绿起来了，冰封雪盖了一冬的大河又开始向东奔流，裹了一冬棉衣的人们也渐渐换上了单装。

这时，子昂要用的砖瓦已在山神庙附近卸了很多，足够盖起几套房子的。但按子昂的长远打算，这连一半的量也不够。他要在藏宝所在地的废墟上建一座山庄，届时就起名叫"龙封关山庄"。

他无法将日本人从龙凤驱赶走，也不想和他们走在一起，甚至在结拜哥哥们面前仍觉得自己是一个孤独的外来者，以后他就打着经商的幌子，建一个可供他和他亲近的人的安居的世外桃源。除了自己带回的女人们，爹妈和津梅母女三人也都随他住进"世外桃源"。他也希望村妮一家和他们一起过着清静又丰衣足食的日子。以后他还要替何耀宗照顾好老母亲，替懿莹照顾好家人，自然也都将是"世外桃源"的居民。

但他没想过让岳父母也搬进山庄，因为米秋成不会放弃他辛苦经营的家业，他也不想让他和婉娇、若玉等人一起相处，他也只能奔走于乱世与桃源之间，一面和香荷守在米家，一面在山庄开他的油坊和磨坊。

很多人到山神庙进香时见到了一垛垛的青砖和红砖，有人从卸车人的嘴里得知，这些砖就是那个建山神庙和除夕夜为孩子们发钱的米家上门女婿预备的，至于还要盖什么庙却不知道。林海、万全、山鹰等人也都见到了砖垛，都猜是子昂准备建造油坊、磨坊用的，但具体在哪建也不知道。

那日，文普又召集兄弟在龙凤阁聚宴。万全一见子昂便问道："我看山神庙那儿又堆不少砖，是你让人卸的？你想在那儿盖房子？"

子昂暂不想说出他要建房的具体位置，怕说出后都好心地来帮忙，容易把他不想露的东西露出来。他要把那些财宝安顿好后再告诉他们。他相信格格夫人说的话，拜的兄弟再好也不如自家人亲，便说："不是，我得先把砖瓦备出来。听说日本人要在北河套盖营房，他们让管老板把所有砖瓦都运到北河套去。管老板没有本钱，就偷着先给我运。我是先把砖瓦藏在那儿，免得用时日本人捣乱。"接着又问："日本人能不能去我放砖那儿？"

万全说："田中太久可哪转，他也看见那些砖了。我跟他说了，你要开油坊。他没说他们用砖的事，就说没事琢磨点发财道是好事儿，到时别把他忘了，他们军营的人也得吃豆油。你也别担心，到时人家花钱买。"

子昂舒口气，又说："我看这儿的日本人真都挺老实，和牡丹江的真不一样。"

万全说："这伙儿日本人干的事儿挺隐蔽，一唠这些，田中太久就遮遮掩掩，我也不好深问。我偷着瞄过一阵儿，他们对河北那头看得挺紧。要是好信儿，你半夜猫对面树林子里看，总有军车停在桥这头儿卸东西，啥东西看不清，我看都挺沉。我听他说他们要修石头桥，咱老大在西头搭的木头桥都给拆了，以后北山就不能打猎了。"

林海一脸无奈道："拆就拆吧，北山不让打，咱就去西山，他还能都给封了？"

子昂说："北山那么大都给封了，我猜他们在河北不仅仅是军营。"

庚寿说："听田中太久说，他们就是往沟里送些吃的穿的。"

万全说："说不准，也没法问。白天咱是能看到军车往沟里开，可车里装的啥咱不知道。现在有一点可以证明，河北那面挺重要，要不他们能这么规规矩矩地在那头儿待着？"

子昂这时心里想，不论日本人在北营做什么，肯定是对中国不利的，这跟前要有抗日军就好了，趁早干掉这伙日军，那肯定是会对中国有利。可一想到自己在抗日军时左一次右一次被日军打败，心里顿时又凉了，也无奈地叹口气道："他们干啥咱也管不了，咱就琢磨咋挣钱吧。二哥不说了吗，养副好身板儿，交几个好哥们儿，这就是一辈子。"

万全笑道："嗯，这话都愿听。"

铁头和他的把式班的人都想跟着子昂开油坊，这时便问子昂准备在哪开油坊。子昂说："还没定下来，我爹让我轻点嘚瑟，说找个肃静地儿，别太声张了。再肃静也就跟前儿。等我再去问问云济师傅。"他并没和云济道士说过此事，只是想暂不让哥哥们介入此事。

林海、万全还真想帮子昂出些主意，见子昂只信那个道士，话也坚决，便不好多言，毕竟要做的生意是周家的，道士看这种事也有独到之处，便只能祝子昂的生意早日开张。

转眼进了谷雨时节，各家的田地又开始耕种。子昂已将种地的活都雇了工，打算这时就组织人在山里盖房子，但母亲也在这时有个心愿要完成。

就在正月初三那天，子昂妈从村妮家回来后，总担心格格夫人因她进了米家供堂有想法，便借着心情好了一些，一再惋惜龙凤附近连个佛家庙宇也没有。

津竹借此话题提起哈尔滨的极乐寺，还说她这几年一到四月初八佛祖释迦牟尼生日就去逛庙会、吃斋饭。子昂妈更是羡慕道："要也能去庙会，俺就好好拜拜佛祖和菩萨，保佑俺家子君在哪都平平安安的，最好俺们能早点团聚。"

为了满足子昂妈的心愿，津竹就约子昂四月初八前带大家去她家和天娇家玩，顺便都去极乐寺逛庙会。子昂妈和格格夫人都积极响应，说要去就四月初五早晨从龙凤启程。

米秋成本不想介入，但津竹、天娇都希望爹妈能去自己家住几日，说："咱家地里的活都雇出去了，待着也是待着，没事就出去散散心。再说四月初八离芒种还有半个多月呢，你们去住几天就回来了。"米秋成这才答应下来，四月初五启程的事也定了下来。

因要带家人去哈尔滨的极乐寺，子昂只好将盖房子的时间往后延。这时他又挂念起婉娇、芸香她们，真想连她们也带去哈尔滨拜拜佛祖和菩萨，可这显然会让米秋成反感，香荷心里也未必高兴。

启程前一天，他又去了村妮家，说他要出趟远门，得几日后才能回来，让她们好好照顾自己，白天千万不要出屋，等他把山里的房子盖好了，就都去他的世外桃源过舒心日子，又给村妮留了钱。

婉娇以为他要去牡丹江，问道："这回能把平儿带过来吧？"

他更加愧疚道："我这次去哈尔滨，接平儿的事再等等。姐夫说他自个儿带平儿来，我怕我走这几天他真过来。也别担心他找不到，这头我都安排好了。如果不来，就等我回来的，过一阵我肯定去牡丹江。"

婉娇有些失望，但一笑道："那你先忙你的，他们过后再说。"他更觉得对不住她，但一切都要等他把山庄的房子盖起来再说。

四月初五这日天刚亮，子昂事先约定的两辆棚马车就停在了米家门外，随后，每个马车上加赶车的四个人，子昂跟父亲、岳父亲坐一车，香荷跟母亲和婆婆坐一车。原计划津梅和她的两个女儿也跟着去，但津梅执意在家里守着米铺，又说这么远的路，带着两个孩子不够操心的。格格夫人原想他们走后让津菊过来守着家和米铺，听津梅这一说，并没多想就由了她的意思。

子昂这时最敏感，猜想津梅是不想放过与春山幽会的好机会，春山也知道他们四月初五就去哈尔滨，估摸他这时候一定会来送米。

这时，子昂西装革履，更显出他的英俊和潇洒。香荷身穿斜襟大红袄和墨绿色长裙，脚穿白袜和一双拉带绣花鞋。她的发型也变得新颖，远不是平常妇女的鬃鬏了，长发的一半被精巧地高盘在脑后，一半垂帘般地搭在她的颈后和后背，额前用一绺头发编成半环状的细辫，如同嵌在额上的精美装饰，还有一只箔金凤凰镶在盘起的发髻旁，给人以高雅、淑美又轻松的感觉，衬得她俊秀白净的面容，更加光彩夺目。这是子昂精心为她设计的。父母、岳父母和津梅开始看了都惊讶，但越看越觉得别致的美，就让香荷以后就梳这样的发型。津梅也想梳这样的头，但又不好意思让子昂亲手为她梳头。

坐上棚马车之前，格格夫人嘱咐赶车的道："时候赶趟，别赶太急了，我闺女有身子了。"那赶车的便牵马走过坑洼道才坐到马车的棚前。就这样，两辆马车不紧不慢地出了龙凤，至石河火车站又等了近半个时辰，乘上由牡丹江开往哈尔滨的客车。

车厢内的旅客也对子昂、香荷投来惊奇的目光。也有敢说话的，夸他俩是天上一对，地上一双，双方父母听着心里都欣慰。香荷很不习惯陌生人看她，便将脸冲着窗外，感觉累了，就将脸贴在子昂的背上睡觉。

列车开进哈尔滨站时，太阳已在西边的天上映出一片霞光。站台上有很多接站的人，其中还有穿着军装的日本人。

翰林和俊章也在接站的人群中，见到子昂他们，高兴地过来搀扶两个小脚女人，一边寒暄，一边随着人群出了火车站，又叫了四辆人力车，先去翰林和津竹的家，距火车站有四五里路，是一片平房中的一户。

津竹的家里有电灯，左右屋子都比较宽敞，每条炕上都能睡七八人。天娇也在津竹家等候爹妈和妹妹、妹夫，已和津竹做好了丰盛的饭菜。

这时大家见了面，如过年似的围坐在一张大炕桌前，一边吃喝，一边唠着火车上的所见所闻，多是子昂和香荷如何引人关注。津竹和天娇也喜欢香荷的新发型，夸子昂拿媳妇为重，也会打扮媳妇等等，夸得子昂和香荷都很难为情。

吃完饭他们又借着电灯唠到很晚，最后津竹催促道："坐了一天的火车，都别睡太晚，明天天娇的公公、婆婆要请大伙撮一顿，去洋饭店吃西餐。"格格夫人嘴上说破费，心里还是很高兴，然后男人们睡一炕，女人和孩子睡一炕。

第二天吃过早饭，他们又去了俊章和天娇的家，与津竹家隔着一条街，不到二百米，是一套有院落的三间房，房内的格局和津竹家的差不多。

俊章的父母也过来了，都五十开外，城市人打扮。亲家相会，彼此亲热，接着又都夸起子昂和香荷，还说香荷的发型好，这样就不至于把孪生姐妹看混了。但天娇听了有些不是心思，还不停地欣赏着妹妹的新发型。唠到傍晌午，他们又坐人力车去了一家西式餐厅。

子昂也是头次吃西餐，通过俊章学会了怎么用刀叉吃饭。钱没少花，米秋成饭后见俊章的父母回了自家，就说没有中国饭好吃，没吃饱。

俊章不安道："爹是不习惯，看爹还想吃点啥？"

米秋成突然问道："有狗不理包子吗？"

俊章又为难道："狗不理包子好像就天津有，哈尔滨还真没听谁说过有。"

格格夫人责怪道："瞅你要的那玩意儿，你当是回你老家了？哈尔滨也是关外，离天津还老远呢！"

子昂忙打圆场道："爹您别着急，等下回的，咱再去趟天津，我也一直想回趟北平。"

格格夫人又说："咱现在可是满洲国的人了，要是回关里，他们是不得当咱是外国人？"

米秋成立刻反驳道："看把你美的，还外国人！我也没看你哪块儿外了。"

格格夫人笑着打一把老伴道："你个老东西！不和我抬杠你难受是不？"大家都笑。

津竹也宽慰父亲道："爹出回门儿，就想吃顿老家的饭；没事儿，咱想吃就能吃到。爹就想吃狗不理包子，咱回家自己个儿包。"

米秋成怀疑道："你行吗？"

津竹撇嘴道："还行吗，瞧不起人是不？我听人讲过狗不理包子。都说包子有肉不在褶儿上，可狗不理包子就褶儿多，出锅的包子个儿不大，就像一朵菊花儿，咬一口还一包汤儿，对吧爹？"

米秋成笑道："说的是那回事儿，你得咬出一包汤儿来！"

津竹胸有成竹道："爹那咱这就回俺家，四闺女包了您尝尝。"

格格夫人说："别费那事了，回去还得现发面，等这包汤儿流到口儿里头，还不得等到后夜儿去？"

津竹说："面都发好了，想晚上蒸馒头，这咱就不蒸馒头了，包狗不理包子。"大家都笑，便又回到津竹家，

津竹一进家就开始忙，让翰林剁肉剁葱花，她开始揉面，其他人都让待在屋里炕上休息、唠嗑。翰林在对面屋里也以怀疑口吻问津竹："你真会包狗不理包子？"

她用力揉着面说："俺老家就是天津的，不会包还不会问？我问过，就是没包过，今个儿就试试。"

他挖苦道："把你能的，你可别演砸了。"

她不悦道："我又不是没包过包子，哪次你少撑了？"

他反问道："那你哪次包过狗不理？是都好吃，也没见过一包汤儿的。"

她笑道："狗不理包子咋出一包汤儿我也不知道，可我有办法。咱不刚熬一盆猪皮冻吗？行啦，你愿吃也不给你那么吃了，待会儿你把冻子也都剁碎了，完了跟肉馅儿和到一块儿包；放到锅里一蒸，我就不信它不出一包汤儿！"

翰林笑道："你可真能琢磨。"

她哄道："哄爹高兴。"翰林点下头，剁肉的速度也加快了。

头锅包子一出锅就急忙让大家吃。米秋成咬了一口还真是一包汤儿，而且感觉肉嫩味香，笑道："嘿，行啊四闺女，还真有狗不理的样儿！"大家哄地笑起来。

米秋成被笑得缓过味来，又忙解释道："我说的是包子，这你们也笑。"

天娇笑着问道："爹，为啥管包子叫狗不理？"

米秋成来了兴致道："狗不理包子可有年头了，没我那前儿就有了。开始这包子不叫狗不理，可做狗不理包子这人，小名叫狗子。狗子做的包子好吃，就都抢着买，把狗子忙得跟头把式的，谁都不理了，就把他做的包子叫狗不理；那可出名儿了！也有不知为吗叫这个名儿的，还当是卖包子的骂不买他包子的呢，就赶紧去买，你不理人家不就成狗了吗！这一理不要紧，还就吃上瘾了！听说袁世凯就好狗不理这一口。那会儿还买回几个让西太后也尝尝，这一尝不要紧，嘿，也吃上瘾了！"大家这才明白狗不理包子的来历，都有说有笑地吃着津竹的包子。

子昂吃着也感到口味好，说："我没吃过狗不理包子，可我吃四姐包的包子真好吃。刚才听四姐夫说，四姐也没吃过狗不理包子，是她自己琢磨出来的，那今天的包子就不能算是狗不理包子，我觉得该给四姐包的包子另起个名儿。"

俊章对子昂说："我看你就好起个名儿，那还是你起吧。"

子昂忙说："我不行，上次给咱家供堂起名儿，就是随口一说的，这给包子起名就得二位姐夫来了，起好了咱家也开个包子铺，没准比狗子还火呢！"又对翰林说："四姐夫会评论，您给起一个。"

翰林笑着想了想，又问米秋成道："爹，你四闺女包的包子香不？"

米秋成边吃边点头道："香，咬头也不赖。"

翰林又对米秋成说："爹，津竹看你馋这口儿了，想着法儿地让您解馋，你四闺女孝顺不？"

米秋成又点道："孝顺，你们都孝顺。"

翰林笑道："这就妥，那包子名儿有了。咱家喝酒已经有女儿红了，那这包子就叫女儿香。"

津竹笑道："挺好，俺们姐妹不能光香荷一人香，俺们也得吃香。"又搂着母亲问："是不，妈？"显然在说母亲偏向香荷。

格格夫人说："你们都孝顺，都吃香。"说着咯咯笑，又看一眼子昂妈，担心她一看到她们母女亲热会又想起自己的女儿。

　　子昂父母虽然话不多，但心里一直很愉悦。这时又说起女儿香，子昂妈真就又羡慕起亲家母，忍不住又为女儿下落不明感到心痛。

　　格格夫人忙又安慰道："后天就四月初八，咱去庙里好好拜拜，保佑咱闺女平平安安的。"子昂妈勉强地笑道："是得好好拜拜，我就盼着那天哪。今个儿也高兴，咱都随意唠，别老担心我。"大家便又继续说说笑笑地吃着女儿香。

　　四月初八这天早晨，翰林一并叫了五辆人力车，先安排岳父母和子昂父母各乘一辆，又吩咐子昂和香荷乘一辆，津竹和天娇带着孩子乘一辆，他和俊章乘一辆，告诉车夫都去极乐寺。

　　车夫们都跑出汗来才到极乐寺门前。这里看不到日本兵，但可以看到穿着和服和木屐的日本人，男男女女，不知他们的真实身份是什么，彼此间也互不干扰，仿佛天下太平了一般。

　　极乐寺内，香客如潮，香烟缭绕，仿佛是另一个世界。翰林买来八捆香，将大家带至院内一鼎被众香客紧围的大香炉前，除了孩子，分给每人一捆，和其他香客一样，将香点着，对着大雄宝殿拜了拜，求什么事只装在心里，然后将香插在香炉内。

　　米秋成却做不来这些，将香塞给格格夫人说："你拜就成。"格格夫人见周围都是很虔诚的人，想怨也不好开口，便将两捆香合在一起。

　　进过香后，翰林又带大家朝大雄宝殿方向去，从殿里传出的咏唱声和乐器声越来越清晰，浑厚深沉且悠扬，是在咏唱释迦牟尼的圣号，让人感到一种莫名的神圣，心也随之而震颤。

　　大雄宝殿内，雄伟高大的金身释迦牟尼像前，众僧数十名，除一些伴奏的乐师，其余都席地合目而坐，一边悠然地齐声咏唱佛祖，一边一掌竖于胸前，一手捻着佛珠。虔诚的信徒将大殿站满，很多信徒也在闭目合掌咏唱，整个殿内充满着神圣和玄奥。

　　子昂妈听着众僧吟唱，仿佛是天外神韵，想着自己失踪的女儿，一种莫名其妙的委屈和感动油然而生，不禁也闭目合掌，泪水涟涟。

　　子昂见有人往功德箱内投钱，想起他得了意外之财才有今天的风光，忙从怀里掏出一沓钞票塞入功德箱内，立刻引起一位方丈的注意，恭敬地到了他身前，躬身合掌道："阿弥陀佛，不知老衲能为施主做些什么？"

　　子昂本没多想，听和尚这一问，想起母亲总为家附近没有佛庙而惋惜，便鞠一躬问道："我从远道来，想请教师傅，有心拜佛，可家跟前没有佛庙怎么拜？"

　　方丈又合掌施礼道："阿弥陀佛。佛说：若以声音求我，以形象见我，是人行邪道，不得见如来。故而，心中有佛，你就是佛。"说着又合掌对子昂鞠躬道："阿弥陀佛。"

　　子昂心中一震，顿时想起云济道人对他说过"当下无道，你就是道"的话，却不知与今日"心中有佛，你就是佛"有何不同，又有何关联。

　　这时翰林过来，说大家都去拜观音菩萨，叫子昂也过去。子昂忙对方丈鞠一躬道："多谢师傅。"

　　方丈回礼道："阿弥陀佛。"

　　翰林问子昂与方丈说什么，子昂说："家那头连个寺庙也没有，我妈也想自己供个佛堂，我问他建佛堂有啥说道没，可他和我说，心中有佛，你就是佛。我觉得挺玄的，也没敢再问。"

　　翰林笑道："他不是看你长得跟唐僧似的，想劝你西天取经去？"

子昂知他是说笑话，摇下头道："他说的我能理解。"

翰林说："你可别说你看破红尘了，那香荷儿咋办？"

他心中不悦道："胡说啥呢！"翰林只是笑笑，引他一同去拜观音。

一同拜过观音后，又到了要吃午饭的时间，津竹领着大家去庙中灶房的大院内吃斋饭。排队领斋饭的人很多，每人可领两个馒头一碗素菜。

米秋成见菜中清淡，不屑道："这有吗吃的？"周传孝也说还不饿。

格格夫人说："这就是晌午饭，不吃你们就饿着。"

翰林说："待会儿咱去醉仙楼撮一顿，昨个儿我就定好桌儿了。"

子昂见许多香客在吃斋饭，就也排了一份。那打饭的尼姑竟给他三个馒头一大碗菜，他接过来，吃着倒是别有一番滋味，也勾起他的食欲，三个馒头一碗菜很快就吃净了。

翰林果真在离他家不远处的醉仙楼安排了宴席，定在一个雅间内。子昂虽然和女人们已在庙里吃饱了，但翰林、俊章都想陪米秋成、周传孝喝两盅，便也跟着喝起酒。

子昂妈的心情又好了许多，开心地和大家唠着极乐寺里的所见所闻。俊章这时却提出吃完饭要带大家去索菲亚教堂看洋和尚。

子昂妈刚在极乐寺求过事，这又要去洋和尚那里，怕佛祖、菩萨怨她三心二意。米秋成在极乐寺内也没怎么拜，对洋和尚就更不感兴趣了，脸又一板道："看他们做吗？闲的？洋鬼子不来打咱们，洋神仙也不来，八国联军把咱们祸害得稀里哗啦的，这洋神仙也都跟来了！指他们保佑咱？得了吧，就是打一巴掌给个甜枣儿吃，我不得意他们来这儿充大尾巴狼！"

格格夫人逛庙会有些疲惫，也不想去，但觉得洋神仙也是神仙，不得意也犯不着对人说些难听的，就接过话来道："我就记着洋和尚不得意咱中国女人裹脚，还是挺有正事儿的。"米秋成又反驳道："吗正事？女人裹脚，男人扎辫子，都是革命党不让的，他一帮洋和尚能管了这事儿？"

格格夫人又觉得下不来台，点着老伴道："你呀你呀，我这辈子算是遇上冤家了，我一说点嘛，你准顶得我一哏儿一哏儿的！"

周传孝笑道："都是说笑话，我还挺愿听你俩斗嘴玩儿的。"

格格夫人叹息道："没办法，这耳儿听那耳儿冒就算得了，和他生真气儿？没心没肺的，你生得起吗？"

俊章有些尴尬，但忙笑脸道："妈您别生气，洋教堂咱不去了，吃完饭都去俺家，咱还玩打牌赢钱的。"

天娇也对母亲说："你们在俺四姐家住两宿了，在俺家也住两宿呗！"

格格夫人又高兴了，说："中，女儿香，都得香，待会儿就去你家打牌，晚上就住你那儿了。"

一听说打牌，米秋成对翰林说："打牌你们打，给俺们弄副象棋，俺哥俩还得接着杀车马炮儿。"气氛顿时又缓和了。

第079章

第五天，子昂和家人返回龙凤。这时他见山神庙旁的砖瓦已够盖十几套房子了，忽然想起砌砖用的石灰和打房架、门窗用的木料及玻璃还没有。但他仍没去找哥哥们，又去让管垚想办法。

管垚得了子昂该给的钱，十分愿意做事。这次子昂又为他带来三根金条，除了让管垚购买石灰、木料、玻璃等物，还让管垚从外面找些瓦匠和往山里搬运砖瓦的力工。

管垚不解地问：“镇里不有的是人吗？”

子昂说：“用当地人不出活儿，我就想用外地的。你从外面找些手艺好、不耍滑的，工钱我多给。再有，这阵子真挺难为你，我的事儿你没少费心，日本人那儿你还得应付。”说着从马褂内掏出那三根金条，放到桌上说：“不知这个你喜欢不？”

管垚脱口道：“小黄鱼儿！”老板的女人一听凑过来道：“我看看。”抓在手里，乐得合不拢嘴。

要起房子前，子昂每天都早早赶到砖场，亲自带着十多个力工进山，将山神庙处的砖瓦一点点用麻袋背运到山里那片废墟处。活儿很累，但子昂价钱给的也高，在不损坏砖瓦的前提下，一块砖或三片瓦给一角钱。力工们一次最多能背二十几块砖或三十几片瓦，还得歇几次脚，来回一次得半个时辰，好在背一次便可挣两元多，再累也肯干。

被运到山里的砖瓦都码在距藏宝处二十几米远的空地上。子昂一直守在这里，将每个人背的砖瓦数都记在纸上。力工们倒出砖瓦后又去背下一趟，他就自己清理藏宝处的一圈地基。他不敢深掘，只是清出原来的基石，然后等瓦匠直接在上面垒砖。

中午，管垚按照子昂之前的安排，亲自带人往山坡处送了烧饼、咸鱼、咸菜等食品。天要黑时，每个力工都挣了几十元，虽都疲惫，却个个欢喜地出了山，回到砖场休息，次日准时再来。

子昂没有和力工们一同出山，待他们都离去，便趁天色未黑，也一趟趟地搬起砖来，将砖堆在下面藏宝的半截土炕上，直到那个窑口更不易被人发现为止。

夜里，他难以入睡，又不能与香荷真办房事。想着白天有那么多外人靠近藏宝地点，心里一直慌得厉害，担心那个窑口被人发现。好不容易睡着了，却梦见力工们发现了那批财宝，正在哄抢。他奋力阻拦，大声喊道：“别动，这是我的！”可是没人理他，财宝被洗劫一空，他急得醒来，心里更加不安，天刚亮他就又上山了，见自己做的标记都没有变样才舒口气。

一连背了三天，砖瓦已够盖两三套房子的了，便又一袋一袋地背石灰。子昂一直不敢离开藏宝处。第四天，力工们继续背着砖瓦，管垚找的瓦匠、木匠也进了山。

大家都对子昂在这偏僻的山沟里盖房子感到匪夷所思。听到有人议论，他和大家解释道：“我要在这儿开工厂，要盖的房子都是厂房，还得能住人。”然后吩咐他们按他已清好的基槽垒砖，又说：“这个屋是安装机器的，不用打中间墙，赶着晴天抓紧砌墙，里面啥都先不用管。”瓦匠们便按照他清出的地槽起墙，木匠们则开始打制门窗套和房架。

一个小工要动垛在半截土炕上的砖，好像知道那下面藏着财宝似的。子昂的心一下悬到嗓眼处，忙上前阻止道：“这些砖别用，我是备着装机器用的，用砖上那头搬！”

小工匠只是想省些搬砖的力气，见子昂不让动这些堆在跟前的砖，很不高兴道：“这干活儿多碍事！"

子昂顿时有种不祥的感觉，脸一沉道："我看你碍事儿！嫌碍事别干！滚！"他真想赶这伙人走，就是房子不盖了，也不能让他们发现砖下的秘密。

一个老工匠忙过来打圆场道："不碍事不碍事。"又对同伙们说："咱听东家的，东家说咋干就咋干，东家着急，咱也都抓紧点，先都搬砖去！"大家便都去搬砖，然后站在外围和灰、砌砖，直到四墙垒起准备搭架子起高时，子昂这才感到轻松些。

子昂继续为大家提供午饭。有人提出晌午想喝两口，让顺便捎点酒上来。子昂着急抢进度，怕他们喝了酒耽误干活，便说："今天你们把这房子给我盖起来，晚间我给你们拿钱去吃馆子。"立刻又觉得不妥，龙凤的馆子只有龙凤阁，他们去那里吃容易被文普知道他在这里盖房子，忙又开口道："吃馆子不如在你们砖厂吃，晚间喝多了回砖厂不方便。这样，你们得意吃啥，我去买了送到砖厂去。"

这时有人说："俺们出来是挣钱的，东家舍得买东西，不如给俺们加点钱，回家能养老婆孩儿。"

这也合了子昂的意，立刻答应道："那就给你们加一天工钱。"工匠们都高兴。

但工头还是为难道："今儿黑前也就能把四框码起来，上梁铺瓦咋也的明儿个了。"

子昂不好强求，叹息道："那就按你说的，四框码起来工钱照加。"大家便加紧进度。

到天黑前，瓦匠们在钱窖上垒起矩形框，宽六米，长八米，除了前墙上准备安装门窗外，四面墙的砖都砌到四米多高。房内本来是个内外间的两间房，这时只有那半截破土炕，显得有些旷，真如厂房一般。木匠们早早就打好了门窗套及窗格子，这时已经砌入门窗口内，就差上梁、铺瓦、安玻璃了。

都要下山时，子昂对炕下藏的财宝更不放心了。此前这里是废墟，一直没人注意，如今这里突然堆起大量砖瓦，又盖起房子，一旦有人来，必会好奇地进入房子，到时财宝能不能暴露很难说，自己当初不就是无意间发现的吗？

工头拿了子昂多赏的工钱，欢欢喜喜地回砖厂了。子昂在空荡的房框内又守了一阵才下山，心里还是不放心。

到了家，家人都等他吃晚饭。他一连几天都是早出晚归，却只有香荷知道他在山里盖房子，别人只知道他正雇人搬运砖瓦。

吃饭间，都问他选好盖油坊的地址没有，他只说正在选，边吃边唠其他的事。米秋成唠起白天刚听来的事，说："日本人在河北造营房，从外地拉来两汽车劳工，有的头上还包着伤。听说都是从山里抓的抗日军，"接着又说牡丹江在搞"新度量衡法"，实行尺斤法和米突法，但具体怎么个搞法他也说不明白，也不知会不会推行到山里，对自家的粮食店有没有影响。

子昂不放心山里，盼着早点吃完饭就返回山里守夜，但眼下他还要故作镇静，对米秋成说："等我把油坊、磨坊开起来，咱家粮食店就别开了。"

米秋成立刻眼一横道："这一大家人靠它撑到现在，说不开就不开了？你有生意做，俺们闲着做吗？"

子昂边吃边笑道："享清福呗。"

格格夫人也笑道："那得把你爹闲出毛病来！"

米秋成说："不是闲不闲的事儿，子昂开油坊，家里也能帮上忙；出了油就拿家来卖，要不谁还去山里买豆油？"子昂笑道："在家能卖多点？等出了油，买卖得做到外头去。我大姐夫和我五哥都要跟我干，他们路子都挺广，牡丹江、宁安、延寿、汪清都有朋友。"

子昂妈说："那可得一把一搂儿的，别东西撒手了，钱要不回来。没听你爹学过，你姑奶家种了好几垧棉花，都一招儿让朋友买了，说是先赊账，谁承想这是个损朋友，卖了钱就跑了，你姑奶一家连租子都交不上，就得卖了房子闯关东。"

子昂说："俺们定的就是一把一搂。"

周传孝说："你手太大，我就怕你死要面子搂不住！"

格格夫人说："可不，子昂太大方，他那些哥哥是都不错，可咋说也是家外的人，以后手得紧着点，钱再多也有花了的时候，也不知你到底捡了多些？"

津梅在一旁恍然道："噢，真这样！我就猜子昂是……"忽见大家都惊讶地看她，忙止住嘴。

米秋成横了一眼格格夫人，子昂的爹妈和香荷也都不安地面面相觑。格格夫人话已出口，想收也收不回来了，就对津梅说："别和人乱讲，子昂亏不了你。"

津梅意识到这里就她是外人，不免有些伤感。但一想到子昂确实没有亏过她们姐妹，尤其她家得的多，不然宝来哪会得意忘形，也难怪大家当她是外人。她与春山有了肌肤之亲后，她更感激子昂帮她保守秘密，下步子昂还要帮她建个属于她自己的家，心中又涌起沁心的甜蜜，就对母亲说："看你说的，我脑子还没让虫子嗑呢！我要胡嘞嘞，那不坑俺老妹儿吗！"又笑着在香荷脸上摸下道："俺托俺老妹儿的福！"眼睛还媚气地瞄一下子昂。子昂不禁又想起她和春山到一起的事，倒为他俩的快乐而快乐。

吃过饭，子昂带香荷回到自家屋，说他晚间要去山里住，不要让别人知道。她也担心他藏的钱被人发现，同时还担心他一人在山里过夜会遇到野兽。他说他不怕，又玩笑地说起他曾打死熊的事，然后找来一张鹿皮褥子、一盏马灯和一些吃的东西，趁大家都已睡下，借着月光返回山里。说是不怕，一路上听到奇异动静也让他心惊肉跳的，总算到了山里的新房子。

深夜的大山很静，但远处传来狼嗥声。子昂还是有些恐惧，但一想到窖里的那些财宝将被稳妥地保护起来就又兴奋不已，胆子也随之壮了许多。

他先用马灯照着检查了土炕，见那些标记无异，又舒口气。他已经一冬天没有见到那些也让他魂牵梦绕的财宝了，真想立刻再进入窖内。但随即又想到房子还没有盖好，此后几日都会人多眼杂，便竭力地克制着心中的激动，心想等房子盖好后，他在里面把门一插，随便他在下面怎样喜欢。

他准备睡觉，便先将那扇还没有装上的门挡在门口。就在这时，他发现门口处正亮着几处绿光，忙提起马灯照去，见是几只狼正朝这里瞄，顿时头皮又一炸。那些狼见到灯光在剧烈地晃动，顿时都逃了去。

他不知那些狼逃出多远，想起白天买了许多准备上房梁时用的鞭炮，忙点燃一挂，已不顾噼噼啪啪的炸响用手拎着，到门口后又将继续炸响的鞭炮扔出门外。

鞭炮声在寂静的山林间回荡。借着月光，他看见一群狼正逃进北面的山林。他怕狼再回来，忙从外面又往屋里搬砖，将门口和窗口都堵上半截。这时他又想起狼在夜里怕光，忙将白天木匠用剩的废料收进屋，在门口处点起一堆篝火。

他这时还有些后怕，这里果真有野兽，去年他还曾在这儿赤裸上身睡过觉，随后又稀里糊涂地掉进林海的陷阱。他猜想这里不是狼常来的地方，必是白天这里吃东西的气味把狼引来了。

刚才受到惊吓，这时他已经没了困意，一直在篝火前守到天亮。又怕工匠们知道他昨晚回家后又来看房子，就将从家里拿来的东西都藏到他开始埋银圆的北树林内。

工匠们又来干活了，见他是在方框内过的夜，只是好奇地问一句。他谎言道："这几天我也挺乏，昨天你们走后，我寻思靠那儿歇一会儿，结果就睡着了，醒来都快半夜了，就没敢自个儿出山。"

谁都没有怀疑，都当乐子一笑了之，然后继续干活，午饭前就上了房梁、房檩和椽子，随即扎了红布，放了鞭炮，又铺了房瓦。

吃过午饭，他们又将门窗安装齐全。门上可以上锁了，窗户格子也都镶了玻璃，子昂一直悬着的心终于落了下来，坦然地让工匠们去盖另一套房，说剩下的房子都盖成大三间，对面屋，中间有灶房，火炕、炉灶、烟囱等应有尽有。

夜幕又降下来，子昂还是自己守在山上。好在门窗都已经安装上，他不怕狼再来，吃了一些白天剩的东西后，躺在鹿皮褥子上想以后的事。

这些日子，他心里最放不下的就是婉娇，他都不敢和她见面了。他要等着再盖起几套房后，先把她领过来，如实把何家的真相说出，任凭她在这里伤心地哭闹，他也可放心大胆地保护她、安慰她，保证她渡过这一关，继而好好地活下去。

工匠们又接连盖起三处三间房后，子昂不想再用这伙人了，主要是怕他们对他开始不让碰的砖下产生怀疑，就对那个工头说："我现在钱花得太多了，如果把房子都盖起来，买机器的钱就不够了。我还是先把买卖开起来，等挣了钱再盖那些。你们要一招干下来也可以，就是工钱得先欠段时间，你看行吗？"

工头自然不愿工钱被欠着，忙说："那您先把俺们干完的工钱结了吧，家里都等着钱用呢。"子昂便按着事先定的价钱给结了账，这伙人便自动地离去了。

工匠们撤走后，山庄又恢复了平静。子昂心里又踏实许多，先清了土炕上的砖和泥土，露出那个又封了一冬的窖口。

再次见到他所牵挂的宝贝，他浑身的血液又奔涌起来。当再看到那些女人用的各种首饰时，他立刻选出一些他觉得贵重的项链、手镯，是准备送给婉娇、芸香和顺姬、芳子、亚娃、若玉她们的。从她们一被接来，他就想来为她们选些首饰过年戴，只是天寒地冻、大雪封山，他不敢随便来接触这些财宝。

从窖内出来后，他开始修复土炕，也不管炕内烟道怎么走，将外形垒成完整的炕，又在整个炕面上抹了一层沙泥，看上去就是一面完整的土炕。

趁着山庄清静，他要先将婉娇单独带来，让她亲眼见到他的财富，为她照亮更加美好的未来，然后再把何耀宗和平儿不幸的消息告诉她，相信她面对未来的美好，一定会坚强地活下去。

出了山，他直奔村妮家，先悄悄对芸香说："我今天就把真相告诉她，但不能在这儿说。"

随后他又当着众人对婉娇说："我山上有点活儿，你去帮我弄弄？"

婉娇这阵除了挂念平儿，白日里和村妮、若玉等人说笑间还算愉悦，见到子昂时眼神里又不禁流露出温暖的情意。毕竟她和子昂有过一夜激情，随着心情一天天好起来，她也越来越渴望能和子昂单独在一起，只是一想起他已经有了娇美的媳妇便感到不安，再一想起自己被囚在妓院里的那一段便感到羞愧。这时见他要带她一人进山，她隐隐感到曾有的快乐时刻又要来临。

走在茂密的山林间，婉娇有些恐慌，但也为这时没有外人看见她和心爱的人在一起而激动。想着他俩那一夜的激情，她情不自禁地挽着他的一只胳膊，如同靠在自己丈夫的肩上。

他已多日没能和香荷真正房事了，这时见婉娇与他夫妻久别重逢一般，不禁惬意得浑身热血沸腾起来，满脑子里只有她秀美的胴体和他俩那一夜激情了，身下也胀得不能自如行走，猛地将她搂在怀里狂吻道："天天都想你。"

她也情不自禁了，虽然还很顾忌香荷，但也憎恨米家将她们驱逐出来，便迎合着他，又进了一片草丛内重温那夜激情。

山庄内只有小溪的流淌声，四幢新盖起的房子都静静地立在那儿。他拉着她的手，直接到了那幢让他担心的房子前，见无异样，忙开锁进了门，又将门插上。她在他身后娇声道："歇歇吧，刚才累了。"

他却神秘道："我再给你个惊喜。"说着抄起一把铁铲，铲去炕面上那处还湿润的沙泥，揭去砖，露出窖口。

她吃惊地问道："咋在炕上挖个洞？"

他得意地笑道："待会儿咱下去你就知道了。"她脸上又透出好奇和期盼。

到了下面，他用马灯照在一箱箱金银财宝上。她立刻惊叫道"哎妈呀，这都是你的？"

他疼爱地看着她说："也都是你的，你想用就用，我不心疼。我说过，我要让你过上最好的好日子。"

她激动得不知说什么好了，忘情地扑在他身上。他紧紧地搂着她说："这里我谁都没领来过，你也别跟别人说。"

她狐疑地看着他问："香荷儿呢？"

他摇头道："没有，真没有。"

她又诧异地问："我真比你媳妇儿还亲？"

他感慨道："你是我的恩人，也是给我快乐的第一人。"

她却叹口气道："也不知那会儿是帮了你，还是害了你。刚才又对不住你了。"

他疼爱地搂着她说："别这么说，我很感激你，感激你给过我的一切。"

她忧郁道："我现在还不如那会儿呢，刚才我哭是让你感动的。"

他安慰道："咱不想那些不愉快的事，我要让你重新活，在我心里，你和香荷一样，都是最好的。"

她又担心地问："你不怕她生气？"

他坦然道："也怕，可我舍不得你，我真不知该咋办好。开始你和我说过，等我娶了媳妇，就把你也带着，可现在还不能公开，你别生气。"

她撒娇道："那你就金屋藏娇吧。"

他眼一亮笑道："我就把你藏在这个金屋里？"

她也笑道："行啊，你把平儿和丽娜也藏进来。"说完急着去看各个钱箱，而他的心又不安了，不知一会儿把平儿死的消息告诉她会怎样。

她异常激动，又发现还有金条、金砖等财宝，又惊喜道："还有金条哪！"又在他怀里撒起娇道："俺以后就跟着你了，就怕你嫌俺。"

他又疼爱地搂着她说："不嫌，永远不嫌。我就怕你有个闪失。"

她感觉他有些反常，看着他问："我愿让你藏着，还能有啥闪失？"

他仍不忍心将平儿死的消息告诉她，但他清楚，她是不会放下平儿的，他决定趁她欢喜之际，一会儿上去就把真相告诉她。

出窖后，他先忙着将扒开的炕面重新铺好抹上，然后又将翡翠镯和金镯分别套在她双手和双脚上。

她笑问道："你干啥呀？"

他蹲着身，一边往她脚腕上套着金镯一边玩笑道："都给你套上，不能让你跑了。"

她又搂着他撒娇道："俺才不跑呢！"

他也紧紧地搂着她，在后背上抚摸着说："不跑就好，你一定要好好的。"

她愈加感到他反常，不安地问道："你咋的了？"

他又一阵纠结后终于说道："老何上吊了，就吊在他头个媳妇上吊的梁上。"

她一激灵直起身，惊恐地盯着他问："那平儿呢？"

他忙扶住她说："我真不想告诉你，可总不让你见平儿，你迟早会知道的，平儿让近藤四郎推到墙上，也死了。"

他顿时感到她身子软软地往下堆，便一把将她抱住叫道："娇儿！娇儿！都好几个月的事了，那会儿你还关在那里呢。前阵儿你心情不好，我就一直不敢和你说，就怕你再出点啥事儿。娇儿，你一定要挺住，想哭你就哭，痛痛快快地哭。"

她在他怀里绝望地哭喊着平儿，哭得他的心也要碎了。

由着她哭了一阵，他安慰道："你还有丽娜，以后就我来照顾你娘俩，咱好日子都在后头呢！"她只是伤心地哭喊平儿。

午间，他俩都没吃东西。她哭累了，睡了一会儿，醒来又哭，一直到天黑，嗓子已经哭得沙哑，那双迷人的眼睛也红肿了。他想把她送回村妮家，然后到家和香荷见下面，再回来看守这间房子，但看她像摊泥似的躺在那儿，实在不忍心折腾她，也不放心将她自己留在山里，主要是怕她孤单一人没人看着哄着，容易会做出想不开的事，便决定陪她在这里过夜。

虽然已经入夏，夜里的山林间还是很凉，他和她合盖一床被，并紧紧地搂着她，就像丈夫搂着爱妻一般。她的情绪稳定许多，更加对他依赖，睡不睡都紧紧地贴在他怀里，他不时地亲吻、抚摸她，努力使她化解悲痛。

他本不敢入睡，但不知何时还是睡着了。梦里，香荷见他和婉娇睡在一个被窝内很不高兴，但一句话也不说。他忙解释道："她孩子死了，你可怜可怜她！"

香荷愤然离去。他正要去追，感觉有人在拉他，猛地醒来，见屋外的晨光射进来，怀里还搂着让他担心的婉娇，这才想起他俩之前在山里快活过，又在新房内过的夜。

她已经醒了，一双红肿的眼睛在看他。她坐起来，声音沙哑道："难为你了，谢谢你对我这片心。你回去吧，是不想媳妇了？"

他想起自己刚刚做的梦，准是又说梦话了，却说道："没有，我就担心你。"

她苦笑一下道："刚才你做梦喊她了。你在梦里都怕我死，真谢谢你。"说着又扎他怀里哭。

他难为情道："我老说梦话真不好。你也别难过了？"

她又哭了一会儿说："你对我这么好，再难过，也不想对不住你。"

听她这样说，他心里踏实许多，又安慰道："芸香和平儿都是好样的，没给你丢脸。以后你和丽娜就在这儿安家，还有芸香她们，都能过上好日子。"

说到芸香，他又想起何耀宗写给他的遗书，就从身上取出遗书道："这是老何活着时写给我的。"

她接过遗书看了看说："我认那几个字儿，还都是老何带教不教的，这么多字，我哪能看懂，你念给我听吧。"他便将遗书念了一遍。

她听着听着又哭起来，他停顿了几次才将遗书念完。她又扑到他怀里说："下辈子做牛做马也不做女人了。"

他安慰道："别这么说，这个世界里，女人是最美丽的，珍惜做女人，世界也会美丽。就像你在我面前，还有香荷、芸香、芳子、顺姬她们，我真的感到了这个世界的神奇和美丽，就是这个世界太脏了，现在就连我也是脏的。"

她不安道："是我把你弄脏的。"

他忙解释道："我不是那个意思。你听我说，女人脏不脏，都是男人心里想的。其实这世上男人最霸道、最肮脏，女人本来都纯洁，脏了都是无奈。女人如花儿，可美如花儿的东西谁不稀罕？谁不想占为己有？最后就看谁更霸道。要不说红颜薄命，女人越美，就越容易招来强霸。你爱美，我也爱美，你强，我比你更强，可受欺凌的就是你们这些美人。"

她叹息道："我就这命了。香子是我买回来的，咋说她还是个黄花闺女，要是行，就让她给你做个小儿的吧，你对她也没少用心思。"

他有些沮丧道："要能多娶，我就把你娶了。你现在这样，我更不忍心让你孤单；不能真娶你，我也是你的男人，我总觉得你就是我头个媳妇。我承认我对香子动过心思，她长得太像你了。但现在实在没办法，只能帮她选个好人家。"又哄她开心道："我真是先让你迷上的。那会儿我还没成亲，你要是没有男人，我就求你嫁给我，我不嫌你比我大，也不嫌你别的。你要不说让我先娶个姑娘，那次我就带你一块儿逃了。但那会儿要是带着你逃，我也不能发现这些财宝，所以我也挺感激香荷儿。"

她竟挖苦道："你就是天生的花心人，好看的女人你都稀罕。你也是真稀罕香荷儿，我想烦你都没法儿，你挺花心，也挺有良心，我都这样了，你还这么真心疼我，真舍不得你。香荷儿挺好的，没想到你能娶这么俊的媳妇，我现在挺对不住她的。她爹对俺们那样，也不算错，你也别怨他了。"忽然又担心道："你老说梦话，别把咱俩的事儿说出来。"

他却故作不屑道："真要说出来也没办法。顺其自然吧，反正到啥时我都不能丢下你不管。"

她又感动地将脸贴在他胸前哭道："真的舍不得你。"

他紧搂着她哽咽道："我也舍不得你，你千万别离开我。"

她不想让她为自己担心，直起身道："你是不怕我寻短见？你和香子要一开始告诉我真相，我真活不起了，现在我没事儿，就是舍不得你，以后我就为你活着。你说你想画我的身子，你不嫌我脏，你想咋的都行。"

他激动道："我永远都不会嫌你，你在我心里永远是最美的，我一定为你画一幅最美的人体画。"随后商量道："那咱回去吧，你都三顿饭没吃了，这也没啥吃的。"

她终于一笑道："我就不回去了，就在这儿帮你看房子。你相信我，我不贪财。"

他忙说："我没那么想你，要不我也不能带你到那下面。"

她点头道："我信。我想好了，下半辈子就帮你做事儿。"

他丝毫不担心她对他的财宝有威胁，只是担心她的心情还没完全恢复，一人待在这山里想不开，做出令他后悔莫及的事，坦诚道："我真不担心钱，就是担心你，你可千万别想不开。"

她擦去眼泪说："我没事儿，我还想跟你过好日子呢，你那老些钱也花不了，我还想帮你花花呢。"说着冲他一笑。

他又亲吻她那双红肿的眼睛说："别再哭了，看肿的。"

她抚摸着他的脸说："别担心我，先回去看看香荷儿吧，女人怀孕都想让自己男人陪着，你多陪陪她。我舍不得你，也对不住她，你对她好点，我心里还好受点。"

见她情绪稳定，他才离开山庄。可刚拐过那处山弯，他的心又慌起来，就觉得她是不怕干扰他和香荷的生活，也为芸香的将来考虑，哄着自己离开后便去寻短见，慌忙又朝回飞跑，像头牛似的闯进屋，见她躺在那儿才舒口气。

她先是被吓一跳，得知他还是怕她寻短见，感动得又扑他怀里哭道："你是真舍不得我死，我也真的舍不得你。"立刻又止住哭道："你放心，我一定好好活着，我以后就是你的，就为你活着。"他这才放心地离开。

❖ 第 080 章 ❖

香荷昨晚是由母亲陪着过的夜。为保自己孕期不伤胎气，她忠实地遵从母训，坚持暂禁房事，也是她不堪子昂夜里纠缠不休，便也希望他近期多在山里过夜。子昂昨天在山里过夜并没引起她的猜疑，还当他真的在配合她保胎。

子昂自然不敢说出他昨夜单独和婉娇住在山里，只说这么早回来是趁着街上人少，将婉娇她们都送进山里，这样他不在山里也不用担心有生人进入，那些财宝就更不容易被人发现了。

这倒让香荷感到不安了。尽管从看了何耀宗的遗书后开始对子昂带来的美女们顾虑重重，但她毕竟还希望子昂能多在家里陪她，如果不让这些无家可归的美女们进山，子昂就得白天黑夜都守在山里。而让这些美女们进山，她又不放心子昂的性欲旺、胆子大、说谎的本事也不含糊。她很纠结，也实在不知所措，好在进山的不是芸香一人，日后在山里的人还会更多，子昂也可能不敢由着性子胡来。

见香荷默许婉娇等人进山，子昂惬意地与她亲昵。他每日清晨都有晨勃，婉娇若不正在悲痛中，下山前他定与她再激情一番。眼下香荷坚持保胎禁房事，他虽然失望焦灼，也为昨日与婉娇重温旧梦感到愉悦和窃喜，便只是对她一番亲吻，又掀起她的衣服，贴着开始隆起的白嫩肚皮听胎动。这时他还在想，香荷的肚子正一天天地鼓起来，行动也越来越不方便，自己真不能天天将她撇在家里。他决定将看管财宝的事交给婉娇，心想她已经与娘家断绝了关系，与何家的人也不能往来，现在除了还不懂事的丽娜，自己便是她最亲的人。这样想着，他又不放心婉娇一人待在山里，便早饭也不在家吃就去了村妮家。

婉娇一夜未回让芸香感到不安。她相信子昂这次定会将平儿被害的消息告知婉娇，担心婉娇真的经受不住这一沉重打击，但她也做好了以后照顾丽娜的准备。这时听说婉娇已经挺过来，她倒显得很平静，好像之前什么都没想过。

子昂对婉娇一人待在山里的担心在加剧，好像再晚一步就再也见不到她了，便让芸香和若玉母女俩立刻也随他进山。随即，四个人各背一套被褥和一些食品进了山。

婉娇仍哀伤地躺在地铺上，听见子昂在门外叫她，一边擦去脸上的泪，一边起身去抽了门闩。子昂长舒口气，恨不能当着芸香、亚娃的面搂她、吻她。

婉娇见芸香和若玉母女被带来却不见丽娜，立刻不安地问道："丽娜呢？"

子昂猜她因已失去儿子，这时怕再失去女儿，忙解释道："丽娜和玉莲一块儿玩得挺开心，玉莲也舍不得她走，就让她多住一天。这回不骗你，你要不放心，我这就回去接她。"

她确实害怕再失去女儿，已经一天一夜没见着了，这时就想看着女儿在她身边，但又不忍心折腾子昂，叹息道："明天吧，千万把她带来，我想她。"说着又抹眼泪。

芸香是在来的路上听说何耀宗也死了，惊得一路也没缓过神来。想着何耀宗待她如亲生女儿，心里也很悲伤。这时又见婉娇哭得眼睛红肿，想她毕竟是自己的婆婆，虽然曾经挨过她的打骂，好歹她没短过自己的吃穿，不禁感激并心疼起她，忍不住哽咽起来。她的哽咽又勾起婉娇的丧子之痛，两人便抱在一起痛哭。

若玉和亚娃见婉娇、芸香伤心地哭，不知怎么劝，只是跟着流泪。子昂想立即回去把丽娜也带过来，但考虑芳子、顺姬也得接过来，怕白天人杂，便决定明天起早去接她们进山。

玉莲听说子昂已经在山里盖起四套砖瓦房子，这时见家中客人接连都去了山里，显得有些不安，央求道："大舅，我也去住新房子。"

子昂对村妮说："她愿去就去吧，那边人越来越多，都不是外人。"

村妮这几个月来每天忙着十口人的吃喝，家里倒也热热闹闹，可热闹的气氛骤然变得冷清，心里也觉得空落落的，泪盈盈道："死丫崽子，就好凑热闹。行，她是你外甥女儿，想带就带走吧。"

见村妮有些伤感，他安慰道："我马上接着盖房子，到时你和姐夫也搬过去，互相也有个照看。"

村妮笑道："我听弟弟的。"边说边准备明早带进山的东西。

第二天天刚亮，子昂就将顺姬、芳子、玉莲也带进山，随即安排了大家的住屋。藏有财宝的房子虽然有炕，但因没有炉灶和烟囱，所以不能点火烧炕做饭，便上了锁，钥匙交给婉娇把着。后盖的三套房则应有尽有，只要把炕烧干，再铺上席子，人便可在上面睡觉了，要是抹了墙糊了棚，那就是整整齐齐的住家了。

子昂决定安排父母和芸香住一套房，左间父母住，右间芸香一人住；母亲喜欢芸香的勤快，芸香也和母亲亲近，这样安排一定都满意。但父母得等香荷生下孩子后才能过来，到时连津梅母女三个也过来。

婉娇带着丽娜住一套，先可着左间收拾，如果村妮两口子近期过来，就暂时住右间，等房子盖了再分出来。

若玉、亚娃和芳子、顺姬住一套，母女俩住左间，芳子、顺姬住右间，也是等再盖了成套房子后单立门户。津梅带着两个女儿也算一家，至于今后她与春山怎么来往，他绝不去打扰。

还有要从牡丹江、乜河接来的，都是一家一套。小青带着孩子单算一家，如果景祥回，就劝说他圆了他俩曾经破碎的梦，毕竟孩子是他俩亲生的。

下一步，子昂将在龙凤找工匠继续盖房，这回还要盖真正的厂房。直到这时，他才将盖房子的事告诉林海、万全等哥哥们。哥哥们不知他在玩心计，只是埋怨他拿哥哥们见外，这么大的活也不招呼一声。

子昂笑道："我不能啥都麻烦你们，你们也都挺忙的。要真想帮我，大活儿都在后头呢！马上还要盖厂房、安机器，这些事儿就得靠哥哥们帮忙了。"大家倒觉得他很体谅人。

凤仙说："九弟，你要说现在安机器，我用不上两天就给你办到。"

子昂说："现在厂房还没盖起来。开始那些干活的都是管老板给张罗的，可钱不能光他们挣。再说他们离开家也有些日子了，家里都等着钱花，我就让他们回去了。剩下的砖瓦木匠活儿，我想在咱当地找人干。"

铁头说："我给你找，他们不敢黑咱钱，干不好咱还不给他钱。"

子昂说："该多钱多钱，活儿能说得过去就行，谁都不容易。那五哥这事就麻烦您了。等厂房盖好后把机器弄过来，用钱七哥就吱声。其他各位哥哥，就等买卖开起来后多费心了，多条销路多条财路。老弟还是那句话，挣钱大家花。大爹说的对，钱攒多了就有没钱花的，咱钱多了就大家花。"

万全说："大家花也不能满街扬去，总得有个亲戚里道儿的。"

林海一直沉默不语，这时也说："行啦，这些事儿咱就别操心了，生意是子昂的，他想咋办就咋办，咱就帮帮他就行。咱这个老弟，心眼儿可不少，咱都不行。"立刻又笑着补充道："但老弟心眼儿不坏。"

子昂听出林海话里有话，不知是怀疑他还是埋怨他，忙说："大哥，老弟年纪小，有些事儿可能想得欠妥，哪有不是的，哥哥们尽管说。"

林海一笑道："不说了，去看看你盖的房子。"便一起进了山。

子昂将哥哥们带到他的世外桃源。可一见子昂把房子建在这里，哥哥们都很惊讶。万全惊讶道："我的天，你咋选这地上盖房子？"

见大家都吃惊，子昂不解地问："这块儿咋了？我看这儿以前住过人家，还有山有水儿的，多清静，跟世外桃源似的。"

林海问道："你在这儿没遇着狼啊？"

子昂说："见过一次，可一放炮仗都吓跑了，这阵子没见着，就是夜里能听见狼叫唤，离这儿挺远的。"

万全也问道："那你没见过死人骨头啥的？"

子昂不禁头皮一炸。林海说："我不问你为啥喜欢这儿，可我跟你说实话，十多年前，这里到处是死人，就那么亮在外头没人管。后来这里又到处都是狼。"

子昂不安道："我看这原先是人家呀！"

林海说："是人家，但都是胡子。最先这里叫马架子，就是胡子窝儿，后来让东北军给端了，胡子死了没人管，又变成狼窝了。头些年，这里狼多得你数都数不过来。我们在别处也打狼，可这儿的狼都吃过死人肉，我们从不在这儿打。"

子昂听着有些毛骨悚然，想起米秋成说过东北军曾炮轰土匪窝，但只说那以后这儿的土匪就没有了，也没说炮轰具体在哪里，死了多少人，看来这些土匪都是死在这里了。但他无法改变了，毕竟他的那些财宝在这里，便装出坦然的样子道："我还真没看见这儿有死人骨头。"

万全说："死人真有过，当时遍地都是，我是亲眼见着的。当年这帮胡子邪乎着呢，有一百多号人，一人骑匹马，啥家伙都有，专门抢大户，连宁安、牡丹江的洋行都抢过。后来听说他们又劫了东北军的军饷，东北军就调来两个连的兵力把这儿围上了，用枪打了一天也没管用，还死了好几个东北军。这下他们更恼了，又调来炮兵把这给轰了。炮轰之前，我们警察所的人也给拉过来帮着堵。我们也想把这伙胡子干掉，可人少又没炮，根本惹不起他们。用炮轰完后，东北军从这儿拉走不少东西。我们也寻思进来捡点漏儿，他奶奶的，就剩死人、死马了，到处都是。死人俺们也没管，死马都拉回去卖肉了，便宜，两天就卖光了，我们就捞到这点好处。后来听说这里变成狼窝了，就再也没来过。不过我知道有个人可能来过。日本人来之前，有个要饭婆子去警察所打听马架子。我当时还纳闷儿，马架子就那帮胡子待过，她一个女人打听这儿干啥？一问才知道，她家是放牛沟的，在牡丹江那块儿。她男人就是胡子，那年从家走后就再没回去。以前她听她男人提过马架子，可不知在哪，就到处找，说找了好久才找到这儿。我跟她说了，马架子早让东北军给端窝儿了，她跟疯了似的，非要进山去找。我还跟她说，马架子早就没人住了，已经变成狼窝了，她还挺犟，偏要找到马架子，我也没再管她。后来再没见过她，没准儿让狼给掏了。这和咱没关系，开始我那么和她讲她也不听，那就是老天爷的事了。"

这时，林海见新盖的房子里已经有人住了，惊讶地问子昂道："人都住进来了？"

子昂不安道："我不知道这里以前是这样儿，我救回的那些人没地上住，就让她们过来了。千万别跟她们说这儿死过人，她们都胆儿小。"

林海生气地责怪道："你可真能作妖！你倒是先让俺们来看看哪！"

子昂心里想，要不是为了隐蔽那些财宝，我才不会在这儿盖房子。让你们先来，我的秘密也就全都暴露了。现在保护好财宝是主要的，咋的也得硬挺了，便说回头再去请教一下云济道人，然后领着大家看房子。

看了各套新房子，与这儿的女人们也都见了面，不唠新房子盖得如何，倒都为姿色诱人的女人们感到惊讶。

万全、凤仙更是看得目瞪口呆，看得婉娇、亚娃、芳子、顺姬、芸香都很不安，直到被林海上一手下一脚地提醒，他俩才缓过神来。林海脸色阴沉道："咱都回去吧。"说着先出了屋。

大家跟着出来，随林海朝回去的方向走。万全和凤仙在后面心花怒放地唠起屋里的美女如何娇美，哪个更美，甚至哪个部位迷人，有一些下流。林海一脸厌烦地回头看了他俩一眼，见他俩笑嘻嘻地唠得投入，便停住脚步，后面的人跟上来也都停下。

林海问子昂："你就准备在这儿开油坊了呗？"

子昂说："已经这样了，要不那些钱不白花了。"

林海叹口气道："真不知你咋想的，你主意可真正。行啦，这是你的事儿，咋整你自个儿定，俺们能帮就帮，不用俺们，俺们也不掺和。"子昂不知说什么好了。

铁头安慰子昂道："别怕别怕，这世上只有活人最可怕，别的你啥都甭在乎，只要能挣钱就行。"又对林海说："没事儿大哥，反正出了油都往外头送，不说谁知道？地上别扭点儿，可有一点好，肯定没人来偷，上这儿偷东西，还不累个好歹？要在人多地上干，九弟还得找人护场子。我看这儿挺好！"见空地上到处是砖垛，又问子昂道："你弄这些砖够盖个村子了，弄个油坊干啥用这老些砖？"

子昂说："已经弄来了，哪块儿能盖房子就都盖上，将来肯定用得着。"

山鹰笑道："不怪大哥说你心眼儿多，多得俺们都发蒙。"子昂更难为情了。

铁头挖苦山鹰道："你蒙了？那你肯定做不了大买卖。九弟要做大买卖，心眼儿不多哪行？"又对子昂说："你快点儿开张吧，我那帮弟兄都没心思出场子了。也不知他妈咋了，这阵回回开场子也拢不上多少人，一个个累得呼哧带喘的，去了白看热闹的，根本收不上几个钱儿，就等着和你一块儿干呢！"

凤仙问："你盖这么多房子，买机器的钱还够吗？"

子昂一下不知怎么说了，顿一下道："我爹让我随便弄，能够，别担心。等我把这头忙差不多的，你就把机器弄来。"

凤仙又说："那你把钱备好就行，等你这边都完事儿了，我就找人把机器给你运过来，那头也等着用钱。我和他们定好了，机器咱肯定要，到时一手钱一手货。"

铁头得意道："那就妥。别看这地上别扭点，到时这块儿可以点电灯。要说整个龙凤镇，老田家算是最大户，那也没用上电灯啊！到时候，就数这块儿亮！"

万全不屑道："日本人在北河套早就用上电灯了。"

铁头不满道："你尽给日本人长气！日本人有电灯还咋的？他亮他的，咱亮咱的。甭管咋说，龙凤这片儿就咱九弟敢和日本人比。你看那些砖，日本人盖营房咋的？那砖厂也得可着咱先来，这也叫章程！"

凤仙也为子昂鼓劲道："对，咱就和日本人比。前天我们去牡丹江唱堂会，听说日本人在大河口建发电所，咱用油发电，他们是用煤发电。"

铁头说："甭管用啥，都是发电，他发他的，咱发咱的，和他们比，咱就是有章程！"然后笑看子昂问道："是吧九弟？"

子昂点头笑道："这些砖还能盖不少房子，回头再给哥哥们一家盖一套。"他猜林海、万全等人一定忌讳这里，让一让，来了可帮他壮胆，不来也是他开始的想法。

林海果然拒绝道："快拉倒吧，我嫌瘆得慌。"忙又改口道："噢，油灯我用惯了，冷不丁用电灯，害怕晃眼睛。"大家都笑。

凤仙说："大哥不愿来那俺们来。"

林海斜看一眼凤仙道："我不是不让你们来，我想说，咱哥们儿有这份情义不容易，都好好珍惜着点。有时你心是好的，可偏偏事情弄得挺糟糕。我是说，哥们再亲，最好也别都往一块堆儿扎。住家过日子就这样，分开点吧，这心都往一块儿聚，可真要聚到一堆儿了，这心就容易往外分了。我就是分家分出来的，也不是处不到一块儿。你们记住，到了一块堆儿，没有舌头不碰牙的，还是远点儿香。有多少人家好好的，可说分就分了，你再看他们分家时都高兴吗？没有高兴的。哪个当老的愿把一帮儿子分得东一个西一个？不都想儿孙满堂地聚在一块儿吗？可有时候你不分还真就不行。本来就是一家人，啥应该？啥不应该？多了少了、你的我的，你分不明白，等你真要想分明白的时候，亲兄弟、亲姐妹的情分可就不明白了！有些事儿说起来容易，做起来就不是那么回事儿了。九弟有这份心，那是他的情义，咱得领。可咱们这份情义到底能多久？咋样儿才能长远了？让我说，咱别往一堆儿扎，可心要往一块堆儿聚，该帮的一定要帮，让子昂好好在这儿做生意，咱就别添乱了！"

凤仙忍不住道："咱过来也是帮九弟的忙儿，咋是添乱呢？"

林海冷眼看他道："我就怕你添乱。"

凤仙不服道："大哥真能说笑话儿，我能帮九弟不少忙，添乱不可能。"

林海眼睛一瞪吼道："我怕你惹祸！你还不明白？"

大家都被林海这一吼惊呆了，不知他发的哪股火。林海火气不减，又指点着凤仙道："你瞅你刚才那色样儿，没见过女人哪？她们是都长得仙女儿似的，我看着心里也舒服，可看一眼就行了呗，咋眼珠子都要进去了？你干啥呢？你还有点哥哥样儿吗？你在别处咋看我不管，刚才那几个是九弟冒险救出来的。九弟为啥冒这险，那都是帮过他、救过他的！没有她们帮，没有她们救，我们今天能有这个九弟吗？再想想九弟这一年多对咱这些哥哥都咋样儿，咱总不能日子比从前好过了，就啥都不在乎了！九弟是有钱，可有钱的人多了，给过你一吊钱花了？再有钱不如有份情义！"

这时万全也很不自在，苦笑道："大哥是骂着老七，敲着老二。我也觉着咱今天有点儿不像样儿，不过男人嘛，这也是身不由己的事儿，大哥骂也骂了，敲也敲了，道理也都讲得明白了，往后就都忍着点儿，别那么没出息，也给咱九弟争点脸面。"

林海态度缓下来说："老二，我今天和老七发火是有原因的，你问他我该不该骂他？"

万全一怔问凤仙："你惹啥祸啦？"

凤仙显然理亏，这时央求道："大哥，给七弟留点面子。"

林海说："来时我说不给你留面子了吗？可你看你刚才那一出，我这当老大的都没面子了，你还要啥面子？老七，要讲兄弟情义，你不差事儿，但咱们在盟誓中可不光是兄弟情义，还有家人、媳妇儿，对吧？你咋对你媳妇的？你要有能耐，就光明正大地娶二房、娶三房。城里大户人有娶十房的，那叫能耐！你这算啥呀？偷偷摸摸的，肚子大了，瞒不住了，弄得两头又哭又闹的！就算都是你媳妇儿，你对谁好了？我可跟你说，你自个儿的梦自个儿圆，但你亏了哪头儿我都不饶你！"

谁都明白林海的话，子昂更是感激不已。刚才婉娇、芸香她被万全、凤仙色迷迷地盯着看时，他只感觉她们在受凌辱一般，心里很不舒服却不好说什么，终于有林海这一箭双雕的骂才觉得心里痛快许多。这时见凤仙无地自容，他忙圆场道："大哥别生气了，咱唠点别的，我正有事儿求你呢。"

林海又横了凤仙一眼才对子昂说："有事就说，求啥？"

子昂说："我想让您帮我弄支猎枪，我担心狼再来，要有支枪就不怕了。"

万全为摆脱尴尬，对子昂承诺道："这事儿二哥给你办，我那儿有闲着的汉阳造，比不上日本人的三八大盖儿，可装上子弹也管用，你先拿来用，等田中帮我配上三八大盖儿，给你也弄一支。你当过兵，不用教也会使。打几只狼算啥？"

金万插话道："那可不是几只！那年我采药路过这儿，把我腿儿都吓软了，少说也得上百只，要是这伙来，一个人还真对付不了呢。"

见子昂有些不安的样子，万全责怪金万道："你别拿那些年的事儿吓唬九弟，麻秆儿打狼还两头怕呢，咱用的可是喷子！"又对子昂说："我给你弄两支来，再给你备一箱子弹，到时你过枪瘾，你给我攒点狼牙就行，那玩意儿避邪。"

金万笑道："到时我给你们㸆狼肉吃。"

气氛缓和许多，山鹰笑着问："这儿的狼肉你敢吃？"

万全说："有啥不敢吃？你不就说这儿的狼吃过人肉吗？从人屁股上割块肉，㸆熟了照样吃着香！咋说也是后鞧儿！"大家都笑。万全接着说："再说都过去那些年了，那群狼估摸着也都老死了，现在都是狼孙子了，要是能打着，咱就敞开了吃！"

林海终于一笑道："行，别把狼心也吃了就行。咱都回去吧，九弟在这儿待着吧。"说着先走了。

万全笑道："看着没？大哥是怕我狼心狗肺呢。"大家笑着离去。

送走哥哥们，子昂回到婉娇的屋，女人们都聚在这里说话。婉娇对子昂说："你这些哥哥里可有不地道的。"

若玉也忙说："你得小心点，男人心里有啥，我从他眼里就能看出来。"

子昂笑道："他们不敢欺负你们，我大哥刚才把他们给骂了，我看都老实了。我这大哥还真挺压事儿的。"

婉娇又说："你这个大哥可挺吓人的，生你气呢吧？"

子昂忙搪塞道："没有，他说这儿有狼，是对咱们不放心。"

一听说有狼，芸香不安地往窗外看。子昂说："在屋里没事儿，出屋注意点就行，等工匠们再来，我让他们把这片房子都砌上围墙，那就没事儿了。"女人们这才放心。

子昂却担心这里曾死过那么些人。但他实在舍不下这块被他视为世外桃源的藏宝地，便去山神庙求助云济道人。

第 081 章

云济已不需要子昂接济了，每天香客买香、问卦的钱就够用。这时山神庙没有香客，却有一位身穿到家装束的年轻道士，年纪和子昂相仿。年轻道士正在庙前劈柴，见子昂靠近，忙起身施礼，眼里透着警觉。

他没多问，想一会儿问问云济便可知他的来头，便问道："云济师傅在吗？"

年轻道士点头道："在里面。"说着要在前面引路。

这时云济出来迎道："你可有几天没来练功了。房子都盖好了？"

子昂笑道："还早呢，剩下的就不急了。"又问道："师傅收徒弟了？"

云济将他让进庙里说："没几天的事儿，原是个香客，后说是个逃难的，有家回不了，红尘已破。我身边正缺个帮手，就把他留下了，送他个道号明慧。"说完回身将明慧叫进来，介绍道："这就是我说的周施主。"

明慧又施礼道："小道听师傅提过你，幸会。"

子昂抱下拳道："认识你也高兴。"接着问："本家是哪儿的？"

明慧说："小道已经无家无国，在此潜心修道。"

他觉得他在故弄深沉，又问道："爹妈总该有吧？"

云济对明慧说："周施主不是外人，说说前事无妨。"

明慧又施礼道："小道从牡丹江来。"

子昂顿感亲切，又问道："还有亲人吗？"

明慧说："父母都在，还有一小女，今年两岁。有过结发，只是跟了别人；说是为我消灾，不过水性杨花而已，小道惭愧。"

子昂又关切地问道："那是遇上难事了？"

明慧说："不瞒周施主，日本人正在抓我，贱内生得俊秀，警察队长就以此要挟贱内。不提她了，都过去了。"

子昂心一震问道："你是抗日的？"

明慧一怔道："周施主不会把我送给日本人吧？"

子昂笑问道："我像汉奸吗？我也不瞒你，我入过自卫军，被日本人打散后，就来到这儿。"

听他俩唠这些话，云济说："你俩唠，我出去，别有外人进来。"说着出去了，反手将门带上。明慧显得欣喜，一边倒茶，一边让子昂坐到炕上。

子昂本是来让云济帮他解一下山庄的难题，这时倒想和明慧说说话，便与他隔着炕桌对坐，又问道："你入的什么军？"

明慧说："我没入过军队。日本人要打进来时，我们乜河有不少爱国青年，有投救国军的，也有投自卫军的，都是东北军的人。日本人刚占东北时，许多东北军没去山海关，留下来就是为了抗日。牡丹江、乜河一带，救国军算是正规军，可里面挺复杂，共产党也有人在里面，都是秘密的。国民党不容共产党，就连抗日的也不容，有的已经白白送命了。九一八事变后，蒋介石搞攘外先安内，把主要兵力都调去围剿红军了。红军就是共产党的队伍，是真心抗日的队伍，可一直被蒋介石的一百万大军追着打。"

子昂惊讶道："一百万？蒋介石有这些兵呢！"

明慧叹息道："再多有什么用？放着外敌不打，只顾自相残杀。"

子昂问："蒋介石能拥兵百万，那红军也不少人吧？"

明慧说："据说全国红军有三十万，如果蒋介石不用百万大军围剿，这些红军就能把日本人赶出东北。"

子昂愤慨道："蒋介石到底想干啥？他这不是在帮日本人吗？"

明慧叹息道："蒋介石和张学良都帮了日本人，没办法。"

见明慧很了解红军的事，子昂觉得他不一般，又问道："你什么军队都没入，日本人为啥抓你？"

明慧犹豫片刻道："不瞒你说，我是共产党的人，一直做秘密联络，主要在牡丹江大同医院协助院长杨光庭。今年入春时，满洲省委的一个巡视员叛变，吉东局绥宁交通站暴露了，杨院长和铁路区委书记都被捕，吉东局的书记也脱党回了奉天，组织已经散了。日本人去医院抓人时我没在场，我知道信儿后就躲起来了。"

知道明慧原是乜河中学的爱国青年，子昂不禁想起景祥，问道："有个叫罗景祥的，你认识吗？"

明慧一怔问道："你怎么认识他？"

子昂说："当时我俩要一起参加救国军，可他爹没让，我就自个儿投了自卫军。"

明慧激动道："罗景祥就是我发展的，后来他还是投了救国军，带着他妹妹一起投的。"

子昂说："头阵听他家人说了，我正没处找他们呢，他们现在在哪？"

明慧说："救国军被日本人打散后，牡丹江的抗日队伍主要是绥宁反日同盟军了，是共产党的队伍，领导人是周保中和李荆璞。景祥和他妹妹应该在他们那里。但现在交通站没有了，杨院长又被捕，我无法和组织联系，况且同盟军流动性很大，具体在哪我也不知道。关键是我的身份没有人能证明。"

子昂问道："所以你就出家？"

明慧又叹口气道："国破家碎，我现在又是只断线的风筝。我也不是真心要跳出三界外，想革命就得先保命，我先在这儿藏段时间，想法和同盟军联系上。"

子昂又问道："父母、女儿现在咋样？"明慧摇下头，眼里噙着泪。

他安慰道："我知道你有难处，看我能帮你做些什么？我不了解共产党，但就凭你们爱国抗日，我可以把你的父母、孩子都接来，只要我不死，他们就能过上好日子。"

明慧施礼谢过说："牡丹江新开一家大饭店，叫德益饭店，我家就住那东面，一打听乔家剃头棚都知道，我本名叫乔志恒。你去我家时千万要小心，除了我爹以外，对谁都别说我在这儿。"

子昂点头道："知道了。"

这时他又想起自己是来找云济帮忙的，便去叫回云济说："我来是有事麻烦您，师傅方便吗？"

云济说："有事尽管吩咐，是什么事？"

子昂便将他盖房处所曾有死尸的事说一遍。

云济听后淡然道："这种事儿，全在你心，心中有，它就有，心中没有，它就没有，看来你是心中有它。你建山神庙，是因你心中有山神，所以山神就一直在你头上。你能把山神请来，就能把山鬼送走。"

子昂忧虑道："请山神心诚则灵，可送山鬼未必那么简单吧？"

云济说："这还在你心，你认为山神能帮你，山鬼就一定得走，你认为山神帮不了你，那山鬼就永远也走不了。"

见子昂还忧虑，云济又说："看来你是心神不定，那你就备些五谷杂粮，明日带我去一趟。"

子昂问："那得备多些？"

云济说："那得看有多少殃要打。"

子昂不懂，云济解释道："就是死尸停放过的地方。你要不知详数，就根据地面大小来定。"

当日，子昂备好大米、小米、玉米、高粱米、黄豆各一麻袋，混合后又重新装袋。

第二天一大早，铁头领着他找来的木工、瓦匠和小工们进山，顺便将备好的五谷杂粮也带上。云济也备了写好的镇伏尸、净屋宅等符，卷起来有一抱还多，随同子昂、铁头和运送五谷杂粮的工匠们到了新盖的房屋处。

工匠们也都知道新房处曾经发生过的事，便议论纷纷。云济对大家说："无妨无妨，贫道这就念咒打殃，过后这里就是吉祥宝地。"然后高声念起净宅护身咒道："天也昏，地也昏，八大金刚护我身，我是上方黑煞神，玉皇叫我来把门，遇着一个捆一个，遇着两个拿二魂，抓住大鬼用刀剁，抓住小鬼油锅烹，跑得快的能跑掉，跑得慢的打断筋，吾奉太上紫微大帝急急如律令。"

念完咒语，他又用混合好的杂粮一把把地遍处扬撒，边撒边念道："太上天尊、太上道君、太上老君、玉皇大帝、北极紫微大帝、紫微天皇大帝、先天圣母、后土皇帝、东方木德星君、南方火德星君、西方金德星君、北方水德星君、中央土德星君、玉皇大帝君、三十六洞神人、一十一万真人，民国二十三年己巳月甲辰日戊辰时，吾师领太阴星君、太阳星君、罗喉星君、计都星君、森罗万象二十八宿星君、天地水火、三关四圣，元帅领十万三千天神，头似柳头，眼似金铃，口似血盆，身穿树叶，手使金鞭，细细对东堂西舍、卧房庭院搜寻，如有不正之神、不正之鬼、不正之邪，全部赶出宅门庭院，各归本位，吾奉太上老君急急如律令。"念过后，又让众人齐用粮食抽打各屋地面、炕面和屋外所有空地。

子昂问云济："这些符得挂多久？"

云济说："九九八十一天便可。"接着又补充道："在这儿多养些狗会更好。"

子昂十二生肖就属狗，对云济此建议很感兴趣，问道："那为啥？"

云济说："狗是黑煞神，也能驱鬼镇宅。"

子昂高兴道："我这就让人去办，我弄九九八十一只来，宁可多花点钱。"

云济笑道："多少都无妨。"

工匠们都很心疼将粮食撒在地上，一边帮着撒一边议论道："就是太有钱啦，要不谁能上这儿盖房子！"

"他是八面威风新拜的把兄弟，排行老九，外号金钱豹，说是从奉天来的，家里开工厂，可趁钱了，你就听他外号儿，金钱豹，那不得趁老鼻子钱了！"

"听说他在这儿也要开工厂，要不谁能在这儿盖房子？"

"在这鬼地上盖房，那得有胆量。"

"钱能避邪，财大气粗，鬼都绕着走。"

"有钱能使鬼推磨，鬼还得给他干活儿呢，他怕啥？"几个工匠有说有笑。

用了一个多时辰，大家才将整个子昂划定的区域打完殃。众人帮着打殃时，云济又为各屋门窗和屋外空地贴符、压符，到处都是画着符的黄钱纸，看上去倒有些瘆人。

女人们更是没见过这阵势，吓得都躲在一屋炕上不敢出屋。铁头听子昂说请云济到山庄打殃，也跟过来看热闹，跟着一起忙，打完殃后又护送云济回山神庙。

送云济回来，铁头见工匠们还都坐在草地上议论、说笑，就吆喝他们起来干活。工头问他先干什么，他就去问子昂。

子昂这时心里踏实许多，说："先在盖好的房子周围砌上墙，前院后院都大点留。"接着又嘱咐那个工头说："围墙砌两米高，前后院都留九米，两头留五米。前后院墙都安上门，前门大一点，门垛子弄高点，上面的雨棚要两面斜坡儿的。"

工匠们听得很明白，便一同搬砖、挖槽、和灰，木匠也开始打起门框、门板。

子昂想用一天时间把四套房的围墙都砌起来，大小门也都装上去，这样婉娇、芸香她们就安全多了。

傍中午，子昂给铁头拿钱，让他带两人去镇上为十多名工匠买了午饭。吃午饭时，他俩和工匠们一起坐在草地上吃，馒头、烧饼和酱肉、酱菜都管够吃，渴了就去喝小溪里的水。

婉娇她们八口则在屋里一起做着吃，二合面的干粮，就着肉炒山野菜和鸡蛋做的汤，也都吃得很香，好在是白天，一时都忘了刚才众人打殃的事。

尽管工匠们一直没着闲，但天要黑时围墙只砌好一套房的，是分给婉娇的那一套。子昂知道这事没法强求，就收工吃晚饭，还都喝了些酒，然后让铁头带工匠们回去了。他又到婉娇的房内，让她们先住一个房，对面两间屋各睡四个人，睡觉时把院门、房门都插好，外面有什么动静也不要怕，他也住在山上。

婉娇仍不安地问："你找老道来弄这些干啥？是不这旮儿有啥说道？"

他忙说："能有啥说道儿？我和云济师傅是朋友，他也是好意。这块儿以前都是人家，这好多年没人住了，怕有啥不干净的东西，也就是解解心疑。就是有啥的话，云济师傅画的符很灵，镇里谁家有点啥事儿都花钱找他画。他不收咱的钱，但咱也不能白用了人家。"女人们这才心安。

香荷的肚子已经鼓起来。格格夫人几乎天天都问香荷有没有和子昂办房事。香荷就半遮半掩地说子昂天天夜里都求她，有时看他怪可怜的。格格夫人不放心，一面让香荷继续阻止子昂行房事，一面又单独嘱咐子昂道："香荷儿生孩子是大事，你开油坊也是大事，看你一天山里山外来回跑怪辛苦的，要不你就住山上吧，那头房子不是多吗，白天有空回来瞅瞅就中。香荷呢，晚间妈替你照看着，你看中不？"

虽然他对岳母干扰自己和媳妇的房事感到别扭，但也窃喜这样恰恰成全了他和婉娇。过后，他又假装抱怨地将格格夫人的安排告诉了母亲。母亲不知他的心思，笑道："香荷儿她妈都和我说了。你也别那么没出息，就分段时间吧，媳妇终归你的，等孩子平平安安地生下来，自然就没人管你了。"忽然又打听起芸香道："芸香儿还好吧？"

他回道："还是天天给人做饭，哪天都三十多号人吃饭；干活儿的也都咱给做，买着吃费钱不说，山里山外的也太费事。"

母亲又夸起芸香道："芸香儿就是勤快，妈打心里稀罕她。"

他笑着问："那你不稀罕香荷儿？"

母亲忙说："咋不稀罕？也稀罕。香荷就是话儿少，别的哪都好。"

子昂问："听您的意思，话少就是不好。她就这性格，我看挺好，不多事儿，就是太听她家人的话。"

母亲笑道："别老为那事儿怪她，孩子姓啥也都管你叫爹不是？"

他还是放不下芸香，煞有心思道："娇儿姐说她和芸香儿不再是婆媳关系了。"

母亲开心道："这就对了！你说那么大个闺女，让个不懂事的孩子做男人，这叫啥事儿呀？平儿是没错儿，咋说也不该死，可事儿出了，芸香儿还是个黄花儿闺女吧？那就该重新找个人家。说她是寡妇，也真是糟蹋人。往后就别提从前的事儿了。"

他想说何耀宗和婉娇都有意思让他将芸香收房的事，但话到嘴边又咽了回去，担心母亲和他想的不是一回事。这时母亲又说："要那样，妈改日就认她做干闺女，她也是个没爹没妈的孩子，怪招人疼的。"

他有些沮丧，暗想芸香如果成了爹妈的干闺女，那她就是他的妹妹了，将她收房是不可能了。他也暗中安慰自己，他俩现在还被认为是舅甥关系，而他俩却相恋互吻过，如果变成了同辈人，至少他心里能踏实些。

在山里，子昂自然住在藏宝的屋里，和其他几个屋一样，炕面已经干透，这时又铺了炕席。先期盖成的是一个大空堂，没有炉灶和烟囱炕，人不能在这里过冬，这时他想在中间砌道间壁墙，外间起炉灶，屋外加烟囱。工匠们都在不远处盖房子，但他仍然不让外人介入这间屋的事。通过看工匠们盖那些房子，他已经学会了砌砖、盘炕、垒炉灶。于是，除了套间壁墙上用的门板和一根立在房后的烟囱外，其余都是他和婉娇一起干的。

婉娇的心情正渐渐好起来，心里只有丽娜和子昂，对失去平儿的伤心也淡了许些。给子昂当小工时，她的手指不慎被倒下的砖砸到，疼得边叫边甩手，差点哭出来。他心疼地一跃过去帮她揉手，又将她被挤疼的手指含在嘴里。她很欣慰，顿时感觉手不很疼了，忍不住去摸他英俊的脸。

芸香也想和子昂一起干，但她每天得和亚娃、顺姬、芳子一起忙三顿饭，几乎闲不着，便又嫉恨起婉娇。

婉娇现在不图什么名分了，是因她又进过妓院，即使子昂愿意，他的父母也一定会嫌弃。

眼下她也不完全是报复米家，只是子昂对她的那份情太让她感动，太让她舍不下，她只求他能偷偷地疼着她。

子昂所以决定与她重温旧梦，也并非完全因为香荷对他禁房，还因为他俩在一起就是不如和婉娇在一起快乐。他离不开婉娇，也知道婉娇需要他，他要长此这样将她金屋藏娇。

此后，子昂只要住在山上，便夜里偷偷与婉娇睡在一起，除了那销魂般的激情，还有很多以后怎么做生意的话题。

在做生意方面，她显然比他知道的多，就替他出主意道："要开油坊、磨坊，咱还得多养猪。我给你算，一头猪咱就打卖二十块，一百头就是两千块，一千头就是两万块！"

他很感兴趣，但心里还是没有实底，说："钱是不少，可养那些猪就得两下忙，咱能忙过来吗？"

她开导道："这你就不懂了，实际是一码事儿。开油坊和磨坊得出不少豆粕儿、苞米糠。一般开油坊的，出了豆粕儿都喂猪、喂鸡，你不养猪、养鸡就得卖给养猪、养鸡的。咱开油坊得带着养猪、养鸡，出的豆粕儿、苞米糠再掺些菜，能养不少猪和鸡呢！养猪也不用咱自个儿养，花钱雇几个人，每人每月给十块钱就不少，肯定有人愿意干。到那时，就算咱的豆子、苞米都喂猪、喂鸡了，那榨出的豆油可就是白捡的。要为了卖豆油，那咱卖猪肉的钱就是白捡的。"

他兴奋地捧着她的脸道："哎呀我的好姐姐，你咋这么会做买卖！"

她说："你姐夫活着时，别的不行，算这个他可在行了；我都和他学的。也没特意学，一个妇道人家，学了也没啥用，没想到今儿还用上了。"

他搂着她说："那我可托你的福了！"接着又说："这样，以后你就是山庄的大管家，我就跟你吃香喝辣的！"

她撒娇道："那你是大当家的。"

他笑道："也行，咱俩分工，你管内，我管外，你是大管家，我是大当家。"然后搂着一起入睡。

又一夜里，他俩唠起银圆的事。他说砖场老板管垚能帮他兑换很多银圆，一块银圆能兑一块二三。她问道："大洋涨价了？"

他说："涨没涨我也不知道，不过关里可把大洋当成国币了，可咱这儿还得使唤日本钱。日本钱好像在关里不好使，咱这儿的人要回关里就得换点儿大洋。"

她想了想又问道："你啥时去牡丹江？"

他不知她什么用意，担心和平儿有关，问道："啥事儿？"

她说："我给你找个明白人儿，他能告诉你现在黑市上的准价。他姓施，真名不知叫啥，都叫他施大洋，专门在黑市上倒腾钱，老何就是跟着他干的。"

他问："那我咋找他？"

她说："他家在街里开百货店，叫什么益百货店，说是挺大，一打听都知道。你去了就提老何，说老何活着时和你说的。"

他开心道："行，这事儿我还真得弄准成了，咱那些大洋要都兑，少一分就得丢不少。等咱把房子都盖好的，我去一趟，不光是兑钱的事，我还想去懿莹家看看。"

她警觉地看着他问："还惦记她呢？"

他坦然道:"懿莹对我是真心的。你也尽力了。她没成我媳妇,不是她的错,我一直感激她。她家现在这样了,我就想替她照顾她家人。"

她又问:"你要见到懿莹咋办?"

他叹口气道:"也不知能不能见到,他跟景祥去投救国军了,现在说是同盟军,都是抗日的,可不知他们在哪。"

她惊讶道:"你听谁说的?"

他说:"和景祥一伙儿的。你别问了,这事儿和你没关系,日本人正在抓他。"

她觉得他不信任她,有些委屈道:"我不乱说呀。"

他说:"跟你说也没事儿,可我答应人家了,不对任何人说。好姐姐,别生气,噢!"说完吻她一口。

她又问:"那问懿莹行吗?"

他说:"那没事儿。"

她说:"我是打比方问,假如你要见到懿莹咋办?"

他明白她的意思,说:"那还咋办?认她做妹妹。"

她撇下嘴道:"我不信,那会儿为她死去活来的,现在说妹妹就是妹妹了?我看你也就嘴上认,心里不带认的。你还认我是姐呢,现在让你欺负了。"

他笑着点她鼻子道:"我可是你教坏的呀!"她撒娇地捶打道:"你心太花花,香子都让你带坏了,要不我看得紧……"

他打断她道:"谁让你总和鲁荫堂在一起,那会儿我的心都要碎了。"

她惭愧道:"这我没想到。"接着又娇声道:"你别生气,我跟他也是没办法;现在我不恨他,他是为我死的。那会儿他对我也挺好。那也赶不上你。我知足了,随便哪天两眼一闭也不亏啥了。"

他嗔怪道:"别瞎说!"

她继续说:"要是有下辈子,我就干干净净地嫁给你。"

他又觉得她可怜,搂着她说:"别老这么说,你在我眼里永远是干净的,我咋都稀罕不够。咱也别指望下辈子,就把这辈子过好,咱的日子还长呢!等把咱的世外桃源建好了,把咱几辈子的美事都做了。"她惬意地依在他怀里,准备迎接美好的日子。

第 082 章

到了入秋时节,子昂要盖的房子、厂房才盖好,既有砖瓦房,也有用圆木垒起的,加起来有三十多套,俨然一座生机盎然的山庄。他曾想把山庄叫作桃源山庄,但他一直为龙封关变成龙凤感到惋惜,便让工匠在山拐弯处的一块大石上刻下"龙封关山庄"五个字,又将字涂成红色,格外醒目。可"桃源"二字他也舍不下,就将藏宝屋的外间当成画室,在墙上挂一"桃源居"的牌匾,黑底绿字,倒也显得雅致。他还舍不得他画的岳飞像,既然不便挂在易被日本人看见的地方，那就挂在他的桃源居内。画像就挂在外屋的对面墙上，两侧还奇特地配上岳飞和吴佩孚分别所作的《满江红》。

岳飞的《满江红》：

怒发冲冠，凭栏处、潇潇雨歇。抬望眼、仰天长啸，壮怀激烈。三十功名尘与土，八千里路云和月。莫等闲、白了少年头，空悲切。靖康耻，犹未雪。臣子恨，何时灭。驾长车，踏破贺兰山缺。壮志饥餐胡虏肉，笑谈渴饮匈奴血。待从头、收拾旧山河，朝天阙。

吴佩孚的《满江红》：

北望满洲，渤海中，风浪大作。想当年，吉江辽沈，人民安乐。长白山前设藩篱，黑龙江畔列城郭。到而今，倭寇任纵横，风云恶。甲午役，土地削；甲辰役，主权堕。江山如故，夷族错落。何日奉命提锐旅，一战恢复旧山河！却归来，永作蓬莱游，念弥陀。

随着房子、厂房建筑又告一段落，工匠们又要撤离了，子昂开始为他们结算工钱。这时婉娇跑过来说：“亚娃她妈不知咋的了，哭得那个伤心。”

他却担心起亚娃，忙对那个工头说：“你们稍等会儿，我去看看就来。”然后急忙随婉娇去看若玉。

一进若玉和亚娃的院子，就听若玉在里面哭道：“我的命咋这么苦啊——”

他急忙进了屋，见若玉趴在炕上哭，亚娃、芸香、芳子、顺姬都在一旁安慰。他先问亚娃道：“咋的了？”

亚娃显得不自然，嗔怪母亲道：“别哭了。”

他又靠近若玉问：“姨，你咋的了？”若玉只哭不应。他又问芸香：“你知道吗？”芸香一脸疑惑地摇摇头。

他猜亚娃准知道，便将她叫到外面问：“到底咋的了？”

她低头道：“别问了，丢死人了。”他更想知道内情，一再追问。她终于说：“我猜是那些人要走了。”

他更疑惑，工匠们走了，若玉怎会伤心成这样，又问道：“和她啥关系？”

她说：“我也是猜。前阵听她说过，那里有个叫石头的，长的可像一个人了。”

他问道：“像谁呀？你认识？”

她说：“是她当姑娘时认识的，就是和她退亲的那个。”

他这才想起，这些日每当中午给工匠们送饭，若玉总是很积极，而且每次都和其中一个还算年轻的男子说话，却并没放在心上。那男子的瓦工活很好，他也曾与他唠过，知道他姓石，人们都叫他石头。

石头长得还算英俊，四十岁，憨厚老实，因为要照顾瘫痪的父亲和双目失明的母亲，家中很穷，一直没能娶亲。

听亚娃这么说，他也猜到了若玉的心思，不禁又想起文静，心中又隐痛起来。他决定要为若玉和石头牵线搭桥结成夫妻，就说：“我去找石头。”

亚娃立刻想起他痛打韩殿臣的事，忙拽住他问：“你干啥呀？不怨人家。”

他说：“我不跟他打仗，你先回屋。”说完朝那伙等着领工钱的工匠走去。她仍不放心，神色慌张地跟在后面。

子昂直接到了石头跟前，说："你跟我来一下。"

大家不知出了什么事，面面相觑地问："石头咋的了？"

有人低声道："坏了，东家要扣咱钱了。"

子昂听到后对那人说："没那事儿，我和他唠点别的。"接着补充道："俺俩要唠好了，工钱都加倍！"

工匠们转忧为喜，一边欢喜，一边嘱咐石头说："石头，好好唠！"石头一脸迷惘地跟着子昂离开。

子昂见亚娃还跟着，就对她说："你就放心吧，出不了事儿。"然后拉石头又换了位置。

见石头有些紧张，子昂笑道："就和你商量点事儿。"接着说："这几天，总和你说话儿那女的……"又抬手一指几米外站着的亚娃说："就她娘，那是我姨，你觉着她人咋样？"

石头一脸疑惑道："挺好的。"

他笑着问："咋好啊？"

他也憨笑道："挺好看，当姑娘时肯定还好看！她闺女就挺好看。"

他心中不爽道："她闺女跟你没关系，我是说我姨。"

石头不安地问："你啥意思？"

他说："我姨自己一个人过，现在想改嫁，她就喜欢你。"

石头苦笑一下道："我还以为，她为她闺女说呢。"

子昂轻蔑地一笑道："那不可能。咱就不绕圈子了，我就问你，你能不能娶我姨？你要能，我现在就认你当姨父，别的我不多说。你要不愿意，我也不难为你，工钱照给不误。"

石头低头不语，喘息却急促起来，终于说："也行。"

子昂欣喜道："那你说准了，不行反悔的。"

石头坚定道："不反悔！"

子昂又提醒道："你可不能对她闺女有啥想法。"

石头不安道："不能不能，那不是癞蛤蟆想吃天鹅肉吗，她妈也是天鹅，我知足了。"

听石头这样说，子昂退一步跪下道："姨父在上，外甥给您施礼了！"

石头大惊，慌乱也跪下道："这可不行！"

他嗔怪道："你跪啥？你是我长辈儿了！"说着起身将石头拉起。

工匠们都惊讶了。亚娃也愣了一下跑过来，拉一把子昂道："你干啥呢？"

他只冲她笑笑，又对聚过来的工匠们说："打今儿起，他就是我姨父了！工钱今天先不发，你们先帮他操办喜事儿，回头工钱都加倍！"工匠们欢呼雀跃，都说石头交了桃花运，又攀个富亲戚。

子昂从身上掏出一沓绵羊票塞到石头手中道："这是一千块，回去把家里房子拾掇一下，吃的穿的都往好里备，再定个八人抬的大轿。我这就找人选日子，完了你先把我姨接到你家，过几天你们就都回来，这里的空房子你挑一套，挑哪套哪套就是你们的，以后就在这儿过日子。还有，和我姨成亲后，她就是有一万个不是，你不能怨她，到时我补偿你！"

亚娃又埋怨子昂道："你别闹了！"

他认真道："我没闹。好姐姐，你就听我的，准没错儿！"又对工匠们说："都别傻站着了，赶紧回去办。我可跟你们说，要是办不好，工钱可不加倍，你们自个儿掂量着办。"工匠们开心地簇拥着石头离去。

亚娃还在埋怨子昂。他说："我一直为你娘感到遗憾，一个丑姑娘还能坐回花轿呢，你娘那也是个大美人儿，岁数是大了，可我要让她圆了这个梦。还有你，回头我再把你嫁出去，找个你喜欢的人！"

她害羞地推他一把道："说啥呢你？"

他笑问道："那你总也不嫁人？"

她红着脸道："不嫁！"随即转身离开。

屋里，若玉还趴在炕上哭，谁都不劝她了。子昂上前劝道："姨，别哭了，起来说说话儿。"她还是哭。

他逗她道："你还哭？再哭我把你嫁出去，就把你嫁给那个叫石头的！"

她顿时不哭了，愣愣地看着他问："你说啥？"

亚娃扑哧地乐了。若玉一脸泪水地看着子昂道："净瞎说。"

子昂笑道："人家非要娶你，我咋办呢？"

她破涕为笑，难为情道："这成啥事儿了？"

子昂说："喜事儿呗！"

婉娇、芸香、亚娃、芳子、顺姬都笑，气氛一下子便缓和了。

子昂又说："姨，我不想让你这辈子太遗憾，我要让石头用八抬大轿把你娶回去。"

若玉被大家笑得更难为情了，说："人家还是个小伙儿呢，我哪配得上？"

子昂说："他愿意娶你，我都叫他姨夫了，你就等他用八抬大轿来接你吧。"

几日后，一支接亲队伍吹吹打打地进了山庄。队伍中，石头披红戴花骑着马，那座花轿果真是八人抬着的。

若玉一番新娘子打扮，显得年轻娇艳许多，简直和婉娇一样楚楚动人。听到屋外吹吹打打的声音，她在炕上又喜极而泣，亚娃在一旁又显得难为情。

亚娃这时的心情很复杂，她一个年近三十的大姑娘还没嫁人，而年近半百的母亲改嫁也改得这么风光。但她不好再埋怨子昂，毕竟他是为她的母亲圆梦。

婉娇这时对若玉劝道："人家出门儿都是闺女离开娘才哭，你这就离开闺女几天咋也哭？别哭了，再哭把妆哭花了。往后咱们还都在一块儿。"说着为她蒙了盖头。

这时石头进来了，没有过多礼节，为新媳妇穿上鞋，又扶着媳妇慢慢出屋进了花轿，然后起轿，吹打声再次响起，欢欢喜喜地出了山庄。

过了三日，石头、若玉返回山庄，石头背着瘫爹，若玉搀着瞎婆婆，一同住进一套新房内，亚娃便自己守着那套房子了。

子昂去与石头的父母寒暄。瘫父亲说不出话，只是直直地看着他，母亲看不见东西，但心里都明白，说话也很有条理。听说给石头娶媳妇的少东家来了，石头娘摸着子昂道："东家真是好人哪！听说你人长得还好呢！我个瞎老婆子看不见人，可能看着灵魂。"

他对她突然冒出这一句感到惊讶，他一直认为人死了才有灵魂，便疑惑地问："那人不就死了吗？"

石头娘说："人死了，灵魂就出窍儿了，灵魂没出窍儿，人才能活着，想做啥事儿，都得听这灵魂呢，好人的灵魂，都是干净的。"

他心里有些不安，想他要不是发现那些财宝，不但不能让若玉和石头结为夫妻，他和香荷也很难到一起，婉娇也可能一直待在妓院里，他想建他的世外桃源就更是想都不能想。他现在将这些钱财据为己有，不知他的灵魂算不算是干净的？他和芸香两次亲吻，又与婉娇重温旧梦，他的灵魂还能是干净的吗？此时他竟觉得眼前这个瞎老太太比不瞎的人还明白，不敢再多问，转了话题道："往后咱就是一家人，论辈分，我得管您二老叫爷和奶，有啥需要的，就跟我这个当孙子的说。"

石头妈又感激道："这就挺好了，能这样活到灵魂出窍儿那天就知足了。"

他记得一般人每说此话都说"闭上眼睛那一天"，可眼前这个老太太本来就看不见东西，活着也如同闭着眼，死了也只能以灵魂出窍儿为准了。但她也可把死说成"那口气上不来"，是她不知这一说，还是就对人的灵魂有感知？这时他倒感悟到，世间能看见这个世界的和看不见这个世界的，到底还是看法不同的，不禁也对人的灵魂也有了想法。

他想到若玉、婉娇和顺姬、芳子，不幸的经历让她们成为所谓不干净的人，可她们的灵魂也会因此而肮脏吗？他首先否定，如果她们没有那段不幸的遭遇，她们一定都和香荷一样。可树欲静而风不止，她们的命运完全不能自主，只能凭天由命，天若有情，心又何安？

山庄的房子大多都空着，子昂另选了一套给村妮一家，还让村妮去沟里把玉莲的爷爷从日本人的采伐区接回来，说现在日子好过了，没有必要让他老人家为日本人卖苦力，还说玉莲的姥姥、姥爷要是舍得沟里的家，也都一起接过来。

村妮两口子愉快地答应下来，说他们先搬进山里的新房子，等把房子收拾利索了，就去接玉莲的爷爷。可村妮只来收拾了一天，沟里就来人到她家送信，说她的母亲病了，让他们一家三口都回趟沟里。

临走那天，子昂又给村妮拿了钱，说让她给母亲找个好大夫，还考虑松林腿脚不好，亲自雇了一辆带篷的马车，说这样下雨淋不着。

几日后，村妮一家三口返回龙凤，可左臂上却都戴着孝。原来沟里来人捎信并非村妮的母亲有病，而是玉莲的爷爷突然死了。村妮的母亲担心姑爷一时接受不了这种打击，本来腿脚就不好，再急出别的事来，就让捎信的人说她病了。

子昂听村妮说过，她公公身体很好，伐木头又是行家，所以日本人不肯放他下山，人一直好端端的，怎么突然就死了？

松林居然拖着瘸腿随村妮、玉莲来到山庄，说是来看看山庄。婉娇、芸香等人都很感激村妮一家人对她们半年的照顾，便都聚在送给村妮家的那套房内。听了松林家的不幸，又都替他们难过。

松林哀伤地告诉大家，半个多月前，因为天热，他爹和两个伐木工在河里泡凉。也不知他们当时怎么想的，泡着泡着就一起朝对岸游去。就在这时，日本工头突然将木台上捆圆木的钢缆松开，顷刻间，山一般高的圆头如洪水般涌入河中，很快将整个河面都覆盖了。三个人在河里刚游了一半，忽听到轰隆隆的声音，眼瞅着圆木将河面遮住，并直奔他们涌来，忙缩身藏在水里，可圆木漂过这片水域后，藏在水下的三个人也就再没露出水面。几天后，有人在几里外的下游接连发现三具尸体。

松林说："赶上排木头时，整个河面只能看见木头往下走，底下的人根本没法露出水面。那么多木头，等都流过去，人在下面憋也憋死了。"

子昂愤愤地问："日本人故意的？"

松林说："也不好说。每天伐的木头，都运到河边码大垛，等码成山似的，就卸到河里。"

子昂又不解地问："为啥卸到河里？"

松林说："在沟里运木头，冬天能用雪爬犁，夏天就不行了，顶把木头拖下山，下了山就得靠河水往下顺，顺到能装车的地方就截住。山里头就有日本人修的铁路，可也就是从山里到山外。听说日本人还要在山外修铁路，从海林修到火龙沟；到那时，沟里的木头就都顺着海浪河漂到火龙沟，再从火龙沟装火车拉到别处去。好像牡丹江那头已经开始修铁路了，说是要修到朝鲜；日本人要把咱国家的东西运到日本，都得经过朝鲜。"

子昂无奈地骂道："这帮狗日的！"接着问："那你爹就白死了？"

松林叹口气道："那还能咋样？他们说我爹没死在林场里，是逃工，逃了就和他们没关系。咳，别说没死在林场，就是死在林场，他们也不愿管。我在那时就亲眼见过死在河里的。开始从河里顺木头是在水上搁东西拦，拦够了再往下排。那天有个小子见河上密密麻麻的都是木头，就想踩着木头过河，结果一下踩偏了，木头一转，半拉身子掉水里了。开始他还让木头夹着，后来可能是夹疼了，想把木头分一下，结果整个人都下去了。他前脚儿下去，后脚木头又合上了，那他就没法出来了，也是活拉憋死里头的。死了也就死了，日本人包了点儿钱，就够买副棺材的。我这条腿是在林场卸木头时砸的，给那两个钱儿啥都不当，理论也白扯，咱嘴没有人家的大，哑巴吃黄连，我爹这事儿就更没法理了，他们就说咱是逃跑的，根本没死在他们那块儿。"说着又哽咽起来。

子昂心里也难过，却自责道："这也怨我，要是早盖房子就好了，大屋让她们住了，你和姐夫只能住小屋。早点把老人家接回来就没事了。"

村妮说："别啥都往你身上揽，他回来家也不多他一个，我去大屋挤挤还能咋的。"

松林说："他是想回也回不来，要不咋都说他是逃跑的。"随即忍不住喊着"爹"，号啕大哭。

见松林哭得伤心，大家倒不知怎么劝了，一起跟着落泪。玉莲又懂了一些事，一边哭一边骂道："坏日本子！"突然又指着芳子道："你就是日本子！"

子昂吓了一跳，忙将玉莲揽在怀里说："别胡说！芳子姑姑是朝鲜人，可不能再说她是日本人，这要让日本人知道了，大舅就得让他们抓走。芳子姑姑差点让日本人害死才来咱家的。"说着又担心地看一眼芳子，见芳子正委屈地流泪。芳子的汉话说得还是不太好，但别人说话基本能听懂了，这时又听了子昂的话，捂脸哭出声来。

子昂心很乱，又安慰芳子道："她小不懂事，你别往心里去。"

村妮也责怪玉莲道："大人的事你个小屁孩儿瞎掺和啥！"

玉莲委屈地在子昂怀里哭道："大舅，他们把俺爷埋在地里啦，我再也见不着爷爷啦！"

他心酸地安慰道："爷爷累了，该好好歇歇了，再也不用给日本人干活儿了。"

话音刚落，只见芳子突然向松林、村妮、玉莲连连深鞠躬道歉，都是"对不起"，先是说日语，然后又生硬地说汉语。

松林和玉莲都愣住了，村妮忙去扶起芳子道："不是你的错儿，往后咱还是好姐妹。"

子昂将村妮叫到屋外嘱咐道："别总和玉莲说芳子是日本人，就说她是朝鲜人，这要传出去可麻烦了。现在除了咱这些人，就香荷儿她家人知道，他们也怕惹麻烦，一句都不提她。我那些哥哥也知道，他们都保证不乱说。"

村妮说："我还真没和她说过，可能开始咱都没拿她当回事儿，咱说的话她都记住了。"接着又说："我还正想和你说玉莲的事儿。她现在就恋着你，我看你也挺稀罕她，以后就让她在你这儿，也是怕她回去说话不注意。这头偏，没有外人来，你再把着她点。姐给你添麻烦了。"

他有些听不懂她的话，之前说得好好的，她一家也都住进山庄来，这会儿听着好像是他不愿玉莲来山庄，责怪道："姐说啥呢？玉莲是我亲外甥女，也是我的贵人。当初要不是她留住我，我就不能认识香荷儿，我真挺感激她，她得跟着我当富家小姐，你和我姐夫也得跟着过好日子。姐夫来了就别回去了，回去也干不了啥，我跟你回去拾掇，不值钱的东西谁要给谁。"

她叹口气道："你姐夫就是来看看，俺俩合计好了，还住那头儿，这头儿给俺们的房子让别人住吧。玉莲还小，别让她自个儿顶个大房子。"

他又吃一惊，不安道："姐，你俩是不真生我气了？"

她忙说："看你说的，生你啥气？那姐就不瞒你了，姐要出马，还是住那头方便。"

他不懂出马是什么意思，问道："啥是出马？"

她解释道："就是顶仙给人看事瞧病。"

他恍然道："跳大神儿的！"

她苦笑道："鬼太多，没办法儿。"

他又嗔怪道："啥鬼不鬼的，别说得吓人闹怪。我知道跳大神儿的，不就是为了挣钱嘛！姐，咱不缺钱，要用钱你就和我说，我供你用。"

她又解释道："不是钱的事儿。你就别问了，问多了对你也不好。姐就盼你好好的，天天求仙家保佑你。为啥让玉莲跟着你？就是她还小，这些事儿不想让她靠前儿，你就帮姐带着她，姐放心你。"

见她执意要出马，他不好再劝，说："玉莲在我跟前儿你尽管放心，没人亏待她，就是你……"

她打断他的话道："你放心，姐没事儿。"又回屋对玉莲说："以后你就跟着大舅吧，妈在家里有事儿做。你不愿意跟着大舅吗？"

玉莲又高兴起来。子昂不能天天住山上，就将玉莲安排在婉娇屋里，和丽娜也是个玩伴。

就这样，龙凤山区内多了个驱凶化吉的武仙姑，每天去找村妮看事瞧病的人一天比一天多。大屋里香烟缭绕，原来的方桌已经变成了香案，上面除了神龛、炉香和供品，便是看事瞧病的人们放的钱，每人放的钱都不多，但人多收入也不少。她这时竟吸起长烟袋，闭着眼睛吸烟，打着哈欠替仙说话。子昂看着心里不是滋味，但看她神神道道的，又不好阻拦。

第 083 章

山庄的油坊、磨坊、豆腐坊和猪圈都建起来了，凤仙和铁头将一台六十多千瓦的发电机和一台螺旋榨油机也买回运进山庄，直接抬进油坊间内，由带来的技师给安装。

油坊是一趟八米宽、二十多米长的砖瓦房，南墙等距设了五门十窗，屋内四道间壁墙上还有内门，连通着整栋房子。五扇外门，一门进去专门安放发电机，为发电间，相邻一间放榨油机，为榨油间，再相邻的就是储料间、储油间和磨坊。

猪圈是沿着南山脚下用石头和木头混搭成的，前后两排，各三十圈，可圈养千头成猪。此外，各院内还搭了狗窝和鸡窝，烧柴也都备得足足的。

凤仙请来的技师将机器安装调试好后，又为各住屋拉起电灯，用根细绳一拉，灯泡就亮起来，再一拉灯就熄了，大家都觉得很新奇。

当晚，子昂为铁头、凤仙、技师和武术班里来帮干活的人安排了答谢宴，这是山庄建成后盛情款待的第一伙客人。

婉娇虽然在牡丹江开了多年客栈，却未曾用过电灯，反复开关着电灯，开心得像个孩子。她现在的心情好得让人难以置信。似乎还没人知道她常在子昂屋里过夜，也没人知道子昂正为她创作一幅名为《娇》的人体油画。画面上的她在大红色的衬托下通体光鲜，栩栩如生，娇美迷人。

因怕被别人看见，子昂将完成的《娇》挂在藏匿财宝的地窖内，似乎在告诉婉娇，这些财宝就是她的。

但他和婉娇的亲密还是被芸香察觉到。那日，芸香到桃源居取子昂要洗的衣服，见只有他和婉娇在屋里说笑，立刻转身离去。

过后子昂要对芸香解释，她却骂婉娇是狐狸精。他不愿听她这样说婉娇，又不忍心她不痛快，就劝她道："别这样，她怪可怜的，咱都让她高兴点。"

她噘起嘴道："就知可怜她！"接着又说："你才不是看她可怜呢！"

他隐隐觉得她已知道他和婉娇经常夜里在一起的事，便不安地问："那是啥？"

她低头不语。他又问："你咋的了？"

她这才开口道："我看她这阵比谁都高兴，你心里明白咋的了。"说完又要离去。

他这些日就想将母亲要认她做女儿的事告诉她，只因母亲还没从米家出来才不便说，这时为哄她高兴，便一把拉住她说："等等，告诉你个好事儿。"

她不屑道："好事也是你们的，我不听。"

他笑着问道："真不听啊？"

她仍噘着嘴道："不听！"然后突然扑进他怀里哭道："你都是别人的了，我还有啥好事儿？"

他搂着她哄道："以后咱俩是同辈儿了，我妈要认你做干闺女，娇儿姐也同意，你俩以后不是婆媳了，是姐和妹儿了。"

她很吃惊，半信半疑地问："真的？"

他认真道："敢和你开玩这种笑吗？"

她仍不敢相信，又问道："那你早咋没说？"

他说："我想等咱爹咱妈搬过来的，他们一认你，不就都知道了。"

听他"咱爹咱妈"地说，她又惊喜地问："那我以后能管你叫哥了？"

他笑道："现在就能叫。"

她试着叫道："哥！"

他答应着，但一想到他曾吻过她便心里发慌。她舒口气道："能管你叫哥也挺好，叫舅别扭死了。"

他明白她的心思，叹息道："这辈子不能娶你做媳妇挺遗憾，可能给你当哥也挺好，咱俩就是同辈分了，可以一起叫爹叫妈。过去的事儿，以后咱都不提了，好好做兄妹。"他嘴上这么说，却怎么也无法像对亲妹妹子君一样。

芳子因在日本的家里就使用电灯，这时对山庄里亮起电灯并不十分惊喜，只是为以后不再用油灯照明而高兴。她一直感激子昂的搭救和关心，只是一见到他就为自己做过妓女而自卑。

顺姬也对子昂由感激转变成了爱慕。但她也不敢对他有更多的奢望，只求能够报答他，却又不知如何报答他。

亚娃在来龙凤之前就意识到这面已经知道了她的家事，但她奔着与失散多年的母亲相见，便不顾这面人怎么看她。而当子昂出现在她面前时，她心里还是惶恐起来，不禁更加憎恨韩殿臣毁了她。

若玉和石头成亲后，更为大龄女儿还没个疼她的男人而焦虑。那日她陪亚娃一起睡时说："男人的眼神，妈一眼就明白。子昂看你可不是一般看，他挺稀罕你。他和婉娇可不一般，婉娇比你还大三岁呢！也不知他对你咋想的，要是能把你收了房，那可是咱娘俩儿的福分；他老趁钱啦！"然后看着女儿笑。

亚娃这时情愿被子昂收房，但她不愿听母亲提钱的事，嗔怪道："别老盯人的钱，我可不稀罕。"

若玉笑道："那你稀罕他这人不？你啥心思妈也看得出来。"

亚娃瞒不住母亲的眼，这时便用被头遮住了脸，心里期盼着母亲能帮她满足心愿，哪怕母亲只是图他钱。

天气渐渐地炎热起来，转眼到了七月二十九子昂的生日。按着结拜兄弟的规矩，子昂这天要为母亲做大福。

子昂妈自然高兴儿子为她做大福，却顾虑还和米家住在一个院里，格格夫人又总以没生过儿子不好在米秋成面前让女儿们为她做福，若是看着她在这面热热闹闹地摆福宴，亲家母的心情一定不好受，也弄得这头左右为难，邀请亲家来坐席，好像是故意让亲家母心里不好受，不邀请又怕亲家以为这面不把他们放在眼里，便说今年就不办了，等来年在山庄里好好办一把。

林海觉得子昂妈想得在理，但坚持让子昂生日这天给母亲送福，就说在龙凤阁摆几桌，对米家人只说哥兄弟邀请九爹九娘吃顿饭。

虽然福宴不大张罗，但作为当天生日的儿子，子昂还是要跪地对母亲说："儿的生日，妈的苦日。二十四年前，妈十月怀胎生下我，妈您受苦了。今天儿已经长大成人，忘不了妈为我受过的苦，妈的苦，是刻在儿子心上最大的恩，今天儿子给妈做大福，祝妈福如东海，寿比南山。"接下来，干儿子们和他们的妻子、孩子们也为九娘或九奶敬酒祝福。香荷虽然还有一个月的临产期，但作为儿媳妇也要给婆婆祝福。

龙凤阁里热热闹闹地办福宴，格格夫人则在家里伤感。因为子昂的生日和自己的两个孪生女儿是同月，她听过一次就记住了。七月十二那天，她特意煮了一些鸡蛋做早餐，实际是给天娇、香荷过生日。当时她还想，再过十七天就是子昂的生日了，他那些哥哥有在家里给妈做福的规矩。她以为子昂一定会在家里给他母亲做福摆宴，他的那些哥哥也都过来祝福，到时她也跟着热热闹闹地沾沾福气。不想林海在子昂生日头一天来告诉，说明天在龙凤阁请九爹九娘吃饭，还带着子昂和香荷，只字未提子昂过生日和给母亲做福的事，分明是子昂和他那些哥哥故意躲她才去龙凤阁办福宴。想自己末了也没生下个儿子，她这时不禁羞愧又伤感，竟躲在没人处哭了一通。

津梅的肚子也大了起来，发现母亲偷着哭，就问出了什么事，格格夫人却只是抹了泪叹息道："到底人家是亲妈。"弄得津梅有些蒙。

待香荷挺着大肚子和周家人一起回来后，津梅才知道母亲伤心是因子昂去给母亲做大福，而她们这帮孝顺的女儿却从来没在自己生日时给母亲做过福，与子昂妈相比，觉得自己的妈很可怜，就说津竹下个月过生日，让津兰往哈尔滨去个信，到时姐妹一起也给母亲做回大福。

格格夫人听了更别扭，说学人家咋学也不像，继而又悻然道："到时我是乐得开花儿了，你爹他心里能痛快？连个儿子也没给人生，还好意思做大福！"

津梅顿时不悦道："生闺女咋不好意思？俺们都是你拉的屁尼呀？"

母亲倒被说笑了，拍她一把道："去！问你爹去！"接着又严厉道："都别瞎嘀咕瑟，你们过生日回来行，妈给你们煮几个鸡蛋滚滚运气；你们都好好的，妈的心里就踏实了。要是给我做福啥的，我可不掺和。"又叹口气道："没福就没福吧，总比让人扒扯着好。"香荷听着心里也不是滋味。

晚间，子昂在被窝里听香荷讲了这些事，心里也很不是滋味，便决定要帮香荷张罗一次大福宴，却又遗憾香荷今年的生日已经过去了，埋怨自己前阵只顾忙着山庄的事，把这件事给疏忽了。其实他连自己的生日也忘了，要不是哥哥们都盯着金兰谱，他也不能给母亲做这头次福，岳母也不会这么伤心，便安慰不久也要做母亲的香荷道："来年的，我帮你张罗，到时你们姐俩一块儿给咱妈送福，那咱妈得多高兴。"

她叹口气道："妈不让，怕爹不高兴。"

他顿时愤然道："凭啥？爹过六十大寿我给张罗得多风光，这回我帮我媳妇给妈做大福咋就不行？"

不想她照他嘴上拍下道："好好说话。"

他一愣道："嗯？我说错了？"

她一撇嘴道："错了。我和小姐儿一天儿的，别把她也当你媳妇。"

他哭笑不得，点她一下脑门道："你也学刁了！"

她又不理他了，慢慢地转过身子要睡觉。

自从她发现何耀宗的那封遗书后，尤其他与婉娇孤男寡女地在山里过夜后，她就时常这样对他不冷不热。但他不怨她，自从和婉娇重温旧梦以后，他更加感到愧对她。但他也实在是痴迷婉娇不能自拔。

子昂为母亲做福的第二天，子昂在山庄内遇见一个陌生的女人，看上去五十多岁，大脚板，衣衫褴褛，面容憔悴，无神的眼睛四下张望。

他没见过这女人，不知她为什么来到这儿，便上前问道："您是哪来的？"

女人却反问道："这些房子你盖的？"

他点头道："是我盖的，你有事儿？"

女人说："你咋在这儿盖房子？还都是好房子，这可是鬼待的地上！"

他的头皮又一炸，想必这女人也知道这里死过很多人，忙辩解道："这本来就是人住的。再说已经找法师做过法，没事儿了。你对这儿挺了解？"女人叹口气道："俺家孩儿他爹，就死在这旮的，都十多年前的事儿了，不光他自个儿。我找到这儿时，人都烂成骨头了，光脑瓜壳儿就捡了一坟头儿那么高。"

他想起万全说的那个家在牡丹江放牛沟的女人，终于明白这里虽曾死过那些人却见不到一块尸骨的缘故，又问道："你来收过尸？那些人你都认得吗？"女人说："除了俺家他，就认得大当家的；长得挺凶，心还挺好的，去过俺家。咳，不认得还能咋整？都剩骨头棒子了，也分不出哪是俺家他的，一寻思他们生在一块儿，死在一块儿，就都埋在一块儿吧。"他又问："你家是放牛沟的？"女人惊愕地问："你咋知道？"他说："我有个哥哥在警察所，说你找过他。"女人说："那也好多年前的事儿了。"

他还是顾忌那些尸骨的存放处，便又问："你把他们埋哪儿了？"女人一指北面的山林道："都埋那里了。那里有个现成的大坑，好像是没用的陷阱，我就用上了。不用也不行，我个孤老婆子，啥家伙什儿也没有，得挖挺大个坑呢，就你们男人也挖不了，下头没多深就都是石头。"接着又叹息道："开始不让他出来当胡子，可咋劝也劝不住，整天跟人抢西家夺东家，和野兽没啥两样儿！他们也别怨我把他们埋在陷阱里，要真有下辈子，就指望他们都托生个凭本事吃饭的人。"

知道那些尸骨都埋在小溪以北的山林内，子昂觉得心安些。他更觉得面前这个女人坚强又可怜，决定帮帮她，又问道："那您现在住在哪儿？"女人说："还在放牛沟。也不知哪块儿骨头是俺家他的，就得一年来一回，清明来不了，就七月十五来。今年不想来了，岁数大了，走不动了。结果头阵我就病了一场，准是那帮死鬼又没钱花了，就又过来了。"

他又问："家里还有啥人？"

她叹息道："没谁了，儿子被日本人打死了，闺女都嫁人了，公公婆婆头两年也都走了。"

他心一震问："你儿子咋让日本人打死的？"

她说："日本人进牡丹江时，就打放牛沟那儿过的，儿子那会儿投了救国军，结果鬼子没拦住，倒把命搭上了。"

他为她儿子也是抗日的而激动，倒觉得她像自己的母亲，忙安慰道："我以后就叫您姨吧。你要不嫌乎这儿，往后就住这儿，这儿的房子都是新盖好的，你挑一个住。你别怕，我要在这儿开油坊，有不少人住这儿。"

她又惊讶，看着那些砖瓦结构的房子，像在寻找什么。

他不知她每年来这儿到底是做祭祀，还是有别的目的，但又不好问，解释道："我也抗过日，但我还活着，我就替你儿子照顾你吧，您就当我是您儿子。"

女人终于缓过神来，突然哭起来。这时，婉娇、芸香她们也都出来了，见一妇人对着子昂哭，就好奇地靠过来。

婉娇听子昂说了陌生女人的情况后，特意从自己房里拿出闲置的被褥和一些生活用具，然后叫上芸香、亚娃等人，一同帮着送到女人选的房内。

在帮女人布置房屋时，子昂才知道她本姓王，祖辈也是早年闯关东来到东北的，后在海林附近放牛沟落脚。因嫁给刘姓人家，便都叫她刘王氏。

但这些对子昂都不重要，重要的是她知不知道这里藏有财宝，这时见她情绪好很多，就又问道："您头次来这儿都见着啥了。"

她叹息道："都是人骨头，再就是些烂衣裳、烂铺盖，还有破缸、破碗、破柜子，没值钱东西，都让我点把火儿给他们送走了。那年还差点弄出山火来，亏了下场雨。"

他这才放心，虽然觉得她该得到那些财宝，但幸运的是自己，就当是天意，只要以后让她过上好日子，山神不怪，他心也安。随后他又对她悄声嘱咐道："跟我来的这些人，都不知道这里死过人，现在就咱娘儿俩知道，不要和她们讲，她们胆子小。其实真没事儿了，我把山神庙的师傅请来做的法，各屋还都贴了符，即使真有鬼，也都去他们该去的地方了。"

刘王氏笑道："我早就不怕了。你放心，我不和她们学那些事儿。"又感叹道："去年七月十五我也来了，还没这些房子呢。刚才我进来，还当走错地儿了呢。那个山神庙我也见着了，还寻思呢，这些年也没见有个庙，这咋冒出个庙来？"

他炫耀道："那庙也是我盖的。"

她又惊讶道："是嘛！你真是个有钱人。"

他愧疚道："往后我就是您儿子，我有钱也是您有钱，您就跟着我享福吧。"

她激动得抹着泪道："那敢情好。我咋跟做梦似的。"

他安慰道："不是梦，往后您就是我亲姨。过阵儿我爹我妈他们也都过来，你们认个亲姐妹，咱就是一家人。"

她激动道："真不是梦，那我后些年可就有靠头了。"说着又抹泪。

子昂这时更意识到，他所发现的那些财宝，主人应该就在那个合葬的坟内，也想那财宝主人曾经那般富有却没能享受到，一定死不瞑目。左右坟里的人不能将藏在世间的财宝要回去，他决定去那坟前祭拜一下。

他立刻去了山神庙，从云济那儿拿了一些焚香和烧纸，又让芸香备了一些酒菜，然后让刘王氏带他去坟地。

坟地就在北面山林内的不远处，是一座孤坟，坟堆并不大，上面的杂草已被刘王氏清理过，坟前留下烧过纸的痕迹，还有几块点心、几片肉和一把草花、一绺黄烟、一瓶酒。

子昂没去碰那些祭品，又在祭品前摆上一盘馒头、三碟肉菜和一坛干烧，然后点上三支香插在祭品前的土上，又将烧纸点燃，一边烧纸一边叨咕道："死者为大，入土为安，里面各位好汉都是我的前辈。以前不知前辈们在这里安息，这些天也没来看望你们，望各位前辈见谅。今天晚辈来祭拜，望各位前辈安息，以后每逢今日，晚辈都来祭拜。"

刘王氏很受感动，也跟着烧纸道："大当家的，孩儿他爹，你们以前的地上，来了一些新人家，你们以后不愁吃不愁喝了，可得保佑他们平平安安的。"

刘王氏说的恰恰是子昂此时最大的心愿，烧过纸后又跪地连磕了三个头，又搀扶着刘王氏出了林子，又对她解释道："我就寻思咱住的地上是他们原来的家，也不知会不会冒犯他们。"

刘王氏安慰道："都是走的人了，他想要也带不走。你都答应年年看他们了，这就可以了。"

他又承诺道："我马上找人把那个坟圆一下；里头那么多人，坟头太小了。"

刘王氏欣慰道："你还挺明白的。"

他如是道："我在棺材铺里干过活儿，这种事儿常听他们讲。"

刘王氏笑道："怪不得你不怕呢。其实也真没啥怕的。"他点了点头。

子昂说办就办，好像再晚一时，那坟里的鬼就会出来向他讨债，忙去街里棺材铺打了一块墓碑，上面只刻"好汉之墓"四个字，又找来几个瓦匠，先从四处均匀地取来土，将原来的坟包堆成近一人高，占地面积由原来的几平米扩大到二十多平米，又用砖围着大坟砌了一圈矮墙，当是鬼们被围在里面出不来，最后在南面立碑，又砌了一条宽半米、长一米的供台，将之前的供品都摆在上面。这时子昂有种如释重负的感觉。

再回到家里，子昂将认刘王氏为姨的事告诉了母亲。母亲欣慰道："你真是妈的好儿子。妈现在就想善待别人家的孩子，那样神就会善待妈的孩子，你妹妹就能平安无事了。你善待别人的妈，那神也会保佑妈的，是不是这个理儿？"他为母亲没对他擅自认个姨生气而开心。

子昂的父母已经和米家人打了招呼，说等香荷生下孩子过了满月就去山庄住，主要是帮子昂照看一下生意。

米秋成和格格夫人对子昂父母去留都没有明显倾向，只是格格夫人说："咱在一院儿里住了这些日子挺融洽的，你们这要走，还真把俺们闪一下。就是子昂做的生意真不小，还真得有个明事儿的人帮着照应点。"

米秋成也说："到哪咱也都是一家人。"

子昂虚假地对岳父母说："您二老也都过去吧，要觉着住不惯再回来。"

米秋成很如子昂心愿道："你那儿太偏了，还得钻山绕山的，出来进去也蹩脚。俺们在这儿住惯了，铺子和那大片地也不能丢下不管，得空儿我去你那儿瞧瞧就行。"

香荷早就从子昂的话里听出公婆不愿这样一家不一家两家不两家地住在一个院里，毕竟街坊邻居都认为这里是米家，已经把周家人都当成米家人，这时便又闭口不言了。

子昂要先带父母先去趟山庄，说是看看为他们预备的房子是否合适。米秋成和格格夫人看出亲家急着离开他们，心里虽然不是很留恋，但也觉得不爽。这时见亲家要去山里看房子，全当和他们毫不相干。

子昂是背着小脚母亲穿过那道山林的。当在山里见到一片砖瓦房时，周传孝感慨道："行啊儿子，爹挣了大半辈子的命，真连你一角儿都不如。行啦，我和你妈就靠你了，不再挣命了。"

母亲见了婉娇、芸香等人格外高兴，尤其看了他们老两口和芸香住的房子后，一下想起要认芸香做干闺女的事，就拉着芸香的手说："往后就甭叫我姥姥了，我认你做闺女，高兴不？"

芸香这些日子就等子昂的爹妈来认她做女儿，这时听子昂妈真要认她，激动得泪眼汪汪的，但还是又不安地看一眼婉娇。

婉娇暗中得了子昂，整日偷着欢喜，已不在意她和芸香由婆媳变成姊妹。这时见芸香还在顾虑她，便也说："改了吧。当初俺们糊涂，不该让你和平儿拜堂。可不管咋的，你到何家总比在你家享福。现在平儿没了，我也没法给你当婆婆了，以后就给你当姐吧。"

母亲笑道："这就对啦。香儿，快点的，这就把口改了吧，来，先叫俺声妈。"

芸香忙跪地磕头叫妈，母亲忙扶起她道："好闺女。"不禁又想起女儿子君，搂着芸香哭道："我的闺女啊！"但大家劝了一会儿便好了。

婉娇倒羡慕起芸香，她真想也管子昂的父母叫爹叫妈，可她知道自己成不了周家的媳妇，芸香可以叫爹叫妈，也只是做周家的女儿，自己与子昂已经有了肌肤之亲，自然也不能被周家父母认作女儿。

⊩第 084 章⊩

香荷生产的日子临近，大家都在期盼中等待，格格夫人几乎天天去供堂里拜菩萨，求香荷的肚子争口气，头胎就能生下男孩来，千万不要和她一样，只会生丫头。

一入末伏，香荷便开始觉病。接生婆早早就被接到家里住着，听到香荷叫疼，忙吩咐布置产房。两方母亲都忙得小脚紧倒腾，和接生婆一起将一脸痛苦的香荷搀到屋炕上。津梅则挺着肚子去烧水。

生产时，香荷不会用劲，在炕上疼得大声哭叫，子昂在外面心疼得不知如何是好。接生婆觉得香荷是难产，忙叫进女人，将屋中所有的箱柜门都打开，说是"开缝"，以便孩子顺利生下来。不知是"开缝"的缘故，还是香荷用正了劲，屋里终于传出孩子哭的声音，但却是个大家都不希望的女孩。

香荷恨自己的肚子不争气，不禁伤心地哭起来。子昂是女儿生下后第一个进产房的，他便成了踩生的人。虽然因为生下女孩都很失望，但踩生的人还是要选的。格格夫人说子昂造化大，就让孩子随爹吧，还说女孩随爹能有福。

子昂一边安慰香荷，一边端详着女儿。女儿已被洗过并包裹好，正闭着眼睛哭，还看不出像谁，但白净的小脸儿一定是随香荷。

他很喜欢，想去抱，见香荷又愧疚地哭起来，忙又安慰她道："别哭别哭，咱有闺女了，你看多招人稀罕。"

　　她哭道："都盼我生儿子，你还稀罕呢！"

　　他嗔怪道："闺女、儿子都是咱的孩子，凭啥不稀罕？"接着又哄道："以后咱还能生呢。其实我不在乎生啥，也就咱爹他们。他们爱咋想咋想，可谁要给你脸子看，我准和他急，爹也不行！"

　　她继续哭道："对不起你。"

　　他安慰道："这不怨你，怨我。不说吗，种瓜得瓜，种豆得豆，我种的是豆儿，你能生出瓜来？"他本想逗她乐，但她还是哭，便继续哄道："咱现在要做的生意就需要大豆，我看地里的豆子都长得挺旺，就给闺女取名叫豆儿吧，准保咱以后生意兴旺。"说着松开她，小心地抱起女儿，轻轻地晃着唤道："豆儿，豆儿，豆儿别哭啦。"

　　豆儿竟真的不哭了，但仍闭着眼睛，用力扭动着小脑袋，似乎在留意着周围的动静。香荷也止住了哭，泪盈盈地看着他问："这是啥名儿啊？"

　　他笑道："这是小名儿，大名等再想个更好的。"她终于感到一些安慰，但还是闷闷不乐。

　　正这时，第一个下奶的人来了，是津菊拎着一篮鸡蛋进来了。这是格格夫人事先安排好了的，第一个下奶的人，一定得是个亲近的全合人。津菊生了两个儿子，而且都立住了，父母公婆也都健在，爷爷公九爷又是个老寿星，是最合适的人选。

　　津菊将鸡蛋放到炕梢上，从子昂怀里接过豆儿，端详着说："多俊呢，把你俩的好地上都取了。"实际丑俊还看不出，就是哄着香荷高兴。

　　子昂客套地问："二姐夫也来了？"

　　津菊说："他个老爷们来干啥？在家看摊儿呢。"

　　他知道骏先还在和他耍傲气，并不在意，也不主动去亲近，面上过得去就行，根本不在乎他来不来。

　　他让姐俩说说话，自己出了屋，见母亲正拿一根红布条端详着门上框，知道母亲是要将红布条钉在门框上，以提醒外人里面正有女人坐月子，不得擅入，尤其防止男人误入，自然也有避邪的说道，也是提醒前来下奶的女人不得空着手入内。按照习俗，下奶要带礼物来的，否则会把产妇的奶水带走。

　　自打香荷生下女孩后，米秋成虽没有怨声，但总是愁眉苦脸、唉声叹气，烟袋几乎不离口地抽，棋也不下了，吃饭也不像往日那么香。

　　香荷能想象到爹这时一定不开心，觉得很对不住爹，也对不住周家。她甚至对自己以后能不能生下儿子感到怀疑。尤其听说女儿多半有一个随妈的，她和妈感情最深，没准她就随妈只会生丫头。但她更担心自己将成为周米两家的罪人，在子昂心中的位置也会越来越低，就像妈这大半辈子，一直在爹面前活得不仗义，一直被爹奚落着。

　　自打看到那封遗书后，她对很多事情都敏感。特别在她怀孕期间，她明显感到子昂已经发生了变化。开始他总为禁房焦躁不安，可后来见他平静下来，就怀疑他在村妮家和在山里和芸香、婉娇有那种事。她不再对子昂讲的事情感兴趣了，而真正关心的却又没法问。芸香由婆婆的外孙女变成干女儿，这就让她隐隐感到事情正朝着遗书上说的方向发展。生下女儿后，她又隐隐感到周米两家都对她很失望，而她对自己以后也没有足够的自信。

生下豆儿后，除了母亲、婆婆各照看她一宿外，其余的夜里都是子昂陪着。虽然还得一个月才能办房事，但她还是没再听他说过那里涨得疼的话，隐隐有种不祥的感觉。她感到她所担心发生的事情已经发生了。

夜里，她梦见子昂和三姐津梅成亲了，而她却得到子昂的一纸休书，休书上责怪她生不了儿子。子昂俊逸光彩又迷人地对她说："娇儿姐子死了，我要和她生儿子。"怎么是婉娇？不是三姐吗？再看那花轿里，新娘子果真不是三姐津梅，是小姐天娇。格格夫人挤上前对天娇说："香荷儿啊，一定要争口气，生个儿子。"

她急了，哭着对母亲说："妈，你糊涂了，她是我小姐儿，我才是香荷儿呢！"

格格夫人愣了，看看她，又去看看天娇，不安道："快把子昂叫来！"

津梅过来安慰她道："老妹儿，咱不理这号男人，你看三姐，现在不挺好的，以后咱俩做伴儿。"

她生气道："谁和你做伴儿！"说着去寻子昂，进了自家屋，见正在灶房做饭的芸香冷脸对她道："你来干啥？这是俺家！"说着从柴火筐里拎起豆儿塞给她道："你的丫头片子！"豆儿被吓得大哭，她心一惊醒来。

豆儿果然在她身边哭着。子昂先被孩子哭醒，刚刚点亮煤油灯，见她也醒来，问："是尿了还是饿了？"

她忙为豆儿换了裤子，然后又亮出自己丰满白嫩的乳房喂豆儿。白天气温很热，她又正坐月子，肚兜也没挂，便只穿件粉色薄衫，是方便豆儿吃奶。豆儿不哭了，闭着眼睛吮吸着奶头。

子昂坐在一旁看女儿吮奶，再看香荷，见她又在流泪，问道："又咋了？"说着为她擦泪哄道："别哭，坐月子哭不好。告诉我，到底咋的了？"

她说："没事儿。"

他又问："没事儿老哭啥？你肯定有事儿，告诉我。"

她委屈道："我害怕。"说着哭起来。

他不安地问道："你害怕啥？我在呢！"

她哭道："我怕和俺妈似的，总也生不了小子。"

他嗔怪道："你看你，老寻思这事儿干啥？没事儿，生啥都是宝儿。你看你们姊妹六个，不也挺好吗。你要生六个闺女，都像你一样，又俊又白净，那我这当爹的多神气。好了，别哭了，你要老为这事儿哭，那我咋办哪？我不说了吗，错不在你，都在我。"

尽管他反复这样安慰，香荷还是被那个心痛的梦所困扰。她从何耀宗的遗书中不难看出，子昂和婉娇、芸香的感情绝对不一般，很难说他在兴隆客栈养伤时，他们之间到底发生过什么。还有子昂和懿莹的关系既然已经到了婚嫁的程度，可为什么又被罗家取消？会是真的因为他抗日？芸香、婉娇为什么冒险救他？能说就因他住过她们家客栈？住她家客栈的人多了，她们能有那么多好心？再之后，子昂又为什么不顾一切地身入妓院去救婉娇？是真的报恩，还是另有原因？他为什么把她们都带到龙凤来？难道牡丹江真的容不下她们？何耀宗到底为什么要自杀？难道真的只因平儿死了？子昂妈为什么要认芸香做女儿？难道她真是因为丢了女儿吗？要那样，咋不认婉娇做女儿？这些对于香荷来说，都已经由开始的听信变成难解的谜团。但她也意识到，不论他曾经做过什么，她都无法离开他了，离不开他的英俊、才艺和财气，也离不开他不厌其烦地给她洗脚、揉脚，甚至亲吻她的脚，况且又是他给米家带来了富有和风光。

她不想多事，担心现有的美好会因为她更完美的追求而崩溃，就像三姐与三姐夫，因为爹和三姐的不宽恕、不退让，最终换来的是破碎。爹再会武、再暴躁还能怎的，人家一纸恶人先告状的休书，彼此就没有任何关系了，到头来，丢人现眼、鸡飞蛋打的还是米家的人。张宝来方方面面都与子昂不可比，总算有点钱，便偷着做了那种丢人的事，而子昂现在财大气粗，他要想做什么，谁能控制得了？眼下，就凭公公不愿周家孙子随米姓，又凭婆婆对芸香的喜欢，待他们也搬进山里后，没准会为保周家早日得孙子，真让子昂将芸香收了房，就打偷着收，只要生下男孩，她成为周家的媳妇也就名正言顺了。

见她一直哭，子昂心里开始焦躁，嗔怪道："你说你这是何苦呢！"接着又安慰道："不管谁的错，咱就顺其自然吧。"

她也不想再苦恼了，既然事情明摆着，干脆就都顺其自然，让子昂把芸香收了房，为周家生孙子，自己日后若能生下男孩，只要生下一个就天下大吉，生不下来也不至于两家都怨她，真就犯不着天天这么忧郁地活着，便对他说："不是谁错的事，两头爹妈都想抱孙子，就指我一个肚子怕误事儿。那封信我都看了，你就让芸香给你们周家生孙子吧，我生不生都不耽误你爹抱孙子。"

他简直不敢相信自己的耳朵，惊讶地看着她道："你说啥？"

她又补充道："就按那信里说的办吧，我不怪你。"说完竟长舒口气。

想她刚才哭得蹊跷，他感到她是忍痛做出这种决定的，本该令他欣喜的事，这时他却心疼得高兴不起来，问道："你刚才是不是就为这事儿哭？"

她低头看着豆儿裹奶道："不是，就怕耽误你家传宗接代。还怕误你的事儿，你太折腾人，有了芸香，也省得你那儿老憋得难受。"

他羞愧难堪，紧紧搂着她说："咱不唠这些。"说着将手伸到她的另只乳房上，一边抚摸一边说："咱妈让我没事儿给你揉奶子，说这样下奶多。"

她苦笑一下道："等孩子吃完的。"

见她还是笑了，他继续哄她开心道："我也尝尝啊？"

她撇下嘴道："不害臊。"但在她为豆儿换奶头的时候，他还是裹了她的奶，一边品味一边说："香！"

她推开他道："别丢人了！一说让你娶芸香儿，看把你美的。"

他忙狡辩道："我可没当真，这也就是说说拉倒的。"

她却认真道："我是当真的。你要不好意思说，我和咱妈说。"他不再说什么了，希望她的话能得到双方父母的认可。

第二天，子昂妈又送月子饭，香荷真就把她的想法又说出来。子昂妈先是吃惊，然后将香荷揽在怀里说："俺香荷儿可真懂事儿。你说的真挺在理儿，可这事儿你爹你妈能高兴吗？"

她感到婆婆正在欣喜，也觉得婆婆早有这种想法，叹口气道："这种事儿都是婆家做主。"

子昂妈说："不中不中，这可是大事儿。保两家都抱孙子是好，可为这伤了和气就不好了，我还是和你爹妈合计下。"然后亲手喂起她。

周传孝虽然嘴上答应香荷生头个男孩随米姓，但心里一直为此感到不爽。忽听自己女人说香荷有意让子昂纳芸香，顿时也惊喜不已，也夸香荷通情达理。

子昂妈又顾虑道："就怕亲家那头不高兴。"

周传孝脸一绷道："我都答应把孙子给他们一个了，他们凭啥不高兴？啥事都得讲个公平，别剃头挑子一头热。"

子昂妈说："那咱也不能饿着来，咋说也是亲家。"

周传孝说："这得趁热打铁，赶紧和他们唠，香荷都同意了，咱还不赶紧就着台阶上？"

于是，周米两家的长辈们又聚到一起商量。子昂妈没敢说是周家的意思，直接把香荷端出来，然后才说："香荷这孩子平时不爱说，可想事儿真不少。"

米秋成和格格夫人顿时都愣在那里。周传孝接着说道："按说咱不该有这种想法，可香荷担心得也有道理，终归她得为两家生孙子，这头一个就是丫头，后一个能不能生小子也难说。"

子昂妈立刻嗔怪道："别说那些不吉利话。"又笑着对格格夫人说："是香荷儿这么说的，我还说她呢，年轻轻的，只要能生就不愁。"

格格夫人终于缓过神来，不自然地笑道："这个傻丫头！她说的是没错，那天她还问我呢，会不会像我似的，生了一辈子也没生出个带把儿的？咳，我咋说呀？我说我要啥都知道，还能有你这小老丫儿？我也明白亲家的心思，不过呢，这男人多个媳妇就是纳妾了，纳妾这里面可有老些说道了！"

子昂妈说："说道也就是家里趁钱不趁钱。"言外之意是说周家也趁钱。

格格夫人又叹口气道："钱是一回事儿，主要是官府的说道。"

子昂妈不安地问："官府咋说的？"

格格夫人说："要说大早先呢，纳妾只是当官的事，有诸侯一聘九女的规矩，就是男人做了官可以娶九个媳妇。皇上就更多了，三宫六院七十二嫔妃。咱老百姓就不行了，一辈子只能娶一个媳妇，谁要娶小老婆，那可是犯国法的。"

子昂妈先是一愣，随即半信半疑地说："那咱也不是没见过娶好几房的，就是有买卖做，也没当啥大官儿，他们就不怕犯国法？"

格格夫人说："庶民纳妾是有，那是蒙古人进中原以后才允许的。当时的皇帝叫忽必烈，有个大臣给他上书说，不孝有三，无后为大，有些庶民四十多岁了还没儿子，请皇帝允许庶民也可以纳妾。忽必烈答应是答应了，可是有三样不行，一呢有儿子的不行，二是不到四十岁的不行，再就是没经官府同意的不行。谁要私自纳妾，就大清国那会儿都不行，先送官府打四十板子，再罚一大笔银子，末了还得把妾送回娘家去。要看子昂对香荷那个好，让他多房媳妇也没啥，可他才二十四岁，是怕官府找咱麻烦不是？"

周传孝已执意让子昂纳妾，这时反驳道："亲家母说的官府，一准儿是大清国的官府，这都民国二十多年了。袁世凯是民国的吧？管他是皇帝还是大总统，发个告示就管用，他就允许老百姓纳妾，只要你养得起就行；有多少趁钱的，一娶娶家好几个！咱民国还有个'三不知将军'，叫张宗昌。为啥叫他'三不知将军'？是说他钱有多少不知道、兵有多少不知道、姨太太有多少不知道。再一说了，咱现在连民国都算不上了，满洲国是日本人管的国，要说有官府也是日本人的官府！咋的？咱中国人多娶房媳妇还得让日本人来管管？"还真就把格格夫人驳得无话可说了。

米秋成一直没出声，自然是心里不痛快。这时他很纠结，虽然一辈子想要儿子没如愿，现在终于有机会让香荷为他米家生孙子，这不能不感激周家慷慨大度。现在虽然周家在逼他们同意子昂纳妾，就是不在乎亲家之间日后相处得如何，只从礼尚往来上讲，也不好不给周家这个面子。开始他想赌气说米家不要什么孙子了，香荷生下男孩该姓什么姓什么，子昂也别惦记纳什么妾，但转念又想，自己这些年就盼着有个继承米家香火的，眼下这个夙愿明明可以实现的，就为了赌气而白白地断了米家绝处逢生的香火，实在不忍心！这时听出周家执意要让子昂纳妾，这面同意了是礼尚往来，不同意亲家也得成仇家，倒显得米家处事不厚道，终于不冷不热道："香荷儿自个儿愿意，你们也有这意思，俺们就不掺和儿了。"

格格夫人又愣在那里。子昂妈已不管米家老两口心里高不高兴了，听米秋成这么说，立刻笑道："那敢情好了。这可给俺香荷儿减轻不少压力，往后一门儿心思给亲家生孙子就中了，咋也能生一个。"事情就这么告一段落了。

子昂爹妈离去后，格格夫人一脸怒色地埋怨米秋成道："你呀你呀，一点儿也不长个脑子。"

米秋成不耐烦道："你长脑子！人家把孙子送给咱了，咱就忍心耽搁人家抱孙子？"

格格夫人怒不可遏道："你满脑子都是孙子，我看你都快成……"她想说他都快变成孙子了，但见米秋成冲她一横眼，顿时闭了嘴，愤愤地转身出去了。

津梅正在灶房内，显然已听到屋里说的话。她对子昂要纳妾的事也感到别扭，但她有短处掐在子昂手里，眼下自己又怀着李春山的孩子，再有两个月也该生了，但又不能生在娘家，只能依靠子昂帮助，便不好干涉此事。

虽然事已成定局，但格格夫人还是对津梅发牢骚道："你都听着了吧？香荷儿傻，你爹也跟着缺心眼儿！"

津梅安慰母亲道："妈，别生气了，我也觉着这样对大家都好。"

格格夫人立刻瞪眼骂道："滚你爹个腿儿的！"直接朝屋外走，嘴还不停地骂："一窝儿傻狍子！"可刚出门又转回来，她被气蒙了，一时不知要去哪里好，转了两圈才进了对面屋。

津梅也跟了进去，想劝说母亲接受这个事实，她想借此报答子昂对她和春山的呵护。但她很快就被母亲骂了出来，最让她伤心的一句骂是"自己一屁股屎，还觍脸给人擦屁股，滚边儿去！"

她真想哭一场，可一想到自己不久就去山庄住子昂新盖的房子，还方便和春山在一起，便随便母亲怎么骂，也更加无所顾忌地可以离开父母去山庄了。

▶第 085 章◀

山里的葡萄已经有熟的了，一些采山人家便将已经变成黑紫色的采回来或卖或酿成果酒。米家也年年用山葡萄酿成女儿红，只要集上有卖的就开始往回买。

津菊和骏先一人拎一篮子葡萄过来，见父母都不高兴地躺在炕上，津梅和两个女儿都在一旁守着，便问出了什么事。津梅的大女儿丹青抢嘴道："老姨夫要娶新媳妇。"

津梅、骏先都没听懂，再问津梅，才弄明白子昂要纳芸香为妾，都很震惊。

津菊气得要疯了，骂周家人没把米家放在眼里，无非是趁钱趁得狂妄，后又听津梅说是香荷先提出的，便起身去问香荷。格格夫人霍地爬起来说津菊："老实待着你，香荷儿还没满月你惹她干啥？"

津菊说："我去看看她。"

津梅圆场道："妈，我陪二姐过去。"

格格夫人没再阻拦，又警告不许训斥香荷。

子昂又去山庄了，子昂妈正陪香荷逗孩子，显得很亲近。见津菊和津梅进来，子昂妈热情招呼着。津菊虽然礼貌地应着，但还是露出不高兴。子昂妈猜她来者不善，一边下炕，一边笑道："你们姐妹儿说说话儿，我回那屋干点活儿。"说完穿上小鞋，一顿一顿地回对面屋了。

把子昂妈送出屋门，津菊回到香荷身前低声问："你咋让子昂娶二房呢？你咋这么傻！"接着又哭丧着脸道："哎呀妈呀，我咋摊上这么个傻妹妹？"仍不解气，又训香荷道："你都傻透腔儿啦！哪个女人愿让自个儿男人娶二房？有也是城里那些达官贵人，那都是没办法的事儿，他周子昂算啥呀？"

香荷让子昂纳芸香自然是出于她的不安和忧虑，本想摆脱这些困扰就能心静，又可让子昂顺心如意，让公公婆婆不再怨恨米家，不想事一出头就先挨了母亲的埋怨，这又遭到二姐训斥，心里委屈地哭道："我也不愿意，可我和你们不一样。"

津菊仍板着脸问："啥不一样？噢，有人管你叫娘娘，你就觉得他是皇上了？让他三宫六院，你当正宫娘娘呗？"

香荷止住哭，一脸不耐烦道："瞎说啥呀你，你敢是就为一家生小子，我得生两个姓儿的！我怕生不出来，能生一个就不错了，那他家也不能没有孙子。谁能生谁生，反正也是那回事儿。"说着透过泪水看一眼津梅。

津梅立刻领会香荷说的是那封遗书里的事，忙冲香荷皱眉摇下头，立刻被津菊发现。津菊感到蹊跷，忙问道："干吗呢？那回事儿是哪回事儿？"

津梅遮掩道："啥事儿都没有，你把老妹儿弄哭了，咱妈知道肯定得骂你。咱不是看老妹儿来的吗！别在这儿唠些没用的。"

津菊感到无法说服香荷，又气哼哼地回西屋了。

子昂妈回屋后一直立在门口，她想透过门缝听对面屋说些什么，但听得不清楚。忽然，隐隐传出香荷的哭声，接着香荷说的话也断断续续地听清了，脱口骂了一句："这个欠儿登！"

周传孝躺在炕上还没睡，忽听自己女人在地上骂一句，挺起脑袋朝门口看，见她贴着门框站着，坐起问道："骂谁呢？"

她过来小声说了津菊来的事。刚说没几句，又听对面屋有人出去，忙下地开门瞧，见津菊已经出了房门。

因不放心香荷，她又去了对面屋，见津梅正给香荷擦泪，忙过去安慰道："哎哟，这是咋了闺女？刚才还挺高兴的呢！"

香荷擦下泪道："没事儿，眼睛迷一下，好了。"

子昂妈说："没事就好。"接着又问道："你二姐咋没多待会儿？"

津梅说："她就过来看看香荷儿，二姐夫还在那头等她呢。"又笑道："婶儿，俺老妹儿真有福，有你这个会疼人的婆婆。"

子昂妈笑道："俺拿香荷儿当亲闺女。"

津梅玩笑道："那你娘俩唠，我去那屋。"说着也回西屋了。

津梅回到父母屋，津菊冷着脸问她："你刚才干吗呢？"

津梅不愿看她冷脸，反问道："啥我干吗呢？我一个臭要饭的能干吗？"

格格夫人骂道："你个丧良心的，在这儿屈着你啦？就苦了我了，天天挨着累还憋气。"

津梅忙将矛头指向津菊道："那你看我二姐呀，刚才把香荷儿训哭了，这又冲我来。"

格格夫人生气地打一把津菊道："你咋这么嘚瑟！刚才跟你说啥了？你到底把她弄哭了！"

津菊不耐烦道："我就问两句她就哭了。你老闺女啥样你还不知道？我是生老三的气，我问老妹儿话，她在那儿挤眉弄眼的，她们有啥保密事儿？"转头又问津梅道："你是不有啥背人的事儿？"

津梅心一惊，担心津菊知道他和春山的事，怀疑是子昂泄了密，强作镇静道："那你说我有啥背人事儿？"

津菊说："你不说我哪知道去？"

津梅暗松口气道："你说话没轻没重的，我不让老妹儿和你一样。她还没出满月你就惹她哭，把奶憋回去咋整？让孩子吃你奶呀？"

津菊发怒道："等吃你奶吧！"随即又忍不住笑道："少贫嘴！我是问正事儿，你是不当这是小事儿？"

津梅开始阴阳怪气道："不小啊！这可是两家的大事儿！你看，一个是米家，一个是周家，又都办大事儿，大米粥啊！"

丹青、丹红小姐俩哈哈地笑起来。米秋成竟显得兴奋，从炕上爬起道："嘿，你别说，这还真巧了，都是一锅儿里的。那也得先有米，没米哪来的粥？"

津菊愣一下道："先有米不也得放在锅里熬吗，把米变成了粥（周），谁还捞咱的米？那就是粥（周）了！"

米秋成没听懂，问："你吗意思？"

津菊说："咱让他周家算计了！"

米秋成觉得无聊道："甭说那些没用的，反正是一锅儿里的。"

津梅插话道："一个锅里的，哪个少了都不行。还得说老妹儿早把事儿想到了。你想啊，咱家都是姑娘，他家就子昂一个小子，要是香荷儿就生一个小子呢？咱爹是抱上孙子了，那子昂他爹呢，只能抱孙女儿，还不窝囊一辈子！"接着又神采飞扬地道："所以香荷儿就想了，俺就管为米家生孙子，周家的孙子，就让别人生去吧！"

见津梅得意的样子，津菊反感道："别搁那儿臭美，不就变个姓？变成咱家的姓，就真是咱家孙子了？那骨血不还是人家的。"

米秋成听了津梅的说笑心里还真挺舒服，可再听津菊的话就不痛快了，眼一瞪道："你放屁！吗人家的？你们身上流的血都外人家的？是我的！我闺女生的孩子，也有米家的骨血。吗叫外孙子？孙子还是孙子，就是姓了外人的姓！换了姓，孙子就回来了！"

津菊仍不服地嘟囔道："整天是孙子，还能指孙子活一辈子？"

米秋成更恼了，骂道："放你妈个屁！你们少掺和！这事儿就我定的，变不了了！去去去，都家去吧！"

津菊、骏先都傻了眼。津菊越想越委屈，哭道："那咱也不能就这么便宜他们。爹，俺不是想惹您生气，当初您是指香荷招上门女婿的，后来变了主意，咱不就图他家有钱吗？现在子昂又多了个媳妇，那他们得两头填乎，那咱香荷儿不就一斤少八两了吗？那丫头要给周家生下孙子，那她就是周家的功臣了，咱香荷儿要再生个丫头，她在周家还有说话的分儿了吗？本来就不爱说，这回在人家就得成哑巴了！俺们还寻思指着香荷儿给俺们多填补点儿，这还指啥呀？到时谁知子昂听谁的？你们还没看出来，那丫头可比咱香荷儿会来事儿，我就觉着子昂他妈对她，比对咱香荷儿还亲。这叫啥事儿呀，前儿还是姥姥呢，这一下要变成婆婆了。"

津梅觉得二姐说得有道理，但她还是怕这些不满情绪被周家人在外面听到，尤其怕两家一旦因此闹翻脸，自己的秘密也容易漏出来，就说："二姐，现在提这些有啥用？人家本来就不是亲姥姥，后认的还有准儿？再说了，一个大闺女，给个不懂事儿的孩子当媳妇，也是说不过去。"

津菊反驳道："还有一下生就娶媳妇的呢！这年月，当童养媳、娶大媳妇儿的不有的是！她咋的？甭管大男人小男人，嫁了就是她男人，到啥时都得认！现在她男人没了，那就是个寡妇！"

格格夫人也担心道："你小声点儿，别让他家人听着。"

津菊蛮横起来道："听着就听着，我还想和他们说道说道呢！"

米秋成怕津菊搅了他的好事，又瞪眼道："你敢？去去去，大人的事儿，你们都少管！"

津菊不甘心道："爹，你老闺女都当妈了，俺们不是小孩子了，还啥大人小孩儿的？这是咱自家的事，都得管。"

米秋成冷着脸问："吗事儿你都想管！这是礼尚往来的事儿，谁也管不了！"

津菊懊恼道："咱家人要不提这一茬儿，哪有这烂事儿？"

米秋成说："说一千到一万，咱不是提了嘛！"

津菊又埋怨起香荷道："香荷儿就是个傻狍子！小小的岁数，生孩子的日子还在后头呢，也没准儿能生一炕小子呢！"

　　米秋成这时想得更开了，有人替周家生孙子，周家怎么也不会在香荷身上变卦了，将来他抱孙子也就更保准了，不禁觉得津菊太多事，又呵斥道："别搁那儿瞎白话！还生一炕？你妈还生一炕呢！有我中意的吗？"

　　格格夫人顿时不悦道："你这臭狗嘴，又扯我这儿来了！生一炕不都是你的吗？哪个是我偷来的？这个不中意，那个不中意，我还不中意你呢！"

　　米秋成皱起眉头问："你不中意？吗不中意？"忽然觉出味来，恼火道："姥姥的，你骂我是你儿子是不？"

　　格格夫人并不示弱道："就你？快得了吧！"

　　见父母真都动了肝火，大家想笑又都绷着。津菊忙转移话题道："妈你俩别吵了。爹，您看您，总说不中意，俺们哪个不孝顺您？"米秋成知道自己把话说重了，却并不服软，仍瞪眼道："香火儿都断了，光孝顺顶吗？嫁出的闺女泼出的水，你们孝顺是俺们偏得，你们要不来孝顺，我还能上你婆家说不是去？"

　　骏先一直不敢插话，这时也沉不住气了，说："爹，到啥时咱都一家人。"

　　没等骏先说下去，米秋成不感兴趣道："你们说的不是一码事。就这么着，该忙啥忙啥去，都回吧。有吗大不了的？一个大男人，多个媳妇也大惊小怪。要不是八国联军打天津，我也两老婆呢！"显然还对格格夫人那句骂耿耿于怀。

　　格格夫人立刻冲米秋成瞪眼道："呸！要没八国联军我跟你？我还在皇宫里当皇后了呢！"

　　米秋成口气缓下来道："做美梦去吧，现在都亡国了，你到满洲国当皇后去吧，人家得要你呀！"

　　津梅忍不住笑起来，骏先和两个孩子也跟着笑。津菊正为说服不了爹而窝火，见津梅突然笑起来，心里更烦，训斥道："正经嗑儿不唠，这又笑得跟二傻子似的。"

　　津梅继续笑道："我想当老二，咱爹也不让啊！"她把"二傻子"又推给了津菊。

　　津菊懊恼道："别嘚瑟！说正经的！你天天住在这儿，老妹儿有事儿你该先知道，你咋不帮妈劝劝她？"津梅故意阴阳怪气道："俺自个儿还一屁股屎呢，哪敢给别人擦屁股？"

　　格格夫人听出是挖苦她，冲津梅骂道："你爹个腿儿的，还学会记仇儿了！你净帮倒忙儿还有理了？那会儿还恨子昂恨得跟啥似的，这会儿又帮着人家和稀泥，我还真就纳了闷儿了，你这葫芦里到底卖的啥药？"

　　见母亲怀疑自己，津梅不安道："哎呀妈呀，我能卖啥药？这都是老妹儿和子昂他俩的事儿，跟我啥关系？"又向津菊诉苦道："二姐，天地良心，就为子昂带来那些人，我还和子昂翻过脸呢！可子昂开始没那意思呀，还拿芸香当外甥女儿呢。那天子昂他爹妈来提这事儿，我也吓一跳。可人长辈儿在一块说事儿，我能跟着岔乎吗？后来我怕咱妈气出毛病来，寻思劝一劝，可咱妈就说了：你自己一屁股屎还没擦净呢，还老给别人开屁股，滚边儿去！晚间我在被窝儿里哭了大半宿，我跟谁说去呀？"说着委屈地哭起来。

　　格格夫人心里愧疚，上前搂住津梅也哭道："哎哟我的闺女哟，这可真是受屈儿了。是妈错了，妈那会儿不让他们气糊涂了嘛！"

见母亲也哭，津梅忙止住哭，安慰道："妈，你别的，我也是话儿赶话儿，要不也想不起说这些。"

格格夫人便擦着泪说："行啦，啥都别说了。"

津菊仍不甘心道："别的可以不说，周家的钱总得说说吧？就算咱不怨子昂娶二房，那正房也是咱家香荷儿呀！咱是图他家趁钱才把香荷给他的，谁知他这么快就多出个媳妇来，这日后他要是三妻四妾的，俺们沾不着光是小，香荷儿还不得吃糠咽菜穿补丁？咱得跟子昂说，他要想纳妾就别当家，香荷儿咋的也是正房，这个家得让香荷儿当；他要是答应，他娶几个咱都不管，大不了多管几个白吃饱儿。"

米秋成又训道："老实儿待你的！都家去吧！"

格格夫人叹口气道："也不看看你老妹子啥能耐，整天跟个闷葫芦似的，哪怕赶上你们一半儿也中。"

津菊说："俺老妹儿就是不好说，心里比谁都有数！"

格格夫人说："管家可不是看家，不会说不会道，光心里有数管吗用？天天跟人生闷气儿去？"

津梅立刻又为自己离家去山庄找理由，忙说："子昂可说了，开油坊、磨坊，还得带着养猪、养鸡丁挣钱。他想养一千头猪，那得是多大的生意呀！就打子昂让老妹儿当家，她啥事儿都不靠前儿，家里有多少玩意儿都不知道，当也是白当。反正我不能把孩子生在娘家，过阵儿我就得跟着进山，我想借这机会帮老妹儿看着点儿，老妹儿发句话就行。"

津梅嘴上这么说，心里却明白她无法干涉子昂的事，子昂不干涉她和春山的事她就感激不尽了，她说去帮香荷看家，也不过是想以后名正言顺地留在山庄。

津菊也不同意津梅把孩子生在娘家，立刻对父母说："我看行。老三也挺闯实，还会算账儿，让她帮老妹儿看着真行！"

骏先也抢话道："这事我干行！我做山货买卖都能做，管他那点账不算难事。"

津梅顿时不悦道："我是顶替香荷儿去的，你顶香荷儿算怎么回事儿？"

骏先脱口道："那有啥不能的？"

米秋成立刻不耐烦道："干吗吃的不知道？忙你自个儿的！"

格格夫人责怪米秋成道："你就不能好声说？"又对骏先说："不是拿你当外人儿，这生意是人子昂做的，香荷儿是他媳妇儿，你当连襟的去替她媳妇看家，搁你你乐意？"

骏先这才意识到自己说的不妥，只是尴尬地点点头。

这时，屋门突然开了，子昂和父亲出现在门口，屋里人顿时都不知所措了。子昂显得很平静，说："你们放心吧，我不会让香荷儿受屈儿的，我早说过我都听她的，她要当家她就当，她要不愿操心，就让三姐看着我，左右我自个儿也忙不过来，有些事儿还真就得用咱自家人才放心。"

周传孝本来想睡午觉的，听说津菊来搅事，便怎么也睡不着了，有意到院子里探听津菊还想怎么搅和，听见米家人的说话声从敞着的窗里传出来，索性靠近窗户，听得更加清晰。就这时，子昂从外面进来，他忙用手指比画，示意里面有秘密，让他悄悄过来也听听。

子昂听的不多，却越听越生气，他只生津菊和骏先的气。本来他想让香荷介入到他的生意中，婉娇也不会和她计较，可米家人合起伙来对付他，他必须要提防包括香荷在内的米家所有人。但他并不担心津梅要替香荷当他的家，不管她去山庄是什么目的，他都有办法让她当个摆设。

米家人虽对周家父子偷听他们说话感到不爽，但子昂一席话，还是让米秋成和格格夫人心里踏实许多，津菊也不再想和周家说道，倒对自家人背后算计周家感到难为情，便说就按子昂说的办。

面对家人都反对子昂纳妾，香荷也开始后悔自己主动让子昂纳芸香。晚间，她将豆儿喂饱后放进摇篮里悠睡，然后在子昂为她揉乳块时试探着让他放弃娶芸香，她强作笑颜道："兴许我和大姐三姐一样，先生闺女。"

他立刻明白了她的心思，觉得她很可怜，又实在不忍放弃和芸香曾经的梦，说："那你生头个小子也得姓米，我已经答应咱爹了，咋得说话算话。"

她也听出他让她也要遵守诺言，只好又暗中妥协，叹口气道："让你多个媳妇，俺家也算报答你了。"说完推开他的手，又去悠摇篮。

见她很沮丧，他心疼又心虚地从后面搂着她道："最好你和咱妈说，就说你能生小子。"

她觉得没有意义，挣开他道："拉倒吧，俺又不是神仙。我困了。"然后躺进被窝合上眼。

他很纠结，想终止纳妾，可那会让父母很扫兴，芸香又多么渴望和他在一起，不然还有谁能让她开心？

这时，他既为自己还能和芸香结为夫妻激动不已，又深感愧对香荷和婉娇。她们三人在他心中同等重要，他也只能在同等对待香荷和芸香的同时，继续偷偷疼爱婉娇。

芸香倒是可以面上被他疼，可与香荷比，她终归是个妾。他知道妾不如妻尊贵，却不知规矩上二者究竟有什么区别，又不好去问陆举人，是怕自己明目张胆地纳妾会让哥哥们反感，便想问问父母是否懂一些。

见香荷不愿理他，他以商量的口吻道："我还不困，我去咱妈那屋说会儿话，等你睡一觉的，我再给你揉；里面的疙瘩快揉没了，咋得再揉些天。"

她仍闭着眼道："去吧。"他犹豫片刻，还是出了屋。

到了对面屋，见父母已铺被褥还没躺下，他开门见山道："都说妻和妾不一样，也不知咋不一样，我干爹能知道，想去问又不好张这个口。"

周传孝正坐在炕梢吸烟袋，听儿子一问，顿时来了精神，胸有成竹道："这事你还用问他？你也太小瞧你亲爹了！"

子昂半信半疑道："真的假的？"

母亲一旁挖苦道："你爹别的不行，就这事儿可上心了。"

周传孝立刻瞪眼道："别惹我不痛快。"

子昂没听出母亲话中含义，急于知道纳妾的规矩，催促道："爹你说说。"

母亲低声提醒道："小点声，别让香荷儿听着。"

周传孝这时顺从道："小声小声。"又郑重地对子昂说："妾和妻真就不一样。说难听点，妾跟丫鬟差不多，就是比一般丫鬟高贵点，和正室比差得远呢！正室有六礼，就你干爹说的那六礼；你妈和香荷儿都算是按六礼娶的。妾就没资格按六礼出嫁，进门时还不能穿红衣裳，不能坐八抬大轿，不能走正门，不能拜天地，不能拜高堂，也不能入族谱。进门那天，妾只能穿套粉色的衣裳，坐小轿，走侧门和后门，进门后还得给正室敬杯茶。"

子昂心里不平衡，问道："那芸香儿还得来给香荷儿敬茶？"

母亲不屑道："甭听你爹瞎嘞嘞。"

周传孝不满道："我咋瞎嘞嘞？要不就去问问子昂他干爹，有半点假话我是你儿子！"

母亲一撇嘴道："真的我也不想听。"

周传孝不悦道："你不听拉倒，我说给儿子听。"又对子昂说："老规矩就是这样，不过现在国都亡了，规不规矩就都是咱家里的事儿了。"

子昂想了想说："咋说咱得感谢香荷儿。要我说，敬茶就免了，别弄得跟两辈人似的，到时带些礼品来谢谢香荷儿就行，世道变了就变着来吧。芸香儿进何家时坐过八抬轿子，过后俺俩得在山庄成亲，不用轿子也行，但红衣裳红盖头必须得有，还得办喜宴，拜高堂。"

母亲嘱咐道："咱别亏着芸香儿，你俩成亲也别太张扬，包子有肉不在褶上。"

子昂点头道："知道了。"然后返回他们的屋，见香荷和孩子都睡了，也脱衣躺下，发现香荷并没有睡，心里不安起来，又小心轻轻地为她揉着乳房，见她没有拒绝才坦然。

镜泊岩（下）

李文富 / 著

　　美丽的镜泊湖不仅是世界闻名的旅游胜地，也是中国人民实现国家独立、民族崛起的一个永远值得纪念的红色圣地。

黑龙江人民出版社

目录
contents

第 086 章

山庄里的生意正式开张了。按着婉娇的想法，子昂先在集市附近兑下两个门市，一个是收购大豆，一个是销售豆油。铁头带着他的武术班徒弟们负责黄豆收购并运进山庄。因收购价格比正常价略高，家里有存货的都愿卖给山庄。有看到商机的，就从外面低价买回大豆，再送到收购处交易，若不是山庄限量，这伙人将富得流油。

机器间的发电机和油坊内的榨油机也开始运转。伴随着隆隆的发动声，金灿灿的豆油从两台榨油机的出油口流出。榨油工都是从镇内和周边村庄雇来的，选的都是懂得榨油又肯出力的中年汉。

榨油的头道工序是大豆烘干，安排三个汉子作业。烘干房是一单独的三间砖瓦房，左右两间是男雇工的休息处，多是家在镇外住在山庄的，灶房左右灶上各置两口大锅，专门用来烘干大豆，有些近似炒豆。炉灶内柴火熊熊，锅内的大豆需要不停地翻炒，整个灶房如同热笼一般，干活的只穿一条短裤仍汗流浃背。

大豆干透后就可以榨油了，三名榨油工一名负责用小车运送干豆，另两名各守一台榨油机。守机器的要将干豆一桶桶倒入机器内，还要将流入油槽的豆油倒进一个个瓷坛内封口，再挨排儿摆放一边，等着点数入库后分批运出山外。从机器里挤出的豆粕也由运干豆的人负责运到用圆木垒起的饲料房内。机器每发动一天，就能榨出二十多坛豆油，豆粕也堆得小山一般。

建起的猪圈里也已放入数百头半大以下的猪，喂养猪的是几个会养猪的妇女，每天负责烀食、喂猪、清理粪便等。烀猪食的房子也是用圆木垒起的，虽然是一个长房间，却比三间房还大。房内三面挨排儿放十几个大锅灶，烀的猪食以家菜、野菜和豆粕、苞米糠混在一起，到了喂猪的时候，各圈的大小猪都抢着吃，哼叫声让这片沉寂变得嘈杂。

各房院内还都垒起了狗窝和鸡窝。狗是铁头挨家买的成狗，已经二十多只，还都对新的环境不太适应，便都用绳子拴在狗窝前，子昂和婉娇天天亲自喂它们食，还特意让住镇里的雇工从镇里猪牛肉摊上买来骨头和下水，一并烀熟了喂它们，很快就令这些狗熟悉了新的主人，一见到子昂、婉娇等人就摇头摆尾地献亲热。

若玉、芸香、亚娃和顺姬、芳子等人都在伺候鸡鸭鹅雏。各屋的炕都腾出一半地方，用砖排挡将雏们拦在里面，喂的是鸡蛋黄和小米饭，整天都是叽叽喳喳的。还有稍大一些能正常吃食的，就用剁碎的野菜拌上玉米面撒在院子里喂。玉莲和丽娜也跟着大人们喂雏，不过是图着开心玩。

凤仙的戏班子要没有堂会的时候，全班人马就四处推销豆油，除少量送到米家粮食店和油铺，其余都分头运到龙凤以外的地方销售，好在都是通过朋友成批出售的，钱回的也很及时。

凤仙还是被山庄的美女们所吸引，收回一笔钱就骑着马来山庄，见子昂在山庄就把钱交给子昂，子昂不在时就借机去看婉娇。每每看着她花容月貌又袅娜多姿，心里就发痒，却不敢轻佻放肆，心里便嫉妒起子昂。婉娇通过上次见面已对他有了戒备，一口一个"七哥"地叫着，倒也让他彬彬有礼。

春山也加入到豆油推销的行列，一改往常来送大米后空车往回跑，回去再装半车豆油回去卖，然后将卖油的钱都交给子昂。而子昂却转手交给了婉娇，说她算盘打得好。

天上的太阳撒着火一样烤人，地里的庄稼也显得无精打采。米家的大黄狗这时正趴在阴凉地上亮着舌头喘息，似乎已经没了看家护院的心思。

子昂偕家人去哈尔滨那几天，春山真就与津梅幽会过。米家这时屋子多，他藏在哪个屋里也只有津梅知道。那一夜，他俩竟在父母的炕上夫妻一般。

津梅开始还顾忌，不安道："咱爹咱妈去大庙拜佛，咱在他们炕上办这事不好吧？"

春山却轻蔑道："他们要真慈悲，咱俩还用得着偷吗？"说着搂她躺下，天亮时才悄悄分开。

回到宁安的家里时，春山对津兰谎说马车掉进沟里了，四下无人又黑天，只能天亮见到别的马车帮他往上拉。津兰知道娘家只有津梅和两个孩子，也清楚自己男人的心里一直装着自己的三妹，这时他一夜未归，十有八九是他俩到了一起，虽不痛快，但又没有真凭实据，索性让这一夜掀过去，即使他俩真的亲近一回，也算了了一份姐妹情债，毕竟她还要靠着春山过日子。

春山得知津梅不仅已怀上了自己的孩子，还能名正言顺地生下来，心里异常兴奋，借着为子昂忙事，隔三岔五地来看她，只是有第三人在场时就装出互不关心的样子。

这日他又顶着烈日来送豆油。子昂正在山庄，其他人又都在屋里乘凉，津梅就挺着肚子为他擦后背，俨然恩爱夫妻一般。可毕竟其他屋里都有人，见春山又耐不住性子了，她又想起子昂对她的嘱咐，忙阻止他道："急也办不了，等咱孩子生下了的。再等等，再伺候一阵香荷儿我就跟着去山里。"

他穿上单衫道："山里房子我看了，大屋大院儿的，可好了，电灯也可亮了，就等你去住呢。"

她捅他一下笑道："还有你。"

他嘿地一笑道："子昂从没提过咱俩的事，咱欠他的太多了。"

她说："别光说嘴儿，以后多帮他做点事儿。"

他点头道："我知道。"随后和她商量道："我想让子昂拉个马帮，有个马帮走货就整装了，回来还能贩米贩盐贩杂货，来回都赚钱。是子昂赚钱，咱帮他出个主意。他要愿意弄，我想和他五哥一起干。他五哥挺实在，武功还好，道上规矩也挺懂，干马帮绝对是把好手儿。"

她担心道："要是碰见胡子咋办？胡子手里都有枪，武功再好还能扛过弹子儿？"

春山说："带马帮也得有枪。子昂那些把兄弟都挺有能耐，找几个炮手算啥事儿？再说胡子也都讲规矩，咱懂规矩就不怕，要不谁家的马帮也拉不起来。"

她又问："拉马帮得用不少钱吧？"

春山说："开始得是不少钱，可要干起来，回钱回的也快。平时也就是花点工钱、草料钱，一趟少说也剩一半利，一年下来也挺大一笔数。等问问子昂，看他啥意思。"她这才放心他帮子昂带马帮。

子昂很高兴春山想为他拉马帮，毫不犹豫地答应了，就等铁头来山里好定下此事。铁头送货回来，听子昂说要拉马帮兴奋道："这个主意好！这道上我还算熟，到时我来押垛，正好我那些兄弟没事儿干。就是得买不少马，还得花笔大钱。"

子昂说："钱你不用管，你要觉着这事儿行，那咱就干。你说吧，需要多少马？"

春山说："骡子、马都行，起码得二十匹。"

子昂说："三十匹也行。"铁头笑道："最好五十匹。"

子昂回道："那就五十匹！"

铁头伸出拇指道："九弟就是爽快！"拉马帮的事就这么定下来了。

三日后，铁头连骡子带马牵进山庄三十多匹，还带来五位炮手、八位牵马的。但最后马棚和货栈还是都设在镇里收购大豆的院子内。随后新一批豆油都装进油篓，搭在马背上。此后，龙凤便有了第一支马帮，人们也常常听到街上传来清脆的马铃声。

香荷出满月第三天，子昂爹妈和津梅母女三人就准备随子昂去山庄。

自打津菊那次因为子昂纳妾闹过后，子昂爹妈便一心急着离开米家，只是不好在香荷坐月子时离开。虽然米家对子昂纳妾的事已经妥协，但周传孝还是对米家人想法很大。津菊来闹的当天夜里，子昂爹妈都气得睡不着觉，躺在被窝里你一句我一句地泄着愤。

周传孝说："他们家人哪，真是一点情义都不讲，咱答应香荷生头个小子随他们姓就够窝囊了，他们是一点儿都不为咱着想，光可他们腔眼子乐了。"

子昂妈也怨道："这又盯上咱儿子那些钱了！咋说也是咱儿子发的财，那就是咱周家的财，凭啥都让他家人把着！"

周传孝将烟袋锅在炕墙上磕几下道："甭理他，等香荷儿满月了咱就去山里，一天都不在这儿待。山里偏点就偏点，咋说那是咱儿子自个儿的地儿。再说了，这块儿不偏又能咋的？一个院里住着说是一家人，可终归是两家姓。他家是这儿老户，人一进院就是老米家，好像这满世界就没有老周家。还有说咱那混蛋儿子是上门女婿的，咱这当爹当妈的还跟着，哪有全家跟着上门的？一看这院里来个人，我这脸都没处搁。等到了山里，就抓紧让子昂和芸香儿拜堂成亲，最好让芸香赶在香荷儿头里给咱周家生出长孙来。"

说到这儿，周传孝又煞有心计道："芸香儿可是婉娇儿晚辈，她嫁给咱子昂，那婉娇儿就和咱是一辈儿的。"

子昂妈顿时不悦道："你一天都寻思啥哪？婉娇儿老早就是子昂的姐姐，这会儿你让子昂认她是长辈儿啊？叫姨还是叫姑？"

周传孝说："子昂管婉娇儿叫姐是随便叫的，还不像和村妮拜过仙家的，婉娇儿和芸香儿那可是正儿八经的婆婆儿媳妇。"

子昂妈竟瞪起眼道："快闭上你的嘴！什么正儿八经？我就看你不正经！"

周传孝也瞪眼道："我咋不正经？说说这些事就不正经了？这事你让外人来评评！"

子昂妈愤怒道："咋的，你还想让咱家这点事儿满世界都知道？你是真不想要脸了咋的？我可跟你说，现在正儿八经的，婉娇儿是子昂的姐姐，芸香儿的咱的儿媳妇，都是咱孩子！别一整就翻出那些老皇历，愿看你自个儿看，俺们就看眼前儿的。"

周传孝懊恼道："和你唠不明白！"说着气哼哼地钻进被窝。

这时，米秋成、格格夫人都出来送亲家去山庄，香荷也抱着豆儿出来送公公婆婆和三姐母女。子昂头天雇的一辆高棚马车也停在了米家大门口，尽管只能把他们拉到大田旁。

要上车前，格格夫人还是感到一些失落，抹着眼泪道："这一都走，我这心还真空落落的。"

米秋成责怪道："又不是见不着面儿了，你那尿水子也多。要不你也跟着去吧。"

子昂妈也抹起眼泪道："得空俺们还回来，咋说咱是一家人。"

津梅还真怕母亲也跟过去，也担心这工夫出点岔头，忙安慰母亲道："没啥事儿我也回来看你们。"

格格夫人说："山里山外的，别来回穷折腾，你当姐姐的，帮子昂照看点生意。"实际是监视子昂做生意，都已心照不宣了。

芸香已将她的屋和对面屋收拾整洁了，心情也比婉娇要好。继与子昂成为同辈人之后，她又从子昂的兴奋中得知她也可成为他的媳妇，真是喜事连连，简直做梦似的。

那天，芸香正和顺姬、亚娃在溪水旁有说有笑地洗衣服，子昂急不可耐地过去，真想将她抱起来，但有亚娃、顺姬在跟前，便故作镇静地先和她们打了招呼，然后才对芸香说："待会儿来我屋一下，我有话说。"说完转身要先走。

亚娃感到他很神秘，笑着问他道："啥保密事儿？"

他犹豫一下道："回头跟你们说，别生气。"

亚娃又看芸香，不自然地笑道："放那儿吧，待会儿我洗。"

芸香真就将洗了一半的衣服丢在溪水边，欢喜地随他去了。

一进桃源居；他猛地将她抱起来。她惊得"哎呀"一声，但立刻搂紧他羞涩道："你干啥呀？"

他终于又亲她道："这回咱俩可以好了，你就要成我媳妇啦！"随后告诉她是香荷先提出让她替周家生儿子的，爹妈也都同意了。

她一时不敢相信是真事，尤其不敢相信心上人的媳妇能成为她和心上人的红娘，可见他正抱着她亲吻，才相信幸福已经降到她身上，兴奋得禁不住在他怀里又哭又笑。

这时香荷还没出满月，婉娇来了红事还没过去，他又几日没办房事了。回想两年前他俩在何家仓房内偷偷摸摸的情景，他不禁又浑身沸腾，索性将她抱上炕，一边亲吻她的嘴，一边将手伸进她的粉花旗袍内，紧张得她真的哭起来，说亚娃、顺姬知道她来这儿。

他却笑道："咱俩已经是夫妻了，谁家夫妻不办这事？她们知道了也不用怕，再说院门我都插上了。"她这才由他尽情地喜欢。随后，她和香荷在洞房夜里一样，见到流红就害怕得哭起来，他便像当时哄香荷一样哄了她。

听说子昂爹妈今天过来，婉娇、若玉、顺姬、芳子、亚娃都高兴地打扫各屋，如同迎接新年一般。

婉娇已经知道周米两家允许子昂将芸香收房的事。子昂告诉她时心里很愧疚，见她惊讶又很不安，搂着她安慰道："包子有肉不在褶儿上，你是我藏在金屋里的人，那个屋里我就藏着你。"

虽然有些失落和委屈，但她清楚自己背着"窑姐"的耻辱是不能成为周家媳妇的，况且子昂娶芸香是周米两家长辈决定的，她只能满足于被子昂金屋藏娇。

子昂爹妈上山后的头件事就是为子昂、芸香操办婚事。想子昂与香荷成亲时，主动权几乎都在米家，现在他们也要主动一把。但香荷是周家能娶芸香最有功的人，他们还是要顾及她的感受，况且津梅跟来就是监视周家的，怕这面大张旗鼓地办喜事让刚出月子的香荷不痛快，就对芸香也说"包子有肉不在褶上"，到时把新房好好布置一下，再拜拜堂，摆几桌喜宴就行了，也就山庄这些人。

芸香多年前嫁给平儿时就坐过花轿，也觉得在这山沟里用不着摆那谱，只有和子昂成为真正夫妻才是她梦寐以求的，听婆婆这样说，就说酒席也不用办，拜拜高堂就行了。

婆婆更加喜欢地将她搂在怀里道："那也不能太委屈你了，大面儿咋也得像个办喜事的样子。"芸香便一切听从安排了。

子昂从香荷出满月后就晚间陪着她。考虑到她的心情不好，他与芸香成亲的日子就往后延了延。按着"挪腺窝"的习俗，香荷要先带着豆儿在娘家住几日，她就回到她当姑娘时住的屋内，晚间由格格夫人陪着她，帮着哄孩子。三天后，她又回到东屋，子昂便恢复了与她久违的夫妻生活，办了禁房后的第一次房事，只是仍不如他和婉娇在一起时尽兴。

过后，她疑虑地问他："以前你老说你那旮胀的慌，我咋好久没听你说了？"

他心里一惊，故作镇静地笑道："疼有啥办法？忍着呗。"

她一撇嘴道："你家早就想让你婆芸香儿吧？她是不也该怀上了？"

他忙辩解道："你看你说的！你要不让我婆她，我哪敢碰她！"

她轻轻叹息道："反正得这样，有就有吧，早怀上儿子，我也早省心了。"然后便搂着豆儿睡了。

他很愧对她，也很感激她，坚持天天睡前为她洗脚，又等她将豆儿哄睡后，对她爱抚一番，然后用心地为她揉着白嫩丰满的乳房，好让里面的乳核化解，让乳汁更多，让豆儿吃饱。

夜里，他想让她多睡，自己不敢贪睡，豆儿一哭，他就先起来点灯，除了喂奶以外，换裤子、哄孩子睡觉都由他来做。但豆儿把觉睡颠倒了，白天一觉接一觉地睡，夜里总要人来哄，没人理她就哭个不停。子昂白天在山里忙，有时还耐不住婉娇的诱惑，夜里就想踏踏实实地睡到天亮。

香荷白天忙着照顾豆儿，夜里也困得睁不开眼，听见豆儿哭，就闭着眼睛对他说："哄哄她。"

他连哄了几起，终于耐不住了，突然训斥道："哭、哭，烦死了！"

香荷竟一激灵爬了起来，抱起豆儿抽泣。他被吓一跳，顿时没了困意，心慌地看着她问："咋的了？"

她不答话，和豆儿一起哭得伤心。他猜是他刚刚训豆儿让她心疼了，急忙检讨道："我刚才不该很说咱闺女，我错了。"

她哭道："你们男人哪有错？小时俺爹就这样儿，从来不敢说他错。"然后接着哭。

他脑袋嗡的一声，狠狠地扇了自己一嘴巴，随即跪在她身前道："媳妇，我错了，我再也不这样了！"说着从她怀里抱过豆儿道："你睡吧，我不困了。"然后耐心地哄着豆儿，一直到天亮。

津菊不再和子昂较劲了，知道仇结大了对他们也没好处，便试图把紧张的关系缓和一下。听说豆儿总闹夜，她热心地过来看孩子，说这事可以破，让子昂取来笔磨砚和一沓黄钱纸道："我说你写。"又念道：

天皇皇，地皇皇，我家有个哭夜郎，过路君子念三遍，一觉睡到大天亮。

子昂刚写完一张，格格夫人也进来，一看便明白，又见豆儿正在炕上睡得香，嗔怪道："尽瞎琢磨，大白天的让她这么睡，夜里她还有觉儿吗？不闹你们都怪了，就是把觉儿睡颠倒了。"又让香荷把豆儿抱过来，故意不让她睡，豆儿便又哭闹。见香荷心疼，格格夫人说："忍着点儿吧，把觉儿颠过来就好了。"

果然，豆儿夜里睡的时候长了。但到了后夜还是闹，子昂再困也得起来抱着哄，一哄就是到天亮。

　　香荷感到欣慰，倒觉得对不住他。那晚趁豆儿在摇篮里睡着了，她终于问他哪天和芸香办喜事，用不用她也去祝贺。

　　他很感动，支吾道："就简单办一下，不想把动静弄大了，怎么也不能超过你正房。"

　　她一笑道："芸香儿挺好的，在山里有她照顾你，我也放心了。"

　　他哄她道："你要去山庄看，等闲的时候领你去，俺俩成亲你就不用到场了，你现在是最尊贵的人，回头我带她来敬你。"

　　她又撂下脸子道："别的，我可受不了，以后你俩不欺负我就行了。"

　　他紧张道："哪能啊！你是俺俩的大红娘，要是对你不敬，就遭天打雷劈。"

　　她又感到欣慰，又问道："你俩以前就好了吧？"

　　他坦诚道："那时我还不认识你呢，也没想到能遇上你。"

　　她轻蔑道："你就是个大骗子！你的花花事儿真不少！早知这样，嫁谁也不嫁给你！"

　　他无言以对，小心地将她搂在怀里。她又说："嫁就嫁了吧，你也没少给俺家出力，你别学张宝来那么埋汰就行。"

　　他被她说得像个犯了错的孩子，羞愧地将脸埋在她怀里。她倒真如搂个孩子似的，又轻声责问道："咋不说话了？我要不让你娶芸香呢？"

　　他在她怀里说："你不让我都不敢想。我想过给她找个好人家，这是真的，不信你去问芸香，可她说要给咱当丫头。"

　　她叹息道："要真好过，当啥也拦不住。"见他又要狡辩，忙阻止道："不唠你俩了，你俩现在不用拦着了。我现在就担心三姐，三姐肯定有短处在你手里。"

　　他心里一惊，好像是他和津梅私通一样，忙假装糊涂地问道："三姐咋的了？"

　　她竟翻他一眼道："没咋的，怕她丢人丢大了。"接着又流泪道："爹能打死她。"

　　他猜她已看出她三姐和大姐夫之间有事，估摸就是从津梅看过何耀宗的遗书后对她前后态度不一和最近春山来得频繁中发现的。他想告诉她事情的真相，但也感到她并不想把事情捅破，就也含蓄地安慰道："三姐也是我三姐，她已经住进山庄了，和丹青、丹红单住三间大房子，院门、房门、屋门都结实，不会出事的。"说着不禁又兴奋，便又与她温存。

　　芸香正为自己能和心上人成亲而欣喜。子昂却为她没有花轿和他成亲感到愧疚，也不愿让她以后背着妾的名分；花轿可以不坐，但要根据六礼为她补一份婚书，如此将来就可证明她不是妾。

　　可他没有空白的婚书，猜想龙凤的铺子里应该有卖的，不然他和香荷立婚书时陆举人怎么说用就拿来一份，便先去纸店打听，才知道婚庆用品都要到花轿租赁铺购买，便又找到花轿租赁铺，见里面既有租赁的花轿、嫁衣、凤冠、盖头等，也有出售的空白婚书、龙凤帖、求婚帖、订婚单、结婚单和窗花、喜字等。其中婚书的样式有多种，里面的誓词也各不相同。

　　这时他想起若玉未曾提过婚书，担心她的名分不实，就多买了一份空白的婚书，如果若玉没有，不论石头什么态度，都必须为她补上，这样她将来也有个名正言顺的证据。又想到亚娃、顺姬、芳子等人日后都要嫁人，便又在杂货铺买了许多刻名章的石料及刻章刀具、印泥等，他要亲手为山庄里没有名章的人各刻一枚名章。他用于书画的名章就是他亲手刻的，和专业刻章人比难分伯仲。

他刻名章都是白天在山庄里刻，先是刻了"阮芸香""薛婉娇"，又刻了"潘若玉""韩亚娃""金顺姬""秋田芳"及"何耀宗"。他有意将芳子的名字变得更像中国名，还认为何耀宗生前做的最后一件事就是为他和芸香当了介绍人，应该永远记着他。

但他还缺少个证婚人，想来想去也只有石头不会让他难堪。虽然已相处这么久，他还没问过石头的学名，这时让他当证婚人就得用他的学名印章，估摸他这个年纪应该有，便去问若玉，先问她和石头是否有婚书。

若玉叹口气道："头回定亲时有过，我让毛子兵糟蹋后，人家就退亲了，婚书当俺们面就扯了，再就没有过，石头也没提过这码事儿，我还当这头儿没这说道呢。"

子昂又去问石头道："你可是八抬轿子把我姨娶进门的，你俩咋没个婚书呢？连份婚书都没有，我姨将来咋能名正言顺？你是不嫌我姨岁数比你大，立婚书给你丢面子？"

石头忙解释道："没有。俺俩是你一手给操办的，有你作证就行了。再说我穷得啥都没有，都是娘家这头给的。"

子昂说："给你了就是你的，也包括我姨，我姨该有的也不能少。你俩补个婚书吧，这样她就名正言顺了，心里也踏实。还有，我帮过你了，你也帮帮我。我和芸香要成亲，是我媳妇让的，她怕她生不出儿子，就让我再娶一房。你给俺俩当证婚人，得用下你的名章。"

石头笑道："能给你当证婚人太幸运了，我先恭喜你了。"说完去找来自己的名章。

子昂这时才知道石头就姓石，学名福禄，没再多问，又记下他和若玉的祖籍、生辰，返回芸香屋里，先是填写了他与芸香的婚书：

周子昂，直隶省秦皇岛县人，二十三岁，宣统二年七月初二十九日寅时生

阮芸香，黑龙江省挠河县人，一十九岁，民国四年五月初七日戌时生

今承何耀宗先生介绍，谨詹于中华民国二十三年八月十五日午吉时在龙封关山庄举行结婚仪式，恭请石福禄先生证婚，缔结良缘，订成佳偶，赤绳早系，白首永偕，花好月圆，欣燕尔之，将永海枯石烂，指鸳侣而先盟，谨订此约！

　　　　结婚人：周子昂、阮芸香

　　　　介绍人：何耀宗

　　　　征婚人：石福禄

　　　　主婚人：周传孝、薛婉娇

· 中华民国二十三年八月初二日谨订

填写完后，他为芸香读了一遍。当读到介绍人时，她顾忌道："哎呀，他都死了，咋还当咱介绍人？"

他立刻责怪道："你有点忘恩负义了；我跟你说，他要不死，咱俩的介绍人就是他，别人谁敢？平儿死是没办法，他是可以活着的。他活时做的最后一件事就是让我娶你，他理该是咱俩的介绍人。再说咱俩能到一块儿，真就亏了他那封遗书，要不没人敢提这个茬儿。"

她难为情道："我知道了。他活前对我挺好的，我不会忘恩的。"

他接着说："香荷儿对咱也有恩。知道她为啥让我娶你？她是怕自个生不出儿子，那一下就耽误两家抱孙子，可她还怕看不住咱俩。你以为她真乐意让我娶你？她也看过那封遗书。那

封遗书是我没藏好，让她三姐翻着了。我估计她得寻思，左右那么回事，不如送咱个人情，还更显出她正房的身份。看她不爱吭声，心眼儿比你多。这咱俩得欠她多大的情？我是一辈子也还不清她了，你也一样。要按规矩，你得先敬她一杯茶，咱俩才能成亲，新媳妇给婆婆敬茶应该，给同辈敬我觉得太委屈你，所以这个让我给免了。但咱也不能忘恩负义，过后咱咋的也得去谢谢她。要说你俩的区别，就是她是米香荷，你是阮芸香，没有尊卑之分，能好好相处就当姐妹处，要真合不来就各过各的日子，大不了我两头忙乎点，谁都亏不着，这就是我的规矩。我补咱俩的婚书，就是将来证明你不是妾。老何开始是死膈应我，估计他看出来我能把你拐跑。不过现在我很感谢他。这就是祸兮福之所倚，福兮祸之所伏。开始想得一个也得不到，现在好事都来了，我都有点蒙了。"说着郑重地将婚书交给她。

她正被他的疼爱感动着，扑进他怀里撒起娇道："我也好像做梦似的。"他与她亲昵一番，又为若玉补了婚书：

石福禄，山东省黄县人，四十岁，光绪二十年三月初六日亥时生

潘若玉，黑龙江省亚布洛尼县人，四十六岁，光绪十四年十一月十三日酉时生

今承周子昂、薛婉娇先生介绍，谨詹于中华民国二十三年七月二十日午吉时在龙封关山庄举行结婚仪式，恭请周传孝先生证婚，赤绳系定，珠联璧合，卜他年白头永偕，桂馥兰馨。此证！

结婚人：石福禄、潘若玉

介绍人：周子昂、薛婉娇

主婚人：石庞氏、韩亚娃

中华民国二十三年七月初九日谨订

若玉得了婚书，如获至宝，不禁感激涕零，又趁石头不在跟前，为子昂深鞠一躬道："你真是我的大恩人；我总算是个有名分的人了。也不知咋能报答你，看你对俺家亚娃也挺稀罕的，想让她也给你当个小的，保准把你伺候得好好的。"

他惬意得不禁又热血沸腾了，但立刻回绝道："这肯定不成，我现在已经俩媳妇了，再贪心就得把我岳父惹火了，再说我已经对不住香荷儿了。"

她笑道："你就当着解闷儿玩，她要怀上你的孩子，俺们就说是别人的，你心里清楚就得了。"

他不悦道："那我不祸害亚娃姐吗？我不和你唠了。"说完转身走了，但脑海里还是浮现出亚娃可能比香荷还白皙的身子。

和芸香成亲这天，除了山庄的主人们和干活的，子昂没有告诉其他人，就连村妮和他的那些哥哥们也不知他又娶了一房媳妇。他所以不告诉他们，就是想避此都不为难。但铁头再来山庄提货就能听到干活的讲，继而其他哥哥们也都能知道他又偷着成亲。但他还不知哥哥们到底如何看待他年纪轻轻的就纳妾的事。好在这事是长辈们定的，不论哥哥们怎么说，芸香已经是他的媳妇了，谁都变更不了了。

芸香嫁到何家时做过花轿，这时若在这小山沟里坐花轿，也不过炫耀一番罢了，既然不想弄出大动静，没有花轿也无关紧要。贺喜的人也不多，算上石头的瘸爹瞎娘和四个孩子也就二十几人。

子昂又是长袍马褂，披红戴花，芸香一身红装，头顶盖头，直接在父母公婆面前拜了堂。收了改口钱后，被子昂在雇工们和几个孩子的哄笑中抱入洞房。

洞房被布置得很喜庆，炕中让新娘用来坐福的被褥上撒了一层银圆。芸香一直抿着嘴笑，比往日还要娇美。他开始逗她，一点一点地掀盖头，看到她迷人的眼睛时，就"猫儿"了一声又撂下，她就在盖头下面"咯咯"笑。他连逗她两次才掀去盖头，随即搂着她亲，一起倒在银圆上。

洞房外开始准备酒席，在子昂爹妈的屋炕上和地上摆了三桌，跟过年似的，只有婉娇、若玉、亚娃、芳子、顺姬都是闷闷不乐的，乐也不自然。

婉娇的不自然还来自子昂的爹，她发现周传孝对她特别亲热，还将她叫到长辈们坐的桌上，频频看她的眼神有些色眯眯，让她感到浑身不舒服，便吃了几口就说外面有事先下桌了。

见婉娇不开心的样子，子昂的心又提起来，不顾别人多想也跟出去问道："你咋的了？生气了？"她并没说他爹总瞄她的事，只说不太舒服。他以为他和芸香成亲让她不舒服，一时不知说什么好。

她欣慰地一笑道："我没事儿，你回去吧，别让他们看出来。"说完回自己屋了。

若玉今天是为了女儿亚娃而不快。子昂的富有越来越让她心热，女儿的姿色和他对亚娃流露出的喜欢也越来越让她自信。她希望子昂能纳个妾，届时争取把亚娃许给他，不仅大女儿一辈子有了依靠，自己和还没见面的儿子、二女儿也能沾上不少光。但她没想到他这么快就纳妾，并且不是亚娃，令她十分沮丧。

和芸香成亲第二天，子昂要将新房的地面都铺上砖，就去找石头。若玉见他不忙了，就对他说："你看你把我和你姨夫凑到一块儿，俺俩真打心里感激你，就是你娶芸香这事我真不明白。开始她管你叫舅，这整来整去还成你媳妇了？这也好说不好听啊。"

他心里不悦，但还是笑道："此一时彼一时，本来就算不上，所以就改了。这也不全是我的意思，香荷怕耽误我爹我妈抱孙子，也知道我妈稀罕芸香儿。"

她不甘心道："你不挺有老猪腰子的吗？再说我看你对俺亚娃挺有那意思，俺亚娃想你想的夜里抱着枕头哭。"

他很惊讶，也很感动，却不知说什么好了。她又说："韩殿臣是个畜生不假，可实际他没把亚娃咋样儿，俺亚娃现在还是黄花闺女呢！"

他又一愣，问："那他们说的是假的？"

她说："真假不说，你要能娶亚娃不就知道了。她就大你四岁，其他啥都好好的。男人有个大媳妇儿还是好，有人疼。"接着她又说："俺亚娃儿可说了，这辈子要嫁就嫁你，偏房也乐意。找机会跟你爹妈说说，啥时把俺亚娃也收房吧。"

他知道她贪财，却并不反感她的话，毕竟亚娃真的可人，可他还真没想过要把她也收房，他还正寻找合适的人把她嫁了呢。但眼下若玉把话说得这么直白，他只好说："我得听香荷儿的，她要不同意，就我爹我妈有那意思我也不敢。"

她不屑地一撇嘴道："呦，真没看出来，你还让她降住了！"

他说："你知道我娶到她多不容易，我都豁出命了，她就是我的命。"

她嘲笑道："看让你玄乎的！真那样你就不该娶芸香。"他笑道："她也是我的命。"她不悦道："满嘴胡咧咧，我就看婉娇是你的命！"见他惊慌，她忙又笑道："我是盼着你命再大点，再大点也能疼疼俺亚娃儿不是？"说完看着他笑，笑得他心里更慌。

见他不自然，她又说："和你逗句笑话。就是觉着老天挺不公的，人家的命都好，俺娘俩这命咋这么苦，吃屎都赶不上热乎的。"

他心里更不痛快，苦笑道："是，我就是堆臭狗屎，明儿个给亚娃姐找个香饽饽儿。"

她后悔道："我可不是那意思，整天尽说这些屁嗑儿都说惯嘴儿了，顺嘴儿溜达出来的，你可别生气；俺们就想要你这个香饽饽儿，可好事都是人家的了，俺娘俩着急，都把我急糊涂了。"

他笑道："我心大，你咋说我都不生气。"说完和石头去芸香屋里铺地面了。

然而若玉并不死心，她看出子昂是个怜香惜玉的情种，于是她准备采取别的手段，她就不信要把亚娃塞进他被窝，他会无动于衷？只要亚娃怀上他的孩子，她就是闹也要给女儿闹出个名分来。

与芸香成亲第三天，也就是中秋节的头一天，子昂带着芸香去米家答谢，尤其要感谢香荷的成人之美。至于带什么礼品进米家，子昂也不好说，钱和贵重物品是子昂的，也该是香荷的，平常用的东西米家又不缺，最后他别出心裁地备了九样礼，即：一袋黄米、两坛老酒、三条鲶鱼、四匹绸料、五棵山参、六盒胭脂、七色彩线、八包月饼、九捆供香。

头一天他就委托一家点心铺帮置办，定好今早六点钟取，这样子昂一早就带芸香出山，又在路上截了辆驴车去了那家点心铺。

子昂今天一身蓝绸装，脚穿黑布鞋，芸香是一件缎子花旗袍，脚穿红绣鞋。子昂的装束还不算太扎眼，而芸香的旗袍却引来路人好奇的目光。子昂这时总有点做贼心虚的感觉，到了那家点心铺，车都没下，让那家人将订购的东西装上车就去了米家。

周家父母和津梅母女进山不久，子昂考虑家中房子空出一大半，格格夫人每天还是守着米铺，香荷带孩子也该有个专人照顾，就将春草和她的奶奶雇到家里，负责每天做饭、洗衣等，管吃管住，每月还给十块钱，也是想帮帮这对祖孙。春草的奶奶欣然答应，自己的家偶尔回去看看，其余时间都是在米家干活。春草跟着奶奶，实际上成了香荷的丫鬟，主要是帮着哄哄豆儿，子昂在山里过夜时，她还和香荷睡在一炕上。香荷曾有玉莲陪她一起睡，这时玉莲也住进山里就不能陪她了，现在有了春草陪她，她感到更开心，似乎春草总喜欢叫她娘。

米家的米铺现在开的也晚了，早饭时间也不用轮流守铺子了。这时，铺子的窗板还没打开，香荷和父母正在屋里吃早饭，春草和奶奶得等他们吃完了再吃，主要是豆儿这时得有人照看。

见子昂和芸香往屋里倒腾东西，香荷和父母都很吃惊。格格夫人问："拿这些东西来做吗？"

子昂说："明天过节了，芸香说来看看你们。"接着示意芸香施礼。芸香顿了一下，撩起旗袍冲炕跪下，按照子昂之前吩咐的道："爹，妈，我来看你们。"

炕上的顿时都慌了手脚。格格夫人忙下地扶起芸香道："这是咋说的？高兴糊涂了？"

米秋成也不解道："你们这是唱的哪一出？这不是你们周家，跪错门子啦！"

子昂忙解释道："爹，我是您儿子，那芸香儿就是您的儿媳妇。"

米秋成眨眨眼睛道："嗯，别说，也在理儿啊。"

格格夫人回身责怪老伴道："你就是个木鱼脑袋，都是哪儿跟哪儿呀，这不整乱套了吗？那咱香荷儿算怎么回事儿？闺女、儿子一被窝？这是哪门子的家风？再说芸香生了小子得姓周，你还让人家随咱米家姓不成？你就等你老闺女给你生孙子吧！浑水摸摸鱼得了，可别得寸进尺；整天孙子孙子的，从一打起儿就乱了套了。"

米秋成也感觉到了不妥，但他却恼火老伴拿他说事，一瞪眼道："你哪那么些屁嗑儿！一码儿是一码儿，我就乐意！"

格格夫人耐着性子道："我不和你吵吵，人孩子一片心意是好的，别让人孩子在这儿冷着。"又让芸香坐下道："你能想着来看俺们，俺们得谢谢你，往后可别这么叫了，该怎么叫就怎么叫。"

芸香不知说什么了，主要是她不知该怎么叫了，是继续叫姥姥，还是叫大娘，便求助地看着子昂。可子昂也不知所措了。

格格夫人又责怪子昂道："准是你给出的点子，是那回事儿吗？"

子昂好心落下埋怨，心里不痛快，心想他本来就难为了芸香，以后干脆就不带她出来讨没趣儿了。芸香本来还要对香荷跪谢，老两口一通拌嘴，倒让她难堪得不敢了，只觉得待在这里快要窒息了，恨不能立刻就离开米家。

香荷见子昂和芸香成双地过来，心里也觉得不舒服，可一想他俩有今天也是她起的头，便努力调节着自己的情绪，见芸香像个受气包似的低着头，心里又过意不去了，就叫她往炕里坐，又摸着她的旗袍道："你穿着挺好的，我的还没穿呢。"

芸香终于感到了一点轻松，奉承道："你穿比我好。"又夸她的发型好看。

香荷一笑道："让他给你梳。"

格格夫人哼地一笑挖苦道："你俩倒挺合得来。"

子昂听出格格夫人是在挖苦香荷，不去理会，准备带芸香离开，就将礼品按数摆到炕上说："芸香说这头啥都不缺，就按着九个数买了这些。"

格格夫人说："我看就是你的主意。"

子昂说："这是全数大礼，富人穷人都办得到，不在东西贵贱，就是一片心意。"

格格夫人叹息道："这些玩意儿哪是穷人办的？你现在有钱了，口气也大了，要是穷人听见了，怕是没脸儿活了。"

听出岳母又挖苦他，他尴尬道："还是妈慈悲，以后我花钱注意点。"

格格夫人看着礼品道："不过这里就两样是我眼前要用的。"

他笑着问："肯定有香吧？"

格格夫人说："这得有！少吃几顿好的，也不能少了菩萨的香。月饼我还要去买呢，过节咋得像回事儿。可你买的也太多了，就几口人哪吃得了。"

子昂说："明天我回这头过节。我先把她送回去。"说完要带芸香走。

格格夫人这才问："你俩早饭没吃吧？"

子昂本来想起早过来让芸香做顿饭，但现在他俩即使留下吃饭也不舒服，就谎说他们起的早，吃过早饭来的，又说芸香还想看看豆儿。

香荷陪着他俩去了东屋，春草正和奶奶一起哄着豆儿。芸香抱起豆儿喜欢一会儿，又将一对来时备好的银手镯为她戴上，然后随子昂出了屋。

香荷看出子昂不高兴了，见他俩又成对地离去，隐隐觉得子昂已经不是她的了，心里更加委屈，不禁又流下眼泪。他吃了一惊，忙为她擦泪道："我送她回去就回来。"

她说："我没事儿。你别来回总跑，明儿个再说吧。"

芸香对香荷既感激又惭愧，当着春草面为她跪下磕头道："姐的大恩，我死都忘不了！"

说着哽咽。

香荷吃惊地扶她道："你别的，快起来。你生日比我大，别叫我姐。"

子昂说："那也得管你叫姐，不是年纪的事。"

香荷没再坚持，把他俩送出院门，可米秋成和格格夫人都没出来送。恰好有一辆向东去的马车从门前经过，子昂忙叫住，又递去两角钱，说把他们送到大田。

▶第 087 章◀

自打子昂纳了芸香，周传孝便开始心神不宁了。虽然他已是知天之年，终究身体硬朗，六欲如故，这时他尤其对婉娇痴迷。初见婉娇、芸香等人就感觉眼前一片鲜亮，过后尤其对儿子的救命恩人婉娇另眼相看，是因婉娇的"婉"字让他想起他当年痴迷的婉儿。再后来得知婉娇已是寡妇，又被关进过妓院，不禁心生爱怜。但此时他还不敢对婉娇有非分之想，毕竟她是儿子认的姐姐。直到香荷提出让芸香替周家生孙子时，他的纳小之心才又开始活跃起来。芸香曾是婉娇的儿媳，原属两辈人，如果子昂纳了芸香，那婉娇自然也就成了子昂的长辈，他和婉娇则变成了同辈。如此他才十分愿意让子昂把芸香收房，这样他就有机会圆他曾经破碎的梦，也无非是想让名中有一"婉"字的婉娇成为他的姜，哪怕是偷偷摸摸的。从此他又患上了相思病，觉得儿子都已经有了姜，他当爹的更该有；虽然他很穷，但儿子有钱，老子沾儿子这点光也算合情合理。

可子昂和芸香拜堂后，婉娇依然称他为叔，儿子也依然称她姐，他听了都很不舒服。之前他就因此和老婆吵过嘴，这时他决定先找机会说服婉娇，只要她同意，他再要求儿子改口。

早晨，他见婉娇去了桃源居，知道子昂和芸香去了镇里，估计一白天也回不来，就随后也跟了进去，毕竟他是进儿子的画室。

婉娇进屋就是取账本。过节都用钱，她想在今天把干活的工钱结一下，一回身见曾对她色迷迷的周传孝站在屋门口，吓了一跳，忙问道："叔，您有事儿？"

他也很紧张，说："我来找子昂，刚想起来，他和芸香一大早去他老丈人家了。"接着又说："顺便和你说点事儿。这子昂和芸香已经拜过堂了，咋说你是芸香的长辈，子昂又是我儿子，咱俩论起来得是同辈人，往后就甭叫我叔了，叫大哥就成。"

她吃了一惊，顿时觉得心堵，忙说："叔，不能这么论，芸香和平儿成亲，本来就是胡闹，现在平儿没了，芸香儿的辈分就得改过来。"

周传孝说："芸香当初可是你们娶进门的，这婆媳关系哪能说改就改？就是改也不能改了辈分，这不破了祖宗的规矩！"

想起最近他一见到她就心怀鬼胎的样子，这时她已意识到，她是想让她继续给芸香当婆婆，继而给子昂当小妈，不禁又羞又恼，却不敢发怒，急得要哭道："叔，俺来这儿是奔着子昂来的，给他当姐就知足了，说啥俺也不能给他当大辈儿。叔，您就当俺是您闺女吧！"说着跪下磕头。

他早被她浑身的魅力所吸引，忙借机去拉她，两手有意地摸在她隆起的胸上，里面软软的，令他浑身的血液在奔涌。她却像被电击一般，一缩身站起，后退两步，两臂下意识地挡住前胸，惊愕而愤慨地盯着他，换是别人这样骚扰她，她定会开口就骂，可他无论如何也不能骂子昂的爹。

周传孝以为她死了男人，又在妓院里受过辱，只要他不嫌弃，仅凭他儿子的富有他就可以得到她，却不想她对他反感强烈，慌忙离去，直到进了自家屋心里还惴惴不安的。但他也惬意婉娇胸前软软的感觉，更加耐不住她浑身的魅力。

他不忍放弃她，可她又只是奔着子昂。他没想过儿子能和一个比自己大七岁的女人情思缠绵，只认为儿子就是报恩，而婉娇则是看好子昂现在很富有，所以才不把他放在眼里。

他决定去找儿子，让儿子把大管家的差事让给他，等他财权在握时，不信他所迷恋的美人不从他。

子昂和芸香一回来就到了父母的屋，见父亲一人闷闷地坐在炕上抽烟袋，以为他又和母亲吵嘴了，问道："我妈呢？"

周传孝没想到小两口这么快就回来，正为刚才摸过婉娇惴惴不安，这时若无其事道："你媳妇一早就跟你走了，你妈帮着弄的早饭，还没回呢。"

芸香早晨没吃饭，这时感到饿了，就对子昂说："我去看看。"转身出去。

子昂也要出去，却被周传孝叫住说："咱家生意越来越大，爹瞅着高兴，可这么大的生意，你不能交给外人管？再说油坊里的活儿都是男人的事，干活儿的都穿不住衣裳，让个女人管也不好看，往后就把大管家的差事交给爹吧，爹还能祸害咱自个儿家的生意？"

子昂不悦道："婉娇儿也没祸害咱哪，再说买卖越做越大，也亏了有她。"

周传孝争执道："这才哪到哪，让个外人管，时候一长就得管歪了。"

他不便说婉娇也是自家人，解释道："她算盘打得好，生意管得也挺像样，就让她管吧。"

周传孝坚持道："爹要管准比她管得好。你去跟她说，以后不用她管了。她是救过你，咱周家也不是忘恩负义的人，往后咱保她娘俩吃好喝好不就得了。"

他不满爹如此对待婉娇，不耐烦道："爹，生意是我做的，哪有爹给儿子当差的？你就啥都甭管了，舒舒服服当个老太爷。"

周传孝急道："我才不稀罕什么老太爷，就给你当管家！这么大个家业，可不能毁在外人手里。"

子昂回来一道都在生格格夫人的气，这时也急了，坚定道："你就是老太爷！当也得当，不当也得当！婉娇儿就是大管家，谁也替不了！"

周传孝顿时傻了眼，他这才感到婉娇在儿子心中的分量。若是在过去，儿子这么和他讲话他定会暴跳如雷，但从他乞讨到了牡丹江后，如今他已经没了当年的锐气。虽然他想靠着财大气粗的儿子重新树立自信，但儿子已经很有自己的主张了，竟敢背着他这个当爹的将自己的儿子让给米家，简直眼里没有爹了。尤其眼下，他当亲爹的竟不及一个在妓院待过的寡妇，实在令他伤心和无奈。

他想回奉天，但又实在舍不得放弃婉娇。夜里想婉娇想得心痛，白天却不敢再和婉娇见面，索性早起晚归地在山庄外的山坡、空地上开起荒来，只和自己的女人说种菜，和子昂见面也不说话。

子昂埋怨爹有福不享穷折腾，就让母亲、芸香去劝他。可周传孝谁的话也不听，每天吃完早饭就拎着镐头出门了，若不下雨，就连午饭也在荒地里吃，干不干活也得等到天黑回庄里，自己吃过晚饭洗洗就进了被窝。更令子昂妈感到奇怪的是，年过半百的周传孝，房事竟和年轻时候一样频，简直让她难以忍受，黑夜中骂他老不正经。

子昂怕爹累着，插空也去帮着刨地，可周传孝偏偏不用他，说："你做你的生意，我种我的地，咱俩谁都别干涉谁。"

他越发觉得爹不可理喻，暗中恼火，左右种地对谁都无害，索性由着爹去忙，又安排两个雇工跟他干。

婉娇继续当着大管家。她不知周传孝去子昂那里排挤她，但她明显感到他不但对她有怨气，还正和子昂闹情绪。她不能对他说他爹也是老不正经，那会让他很难堪，便装着什么都不知的样子问道："你和你爹咋的了？"

他漫不经心道："没事儿，过阵儿就好了。"

她又问："你让他去种地的？"

他一脸委屈道："你把我当成啥人了？那是我亲爹！我就想让他当老太爷，可他不愿意我有啥法儿？他愿种就种，就当是个营生，要不他闲着也难受。"

她确信父子俩不和与她有关，索性问道："是不因为我？"

他一怔问："我爹跟你说啥啦？"

她猜他还不知他爹对她提过那种要求，也猜到周传孝在子昂面前说过什么，只是子昂没有顺着他，话不投机便翻了脸。

她感激子昂，但也不愿看到他们父子因她反目成仇，更不想这时火上浇油，忙说道："没说啥，他连我也不搭理。"

他猜她也不知父亲在争大管家的事，心里为她没受爹的干扰而心安，说："我爹就那样儿，你别往心里去。你放心，有我在，谁也不能把你咋样。你就安心把咱的家管好，我只相信你。"

她心里很乱，尤其惊讶子昂说他爹"就那样"，莫非周传孝原本就是个不守本分的大色鬼？子昂花心就是随他爹？可子昂天生就讨女人喜欢，要不是她和芸香都鬼迷心窍地往他怀里扎，他也会一心一意对香荷。眼下，她就想为子昂做个忠诚、得力的大管家，也渴望子昂的父母能认可她和子昂是最般配的一对，继而和芸香一样，也成为周家名正言顺的媳妇。但想归想，她也只能和子昂似水如鱼，孽海情天。

婉娇对山庄管理尽心竭力，除了操持已经建起的油坊、猪场、磨坊，又张罗着建起豆腐坊，雇来会做豆腐的雇工压豆腐。子昂对她每个想法都是心悦诚服，也愿意听她吩咐，便又接连建起大灶房、洗浴房，还雇来打井的在庄内打出两口深水井，其中一口就打在浴房旁。之后，他又雇了一些长工，有男有女，分别负责做饭、挑水、劈柴、清理各种粪便等。

子昂就希望山庄的人能多起来，曾经的冷寂萧条总是让他有种弱不禁风的胆怯，现在山庄渐渐热闹起来，开始那种身陷鬼界狼窝的畏惧感也都云消雾散了。

婉娇全面操持山庄的事，倒让子昂成了闲人。每天除了一些兄弟间的应酬来往，其余时间基本都用在绘画上，随便拽一个他想看的人过来，摆个姿势，一画就一两个时辰。

在他的桃源居里，画板、画架、颜料等应有尽有，内屋的墙壁上已经挂了许多画好的人物像，都是他身边的人，香荷、婉娇、芸香和玉莲、丽娜、丹青、丹红等孩子们的多一些，还有父母亲、刘王氏、村妮、若玉、津梅、亚娃、芳子、顺姬、铁头、春山及一些在山庄干各种活的。

不想绘画的时候，他就穿上练功服去北林子内练习拳脚。他从米秋成、云济、铁头那里分别学来的梅花拳、少林拳、太极拳都不太精，索性将三者的硬招融在一起，硬说是"周家拳"。

铁头并不买他账，挖苦道："你咋学得脸皮这么厚？少林、太极、梅花可都是有来处的，让你一编排就都成你周家的了？你和日本人差不多了，谁家东西好，变着法儿地就成自个儿的了！"

他嘿嘿一笑道："我想当中国鬼子，带兵把日本也占了。"

铁头继续挖苦道："家门口儿的鬼子你都赶不走，还想去占领人家，别把牛吹大了，日本人可惦记着把你当牛使唤呢。"

子昂急着让铁头体会一下他的"周家拳"，结果还真让铁头这个真练家感到不好招架，便玩笑地认可他的周家拳。

自从有了马帮后，分头销售豆油的事情就都落到了铁头和春山的身上。这倒让凤仙感到不爽，无非是想来山庄看美女不能随便来了。

铁头没有凤仙那般花心，说话直来直去，有事说事，没事也不往女人跟前靠，在美女聚集的山庄里，也只是和婉娇办下货款交接。那日他又来交货款，见芸香从院里出来，就将钱袋子递给她，随即又见婉娇过来，这才发觉给错了人。

婉娇笑道："她是子昂的媳妇儿，给她也没错。"

铁头这才知道子昂现在有两个媳妇。听子昂说是长辈们为了要孙子，并没多言，随后去告诉了其他兄弟。林海等兄弟都很惊讶，也无奈是周米两家长辈决定的事，只是玩笑中羡慕子昂艳福不浅。

除了绘画、习武，子昂再有闲暇就教玉莲、丽娜和津梅两个女儿写字，课本就用香荷的那本开明国语课本。他本来只教几个孩子，但芳子见了也想学，接着顺姬、亚娃也让他做先生。课本第二课的内容就是"先生早"和"小朋友早"，芳子、顺姬、亚娃也都玩笑地对他鞠躬喊"先生早"，他则管学字的分别称为"大朋友"和"小朋友"，读书朗朗，笑声也随着飞扬，他这个闲人倒也成了大忙人。

婉娇和芸香在何家通过何耀宗也认得一些字，开始对子昂教字并不太感兴趣，但见子昂每天都被大小美人们围着有说有笑，总有被他疏远、抛弃的感觉，便也抽空去当学生，毕竟子昂教的字里有许多她们也不认识。

芸香打理着大灶房的所有事。之所以设置大灶房，是因为婉娇说山庄所有人用的柴米油盐都是庄里出，分火吃不如开大灶，东西好管理，损耗也不大，便腾出一套房子，中间是灶房，两边屋都拆了火炕摆放桌椅板凳。左间屋中央放着一只大方桌和一圈十多把有靠背的椅子，婉娇、芸香、津梅、亚娃、芳子、顺姬等女眷都固定在此就餐。右间屋内摆着四张略小一些的方桌，围桌各有一条长木凳，每凳可座三人，每桌可坐十余人，是供山庄里雇工们吃饭的。但长辈们都在各自屋里吃小灶，饭菜做好后由厨工用特制的食品匣分头送去，除了子昂爹妈和刘王氏，就是若玉、石头和石头父母。

芸香自接过大灶房后也想了许多事，其中把大家每日三餐都固定了下来，哪天吃粗粮，哪天吃细粮，哪顿吃荤的，哪顿吃素的，一个月下来，所能吃的饭都要吃一遍。

子昂没有固定的吃饭处所，除了回去陪香荷外，有时和芸香陪着父母吃，有时在大灶房和大家一起吃。

大灶房每当吃饭时都热热闹闹，女人们吃着饭也叽叽喳喳的，几个孩子也常吃着饭就打起来。玉莲、丽娜和津梅的两个女儿虽然常在一起玩，但稍有分歧就分成两伙。丽娜听玉莲使唤，亲姐俩妹妹听姐的，嘴仗几乎天天有，有时为抢件小玩意儿还撕打在一起。

玉莲被子昂宠得有些霸道，孩子中她总想说了算，谁若不服她就动手去打。丽娜也被她打哭过，但别人欺负丽娜她也不容。那次婉娇被丽娜闹烦了，随手抓起鸡毛掸子吓她。玉莲立刻护着丽娜道："不行打俺妹！"婉娇顿时消了火，对玉莲也开始喜欢了。还有一次，丽娜被津梅的两个女儿欺负哭了，玉莲索性将丹青、丹红姐俩都推进了溪水中。

村妮两口子虽然都不在跟前，但都知道玉莲在孩子中最得子昂宠，便都忍让她。津梅越来越不喜欢她，也只能让自己两个女儿离她远一点。可分开没多久，小姐四个又聚到一起，玩着玩着又打起来，有时闹得婉娇和津梅之间也不痛快。

子昂遇到这种情况时就一句话："都看好自个儿孩子！"然后领着玉莲走开，没人见他训过玉莲，又没法责怪他，只能背后埋怨他偏心眼儿。津梅背后埋怨道："还不是他亲闺女呢，这要是他亲闺女还能惯成啥样儿？"但也只是发发牢骚罢了。

第 088 章

津梅从进山庄就没回过娘家。格格夫人也念她挺个大肚子不便走山林，让她等生下孩子以后再说。本以为香荷生下孩子不久她就能生，可豆儿已经两个月了，也没听到她临产的消息，便怎么算日子都对不上了，又开始猜测她要生下的孩子不是春山的，就是子昂的。怀疑春山是因他俩曾经私自定过终身，但他俩到一起的机会非常小。倒是子昂夜里和津梅私会的机会很多，尤其香荷为保胎气不许他房事，免不了被憋得心急火燎。正值怀春旺期的津梅又在家中守着空房，也免不了干柴烈火，同病相怜。从那阵津梅突然对子昂转变态度，子昂又愿意让津梅去山庄监视他，足可说明他俩很默契。不论津梅怀的孩子是春山的还是子昂的，无疑都是米家的丑事，她无论如何也不敢说出口，左右孩子要生在山里，就用她前夫张宝来去瞒天过海吧。

直到中秋节前夕，津梅才临产生下一个男孩，是子昂妈和刘王氏帮着接的生。毕竟是个周家也期盼得到的男孩，格格夫人见子昂讲述津梅临产经过时并不很上心，才又觉得这个孩子应该是春山的，虽然仍是猜测，但也绝不可能是张宝来的。

中秋节这天，山庄的团圆饭也都想在晚间吃，然后站在院子里望月亮，看谁能看见那里的嫦娥。子昂因刚娶了芸香，怕米家人这时不开心，便将山庄的团圆饭提前到太阳高照时进行。

这里节日用的东西应有尽有，都是春山借马队来山庄提货时从镇里捎过来的。

春山借着送货机会又在山庄住了一宿，夜里又偷偷去看了他和津梅的私生子，并让孩子随了自家宗谱，起名树阳，平日只叫乳名阳儿，姓氏也含而不露，将来若有人追问，就破釜沉舟地公开他和津梅的关系，李家所有人都不可能拒绝阳儿，而包括妻子津兰在内的米家人也只能接受这个事实。

婉娇已经意识到这是春山和小姨子私通生下的孩子，就对子昂说了。子昂心知肚明，让她也假装看不见，又对她讲了米秋成棒打鸳鸯的辛酸事。

她听后笑道："他们家也挺花花儿的；瞅你老丈人那一出，好像没长屁眼儿似的，现在一看，数他拉的屈屈臭。"显然还在怨恨米秋成当时那样对待她们，但过后又同情起津梅和春山。子昂劝她不要再提过去不愉快的事，以后日子会越来越好。

午间的团圆饭期间，周传孝仍不和子昂讲话，母亲之前已劝解多次也没管用。子昂觉得爹不可理喻，索性也不去理。好在父母的桌上还有刘王氏、石头、若玉等长辈，他吃了一半就撇下芸香去婉娇屋里了。

亚娃、顺姬、芳子和几个孩子都在这屋吃，没有阴着脸的爹在跟前，他的心里又敞亮起来，还和佳丽们一起喝了石头用山葡萄酿的果酒，然后回芸香屋里午睡，晚间还要去陪香荷。本来吃过午饭就该回香荷那儿，但一想起昨天早上格格夫人那样让他和芸香下不来台就生气，便等到晚间再回去，吃了晚饭就回自家守着香荷和豆儿。

太阳快落山时，他才从午睡中醒来，直接去了大灶房。雇工们都回家过节了，晚间的饭就得山庄的人自己忙活了。

这时，婉娇、芸香、亚娃、顺姬、芳子都在灶房内，他有些恋恋不舍地道："晚间我就不陪你们看嫦娥了，我已经看过了。"

芸香一愣问："你哪年看的？"

他一脸认真道："就今天哪，晌午还一块儿吃的饭。"

亚娃讥讽道："大白天的说梦话，晌午不和俺们一块儿吃的吗？"

他嘿嘿一笑道："你们就是嫦娥。"大家都笑。

亚娃笑道："那你是天蓬元帅呀？"

芸香补充道："猪八戒！"大家又笑。

亚娃又笑道："那香荷儿她家不成高老庄了！"

婉娇也对子昂笑道："你可得小心，那头有孙悟空，小心把你当妖怪。"

芸香说："还有如来佛呢，你逃不出他的手掌心。"大家又笑。

亚娃也笑道："快跟师傅取经去吧。"

子昂自诩道："去取经我也得是唐僧，我有紧箍咒。"

婉娇也一指他道："吃你这唐僧肉！"大家又都笑。

芸香没有笑，但也不敢顶撞婉娇。在何家时她就嫉恨婉娇和她抢子昂，现在她已经是子昂的媳妇了，自然不高兴婉娇似乎还在惦记她的男人。

子昂忙收场道："你们这帮兔精、蜘蛛精，我得赶紧逃了。"又嘱咐她们晚间都把门插好了，看嫦娥就站院里看，不愿看就在屋里玩牌吧。"

婉娇并没注意芸香，又笑道："俺们就在月亮里头呢，天蓬元帅早让玉皇大帝变成肥猪了，都在咱的猪圈里哼哼呢！"大家又都开心笑。

子昂父母和津梅母女一走，米家立刻又冷清了。格格夫人便叨咕着心里不得劲，立刻又遭米秋成埋怨道："往年不就这么过的吗？还得亏你没去皇宫当娘娘，那会儿要是当了娘娘，这会儿让革命党给轰出来你还没法活了呢！"格格夫人却咯咯地笑起来。

陪香荷母女和岳父母吃过晚饭，子昂又和米秋成玩了几盘象棋。他的棋艺不很高，下五盘只赢一盘。见时候晚了，格格夫人便让子昂去帮香荷哄豆儿睡觉，对赏月没有多大兴趣。

第二天吃过早饭，子昂又回山庄去了。这些日，油坊的产量很好，看着自己的生意一天比一天好，他开心得浑身热血沸腾，自然也感激婉娇的辛勤操劳，不知她们昨晚玩得是否开心。

大片的黄豆、玉米又熟了，他的心里格外喜悦。他要赶在各家收完庄稼前再建一个储藏大豆的库房。望着一片片长成的黄豆地，他觉得这将都是他的；他敢说这里的庄稼人都愿把多余粮食卖给他。他希望每片庄稼地里都多打出粮食，再从外面多收购些，就可保证他的生产原料用到来年庄稼下来。

他正慢步观赏着庄稼，多日娜骑着马追来，勒马立在他前面笑道："走累了吧？"他抵不住她火辣的目光，想躲又不舍地问："你咋来了？"

她跳下马道："上马吧，我送你。"

他忙说："我走惯了，边走边望景儿，挺好的。"

她竟撒娇地扭下身子道："那不行！"说着硬拉他上马。

他心里甜甜的，只好上了马，又问道："那你走回去？"

她边笑边后退，突然向前一跨，双手往马臀上一搭，身如燕子般也上了马背，在后面一把搂住他的腰，险些他俩一起从马上掉下去，他被吓了一跳，随即又不安道："别让人看见！"

她将他搂得更紧，脸贴他背上娇声道："我不怕！"随后两脚向内一扣，催马前行，马便顺着小道向前奔跑。

他被她搂得心醉，见近处没有其他人，便由着马奔跑，脸上透着惬意的笑。跑了一段路，她一手搂着他，一手也去拉缰绳，使马改变了进山的道，并使劲催马。他忙问："你要上哪去？"

她笑道："有近道儿。"说着继续催马。他对这儿的道路已经很熟了，并没发现有近路，再说她也没去过他的山庄，但他好奇她到底想做什么。

密林中，马在她的操控下奔向高坡，待马不能再攀时，然后又掉转马头朝坡下奔去。忽然，他感到马身猛然下坠，尽管马挣扎着转身，却还是一同坠入一个深坑内，随即落在一张大网上，悬在坑内颤动着。

他心里一惊的瞬间就意识到自己又坠入了陷阱，也感到身后的多日娜将他搂得更紧了，原来他俩被紧紧地夹在网和马身之间，简直五脏六腑都要被挤出来了。

马在挣扎，他俩也在竭力脱身，费了很大劲才又上了马背。他扶着她，关切地问："你没事儿吧？"她不说话，就势扑进他怀里，脸贴在他胸前急促地喘吁。

他以为她被吓着了，一边往外挣，一边安慰她道："别怕别怕。"又嗔怪道："你呀你呀，有好道儿不走，往这里钻啥？"她只是笑，依然紧紧地搂着他。

马的两只前蹄挣出网孔，离阱底还差半米多高，两只后腿则别在网上，只有头和前身不停地向上挣着，从鼻子里发出的声音像是在求救，又像在发怒。

借着上面掩体洞口洒下的光亮，他见阱深约四米，一张与阱口一般大的网是用比拇指还粗的麻绳编织的。

这时，阱上传来几人的嬉笑声，随即上面的洞口在扩大，零散的树叶落下来，阱内变得更明亮了，是上面的人掀去了遮盖阱口的树枝。

子昂抬头望去，见阱沿处围了一圈人，年纪都不很大，其中一人他认得，就是曾经要讹他钱的侯七。

他想侯七是在对他和多日娜实施报复，忙护着多日娜对上面说："你想干啥冲我来，不行碰她。"

侯七诡笑道："还挺知道疼人的！"接着说道："我就要那匹马，你俩现在都给我到网底下待着！快点儿的，要不我搁棍子捅了！"说着用一根长木棍捅马身。

马在嘶鸣和挣扎，他俩在网上随着颤动。多日娜冲上面喊道："别捅马，俺俩下去。"说着拉子昂要越网沿。

子昂恼了，一把抓住伸下来的木棍想夺下。侯七忙招呼帮手，借助阱沿下压木棍的上半截。子昂不肯松手，竟随着撅起的木棍悬了空。上面试图甩掉他，棍子突然折断，他抓着一截木棍又跌在马身上，惊得马又一挣身。他站立不稳，又被挤在马身和网间。

这时，多日娜已贴着阱壁的缝隙翻过网沿，蹲在阱底处叫子昂道："下来吧，你弄不过他们。"

他无奈地向上面求道："你让俺俩上去，我给你两匹马的钱！"

上面笑道："我就要下面这匹！"

他感到蹊跷，透过网孔看多日娜，见她竟是一副轻松得意的样子，蹲在下面笑道："下来吧，把马给他们。"

他明白了，这一切都是她设计的。但他觉得很愉快，也喜欢这样和她待在一起，便贴着阱壁的缝隙翻过网沿，下到阱底问她："你搞的鬼？"

她只是看他咯咯笑，眯起的眼里透着迷人的魅力。

原来，多日娜听说子昂又娶一房后心中极为气愤，但心里喜欢他又不忍心和他结下深仇大恨，便想狠狠地戏耍他一番。

按说她貌美如花，又正是论嫁的年龄，本该百家争求，早为人妻，但林区内让她倾心的年轻人几乎没有，好歹有个让她觉得顺眼的，对方及家人却因其桀骜不驯而敬而远之。这时她只觉得被人扫了尊严，便常以刁难对方的方式来挽回失去的尊严。对方惹不起她，尤其是怕她哥哥结拜的那些把兄弟，便暗里骂她是"蛇花""美女蛇"。

他们家虽然来到这个镇上晚，但她通过玉兰知道镇上有米家六朵花，也见过去玉兰那儿串门的津兰和津菊，一看都三四十岁了，并不认为比她长得好，便特意骑马从米家门前经过，想让米家人都认识一下她的美，而且美得高高在上。

但有一天，她发现了天娇和香荷，顿时被这对孪生姐妹的秀美白嫩所震动。她难以接受还有比她长得好的姑娘，便不再从米家的门前经过了。当她听说子昂和香荷定了亲，尤其当知道他是在认识她以后才认识米香荷时，心中不免哀怨上天对香荷惠顾，而对她却是无情地戏弄。但她只能忍痛接受他和香荷的婚姻。她恨子昂，却恨得她自己都心痛。她也恨米家，恨米香荷，可越恨越被子昂的英俊和才华所吸引。虽然家里人都为她的婚事焦急，但她无法遇到第二个英俊有才华的周子昂。她更为子昂答应米家生头个男孩随米姓感到羞愧和不平，觉得周家太低三下四，更恨米家是在刁难周家。香荷生下女孩她也通过哥哥听说了，不禁暗中得意。而当她又听说周家怕香荷生不出男孩又让子昂将芸香收房的消息时，不禁恼怒子昂连娶小媳妇都想不到她，竟将一个做饭的丫头收了房。一通伤心后，决定以她特有的方式来报复他和米家，甚至也想借此让子昂将她也收了房。虽然也觉得这样有失身份，但除了子昂，实在没有让她如意的男子，即使给子昂当小的也认了。但她不认香荷和芸香，她要在他的媳妇中抢下所有风头，到时谁是小的还不一定。况且凭着周家的富有，他多收她一房媳妇并非难事，她要帮他管家，还要和做饭的丫头比一比，看谁先为周家生孙子，看谁更对子昂好。就这样，子昂坠入了她设置的网中。

这时，子昂见从上面顺下被褥和马灯等物品，惊讶的同时，还感到激动和不安。毕竟多日娜是他来到龙凤后喜欢的第一个女子，玉莲和村妮虽然是在她之前结识的，但完全不是一回事。初次听到她的名字就心里亮堂，又见她面色红润，就像有一轮太阳照着他。

陷阱上的人又一同喊着号子，将束着马的大网拉到陷阱上，然后将事先备好的木头和木板排搭在阱上，落下网，将马牵走，又就势在木板上盖了杂草和树叶。

阱内一团漆黑。多日娜摸索着点亮马灯，又将被褥铺好。他激动又紧张地问："你到底想干啥？"

她坐在被褥上，斜眼看他道："你不愿娶媳妇吗？让你接着娶。反正我谁都不嫁了，我就和你耗着玩儿了。"

他不安地求她道："好妹妹，咱不闹了行不？"

她反感道："谁是你妹妹？我又不是你妈生的！"

他说："可我和你哥是把兄弟。"

她打断他道："我不管你们那些事儿！反正从现在起，我就是你的人了！我跟上面人说好了，今晚咱俩谁都不出去。我还让他们到处去说咱俩的事儿，说得越多越好。"

他更加不安道："你别这么糟践你自个儿。"

她又打断他道："这算啥糟践？我不怕！反正除了你谁我都不嫁！"

他终于支吾道："我要娶了你，我在这帮哥哥面前咋做人？"

她挖苦道："吃着碗儿里的，还惦着锅里的，你还想做人？你要不娶两个，我还没想这样儿呢！两个都娶了，再娶几个能咋的？"

他却笑了，问道："你想让我娶几个？"

她说："锅里肉还多着呢，你想娶几个就娶几个，你家不是趁钱吗？趁钱的有娶好几房的呢！铁木真有四十多个老婆呢！"

他很惊讶一个男人能娶那么些女人，又笑道："我娶一百个也不敢娶你，你是我八哥的亲妹妹！"

她反驳道："亲妹妹又不是你亲妹妹！废话少说，反正这里就咱俩，等从这儿上去的，我就说我让你碰过了。"

他害怕了，忙与她拉开距离道："你放心，我保证不碰你。你赶紧招呼他们，把咱俩弄上去。"

她摇头道："招不回来了，咱俩只能在这儿待一宿。天要下大雨，咱俩还得一块儿洗澡儿呢。"

然后看着他诡笑。

他哭笑不得，埋怨她道："那次我特别想接近你，可你太傲了！你要不骑马走，我真不一定认识米家的人。"

这一说她更加懊悔，竟哭道："谁知你第二天就没影儿了，大哥还说你去宁安了，寻思你再不能回来了呢！"说着扑进他怀里道："我不管，反正我就是你的人了！"

他胆子也大了起来，搂着她说："这事儿别人都不能同意。"

她说："米香荷答应就行。我听说了，她怕她生不出小子，就让那个做饭的给你们周家生小子。"

他不满她歧视芸香，嗔怪道："别老做饭做饭的，她叫阮芸香。"

她怄气道："我才不管她香臭呢，就叫她做饭丫头，咋的？不高兴你想咋的就咋的，打死我也是你的人了！"接着又气他道："叫做饭的不好听是吧？那叫她厨子，这个好听，是吧？"

他拿她没办法，心中不悦又不忍对她发火，叹口气，闭目不语。

见他不高兴的样子，她摇晃他问："生气了？"

他又睁开眼睛，点她脑门道："我真拿你没法。"然后又疼爱地抚摸她的头说："我知道你很生我的气，你要觉得这样开心，那我就这样陪着你。但我是哥哥陪着妹妹。"

她又将脸贴在他胸前说："现在你咋说都行，等到了明天，谁都不会相信你是什么狗屁哥哥。"

他虚张声势地在她背上打一下问："那你哥也是狗屁？"

她用头顶他一下道："我哥和你不一样，俺俩一奶同胞，咱俩不是亲的，但可以成亲！你别指望给我当哥了，好好想想，明天出去咋跟别人说。我是不在乎别人咋说了。"

他想到香荷，不安道："你是在报复我？故意让我难看？"

她顽皮地看着他说："谁说你难看了？你可不难看！男人里就数你最好看！"又将脸贴他胸上说："你要是难看，我还懒得和你这么玩儿呢？"

他心中惬意，想亲吻她却不敢。静了一会儿，她又语气温和道："你还挺护着那个做饭的。那我以后不叫她做饭的了，她叫芸香儿是不？我也会做饭，等我给你做！"

他仍装着生气。她索性也不理他了，往被褥内一躺装起睡来。

估摸一个时辰过去了，他耐不住了，又求她道："好妹妹，让他们把咱俩弄上去，我山庄里还有不少事儿没做呢！"

她坐起来说："已经晚了，他们早都没影儿啦，你喊破嗓子也没人搭理你！我让他们明早过来下梯子。"

他又点下她脑门道："淘气包子！你把我正事儿都给耽搁了！"她看着他笑道："啥事儿都等明天再说吧。你要真生气就使劲罚我，你想咋的都行。"他不再怪她了，只感到浑身的血液在涌动。

▶▶第 089 章◀◀

深夜的阱下有些凉，毕竟已是秋分时节。子昂不再求多日娜了，倒很幸运能和她在这阱里过夜，也无须担心有人怪罪他，事实就是他想不如此却不得不如此。

他轻轻将棉被都盖在她身上，她却坚持与他同盖，这也是他的愿望，只是不好主动，见她坚持，他才窃喜地同一被窝躺下。他也想侧身躺着，和她脸对着脸，甚至搂她、亲吻她，但他还是不敢随心所欲，那种念头一闪现，便想到明天该如何面对香荷、婉娇、芸香和他的那些哥哥们，不禁浑身又打一冷战。

她感到他身体一抖，问道："你冷吧？"

他只摇下头。她又撒娇道："我冷，你搂着我。"

他被她的身体吸引着，心想只是为了让她暖和点，不做别的，便侧转身体，将她搂在怀里，闻着她头发内有股沁心的芳香。

她将脸紧贴在他胸前问："不生我气了？"

他责怪道："我气你把咱俩弄进这里，这里是套野兽用的，现在咱俩也成野兽了。"

她抬头点他鼻子道："你是野兽，套的就是你！"

他笑着问："那你是猎人？"

她想了想说："咱俩都是。你套了我的心，我就套住你这人！"

他激动的心要蹦出，终于情不自禁地在她额头上吻了一下。她还是一怔，随即也在他脸上亲一口，然后看着他笑。她的笑容又让他心醉，更令他身下反应强烈，但随即米秋成和陆林海的冷峻面容也在他脑海里浮现，心便又慌起来，忙又故作镇静地问："你会打猎吗？"

她一脸神气道："会呀，你想打？等咱上去的，我领你去。我哥还有个好卧子呢，比这儿还好呢。"他想能在这里多搂她一阵就知足了，等上去就不知什么情况了。

她继续说："听说你当过兵，还和日本人打过仗，你挺厉害。"

他被吓一跳，责怪道："大哥咋啥都对外人讲？"

她不悦道："我知道怕啥？还能让日本人来抓你？"又说："谁都没和我说，是你们说的，就你们拜把子那天，我在外屋地听到的，没听几句大嫂就把我撵走了。"

他玩笑道："你要真想报复我，日本人都可以替你报仇。"

她气愤地打他道："你把我当成啥人了？"接着又搂着他说："我可不愿你出事。我就喜欢你这样的，用俺们家乡话说，你是一只雄鹰！"

他叹口气道："啥雄鹰？让日本人打得屁滚尿流的，都成熊包了！"忽然想起事情来问："那天听田中太久说，他们日本从有国家开始，唯独被蒙古人侵略过。要说厉害，还得说是蒙古人厉害，啥时汉人也有这本事就好了。"

她得意道："那是啊，俺们祖先铁木真才是真正的雄鹰，打遍天下无敌手！还有忽必烈，也在中国当过皇帝。"

他点下头又问："我一直想问八哥也没顾上，你们老家到底咋回事儿？咋也冒出老毛子？"

她叹息道："这话要说可长了。从元朝起，蒙古就是中国的，大清国没了以后，王爷府让老毛子架拢了，老要从中国分出去，分出去就和中国没有关系了。有人不愿意，就起来造反。我阿爸和我大哥也去造反了，反没造成，命都搭上了。我额吉看大草原待不下去了，就带着我和二哥逃难了，后来逃到齐齐哈尔。我哥就在那儿相中的我嫂子。我嫂子家是这块儿的，俺们就上这儿落脚儿了。刚一到这儿，我哥就和老大认识了。我哥也会打枪，老大就带他一块儿上山打猎。那回老大让熊瞎子给扑了，亏了我哥救他。后来他们就拜了兄弟，都叫他老疙瘩。现在你是老疙瘩了。你们爱咋拜咋拜，不关我的事儿。你八哥那是咱俩的哥！"又用手指点他脑门道："听见没？"

他又将她的脸搂在自己心口处说："那哪行，俺们可是哥九个。"她眼一横道："哥九个咋的？十个指头还不一般齐呢！咱哥说了，你要是他妹夫该多好。"

他心中一亮，继续遮掩道："可还有那七个哥呢。"

她一撇嘴道："别以为他们都是好东西。老大还行，挺有大哥样儿，老二儿可是个大花心，要不是二嫂厉害，他得天天入洞房。这他也闲不着，谁家有寡妇，谁家老爷们窝囊点，他准跟馋猫儿似的往前贴乎。好些事儿二嫂都不知道，也不敢让她知道，知道了他俩就往死里打。二嫂可虎了，菜刀、斧子啥都敢比画。她还帮我打过仗呢！我刚来这儿时，尽有欺负我的，后来谁都不敢惹我了。"

他笑道："你现在这么厉害，都是跟二嫂学的？"

她不示弱道："我本来就厉害。"接着又嘻嘻笑道："没二嫂厉害。二哥在外头跟活驴子似的，一见二嫂就麻爪儿了。二嫂和老米太太正相反，不会生闺女，就会生小子，她在老包家腰杆儿可硬了。三哥是个老狐狸，眼睛卡巴卡巴的，心里比谁都有数。四哥那是个和事佬儿，一天就看他哈哈哈的，四嫂一天就能喳喳喳的，不吃饭送你二里地，龙凤阁就指她喳喳儿呢。五哥最实在，谁要给他一点儿好，恨不得把心扒给你，说话大直筒子，不藏不掖的，就是好发邪火儿，跟谁都狗皮袜子没反正，发完火别人还没消气儿呢，他早把事儿忘脑后去了。六哥心眼儿也挺多，净跟别人溜缝儿，不知他心里咋想的。老七跟老二是一路货，就爱往女人身上盯。他还打过我的歪主意呢！他让我跟他学唱戏，哼，跟谁学也不跟他学，懒得搭搁他。他还动不动拿他老辈儿什么相公堂子、清吟小班儿穷显摆，也不嫌碜。他觉得他长得不错，我是八眼儿没看上他。他会唱戏也不是啥毛病，可他一整就扮个女人相，咋看都别扭。瞧他那嘚瑟样儿，要不是我哥和他也是磕头兄弟，我天天撅鞭子抽他。"

他听得有趣，这时惊讶道："你还知道相公堂子、清吟小班儿？这都是北京八大胡同的门道儿。"

她说："我哪懂，都听四嫂、五嫂没事儿乱讲的，五嫂和四嫂是表姐妹。四哥也知道，她俩也都听四哥、五哥讲的。"

他又问："你咋没讲讲你哥呢？"

她说："俺哥跟五哥差不多，傻了吧唧的。"又笑问道："是不还得讲讲你？你最古董了，芳娥儿就是你给弄疯的。现在我也疯了，也是你弄的。可我不恨你，我就想和你在一起，看你还能有多坏？"然后看着他诡笑。

他心虚了，不再问她，搂着她的手不敢用力也不愿松开，心里想着香荷、婉娇、芸香，不知该如何对她们解释这一夜。

见他又闭上眼，她顽皮地拨动他嘴唇道："张嘴，说话。"

他忍不住抿嘴笑，仍闭眼道："不说了，我太坏。"

她撇嘴道："不说你就好了？江山易改，本性难移，吃着碗儿里的，还盯着锅里的，是不是？"

他很尴尬，但也很惬意，轻轻地搂着她，继续闻她头发内的芳香，闻着闻着，两人竟都睡着了。

他梦见陷阱并不深，是他和多日娜故意不想上去的。他解开她的衣服，朦胧中，见她身子比香荷还白，仔细一看，她并没光着身，是一条洁白的哈达缠在她身上，上面还有漂亮的图案。他想再仔细看，但怎么也看不清，想起阱上盖着树叶，忙起身去拨开树叶，顿时豁然开朗，只见天上一轮太阳。太阳的光亮很强烈，并正强力地吸引着他，令他身不由己地飞出去，并朝着炽热的太阳靠近。这时他发现自己正在宇宙中，太阳要将他吸入体内并融化掉。他忙挣脱道："师父快救我！"但越挣越向太阳靠近，无人救他。眼看要被太阳融化了，他惊恐万分地大喊师傅，终于醒来，见多日娜正惊讶地手提马灯看着他，方知刚才又在梦里，忙坐起来。

她看着他问："你咋的了？"

他不知自己刚才是否又说了梦话，忙问道："我说梦话了？"

她疑惑道："你喊师父。谁是你师父？"

他摇下头道："不知道。"

她开始歉意道："你是不想出去？可现在真出不去了，就得等明早上。我没想害你，就是想和你在一起。"

他安慰她道："没事儿。你别多想。"接着又问道："现在啥时候了？"

她说："我也不知道，反正外头黑天了。"

这时他身下又在膨胀，既有那种欲望，也感到内急想小解。他怕她看见自己裤裆处凸起，转身站起来，借着马灯的光亮朝阱上望，但实在没有办法能上去。

她在后面说："别看了，外面不来人，咱俩肯定上不去。你就消停待着吧，明一早他们准来。"

他焦急道："我想撒泼尿。"

她扑哧地笑了，一指他前面的空地道："就在那儿撒吧。"

他难为情地回头看她，见她仍在笑，也忍不住笑，但并没有按着她说的做，蹲在那里忍。

她在后面笑道："咋还蹲下了？你们男人不是站着撒尿吗？"

他更忍不住笑，又回头冲她道："去！"她开心地大笑。

他憋了一阵，实在憋不住了，又站起来说："把头转过去，我憋不住了。"

她咯咯笑着趴到被褥上。他这才解开裤子，对着阱壁沙土一通射击，空间窄，想不出声都不成。她在后面听得清楚，趴在被上不停地笑。

他小解完系上裤子，回到被褥中，点着她的头说："笑啥？不行笑！"

她翻身坐起来说："我怕你把陷阱滋塌了！你没觉着这里比刚才宽敞了？"说着继续咯咯地笑。

他掐她脸蛋道："你可真能邪乎！"忽然想起梦中要为她脱衣服，但没看清她秀美的身子，忍不住一把搂住她。就在他将唇贴着她颈部时，不禁又想起了哥哥们，暗中又告诫自己道："周子昂，你和她在陷阱过夜不是你的错，可你要给她破了身就没人能原谅你；陆林海可是个手黑的人，你再有钱也会被他一枪葬送的。"想着不禁又打一冷战，忙又松开她。

她感到了他的异常，问："咋的了？"

他说："净捣乱，想咬你！"然后坐在被褥上。她也挨他坐下来，谁都不知说什么了。

静了好一会儿，她突然直起身，一脸不自然地看着他。他一怔问："咋的了？"

她难为情地支吾道："我也想撒尿。"

他也扑哧地笑了，得意道："你要能上去你就上去，上不去我也没法儿。"

她命令他道："你也把脸转过去。"

他笑着将头搭在阴壁上。她便在他刚才小解的地方褪下裤子蹲下去，排尿的声响并不比他的弱。

见他对着阴壁笑，她也难为情，系好裤子，上前捶他道："不行笑！"

他转过身来继续笑道："我觉得这里比刚才还深了。"

她更难为情，一边虚张声势地捶打他，一边撒着娇道："你个大坏蛋！"

他继续开玩笑道："这下完了，明天有人来咱也上不去了，太深啦！"

她不再捶打他了，扎在他怀里娇声道："上不去才好呢，就咱俩在一起。"

他知道他这时对她做什么她都不会怨，但他心里还是告诫自己千万不能冒这个险。

她似乎没多想，问他饿不饿，边说边来打开食品袋子，先从里面拿出一串黑紫色的山葡萄，用抓出的汁来净手，然后用被染得紫红的手去拿月饼给他。他也学她用葡萄汁净手，欣然地和她一起吃起来。

她吃着月饼问他："你知道昨天是啥日子吗？"

他觉得这是个不是问题的问题，认为她是没话找话，便不假思索地说："你让我吃着月饼猜这个，拿我当白痴呢？"

她笑道："那得看你说得对不。"

他说："这还用猜？八月十五、中秋节。"

她摇头道："不对。"

他顿时愣住，又答道："是家人团聚的日子。"

她又摇头道："也不对。"

他有些蒙，看着她问："那你说啥日子？"

她一点他的脑门道："是你们汉人造反的日子。"

他恍然想起小时听大人讲过"八月十五杀鞑子"的故事，是说蒙古人统治中国时，汉族人将写有起义反元的纸条夹在月饼内，告知汉人在中秋节这日夜晚统一反抗元朝。他一直是当着奇闻异事去听，也好久都不知鞑子指的就是蒙古人。直到上中学后他才知道，蒙古人统治元朝所以灭亡，主要是缘于官吏欺压百姓，造成百姓民不聊生，以致在全国兴起白莲教和红巾军。

因为多日娜就是蒙古族，他不想和她谈论汉人反元的事，只是叹口气道："但愿有那一天，中国人一起行动杀鬼子。"

她却说："我看你就是鬼子。"

他心里一惊问："你啥意思？"

她说："今天是我造反，我造你的反。"

他笑道："我又没统治你，你造我啥反？"

她说："可你统治两个媳妇。你能统治俩，就能统治仨，今天我也让你统治。"

他又假装生气道："我哪敢统治你？现在我是被你统治呢！我连自由都没了！"说完只是吃月饼，吃饱了又说困了想睡一觉。

她说："咱俩一起睡。"两人便挨着躺下。

挨着自己曾经一见钟情的人，他根本无法入睡，好几次想转过身去搂住她，却都因顾虑林海、万全、山鹰等哥哥们而强忍住，又去想香荷、想婉娇、想芸香。可还是忍不住去看她，发现她真的睡着了，便悄悄起来为她盖好被子。

他俩真就在陷阱内待到第二天天亮。马灯不知是什么时候熄灭的，阱内还是黑暗，但上面遮盖的缝隙间透进了光亮，外面显然已大亮。

终于，阱外来人了，去了遮掩。侯七诡笑着冲下面喊："玩儿够了吗？"

多日娜冲上面喊道："少废话，把梯子放下来。"

侯七等人由上面放下一只长梯。子昂倒不好意思上去了。侯七等人仍俯视下面诡笑道："咋的？还没玩儿够哪？"

多日娜冲上面嚷道："滚边儿去！都远点扇子！"上面几个哄笑着散开了。

子昂先将多日娜扶上梯子，待她上去后才上去，见枣红马也被牵来了，正拴在一棵树上。侯七等人笑嘻嘻地靠上来。多日娜呵斥他说："嘚瑟啥？还不赶紧走！"

侯七嘻嘻地笑道："我帮你把东西拿上来。"说着顺梯下了阱。

子昂忽然想起侯七曾和田守旺在一起，待侯七上来后问道："这阵儿咋没看见老田家二少爷？"

侯七说："去长春了。他哥是给满洲皇帝做事儿的。他说了，他还会回来，回来找你报仇。"

他一愣问："找我报仇？"

侯七说："他说你抢了他媳妇儿。"

子昂知道他说的媳妇是指香荷，顿时不悦道："他不要个死脸！我光明正大娶的媳妇咋成他的了？"

侯七说："那我不知道，反正你成亲那天他都快疯了，想收拾你又不敢惹你那些结拜哥哥，一股火儿病倒了，病了半拉月才起炕！"

子昂不禁又想起自己在文静被她表哥霸占后大病时的情景，觉得田守旺可怜。但又想，当时香荷要是被田守旺娶走，他恐怕还得活扒一层皮。

侯七接着说："他哥要在日本人那儿给他谋个差事，你真得小心点，谁知他在日本人那儿谋啥差？"

见子昂有些不安，多日娜说："就他那熊样儿能干啥？给日本人当狗也是癞皮狗！咋的？他想回来报仇？敢！吃豹子胆了？"又对子昂说："对了，你就是豹子，金钱豹！没事儿，他要敢碰你，我把他爪子掰下来！"说着去解开马缰绳。

出了林子，多日娜又对子昂说："我没逼你娶我，谁也别逼我嫁给别人。"

他问道："有人逼你？"

她一笑："定好今天让我去相亲。"

他也笑道："原来你是造她老人家的反。"

她舒口气道："这下好了，看谁还敢娶我。"又冲他笑道："你可以，我和你睡时可是黄花大闺女。"

他又害怕了，恳求道："你可别去这么说。"

她得意地笑道："我就说咱俩一块儿掉进陷阱了，想上也上不来，就一块儿过夜了，夜咋过的就不说了，反正以后我就是你的人了。"

他不安道："我没把你咋的，咋就是我的人了？"

她一撇嘴道："谁信呢？你干啥都忘了吧？你就等着吧，好戏还在后头呢！"说着将马缰绳递给他道："骑它看你小媳妇儿去吧，她肯定做了好吃的等你呢。"

他不理她了，一甩手自己朝山下走。她骑上马说："想大媳妇了？那俺就不管了。"又诡异地冲他笑笑，催马离去。他望着她离去的背影发起呆。

路上行人还很少，各家房顶上都冒起炊烟。米家的铺子也开板了，格格夫人刚送走一个买粮的女子。子昂上前对里面打招呼道："妈，我回来了。"

格格夫人以为他昨夜是在山庄住的，猛见他头上沾着碎叶就问道："你搁哪钻出来的？"

他心一惊问："咋了？"

她说："头上沾的啥玩意儿？"

他忙慌说道："干点活儿，天不亮就起来了。"

她说："悠着点干，钱不是一天挣的。"

他愧疚地应一声问："香荷儿起了吗？"

格格夫人已正常面对他有两个媳妇的事实，是看他愈加在意香荷了。除了依然愿给香荷洗脚、揉脚，还整宿帮着哄孩子，唯恐香荷夜里睡得少，倒让香荷心疼起他来，也总是把他的感人事说给母亲听，希望都不要再埋怨子昂纳妾。这时她见子昂在山庄只待一天就又急着来看香荷，脸上露出欣慰的笑说："没瞧见她出来，还睡懒觉儿呢吧！自己看孩子夜里准睡不好，你去看看吧。"

他匆匆朝着东屋走去，大黄狗围着他亲热。

香荷还和女儿睡着懒觉，听子昂在外面叫她，忙下炕启闩开门，身上只有红肚兜和红短裤，白皙的肌肤近乎都显露着。一进屋里，他先插门闩，然后搂着她亲吻道："想你了。"

她忙穿衣服道："想她去吧。跟她睡一宿了还没够？"

他又搂住她说："给你留着呢。"

她反感地翻他一眼。他忙又说："我洗洗。"

她不耐烦道："孩子要醒了。"

他坚持道："她啥都不懂，醒了咋的？"

她训斥道："一大早就办这事儿，不嫌晦气？俺不！"说着穿上衣服。

他立刻没了兴致，便不再求她，不禁又想婉娇，近来每次和她偷欢都是在白天，并没觉得有什么晦气，山庄的买卖倒是越来越红火，但他不能说出来。

他想把昨天和多日娜在一起的事说给香荷，是对多日娜那句"好戏在后头"的话感到不安，不知她日后还能演出什么戏。但话到嘴边还是咽了回去，毕竟他昨夜险些没忍住那种欲望，意识到这种事不那么容易说清楚。但至于将来如何面对多日娜，他也不知该怎么办。

他重新穿上衣服，静静地看着女儿香睡，见豆儿正梦中吮乳，闭着眼，小嘴儿一吮一吮的，模样可爱，便忍不住笑，又与豆儿脸贴脸，到底将豆儿扰醒了。

豆儿只穿着一片绣着花儿的小肚兜，哭了几声，一哄就不闹了，在子昂的逗弄中蹬着两条小胖腿，两只小手也乱抓着。

吃过早饭，他又陪了香荷一会儿就又去山庄了。他惦记着山庄的生意，不知昨天出了多少油，马帮回没回来运新货，石头正带人打井，也不知进度怎么样了。但他最担心爹会给婉娇脸子看，让她感到委屈。

一想到父亲排挤婉娇，他又心乱如麻。一面是自己的亲爹，一面是自己心疼的人，他难以取舍，也难以调和。他还是埋怨父亲，放着尊贵的老太爷不去当，偏要去当那个收钱支钱的大管家，这是何苦哪？再说生意是他做的，让爹介入进来，到底谁听谁使唤？作为儿子是该听爹的，可他的一些想法和爹是矛盾的。他就想让身边人跟他一起过上好日子，可他一多花钱就落埋怨，说他把钱都花给外人了，这是他无法接受的。他越来越觉得，他所发的意外之财或许算作不义之财，尽管那些财宝无须交给他不认可的满洲国。他只当是山神爷对他的厚爱，他也只有让身边的人都跟他过上好日子才觉得心安些。他还认为，儿子是该孝顺，但孝顺也该分开说，孝道不可离道，顺从也不可盲从；爹要让儿子滥杀无辜，儿子就该唯命是从吗？眼下爹要让他收回婉娇大管家的权力，他却无法忍受婉娇被奚落。爹放着老太爷不当偏要当管家，如果因为没让他当大管家而不高兴，也完全是他无理取闹和自寻烦恼，不理他就是了。

第 090 章

昨日油坊又是高产量，庄内存油的坛子都已用上，运油用的百条新皮囊也都灌满油并封好口，就等铁头、春山带着马帮来提货。

子昂一回到山庄就急着见婉娇，得知父亲一天都和那两个雇工开荒种地，并没和她搭上面，悬着的心才放下来。但她说她昨天把一个干活的惩罚了。

原来昨天要收工时，一个干活的手上沾了油，结果一只盛满油的坛子在他手中滑落在地上，一坛子油顷刻间洒了一半，气得她骂那人是废物、猪脑子，还让那人包赔洒掉的油。那人苦苦哀求也没得到她的谅解，又见她不耐烦地要辞掉他，这才委屈地接受处罚。其他雇工也都受到了震慑，背后说婉娇人美心毒。

子昂很欣赏婉娇的魄力，但也可怜那个弄洒油的雇工，就向她求情道："咋说他不是故意的，罚还按你说的罚，要是他过后干得好就少罚点儿，要是干得特别好，咱还可以不罚他。"

她责怪他道："你倒挺慈悲的，要都这么不故意，他们得洒咱多少油？"

他笑道:"我也是为你着想,你天天管着他们,别管得急头白脸的。"

她理直气壮道:"他们还想和我急头白脸?他们挣咱的钱,咱还看他们脸子?不惯他们臭毛病!谁要不干就拉倒,乐意来干的有的是。"

他又劝道:"咱要想法儿让他们干得越来越好。"她便不再和他理论。

因为昨夜在陷阱里没有睡好,这时他的困劲上来了,就回芸香的屋炕上睡觉。正睡着,芸香将他叫醒,说铁头急着找他。

铁头是自己骑马来山庄的,一见子昂便问:"你和多日娜咋回事儿?"

他心一惊道:"没啥事儿。她咋说的?"

铁头说:"我听咱老大说的,说你可能碰她了,要不多日娜咋说她是你的人了。"

他急忙解释道:"没有!前晚过节我陪岳父岳母过的,昨儿头午寻思回山庄,她骑马追上我,偏要驮我一段,说有条近道儿,我也想有个近道儿,结果俺俩一块儿掉进陷阱了,想出也出不来,愣在里头待一宿。"

铁头说:"老大说是她故意设的套儿。我来就想问你,你到底碰她没有?"

他暗中庆幸自己昨夜的克制,不然真的就麻烦了,便理直气壮道:"没有。晚间那里挺凉,俺俩盖一张被了,可没办那种事儿。她说她也要嫁给我,我哪敢答应,那是咱妹妹!"

铁头释然道:"我还和老大说呢,九弟是有女人缘儿,可他也不能毒草子。你还是赶紧回去一趟吧,咱这个虎妹子,在家里闹翻天了。"

他心一震,不再多问,随铁头离开山庄。

到了山鹰的家,只见山鹰和媳妇正在地上站着,多日娜和母亲坐在炕两头,脸色都正阴沉着,见子昂和铁头进来,山鹰母亲对子昂说:"九儿啊,这事儿你没错儿。你这个妹妹太任性,别和她一样。"

多日娜说:"不和我一样就完了?那我咋办?"

子昂说:"你哪都好好的,还啥咋办的?好妹妹,咱不闹了行不?"

多日娜又说:"我咋没咋的咱知道,别人知道吗?现在全镇人都知道咱俩在那里过夜了。"

他想责怪她故意这么安排侯七的,但话到嘴边又咽了回去。铁头愤愤道:"谁他娘的烂舌头,我去把他舌头割下来!"

多日娜坦然道:"我让他们说的,都知道才好呢,这就没人跟我提亲了。"

母亲气得骂道:"你这个虎玩意儿,你不想好也别祸害你九哥呀!"

她一哼道:"他才不怕呢!他想娶一百个呢!"

子昂忙辩解道:"我啥时说想娶一百个了?我说我就娶一百个也不敢娶你,你是我妹妹,是不这样说的?"

多日娜说:"是又咋的?可我不是你妹妹。我现在连个烧火丫头都不如,我啥都不是,还活着啥意思?"说着从怀里掏出一把剪刀。

大家都被吓住了。母亲要去夺剪刀,多日娜立刻将剪刀顶在自己咽喉处道:"别过来!让我快点儿死是不?"

母亲急得六神无主道:"哎哟我的宝儿呀,咱可别干傻事儿,都好好说行不?"

多日娜并不理睬母亲,抿嘴笑着瞄子昂,剪断自己头上一条细辫道:"你不说我头发好看吗,先剪下来给你。"

他要上前阻拦，她立刻又将剪刀顶在自己咽喉处道："别过来！你要盼我死你就来，我要死了，你就省心了。"

他终于觉得她很可怕，谁娶这么个媳妇也可真是太不省心了，又哀求她道："好妹妹，我求求你了，千万别往那上想。我早就答应过你，你出嫁的嫁妆都我预备。"

她假装惊讶道："哎呀，我咋给忘了？那现在不行了，要嫁也只能说是让人休过的，还备那些嫁妆干啥？"见子昂一脸苦色不答话，她又得意地笑着剪下两根细辫扔给他。山鹰也害怕了，却也不敢往前靠，招呼道："等等等等！咱商量一下好不？"

山鹰的确愿意子昂成为自己的妹夫，是因子昂不但英俊有才华，而且太富有；虽然他和子昂是结拜兄弟，但还是觉得不如亲戚近。既然妹妹任性，不如由着她；如果她能成为周家的媳妇，并为周家生下儿女，那他就是孩子的大舅，也是血缘之亲。但他又不能不顾忌林海等哥哥们，他就想让林海和万全都表个态，如果他们能睁只眼闭只眼，他就开导母亲，让母亲去求子昂的爹妈和岳父岳母，成全妹妹这桩心愿。

听山鹰这么说，多日娜停住手问："商量啥？"

山鹰说："看看这事咋办好。"

多日娜看着子昂说："咱哥要跟你商量，你随便说。"

见多日娜缓了口，山鹰的媳妇山里红向前靠了靠说："把剪子给我吧，都快让你吓死了！"

多日娜看着嫂子得意地笑，将剪刀又揣进自己怀里。

母亲也舒口气道："你就别难为你九哥了，哥哥、妹妹在一块儿，没那种事就不要紧。"

多日娜仍不理母亲。山鹰对铁头说："五哥您受累，去那院儿把大哥叫来，我在这儿守着。"

铁头横了多日娜一眼，转身出去了。

多日娜不屑道："还找他们干啥？他们管不着我的事儿！要来打死我也好，我就省事儿了！"

山鹰说："不是这个意思，你得为我和子昂想一想，我想听听他们咋说。"

多日娜说："他愿咋说咋说，我愿咋做就咋做。"

山鹰说："那也得让他说说。这样，咱听听的，听听再说好吗？"说着使下眼色。

多日娜意识到哥哥要帮她，便说："那好吧。"又冲子昂笑道："坐炕上，昨晚咱俩还那么近呢，这会儿就别装正经了。"

他尴尬地站着没动，她又笑道："生气啦？愿生就生吧，我生气时你也没管我呀。"

他叹息道："没想到，啥都没想到，我现在还和做梦似的。"

她挖苦道："你做的可都是美梦，我咋一睁眼就是噩梦？长生天咋这么向着你？"

他真心劝说："我能给你当哥哥，老天爷已经向着你了。就你亲哥对你好还能咋好？我管保比你亲哥做得还好；你要什么尽管说，你亲哥做不到，可我能。"

她笑道："我知道你趁钱，可你能都给我吗？我也用不着今儿个管你要这个，明儿个管你要那个，我就要你。"说完又眯起眼睛笑。

他更加不安道："我不和你说了，待会儿让大哥和你说。"

话音刚落，林海推门进来，铁头跟在身后。

之前铁头穿过杖子门去找林海时，见他正在院内为狗梳毛，笑道："九弟来也，有请大哥。"

两人便穿过杖子门来到这面，先在灶房内听了一会儿，听到子昂等救援才推门进去。

这时林海斥问多日娜道："你是看好他人了，还是看好他的钱了？"

多日娜顿一下道："都看好了，咋的？"

林海又见炕上有剪下的头发，又斥责道："疯啦？你咋也跟芳娥儿似的？"

多日娜对子昂说："芳娥儿疯了，我咋没疯呢？看来我对你不真心。"又问道："我要是死了，是不就真心了？"

子昂被吓得两条腿都软了，真想跪地求她，但守着哥哥们的面他不敢乱跪。山鹰一脸难色地问林海道："大哥你看这咋整？她非要嫁给九弟，这也不成规矩呀！"

林海对多日娜说："子昂是你哥，哪有哥娶妹妹的。"

多日娜不屑道："他又不是我亲哥，拜把子又不是和我拜的。"

铁头也劝道："咱不说哥不哥的，人子昂现在已经俩媳妇儿啦！"

多日娜挖苦道："他多能耐呀，有能耐就该接着娶呀。他要娶一个我还不这样，他能娶两个，就能娶第三个。"

山鹰看着林海说："你看看，她就这么讲歪理，我们一点招儿都没了。"

林海紧皱眉头看子昂。子昂不安道："大哥在怨我吧？"

林海不冷不热道："你可是能人，我敢怨你吗？行啦，我啥都不说了。"

铁头说："这真不能怨九弟，要怨就怨九弟人太好了，谁都稀罕。"

林海瞪一眼铁头道："乱掺乎！"接着又对山鹰说："咱都别掺乎了，咋说咱就是当哥的，上头还有老的呢，人子昂娶第二个就是两家老人定的，咱还都蒙在鼓里呢。行了，以后这种事儿就都老人定吧。"

铁头一笑道："也就这么着了。"又对母亲说："您老人家自个儿定吧。"

母亲忧虑道："这哪是我定的事儿呀！就打我愿把干儿子变成姑爷，那子昂那头老人能愿吗？人家都俩媳妇了。"

多日娜又挖苦道："俩媳妇儿算啥？他想超过铁木真。"又问子昂道："是不？"

子昂委屈地看着林海说："我没说过这话。"

林海不理子昂，叫着铁头出去了。

子昂不知是跟着去林海的家，还是留在多日娜身边。这时多日娜对他说："我不闹了，你答应我件事儿吧。"

子昂没想到她转变得这么快，忙说："你说吧。"

她说："听说你在那头盖了好多房子，你给我一套，我就想有个自己的屋。以前和芳娥儿住一屋，现在她疯疯癫癫的，我没地上住。"

子昂责怪道："你要房子就和我明说，何必绕这么大个圈子。"

多日娜说："先不唠这个，你要答应，我就跟你看房子去。"

子昂立刻答应，母亲也没有其他办法了。

子昂带山鹰、多日娜回到山庄，让多日娜在暂无人住的房院中选一套，选中的是之前留给村妮家的那一套，位于婉娇和亚娃房院的中间。

通过互相介绍，婉娇和亚娃只知道多日娜是子昂结拜哥哥的妹妹，并没多想，还一块帮着收拾屋子，添置东西。多日娜倒是对子昂这两个长得也俊美的姐姐很注意，毫无顾忌地左看一眼，右看一眼，看得婉娇、亚娃一同犯寻思，彼此便很少搭话。

很快到了中午，一同吃了午饭，又收拾了一通才可住人。之后，多日娜样子开心地对子昂说："现在我也有自个儿的家了，以后常来串门儿吧。"

子昂问："自个儿住着不害怕？"

他想吓吓她，可她却说："我胆儿小，你来和我做伴儿？反正我买不起门槛子，想来你就来。"说着又眯眼看他笑。

他不太明白她的话，又不安地看一眼大家说："别闹。"

她咯咯地笑，婉娇、亚娃被闹得发蒙，都觉得子昂这个妹妹来者不善。

过后，芸香埋怨子昂道："你让她住进来干啥？"

他无奈地摇下头，又怕多日娜之后再闹出什么离奇事，就如实讲了事情经过。她愤愤地骂道："不害臊！"又看着他说："她长得也么好，你又好那口儿，你俩能一宿没啥事儿？"他向她发了誓，但她还是半信半疑。

婉娇也提醒他道："她可不是善茬子。可对你兴许是好事儿。"

他只是一笑。她狐疑地看着他问："你是不又动啥花花肠子呢吧？"

他一脸委屈道："我敢吗？真不好惹的是我那些哥哥，要把我那些哥哥得罪了，我在这儿可没法混了。你们也别担心，她说就要套房子，咱不差这一套，没准她闹够了就不来了。"

多日娜当日不想住在山上，说得回家取些用的东西，子昂便陪着兄妹俩出了山庄。见多日娜骑马在前面，他忽然想起事来问山鹰："妹妹说的买门槛子是啥意思？"

山鹰苦笑一下道："这是老话儿了。元朝时候，当官的欺负老百姓，让家里有女人的花钱买门槛子，不买就上他家炕，想睡谁就睡谁。有买不起的，睡个黄花闺女都不算事儿，还有看着自己媳妇让人睡的呢。咱妹妹也是半懂不懂，虎超超的啥都唠，你别往心里去。"

子昂没想到元朝的官员还这么糟蹋老百姓，心里愤慨却没再说什么。

回到家里，子昂思量再三还是把事情经过都说给了香荷。香荷听了一半就愣在那里。他又害怕了，忙解释道："她真太虎了，我现在一见她就想躲。"

她叹口气道："谁知你说的真的假的。我也管不了，你要稀罕她，就连她也娶了吧，你们周家又多个生孙子的，我更省心了。"然后就哄豆儿不理他了。

❖ 第 091 章 ❖

第二天，多日娜将自己在家用的东西用马驮到山庄，这回婉娇等人都不靠前了。子昂不忍心她被冷落，亲自帮她往屋里卸东西。多日娜也看出婉娇等人在冷落她，心里不痛快，卸完东西就故意让子昂陪她在庄内四处看。他有些闹心，又无奈她的纠缠。

芸香去婆婆那里告状，可婆婆也不好去阻拦。子昂妈已经知道多日娜也对自己儿子情有独钟，心里高兴却不想让芸香不痛快，就说她拿多日娜当闺女看，这反倒让芸香更不安，她就是由闺女变成儿媳妇的，心里不悦又不好发泄。

多日娜见子昂白天没事就在桃源居里绘画，画的是婉娇正在打珠算，立刻说："你答应过画我的，你咋忘了？"

他应付道："画，画，等我把这个画好的。"

她正嫉恨婉娇，执意现在就画她。他倒觉得他已为婉娇画过多幅，还一直没为她画过，就放下婉娇的画为她画，画了近两日才画完她秀美又泼辣的画像。她端着自己的画像惋惜道："我要会画就好了。"接着问道："有人画过你吗？"

他炫耀道："我自个儿就能画，还用别人画？"

她惊奇地问："那你咋画的？"

他又随口道："照着镜子画，叫自画像。"

她立刻跑回自己屋将梳妆镜子拿来道："你画吧，我给你拿镜子。"她也知道画油画时间长，就让按画侯七时那样画。

他不愿画自己，说天要黑了画不了。他以为这样就能蒙混过去，不想她很在意此事，见他要继续画婉娇，脸色陡然又一变，用身子挡住婉娇那幅尚未完成的画像道："那我就不让你画。"他又无奈，便对着镜子画起自己的素描。

他想应付一下，可她竟一眼看出来，又逼他重画。他有些心烦了，求道："姑奶奶，你饶了我吧！"

她笑着数落他道："你连你自个儿都糊弄，我能饶你吗？不行，谁对你不好都不行，你也不行！"

他倒被感动了，便认真地修改了自己的画像，如同大照片一般，栩栩如生。她欣喜地拿着他的画像离开山庄，此后三天没再露面。

第四天，就在他感到莫名其妙地不安时，山庄突然来了一队送亲的，吹吹打打的让山庄又洋溢起喜庆。他发现领队的是侯七，花轿里的新娘子竟是三天没露面的多日娜。更让他吃惊的是，他婆香荷骑的那匹马上竟绑着他的自画像，还被披红戴了花。

到了多日娜的房子前，花轿一放下就有人放响一挂鞭炮，接着侯七开始给主持起成亲仪式，由一男孩捧着子昂的画像。

子昂上前去拦，多日娜自己掀起红盖头训斥道："你少管。"

他厉声道："这事儿和我有关我就得管。"

她又训斥道："别不要脸，你婆我啦？"

他心里不是滋味，顿一下问道："这画像上是我不？"

她愤愤道："你是你，画是画，驴唇不对马嘴。"

他恼火道："你骂我！"

她轻蔑道："有捡钱捡媳妇的，没听还有捡骂的。"

他心一惊，他就是捡钱捡媳妇的，莫非她知道他发现了那些财宝才不要东西就要他，但仔细品一下她说过的话，似乎真的驴唇不对马嘴。

他不想激她，又哄道："好妹妹，别闹了，你真闹大发了。"

她又眼一横道："谁和你闹？我在拜堂呢，你别碍我事！你要再管，我死在你面前！"

他吓了一跳，忙说："别的，别的！"但还是挡着她。

她猛推他一把道："滚边儿去！"幸亏他身后都是人才没倒地。他真生气了，骂道："你个虎玩意儿！"

她得意地笑道："我属虎的，我就是虎，就不怕你这豹子。"然后命令侯七道："拜堂！"又和怀抱画像的男孩站在一起，重新盖上红头盖。听侯七喊"一拜天地""二拜高堂"，她都冲着大家深鞠躬，又喊"夫妻对拜"时，她转身对着画像鞠躬。当喊出"入洞房"时，她和捧着画像的男孩一起进了院子。

子昂心里更不是滋味。又见婉娇、亚娃、顺姬、芳子等人都在人群中冷漠地看他，感到难堪和无奈。

多日娜由男孩领着进入新房时，侯七等人将子昂也推进新房。新房的墙上、门上、窗上都贴着大大小小的双喜字。子昂这时才明白，多日娜让自己画自画像时就已策划好了这场闹剧。

房门被从外面关上了，屋里只有子昂、多日娜和小男孩。他不假思索地扯下她的红盖头道："你这么闹有意思吗？"

她笑道："有意思，我和画像成亲，还有给我揭盖头的，多有意思呀。"

他一愣道："是我揭的，可这不能算数儿。"

她往炕上一坐道："咋不算数？人都知道我出嫁了。"说着从男孩手里接过画像说："今后我就和他过日子，天天让你看着。"又给了男孩一张十元票子道："你没事儿了，一会儿和他们回去吧。"男孩接钱跑了出去。

这时，子昂妈和芸香也进来了。她俩开始在屋里听见外面响鞭炮声不知何事，也没太上心。过了一阵有人进来说多日娜正和子昂的画像拜堂，都吃了一惊，急忙出屋，见看热闹的人很多，但多日娜和子昂已经进屋了。婆媳俩都知道多日娜为子昂设陷阱、自己剪头发的事，以为给她一套房子就不会再闹了，哪想到她又演了这么一出戏。子昂妈倒不是无法接受儿子多个媳妇，只是刚娶香荷一年多就纳了芸香，米家人已经很不痛快了，多日娜这又紧紧缠着子昂，真不知怎么向米家人交代，心里埋怨多日娜的家人怎会这么由着她的性子胡来，想过来劝说多日娜。

见屋里真和新婚洞房一样，新娘打扮的多日娜也楚楚动人，子昂妈的心又软下来，上前搂住多日娜说："傻孩子，你这么闹，日后还咋嫁人呢？"

多日娜一脸神采道："我现在已经出嫁了。"

子昂妈又说："你看子昂已经俩媳妇了……"

多日娜抢过话道："他几个媳妇是他的事儿，我是跟画儿成亲的。"

子昂妈也无奈地拍下腿道："这可咋好啊？"

多日娜却坦然道："这样挺好，他疼他的媳妇儿，我过我的日子。"

子昂妈纠结道："哪有跟画儿过日子的？"

多日娜立刻委屈地哭道："那我跟谁过？子昂哥没良心，他来这儿就有人欺负他，是我帮的他，那会儿他还不认识米香荷呢。就算那回错过了，他又娶个媳妇也想不到我，我哪儿不如她？"

芸香愤慨道："你如我也得讲个缘分，没缘没分的，自个儿过来算咋回事儿？"

多日娜恶狠狠地看着芸香道："你个烧火丫头，我又没让你来，你上我屋来显摆啥？出去！"

芸香毫不示弱道："你臭无赖，这片房子都是俺家的，你来这儿嘚瑟啥？"

多日娜被激怒，眼一横道："死丫头，敢来教训我，找死！"

芸香怒不可遏，指着多日娜喊道："你才找死呢！我杀过人，你敢？"

子昂吓了一跳，一把扯过芸香训道："你啥时杀过人？我看你就会吓唬人！吓唬人也不能胡嘞嘞嘞！"

芸香意识到自己的气话说过了头，不知所措地哭道："谁让你领个妖精来！"

子昂又训斥多日娜道："你要嫌她是做饭的，以后你别在这儿吃，这饭都是她做的。"

多日娜不知芸香说的吓人话是真是假，也吃了一惊，又见子昂和她翻了脸，也委屈地哭起来。

母亲开始也被芸香吓了一跳，这时见她和多日娜一同哭，竟扑哧地笑了，又将多日娜搂在怀里道："我的孩儿哟，斗斗气就拉倒吧。你们都喜欢子昂，我当妈的心里高兴，可这事儿也没这么办的呀？"子昂看出母亲也喜欢多日娜，便安慰起芸香。

芸香倒怀疑这一切是子昂、多日娜和公公婆婆事先策划好的，猛推开他道："你个大骗子！"随即哭着出去了。

他又吃了一惊，想去追芸香，又怕多日娜更难过，急得一时不知如何是好。母亲见他为难就吩咐道："你去哄哄她，这个妈替你照看着。"他这才去追芸香。

来送亲的人都听见洞房里面的哭闹声，也都想进去看热闹，却都被侯七轰出了院子。这时站在院外的人更多了，干活的也都不干了，大人和孩子有几十人，正在交头接耳议论，有说子昂桃花运太旺，有说多日娜太痴，婉娇和若玉则都骂多日娜"疯子""不害臊"。

婉娇刚能接受子昂娶芸香，这时多日娜也硬来插足，怀疑子昂之前那么容忍多日娜绝不是顾忌结拜兄弟那么简单，也想去训斥多日娜，又怕引火烧身露出自己和子昂不一般的姐弟关系，只是怨恨子昂一遇上美女就心神不定。

若玉憎恨多日娜，自然因为女儿亚娃又多个竞争对手，恨不能让亚娃即刻与子昂生米做成熟饭。虽然子昂已经帮她过上了正常人的生活，但半辈子的不幸经历，远不是她已从良后的安逸就能意足的。她还要在自己后半生里理直气壮地过上富有、尊贵的生活。她越来越认为自己当时帮子昂将婉娇从妓院救出来是明智的，要想真正实现自己命运的转变，子昂是她唯一的希望，而亚娃则是她拥有的最大资本。她无论如何也要让亚娃成为子昂的女人，哪怕偷偷将他俩塞进一个被窝里，最好让亚娃怀上他的骨肉。凭她在妓院当鸨母的本事，她很自信子昂和亚娃能到一起，况且她还有一个自信，就在子昂看亚娃的眼神里。

津梅还在坐月子，听女儿讲了多日娜在和子昂画像成亲的事也生气，她猜子昂私下也和多日娜情意绵绵。多日娜情愿当小定是盯上了子昂的钱，而子昂则又被多日娜的美色迷惑了；单凭他为自己画像，又将画像送给多日娜，一定是他俩合演的一出戏。但因自己有把柄握在子昂手里，她依然敢怒不敢言，只是担心子昂的钱财被瓜分，也越发觉得对不住香荷。

这时子昂见婉娇、若玉、亚娃、芳子、顺姬等人都在院外，尴尬得不知说什么好。若玉过来嘱咐道："子昂，你可不能由着她这么闹。"

他清楚她想让他将亚娃也收了房，但他还是对她跟着排挤多日娜感到不爽，说："她爱咋闹咋闹，她就那样儿。"

若玉有些不自在，一脸沮丧道："是你故意演的戏吧？"

他目光慌乱地在婉娇、亚娃、芳子、顺姬脸上划过，辩解道："这咋是我演戏？她硬这么闹，我有啥办法？房子是我头前儿给她的，人刚才是和画像拜的堂。"

婉娇也埋怨道："你就不该给她房子。"

他知道婉娇又担心了，忙又解释道："她是我八哥的妹妹，也跟我妹妹似的，这头有空房，她管我要我咋好意思不给？"

婉娇挖苦道："就你鬼心眼儿。"

他明白婉娇这话的意思，不外是他连认的姐姐都忍不住，何况是妹妹，更难为情道："你就别挤对我了，我真没想到她今天弄这一出儿，我对天发誓。"

婉娇不说了，若玉却不甘心道："咱不说房子，那像片儿是你画的吧？咋在她手里？你咋寻思自个儿画自个儿？你是咋画的？"

他被问得又不知说什么好了，要不是她一心想把亚娃给他，他会说这事和她没有关系，他主要是不想让亚娃难过。

亚娃也终于说话了，劝母亲道："你别管了。"说着看一眼子昂，眼里充满着哀怨，他不知该怎么安慰她。

婉娇对他催促道："香子哭着回去的，快去哄哄她吧。"他不敢再看大家，跑着去了芸香的屋。

芸香趴在炕上哭。他将她搂起来哄道："别哭了，你一哭我心更乱。"

她继续哭道："你心乱啥？又多个媳妇还不高兴？"

他斥问道："谁说她是我媳妇了？"

她止住哭道："你没说有替你说的。没听咱妈说那话？事儿不能这么办，咋办呢？不就是和画像拜堂不对，得和你真人拜堂才对？"

他不耐烦道："你咋也这么歪，咱妈是那意思吗？"

她反驳道："啥不是那意思，都给她当妈了！谁听不出来？"

他逗她道："你都精大劲了！"

她挖苦他道："你鬼大劲了，你就是个鬼子！"

他笑着问："把我当日本鬼子了？"

她打他一下道："你自个儿说的！"

他笑道："我想招兵买马，去把日本占领了，咱就住在日本皇宫里。"见她仍不笑又说："咱妈啥意思我真不知道，开始我还以为娶了香荷就娶不了别人了，做梦也没想到还能娶你，这得感谢香荷儿。香荷都能让我娶你，你就别那么小心眼儿了。"

她眼一瞪问："我小心眼儿？你到底啥意思？是不真想娶这个妖精，让我也和咱妈说？"

他忙辩解道："我就随便一说。你可真是猴儿精。"

她推开他道："你就这么想的！想也白想，我感激香荷，可我才不学她上赶子把自己男人让给别人呢！"

他很欣慰，玩笑道："那你去跟咱妈说，妈，你是不想让多日娜也给你们生孙子？用不着她！有我和香荷儿就行了！"

她气得又哭道："你是怕咱妈不烦我是不？"

他板起脸道："咱妈是稀罕你，那也得有我疼你！懂不？"

见他动了气，她不敢再硬顶，只是噘嘴嘟囔道："谁知你心里疼谁？"

见她软下来，他又缓和道："都疼，我是说你和香荷儿。"

见他态度缓下来，她又发泄道："得了吧，你那个娇儿姐少疼了？"

他又板起脸道："你别跟疯狗似的谁都咬！多日娜还没闹完呢，你又往她身上扯。你要这样，你愿咋的就咋的吧。"说着转身朝外走。

她真害怕了，忙从后面搂住他求道："我不说她了。"然后委屈地哭。

他又心疼地搂着她说："多日娜是我来这儿先认识的，她也救过我。可不管咋的，我和她哥是拜把子的，我就是想娶她也不敢，咱妈也不敢答应。她就那性子，愿闹就让她闹，闹闹她自个儿就觉着没意思了。"

她并不很懂结拜兄弟的含义，也不相信他说的是真心话，又试探道："十六那天你俩在陷阱里待一宿，你真没碰她？"

他看她一眼道："我想脱她衣裳，没敢。"

她撇下嘴道："就你？蔫巴人儿，古董心儿。前年你都伤成那样了，还和我动手呢。"

他嘿地一笑道："那回可是你先动的手。"

她又捶打他道："你个没良心的，人给你包伤呢，你那破玩意儿跟棒槌似的，碍事巴啦的，就是你心里不想好事。我才不信你俩啥事儿都没有，要不她个大姑娘为啥和你画像成亲？就是你俩想成亲又不敢，她就能豁出来弄这一出儿。"

他笑笑道："你脑瓜儿挺不白给。不过该说的我都说了，信不信由你，你要硬往那上想就可劲儿想，干脆就想她已经怀上我的儿子了。"

她怒视着他道："真不要脸。"接着又叹口气道："算了，我管不了，香荷儿都不管，我算哪根葱？"

他又搂着她哄道："你可不是一般的葱，我要对你不好，那可伤了咱妈的小心尖儿。我可得好好疼你。"

她挣脱他道："你个大骗子，就会拿好听的哄人！你肯定占她便宜了，实在没招儿了就演戏给俺们看，她以后没法儿嫁人了，我就不信你忍心让她和你画像睡一辈子？"

他这才显得急躁不安，对她发誓道："我对天发誓，俺俩真的没有那种事儿。我就跟你说，你别和别人说，俺俩那天在陷阱里撒尿都是把脸儿转过去的；根本就出不来，有尿也不能总憋着啊。"

她还是感到惊讶，一脸怒色道："你是不会嫌她臊的。"说完又躺下不理他了。

他后悔对她说这些，忙去搂她哄道："和你说实话也生气？我也是没办法呀。"说着将手又伸进她衣内。

她厌烦地挣脱他。他猛地抽出手坐起道："你要这么烦我，以后我不碰你。"说完下炕又要走。

她又害怕了，跳下炕搂着他大哭。他又心疼了，也紧紧搂着她，并用嘴堵住她的嘴。她好像忘了刚才的不快，迎合着他的亲吻，接着两人又脱了衣服激情。

过后，他又哄她道："今晚儿让咱妈陪你睡，我得去香荷儿那儿，要不她知道多日娜弄这一出，还不寻思我今晚儿和她入洞房了。"这时她则乖巧地求他早点回来。

第 092 章

多日娜被花轿抬进山庄第二天，芳娥的疯病又复发了。从被林海那次打了一巴掌后，她的意识算清晰，只是不同过去那样开朗，整日闷闷不乐，和谁也不愿说话，谁要多问一句她就显得急躁，便谁都不去招惹她。

多日娜被抬去山庄那日晚，林海在外喝多了酒，回来不加戒备地对玉兰大骂多日娜也疯了，然后说起多日娜白天让人用花轿抬着去了山庄，现在都说她也是子昂的媳妇了，接着又借酒劲骂子昂刚娶香荷一年多就纳妾，不然多日娜也不会这么使性子。

虽然已经入了秋分，白天正午晴朗时仍很热，晚间忘了关窗也不觉得。这时芳娥也睡不着，自己在院内靠在柴垛上，好奇地望着天上那半轮月亮发呆。林海摇摇晃晃地从外面回来她也没理睬，很快从窗里传出爹骂多日娜的声，之后父母在屋里说的话她也都听得清楚，不禁惊讶，突然冲进父母屋里道："我也去找子昂哥！"

林海正在酒劲上，开始的恼火便都发在了女儿身上。芳娥本来心焦，又挨了一通训，哭着跑回自己屋。玉兰忙跟过去，怎么哄也哄不好，便陪着女儿哭了大半夜。

睡到天要亮时，芳娥不知梦见什么，咯咯地笑着醒来，此后便见谁都笑，只是家人看了都心酸。

玉兰还发现，女儿一见到青年男子就害羞地捂着脸笑，然后透过手指缝偷眼瞄对方，瞄完了又咯咯地笑，笑得对方难为情。一般人都知道她是老黑枪的女儿，便都不敢撩她，想看她笑也只是装着从门前路过，脚不停步地和她对笑一下。后来玉兰发现有个陌生青年故意挑逗芳娥，但她一出去，那青年就急忙走开了。

林海听玉兰这一说，便也开始留心，一日见那青年又来勾引芳娥，上前对那青年一顿暴打。原来这青年是外村的，曾在集市上行窃被万全手下抓进过牢房，但他并不知道这长得又俊又多情的疯姑娘是镇上大名鼎鼎的老黑枪的女儿，这时连连求饶，保证以后再不从这经过了。

陆家的人虽然都对子昂有怨，却又无奈子昂不断施财补过，每月以治病为由给芳娥的钱都够他们全家以往半年用的，想拒绝都不成，倒觉得欠了子昂的。

子昂一想到芳娥的疯病就心痛，但从芳娥那害羞的笑里，他似乎看到一线可以治她病的希望，便想为她选门亲事。

林海又带两个儿子去打猎了，芳娥继续在自己屋里剪喜字。玉兰见子昂已不像以前那么热情，但怕芳娥知道他来，就示意他进屋说话。

听了子昂的想法后，她叹息道："谁家愿娶个疯子？"

他说："咱舍得花钱，还有不愿的？找个媒人帮问问。"

她又担心道："她疯成这样，一天两天行，时间长了，婆家还不得烦？真给她点屈儿受她也说不明白，咱也不能天天跟着。"

他说：“我说舍得花钱，是给你们招个上门女婿，天天由咱守着，谁敢给她屈儿受？”又玩笑道：“你看我敢给香荷儿屈儿受吗？”

她这才露出笑容，责怪道：“俺老妹儿好好的，你凭啥给人屈儿受？”

他脱口道：“有时也生气，她啥都愿听我丈母娘的。瞅她不爱吭声，来了劲儿也挺犟，说话还挺赶劲儿。可我也算是半拉上门女婿，就得由着她。”

她开始挖苦他娶二房的事，撇嘴道：“怪不得你又娶房媳妇，看来是米家给你屈儿受了？”

他忙解释道：“没有没有，这是两码事儿。我娶芸香儿真是香荷儿先提的，两面老人又都急着抱孙子，我哪敢想娶就娶。”

她又叹口气道：“你二姨姐还来和我叨咕呢。有些话我还真不好说，手心手背的事儿，谁都没法向着。要说这事儿也不是啥砢碜事儿，家里要趁钱，想娶就娶，再说是香荷儿愿意的，别人说啥都白扯。可有些事儿也不是女人愿意就能成，多日娜就是胡闹。”

他也叹口气道：“我真没想到她这样，寻思给她一套房子就消停了，谁知她又弄了这一出，我也没法儿撵她呀。”

她嘴角露出一丝轻蔑道：“她也是我小姑子，在一块儿这么长时间，我太了解她了。她挺好脸儿，一点屈儿都受不了，谁要让她挂不住脸儿，她得恨你恨得一贴膏药。可我看她对你就是恨不起来，我猜是你心里也有她。”接着又问道：“那晚你俩在陷阱里都唠些啥呀？听说你俩还一个被窝儿睡的，能睡消停吗？”

他不安道：“大嫂啥意思呀？我那晚急得不行了，可想上也上不来，就得哄她唠一些闲嗑儿。”

她笑道：“你要和她急眼，她得恨你一辈子。可你不忍心骂她是不？还得好好照顾着她。”见他难堪得说不出话，她又笑道：“大嫂和你说笑话。你俩这事儿是挺意外，以后你俩咋样我也不好掺和，别到时你大哥又骂我不长心；自个儿闺女疯疯癫癫的，还有闲心管人家虎不虎的。”

他不禁有种罪恶感，更觉亏欠芳娥和多日娜。

过后，玉兰将子昂要为芳娥招上门女婿的事告诉了林海。林海想了想，只丢下一句“你们看着办吧”，显然也同意。

在龙凤有个专指走村串户说媒吃饭的程婆子，听说陆家要花大钱招上门女婿，就说她手头就有个愿当上门女婿的，说那家是外面屯子的，家里老少四辈十几口子人，田不多，财又薄，连盖间房子都困难，也就勉强温饱，一窝子想娶媳妇的大小伙子都不被女家看好，有看好其中品貌好的，却也就适合招个上门女婿。开始这家人不肯入赘，但后来又妥协说，除非可以帮他家另几个想娶媳妇的都娶上媳妇。

听说那家有品貌好的，玉兰立刻又动了心。但一想那家是个攀富弃贫的大穷家，怕人家狮子大开口，日后再有累赘，就去找子昂来和程婆子谈。程婆子看到自己这把事能捞到大好处，就一直在林海家等着子昂来。

见到子昂，程婆显得毕恭毕敬。子昂问：“你提的那个多大了？长的咋样儿？”

程婆眉飞色舞道：“他们叔侄五个呢，你们随便挑，相中哪个都成。”

玉兰笑着问：“你不说他家有个长得好的吗？”

程婆子说：“那是他家侄子中的老四。要说长相儿，可是一表人才！他们屯子的姑娘都相中他了，就是家里都嫌他家穷。”

玉兰又高兴地问："他多大了？"

程婆子说："属牛的，比你闺女大三岁。"

子昂说："那比我小三岁，我看行。"接着又问："他愿意当上门女婿？"

程婆子说："愿不愿意他说了也不算，这是他们家里定的事儿。他们家就指他入个好人家，日后能帮着给那几个也都娶上媳妇，咱这头要能帮上，我就去把小子领来，你们相一相。"

子昂说："只要芳娥儿相中，我保证让他们家再娶四个媳妇，盖四套三间大房子。"

程婆子高兴道："那就妥了，我这就去送信儿。"说着起身要走。

子昂忙拦道："你先等等。"又对玉兰说："估计他家人都穿不了太好，给他打扮一下再领来。我来时没带钱，你先给她拿点钱，回头我给你。"

玉兰说："给啥给，哪能都你拿？"

子昂坚定道："都我来，这样我心里好受些。"

玉兰安慰道："别老想那些。"又笑着问道："你想咋打扮你这侄女婿？"

子昂说："天要冷了，先给他做套长袍儿马褂儿，再买双新鞋。人家舍出儿子给咱也是不得已，咱咋也别亏着人家，要是成的话，以后少不了他家的。再我想说，咱说是招上门女婿，实际就是为了咱能守着芳娥儿，其他该咋的就咋的，咱又不差续香火儿的，日后他们要生了孩子还姓人家的姓，大嫂你说呢？"

玉兰叹口气道："不是姓啥的事儿，咱孩子有毛病，怕一个也生不了，再就是生了还怕人家嫌弃，要不说她就合适找个上门女婿。"

程婆子安慰道："你家闺女生孩子一准不耽搁，你看那谁家的傻丫头，也不知让哪个畜生给祸害了，生个儿子不也挺精挺灵的！"

子昂猜程婆子说的那个畜生可能就是张宝来，也不知他冻伤的手怎样了，并没有接话，只是嘱咐程婆子去做长袍马褂一定要选好料子、找好裁缝，最好带着裁缝去量量身再做，程婆子一一答应。

第三天上午，程婆带着上门女婿及其父母来了。两家人一搭上面，程婆就去忙别的事了。这时子昂才知道这家人姓庞，上门女婿叫可贵。可贵的父母都已头发花白，看上去和米秋成的年纪差不多，但子昂得称呼他们"老哥""老嫂子"。

玉兰的注意力都在可贵身上，见他穿着新做的长袍马褂，显得很有派头。再看他相貌，还真有点和子昂相像，虽不及子昂成熟，身材也弱些，但仍让人看着顺眼。林海、玉兰、子昂都很满意。相互介绍又寒暄了一阵，玉兰带着可贵和可贵他妈去芳娥屋里。

芳娥也被梳妆打扮过，一身大红色的新衣，就差把长头发盘起来了，但看着却比盘起头的新娘子还光彩照人。她正对着梳妆镜子美美地笑，忽从镜内看见几个人进来，猛一回头，正和可贵对上眼，顿时又害羞地捂着脸笑，接着便从手指缝里偷看可贵。

可贵本来情绪低落，和芳娥一对上眼，脸上不禁透出一丝惊喜，又见芳娥这样害羞，也慌得红了脸，一时不知所措。

可贵妈也吃惊道："呦，闺女这么俊！"又啧啧地惋惜道："咋就得上这种病？"

芳娥顿时不高兴地放下双手，冲可贵妈瞪眼道："去！"

可贵妈被吓一跳道："呦，还怪厉害的。"

可贵在一旁忍不住笑出声来，芳娥又害羞地捂起脸。

玉兰看出可贵喜欢芳娥，但却说："事儿你都知道了，你要愿意，咱就选个日子把喜事儿办了，你要不中意也别藏着掖着，现在说也赶趟儿。"

可贵妈忙说："闺女挺招人稀罕，在俺全屯儿也找不出这么俊的。"又对可贵说："是吧儿子？"

可贵腼腆地笑道："她挺好玩儿的。"

母亲假装生气道："没出息，就认玩儿！咱来可不是玩儿的，是过日子，你以后得照看她，照看她一辈子。"

芳娥又放下手，上前推一把可贵妈道："去边儿去！"然后对可贵说："不跟她玩儿！咱俩玩儿呀？"

玉兰拉着可贵妈的手道："行啦，往后咱就是亲家了。让他俩在这儿，咱去那屋。"

可贵妈点头应过，又嘱咐可贵道："听着没？往后她就是你媳妇儿了，这就是你家了。"说着不禁哽咽。

可贵安慰母亲道："妈，别难过，来时咱都说好了，我不后悔。"

母亲扑哧又乐了，说："是不看你媳妇长得俊了？来的道儿上还嚷个驴嘴呢，就忘带个油瓶子给你嘴挂上了！"

芳娥不耐烦了，又推可贵妈道："去边儿去，不跟你玩儿，俺俩玩儿。"

可贵这会儿显然心思都在芳娥身上了，话也敢说了，笑着问芳娥道："玩儿啥？"

芳娥一脸认真道："拜天地呀！还能生小孩儿呢！"

可贵妈又吓一跳道："妈天哪！她咋啥都懂？"

玉兰有些难为情道："都是听别人说的。咱亲事已经定了，他俩愿咋玩儿咋玩儿吧。"说着拉亲家母回到对面屋。

子昂早把彩礼钱备过来了，按着给庞家娶四个媳妇、盖四套房子，一共出了一千块大洋、一千元绵羊票。林海想自己出这笔钱，但子昂坚决不让他掏一分，再次让他感动，根本就不想女儿因何得的病了。

可贵妈摸着炕上一堆钱，忍不住又哭起来。可贵爹忙解释道："俺家从没见过这些钱，是高兴的。"又偷着捅下老婆。

可贵妈忙擦眼泪哭笑道："是，高兴，轧成亲家了，咋不高兴？"

子昂也看得明白，在一个母亲的眼里，这笔钱就好比是卖儿子的钱，便安慰道："你们也别认为儿子卖给我们了，儿子还是你们的儿子，我大哥大嫂也拿他当亲儿子。以后咱们是亲戚，可不是一锤子买卖，有啥难处咱互相帮衬着。我那儿还有山庄，冬闲没事儿了，就到我山庄里住一阵，都别外道。"

可贵妈感动道："他九爹，有你这些话，俺们心里就敞亮了。把可贵儿交给你们俺们放心。"

玉兰向亲家夸起子昂道："俺这个九弟，岁数不大，办啥事儿可有样儿了，待谁都诚心诚意的，以后咱常走动。说真心的，你们是在帮俺们，俺们忘不了，以后咱就互相帮，好吧？"

可贵爹连连点头道："好，好。"

玉兰和可贵妈离开后，芳娥忙着为可贵拿出一大盒子红"喜"字说："看，娶媳妇的，我的！给你吧，我还铰呢。"

他惊讶地问道："都是你铰的？"

她又认真道："我铰的！"然后又拿出红纸和剪刀，先叠纸，又搭上样子铰起来，很快便铰完了，一展开就是一个"囍"字，得意地举给可贵道："好看吗？"

他点头道："好看，你手真巧。"

她得意地笑，又问道："还要吗？"

他点点头，她便又叠纸铰起来。

可贵越发喜欢芳娥了，忍不住去摸下她的手。她愣住了，看看自己的手，又看着他的脸，突然冲他伸出舌头，把他吓一跳，问："咋的了？"

她收回舌头道："疼。"

他又问："咋整的？"

她突然笑了，用剪刀一指他道："大坏蛋！"

他吓一跳，忙往后闪。她忙收起剪刀，认真地说："不扎你！不怕，噢！俺铰喜字儿呢！"

他忙说："那快铰吧。"她便又铰起来。

子昂一直没敢和芳娥见面，怕被她见着再出什么岔头，就连午饭也没敢和他们一起吃，对可贵父母谎说还有别的事先告辞了。

吃饭的时候，芳娥一直看着可贵吃，还不时地为他夹菜道："好吃！吃，噢！"全然不顾双方父母和弘文、弘武也在桌上。

林海突然哼一声道："也不知谁照顾谁。"大家都笑。

芳娥又不高兴了，冲着笑她的人道："去边儿去！"然后继续给可贵夹菜，大家也不再去理了，各说各的话。

吃完饭，可贵要和父母回他们屯子，等这面定下成亲日子再回来拜堂入洞房。可芳娥一见可贵要走，顿时不安道："我也去。"

玉兰不论怎么哄，她就死死扯着可贵的衣服不撒手，再去拽她，她便求助地望着可贵大哭，仿佛生离死别一般。

一见这样，两家人都不忍心了，便让可贵留下来，成亲的日子也赶早定到了后天。可贵倒是愿意就此和芳娥不再分开，但他又不放心爹妈带着那些彩礼钱，怕十多里山路遇上打劫的，玉兰便让林海带上猎枪护送亲家回去，顺便认一下亲家的门。

芳娥的婚礼办得很隆重，林海和山鹰家的屋里院内都摆满了婚庆酒席，前来贺喜的有两百多人，除了两家亲属和林海结拜兄弟各家，还有万全手下、铁头武术班、凤仙的戏班成员及街坊邻居。

子昂特意将父母从山里也接了来，米秋成、格格夫人和津兰、津菊两家也都全家来庆贺。田中太久也受邀来喝喜酒。

虽然定了八抬花轿，但和子昂娶香荷一样，也只是抬着新娘子绕街转一圈，从山鹰家的大门出去，转一圈后再入林海家的门。

开始都担心芳娥不能正常坐花轿，不想她一见院内放着花轿，新娘装的衣扣还没系全就推开众人跑出去，直接钻进轿内，美美地坐等了一会儿，又撩起轿帘命令那些抬轿的人道："抬我呀！"

轿夫和乐手们都笑，她又急得跺脚道："快点儿的！"

玉兰一看还要进行的新娘子绞脸、化妆和新郎改口、领新娘入轿都无法进行了，左右是走过场，就让代东的准备招呼起轿，又让山鹰的媳妇去为芳娥扣红盖头。

多日娜抢下红盖头追出去，为正在轿里焦急等人抬的芳娥搭上盖头。可外面轿帘一放下，芳娥就在轿里把盖头扯下来，又撩起轿帘对众人喊道："我拜天地啦！要生小孩儿啦！"众人哄笑，她又害着地捂脸缩回轿内。

放过鞭炮便开始拜堂。按着女婿上门的规矩，林海和玉兰受了一对新人的跪拜。可贵的父母没来参加婚礼，大家都觉得心里不是滋味。

第 093 章

看着芳娥高兴地跟随可贵入了洞房，子昂心里有着说不出的欣慰和轻松。喜酒喝得多了些，不禁又想起他和香荷入洞房的情景。正好父母和岳父母多日不见，想晚间回米家住一宿，便不着急回山庄。可多日娜想跟他一起回山庄。

他现在就怕她再闹出什么把戏，便说自己不回山庄，让她也在家陪母亲住一宿。多日娜不悦地离去，他忙去几个姨姐桌上叫香荷回家。嫂子们见他又嘿嘿地笑，知道他没少喝，就催香荷陪他一起回家。

到家一进屋，他就笑嘻嘻地搂着香荷说要生儿子。她就不愿大白天地办房事，见他真的醉了，就哄他先睡一觉，她先去西屋把豆儿哄睡。

他一觉睡到天色暗下来，正好母亲和岳母刚做好晚饭，便陪着父母和岳父母一起吃。父亲还在生他的气，对米秋成和格格夫人说他不该让个外人管山庄。

这话正说到格格夫人的心里，便接着话题开导子昂多些心眼、分清里外，还支持津梅生产满月后帮他打理生意。子昂口头上也支持津梅产后帮他打理生意，同时又为婉娇辩解道："我娇儿姐开了那些年客栈，算盘儿打得也好；她就帮着算下账，总账我还得拢一遍，还能差了咋的？三姐要能拢总账，等她生完孩子让她拢。"

这一说，周传孝和格格夫人都不好再说什么了。但子昂心里恼火父亲想联合米家人和自己对立，吃了一半就说中午喝酒喝得头疼，便自己回东屋了。

夜里他又身下不安分了，可香荷仍只许他抚摸身子。他又惦记起住在山庄里的人，好在爹和多日娜都不在山里，只要婉娇和芸香相安无事他就心安了，津梅也定不敢多事。

昨夜又下了场秋雨，气温又降下了许多。吃过早饭，子昂要带父母回山庄，将母亲搀上马后，他在下面牵着马，周传孝则郁闷地跟在后面，好像不是一家人。

路上有些泥泞，林子中的树叶又落下很厚一层。拐过刻着"龙封关山庄"的大石头，子昂一眼望见婉娇正站在房前道上朝这边看，心一下又提到嗓眼处道："不会出啥事儿了吧？"说着将母亲搀下马，自己飞跑过去。

匆忙到了婉娇跟前，他急切地问道："站这儿干啥？有事儿？"

她埋怨道："一出去就一天一宿不见影儿！来了几个生人，俺们怪害怕的。"

他一惊问："谁？"

她说："亚娃儿的兄弟，说你抢了他大姐，好几个都可凶了，吓得俺们都不敢出屋了。"

他不安地朝庄里望，只瞧见油坊跟前有几个准备干活的雇工，问道："他们在哪儿呢？"

她说："让亚娃领屋去了。"

他又问道："他们咋找到这儿了？谁领来的？"

她说："给咱干活的，他们在山外头碰着的。他知道你叫啥，说他姐在你家，干活儿的就把他们领来了。"

他怨不着干活的，又问道："你说他带人来的，带的啥人？"

她严肃道："来揍你的人呗。"

他听出她在逗他，笑道："他吃豹子胆了？敢在金钱豹的地盘儿上胡来。"

她依然样子认真地说："人家带枪来的，你真不怕？"

见他又不安的样子，她突然笑道："怕了吧？还金钱豹呢。没事儿了，亚娃已经把事儿说开了，领去认娘了。亏了你刚才没在，要不你俩碰上，没准儿还真得动手儿呢。"

他暗舒口气道："那也不能啥都不说就动手吧？亚娃能说明白，我就说不明白？咋的？你愿让我挨揍？"说着亲昵地捏她一下脸蛋儿道："你真吓着我了。"又低声道："看我今晚儿咋收拾你。"

她见子昂爹妈在后面牵着马就提醒道："后面还有人呢！"

他见父母还有三十多米远，就又小声道："你也是我媳妇儿，那是咱爹妈。"

她嘴一撇道："我掉贼窝儿了。"说完转身走了，她不想和周传孝碰对面。

若玉屋里这时有五个人，除了若玉和亚娃，还有三个商人打扮的剽悍青年。若玉和亚娃显然刚哭过，见子昂进来，若玉忙打招呼，又对一个青年说："虎子，这就是子昂，妈的大恩人。你俩同岁，可他生日比你大，你得管他叫哥。"

虎子便是小时拿亚娃当娘的弟弟秋虎。秋虎面相很凶，但并不丑，这时也很客气，冲子昂一抱拳道："多谢哥哥，没哥哥帮着，兄弟这辈子也想不起亲娘长啥样儿了。"跟随秋虎的两位也向子昂抱拳致谢。

子昂还礼道："自家人，不用客气。"

若玉就愿听子昂这么说，一边抹去眼角泪水一边对秋虎说："子昂是真拿俺们当自家人，就是要能联上实在亲戚就更好了。"

子昂、亚娃都明白她的意思。亚娃一边捅下母亲，一边羞涩地看一眼子昂。子昂不知说什么好，只是笑了笑。

秋虎的脸上透着复杂的表情。子昂忙缓解尴尬气氛，对秋虎说："早就听说你的大名。"

秋虎说："就是带弟兄们混口吃的，拉绺子还不如靠死扇的。"

"拉绺子"和"靠死扇的"都是黑话，一个是说结伙当土匪，一个是说乞丐。子昂已从铁头那里学了不少黑话，这时他意识到秋虎有些话不便让母亲和姐姐听明白，就也试着说他所学的春点，坐下后说道："听说你在和小鼻子开克儿，响儿！一直想和你碰碰码儿。"

他说的意思是"听说你在和日本人打仗，很佩服你，一直想和你见见面"。

秋虎笑道："还真是个相家。真是回娘家了，今儿咱就唠娘家嗑儿。"也是黑话，"相家"是指内行人，"娘家"是指自己人，大体意思是"自家人就不用打哑谜"。

子昂不由得瞅了瞅若玉和亚娃，秋虎又笑道："刚才唠过了，没事儿。"

亚娃笑着问道："你俩说啥呢？"

秋虎说："没事。"又对子昂说："当时就是为了出口气。开始也没想和他们打，还想去当皇协军呢，哪知道这帮鬼子太阴损，明着是招兵，实际是报复咱们中国人，谁进去都是死；我俩兄弟也让他们塞进冰窟窿里了。"

子昂为日本人以招兵名义杀害中国人感到愤慨，也恨那些愿为日本人端枪的中国人，但又不想让秋虎难堪，说："他们就是真用咱们，咱也不该给他们做事。我二哥也给日本人做事儿，可他原来就是这儿的警察，为了手下一帮兄弟，也是没法子。"

秋虎还是有些难堪道："都是为了混饭吃。"

子昂又问道："你那儿去当皇协军的人挺多吗？"

秋虎说："光五卡斯那儿就好几百号人报名。可日本人说就要在东北军里干过的，还得和日本人打过仗的，说这样的会打仗，拉出去就能用。可谁也没想到日本人想报东北军的仇。日本人刚打进来那会儿，有不少东北军和日本人打，后来都给打散了。日本人也死了不少，他们想报仇，可不少东北军都变成老百姓了，他们就想出这个损招儿。那阵是满街贴告示，说就要和日本人打过仗的，过去的事儿既往不咎，只要愿为他们效力，每月都发给现大洋。还真有不少东北军去报名的。还有没当过东北军的也想赚大洋，就去骗日本人，说他在东北军里搁哪和日本人打过仗，说的跟真事儿似的。日本人相信了，就给他们发枪发衣裳。后来我们就觉着不对劲，日本人招了那些人去，可天天就那么几个在街上晃。更奇怪的是，这十来个人总是换，先去的没几天就再也不露面了。去一问，他们说调到别处了。我就是不信，调到哪也得回趟家吧，根本就没这人的音信了。第二年大河开化俺们才知道，这些人都被日本人弄死了，都用铁丝绑着。那条河叫蚂蚁河，日本人冬天就把这些人塞进冰窟窿里了，开春儿河里可哪都漂着死人，也认不出谁是谁。我有个兄弟身上刺着龙我认得，一看这日本人手也太黑了。就这么着，为给兄弟报仇，俺们先偷着弄死几个日本兵，搞了几杆大盖枪，又弄了些猎枪，就明着和他们干起来了。头一把是抽冷子打的，一把干掉十多个。后来就干不过他们了，俺们就钻进山里了。"

子昂感慨道："你们真不简单。"又问道："你们有多少弟兄？"

秋虎说："开始有一百多号，后来睡了一些，还有反水、拔香头子的，都是些晃门子吃溜达的，现在还有六十多并肩子。山里真赶不上花房子，可逼到这份儿上，就得硬挺了，抽冷儿进圈子砸把死窑儿，还是支不起局子。"

子昂听出他在山里很艰难，决定帮他一把，一方面是希望他们坚持和日本人对立，再一方面秋虎是亚娃的亲弟弟，便说："不瞒你说，我也插过小鼻子，入的是自卫军，后来一看太硬就脱下了，也是没了指望，就来这儿做起生意。和你们比，我挺惭愧。只要你有胆量和他们开克，我能供你些票子。我先给你一千老头儿。"

秋虎惊喜，和随来的两个弟兄一同抱拳致谢。若玉也听出大概意思，对秋虎说："子昂可趁钱啦！"

子昂心里不满若玉这样炫耀他，不去理她，又对秋虎说："这儿的池子还小，但你干的是正事儿，我舍得。"

秋虎会意地点头又致谢。子昂这才对若玉说："晌午我和弟弟，还有这两位朋友在这头吃，你和我亚娃姐做点好吃的，我想吃你们亲手做的，缺啥东西就到芸香儿那取，我这就去和她说。"然后让秋虎他们先炕上休息，转身出屋了。

他去找芸香只是借口，主要是一下子要用这么多银圆，他得在不让婉娇以外的人知道的情况下回桃源居取。他现在已对藏宝入口进行了伪装，炕梢的洞口处放着一个长条大柜子，柜上有门上着锁，里面装着被褥、衣物，进那窖里前，得先取出被褥和衣物，再掀起柜底的几块木板，然后人钻进去。

他先去找了婉娇，只说有事，让她随他去桃源居。她只是会意地一笑，又对炕上同丹青、丹红、丽娜一起玩的玉莲说："你看着她们玩儿，不行打仗，我和你大舅出去一下。"玉莲正和丹青玩编花绳，只是答应，头也没抬。

朝自己屋走时，子昂小声对婉娇说："亚娃她兄弟是抗日的，咱给他备点钱。"

她问："备多些？"

他说："拿一千吧。"

她惊讶道："这么多？"

他看着她问："心疼啦？"

她不悦道："都你的钱，你想给多些就给多些，我心疼顶啥用？"

见她不悦，他爱抚地摸一把她后背道："听我说。"

她一扭身道："在外别乱摸，让人看见。"

他四下看了看，见没人注意他俩又说："我现在就盼着有人和日本人打仗。"

她笑着问："你咋不打呢？"

他说："想打，可我舍不得你们。那咱就出点儿钱，也算抗日了。"说着进了他的院。

她一脸不悦的样子说："你不是奔着亚娃给的吧？"

他一边插门一边诡笑道："进屋就给你。"说着一把搂着她的腰进屋，催促道："赶紧的，现在是个好机会。"说着搂她进了屋，先是亲吻，又为她解衣服。

激情过后，他倒出柜里的其他东西，掀起柜底的一块宽木板，露出那个洞口。她拦住他说："你身上还有汗呢，歇会儿再下去。"

他想了想说："那我先把你锁屋里，待会儿你下去，拿一千上来，我答应人家了。"

她一边答应一边穿着衣服，他便出屋锁了院门，先去灶房告诉芸香给亚娃屋里备出餐料，然后回到若玉的屋。

要吃午饭时，子昂和秋虎等人正围坐在炕桌前喝茶，铁头和春山找到这里，他们是来提货的。从打山庄油坊开张又有了马帮，米家粮食店又增加了油、盐、杂货等项目，但门面还是原来的门面。子昂原想挨着粮食店往东再开个杂货店，但要开就得多个自家人里外张罗。香荷身边有豆儿，虽然有春草和她奶奶帮着也不愿出头露面。津菊家里有山货买卖，就是她想帮娘家，骏先也会反对。津梅倒是个闲人，可她宁愿在山庄帮子昂喂猪也不肯再回到父母身边，自然是为了与春山幽会更方便。

米秋成从心里愿把自家买卖做大，却又担心有人怨他抢生意，便摆小摊似的在粮食店内经营一些居家用的必需品，不过是为左邻右舍提供些方便，也能挣出几口人的吃喝。

春山、铁头每次从外头回来都要到山庄与婉娇对下账，去了外购花销，将剩余的钱都交给婉娇。如此，婉娇便可随时掌握粮食店所用本钱和所赚利润。等到秋收时，米家田地里打下的粮食一并运进山庄，黄豆榨油，玉米磨面。黄豆榨出的油大部分通过马帮外售，榨油、磨面后的豆粕、玉米糠都作为饲料喂猪和鸡鸭鹅。还有山庄里养猪、养鸡、种菜等盈利和节支，一年下来，还是剩在山庄里的多。婉娇可谓周米两家共同的大管家，只是没有明着说而已。

这时，子昂将秋虎、铁头、春山等人互相介绍一番，彼此都抱拳施礼。铁头显得兴奋，声音洪亮地对秋虎说："早就听过你的大名了，一直就想认识你！我替我九弟带马帮，就怕路上遇见你们这些好汉不给情面。"

秋虎已对子昂钦佩不已，这时见了他的连襟和结拜哥哥，忙说："小弟不敢。一看五哥就是条好汉，日后在外要遇上，兄弟还得为你们保驾护行呢。"

听着他们唠得热闹，若玉进来说："一会儿你们一块儿吃吧，我再多炒几个菜。"

子昂点下头，让铁头、春山脱鞋上炕。铁头说："外头还有好几口子呢！"

没等子昂问，春山有些为难道："急着来找你就为这。外头那些是我表哥一家，从依兰过来的，一直靠种地吃饭，可现在地都没了。本来他家地不少，可日本人占了依兰后，又来一伙儿买地的，叫东亚劝业株式会社，都是日本人。这帮玩意儿是真欺负人，逼着中国人把地卖给他们。听说日本现在开始移民了，移过来的人也种地。说是买咱的，实际跟抢一样，一垧地本来值一百多块，可他们才给几块钱，不少家一垧地就能捞着一块钱，可咱就靠地吃饭的，没地种咋活呀？想种地也能种，得到日本人那里租地种。卖一垧地一块钱，可租一垧地得好几十块，实在是没法儿活了。这不，我表哥他们就奔我了，连房子也卖了，表哥表嫂让我来求你，想来你这儿找点事儿做，能挣口饭吃就行。"

子昂气得骂道："这帮狗日的！"忙又解释道："我骂日本人。他奶奶的，他们那个株式会社也多，没他妈一个干人事的！叫我就不卖给他。"

春山说："你不知道，他们那些种地的不是一般人，手里都有家伙，咱再吃亏也得受着，要不人说你是反满抗日的，打你个半死是轻的。"

子昂无奈道："让表哥他们留下吧，把空房子给他们一套。"

春山高兴道："谢谢谢谢，太谢谢你了。"

子昂嗔怪道："跟我还这么客气？我去看看他们，别让他们站在外头。"说着出了屋，春山跟在后面。

春山表哥一家都站在院门外，一共六口，是一对夫妻带着两双儿女，都穿得破旧，还有几套旧被褥。春山向表哥一家介绍子昂道："表哥表嫂，这是大当家，我小连桥儿。大当家答应留你们了，快谢谢大当家。"

那表哥表嫂很憨厚，也都比春山大些，听春山这一说，立刻都给子昂跪下谢恩。

子昂责怪道："这是干啥呀？"忙去拉表哥表嫂道："快都起来！都是自家人，用不着这样儿。"拉起表哥表嫂，又要去拉那两双儿女。

表哥忙拦子昂道："让孩子磕个头吧。"然后介绍道："这是俺大闺女，叫大丫儿，今年十四了。大丫儿快给大当家磕头！"

大丫儿忙磕头，叫了一声"大当家"。子昂打量她，模样虽不很俊，但一身带着补丁的粗布衣服仍让他心怜，伸手拉起她道："往后管我叫叔。"大丫儿又鞠躬叫叔。

表哥很激动，继续为子昂介绍说："这是俺二闺女，叫二丫儿，十二了。"

二丫也忙磕头叫叔。后面两个都是弟弟，大的叫大年儿，年十岁，小的叫二年儿，刚八岁。

子昂亲自将春山的表哥一家安排到一套还没人住的新房内。表嫂感动得流泪道："在家那旮儿也没见谁家住带电灯的砖瓦房。"忙又向子昂鞠躬道谢道："谢谢大当家，往后俺们全家给您当仆人。"

子昂说："别那么论，往后咱互相帮忙就是了。你们先点火烧烧炕，晌午饭待会儿让灶房给你们送。往后你们就是这儿的人，就不拿你们当客人了，我那头还有客人，得过去陪他们。"说完和春山一同出了屋。

第 094 章

子昂、春山返回若玉的院里时，亚娃正从屋里出来，一见子昂道："油坊干活儿的找娇儿姐，让她去过下数儿，芸香儿也来找过，你知她去哪了吗？"

他这才想起婉娇被他锁在桃源居了，忙对春山说："你先进屋，我一会儿就回来。"说完转身又出了院子，然后抬腿朝桃源居跑去。

婉娇正躺在炕上，见子昂进来责问道："你干啥去了？"

他觉得对不住她，上前搂着她说："我该打我该打。那头一忙，就忘了把你锁这儿了。"

她撒娇地捶打起他。他闭着眼缩着身，一动不动地由着她捶打，她却不打了，一下搂住他的脖子问："打疼了吧？"

他笑道："你不生气就行。"

她又撒娇道："我就生。"

他将她按倒脸对脸问道："生啥？给我生儿子？"他真希望她能生一个他俩共同的孩子，最好是儿子，以抚慰她失去平儿的伤痛。

她也很想生下他的孩子，笑问道："生了你敢养？"

他顿一下道："你能生我就敢养。"

她沮丧道："你爹妈肯定得嫌乎我。"

他忙安慰道："别老想过去的事儿。再说你生的是我的，我不嫌乎。"

她很感动，搂着他的头亲吻，却忽视了子昂刚才急着进来三道门都没插，以致芸香进来他俩也没察觉到。

芸香开始正在灶房安排大家做午饭，油坊来人找婉娇去点货，说找了几个地方也没找到。芸香听玉莲说婉娇是被子昂叫走的，心里顿时又疑虑。她想知道子昂和婉娇在一起忙什么。她先奔桃源居，见院门上扣着锁，以为屋里没有人，就去别的屋找。找到若玉屋时，听亚娃说子昂从早上回来就在她娘屋里陪她弟弟说话，没见婉娇来过。她心里坦然了，索性不再找婉娇了，油坊那头也没去告诉，又回灶房安排午饭。刚才她想去问公婆中午吃什么，见子昂从大灶房的院门前跑过去，觉得蹊跷，就悄悄跟了过去。一进屋就听见婉娇在里面撒着娇，心中又骂着"狐狸精"，想冲进去让她难堪，可顺着半开的门朝里一探头，惊讶地看到子昂压在婉娇身上。虽然她早就怀疑他俩到过一起，但这时还是吓了一跳，心也像被猫抓了一把。想子昂所以不惜得罪亲爹也让婉娇做山庄大管家，显然婉娇在他心里比她还重要，不禁伤感和忧虑，意识到闹也未必有什么好结果，便愤然离去，还故意推倒上面搭着婉娇新画像的木架子，咣当一声，将里屋炕上的一对都吓得一激灵。

子昂下地追出去，见芸香已经匆匆出了院门，不好再去追，但心里颇为不安。婉娇也下了地，惶恐地问："谁呀？"得知是芸香进来过，她又埋怨道："你看你呀，进来咋不划门儿呢？这咋办呢？"

他安慰道："别怕别怕，她一直就怀疑咱俩，但她从不明说。"

她不安道："不明说是她没看见，刚才她把咱俩堵炕上了，这我还咋出门儿呀？"

他说："我猜她不能对别人说，她知道我心里装着你。她要是敢闹，我就说是我欺负了你，他们爱说啥说啥。"

她忙说："那不行，事儿要闹到那分儿上，对谁都不好。"

他为她理着头发说："别太往心里去，一会儿你见着芸香，就当啥也没发生，她顶多不理你，不理就不理，回头我哄她。走吧，该吃晌饭了，我那头还有客人。"她还是顾虑重重。

子昂拎着内装一千银圆的布袋回到若玉屋内。一进灶房，他见亚娃正将焖好的扣肉往盘里扣，猛又想起春山他表哥那头的午饭还没安排。这事本该让芸香去办，可芸香现在不知怎么生气呢，便对亚娃说："刚来那家人，我忘了让人送饭了，你赶紧去大灶房，告诉他们备六个人的饭送去，做点好的，要抓紧。"

亚娃说："这头都好了，你上桌儿吧，我这就去。"

子昂一手拎着钱袋子，一手从她手里接过扣肉说："你去吧，我端进去。"

若玉从里屋出来，见子昂两手都占着，笑道："哎哟，这哪是你干的活儿，赶紧上炕，就等你了。"

子昂进屋，见炕桌上的酒菜摆得差不多齐了，铁头、春山、秋虎和随秋虎来的两兄弟已经坐在桌前，但正位却空着，原来是大家留给他的。

他将沉甸甸的布袋放到秋虎怀里道："先拿一千。我还是那句话，只要开克小鼻子，我舍得。"

秋虎又连连致谢。子昂脱鞋上炕，拉秋虎道："你是远道儿来的，还是大英雄，坐里头。"

秋虎推辞道："三位哥哥谁坐那儿都成，我是小的，就坐边儿上，咋说这是我亲娘的家，你们别拿我当客人。"

子昂这时发现个问题，桌上没有若玉两口子和亚娃的位置，便说："咱都弄错了，今儿可有长辈在。"然后对若玉说："你和姨夫得上桌儿呀。"

若玉说："俺俩不喝酒，你们唠你们的，俺就在那屋吃了。"说着瞄了秋虎一眼。

秋虎见母亲看他，忙说："这事儿我不掺和，我听我哥的。"

子昂觉得有事，便问道："啥事儿？"

秋虎忙说："没事儿没事儿，吃顿饭有啥？"

子昂猜想秋虎是不认可石头做母亲的丈夫，估摸他们刚才还有过不愉快，但这时跟秋虎解释也不起作用，便装起糊涂，又对若玉说："今天的主角儿是您和虎子，你们母子二十年没见面儿了，今儿个重逢，得庆贺一下。待会儿亚娃姐回来也上桌儿，她和虎子也快两年没见面儿了，也得庆贺。"

若玉说："那我和亚娃儿上桌儿，让他照看老头儿、老太太。"

子昂不好强往一起拢，点下头道："也行，都是自家人，以后有的是机会。"

如此，若玉坐到上位，铁头、春山坐两侧，秋虎、子昂、亚娃由里向外坐一面，对面是秋虎的两个随从，真就闲了一个位置。子昂看出若玉情绪不佳，倒觉得自己有责任，决定视机开导秋虎。

酒席开始，子昂张罗着先为母子、姐弟重逢庆祝。接下来，秋虎又敬子昂，感谢他照顾他的母亲和姐姐，并当子昂是亲哥，也称呼铁头为五哥，春山为大姐夫。

子昂不敢多喝，怕不小心露出若玉在牡丹江的事，那样会令秋虎更难堪。其实他这时最担心铁头和春山把话说露，后悔刚才忘了对他俩做交代，就又敬他俩道："五哥、大姐夫这次出驮又辛苦了。话不在多，酒也不在多，子昂给五哥、大姐夫饯行。"说着冲铁头挤下眼，然后只抿一小口落杯。

秋虎立刻挑子昂的理道："别说俺郎不正，你敬酒咋不了了呢？"

铁头听出子昂话里有话，忙对秋虎说："兄弟不知，我九弟不能喝，这是和你们头次坐一块堆儿了，规矩总得有。再说桌上也得有个把舵的，要不都喝多了，就好说些不中听的话！都是羃眼子，晃常一串山了就拔起埂埂儿来，掀桌子的事儿也都干过，你说挺乐呵的事儿，就因一句话鼓了盘儿了，不值个儿是不。"

铁头刚才听秋虎话里的"郎不正"是句黑话，便也露出黑话，是想让当胡子的秋虎不得小看他们。秋虎听铁头的话里也有黑话，笑道："五哥也懂春点儿？"

铁头笑道："拉挂子，沾绺子，碰盘顺气。"

子昂听得明白，笑道："都是娘家人儿，咱不说两家话。"他这时主要是想让秋虎接受石头，可用黑话他就不好说了。

秋虎说："我看都不空，那咱就唠娘家嗑儿。"

子昂对秋虎说："我建这个山庄，姨夫没少帮我，我是通过姨夫认识你娘和你姐的，你要谢还真得谢谢我姨夫。这些年，要是没有姨夫，也没有姨的今天，山庄一盖起来，就又把咱姐接来了。开始是想把你们都接过来，可五哥去你家时你不在。"

秋虎忙截他话道："哥哥别说了，我知道了。"又对母亲说："娘，那我该敬我叔一杯酒。"若玉终于脸上露出开心的笑。

子昂忙去对面屋叫石头。石头正为以后不好面对秋虎感到苦恼，这时听是秋虎主动要敬他，虽然刚才让他难堪，但也只能见好就收。出屋前，子昂小声嘱咐道："你就说你和我姨是多年前先认识的，这些年你没少帮她，刚才我就这么说的。"石头至今也不知若玉是从妓院里救出的，所以他对石头没有别的担心。

秋虎这时就以为母亲被卖后逃到龙凤落脚，后来嫁给石头，别的还真就没多问，听了子昂怎么做买卖，又和他的两个弟兄唠他们在山里和日本人打仗的事，虽然不敢和日本人明着干，但搞偷袭、打伏击、打游击的故事也很招人听。

若玉仍在打着她的金算盘，举止言谈间，隐隐地让大家感到这是一顿子昂和亚娃的定亲宴。亚娃开始一直抿嘴笑着听，给大家往碗里夹菜，尤其为子昂夹的多。后来她在母亲的架拢下，也端起酒杯，分别和大家喝了些酒，且越喝越要喝，脸红得像朵桃花儿，看着子昂笑，笑得妩媚动人，还夹菜往子昂嘴里塞，她已经醉了。

子昂一直都清醒，虽然心里也喜欢她，但在多人面前还是不敢接受她来喂，弄得亚娃开始伤心，竟一头扑进子昂怀里大哭，一边哭一边问子昂："你是不嫌乎我？"弄得子昂左右为难。

秋虎的两个弟兄也都喝多了，都盯着亚娃笑，嘴里叫着"美人儿"。秋虎不高兴了，硬着舌头骂两弟兄："妈了巴子，干啥呢？那是咱姐！"

两兄弟惶恐道："是咱姐是咱姐。"

秋虎又手指子昂问："他是谁？是姐夫！咱姐夫！知道吗？有钱！"说着又扭身抱过钱袋子，从里抓出一把道："看看，一千块，姐夫买卖大！"

子昂心里虽美，却也感到不安。若玉也怕闹出格，嘱咐子昂道："不能再喝了。你把亚娃儿抱那屋去，我往下捡桌子。"

子昂自然喜欢抱亚娃，平时抱不得，眼下理由最充分，忙要下地穿鞋，可亚娃搂他搂得很紧，若玉便帮他穿鞋。

子昂虽喝得少，但也有些兴奋，抱起亚娃时身子一晃。若玉就想让他抱亚娃，忙扶一把送出门。

到了对面屋，子昂见石头的父母都在炕上，一个躺着起不来，一个什么都看不见，就对石头母亲说："奶，亚娃姐喝多了，让她在这屋睡一觉儿。"

石头娘虽看不见，但能听出是子昂，用手摸着炕说："快炕上来，可热乎了。"

他把亚娃头朝里放到温和的炕梢处说："你睡一觉儿吧。"

亚娃闭着眼，手还抓着他的衣襟道："你别走。"他不禁又想起懿莹，只是眼前的亚娃正令他心醉。

他从墙上摘下一件羊皮袄，轻轻盖在亚娃的下身和脚上。见她的袜子被刚才撒的酒浸湿，就借机为她脱去湿袜子看她光着的脚，忍不住在她白嫩俏丽的脚上抚摸一下，心中惬意，就差也用嘴去亲了。而这一切都被若玉从门缝中看到，她心中窃喜，更加确信自己的女儿会给她带来巨大回报。

子昂再回那屋时，秋虎的两个兄弟一个仰面躺在炕上，一个趴在桌上，秋虎和铁头还在对饮，然后冲若玉道："老板娘，上酒！"

子昂上前道："谁是老板娘？她是你亲娘，又不认得了？"

秋虎愣了一下，忽然笑道："认得。我还认得你是姐夫。来，我敬你。"

子昂劝道："不能再喝了，五哥今天该出驮，这也出不了了，我送他回家。"

若玉被秋虎叫老板娘叫得难过，对秋虎道："虎子，我是你亲娘，这会儿咋就忘啦？你五岁那年，娘让你爹给卖了！"

秋虎一激灵，摇晃着跪在炕上磕头，竟磕在桌子上，酒碗翻了，他也倒在炕上，想起身可两腿已不听使唤，就将头扎在母亲怀里睡着了。

铁头也喝得兴致，指着已经入睡的秋虎兄弟三人笑道："看看，都趴下了吧！"又拉住子昂道："来九弟，咱哥俩喝，你喝茶水儿我喝酒，五哥心疼你。"

他手劲很大，将子昂扯个趔趄，又借着兴奋，在他脸上亲一口道："九弟仗义，五哥也稀罕，帮你做事儿开心。"

子昂不喜欢被男人亲，推开铁头道："五哥也多了！昨天大哥家办喜事儿你就没少喝，还没缓过来呢，咱先歇一歇，睡一觉儿再喝。"

铁头诡笑道："那九弟陪我睡。"说着要起身，可两腿也不听使唤，子昂和春山便左右架着他，摇摇摆摆地去了马帮人员休息的屋。

太阳已经落到西山，晚霞与满山的金黄色相映。见铁头睡下后，子昂去哄芸香，春山则趁着没人注意去看津梅和他们的儿子。

子昂猜芸香一定正为他和婉娇搂在一起而生气，可这时她正在大灶房里忙晚饭，他便去了父母的屋。父亲和他的关系仍没缓解，这时又去菜地还没回来。母亲自己在炕上纳着布鞋底，见子昂进来问道："听说亚娃儿的兄弟来了，你们一直喝到这前儿？"

子昂说："我喝得少，他们都喝多了。"

他又察言观色，断定芸香没把他和婉娇的事说出来，感觉心里很敞亮。这时他也来了困意，便回芸香屋里睡觉。

他梦见香荷从屋外进来，对他说："亚娃儿她娘来提亲了，说亚娃儿屁股大，一定能生儿子，你把她娶了吧，她生下儿子我就省心了。"

他高兴地去接亲，可四下找不到他的马，原来是被多日娜骑走了，他求多日娜把马还给他道："别闹了，亚娃儿等我去拜堂呢。"

多日娜愤慨道："咱俩还没拜堂呢！"说着将红盖头盖在自己头上说："重给我揭，那次揭的不算。"他给她揭了红盖头，盖头下却是娇媚迷人的婉娇。

若玉过来提醒他道："错啦错啦！今儿是你和亚娃儿定亲的日子。"说着拉他进屋，屋里黑暗，什么都看不见。

芸香也拉他道："别和亚娃儿成亲，她和她爹睡一被窝儿呢。"

他心如刀割，怒吼道："我去杀了那畜生！"回手摸起一把菜刀，刚要冲进黑屋子，感觉有人拉他。

他醒了。屋里闪着油灯的光亮，原来已经深夜了。芸香已经铺了被褥，但还没有脱衣服，这时正对他紧锁眉头。他起来问道："干啥这眼神看我？"

她打他一把道："你就会偷偷摸摸的。"

他想起她看到他和婉娇在一起亲吻的场面，忙自责道："香儿，都是我的错儿，是我欺负了娇儿姐。"

她呲他一下道："你还觍脸叫姐？在牡丹江时你俩就黏糊，现在你都俩媳妇了，咋还和她黏糊？真是狗改不了吃屎！"

他本想向她求饶，不想她得理不饶人，出口太伤人，顿时火涌上来，眼一瞪道："你说谁是屎？

那你是啥？"接着训斥道："你别以为我妈稀罕你我就变成你儿子了！"

她被噎得发蒙，委屈道："你说啥呢？我哪那么想啦！"随即不知说什么好，趴在被褥上哭起来。

他又心疼了，强行将她搂在怀里道："听我说，你俩都是我恩人，我都疼。她受的苦比你还多，我现在实在放不下她。你也别不高兴，她也是你的恩人。咱不说她以前对你咋样，当年要不是她买你，咱俩永远都不认识；如果她要不同意我娶你，香荷儿同意我也不敢。现在你已经是我媳妇了，该给你的啥都不会少，但她想要的我也给。"

她一怔道："她想给你生儿子，你也给？"

他坚定道："我欠她的太多，只要她开心，她要我就给！你和她一样，但不要干涉我给谁不给谁。"

见他一脸严肃，她倒胆怯了，意识到她根本无法阻拦他和婉娇的亲密，如果因此和他闹翻脸，很可能会毁了自己的后路。自打她也成了周家的媳妇，既欣慰自己有了称心的归宿，也更加思念和牵挂一奶同胞的弟弟和妹妹。她被爷爷卖给何家时，弟弟十一岁，妹妹刚八岁，现在弟弟已经十七岁，妹妹十四岁了。她不知弟弟妹妹现在过得怎样，但肯定不如她现在过得好，便想让子昂把他们都接到她跟前儿。子昂已经答应，说年前就去趟牡丹江和乜河，到时先去掖河找回她的弟弟妹妹。

眼下她只能默许，又不想乖乖地妥协，叹口气后挖苦道："我现在是明白了，男人要花心，媳妇儿再多也挡不住去偷。我也不费那神了，有那工夫还不如倒在炕上养养神呢，懒得和你生闲气。"说完闷闷不乐地躺下。

他窃喜她已默许他和婉娇的特殊关系，也不忍她难过，又将她搂在怀里爱抚着，不久又一同激情起来。

过后，她在他怀里又撒娇地提起弟弟、妹妹的事。他搂着她说："二哥今早上去宁安找他朋友了，不知咱山庄的地契办下来没有，我心里总是有些不踏实。"

她这时情绪正好，笑道："你不有的是钱吗？有钱能使鬼推磨。"

他说："我给二哥拿了五根金条，现在又觉着给他拿少了。听说日本人已经把满洲当成他们的国土了，我怕这事儿归日本人管。等二哥回来的，事儿成了最好，不成也得看看有没有更好的路子。"随后相拥而眠。

第二天吃过早饭，秋虎和他两个兄弟带上子昂给的一千银圆要回珠河。子昂过来送，秋虎对他们昨天喝醉了表示歉意。

子昂笑道："昨天都挺高兴，多了也正常。我跟你们不一样，喝多了第二天头疼，所以不敢多喝，你们别挑礼。"

客套之后，子昂也牵出马来，他要将他们送出山后去看香荷。一出山庄，秋虎让两个随从在前面走，他停下来问子昂道："听我娘说，昨天我管你叫姐夫了？"

子昂笑道："没事儿，昨天我也喝晕了。"

秋虎也笑道："就给我当姐夫吧。"接着说道："我大姐心里有你，你要不嫌弃，我给你当小舅子。我从小没娘……不是，我娘被卖时我还不懂事，是我大姐把我背大的。人家孩子都有娘疼，我小时就大姐哄着，就她真心疼我。现在一想小时候，我这个大姐就跟娘一样。不瞒你说，我这次来，本想和你结梁子，但现在不是了。上个月我回家看大姐，我爹说她让你绑了红票，还把他踢筋了，差点儿睡在路上，你手够黑的。"

子昂不安道："实在对不住……"

秋虎打断他道："我那个爹啥样你也知道了，打也就打了。我最不放心的是我大姐。现在一看，我心里踏实多了，唯一不放心的就是她的亲事。家里出了丢人事儿，街坊邻居都知道，这些年她不嫁就是怕嫁过去让人瞧不起。这回她总算动了心思。我听我娘说了，你挺疼我大姐，你要能娶她，那才是她的福分。我现在就希望能大大方方地叫你一声姐夫。"

他很感动，但他实在没法娶亚娃，便说："多谢你瞧得起我，可我现在已经有两个媳妇了，再说这事儿也不是我定的事儿。"

秋虎沉默了片刻道："我看不是这么回事，你好像是嫌俺家出过那种事儿。我遇过娶八房姨太的，里头还有从妓院里赎身的。我大姐就那次让我爹欺负一下，都过去这些年了。要不你就当为我姐赎身，只要你当了我姐夫，以后上刀山下火海你尽管吆喝，兄弟我绝不眨下眼睛。"

子昂心中激动，终于应道："我这儿还真缺个底柱子。"

秋虎欣喜道："那妥了，以后你就是我大姐夫了。"又抱拳道："大姐夫，后会有期！"随即纵身上马离去。

他真想今晚就与亚娃偷着圆房，只要对若玉露出这心思，他就可以如愿以偿。虽然深感愧对香荷、芸香和婉娇，但他也迫切需要一支可由他随意调遣的武装。自从芳娥因他得了疯病，他又娶了芸香，多日娜也一直纠缠他，他越来越感到哥哥们已对他有些反感。本来他就对自己一个外来人得到那些财宝感到不安，担心因他富有而与他结拜的哥哥们与他反目成仇，也愈加感到自己孤立无援。婉娇、芸香固然都是他的知己，但毕竟还需要他来保护。眼下，他喜欢亚娃也是真，但他更需要秋虎成为他的亲戚和可以依靠的捍卫者。

第 095 章

子昂一白天没有见到亚娃，心里总是惦记。一想她昨日醉酒的样子和她那双白嫩俏丽的脚丫，他的心里就兴奋不已。可再一想香荷、芸香和婉娇，他又感到忐忑不安。他只能再去想林海可能对他的怨恨、万全毕竟在为日本人做事、宝来还曾想拿日本人要挟他。

随着他心中的危机感和日后拥兵自重的渴望越来越强烈，他甚至希望亚娃能早日为他生下儿女；娘亲舅大，秋虎自然会成为他手中的一张王牌。他还要借此不断暗中扩大这只武装，届时不但可以应对万全的变数，即使北营的日军对他构成威胁，他也可以率军夺下北营，让整个龙凤都控制在他的手中。他想香荷、婉娇、芸香日后一定会理解他的苦衷。

他对醉酒后的痛苦深有感触，也为亚娃这时身体一定不舒服感到焦虑。他几次想去看她，却又一直怀着做贼心虚的不安。但他已决定与亚娃结成与婉娇一样的特殊关系，他还要让亚娃和若玉都能体谅他的难处。

　　若玉、石头和公公、婆婆也刚吃过晚饭，正在收拾桌子。亚娃这时并没和他们在一起，估计她吃完饭就回自己屋休息了，但突破口还是在若玉这里。

　　见子昂来，若玉笑脸相迎，问他吃了没有。石头母亲听说子昂来了，也伸手摸着炕面让他坐。若玉笑道："一天也没见着你的影儿。你咋还那么忙？不是啥事儿都交给婉娇了吗，就没想过来看看亚娃儿？她昨个真喝多了，我都没好意思去找你算账。"

　　他自责道："都怪我，没照看好她。"

　　她附和道："可不就怪你，要不是你，她哪能喝那些，她从没喝过酒，昨个咋就喝那老些？"

　　他怜惜道："喝醉后挺难受，她咋样了？"

　　她说："昨晚在这屋睡了一宿，今儿一天都难受巴拉的，又吐了好几起儿。刚又没吃几口，回她自个儿屋歇着了。你说她自个儿顶个大房子多孤单，我让她在这儿再住一宿，她说啥也要回你给她的窝儿。"说着看他笑。

　　他感到她在将他和亚娃往一起撮合，正和他心意，便又关切道："看她得意吃啥，我让灶房给她弄个小灶儿。"

　　她欣慰地笑道："心疼啦？"又宽慰道："不用惦着她，她有吃的，她说回去吃你给她的点心。"

　　他说："都送去好几天了，咋还没吃了？"

　　她笑道："舍不得呗！你送她的东西啥都好，我这儿留的再好也白扯。"

　　他不想守着石头唠这些，就转了话题道："昨个忘了问虎子，他现在有媳妇儿没？"

　　她叹口气道："他整天打打杀杀的，也没个安生地儿，谁愿提心吊胆地跟他钻老山沟子？"

　　他说："媳妇该娶还得娶，已经这么大了，娶一个待在你身边，他隔三岔五地回来一趟就行。"

　　她叹息道："也不知他咋想，还真没想起问他。"接着问道："你想给他做媒人？"

　　他想到了芳子和顺姬。虽然他对她俩也有好感，但也只能心里喜欢，又毕竟她俩也二十岁的年纪了，也该成婚生子了，便问道："芳子和顺姬咋样？她俩就是命苦点，论模样都不比我媳妇和亚娃姐差。"

　　若玉先一怔道："不是一个国的人，不太好往一块儿弄。"又对石头说："你陪咱妈唠会儿嗑儿，我和子昂回咱屋说说孩子的事儿。"石头点头应。

　　到了对面屋，若玉压低声音道："我知道你是好心，可她俩咋回事儿我比谁都清楚。要说命苦，还得说是虎子，打小娘就让爹卖了，今儿是找到娘了，可娘是从那里出来的。我真怕他知道了受不了。我和他说我先前让人卖到牡丹江一个富人家里，可总受那家人欺负，就偷着逃到这儿了，又认识了你们。我是真没脸见孩子，要是有一天他也啥都知道了，他不认我这个娘是小，可我咋也不能给她找个也当过窑姐儿的。芳子和顺姬要不落到这一步，那可真是打着灯笼都难找的好姑娘，就是啥女人一进了那地方，跳进河里也洗不干净了，男人要娶个这样的媳妇，咋能抬起头啊！"

　　若玉不说这些，他就当顺姬、芳子是完美无瑕的好姑娘，可听她这么说了，却又无法怨她，叹口气道："我就想让她俩也活得体面点儿。"

　　她嗔怪道："你别光顾着她俩体面，虎子可认你当姐夫了，那也该是你兄弟，你得为你兄弟着想啊！你心肠好我知道，可我这当娘的不能让他也背个鸡公的名声。"

　　说到这儿，她忙去开门看外屋，见灶房内没人偷听，回身又低声道："这些年，我是啥男人都遇着过，还没遇着过你姨夫这么疼我的。要不是你心肠好，我哪会有今天。我下半辈子就想报答两个人，就是你和石头。石头是个孝顺儿子，我就替他照顾好老人，就当赎罪和报答了。我也没啥能报答你的，就有个闺女还讨你稀罕。我可不是学我娘拿闺女换钱花，我是看亚娃心里真有你，也是想她日后有个靠山。甭管别人咋说，亚娃儿还是个黄花闺女，这我跟你打保票。我也不是急着你娶她，就想让你像疼婉娇那样疼她就行了。"

他忙辩解道："我和娇儿姐就是姐和弟。"

她诡异地笑道："我眼里可不容沙子，心里明镜儿着呢。你也别怪我直筒子，你和婉娇儿真不是一般关系。就说你救她那会儿，她在里头可啥都没穿。我也不是笑话你，就是觉得你挺靠谱儿，你疼女人真是用心疼。晃常我一看见婉娇在山庄里那风光劲儿，就为俺亚娃急得什么似的，啥时俺亚娃也能让你这么疼，就是没名分，她这辈子也算有依靠了。俺亚娃怪可怜的，九岁就没有娘照看，还跟娘似的照看弟弟妹妹，又让那畜生欺负着，我这当娘的心里总不落忍。眼瞅她就三十了，还没个疼她的人儿呢。我说让你给她做个媒，可她对谁都不上心，就认准你对她好了，夜里一整就搂着被乎招呼你。这话我真不该说，可我真不想她这辈子就搂着被乎睡！你就想想办法，把她也收房吧，你俩上辈子真说不好谁欠谁的，就当是你欠她的，左右你也还得起，这辈子就还她吧。我也知道你难，那你就偷着收。她是大你四岁，可比婉娇小三岁呢！"

她说得夸张些，但他还是为亚娃如此痴迷于他而感动，一时不知说什么好，只好说："虎子跟我说了，亚娃姐一直抬不起头。不过您放心，以后我会让她抬起头来的。"

她忙问道："那你能娶她吗？"

他犹豫了一下道："暂时偷着行。"

她欣喜道："那也行，我知道你不是丧良心的人。"

他心里又觉得对不起香荷、芸香和婉娇，但为了得到秋虎的"上刀山下火海"，这步棋他必须得走。他还觉得对不住亚娃，便又解释道："包子有肉不在褶上，我不会亏着她，所以这事得先保密。再说这阵我也挺闹得慌，我爹嫌我花钱大手大脚，一直和我怄气。还有多日娜，也跟着添乱。"

她立刻问道："你俩到一块儿了吗？"

他忙否认道："没有，真没有。"

她又问道："我咋听说你们事先合计好了的。"

他断定这话是从芸香嘴里说出来的，又解释道："别听芸香儿瞎白话，俺们不可能合计这事儿，她哥和我是把兄弟，那她也是我妹妹。她一天虎超超儿的，我有那心也不敢！"

她笑着问："虎是虎了点，可那小模样也挺招人稀罕，我猜是个爷们都想占她便宜，你俩这下方便了，你就不想上她炕？"

他一笑道："不想是假，可要真那样了，我那些哥哥都饶不了我。"

她又问："那她以后咋办？"

他又叹口气道："她弄出这一出，我也不知咋办好。"

她笑道："不知咋办就别办，先和俺家亚娃儿把房圆了，她自个儿在屋呢。"

他就是奔着和亚娃合房来的，但这时他却显得紧张。若玉却很坦然道："发啥呆呢？你俩先圆下房，往后她就是你的人了，俺娘俩心里也踏实了。放心，不会给你惹乱子的，你不丧良心就行。"

他的心在激烈地跳动，强作镇静道："她昨天喝多了，我去看看她。"

她高兴道："我陪你过去，旁人见了也说不出啥。"便陪他一同去了亚娃的屋。

天色已黑，外面看不到人。亚娃已经插了院门，但透过门缝看窗户，里面的灯还亮着。

若玉敲门，院里的狗叫起来。等了一会儿，亚娃出来开门。

若玉问道："睡下了？"

亚娃说："还没呢，两天没烧炕了，把炕烧烧。"

若玉说："快入冬了，晚上得睡热乎炕了，被窝儿也该热热了。"

亚娃这才看到子昂也来了，顿时显得慌乱，嗔怪母亲道："说啥呢！"转身朝屋里走。

进了屋，若玉又笑道："子昂心疼你了，过来看看你。"

亚娃低头对他说："让你笑话了，昨天喝多了。"然后便不知所措了。

他关心地问道："喝多挺难受，好点了吗？"

她显得宽松些，一笑道："好多了。白天睡的多，现在也不困了。"

若玉笑道："正好有来陪你说话儿的。"亚娃又紧张起来、

亚娃睡的炕头上已经铺了被褥，炕梢处放着一盆热水。他看出亚娃准备洗脚睡觉，便又想欣赏她那双白嫩俏丽的脚丫，问："你要洗脚？"

她点下头。左右若玉就是拉皮条的，他毫不遮掩道："我给你洗。"

她被吓一跳，忙推辞道："不用，我自个儿洗。"

若玉说："让子昂给你洗，过了今晚儿，你就是她的人了。"

一说这些，子昂也紧张道："我来看看她。"

若玉嗔怪道："你就别遮遮掩掩的了，像疼自个儿媳妇一样，大大方方的。行了，我出去了。"说着出去了，就如她当鸨母时为妓女拉嫖客。

子昂没逛过妓院，并不觉得，此刻只觉得浑身热血在沸腾，既想抚摸她的脚，更想爱抚她的胴体，是否三围曲线像婉娇一样优美，肤色像香荷一样白皙。

若玉出去后，他先试下盆内的水温，觉得正合适，对她说："坐炕上吧，我给你洗。"

她更加紧张，脚也不会迈了，木偶一般被他拉上炕，又由着他脱去鞋袜，露出和香荷一样白嫩如花的脚。

看着他为自己洗脚，她竟激动得流下眼泪。这时他已感到整个世界只有他俩了，喜欢地抚摸她的脚，忍不住各亲了一口，随即将她搂在怀里亲吻，又为她脱去衣服，现出婉娇一样秀美、香荷一样白皙的胴体。

激情过后，他并没见到她那里流下红，想她到底还是被那个畜生破过身，便对若玉欺骗他感到不悦，忍不住问道："你娘说你是黄花闺女，咋没见红呢？"

她先一愣，然后不安地低下头。见她要哭，他忙又搂着她雪白的身子道："我没怨你，你娘用不着这样。算了，都过去了，再也不提这茬儿了，以后你就是我的人，我想让你今晚就怀上我的儿子。"他本想逗她笑，她却在他怀里哭起来。

第 096 章

万全从宁安回来了，这时和金万各骑一匹马来山庄。金万手里还拎着一杆长枪，到了子昂跟前一扬手道："接着，二哥给你打狼的。"然后侧身下马。

万全也跳下马道："这个你先用着，等我再给你淘弄一支来。"又从马身上解下一副都鼓着的旧褡裢道："这些子弹够你打狼的了。"

子昂高兴道："多谢二哥。"

万全笑道："该谢的在这儿。"说着又从怀里掏出一份文书。

他一见便知是山庄的地契，兴奋道："办回来了！那些钱够吗？不够再给你。"

万全说："你拿那些也没用了，我那位哥们说了，现在的山林土地都归日本人了，趁着日本人还没弄明白，能卖就卖，把咱大民国再显摆显摆，要不可就没机会了。显啥大民国？就是趁乱捞一把，不捞白不捞，捞点儿就够本儿。我就给了他两根金条，还把他乐够呛。"

子昂慷慨道："剩下的二哥留着。"

万全说："一码儿归一码儿，让二哥替你办事儿，二哥就得为你算计，这算来算去都算到二哥兜里了，那成啥事儿了？"说着又掏出三根金条塞给子昂。

子昂急不可待地看着地契，见上面最醒目的是印刷体"黑龙江省公署"和"土地执照"，还有执照人、不动产种类及坐落、面积、四至、卖价、应纳税额、立契年月日等项，其中最让他激动的是，执照人的格内用楷书写着"周子昂"，坐落"宁安县团聚乡龙凤村马架子沟"，面积"一百垧"。

其中两处让他费解，一处是龙凤应归属海林保，可地契上写的是"团聚乡"，办证时间是"民国一十九年"，而此时应该是民国二十三年，不禁问道："龙凤不是归海林保吗？还有现在应该是民国二十三年吧？"

万全说："龙凤原先归团聚乡，海林保是日本人来弄的。现在都满洲国了，可别当着日本人提民国，要写得写大同三年，可那狗屁满洲国哪有咱哥们，都是糊弄日本人的。咱这地契就得落在日本人来之前才行。都这世道了，办咱自个国的土地，还得看着日本人的脸子。"

子昂将两位哥哥带进他的桃源居，经过画室进内室，说晌午就在这屋炕上吃饭。又对金万说："今儿个七哥也来，我让咱的朝鲜妹妹做两道朝鲜菜，东西不贵，可是喝酒的好菜儿。"

中午，灶房的厨娘端来酒菜，哥三个吃喝着说笑。喝了一会儿，顺姬亲自送来一道她亲手拌的甜辣萝卜条。

虽然已过寒露，晴天时阳光依然很足。顺姬梳着两条齐腰长的辫子，这时身穿一件青色偏襟衫和一条黑色裙子，脚穿白袜和拉带鞋，像个秀美端庄的女学生。

子昂为顺姬和芳子特意订制了装束，但芳子的不是学生装，而是应该穿在顺姬身上的朝鲜服，很鲜艳，也很飘逸。开始她俩以为他安排错了，可他坚持让他俩这么打扮，说是为了不让别人看出芳子是日本人。

这时子昂又一番介绍，顺姬礼貌地叫了"二哥""六哥"并鞠了躬，又主人般客气道："吃吧，还有呢。"然后又鞠一躬出去了。

万全、金万都不顾品尝菜了，都用异样的目光看顺姬。子昂心里不爽，但考虑顺姬还是要嫁人的，也想过金万有个比他小三岁的弟弟叫金珠，还没有提亲，便笑着问金万道："好看吗？"

金万不自然地笑道："好看也是你的。"

子昂责怪道："啥都我的？她就是没地上去，在我这儿待一阵，她还得嫁人呢！我得给她找个好人家。"又问道："给咱弟弟金珠当媳妇咋样？"

金万忙摇头道："不行的。人挺好，可她是窑姐儿，可惜了！"

子昂现在最不喜欢有人说婉娇、顺姬、芳子等人是窑姐、妓女、婊子之类的话，便不悦道："别老窑姐儿窑姐儿的，谁都不愿去那地上，不都是被逼的吗。她是我救的，我要让她重新做个好女人。"

万全一笑道："女人就是一张白纸，上头写啥就是啥了，除非你能让她重新生下来。"

子昂不悦道："不唠这个了。"又端起酒杯道："先敬二哥一杯，谢二哥帮我这么大的忙儿。"

万全端起酒杯诡笑道："你真得好好谢谢我。"

子昂看他不像是好笑，警惕地问道："二哥想让我咋谢？"

万全先和他碰杯后一饮而尽，又诡秘道："给二哥也找个小儿的吧。我看这朝鲜妹子挺招人稀罕，你六哥家嫌弃，二哥不嫌，送给二哥吧。"

子昂吃了一惊，酒喝了一半放下，强作镇静道："二嫂同意？"

万全叹息道："你提她干啥？她要同意，日头得打西边出来。你替二哥保密，不让她知道。二哥就想弄个相好的。"

子昂像被刀挖了心似的，立刻想起多日娜那次在陷阱里讲过万全的品性，一笑道："二哥不是有好几个相好的吗？"

万全不肯承认，眼一横道："尽瞎扯，你二嫂啥样你还不知道？那是只母老虎，我要找相好的，她不得吃了我！"接着又诡笑道："你身边这些女的，真都太招人稀罕了，二哥忍不住了，可我就要这个朝鲜妹子。"

子昂又问道："你不怕二嫂知道？"

万全脸一沉道："你们不说她哪知道去？"又用哀求的口吻道："好九弟，你给牵个线儿，让她还住这儿，我想她了，就偷着过来，二哥就要你这一谢，行吧？"

子昂开始反感，耐着性子说："二哥，说句话你别不爱听。你嘴上说稀罕她们，其实你心里还是嫌弃她们。如果你稀罕又嫌弃，那她们也不过是个玩意儿。女人如花儿，但绝不是地上长的草木之花儿，谁喜欢就去掐一朵，再看不鲜亮了，就撒到地上让人踩。她们也都是爹生妈养、有血有肉的人！和咱的母亲、姐妹、女儿一样儿，都想好好地活下去，都想做个好女人。可在咱们男人统治的世界里，女人越是长得有模有样，就越是虎狼缠身、招风惹灾，家里要没点能耐保护她，她就和地上的灰尘一样，让风吹来吹去，最后吹到坟茔地里也不安生。我不是把着她们不撒手，她们是我从狼窝里救出来的，我不想让她们出了狼窝再入虎穴，那我可就罪过了。她们已经受了很多苦，我不敢说我就是她们的救星，可我想让她们从此以后都过上体面的好日子，堂堂正正地做个好女人。我不反对你喜欢她，如果你能把心里的嫌弃去掉了，你就大大方方地把她娶回家，让她有个名分，别让她跟做鬼似的。这事还得她们本人同意，我不能跟抓猪似的，想把她们塞哪个圈里就塞哪个圈里。"

万全心中不悦，但还耐着性子说："九弟，你怜香惜玉不算是毛病，可你犯不着把妓女太当回事儿；都这世道了，妓院总得开，妓女总得有，要按你说的，政府得把妓院都关了，那还是男人的世界吗？"

子昂无法忍受万全仍将顺姬当成妓女，但又不好发怒，只是显得激动道："我还真就拿妓女很当回事儿，我救妓女，如同救国。"

万全耻笑道："你可真能扯！救妓女咋还和救国扯到一块儿了？"

子昂稳下情绪问道："你听说过赛金花吗？"

万全愣一下说："听你四哥讲过，说是北京城里挺有名的妓女，人们叫她赛二爷。"

子昂说："八过联军打进北京城时，没人救得了北京城，就是这个赛金花，靠着卖身救了国，可慈禧太后是靠着卖国救了身！真就像鲁迅先生说的那样，一个可怜，一个可恨。但要让我说，这可怜之中不乏可敬，可恨之中不乏可悲。我得说我自己，虽有救国之心，却连个妓女都不如。可我又不甘心，既然救不了国，救几个妓女总还成吧。二哥也说过，没有女人愿意做妓女，可为啥还有那些女人做妓女？就是国家丧了良心，没拿她们当人看，更没把她们当国民，她们想生存又没有生存的本事，只能卖身活命。对她们来说，从进了妓院就已经是个亡国奴了。我妈和咱大爹都说过，啥时国家没妓女了，那就真的国泰民安了。"

万全苦笑道："你从大爹那真没少学玩意儿，可你比大爹还邪乎，就那么个妓女，你也能说出一堆大道理。再说了，赛金花是中国妓女，我要的是朝鲜人。"

子昂有些不耐烦道："我救妓女，不管她是哪国的，都是爹生妈养、有血有肉的。"

万全不悦道："你到底想救哪个国？"

子昂说："我哪个国也救不了，只能救救人，救人还管他哪国的？"

万全心中开始恼火，但仍耐着性子又苦笑道："行，你真行，真没见过你这样怜香惜玉的。"忽然又问道："那你听过《三国演义》吧？你看人刘关张三兄弟。再看刘备，把兄弟当手足，把女人当衣裳。"

子昂明白万全的意思，又反驳道："二哥，那我再说句你不高兴的话。我特别讨厌刘备这个人。其实他不过是靠了个皇叔而已，还有啥能耐？要说他的能耐，除了会哭，就会用老婆、孩子邀买人心，太虚伪。再说女人怎么能当衣裳？女人也是有血有肉的，女人也该有尊严，刘备他妈不是女人吗？他咋不把他妈当衣裳给人穿？"

万全被噎得哑口无言，终于发了火，筷子一摔道："好你个周子昂，不送我女人也就罢了，我这头夸一句刘备，你就把他骂得狗血喷头，你指桑骂槐哪？"

见万全动了气，子昂忙解释道："二哥二哥，你消消火儿。我不是那意思。"

万全问道"那你啥意思？"

子昂恳求道："你就跟家里商量一下，只要家里同意，我这头就去和顺姬说。但这还得她本人同意，她不同意，我也没权利做她主。我保证，只要两相情愿，操办婚事的费用都我出，肯定给你办得热热闹闹的。"

万全看出子昂在和他耍心计，又无法驳倒他的说辞，强压怒火道："九弟，你当我和你似的呢？你家是几代单传，大媳妇要生不出儿子，多娶房媳妇爹妈都帮你。可我不行啊，俺家哪代都不缺小子，你说我要再娶一房，那不就是瞎扯淡。哪个女人愿让自己男人找小儿的？你二嫂就更甭说了。再说我要娶个黄花儿闺女也行，可她这出身，我真搪不过去，家里要知道我娶个窑姐儿，老爷子还不得和我玩儿命！"

听万全这么说，子昂心里更有了底，说："二哥，你要是为了图乐子，就别惦记我身边儿的。这样，我给你拿钱，金条、大洋、钞票，你要啥我给你啥，有钱啥事儿不能办？要多少你尽管说个数，要没那么多，我这山庄天天都出钱，你随用随拿都行。"

万全挖苦道："不就是个妓女嘛，至于这么值钱？"

子昂想骂他，但他不敢，愤愤道："我这儿没有妓女，在我这儿的都值钱。"

万全不愿听了，身子往后一撤，一指子昂鼻子道："你比刘备还刁！你真是满嘴孔孟之道，一肚子男盗女娼，吃着碗里的，还惦着锅里的。算了，值钱你都留着吧，你不仁，我不能不义，我啥都不要了，为你忙活这些，就当白忙活。"说完起身要下炕。

子昂心里恼火道："你这说的啥话？你要这么说，我也没办法，我现在就给你拿钱去，咱哥们是哥们，女人是女人，我不能混为一谈，更不能拿女人当个玩意儿。"

万全不耐烦道："行啦行啦，今天我算是开眼了，这趁钱的人，办事儿跟俺们就是不一样。今天的事儿就当没发生过。"说着下炕穿鞋离去。金万对子昂只是诡异地一笑，也跟着出去了。

子昂也跟着出去，嘴上不停地叫他们吃完饭再走，可心里却巴不得他俩赶紧走，暗中愤愤道："真是得寸进尺，一年下来钱不少给你，这又惦记我身边的女人。我咋和这么个兽拜兄弟？要不是陆林海，我认识你大贵姓？你不就是给日本人挎枪吗，当我多得意你呢？"

这时他还想，如果万全以后对他构成威胁，他就让林海出面为他撑腰，如果林海拿万全没办法，他就干脆带上他的所有财宝和他所有放不下的人离开龙凤。但这样恐怕香荷不能跟他走，他还是舍不得，况且山庄的地契已经到手，他还舍不得他苦心经营的世外桃源。现在看来，他就得依靠秋虎，偷与亚娃合房确实大有必要；只要亚娃怀上他的孩子，他就可秘密将秋虎的武装壮大到可以和北营日本人抗衡的规模，必要时不但拿下北营，还要将整个龙凤镇变成他的世外桃源。

这时，顺姬又端着一盘现拌的山野菜过来，见万全、金万骑马离去，疑惑地问道："不吃了？"

他一挥手道："不吃拉倒，咱俩吃。"随后他俩回屋上炕吃起来。

他问她还想不想家了，她却说："没有家了，这就是家，挺好的。"边说边为他倒酒夹菜。

他很惬意，想让她陪着喝酒。她有些惧酒，但没有拒绝，喝了一杯脸就红起来，再问她喝不喝了，她忙摇头道："迷糊了。"

他对她露出喜欢的笑，又拿了枕头让她睡一觉，他来收拾饭桌。

她已头晕，但坚持不让他干活，推搡中身子一晃要栽倒，被他一下搂在怀里，她也就势身子软下来。

他越发感到她迷人，但立刻想起万全刚才骂他的话，忙让她躺下说："你睡一觉儿吧，我还有别的事儿。"

她合上眼，红润的脸上透着甜美的微笑。他静静地欣赏了她一会儿才将桌子收拾了。

其他人也都吃完了午饭，然后都在自己屋里躺着。子昂将剩菜和空碗碟送到已经空无一人的大灶房内，然后去芸香的屋里睡觉。

婉娇发现顺姬睡在桃源居，怀疑她和子昂在这炕上办过事，一脸不悦地叫醒顺姬道："你咋睡这儿了？"

顺姬一惊醒来，愣了一下道："喝酒了，迷糊了。"

婉娇问："和谁喝的？"

顺姬说："大当家的。"说着急忙下炕。

婉娇没再多问转身去找子昂，听说他在芸香屋里睡觉，只说句"等他睡醒的"，便回了自己的屋。过后子昂向她做了解释，但她半信半疑。

ᐅ 第 097 章 ᐊ

赶在入冬前，山庄雇来的打井工匠终于在浴房院子内打好一口可以过冬的深井，又在井的周围砌了井台，架上木头滚和摇把，木头滚上的麻绳缠得很厚，绳端系上一只小号的铁桶，放到井下水中有十多米。

入冬后各屋都断不了烧炕，柴火使用就不像夏秋时节烧火燎燎就可以。考虑山庄的人都不是干体力的，子昂想再从外面招些雇工来，除了猪场用工，再就是担水、砍柴、洗衣、做饭、烧炕等活，既省了亲近人的劳作，又可为一些穷家缓解家境不济，可谓两全其美。

子昂正专心致志地在桃源居的炕上算着山庄所设工种和用工人数，婉娇蹑手蹑脚地进来，站在他身后偷看。

他猛然发现她，吃一惊道："你吓死我了！"又责怪道："你咋神神道道的？差点把我魂儿吓跑。"

她嗔怪道："你可真出息了，都成大爷们儿了，胆子咋还跟针别儿似的了？还把魂儿吓跑了，那么能邪乎！"又笑问道："你还有魂儿吗？你不说你的魂儿都让我给勾来了吗？"

他不安地看一眼门外道："小点声儿！"

她笑道："没人儿呀，大晌头儿的，都在屋里迷糊呢。"

他继续着怪道："越大越跟小孩儿似的，故意来吓我？"

她笑着坐到他身边说："我寻思你这会儿又睡觉了呢，出来看这院儿的狗在外头撒欢儿呢，就进来瞅瞅，看你在屋里干啥坏事儿呢。"然后又看着桌上写的字问："写啥呢？这么用心。"他立刻将他的想法说给她听。

她对多招工没有意见，但对他让新来的人也都免费供餐有想法，说："油坊那些人管吃管住也就罢了，咋还要多这么些白吃的？那咱一年得白搭多些粮食？再说供吃也不能光吃干粮，咋的也得弄点菜吧？总吃咸菜说不过，炖菜炒菜除了搁油，是不还得搁点肉？一天两天看是不多，可这头一开，那就得长年累月的，那得白搭老些玩意了！"

他笑道："白搭就白搭吧。这事儿我也琢磨过，愿来咱这儿干活儿的，准是家里日子不好过的。几个必须用的丫头倒是没有家，可那都是五哥把式班儿的。五哥现在给咱押驮，不能跟着押驮的，也别让他们天天在街上讨小钱儿，要不五哥也为难。我已经答应五哥让他们都来山庄做事，除了用当丫头的，灶房和养猪养鸡都得用人，到时咱这儿就是他们的家了。就冲五哥也该把他们当成家里人。再就是那些拖家带口的，费劲巴拉出来挣点儿钱，末了都让咱饭伙钱收回来，那人家还干的啥劲头？就让他们也跟着白吃吧，只要他们用心干活，也算不白搭，工钱都让他们用到家里去。"

她又反驳道："咱可是做生意，这么整到时可剩不了多少，没准儿还得倒搭呢。"

他解释道："其实我不指望挣多钱，只要不坐吃山空就行。咱这下面那些钱，该出本儿的也别太算计，要没有难事急事就不动了。再就是，到时你可别和那些干活儿的提白吃这一茬儿；咱既然管了，就别让人再说咱抠抠搜搜的。饭了菜儿的，咱不能天天管好，总得让人吃饱。走一步看一步，生意好他们就跟咱吃香儿的，生意不好咱就跟着他们短短嘴，实在不行就背着他们做点小灶解解馋，咋说这是咱的家，他们还都有自个儿的家，真到了那份上，他们就回自个儿家解馋去。有你这好管家，我猜不至于到那分儿。"

她哼一声道："就你这大方劲儿，也难说不到那分儿上。要不咱少招点人，把活儿给他们多分点儿，咱在工钱上加点儿。你可别小看省出几张嘴，一年下来也不少玩意儿。"

他安慰道："咱别把生意看得太重，生不生意，都是过日子，够吃够用就行。说心里话，咱这旮儿太偏，四下又都是大山林，白天待着还踏实点，一到了夜里，风哭狼嚎的，我心里真胆儿秃的。你们有我在这儿，都觉得是个依靠，其实我比你们还想找个依靠。可我不能指你们，那你们不得比我还毛？我现在就想让咱这儿人多点，像个村庄样，也是给咱壮壮胆儿。"

她笑道："我看你胆子挺大的，噢，你也怕呀！是不刚才让我吓的？"

他也笑道："我是怕狼来了保护不了你们。"

她依他怀里道："你这一说，我也怪害怕的。"他拍拍她道："不怕，明儿个就让五哥那些人都过来，以后天天得有一半住在这儿，咱谁都不用怕。当然咱也不能乱招，就按咱定的这些活儿招，总数别超三十人。"

她不再反驳了。

第二天中午，新招的人被铁头带到龙凤阁，一同吃过饭后，由子昂领进山庄。婉娇亲自一一过目，一番询问后，不同年纪的男子根据身体状况或安排砍柴、劈柴、为各屋备柴，或派去打水、送水，保证各屋和大灶房、浴房、磨坊、豆腐坊等处水缸不缺水。

还有专门负责收拾粪便的，要求每日对各猪圈清理一次，每过一阵还要给各屋院内的茅厕及鸡粪狗粪清理一次。所有粪便要集中到一处，开春儿统一运到庄稼地里当肥料。

招来的女性中，从十二三岁到五十左右岁，其中九个女孩分给各屋当烧火丫头，其余的则分到灶房或专门喂猪和鸡鸭鹅狗。

在九个丫头中，四个穿得好些的是在铁头武术班里练功的，其余五个是从龙凤和周边村庄招来的，穿得很寒酸。

子昂刚一见到那几个衣着寒酸的女孩就心生怜悯，如同当初遇见玉莲和春草，便在她们被分到各屋之前，将婉娇、芸香、多日娜、亚娃、津梅等人叫到桃源居内交代道："她们都是穷人家孩子，不管谁领了谁，日后都要好好对人家。每天饭菜大灶房统一做，也都在大灶房吃。她们每人就管一个屋的烧炕、烧水，再就是端水端尿、跑个腿儿、传个话儿，别的活儿都不让她们干。说是烧火丫头，其实都是你们的贴身闺女。你们就都当她们是自己家里的晚辈儿，有错儿该说说，该骂骂，但绝对不能打。”又看着婉娇说：“是吧？咱不那样儿，噢！”他是想起她曾经对芸香的刻薄。

婉娇立刻不快道：“瞅你说的，我那样儿了？”

他忙解释道：“我没别的意思。我是想说，从我这块儿说，我对玉莲啥样儿，对她们也啥样儿。我不是让玉莲也当丫头，这个我就不多说了。但有一点我得保证，等她们该出门子时，嫁妆都庄上出。再要说的就是，你们不但对自己的丫头好，对别屋的丫头也要好。这么说吧，你们平时对玉莲啥样，对她们也得啥样，以后都是家里人。”又对跟来瞧热闹的玉莲说：“以后跟她们好好玩儿，她们都比你大，就都叫姐姐，不行欺负她们。你看谁要说你，大舅都不高兴，以后谁要欺负她们，大舅也不高兴，听着没？”

玉莲一脸不悦道：“我有丹青姐，还有丽娜妹妹、丹红妹妹，三姨又生小弟弟了，才不和她们玩呢。”又嘴一撇道：“破衣喽嗖的，跟要饭花子似的。”

他眉头一皱嗔怪道：“不行这么说！”立刻又口气缓下来道：“大舅这就让人请裁衣匠来，都穿新衣裳，和你穿的一样。”玉莲嘴噘得老高，一扭身子离去。

多日娜一指他道：“就你给惯的！都快没孩子样儿了！”

他一笑道：“再惯她也没你那两下子。”

多日娜眼一横举手打他，但只是举下手又落下道：“不稀搭搁你。”

这时，一个大点的丫头跪下道：“谢谢主人，俺一定好好干活儿，听主人的话。”

话音刚落，其余丫头也都跪下道：“我也好好干活儿，听主人话。”

婉娇忙扶起那个先跪的丫头道：“起来吧，以后你就跟着我。”

多日娜见婉娇先选了一个，忙也挑选，见一个穿得破旧但长得秀气的姑娘，一把拉出来说：“我要你，跟我不带吃亏儿的。待会儿就领你去做新衣裳。”

那丫头忙说道：“我听主人话。”

子昂听着“主人”的称呼不顺耳，就对丫头们说：“往后别主人主人的叫，都叫姨，就叫姨娘吧。庄里还有岁数大的，该叫爷叫爷，该叫奶叫奶。”

多日娜取笑地问他：“那管你叫啥呀？”

他一时没想好，婉娇接话道：“那能叫啥？就叫大当家的。”

但谁都没反驳，只是多日娜白了婉娇一眼。婉娇也不理多日娜，让自己的丫头招呼大当家的。那丫头忙为子昂鞠躬道：“大当家的好。”其他丫头也跟着叫。

婉娇越发喜欢她选的丫头，问丫头叫什么名字、多大了，丫头回答道：“我十三了，叫樱桃，家是牡丹江的，前年跟着班主学把式，家里活儿我也会干。”

婉娇对子昂说：“她是五哥带来的？”

子昂笑道：“是，她可会点儿功夫。”

婉娇又不悦道：“会功夫咋的？又不是找来打架的。你啥意思？”

他忙解释道：“没啥意思，我是说她干活儿不费劲儿。”

多日娜也问她选的丫头，她回答道："我叫冬雪，他们叫我雪儿，十一岁，俺家是沟里的，俺妈找个后爹，后爹老骂我吃闲饭，我妈就把我送这儿来了，说能吃饱饭。"

多日娜骂道："这个混蛋爹，赶明个儿我搁鞭子抽他去！"

子昂笑道："雪儿以后是咱家的人了，你不欺负她就行。"

多日娜眼一横道："我谁都不欺负，就欺负你！"又对雪儿说："以后就跟着我，我不打你，也不骂你，只要听话，啥都不少你的。"雪儿忙嫩声道："我听话。"

见婉娇、多日娜抢着选丫头，子昂让芸香、亚娃、津梅、顺姬、芳子也选，边让边拉出一个丫头对顺姬说："这是个朝鲜孩儿，叫贞花儿，让她跟你吧。"

顺姬很高兴。随后，子昂又拉出一个丫头对芳子说："她叫英子，和你名儿挺像，让她跟你。"芳子也很高兴。

津梅抱着已过百天的阳儿说："我就不用了，烧炕那点活儿顺手就干了，一天没啥事儿还让人伺候着。"忙又改口道："我没别的意思，你们挑你们的。其实我想要个大点的，能帮我管着两闺女。你看，都般儿大般儿的，谁管谁呀，别到时候远了近了的，再落下埋怨。我看有玉莲和她俩玩儿就行了。"

子昂笑道："那等给你找个大点的。"

津梅忙说："我说不用就不用。我也是闲不住的，干点活儿算啥？小来小去的，我让丹青、丹红也学着干。"她不要丫头自然是怕她和春山的私情传出去，也知道她的心思瞒不住子昂，立刻又讨好子昂道："还有玉莲，我也不怕你生气，我也得给你吆喝着点儿，你不能老这么宠着她，好好的孩子，都让你给惯出毛病了。"

子昂笑道："我不怕你管，可你不怕人说你远了近了的？"

津梅又恭维道："谁不知玉莲是你的小心尖儿，远了近了不都为她好？"

子昂欣慰道："玉莲是该管管了。我就寻思我姐不在跟前儿，别惹她哭哭唧唧的；这么大孩子了，说不懂事还啥都明白，啥话儿要跟我姐一学，还不寻思我咋亏待她闺女了。你就帮我管着，咱俩一个唱红脸儿，一个唱白脸儿。"

多日娜看出津梅在讨好子昂，挖苦道："你俩还能唱台戏呢？"随即又对雪儿说："走雪儿，咱回咱自个儿家，我柜里有我小时穿的衣裳，你先穿着，回头给你做新的。"说着先走了，雪儿紧跟着她出去。

见多日娜出了屋，津梅神色不安道："你瞅她说啥呀？"

子昂一笑道："她愿说啥说啥，别和她一样，那是姑奶奶，我惹不起她。"又见芸香在一旁闷闷不乐，心里不禁一震，忙招呼她过来也来挑个丫头。

芸香开始也相中了樱桃，觉得她比那几个都懂事，却被婉娇枪了先，接着多日娜又抢了长得最俊的，子昂又亲自为顺姬、芳子选，心里便不痛快，这时冷漠道："我不用，咱爹咱妈也不用，有我照顾就行。"说完也出去了。

子昂看出芸香又在生气，想哄又不好当着这么多人面，便由着她去了。只有亚娃主动上前问剩下的五个丫头道："你们谁愿跟我？"结果五个女孩一下将她围住。亚娃笑道："都挺好，可我就能领一个。这样儿，你们手心手背儿，单儿的跟着我。"然后招呼"手心手背儿"，五个女孩一齐出手，出了三把才出来一个单手心的，那四个出手背的立刻都显得不安，一个居然哭起来。亚娃忙问道："咋的了？"

那女孩哭道："我也想留下，不想回家。"

子昂好奇地问："为啥愿留这儿？"

一个女孩怯声道："留下能穿好衣裳。"

另一个也说："俺爹说，这块儿有大米饭，还有肉。"

子昂心里有些酸楚，安慰道："你们谁都不走，这儿有的是事儿做。待会儿就去找衣匠儿给你们量衣裳，今晚儿咱就吃大米饭，还有猪肉炖粉条儿。但好吃的不能天天吃，高粱米、大糙子，还有窝窝头、大饼子，平常儿也得吃，我也得吃。"

那个惦记吃的女孩脸上又露出欣喜道："俺家就过年能吃着，都给干活儿的吃，我和俺姐就能尝一尝。"

他竟眼里一热，转头对亚娃说："先都领你屋去，等新衣裳做好了的，你娘那儿、我姨那儿都需要人，到时候都干干净净儿、漂漂亮亮儿地过去。"亚娃应后带着五个女孩走了。

听说子昂要为各屋安排烧火丫头，若玉很高兴。石头听说子昂让来山庄干活的都白吃饭，挣的工钱都给家里用，就对若玉说不想让山庄为他们选，又说他有一个好朋友，几年前得了哮喘病，冬天连屋都不敢出，只能夏天靠朋友照顾干点力所能及的下手活，家里日子过得很苦，又说他这位朋友的女儿十六岁了，什么活儿都会干，他想让朋友的女儿来给他们当烧火丫头。若玉觉得大闺女干活不用教，立刻先答应，又去问子昂。子昂一面要顾及隐丈母娘的面子，一面也觉得石头是好心，便让婉娇入了名册。至于丫头来后的住处，还是按着开始定的，和石头的瘫爹瞎娘睡一条炕。

第 098 章

山庄又多了不少人，虽然显得热闹了，但闹心的事情也不少。内部人中，多日娜总对婉娇出头露面有抵触。婉娇听子昂的，从不去招惹多日娜，有时生气也忍着。多日娜看出山庄的人都怕她，也不想太无趣，再和婉娇见面就如同互不相识。那些雇来干活的人中，因不满婉娇不留情面地监工而逆反，不但女雇工们都站在多日娜一边，就连那些开始一见婉娇就眼发直的男工也越来越对她产生憎恨。有时发现他们吃的饭菜和东家人吃的不一样就抱怨菜里油少肉少。

婉娇听后一脸厌烦地训斥道："拿着工钱，白吃白喝，天天还想和俺们吃一样，得寸进尺了吧？能干就干，不能干滚蛋！四条腿儿蛤蟆不好找，两条腿儿大活人有的是！"

雇工们到底还是舍不得白吃白喝还按月得工钱，便敢怒不敢言，但与婉娇这个"美女蛇"的矛盾也越来越激化。有人恨不能扒光她在她身上发泄一通才解气，但也都是敢想不敢做，竟想得早晨不愿起，干活也无力，自然免不了再被婉娇训骂。

倒是有个人干活一直勤快，婉娇每次吩咐后都是他带头响应，便很得她的信任，被安排当了工头，每月的工钱也比别人多。此人已年过半百，绰号"老狗"，是从小时乳名"狗儿"叫过来的。

婉娇每次派工都先交代给老狗。老狗也很愿意接近她，近距离欣赏她的美貌，听她委婉动听的讲话，还偷偷闻她身上的胭脂香。每次接了活后，他都会按照大美人的吩咐去要求别人，还替婉娇当监工，便也惹得那些人嫉恨。

这同时，还有一个对婉娇忠心的，就是被宝来糟蹋过的傻丫的哥哥，叫墩子。宝来自上次离开龙凤就再没来过，好在傻丫家的日子好起来，对于宝来的"悔婚"也没太当回事，倒是子昂如同他们家的女婿一般，山庄需要雇工就又将傻丫的父亲、哥哥也招进来，一个跟着养猪，一个跟着榨油。

墩子心直，有人就利用他来举报老狗常用一只酒瓶往家偷豆油的事。其实以这种方式偷豆油的不只是老狗，只是各做各的，互不干涉罢了。但现在他们就想让婉娇知道老狗在监守自盗，看她这个大管家怎么处理。

听了大憨的举报，婉娇感到震惊，便按墩子提供的线索暗中观察，果然抓到老狗偷油的现行，恼羞成怒道："你真瞎了我这片心！看你平时没少出力，你偷多少我也不追了，打今儿起这儿就不用你了，赶紧拾掇东西滚蛋。"

老狗实在舍不得这个差事，跪地央求给他一次改过的机会。

婉娇更加烦他，蔑视道："你说你挺大个岁数，也真不要个脸了！就凭你这出也不能再信你，别人也都瞅着呢！"老狗仍不甘心，又磕头做保证。婉娇更不耐烦道："别穷磨叽，狗改不了吃屎！"

不想老狗突然爬起，跑去拿来一把斧头和一块石头。就在大家都很惊讶时，他已将左手小指垫在石头上，顷刻间斧落断指，血往外涌。

谁都没想到老狗会这么激动，顿时都惊呆了。子昂闻讯赶来，听婉娇说老狗一直在偷油，心里也不快，但见老狗自断手指就为了不被开除，不禁又感动，忙让人带老狗先去包扎休息，又和婉娇商量道："看他怪可怜的，别撵了。"

婉娇也觉得愧疚，但仍板着脸道："愿留你留，让他离我远点。男人不男人，瞅着膈应人。"

子昂说："不让他在油坊了，让他干外头的活儿。"

婉娇说："让他捡大粪去，那块儿缺人！"

他笑笑说："听你的。"这事就这么过去了。

但婉娇对谁都不信任了，索性亲自监工，有时突然出现在油坊门口竟把干活的吓一跳。雇工们更加对她反感，背地里骂她"跟鬼似的"。

在油坊作业的，都是三四十岁的男雇工。三伏天时，本来天气就热，加上炒豆、榨油都要增加热度，他们就都只穿短裤作业。尽管这样，婉娇依然去监工，见他们穿的少也不以为然，根本没把这些男人放在眼里。

为发泄对婉娇偷查的不满，虽然已经过了寒露，夜里已经很凉，却有人突发奇想地提出连短裤也脱掉，全身赤裸，然后让人去婉娇那儿举报他们偷懒，让她进来看他们一丝不挂，这样她以后就再也不敢进来了。

大憨居然也嘿嘿地笑着响应。大憨原以为老狗被举报出去后，婉娇会对他重用，不想婉娇对谁都不信任，见他总到她跟前讨功，就对他不耐烦道："老实干你活去，别总来我跟前嘚瑟！"

一下把他训伤心了，便也随了大帮。

婉娇听说油坊的男雇工又偷懒，没有多想就推门进去，一见这些男雇工都一丝不挂地亮着身下的家伙干活，吓得"哎妈呀"一声，转身逃去，接着听见里面齐声大笑，知道自己被调戏，气哼哼地去找子昂诉委屈。

子昂正在创作一幅榨油场面的油画，没想到这伙人竟敢如此调戏婉娇，顿时火冒三丈地骂道："这帮狗日的，真是给脸不要脸，都撵走！一个不留！"说着将画笔一丢要出去。

婉娇忙拦住道："你别的，都撵走了谁干活儿？少出一天油，咱得少挣多些钱！"

他愤愤道："我就是不挣钱，也不容他们这样欺负你！"

她推他一把道："你别冒冒失失的，他们也没咋的我，就是故意让我看那屌玩意儿，就是耍不要脸，我瞅着恶心。咱别因为他们不要脸就不做生意了，犯不上。再说咱撵也不能一下子都撵走，一个一个撵，撵一个招一个，等这个学会了再撵那一个，我就不信治不了他们。"

他笑着赞许道："你这招儿好。"

她也笑了，得意道："那是，跟姐学着点，别老办傻事儿。"

他点头应道："那我也得去说道说道。你放心，我现在一个都不撵。"说着出去了。

这时，油坊的雇工又都穿上了短裤，明显刚才脱光身子就是调戏婉娇。子昂压着怒火道："咋都穿上了？刚才你们故意的是不？"

一个雇工忙解释道："大当家的，俺们真不是故意的，平常也总这么干，太热了，没办法，干完活儿裤衩都湿透了，连换的都没有。刚才俺们都在干活呢，谁知大管家一下开门儿进来了。"

他还是忍不住发怒道："当我白痴呢？这都快冬天了，再热还能三伏天似的？"立刻又缓了口气问："谁和大管家说的都不干活儿？"

那个谎报的不安道："我出去时，他们真都在待着扯淡呢？我哪知他们把裤衩儿也脱了！"

子昂听出还是谎话，冷峻地看着说谎人道："你挺邪乎呀，敢当他们面儿承认你是叛徒？"

那人支吾道："他们老欺负我，熊我一人干活儿，我就说我去撒尿，一看见大管家，我就想让大管家给我出口气。"

子昂看出这些人已经策划过，不想与他们绕圈子，语气缓和道："你们要真不想干了，就和我提出来，结账时我让大管家多结一个月工钱，买卖不在，情意还在。但有一点，别老弄些么蛾子，谁再捣乱就别在这儿干了。"

一人讨好道："大当家的是好人，到啥时俺们都感激不尽。大管家看着俺们干活儿没毛病，就是咱这活儿不让人穿东西，有时真挺不方便的。"

他不愿听他们狡辩，但也承诺道："行，今天这事儿就算拉倒，回头我让人给你们一人做条大裤衩儿，今后再看谁光腚干活儿，我就让他光腚滚出山庄。行了，都接着干活儿吧。"说完转身离开。出门没多远，他听见里面的人在一同笑，心中又更加愤怒却也无奈。

返回自己屋的路上，他见铁头、春山带着马队来提货，就将心中的怨气说给铁头。铁头一听骂道："他奶奶的，反了他们了！"说着将马缰绳塞给子昂直奔油坊。

子昂忙丢下缰绳去拉铁头道："五哥，先别搭揸他们，咱还指他们干活儿呢。"

铁头说："九弟，他们可都是俺们找来的，没点关系想来也来不了。他们是看你心肠太好了，拿你当软柿子捏咕。咱白吃白喝供他们吧？咱没熊他们吧？就他们整这一出算咋回事儿？

调戏良家妇女！在这片地界上，还没人敢调戏到咱头上的，就他奶奶的日本人还得给咱点面子，他们算个屁！就他们那几根烂屌也敢在咱家人跟前瞎比画？奶奶的，我看他们是活腻歪了！你松开，我今天得给他们点颜色看看。"

子昂不安道："五哥你可别颜色，你那颜色一上来，还不把他们都弄跑了？"

铁头眼一瞪道："往哪跑？他们家都是这跟前儿的，我还就想看看他们谁腿儿长得结实。"说完甩开子昂直奔油坊冲去。

油坊的雇工们正在得意地说笑，见铁头一脚踹开门进来，顿时都惊恐起来，气氛也死一般凝固。

铁头怒视着他们道："咋不笑啦？"接着吼道："笑啊！露完鸡巴都挺美的是不是？接着露！"顿了一下又咆哮道："都给我脱！"

这一咆哮，吓得所有雇工都跪下哭求道："五爷，俺们错了，再也不敢光着干活儿了。"

铁头抬脚将一个求饶的蹬翻在地道："你奶奶的，你是光着干活儿吗？"又指着其他跪地上的人吼道："你们是光着干活儿吗？奶奶的，你们是在耍戏大管家！大管家是大当家的救命恩人，你们也敢耍？大当家的是我九弟，你们也敢不放在眼里？"雇工们又磕头求饶。

子昂、婉娇和春山等人也进来。子昂、婉娇一齐来拉铁头道："五哥，拉倒吧。"

铁头推开他俩又问雇工道："谁说的菜里油少？"

他们一同连连哭说"没有"。

铁头又吼道："放屁！奶奶的，有也是你们，没有也是你们，你们那是嘴还是腔眼子？有就把屁给我放出来，这块儿还就不缺豆油和猪肉，今天我就给你们灌大肠儿！"

下面又哀求道："五爷饶了俺们，俺们在这儿吃的真挺好，比在家里吃的还好，真的，天地良心啊！"

铁头又骂道："狗屁！你们就是丧良心！大当家、大管家还得吃高粱米、大碴子，你们吃咋的？跑这儿当老爷来了？我还得给我九弟出劳力呢，你们干点鸡巴活儿就报屈，给你们脸了是吧？"

下面又都磕头保证道："五爷，往后俺们指定好好干活儿，不报屈，不挑吃的。"

铁头这才气消一些道："你们都给我听好了，今天我九弟要不在这儿，我就用这一盘子油给你们灌肠子！我让你们嫌油少！你们家炖菜放多些油！炖菜还是炖油？长他奶奶一副穷下水，还总嫌油水少，就不怕吃得跑肚拉稀蹿一裤兜子？"

婉娇忍不住乐，又拉铁头说："好了五哥，消消火儿，赶紧让他们装货吧。"

铁头又呵斥雇工们道："大管家给你们说情呢，还不谢谢大管家？"

雇工们忙给婉娇磕头道谢。婉娇说："行啦，都起来吧，看你们还出洋贱不？"

雇工们都不出声了，从地上爬起来，开始将一只油坛内的豆油小心地倒入马帮的油囊内。

将油装完，铁头等又都上了马背，铁头借着刚喝过酒又训斥那些雇工道："都乖儿乖儿地好好干活儿，谁他奶奶的要敢撂挑子，我就让他全家换个地上。"

一个会说话的献媚道："看五爷说的，这好地上还哪找去？打死俺们也不走，以后俺们都好好干活儿，您就放心吧。"

铁头哼一声道："谁要腿儿长得结实就走走看。"说完招呼马帮的人，又浩荡地离开了山庄。

此后，山庄里便只剩下多日娜敢和婉娇闹别扭了，子昂只能劝婉娇让着多日娜。

第099章

随着山庄的人员增多，大灶房的活也多起来，芸香一日三餐都跟着忙。三五十人的饭伙只靠她和两个厨娘，有时真的忙不过来。想不耽误大家三顿饭，她既要安排着厨娘干这干那，还得帮着做些和面、改刀、烧火的事。饭菜好了，她还要把饭菜端到公公婆婆跟前。这样一天下来，身子乏得只想倒在炕上，脸和脚都懒得洗。

子昂要和她亲热，没等外头拉电闸，就先把油灯点着，然后铺了被褥。见他猴急似的，她懒懒地躺在被上说："不想玩儿，怪累的，脚还没洗呢。"他便去打来热水给她洗脚。

她开心许些，但还是不想和他房事，一边脱衣一边噘着嘴说："还没想好明天吃啥呢，愁死了。天天这么些人吃饭，总做好的吃不起，吃孬的又不高兴，也不知一天做啥好。"

见她确实疲惫，他不忍心难为她，搂着她说："你说的也是，帮你想个法儿吧。咱这样儿，定个规矩，哪天吃啥都写出来，每顿饭就按写的做，谁要怨就来怨我。"

她顿时来了精神，催促道："那你快写。"

他也来了兴致，光着身子起来，找来纸和笔说："你帮我想，平时咱都吃啥。没吃过的，只要咱能办，也都写出来，我编排一下。"随后她俩趴在被窝里，一个边想边说，一个边应边记。等把能想出的都想出来时，已经到了深夜。

她困得挺不住了，打着哈欠转过身道："困死了。"闭眼不多会儿便睡了。他没打扰她，自己开始编食谱，这一编就编到天色放亮。

芸香醒来时，见他正对着编好的食谱得意着，惊讶道："你一宿没睡？"

他兴奋地把食谱念给她听。总体分为两大类，一大类是主食，又分成"五糕""六节""七宝""八润""九圆""十合""十三珍"七小类。

"五糕"为馒头、花卷、锅贴、窝头、发糕；

"六节"为饺子、元宵、春饼、粽子、月饼、八宝饭；

"七宝"为大米饭、二米饭、黄米饭、小米饭、红米饭、糟子饭、小豆腐；

"八润"为大米粥、小米粥、二米粥、绿豆粥、红米粥、糟子粥、八宝粥、黄面粥；

"九圆"为油饼、烧饼、蒸饼、糖饼、葱花饼、夹肉饼、油炸糕、芝麻饼、大煎饼；

"十合"为蒸包、煎包、水饺、元宝、豆包、糖三角、黏豆包、面合子、煎饼合、菜团子；

"十三珍"为槽子糕、长白糕、核桃酥、鸡蛋糕、豆腐脑、大饼烩、果子浆、鸡蛋水、面片汤、疙瘩汤、长寿面、荷包蛋、羊奶。

另一大类是副食，又分成"十七香""十八顺"和"二十七佐"。

"十七香"为猪肉炖粉条、小鸡炖蘑菇、鲶鱼炖茄子、猪肉炖豆角、猪肉炖酸菜、鲤鱼炖豆腐、大鹅炖土豆、牛肉炖土豆、杂鱼大锅炖、鸭肉炖土豆、豆腐大块炖、脊骨炖倭瓜、豆腐炖雪红、白菜炖豆腐、荠菜炖土豆、土豆炖白菜、土豆炖茄子；

"十八顺"为荠菜鸡蛋汤、猫耳鸡蛋汤、瓜片鸡蛋汤、菠菜鸡蛋汤、柿子鸡蛋汤、木耳鸡蛋汤、蘑菇肉丁汤、松茸猪肉汤、萝卜丸子汤、驴骨萝卜汤、全鸡人参汤、狍肉丸子汤、鲫鱼清水汤、鹿骨枸杞汤、牛尾黄豆汤、鸡蛋豆腐汤、豆腐大酱汤、猪蹄红枣汤；

"二十七佐"为蒜瓣、蒜泥、糖蒜、咸椒、腐乳、臭豆腐、韭菜花、蒜茄子、碎椒鸡蛋、尖椒蘸酱、葱蘸酱、辣椒油、油炸干椒、辣白菜、黄瓜蘸酱、荠菜蘸酱、冻白菜蘸酱、咸鸭蛋、肉丁咸黄瓜、油蒸萝卜干、油拌咸豆干、醋拌疙瘩丝、香油雪里蕻、大酱、虾酱、鸡蛋酱、油炸豆盐。

还有两种芸香不曾见过的吃法，一个是狍子肉火锅，一个是烤全羊，这两种他也只是分别在文普的龙凤阁和在山鹰给母亲做福时吃过，所以写进食谱，也是备着有一天哥哥们来山庄时用。

本来金万还请他吃过狗肉，但他属狗也喜欢狗便很忌讳，和满族的文普、蒙古族的山鹰一样，一口不吃，狗肉便上不了他的菜谱。

他本还想将熘炒菜也拉出谱来，但嫌太多，文普的龙凤阁内就有上百样。况且山庄不是饭庄，除了夏季喜温凉，其余季节都喜暖，有十七香和十八顺，既热口清口都有，又方便灶房制作，是最合适不过的。但熘炒也不是不吃，只是特别日子或山庄来客人时不得不摆个讲究罢了，届时应节应时地摆下谱就是了。

但即使这样，芸香仍觉得繁多，听他念了一遍忧虑道："做这老些呢！那得花多些钱？"

他欣慰她和婉娇一样精打细算，捧着她的脸道："咱细水长流，但不能没有。"

她撒娇道："你写这么多，留哪个？不留哪个？"

他说："大米、白面得换样儿吃，一个月管够吃一顿。大米饭一顿，馒头、花卷、饼选一样再来一顿。赶上节日、做福、过大寿，就得大家一样吃。过节吃的一年才一次，不写这上咱不也得吃吗。再有，这里不少都是开小灶的，给长辈和孩子做的，你们也沾光。"

她一撇嘴道："就你馋嘴巴子，俺们都跟你沾光呢！"

他笑道："我和干活儿的吃一样，我那份都给你。"

她也笑道："俺可不敢吃，吃了还不噎俺个好歹儿的？"

他呵呵一笑道："咱都吃。但长辈和孩子也不能天天吃，要天天吃，咱再有钱也得吃穷了，隔三岔五的，解解馋就行。"

他还为主副食各编了几句顺口溜，主食是"早吃糕，一天润，午吃宝，晚有余"，是说早饭吃各种干粮和粥，中午吃各种米饭，晚间吃剩余的干粮和米饭。副食是"早吃佐，晚吃顺，午间两炖并一顿"，是说早饭用小菜就着干粮和粥吃，中午有两个炖菜就米饭管吃饱，晚饭用汤和小菜就着剩余的干粮和米饭吃。之后他又说："就这么定了，回头里面有不认识的字我教你。"

她开心地搂着他说："你真有学问，要不嫁给你，这辈子得悔死了！"

他也兴奋起来，虽然一夜未眠，但此时身下却晨勃如火，猜她睡过一大觉已经解了乏，便不问她有没有兴致，急不可待地与她行了房事，随后蒙头睡到傍晌午，又迎着太阳打坐做了一阵云济教他的吐纳功才吃午饭。

虽然所有干活的都对婉娇毕恭毕敬，但闹心的事情仍在发生，玉莲就是一个惹事的主。

尽管各屋的丫头都被打扮得富家小姐似的，但玉莲还是看不起她们，不论见了哪屋的丫头都乱吩咐，不是叫来帮她抓蜻蜓、逮蝈蝈，就是帮她采野花、摘野果，甚至敢把丫头支到山庄外的山里头。这是子昂绝对不允许的，他是怕被草稞里的蛇和树上的草爬子咬着叮着。但丫头们都知道玉莲有子昂宠着，便只能不情愿地听从吩咐，令这些丫头的主人们都不高兴。

亚娃、顺姬、芳子都不惹玉莲，就让自己的丫头没事少出屋和玉莲见面。唯独多日娜不管玉莲被谁宠，毫不留情地将玉莲一通训斥。玉莲不服她，竟骂她是"癞皮狗"，气得她动了粗，在玉莲的脸上留下几道红红的指印子。

玉莲哭着去找大舅，却说是多日娜不让雪儿和她一起玩，她挨打是因为她和雪儿一起玩。

见玉莲脸上有指印，子昂一面心疼一面愤慨，不问缘由就和多日娜翻了脸，说玉莲有错也不能下手这么重。多日娜没想到他能和她翻脸，有些不安和委屈，也哭着对他讲了玉莲的过分行径。

他又生起玉莲的气，尤其后怕她将那些丫头带进山里玩，忙向多日娜赔不是又哄了一通，随后去把玉莲训斥一通。

玉莲还以为大舅去为她出气，不想又被能为她撑腰的大舅训一通，便哭着找起妈来。

他不禁又心疼起来，搂着哄也哄不好，又让灶房煮鸡蛋也不管用，就又骑马带她去见香荷和豆儿。

玉莲一见到香荷就心情好了许多，在山庄还哭着找妈，这时也不提回家的事了，"舅母舅母"地叫着，还讨好地说她不管芸香叫舅母。

香荷心里感到欣慰，嘴上还是劝说道："她也是你舅母，该咋叫咋叫，别让人说你没规矩。"

通过这一次，玉莲变得乖巧许多，就连多日娜也夸她懂规矩了。结果大家这一夸，玉莲又懂了很多事，和丫头们也能平等相处了，丫头干活儿也跟着当帮手。以前她一直和津梅的两个女儿住一起，好歹津梅都将就着，这回她倒成了各屋的香饽饽，毕竟子昂还宠她。

子昂对玉莲人缘好起来感到欣慰，一有空闲就教她认字、绘画，连丫头们也都跟着学。只要他在山庄过夜，没事还把玉莲和樱桃等丫头集中起来一起练拳，他又当起了武教头，不过让大家开心而已。

又到了秋收时节，大田里又是一派丰收的景象。子昂买下的王家的田地，去年种的都是玉米，今年便都改种了大豆。米家地里还是玉米、大豆混着种，只是去年种玉米的改种了大豆，种大豆的改种了玉米，说换着种可以保持地力不减。

收庄稼的时候，子昂没再雇人，从山庄里抽出一些雇工就把庄稼收了。他这时则是一副闲暇无事的样子，去地里看着大家干活，有时还帮着伸把手。他清楚这时拾地的不都和春草奶奶一样那么本分，也有顺手牵羊偷拿别人割下的豆子的。当初他以伙计身份给米家收地时，见拾地的春草和奶奶可怜，就背着米家去施舍，但这时他倒担心那些干活的半道上抽他的条。真是此一时彼一时，不当家不知柴米贵，现在他也算计丢一捆大豆，等于油坊少出一斤豆粕、一两油。就连豆秸也有用，攒多了能和养奶羊的人家换羊奶或当柴火。

这时，他看见一片靠着土道的田地里有一伙外乡人。开始他以为是谁家雇来收地的，并没往心里去，但隐隐听到那伙人讲的不是中国话，仔细再听，原来都是日本人。他觉得奇怪，龙凤镇还有人能雇来日本人？便询问其他收庄稼的人。有人告诉他，那片地是镇上陈宝根家的，已经卖给日本人了，连同庄稼都卖了。

他不认识陈宝根，但还是后悔自己没有提前得到有人卖田的消息，那可是两坰好田地，竟都卖给了日本人。但既然人家已经成交，自己再惋惜也没有用了，总不能去把那些日本人撵走，真要那么做，估摸田中太久也会护着他们本国人的。

接着他又发现，这伙日本人收完地里的玉米后，又从砖场往空出的田里运砖瓦，那架势是要在那里盖房子，而且不是小房子。

他更感到蹊跷，就又去砖场问管垚。管垚也只知这伙日本人是来中国种地的，还知道他们是从依兰县过来的，见这里有泉水从山里流出来，就想在这多买田地，然后改种水田。

他不禁心里一震，想起春山的表哥一家就是依兰县的，家中田地因被日本株式会社低价买去才来他庄里找活干。现在他没有办法阻止日本人要将这里的旱田改水田，尽管这对他的榨油生意是个不小的冲击。

随车回家时，子昂遇见了万全。他知道万全还为得不到顺姬对他有想法，但他还是想通过他与田中太久的关系阻止日本人在这里改水田。万全不屑道："我知道，他们是从依兰过来的。"又提醒道："他们都是当过兵的，手里有家伙，你别惹他们，惹他们就是惹北营。"接着又说："日本人开始往咱这儿移民了，先是些老兵，完了就是老百姓，依兰那头已经去不少了。他们来也就是种地，和咱不犯事儿。"

子昂更加感到危机，对万全说了依兰株式会社的事。万全好像有事急着走，说："到时我跟田中太久说说，就说咱家的地自个儿用，不想卖。"接着又说："别人家的，咱就别管了，多一事不如少一事，现在是个日本人咱都惹不起，谁让咱亡国了呢。"

子昂焦急道："别人家跟咱也有关系。咱油坊得用豆子，要是日本人把这都改水田，那咱在这片儿可就收不着豆子了，用豆子就得全从外头买，那费用可就太大了。"

万全这才认真起来，心想，子昂虽然对他身边女人守得紧，但对他们这些哥哥用钱还是很慷慨，便也忧虑道："这事儿和咱哥几个还真有关，俺们花你的钱，可都从豆子里榨出来的！他奶奶的！"但又一脸无奈道："我听田中太久唠过，这伙日本人好像是奔着东条敏夫来的，反正他们不是一般庄稼人，田中太久还让我帮着照看他们呢。"想了一下又说："这样，咱先保点是点，其他的咱走一步看一步。"子昂很沮丧。

之后，子昂继续留意那伙日本人，眼瞅着那片地里盖起了房子，外形竟很像北平城内随处可见的四合院，占地约两亩，一圈房屋估摸能住百十口人。再之后，入冬的第一场雪降下来，虽不很大，但本就没了生机的田地又被雪覆盖，只有那四合大院的烟囱里飘出幽灵般的炊烟。

他还有很多事情要去办，便不再理会那缕缕幽灵了。天没下雪时他还觉得时间宽松，一见雪下来，气温也降了下来，立刻感到大年又将到来，他得继续为哥哥们备好购年货的钱，自然少不了村妮和香荷的姐姐们。山庄里的人家虽然不用挨屋去送，但也得一并购回年货，以供各屋过年使用。

他还有更放不下的事情，年前必须得再去一趟牡丹江。母亲已经提醒他两次了，让他年前去看望一下大姨母，问问有没有子君去牡丹江的消息。他还要去掖河找芸香的弟弟、妹妹，连同罗家的人都接到他山庄里来过年，最好他们此后就不离开他的世外桃源了。他还要代乔志恒去看望父亲和女儿。他要办的事情很多，只是这阵一直和父亲闹不和，心里焦躁。眼下见父亲依然不想与他缓和，索性不管父亲怎么想了，专心去做年前他要亲自办的事。

▶ 第 100 章 ◀

各家田地里的庄稼都已收完，子昂除安排人为自家地里的大豆脱粒，还要收购别人想出手的大豆。周传孝开的几片菜地也有了不错的收成，尤其入伏播种后就等着收获各种萝卜和白菜，还有早些时种的土豆和倭瓜等。去了腌制所用，其余都储存到新挖的几口地窖内，入不了窖的就都堆在养猪场旁等着上冻，冬天用来烀猪食。

子昂正忙着收购大豆时，若玉突然气哼哼地来找他，说让他把石头找来的丫头辞掉，原来石头和那丫头早有私情。

这之前，若玉见大灶房里都忙着腌酸菜，左右也是闲着，就和子昂妈、刘王氏等一起去帮忙。突然回屋取东西时，见石头和那丫头正在炕上搂在一起亲热，虽然都穿着衣服，但足可说明他们在私通，顿时气得肺子要炸了，想打那丫头却被石头紧紧护着，便气哼哼地来让子昂替她出气。

子昂对那个丫头印象很深，叫杏花，倒也算清秀，只是年龄看上去不止十六岁，估摸和香荷、芸香等人相仿。但当时他只认为石头要帮助朋友，并没把年龄的事太放在心上，不想这时竟出了这种事。

当初他曾提醒过石头，只要他对若玉好，什么事都好办，现在他背着若玉与丫头偷情，却怎么也气愤不起来，倒觉得自己做了对不起石头的事，心想，石头虽已不惑之年，但毕竟未曾娶妻，年纪比若玉小很多，自己不外是乘人之危地圆了若玉当姑娘时未能圆的梦，而且还一直隐瞒她在妓院里待过那些年的实情。

这时见若玉发疯的样子，他一时不知说什么好。辞掉个丫头，也就他说句话的事，问题是石头现在也多了一个梦，辞了丫头却未必能辞去他心中的梦。尤其石头的奸情暴露后还能护着那丫头，可见他俩已经到了情深意切的程度。也想他若辞了杏花，石头是否会有进一步反应？如果事情发展到石头不顾一切地也离开山庄的地步，那他给若玉圆的梦也将随之破灭。他决定先去探探石头的心思再决定。

石头和杏花仍在他和若玉的屋里，杏花正在哭泣。见子昂进来，石头忙将杏花护在身后道："是我的错，和她没关系，要打你打我。"

他倒觉得石头很有男人样，笑道："你不用这样，我来是想和你唠唠。事儿已经出了，咱犯不着又打又闹的。说心里话，错儿也不完全在你。当时我有点强你所难，就想让我姨这辈子少点遗憾。这半年多，我看我姨挺开心的，真打心里感激你，也觉得挺对不住你。"

石头、杏花都很意外，神色也不像刚才那么紧张。杏花羞得抬不起头，听石头吩咐她去了对面他父母的屋里，仍不敢看子昂一眼，逃似的溜向对面屋。

石头说："有些话还是不让她听见好。其实是我对不住你。当初我答应过你，要对你姨好，可有些事儿，你姨办不了，我也是不得已。"

他一愣，以为若玉年近半百，已经不能满足他的房事需求，但又不好直问，说："这我不太懂。"

石头说："你咋不懂？你为啥娶芸香？不就是为了你们家传宗接代吗？"

他恍然道："噢，是这样。"又说："不对呀，人有婆婆和儿媳妇一块儿猫月子的，我姨这岁数应该还能行吧？"石头叹口气道："要行还说啥？她跟我说过，她流过大月产，再也生不了了。"子昂说："这我不知道。"又问道："那你的意思，是让杏花儿给你们家生后？这个我还真不能说啥，但有一点我得说，你和杏花儿她爹是好朋友，论起来你应该是她叔叔。我是说，即使你想找个替你们家生后的，也不该把心思用在杏花儿身上。你应先和我姨唠唠这事儿。不孝有三，无后为大，我想她不会不开这个面儿。"

石头说："我和你姨提过生孩子的事儿，她让我把她的孩子当成我自个儿的孩子。她的孩子你都知道，就说亚娃，比我才小多些？让我给她当爹，那不就是糊弄人的事儿吗？再深的话我就没法唠了。她性子挺急，我怕为这事儿闹僵了。我爹我娘别看都那样儿，心里可都明镜儿的。老太太啥都看不着，可啥都瞒不过她。开始我没你姨比我大那么多，可她一听你姨说话，就能猜出她多大岁数，你真想不到。还有我爹，躺那儿不能动，可眼珠子老是盯着你姨看。那天我就说他，谁家老公公老盯着儿媳妇瞅？你猜他呜噜一句啥？要孙子！我是看出来了，他要看不到自己的孙子，死了都闭不上眼，你说我这当儿子的咋整？不怕你笑话，十九岁那年我就惦记娶媳妇，我爹就是那年不会动。寻思他活不了多久，赶紧娶个媳妇，再让他看见自己的孙子。可谁愿来俺家？顶梁柱子倒了不说，还成了家里累赘。第二年我娘又看不见东西了，雪上加霜，更没人愿进俺家门儿了，寡妇都躲我远儿远儿的。我咋和杏花到一块儿的也不瞒你。我和杏花儿她爹就是在一块儿搭伙干活儿的。他家孩子多，就他这一个硬劳力，又得了哮喘病，冬天没法儿出门儿挣钱，还得搭钱买药。我看他家日子过不去就帮帮他。那回他就对我说，等他家杏花儿再大一大的就许给我，算是报答我。说归说，当初我还真没那念头，杏花儿比我小二十多岁呢！开始看就是个孩子。后来你让我娶你姨，我真觉得你姨挺不错，岁数是比我大不少，可论长相，杏花儿现在也赶不上她，再者还能攀上你这个亲戚，真挺称心的。可我压根儿也没想到你姨她生不了孩子。我家到我这儿就是单传了。上一辈儿我爹他们是哥俩，闯关东时，我大爷一过山海关就不知哪去了，我奶就那年一股火走的。现在我也上火。是，和你姨成亲后，日子是好过了，可续香火的事儿也不小。你姨不能生，又不想让我纳小，那俺家可就彻底断后了。这阵靠着你，我手头宽绰不少，杏花儿她家我也多帮了些。那次去看他们，我和她爹唠起俺家要断后的事儿。她爹就让我和杏花儿偷偷拜了堂，能不能娶另说，就为给俺家生儿子。可生儿子也得圆了房才行，又不敢保一次就能怀上。我现在天天待山庄里，去趟镇上也不能过夜，我就得让她来我这儿当丫头。在这儿也不太方便，但机会还是比镇上多，就盼着哪天杏花真怀上了，就让她回家把孩子生下来，谁伺候都不打紧，反正是我的儿子，也算对得起俺家祖上了。事儿就这么回事儿，既然让你姨堵着了，那就打开天窗说亮话，想怎么罚我都行，就是千万别难为杏花儿，她胆子太小，经不起事儿，刚才让你姨那一闹，她吓得不会动了。我也吓坏了，好歹你来之前才把她顺过来，也亏了你仁义，要是你也呜嗷儿的，那没准儿就出人命了，我就怕她想不开去投井上吊啥的！"

子昂立刻怜悯道："你好好哄着她，千万别闹出人命来。说一千道一万，这事儿还是我引起的，要说造孽也是我造的，我要不让你和我姨成亲，没准你和杏花儿也能成亲，大不了日子紧巴点，也不至于弄到这一步，终归好说不好听。这样，你把杏花儿大大方方娶进来，我姨那儿我去说。我一定要说服她！"

石头惊喜万分，忙去开门喊杏花。杏花不安地过来，被石头拉到子昂面前说："大当家的答应我把你娶过来，咱快谢谢大当家的。"说着两人跪下磕头。

子昂忙拽石头道："你不用这样，咋说你也是我长辈儿，哪有长辈儿给晚辈儿磕头的。"

石头感激不已，哽咽道："你的大恩，我今生今世是报答不完了，下辈子当牛做马也报答你！"

子昂一边责怪一边将他和杏花拉起。

若玉这时正向子昂妈哭诉石头和杏花私通的事，见子昂进来就问："撵走了？"

他劝她消消火，又将石头和杏花到一起的缘由讲了一遍，然后说："我的意思，事情到了这份儿上，咱得罪一个，不如交下一对儿。"

若玉冷眼看着他问道："你不会是劝我让他也纳个小儿吧？"

子昂妈这时也很理解石头，觉得若玉应该包容一下，别让石头家断了血脉，但又不好明着劝，见子昂也有此意，忙说要去看看芸香午间预备什么饭，边说边出去了。

见母亲故意离开，子昂笑道："这跟前没别人，我可就叫你娘了。"

她一听乐了，笑道："行，那你得向着娘说话。"

他直言道："今儿我还真不能向着你。"见她要急，忙安慰道："您先听我说，看我说的在不在理。"

她很生气，但又无法和他翻脸。

他接着说："这事儿当初是我偏心，只想让您这辈子不留遗憾，没想过他家传宗接代的事儿。他也是看你长得好，又看咱家有钱才答应的，要不就凭你比他大那些，他不会那么痛快答应。不管咋说，不孝有三，无后为大，咱得让人家有个自己的后。其实这事儿家家都一样，虽然都看不着自个儿家的老祖宗，可老祖宗的神灵，还真就没人敢怠慢。俺家不就是个例子吗，就怕香荷儿也生一帮闺女，要不我能又娶芸香儿吗？"

她立刻挖苦道："别搁那儿得便宜卖乖！你们男人都不是啥好东西！别说两媳妇儿，要让你娶十个，你准乐得屁颠儿的！"

他有些尴尬，但只是嘿嘿一笑道："那不也得有个由头儿吗？就当是为了传宗接代，你总不能说传宗接代也是坏东西吧？"

她不悦道："敢情都是我的错儿，我让他家断后了呗？"

他忙解释道："没说是你的错儿。刚才他还说呢，别看你比杏花儿大三十多岁，可你还是比杏花儿长得好看，他是真舍不得你。要不差你不能生孩子，他绝对不会惦记杏花儿。"

这一说，她真就宽慰一些，叹口气道："我今儿能活着，也真是老天爷睁下眼。那年刚被卖到那里就有身子了，结果一白天也没穿上衣裳，晚间就流产大流血，差点命没了。我还记得，救我的是个毛子大夫，会说中国话，说我不能再生孩子了，是跟老鸨子说的。他们舍得给我花钱，也是看我模样好，日后能给他们赚回来。后来他们真又把我的牌儿挂上了，别的姑娘都在里头缝块儿麝香，我就用不着那玩意儿了。我是真不能生了，要能生我能不给他生吗？这你啥都知道，我也就和你说说，我能和他说那里的事儿吗？再说我这岁数也到口儿了，眼瞅就半百的人了。"

他说："可看着你还挺年轻的，他真拿你挺为重。"

她反驳道："得了吧，背我干那事儿，还拿我为重？"

他解释道："就是拿你为重才偷偷摸摸的。"

她又生气道："净胡扯！你是没看着，刚才我就打那小骚货一下，那把他心疼的，我都伤透心了！"

他笑道："我进去时他也护着她。确实不是杏花儿的错儿，她得听她爹的，她爹就想这样报答他，要恨得恨杏花她爹，可她爹也是没办法。"

她又叹口气道："说了半天，人家就想要孩子，说我长得年轻、长得好，肚子不中用顶屁用？"

他说："所以说，木已成舟，咱得罪一个，不如交下一对儿。有些话，咱娘儿俩就别打哑谜了。俗话说，雁过留声，人过留名，你的命苦，可苦都过去了，现在吃穿用都不愁，亲儿子亲闺女也都长大了，算是啥都不缺了，要是能锦上添花不更好吗？母以子贵不假，可你要接纳了杏花儿，那你可就是正房。不还有句俗话吗，没有低凹，就显不出高山，你得靠杏花儿把你显出来。"

她惊讶道："哎呀子昂，我觉得我在外混了这些年，嘴皮子练得可以了，没想到今儿个让你小子给屁儿了！"

他解释道："我是为你好。事儿已经到了这步，咱还是想开点儿，从长计议。"

她叹口气道："那我听你的，娘这后半辈子可就指着正房显摆了。但可有一点，别再往我这儿安丫头了，既然我是正房，那我就得有个正房的样儿。"

他怕她给杏花气受，又开导道："丫头的事儿，咋都成，但你可别欺负杏花儿，她胆儿挺小。"

她又挖苦道："她胆儿小？还想咋大？钻你被窝儿去？"

他笑道："你看你说的，咋把我也扯进来了？"接着说："你要能接纳杏花儿，那就是一家人了，一家人就好好过日子，别弄得别别扭扭的。你放心，我肯定和您近，但有些事儿向情向不了理儿，真要闹得不乐呵，我也挺为难。"

她赌气道："那我给他们当老妈子呗？"

他有些闹心，又耐着性子说："看您，又说气话不是？咱有好日子过，干吗找那些不乐呵？我的意思是，您这儿还是再找个丫头，有的是愿意来咱这儿的，来了也不用你掏工钱。杏花儿你要想使唤也不算过分，就是千万别闹得不痛快，我就想大家在这儿都和和气气的，至少面儿上过得去。"

她也不耐烦道："行了行了，我还没浑到那份儿上。你放心，我肯定让你面子过得去。"接着又抱怨道："这叫啥事儿？比我儿子还小好几岁呢，这就和我成了同辈人了。那论起来，亚娃儿是不还得管她叫点啥？亚娃儿比她快大一旬了！真是没地儿说理了。"

他笑道："我也一样，开始我算是她的长辈，现在冲你俩论，我也成她晚辈了，她一下就升了两辈儿，我也觉得挺别扭，可不这样还能咋办？我费那么大心思把你俩弄到一块儿，就图着让你这辈子没遗憾，开开心心地过好下半辈子。如果你们弄得跟仇人似的，您肯定不会开心，我也闹个白忙乎不是？我这么劝你，也是不得已。我还是那句话，得罪一个，不如交下一对儿，让他俩这辈子都感激您，您就稳稳当当地做您的正房夫人。"

她却忧虑起来，又叹口气道："咋说我有那段不干净，你能让我下半辈子过得好，可也拦不住我死后下地狱。"

他心里一惊道："你可别这么想。"

她又叹息道："这哪是我想的！人都说，像我这样的人，都是前世造过孽的，来人世遭回罪不算完，还得下地狱遭回难呢。"

他反驳道："胡扯！照你这么说，那窑子馆儿都是老天爷开的了？"接着话题一转道："还有咱中国，咋还老是多灾多难呢？难道外国人总来侵略咱，也是老天爷派来的？我跟你说，人世间免不了有善有恶，那遇上恶人了，就看你能不能压住恶，那国家被侵略了，就看你有没有能耐抵挡住。道家讲的是道德，那啥是道？啥是德？这得先说啥是德。德就是能耐，你得有能和对方抗衡的能耐。"又问道："你说，人能想到的东西啥最大？"

她茫然道："那哪儿想去？这世上有啥东西我都说不全和。"

他来了兴致道："那我告诉你，宇宙最大。啥是宇宙？这么说，咱们待的这个世界叫地球，还有咱天天看到的太阳、月亮、星星，都在宇宙里，就是在天上。但宇宙天外还有天，这个天到底多大，据说这世上没有人知道，大得你想都想不到，所以叫作无极。就说咱们这个世界，实际是围着太阳转的。"

她反驳道："那哪能，太阳还没咱脸盆儿大呢，别说整个世界，就咱山庄也不能围它转。"

他笑道："太阳离咱可老远了，火车要能开到天上去，就打不停地跑，跑一年也到不了它跟前儿。你想想，那么远咱还能看见个脸盆儿，你说它得多大？咱再往近处打比方。比方我要站在东山头上，你站咱房顶上看，咱俩互相看还没脸盆儿大呢。离得越远，看到的就越小，我们画画儿管这叫透视；就是说，太阳实际比咱待的世界大得太多太多了。那咱这个世界为啥围着太阳转？因为太阳有吸力，它一直想把地球吸进它那里。太阳的温度特别高，比咱炉膛里的火还热呢！咱这要到了太阳跟前儿，一眨眼工夫就烧成灰儿了。"

她开始被他说的所吸引，吃惊道："妈天哪，这么邪乎！"

他继续说道："要说咱们待的地球，还有太阳、月亮、星星，那可都是有灵气的。就说太阳和地球，太阳想把地球吸进它肚子里，只要进它肚子里就也都变成火了。可咱们地球不想变成火，你吸我，我就得往外头挣，挣也得有劲才行，没劲你就得被人家吞掉。可你用劲太大了也不行，劲用大了，你就得在宇宙里横冲直撞了，和好多个星星撞在一块，那就粉身碎骨了。咱晚间看天上的星星都很小，实际哪个都不小，有的比咱这个世界还大呢！星星都那么大个头，要和咱这个世界撞上会咋样？这个世上连个人渣儿都没有了。"

她又惊讶道："那咱这世上不完蛋了吗？那头要烧死咱，这头又要撞死咱，咱还有啥活头了？"

见她认真起来，他笑道："宇宙已经存在无数年了，咱这个地球也存在老多个万万年了，要是完蛋也早完蛋了，可到现在也没完蛋，为啥？因为有德。"

她好奇地问："啥德啊？是不咱常说的太缺德那个德？"

他笑道："是，这是人中之德。"

她不解道："人中之德还能管天上事儿？"

他说："是宇宙里的天德管咱人间的事儿，人德就是从天德那里来的。那啥叫天德？就是太阳在吸引地球，可地球在使劲摆脱太阳，到了太阳吸不动地球了，地球也甩不掉太阳了，两下互相制约成这样就是德，后来地球和太阳就始终保持这个距离了就是道。说白一点，你放我一条活路，我也不为难你，两下和平相处，这里面就有德有道。有道是因为有德，所以关键在于德。上有日月星辰之德，下有山川大地之德，咱们人有忠孝仁义之德，所有的大小动物之间都有德和道，也都是效仿宇宙之德，这就是天理。你刚才还说没处说理，其实遍地都有理，就看你讲不讲理。有的人好讲歪理，可天理是永恒的；有的人背道而行，可天道你改不了。不怕有背道而行，就怕有替天行道的。您刚才还提到了缺德，实际缺的就是宇宙之德。没有宇宙之德，就没有人间之德。所以德在人世间无所不包，无处不在。比方说国有国德，家有家德，官有官德，民有民德。此外还有君德、臣德，父德、母德，夫德、妻德，子德、女德、文德、武德，商德、师德，多的是。要问到底有多些，那得看宇宙里有多少日星辰。不论多些，都万变不离宇宙之德。咱再说日本侵占咱中国，说到底就是能耐大小的问题，你没有力量吞掉人家，人家就要吞掉你。就打咱不想吞掉别人，你没有能力自卫，那就是缺德，缺的是国德和军德！既然你已经没德了，那人家就不和你讲德了；没了德，也就没了道，那就免不了弱肉强食，这也是天理！"

她更加惊讶道："你是从哪学来这些道理的？这家伙，天上地上都让你说遍了。"

他笑道："都是云济师父教我的。"

她应一声又突然问道："我咋蒙圈了呢？这话儿从哪儿扯的，咋扯到这儿了呢？"

他又笑道："你还没全蒙呢。"

她不悦道："好小子，你故意绕我呢？"

他解释道："没有没有，都是话儿赶话儿，你刚才不是提下地狱的事嘛。"

她恍然道："就是啊，咱唠地狱的事儿，你咋把我扯到天上去了？"

他哈哈一笑道："那你以后就别老想那些不着边的事儿。过去的事儿都过去了，将来的事儿，咱也都往好里想、往好里做。要真有你说的那码事儿，你也别太在意，咱想办法改变一下不就结了。"

她又忧虑道："又来蒙我是不？这下不下地狱是咱能改变的？"

他说："上有极乐世界，下有十八层地狱，都是佛界。但佛是让人行善积德。人不说吗，善事做多了，地藏菩萨都不敢收留你。地藏菩萨知道不？就是专管地狱的佛。地藏是佛，可人都称他菩萨，为啥？这里有个故事。地狱是归佛家管的，可谁都不愿去管地狱，佛祖就犯愁了。这时地藏菩萨就说他愿意去。佛祖就问他，别人都不愿去，你为啥愿去？地藏菩萨说，地狱总得有人管，我不下地狱，还谁下地狱？地藏菩萨还说要把地狱管好，管不好就永远不成佛。这都是佛界的事，咱在人间不论以前做过啥，只要现在多行善，到时地藏菩萨一看就说了，不对呀，我这是管恶鬼的地方，你是行善的，哪能归我管？那佛祖不得怪罪我？你行这么多的善，那得去极乐世界才对呀。"

她欣喜道："是吗？那可真挺好的。"

他便嘱咐道："那咱就多行善，也包括对杏花儿好点。"

她又恍然，打他一把道："臭小子，你到底又绕回来了！那我对杏花儿好，就保准儿我将来不下地狱？"

他又郑重道："杏花儿的事，不过一件小事儿。事儿虽小，但勿以善小而不为，也莫为图利而行善。佛心本善，心中有佛就是佛，心中有善也是佛。事已至此，就顺其自然吧，也别说纳小的事儿正道儿不正道儿，国风家风都这样，咱又何德何能改变它？刚才说德的时候，不是还有夫德妻德吗，那正房夫人也有正房夫人的德，你不能欺负人家，人家也不得对你无礼，这就是你们之间的德，有了德也就有了道，守住道，德也就长远了。以后你当好你的正房夫人，能行善多行善，今生来世也就天地良心了。"

她又问道："那我就可以不下地狱了？"

他回道："但要心中有佛，心中有佛，你就是佛，佛这么能下地狱？"

她笑道："那俺不敢想，不受罪就阿弥陀佛了。"

这时子昂妈回来了，说午饭已经做好，上午差不多都忙着腌菜，做饭人手少忙不过来，就哪屋也不单送了，招呼都去大灶房吃，下午把收拾好的白菜腌到缸里。其实她出去不多会儿就回来了，待在灶房听儿子劝说若玉，不禁为自己儿子变得能说会道而欣慰，这时又见若玉情绪好了许多，就说："男人有男人的难处，女人有女人的苦处，相互将就点吧。"

若玉又叹息道："我的姐呀，事儿没让你摊上，摊上了你也得闹心不是？"

母亲让子昂先去吃饭，见子昂出去才又说："你也别说我没摊过。俺俩成亲第九年才有的子昂。开始还都以为我生不了了呢，俺那口子就急着要纳个小儿，人家把人儿都相好了，就俺界壁儿邻居，是个黄花儿闺女，长得挺俊，就是家里穷。说心里话，我是不愿他纳小儿，可那会儿咱的肚子不争气有啥法儿？再说这事儿得俺爹定了才算数；他在俺家是养老女婿，俺爹要不答应，他门儿都没有。我也不忍心他们周家无后，还真想和俺爹说说。可就这工夫，你猜咋的？我这肚子争气了！哎妈呀，盼了八年哪，也不知哪服药吃正着了。就这么的，他想纳小的事儿就泡汤了。你可不知道，那把他难受的。我这头儿吐得翻江倒海似的，他那头脸拉拉的，比驴脸还难看。我也不搭理他，反正就是不答应他。那咋的？我要真不能生了成全他，可我能生了，你再娶个进来，那就是熊俺娘家没人了！就这么的，转过年儿，那姑娘就让别人娶走了，我看他还哭过呢。子昂都会扎巴儿走了，他才缓过那股劲儿。所以呢，你和我不同，你是真不能给人生了。既然这样，就想开点，都这把年纪了，该有都有了，别弄得人家连个亲生骨肉都没有。"说到这儿，她俩听见有人开门进灶房，以为是子昂又回来，可开门进来的是周传孝。

周传孝若不从婉娇手里接过大管家就无法原谅子昂，可子昂也铁了心就让婉娇当大管家。今天早晨到现在，周传孝一直带着几个雇工在菜地里收菜，收了这片收那片，白菜、土豆、倭瓜和各种萝卜，山庄的人一年也吃不了，多余的就都用来喂猪、喂鸡鸭鹅。这时他终于有些得意，心里教训儿子道："小兔崽子就是想事不周全，管山庄不这样还能行？卖猪肉能挣钱也不能不喂吃的吧？就指油坊、磨坊、豆腐坊也能养好猪？成本高不说，喂猪只喂豆粕、豆渣、麸子还不把猪吃蹿稀了！"但他也只是心里这么想，他希望儿子能醒悟到"爹的能力就是比女人强"。

这时周传孝是回屋洗手，然后也去灶房和大家一起吃午饭，正要舀水，听见屋里有人说话，并没留意里面说什么，直接推门招呼道："让都去大灶房吃呢，都忙得腾不出手儿了，没工夫挨屋送，你姐俩儿咋还搁这儿等人送呢？"

她俩对眼撇下嘴，一同出屋去了大灶房。

忙完秋菜的事，子昂便帮石头将杏花正装其事地娶过来，没有过分操办，除了吹吹打打地用花轿从镇里接回杏花，再就是在大灶房内摆了四桌酒席。

周传孝对子昂为石头张罗纳小感到吃惊，接着便愤愤地在自己屋里骂子昂"嘚瑟""烧包""吃饱撑的"。但他还是坐了酒席，桌上几乎没说话，喝了一盅闷酒就说头疼先撤席离去。子昂念爹种了那些菜，这时想去解释又不知怎么说才顺他的心，索性又不去想了。

吃了一会儿，子昂想带头在杏花面前改下口，不想"小姨"一出口，吓得杏花扑通跪下哭道："大当家的，您别这么叫。"

子昂忙让石头拉起她，又安慰道："萝卜不大，你可占在辈儿上呢。听惯就好了。"又叫亚娃过来改口，俨然吩咐自己的媳妇一般，但除了若玉谁都没往那上想。

亚娃本来就不满比她小近一旬的杏花变成自己的长辈，连喜宴的饭桌都不想上，是做了正房夫人的若玉哄着才勉强过来，这时见子昂又吩咐她当众改口，顿时一改此前的温顺，狠狠地翻了他一眼，随即转身回自己屋去了。他心里不爽，认为亚娃和他有过几回房事就敢和他撂脸子了，但他得给秋虎留面子。

第 101 章

眼见到了年终，山庄的生意也该盘点了。子昂要赶在为林海、村妮等各家备出年货钱之前知道这半年多经营有多大盈亏，以决定给相关人家多少年货钱，见天上又降下大雪，大家都待在屋里，就让婉娇去桃源居核账。

进了桃源居院里，婉娇颇有心计地对他说："米家和多日娜的账你还没给我呢。"

他点下头道："先算咱手头上的，这头算出个大概数，我心里就有底了。"

进了内屋，婉娇侧身屈腿坐在炕上，一手账本一手算盘地向子昂报着账。核完一遍账后她说："去了各处花的还有剩头，可要这家给一些，那家给一些，那就剩不多点玩意儿了，要不算家里那些带毛的，还亏不老少呢。"

子昂盘腿坐在她对面，见她有怨气，拍下炕面逗她道："你这下面还有那老些呢，你还在乎这点玩意儿？"接着又用手指刮她鼻子道："别太抠门儿了。"

她赌气道："你大方！那咱还忙乎啥？就花下面的得了，花光拉倒！"

他安慰道："该忙还得忙，咱可不能坐吃山空！至于赚多少，够用就行，何况卖了年猪咱不还能剩点儿嘛。当然了，能多挣还得多挣，挣多了大家都宽绰岂不更好？这叫攒人气。"

她使性子道："啥人气？你是气人呢！"

他开导道："咱可以多挣，但没必要攒太多。我那个大爹说了，钱攒太多了就是罪。"

她反驳道："尽瞎扯，咱不偷不抢，凭本事攒钱，犯哪家罪了？"

他开导道："咱不能光想自个儿。比方说，就这么一片地，你把粮食都收你家院里了，那别人不得饿着？"

她理直气壮道："那叫本事。"

他说："那得看跟谁讲本事。跟些吃奶孩子讲本事？跟些风烛残年的老人讲本事？他们十个绑一块儿也不顶你一个，这也叫本事？左右吃不了用不了，就让别人也吃点儿用点儿还能咋的？你把别人都饿死了，咱自个儿活在世上也没啥意思。"

她匪夷所思道："你就和人想的不一样！"

他又逗她道："我不是人吗？那是啥？"

她不耐烦道："我哪那么说了？"说着去挏他的嘴道："你咋这么刁！"

他抓住她手笑道："就叼你。"说着叼住她手指，疼得她叫起来。

他还是对她精心理财感到欣慰，将桌子往炕里一推，狼一般扑到她身上道："又好几天没和你亲热了，想你了。"

她忙问道："你插门儿了吗？"

他忙起身下炕去插院门和房门，回来时见她已铺好被褥，正在脱衣服，忙也上炕脱去衣服。

他们一个月前就都穿棉了。婉娇的上衣是红绸暗花袄，立领、偏襟，袖口和衣脚都镶着雪白的皮毛。这是子昂为他身边的女人们新设计的冬装，就连山庄的女孩子和丫头们也都是这样款式，只是颜色和大小不同，穿在身上，无不显得英姿秀丽。他的上衣是蓝绸小棉袄，外套一件貂皮坎肩，这时都脱下压在她的衣裤上。

两人共赴巫山时，忽听屋外传来枪声，不禁都吃一惊。接着又是一声枪响，再接着又有孩子的哭喊声和狗叫声。

子昂惊慌道："是玉莲！"急忙穿上衣服，她也忙去拽自己的衣服。

外面的雪还在下，地上又积了半尺多厚，除了周围的山林，整个山庄都被雪覆盖了。

子昂冲出院门，见一群山狼正朝多日娜的院门进攻着，并没见到人，全庄的狗都在各自的院里狂吠。在群狼后面的雪地上，已经有一只狼被打死了，他猜是被多日娜打死的；山庄内除了他屋里有万全送他的枪，再就是多日娜屋里还有支猎枪。他感到情况不妙，急忙回屋取出他的长枪，一边装着子弹一边对婉娇说："你在屋待着别出来，外面有一群狼，都堵在多日娜门口儿了。"说着又冲出去，举枪朝正在抓门的群狼连续射击，又有两只狼倒下，活着的都仓皇地逃进林子了。

他冲到多日娜的门前，里面插着门，他一边拍门一边大声叫道："多日娜，是我，把门开开。"

门开了，多日娜一把搂住他脖子哭道："吓死了！"

他就势也搂紧她道："没事儿了，没事儿了，狼都跑了。"又笑着问道："你胆子不挺大的吗？"

她直起身道："我寻思打两枪就能把它们吓跑了，哪想到它们跟疯了似的。开始就两只，后来又来好几只。"

他问道："从哪来的狼？"

她心有余悸道："谁知哪来的？我出来时，见玉莲和丽娜在门口玩儿雪，刚进院儿就听玉莲叫唤，出来一看，两只狼在那儿叼着丽娜，就回屋取枪。"

他心一惊问："丽娜哪？"

她说："躲屋里了。丽娜没事儿，就衣裳给撕破了。"

他撒腿跑进屋里，见丽娜坐在炕上哭，显得惊魂未定，一边哭一边叫着娘。玉莲正哄丽娜，见到他也哭道："大舅，外头有狼，把妹妹给咬了。"

他丢下枪，过去抱起丽娜道："没事儿了，没事儿了，大舅把狼打死了。"

这时，山庄里的人都出来了。第一声枪响时，他们就都出来了，见有七八只狼堵着多日娜的院门，谁都不敢靠前。在油坊、磨坊里干活的男人们胆子还大些，但也没有出来的，想捡些石头打狼，可石头没捡几块，子昂的枪就响了，直到见狼都逃去才放心地出来，其他屋的女人、孩子们也跟着出来。子昂妈由芸香陪着过来，不安地询问有人伤着没有。

听说丽娜被狼叼了，婉娇顿时吓得腿软，是被亚娃和顺姬扶着进的屋，见女儿果真无大恙，一把从子昂怀里抱过女儿哭道："都怪我，都怪我。"子昂心疼地看着母女俩哭。

大家都来看丽娜伤得重不重，见她只是衣服上面有些破口，尤其立领后面破口更大。若玉欣喜道："瞅瞅、瞅瞅，还亏了弄这么高的领子呢！要不今儿还不得出人命？还得说俺子昂有眼光、会琢磨！"

子昂听出若玉在以岳母的口吻说话，怕人知道他和亚娃合过房，忙说："我设计高领子就图好看和暖和，丽娜没事儿，是多日娜的功劳。"又对多日娜说："你枪打得挺准，没把丽娜伤着。"

多日娜情绪稳定下来，炫耀道："我也怕伤着她，跑到跟前儿打的。头一枪是乱打的，就想吓唬狼，第二枪才往狼身上打。"

婉娇止住哭，对多日娜谢道："妹子谢谢你了。"

多日娜却不理睬婉娇。她这阵除了干活的，就和子昂、芳子、顺姬关系近，倒和婉娇越来越抵触，一个嫌对方太能出风头，一个嫌对方目空一切太傲慢，互不相让，但也只是互不理睬，都在子昂面前讲对方的不是。子昂只能左右劝说道："能在这儿聚一块儿也是缘分，互相让着点。"又警告道："你们可以装着不认识，但不准打架，给我留点面子。"尤其一再安慰婉娇道："别和她一样，她是看你管这么大的家心里不服。"婉娇轻蔑道："她不服？她是那块料吗？"又见子昂用异样的眼光看她，看出他也护着多日娜，便脸一沉道："她要管你让她管，我落个清闲。我就啥都不干，你还不要我了？"他忙哄道："我可舍不得你。你当大管家最合适，别人我谁都信不着。"她这才又开心。

这时，他见多日娜不领婉娇的谢，不禁有些难堪，忙又安慰婉娇道："好了好了，都好了。"就去哄丽娜，也告诉大家以后都注意着点。

外面还有狼嚎的声音，显然距离山庄不是很远。多日娜不安道："狼没跑远，一会儿没准儿还得来。"

津梅不安道："听说狼可记仇了，心还齐呢，一叫唤，能把挺老远的狼也都招来。"

多日娜说："狼鼻子比狗还灵，谁要偷它崽子，藏哪它都能找着。那几只死狼先别动，谁动狼就跟谁去。"气氛顿时又紧张起来。

子昂抓起枪吩咐道："赶紧的，都回自个儿屋里猫着，把门也都插上，不招呼谁都别出来。都把孩子看好了！"大家立刻散去。

屋里就他和多日娜。他问她："你枪有多少子弹？"

她忧虑道："就十来个，狼要来多了咋办？我这就骑马回去找咱哥他们。"

他阻拦道："你知道狼现在藏在哪儿？别让狼把你叼走了。"

她冲他紧下鼻子道："叼走了好，省得烦你了。"

子昂用手指刮下她的鼻子说："别瞎说，我才舍不得把你喂狼呢。"

她又顽皮道："那喂你吧。"

他心里又一热，不知说什么了，转了话题道："把枪带上，跟我来。"说着先出屋。

外面的雪依然在下。顺姬从外面返回来，用手指着子昂手中的枪问道："这个还有吗？我也会。"

　　他想起她曾跟随过游击队，可惜眼下只有两支枪，其中一支是没有多少子弹的猎枪，不过一会儿狼要真的再来，他倒很想看看她打枪的样子，便笑道："跟着我。"

　　他带多日娜、顺姬到了桃源居，将万全给他的子弹都倒在炕上，塞满枪膛，动作娴熟而迅速。顺姬笑着问他："你打过？"

　　他喜欢看她笑，她笑得他心里甜，但多日娜在跟前，他不敢多看她，点头道："和你一样，打过日本人。"

　　话音刚落，外面又传来狗叫声，接着山庄所有的狗都叫起来。子昂猜狼群又来了，迅速出了屋，想开大门看看外面情况，见道上已经聚了大群的狼，正都围在死狼周围，忙插上大门。

　　群狼发现了他们，立刻朝这边扑来，先是用爪子抓门，接着用嘴啃，一边啃一边发出凶狠的撕咬声。院内的大黑狗也很凶猛，隔着门冲外狂叫。多日娜的枣红马也受到狼嚎狗吠的惊吓，一边嘶鸣一边挣着缰绳。

　　他庆幸没让群狼闯进来，和顺姬、多日娜一同搬来梯子和高脚桌，登到高处，将头探出墙再看，顿时都惊呆了，几乎所有空道上都聚满了狼，估摸好几百只，各院的大门外都有狼在抓啃。

　　他不能让狼不停地啃门，怕门真被啃出大洞，父母和婉娇、芸香、亚娃、芳子等人就都不安全了，便让多日娜和顺姬同时朝狼开火。因狼密集，不需瞄准便可枪枪命中。

　　他很快适应了眼前的局面，开始欣赏起两个美人的枪法。这时，他们见群狼都凶恶狰狞地朝这边涌来，中弹的狼接连倒在地上，却丝毫没有动摇其他狼的凶猛，并踩着死狼的尸体朝他们所伏的墙上蹿跃，不禁又都紧张起来，毕竟他们的子弹不太多。

　　见顺姬一脸恐慌，他忙从她手里要下枪道："给我，去把子弹都拿来！"

　　顺姬下桌时竟不慎踩空，虽然被他抓了一下，但还是摔倒在地，爬起来，跌跌撞撞地跑回屋里。

　　多日娜只剩枪膛一颗子弹了，不禁手抖起来，哭道："咋冒出这么多？"

　　他也慌了，心想这样下去，狼会堆积如山地压过墙来，他们都将葬身狼腹。焦急中，他想起狼最惧怕火，便一边打枪一边吩咐多日娜道："上屋里拿条被子来，我画室里有一罐子油，把油都浇被上，点火烧它们！"

　　浇了油的被子熊熊燃起，多日娜和顺姬用木棍将大火团挑上墙，接着，子昂用枪筒将火团挑出墙外，正落在群狼的身上，下面的狼在嚎叫，后面的狼开始退却，但仍围着火焰不肯离去。

　　总算有了喘息的机会，子昂又装上子弹，朝着门前的狼射击。狼的尸体已将门封堵了，后面的狼都急躁地蹿来蹿去，眼睛凶恶地瞄着墙上的人。

　　眼瞅子弹不多了，而外面的狼却仍不见少，不算被打死的，比开始还多出几倍。子昂又将院内的柴火也投在火上，而狼这时已对火没有了畏惧，绕开火从另一方位朝墙上进攻，仍然是一层压着一层。

　　他的心里也开始恐惧了，看来他今天注定藏身狼腹了，还有多日娜和顺姬，继而就是其他屋里的人。

　　多日娜又哭道："咋办哪？"顺姬已经傻了一般。

　　他强作镇静地将她俩一同搂在怀里安慰道："别怕别怕，你俩先进屋，我再顶一阵。"

　　多日娜不肯将他留在外面，哭道："咱都进屋，要活一块活，要死一块死。"

顺姬也缓过神来，拽他道："咱一块儿的。"

他焦急地催促道："你们先进去，我把这些子弹打完。"

多日娜说："别都打光了，留点儿屋里还得用。"

正说着，忽听外面东侧响起激烈枪声。子昂听得出，中间还有连射的机枪。他又爬上墙头，见山庄入口处的雪地上伏着很多人，正朝这边狼群猛烈射击，群狼开始大批惨叫着倒下。

透过纷飞的大雪再仔细看，是林海、万全、山鹰和一些警察、炮手，子昂顿时心中一亮，兴奋地对多日娜说："咱哥他们来了！"说完竟腿一软蹲靠在墙上，险些从上面跌下来，多日娜和顺姬也激动地抱在一起，嚷着"这下有救了"，也倒在地上。

原来，春山和铁头来山庄和婉娇结算交易款，一进林子就听见山庄方向有打枪的声音，枪数不多，但发射很频，不知出了什么事，急忙赶路。拐过山来，老远看见山庄内各户门前都聚满了恶狼，一片狼嚎狗吠和猪叫声，几乎淹没了零散的枪声，顿时感到庄里人遭了狼灾。但他俩都没带枪，无法帮助解围，忙催马返回镇中去叫林海、万全和马帮的炮手赶来。

闻听子昂山庄被群狼围攻，林海先到隔院叫上山鹰，又一同去找万全。万全对子昂一直没有完全消气，但听说子昂遭群狼围攻，还是担心起来，心想子昂舍得为他们这些哥哥花钱，而自己朝他要女人的事毕竟不光彩，立刻命令在所的警察直奔山庄，二十多杆枪中还有一挺机枪。

急行军到了山庄，他们见到群狼都很惊讶，但也只能应对，短枪、长枪、机关枪同时开火。不想群狼并不惧怕，又都朝他们扑来，好在枪弹密集，毙命的狼把一条道路都铺满了。直到为数不多时，进攻的狼才似乎意识到不是人的对手，开始朝林子里逃去，但各院的狗还在狂吠。

见狼大部死伤，剩下的都逃进林子，子昂振作起精神，又见院门外堆着狼，其中还有垂死挣扎和奄奄一息的，想开门踩着狼的尸体过去，又怕被垂死挣扎的狼咬一口，索性将梯子搭到狼尸少的外墙上，顺梯到了墙外，激动地迎着哥哥们道："得亏哥哥们来，俺们已经挺不住了。"又问道："你们咋知道这头闹狼了？"

铁头说："我和大姐夫往这头来，老远就听见打枪，也不知咋回事儿，靠到跟前儿一瞧，好家伙，长这么大也没见过这些狼。寻思过来也帮不上，就赶紧回去找人。今天主要借二哥的力了。"

林海问子昂："你咋惹这么多狼过来？"

子昂说："开始就几只，多日娜先打死一只，其余都跑了。后来又回来十多只，我打死两只，又都跑了。第三次就多了，越打越多。"

山鹰说："你们准是把头狼打死了。"

万全说："啥狼头狼尾的？这块儿本来就是狼窝，老九就不该搁这儿盖房子。"

见万全说话还带着气，子昂赔笑道："二哥别生气。不管咋说，这块儿先是人住的，狼是后来的，不能说狼把这儿的人吃了，这就成了狼的地盘儿。要这么说，日本人占了东三省，这东三省就该是日本人的了？"

万全不悦道："你又和我贫嘴是不？"

子昂忙说："不是，二哥，小弟是想说，该是人住的，就得人住，只要是咱人住的地儿，那就有鬼驱鬼，有狼打狼。小弟谢谢二哥搭救。"立刻又想起万全图他谢就想要顺姬，忙又向那些警察施礼道："谢谢诸位哥哥，回头我替我二哥谢你们，一点心意，到时请笑纳。"警察们都施礼还谢。

正说着，万全发现山庄入口处又有一群人朝这边走来。虽然大雪将他们的头顶、肩头遮盖了，但还是能看出这是一群荷枪实弹的日军。

万全不安道："坏了，日本人来了！"说着跑去迎接。

显然，这些日军是被激烈的枪声引来的，有三十多人。田中太久也身着日本军装在里面，但这次他是陪着他的上司东条敏夫少佐来的。

东条敏夫四十多岁，中等身材，面容冷峻，目光狡黠，集军装、战刀、短枪、手套、皮靴于一身。

万全过去先做了解释，这边警察们都自觉地站成一排打敬礼。东条敏夫并不理睬这些警察，看着成片的狼尸对万全道："子弹的浪费，你的，钱的买！"

万全忙点头应着。子昂先对田中太久礼节地点下头，又上前对东条敏夫说："太君，这钱我来出，他们都是为了救我。"

东条敏夫打量一下子昂，操着生硬的中国话问道："你的什么人？"

田中太久忙用日语向东条敏夫解释。讲着讲着，见东条敏夫脸上露出笑，转头冲子昂笑道："你的，画画的，吆西！"说着竖起大拇指，又用日语对田中太久说了几句。

听东条敏夫说完，田中太久对子昂说："少佐阁下非常赏识你的才华，也想和你交朋友，但得麻烦你一件事。我们都是效忠大日本天皇的，少佐阁下想让你画一幅大的日本天皇像，以显示我们对大日本天皇的忠诚。"

子昂心里咯噔一下，暗骂田中太久道："狗日的，我在庙里挂岳飞你不让，今天倒让我画你们的天皇，这不让我当汉奸吗？"他想断然拒绝，却又怕惹怒东条敏夫，婉言道："我的才艺很肤浅，怕冒犯你们天皇，请太君谅解。"

东条敏夫立刻摇头道："你错了！天皇，我们共同的！我们共荣，明白？你的画，我看过，大大地好！天皇的，你好好的画，画大的，大大的，嗯？"见东条敏夫用审视的目光盯自己，子昂只好点下头。

东条敏夫这才显得高兴，拍下他的肩头道："吆西，我们的亲善，共荣的！皇军的，不亏待你。"

田中太久也笑道："那个画不画次要，现在重要的，把少佐阁下交你的任务完成。明天我把大日本天皇的相片给万全君送去，你要抓紧画，比你画的岳飞再大些。"又笑道："你给我妻子画的像，少佐阁下看过，夸你才艺很高，画得和相机照的一样，你得给大日本天皇好好照一个。"

见已无法推掉这个闹心的差事，子昂只好心一横道："那我明天就准备画布，还得做木框，熬水胶，把布绷紧了才能画。刷胶晾干了就得好几天，画完咋得半个月。"

田中太久又用日语对东条敏夫说了几句。东条敏夫点点头，又对子昂笑道："子弹的用了，钱的不要了，中日亲善，我们的亲善。"然后又看着眼前这片房子问道："这儿的房子你的？"

他又不安道："是，在这儿做生意，榨豆油、磨面、养猪、养鸡。"

东条敏夫又端详着子昂道："你的大老板？"

子昂说："太君过奖，小生意，挣点过日子钱。马上要过年了，等杀年猪时，也给太君送几头去过年。"

东条敏夫更高兴了，又拍拍他的肩道："良心的，大大地好！"

子昂的胆子壮起来，借机提出要求道："太君，我这里狼太多，想用枪打狼，太君能帮帮我吗？"

东条敏夫愣住了，田中太久忙用日语解释几句。东条敏夫看着路上近千条狼尸点下头，又转头对万全说："你的帮他。"

万全忙答应，接着又讨好地问道："太君喜欢吃狼肉吗？"

东条敏夫又一愣。田中太久忙阻止道："狼是有灵性的，讲究团结作战，虽然是人类的敌人，但也是军人效仿的楷模，要吃你们吃吧。"

东条敏夫轻蔑地看一眼万全，转身冲日本兵们打下离去的手势先走了。

田中太久对万全说："你也把人带回去吧。今天要不是子昂君的事，你跟少佐阁下真没法交代。"

万全说："是是是，咋说也是自家兄弟，不能眼睁着让狼给掏了。您在少佐面前多美言。"

田中太久说："那就看子昂君了，把天皇的画像画好，就什么事都没了。少佐阁下今天可给足子昂君面子了。"说完也转身离去，万全也带上队伍随日军离去。

·第 102 章·

见日军和警察们走远，子昂问林海道："日本人不吃狼肉吗？"

林海一笑道："我就知你和你四哥、八哥不吃狗肉，日本人得意吃啥，这你得问你二哥。"

子昂说："凡是像样儿的军队里都有军神，日本人不会把狼当成军神吧？"

林海一哼道："他军神他的，咱吃咱的。"

这时多日娜在院里一边踹门一边喊："别光顾着吃，把死狼弄一边儿去，俺俩出去！"

子昂翻墙出来时，多日娜和顺姬也想出来，刚蹬上桌子就听说日本人来了，忙又缩了回去，隔门听着外面说话。日本人走后，她俩想开门出去，但门被狼尸堵得紧紧的，这才冲门外喊起来。

子昂这才想起多日娜和顺姬还在门里，忙动手去拖狼尸。铁头也动手，却抓到一只没有死透的狼，被狼一回头咬住胳膊。虽然被吓了一跳，好在他穿着羊皮袄，急忙要将狼甩开，可那狼叼着羊皮不撒口，一个炮手忙用枪顶着狼头补一枪才了事。大家便小心清理，先查看有没有没死的狼，又接连补了数枪。

油坊和磨坊的雇工们也都出来了，向各屋喊着"没事了"，并一同清理狼尸。一直藏在屋里的女人们，也都惊魂未定地出来，看着成片成堆的死狼，还是心惊胆战，当看到还在挣扎和奄奄一息的狼时，又惊叫着缩回院内。

婉娇心里惦着猪圈里的那些猪，壮着胆子出来，绕着狼尸去了猪场，见有十多头猪被狼咬死咬伤，心疼得不得了，就过来告诉子昂。见到林海、铁头、山鹰，叫了大哥、五哥、八哥。她比山鹰大五岁，但却没人计较她称呼山鹰八哥。

打过招呼后，她对子昂惋惜道："死了那些猪呢！"

子昂问："各屋人咋样儿？"

她说："人没事儿，都插着三道门儿，光听见猪和狗叫，再就是你们打枪声。狼好像都奔这头来了，那些院门前都少。"

子昂心里更踏实了，安慰她道："人没事儿比啥都强，就是少几头猪，不还有这些狼肉顶着吗？"

她撇下嘴说："谁稀吃这玩意儿？"

子昂说："有人想吃还吃不着呢！"又对林海说："大哥，明儿个让三哥来吧，把狼皮都扒下来。狼肉大家分一分，皮子看谁用就用。"

林海应道："我这就回去跟他说。"

子昂忙说："现在别走，这不有让狼咬死的猪嘛，马上让人拾掇出来，今晚开大宴。我算了，得摆七八桌，咱们男的都上大灶房，女人和孩子分屋吃。"

林海嫌破费，婉拒道："你该拾掇拾掇，下个月就过年了，就当狼替你杀年猪了，留着过年吃吧。"

子昂坚持道："今晚大宴必须摆，就当给老弟压压惊，我今天真害怕了。"见多日娜和顺姬都回屋了，又笑道："我和多日娜都寻思得喂狼了。"

林海笑道："那就听你的。你二哥不去叫一声？"

子昂说："叫，都叫，还有二哥那些弟兄，要不也没有七八桌，要差就差七哥，回头再给他补吧。"又对铁头、春山说："还得辛苦你俩一趟，一个去请客人，一个去买酒，这儿的酒不多了，完了用你俩的马驮回来，多驮点也没事，今晚儿让大家尽兴。"

铁头笑道："那就喝一宿！你这儿今晚真得多留人，小心狼去搬救兵来报复你！"大家都笑。

子昂招呼林海、山鹰去桃源居，让雇工、炮手们都去帮着收拾猪肉，把当晚吃的猪肉都送灶房里，该烀的烀，该炖的炖。

铁头、春山刚骑上马，见庚寿、文普、金万哥仨也都头戴狗皮帽、身穿着羊皮袄骑马赶来，便又跳下马。铁头玩笑道："你们鼻子挺灵的，闻到这头有好吃的了？"

说笑工夫，文普、庚寿、金万到了跟前，也都跳下马。文普问："听说这头打死不少狼，俺们是来吃狼肉的。"

铁头说："还死不少猪呢，九弟今晚儿摆大宴，俺俩这要去找你们呢。"

庚寿说："听二哥的人说，这头闹狼灾了。你们都在这头，俺们也不能跟没事儿人似的，就是过来瞅瞅，要有好吃的，那敢是好了！"又看着雇工和炮手们正将死狼堆成几大垛，欣喜道："打了这么些！"

铁头对他说："这回你可来活儿了。九弟说了，收拾狼就是你的事儿，别人弄怕把皮子糟蹋了。"

文普说："炖狼肉就是老六的事儿。"

金万摇头道："还是四哥来吧，你是大厨子。"

文普说："你不是狗肉做得好吗？狼和狗差不多，就你来。"

金万笑道："你就躲清闲。"又突然问道："九弟也不吃狗，狼肉不知吃不？"

未等文普开口，铁头发起牢骚道："四哥和八弟不吃狗肉他们是老祖宗有讲究，九弟真多余，属狗就不吃狗？那属猪的还不吃猪肉了？"

文普解释道："九弟是稀罕狗，不忍心吃，狼没事儿，俺俩都吃。"

正说着，子昂返回来。他陪林海、山鹰进屋才想起再炉只狼让大家尝尝，刚才却忘了吩咐，便忙着返回。见文普、庚寿、金万未请自到，高兴道："五哥正想去找你们呢！"又问道："二哥他们还不知道吧？"

铁头说："饭还没做呢，忙啥？左右俺俩得去镇上打酒，一会儿顺便去叫他们。"说完和春山又上了马。

子昂问文普："四哥来得正好，我想再炖只狼，让大家都尝尝。"

金万忙问道："啥时吃？"

子昂说："就今晚儿。"

金万立刻摇头道："那不行，不赶趟儿了。"

子昂不解道："有啥不赶趟儿的？咱锅灶有的是，烧一锅水，放上料就炉呗，还比猪肉抗炖？"

金万解释道："你不懂，狼和狗一样，得先搁凉水泡，最少泡两天，不泡太腥了，不好吃。"于是，吃狼肉的事便留到以后了。

晚间，发电机继续运转，专门为晚宴照明。晚宴时真就摆了八桌席，男女各四桌。大灶房两间屋各摆两桌，子昂和父亲、石头、林海、庚寿、文普、金万、山鹰坐一桌，两个长辈坐上位，万全还是和警察们坐一桌。对面屋也是两桌，春山、铁头和马帮的炮手们坐一桌，春山的表哥和庄里男雇工们坐一桌。

女人和孩子四桌分别设在石头父母屋里和婉娇、多日娜的屋里。子昂妈和石头父母、若玉、芸香、亚娃、顺姬、芳子坐一桌，只是石头的父母一个躺在炕头处让人喂，一个看不见东西让人帮助夹着吃。婉娇、津梅、春山表嫂各带着孩子坐一桌，玉莲也在这桌上。

多日娜带着一帮女工、厨娘和烧火丫头在她房内两个屋里吃。大家都很高兴，话题几乎都是白天打狼的事。多日娜被大家称赞得最多，这时也数她开心活跃，两屋来回张罗着，还逼着大家随她一同喝酒，除了她的丫头雪儿，谁不喝都不行，后来大家和她玩起车轮战，这个敬一口，那个敬一口，便将她灌醉了，脸红得就像红果，娇媚动人，但也闹人，时而逼人喝酒取笑，时而又哭着骂婉娇、芸香，甚至连香荷和子昂也捎带着骂，有人便去大灶房告诉子昂。

听说多日娜喝醉了酒，子昂忙放下筷子去多日娜的屋，见多日娜正在炕桌前训斥几个女雇工，是因有人要离开惹恼了她。

见子昂进来，多日娜立刻又一脸灿烂地笑起来，倒一杯酒端给他，硬着舌头道："她们不喝，咱俩喝。"

他在各桌都要喝一点，这时也有些头晕，见多日娜醉得迷人，也显得兴奋，挨着她坐下，忍不住摸下她红红的脸颊道："真好看。"

她打他一把道："大骗子！"又媚眼瞄他笑道："你好看，我敬你。"说着又端起一只内有半下酒的杯与他碰，见他要拦，忙一扭身，头一仰将杯内的酒喝下，顺势要倒。他忙扶住她，她又借势扎进他怀里，两手紧紧搂着他。

女工们也有喝多的，但见多日娜和子昂搂在一起，顿时都酒醒一半，嬉笑着下地要离去。他忙叫住她们道："谁都别走，把桌子拾掇了。"

等大家把桌子收拾下去后，多日娜已在他怀里睡着了。他又让雪儿铺好被褥，嘱咐道："今晚你就守着她睡，有事儿去叫我。"说完将多日娜轻轻抱到褥子上，又吩咐丫头把门插上，这才又回大灶房陪哥哥们和万全的那些兄弟。

哥哥们和万全的手下一直喝到深夜，都已喝得醉态，但还都理智。子昂已经做了大家留下过夜的准备，但万全见子昂身边的佳丽们都没靠前，猜是子昂故意不让她们露面，一再发着牢骚，说这次山庄闹狼灾，要不是他带人带枪来，山庄的人都得喂狼，应该所有的人都来敬他这些弟兄。

林海见他也喝多了，就让大家借着雪光回镇里。万全不想让林海知道他朝子昂要女人的事，只好悻悻地下了桌，其他人也都穿戴好出了桃源居，喧哗声扰得山庄各院的狗们又叫起来。

婉娇桌上除了三个大人便都是孩子，孩子们不讲什么礼数，抢着吃饱后便下桌去玩，三个当妈的怕孩子们出院遇上来报复的狼，一再嘱咐不得出院子。想起白天的惊险，她们三个大人也害怕了，就准备今晚都在这屋过夜，便插了院门和房门，让七个孩子在一炕上玩，玩到男人们喝完酒停电机为止。

还没等停电，外面有人敲门，春山陪表哥来接表嫂和孩子回自家屋，可孩子们却都不愿分开。津梅便说："她们不愿回就待这儿吧，我得回我屋把炕烧一烧。"说着看一眼春山。

春山也没少喝，只是笑，这时看津梅的眼光也不躲闪了。婉娇心里明白，就让大人们都走，孩子都由她照看。

出了婉娇的院，春山借酒壮胆，从津梅怀里抱过阳儿道："我来抱儿子。"

津梅心虚，用身子撞下他闪开。他嘿嘿地笑道："没事儿，他们知道咋回事儿。"说着进了津梅的院。

津梅嗔怪道："你咋啥都跟人说！"

他仍嘿嘿笑道："我没说，人可都不傻，早就看出来了。没事儿，咱俩对子昂啥样，他俩就对咱啥样儿。"说着插了院门，搂着她进屋。

子昂送哥哥们回来，正见婉娇将春山、津梅二人送出院门。借着雪亮，他看见春山搂着津梅进了院，顿时也兴致起来。待他们进了院，忙跑到婉娇门前。

婉娇已在里面插了门，正要进屋，听见有人在敲院门，问道："谁？"

子昂在外面对着门缝小声道："还能谁？开门儿。"

门很快开了，他一拥进去，搂住她道："想你了。"

她低声嗔怪道："你咋这大瘾，白天不玩儿了吗？"

他也嘿嘿笑道："不是让狼给搅了吗？"

她贴他耳边道："孩子都在我这儿呢。"

他问道："他们都在一屋吧？对了，忘拉电闸了，我去拉了，让他们赶紧睡觉。"

她又嗔怪道："你不答应今晚给大伙儿多点会儿吗？"

他说："啥是多？差不多了，往常这会儿早睡了。"又借着酒劲亲她。

她推开他道："一嘴酒味儿。快去吧，给你留门儿，还那屋。"说着先进屋去了。

津梅将熟睡的阳儿放进摇篮，又挡好窗帘插了门。春山急不可待地与她亲热，刚要脱衣服，电灯突然熄灭。他在黑暗中埋怨道："这子昂，也太抠门儿了，连点亮儿也不舍得给。"

她在黑暗中挖苦道："你偷小姨子还敢要亮儿？"

他想看着她的身子，嬉笑道："你身子比你姐好看，俺还没稀罕够呢！"

她打他一把道："臭嘴！"然后摸索着点亮油灯。

第二天天没亮，子昂便被婉娇叫醒。孩子们昨天都闹得很乏，这时还在对面屋炕上睡得正香。

他忙起来穿好衣服，悄悄出了屋，回桃源居先点火烧水烧炕。洗漱完了，觉得肚子里空，又去大灶房。厨娘们正在做早饭，见他进来，猜他是饿了，问他吃什么。他见一大盆里还有不少昨晚烀好的肘子肉，随手拎出一只，大口地吃着。厨娘说要为他蒸一下，他却说凉着好吃，很快将一只肘子吃得只剩下骨头，然后回自己屋里睡起回笼觉。

好像刚睡着，雪儿就来叫醒他，说多日娜正在被窝里哭。他立刻没了困意，问出了什么事。雪儿说她今早把昨晚的事说给多日娜听，多日娜听后便在被窝里哭。

想起多日娜昨晚醉酒的样子，他这时很想见她，便随雪儿去了她的屋。本没听见多日娜哭，他在灶房内招呼她后才听她在里大哭。

他推门进屋，见她蒙着棉被哭，站在炕前关切地问："谁惹俺家姑奶奶了？告诉我，我去揍他。"

她掀起被头哭道："别在这儿装好人，出去，不用你管！"随即又将头蒙上。

他明白她的心思，换了话题道："别哭了，赶紧穿衣服，我要跟你说件事儿，是好事儿。"

她不哭了，在被窝内说："我能有啥好事儿？"

他说："你先穿衣服，我给你打洗脸水去。"说着去了灶房。

她穿好衣服让他进屋问道："说吧，啥好事儿？"

他说："要过年了，咱庄上那些够月的猪也该卖了，光靠马帮跑不过来，我想在镇上再开个肉铺。"

她不屑道："就这好事儿？和我啥关系？"

他说："有关系，这个让你管。你在镇里帮着收豆子，那是花钱的买卖，这可是收钱的买卖。"

她一脸不悦道："你是让我去卖肉？"

他解释道："不是卖肉，是帮着管家。现在山庄的事儿越来越多，人少根本顾不过来。再说咱养猪比别人家养猪还多赚，起码一些豆子是咱自个儿种的，饲料是咱自家的。一头肥猪少说能卖二十块，那肉铺哪天不得收回几十块？再说平常也有吃肉的，咱肉铺一开就得常年开了。"

她不屑道："镇里有几家天天吃肉的？你净搁那儿想美事儿。"

他说："指镇里人咱能卖多些？咱还得往外卖，赶集的时候能多卖些，还有马驮的哪，趁着年前，让五哥他们多往外头运。你就领几个人来抓猪、杀猪。卖肉的钱你管着，连五哥卖肉的钱也交给你，山庄用钱就从你这儿拿。以后你这儿可是山庄的大钱匣子，我得用个靠谱的人来管。卖不用你亲自卖，找几个会杀猪的、会卖肉的，咱给他工钱，你就是管收钱。"

她笑道："你让我管这么多钱，不怕我都给你拿跑了？"

他说："那样也好，就当是你的嫁妆了。"

她又生气道："你就故意往外支我。你就这么烦我吗？"

他说："我烦你还用着这样吗？我是相信你。你要愿意帮我，一会儿你就去集跟前儿兑个大点房子当肉铺，想着再找几个会杀猪的、会卖肉的，咱哥懂，你让他帮你。"

她这才感到他是对她好，急忙梳洗打扮起来。但昨夜喝多了酒，这时还不想吃东西，早饭也不吃了，骑马去了镇里。

因怕狼再来报复，子昂要去牡丹江的计划只好推迟，尽管已经上了冻，还是让人进山伐了许多两寸左右粗的木杆，围着山庄的房子和猪场夹起一圈障子，又用更粗的木头于入庄处建一座高大的庄门，届时白天敞开，黑天关闭。

山庄又繁忙起来，雇工们都停下原有的活，一面夹杖子，一面帮庚寿将所有的死狼收拾出来，总计数出九百一十八只狼。子昂不禁心里一震，脱口道："这么巧！"

庚寿不知他说什么，问道："嘟囔啥呢？"

子昂说："九百一十八张皮，九一八！"庚寿也感到惊奇，但只是笑笑。

剥完狼皮后，庚寿又带人为白条狼开膛，取出内脏。收拾好的白条狼，除了分给各家现吃的，其余都在山庄用雪埋起来，不算分出去的，也够山庄吃一冬的。

子昂也跟着忙，但他只是用尖刀抠狼牙。他想起万全喜欢狼牙，念他这阵总因得不到顺姬和他别扭，便想送他一些狼牙讨他开心。他也知道狼牙有避邪一说，便想将所有的狼牙都抠下来，日后为山庄的女人、孩子们各串一副项链戴在身上。但每抠下一只狼的牙都很费力，就说等着用锅煮了再抠。

庚寿更懂这些事，告诉他说："狼牙不能煮，一煮就避不了邪了。"

子昂这才明白狼牙沾着血腥才能避邪。但现在他没有那么多时间用在抠狼牙上，就说收拾出的白条狼先用雪埋起来，等闲着没事时再抠。

这时，他又见庚寿将掏出的狼心都扔在地上，不禁问道："狼心狗肺到底啥意思？"

庚寿笑道："那还能啥意思，就是不能吃呗。"

子昂又问道："为啥不能吃？有毒吗？"

庚寿说："狼肉都没毒，它哪来的毒？就是那么一说儿。咋的？你想吃？吃也药不死人，狼心也是肉。"

子昂追问道："你吃过？"

庚寿摇头道："我还没缺过肉吃呢。"

子昂说："我好像缺，我尝尝？"

庚寿以为他开玩笑，说："行啊，就尝这个。"说着将手中一颗血淋淋的狼心递给他。

他毫不犹豫地接过来，转手交给一个正在跟前看热闹的厨娘说："你去，把这个先搁凉水泡上，晚上把它给我炒了，跟炒猪心那样炒，多放点辣椒。"

庚寿惊讶道："嘿，你还来真的！还没见过谁吃呢！"又哄道："说笑话行，咱可别吃那玩意儿。"

他笑道："我先尝尝，好吃你也吃。"

庚寿脸一板道："拉倒吧，要吃你吃，我可不吃！"他只是嘿嘿地笑。

晚间，子昂果然吃了辣爆狼心，让庚寿和那些干活的也吃，可谁都不敢。他没觉得狼心难吃，便将一盘辣爆狼心都吃了。

全庄的人都为他吃狼心而惊讶，女人们更是用异样的眼光看他。母亲听后也责怪他。

他笑问道："是怕我狼心狗肺？不能。以后我年年给妈做大福。"

母亲笑道："那咱也不吃那玩意儿，都说不能吃，必是有啥毒，别药着你。"

他得意道："你看我现在不好好的吗？"

母亲小声道："香儿都不敢和你睡觉了！"他又嘿地一笑。

芸香虽然着急见到久别的弟弟、妹妹，这时也不好再催子昂动身。直到进了腊月，夜里听不到狼嚎的声音了，他才决定动身去牡丹江。

临行前，他借铁头、春山带马队到山庄提货，专往镇里驮了一趟白条狼，总计一百只，除了相关人家各先分两条，其余都送给了警察所，说每个兄弟都有份，三十几个警察都很欢喜，谢过子昂又谢万全。

万全觉得脸上有光，好像忘了和子昂闹不快的事，又对手下夸他九弟办事敞亮。子昂也觉得心里敞亮许多，又将一包狼牙递给万全道："这是你要的狼牙，不太好抠，搁锅煮还不行，先抠这些，那些回头慢慢抠。"

万全开包看了看，见颗颗狼牙上都沾着血渍，满意地点头道："这是好玩意儿，九弟费心了。"

子昂说："总惹二哥生气，不好意思。"

万全嗔怪道："唠这干啥？都过去了。"接着又说："日本人现在可拿你当宝儿了，东条交代你的事千万别忘了。你也别多寻思，画张画儿没人说你是汉奸，就当礼尚往来，给人方便，咱自个儿也方便。你不是还想要枪和子弹吗，这样二哥也不为难。回去从这儿再拿支枪，子弹你搬一箱走。"

子昂只是点下头，走时拿了一杆长枪和一箱子弹。

回到山庄，子昂将两杆枪分别交给多日娜和顺姬，让她俩负责山庄的警卫，说他要去趟牡丹江，顶多两日就回来。

他又去和香荷和岳父母辞行。格格夫人半真半假道："不会再领回一帮吧？"他只说去给大姨家送点年货钱，顺便看看有没有妹妹子君的消息，心想，现在已有自己的山庄了，领回来也直接领进山庄，谁都别想干涉。

▶第 103 章◀

牡丹江也刚下过大雪。一下火车，子昂先去何家，见何耀宗的母亲正生病，盖被睡在炕头处，七姐和大姐在照看。屋中这时还有个中年男子，是何耀宗生前的朋友，姓施。

子昂听了七姐的介绍，立刻想起婉娇提过那个做钱币生意的施大洋，抱拳施礼道："久仰施老板。"

施大洋也客气地还礼道："你上次来咱就见过面，可惜赶的不是时候，也没坐一块儿唠唠。"

说话间，老太太从睡中醒来，问谁来了。子昂忙靠上前唤道："娘，我是子昂，您的儿子。听说您病了，是哪不得劲儿？"

见是子昂来，老太太顿时精神许多，自己爬起来说："可真是的，俺儿来了！"说着眼泪也涌出来，拉住子昂的手。

七姐笑道："这可真是见着儿子了！那您高兴才是啊，咋还哭上了？"

子昂也忍不住眼睛湿润了，握着老娘的手道："娘，我是来接您的，跟我去龙凤吧。我那头事儿多，难得来看您一次，心里总是挂念。正好要过年了，就去我那头儿过年，那头过年也挺热闹，我找人天天陪着你，心情一好，就啥病都没了。"

老太太欣慰地擦去泪说："你事儿多就忙吧，别总挂着娘，这还有你一帮姐姐呢。要不等天暖和的，娘跟你去瞅瞅。怪想香儿和娜儿的，她们还都好吧？"

子昂这时还不想说出他已将芸香收了房，只说："都挺好，她们也想你。"

大姐一脸愧疚地对子昂说："你能成俺们家里人，我真挺高兴的。大姐从前也不会看个事儿，怠慢了你，别怪大姐。一晃都一年了，大姐整天盼着你来。回回看你那个哥哥来给娘送钱，我心里都后悔。"说着也抹起泪。

七姐岔开话题道："你那个哥哥真挺好，头阵儿来还带戏班子来了，给娘唱了好几出儿戏。听戏时娘还挺高兴，可唱戏的一走娘就开始哭，说是想你了，也知道你忙生意挺脱不开身。这你来就好了，娘的病也能好利索了。也不是信不着你，娘有病没病俺们都来照看，你该忙就忙，别把大事儿耽搁了。"

子昂说："我那边人多，岁数大的小的都有，娘过去也耽搁不了啥。"

大姐说："娘刚见好，大冷天儿的，先别折腾了。就听娘的，等天儿暖和的你再来接她，她愿在你那待就多待一阵。"

子昂不再坚持，从提包里拿出很厚一沓绵羊票道："这是五千，每个姐家五百，买点年货，一千五先给娘放枕头下压压邪气，完了该买吃的买吃的，该抓药抓药，娘就交给你们了，等天暖和的，我来把娘接过去。你们有空儿也去住一阵。"

在场的姊妹都很感动，急忙做午饭，将施大洋也留下陪子昂。

午饭还算丰盛，都是现从街市上买回的。施大洋不喝酒，正合子昂意，但老太太平时就有喝酒的习惯，虽喝得不多，但几乎顿顿不落。这时她说已有几天没喝了，想喝两口，大家便都陪着喝点，一边吃喝，一边听子昂唠他山庄的生意。

子昂想借机从施大洋口里知道银圆现在的行情，便问施大洋在做什么生意。施大洋果然说他是做钱币生意的。他立刻问道："大洋现在的行情咋样？"

施大洋眼一亮道："听说你上次来带了不少袁大头，你手上还有吧？"

他点头道："收到一些，想换成钞票，不知啥价儿换合适。"

施大洋有些兴奋道："现在就这玩意儿赚钱。这得说是前年，国民政府'废两改元'，把银圆定为国币了，一律都用银圆，但和满洲国没关系，也就我们这些倒腾钱的想收点。去年外国的银子也开始涨价，十六便士一盎司涨到二十便士！真不少！现在外国人就得意收咱的大洋。在英国，一百块能赚三十块！要说一成利就不少了，这可是三成的利！咱有这层关系你放心，我保你赚大头儿。"

子昂之前都是让管垚帮着兑换，虽然也赚些，但还是不及施大洋兑换得多，说回头先兑换两千块。

施大洋问他有多少银圆，他谎说自己有个朋友专门跑乡下收集古玩，遇着家里有现大洋的也收，又说："要这样的话，我也不能昧良心，让我那朋友也赚点，这样他还愿意收，收多了咱大伙儿都能赚。"

施大洋笑道："多多益善，我不怕多。"说着碰了杯，算是达成协议。

吃过饭，子昂说还要去别处，就与大家告别。施大洋也说回去有事，便和子昂一起离开何家。

一出何家大门，施大洋便急不可待地向子昂露出他一直在暗恋婉娇，也知道婉娇生的两个孩子都不是何耀宗的，只是顾虑婉娇终归是朋友的妻子，又先后被鲁荫堂和近藤霸占着。如今何耀宗、鲁荫堂已都不在人世，他想让婉娇悄悄回到他身边，说："你要能说服她跟了我，你有多些大洋我都给你三成利，就当谢你。"

子昂清楚，如果按施大洋给的价格兑换，他那些银圆能净赚百万元钞票，即使他山庄的经营再扩大，也能顶他十年赚的。但他舍不得婉娇，本想让施大洋帮他兑换大部银圆，但现在他不想再见到他，只要知道了行情，回头就拿这行情点点管垚，看他能给涨多少。但无论如何，他都不能拿婉娇做交换。他也坚信婉娇不愿离开他，便不想与施大洋多废话，表面答应，谎说婉娇过些日子就能回来，然后便分了手。

因乔志恒对子昂说过他家就在德益饭店附近，子昂便逢人就打听德益饭店，很快找到了德益饭店，它处于一条商铺林立、叫卖嘈杂的街道上。

站在德益饭店对面，他又四下巡视，向东看到一面上写"乔家理发棚"的布幌，心中一亮，直奔过去。

理发店的店面不大，里面很冷清，只有一个四五岁女孩在和一只猫逗着玩。见陌生人进来，女孩起身冲里屋一条白色门帘嫩声喊道："爷爷，来剃头的了！"

那门帘立刻由里被一根烟袋挑开，一位六十左右岁的老人露出脸来，以一双警觉的眼睛朝外看。

老人见子昂头戴貉壳皮帽、身穿狐皮大氅，脖子上搭条羊绒长围巾，手里还拎着一只皮包，显然不是一般百姓，这才从帘后过来问道："先生有事儿？"

子昂鞠下躬问道："您是乔志恒的父亲吧？"

老人不安地点下头道："是，可他不知跑哪儿去了，皇军已经来过好几趟了。"

见老人紧张，他解释道："您别担心，我是从龙凤镇来的，最早那块儿叫龙封关。志恒在我那儿，他现在挺安全。可他过年不方便回来，让我代他来看看你们。"

老人忙将烟袋及系在烟袋上的烟荷包放到桌上，拉他坐到剃头椅上道："来来坐下。"又对女孩道："去，里屋玩儿去。"女孩发蒙地看着子昂，像有人要抓她似的跑进里屋。

老人又小声对他说："外面有盯梢儿的。一会儿他们要是进来，你就说你是剃头的，千万别说认识俺家小子。"

他紧张起来，刚才忘了志恒曾对他的嘱咐，也不知有没有人注意他，说："我真是来剃头的，要不进了正月就不能剃了。"又逗笑道："不说正月剃头死舅舅吗。我倒是没有舅舅，可我是当舅舅的，我得好好活着。"说着忙从皮包内抽出一沓钞票，从下面递给老人道："要过年了，这是志恒让我捎给您的。我来就为这，马上就得走。"

老人愣下神才接下钱，忙藏在半筐碎头发内，然后为子昂围上一块蓝绸布道："你只要一进来，就该有特务盯上了，你现在想走怕也走不了了，一会儿准有日本人来，你得有个准备，一定咬死了，就说是打这儿路过的，顺便剃个头。我就简单给你修下吧，谁来你也真是在剃头。

我这儿有日子没来顾客了，日本人从这儿抓走好几个了，可没一个和我儿子有关的，你是头一个。街坊四邻都没人敢进来，我要关门儿特务还不让，搁我钓鱼呢！咳，这鬼年月，好好的日子也过不消停。"说着用剪刀和梳子为子昂修起头发。

工夫不大，果然一伙日伪军冲进店来，将子昂半面围住。一个挎洋刀的日本军官打量一下子昂后，操着生硬的汉语问老人道："他的，什么人？"

老人说："剃头的，以前不认得。"

日本军官让人搜子昂的身，只发现他的皮包里有很多成沓钞票，又盯着子昂问："这么多的钱！什么的用？"

子昂有些慌，但故作镇静道："做生意。"

日本军官不再询问，吩咐手下道："守备队的！"

立刻有伪军拍下他道："请吧，太君让你去趟守备队。"

子昂忙辩解道："我真是做生意的！我是海林保龙凤的，到那儿一打听周子昂，都知我是干啥的。"他已感到自己有了麻烦，也清楚来硬的肯定不管用，便故意说给志恒的父亲听，尤其把他的名字说得很清晰，心想不论自己的麻烦是什么，都希望老人能去龙凤镇找到他的哥哥们；只要他到龙凤镇一打听他，他的哥哥们就能知道他的处境，定能赶来帮他解围。

那伪军说："你别搁这儿喊，皇军不想扰民，有话守备队里说，说清了你爱哪哪去，说不清就去掖河宪兵队。"

他立刻想起罗金德和罗景吉就死在掖河监狱里，心里顿时更慌起来。

但他只能跟着去日本守备队。守备队距离火车站百余米远，里面有牢房，多数牢房里都有被囚的中国人。几个日伪军直接将他送进一间空牢房，随后便没人管他了。

从理发店被带出，到被进牢房，他就像做场噩梦似的。他竭力振作自己，设法让日本人相信他和理发店特别是乔志恒没有任何关系。他曾几次要向那日本军官解释，可那军官却总是不愿理睬，不耐烦地冲他喊"快快地"。他心中十分懊恼，却又不好发怒。

躺在牢房的地铺上，他想他将死到临头了，后悔没有拿志恒的嘱咐当回事，也不禁开始思念他的父母们、女人们、孩子们和哥哥们，担心再也见不到他们了，又不禁黯然落泪。他希望志恒的父亲这时正在赶往龙凤镇的路上，哥哥们马上就会赶来。万全可能去求田中太久出面说话。

正想着，有人透过门上的方孔喊："开饭了！"

他忙起身到门前。一伪军为他递进一块带着煳锅巴的玉米饼和一碗萝卜汤。

他没有一点食欲，急忙问伪军道："老兄，咱都中国人，帮个忙儿吧。帮我问问，日本人把我关在这里啥意思？"

伪军说："看你像个少爷，我就跟你说一句，这得问你自个儿，他们为啥抓你？"

他一脸委屈道："我也不知为啥，我正剃头呢！"

伪军说："日本人做事咱看不懂，猜你肯定沾了什么事儿？"

他心里明白，眼下就希望通过辩解使自己解脱出来，又问道："他们啥时问我话？"

伪军说："听说你不用在这儿审。等这儿关满了，把你们一块儿送到掖河宪兵队去审。"又小声道："我能给你捎个话儿，但可不白捎，有多少好处，就捎多远的话儿，你用吗？"

子昂又想起他的哥哥们，自然也想到田中太久和东条敏夫。他本不愿田中太久和东条敏夫来救他，但现在也只有靠他俩出面了，还是先保命要紧，便说："我少不了你的。你跟那个会说中国话的日本人说，我在龙凤镇有日本朋友，都是皇军，一个是东条少佐，一个叫田中太久，他们可以为我作证。你放心，我要没事儿了，一定好好谢你。"伪军答应后离去。

很快，那个日本军官带着两名日本兵来见子昂，问："东条君，田中君，你们的朋友？"他忙说："我是做生意的，我们常在一块儿吃饭、喝酒，是朋友。"

日本军官又问："你去理发店，什么事？"

他坚定道："我是去剃头。"

日本军官立刻打断他道："你的撒谎！你在街上打听德益饭店，可你对德益饭店根本没兴趣，你是在找那个理发店。知道吗？我们在抓他家的儿子，叫乔志恒，是抗日分子，你知道他在哪！嗯？"

他心里一惊，不敢犹豫，急解释道："我跟那家人一点儿关系都没有，你说的那人，我根本就不认识！我真是去剃头的！要过年了，平时没有工夫，赶巧儿遇上了。我们这儿正月不剃头，正月剃头死舅舅，都是腊月剃头。现在就是腊月，现在剃完了，就得等到来年二月初二剃龙头。"

日本军官被说得有些蒙，又问道："你问德益饭店什么事？"

他急中生智道："我有个妹妹两年前走丢了，我一直在找她，黄花甸子、牡丹江、乜河我都找遍了。这件事田中君也知道，不信你问他。"

日本军官又问："找妹妹用那么多的钱？"

他解释道："我这次来，主要是串亲戚。火车站那儿有我个干娘，这街里还有我个大姨，我母亲的姐姐，乜河那头我还有个干妈，好多人。过年了，我挨家给他们送点钱，买年货的。"

日本军官皱着眉头道："你的不能走。"说完他转身走了，那两个士兵也跟了出去，牢门又被锁上了。他的心里又黑暗了。

他正焦急不安时，那个送饭的伪军又来送饭，一碗白米饭和一碟炒蛋、一盒新开封的猪肉罐头及一把羹匙。

伪军讨功道："抓进来的人可都没有这种待遇，别忘了是我给你传的话儿。"

子昂心里烦躁，发泄道："我现在需要自由，送这些玩意儿管屁用？我在家吃的比这好！"

伪军不悦道："你这人咋这样？我能做这些就很不容易了，你是不想领我情吧？"

子昂说："不跟你说了，不过你放心，只要我能出去，就少不了你的。"伪军点下头走了。

子昂一直被关着，只有送饭的伪军接近他，虽然伙食还算不错，但他吃着不香，便求伪军为他弄包香烟来。他本不吸烟，曾受哥哥们架拢抽过几口烟袋，这时他却很想抽烟解闷。

夜里，他梦见自己被押送去了掖河监狱，懿莹在他后面伤心欲绝地哭喊着"你别走"。原来是在罗家，棺材铺里排满了棺材，一口棺材里躺着妹妹子君。他抱出妹妹哭道："哥一直在找你，你咋死了呢？"可再一看，怀里抱的是婉娇，冲他笑道："我没死，就看你是不真疼我。"突然门响，芸香又来监视他，一惊醒来，原来牢里又抓进新犯人。已经过去两天了，被囚在这里的中国人有被日本兵押出去的，也有刚被抓进来的。

他心神不安地坐在地铺上抽起烟，又思念起他的亲人们，心急如焚，却又无可奈何。

第四天，他正急得要发疯时，那个伪军打开牢门对他说："你自由了。"

他一时不敢相信自己的耳朵，好像还在做梦，盯着那伪军问道："你说啥？我可以出去了？"

伪军一脸认真道："你可说过，只要你出去，就少不了我的。"

他惊喜万分道："少不了，我说话算数儿。那我现在就能出去了？"

伪军催促道："快点儿吧，有人等你呢。"

他没想到这时有人在等他。他想一定是林海和万全去求田中太久做保人将他保出去，这时在外面等他的定是林海、万全等哥哥们。

然而让他没有想到的是，他被带进守备队队长的办公室，对面墙上一面日本国旗让他感到刺眼，再看室内有两个日本军官，其中一个居然是田中太久。

守备队长并不是抓他进来的那个军官，见到他很客气，先让他坐，又将他的皮包递过来道："这个还给你，一样都不少，一会儿跟田中君回去吧。"又对田中说了句日语先出去了。

屋里只剩下子昂和田中太久。田中太久笑问道："没想到我来接你吧？"

子昂还是有些感动，心里也轻松许多，回笑道："是，这两天啥梦都做了，就没做这梦。"

田中太久用诡异的眼神看他道："那是你还不够亲善。"

子昂随意道："咱不说梦话，梦都是假的。"

田中太久立刻赞许道："说得好，那我们就现实一点。"

他明白田中太久的心思，无奈道："现实不太好改变，只能去面对。"

田中太久又赞许道："越说越对。现实就是中日亲善，我们要共同去面对。"

他为田中太久的快速应变感到惊讶，怎么自己说的每句话都能被他巧妙地利用上？心想自己办事说话都太不谨慎了，忙又装出若无其事的样子问："我现在可以出去了吗？"

田中太久说："虽然把你放了，但不等于你无辜。守备队还是怀疑你，至少怀疑你被不良分子利用了。不过这事不想追究了，一只小虾米，还能翻起多大浪？犯不着把你搭进去。这个守备队长和东条少佐是同乡，又是同一天参军、同一天提为军官的，感情很好。我俩关系也不错，他的中国话我没少教，不然的话，他会把你送到掖河宪兵队。掖河那里正需要劳工建江桥，让你干那种活儿可惜了。少佐阁下很欣赏你的才华，他交代你的事情还要做。你被关在这里，他可替你说了不少好话，还让我亲自来接你，希望你不要辜负少佐阁下的厚爱。"

子昂心中不快，暗中骂道：狗日的，你们日本人在我的家里抓了我，这会儿还让我感激你们，那我不真成了感激你们侵略中国的汉奸了。但他不敢任性，只是说道："子昂心中有数。正好要过年了，回去后我就亲自送几头肥猪过去。"

田中太久说："吃的并不重要，少佐阁下让你办的事要抓紧。"

他知道他说的事就是东条敏夫让他画日本天皇，也是已经无法回绝的事，便说："我已经让人打木框了，回去就办。"

田中太久却沉思片刻道："我知道你们中国人都从心里反对我们来中国，这是我们必须面对的，也是我们必须要改变的。中国人要清楚大日本帝国的强大，用你们中国话讲，胳膊扭不过大腿，鸡蛋碰不过石头，识时务才是俊杰。我们还需要相互了解，等建成东亚共荣圈，你们会感谢我们大日本帝国的。"

他心中不服，但好汉不吃眼前亏，点头道："你说的我明白。"

田中太久也点下头道："少佐阁下非常期待你早日把天皇陛下的光辉形象画出来。"

他不明白东条敏夫为何如此在意那幅日本天皇的画像，虽然他感到这将是他作为一个中国人的耻辱，但他已别无选择，便说："放心吧，我会抓紧。"说着出了守备队的大门，见门前停着一辆挂斗摩托车，一个穿着日本军冬装的士兵正骑在驾驶位上等候。

田中太久先坐进挂斗内，让子昂骑在驾驶位的后座上。子昂先问去哪里，田中太久笑道："不会送你去掖河，送你回龙凤。"

子昂笑道："我还就想去掖河。"

田中太久不禁一怔。子昂忙解释道："我这次出来，真就是年前走亲戚，掖河也有俺家亲戚，我咋也得把年货钱给他们送去。"

因是年前必须办的事，田中太久不好阻拦，但又怕子昂再遇麻烦，尤其掖河是日军的集中区，又是宪兵队的所在区，便让子昂等一会儿，下了摩托车又进了守备队。

田中太久回守备队的工夫，那个帮子昂问话的伪军急忙过来问道："你真不是一般人，那个事儿就当我白说。"

子昂还真把他的事给忘了，从包里抽出几张绵羊票道："这些够你全家过个好年的。"

伪军就是来要钱的，高兴地接过钱，连连谢后离去。

驾驶摩托车的士兵也在看他，他就又拿出几张递过去，士兵也高兴地接下，对他连连点头致谢。

又等了一会儿，田中太久从守备队出来，将一本证件交给他道："给你找个护身符。"

他接过来看，见里面用日文写着一排字，下面还盖了守备队的方形印章，问道："这上写的啥？"

田中太久坐回挂斗里说："写啥不重要，重要的是，大日本皇军不会为难你，会把你当成好朋友。记住，办完事赶紧回去，大日本天皇在等你。"说完示意士兵开车，随即摩托车突突地开走了。

子昂听了田中太久最后一句，心里不禁一阵发抖。

第 104 章

子昂被放出来时是腊月十八。按他事先设想，这之前他还要去牡丹街的姨母家，除了送些钱外，还要询问妹妹子君有没有到牡丹江的消息，然后再去掖河找芸香的弟弟、妹妹，最后去乜河将懿莹的奶奶、母亲和小青、景利等人接到龙封关山庄。可眼下离大年只有十几天了，给哥哥们和村妮、津菊等家备的年货钱还没有送去。他必须得赶在小年前将办年货的钱送至各家，以便各家打算过年置办的东西。

这样，他便暂时放弃去掖河寻找芸香的弟弟妹妹，先就近去牡丹街的大姨家和乜河的罗家。如果懿莹的奶奶、母亲和小青、景利愿意，就先将他们带到他的山庄，等为各家送去年货钱再立即返回去掖河。如果顺利的话，他要赶在大年前将未曾谋面的小舅子、小姨子找到并也带进他的山庄。

与田中太久分手后，他急忙去了牡丹街的大姨家。大姨家靠着他的资助，在保留原有果子摊的同时，又加开了豆腐坊。豆腐、豆浆、豆腐脑的加入，使果子摊变成了果子铺，生意也日益兴旺。

见子昂来，姨母、姨夫和表哥、表嫂、表姐、表弟们都很欣喜。曾经想嫁给他的三表姐就嫁在娘家附近的柴市街，听说他来了，急忙带着自己的男人和三个孩子也赶过来。三表姐的男人原是卖柴火的，也因子昂上次资助，现在做起了木材生意，日子比以前好得多，三表姐也打扮得比上次靓丽许多。

大家都诚恳地挽留子昂在姨母家过一夜，但他心里有事，便婉言谢绝道："我还有不少事着急办，马上就得走。等过了年的，你们要方便，就去我山庄住段时间。"说着塞给姨母一千元年货钱，又给表哥、表姐们各五百，孩子们也各给十元，算是提前给的压岁钱。

子君一直没有来牡丹江寻亲的消息。姨母说："我天天盯着你哥去问，估计是没来，要来八成漏不了。"

表哥说："火车站跟前的饭馆、客栈、摆摊儿的我都交代了，连卖烟卷儿的小孩儿我都打过招呼，就按你说的，谁帮找到，就赏谁一千现大洋。他们都挺上心的，就怕表妹不往这头来。"

许是又到年关的缘故，子昂这阵想妹妹想得心焦，这时叹口气道："也不知她现在在哪。"说着有些哽咽。

大家虽都对找到子君信心不大，但还是安慰他不要着急，他们会一直盯下去。

从姨母家出来，他直接去了乜河渡口。大寒时节，宽宽的江面上覆盖着厚厚的积雪，已经被人踩出一溜人行道。四下空旷，江面上正刮着大烟炮，过江的人们只能手插袖筒背风走。

走到江心处时，他不禁又想起三年前离开懿莹的那个夜晚，希望这次去她家能有她的好消息。

罗家虽然没有过去兴旺了，但过年的东西还是要准备的。懿莹妈和小青正在灶房内蒸着馒头和豆包，已有一些蒸好的摆在院内的案子上，待冻硬后装进院中的缸内，年中随时馏着吃。

见子昂来，婆媳俩都很高兴。他急着询问懿莹和景祥的消息，结果令他失望。

罗家奶奶正在炕上哄孙子，见子昂来，也高兴得不得了，忙让子昂上炕缓和。

他挨着奶奶坐下寒暄道："奶你还好吧？"

奶奶又抹着泪道："老太太过年，一年不如一年了。"

他安慰道："奶，咱好日子可在后头呢，我今儿个来，就是接你们去我那儿过年的，我那边人多热闹，又都不是外人。其实我早该来接你们，只是那头事儿太多，总也脱不开身。我总担心你们在这头过不好，你们就都跟我过去，我也省得挂念。"

懿莹妈又抹起泪道："这可咋说好啊？你要和懿莹到一块儿该多好。咳，现在怨啥都没用了。"

他心中惬意道："您就当我是您儿子，以后我就管您叫妈了。"接着叫道："妈，儿子今天接您和我奶去新家过年，住好了就在那头安家了。"

懿莹妈愧疚道："俺们家太对不住你了，咋好意思总给你添麻烦。"

子昂感慨道："我无家可归的时候，您就跟我妈似的照顾我，我今生今世也忘不了。我和懿莹就是有缘无分，夫妻做不成，还能做兄妹，往后咱都别外道。"懿莹妈一边抹泪，一边点头应。

子昂又安慰道："往后您和我奶都高高兴兴的，我妈还要谢谢你们呢。这回来，我妈特意嘱咐我把你们都接过去；那头房子都给你们预备好了，砖瓦的，还有电灯呢。"又对奶奶说："奶，往后我就是您亲孙子了，您愿意吗？"

奶奶笑道："那咋不愿意？愿意。"

子昂说："那待会儿就跟我走。你们先去看看，要觉得好，就在那头长住，房子就是你们的。要是住不惯，我再送你们回来。但今年的年，你们得去那头过，我备了不少过年的东西。"

见子昂一片诚心，懿莹的奶奶、母亲都同意随子昂去龙凤镇。小青也同意带孩子去，只有景利要守在家里看房子。

景利好像又长高许多，俨然一个懂事的大小伙子了。子昂还是不忍心将他一人丢下，劝道："那也不能让你自个儿在家过年啊。等过了年再回来。"

景利说："三十晚上我去大姑家，白天我还要卖货。我还怕我二哥和俺姐回来家没人。"

子昂也希望懿莹过年期间回来，便不再劝，欣慰道："景利长大了，可以顶家了。这样也好，你先在家守守年，过了年我再来，领你去认认道儿，往后有点啥事儿你就可以自个儿来回跑了。"说着从身上掏出五百块钱给景利说："拿着，喜欢买啥就买。过年了，用不着天天去蹲大街，愿卖过了年再说。"

景利感动道："你要是我姐夫该多好。"大家都开心地笑。

子昂几日没有回家，这时很想家里的人，便催促懿莹妈和奶奶及小青抓紧穿戴严实跟他走，又让景利去雇了马车，然后一同过江去了火车站，乘火车到石河，又换乘马爬犁直奔龙凤。

一进山庄，他们见婉娇从桃源居出来，头戴金饰，身穿蓝色暗花镶着貂领偏襟棉袄，胸前挂着一副珍珠项链，宽腿裤下边也绣着精美图案，脚上的棉鞋由里翻出貂毛，全然一位娇美贵妇人。

婉娇一见子昂就埋怨道："还寻思你在外头过年呢！"接着认出穿戴严实的罗家人，顿时显得不安，也不知怎么打招呼了。

懿莹妈见到她也不自然道："他婶子，道上都听子昂说了，你在这儿挺好的，就是这辈分有点乱。"

婉娇尴尬道："我和子昂一直是姐弟俩，实在没法变了。他哥俩都不在了，要不以后你也当我是晚辈吧。"

懿莹妈为难道："这咋好，叫了那些年弟妹，这说变就变了。"

子昂却笑道："大清国还叫了几辈子呢，不还是变成民国了。咱这不是民国，也不认它狗屁满洲国，就是龙封关山庄，该变就变了吧。"

懿莹妈打他一把道："你个鬼小子！"尴尬就这么过去了。

子昂父母感激罗家曾经照顾过子昂，这时见到罗家人都很热情。周传孝还是不理子昂，但对罗家人却格外客气，先是一同吃了丰盛的午饭，然后陪他们去看已经布置好的新家。

山庄的人还不知道子昂在牡丹江坐过牢，芸香见他没把弟弟妹妹接回来，倒将罗家四代人接来了，心里颇为不爽。

子昂这才愧疚地说出他在牡丹江被日本人关进牢里了，又保证等这头安排一下就专门去掖河找弟弟妹妹，如果顺利，年前一定接回来。

她倒心疼起他坐牢吃了苦，问他在牢里挨打了没有，每天吃什么饭。他笑道："在那里挺好，天天吃猪肉罐头。"

她不信他的话，一撇嘴道："你又胡说八道。"他只是嘿嘿一笑。

懿莹妈和奶奶住一屋，小青带儿子住对面屋。子昂又炫耀了一通电灯后说："吃了晚饭，机器得停工，电灯就不能用了。"

奶奶盘腿坐在炕上高兴道："那就该睡觉了，不用这么亮，这就怪好的。"

子昂说："闲唠嗑儿和起夜就得点油灯，要不太费柴油。"

懿莹妈也夸奖道："子昂真是个能人，俺家莹就是没这福。"又抹眼泪道："也不知他俩这会儿在哪儿，兵荒马乱的，就怕他俩也有个三长两短的。"一下又勾起子昂妈想女儿，便同懿莹妈、小青和奶奶一起唉声叹气抹眼泪。

从罗家人的屋院出来，子昂想去看香荷和豆儿，见芳子和她的丫头英子从院里往外抬雪，忽然想起田中太久给他的日文证件，便走过去。

芳子见到他也是惊喜的样子，鞠一躬道："您回来了。"

他点下头道："去你屋，我问你点事儿。"她疑惑地让他进屋。

芳子的内屋摆放整洁，他平时不好轻易进来，这时他掏出证件让她看，问道："帮我看看这上写的啥？"

她看过后吃惊地问道："你的？"

他点下头道："给我念念。"

她笑了，又问道："你和日本皇帝好？"

他摇下头。她急了，说："你骗我。这个写着呢，你，画画儿的，孝顺，日本皇帝。"

他吓一跳，夺过证件自己看，却还是看不懂，又问道："真这么写的？"

她不安地看着他点头。他更感到很不安，暗中骂田中太久道："狗日的，这不存心坏我名声吗？"但转念又想，他回头还要去掖河找芸香的弟弟、妹妹，那里可是日军大本营，他真不敢说会不会再让日本兵抓起来。如果真如田中太久所说，用此证件日本人就不会难为自己，那就当是以毒攻毒吧。再说他已经答应为他们画日本天皇像了，自己是不是汉奸，也不差他们送给自己这两页纸片子。这时芳子又问："你能去日本？送我回家吧，我想家了。"

他又一怔道："我想送你回家，可现在还不行。他们给我这个，是让我画日本天皇，画画儿的，他们不让我出事，去日本不行。现在我告诉你，害你的近藤死了，有人给你报仇了。可宪兵队的人，拿枪的日本人，还在查他是咋死的。他们要知道你是日本人，就知道你是从那里逃出来的。他们要问你近藤的事儿，你咋说？你说不知道？他们能信吗？到那时，咱俩都活不成了。"

她惊愕地看着他问："他死了？你杀的？"

他不想让别人知道芸香杀过人，点头道："是我，给你报仇了。"

她激动得连连给他鞠躬致谢。他又嘱咐她这事不要对外人讲，然后离开山庄去看香荷母女。

香荷和岳父母知道他在牡丹江被日本人关进监狱里也都吃了一惊。他却坦然道："他们抓错人了。"别的什么都没说，甚至连罗家人被他接进山庄也没说，他不想年前正忙时和他们多费口舌，随后便又为哥哥们和村妮、津菊家送年货钱去了。

这次从牡丹江回来，他在火车站遇见一个带着洋娃娃的旅客。那洋娃娃是个俄国女孩，穿着华丽的丝绸长裙，模样很可爱。他想到芳娥得病后有时在炕上哄孩子玩，只是她哄的孩子是只绣花枕头。他不知她和可贵能不能生下孩子，便想将这只洋娃娃买下来送给她。可那旅客是从哈尔滨买回准备送给女儿的，并不想卖，子昂便掏出三张绵羊票买，那旅客这才动了心，一手接钱，一手将洋娃娃交给他。不想回到山庄后就被玉莲和丽娜发现了，都喜欢得不得了，让他很为难。但他还是要将这只洋娃娃送给芳娥，便哄姐俩道："这个是给姐姐买的，姐姐有病，这是给姐姐治病的。大舅明后天还去牡丹江，再给你俩都买。"总算过了关。

林海、玉兰一见子昂都如释重负道："你可回来了！"

他以为这头出了什么事，问道："出啥事儿了？"

林海说："不是你出事儿了吗？"

玉兰上下看着他问："他们把你关那里，没打你呀？"显然已经知道他在牡丹江被抓的事。

他猜是田中太久先回来说的，但还是问道："你们咋知道的？"

玉兰说："不知道还好，一知道信儿，都快把俺们急死了。你大哥这两天连打猎都没去，就等你平平安安地回来。"

林海又装上一袋烟道："昨儿个从牡丹江来个剃头的，满街打听你，让你四嫂碰见了，说你在他家正剃头的工夫让一伙日本人抓走了，我就让你二哥去找田中太久，结果田中太久刚从牡丹江回来，说你已经没事儿了。"

他惊讶地问道："田中去牡丹江，不是你们告诉的信儿？"

林海说："剃头的来找你时，他已经知道信儿了。"他又不安地问："那剃头的来找我，田中也知道了？"

林海说："那个剃头的来时，田中已经去牡丹江了。你二哥听剃头的一说，就觉着这里挺麻烦，田中回来也没敢和他提那个剃头的，就说你去牡丹江串亲戚，应该当天就回来，都好几天了也没回来，亲戚家也没有，会不会出啥事儿。田中太久说你真出事儿了。他们得到的信儿，是说你和反满抗日的有来往。后来又说只是怀疑，已经把你放了，说你又去掖河了。可俺们没见着你，心里总是放不下。行了，这下见着你了，俺们就放心了。"

子昂又问："那剃头的呢？"

林海说："在你四哥那儿吃口饭就走了。"接着又问："你是不还和抗日的有来往？"

他不想让哥哥们知道志恒就藏在山神庙里，是不想让他们担心，就说："没有。他们抓我时，我也不知咋回事儿，我真在那儿剃头呢。"

林海脸一沉道："你还是把这些哥哥当成外人，咱这又不是没有剃头的，你不在这儿剃习惯了吗？咋跑那老远去剃？再说了，剃头是得花钱，可那才几个镚子儿？你知道人家大老远的来报信儿得多些破费？他心咋就那么好？"

他感到林海无论如何也不相信他，便难为情道："大哥，我是说了假话，我是怕你们担心我。"

林海训斥道："屁话！你不说俺们就不担心了？我不是反对你和抗日的有联系，你得小心点了，田中太久对你可不是一般的怀疑，他已经拿话儿敲打你二哥了，看着你别胡来。你二哥可是拿他脑袋替你担的保。别的我也不多问，你就好自为之吧！"

他点头，心里感激万全。但他不想唠这些了，说要看看芳娥。

玉兰端详着洋娃娃说："这给芳娥儿买的？她就稀罕这玩意儿！要说芳娥儿没福，也算有福。"

林海责怪道："尽说没用的！"

子昂还是不敢见芳娥，问道："她和可贵儿还好吗？"

玉兰说："好还咋好，能哄着她不闹就行了。"

他只是叹了口气。临走时，子昂给林海一家留了一千元的年货钱。林海忙拒绝道："太多了，芳娥儿招这上门女婿你就花那老些了，有五百块钱过年都花不了，你都留着做生意吧。"

子昂坚持道："庄上生意还不错，钱够花，大家也跟着宽绰宽绰。再说也不都家家给这些。你这儿就不用说了，芳娥的病还得接着治，该用啥好药尽管用，我也没别的章程。她愿意铰纸玩儿，红纸可够儿给她买，钱不够儿我再给。二哥用脑袋替我担保，也免不了有应酬，五哥为山庄押驮挺辛苦，还有工钱在里头，都和大哥一样多，其他哥哥就都给五百。不是偏着谁，都是有缘故的，大哥也好，其他哥哥也好，多理解。"

林海只是感慨地拍拍他。他也没多说，只说还要去其他哥哥家，便离开了。

子昂又先后去了山鹰、铁头、万全、庚寿、文普、金万的家。凤仙的家在宁安，人也没在这儿，只能等他来时另给了。本打算万全也给五百，刚才听林海一席话才临时又加五百。可只得五百的哥嫂们也都欣喜不已，都诚心留他吃饭。他嫌耽误时间，说等过年的。

但万全执意要在龙凤阁摆宴。他越来越感到东条敏夫和田中太久对子昂有种特殊的好感，尤其没想到田中太久能亲自去守备队保释子昂，也愈加对他惦记顺姬感到惭愧，实际是一种不安，他意识到子昂将来在日本人面前要比他还得宠。眼下，他将哥兄弟们又聚到龙凤阁，理由是为子昂再压把惊，也对田中太久去保释他的九弟表示感谢。

酒席间，大家把子昂被关进日本守备队的事当成笑话说。子昂礼节地对田中太久和东条敏夫搭救自己表达谢意道："谢谢你和少佐阁下的帮助。我就是个生意人，在山里养了一些猪，马上就要过年了，吃完饭我叫人为你们那里送几头猪，你看看，是要活的，还是要杀好的？"

田中太久笑道："你是我们大日本的好朋友，那我就恭敬不如从命，替少佐阁下收下了。"接着说："你很忙，送几头活的吧，那头有会杀猪的。"

子昂说要送四头生猪，田中太久却说不够过年吃的，子昂便又加了两头。随后，田中太久又嘱咐子昂抓紧把天皇画像画出来，说东条敏夫很着急这件事。

子昂不好再拖延，承诺道："我保证不出正月画出来。"

田中太久又向子昂敬了酒道："正月好，正就是正道，我们的亲善也就是光明正大。"

子昂为他的话又被田中太久利用感到懊恼，但也只能咧嘴一笑。

吃过饭，子昂让万全的手下随他回山庄，从圈里抓了六头肥猪，都捆了四蹄，各用一根木杠倒抬出山庄，猪的挣命嚎叫声，又引得各院的狗狂吠。

子昂想借此机会到河北军营看一看，不想田中太久和东条敏夫已在河南岸的岗楼前等候了，先夸子昂是大日本皇军的好朋友，然后让人将六头猪都卸在岗楼前，并没让他们踏上那座入冬前竣工的水泥桥。

临分手时，东条敏夫又对子昂说："天皇的画，快快的，明白？"

子昂说："我跟田中君说了，下个月拿出来。"

东条敏夫点点头，然后与子昂、万全告辞，转身上了桥，田中太久也跟着离去。

回来的路上，子昂对万全说："我真想知道桥那头有啥秘密。"

万全说："田中太久说四头猪不够他们过年的，看样子里面人不少。也真是，那里到底是干啥的？"

两人谁也猜不出，便分手各自忙去了。

第 105 章

子昂准备再去牡丹江，赶在年前把芸香的弟弟妹妹找到接回来。这时婉娇突然偷偷对他说："我怀孕了。"自然就是子昂的。

子昂希望她能生个他俩的孩子，但听后还是感到吃惊，问道："真的？"

见他吃惊，她更加不安道："咋办哪？"

他忙安慰道："别怕别怕，咱想办法。"却一时六神无主。

婉娇开始发现自己两个月没来红事，就怀疑自己已经有了身孕。可奇怪的是，她一直没有呕吐现象，便搞不准。回想她怀平儿、丽娜时都有反应，尤其怀平儿时几乎要把苦胆都吐出来了。怀丽娜时虽反应不大，但闻到荤味或见到脏东西也恶心，这时她发觉自己两个多月没来红事，却没有一点怀孕的反应，不禁怀疑自己以后不会再来红事了。又想她才三十二岁，一般四十多岁还能生孩子呢。直到她感到肚子里有膨胀的感觉，才断定真的怀上了孩子，既激动不已，又深感不安。激动的是，她有了她和子昂共同的孩子，不安的是，这个凝聚着他俩情深意笃的孩子是他俩偷着得来的。她一想子昂爹妈一心盼着抱孙子，倒由衷地希望她怀的是个男孩。这样希望着，她竟越来越坚信自己怀的就是男孩，便更舍不得用麝香流掉孩子了。

子昂也希望婉娇这胎怀上的是男孩，这样既可使爹妈抱上孙子，还可让她失去儿子的伤痛得到安抚，只是他俩在外人眼里是姐弟，日后这事要露出来，被别人耻笑不说，米家的人也定不能容忍。他希望爹妈为了抱孙子会为他据理力争。

见子昂心事重重的样子，她索性激他道："流掉吧？在客栈那会儿我还能淘弄到麝香，在这儿我也弄不着，你帮我淘弄一块儿。"

他一怔问道："你不想要？"

她喃喃道："咋不想，是怕坏你名声。"

他感到她自卑，也觉得她可怜，怜爱道："别这么说，我除了对不住香荷儿，别人我谁都可以不在乎。香荷儿看过老何的遗书，猜到咱俩关系不一般，可她啥都没说。不管咋说，她猜也猜了，咱做也做了，以后咱不怠慢她就是了。你比她大一旬，那也别以大自居，敬着她点儿。不是我偏向她，是我对不住她。我现在一见她就愧得慌，可我又实在舍不得你。你别让我在你俩当中为难。我最疼的是你，最怕的是香荷儿。"

她撇下嘴道："我看你对多日娜是又疼又怕。"

他辩解道："怕她干啥？她风一阵儿雨一阵儿的，没准儿哪天想开了就嫁给别人了，她还是黄花闺女呢！"

她反驳道："你说得轻巧，她可是坐花轿奔你来的，一直在你身边儿，是不是黄花闺女谁还脱她裤子瞧瞧？没听干活儿的说，外面人都说她是你媳妇儿。你妈话里话外的，就把她当周家儿媳妇了。"

他一笑道："咱不唠她。现在你只想想香荷儿和芸香就行。"她又一点他脑门道："也不知你这葫芦里卖的什么药。"他还是嘿的一笑。

她依在他怀内说："你卖啥药我也不管了，香荷儿要不怨我，我给她当仆人都行。"

他说："要是没有芸香和多日娜，咱俩只能偷偷摸摸的，现在有了她们，咱俩也有机会名正言顺了。你生吧，不论出啥事儿我都担着。"

她撒娇道："生小子你担，生姑娘我担。"

他看着她问："你咋担？"

她说："你爹你妈就盼着抱孙子，要生小子就说是咱俩的，要生闺女，我就说我和别人的，我不说是谁，谁也不知是谁，大不了人说我不正经，和你没关系。"

他一皱眉道："咋没关系？甭管生啥，都是我的，爹我不能不当。闺女咋了？生闺女就不正经了？再说芸香知道咱俩的事儿，她绝对不相信。"

她自信道："她现在不说咱俩的事儿，以后也不会说，只要生闺女，我就说是别人的，你听我的。"

他犹豫道："到时再说，你就好好养着。"接着说："闺女、小子都好，但你这胎最好是小子。这样我爹我妈一高兴，那他们就是咱爹咱妈了。"

她现在真希望自己能和香荷、芸香一样，也名正言顺地成为子昂的女人，她预感这一天就要到来了。

自从知道婉娇怀上了自己的孩子，子昂一直欣喜而又不安。虽然她为何家借种生下平儿和丽娜，又被鲁荫堂和近藤霸占过，但他只是心疼她受过的屈辱，就想抚慰她那颗受过伤的心灵，让她忘掉屈辱的过去，自信而有尊严地面对未来。

他还想，如果孩子生下来，那还得经过很长一段显怀期，到时有人见她大腹便便的，肯定会问她孩子是谁的。让她一人承担，他心里实在过不去，若由他俩一同来担，事情肯定会麻烦，就连爹妈也一时不能接受。他决定让婉娇先离开山庄待产，一旦生下儿子，就让爹妈出面帮他过关，实在不行也来个瞒天过海，无论生男生女，都先找人代养着，等大一大再接回他的身边。到那时，即使有人怀疑也只是怀疑，并不影响孩子是他俩亲生的。

他要在大年初一趁她还不太显怀时，借着他俩去给村妮两口子拜年将她留在村妮那儿，然后就和山庄人说村妮那里需要帮手，让婉娇过去当帮手，直到生下孩子。但之前他得和村妮两口子打好招呼，相信他们还会帮自己渡过难关。可转念又想，村妮整天忙着跳大神，家里又总去些看病瞧事的人，让孩子在那种神神道道的环境出生，会不会对孩子不好？便又决定让村妮在她家附近找一能接生的人家，多给那家一些钱便是了。但丽娜夜间由谁来照看？想来想去还得是芸香。毕竟她早知他和婉娇有过那事，左右免不了她生气，不妨就将实情都告诉她，估计她为了弟弟妹妹来山庄，不会在这件事上和他过不去。

夜里，他搂着芸香问："还恨娇儿姐吗？"

她不悦道："问她干啥？"

他说："问问怕啥？"

她沉吟一下道："也恨，也不恨。"

他又问："我知道你为啥恨，可不知你为啥不恨。"

她说："她认我做妹妹了，要不我也不能嫁给你。"

他继续问："要是我先娶她，你还愿嫁给我吗？"

她不悦道："我恨她！狐狸精！你是让她迷上了！我都嫌害臊！"

他压她身上道："我不也让你迷上了吗，你也是狐狸精？"

她推他道："滚边儿去，我才没她那么坏哪！"

他搂紧她说："你俩一样儿，都招人稀罕，我都放不下。"

她使劲推开他道："那你咋不连她也娶了？"

他叹息道："你恨她才是真的。但你别忘了，她要不吐口让我娶你，香荷儿说都不管用。"

她狐疑地看着他问："你和我说这些干啥？"

他坐起来说："想跟你唠点儿心里话儿。有些话我不敢对别人讲，只能对你讲。"

她立刻提醒他道："别和我唠她。"

他一脸严肃道："今天还就得唠她。"

她显得愤怒，但见脸色不好看，便又不说话了。

他又语气温和道："当初我去牡丹江，就是为了找咱爹咱妈他们。原以为很容易，没想到找得那么苦。当时我身上就三块大洋，后来花没了，连吃饭钱都没了。要不是她，我不知道我现在会啥样。当初她完全可以把我这个穷光蛋撵走。可真要撵我，我往哪走？回奉天，身上没钱，给人画画儿，能不能挣钱还两说。再说我也不是为了去挣钱，就是找咱爹咱妈他们，啥时能找着也不知道，我是真蒙了。也得亏她没撵我，还顿顿给我送吃的。到啥时我都得说，她是我的大恩人。再就是，我第一眼看见她就特别喜欢，那时我还不认识你呢。她是比我大七岁，可我一点也没觉得她比我大，就觉着她应该是我媳妇。真像你说的，我被她迷上了。我是学美术的，追求人体美，她给我的第一感觉就是特别完美。她的三围曲线简直就是维纳斯女神。可我真正放不下她的原因，是你跟我讲了她的遭遇。当时你讲她时挺瞧不起她，讨厌她。可你想过吗？她愿那样人不人鬼不鬼地活着吗？她不愿！可她没有能力保护她的尊严，她只能让人当个玩意儿。你看，她爹妈是拿她当钱花，不管啥样人想娶她，就看谁的彩礼多。何耀宗是拿她当母猪养，像选种猪似的找个男人和她睡，就是为了给他们何家生儿子。她那个青梅竹马是拿她当衣裳，只要有新的，她这身旧的不扔也不敢穿在大面儿上。那个鲁荫棠是为她丢了命，可他也就是拿她当乐子。那个日本人就更不用说了，先是拿她当玩物，然后让她当摇钱树。有时我就想，如果她是个丑八怪，没准儿她能活得挺自在。可她屡遭摧残，恰恰就因为她长得太美了。"突然，他转了话题道："物美竞夺，强者独霸，可强中自有强中手，你不知到底谁更强。我学美术能坚持到今天，就是我老师告诉我，一定要好好学，将来要把咱的美好河山画出来，可我直到现在也不知怎么画。千百年来，我们的大好河山一直都是你争我夺的。商周秦汉隋，唐宋元明清，那可不是简单的江山易主、改朝换代，那可是一段一段的摧残和沧桑啊！按说到了民国，我们应该最强大，可日本人打进来了，大民国到底哪强了？咱也不图侵略谁，能守住国土就是有德有道。”

她听不懂了，仰脸看着他问："你说的是啥呀？"

他恍然道："噢，我说远了。我就是打个比方说，越是美好的，就越是让人惦记，就越容易受到伤害。娇儿姐的命运很悲惨，就是因为她长得美。你和她一样美，所以何家肯出大价买你。也是因为你和她一样美，近藤才想方设法得到你。没听亚娃儿她妈说，那个妓院里的银牡丹就是给你起的。不过你挺勇敢，你能把近藤杀了我挺敬佩。"

她的身子剧烈一抖，接着埋怨道："唠这干啥？我害怕。"

他紧紧地搂她说："不怕不怕。"

她却又主动说："是奶奶把他眼睛扎瞎了，我才去拿的菜刀。"

他说："你给娇儿姐报了仇，娇儿姐可感激你啦。她知道我也喜欢你，就劝我找机会把你也娶了。其实主要是平儿没了。丽娜她奶奶我已经认作干娘了，你现在和香荷儿一样，都是她的干儿媳妇，以后不能再管她叫奶奶了，也得叫娘了。".

她忸怩道："以前尽那么叫，这冷不丁一改，怪不好意思的。"

他说："别想那么多，你是随平儿叫的，可平儿不在了，你还是黄花儿闺女呢。"又逗她道："不过现在不是了。"

她撒娇地怂他一下道："你坏蛋。"

他点着她的鼻子笑道："我要不坏，你就得为平儿守一辈子，我就得给你当一辈子舅。"

她掐他嘴道："闭嘴！"接着说："要知道你半夜折腾人，还不如给你当一辈子丫头呢。"

他说："我可不忍心让你当丫头！咱爹咱妈还指你生孙子呢！"

她立刻问道："要是我也生闺女呢？"

他笑道："那我就再娶一个呗，娶个能生儿子的。"

她又不悦地转过身去。他从后面搂她哄道："只要你把咱爹咱妈哄好，生啥都行。"

她转过来，忧虑道："你是不在乎，咱妈可老让我在香荷儿头里生小子，要真生不了小子，光搁嘴哄顶啥用？"

他也装出犯愁的样子道："那咋办呢？"接着笑道："要不你也学学香荷儿，谁能生就让谁生去吧。"

她眼一横道："你是不想让多日娜给你生？"立刻又叹息道："你要真想我也管不了，咱妈一整说她没法嫁人了，啥意思？不就是说只能给你当媳妇儿嘛。"

他要把话题再引到婉娇身上，说："多日娜是不好办。现在不光是她，还有娇儿姐呢，她往后咋办？你还老跟她较劲儿。其实她不是坏女人。亚娃她娘也不是坏女人。她们都想做个好女人，可一步一坎儿的就是做不成。我为啥张罗把亚娃她娘嫁给石头儿？她说过她这辈子就羡慕人家坐花轿。我看她怪可怜的，就想弥补她的遗憾。现在她也是正房了，我看她这阵挺开心的。不管咋的，她这辈子也算没啥遗憾了，可娇儿姐不光是遗憾的事，平儿走了对她刺激太大，也怪可怜的。这次去牡丹江，我见到一个人，你可能也认识，都叫他施大洋。"

她立刻厌恶道："别搭理他，他可出贱了。"

他问她："和你出贱了？"

她说："我才不搭理他呢！"

他说："其实他一直惦记娇儿姐。老何活着时他还不敢，现在老何死了，他要花高价买娇儿姐。你知道现在要把娇儿姐卖了，我能挣多钱？"

她心里咯噔一下，猜想他是要把婉娇卖掉。虽然她认为婉娇是个坏女人，但她也知道婉娇当初为了子昂几乎什么都豁出去了，如果他这时为了钱把婉娇卖掉，那么下一个被卖的可能就是她。她现在倒希望他能念及婉娇对他的恩情和他俩偷过情，不要对她这么无情，便不安地问道："能卖多钱？"

他有些得意道："一百多万！"

她吃惊地问："她值这些钱？"

他说："不是她值多少钱，是我能挣到这些钱。"

她故作镇静地开起玩笑问："那我呢？我值多钱？"

他笑道："也一百多万。"

她想起若玉被自己男人卖到妓院的不幸，样子不安地看着他问："那你把俺俩都卖了吧。"

他笑道："你俩我谁都舍不得。"说着将她搂在怀里。

她更疑惑了，问道："你今儿是咋了？东一耙子西一扫帚的，把我绕迷糊了！"

他叹口气道："你已经是我媳妇了，我可以不像以前那样担心你了。可我现在担心娇儿姐。在牡丹江，我第一个认识的就是她，第一个喜欢的也是她。可那时我没法娶她，她身边有俩男人呢。想娶你也不可能，娇儿姐和老何一块儿看着你。本来不想和你唠这些，可现在不唠不行了。咱妈没认你做闺女前，俺俩就合房了。"

她又推开他，愤然道："我早知道你俩的事儿！"接着边哭边捶打他说："谁让你说出来的？你到底想干啥呀？"

他怕对面屋父母听到，忙捂她的嘴道："小点声！"接着又说："我今天跟你说这些，就是求你帮帮我。"

她怄气钻进被窝道："你俩都那样了，还用我帮啥？"

他犹豫一下，终于说："她怀孕了。"

她猛地掀开被怒视着他，却发现他目光又变得冷峻，顿时又慌了神，就又将被盖在头上哭道："她怀她的，和我啥关系？"

他急了，猛地掀开被道："可孩子是我的！"

她胆怯又委屈道："你的就你的呗，以后就用不着我了。以后你别碰我了，我嫌埋汰。"说完又将被蒙在头上。

他很恼火，又一把扯开被头斥问道："你说啥？嫌我埋汰？"

她无助地哭起来。他愤愤道："你要这样，那我就不求你了。"说完起身去穿衣服。

她更蒙了，刚才她还觉得她比婉娇理直气壮，可眨眼工夫她觉得自己又回到被婉娇打骂的日子，有种如临深渊的恐怖。虽然公公婆婆对她比香荷还好，但她真正需要的还是子昂。她从婆婆嘴里得知他和公公为什么闹不和，此时她也深深感到，他能为维护婉娇连自己亲爹的面子都不给，那他也能为了婉娇抛弃她。她有些后悔自己任性，也意识到自己根本没有资格任性，只感到自己与香荷、婉娇、多日娜比是那么渺小。她开始惧怕她真的会被他抛弃，害怕永远失去他，慌忙爬起来扑过去，抱住他哭道："你别走！"

他的心不禁刀剜似的疼，脑海里又浮现出他与懿莹分别时的情景，后悔不该这样伤她的心，忙丢下已经披上身的衣服，一把将她搂住道："别哭别哭，是我不好。"说着将嘴贴上她的嘴，是抚慰，也是怕她的哭声惊动对面屋。

她像失而复得似的，心中有喜更有委屈，但不敢再任性，撒着娇地哭着，疯狂地迎合着他的吻。他也疯狂，恨不能把她整个人都含进嘴里。

温存过后，她开始为他考虑事情，尤其担心婉娇生下孩子后怎么办，香荷那头怎么交代。他搂着她说："我对不住香荷儿，但我做过的事儿绝不后悔。况且这事儿对咱周家、对他们米家都能帮上忙。如果婉娇儿生个小子，香荷儿咋想咱不说，你不也能轻松了吗？香荷儿生下豆儿挺上火，跟我哭过好几回。她让我娶你，就是让你替她担一下；她和你们不一样，得给两家生孙子。她就怕跟她妈一样，越想生小子，就越生不下小子。我娶你以后，我看她轻松多了，可你的担子重了。咱爹现在就是不想让周家长孙随米姓，说白了就是不想让香荷儿先生小子。现在香荷儿心里还是不踏实，不生小子吧，她爹急得跟热锅蚂蚁似的，生小子吧，又怕生在你前面，实际是怕咱爹不痛快。现在可都指望你在香荷儿前面生小子了。这样长孙就能姓周了。可你敢保你头胎就是小子吗？要是也生闺女呢？那香荷儿就可能抢先生下小子。如果香荷儿先生下小子，你就是生一炕小子，咱爹也不带高兴的。为啥？周家长孙已经随了米姓了。现在娇儿姐已经怀上了，正是抢先的时候，咋说也是周家的骨血，要是小子的话，那就是周家的长孙，咱爹再跟我怄气，亲长孙他不能不认吧？现在就是这样，不管你们谁生，只要长孙姓周，那就你好我好大家都好。但婉娇儿怀孕的事先不能让别人知道，她以后不能露面儿，得等把孩子生下来再说，你就负责照看丽娜，这样我心里就踏实了。我马上还得去牡丹江，把咱弟弟妹妹找着接回来。"

她说不清心里是苦还是甜。

第二天，芸香违心地去了婉娇的屋，告诉她在外好好养着，直到生下孩子，丽娜就由她来带着。婉娇感动不已，一把搂住道："我的好妹妹！"她也终于开口管曾经对她刻薄的婆婆叫了姐。

❧第 106 章❧

子昂为自己强芸香所难而愧疚。他必须抓紧去掖河把她的弟弟、妹妹找到接过来。又和香荷住了一夜，第三日一早他就又去了牡丹江，直接向东奔掖河。

去掖河如同去乜河，也要越过那条水域很宽的江。好在这时江面封冻，不需要乘船。但按他之前打听的线路，一到江岸就遇到日军把守，原来里面正在修建跨江桥。

虽然已经数九寒冬，但依然有许多劳工在没有竣工的江桥上搬运建筑材料。他想，要不是田中太久为了他们天皇的画像将他从牡丹江守备队保释出来，他这时也该在这里抬石头。他很纠结，不知该不该感激田中太久和东条敏夫，索性不去想了，跟着几个也要过江的百姓去下游过江。

掖河的人家不及乜河多，但日本兵却比牡丹江还多，几乎随处都可遇到日本军车、摩托车。他想知道这里的军营和监狱在什么位置，但又不敢随便打听，只是打听阮姓人家，还具体说出这个阮家现有一个老人带着一个孙子一个孙女，还有个孙女多年前被卖到牡丹江。

他一身阔气的穿戴很招眼，一队日本巡逻兵拦住他问道："哪面的？"

他有些紧张，强作镇静地掏出田中太久送他的证件，不想日本兵看后竟给他打一敬礼，吓了他一跳，随后又强作镇静地给对方微鞠一躬。

日本兵客气地示意让他先行，这是他万万没有想到的，心想这份让他备感耻辱的证件还真让他消除了再被日本人抓进监狱的担心。

在靠江边一个住有几十户人家的农庄内，他通过一个农民问到一户阮姓人家。他怕是同姓不同家，便对那农民提起芸香的父亲当年因惹怒俄国商人被警察塞进大江冰窟窿内，母亲第二年也投江自尽等详情。

这位农民说就是这家，但还告诉他，芸香的爷爷一年前就已经去世了，房子田地都被芸香的婶子娘家人占去了。

他只关心芸香的弟弟和妹妹，就让这位农民告诉他芸香叔叔的住址。农民谨慎道："这家娘们儿是个打八街的母老虎，娘家弟弟是给日本人做事的，没人敢惹他们。"

子昂塞给他一张十元绵羊票，他这才将芸香的叔叔家告诉了他。那是一户看上去并不富裕的人家，院落不大，内有三间草房带一偏厦子。

子昂一推开院门，一只黑狗凶猛地冲过来。他最不怕狗，仅一个从地上捡石头的动作就将那狗吓得夹着尾巴逃了回去，然后立在里头冲他狂吠。

屋门开了，从里面出来一个中年妇女，上穿偏襟棉袄，下穿缅裆棉裤，脚穿大头棉鞋。

妇女见他一身富贵打扮，忙先吆喝狗，然后跑着过来，一边打量着子昂一边问道："你找谁？"

他也打量着妇人，四十多岁，有些发福，盘起的头发，一侧故意垂下一绺。再看她的面孔，真如刚才那个农民所说，一脸横肉，眼里透着狡黠。

他客气地问道："芸香的二叔家是这儿吗？"

那妇女一愣问："是，你是谁？"

他说："我是芸香的男人。过年了，来看看二叔二婶儿。"

妇女疑惑道："芸香不是……"话说半截又招呼道："我是她二婶儿，快屋里请。"忙一边在前面引路，一边将狗哄进窝里。

进屋也是灶房，糊纸的窗户使屋里显得有些昏暗。锅里这时正炘着肉，肉香在昏暗中弥漫着。

进了左侧屋内，炕里的窗上也都糊着纸，一条陈旧的红漆木柜，在昏暗中如同一口木棺。

炕上披衣坐着一个男人，也四十多岁，显得憨厚，手里端着一根正冒着青烟的烟袋。还有一个八九岁的胖女孩和一个六七岁的胖男孩，正坐在炕桌前啃着骨棒，啃得满嘴油亮。看年龄，这两个孩子显然不是芸香的弟弟、妹妹，该是二叔二婶的孩子。

二婶对男人说："看谁来了？是咱侄女婿！哎呀，香儿可真嫁个好人了！"

他对男人恭敬道："您是二叔吧？二叔，我代芸香儿来看您和二婶儿。"说着鞠一躬，又给二婶鞠一躬。

二叔显得惊慌，不知说什么好，丢下烟袋，只顾忙着下炕。二婶从炕里拽过一个笸箩，里面有炒熟的葵花子和白瓜子，说："吃点瓜子儿。还没吃午饭吧？锅里炆着肉呢，是准备过年用的，你就当饭吃点吧。"

他确实感觉饿了，但他还没见着芸香的弟弟、妹妹，便说不饿，说想见见芸香的弟弟和妹妹。

二婶显得慌乱道："侄女婿来的真不巧，我让他们去我娘家了。这不要过年了嘛，那头有点活儿，我让他俩过去帮帮手儿。那头吃的比这儿还好呢，你让芸香儿放心。要是接他们过去，等过了年的。"

正说着，屋门开了，一个十三四岁的姑娘出现在门口。姑娘长得秀气，但很瘦弱，一身棉衣破旧且单薄。

二婶一见姑娘就慌了神，忙搂着那姑娘出去，可那姑娘执意不肯离去，大声哭道："我都听见了，是俺姐让他来的。"

他顿时觉得不对劲，冲出屋去，一把扯过二婶问："她是谁？是不百合儿？"

姑娘哭道："我是百合儿，我想俺姐。"接着大哭。

二婶傻了眼，一时说不出话来。他愤怒地盯着二婶，也不知说什么好了。他清楚百合在这儿受了很多苦，可这里又毕竟是芸香的亲二叔家，心里有气却不好发作，对百合说："妹妹别哭，姐夫这就带你走，你姐也天天想你们。"忽然想起芸香的弟弟，问百合道"你哥在哪呢？"

百合哭道："俺哥病了，在仓房躺着呢！"

他又吃一惊，不理二婶和从屋里出来的二叔，对百合说："你带我去。"

芸香的弟弟十七岁，名叫麦冬，已经是个很俊气的大小伙子了，可在这里吃不好，穿不暖，又常干重活，前日染了风寒，这时正发着高烧，躺在偏厦子里的一个凉土炕上，身上盖的棉被仅是一张破棉絮。二婶也跟过来，先扑过去哭道："冬儿呀，你病了咋不和二婶儿说声呢？"

子昂看她假惺惺的，一把将她扯到一边，将麦冬紧紧搂在怀里哽咽道："弟弟，姐夫早来就好了。起来，姐夫这就带你俩走。"

麦冬浑身在发抖，只是木然地看着眼前这个从没见过面的英俊潇洒的姐夫。他掀去麦冬身上的破棉絮，想抱他起来，见他身上穿的棉衣几乎没有棉花，怒火中烧，起身骂了一句"狗日的"，本想痛打二婶一顿，见二叔也在门口，便一脚将二叔踢倒在地，接着又冲上前去用脚踹道："你也配当叔？他们可是你亲哥的骨肉！你就这么忍心对他们？"

二叔并不反抗，在地上哭道："我没办法呀！这个家都他婶子说了算。"

他又想打二婶，可二婶已经跑出了大门外。他又怒问二叔道："你还是个男人不？挺大个男人，连个女人也管不了？"

二叔哭道："她我倒不怕，她兄弟太凶了，现在有日本人撑腰，我哪惹得起！"突然止住哭道："你快带他俩走，俺那口子准去找他兄弟了。"

听说二婶的兄弟有日本人给撑腰，他倒真想会会这个真汉奸，就对二叔说："赶紧给他俩都找套好棉衣。"说着去抱麦冬，又进了刚才进过的屋。二叔的两个孩子不知外面出了什么事，还在炕上啃着骨棒，这时又好奇地看着子昂。

二叔忙脱下自己的棉袄、棉裤给麦冬穿上，又从那红木柜里拽出一套女人穿的棉衣递给百合道："这是你婶子预备过年穿的，大了点，先将就穿，穿上赶紧走，二叔对不住你俩，也对不住我死去的哥哥嫂子。"说着哽咽起来，接着说："这回你俩可以享福了，我就是死也没啥牵挂的了。"

见百合不肯换那套新棉衣，子昂拿起棉袄为她边换边说："外头冷，穿暖和点。"不想百合身子一缩惨叫道："哎呀疼！"接着又哭起来。

他惊讶地问道："咋的啦？"

百合哭道："二婶儿拿开水烫我。"然后又放声痛哭。

他什么都不顾了，猛地掀起她的后襟，隐隐见她嫩嫩的背上有一大片新烫伤，其中一部分水泡已经碰破在流水。想她是芸香一奶同胞的妹妹，他又心如刀剜一般疼，骂道："臭娘们，我饶不了你！"

就这时，二婶回来了，进屋指着子昂道："你饶不了谁？是我吗？我告诉你，今儿个我也饶不了你！敢在我这儿撒野的还没下生呢！你不能走，俺家他舅马上就领皇军来，说你是反满抗日的，就能直接把你送进监狱，我倒要看看，是你趁钱的厉害，还是俺们趁皇军的厉害。"

他越发觉得她那张嘴脸可恶，怒不可遏，一把抓住她的头发往外屋拎，疼得她大声叫骂哭号，炕上的两个孩子也吓得大哭起来。他不理睬，一气将二婶拎到灶台前，将锅盖抓起扔在地上，又抄起灶台上一把舀子，从锅里舀出滚烫的肉汤，扯开她的衣领灌了进去，疼得她如同杀猪一般惨叫，拼命地挣脱开，又满地打起滚。

这时，房门开了，一个三十多岁、头戴獭帽、身穿棉马夹的汉子冲进来，大喊骂道："我操你祖宗，你真活腻歪了！"直扑向子昂。他借着突然大敞的房门看得清楚，身体一闪，抡臂砸在汉子的后背上，那汉子便重重地扎倒在地上。汉子并不服气，骂着要爬起，他又重重地一脚，接着两脚不停地踢着骂道："狗日的，你才活腻歪了呢！"

就这时，一伙日本兵端着长枪冲进来。借着房门大敞灌进的光亮，那伙日本兵一见子昂便又收了枪，其中一个又为子昂打了敬礼。原来这伙日本兵就是刚才盘查过他的那一伙。

被子昂打倒的汉子顿时傻了眼，他就是二婶的娘家弟弟。一个会说中国话的日本兵问子昂："什么事？"

子昂先微鞠一躬道："这是我媳妇儿的二叔家，他家人欺负我弟弟妹妹，还揭开水烫我妹妹。"又让日军看了百合后背上的烫伤。

那日军皱下眉道："你们家的事，我的不管了。"说完冲同来的日本兵们摆下手，随即离去了。

二婶还在地上号叫，她的恶弟还在发傻地盯着子昂看。子昂上前将他拎起来，他忙连连求道："太君饶命！"

子昂更恼怒，连抽他几个大嘴巴，抽得他鼻口流血，然后才对他说："老子是中国人。滚！"

二婶的恶弟惶恐地捂着鼻子离去。子昂见二婶还在地上哭号，并不解气，又猛力用脚去踩她的背，脚下又是杀猪般的惨叫，叫得差点一口气没上来，他又心软下来。

子昂这次出来共带三千元钞票，本打算分给芸香的爷爷和二叔，可爷爷死了，二叔家又如此对待麦冬和百合，便只给二叔留下一千。其实最初子昂的意思是将芸香的爷爷也带回他山庄，可芸香仍恨爷爷当年卖了她，他只好顺着芸香的意思做。

临要走时，子昂想知道百合平时是在哪睡觉。百合将他领进二叔一家住的对面屋，本是住人的屋，但已经成了存放粮食和杂货的库房，显然平日不怎么烧炕。百合平日就睡这屋炕上的一条空处，一套被褥比麦冬的棉絮好一些，但摸着里面的棉花却很少。

他出屋又对地上哭号的二婶吼道："今天你活该！你太丧良心！有住人的屋子当仓库，这大冷天的你让我弟弟睡外头。你也是当妈的！今儿我就告诉你一句话，举头三尺有神明，善待别人的孩子，神，才能保佑你的孩子！知道吗？以后你得多行善才能赎你罪！"二婶继续在地上哭号。

从阮家出来，子昂叫了一辆高棚马车，上车后先去了牡丹江的济民医院，抽出一沓钞票放在医生桌上道："我弟弟妹妹都病了，给好好看，这是给你的。"

大夫忙将他们带进一个空病房，为麦冬打了针，为百合缚了药。趁大夫给麦冬、百合治病疗伤的工夫，子昂又在一家制衣铺为兄妹俩买了可身的棉衣和外套，直到第三天麦冬烧退才一同乘火车奔石河，又坐马爬犁奔龙封关山庄。

这时各家各户正都忙着过小年，送灶神、供财神、贴门神，不少人家还放了鞭炮，过年的气息又由此开始了。

芸香终于见到多年不见的弟弟和妹妹，这时也已俨然富家公子、小姐一般，高兴得搂着弟弟妹妹只会哭了。

当她与妹妹拥抱时，被妹妹突然喊疼吓了一跳，才知道弟弟、妹妹这些年在二叔家受了不少虐待，心疼得与弟弟、妹妹搂在一起哭。

坐一桌吃饭的时候，麦冬、百合也都敢说话了，但还总是看着姐夫的脸色。百合向芸香讲了子昂在二叔家痛打二叔、二婶和二婶娘家弟弟的事，感动得芸香不知说什么好，要不是公公、婆婆和弟弟、妹妹都在桌上，她会立刻扎进子昂的怀里撒通娇，这时便一再往子昂碗里夹着肉，但和他说话的语调也透着娇滴滴。

子昂妈看着抿嘴笑，怕芸香的弟弟、妹妹看着不自在，也夹菜过去说："你俩吃。"又埋怨子昂道："你咋这么狠！"

子昂吃着肉说："吃狼心吃的。"忽然问："哎，咋没给我做辣炒狼心呢？"

母亲埋怨道："老吃那玩意儿干啥？没啥吃的了？"

芸香求他说："咱不吃了，怪吓人的。"

子昂说："我吃挺好吃，你们不吃也别糟蹋了，都给我留着。告诉灶房，只要我在这头儿吃，顿顿给我炒个狼心。"见芸香跟他噘嘴，他脸一绷，皱着眉说："嗯？我说话你也敢不听？"

一看他就是在逗乐，除了周传孝还闷闷不乐，其余都笑得开心。见百合笑得咯咯的，子昂笑问道："后背不疼了？"百合立刻害起羞，不敢再看姐夫。

子昂让人将一临时储存大豆的房子腾出来，麦冬、百合各住一屋，烧炕、烧水的活都先自己做。他又找金万给麦冬配了中药，说赶在年前把身子再往好里调一调，大年三十那天把药罐子撤掉。

芸香每天亲自为弟弟熬药，又和子昂商量，年后为麦冬安排点事做，说是亲近人，用着也放心。

子昂想了想说："让他去镇上帮多日娜管肉铺，将来那块让他接，多日娜只管外销生猪和收购山货。"芸香、麦冬都同意。

百合也要帮山庄做点事，子昂让她只陪姐姐说话，赶上他在别处过夜时，就陪姐姐一起睡。麦冬和百合这才知道姐夫不止一个媳妇，但没敢多问，也似乎觉得有钱的人就该这样。麦冬渴望自己将来也变成一个有钱的人。

子昂上次和婉娇没能把账核全，这时各家购年货的钱也按上次核出的大概数送了出去，米家田地里的庄稼和周传孝种的菜也都收完入了库和窖，或卖或送的出栏肥猪和卖豆油、食盐、杂货等账也该拢起来核算一下，看到底是赔了还是赚了。

婉娇从打子昂允许她把孩子生下来后，恨不能时时刻刻单独与他在一起。这时外面又下起了雪，她不禁想起上次下大雪时山庄闹狼灾的事，便又不安起来。他安慰道："狼都快让咱打绝了，还哪来的狼？再说咱四下都夹上杖子了，只要大门关上，星崩儿有几只也不敢进来。"她这才坦然地一边听他读账，一边拨打着珠算。

过去一年的支出很大，除了盖房子、买机器、盖猪圈、建马帮和找关系办山庄地契等建设性花销，用于油磨坊的燃料费、已经支出的雇工工钱和娶芸香的支出、嫁芳娥的支出、送秋虎等人的赞助、施舍以及山庄、米家等日常支出，账面还有一些盈余，但若算上近期分给米家姐妹、林海等兄弟和为罗家、何家、村妮家、子昂大姨家、芸香二叔家、乔志恒父亲家送的年货钱，以及送给北营的生猪、豆油，账面上则亏了很多。

但子昂并不很在意，只要日本人不找他麻烦，就少不了日后的赚头。山庄里还有上百头没有出栏的猪和成群的鸡鸭鹅，都能挽回一些损失。他还要在新年入春后扩大养殖规模，力争以后能有大盈利。

算过账后，他开心道："没算前我也清楚，去年一年没少花，赔是肯定赔些，现在一看咱算是赚了。养猪真不错，今年再多养些；咱那些买家就算固定了，再多养些，榨豆油就当是为了养猪，豆油还真就是白捡的。咱也是无心插柳柳成荫。事儿就这么回事儿，不必太上心，也别偏心了。咱这些干活儿的都挺卖力，咱也是好心有好报。"

婉娇却不悦道："你净站着说话不腰疼，好像钱是大风刮来的。你一天闲着没事儿就是画画儿、打拳，再就哄帮孩子认认字儿，生意上的事儿你管多少？你都闲大发了，闲得没事儿干，还去日本人监狱里吃罐头。"

他意识到他埋没了她这个大管家的功劳，嘿嘿笑道："生气了？"又捧着她的脸哄道："姐没少费心我知道，要不我还能消停儿地画画儿、打拳玩儿吗？姐姐辛苦了，我心里疼着呢！"

她撒娇地打他一把道："少拿嘴儿哄人！"

他又搂她道："我把门儿都插上了。这阵瞎忙也没顾上和你亲热，想你想的要疯了！"

她埋怨道："上次回来两天，芸香儿那住一宿，香荷儿那住一宿，你还能想我？"

他觉得对不住她，不安地看着她问："真生气了？"

她却笑道："和你说笑话呢，你还当真了。我是刚才生你气。你知道我一天咋算计的？还他们卖力！他们挣着咱，吃着咱，凭啥不卖力？就我里外不是人，那帮懒鬼、馋鬼都让我得罪了。"

他笑道："知道知道。可这山庄数你最趁钱，你就别小肚鸡肠了。"

她又牢骚道："我再趁钱也没地上花去，吃穿再好也用不上一圈猪的钱，庄上花的那些钱不都从你手里花掉的！我就是个搂钱耙子，你就是花钱的爪子。"

他觉得亏欠了她，安慰道："等你生下孩子，我带你去哈尔滨、奉天玩玩。"

她又欣慰道："有你在身边，我在哪待着都高兴，我挣钱给你花也高兴。"又问道："香荷儿问不问你钱的事？"

他说："她问也是她家人问，她不咋问。她从小到大也没咋花过钱，钱太多了她都不知咋花。"

她又问："那你也不告诉她？"

他说："开始想都告诉她，后来看她啥话都听她妈的，这不好。我也不是怕我丈人、丈母娘花，他们能花几个？主要是我那些姨姐儿和连桥儿。他们可不管你！看你钱多了，给他多些都嫌少。这亲戚套亲戚的，那还有个完？我只让他们知道我趁钱，不让他们知道我趁多少。"

她继续问道："那香子呢？"

他责怪道："你咋问这么多？"接着回答道："我亏不着她。这不刚把她弟弟、妹妹都接过来了，日后我给他们都成个家，该娶的娶，该嫁的嫁，过着富家日子就行呗。芸香儿也不贪财，看把她弟弟、妹妹都找回来了，高兴得不知咋好了，说以后再也不和我闹别扭了，咱俩的事儿也不用背她了。"

她突然说："等我把俺娘家人也都接过来？"

他一怔问："你不说你和他们断了吗？"

她推开他道："你看，后悔了吧？"

他忙解释道："对你我永远不后悔！我知道你心里咋想的。再说我也没反对你娘家人来，那天我让你把你爹妈都接来，可你不让啊！你早知道我把钱藏哪了，可我还是想把你爹你妈他们接来，我绝对信任你。"

见他又认真起来，她又将脸贴他胸前道："你接谁来我都不反对，就不许接他们来。你要不听我话，我就死给你看。"

他嗔怪地打她一下道："胡说！"

她抬起头道："我胡说？不信你试试！"

他心一震道："咱不至于那样。爹妈再不对，也是他们把咱养大的。"

她一脸严肃道："他们养我是把我当玩意儿养的，就是为了钱，在他们眼里，亲闺女不如钱亲！他们已经把我给卖了，回头我再去孝敬他们，我咋那么贱！我没说他们没养我，可何家那次没少给他们钱！我也就是看到你有这些钱才觉着当初那些钱不算啥，当初我真吓了一大跳，想不进何家的门儿都不行了。那就是我孝敬他们的，已经完事儿了。"接着又笑着道："你要实在想替我孝敬他们也行，你拿些钱给他们送去，就说我在牡丹江当窑姐儿挣的钱，你看他们接不接。"

他顿时不悦道："滚边儿去！再说这种混蛋话，我可真扇你嘴巴子！"

她笑笑说："反正我是死也不想见他们。我现在活着就为你活着，有一天我死了也要为你死。"

他又感动，将她紧紧搂住道："别胡说！"说着将嘴堵在她嘴上，接着又想和她房事。

她担心道："你那么大劲儿，不怕伤害咱儿子？四五个月最好滑胎了。"

他一脸苦色道："那拉倒吧。"便挨她躺下说话。

他仍为山庄生意没亏大本感到开心，这时又得意道："以后好多钱都不用花了，猪场再一扩大，那时候咱就剩的更多了。就是得让你更操心了。"

她却叹口气道："买卖这东西，不是你操心就一定挣钱。谁家开买卖不想挣钱？不还是有赔的，还有倾家荡产的。人找财不容易，财找人可容易，这就是命；命中一尺，难求一丈，命中没有别强求。你不就是吗？当初谁想到你能这么趁钱？那么多的钱，在这儿放了十多年也没人知道，偏偏就把你逼到这块儿了，咋就那么巧，又偏偏让你看见了？说一千道一万，就财神爷安排的，他想给谁，到时多远也得把你拽过来，你还不知咋回事呢。"

听她提起财神爷，他忽然道："还有山神爷呢！你不说我还给忘了。赶在年前，咱得给山神爷摆个大供，谢谢他老人家保佑咱。明儿个就去，咱俩去，把芸香儿也带上。"

她一皱眉道："你就惦记她。"

他怕她生气，忙说："我不先惦记你的吗？"

她假装委屈道："那有啥用？芸香儿已经是周家媳妇了，我生孩子还得偷摸儿的。"

他哄道："包子有肉不在褶儿上。其实咱俩在牡丹江那晚上我就把你当媳妇儿了。"

她又撇嘴道："净耍嘴皮子。咱俩没到一块儿时你就惦记芸香儿了。后来娶香荷儿还舍不得她；我要不让你娶她，还不把你急死？"

他诡笑道："大太太给自个儿男人找小儿的不有的是。我娶香荷儿，也是你让我先娶个黄花闺女。忘不了你的大恩大德。再说我也没舍得你这心肝儿姐姐呀。"

她捶他一下道："还姐呢，你看哪家弟弟和姐这样儿？"

他反驳道："那谁家姐老惦记弟弟的大蘑菇？"

她横眉立目地打他道："臭嘴！"

他嘿嘿地笑道："那就是臭味儿相投。"

她又用力捶打他，并将他按倒在炕使劲地胳肢他。他打着滚大笑，又担心碰着她肚里的孩子，只是求饶道："是香味儿是香味儿。"她很开心，继续胳肢他，笑得他几乎喘不过气来，又叫道："好姐姐，我服了！"近乎是哭腔了，她这才得意地停下来。

第 107 章

又过年了，也是山庄的头个年。子昂考虑周米两家老人不能一起过年，而山庄人多，米家人少，就决定三十晚间去陪香荷和岳父母，山庄的年夜饭就提前到中午吃。

子昂要把山庄的头个年过得热闹些，一大早就开始忙着写对联，就连猪圈、马棚、狗窝、鸡窝也都要贴上吉祥联。芸香、婉娇、亚娃、顺姬、芳子和玉莲等，都在桃源围观着、伺候着，裁纸的、研墨的、晾联的，忙得一团热闹。多日娜仍不愿靠近婉娇，带着几个丫头、雇工各屋贴门神、挂灯笼，呈现出一派节日的喜庆。

村妮来接玉莲回自家过年，正赶上山庄提前吃年饭，可玉莲说什么也不肯离开山庄，子昂就让村妮两口子也来这头过年。村妮笑道："神仙都在俺家呢，俺哪敢怠慢了？"

他不对她所供的神仙说三道四，是害怕得罪了那些神仙。

吃过山庄的年饭，村妮和大家告辞，正好子昂也要去陪香荷和岳父母过除夕，便让她骑在马上，他在下面牵马，一边走一边唠玉莲近期又懂事许多。村妮欣慰地坐在马上，说都是他当大舅的功劳，以后就不来接她了，将来出门子也从山庄走，他只当她在说笑话。

夜幕已降下来，各家的鞭炮声又让龙凤山区热闹起来。虽然今年春草和奶奶也在米家过年，但格格夫人总觉得不如去年周米两家一起过年热闹，时不时地唉声叹气着。米秋成不耐烦道："那也没把你过到年外去！真是出洋贱！"

格格夫人不想大过年的找气生，便不搭他的话。

吃过晚饭，子昂陪米秋成下棋。不知是米秋成心不在焉，还是子昂棋技大长，米秋成下十盘得输八盘。子昂干脆故意输，米秋成看出来还是不高兴。香荷把豆儿交给春草看哄，自己到灶房帮春草奶奶准备包除夕夜的饺子，先把猪肉葱花剁好，又调了馅子预备着。

格格夫人出趟屋回来说："咱门口又聚了一帮孩子，八成又是去年三十儿晚上那一帮。"香荷想起去年除夕夜被一群孩子喊"娘娘"，不禁又动了心，问子昂准备了零钱没有。米秋成输棋输得不痛快，斥责香荷道："我看你就钱多了烧包儿！"

香荷不敢顶嘴，透着一脸委屈。子昂忙说："爹，没几个钱儿，香荷儿愿给就给点吧，去年她给的那些，听说有个孩子还替他家大人还了债。今年我就特意备了点零钱儿。"

米秋成一听，将棋一推道："你们去吧，我躺会儿。"说不清是为输棋不高兴，还是为子昂支持香荷向外人发钱不高兴。子昂不去多想，让香荷去穿外衣。

香荷仍外穿红面镶白边的长袍，高兴地随子昂出了院，见有几十个大大小小、拎着各样灯笼的孩子。一见香荷露面，立刻有个孩子喊："娘娘过年好！"接着便又喊声一片。子昂维持起秩序道："你们排下队，一人给一份儿，拿了就回家。"

白雪和灯笼的光亮，映着香荷娇美的容貌。领钱的队伍排成一长串，相互簇拥着，嬉笑着。很快，香荷逐个为孩子发了钱，还是每份五元。孩子们都很自觉，得一份钱便跑回家去了，没有重新排队的了。

包除夕饺子时，香荷也跟着一起包。许是平时家里不常包饺子，或是包饺子也不用她上手，虽然摆出的兰花指很迷人，但饺子包得却不熟练。

子昂不禁又想起懿莹包饺子的样子，心里不禁又隐痛。他真想知道懿莹现在在哪里。前日他向万全打听过抗日军的行踪，但万全又警告他道："别老惹麻烦，田中太久可一直对你不放心。"其实他就是想打听懿莹的下落，如果可能就接她回来与家人团聚。这时他又思念起失踪的妹妹，也焦虑母亲这时又在伤心。

吃完饺子便开始拜年了。子昂携香荷一同为岳父母跪下磕了头，又给春草的奶奶送了祝福。春草也给米秋成和格格夫人磕了头，老两口念春草自随奶奶来米家后没少干活，便每人给了十元的压兜钱。接着春草又给子昂、香荷磕了头，也得了每人十元压岁钱。这时大家都困了，便回各屋睡觉了，米家的年又得等到大年初三闺女回门时才热闹。

第二天早晨，子昂又带香荷去给各位哥哥的父母拜年，过了中午才回山庄。他本想带香荷到山庄看看，香荷也想去山庄给公婆拜年，但随后却说怕爹生气。

他不解地问："就去拜个年生啥气？"

她却不说了。他想知道究竟，再三追问后她才支吾道："爹不让我正月见那些人。"

他近乎要发火了，责问道："我天天和她们见面，爹没说连我也不见？"

　　她不安道："你是男的。我也没办法。"又安慰他道："等天暖和的吧。"

　　他叹口气后又自己回了山庄。

　　回到山庄，子昂除了带芸香给父母磕了头，还去其他各屋拜年，为懿莹的奶奶、母亲和若玉、刘王氏等长辈也磕了头。

　　太阳偏西时，他又带婉娇去给村妮两口子拜年，自然是要将婉娇送到村妮找的接生婆家里。而对别人却说村妮那里有事忙不开，让婉娇过去帮阵忙。

　　婉娇自来山庄后，心情越来越好，待她的陪房丫头樱桃也温和体贴，吃的穿的都和丽娜无两样，远不是她在牡丹江时对芸香那般苛刻。

　　婉娇所以对樱桃好，是因樱桃是铁头的弟子，子昂也特意交代各屋要对各自丫头如女儿一般。樱桃很快与婉娇结下了感情，就像女儿对母亲一样，每天除了把屋子打扫干净烧暖和了，就是为婉娇姨娘、丽娜妹妹铺铺被褥，端上洗脸、洗脚的热水，再就是扫扫院子、喂喂狗，其余时间便可一边照看丽娜，一边和玉莲及其他丫头们玩跳格子、嘎拉哈、捉迷藏，远比她在武术班里轻闲自在。这时婉娇要离开山庄一段日子，她总有一种被抛弃的感觉，哭着要和婉娇一同去。确定丽娜还在山庄后，她才相信母亲般的姨娘不久还会回来。

　　去镇里道上，子昂依然牵马，婉娇在马背上向他诉委屈。原来昨晚山庄里很热闹，大人孩子都是各屋串着吃喝说笑，然后一同在院外燃放鞭炮和烟花。到了子夜，芸香按公婆吩咐，把多日娜、顺姬、芳子都叫到他们屋里吃饺子。她希望子昂爹妈把她也当成孩子叫过去，却偏偏没有招呼她，她心里很不是滋味，真想哭一场。念是大年除夕，便忍住委屈，将几个在灶房干活的丫头叫到自己屋里包饺子。年初一她去给子昂爹妈拜年，刚要以晚辈身份跪下磕头，立刻被周传孝急忙拦住道："别价别价，这俺们可受不起。"弄得子昂妈不知怎么好，结果她连份压岁钱也没人给。

　　子昂听后很为婉娇难过，也对父母冷落婉娇不满。但他不能表现出来，安慰她道："全山庄数你趁钱，我都赶不上你，你还在乎那点小钱儿？"

　　她委屈道："不是钱的事儿。"

　　他心里明白，但眼下他无可奈何，继续安慰道："等孩子生下来再说，只要生下儿子就都好了。"又嘱咐道："过去后你就让人伺候着，啥都不用你管，我都安排好了。"

　　说着话，他们到了村妮的家，彼此拜过年后，又随村妮去了那户准备照顾婉娇待产的人家。这家虽然简陋，但里外收拾得整洁。家中只有一个女主人，大脚板，五十多岁，身体硬朗，待人很热情。村妮两头介绍，先让子昂、婉娇管这女主人叫苗婶儿，又介绍子昂和婉娇是姐弟关系，还说婉娇是远道来避难的，因家里人多太闹，才出来找个人照看。

　　苗婶先夸婉娇长得跟画上画的似的，又说子昂和婉娇一看就是一个妈生的，都长得这么俊，说得子昂和婉娇都难为情地看村妮。

　　苗婶又对婉娇说："村妮儿说你们要找个清静地儿生孩子，我这儿最合适不过了。老头子走了好些年了，俩闺女都出门儿了，离得远，平时都顾不上回来，家里就我一个老婆子。年前俩姑爷都来过，说我那俩闺女都趴炕了。大闺女生第三个，二闺女是生头个。人婆家都有人照看，用不上我，我就一门儿心思照顾你，你在我这儿就消停养着，伺候月子的事儿我在行；钱不钱的不打紧，就图个有人陪我说说话儿。"说着扶婉娇上炕。

子昂谢过苗婶，又留下五百钞票。苗婶好像从没见过这些钱，惊讶道："这也太多了！"但还是收下了。

将婉娇安顿好后，子昂又回到香荷身边，听格格夫人讲镇里人又在传着"娘娘"的佳话，但也就是当作笑话听。

再回到山庄后，子昂直接去了亚娃的屋，他要将山庄大管家的差事交给她来做，心想亚娃妈这回一定能如愿了。但他也担心，等婉娇将来再从亚娃手里接过大管家时，一定会让亚娃不开心，便决定将他的全部经营设为粮食店、养猪场、猪肉铺、山货铺、大作坊、大账房、大灶房等若干部。

粮食店和田地都是米家原有的，只是田地面积比从前大了，如今又有了油坊和马帮，店内品种便又多了豆油和食盐等，自然还是格格夫人打理。原本想把这头生意交给香荷来管，但她还是不愿出面张罗，每天只是守着豆儿，卖货、管钱便还是格格夫人和米秋成的事。

猪肉铺和山货铺都由多日娜管，将麦冬也派过去了。本该多日娜收的钱都要交到大账房，但她眼里只有子昂，卖猪肉的钱也不交账房，说她能给他管好。子昂不想惹她不开心，便让大家都由着她。

三房中的大作坊仍继续由婉娇来管，负责油坊、磨坊、豆腐坊和养猪场，还要督促庄内水工、柴工、粪工随时保证各屋用水、用柴及各种粪便清理。虽然她不再管账了，但所有雇工的使用和工钱还是由她做主，一方面，她管人做工的威信得靠手中有实权，另一方面，工钱也是月月支出的大数，里面又有赏罚的成分，不像走货都是固定数，让别人管很容易管乱管冒了。

大账房将由亚娃来管，但她不会打算盘，也拢不好大账，就让在日本上过学的芳子协助，负责马帮、猪肉铺、山货铺的出入账目和根据婉娇的报账为所有雇工发工钱。

大灶房依然由芸香管，由顺姬协助，负责安排灶房用料采购和山庄所有人的一日三餐，再就是鸡鸭鹅狗的饲养、禽蛋的使用及安排浴房烧水、清洁等。

子昂若不替婉娇打理大作坊的事，他还是只有花钱的份。尤其到了节日等特殊时侯，一切都由他来安排，包括他对外人的仗义、应酬和施舍。

一进亚娃屋，他见若玉正用一条毛巾为亚娃擦嘴，再看亚娃，一副无精打采的样子，吃惊地问："咋的啦？"

若玉见他进来兴奋道："哎呀子昂，你来得正好，她有了！"

他一时没反应过来，不解地问道："有啥呀？"

若玉脸一沉道："装憨儿呢？俺亚娃从来这儿可没让别的男人碰过。"

他恍然大悟，敢情亚娃也怀上了他的孩子。

虽然他心里早有打算，但这时还是有些紧张。见亚娃正不安地看他，他忙说："喜事儿喜事儿。咱家虎子要当舅舅了。"心里却还是七上八下。又摸下亚娃的肚子问："真有了？咋知道的？"

亚娃看他脸上有喜色才露出惬意的笑，撒娇道："老想吐。"

若玉安慰亚娃道："妈怀你那咱也这样儿，吐吐就好了，要能生个带把儿的就更好了。"

他又想起在苗婶那儿待产的婉娇，便说："以后就别出屋了，也别乱寻思，等生下孩子来，名分自然就有了。"又对若玉说："妈您就得费心了，外人别让进来，啥事儿都等孩子生下来再说。"

若玉仍眉开眼笑道："虎子上次走时还说呢，过年来给拜年，没准儿这两天就能来，这要当舅舅的进来不怕吧？"

子昂说："娘亲舅大，他还必须得来。再说现在又不是猫月子。"

若玉又一脸桃花道："虎子要知他要当舅舅了，还不知高兴成啥样呢！他可就想当这个舅舅。这下可好了。"

晚间，子昂要陪芸香过夜，正好各屋因有电灯都不想早睡，分头聚在一起唠嗑、打牌、嬉闹，他就让百合玩完在婉娇房里和樱桃一起睡。

见芸香懒懒的样子，他担心她病了，问她哪里不舒服。她倚在他怀里撒娇说："一天啥也没干，就是觉得累，可不愿动了。"

见她难受的样子，他去叫来母亲。

母亲摸下她的额头道："没毛病啊。"又问她道："身子没劲儿有多暂了？"

芸香说："一入冬就不愿出屋，寻思干活累的，歇歇就好了，可啥都不干还是懒。"

母亲又问道："这几个月你来过红吗？"

她想了想说："好长时间没来了，怪难受的，寻思不来也挺好。"

母亲惊喜道："你是怀上了吧？我还寻思呢，你要怀上咋还不得吐一吐，咋没见你反应？"

子昂心中一亮，问芸香道："你恶心过没？"

她一下精神许多，说："吃肉恶心，这阵儿不想吃。"

母亲高兴道："那准是怀上了。女人怀上孩子，反应都不一样，像你这样儿的也有。还有的肚子鼓起来了才知道有。"

他相信母亲的判断，婉娇和亚娃一前一后都怀上了，芸香要再不怀上就怪了。他对芸香怀孕就不像对婉娇、亚娃怀孕那么顾虑，不顾母亲在跟前，欣喜地搂着芸香道："太好了！你也要当妈啦！"又松开她说："我这就给你洗脚，完了你就好生歇着。以后大灶房的事儿先别管了，让顺姬去管，你就只管养着，想吃啥说。都说酸儿辣女，你想吃酸的还是吃辣的？"

芸香也欣喜，故意逗他道："辣的。"

他希望婉娇先生男孩，并不在意她生男生女，便说："辣的也好，我让顺姬给你做。"

母亲不悦道："不吃辣的，咱吃酸的。"

芸香笑道："妈，我逗他玩儿呢。"

他没再答话，下地去打洗脚水。

夜里，他搂着入睡的芸香睡不着，想着他睡过的女人接二连三地怀了孕，心里既激动，又很不安。他很得意他就要成为四个孩子的爹了，只是四个孩子各有各的妈。婉娇、亚娃怎么跟父母和米家人讲？如果来个死猪不怕开水烫，就怕香荷、芸香太伤心，要是瞒天过海，那也不能瞒着自己的父母。婉娇、亚娃要都生下儿子来，总得通过父母认祖归宗。他决定还是先走瞒天过海这一招；父母都盼着抱孙子，只要生下儿子，婉娇、亚娃迟早都会被父母接受。婉娇肯定得先生，生下男孩是他最渴望的。亚娃生男生女也无所谓，重要的是娘亲舅大，让秋虎当上舅舅，到时他会厚起脸皮对父母甚至对香荷、婉娇、芸香说，山庄需要亚娃成为自家人，是为了日后让秋虎的武装成为山庄的自卫军，依靠其他人都不保准。

想着想着，他又进入梦乡，梦见米家人和他的哥哥嫂子们都知道婉娇、亚娃怀上他的孩子，香荷伤心地哭泣，哥哥们都愤然离他而去。他忙去追林海，忽见米秋成将一壶茶甩向他，忙抬手去挡，可胳膊已被万全拧到了背后，眼瞅着那茶壶击中他的脸，一惊醒来，将枕他胳膊入睡的芸香也惊醒了。

芸香知道他又做梦了，问他又梦见什么了，他只说梦里和人打仗，有人用石头朝他脸上投，但没看清是谁投的，随后两人接着睡。

第 108 章

从初一晚到初二的傍午，子昂一直守着芸香。他也想去守亚娃，又怕别人起疑心，过早地暴露他和亚娃的特殊关系，便向若玉做了解释。

若玉还沉浸在女儿怀上周家骨肉的喜悦中，爽快道："有我在，从现在到她生下孩子，你啥都甭管了。可等生下孩子后，你可不能啥都不管。"

他嘻嘻道："我顶多不要脸了，可我不会缺大德。"

若玉欣慰道："那你忙你的，就等抱儿子吧。"他心里踏实许多。

从把婉娇送到苗家待产，虽然有村妮帮着照应，子昂还是忐忑不安。他既不忍心婉娇在苗家寂寞，又担心此事漏了风声。他就盼着婉娇风声不漏地生下儿子，然后再悄悄地告诉爹妈他们已经有了孙子，虽然不是正大光明，但毕竟是周家的骨血；别人可以还当他俩是姐弟，只要爹妈承认婉娇是周家的媳妇就行。他相信爹妈到时见了孙子后，即使骂他一顿也定会暗里接受婉娇。这时他要去看看婉娇在苗家住着是否舒心，然后再去陪香荷。

牵马一出院门，他见三个骑马的人进了山庄大门，马上人都头戴狗皮帽、身穿羊皮袄、脚穿棉乌拉、背上斜系一包裹。他一眼认出前面那个是秋虎，后面跟着一个七旬开外的老人和一个十岁左右的男孩。

一见秋虎，他高兴地迎上前道："真是说曹操曹操就到，刚才还唠你啥时能来呢。"

秋虎跳下马道："来晚了，不过拜年还不晚。"说着抱拳道："过年好！"接着环视四周道："几个月没来，你这儿可变了样儿了。这回挺像样儿，有门有院儿的，一看就是个大家门户，气派！"

子昂笑道："年前这儿闹把狼灾，铺天盖地的，光打死的就将近一千只，怕跑了那些再来，就夹了这圈障子，要不没人敢出屋。"

那老人惊讶道："一千只狼？我打了一辈子猎，也没遇上过这种事儿！"

秋虎这才想起介绍老人和男孩道："忘了介绍了！这是华老爹，苇河沟里打猎的。别看岁数大，枪法好着呢！"子昂客气地给华老爹拜了年。

秋虎又介绍男孩道："这小尕儿叫喜子，是华老爹认的孙子。"又低声笑着问子昂："不知让他管你叫叔还是叫姑夫？"

他明白秋虎的意思，笑道："先叫叔，姑夫以后的。"

秋虎会意地笑了，又吩咐喜子道："快给叔拜年。"

喜子也一抱拳道："叔过年好！"

秋虎随即照喜子屁股踢一脚道："小兔崽子，给叔拜年得跪下。你这叔可不差你压岁钱。"

喜子被踢得一仰身，就势跪地磕头拜年。

子昂笑着拉起喜子，从身上扯出一张绵羊票道："拿着，就是个意思。"喜子接钱谢过。子昂问喜子："你还敢骑马？几岁了？"

喜子嘿嘿笑道："过这年十一。"

秋虎差开话问道："我姐还好吗？"

子昂笑问道："咋不问娘好不好？"

秋虎嘿地一笑道："我姐好，她就好。你也知道，我拿姐当娘当了那些年，对娘还不太习惯，这回再见面儿就好了。"子昂便带他们去了亚娃的屋。

亚娃还是由母亲陪着，见秋虎来格外高兴。又互相介绍后，都坐在炕上唠嗑。秋虎唠起华老爹道："华老爹打猎有一套，打鬼子也不含糊。一个鬼子一条枪，老爷子给我攒了二十一条三八大盖儿。"

子昂十分钦佩华老爹，问："老爹这把年纪也入绺子？"

华老爹一边装着烟袋一边说："我就是个打猎的，想打鬼子跟入啥没关系，这国家是咱每个人的国家，鬼子来抢咱东西，咱每个人都得想法儿对付他才行，哪能眼瞅他们把咱林子伐光了。听说小日本儿没咱东北大，咱一人干掉他一个，就能让他亡国，还能轮上咱亡国？"

子昂听着心里痛快，笑道："您一人插了这些小鼻子够本儿了。"

华老爹说："不是我一人打的，俺们一共有仨人，都是打猎的。天天山里转，晃常就能遇上鬼子。要打也得看他们多少人，多了不敢惹，仨俩的，瞅准了就干，尸首一埋，枪一藏，谁都不知这仨俩的哪去了。后来他们还是盯上俺几个了，就把俺们围上了。他们人多也逮不住俺们这些山泥鳅。那天遇上虎子他们钻山，就跟上他们了。咳，岁数大了，跟不上了。"

秋虎对子昂说："我带他俩来，是想和你商量点事儿。华老爹帮过我大忙儿，就是岁数大了，寻思把他爷俩留你这儿，帮你看家护院还蛮行。"

子昂高兴道："我还真想找几个靠谱的炮手来帮我护庄子。"

秋虎也高兴道："那妥了，你要用这样人，我那儿还有，回去再给你带几个来，连家伙一块儿带来。你放心，都是我的心腹，保准你说一他不敢说二儿，到时候还得敢为你拼命。"

子昂欣喜道："就按你说的办，回头我把他们住的地儿都腾出来。"接着说："晌午就在你姐这屋吃，我让大灶房弄些菜来。"

若玉喜颠颠道："你们唠着，我去告诉她们。"又见喜子在打盹，招呼道："先别睡，吃了饭再睡，先跟我出去遛遛，看大灶房有你得意吃的没。"

秋虎对子昂说："这是道上颠乏了。"接着用脚拨下喜子说："去跟奶奶出去抖抖，等填了空好好闷一窑儿。"是让喜子出去精神一下，吃了饭好好睡一觉。喜子这才懒洋洋地下了炕。

喜子跟若玉出去后，秋虎对子昂说："小家伙挺机灵，我挺稀罕。当年我混出名时就他这么大。"

华老爹说："孩子是好孩子，就是没摊上好爹妈。他爹头两年儿给日本人伐木头，挣点钱都抽烟炮儿了，愣把家给败坏了，又拉皮条让老婆在家卖炕。不到半年，大土篮子外号就传出去了。这一传俩、俩传仨，把鬼子兵也招来了。有的办了事儿不给钱，提上裤子就走人，他爹就抄了家伙。他一个抽大烟的，能有多大劲儿？没砍着人家，倒把他自个儿命搭进去了，喜子他娘也给弄进山里窑子了。别看那是个山沟子，酒馆儿、烟馆儿、窑子馆儿啥都有。我看喜子怪可怜的，就带他一块儿打猎。"又对子昂说："大当家的，你能收留俺爷儿俩，真得谢谢你。俺这一老一小，干啥啥不中，给你添麻烦了。"

子昂笑道："姜还是老的辣，您是老山爷了，翻的山比我走的道儿还多，有啥不懂的，我还得向您老请教呢！您老就在这儿帮我把把舵。"

华老爹感激道："大当家的抬举，有用得着的尽管吆喝，看个门儿守个院儿，肯定比狗强。"

子昂嗔怪道："老爹可别这么糟践自个儿，往后我得好生恭敬您呢！"然后让秋虎和亚娃唠嗑，他拉华老爹在庄内各处看看。

饭后闲唠时，秋虎听若玉说亚娃已经怀上子昂的孩子了，十分高兴，借着酒劲，急不可待地去见子昂道："姐夫，这回俺姐可有寨子了，往后俺可就是你亲弟弟啦！这样，回头我也来给你看家护院子，保你买卖成快，火穴大转！"

他愿意秋虎来帮他，甚至希望他的那些手下也一同跟来，这样他心里就更踏实了，便笑着问道："咋的？山大王不想当了？"

秋虎笑道："我想把我那些弟兄都拉过来。你放心，我在你后山搭个寨子，不会给你添乱子，实在混不下去时，你还真得帮我。本想守着珠河专砸小鼻子，可那儿的鬼太厚，共产党的队伍都东躲西藏的，咱这伙子哪是他们个儿？这阵子我们愣没敢动。头阵有几支绺子都让日本人收买了，还让我跟着他们一块儿干。我也寻思了，咱打不动小鼻子也不能当汉奸，惹不起咱还躲得起。"

子昂笑道："你是不想当汉奸还是怕小鼻子算计你？"

秋虎一笑道："都有。"又转话题道："过阵儿我就躲你后头，也别当是合局，就当这儿的崽子。"

子昂笑道："咱是底柱子，你们直接来就行，我再拉个马帮。"

秋虎说："我可以派几个好炮手儿过来，都来不行。你不知道，我那里有些毒草子、邪岔子，你吆喝不了，我就在你旁边儿搭个寨子。"

子昂觉得这样也好，就建议他搭好寨子后也建支马帮，说沟里的松子多得采不过来，组织人采回来，卖到城里也能挣大钱。

子昂还嘱咐秋虎也娶个媳妇。秋虎诡笑道："我十岁那年就有媳妇儿了。"

子昂惊讶地问："你十岁不是给人放羊呢吗？"

秋虎得意道："就他家老闺女。"又解释道："开始没往那上寻思，那年我媳妇儿才五岁，还小丫头蛋儿呢。我就记着她给我送过吃的。倒不是啥好吃的，一碗苞米糊儿。他家人事儿多，嫌我埋汰，不让我进他家屋，吃饭前给我送一碗苞米糊儿，里头有两个苞米饼子，再就是块儿咸菜疙瘩，这就不错儿了。后来我把她家羊给放丢了，就再没敢回去。上山这些年，有时觉着挺对不住她家。前年我去过她家，把丢羊的钱都包给他们了。再一看，当年的小丫头蛋儿变成大姑娘了，模样儿挺招人稀罕，我这心里就直痒痒。可我整天钻山沟，人家哪能跟我？我就寻思多帮帮他们。上次你给我那些大洋，我一下给她家送去五百。事儿赶得也巧，他们村保长家相中她了，她家都不愿意，可保长是他娘的狗汉奸，还惹不起。那天后半夜，我就带上几个弟兄把我媳妇儿抢走了。不光抢媳妇，还抢了几家趁钱的。其实是我和老丈人合计好的，就抢给那个狗汉奸看的。我现在有压寨夫人了。"说完嘿嘿地笑。

子昂欣慰道："我还寻思给你找个媳妇儿呢。"

秋虎忙说："我可没你这章程，有一个就足了。"

子昂笑笑问道："咋没把她也带来？"

秋虎说："她也怀上了，今年入秋前我也能当爹了。本来想把她带来认下亲，一看她瞅啥都吐，这么远的道儿，又是大冷天儿，以后再说吧。来之前我把她送她大姐家了，就在珠河。"接着又嘱咐子昂道："我没告诉我姐，你也别和她说。她要知道该不放心了，让她好好照顾自个儿。"

子昂说："这不还有你娘吗？"

秋虎摇下头道："她也不告诉，让她和她那小男人好好过日子吧，我的事儿不用她掺和。"

他听出秋虎话里还有怨气，就说："上次你们不一块儿喝过酒了吗。上次都没少喝，你不是忘了吧？"

秋虎一哼道："喝酒我就认他当爹了？两码事儿！"又叹口气道："咋说那是我亲娘，已经这样了，没办法。我不打他骂他就算对他客气了，也给我娘面子了，这就得了。"立刻又笑道："咱俩上次也一块儿喝了，我可认定你是我姐夫了。现在我姐怀了你的孩子，你可别让她难过。我知道你有难处，看你是个明理人，我就不废话了。"又转话题道："瞅这架势，小鼻子是撑不走了。我也不想惹他们了，就想跟你似的，找个肃静地儿，安心做点生意，好好过日子。"

他感到秋虎在给他施加压力，但他还是愿意他带着手下离他近一些，只要日后心里踏实，无论如何也不能让亚娃寒心。

最后，秋虎又说："该看的看了，该说的也说了，挺好！那我就回去了，不跟他们打招呼了。老爹和喜子就都交给你了，看他们能干点啥，尽管吆喝。"说完转身要走。

子昂将备好的二卷银圆交给他道："来了也别空手回去。"

秋虎毫不客气地接过钱道："姐夫给的压岁钱，不接不好。"

他也笑笑，又帮他整理着衣领嘱咐道："路上小心点儿。"

秋虎感动地点下头，忙转过身道："我走啦姐夫。"说着大步出了屋。

山庄杀猪吃肉时攒了许多肉皮，大灶房就一并熬了冻子。虽然不是主菜，但连日来年饭都吃得油腻，大人孩子都喜欢吃。芳子以前没吃过，美美地吃着，脸上也透着欣喜。子昂见她喜欢吃，就让灶房给她单送一些过去。

芳子见厨娘将一个剩有半盆的皮冻送过来，高兴地给厨娘鞠躬道："谢谢。"

厨娘走后，她急不可待地用羹匙舀了一些吃，然后用盖帘盖上，放在灶台旁等想吃时再吃。英子烧炕时，怕皮冻遇热融化，就将盛皮冻的盆放在靠门口的窗台上。

这时山庄里的年味还正浓，各屋主人除了在初一备了拜年的赏钱，还为整个正月备了平时很少吃到、这时好像吃也吃不完的好吃的。瓜子、点心、糖瓣、大块糖和裹面油炸的黄豆香、粘满芝麻的炸黏团、挂着白霜的柿饼子，无不透着年的魅力。就是吃着缓开的冻梨、冻沙果、冻柿子，也都感觉心里爽爽的。姑娘、丫头们撒欢地各屋串着聚着，借着过年加时的电灯光亮，一边吃着，一边玩着纸牌、猜闷儿、玩嘎啦哈，叽叽喳喳、嘻嘻哈哈，每天都玩到深夜也不愿散去。

大人们也都孩子似的东屋唠，西屋玩，乐此不疲。女人年纪大的东扯西拉，年纪轻的，就是打纸牌，两人也能碰，人多更热闹，一角钱一个豆，谁赢归谁。各屋女主人都不在乎钱，却仍互不相让，玩的就是个输赢和乐趣。如此几日下来，谁都熬不过了，早晨睡不醒，午饭过后还得补一觉。

芳子也学会了打纸牌，有时随着大家兴起，电灯拉闸了也不散，点上油灯接着碰。这时她的困劲又上来了，回自己屋铺了被褥就睡。英子的心思仍在结伴玩耍上，见芳子已睡下，烧了一阵炕就又去别的屋寻乐子了。

芳子睡了一觉醒来，在灶房见那半盆皮冻被放在结满冰霜的窗前，忍不住又舀一匙吃，觉得很凉，不禁咧下嘴。她不知皮冻遇热便化，以为可以用锅温一下再吃，见锅里的水正热，就将皮冻盆放在锅里的热水上，又盖上锅盖后去院里的茅厕小解。

这工夫，英子回来看主人醒了没有，见屋里并没有芳子，忙要去别的屋找，一出屋见芳子从茅厕出来，松一口气道："姨娘睡醒了？"

芳子说："你去玩儿吧，我没事，有事我找你。"说着进了屋，英子也回自己屋里了。

芳子回屋后，想起锅里还热着皮冻，先洗了手，可掀开锅盖，见盆里本来很挺实的皮冻都已变成了汤水，怀疑是英子偷吃了她的皮冻，就将一些浑水倒入盆内，很不高兴地将英子喊出来问道："冻子呢？你吃啦？"

英子被问得糊涂，摇头道："不知道。"

芳子更生气了："不知道？我放锅里了。你吃了就吃了，我不生气。撒谎！还放埋汰水！你的心坏了！"

英子这才注意到那个盛着皮冻的盆正在锅里，忍不住大笑。

芳子被笑得发蒙，又生气道："你还笑？气死我啦！"

英子强忍住笑说："姨娘，这个不能馏，一馏就变成水了。"

芳子恍然道："我不知道。"又难为情道："这咋办？"

英子仍忍不住笑，一边笑一边将那盆端出来，先丢在锅台上，咧着嘴，甩了甩烫疼的手，又迅速将盆放回窗台上说："搁这儿晾着，晚上吃。"

芳子又惊讶地问道："还能吃？"

英子说："凉了就成冻子了。"

芳子又恍然道："这样啊！"

英子又笑起来。芳子也忍不住笑，见英子笑个不停，又装出生气的样子道："不行笑！我错了，下回知道了。"

这件事成了山庄一时最大的笑话。芳子埋怨英子嘴快，当着大家面儿一紧鼻子骂英子："真欠儿登！"逗得大家又大笑，玉莲说她笑得肚子疼。

子昂见芳子不愿人拿她说笑，就不让大家再提这事，还让大家以后帮芳子和顺姬多知道一些中国的东西。

第109章

又是初三女儿回门日，除了宝来以外，六个女儿五个女婿又都聚在一起。

刚见面时，哈尔滨的津竹、天娇两家还对子昂格外热情，相互拜了年。随后听津菊、骏先说子昂纳了妾，顿时震惊而愤怒，无奈香荷和二老都认可子昂纳妾，便不好与子昂冲突，只能暗里较劲，也开始对他冷落。

津兰虽然平日最多事，毕竟春山在子昂那里做事，并从中得了许多好处，早已接受这一事实，还劝说津竹、天娇两家也都默认，说是为了米家续香火，别听津菊两口子在里头挑拨，这让津竹、天娇又感到惊讶。

要说津兰接受子昂纳妾，主要是李春山做贼心虚。自打他暗中得了津梅，虽然身心愉悦，但毕竟偷的是自己媳妇的亲妹妹，于理于情都觉得对不住媳妇。好在津梅只要他这人，不需他经济补偿，他便将子昂给他的工钱和奖赏几乎都交给津兰。如此津兰既欣慰丈夫对她不藏私心，又感激子昂对她家关照有余。

这时，连襟中除了春山以外，其余三个都对子昂愤愤不平，尤其骏先在里挑事。就连懂些事的孩子也为老姨抱不平，好像香荷受了多大委屈，再见老姨夫，远不是开始那么亲切了，老姨夫曾给过他们的好处也似乎都忘了。

津兰的大女儿晴儿已是个大姑娘了，再与老姨夫照对面，就像遇见色狼似的慌忙躲开。春山想责怪女儿跟随二姨、四姨、小姨起哄，但守着大家又不好开口。津菊的两个儿子更是愤然地将子昂给的压岁钱撒在炕上。骏先、津菊不但没责怪儿子，还都一脸得意的神态，不停口地说"好儿子"，愈加让两个儿子与子昂对立，就差往他脸上吐吐沫了。

格格夫人都看得明白，不停地一旁敲打大家道："过年了，都别起刺儿闹不痛快。"总算没有起冲突。可吃饭的时候，包括子昂在内的男人还得围在一桌前。虽然桌上有林海和山鹰送来的山珍野味，但大家都吃得并不开心，就连饭前放的那挂鞭炮也似乎显得沉闷。

三代二十口人分两桌，以往多是津兰、津菊作为大女儿、二女儿和父母、连襟们坐到炕上一桌，其他姐妹和孩子们坐地上一桌。今天津菊硬是不坐炕上的桌，显然是不愿和子昂一桌吃。这样一来，津梅便抱着了过了百天的阳儿，在家人面前和春山一桌吃饭了，还和大姐津兰亲热了许多。

津兰对津梅又生下宝来的孩子感到怀疑。毕竟自己的男人和三妹曾经私订终身，这些年他俩又一直藕断丝连，尤其她还觉得阳儿和她儿子小时的模样很相像，近乎断定阳儿就是春山的。但格格夫人不愿家里出丑事，虽然也怀疑阳儿是春山的，好在津梅去山庄前就已开始显怀，生下阳儿的日期又和津梅与宝来分开时间差不多是十月怀胎，便说阳儿是宝来的没有错，还责怪津兰胡思乱想，说姨表兄弟长得像的也不少，万万不能没凭没据就闹得全家都不安宁，又让外人耻笑。

津兰本来还认为子昂是个好妹夫，但从子昂纳妾以后她就顾虑重重了。春山在子昂的山庄里做事，免不了常和津梅相见，如此他俩曾经破碎的梦，没准这时也就圆了，很有可能已和子昂成了一路人。但子昂多个媳妇是香荷和两方父母同意的，而李春山则很有可能偷了她的亲妹妹。虽然她无法接受这个事实，但她现在却是有苦难言。春山之前若不将子昂给的钱都交给她，这时和津梅又假装互不理睬，今天的局面恐怕会更糟。

子昂知道很多人对他纳妾正愤慨，但他故作镇静，试图缓解紧张气氛，主动端杯逐个敬酒，先敬岳父岳母，祝二老身体健康，再敬同桌的姨姐和连襟们。

春山、津梅和津兰都端起了杯，骏先、翰林、俊章则都不理睬。子昂耐着性子，继续端杯叫着二姐夫、四姐夫、小姐夫。

天娇男人见子昂很执着，就先挖苦道："免了吧，俺们可受不起，俺们都是小百姓，娶一个媳妇都强养活，哪能跟你比，又娶媳妇又纳妾，达官贵人哪。"说着和骏先、津竹男人碰杯喝，连春山、津兰、津梅也不理了。

子昂被晾得难堪，就连米秋成和格格夫人也看不下眼了。格格夫人嘱咐道："大过年的，别弄得不乐呵，都好好的。"近乎在乞求大家。

米秋成不想让远道回来的姑爷下不来台，但也一脸严肃道："事儿都过去了，都甭再提了！"

春山这时也不顾忌骏先、翰林、俊章了，陪着岳父和子昂喝，还说句"各唠各的"。这让骏先等人更不痛快，矛头顿时又指向春山，说春山现在也发财了，真是吃人嘴短，拿人手短，连点骨气都没有了。

津兰被说中了短处，心中不快，也替子昂说起话，责问骏先等人道："老妹儿他们也没亏着你们，这咋翻脸就不认人了？再说子昂这事儿咱爹咱妈都同意，咱就别跟着瞎搅和了。"

骏先不好顶撞大姨姐，津菊在下面憋不住了，责问津兰道："姐你胡说啥呢？"

格格夫人见津菊要发火忙拦道："行啦，你就别跟着搅了。真属穆桂英的，阵阵落不下你。"

津兰却不算完，责问津菊道："老二儿你咋说话呢？我咋胡说了？"

津菊质问道："你说谁翻脸不认人？"

津兰说："说谁谁知道，都拍拍良心吧。"

津菊又恼怒道："拍啥良心？有不识好赖人的！就你两口子！一对儿大叛徒！还赶不上晴儿呢！"

米秋成实在忍不下了，啪地筷子一拍吼道："都想怎么的？不想过好年是吧？"不想却将豆儿和阳儿吓得哇哇哭。

香荷早已没了心情，见豆儿又吓得大哭，也不高兴地撂下筷子离开桌，将豆儿包裹严实出了屋，母亲在后面叫也不理了。子昂也很恼火，但不想把事情闹大，忙下地去追香荷。

见子昂离去，俊章愧疚道："爹您别生气，都怨我多嘴。大姐说得对，俺们不该瞎掺和，只要爹和妈，还有香荷儿乐意就行。"

米秋成这时连远道姑爷的情面也不给了，责问道："那你们说，这饭还怎么吃？不想吃就都散了！今儿我就打开天窗说亮话，你们要和子昂弄不一块堆儿，往后就都甭回来！"

在场的大人孩子都傻了眼，谁都不敢吭声了，津菊则委屈地哭起来。米秋成骂道："你个死丫崽子，大过年的，哭的哪门子丧？滚你家去！"

骏先也忍不住了，觉得米秋成骂得太狠，前口骂津菊哭丧，后口又撵她回家，这岂不让津菊回他家里哭丧？虽然恼怒，却不敢对岳父撒野，霍地下炕，拉起津菊和他们的孩子就走道："走走走，咱回家。"又小声嘟囔道："真是狗咬吕洞宾。"

米秋成眼一瞪道："你说吗？你再给我说一遍！"说着要站起来。

格格夫人猛推他一下道："行了吧！"接着要下地去拦俊先和津菊。

米秋成一把将格格夫人扯回来道："坐你的！"

津竹、天娇和翰林、俊章也忙去拦骏先和津菊。米秋成仍瞪眼道："都甭管！管他做吗？净狗拿耗子！"

津菊哭着和自己的孩子先出去了，骏先在后面要出屋时冲米秋成道："俺们狗拿耗子？俺们可是好心，都让你当成驴肝肺了！"说完转身离去。

米秋成一脸厌恶道："哼，你好心，快得了吧，就你那花花肠子，我都说不出口！"

格格夫人忙又捅他一下，津竹、天娇等人都看在眼里，感到其中有奥妙，却猜不出骏先对家里做了什么羞于启齿的事。

米秋成也感到自己失了口，忙对津竹、天娇两家说："咱吃咱的，甭管他们，什么玩意儿！子昂的事儿，谁都不行再提，这事儿就是我定的，我就要抱孙子，怎么的？"又吩咐春山道："去，把子昂叫来，那是我儿子！我看谁还老挤对他？"

津梅忙下地道："你们吃，我去叫。"说着出了屋。

工夫不大，子昂就抱着豆儿回来了，香荷跟在后面。虽然没了以往的酒兴，但总算将米家这顿传统的年饭吃了下来。

津竹、天娇不再敌视子昂了，她俩现在正被爹刚才说骏先的那句"说不出口"的话所困惑。趁大姐、三姐一同收拾灶房，香荷在炕上哄着两个孩子，男人们围着桌子喝茶吸烟袋，其他孩子都在院里放鞭炮，她俩拉着母亲进了对面屋，问爹刚才说那话是不家里还出了什么事。

母亲仍不想说，装起糊涂道："你爹还说吗？我咋没听到。家里就子昂多个媳妇儿，没旁的。"

津竹不悦道："妈，您还当俺们是三岁小孩儿呢？俺爹想说，让你给捶回去了。妈，有啥事您就说，俺们离得那么远，就担心家里出点啥事儿。"

母亲坚持道："真没旁的事儿，都挺好的。今儿要没这些事儿不更好了。"

天娇也急切道："妈你别打岔儿，您要不当俺俩是您亲闺女，那俺以后啥都不问了。"

格格夫人终于叹口气道："真像你爹说的，说不出口啊！"

津竹焦急道："说不出口不也是事儿吗？妈你说，您要有气出不来，四闺女替你出！"

格格夫人说："说是说，你就别惹事儿了，注意着点就得了。"接着小声道："你二姐夫咋那样儿？香荷儿上茅房，他藏后头偷看。"

津竹、天娇都大惊失色。津竹瞪大眼睛问："啥时候？"

格格夫人说："都有时候了，子昂还没来咱家呢。也不知他偷看几回了，开始谁能往那上寻思？那天你爹搁后窗看见了，下地要去打你二姐夫，把我吓的，心都要蹦出来了。我就哄你爹，可别犯毛驴子脾气，咱把茅房好好弄一下，等那不要脸的再来，咱守着点香荷儿不就成了。他要再得寸进尺，咱把他眼珠子挖出来都成。"

津竹骂道："他咋这么恶心人！"

天娇也骂道："真卑鄙！"

母亲提醒道："都小点声，这事儿就我和你爹知道。现在好了，从打家里多了子昂，他就不咋过来了，有啥事儿都你二姐过来。这阵他又有事儿没事儿往这儿跑。子昂老不在家里，他就跟香荷儿说子昂的不是，不知他又打啥鬼主意。香荷儿也不愿听他唠，这还挺好。子昂要在家，他来打个转儿就走，他就看子昂不顺眼。没看香荷儿成亲那天他喝多了，你们都不知咋回事儿，我和你爹心里都明镜儿的。要不看子昂有那一帮惹不起的哥哥，那天还不知他出啥洋相呢！你二姐是个傻狍子，尽让他当枪使。子昂也没少填补他们。那天你二姐说你二姐夫要把山货摊子摆大点，人子昂一把就给掏了一千块。这回过年，人两口子早早就给你们每家备了红包儿。结果咋样？那不要脸的一装枪就乱哪哪。也没法儿跟她说这些，人家装枪她去放，咱要装枪，她也得放，真把事儿弄大了，你九爷那老脸往哪搁？咱两家这些年的情分不都生分了？"

津竹眼一横道："我来，看我咋调理他。"

母亲忙求道："你可别给妈惹事儿了！香荷儿到现在也不知有人偷看她，左右她也没丢啥，就这么过去吧。子昂别看多个媳妇儿，拿你老妹儿可为重了，说话都看着你老妹儿的脸色，甭管山里多忙，也得回来守香荷儿，还给她洗脚，帮她哄孩子，这就行了呗。再说要怨还不怨你爹？整天孙子孙子的，我看他都快成孙子了！"说完自己忍不住笑。

正这时，津兰、津梅在灶房内收拾完也进来，只听到她们说的后面的话。津兰玩笑地责怪母亲道："又说俺爹坏话儿呢！"

母亲笑着骂道："滚你爹个腿儿，就认你爹，你爹都掉孙子堆儿里了。"然后换了话题。

从大年初五开始，子昂做起田中太久和东条敏夫交代的事。他不想让太多人知道他为日本天皇画像，每天一人关在桃源居内画，只是正月十五闹花灯那天没动画笔，其他日子都是赶着亮天时候忙，于正月二十三那天画完，倒也逼真，又于二月初一将晾干的画卷起，去龙凤阁亲手交给田中太久。

田中太久看后欣喜不已。紧接着，他又花钱在龙凤阁摆酒席答谢子昂，还是林海、万全等兄弟陪着，自然又少不了唠些荤嗑。这回万全别有用心地引诱田中太久再唠日本人亲母子乱伦、亲兄妹一起洗澡的事，田中太久却不唠了，说他以前唠的都是编的，便又唠起子昂纳妾的事。万全、文普都羡慕子昂，也为诏令天下一夫多妻的袁世凯没当成皇帝感到惋惜，说袁世凯要不死，没准所有男人都能娶好几房媳妇，谁想拦都拦不住。

过了二月二，凤仙从牡丹江唱堂会回来告诉子昂，说何家老太太七天前病逝归天了。何家出殡前想让子昂去顶长子主事，却不知子昂具体住处，便在牡丹江一带打听凤仙的戏班。本该三日发丧，可寻到第四日也没寻到戏班，只得第五日出殡。

原来那几日凤仙奔着东家给的好价钱，正给方正一富家唱祝寿堂会，直到二月二又去牡丹江应年前约定的一家堂会，之后又代子昂去何家看老太太，想再为老太太唱上几段，却见何家正为老太太烧头七，也只能代子昂留下一百元烧纸钱。

子昂后悔不已。他原定初四去牡丹江给何老太太和大姨家拜年。可初三米家闹了一通，香荷一直心情不好，东条敏夫交代他的事也要抓紧办，便脱不开身了。他想再让凤仙代他去何家看老太太，可凤仙整个正月都忙，偏偏没有牡丹江的堂会。他便又安慰自己，年前他已看过老太太，还给留了那些钱，就等他把田中太久交代的事做完后，那时香荷的心情也能稳定了，他要亲自去牡丹江把老太太接来，顺便把景利也领回来认认路，不想何老太太这么急就走了。这时他心里不禁伤感，泪眼汪汪道："也怪我，前天我还真梦见她自个儿找上来了，就看她在杖子跟儿那站着，让她进屋，她说各屋都有狗看门儿。睡醒后我也没多想，寻思忙完手头上的事就把她接到山庄来。"

凤仙安慰道："听七姐说，老太太年前一直病着。你上次去时，精神头儿是最好的。临终前两天就不吃不喝了，接着就人事不省，又捱了半宿气儿，丑时三刻走的。你也算是尽了孝心了，亲儿子不能送终的不也有的是。七姐还说，儿子、孙子前后脚儿一走，老太太受打击挺大，要不是认你这个干儿子，老太太早就不在了。"

子昂叹口气道："说来惭愧，本来该我做的，七哥倒没少费心。"

凤仙笑道："要不是你有这份心，我和她八竿子也打不着。再说你山庄里那么老些事儿，总不能可着你往牡丹江跑，那头俺们左右也得去，就是帮你捎个钱儿啥的，也不用我掏腰包儿，顶多给老太太唱两段儿，让她提提神儿，咱哥们你还用这么客套？"

子昂说："咱哥们是没的说，不是还有你戏班里的兄弟姐妹嘛。待会儿你再拿些钱回去，给他们分一下。"

凤仙客气道："不用不用，都是自己人。再说你年前已经有过心意了，比我给的还多，都乐得屁颠儿的。"

子昂说："两回事儿，这回就算把这桩事儿了了。"随后从芳子那儿取了一千绵羊票。

芸香闻听何老太太去世也很难过，毕竟是在一起生活了多年的奶奶婆，又想起平儿和亲爹般的何耀宗，还是忍不住哭了一通。在山庄吃过午饭，子昂随凤仙一同骑马又去了镇上。他要买些祭品和烧纸带回山庄，正好是何老太太的头七，晚间就为她烧烧纸。他还要去看看婉娇，尽管他两天不去三天早早的，但怕勾起她失去平儿的伤感，便决定先不把何老太太去世的消息告诉她。

天黑后，待各屋都熄了灯，子昂带着芸香去了山庄外的弯道处，一并跪在积雪上，一边烧着纸钱和供品，一边念叨，祈求宽恕他们没能为老太太送终。烧完纸朝回走时，芸香感到后背直冒凉风，头发也好像都竖起来，就让他搂紧她。他索性抱她回屋，又上炕钻进一个被窝。

第二天，子昂又去了牡丹江，先去何家表示歉意。这时何家只有七姐一家，说家里能搬能拿的东西都让那六个姐姐分了，前后住房是老太太活着时就当众留给他们的。姐姐们都有想法，但一想老太太有病期间只有老七一家照顾，直到老太太咽了气，便不好再争，但也都是不欢而散。

子昂没说什么，只是为七姐留下三百块钱，说以后有难处就去龙凤的龙凤阁找他，然后要去乜河将景利带回他的山庄住一阵。

他还要顺道去趟宝来家，是津梅想她大儿子洪生了。她坚信张家不会将洪生也留在她跟前，可听说子昂又要去牡丹江，就求他去看看洪生和爷爷奶奶在一起过得好不好。洪生过了年就五岁了，这么久没有见到妈，吃的穿的再好，也一定想妈想得好苦。子昂便又为宝来备了些钱，是担心他冻伤的手没有痊愈会让他赔偿。

宝来家的山货铺依然开张，只是家里只有他的母亲带着小洪生。小洪生穿着过年的新衣裳，一见子昂就笑，他还记得他这个老姨夫。他先给宝来的母亲拜了年，又抱起洪生问道："想妈了吗？"

洪生立刻委屈地哭起来，又央求他道："我想上姥姥家，俺妈在姥姥家，俺爹不让我去。"越哭越伤心。

他心里很难过，不顾宝来的母亲怎么想，立刻答应道："老姨夫就是来接你看妈去的。"

洪生立刻高兴起来，而宝来的母亲却哭起来，骂宝来生在福中不知福，活活把她老伴给气死了。

他惊讶地问道："啥时的事儿？"

老太太抹着眼泪道："去年春天，走快一年了。"

他埋怨道："咋不去告诉一声？我岳父一直没消气儿，我也不敢过来。"

她叹息道："哪有脸儿去呀，人津梅啥毛病没有，这浑犊子就把人给休了，又娶回个妖精来。"

他又惊讶道："他又娶了！"

她又叹息道："不娶不行啊，全家都得没命。"

他不解道："咋回事儿？"

她愤然道："他交的那些狐朋狗友，哪有正经事儿。他把津梅休了没多久，就和这个媳妇扯上了。我是八眼儿没看上，眼角耷拉着，连津梅一半也不如。说句难听的，都让人睡的没遍数了，就是只鸡。开始宝来和她就是瞎扯淡，结果这一沾就甩不掉了，死皮赖脸地让宝来娶她，人家在棒子队儿里有好几腿子呢！"

他问道："棒子队儿是干啥的？"

她叹息道："就是一伙儿地痞无赖，现在又都给日本人做事，惹不起。"

他也不想去惹，只是点下头。她接着说："宝来眼眶子不低，哪能瞧上她，开始死活不答应，结果棒子队就来抄家了。哎呀我的天哪，来了好几十个，手里都拎根棒子，把家里好顿砸吧，那个吓人劲儿就别提了。俺们开始也不知津梅为啥不回家，宝来说你丈母娘有病了，让她留那头伺候一阵。后来看她老也不回来，我和他爹就琢磨，亲家母这得病成啥样啊？俺们得去瞅瞅。宝来看俺们要去，这才说他把津梅给休了，就说津梅和你大连桥有一腿。他老是疑神疑鬼的，俺们也不信。后来他又说他去逛窑子了，你老丈人要打死他。俺家老头子就那儿上了一股火，炕还没爬起来，家又让棒子队砸得乱七八糟，这口气就再也没上来。走前儿是棒子队帮着发送的，瞅着挺风光，丢不起那人哪，门儿还没进呢，就成了俺家媳妇了，也跟着披麻戴孝的，谁都不敢吭声。才烧了三七，人家就大操大办地进门儿了。还说呢，再不娶就让俺们死全家，没办法。"

他不想介入到这件事中，宝来是自作自受，或许也是天意。他倒怜悯宝来这个媳妇实在没人要了，如今也算没有遗憾，便掏出五百块钱塞给宝来的母亲，说是津梅孝敬婆婆的，接着又和她商量把洪生接到津梅跟前住一阵。

老太太执意不要他的钱，但也没拒绝他把孩子带走，并让洪生以后就留在津梅身边，又流下眼泪道："也是没办法，他这个后妈压根儿就不待见他，大娘、婶子、姑姑也都指不上，宝来一天就围着这个媳妇转，戴个绿帽子可哪晃，也不嫌砢碜，一整好几天不着家，孩子就跟没爹娘的孩儿似的，啥事儿都扔给我了。我也够够的了，就寻思让生子找他妈去吧，哪有这么点孩子有妈不在跟前的。生子也是天天想妈，刚开始上火上的满嘴起泡，这阵刚顺过来，顺过来也是他没办法。你今天能来接生子，我真挺高兴的，现在你就带他走吧。我也是舍不得，也想津梅和俩孙女，可哪个也不能和这样的后妈待在一块儿，你们就帮我把孩子往好里带一带。你是有钱人，不差他们这几口吃的，到啥时我都感谢你。"

他又问道："那得等他们回来吧？"

她摇摇头道："别等他们，他这个媳妇家，今天有过大寿的，等他回来没时候。以前我和宝来说过，让生子也跟着津梅过，可他不乐意。这回我不听他的了，你也不用和他说，日后他要知道了，你就说是我让人送过去的，我和他们说不着了。"

他隐隐感觉她是在交代她的后事，不禁一激灵道："大娘，孩子我一定带走，你也得好好的，可别想不开。"

她先是苦笑，又叹口气道："丢人哪！"又解释道："我没事儿，我还有闺女呢，回头我就去他们那儿，这个家就都让给他俩吧。"说着为洪生找出一件小棉大衣。

他信了她的话，又邀请道："不愿在这头待，就去我那儿吧，我那儿有的是地上，房子也有现成的。"

她看着他说："真是好孩子，宝来要像你该多好。替我给你爹妈带个好，和你岳父说，俺们张家对不住他们。"见他不放心的样子，她又说："我就是不好意思去你那儿，再等一等的，等我这头没事儿了，我让我闺女领我看你们去，我没事儿。"

他舒了口气，帮她为洪生穿衣穿鞋。洪生已经急不可耐了，唯恐他爹回来他又不能去姥姥家了。

子昂猜想宝来的冻伤许是没事了，也不想问了，坚持将五百块钱留下，背起洪生离开张家，又在街上搭了一辆高棚马车去乜河。他还要把景利也带去他的山庄认下路。

津梅对子昂带回自己久别的大儿子感激万分，搂着洪生又哭又亲一通后，感慨万千地对子昂说，以后她拿芸香也当亲妹妹，还说他和婉娇的关系非同一般，但她不会对人乱讲，只要他对米家人好，他让她做什么都愿意。

景利也和自家人喜相聚，子昂便为他和小洪生一同摆了接风宴，山庄里又如过大年一般。

第 110 章

洪生还想见姥姥，子昂便陪津梅和她的四个孩子回娘家。一进家见津竹和天娇又从哈尔滨返回来，得知天娇杀了董翰林和邱俊章的那个日本校长石井国昭，十分惊愕。

石井国昭的舅父是日本关东军的一个将军。九一八事变后，日本政府决定将日语定为满洲国语，以此奴化已经沦为亡国奴的中国人。因石井国昭在日本东京大学攻读过中文，这时便通过其舅父在哈尔滨担任了小学校长，主要任务是在中国儿童中普及日本语。

石井国昭不到四十岁，中等身材，已经娶妻生子。看其人，有些学者风度，但倚仗舅父在日本关东军内是位将军，性情高傲，霸气十足，校内师生乃至孩子家长无不对他心怀畏惧。

翰林和俊章所在的小学校原本没有日本人，石井国昭来后直接担任校长，原中国校长降级当了副校长，同时还设一日本副校长。在具体分工上，石井国昭负责总体，中国副校长负责学生管理，日本副校长则负责对中国教师的日语培训，然后再由中国教师在学生中普及日语。和其他学校一样，石井国昭也严厉要求该校师生不准提及"中华"，不准贴挂中国地图，就连中国历代民族英雄的名字也不准提。中国教师自然都抵触，但石井国昭的惩罚也很重，辱骂、罚薪都不在话下。翰林和俊章虽也常被两个日本校长辱骂，但为了生计，他俩只能忍气吞声。

石井国昭虽不把中国教师放在眼里，但自打天娇一次有事去学校找俊章被他见到后，却突然对俊章友好起来。他没想到俊章的妻子如此美貌动人，便一心想与天娇近距离接触，哪怕多看她一眼也觉得心里舒畅。但他很有心计，在俊章面前从不提及家人，先是在工作中找出他的优点和业绩，随后大肆表扬奖励。一时间，俊章成了教师中的楷模。

俊章感激石井国昭，买了礼品送过去，但被婉言谢绝，不禁又对石井国昭钦佩起来。但心怀知遇之恩又总让他感到歉意，心想石井国昭不收礼品，请他吃顿饭应该可以。

石井国昭果然高兴地应下他的邀请，但提出一个条件，不许有第三者，说这样影响不好。俊章也答应，单为他选了一家中国菜馆，两人面对面地边喝边唠，唠的都是教学上的事，竟显得相见恨晚一般投机。

因怕俊章疑心而戒备，石井国昭在席间只字未提天娇。第二天，他又回请俊章一人，是在一家新开的日本料理店，依然不提他暗中迷恋的天娇。第三天，他又邀请俊章到他家里吃饭，似乎两人已经如胶似漆。

石井国昭在哈尔滨的家里也是日本风格，他和他的日本妻子都是本民族的装束和礼节。俊章受宠若惊，酒便多喝了些。这时，石井国昭终于提及天娇道："俊章君的夫人在家也做饭？"俊章半醉道："老娘们就得在家伺候男人，伺候不好都不行。"

石井国昭诡笑道："贵夫人做的饭菜，一定很好吃。"

俊章炫耀道："我媳妇儿就会做东北菜。"

石井国昭显得兴奋，端起酒杯道："中国东北菜，我非常喜欢吃。可请你来我的家，就得用我们日本料理招待你。这是我们日本帝国的规矩，也是对你们中国客人的尊敬。"

俊章又受感动，邀请道："校长若能赏光，改日也到我家坐客，让嫂夫人也去，我让我媳妇给你们做几道好吃的东北菜。"

这正中石井国昭下怀，欣喜地举起酒杯道："那我太幸运了！先谢谢俊章君了！"说着碰杯，先一口干了。

俊章回家将要邀请校长来家做客的事情对天娇说了。天娇本来对日本人很谨慎，但最近她常听俊章说，这个日本校长在工作上对他格外关照，两人已在一起吃过几顿饭了，感情也已很深，他现在已对日本人的看法发生了改变。她对石井国昭如此关照自己的男人也颇感激，便答应俊章邀请石井国昭夫妇来家做客。

隔了一日，俊章和天娇一番准备后，将石井国昭请到家里。本来天娇提议用休息日的白天请，但俊章去请时，石井国昭说他白天没有时间，还说没时间就不用请了。俊章自然不想取消这顿答谢宴，便将时间定在晚间，还诚心邀请了石井国昭的妻子。石井国昭答应晚间到俊章家做客，但拒绝带妻子，说日本民族有规矩，出嫁的女人是不许随便到外人家做客的，俊章只好单请他一人。

宴请石井国昭的餐桌摆在右屋炕上，桌上的菜肴尽量体现中国东北特色。天娇本想备好酒菜让俊章一人陪石井国昭吃喝，但石井国昭一再要求让她也上桌。俊章一脸得意道："石井校长请我去他家，校长夫人也陪着，还是日本礼节呢！"天娇只好坐在他俩对面，专门负责斟酒。

席间，石井国昭看着天娇说话，不停地夸俊章在学校如何出色，日后当个副校长不是问题等等。俊章则在一边感谢石井国昭对他的关照和栽培，感慨自己遇到了好校长、大贵人之类。天娇也端酒敬了石井国昭，感谢他对自己俊章的关照。

这时天娇感到，石井国昭特别关注她，尤其他那双笑眯眯的眼睛不停在她脸上、身上扫来扫去，便起了戒心，敬完酒便说从来不喝酒，今天已经破例，头也晕了，要去对面屋躺一会儿。

俊章也发现石井国昭不时地以那种火辣的目光看自己媳妇，心中也有了戒备，便接天娇的话道："校长，为了这顿饭，我媳妇儿忙乎一天了，也累了，让她去歇歇，今晚咱俩好好喝。"

石井国昭感到俊章、天娇都对他起了戒心，就笑着对天娇说："没关系，我和俊章君谈谈学校的事。"

天娇确实感到身子有些疲惫，一回到对面屋便插上门上炕，铺了被褥躺下。好像刚睡着，就听石井国昭在外屋敲门喊道："夫人快来看看，俊章君怎么了？他不能动了！"

天娇吃了一惊，不顾身上只穿内衣，开门冲出来，看都不看石井国昭一眼，直奔对面屋。石井国昭很冷静地跟在她身后。

天娇见俊章躺在饭桌旁边酣睡，一看是喝多了，这才不安地去看石井国昭，见石井国昭正色迷迷地在自己身上瞄来瞄去，慌忙要将俊章叫醒，可无论她怎么摇晃和大声呼喊，俊章都无反应。

石井国昭淫笑着靠近她。她感到不妙，忙直起身道："校长，他喝醉了，没事儿，您回家休息吧，改天再来。"

他又淫笑道："俊章君是没事，他得明天才能醒。"

她这才觉得俊章醉得不正常，强作镇静问："你把他咋的了？"

他毫不遮掩道："我在他酒里放了药，不过他不会有事的。现在就剩下我和你，我们做什么，他都不会知道的。"边说边淫笑着靠近她。

她终于认清了这个日本人，想逃出这屋，可门在石井国昭的身后，便恐惧地往里面退。石井国昭又淫笑道："吆西，我的美人儿！不要怕，你知道吗？第一次见到你，我就特别喜欢，夜里睡不着觉的，睡着了就梦见和你同床共枕。"说着张开双臂道："来吧，我的美人，让我好好地喜欢喜欢，我能给你快乐的。"

她惊恐地挣脱道："你别的，你是校长，这样不好！"

他仍淫笑道："不要拿我当校长，我来中国不是当校长的。中国有很多好东西，但都是我们大日本帝国的。今天，你这个美人儿就是我的了！"

她吓得要哭出来，哀求道："校长，你别这样。我不能做对不起俊章的事。"

他摇摇头道："没有对不起。酒喝多了，难免要冲动，你不说，我也不说，他是不会知道的，谁都不会知道。只要你让我高兴，我以后会好好补偿俊章君的，你也跟着荣华富贵。"

她由惧怕变成愤怒，厌恶地盯着他道："那也不行！你别把我当成不正经的人，俊章在你那儿能干啥样就啥样，实在不行我跟他种地去，我不会为他卖身的！"

见她态度很坚决，石井国昭急了，恶狼般地扑上去，一把将她搂住。她一边惊恐地叫着俊章，一边用力往外挣，但石井国昭的两臂很有力，她怎么都无法挣脱，随即她的两脚就腾空了。

石井国昭将她按倒在炕边处，随即整个身子压上去，散着酒气的嘴在她脸上乱亲，一只手还在她身下乱摸。她顿时像被电击了似的，一边继续哭喊着让俊章醒来，一边左右摇头躲闪他的嘴。但她力不从心，顾上顾不了下，他的一只手已伸进她的内裤。

她简直要疯了，挣扎得更加激烈，无意中摸到饭桌边上的一根筷子，立刻抓起，又猛力朝他的侧脸刺去，那筷子竟直入石井国昭的耳内。石井国昭疼得松开手，捂着半面脑袋大叫。

她慌张地爬起来，见他还坐在自己腿上，厌恶地在他胸前猛一推，只见他身体瞬间栽倒到地上，随即屋里死一般静。

她惊魂未定地坐在那儿，见石井国昭仰面躺在地上，口鼻耳都在出血，忙又去叫俊章，但仍叫不醒，气得她在他身上狠捶几下，然后下地回到对面屋，穿好外衣和棉衣，慌忙去了四姐津竹的家。

虽然津竹家离她家不是很远，但街上有日本巡逻队。她很恐惧，两腿也在发抖，避过一支巡逻队后才跌跌撞撞地到了津竹家门前，砸了一阵门才听见四姐夫翰林在里面答应。听是天娇在外面焦急地叫门，翰林预感到出事了，急忙开了门。

天娇一迈进门就倒在地上哭起来。这时，津竹也穿着衣服出来，搂着天娇急问道："出啥事儿啦？你家俊章呢？"天娇在她怀里只是哭。

天娇被搀扶进屋，继续哭了一阵才说出发生的事。听完天娇哭诉，翰林气愤道："我就觉着这阵儿他俩总在一块儿不是好嘚瑟。啥叫引狼入室？这不就是吗？石井这个畜生我早了解了。我们学校有个学生的母亲年轻漂亮，他就老难为那个学生，后来他把那学生的母亲给糟蹋了，就在校长室里，后来我再没见过那个学生来上课。"

其实翰林开始是嫉妒俊章和石井国昭的密切关系的。现在惹出大祸来了，他不禁感到一阵后怕，心想石井国昭还没见过自己的媳妇，要是见了津竹，没准也会产生邪念，然后对他倍加关照，一起喝酒，使他受宠若惊、麻痹大意，那么这场灾难就得落在他们夫妻身上，结果还未必是这样。

津竹更是气得发疯，大声叫道："死俊章，我饶不了你！"说完急忙穿上外衣。

翰林忙问道："你干啥？"

津竹一边穿衣一边愤愤道："我去他家，用棍子抽醒他！我让他见酒跟见爹似的！"

翰林也忙穿上棉袍道："你在家陪天娇儿，我去看看。"然后出了屋。

翰林到了天娇家，见屋里的电灯仍都亮着，又见石井国昭七窍流血地躺在地上，耳朵里还扎根筷子，血顺着筷子洇出一大摊，感到麻烦惹大了。刚才在自己家里，天娇只说她是将石井国昭推倒在地后跑出来，还以为石井国昭是醉倒没起来，可眼下明明已经出了人命，日本人是绝对不会放过这件事的。

俊章依然沉睡，还是不醒，他一时不知所措，忙又回到自己家。一进屋就不安地对津竹、天娇说："这下可毁了，石井死了！"

天娇仍在哭。津竹呵斥翰林道："死了咋的？他活该！他不死让小妹去死啊？"

翰林焦虑道："不是那个意思！石井是该死，问题他死在咱手里。他有亲戚在关东军里，日本人能善罢甘休吗？我是替天娇担心！"

津竹也紧张起来，恐慌道："那咋办呢？你快想想办法。"

他一时想不出办法，急得转来转去，转得津竹又不耐烦道："干脆，找个地方把他埋了，就说他喝完酒回家了，谁也不知他上哪了！"

翰林停住脚，说："日本人要找不到石井，肯定要问俊章。"

津竹说："俊章都那样儿了，能知道个屁？"

翰林说："就怕有人知道他俩在一块儿，如果这样，不还是把小妹推到前面了！只要进了宪兵队，谁都挺不过，他们折磨人的法子有的是。"

天娇又抱着津竹哭道："四姐，我想回咱家，我想咱妈。"

津竹也哭起来，连同津竹的孩子哭成一团，翰林更是焦躁不安。

津竹突然止住哭道："回龙凤！现在就拾掇东西！"

翰林无奈道："就这么办吧，先找地方把石井埋了。就是街上有巡逻的，容易让他们看见。"

津竹说："就埋他家棚子里，然后垛上柴火。"

他沉思片刻道："那让天娇在家看孩子，咱俩去，我自个儿怕弄不了。"

翰林和津竹悄悄溜回天娇家。右间屋内依然是一个睡在炕上，一个死在地上。翰林在灶房找出一盏油灯，在院内木棚子里让津竹举着照亮，自己搬柴挖坑，直到天色要放亮才埋好石井国昭，码上柴火，又将多余的土移到棚子外。

忙完外面的事情，他俩又回屋里将地上的血迹除掉。因为地面是一层青砖，石井国昭的血已顺着砖缝浸到下层沙土中，便将浸了血的沙土也换掉，对每块染了血的青砖也用水刷了一遍，再涂上沙土，似乎毫无破绽。就在这时，他们忽听炕上传来俊章叫"娇儿"的声音。

津竹刚才见俊章还在炕上睡就想打醒他，但当务之急是掩埋石井国昭，便没去理他，而且在掩埋尸体、清理血迹过程中，她一直很紧张，一时把俊章给忘了。这时她听俊章在叫天娇，顿时又火冒三丈，冲回屋里，见俊章正萎靡不振地坐在炕上捂脑袋，一句招呼不打，一跃上炕，愤怒地抡起双手，在俊章的脸上左右啪啪地抽着，一边抽一边哭骂道："你个酒鬼！还有脸喊娇儿？叫你喝！叫你喝！"

俊章被打蒙了，但他意识到天娇出事了，而且想到是石井国昭趁自己醉得不省人事时将天娇糟蹋了，心中既悔又痛。尤其他没见到天娇，不禁更加恐慌，担心媳妇已寻了短见。他想知道究竟出了什么事，天娇现在在哪，一边叫着"四姐"，一边用手护着自己被打疼的脸。

翰林觉得媳妇出出气就行了，便上前去拦。津竹简直疯了一般，想到小妹天娇的家乃至小妹的性命都将毁在他喝酒上，越打越不解气，推开翰林，又不择部位地狠踢狠踹俊章，嘴里依然不停地骂着"你个王八蛋，我叫你喝！叫你喝！"

俊章被打急了，顾不得头疼了，一把抱住津竹又踹过来的脚。津竹的脚踢出去，想收没收回来，身子顿时失去平衡，挣扎了一下，竟倒在俊章的怀里。见此状况，翰林也火了，也一跃上了炕，抢过自己媳妇，也朝着俊章狠踹，骂道："兔崽子，你还敢还手！我叫你还手！叫你还手！"

在俊章的眼里，翰林一直是文质彬彬的，而且还是他的好同事、好朋友、好媒人、好连襟，然而此刻见他也这般凶狠，意识到自己已犯下不可弥补和饶恕的大错。他现在最担心天娇已被石井国昭强暴，甚至已经不在人世。

自打俊章娶了天娇后，谁都夸他娶了个仙女，他也一直为自己能娶天娇感到惬意，疼爱不已。虽然也觉得小姨子香荷诱人，但他从来没敢对香荷动过心思。他明白，即使他有那种想法也是万万不可能的事，他能天天搂着和香荷长得如同一人的天娇已经心满意足了。此时他因自己引狼入室使爱妻不但被石井国昭蹂躏，还丢了性命，不禁心痛欲绝，便不再抵挡，放声痛哭道："娇儿！是我害了你！我也不活了，我要跟你一块儿去死！"

津竹怒斥道："要死你自个儿死去！俺家娇儿还没死呢！"

俊章一怔止住哭。翰林见他不再抵挡，不忍心再去踢他，又训斥道："你咋就见酒没够呢？这回我看你是喝到头了！"

俊章忍着浑身疼痛爬起，跪在炕上问道："天娇儿呢？"又哀求津竹道："四姐，告诉我，天娇儿呢？"

见他这副样子，津竹不禁一阵心酸，坐在炕上也哭起来。俊章又跪着靠近翰林问道："四姐夫，我知道错了，你们打死我也该，告诉我，天娇儿呢？"

翰林心软下来，答道："在俺家。"随即又责问他道："你知道你犯啥错了吗？你引狼入室！你惹下大祸啦！"

俊章验证了自己的判断，心想自己的媳妇虽然还活着，也一定已被石井国昭糟蹋过，不禁又心如刀割，疯狂地吼道："石井，我非杀了你不可！"

翰林说："用不着你了，天娇儿已经把他给杀了！可是咱们大祸临头了！"

俊章目瞪口呆道："那天娇儿……没让石井……"他有点说不出口。

津竹明白他想说的话，止住哭训道："你想让天娇儿咋的？我可告诉你，那个畜生想糟蹋天娇儿，啥便宜也没占着。你要再这样埋汰俺小妹，我就宰了你！"

俊章为天娇没有失身感到庆幸，忙说："四姐，只要天娇儿好好的，我替她顶罪，我死也认了。"

这席话让津竹有些感动，缓和道："俺俩都让你气糊涂了，你别怨俺俩打你。"

俊章说："四姐你别说了，我知道我错了，我该打！我发誓，今后要再喝酒，你和四姐夫就往死里打我。四姐夫说的对，我是喝到头了。"

翰林说："也不完全是酒的事儿，石井在你酒里下药了。现在关键是石井死了，死在你家里，日本宪兵不会放过你们。"

俊章这时倒冷静下来，语气沉重地说："祸是我惹的，罪由我来担！你们帮我把她送回龙凤。我要能活着，就回龙凤找她，要是活不了……"他哽咽道："那就是我该死。"

见天已大亮，翰林下炕对俊章说："现在还不到那时候。我把石井埋你家棚子里了，在柴火垛下，地上的血也都拾掇了。天娇儿必须赶紧回龙凤，让你四姐陪她回去，谁要问，就说他们几天前就回娘家了。你还真不能躲，你要是躲了，他们一准儿猜到是你干的。关键是你家人都在哈尔滨，到时你爹你妈他们都得遭殃。这样，咱俩该咋样咋样，谁要问石井就说没见着他，啥都不知道。不就他一人来你家吗？他死无对证，这是咱唯一的活口。"

俊章觉得翰林的说辞立不住，忧虑道："他老婆肯定知道。那天我在他家吃饭时还邀请她了，但石井不让她来。这该死的，他让我只请他一个人，就是冲着天娇儿来的。"

翰林换个理由道："那就说你喝醉了，啥都不知道了。如果有人问石井，就说他啥时走的、去哪了都不知道。正好天娇儿回龙凤，你就说你媳妇也不知去哪了，造成他俩私奔的假象。"

津竹顿时不悦道："闭你臭嘴！让小妹跟日本人私奔？亏你想得出！"

翰林恼火道："咱不是为了保命嘛！"

津竹却坚持道："那也不行！说啥也不能让小妹背这黑锅！"

俊章也顾虑道："四姐说的是，要那样儿，天娇儿以后就没法再回哈尔滨了，我也没法做人了！"

翰林不耐烦地斥责道："你还做啥人呢？现在你得想法活命！懂吗？"又对津竹说："赶紧走，趁日本人还没查这事，你和天娇儿带孩子马上离开哈尔滨。"又嘱咐俊章道："千万记住，到时要有人查你，你就说你喝多了，啥都不知道，也别考虑什么黑锅白锅了，就说你媳妇也没影儿了，一直在可哪儿找。"

俊章和津竹都勉强同意，然后锁上门，一同又去了翰林家。

天娇一直没睡，一想到是她杀了石井国昭便恐慌。这时一见到俊章，已经顾不上埋怨了，毕竟是石井国昭对她不怀好意，而且还偷偷在俊章酒里下了药。至于说因为俊章将石井国昭请到家里才惹此大祸，可事先谁也没想到会这样。俊章见到天娇，懊悔不已，紧紧搂住她一同哭。

趁着时候还早，翰林、俊章护送津竹、天娇和孩子去了火车站。

第 111 章

日本人还不知石井国昭死于非命。一路上，津竹、天娇凭着身上的良民证，并没引起日本军方注意，只是她俩的美貌引来一些男人垂涎的目光。许是见她俩打扮得贵妇人一般，什么背景也不清楚，她俩又故作镇静地哄着孩子，火车上并没遇到麻烦。如此坐了近一天的火车，他们总算平安到达石河站下车。

要在以往，他们应先到牡丹江，在津梅家里休息一宿，第二天再乘火车奔石河，改乘马车或马爬犁到龙凤，正好将近午饭时。但现在津梅已和宝来分手，他们只能在石河提前下火车雇马爬犁，这样赶到龙凤就得天黑了。他们便多花钱找了一熟悉的车家，还承诺如果道上跑得快，到家再赏一份钱。

大家都为俊章和翰林焦虑不安，津竹和天娇也一直住在娘家等消息。等了近半月才等来翰林，也等来了一个很不幸的消息：日本宪兵队已经破了案，是石井国昭的妻子让宪兵队出面调查石井国昭神秘失踪案，第一怀疑对象就是俊章。因为石井国昭被俊章请去家里吃饭后就没再露过面，宪兵队则凭借军犬在天娇家里嗅出埋在柴垛下的尸体，俊章只能承认是他杀了石井国昭，俨然一位抗日勇士。但他知道，等待他的只有死，而他已别无选择了。

格格夫人哭着让子昂掏钱去救人。子昂虽对俊章还有怨气，但见天娇也哭着求他，当即答应先出十块金砖和两千银圆，不够看还需要补多少。

翰林叹息道："多少也没用了。为了托人救俊章，我已经把天娇儿家和俺家的房子都卖了，托的是警察署的人，一点不管用。这时谁出面求情都会惹麻烦，能问出点消息就挺不容易了。

我来之前又听说，俊章已经送到五常那头了，那头有个背荫河，说是日本人的秘密部队，好像是搁活人做什么试验，只要进去就甭想活着出来，末了连尸首都见不着。"

天娇哭得死去活来，但谁都没有办法了。几天后，津竹和孩子随翰林回了宁安婆家，真就开起了女儿香包子铺，而天娇则只能住在娘家。这时她发现自己已经有了身孕，即使是梦生，她也希望能给俊章留个传后的。格格夫人怕她伤心过度不利肚子里的胎儿，便不时哄她想开一些，每晚还和她一个被窝睡。

一过清明，各家有田地的便开始忙着翻耕，子昂还是雇了人。米秋成闲着寂寞，每天都去田里看一圈，看着自家田地比从前多出一倍多，心里有着说不出的惬意，又看着雇来的人在地里扶犁赶着牲口来回翻耕，不仅心急手痒，也去帮着扶犁吆喝。

这日傍中午，突然有人来米家送信，说米秋成挨了日本人的枪，快要不行了。全家顿时又都慌了手脚。

子昂第一个冲出屋，快马加鞭地奔到大田。天娇、香荷也什么都不顾了，将豆儿交给春草的奶奶，扶着母亲也朝大田奔。

子昂赶到田地时，那里正围着很多庄稼人。米秋成奄奄一息地躺在原来王家的地边上，有人正为他堵伤口。伤口位于他后背的左侧，整个后背都已经让鲜血浸透了。他跳下马扑上去，大声哭喊道："爹！谁打的？"

米秋成大睁着双眼，只从嗓眼里发出一句"日本人"便再也不说了，眼睛依然还睁着，却仿佛凝固了一般。子昂悲痛地哭喊，但让他又敬又怨的岳父再也不能答应了。

香荷和天娇扶着母亲也赶来，都是气喘吁吁的，见子昂抱着米秋成痛哭，也都扑上去，撕心裂肺地哭成一团。接着，津菊一家也都赶来了。骏先许是还在嫉恨米秋成，只是木然地看着岳母和子昂、香荷、天娇、津菊及孩子们哭。

林海很快也通过一个送信人得到米家出事的消息，先让两个儿子分头去庚寿、文普、铁头、金万家里报信，他和山鹰直接去西营找万全。

万全听说米秋成被种地的日本人开枪打了，也吃了一惊，接着骂起田中太久道："奶奶的，田中太久也太不够交情了！"

林海问："是田中让他们抢地的？"

万全说："这我说不准。老九去年为他的地找过我，说日本人来中国买地种，不少都是强买的。为这事儿我和田中提起过，说咱家地都留着自个儿种。奶奶的，他都答应我了，咋又出这事儿？"

林海说："听送信儿的说，是因为老王家那片地，那片地子昂已经买下了。"

万全一怔道："哎呀，我没和田中提这茬儿。怨我怨我。"

林海说："别怨了，咱赶紧过去吧。"

万全觉得对不住子昂，忙叫手下全副武装出动，急行军奔向大田。

铁头竟先带着几个持枪的炮手赶到出事地，这时候正愤怒地砸着"四合院"的院门，见里面死顶着门并有人开枪威慑外面，便让炮手们对着门板开枪。万全立刻也让自己手下对着门板开枪。门上顷刻间被子弹穿透密密的枪眼，但大门依然无法打开。

子昂只顾抱着米秋成痛哭，格格夫人和香荷、天娇更是在米秋成身上大声哀号，引来更多的围观者。其中也有被日本人找过商量田地买卖的，但除了那个陈宝根将自家地卖出并由日本人盖起"四合院"，其他人还都不肯出售自家的田地。有人愤愤地骂道："这啥玩意儿，人家不愿卖咋还硬抢了？"其他人则都显得忧心忡忡。

就在门里门外打枪的时候，田中太久也带着一队日军从北营赶来，见万全、铁头等人都朝"四合院"的门上打枪，也让一个端着机关枪的日本兵朝天上打，并大声让万全他们停止射击。

万全见田中太久带人来，忙让铁头和手下们停止射击，然后迎着田中太久过去，还没等他开口说话，田中太久指着他呵斥道："你想干什么？"

万全忙解释道："那伙人要抢我九弟的地，还开枪把他老丈人打死了！"

田中太久一脸严肃地盯着他说："谁杀人谁偿命，你这么莽撞，是会伤及无辜的！"

万全不服道："无辜的是我九弟他老丈人！他就这么白死了？"

田中太久一皱眉头道："你这么说可不好，咱们是朋友。"

万全立刻反驳道："是朋友也不能白送命吧？"

见田中太久脸色难看，忙又说："我是让他们出来说理的，可他们就是不出来。"

田中太久突然变得温和，在他肩上拍拍道："不要急，我来。"说着到了米秋成的尸体跟前，先鞠了一躬，然后对林海、万全道："日本皇军来到满洲，就是为了建造一个人人亲善的王道乐土。在满洲国的国土上，不论是大和民族，还是汉族、满族、蒙古族、朝鲜族，都不得违犯满洲国的法律，违者一律严惩。中国有句古话，王子犯法，与庶民同罪，我会查出凶手，查出来一定严加惩办。请多安慰子昂君。"说着转身去叫"四合院"的门。他用日语和里面对话，在场的中国人谁都听不懂他们说什么。

门里门外对了一席话后，田中太久回身又对万全说："开枪的叫东宫太郎，是个退役军人，所以他手里有枪。来种地可以，杀人不可以，这是大日本帝国绝对不允许的。现在他跑了，你赶紧带人去把他抓回来。"见万全半信半疑，他又说："你们先进屋看看，看有没有东宫太郎。"

万全说："我们都没见过这个人，进去也认不出来。"

田中太久说："有个叫陈宝根的认识，当时他在场，问他吧，他不能说谎。"

田中太久这一说，立刻有个三十多岁的男子走上前道："东宫太郎真跑了，我看见他跑的。"

这个人就是陈宝根。万全盯着陈宝根问："他真叫东宫太郎？"

陈宝根点头道："是是是。"

万全又问："他啥时跑的？往哪面跑的？"

陈宝根说："就你们来之前，往东头跑了，已经拐过东山了。"万全又问田中太久道："那我们去追了？"

田中太久点头道："去吧，抓回来有赏。"

万全便带着手下去捉拿凶手了。见田中太久在主持公道，子昂显得很无奈，依然抱着米秋成的尸体痛哭。格格夫人、津菊、天娇、香荷已经哭得天昏地暗。林海、文普、铁头、山鹰等人都守在周围，一时也不知所措。

田中太久又深鞠一躬道："子昂君，发生这样的事，我也没想到，可事情已经出了，人死不能复生，请节哀顺变，先给老人家操办后事吧。你放心，这件事，我会秉公处理。你也看到了，我已经让你二哥去捉拿凶手了。等抓到凶手，一定法办，欠债还钱，杀人偿命，天经地义的。"

津菊也正哭着，这时突然起身怒斥田中太久道："再天经地义我爹没了！都是你们日本人！

你们来俺们中国干啥？就是来当强盗的！"

田中太久眉头又一皱时，两个日本兵举枪对准津菊大喊。林海忙对津菊说："妹子别冲动。冤有头，债有主，田中先生已经让我二弟去捉拿凶犯了。"田中太久也示意那两个日本兵放下枪，不再说话。

津菊已经被那两个日本兵给吓住了，不敢再发怒，又跪在地上哭道："爹呀，你死得好冤哪！"

林海又对田中太久解释道："她死了爹，很难过，你不要在意。"

田中太久点下头道："我们都是朋友，你帮着把后事办了。按你们中国的风俗，人死要放三天，明天，我会按你们中国人的规矩去吊唁。"说完又对子昂和米家人鞠一躬，转身带着那队日本兵离开了。

万全带人捉拿凶手一直追出三十里，却没有东宫太郎的丝毫踪迹和线索。眼瞅着天色暗下来，他们只能无功而返。

米家大门正中挑出一盏上有"米"字的白纸灯，以告知外人此家遇了丧事。大门左侧还挂着一串黄色岁头纸，以示死者的年岁。米秋成六十二岁，按照死者要加天地之岁的说法，总共拴了六十四张岁头纸。丧棚就设在米家的院中央，一口红松木棺摆在棚内。米秋成的尸体已经入殓，棺前摆着供桌，桌上有供品、炉香和长命灯。包括子昂在内的米家晚辈都是披麻戴孝。宁安的津兰、津竹两家人也被春山接过来，米家六个女儿及她们的孩子聚在一起时，哭声大作，悲泣的声音就连前后街也听得到。

丧事的事宜都是林海、文普、铁头、山鹰等兄弟帮着操办，米家这时主事的本该由作为长女婿的春山来担任，但因事先确定了子昂和香荷生的男孩将成为米家子嗣，所以，作为最小的女婿，子昂便被推到家中主事的位置，跪在灵案旁还礼也是跪在第一位。即使其他子女都离开，他也要坚守着代表米家向来吊唁的人还跪拜礼，吊唁者无论鞠躬还是磕头，他都得跪地还礼，已经数不清磕了多少头了。

子昂爹妈和津梅是午间通过铁头手下一个炮手得知米秋成遇难的事，都很惊愕，备好的午饭也不吃了，急忙准备去镇上。

子昂妈问周传孝："亚娃她妈是不也得告诉声？"

周传孝说："算了吧，亲家活着时就不待见她们，这会你让人去说啥？"

子昂妈责怪道："尽说混话，人都死了，还说啥？"

周传孝说："这种事儿容易犯说道，咱就别多事儿了。"

子昂妈就让芸香一人跟着去，又被周传孝以芸香有身孕不适合去这种场合为由拦住了。这样，便只有子昂爹妈和津梅带着丹青、丹红、洪生离开山庄。子昂妈和津梅及三个孩子分别骑在马和驴的身上，周传孝和那送信的炮手在下面一前一后牵着马和驴。

林海去叫山鹰时，多日娜正在母亲家。听说香荷的爹挨了日本人的枪，才开始觉得自己死缠子昂对不住香荷，本想随着哥哥一同去，又怕见到香荷。

傍晚时，她见母亲也去米家祭拜，便问道："我是不也得去看看？"

母亲说："咋说那是子昂的老丈人，冲着子昂，过去看看也对。"她这才随母亲初次去了米家。

子昂爹妈和津梅等赶到米家时，正赶上阴阳先生为第三天出殡做安排。因为米家没有儿子，谁来代替长子或长孙摔丧盆、扛灵头幡需要先定下来。顿时间，大家又把目光投向子昂。

子昂毫不犹豫道："香荷儿生下小子就是米家的长孙，可她现在还没生小子呢，就我来替吧。"

米家的女儿们都欣然同意。阴阳先生也感慨道："看看，看看，哪找这样的好女婿！"

可子昂爹妈进院后，还没等灵前祭拜，就听说子昂要为米家摔丧盆子、扛灵头幡，顿时又惊愕了。周传孝不顾米家人在跟前，怒斥子昂道："你是不又昏头啦？你爹你妈还没死呢！"

子昂顿时觉得很没面子，一脸不解地问："这都哪跟哪呀？我是给我岳父摔的，咋扯到你们身上了？"

子昂妈见周传孝情绪激动，忙抢着对子昂说："儿啊，你听妈说。你岳父突然走，我和你爹也难过，可办啥事儿不能破了规矩。你给你岳父披麻戴孝可以，这摔丧盆和扛灵头幡儿可不是乱来的！"

子昂坚持道："我没乱来！我岳父上路总得有人摔丧盆子吧？可他没有儿子！咱已经答应过了，香荷生下小子就姓米，可香荷不还没生下小子吗？我是替我这个没来世的儿子做的！"

周传孝强压怒火道："这能随便替吗？你知道你这一替是啥意思？等于你就是倒插门儿了，你就不是周家的儿子了！"

他显然不懂，愣下神道："我不信那一套，我现在是两家的儿子！"

周传孝气得吼道："你说得轻巧！这规矩你能乱定吗？"

津兰心里很不是滋味，忙上前道："叔，你别生气，这事儿就随便提了一嘴，也没最定下。现在我定一下，这丧盆儿我来摔。"

子昂更觉得丢面子，嗔怪津兰道："你快得了吧，哪有姑娘摔丧盆儿的？"

津兰立刻委屈地哭道："那咋整？我爹又没有儿子！"说着跪在灵前哭道："爹，现在我懂了！我真懂了！人要没儿子，死了都让人看笑话！爹，您以前老拿我当小子，今儿个您还拿大闺女当回小子吧，这丧盆儿就大闺女给您摔了，您在那头别怨俺们。"哭得更加伤心。

津菊、津竹和天娇、香荷正在内屋守着伤心的母亲，忽听外面有吵架声，就让天娇、香荷照顾母亲，她俩急忙出了屋，得知子昂父母不同意子昂为米家代替长子，都没法怨恨，倒为爹至死也没个儿子感到悲伤，便和刚刚回来的津梅一起，跟随津兰跪在灵前痛哭。

津梅是回来后的第一声哭，多年都不情愿喊的"爹"，她这时竟伏在棺上喊得撕心裂肺一般，让周围的人也都感到心碎，忍不住黯然落泪、低声哭泣。

子昂依然不认爹妈的说道，也不信自己给岳父摔个丧盆就不是周家的人了，更不忍心看着米家这般凄惨，索性上前将津兰、津菊、津梅、津竹都拉起，自己跪在灵前大声道："爹，我既是我亲爹亲妈的儿子，也是您的儿子，后天送您上路，这丧盆儿就我来摔！"说着又连磕三个响头，显然是对自己爹妈强烈不满。

周传孝气得眼珠子要冒出来了，抬脚要在后面踹子昂，被林海一把抱住道："九爹听我说一句。子昂是挺有老猪腰子，可这事儿他也是不得已，我这当哥的真没法说他。但您也忘了，除了子昂，您还有八个儿子呢！"说着松开手，退后一步跪下道："九爹，您消消气儿，儿子们一块儿求您了。"

除万全带人去追捕凶手还没回来，庚寿、文普、铁头、金万、凤仙、山鹰都急忙响应，一同跪在周传孝面前道："九爹，俺们都是您的亲儿子！"

铁头接着又说道："九爹，我从小就没爹没娘，今儿我就说句大不敬的话，等您百年了，这事儿就都包在我身上！"

周传孝有些被感动，但还是显得不情愿，一边叹息着一边拉林海他们起来。

陆举人这时也在场，他是林海让来给米家丧事当账房的。子昂知道来随祭礼的都拿不出多少钱，也不把大家随的礼放在眼里，就主张不设账房，说："人到就是礼。"陆举人说："多少也该设个账房，不是钱多少的事。"子昂便在西屋炕上摆了方桌，桌上摆下笔墨砚和账册。举人端坐在桌前，记下一笔笔祭礼，子昂的哥哥们和村妮家都各随了百块银圆，米家的亲家中，除了子昂替父母报上一千元，春山、骏先、翰林的父母都随五百绵羊票，已是大额了。

马九爷从一入春就身体不太好，让大夫看过，说是得了风寒，天天喝着中药，下炕也得有人守着。家人本不想将米秋成的死讯告诉他，但他看孙媳妇津菊慌张离开家后就一直未归，猜到米家出了事，坚持要拖着病身去米家看看，家人这才对他说了实情。

虽说他是长辈，毕竟米秋成当年随他出生入死来到龙凤，如同亲儿子一般，本来身子就弱，还没哭出声来就昏厥过去，忙又去叫来郎中，施了针灸才醒来，终于哭出来，哭得跟个孩子似的。总算顺过劲来，他还是坚持让津菊的公公扶他去米家，又在米秋成的灵前哭了一通，随即被儿孙们扶进设账房的屋里，见举人正在填写祭礼，先问自己儿子随了多少，然后让给他自己单随一份，也是五百绵羊票。

其他随礼的，基本都是万全、铁头的手下和凤仙戏班里的人，以及街坊邻居，最多不过十元，一元、两元的居多，还有邻居掏几角的。田大宽家作为镇上曾经最有钱的人家，也才随了两元，是因不满米家不愿和他轧亲家，尤其不痛快米家的买卖越来越大，近乎顶了他这个大富家。

听见外面周传孝对子昂发泄不满，陆举人也下炕出屋，但一时也不好说什么，直到林海等哥兄弟为周传孝跪过后才对周传孝说："别和子昂较真儿了。我现在是想开了，啥说道也就是说说而已，最难得子昂能有这份心。圣人有句话：老吾老以及人之老，幼吾幼以及人之幼。就是说，善待自己的老人，还要善待别人的老人，善待自己的孩子，也得善待别人的孩子。我还听子昂说过，你家弟妹晃常也说，举头三尺有神明，善待别人的孩子，神就保佑咱的孩子，是一个道理呀！"

子昂妈顿时想到自己杳无音信的女儿，也不安地央求周传孝道："姑爷半拉儿，半拉儿也是儿。咋说亲家对咱有恩，就由着子昂吧！"

周传孝又叹口气道："我今儿是丢人丢大发了。"说着又到米秋成的灵前道："亲家哥，兄弟对不住你啦。没错儿，子昂也是你的儿子，咱就由着他吧。"说着三鞠躬。

这时，香荷、天娇也身着孝服出来，个个哭得眼睛红肿。津兰见周传孝在父亲灵前深鞠躬，忙带妹妹们跪下还磕头礼。子昂也为爹磕头，哭着谢道："谢谢爹。"头未抬起，周传孝已转身离开。

格格夫人一直躺在屋炕上，已经哭得没了自我。平日里她总和米秋成顶牛拌嘴，这时却真是悲痛欲绝，一再哭道："他爹呀，你把我从天津带出来，就这么撇下我自个儿走了，往后让我可咋活呀！"她也恍惚地听到周传孝因子昂为米秋成摔丧盆的事而争吵，便又哭着自责道："我对不住你呀老头子，一辈子也没给你生个续香火的，老了连个摔丧盆儿的都没有！"哭得她跟前儿的邻居们也跟着落泪，一群女儿便都不顾躺在棺内的爹了，涌进屋里，一边跟着妈哭，一边又安慰着妈。

第 112 章

夜色降临时，追捕凶手的万全带手下到了米家，一个个都显得很疲惫。子昂急切地问："抓着了吗？"

万全沮丧地摇下头，先在米秋成的灵前三叩头，又让手下们依次在灵前磕头，是冲着米秋成是条硬汉子。这一轮，子昂又一连还了近百个头。

从午间搭起灵棚，他已数不清随吊唁的人磕了多少头，这时已感到头晕了，双膝也硌得酸疼，但也只能忍着。

都磕过头后，万全骂道："奶奶的，追出三十多里地，连个鬼影儿都没摸着。我现在后悔当时太相信田中了，应该让宝根儿领着进去认一认。"

子昂也很沮丧道："他不说他亲眼看见东宫太郎跑的吗。中国人里就他认得那个东宫太郎，他要说没有，就是有咱也不认识。"

万全一怔问："你怀疑陈宝根向着他们说话？"

子昂说："他是头个把自个儿家地卖给日本人的，还给他们当说客，好像有地的人家他都去说过。都是指地吃饭的，不给好价钱谁舍得卖？听说镇上有几块儿地没人种，卖又卖不几个钱儿，就让跟前儿的人给种了。刚才听邻居说，现在这几块儿地都让日本人给占了。我买老王家那片地，准是也让他们当成没主的地了。我就纳闷儿，我天天在地里转都不知谁家地让别人种，一伙刚来的日本人，咋就瞄得这么准？"

万全骂道："他奶奶的，他要胳膊肘朝外拐，我把他膀子卸下来！我去问问他！"子昂忙拦住道："这样不行。"见院中还有帮忙的邻居，又说："先进屋吃饭吧，大哥他们都等你们回来一起吃。"又让万全的手下们进屋说道："都受累了，子昂谢谢了。"说着深鞠一躬，然后将他们让进东屋。

餐桌设在子昂爹妈原来住的屋内，炕上一桌，地上一桌。桌上都点着一根白蜡烛，轻轻地摆动的火苗，在这悲伤的气氛中，就像一个正在痛苦挣扎的幽灵。

这时就差子昂和林海、万全还没就座，哥三个正在灶房内悄声说着事。子昂说："这事儿不能真指望日本人，但也别打草惊蛇。大哥二哥帮我撒目着点儿，我老丈人不能这么白白送命，这口气我必须得出，花多钱我都认。主要偷着盯那个叫宝根的。"

万全仍愧对子昂，将子昂搂在怀里，轻轻拍着后背道："二哥明白。"然后哥三个也进屋入了桌，自然没了以往相聚时的欢快。

第二天一早，子昂和春山、骏先、翰林及哥哥们随阴阳先生去选墓地。子昂提出要把米秋成的墓地选在米家地头的林子内，谁都没有异议。接着又安排人定做墓碑，要求三天圆坟前用石料刻成，碑文就让陆举人来写，先在纸上写道：

先考讳名米秋成，生于同治十二年，卒于民国二十四年，享年六十二岁。先父祖籍天津，出身农家，受先祖之教诲，以农为业，躬亲耕作，图享天年；以家为职，苦心经营，终致殷实。在世六十二年，安分守己，耿直无媚，俭朴不奢，又历经国破，卫国保家，刚直不阿，无愧于苍天厚土，荣耀列祖列宗，堪为儿女之严父师表。

可阴阳先生看过碑文后说："卒年不能用民国的年号，得用满洲国的，要写就得写康德二年。"

子昂不悦道："狗屁！那是亡国号，不用！"

先生劝道："咱别置气了，胳膊扭不过大腿，日本人挺在意这种事儿，弄不好会说你是反满抗日的。看他们表面挺仁义，背地里许就让人把坟给掘了，咱犯不上不是？"

子昂愤然却无奈，只能将"民国二十四年"改成"康德二年"。

第三天出殡，为米秋成送葬的有百余人，除一半为街坊邻居外，其余就是子昂的结拜哥哥们和家人，以及万全的手下、铁头的马帮和凤仙的戏班等。戏班这时主要为出殡吹奏。此外，身穿便装的田中太久也来祭拜，子昂只在一旁行了鞠躬礼。

将要起灵时，格格夫人却很安静地躺在炕上。开始还都以为她睡着了，这时香荷觉得异常，忙去叫，却见母亲不知什么时候也已气绝身亡，她凄厉地叫了一声便昏了过去。

这又出乎所有人的意料，都惊得不知所措，乱作一团。女儿、外孙、外孙女们更是哭翻了天，都疯了一般扑在格格夫人身上哭号，就连女婿们也都哭得伤心，气氛远比哭米秋成时还悲切。子昂一面痛哭岳母也突然辞世，一面又急着让村妮帮着抢救香荷。

香荷被掐了好一会儿人中才醒来，见姐姐、外甥、外甥女们都围着母亲凄厉地哭号，也疯了一般扑上去，只哭了几声就又抽过去。紧跟着，天娇、津竹也哭得抽过去，林海、万全、文普的媳妇也都过来急救，场面大乱，持久不息。

米家大门的右侧也挂上了岁头纸，灵堂内又多了格格夫人的灵柩，原本三天出殡的米秋成便等着格格夫人三天时一起出。并列摆放的两口棺材，让在场的所有人都为米家祸不单行感到压抑。尤其一家同发两丧，在龙凤还前所未有，令全镇的人无不感到惊讶，不管过去认不认识，家家都有人过来在双灵案前鞠三躬。不少过去就认识米家人的也跟着米家人失声痛哭，悲伤的气氛弥漫了整个龙凤山区。

子昂妈也哭得小脚撑不住身。她为自己男人阻止儿子为米家摔丧盆而加剧格格夫人悲伤乃至悄然离世而愧疚，从早晨哭到深夜，哭得嗓子沙哑。津兰、津菊、津梅反都安慰起她来。

阴阳先生在去棺材铺为格格夫人定制寿衣、棺木、祭品时又改了原定墓碑的制作，按子昂吩咐要加宽加高。陆举人又心情沉重地为格格夫人写了碑文，本对米家之事有所了解，又详细问了津兰一些，然后写道：

先妣米白氏，岁逢光绪九年，卒于康德二年，享年五十二岁。出身汉家，田薄屋寒，虽贫效礼，七岁缠足，十岁貌美，十三过继旗府，以候天子封。受诗理，习缝织，淡心如水，柔情若虹。庚子年国难，为夫搭救于强盗之手，亡命龙封关。感恩图报，一心从夫，苦度日无怨，勤持家有成，上奉而下养，内贤而外明。生养多女，授以德教，慈悲为怀，乐施邻里，然念夫恩而悲极，殛起乙亥春。呜呼哀哉！

格格夫人过世第三天，是米秋成过世的第五天，两丧齐发，震撼了整个龙凤山区，送葬的人已猛增至数百人，几乎站满了一条街。但其中有不少根本和米家素不相识的外来人，都是些周围村庄来龙凤上货、摆摊的买卖人。他们之所以来参加米家的葬礼，都是出于米家两丧齐发是因日本人所害，便都默默怀着对日本人的愤慨，自发地从集市赶来等候发丧。其中也有借机想和镇中富豪周子昂靠关系的。

又该起灵了，身披重孝的子昂，神情悲伤地跪在两副灵柩对面。在他膝前，放着两块石头和两只盛满纸灰的丧盆，还有两副一人多高的灵幡搭在两旁。在他身后，则是近二十位披麻戴孝、跪地哭得什么也不顾的米家姐妹和三个女婿及一帮孩子。

伴着阴阳先生高喊"起灵"和悲切的唢呐声，子昂将两只丧盆分别摔在石头上，盆身接连粉碎，悲亢的纸灰随风飞扬。他顾不上眼前纸灰弥漫，又急忙起身抓起两副灵幡，回头见香荷和姐姐们都哭得被两三人架起，场面之悲切，让他也忍不住痛哭。铁头、山鹰忙过来扶他跟上抬灵的队伍。

送葬的队伍浩浩荡荡，凄切的唢呐声和悲伤的号哭声，让每个送葬的人都感到悲壮。两副灵柩，分别由一辆马车和一辆牛车拉着，缓缓地，一起走在前头。子昂扛着两副灵幡，心情沉重地走在两副灵柩中间。紧随灵柩，春山、骏先、翰林各跪在一辆盛满纸钱的马车上，不停地朝空中扬着纸钱，如同漫天飞雪，飘落在后面送葬的队伍中和林立涌动的挽幛、花圈间。

东条敏夫和田中太久也对米家同发两丧感到惊讶，竟安排一队日军、一队警察持枪跟随在灵柩的两侧，让人不明白是守护还是监视，令许多送葬的人都感到惴惴不安。但好歹这一震惊全龙凤的葬礼没再发生意外，米家的大不幸，也就这么放下了。

祭英堂里又多了米秋成、格格夫人的灵位和画像。子昂每日早晚都去上香跪拜，对其他灵位也一同摆供、敬香、跪拜，是求早去那个世界的先人多多照顾他的岳父母。这时每每见到岳父母的画像，心里总有愧疚和遗憾，便总忍不住伤感流泪，令米家姐妹颇为感动。

从小就好当家的津兰和平日总为娘家主事的津菊，这时也大事小情都请示子昂。作为大女婿的春山更是少言寡语，只是听着子昂使唤。

骏先、翰林都不爽子昂在米家出尽了风头，但见米家姐妹们都认可子昂，便什么事都不靠前，甚至子昂、春山忙得不可开交，他俩也躲在关门的米店里玩起米秋成生前常玩的那副象棋，气得津菊、津竹推了棋子，掀了棋盘，随后在为米秋成烧头七时连棋带盘都烧了。

为格格夫人烧头七这日，米家又聚了很多人，除了女儿、女婿和孩子们，还有村妮和子昂的嫂子们，大家一同动手叠着烧纸和金元宝，备着晚间在米家烟囱根处为格格夫人送忘家钱。

按着阴阳先生的说法，人死后六天内还不知自己已死，第七天这日，逝者的灵魂是要回家望一望的，只要见到自己儿女在为他们烧纸，才知道自己已经死了。儿女们边烧边叨念，让逝者回来望一眼就带钱回到阴间去，此后忘了这个家，不要挂念活着的人，不然活着的人就得鬼附身而不得安生。

大家正情绪低落地叠着祭品，忽听屋里传出豆儿不寻常的哭声，接着又听几个孩子一同惊叫"老姨"。正都要奔进屋时，只见春草慌慌张张跑出来哭喊道："快点儿的，婶儿要把豆儿掐死了！"

子昂第一个冲进屋里，见香荷目光一反常态的凶狠，正和几个大点的孩子在炕上争抢着豆儿，豆儿也正惊恐地大哭着，忙一跃上炕，抱住香荷问道："香荷儿，咋的啦？"

香荷愤怒地盯着他道："报仇！报仇！"

子昂脑袋嗡的一声，这就是疯病的样子。他觉得最对不住的是香荷，也最怕香荷有闪失，便抱着她哭道："香荷儿，你别吓唬我，你快好好的。"

香荷又突然脸色温和道："别哭，谁打你了？"

他顿时发起呆，止住哭问："香荷儿，你没事儿吧？跟我说你没事儿！"

她挣开他训斥道："啥事儿？咋这多事儿！"他又搂住她说："没事儿就好，没事儿就好！好了好了，都好了！"香荷又挣脱着训斥道："别闹！这孩子！"

屋里聚满了人，都看出香荷已经疯了。津兰的大女儿晴儿哭着对大人们讲述刚才屋里发生的事。

原来香荷正给豆儿喂奶，好像豆儿裹不出奶水，就狠咬了她的乳头，疼得她顿时恼怒，先照豆儿的后背打了一把，接着将豆儿扔在炕上。就在豆儿哇地大哭起来时，她又愤怒地扑过去，一把掐住豆儿的脖子，嘴里反复念着"报仇"。豆儿顿时张开嘴却喘不出气来，幸亏几个大点的孩子在跟前，忙去掰开她的两手并大声叫喊。

大家都希望香荷快点清醒过来。玉兰想起芳娥曾被林海打醒过，就让子昂打香荷一嘴巴。子昂忧虑道："芳娥儿现在不也没好吗？"

玉兰叹口气道："她俩不一样。芳娥儿不是知道你又娶了一个嘛，接着多日娜又去了你那儿，是又犯的。香荷儿就这一件事儿，你还是试一试，要让她这么疯下去，那不都跟着糟心。"

子昂试着打香荷脸，可怎么也狠不下心，只是在她脸上拍了一下。香荷没被打疼，但也显得不高兴，立刻也打子昂一把道："干啥？这孩子！去边儿去！"

不懂事的孩子都笑，大人们却都慌了神。津菊惶恐道："你看你看，这不就咱妈平时说的话吗？老妹儿啥时说过这话？"

香荷立刻训斥津菊道："就你事儿多，滚边儿去！"姐姐们都上炕搂着香荷哭，香荷又哄她们道："别哭别哭，妈给好吃的！"姐姐们哭得更凶了。

突然，玉兰发现天娇的裤腿里朝外流血，惊叫道："天娇，你咋的了？"

津兰一看也惊叫道："哎妈呀！坏了坏了，小妹流产了！"大家又对天娇忙起来。

子昂更傻了。津菊慌忙跳下地道："快把她抱那屋去！"说着去抱天娇，但有些抱不动，冲子昂道："子昂你有劲，快把她抱过去！"

子昂就在天娇身后，听津梅吩咐，忙抱起天娇去了对面屋。

文普的媳妇花喜鹊对万全的媳妇红辣椒说："二嫂接过生，你去帮弄弄。"

红辣椒一边奔对面屋一边说："先把她裤子脱下来！"进屋见子昂还在里面就撵道："你出去吧，我来！"

子昂忙退出来，但还不放心。正急得团团转时，骏先挖苦道："她不是你媳妇，去看你媳妇吧。"

子昂难堪地横了骏先一眼，转身又去看香荷，见香荷又凶狠地看豆儿，忙过去从玉莲怀里抱过豆儿。香荷突然对他说："她咬人！快扔了！报仇！报仇啊！"说着又要扑过来。

豆儿又吓得跟见了鬼似的，一边乱蹬着小腿，一边紧搂着子昂的脖子大哭。

子昂躲开香荷，难过地流着泪。村妮忙接过豆儿出去。子昂终于控制不了自己了，跪在地上大声哭喊道："天哪！这是咋的啦？"

大家都过来劝子昂。香荷愣了一会儿，又问子昂道："谁打你啦？打他去！报仇！报仇啊！"

他搂着香荷继续哭。香荷使劲挣脱开，训斥道："熊孩子，就知哭。憋回去！"子昂却更憋不住大哭，周围的人也都心酸地落泪。

天娇流下一个四个月大的男婴，流下来便是个死胎。俊章出事前还不知她怀了这个孩子。天娇也是过了正月才有反应。

为这事，她还和津菊闹过一段不愉快。津菊一句"是俊章的吗"，露出她在怀疑天娇当时被那个石井奸污了，气得天娇硬让子昂找来中医为她搭了脉，再一算日子，果然和石井性侵她的时间对不上，差了将近两个月，津菊便说"我根本就没那意思，你把二姐想成啥人了"。可天娇不再理睬她了。津菊觉得对不住天娇，一再对天娇说小话，大家也都帮着劝，这才算了事。

这时津菊又多话道："妈活着时最疼咱老妹儿，咱爹活着时就盼老妹儿给他生孙子，不会是咱爹咱妈的魂儿先回来了？"说得在场的人都毛骨悚然。

村妮说："我看不是虚病，快找大夫治吧。天娇儿流产，坐坐月子就行，香荷儿的病得让大夫看。"

玉兰埋怨子昂道："我让你使劲打她一下，你就舍不得，狠打一巴掌，没准真能打醒了，醒啥样儿是啥样儿呗。"

但子昂还是不忍心像林海那次打芳娥一样打香荷。正犹豫时，津菊说："也是，咱谁能下了这手？要不放挂炮仗吓吓她。"

津兰立刻驳斥道："亏你想得出！咱妈头七还没烧呢！又不是喜丧，放的哪门子炮仗？"

津菊尴尬道："那老妹儿也不能不想个法子。"

津竹从中调剂道："也别说是放炮仗，弄个响儿就行。咱不放成挂的，要不别人听了是不好，就趁老妹儿不注意，单个儿放个大的，也能吓她一跳。"

这个建议被采纳了，有人速去杂货店买了几只单响大雷子，趁香荷正在炕上由几个姐姐哄着吃饭时，子昂在她身后悄悄点燃，嘭的一声巨响。香荷真被吓得浑身一抖，惊讶地回头看，见炕上散落几片鞭炮纸皮，却突然兴奋道："呀，过年啦！"立刻丢下手中筷子，忙着下地穿鞋。

子昂心里一凉，忙过去拉她道："没事儿没事儿，你干啥去？"

她回手打他一把道："去边儿去！他们等着呢！"

谁也不知她说的是什么，都傻傻地看着她穿好鞋跑出屋。

香荷跑到门外，见街上有几个女孩子正玩跳格，一脸惊喜道："过年啦！来！"

那几个女孩，都是这两年得过她赏钱的，虽然见她神态反常，但还是有个叫道："新娘娘好！"

香荷开心道："给钱！"说着在身上摸，却什么也没摸到，又对女孩们说："等着，我拿去。"说着又朝回跑，直接进了东屋。

子昂一直跟着她，见她从一抽屉里抓出一把银圆，忙上前拦住问："你要干啥呀？"

她推开他道："去边儿去！"然后直奔院外那些女孩，递过去一块银圆道："拿着，过年了，去买好吃的。"又递上一块道："衣裳坏了，买花衣裳穿。"

立刻，其他孩子也都叫起"新娘娘"，她开心地发着钱。随后，远处的孩子也都奔过来，"新娘娘"的齐呼声又响彻一条街。

子昂和家里人只能在一旁傻看着。津菊要过去阻拦香荷，被子昂拉住，一脸忧伤道："由她吧。"

津菊焦虑道："她这不糟蹋钱吗？"

他叹口气道："人都这样了，还在乎啥钱不钱的。"说着又哽咽。

香荷将手中的钱发没了，还有孩子没得着的。香荷说："等着，家还有！"又返回家。

姐姐们实在忍不住了，香荷一进院就插了门，并由津菊守着。香荷再拿钱出来，见出不去，急得哭闹起来。门外的那些孩子依然齐声喊着"新娘娘"。

津菊让津梅、津竹拉香荷进屋，她要出去轰赶那些孩子。香荷更急了，拼命地挣扎哭叫。子昂开始想顺着姨姐们的意思，可见香荷闹得很凶，忙冲津菊大吼道："把门开开！由着她！"又去哄香荷道："咱就给这些吧，都给了咱家就没钱了。"

香荷立刻不哭了，点头道："那行。"然后随子昂又出院门，将手里的钱又都发尽，显得很是惬意。

家里的人都聚在门口。津兰耐着性子对那些孩子哄道："拿了钱都回去吧，别再来了，你们娘娘得病了。"不想一个孩子又喊道："疯娘娘好！"

津菊气得大声喝道："滚你爹个腿儿！滚！都给我滚！去去去去去！"孩子们都被吓跑了。

津菊、津梅都主张把香荷给出去的钱要回来，说香荷现在是精神失常，乱给的钱是不能算数的。子昂阻拦道："给就给了吧，都是街坊邻居。咋说这也是香荷的心思，谁得了钱也会念她好。不过这样下去真不行，我想把香荷接到山庄去，那头比这儿肃静。"又问津兰道："大姐你看呢？"

津兰忧虑道："香荷是你媳妇儿，你可不能因她病了……"

子昂忙说："大姐你放心，不管她咋样儿，我都好好对她，我要对她不好，天打雷劈！我对不住她！"说着又哽咽。

津兰忙安慰他道："别哭了，怪我多嘴！"接着又说："等天娇儿小产过了，让她也跟着去吧。俺们离得远，你三姐又自个儿带一帮孩子，让天娇儿帮着照看香荷儿。"又解释道："不是信不过你，你总不能扔了生意不是？就当让天娇儿帮你，有她吃的穿的就行。"

子昂又忙说："大姐放心，不会亏着她们。"

事情就这么定了下来。子昂这时还决定，等香荷、天娇她们去了山庄，就将龙凤的房子都变成商铺，除了米家供堂保持原样外，其他屋子可以随便使用。

为母亲烧过头七，已经在这头守了多日的津兰、津菊、津竹都提出要回自家看看，米家便更是显得冷清。除了香荷每天闹着给外面叫"娘娘"的孩子们发钱，也就是豆儿或哭或笑的声音。

不到半月时间，凡香荷能摸到的钱都被分给了那些孩子，大概有一千多块银圆。津梅每天照看天娇和五个孩子，还要去控制香荷乱发钱，气得她让子昂赶紧把她们都送山庄去。

子昂也想早些把香荷送去山庄，但哄了几次，香荷怎么也不配合，一次已经把她哄上了马车，结果她觉得不对劲，霍地从车上跳下来，钻进自己屋里不出来，他便只好再等等。

他也惦着山庄里的事。好在芳子会算账，能帮亚娃接款入账，同时还打理着猪场、油坊、磨坊、豆腐坊等。顺姬也能帮芸香管着灶房，按时给鸡鸭鹅狗喂食等，山庄一切生意和生活还算如故。

同时，他还时刻牵挂着就要临产的婉娇。除了村妮两口子，与他亲近的人还都不知婉娇怀上了他的孩子。因忙米家的丧事，那几天他一直没有机会去看婉娇，心里焦急，只能偷偷让村妮去转告婉娇别生他的气。直到出完殡后，他才能在夜里趁香荷睡觉时去看看婉娇，已经不顾苗婶怎么看他俩了。

香荷这些日都和子昂一起睡，但她一直对他怀有戒心，不时地用警惕的眼光盯他，此外便不停地摆弄着手里几张绵羊票，还不停地对着油灯看，好像那里藏着很多秘密。她开始整宿不睡觉，也不肯穿脱衣服。他一动手为她脱衣服，她就恐慌地捂着身下道："俺不！疼！"

他的心更疼，便不强求她。好在她天一黑就待在自己屋里，他便在一旁神情忧郁地看着她玩钱。但有一点让他感到欣慰，每到天黑，她就主动光着那双美玉般的秀脚命令他道："洗脚！"他便急忙打来温水给她洗，然后轻轻地揉摸着。每次为她揉脚，她都惬意地躺在炕上。只要揉的时间一长，她就能安详地入睡。此后他便天天为她洗脚、揉脚，时而忍不住在她脚上亲吻。她只顾惬意，一概不理，直到入睡。他也只有在这时才能去看大肚翩翩、行走不便的婉娇，然后再急忙回去守着香荷。

香荷已经没了奶水，每见子昂抱豆儿就一脸惊恐道："咬人！报仇！报仇啊！"接着扑向豆儿。

豆儿终于长了记性，不再找香荷，除了子昂抱，便由津梅哄，饿了还是哭闹。津梅便让子昂借此给豆儿戒掉母乳。豆儿虽然已能吃些蛋羹，但对母乳还很依赖，吃不到母乳，用羹匙喂她蛋羹、羊奶都哭闹。直到饿急了才肯接受蛋羹和羊奶，除了还闹夜，喝饱喝足后也能笑能玩了，笑起来还是嘎嘎的，只是一见到香荷就如见了鬼一般。

子昂更疼女儿了，每天都夜里起来，在西屋锅里热一次羊奶，保证豆儿夜里哭闹时津梅随取随有。到了白天，他有空就哄豆儿玩，教她练习走路，教她叫爹叫妈。她叫爹总是一扬头道："弟弟！"大家都笑，再教她叫就急着叫"弟弟弟弟"，而一让她叫妈就使劲地摇头，别人又都笑，子昂却心酸。等豆儿玩累了，他就让女儿睡在自己怀里，爱怜地端详着她。又见女儿好像梦见在吮母乳，小嘴一吮一吮的，心里不禁又一阵心酸，眼眶一热，泪珠滴在女儿的脸蛋上。

第 113 章

津兰、津竹回宁安的第三天，村妮来偷偷告诉子昂，婉娇开始觉病了。他心急如焚，又怕被津菊、津梅知道，就让村妮回去守婉娇，他找个机会过去。

村妮走后不久，他实在稳不住了，索性让津梅帮着照看香荷，他说要回山庄瞅一眼，要没什么事就回来，如果太晚回不来，就让她和香荷一起睡，然后装着若无其事的样子出了院，到了没人注意他的地方，才撒开腿飞跑，正赶上婉娇分娩，忙开屋门要进去，被村妮拦了出来。

婉娇痛苦的喊声不如香荷生豆儿时大。他猜她是忍着疼，就隔着门冲里喊道："娇儿，我在这儿，你别怕。"他这一说话，里面倒叫得凶起来。但工夫不大，里面便有了婴儿的哭声。接着，村妮出来道："真是小子。"

他兴奋地一握双拳道："太好了！我现在闺女、儿子都有了！"

村妮立刻打他一把，示意苗婶还在屋里。他懊恼地一拍脑门道："坏了坏了！"

村妮责怪道："看把你得意的。"

他傻在那里。村妮小声道："她这阵就看出你俩不正常。她问过我你俩到底啥关系，我还替你说瞎话儿呢。这下好，往后我也省得替你编瞎话儿了，她肯定听得真亮儿的，待会儿你和她明说吧，咋说你自个儿寻思。"他无奈地点下头。

待屋里收拾利索后，子昂才得以进屋看婉娇和新出生的儿子。他先对苗婶解释道："苗婶儿，不好意思，我一直瞒着你，其实她是我头个媳妇，是我自个儿找的，爹妈不太同意，可我又放不下她。"

苗婶笑道："早就看出来了，没好意思问你。女人不容易，好男人也不多，不过我看你是个好男人。你俩可真是天生的一对儿，你爹妈咋就不乐意？"

他叹口气道："一言难尽。"接着又求道："求苗婶儿帮我保密，别对外人讲。"

苗婶忙说："这你放心，你不让说的，我一定烂在肚里，不带搁我这漏风儿的。"

他鞠躬谢道："苗婶儿没少辛苦，我一定好好报答你。"

苗婶笑道："不用，她娘俩儿平平安安，我比啥都高兴。那我出去了，你俩说说话儿吧。"说着出去了。

见苗婶出去，他先亲吻了婉娇，见旁边的儿子正闭着眼睛哭，急忙抱起来哄。婉娇责怪道："你咋这么大意？我在屋里都听着了。"

他笑道："高兴大劲儿了，就把这茬儿给忘了。不过也挺好，我看苗婶儿不是传老婆舌的人，回头多赏她点。"

她也少了顾虑，惬意地看他哄孩子道："看他哭得多有劲儿，一定能像你。"接着说："给他起个名吧。"

他想了想说："都说不孝有三，无后为大，现在我闺女有了，儿子也有了，咋说都是有后了。子孝父心宽，爹现在也有孙子了，这回他总该心宽了，就先起个小名叫宽儿吧，回头找个合适机会问问爹，看周家孙子辈儿的犯什么字。俺家三代单传，也不知道祖上事先定了没有。"又问道："就先叫宽儿，你看行吗？"

她撒娇道："你有学问，都听你的，你起啥就叫啥。"又赞同道："宽儿好，以后咱啥都宽宽敞敞的。"

他开心道："那就叫宽儿。"接着又哄儿子道："宽儿别哭了，你有名字了。"可宽儿仍在哭。

婉娇心里还挂着山庄，嘱咐子昂别让油坊干活的闲时干待着，让他们进山里多采些蘑菇、木耳和山菜，趁着天好晒了备冬用，还有山庄菜地里的辣椒、豆角、茄子、倭瓜和豆腐坊的豆腐，吃不了的也都趁好天切条晒成干。

他笑道："咱招人来就是榨油、磨面，这又让人帮着采山菜，有点欺负人家吧？"

她嗔怪道："你别太心善，没活儿干时，他们闲着也闲着，山里那么些好玩意儿不采也都烂在山里了；多采点回来，冬天吃能省下不少买菜钱。再说他们在庄上吃饭咱也不扣他们工钱，这事儿就得谁能搭手就搭把手。去年我就告诉晚了，一冬天买菜就多花不少钱。你不用替他们操心，我跟他们提过这事儿，他们都答应了。开始也都不高兴，我就跟他们说，反正山庄没让你们交饭钱，你们要不愿意，那入了冬就天天吃萝卜、土豆、白菜，连肉都不搁。也不是舍不得，谁家吃萝卜、土豆总搁肉？没事儿，你就让他们干。"

他欣喜地将宽儿放在他俩中间，一起揽在怀里道："你真是我的好管家。行，我听你的。正好山野菜该下山了，我腾出几天让他们都上山，能采多少采多少，多了给他们点赏钱。"

她又嘱咐道："够咱一冬用的就行，那些玩意儿山里年年有的是，采多了也吃不了，来年还得采。"

他得意道："你刚才一说把我提醒了，咱采多了就让多日娜和山货一块儿卖，这不又挣一些。"

她夸他道："你也行了，比我还有挣钱脑瓜儿了。"

他笑道："近朱者赤，近墨者黑，跟啥人学啥人，跟你在一起，真长不少学问。像养猪、养鸡、养鸭这些事儿，你不提我还真就只奔着榨油、磨面。要说挣钱，还真就挣在你的主意上了。山庄能有今天，你的功劳最大。我脑瓜儿开窍儿也是你给开的。"

她也得意道："想学多的是，以后多跟姐学点。"

他爱昵地点她额头道："说你胖你就喘，要说你白还不洗脸了吧？"

说到白，他又想起香荷，脸上透出忧虑道："香荷儿还是个愁事呢。"

她问道："她还能治好吗？"

他叹息道："芳娥儿得病时就用了不少法儿，也没见多大效。找过大夫了，说她比芳娥儿还重。"又怕影响她的情绪，便又回到原话题道："晾山货的事儿，也不能光看老天爷的脸色，赶上阴天下雨的，采回来也晾不了，一放就捂烂了。刚才我还想，咱腾出一套房子，专门用来炕这些东西，柴火有的是，又不花钱，那面采回来，这面就炕。赶上天儿好，连晒带炕，留出够咱吃的，剩下都让多日娜推给收山货的。"

她又夸起他道："你脑瓜儿够快的。"又说道："等你爹妈认了咱宽儿，我就回去张罗你的主意，啥都不用你，你没事就天天练你的武、画你的画儿。我现在就怕你爹你妈不认咱俩。"

他自信道："他们肯定得骂我一顿；大不了骂我，你咋连你姐都不放过？你这个混犊子。"

她忍不住笑。他又安慰道："这不算事儿，你给他们生了孙子，只要他们认了孙子，就连你一块儿认了，这就是母以子贵。"她惬意地依偎在他怀里。

半个月过去了，香荷的病一直没见好。她唯一的乐趣就是听街上的孩子们喊她"娘娘"，但大家都对她说家里已经没钱了，她总是愣一下骂道："败家玩意儿。"也不知她在骂谁。

这天津兰、津竹又来看香荷，姐六个又聚在一起。子昂这回无论如何也要把香荷、天娇和豆儿都接到山庄去。津兰、津菊、津竹都说还没去过子昂的山庄，要一同送香荷、天娇。子昂很高兴，提前安排人去山庄通知顺姬备宴。

春草奶奶见子昂他们都要去山庄，想着以后不能在米家做事了，不禁难过得流泪。子昂对春草奶奶说："如果您愿意，就带春草儿也过去吧，香荷儿过去也得有人帮照顾。"

但春草奶奶说放不下自家的房子，就把春草托付给子昂，安排什么活儿干都可以，只要不饿肚子就行。

天娇通过补养，面色又开始红润起来，和香荷一样粉白可人。这回子昂一并叫来两顶轿子，要将香荷、天娇和豆儿抬进山庄。同时他又叫了辆马车，将香荷病前喜欢的大黄狗、大花猫、大公鸡等也都带过去。

这时子昂还放不下的是格格夫人生前供奉的那尊金菩萨。开始他想让津菊专门打理粮食店，但马家有山货铺子，俊先当场就给回绝了。

津菊本想来守爹妈辛苦经营的粮食店，但一提到那尊金菩萨，她立刻脸一沉怨道："得了吧，妈一辈子没少为那菩萨费心思，末了也没得着好。俺也不想多说啥，反正俺是不想靠前儿，你要信就一招儿也接你山庄去，津梅、天娇要供就初一、十五供一供，不供和俺也没关系。"

子昂心想津梅、天娇估摸也会对那尊菩萨不满，又想母亲对菩萨才是真的虔诚，便打算将菩萨像放在母亲的屋里，初一、十五由母亲上香，以保佑妹妹子君平安，便不多言，找来一块红布，恭敬地将那尊金菩萨裹好揣入怀里。

这时香荷见到门口的轿子就冲子昂道："娶媳妇儿啦！"

子昂说："你就是新媳妇儿。"

她立刻纠正道："是娘娘！"

他一边应承一边拉她进轿子，她又慌了神，径直又跑回自己的屋，鞋也不脱，上炕倚在墙角处，谁劝也不听。子昂去拉她，她又哭又闹。他便哄她说："咱这儿没钱了，钱都在咱那个家哪，老鼻子了。"

她不为所动，将脸贴在被垛上。他又哄道："你是娘娘，没钱咋给人发钱？咱上那个家发钱去！"

她这才感兴趣道："那行。"说着自己下炕、出屋，顺从地坐进轿子。

天娇一开始就同意去山庄，但骏先这时提出让她去他们家住，说家有空房子，顺便还能帮他们照看一下山货摊，挣了钱也少不了她的。津竹立刻想起母亲生前说过骏先曾偷看香荷上茅厕的事，第一个反对道："不行！让小妹跟子昂去，还能照看香荷儿。"

骏先不甘心，又对天娇说："子昂那儿就是个山沟子，出来一趟死别扭，送货的都不愿往那里钻。也别说都不好，子昂那儿有电灯。可那还能照多大会儿？白天用不上，总不能晚间睡觉还点着灯吧？"

天娇也一脸厌恶地冲骏先道："那也不上你家，俺就跟着香荷儿。"噎得他再无话说。

津菊从津竹、天娇对自己男人的厌恶口气中觉出点事，偷问津竹怎么回事。津竹只说了一句"咋也不咋的"便什么也不说了。

津菊性子急，追问道："是不咱爹咱妈走，你二姐夫啥事儿都不靠前儿？"

津竹不耐烦道："他爱咋的咋的，你俩过好就行。"随后走开了。

子昂开始还担心香荷在山庄住不习惯，不想她却对山庄的砖瓦房、大灶房、油坊、磨坊、豆腐坊都很好奇，尤其对养猪场、亮灯泡和芳子院里的樱桃花、顺姬院里的秋千感兴趣。

念香荷是山庄的真正女主人，而且从香荷华贵的服饰，几乎看不出她疯癫，芳子、顺姬都对她不敢怠慢。听子昂说要带香荷到各院子瞅瞅，担心自己院的狗吓着香荷，她们就都特意将狗关进狗窝里。

在芳子院里，芳子见香荷喜欢地看着过道两旁茂密的樱桃花，便折了一枝别在香荷身上。樱桃树本是山庄内以前就有的一片，去年开花时就引起芳子的注意，曾对子昂说她的家乡也有开花的树，虽和樱桃树不一样，但花儿很像。开始子昂以为她只是说说而已，并没太上心，但吃过樱桃后，芳子又提出要在她院里种些樱桃树，他才领会她的心，索性一入冬就将那片樱桃树全都移到了芳子的院内，除了留有过道、狗窝和柴垛，满院前后左右都是樱桃树，今春依然花红满枝。

香荷自己端详着身上的樱桃花，一脸的欣喜道："挺好的。"

在顺姬院里，顺姬见香荷盯着一架秋千看，就先坐在秋千上荡了荡，然后急停下来，让香荷也上去荡，不敢大幅度地推，只是小心地把着轻轻地荡。见香荷显很高兴，子昂更是开心，忙换下顺姬，自己把着香荷荡。这秋千也是子昂去年夏天特意让人给安的。开始是顺姬帮着婉娇哄丽娜在院门框上吊的，婉娇、津梅的孩子都抢着玩，玉莲也很喜欢玩。子昂问是谁想的主意，顺姬便说起她的家乡大人孩子都喜欢荡秋千。子昂本打算在各个院里都安个秋千，可听顺姬这一说，他就让人在顺姬院里的过道两边安了两个两米多高的秋千，还在各个秋千周围移种了草莓。

津梅开始见丹青、丹红越来越恋顺姬的院子，就让子昂在她院里也安两个秋千，但子昂却没答应，郑重道："吃樱桃都到芳子院儿里摘，吃高粱果、打秋千就都到顺姬院子里，别的院儿再琢磨点别的玩意儿，别都弄一样的。"

津梅不解道："悠千是哄孩子玩儿的，顺姬又没孩子，干吗就在她院儿里安？"

子昂顿了一下，突然样子神秘道："我让她帮你哄孩子。"

津梅扑哧一乐道："就你鬼心眼子多。"

去养猪场看猪时，香荷见那些猪懒懒地趴着，跺脚吓那些猪也不起来，索性捡起一块石头去打，打得猪们怪叫。天娇忙去拦，香荷又吓她道："咬你！"说着又去捡石头打猪，两眼又发起直地喊道："报仇！报仇！"

子昂心一惊，知道香荷又想起不开心的事，忙哄她去看油坊、磨坊、豆腐坊。

雇工们都正在干活，听说正房女主人来了，都停下手里的活，围上来鞠躬称呼"大少奶奶好"。

香荷显然听着不习惯，愣愣地问："谁家孩子？"

子昂忙说："给咱家干活的。"

香荷便冲那些干活的训斥道："大懒猪。"说完转身自己去逛了，一边走还一边嘟囔着"大懒猪"。

子昂、芸香、芳子、顺姬和米家姐妹等忙跟上香荷。香荷反感地对子昂等人训道："别跟着。"又自己边走边嘟囔着"跟腚狗儿"，还不时扭头冷眼看身后的人，但子昂必须得跟着。

大家都知道周家大少奶奶因父母一起离世得了疯病，可刚一看到香荷一身华贵，并看不出得了疯病，直到香荷开口说话，才确认她真得了疯病。可随后便有人辨不清香荷和天娇谁是大少奶奶，说她俩就像一个人。

大家还是替香荷感到惋惜，都说"可惜了了"。也有人过后开玩笑道："大当家能不能嫌弃大少奶奶？"

有人回问道："你啥意思？是不看大少奶奶长得好，想捡啥便宜？"接着又说："你没看大当家的对大少奶奶就和咱下人似的？好的咋都好，大当家的也不是那种嫌弃人的人，你就别做美梦了。"

对方骂道："臭嘴，小心大当家的撕了你的嘴。"接着又说："大当家的不嫌弃大少奶奶最好，听说大少奶奶心最好，有病没病都愿意把钱分给穷人花。现在镇里有套顺口溜，就是说这个大少奶奶的。我都会说了。"接着背诵道：

娘娘好，娘娘好，娘娘送我银圆宝，有了银圆睡不着，盼着大年早来到；过除夕，闹元宵，家人团聚有欢笑，馒头米饭黏豆包，猪肉粉条吃得饱；小姑娘，添花袄，东家看来西家瞧，都说妞儿真俊俏，公婆早早备花轿；淘小子，买鞭炮，从家放到大河套，冰冻三尺鱼知道，还把北营吓一跳。

确实，镇里这些天都有孩子们传诵《娘娘谣》，因为说的就是本镇米家小女儿，人们也知道又是陆举人编写的，既为米家小女儿得了疯病而惋惜，也夸陆举人不愧是读书人。

子昂开始想把香荷安排在桃源居内，但怕他一人照顾不过来，婉娇再来也不方便。他还担心香荷乱翻翻到炕下藏的财宝。以前他担心香荷听信家人的话，而现在他怕她把钱都分给外人，于是便将香荷和天娇也安排在一个存放粮食的房院内，三天前才让人将这屋收拾好。

香荷住进左间屋，只有被褥和一些绣品还是她和子昂成亲时的，是为了让香荷看了不觉得陌生。炕柜、地桌、梳妆台等不易搬动的摆设虽然都是新打的，但一律是让木匠照着原来的样子、漆色制作，并按着香荷病之前喜好的风格布置，也只有头上的电灯显得新颖些。

右间屋由天娇和豆儿住，炕柜、地桌、被褥、梳妆台等也都是新的，只是样子与香荷屋里的不同，但天娇都很喜欢。

香荷进了自己的新屋，还是觉得和自己原来的家不一样。当看到她自己绣的荷花图搭在被垛上时，立刻过去扯下来道："我的！"

子昂哄着她说："是你的，这屋也是你的。是咱俩的。"

香荷又四下环顾，看见头上悬挂的灯泡，眼睛一亮道："嗯？"便仰着头看。正是油坊开工时，子昂忙将电灯拉亮。她被吓一跳道："呀！"

他又一拉绳熄灯，她又"呀"一声，过去抢过绳要自己拉。子昂忙说："轻点拽，别拽折了。"

香荷拉一下灯绳，灯又亮了，脸上露出笑，站在地中央转着圈地看。看了一阵，她又脱鞋上炕，伸手试着去触摸那灯泡。

子昂忙去拦道："别电着！"

香荷已经触摸到灯泡，好奇而欣喜道："火不烫！"屋里的人都笑。

子昂这时心里又难过，后悔没在香荷得病之前带她来山庄住一阵。但他又觉得不能全怨他，要怨就怨米秋成，但他现在已经离世，怨也无用了。

山庄的午饭很丰盛，连干活的也跟着沾光，是给香荷、天娇等人接风洗尘。津兰、津菊、津竹算是贵客，但更显尊贵的还数子昂的父母。

津兰、津菊、津竹依次为香荷的公婆敬了酒，一再说香荷让他们二老费心了，自然都是客套，倒也亲亲热热。

香荷对这新环境还是不很习惯，吃饭时显得很乖，只是一直低着头，谁往她碗里夹东西，她就挑眼看谁，然后悄悄用筷子挑到桌上，一口也不吃。子昂将她不要的自己夹了吃，香荷却告诫道："埋汰！喂狗吧。"

他无奈道："我就是狗。"

她这才坦然些，自己冷不防地在碗里夹一筷子吃。

肚子也已隆起来的芸香和亚娃，都知道香荷的五个姐姐除了津梅以外都不肯接受她们，便一直没上客人席，都在大灶房里吃，就盼着午饭过后不该留的人早点走，剩下香荷、天娇就不让她们太紧张了。

若玉和芳子、顺姬当初就受米家人歧视，这时自然也不愿靠前。这样，津兰、津菊、津竹吃过饭就由子昂陪着离开山庄。

因香荷对电灯很感兴趣，子昂特意吩咐机房的人多开一个时辰机器。特别是他要在晚间陪香荷一起在浴房里洗个澡。

子昂和父母、香荷、天娇、津梅一起吃的晚饭，芸香则带着丽娜在大灶房吃。子昂妈得了米家的金菩萨，欣喜中还有几分愧疚，便谦让着让津梅、天娇姐俩供奉。津梅、天娇果然也不肯供奉，也不敢贪图那块金子值多钱。子昂妈这才坦然供奉那尊菩萨，还吩咐子昂找个木匠制一佛龛摆在地桌上。

芸香还没吃完饭，浴房烧水的来告诉她，香荷洗浴的水已经准备好了。芸香亲自去和子昂说："洗澡儿水弄好了，香荷儿自个儿能洗吗？"

子昂说："先让她熟悉一下，我带她去。"

香荷见芸香挺着大肚子，又吃惊问："呀，猫月子啦！不能办那事儿！让你男人上那屋去，妈搂你睡。"大家又笑，芸香也笑。

香荷脸一板道："不害臊！"

子昂问香荷道："你洗澡儿不？这有澡堂子，咱去看看，那里也有电灯。"说着拉香荷往外走，香荷好奇地跟他去了。

浴房的窗户都被封死，靠门的墙上挂着一盏正亮着的灯泡，照着地上一个盛有大半截清水的大浴盆。

子昂试了下水温，觉得合适，便要为香荷脱衣服。香荷正在看灯泡，见他要为自己脱衣服，吃惊地躲闪道："干啥？"接着又猛推他一把道："去边儿去！"

他被冷不防推个趔趄，便自己先脱光身子。她忙不安地捂住下身道："俺不！"接着转身要出去。他忙过去拽住她道："不的不的，我不的！我穿衣裳。"

她这才不闹了，斜眼看着他赤裸的身子道："不害臊。"

他一边穿起衣服一边焦虑地劝说道："咱俩就洗洗澡！我是你男人！"

她又捂下身道："俺不！"

他不敢再刺激她，急忙穿好衣服道："你自个儿在这儿吧，我出去。"说着出去找天娇，沮丧道："你和她一块洗儿，她不让我碰。"天娇只是抿嘴一笑。

天娇和香荷一同洗完澡出来，好似出水芙蓉一般。子昂妈陪伴亚娃妈、懿莹妈和刘王氏来看香荷。香荷显得不耐烦地问："谁家的？"又盯着子昂妈、懿莹妈的小脚看，突然朝外走道："回家，找妈去。"说着朝外走。

子昂忙拉住她说："这就是咱家。你看这柜子、桌子。还有这个帘儿，这不你绣的吗？"

她又夺过荷花帘道："我的！"

子昂妈叹息着对亚娃妈、懿莹妈和刘王氏说："她现在不太认人，也不愿见生人，咱先回吧，等她熟悉一段时候再说。"说完一块出去了，边走边为香荷惋惜。

春山的表哥表嫂也来看香荷。香荷又问"谁家的"，然后斜眼看他们道："烦人。"

表嫂没介意，笑道："俺还寻思能帮她做点啥呢，这么烦俺可咋整？"

子昂笑笑对表嫂说："还真有你做的事儿。香荷儿现在这样儿，也不像以前那么爱干净了，洗的活儿也不能都指三姐和小姐儿。开始我寻思让春草儿干，可她还小，不能让她干太多，就让她烧烧炕、端端水，你就把这院儿的洗活儿都接过来，这样你们家就有三个挣工钱的，你看行吗？"

表哥表嫂都非常高兴，一再谢谢他。子昂又补充道："别的啥时脏了啥时洗，听小姐儿吩咐就行，但香荷儿穿的，必须一天一换，也别怕洗坏了，坏了给她做新的，我要让她天天干净利索儿的。"表嫂满口答应。

因为山庄的晚饭很丰盛，一些本该回镇上的雇工也不回去了，准备夜里好吃好喝后挤在工友屋里搭地铺。子昂不差这些人的吃喝，也希望晚间热闹点，电灯也让多点两个时辰。

在香荷的屋炕上，子昂、天娇、津梅、芸香、芳子、顺姬和几个孩子一起陪着香荷吃饭，谁都没有喝酒。香荷仍对那只明亮的灯泡感兴趣，不时地抬头去看。子昂和津梅、天娇便轮流哄着她吃，总算把饭吃完。

从把香荷、天娇她们接进山庄，豆儿每天必须喝羊奶。还有香荷，从小到大一直喝羊奶，子昂不想因她母女俩来到山庄就没羊奶喝。到山庄的头几天，他天天都是早起骑马去镇里取，后来他干脆和卖奶那家人商量，连人带羊都随他到山庄住，除了羊奶继续买，还保证吃饭不花钱。

卖羊奶这家姓寇，米家近些年一直买他家的羊奶，每年还将打完豆子的豆秸留给他们冬季喂羊，关系处得很好。其实主要是因为寇家也没有儿子，有些同病相怜。

寇家只有两个女儿，都已出嫁，现只剩老两口顶着一间半房子和百十平米的院子。院子分前后，前院大，后院小。前院中间是条小道，道东是羊圈，道西是为羊贮备食料的木棚。后院是片小菜地。好在菜地后面挨着山林，长草季节时，每天把羊牵过去，拴在周围有草的树上，午间换棵树拴，晚间牵回羊圈喂些补料。到了秋天，老两口还要到林子里搂树上落下的青叶，问那些种大豆的人家有没有打完豆子不要的豆秸。可龙凤养羊的不只他们家，还有将豆秸留着自家烧炕不愿外给的。入冬前，虽然也能将木棚子堆得满满的，却仍不够几只羊吃到来年地上长草，还得捡些别人家不要的冻白菜、冻萝卜等来填补。

养羊不易，每天挤奶、送奶也很辛苦，这时子昂让寇家老两口去他山庄养羊，他们一算这等于白捡钱一样，立刻欢喜地应下，然后将门一锁，赶上一只公羊、三只母羊和两只刚下生不久的羊羔，随子昂去了山庄。

小羊羔还在吃奶时，必须要和母羊分头拴着，不然羊羔就吮母羊的奶，挤出来的奶就不多了。这日有只羊羔没有拴好，直接奔向母羊，跪在母羊的奶下，一拱一拱地吮起来。老寇头一见大惊，大声喝着冲过去，一脚将羊羔踢到一边，正被子昂遇见。

见那羊羔倒在地上咩咩地叫，母羊也哀怨地看着自己的孩子，子昂心中不禁刀扎一般痛，上前埋怨老寇头道："你踢它干啥呀？"

老寇头理直气壮道："这死羊羔子，竟偷着裹奶吃，它都裹了，咱还挤啥呀？"

子昂不悦道："其实本来就该它裹，它是裹它自己妈的奶。咱喝羊奶本来就抢了人家的，它裹几口咱也不该这样。"说着上前抱起那只一时站不起来的羊羔，又埋怨道："你也太用劲儿了，瞅你给踢的！羊要会说人话，还不得咋骂咱呢！"

老寇头有些匪夷所思，但还是说："大当家的真是好心肠儿。"

子昂说："将心比心吧。"接着说："我抱屋里养养吧。"说着奔香荷、天娇屋里去。他只能将羊羔抱这屋里来，因为只有这屋的豆儿和香荷喝羊奶，就让天娇帮着照看，毕竟米家人都曾伺候过羊羔。

香荷一见羊羔就欣喜若狂，上前来夺道："俺家的！给我！"一把搂到怀里，像抱孩子一样爱抚着。

子昂担心道："轻点儿，它受伤了。"

她一惊问："谁打的？"不等回答，跑进自己屋里，放到炕上。

羊羔有些惊，霍地站起来，想跳下炕又不敢，急得咩咩叫。香荷急了，对跟进来的子昂说："它饿了，喂它奶！快点儿的！"

见香荷这么开心，子昂忙去让老寇头挤一碗奶来，放在羊羔面前。那羊羔真的是饿了，立刻两只前腿跪下，吱吱地吸着奶，香荷再去摸它也没事了。此后，香荷居然再也不喝羊奶了，就喜欢看着两只羊羔跪在地上喝奶的样子，然后美美地抱着羊羔，就像哄着自己的孩子，子昂和天娇倒是每天多了给羊羔收拾粪便的事。

这期间，子昂总是忘不掉老寇头将那只吮奶羊羔踢翻在地的情景，不禁将日本人霸占中国良田和将中国的木材、煤炭等物资强行运送到日本本土的事情联系起来，愤然创作了一幅题为《挤羊奶》的油画。画面就是一个男人在挤羊奶，而最让人辛酸的是，母羊哀怨地望着自己的孩子忍饥挨饿，与真实场面不同的是，母羊和羊羔分别用绳拴在木桩上，羊羔望着母羊挣扎，母羊望着羊羔哀号，挤奶的男人则一边挤着羊奶，一边狰狞地瞄着那只羊羔。他之所以创作《挤羊奶》，是他还在愤慨日本人占领东三省，还因九一八事变那年是辛丑年，十二生肖就是羊。

第 114 章

婉娇已经出了月子。子昂原计划她生孩子的事只让父母知道，先接婉娇一人回山庄，宽儿仍留在苗婶家，由村妮在外村帮着找来一个和婉娇同月产期的母亲代乳，一个月后再让代乳的妇女以孪生孩子的母亲身份，携带两个吃奶孩子去山庄做事，私下里两个母亲各喂各的孩子，将来再以过继的方式，让婉娇公开拥有自己的儿子，他则为自己的亲生儿子当舅舅。

可眼下，米秋成和格格夫人先后离世，香荷又得了疯病，子昂虽无庆幸之心，但也确实感到压力少了许多，便改了主意，决定公开他与婉娇也是夫妻关系，但前提还是得让父母接受婉娇生的孙子。他想父母都急于抱孙子，虽然会埋怨他和婉娇偷着生下孩子，可怎么说孩子也是周家的骨血，又是传宗接代的。怨归怨，周家的骨血不能不接受，只要父母接受周家的这一骨血，婉娇也就顺理成章地成了周家的媳妇。至于其他人，他完全可以不在乎，包括米家姐妹，他都可以用钱来摆平。

然而出乎子昂预料，母亲骂他一顿后还是愿意接受宽儿，但父亲却大发雷霆，坚决不认这个儿媳和孙子。

子昂这时还不知，从打他又娶了芸香，父亲就被婉娇勾去了魂，还指望与婉娇拉齐辈分，然后设法纳她为妾。可婉娇偏偏不肯与他父亲做同辈人，父亲便又指望他出面说话，让婉娇把大管家的权力让出来，他又偏偏不肯将大管家交给父亲，父亲才赌气在山庄外开荒种起菜来。

但婉娇的美色丰姿还是让已年过半百的周传孝仿佛年轻了二十年。后来他听说婉娇去了村妮那里帮忙，不禁暗恨村妮太拿自己不当外人，但他心里有苦说不出。他不甘心就这么放弃已是寡妇的婉娇，甚至几次想去镇里村妮的家。但他也顾虑自己还是长辈身份，纵然思恋心切，也实在找不出合适的理由，更怕落得尴尬让村妮一家耻笑。转念又想，婉娇不过是去帮忙，便盼着她早日返回山庄。不想在他焦急等了半年后，竟等来自己深深暗恋的美人已经和自己的儿子生下他的孙子，顿时心像被挖去一般痛。

子昂承认自己与婉娇私通是错，但他无法理解父亲连孙子也不认，不禁满腹怨气，索性凭着母亲的包容和接纳，不再理睬父亲的咆哮和谩骂，也不在意山庄的人怎么议论他，用一台花轿将婉娇和儿子接回山庄拜堂，并也立下婚书：

周子昂，直隶省秦皇岛县人，二十五岁，宣统二年七月二十九日寅时生

薛婉娇，黑龙江省爱河县人，三十二岁，光绪二十九年三月十五日午时生

今承武春妮、苗姚氏先生介绍，谨詹于中华民国二十四年六月六日午吉时在龙封关山庄举行结婚仪式，恭请夏松林先生证婚，嘉礼初成，良缘遂缔。诗咏关雎，雅歌麟趾。瑞叶五世其昌，祥开二南之化。同心同德，宜室宜家。相敬如宾，永谐鱼水之欢。互助精诚，共盟鸳鸯之誓。此证！

结婚人：周子昂、薛婉娇

介绍人：武春妮、苗姚氏

证婚人：夏松林

主婚人：唐春英、刘王氏

中华民国二十四年五月九日谨订

周传孝气得火冒三丈，又怕自己的心思败露，不敢当众发泄，只是不肯坐高堂和接受他暗恋的人点烟，只有母亲喝了婉娇敬的茶。

山庄炸了锅一般，先是津梅斥责子昂丧良心。子昂见身边没有外人，近乎威胁道："三姐，咱俩互不干涉行吗？"

她顿时傻了眼。他又安抚道："我说过，我不会亏待香荷儿，米家的人我都不会亏待。"

津梅心里仍不痛快，也只好随和道："那我就看你咋不亏待俺们。"说完走开了。

若玉虽然早知子昂和婉娇私情不浅，甚至也猜到他俩到过一起，却没想到他俩能生下孩子，还大势张扬地拜堂成亲，气得将子昂叫到自己屋里训斥道："你可真行啊！别的我不说，就说岁数，亚娃比你大四岁，她比亚娃还大三岁呢，你咋就认准她了？"

子昂虽然心中不悦，但又不忍戗她，耐着性子说："这跟年龄扯不上。我村妮儿姐伺候神仙你也知道，她就说过，人可以死，但灵魂不会死。人苦苦的不是肉体，是灵魂，人有遗憾，也不过是灵魂在遗憾。我和婉娇，还有你和姨夫，都是灵魂的归宿，之前恐怕都不是一辈子的缘。"

她又问道："照你这么说，咱俩没准儿还是前几辈子的缘呢！要没缘分，哪能也跟你跑出来？"

他笑道："应该缘分不浅。如果您不和我妈认姐妹儿，咱俩到一块儿也是没准儿的事儿。"

她虽敢和他讲缘分，却还是被他的话下一跳道："你咋啥话都敢说？我现在也算是你丈母娘，你可别和韩殿臣那个畜生似的。"

子昂不悦道："说啥呢你？刚才咱是唠缘分，我可没对你动过歪心眼儿。你说我和婉娇儿

不合适，俺俩可是同辈儿的，你是我的长辈儿。"

她撇下嘴道："人可都知道婉娇是你姐？"

他解释道："姐也不是亲姐，就是个叫法，再说俺俩也没拜过仙家。不瞒你说，我见婉娇头一眼就稀罕她，后来又越来越心疼她，恨不得把她带回奉天，疼她一辈子。可那会儿不行，就得管她叫姐。现在看，俺俩就是前世有缘，今世又是同辈儿，就不想再遗憾了，现在她已经是我媳妇儿了。你和她不同，你是我长辈儿已经定型了，我和亚娃也到了这份儿了，您就是我岳母。"

她叹口气道："我真能和你妈一样？差远去了！除非你和俺亚娃也拜下堂，那我就名正言顺是你丈母娘了，要不俺娘们心里总没底儿。要冲你刚才那句混蛋话，我还真怕让你欺负了。"

他又不悦道："我还不至于那么混蛋呢。我现在就是您的半个儿子，马还不欺母呢，何况是人？以后你别拿韩殿臣和我比，我可能混蛋，可我不会像他那么畜生！"

她一哼道："谁让你刚才胡说八道，说得我还真像回到当姑娘那前儿了。"说完自己忍不住笑。

他又郑重道："咱娘儿俩可别开这玩笑。我刚才那么说，是心疼你的苦命。刚才我不说了嘛，人苦苦的不是肉体，是灵魂，人有遗憾，也不过是灵魂在遗憾。你当时对亚娃说，姨夫长得像和你当年定亲的那个人，哭得还那么伤心，我就明白你的心思了。给您办婚事，就是让你这辈子不遗憾。"

她又叹息道："这我都明白，可我现在就不放心俺亚娃儿。她现在可也怀上你的孩子了，日后你能为俺亚娃也和你爹顶着来吗？"

一提到和爹顶撞，他心里又乱起来，哀求道："妈，您先饶了我，我和亚娃的事儿慢慢来。我保证，她准和婉娇儿一样。"

她绷着脸说："饶你行，叫妈声大点，俺娘俩儿可不想偷偷摸摸儿的。"

他忙说："再等等，到时我站在大街上可劲儿喊还不行？"

她被说乐了，打他一把道："臭小子！"

他夸张地一趔趄道："哎呀我的妈呀，打死我了！"说着逃去。

听说子昂又纳了大他七岁的婉娇，多日娜更是气得火冒三丈，冲子昂怒吼一声"不要脸"后便转身离去。他想安慰她，可她又骑上马回娘家了。

只有芸香泰然自若，有人问她："大当家的娶了大管家，你咋和没事儿人似的？"

芸香嘴一撇道："俺管不了。"又摸着自己隆起的肚子说："还是管好俺自个儿吧。"

问话的人倒觉着自己讨了没趣儿。

此时的周传孝，已对婉娇恨得咬牙切齿，他无法忍受他痴迷的女人成为他的儿媳妇和孙子的母亲，也不想再见到她，见了就心痛，便决定让她远离子昂和他的视线。但山庄是子昂的，他不好子昂在山庄时去见婉娇，便趁子昂去看大田播种时去了婉娇的屋。

婉娇的丫头樱桃正在院内扫院子，见周传孝不是好脸色进来，不禁吃惊道："老爷，大当家的没在这儿。"

周传孝气哼哼道："不找他！"直接进了婉娇的屋。

婉娇正坐在摇篮旁边给宽儿喂奶，丰满的乳房露出一半，见周传孝突然进来吃了一惊，忙不安地从宽儿口里扯出奶头，慌张地用衣服遮住乳房，不管还没吃好的宽儿大声哭泣，问道："爹，您有事儿？"

他清楚地看到了她那只诱人的乳房，也一愣神，但没有离开，冷着脸吼道："别叫我爹，我跟你啥关系都没有。就几句话，必须得说。当初你是救过俺家子昂，可俺家也没亏待过你，你哪能这么祸害子昂？"

她委屈地哭道："我没祸害子昂，俺俩就是谁都离不开谁。"

周传孝更觉得不舒服，指着她道："你忘了你是啥出身了！你哪能给俺们周家生孙子？将来俺们还咋有脸去见老祖宗？求求你，带上孩子离开这儿吧！你牡丹江不是还有亲戚吗？我说这些，你也不用跟子昂学，庄里的钱都你把着，你就看着拿吧。"说完转身离去了。

婉娇知道周传孝的心思，看来想让他承认自己是子昂的媳妇已不可能了；尽管子昂妈接受了她，可一家终归是男人认可的事才算名正言顺。看起来，自己就是不求做周家的媳妇，留在这里也定会因为周传孝拒不接受而被人耻笑和鄙视，况且周传孝把周家的老祖宗也搬出来了。

可离开这里她又能去哪？也只能回到何家。虽然她还不知婆婆她已不在人世，可她现在一想到牡丹江就心里发怵，况且她也实在舍不得子昂对她的疼。

她对她的未来绝望了，在妓院里那时她就想死，但她放不下平儿和丽娜，得知平儿死时她又产生过死的念头，但子昂不惜一切地挽留她。她感激子昂近两年给她的快乐，也不想自己继续屈辱地活着让子昂没脸认祖宗。她还想起她对子昂说过，她活着就是为子昂活着，死了也是为他死，终于心一横，决定离开这个让她多苦多难的世界，也让子昂体面地过上光宗耀祖的日子。只是宽儿怎么办？他可是个出身不好的女人生下的。

这时她又想起何耀宗生前一个朋友和妓女私自生下儿子以后，妓女被拒之门外，儿子却被抢回了家，重新认了娘，同样也认祖归宗了。要这样，周家还是能认宽儿的，丽娜也会由子昂来照顾，只要饿不着，日后给她找个婆家就可以了。

她又绝望地哭了一阵后，从樱桃怀里接过还在哭的宽儿，吩咐道："你去把丽娜叫过来。"樱桃应着出去了。

樱桃走后，她又掀起衣服，露出丰满的乳房，一边继续喂宽儿，一边哭唱一首被她做了改动的歌谣：

我家有一个胖娃娃，刚刚过满月，还不会说话，不吃饭，不喝茶，整天吃妈妈，戴着虎头帽，穿着绸缎纱，见人开口笑，就像一朵花，爷爷奶奶都在身边怎么不爱他……

丽娜被樱桃领过来，她忙抹去眼泪，对樱桃说："你回你屋歇着吧。"樱桃知道婉娇受了委屈，这时不敢多问，应着去了对面屋。

丽娜见母亲满脸泪水，怯怯地道："娘，我害怕。"说着小嘴一瘪也要哭。

她忙为女儿擦泪道："不怕，还有大舅呢。"然后将女儿也揽在怀里问道："稀罕弟弟吗？"

丽娜点头。她又说："以后得帮妈看弟弟了，会看吗？"

丽娜脸上立刻又灿烂起来道："我能抱吗？"

她说："待会儿你悠弟弟睡觉，等他睡醒了你再抱。"说着将吃饱的宽儿放进摇篮，一边悠一边流眼泪。

她又让丽娜悠着宽儿睡觉，自己开始梳洗打扮，又穿上那件红旗袍，脚上穿一双新的绣花鞋，然后叫来樱桃说："你照看他俩，我出去下。"

见她打扮得靓丽迷人，樱桃疑惑道："外头起风了，你才出月子，别吹着。"

她镇静道："我去看看他们干活儿。"又看了一眼丽娜和宽儿，转身出了屋。

外面真的刮着风，天空上的阴云在移动。

干活的男人们都被婉娇迷人的姿容迷住了，见她对他们露出神秘的笑，便都不敢再看她，忍不住再回头看时，见她已经进了豆腐坊。

豆腐坊都是早上做豆腐，这傍午时，房内所有制作豆腐的物料都闲置着。她用根木杠将门顶住，然后到了装有卤水的缸前，犹豫一下，还是舀起一瓢卤水，哽咽道："子昂，我走了，丽娜、宽儿都留给你了，你好好的。"然后一口气将卤水饮尽，接着又舀一瓢，但没再喝，将瓢丢在地上，又失声痛哭，并凄厉地喊着子昂的名字。

外面干活的人还都为婉娇的迷人陶醉着，还互相猜她为什么今天对他们笑。这时忽听她在里面凄厉地哭喊子昂，以为子昂也在里面，顿时都蒙了，惊愕道："大当家的在里头？她喊大当家呢！快去看看！"可拥到豆腐坊前，门已从里面被顶住，大家更是疑惑。

这时，一直觉得婉娇反常的樱桃终于丢下丽娜、宽儿跑出来，哭着拍门喊"姨娘"。其他人则急忙去找子昂，听说子昂去了大田，就又去叫子昂的父母和芸香。

当子昂妈和挺着大肚子的芸香匆匆赶到豆腐坊时，门已被人撞开，婉娇已经倒在地上睡去了，并且是永远地睡去了。

子昂妈为求自己失踪的女儿平安，一直怀着"举头三尺有神明"和"善待别人孩子，神就保佑自己的孩子"的信念，一直把婉娇也当成自己的孩子。尤其见婉娇十分用心地为子昂想事做事，把山庄管得井井有条，生意兴隆，更是发自内心地喜欢。虽然也对她和子昂生下孩子感到惊讶和难堪，却也善待包容着。在她看来，儿子多纳个妾倒无伤大雅，只是周围的人都知道他俩是姐弟关系。但见子昂十分在意婉娇，婉娇生下的孩子又是周家的骨血，便接受了这一现实，还努力劝说周传孝也接受。后来她也对周传孝拒绝接受宽儿而感到匪夷所思，索性站在子昂一边，让子昂把婉娇和宽儿接回山庄。可眼下婉娇自尽，她不禁又惊又悲，搂着婉娇哭道："我的孩儿呀！"哭得撕心裂肺一般。

芸香虽然一直嫉恨婉娇，但却从没盼过她死，毕竟她是子昂特别宠的人，她不想为了自己的私怨去招惹子昂，那样会将她和她的弟弟、妹妹都置于被动中。眼下看到婉娇自尽，也不禁心中悲悯，更为子昂担心，不知婉娇的死会给子昂带来什么样的打击，子昂要出意外，她和她的弟弟、妹妹还能依靠谁？便也跟着婆婆哭。

樱桃更是丧母一般号哭。她知道婉娇是被周传孝辱骂后才寻短见的，这时极其憎恨周传孝毁了她要依靠的大树，便边哭边道出"是老爷把姨娘逼死的"，大家又感到惊讶。子昂妈更是觉得愧疚，哭得几乎抽过去，被众人架出豆腐坊。

子昂被人从大田里叫出来。听说婉娇喝了卤水，他顿觉五雷轰顶，险些晕过去，接着疯了一般，使劲催马朝山庄飞奔。

天上果然响起闷雷，又要下雨了。他骑在马背上，不怨山路难走，只怨马懒跑得慢，便使劲拍打马身，后来索性丢下马，拼命朝着山庄奔跑，心里恐慌，祈祷婉娇不会有大事，脚下已没了感觉，跌倒了爬起接着跑。他不相信婉娇会死，也无法接受她的死，他对她有过美好未来的承诺，他和她还有着别人所不及的默契。

进了山庄，他远远看到众人围在豆腐坊门前，感到情况不是他所期盼的那样，顿时觉得心被掏空了一般，心中的恐怖更加强烈，颤抖的双腿还是使他摔倒在地上，又急忙爬起，大声喊着"娇儿"，跌跌撞撞地冲进豆腐坊，扑向婉娇，一边摇晃她的身子，一边大声呼唤："娇儿！娇儿！你咋的啦？我走时你还好好的呢！"见她毫无反应，又凄厉地号叫一声，将她紧紧搂在怀里痛哭。

伴着天上的一声炸雷，大雨滂沱地下起来。围观者都被子昂撕心裂肺的哭声和天上的雷声所震撼，脸上流淌的不知是泪水还是雨水。

周传孝从婉娇那儿出来就又去了他的菜地，心不在焉地在地边遛着，见要下雨就忙回山庄，还没到山庄雨就降下来。

他一跑进庄门就见许多人在雨中跑动，都直奔豆腐坊，本不想去理，但见各院的女人们也都冒雨跑向豆腐坊，才意识到出了事，又听说婉娇喝了卤水自尽，也大吃一惊，懊悔地捶着脑袋。

就这时，他又见子昂疯了似的直奔豆腐坊，心中更加不安。他想儿子不会原谅他，既然婉娇已死，他要让婉娇死得不明不白，只要用钱堵住樱桃的嘴，不说他去过婉娇的屋，谁都不会知道她为什么死。可他没想到樱桃已经将他辱骂婉娇的事告诉了大家，这时又见老伴哭喊着由屋里出来，什么雨具也没有，顺姬、芳子和几个厨娘拦也拦不住，便也上前阻拦道："大雨天的你上哪去？"

子昂妈一见是自己的男人，一边捶打他一边骂道："你个老不正经的，你跑婉娇儿屋里嘚瑟啥！你这个损种！你咋这么缺德呀！"

他顿时傻了眼，惶恐不安道："我就让她走，又没让她死！"

子昂妈继续哭道："你凭啥撵人走？你个臭要饭的，也不照照镜子！你缺八辈子德了！"

周传孝这时也因婉娇的死而心如刀割，又挨了打骂，索性将火都发在自己的女人身上，懊恼地骂道："滚你妈了的！"转身回屋去了，他想独自躲在没人的地方哭一场，恨不能跟着婉娇一同去死。

子昂妈依然不顾大家劝阻，又喊着"娇儿啊，我的孩儿呀，都是我造的孽"，又奔向豆腐坊。雨大看不清路，她脚底一滑倒在雨水中。顺姬、芳子等人只好就近硬将她搀进油坊。

雨还在瓢泼般地下，出来的人大多挤在豆腐坊内，既是躲雨，也是陪着悲痛欲绝的子昂。

子昂依然搂着婉娇的尸体痛哭，谁也劝不了，谁也拉不开。一个雇工用力去拉他，他瞪着眼睛骂道："我操你祖宗！滚！"一抬脚将那雇工踢开，随即倒下好几个，又面目狰狞地冲众人吼道："都给我滚！"然后又紧搂婉娇痛哭，便谁也不敢再拉他了。

直到天色暗下来，外面的雨才停下，子昂才突然起身抱起婉娇，直奔她生前的屋，依然没人敢拦他。

屋里这时已空，丽娜和宽儿都被芸香接过去了，连同宽儿用的摇篮也让人帮着移了过去。樱桃也不敢自己守着空房子，便也跟着去了芸香的屋。芸香行动不便，就让樱桃跟百合一起照看宽儿。

宽儿没了母亲，山庄里又没有正在哺乳期的妇女，这时饿得大哭。芸香急得不知所措，便将宽儿抱到婆婆身前。

子昂妈见宽儿哭得很凶，这才振作起精神，从天娇那儿取来豆儿喝的羊奶。可宽儿已经习惯了母乳，喂他羊奶时还是哭闹，哭得嗓子也沙哑了。

为山庄压豆腐的一个妇女因婉娇死在豆腐坊而离开了山庄。她是村妮介绍到山庄的，回去后便将婉娇自尽的消息告诉了村妮。

村妮听后大惊，担心子昂也出事，便放下神事，匆忙赶到山庄。她想安慰子昂，但见子昂只顾守着长眠的婉娇，就又去了干爹干妈的屋，见干妈和芸香正为宽儿哭闹焦急，不禁想起自己曾替婉娇找过代乳的人家，忙接过宽儿，让山庄会骑马的人送她去那家让宽儿吮母乳。林海知道后立即安排山鹰护送村妮和孩子出山。

村妮先到家取了十块大洋，然后抱着宽儿去了那家。那家新生儿的母亲二十多岁，奶水很旺，这时正在喂着自己的孩子。

村妮二话没说，先将大洋塞进年轻母亲的手里，又将仍在哭的宽儿塞进她怀里说："这孩子还得你帮着喂，先交一个月的钱。这孩子是饿的，你先喂喂这个。"

年轻母亲的丈夫见村妮给了一沓银圆，忙将自己的孩子抱过去，催促媳妇道："赶紧，先喂这个。"全然不顾自己的孩子也大哭起来。

宽儿一含到乳头便不哭了，大口地吮着。可年轻的母亲又不忍自己的孩子哭闹，索性将她的两只乳房都亮出来，让两个孩子各吮一只乳头。宽儿便暂时留在了这家。

这时，子昂妈和亚娃妈、懿莹妈、刘王氏又在安慰子昂。但他依然只顾哀伤地看着躺在他身旁的婉娇，还不时地亲吻她、抚摸她，为她整理头发和旗袍，令在场的人都感到心酸又悚然。

母亲又哭着劝他道："儿啊，娇儿走了，咱给她把后事办了吧。"

他两眼发直道："她没走！她睡觉呢，你们走吧。"听着好像让在场的人都去死，但这时没人和他计较这句犯忌的话。

他又不理大家了，抚摸婉娇的旗袍道："娇儿，你穿这身挺好看。你困了？那你就睡吧，我搂着你睡。"说着挨着婉娇躺下。

见子昂有些疯癫，若玉不安地哭道："这可毁了！"又去拉子昂道："子昂啊，我早就知道你对婉娇儿好，她走了俺们也难过，你别再出点啥事儿，你还有那些媳妇儿靠你活命呢！"

他训斥若玉道："吵吵啥？婉娇儿睡觉呢！"

子昂妈哭道："我的天哪，这到底是咋的了？咋一出接着一出呢？这可咋整呀？"

这时，除了凤仙以外，子昂的其他七位哥哥也都赶过来。听报信的雇工说，子昂与婉娇偷着生下儿子，周传孝不愿接受就逼死了婉娇，都很震惊。又听说子昂像疯了似的，谁都劝不了，便都赶过来，还带来一位阴阳先生和一些殡葬用品。

子昂一见身穿黑色警装的万全便显得不安，急忙护住婉娇说："别碰她！她是我媳妇！"

林海见子昂有些不认人了，知道他已疯癫，立刻想起自己将女儿从疯态中打醒，便一句话也不说，上前狠抽子昂一记耳光，吼道："不害臊啊？给我醒醒！"又是一记耳光。

子昂果真清醒过来，愣了一下，认出林海道："大哥！"又开始打量其他人，见婉娇躺在他身旁，忙去摇她身体，唤着"娇儿"，见仍毫无反应，又搂住婉娇的尸体哭起来。

林海用力将他拉起，搂在自己怀里说："我的傻兄弟，真不知该咋说你。听大哥的，人死不能复生，别太难过了。"

子昂继续哭道："大哥，我咋办？是我爹把她逼死的。"

林海严肃道："你可不行和爹无礼，除非你不认这些哥哥。听大哥话，赶紧把后事办了。

有哥哥们在，啥都不用你管，你好好歇着。"说完安排阴阳先生为婉娇铺盖上黄金被褥，见子昂又哭着往上扑，一把扯过来道："别胡闹！"又对万全、铁头、山鹰等兄弟说："把他弄九爹屋里。"说着一同将子昂架出屋。

子昂挣扎着喊道："我哪也不去！我得陪着她！她是我媳妇！"但还是被哥哥们抬出了屋。

子昂叫喊着被架到父母屋里，见父亲正在屋抽闷烟，顿时眼露凶光。林海狠扯了子昂一把道："干啥你？不行这样对爹，懂不懂？"

铁头忙搂住子昂道："兄弟听话，大哥就看不惯这个。"

在外人看来，虽然婉娇已替周家生下孙子，但因她和子昂结合得不光彩，周传孝才宁可不认孙子也不接受婉娇，倒认为周传孝是个眼里不容沙子的正派人。但周传孝本人却越来越为自己的卑鄙感到愧疚。这时见子昂当着林海等人面怒视自己，还是不肯丢掉自己做爹的尊严，便冲林海等兄弟喊道："你们把他松了！我看他今天能杀了我不？"

子昂只能屈服了哥哥们，不再看爹，闭眼喘息着，想着婉娇将永远离他而去，心又碎了一般，泪如泉涌。

夜里，子昂一心想去守婉娇。他还记得春山讲述齐龙彪扒坟撬棺救美的事，他想婉娇可能也会醒过来。可哥哥们坚决不让他出去。他觉得哥哥们太多事，可他知道哥哥们是认真的，他也不可能挣过这些并无恶意的哥哥们，便倒在炕头处装睡，想等哥哥们睡着了他再悄悄出去。

他哀伤地躺在炕上，脑海里浮现出他和婉娇在一起时的一幕幕。从他第一次到牡丹江被她花容丽姿打动，到她诉说自己的不幸遭遇；从他第一次接过她的免费午餐，到他最艰难时得到她的真情救助和精心照顾；从他第一次在她身上感到女人的快慰，到他将她救出魔窟又将她带进他的"世外桃源"；从他第一次带她进入他的秘密宝洞，到他将整个山庄交给她打理；从他第一次把她当成他的人体模特，到他们暮雨朝云地生下他们的骨肉，无不让他感到情深意笃、恩深义重，而如今她却音容宛如花落去，令他哀哀欲绝。

不知躺了多久，他浑浑噩噩地又进入梦境，见婉娇在豆腐坊内睁眼醒来。他兴奋地搂着她说："我就说你不能死，他们都不信，这回可好了！"立刻又担心他在做梦，结果真的就是梦，睁开眼见在父母屋的炕上，哥哥们还在左右看守着他。他还是无奈，心里又空落落地疼，忍不住又哀伤地哭起来。

夜里天上又下起小雨，婉娇的棺材还没有运进来，她的尸体就一直放在她屋炕上。林海已让人将屋门上了锁，不是怕婉娇的鬼魂飞出来，是防止子昂半夜看不住闯进去，其他人即使经过这屋的门口也感到毛骨悚然。

子昂哭了一阵又哀求哥哥们让他去看看婉娇，可林海一脸严峻，坚持不许，威胁子昂道："你要不听话，现在就把你捆起来。"

子昂很顾忌林海心黑手狠，也挣不出这几个哥哥的阻拦，意识到他这一夜乃至以后永远都无法靠近他的婉娇了，便又绝望地大哭起来。三个哥哥看着也难过，但还是不准他下炕。

不管周传孝怎么说，宽儿终究是周家的后。考虑到宽儿的爷爷奶奶都健在，所以婉娇的灵柩不能停放三天，而是应该当天下葬。但也不能让婉娇裹张炕席走，这也不是有钱人家的做法，去镇里打口好棺材也得等些时候，便决定棺材一运来就入殓下葬，而这一切都没和子昂商量，也没法和他商量。

棺材是凌晨丑时运进山庄的，直接抬进婉娇的院内，虽然没搭灵棚，但花圈、挽幛等还应有尽有，毕竟婉娇留有儿女，这是林海见子昂对婉娇如此情深而特意安排的。他还让住在山庄所有的晚辈、丫头们都为婉娇戴孝，出殡时在灵柩前磕头，只凭婉娇是子昂亲生儿子的亲生母亲，回头也让子昂多些宽慰，更让他从心理上接受婉娇已经驾鹤西去的事实。

为了造出厚葬的氛围，林海等兄弟还找来一些与山庄毫无关系的熟人来送葬，只是来者事后都有赏钱。

津梅仍对子昂和婉娇生下孩子不满，不愿自己的女儿为婉娇戴孝，嘱咐丹青、丹红不可出屋，又和天娇商量一番，决定看在子昂的面子，一同跟着去送葬。

第115章

子昂被哥哥们放出父母的屋时，天色已经亮了，正值婉娇的尸体入殓。悲切的乐器声就像无形的利剑刺着他的心，看着婉娇的尸体被几个男人抬起入殓更是悲痛欲绝，哭号着要冲过去，却还是被哥哥们牢牢控制着，只能隔一段距离看着婉娇的尸体被装入棺内。

婉娇没有穿寿衣，还是她临死前穿的那身红旗袍，是看婉娇死前特意这身打扮，就不想违背她意愿。

当有人为棺材上钉时，子昂又疯了一般挣扎着哭叫道："先别钉！让她缓一缓！她还能活呢！"接着又跪地哀求哥哥们，但一切都按着阴阳先生的吩咐去做了。

盖棺上完钉后，哥哥们才将子昂松开。他疯了一般扑到棺前，用力去启棺盖，竟将灵柩的一头掀起，接着棺盖脱了钉。

谁都没想到他的力气这么大。但他只见了婉娇一面，随即就又被哥哥们强行抬走，任凭他哭喊挣扎都无济于事。

林海等哥哥们这时倒被子昂这般痴情感动了，尽管都被骂是"狗日的""王八蛋"也不理会，就是不让他再靠近灵柩，随即棺盖借着留下的钉孔又钉上了。

婉娇的墓地是阴阳先生给选的，位于山庄北面山林内的一个缓坡上。送葬的虽然不足一百人，但四面都是山，如哭如泣的乐器声在四面的群山里回荡，仿佛天地间都在哀号。

子昂终于承认她的婉娇已去，这才被哥哥们允许跟随送葬。芸香本想也去送她昔日的婆婆去另个世界，但子昂爹妈都以她怀有身孕而不许，嗔怪道："还是顾活的吧。"她便和长辈们及几个孩子留在山庄。可她自己在屋里感到无聊，就去帮婆婆哄豆儿。

婆婆说天娇也跟着去送葬了，让她去看看香荷在她屋里做什么呢。她便又挺着大肚子去了香荷的屋，见香荷正在炕上和两只小羊玩耍着，半面炕席上都是羊拉的小黑粪蛋，哭笑不得，也知道香荷不听她的，忙去叫来婆婆。

亚娃也因有了身孕一直藏在自己屋里，这时正由若玉陪着，若玉声泪俱下地对她讲述子昂因失去婉娇而痛不欲生的情景，感慨子昂是个世间少有的重情人，也渴望子昂日后对亚娃也能情深意真，又说婉娇是犯傻，劝亚娃千万不要学她的样子。

丽娜披麻戴孝打着灵头幡。她还似懂非懂，哭了一气，便木偶似的被大人们支配着，哭丧的人便只有子昂和樱桃。

当要下葬的时候，子昂突然又变卦，沙哑着嗓子求林海，让把棺材打开，说婉娇可能已经缓过来了，又让春山帮着证实，齐龙彪当年就是扒坟救出一个起死回生的女子。

林海耐着性子劝道："大哥不骗你，刚才入殓时，她身子是硬的，缓不过来了。"

子昂坚持要开棺，林海又脸一沉道："你要再胡闹，我立马让人把你抬回去！"

子昂无奈，揪心地看着人们扬土埋棺，又绝望地跪在地上哀号道："娇儿！我再也看不着你啦！"但没人再理他，婉娇的灵柩上很快堆起坟头。

下葬后，阴阳先生问子昂坟前是否立碑。子昂抹把眼泪，嗓子沙哑道："她有儿有女，干啥不立？"

阴阳先生又问碑文怎么写，子昂说："用石头刻，就刻'恩妻薛婉娇之墓'，再刻上'夫子昂立'。"

阴阳先生点头道："今天我就去镇上刻，三天圆坟时立就赶趟，我亲自送过来。"

子昂依然怅然若失，又在坟前烧了一些祭品。丽娜一脸茫然问子昂："大舅，娘在那里干啥？还能出来吗？"

子昂难过地抱起她说："做梦她就回来了。"又嘱咐道："以后不管叫我大舅，叫爹。以后你叫周丽娜。"随后又让她在坟前磕了三个头。

吃丧宴的时候，子昂一口也吃不下，他总觉得婉娇能在棺内苏醒过来，但他也知道哥哥们都不会相信，便心急如焚，却不敢再和哥哥们提及此事。

见子昂没有大的反常，林海等兄弟简单地吃了些酒菜，便带上他们招来帮忙的人回镇里了，他们还要为那些来帮忙的人发赏钱，但这事不能当着子昂的面做。

虽然人们都认为子昂与婉娇的畸恋是羞耻，但见子昂对婉娇情深似海，倒也感动悲悯，又对婉娇遇此痴情郎羡慕不已，更把子昂看得情圣一般，巴不得也被子昂疼一回，死了也心甘。

芸香虽然知道子昂和婉娇亲密，但对子昂如此在意婉娇还是感到惊讶。多日娜更对子昂如丧考妣地惋惜婉娇离去感到惊愕。若玉这时想自己女儿与子昂的关系也不一般，唯恐子昂有个三长两短。她既希望子昂安然无恙后也对亚娃疼得挚贞，又告诫亚娃以后不论发生什么都不要和婉娇一样傻，厚着脸皮贴住子昂就是了。

津梅、天娇、芳子、顺姬、小青等人都不再耻笑子昂偷姐反而害了姐。尤其天娇、芳子、顺姬，更是努力让子昂化解悲伤，亲自为他打水洗脸、更换外衣，如同丫鬟服侍主子一般。顺姬还亲自下厨做他喜欢吃的白米凉粉和辣豆干。

可子昂的心还为失去婉娇而心痛。婉娇的屋已经没人敢进，甚至有人经过她的院门时都觉得头皮发炸，而他却偏偏要在婉娇的屋里过夜。

第二天一早，子昂醒来时发现，婉娇就躺在他身旁，不禁大吃一惊，以为是她自己从坟里出来的，忙去招呼，可她的身体已僵，又大为疑惑，忙喊来人问。来者都被躺在炕上的婉娇吓得魂飞魄散。再去看婉娇的坟，已经被人扒开，棺材大敞着。

整个山庄又炸了锅，说婉娇炸尸出坟了。即便是炸尸，尸体还是要送回坟内。子昂开始只认为是婉娇自己活过来，可他又无法相信婉娇能自己顶开棺材盖，并爬出坟来。他希望婉娇活过来，可她确实已经死了。他百思不解，蒙头胀脑地随了大家的意思，抓紧将婉娇二次下葬，亲自又烧了许多纸哭道："娇儿，我知你死得屈，我也不舍得把你自个儿留在这儿，没办法儿。"说着又哭起来，大家又都安慰他。

晚间，子昂听了大家的劝，不去婉娇屋里睡了。他发现山庄的人都对他怀有畏惧，连芸香也不敢和他一起睡了。他怕惊着芸香的胎气，也不想去吓香荷和天娇，便在桃源居里过夜。可第三天早晨醒来时，婉娇依然躺在他身旁，他又被吓了一跳。

事情如此蹊跷，令整个山庄的人都恐怖，有人说是闹鬼，一些雇工、厨娘吓得不敢住在山庄了，说晚间搭伙回到镇里。顺姬、芳子等人和丫头们离不开山庄，也都找伴晚间睡到一条炕上。

正好那个阴阳先生来为婉娇立碑，大家便都问是怎么回事。阴阳先生听后也大吃一惊，然后看着子昂。子昂不安地问："看我干啥？你是不以为我扒的坟？我没有！我还糊涂呢！这世上是不是真有鬼？"

阴阳先生说："鬼是应该有，可这事儿我也没经历过，先下葬把碑立上吧。"

男人们大多又去为婉娇下葬，女人们都聚在家里议论。若玉显得比子昂妈还焦虑，说应找个岁数大的问一问。

山庄里就数懿莹的奶奶岁数大，便都去了奶奶的屋。奶奶还真就猜出个缘由，见屋中除了她就是子昂妈、懿莹妈、亚娃妈、刘王氏，一脸不安道："我说咋回事，可别让子昂知道，我猜是他夜里去扒坟了。"

大家顿时又都惊慌失色。子昂妈嘴唇颤抖道："不对呀，他也糊涂呢！"

奶奶说："你们没听说过梦游？这是一种病，得这病的人就这样，夜里做着梦就把事儿办了，等他醒了啥都不知道。我年轻那会儿，俺们街坊就有一个，可没这么吓人。他就是夜里挑水、劈柴火，第二天和正常人一样，还问谁给他家挑水、劈柴火了。"

刘王氏说："听说书的讲《三国》，曹操就有这毛病，做着梦就把人给杀了，第二天他还不知是谁杀的！"

奶奶又说："我还听人说，人要梦游的时候，谁都不能和他讲话，要是那会儿把他惊醒了，他的魂儿可就没了。"

子昂妈哭道："我猜也不像鬼做的事儿！这可咋整？能不能找人治一治？"

奶奶说："这还没听说过。不行晚间让人看着他点，别让他离开屋。我估摸着，这会儿就是把他弄醒了，他的魂也走不远，没准儿真就好了。就是看他的人得是个和他贴心的，也就是他媳妇了。"

子昂妈说："他媳妇倒是有俩，香荷儿疯疯癫癫的，肯定是顾不了他，芸香又挺个大肚子，有点啥事儿也不方便。多日娜明着是他媳妇，可他俩还没圆过房呢。要说子昂也是难琢磨，说多日娜是他妹妹，不敢碰，可婉娇儿还是他姐呢，这孩子都生下来了！咳，不说了。我就寻思，贴心人指不上，搁个亲近人也中吧？那也就是我和他爹了。他爹肯定是不中，他俩现水火不容，别真再闹出人命来。我这当妈的也不中啊，男大避母，女大避父，他都当爹了，我能总守着他睡吗？"

若玉想借此挑明亚娃也怀了子昂的孩子，但又担心女儿的安危，不安地问："子昂能会半夜杀人吗？"

奶奶说："那咱咋知道？俺那个街坊得这病，就是夜里挑水、劈柴火。那水挑的才准成呢，大冬天的，井台儿上都是冰，咪溜滑的，正常人不小心还容易掉井里呢，可人家从来也没掉过井里，就是第二天啥都不知道，你说怪不？我估摸着，人和人不都一样，这梦游的可能也各使一股劲儿，恶人有恶人的游法，善人有善人的游法。子昂心肠好，要真是有这毛病，也不至于杀人。他是和婉娇儿的感情太深了，就盼着婉娇儿能活过来！"

若玉心里坦然些，决定把亚娃怀孕的事告诉子昂妈，但她没有当着众人面说，只说等阴阳先生回来让他想个法子，然后将子昂妈叫到自己屋里道："让亚娃儿和子昂住一块儿吧。"

子昂妈吃惊道："这从哪说的？"

若玉说："还能从哪说？从亚娃肚里的孩子说呗！亚娃也怀上了，也是子昂的。"

子昂妈顿时又傻了眼，愣了一会儿问："你不会是说笑话儿吧？"

若玉认真道："这时还有心说笑话儿？不信你去问子昂，他肯定认。不过子昂现在这样，你就先别问他了，先去问问亚娃儿，他俩谁都能说清。"

子昂妈不得不信了，一拍腿骂道："这个死崽子！他咋谁都糟蹋？我咋生了这么个混账儿子！"

若玉宽慰道："生米已成熟饭，俺们也没怨他。俺娘儿俩没啥依靠，亚娃能讨他稀罕，也是俺们的福分，就怕你两口子不认这门亲。不认也正常，咋说我这个当娘的在那里待过，俺家还有那么个畜生，哪配得上跟你们轧亲家？你也别担心，实在不行，俺们就跟别人说，亚娃儿是让咱庄里干活儿的给糟蹋了，也别指名道姓儿的，俺娘们儿就豁出这张脸了，谁爱说啥说啥吧。你们就慈悲一点儿，让俺娘们有口饭吃就行。"

子昂妈惆怅道："瞅你说的，孽是俺们造的，哪能都让你们背着，这不要让俺们遭报应吗？"

若玉心中得意嘴上说道："也是，咋说孩子也是子昂的亲骨肉，世上有几个舍得不认自己骨肉的？"

子昂妈有苦难言，又问道："几个月了？"

若玉说："已经显怀了。我也是看她显怀才知道。知道了又能咋的，这时要把孩子流了也真是可惜。早就想跟你们说，也不知咋和你们开这个口。"

子昂妈又嗔怪道："赶这时候说更闹得慌。"

若玉忙又说："他俩可早就知道，子昂老早就让亚娃把管家的差事让给芳子了，不让她出屋，说等孩子生下来再和你们说。"

子昂妈忧虑道："我这半年就老纳闷儿，这管家的差事咋换来换去的，婉娇和亚娃说没影就总也不露面儿了，敢情猫腻都在这上头。"接着说："这事儿就先别声张了，婉娇儿的事儿还没弄利索，他爹要知道了，不知又咋瞪眼呢。"

若玉说："那明儿个就别让亚娃儿在屋里猫着了，人要问，就按我刚才说的，就说黑灯瞎火的，也不知是谁把她祸害了，孩子生下来，就当是没爹的孩儿，随我这个妈。我当年是毛子兵祸害的，亚娃是让个浑小子祸害了有啥奇怪的？"

子昂妈心里又愧疚，叹息道："算了，我懂你心思，没啥两样儿，就让孩子生下来吧，孙子也好，孙女儿也罢，我都认了，别让亚娃替俺们背这黑锅，就是别赶这时添乱，还是在屋里猫着吧。"

他爹还不知道这事儿，我这儿还有个准备，免得和婉娇儿似的。就这么招儿吧，咱也算是亲家，我去看看亚娃儿。"

若玉清楚子昂妈心里很不情愿，但能得到这样的答复还是如愿以偿、心满意足了，便窃喜地陪着去了亚娃的屋。

见了亚娃，子昂妈先对亚娃打量，见她肚子确实鼓起来，忧虑道："这得有五个月了！"又问："子昂咋欺负你的？"

亚娃发起蒙，不知说什么好，尤其想到婉娇的死，不禁惶恐地哭起来。

子昂妈一跷脚坐到炕沿上，将亚娃搂在怀里哄道："别怕别怕，有妈在，你就猫在屋里，消停把孩子生下来，咱可不能杀生！别人说啥你也别学婉娇儿，懂了吗？我的天哪，可别再出事儿了，要再出点啥事儿，那菩萨真就惩罚俺们了，我也没法儿活了。"

若玉对亚娃说："这个妈已经认你了，快磕头认妈呀！"

亚娃忙跪在炕上磕头叫了妈。子昂妈说不清心里是苦还是甜，又接了一个儿媳妇的叩拜。

下葬的人都回来了，子昂妈一见到子昂就将他拉到没人处，生气地打他一把道："你个浑犊子！亚娃儿也让你祸害了？"

他吃了一惊，立刻担心亚娃也走婉娇的道，心又提到嗓眼处，不安地问："亚娃儿咋的啦？"

母亲倒疑惑了，问道："她咋的你不知道？他肚里孩子是谁的？"

听母亲口气，不过是知道亚娃怀孕的真相，索性毫不遮掩道："既然露馅儿了，我也不掖着藏着了，是我的。你骂她了？"

母亲愤然道："你造的孽，我骂人家干啥？你说你，现在咋变成这样儿了？你让妈的脸往哪搁？"

他觉得母亲在歧视亚娃，心中有些烦躁，但还能耐着性子问："你是不嫌乎她？"

母亲又愤愤道："我就嫌乎你！你已经有仨媳妇了，咋还嫌不够？你多大的瘾呢？"

他低头道："瘾大瘾小都是天老爷给的，人不都是这么瘾出来的吗？"

母亲点他脑门训斥道："你一天净整些不着调的！"

他皱着眉头嘟囔道："啥着调儿不着调儿？这要不着调儿，那谁都是不着调儿来到这个世上的，这个世界就是不着调儿的世界！再说了，要是没那瘾，这山山水水的连个搭理它的人儿都没有，那这世界岂不太寂寞？"

母亲不想和他争执，又叹口气道："别大白天的也胡说八道，妈是想说，香荷儿有病，香儿有身子，那多日娜也是咱家媳妇儿，你不碰她，咋偏偏偷摸地碰比你大好几岁的？你这是啥毛病？"

他反驳道："这和岁数大小没关系。你们谁都不了解我，其实我一直很孤独，所以我才有我的不着调儿。再不着调儿，多日娜不是你说的那么简单。"

母亲急道："那你就这么撂她一辈子？人家可是坐着花轿奔咱来的，又在咱这待了这些日子，你就不想想她以后咋办？"

他不知怎么回答，有些不耐烦道："我现在没心思唠这些。妈您别生气，亚娃也会孝顺您的。婉娇儿要不死，她比谁都……"说着哽咽起来，忙忍住，又转了话题说："我去看看亚娃儿。你去告诉咱家那个着调儿的，我就不着调儿了。"说完转身离开，母亲愣在那里，又无奈地叹口气。

一进亚娃屋，他见亚娃正和她母亲说话，都是一副很开心的样子，但他还是问道："你没事儿吧？"没等亚娃说话，若玉说："你妈刚才来了，已经认她做儿媳妇了。"

他感到一丝欣慰，坐在亚娃对面说："我妈认就行，别人认不认我都不在乎。"

若玉看着他问："那我这个娘呢？也不在乎？"

他又不耐烦道："你就别和我抬杠了，你还能不认？"

若玉尴尬地笑道："也是，都是娘的错。娘不求别的，就求你好好的，以后对亚娃也好点。"

他心烦道："我自己做的事儿我自己当，我肯定当好就是了。"

若玉笑道："你这么说我就放心了。"又转话题道："你这些日子也没休息好，今晚就住这儿吧，让亚娃陪着你。"说完转身走了。

屋中只剩子昂和亚娃。他想把她搂在怀里，可就在他拉她的一瞬间，他觉得她整个身子剧烈一抖，吃一惊问："你咋了？"

她忙说："没事儿。"说着小心地贴在他胸前。

他问道："我和婉娇有孩子，你是不也生气？"

她叹息道："人都死了，还唠这些干啥？"忽然又问道："我要死了，你能这样对我吗？"

他一怔道："说啥呢？"

她说："我就随便问问。"

他又搂住她说："别胡说。你不能再出事儿了，谁说你啥也别当回事儿，知道吗？"

她点头道："我知道。我早看出你对婉娇儿好，我能得她一半儿就行。她走了，我也挺难过，现在我就怕你出事儿！"

他说："咱都好好的。"然后去找阴阳先生为婉娇立墓碑。

从墓地回来，阴阳先生独自去见了周传孝，说死者出坟估计是子昂患了梦游。周传孝也被吓了一跳。正这时，子昂妈从外面进来，见阴阳先生也猜到是子昂夜里梦游扒坟，叹口气道："俺们也都猜到了，先生能给他治治吗？"

阴阳先生说："这种事我也就是听人说过，从没经历过。我来就是告诉你们，十有八九是这回事。顺便提醒一下，晚间找个人看着他点，惊也别在屋外惊着他。"说完去芳子那里领赏钱了。

子昂妈这时不想让亚娃夜里看子昂，一是考虑她有身孕，怕这种事对没降生的孩子不好，二是怕周传孝这时知道亚娃也怀了子昂的孩子。虽然亚娃也是谁见了都喜欢，但毕竟她曾被养父糟蹋过，免不了周传孝一时仍难接受。想过这些，她决定让多日娜和子昂圆房。

多日娜本来就对子昂和婉娇生下孩子极为不满，但听说婉娇已经自尽，子昂也差点疯了才赶过来，毕竟她的心里还有他。又听说子昂在闹鬼，顿时又恼了，也感到子昂很恐怖。这时听子昂妈劝她和子昂圆房，立刻拒绝道："我才不和他圆呢！"

子昂妈哄劝道："妈是看你坐着花轿来周家，就不想让你走二家了，当小的是屈了你，可总比人家说你吃两口井的水好听不是？再说婉娇已经不在了，咱别跟个死人治气。要不你就当是救子昂，我猜他现在也没心思办那种事儿，你就夜里精神着点，他一下炕你就拦着他，我看他挺怕你的，也就你能拦住他。"

多日娜也不想子昂出大事，但一想起他两次夜里扒坟就不禁毛骨悚然，怯怯道："我也怪害怕的。"

子昂妈说："那有啥怕的？说句你不爱听的话，婉娇儿也算是他媳妇，他也就是舍不得婉娇儿走才得了这种病。我看他对哪个媳妇都挺好，还就愿给媳妇洗脚，你今晚也让他给你洗。得先让他洗个澡儿，洗了身上就干净了，没啥怕的，再怕就是自个儿吓唬自个儿了。再说也不是你自个儿，等睡觉的时候，我和雪儿一块儿住这对面屋。"

见多日娜仍不情愿，她又说："村妮儿还在这儿呢，陪芸香说话儿呢，我把她也留下。她是仙姑，胆子比咱大，看事儿也看得明白，咱娘儿几个一块儿看着，不怕的。"多日娜这才答应。

子昂妈忙去找子昂，可子昂还是不同意和多日娜住一起，说他要和亚娃住一起。子昂妈说："你俩的事儿，咱先几个人知道就行了，事儿别都往一块堆儿赶，等过了这阵儿，你俩的事儿妈给你做主。"

他感激母亲，答应先不公开和亚娃在一起，但仍坚持不和多日娜圆房，说："我还回我屋里睡。"

母亲焦虑不安，却又不好说出真相，先在菩萨前焚香跪拜，又去和多日娜商量对策。

深夜，子昂果然又从炕上爬起，表情木然地点亮油灯，穿好衣服，然后举着油灯满院寻找东西，终于找到一把刨地用的镐。

子昂妈和多日娜、村妮一直守在多日娜的院门里，院门半开着，借着云端里的月光瞄着桃源居的院门，终于见子昂一手拎镐一手提灯出来，果然是他闹鬼。

因事先商量不能让子昂在他梦游时见到她们，多日娜便提出在远处打枪，让枪声使子昂醒来，他醒来看不见人，也不知出了什么事，兴许就自己回屋了。也实在想不出别的办法来，便这么定下来。

这时一见子昂幽灵般地出来，多日娜心里紧张，立刻扣动了扳机，"嘭"的一声，仿佛突然将寂静的夜空炸开似的。再看子昂，顿时愣在那里，左右看了看，随即仰面倒在地上，镐和油灯也都丢在地上。

子昂妈看得清楚，意识到这个办法也很糟，儿子好像已经魂飞魄散了，心中惶恐，哭喊着"我的儿啊"先冲出门外。村妮还是比小脚跑得快，第一个到了子昂身前，大声呼叫，但子昂已是昏死状态，没有一点反应。

枪声、哭声也惊动了各屋睡觉的人，纷纷亮灯穿衣出来，就连挺着大肚子的芸香也在百合、樱桃的陪护下出来。

周传孝也一直没有睡，就等自己女人回来报平安。他越发觉得自己酿了大错，特别对不住婉娇和儿子，本想也去看守儿子，但他的女人一想起刘王氏说的"曹操梦游中杀人"的事，便将他挡在家里，说："你爷儿俩正在劲头上，这时你俩可千万别见面儿。"

这时他听到外面响起枪声和子昂妈的哭喊声，不禁脑袋也"嗡"的一声，意识到子昂还是出事了，急忙冲出屋去，费了很大力气才将昏死的子昂背回他们的屋，借助油灯光亮，再看子昂，气息短促，似乎真如懿莹奶奶所说，梦游中的人一旦被惊醒便魂不附体。

村妮从事仙家以来，也是初次遇此情况，并无破解先例，只能以她仙家所有方式为子昂扎了替身，一边焚烧替身，一边念叨招魂仙诀道："失魂失魂，何处留存，河边野外，树木森林，山神土地，家中灶君，我家周子昂，送真魂附体，吾奉太上老君之命，急急如律"等等。

接着，又让芸香、多日娜、顺姬、芳子、津梅、天娇、小青等上炕围在子昂周围同唤"周子昂，快回家"。大家边哭边唤，天亮时子昂也没醒来，好在气息还未断，便按着村妮吩咐，继续轮流叫着魂。

<h1>第 116 章</h1>

子昂妈又疑是子昂与爹不和才魂不归体，也可能子昂的魂魄已经去了婉娇的魂魄处，便提出将子昂抬至婉娇生前的屋内叫魂。

谁进婉娇生前的屋内都有种莫名其妙的恐惧，但又都惧怕子昂永不归来，子昂妈、亚娃妈、懿莹妈、刘王氏和芸香、多日娜、顺姬、芳子、津梅、天娇、百合、玉莲等都是爹着胆子跟进去，继续轮流呼唤，就连林海、万全等兄弟也都带着媳妇来叫魂。

如此又过两日，眼见子昂唇上唇下及两腮生出胡须，却仍不见他醒来，倒觉他气息更显微弱。大家的心都时时地吊着，昼夜连觉也不敢多睡，唯恐子昂那微弱的气息中断。子昂妈更是整夜跪在菩萨前不停地祈祷。

见虚上治不了，便又从实上治，忙从镇里找来郎中。那郎中为子昂把过脉，一脸无奈道："准备后事吧。"

就这一句，如同炸雷一般，惊得周围人头炸心裂，顿时哭声大作，几乎要将屋内的房顶鼓开。

此时除了亚娃外，其余与子昂亲近之人都在场，哭得最凶的，男性中尤数铁头、山鹰、春山和芸香的弟弟麦冬。

铁头、山鹰一同抱着子昂的头号哭，震耳欲聋般地喊着"我的好兄弟"，麦冬抱着子昂的双腿哭喊"姐夫"。

女性中除子昂妈当场昏了过去，若玉和懿莹妈、刘王氏也都哭得天昏地暗，多日娜，津梅、天娇、顺姬、芳子、玉莲和樱桃、春草等一些陪房丫头们，更是哭得撕心裂肺一般。

多日娜一再后悔自己不该在子昂梦游时放响那一枪，这时用力从铁头、山鹰怀里夺过子昂哭喊着"你把我也带走吧"。玉莲也扑到子昂身前，一边使劲摇着，一边哭喊"大舅"。津梅、天娇和顺姬、芳子则分别抱在一起痛哭，百合和樱桃等丫头们都跪在炕两边闭着眼号哭。

那郎中在地中间傻了一会儿，忙去帮周传孝和两个厨娘救子昂妈，掐人中、按穴位，终于使她醒过来，继续"我的儿呀"的哭号。

津梅突然止住哭，疯了一般跑着出屋去。不大工夫，她拉着披头散发的香荷进来。

香荷被眼前哭得一团糟的场面闹愣了，忽然问道："谁打了？"又见子昂被几个人紧紧搂来搂去，她便直直地盯着看。

津梅发怒般地吼道："都躲了！松开他！"接着疯子一般挨个去拽，把哭的人都惊呆了，见是香荷披头散发地出现，终于都松开了子昂。

津梅将香荷推上炕，又扯到子昂身前道："老妹儿你快看看他，他是你男人，你可是他正房媳妇呀！"

香荷并不理会津梅的话，又见子昂脸上长出胡须，小心地用手指去碰，旋即又缩回手，惊讶地看着津梅道："胡子！"

津梅显得绝望，抱住香荷大哭道："你个傻玩意儿，以后你可咋办呢？"

香荷不悦地打一把津梅道："别闹，傻玩意儿！"然后又盯着子昂看，发现子昂的脸上在爆皮，又伸手去触，并揭下一片暴开的皮对天娇道："皮！"

天娇对香荷哭道："你叫叫他，叫他起来。"香荷又看了子昂一会儿，突然拍他一把道："起来！大懒虫！我洗脚！"说着要脱她脚上的绣花鞋，被天娇急忙拦住。

就在这时，奇迹发生了，玉莲第一个发现子昂睁开双眼，大声叫道："大舅醒啦！"接着欣喜若狂地扑上去，与子昂脸贴着脸。

大家顿时都不哭了，见子昂正一脸疑惑地左右看，都惊喜得不知怎么好了，仿佛都在怀疑自己在梦中。

子昂见香荷披头散发地盯着自己看，极为吃惊，推开玉莲爬起，看着香荷问："咋没梳头呢？"

香荷好像没听见他说什么，依然惊奇地指他道："胡子！"

他心疼地把她搂在怀里，可她却推开他训斥道："别闹！这孩子！"

他又愤怒地问周围人道："你们干啥呀？"

子昂妈破涕为笑，也扑到儿子身前道："儿呀，你真没事儿啦？可把妈吓死啦！"接着又哭。子昂仍疑惑地问道："又咋了？"

若玉也是泪眼透着欣喜道："子昂，你真不记得啦？你整整睡了四天哪！可把俺们急死啦！"

子昂很惊讶，这才意识到是他出了让大家担心的事，而至于出了什么事才让他一睡四天却想不起来。他努力地回忆着，还记得婉娇已经下葬，而且是莫名其妙地下了三次葬，其他的就什么都不知了。他猜他准是因为婉娇去世又像当年失去文静后高烧昏迷，这倒让他见怪不怪了，只是香荷让他心疼，不知她这四天受了什么罪，便训斥津梅道："我睡四天你干啥呢？香荷儿咋没人管？我是睡了四天，我要死了，你们还让她要饭去？她会要吗？"接着又喊道："小姐儿呢？"

天娇忙靠上前，怯声道："你别生气，这几天就为你着急了。"

他看着怯怯的天娇，不忍再发火，口气缓和下来道："你急我干啥呀？我让你好好照顾香荷儿，你咋照顾的？我为啥让你照顾？你是她亲姐！"

天娇还摸不准子昂这时的状态，委屈地哭起来。

见子昂发火，香荷挣开子昂，一脸严肃地训斥子昂道："别打架！真不省心！"大家觉得好笑，但没有敢笑的。

母亲忙解释道："俺们都寻思你醒不了呢！香荷儿没啥事儿，前个儿头还梳得可利索呢，昨儿个都为你着急，就没太注意她。"又问香荷道："前儿不给你梳头了吗，咋都散开了？"

香荷摸摸自己散乱的长发，突然样子认真地说："虱子！咬人！报仇！"又盯着子昂焦急道："报仇啊！"

子昂答应道："报仇。"

子昂虽不知五日内又发生了什么事，但没再问，又看大家，忽见退到门口的哥哥、嫂子们，惊讶地叫道："大哥！二哥！你们都在？"忙将香荷推给天娇要下地。

林海这才靠上前，搂着子昂却一句话没说，只是在他背上轻轻拍三下。接着其他七位哥哥也依次上来，谁都没说一句话，都是在他背上轻轻拍三下。

嫂子们也围过来，问子昂都是否认识，子昂不解嫂子们的用意，但还是从大嫂叫到八嫂。之后，万全的媳妇大嗓门道："没事儿了，九弟好了，他好病了！"大家脸上这才露出笑。

子昂一醒来，周传孝和那郎中便悄悄离开了。顺姬也哭得两眼红肿，问子昂道："让哥哥嫂子吃饭？"

看着顺姬、多日娜、芳子等人都眼睛红肿着，子昂心疼又感动，对顺姬说："你让灶房准备。"

樱桃也红肿着眼说："姨娘今天是头七，还烧吗？"

子昂恍然道："烧，我这就去。"

很多人心里埋怨樱桃多嘴，但不敢守着子昂面说，便担心地对子昂说："你刚好病，能行吗？"

子昂说："我没病。"忽然又问："婉娇儿那事儿弄明白了吗？"大家又紧张起来。

从大家不安的眼神中，他感到婉娇坟八成和他有关，也忽然想起自己头天深夜不知怎么就手拎镐和油灯出现在屋外的情景，像梦但又不是梦。他还记得他当时第一反应就是他自己从坟里扒出婉娇，随后便什么都不知道了，不禁又脑袋嗡的一鸣，立刻两手抱住脑袋发呆。

大家又都慌了，都安慰他说"没事儿了"。多日娜吓得又哭起来，惶恐地推着他问："你又咋的啦？别老吓唬俺们。"

屋内的气氛又紧张起来，但子昂终于镇静下来，放下手又晃下脑袋，对多日娜说："我没事儿。我知道咋回事儿了。"

香荷见多日娜哭，忙问道："谁打你了？妈打他！"大家忍不住笑。

多日娜不耐烦道："又胡说。"

香荷眼一横，抬手打她一把道："这孩子！家去吧！"大家又忍不住笑。

天娇不敢惹多日娜，忙拉香荷道："别闹，咱回家。"

香荷也打她一把道："去边儿去。"大家又笑，多日娜也不禁破涕为笑。

子昂要为香荷拢头发，香荷又打他一下道："别淘气。"

子昂说："头发乱了，给你梳梳。"

她盯他看了一会儿才静下来，背对他坐下，由他将头发都拢到脑后，显得很惬意，又问津梅道："好看吗？"见津梅苦笑就自己答道："挺好的。"

子昂让人找根头绫子来。天娇忙递过一只花手绢说："先扎一下，待会儿我给她梳。"

子昂一边为香荷扎头，一边想着心事。大家都静静地注视着他的神态和举动，都已经把他当成怪人了。

为香荷扎好头，子昂突然问母亲："我是不梦游了？"

若玉忙说："都过去了，没事儿了。"

子昂一脸忧虑道："我猜到了。咋又添这毛病？"

林海也安慰道："得梦游的有的是，没事儿。曹操也梦游，不也没事吗，最后还把三国统一了。"

万全逗起子昂道："那是，九弟日后还能办大事儿。"

子昂苦笑一下道："家都救不了，还能办啥事儿。"不禁又想起婉娇，见是在婉娇的屋里，回头看一眼地桌。梦游前他曾将婉娇的一幅娇美的画像摆在那儿，这时却不见了，眼一横问道："婉娇儿呢？"

没见过那幅画像的人都被他问蒙了。

画像是子昂妈撤走的，是见有人看着害怕，这时她忙解释道："这屋人多，我怕谁不小心碰着，先放起来了，妈这就摆上。"他没再问，拉着香荷下地。

趁灶房的饭菜还没好，子昂带丽娜、樱桃和一些等着吃午饭的雇工、丫头们去婉娇的坟茔地烧七。哥哥们也都不放心他，想跟随陪同，但都被他拒绝了，他让他们在婉娇屋内等候。

婉娇坟前的石碑已经立起，上面竖刻"恩妻薛婉娇之墓"，左右竖排小字分别是"生于光绪二十九年""卒于康德二年"和"夫子昂立"。

看着碑文，子昂心中又酸楚，但也为婉娇已然成了周家媳妇感到一些宽慰，亲自摆了供品，又烧了纸，让随他来的人都在婉娇坟前磕头。但见雇工有不情愿的，就对一个仍立在那儿不肯跪的中年男人恼道："你挺金贵呀！滚，现在就给我滚！山庄用不起你这种金贵人。"

那中年顿时慌神道："大当家的，我不金贵，是大奶奶金贵，我给她老人家磕头。"说罢忙也跪在婉娇坟前磕了三个头。

子昂心中快慰，立刻消了气，对在场的雇工、丫头们说："别以为我是欺负你们，你们跪都不白跪。这个月的工钱，我给你们加一倍，但你们得谢谢大奶奶。"

没等后跪的起来，先跪过的又都跪下道："谢谢大奶奶。"

朝林子外走时，一个新来不久的雇工对子昂讨好道："大当家的，大管家是大奶奶，那得病的奶奶咋叫？"

子昂听出他问的是香荷，脱口道："就叫娘娘，她喜欢听。"

那雇工又问道："那跟老夫人住一块儿的奶奶咋叫？"

子昂知道他问的是芸香，想了想说："叫夫人。"

又一雇工问道："那管骑马的奶奶咋叫？"

山庄中女人中只有多日娜骑马，子昂又想了想说："姑奶奶。"

但没有人问亚娃，他们还不知其中的秘密。

大家本以为祭拜完了就回庄内，不想子昂盘腿坐在供品前，对着墓碑自言自语道："娇儿，你饿了吧？我也饿了，我陪你一块儿吃。"说着抓起一只肘子，不顾上面沾了纸灰，狼吞虎咽地吃起来。

吃了一半站起，上前搂着石碑上的名字说："娇儿，俺们先回去。"又哽咽道："我知道你在这儿孤单，可是没办法儿。丽娜、宽儿你放心，谁也不能给他俩气受。往后我就是丽娜的亲爹，让香子给她当妈，她是香子抱大的，一定会拿她当亲闺女。"

丫头们都被子昂唠得悲伤哭泣，樱桃搂着丽娜失声地哭起来。听见身后又都哭起来，子昂擦了泪，继续对着石碑说："以后我常来看你，不会让你孤单。那俺们就先回去了。"这才转过身来。

烧七的人们回到庄内时，正赶上厨娘们忙着为各长辈屋里端菜，问子昂在哪屋吃。

子昂得知林海等哥哥已经坐进大灶房的间内，便去了大灶房，见顺姬正在灶房内帮着端菜，关心道："让她们干就行，你也吃吧。"

顺姬说："我等会儿，给你加菜。"他点下头，进了哥哥们坐的屋。

屋中只有哥哥们一桌。林海见子昂脸上的胡子还未修剪，就说："找个剃头匠来，把胡子剃了。"

子昂倔强道："不剃，留着。"

林海一皱眉头道："那不行，爹还在，咱就不能留胡子。"

子昂愣一下道："我留不留胡子跟他啥关系？"

林海又厉声道："有爹在，胡子不能留！还没听懂？真想大不孝？"

子昂不禁浑身一震，低头道："我听大哥的。"

林海点下头，又吩咐铁头道："今儿不是喝酒的日子，都少喝，吃完饭你去镇上把剃头的老肖头接来，好好跟人说，别五马长枪的。"

铁头说："那老东西，跟他客气啥？让他来他就麻溜儿的，敢说一个不字就把他塞进麻袋驮来。"接着又说："放心吧，老肖头精着呢，他还能敬酒不吃吃罚酒？"然后张罗喝酒。

本来嫂子们也安排在这屋吃，但万全媳妇红辣椒突发奇想道："咱就去婉娇儿屋里吃，日后咱也让男人疼得死去活来。"

这些嫂子都没见过婉娇本人，只是看了画像后才知让子昂失魂落魄的婉娇确实娇美迷人。之前玉兰得知子昂未纳芸香时就和婉娇到了一起，更为得了疯病的香荷鸣不平，也怀疑子昂当时故意占了芳娥的便宜，以致芳娥得了疯病，要不差子昂当时失魂落魄一般，她真想去抽他嘴巴。可子昂昏睡多日，险些跟随婉娇西去，她不禁又想起子昂的好。自打子昂与林海结拜兄弟后，她家的生活就一天比一天富裕，觉得子昂还有良心。尤其他能对婉娇这般深情，她倒羡慕起婉娇。这时听万全媳妇提议到婉娇屋里吃饭，就第一个响应，见其他媳妇都有些畏惧，便劝说道："人死为大，咱得敬着人家，人家天上有灵，能保佑你家那口子好好疼你。"

凤仙媳妇小白蛇笑道："我是不信这世上能有第二个周子昂，就别做那美梦啦。"

但她们还是去了婉娇的屋，见没有外人，一并发起飚来，遗憾没遇着子昂这样的多情男人。接着又唠多日娜，分成两伙打赌，赌子昂和多日娜到底能不能圆房。红辣椒和小白蛇两人为一伙，赌子昂和多日娜到一起是早晚的事。玉兰则带着其余五个妯娌赌子昂日后得把多日娜嫁出去。

小白蛇又笑道："英雄难过美人关，多日娜跟疯子似的上赶子，满镇上都知道她是周家媳妇，我就不信子昂能忍住，咋说她是黄花大闺女，不比……"她想说多日娜总比妓院里出来的好，忽然想到自己就在婉娇的屋里，忙改口道："真不好说，婉娇儿走了，香荷儿疯了，芸香儿还挺个大肚子，男人离了那事还能舒服了？再说咱这个小姑子也不是好摘的刺儿。"她猜测多日娜已经被子昂破了身，不然她那时候怎会说出要随子昂一块死？让大家等着看她肚子什么时候鼓起来。

子昂同哥哥们吃了一会儿，顺姬端着子昂喜欢吃的辣肉条进来说："大当家喜欢。"

一见顺姬，万全的眼睛又盯上去，又见林海正注意他们，忙和子昂碰下杯道："来，九弟，别老闷着。说真的，二哥彻底服你了。看得出，你真是她们的天！还好，天没塌下来，咱先为她们喝一杯。"显然是说给顺姬听的。顺姬听出音儿来，看一眼情绪低落的子昂，一脸心疼的神色离开。

铁头立刻转移话题道："咱为九弟平安干杯！"说着头一仰，满杯酒下肚。除子昂被山鹰拦着只喝一口，其余兄弟都一饮而尽。

接着，文普、庚寿等人开始取笑铁头、山鹰哭子昂时哭得伤心。说到山鹰，凤仙笑道："八弟那敢是了，又是九弟，又是妹夫。"

铁头顿时不悦道："尽放狗臭屁！那我咋的？你们咋的？"

林海打住道："别说没用的。不管咋说，子昂没事儿了，也是咱哥兄弟的福气。"

子昂忙双手捧杯站起道："九弟做了不光彩的事儿，愧对哥哥们厚爱。说我重色也无妨，但弟弟也敬重诸位哥哥，倘若做得不周，哥哥们愿打愿骂，小弟都接受。小弟敬哥哥们一杯。"说着自己斟满酒，也一饮而尽。

林海放下酒杯道："你也别太糟践自个儿。这阵我就想，重色也未必就是坏事，男人好色是天性，但疼女人还是多用心疼。"

铁头借此拿凤仙出气道："说你呢，别光下面疼！"

大家都笑，凤仙尴尬道："我做的不如九弟，但有句老话儿说得好，马行无力皆因瘦，人不风流只为贫。"

万全也挖苦凤仙道："你拉倒吧，你就不带那个架儿。咱哥八个时数你趁钱，不是俺们图你钱，是俺们很少看到弟妹开心过，动不动就哭天抹泪地来告状，俺们都成你俩判官了。"

凤仙反驳道："就二哥乖，那得感谢二嫂，就得让二嫂治你！"大家又笑。

万全笑道："你不就说我怕老婆吗？我告诉你，怕老婆就是疼老婆，上下我都疼，懂吗？"

又笑过后，山鹰说："听多日娜回去学，子昂过年只留庄上够用的钱，剩下的都给咱大伙儿分了。"

林海说："要讲处兄弟，咱在座的真都不如九弟。"又对子昂说："不是守你面儿说好听的，背后俺们也都这么唠，你是好老弟。不论你做啥事，你觉着有道理你就做，哥哥们不怪你。"顿了下又说道："多日娜一直在你这儿，老大不小了，谁也劝不了，现在弄得全镇都知道了，这样下去终究不是个事儿。此一时彼一时，你也别考虑哥哥们咋想，主意你就自个儿拿。人咋活都是一辈子，开心就好。"

山鹰接话道："别把多日娜当我妹妹，你是我们好兄弟。"

大家都听得明白，便又为好兄弟举杯。

第 117 章

哥哥嫂子们一同离开山庄，子昂一直送到山神庙，他要顺道去见见云济师傅。哥哥见他状态还好，都没说什么，也没随他去见云济。

进了山神庙，他对云济讲了山庄出的事，特别讲他昏睡四天期间，做了一个记得很清的怪梦，一直也没对别人讲，想让师傅给解一下。

原来，子昂第三次梦游受惊后，突然发现自己头戴黑礼帽，身穿黑风衣，胯下一匹枣红马，正在一座城门前。抬头再看，城门上刻着"幽门地府鬼门关"七个大字，愕然道："这不阴曹地府吗？"但他不信自己已死，认定自己又在做梦。他不想立刻醒来，想瞧瞧阴曹地府究竟是副什么样，又怕进了鬼门关再出不来，便环顾左右。

原来这城外是个大闹市，多是饭庄和客栈。出入的行人不断，差不多都穿着长袍长褂，如同唱戏的一般，却都没有表情，彼此也不理睬。这时他又感到，那些在此下馆子、住客栈的，多是和自己一样不愿进城的，只是身上的钱花光后，要么衣衫褴褛地沿街乞讨，要么被官府的衙役强行带进城里。他更感到那城门万万进不得，又下意识地摸下衣兜，却无分文。

正焦急时，只见婉娇身穿红旗袍从一客栈出来，搂住他的脖子撒娇道："我等你好一会儿了！"

他也惊喜道："我也可哪找你，咋上这儿来了？"

她说："这有咱家客栈，跟我来。"

他抬头一看，那家客栈上方挂一木牌，上刻"兴隆客栈"四个字，可这并不是牡丹江。未等再说，他已被她拉进客栈，内部格局和他与婉娇一夜激情的客栈一模一样，他坚信这里就是牡丹江，却又担心是在做梦，睁大眼问道："咱俩不是做梦吧？"

她嗔怪道："大白天的，做啥梦？"

他轻松道："那太好了。他们都说你死了，我咋也不信。"说着去搂她。

她不安地推开他道："我婆婆在这儿呢。"

他忙扭头看，见何耀宗的母亲正躺在炕上睡觉，吃惊地问道："她啥时来的？"

她说："就你叫我出去那工夫。真烦人，来了就让我干这干那的，还不让我上炕，老搁脚踢我，她的小脚儿可有劲了，一脚把我踢地上了。"说着委屈地哭起来。

他一边安慰她一边担心地问："她知道咱俩的事儿了？"

不想这话被老太太听到，从炕上爬起来质问他道："臭小子，你认我当干娘，敢情是来占俺们何家的便宜！她和香儿咋都成你媳妇了？"

他慌忙解释道："姐夫临死前这么交代的。"

话音刚落，何耀宗也怒气冲冲地进来斥责他道："胡说！我让你把芸香儿收房，你咋连婉娇儿也给收了？把婉娇儿还给我！"

他不舍得婉娇，愤慨地指着何耀宗的鼻子道："你就是她表哥！我还没找你算账呢！那年俺俩都要定亲了，你下迷药把她糟蹋了！今天我打死你这狗日的！"正要去打，见何耀宗一摆手叫进鲁荫堂和近藤四郎，并一起来抢婉娇。

他的心又被扯碎了，上前抢起拳头，将何耀宗、鲁荫堂、近藤打开，又一把将婉娇扯到怀里道："她给我生过儿子，给你们生过吗？"说着又飞起几脚，将何耀宗、鲁荫堂、近藤均踢出门外。

这时他又想起婉娇曾被此三人欺辱，不禁义愤填膺，不肯罢休，飞步追出门外，却见四下空旷，原来是黄花甸子。那近藤、鲁荫堂、何耀宗均不示弱，虽然彼此积怨很深，这时却联起手来和他交战。他并不惧怕，使出米秋成、云济、铁头教他的梅花、太极、少林合并拳，拳拳击中对方要害，打得近藤、鲁荫堂、何耀宗连滚带爬，抱头鼠窜。

他得意道："这是我们周家拳，不要命的就过来！"

近藤四郎边逃边喊道："你等着，我去叫八国联军来！"说着与鲁荫堂、何耀宗都不见了踪影。

子昂万没想到对手还有那些帮凶，也急忙寻找他的八位哥哥和秋虎。他最需要万全、秋虎把他们的手下也都带来。可眼下是牡丹江，哥哥们和秋虎此时定还都在龙封关，又怕近藤即刻把八国联军叫来，自己一人难敌。

正焦急时，他又忽见远处有一庙，仔细再看，那是他让人盖的山神庙，忙飞身过去，跪地磕头求道："山神爷保佑，让我那些哥哥快来帮我！"再抬起头，见一白头仙翁端坐在香案后，忙问道："您是山神爷吗？"

仙翁眯眼将着胡须道："吾乃开山鼻祖老把头。"又问子昂道："你怎么会来这里？这里哪有你的哥哥？当初你为我建此神庙，门外挂的是山神牌，可里面挂的却是岳飞岳鹏举，何不求他来帮你？"

见山神爷是在挑他的理，他忙又磕头道："山神爷别怪，我是个画画儿的，小时就敬仰岳飞大英雄，也喜欢画他的画像，对他的容貌也算熟悉。当初建此庙，就是给您山神爷建的，可惭愧我不知您的尊容。这回知道了，日后一定为您补上，岳飞大英雄我会为他另修神庙。现在八国联军就要打过来了，求山神爷先助我一把。"

山神说："那八国联军都非等闲之辈，我可助你去求战神殿。但战神殿共有战神一百零八位，诸位战神是否愿来助你，就看你的造化了。"

子昂不安道："我也不知我有多大造化，万一战神都不肯来，还求山神爷替我美言。"山神说："造化就是造身，也是造神，身中有神，神必有其身，身中无神，神不关其身。不过现有一神求可必应，就是岳飞岳鹏举。"

子昂忙问道："是我为他画过像的缘故吗？"

山神说："你能画其像，是因你心中有他，故而你身中有其神也。"

子昂心中一亮道："我还画过很多英雄，但都是小时候画的，也能算我身中有神吗？"

山神笑道："童真无邪，神入真身，那是真神也。"

子昂大喜道："小时我还画过关羽、秦琼、薛仁贵、郑成功，还画过戚继光、李自成、洪秀全。"接着又说："还有一位大英雄，从没画过，可我时时念着他，他就是征战天下无敌手的铁木真，这也算我身中有神吗？"

山神将着胡须笑道："心中常念，身中永驻，怕是他不请自到呢。"说着一指庙门外道："你回头看。"

子昂急忙回头，只见千军万马，虎虎生威，旌旗招展，气势磅礴，忙起身辨认他所念英雄，只见阵前九位战神一并骑在马上，威风凛凛。

岳飞岳鹏举，不惑之年，文质彬彬，相貌堂堂，但身躯魁梧，两眼炯炯有神，身着黄金甲，外披紫蟒袍，腰横玉带，斜挂宝剑，胯下赤兔马，手提沥泉枪。

关羽关云长，花甲之年，面如重枣，丹凤眼，卧蚕眉，髯长二尺，身穿青龙战袍，胯下也是赤兔马，手提青龙偃月刀。

抗倭英雄戚继光，当年让日寇闻风丧胆的"戚老虎"，花甲之年，双目有神，一把银白胡须，头戴金盔，身着铁甲，胸前和田青玉护心镜，斜挎腰刀，手持一杆梨花枪，胯下一匹黑龙驹。

薛礼薛仁贵，古稀之年，银盔白袍，胯下白龙驹，手持方天画戟。

秦琼秦叔宝，年逾不惑，面如淡金，五绺长须，不怒自威，一对瓦面金装锏，胯下黄骠马。

大汗铁木真，年逾花甲，却依然身材魁梧，宽额红面，目光炯炯，银白胡须，身穿银色铠甲，胯下白龙马，身背长弓、箭囊，手持苏鲁锭长矛。

郑森郑成功，浓眉大眼短胡须，身穿金甲，腰系龙泉宝剑，胯下追风马。

"天王"洪秀全，知天之年，身材魁硕，红色战袍，头裹黄巾，赤面高颧，浓眉乌须，腰挂双刃剑。

"闯王"李自成，人高颧深，鸥目曷鼻，头戴毡笠，身穿红色战袍，腰挂佩剑，胯下一匹乌龙驹。

子昂抱拳又鞠躬道："能见到我敬仰的大英雄，真是三生有幸！"

岳飞也一抱拳道："难得你对我等如此敬重，今日一同前来助战。"

子昂猛然想起八国联军要来打他，忙朝近藤、鲁荫堂、何耀宗刚才逃去的方向看，见近藤、鲁荫堂、何耀宗也骑马立在军前，身后也是千军万马，却都是洋人，忙对九位战神喊道："他们来了！"

关羽将青龙偃月刀横在胸前道："来又何惧？斩了他们！"说着催马冲向敌阵，紧接着，秦琼、岳飞、薛仁贵、成吉思汗，"天王"、"闯王"、郑成功等将士也一同杀了过去，顿时刀光剑影，杀声震天，卷起弥天尘土，竟只隐隐看见旌旗飞舞，看不清一人一马。

这时他又听见有人叫他，忙催马去追，却依然什么也看不清，原来的喊杀声变成了一片哭声。寻声望去，隐隐看见香荷正在尘埃中，蓬头垢面，只能看清半张脸，身上的衣裤也是黑白各一半。他心一惊，忙跳下马，却怎么也看不清她那半张脸，伸手去抓，见香荷一躲又掉进深渊，原来他正在天上。他顿时脑袋嗡的一炸，随即又什么都不知了。

渐渐地，他又听见哭声震耳，睁眼再看，见自己躺在炕上，一屋的人都围着他，正为他醒来而惊喜万分，原来他这一梦做得太久了，险些被人办了后事。

听过子昂述说，云济说："是你太惦念那个婉娇，她也在惦念你。这样，我先给你画些符，回去插在她的坟地周围，这样她不喜欢的鬼就不敢靠前了，你也不用牵挂她了。做你这种梦的人可不多，千万别忘了梦里许的愿。"说完画了八张符。

子昂如获至宝，回山庄后叫上几个雇工，又带上一些祭品、纸钱去了婉娇的坟地，按照云济的吩咐，在婉娇坟前摆供、烧纸，口中念叨已经为她请了九大战神，以后不会再有恶鬼骚扰，要她安心等待投胎转世，随后在坟地一周插了八道符。

见子昂又带人去了婉娇的坟，大家又都不安起来，担心他夜里会继续梦游。

子昂妈让村妮请仙家破解。村妮说："我的功力造化不如那个老道，还是去山神庙吧，让那老道再画些符兴许管用。"便背着子昂去山神庙求云济。

云济知道村妮和子昂的关系，听了村妮的请求，二话没说，又画了一张符。村妮让他多画三张，说子昂最愿去婉娇生前的屋，但现在两个媳妇和他自己屋里也要挂，这样便万无一失了，云济应允照办。

晚间，芸香让浴房专门为子昂备了水，一是让他泡泡澡，褪褪身上的爆皮，再就是让子昂借此去去身上的晦气。而去身上晦气这种话却不敢当着子昂面讲，那会让子昂认为他们还对婉娇不满而反感。

芸香陪着子昂洗的澡，为他搓着身上泡软的爆皮，好像搓下一层泥。他抚摸她鼓起的肚子，让她不要抻着，还说他现在已经有儿子了，她生男生女都可以，不要为能否生下儿子太焦虑。她却说不清心里是什么滋味。

洗过澡后，子昂又被母亲哄着去芸香屋里睡，并不掩饰已让村妮去云济那里画了符，这样就可以不梦游了。子昂也不想自己梦游吓别人，什么也没说，算是默许。

芸香本来不敢和子昂一起睡，也是被婆婆哄着才和他一起睡的，心里恐慌，又不忍让他再梦游，况且她是在配合那道符治他的病。

夜里，芸香的话不像往日多，也不和他撒娇了，总是怯怯地瞄着他。他要熄灯，而她执意不让。他看出她心里很惧，便安慰她心里放松，说他没那么可怕，又哄着她说话，却总唠他们一起在牡丹江的日子，自然唠婉娇的不幸和好处更多些，也不管她真听还是假听，他只是絮絮叨叨地讲个不停，时不时地又哀伤地哭一通。

现在她不再计较他对婉娇好，只是希望他夜里不再梦游，心想，只要他不再梦游，日子久了，自然会把心思转到她身上。

见芸香睡了，他才不再唠了，很快也入睡了。但睡了没多久，他突然睁开眼，霍地坐起来，愣愣地对着熟睡的芸香端详一会儿，没有打扰，急忙穿衣下地，好像并没看见门上挂的那道符，开门出去了。

开门的声音把芸香惊醒，只见他一个背影出去，顿时想到他又梦游去了，看来那道符并不管用。她想出去追，又怕得浑身发抖，忍不住哭喊道："妈！"婆婆随即顿着小脚进来。

婆婆在对面屋一直没敢睡，听见有人出去，猜是子昂，忙下炕出来，也只见到子昂出房门时被月光映照的身影，正要去追，听见芸香在屋里哭着叫她，怕吓着她肚里的孩子，忙进来搂着她道："别怕别怕。你好好的，我去叫住他，可不能让他再去那地上了。"

正说着，子昂返了回来，把婆媳俩都吓一跳。母亲怯怯地问："儿啊，去哪了？"

子昂说："哪也没去，我咋待在院儿里看月亮？"

母亲惊喜道："那没事儿的。"

他又问："我是不又梦游了？"

母亲仍兴奋道："你好了！看来那符还是管用的。"

他不屑道："管啥用？管用这半夜三更的我又出去了，啥都不知道，一看月亮吓一跳。"

母亲靠近儿子道："慢慢来，往后就和香儿在块儿睡。"

他对母亲说："你回屋睡吧，我没事儿。"

母亲显得轻松许多，嘱咐两句便回对面屋了。

母亲走后，他又哄芸香躺下道："你接着睡吧，我不睡了。"说着像哄孩子一样轻轻地拍着她。她浑身一阵阵的激灵，就让他再睡一会儿。

他这时也真想再睡一觉，便重新躺下，不多会儿便又睡了，接着又梦见去寻婉娇，却怎么也寻不到地方，原来是被云雾遮挡。他竭力寻找自己盖的山神庙，终于见到一群庙宇，原来那是哈尔滨的极乐寺。

那位方丈立在高大的佛像前问道："施主又来何事？"

他说："我是来拜佛的。"说着跪到佛像前。

佛像居然开口讲话道："心中有佛，你就是佛。"说着驾云离去。

他不解，也驾云追去问："佛该怎么做？"可佛已入了云中。

他又追进云中，却不见佛，发现自己置于浩瀚无际的宇宙间，原来不是自己在飞，而是太阳正试图吞噬他。眼见那巨大的火球向他靠近，他只感到浑身炽热，将被吞噬熔化，立刻想到这是德的力量，也是强霸亡我的力量，急忙向外挣脱，以定其道。然而他依然身不由己，又想起云济所说"道不是开始就有，而是二者力量持衡之后方可呈现"，便急忙打坐，吸天地之精华，吐凡身之污气，立刻神清志定，顿觉宇宙能量被他吸入，浑身膨胀，力射四方，那火球不但不得靠前，还渐渐变小，原来是自己正在宇宙翱翔，已进入一个黑暗空间，好像是十八层地狱，不禁感到恐怖，惊呼道："道哪？道在哪儿？"又头皮一炸地醒来，浑身是汗。

芸香被他的梦话惊醒，这时正惊讶地看着他。他精神了许多，又哄她睡觉。她想他以前就说梦话，看来他又回到以前的样子了，心里也坦然许多，小心地贴在他怀里，让她惊心的一夜总算过去了。

可次日夜里，子昂虽然没再梦游，但梦话说得更多更清了，一听就是在和婉娇说话，话里有山庄生意上的事，还有让芸香照看丽娜和宽儿的事。

又被他梦话扰醒的芸香，顿时恐惧得浑身汗毛都竖起来，索性不顾公公在对面屋的炕上，丢了魂儿似的摸进对面屋，颤巍巍地叫道："妈！妈！"

婆婆听她招呼的声音是恐怖的，一边急忙答应一边摸到她，并拉住她问："孩儿呀，又咋了？没听见他出去呀！"

她急忙先钻进婆婆的被窝儿里，然后哆哆嗦嗦道："妈呀，他和鬼唠嗑儿呢！"

婆婆也不禁浑身一激灵，忙搂着儿媳道："不怕不怕，有妈呢。"可婆媳俩还是抖在了一起。

周传孝一骨碌爬起，把油灯点亮，说是要去驱鬼。子昂妈顿时又不抖了，伸出头来，瞪眼骂道："你可真够欠儿的！你以为你谁呀？把灯吹了，老实眯着！"

他看见芸香将头缩在被窝里，又忙吹了灯。立刻又静下来，隐隐听见子昂在对面屋里说话，说的什么却听不清。

子昂对芸香不顾公公在场和母亲挤在一个被窝里有些不快，但他又不忍自己夜里说那些吓人的梦话吓到她，便又让百合来陪她，他又去他的桃源居里睡。可每天早晨人们都发现他从婉娇的屋里出来，好在婉娇的尸体没再回来。

第 118 章

子昂听了母亲的话，要去镇里散下心。又经过山神庙时，猛然想起曾在梦中许愿为岳飞另修一庙。但当时共有九位战神替他征战，不能对其他八位不理不睬，索性决定建一座九神庙，便转路去了窑场，让管垚为他再送三窑青砖和一窑青瓦。

管垚的砖窑又陷入萧条，这时除了他本人，只有三个雇工跟他留守，若不是砖窑周围还垛着几长趟青砖、青瓦，路过此处的人定以为这里已经被废弃。

要说管垚的生意还不景气，主要是龙凤山区及周边村庄仍无人家用砖盖房子，也就是盖土坯房的人家在盘炕、搭灶和砌火墙、垒烟囱时用些砖，要不是子昂建山庄用那些砖瓦，又及时付给他钱，他的砖窑早就熄火闪人了。

按说他为北营建营房提供的砖瓦本该也能赚一笔，但田中太久只是在他供货的中期付了三成本钱，之后便没了动静，弄不清田中太久是忘了这码事，还是有意赖账，他又不敢去那戒备森严的北营索要。好在子昂常从他这儿用银圆兑换钞票，姑且能在黑市上挽回一些损失。但子昂却觉得他给的价不及那个一直惦记着婉娇的施大洋说的高，便开始保守起来，毕竟山庄生意回的都是钞票，这也让管垚渐渐失去了在此坚守的动力。

这时，管垚听子昂说建九神庙也就用几窑的砖，就说砖厂内的存货就足够，不用再烧窑召回已经放假的雇工，还说要不差这些存货等着换回点工钱，他就丢下砖窑走人了。

子昂为他放弃砖窑感到惋惜，说要替他找田中太久问问欠款的事，管垚却拒绝道："拉倒吧，我看他们不像你开始说的那么仁义。一想起你岳父死在他们人手里，我就有点胆儿突的。也亏得你帮我撑一下，还算没赔着，见好就收吧，惹不起咱还躲得起。"

子昂感到管垚是不相信他在日本人面前说话有力度，并不坚持，叹口气道："你要不出东北，在哪能躲开日本人？"

管垚沉默了片刻道："想做点不起眼儿的小买卖，将就活着吧，这年月，能消停活着就得知足了，买卖做大了也真招风。我可没你那么大方，养猪、榨油还得丁价儿给日本人上些供。不过日本人欠我那些钱真不要了，也是图个破财免灾。就是多了点，挺心疼；我跟你比不起。"

子昂又叹口气道："我也是没办法的事，能维持就维持，实在不行也挠杠子。你就帮着把这些砖瓦弄到我山庄里，我再淘弄点现大洋和你结。"

一听子昂要用银圆结账，管垚脸上露出笑，应过后便招呼那三个留守的雇工装车往山庄运送砖瓦。

一个月后，通过小车倒运，砖瓦积攒够数。子昂让石头请来瓦匠木匠，在婉娇墓地以西不足百米远的一块空地处伐林、挖基、建造。

建庙期间，子昂又开始专心致志地为九位战神画像，每晚都睡在桃源居内，没人见他再梦游。他早晨天一亮就开始画，三餐都是顺姬送到他跟前，吃完饭将碗筷往旁边一放接着画，画到天色暗下来，颜色辨不准时，又凭着以前和梦中的记忆设计另一幅，如此昼间是油画，晚间是素描，倒也缩短了画像的完成进度。

虽然他还郁郁寡欢，但山庄人见他绘画时的神情并无异样，且所画神像更是栩栩如生，都说他又和从前一样了，皆大欢喜，也都敢靠近他了，没事就去看他绘画，抢着为他端饭送茶、收拾桌子和屋子。

多日娜也不和从前那样和子昂较劲了，只要在山庄就坐在他旁边看他作画，为他沏茶、递茶。玉莲见大舅开始抽烟卷，就把点烟的事抢下来，谁和她争她就骂谁"欠儿登"。有时他想抽烟时竟忘了玉莲，自己点上吸了一口才发现玉莲正不悦，忙掐灭让她重点。

子昂父母见儿子状态见好，又有这么多人照顾他，也都松了口气。子昂妈还对芸香、多日娜等人说："没事儿就上他跟前儿绕乎着，这样他心情就好了，一点点儿就不想那些事儿了。"

若玉更是高兴子昂见好，心想，只要他好，她和亚娃就有保证了，但也遗憾亚娃这时还猫在屋里待产，不能像顺姬、多日娜等人一样围着他转，与他加深情感。

庙建成时，子昂的九位战神和一位山神画像也全都画好，每幅一米多宽，两米多长。九位战神，个个身着铠甲，胯下宝驹，兵刃雪亮，无不威武神勇，山神爷上下通白，仙风道骨，慈祥而庄严。虽然有的油色还没干透，但不影响悬挂，先去山神庙挂山神像，与云济、志恒一同焚香叩拜。

布置九神庙时，先将一蒙着红布的牌匾挂到门上，随即燃放鞭炮，揭下匾上红布，露出"九神庙"三个大字。接着又让人将九位战神画像钉在面南背北的一面墙上。

九位战神无不深受子昂敬仰，但悬挂总得排出主次。想九位战神之中，唯成吉思汗此前他未画过，心中不禁有愧，又想他勇猛天下，便将其排在首位，另八位战神则根据他曾经画的多少排位。挂完之后，成吉思汗居中，左侧依次是岳飞、戚继光、秦琼、洪秀全，右侧依次是关羽、薛仁贵、郑成功、李自成。

九神之下，贴墙摆放一条半人高的九米长案，案上摆放九份供品，分别都有鸡、鱼、肉、馒头、水酒五样。香案两头，各置一盏高蜡台，红色蜡烛，火苗欢舞。

在香案前的中央位置，一口崭新的大口矮缸置于一截木墩上，内盛五谷，由底分层填起，依次为玉米、大豆、高粱、白米、黄米，再插入捆扎的焚香。香前下方处摆着一个黄缎跪垫，以供人跪拜。

一切就绪，子昂下跪合掌，闭目求道："天地作证，子昂打今儿起供奉九位战神，逢初一、十五和年节，必来摆供上香，望保佑我的恩妻在阴曹不受恶鬼欺辱，衣食富足，让她早日转世投胎，与我再续前缘，也保佑龙封关山庄安泰吉昌、人兴财旺。"然后连磕三个头。

被叫来布庙、摆供的几个雇工也要敬拜。子昂欣慰地点头道："谁拜九神保佑谁。"雇工们依次恭敬地下跪磕头，暗求各自所愿，个个脸上都透着虔诚。

这工夫，子昂悄悄捧起一包事先备好的供品、香和烧纸，离庙去了婉娇墓地，摆供上香，又一边烧纸一边念叨："娇儿，已经给你请了九位保护神，以后没谁再敢欺负你了。宽儿和丽娜都挺好，不要挂念。我看不到你，愿你早日投胎，投到一个能保护你的人家。"

这时一阵风起，高起火苗在他周围打一转，但却没有烧到他。他隐隐感到婉娇就在他跟前，便又说："以后常给我托梦，我想你。"说着又哽咽。

铁头知道子昂要在婉娇坟旁建个庙，显然就是为婉娇建的，虽然很不理解，但也没说什么，左右都是雇人干，他也没介入。可这日来山庄提货，听说子昂建了九神庙，不禁好奇，拉子昂带他去看，看后惊讶道："九弟咋想的？咱是哥九个，那上头也是九个。"

子昂一笑道："就是巧合。"

铁头驳道："啥巧合，我看你是故意的，我得跟大哥他们说去。"

隔了一日，林海、万全等哥八个一同来到山庄。望着上方九位战神，林海说："咱也都拜拜吧。"

万全说："拜是一定得拜，关键是咋拜。"

林海问："你有意思？"

山鹰见成吉思汗排在首位，兴奋道："我明白二哥意思。要拜咱哥九个一块儿拜，九兄弟对着九战神，神气！"

铁头说："那也不够劲儿，要神气，咱哥九个重新磕头结拜。"

万全、文普、庚寿都赞成，只是金万冒出一句道："还有薛仁贵？"

凤仙挖苦道："薛仁贵你还不知道？"

金万说："知道，他打过朝鲜。"

大家立刻都明白他的意思。万全嗔怪道："别小心眼儿，蒙古人还打过中国呢，人子昂还让铁木真坐头把交椅呢，谁说啥了？"

金万嗔怪道："就你嘴快，我也没说别的。"

林海说："这都是子昂的想法，你们就别穷计咯了。再说那上头都是神，咱是啥？说咱正事儿。我看咱哥九个是该重新拜一下。子昂也算是死了一回，咱这九弟可不是刚开始的九弟了。大家看看，要接着认他是九弟就重新拜。"

铁头顿时有些蒙，问道："老大说啥呢？谁说不认九弟了？"又瞪眼问其他人道："谁想不认九弟？"

金万刚被万全挖苦过，这时忙解释道："别瞪我，我可没说。"

山鹰也摇头道："我也没有。九弟没有对不住咱的。大哥那天说了，在咱弟兄里，数九弟有情有义。还想哪找去？"

凤仙说："除非九弟不认这些哥哥。"

铁头又转向子昂发愣。子昂忙说："我不可能，我还怕哥哥们和我拔香头子呢。"

林海训斥铁头道："谁都没说啥，就你能咋呼！要拜咱就拜。"

铁头嘿嘿一笑，又招呼道："现在就拜，金兰谱都写好两年了！"大家都笑。

文普对子昂笑道："大爹说你是个奇人，我们能有你这个兄弟可是三生有幸。"

子昂不懂，问道："四哥说的是八旗？"

万全插话道："说你不是一般人。"

子昂一笑道："都吃五谷杂粮，我咋不一般？是说我人不人、鬼不鬼吧？"

林海嗔怪道："别老说鬼话，俺们可还都拿你当兄弟。"

子昂又问文普道："大爹还说啥？"

文普说："天机不可泄露。"

子昂不悦道："四哥不拿我当兄弟？"

文普认真道："大爹就这么说的。"

子昂又看林海。林海说："别问那么多，你不出啥事就好。"又吩咐准备重新结拜。

子昂回庄内取了鸡和酒等供品，九兄弟按着上次的誓词又盟了誓。盟誓完了，铁头又补了一句道："愿九弟平平安安，买卖兴隆！"子昂很感动，就差抱着哥哥们再哭一场。

渐渐地，子昂状态好了许多，但还是闷闷不乐。山庄的雇工们都觉得他不像以前那么儒雅温和了，甚至一见到他就有些毛骨悚然。他也发现一些人对他不同从前，心里明白，但又不好多解释，只是见人躲他就恼火，脾气也越发变得暴躁。

油坊一个叫二愣子的雇工搬运油坛时，手上有油却一次抱了两只，不慎都滑落在地又碰碎一只。子昂正从油坊门前经过，闻声进来见油坛碎在地上，眉头一皱骂道："你他妈的摔丧盆子呢？要摔回你家摔去！"

二愣子被骂得心中不悦，委屈道："大当家的，你说的也太难听了，我又不是故意的！"

听二愣子说话带着怨气，他顿时大怒，上前照二愣子的肚子踹一脚道："你狗日的，打坏我东西还嘴硬！滚你家去！这儿不用你了！"

二愣子头次见子昂如此霸道，倒在地上发起愣，其他雇工也都吓得散去。子昂又冲二愣子吼道："我让你滚！赶紧滚！"

见子昂疯了一般，二愣子慌忙爬起离去，出去对站在门口的雇工说："他现在也和他家那狗屁娘娘一样了，就是个疯子！"然后一边朝前走一边骂："妈了的，他死了个偷汉子的，我他娘的也跟着倒霉！"

子昂在门里听得清楚，心中更加恼怒，猛追上去，将二愣子打倒在地。二愣子明显不敌子昂，只是抱头滚地求饶。子昂不但不饶，越打越凶。其他雇工过来阻拦，也都挨了打骂，便不敢再靠他跟前，分头去叫女人们来。等津梅、天娇、小青、顺姬、芳子、多日娜等人来时，二愣子已被打得鼻口出血不会动了，但子昂好像还没消气。

多日娜从打婉娇死后就一直住在山庄，只是白天去镇里看看肉铺里的生意。子昂昏睡那四天，她几乎一刻也没离开过他，后悔之前和他怄气，更怕他真的跟随婉娇离去。在他醒来以后，欣喜的同时也见他胆怯了，便不再和他顶撞。这时她小心地拉着他说："别打了，要出人命啦。"

他这才停下手，喘着粗气道："他死不了。"

津梅说："那给人打坏了也不好。"

他说："他不好好干我就不用他，他嘴不干净我就揍他，打坏了我赔他。"又对几个雇工说："把他抬屋去！"几个雇工忙将满嘴是血、不停呻吟的二愣子抬进烘干房的休息间内。

听说二愣子的牙被打掉了，肋骨也好像被打折了，子昂又感到愧疚，过去看望，亲自带人将他抬进镇里找郎中医治，还让人去他家把媳妇孩子都找来，当面道歉，并给了家属一百块银圆赔偿，承诺二愣子要愿意，等伤好后继续留在山庄干活。二愣子及家属得了百块银圆倒感激不尽。

之后，山庄里又有人传，真正打二愣子的不是大当家，而是已经死去的大管家，不外是说大当家身上附着大管家的鬼魂。具体原因是二愣子的母亲和多日娜的母亲处得不错，二愣子又是通过多日娜母亲说情来山庄干活的。

确实，在山庄里，二愣子一直拿多日娜当靠山，可管他的毕竟是婉娇。本来一看见婉娇他也神魂颠倒，可婉娇并不把他们这些干活的放在眼里，只把她管的事放在心上，雇工们干活晚一会儿也不行，少干一点都要扣工钱。被她训斥时，雇工们心里还觉得舒服，可一扣他们工钱就都不痛快了。二愣子几乎月月拿不满工钱，于是婉娇的娇美不再诱惑他，他也骂她是美女蛇。又见多日娜与婉娇不和，便配合多日娜与婉娇暗中较劲。婉娇看出他是多日娜的一杆枪，并不明斗，只是月月让他少拿工钱。毕竟不好好干活子昂也恼火，二愣子有苦说不出，多日娜想帮他也帮不了。

子昂想知道雇工们都在背后讲他什么，可问谁都和他绕来绕去的不敢跟他讲实话。一日他又隐隐听见几个雇工在暗中议论他，见仍都对他躲躲闪闪，顿时眉头又一皱道："都说不出口是不？行，那我今儿就给你们润润舌头。"说着从油槽内舀起一碗豆油，随手抓过一个雇工要往嘴里灌。那雇工只好说："不是我说的，是别人说，说大当家的鬼魂附你身上了。"

不想子昂一听却笑了，这是他自婉娇死后在他们面前初次露出笑容，笑得诡异，令他们更加不寒而栗。其实他并没感到有鬼附在他身上，只是夜夜梦见婉娇又活过来，唯恐她再被人装进棺材里。可每当从梦中醒来，他的心里便又空落落的，不禁又伤感落泪。

这时他对雇工们说："她做鬼也是个好鬼。我就愿背着她，与你们有何相干？"接着又说：

"今晚给你们杀头猪，好好犒劳你们。"

雇工们既惊喜又费解，待子昂走后有人说："他背他的鬼，咱吃咱的肉。"一同哄笑。

子昂和香荷、津梅、天娇及几个孩子一起吃的晚饭。天娇照顾香荷吃，津梅照看着阳儿、豆儿、洪生。香荷低着头吃着自己碗里的饭菜，见子昂往她碗里夹肉，仍不抬头，只是不停地挑眼看他。

子昂也哄香荷道："好好吃，吃完给你洗脚。"又指着她沾着泥土的脚说："你瞅瞅，是不又光脚下地了？"香荷这才抬起头，样子认真地说："鞋丢了！"

他看一眼地上，见她的绣花鞋就在下面，装出生气的样子说："撒谎，那不你鞋吗？"

天娇笑道："她拿鞋打丹红，丹红就把她鞋藏那屋了。我看她光脚出来才知道。我让她洗脚，她跑炕里咋叫也不过来。"

子昂嗔怪丹红道："你咋欺负老姨呢？"

丹红反驳道："老姨打我了！"

他开导道："老姨有病，你哄着她玩儿。"

香荷立刻举筷子吓丹红道："不听话！"

丹红并不害怕，冲香荷做着鬼脸。香荷命令子昂说："打她！"

子昂便将一手背贴在丹红脸上，然后自己拍下自己手道："叫你不听话！"

丹红嘻嘻笑道："你打自个儿呢！"

他又哄香荷道："打她了，咱吃饭。"

她不满道："她笑呢！"

他说："她是小孩儿，你是娘娘，咱让着她。"

她立刻冲丹红道："不给你钱！"忽然又翻子昂衣兜问："钱呢？给我。"子昂贴她耳边说："一会儿的，不让他们看见，咱先吃饭。"她这才搂着碗，仍低头瞄着几个孩子。

津梅笑道："其实老妹儿最享福。"

天娇抿嘴笑笑对子昂说："真谢谢你。"

他看着天娇说："我该谢你。她是我媳妇儿，豆儿是我闺女，天天让你照看，我都不知咋报答你。"

天娇羞涩道："我不也是你照顾吗？"

子昂竟心一慌道："我欠香荷儿太多，这辈子也还不清。"

津梅听着他和天娇说话，叹口气道："人这辈子就是该着，也别说谁欠谁的。"又对子昂说："老妹儿现在这样，你也当她是妹妹吧。"

香荷突然训斥起津梅道："好好吃！"

他哄香荷道："咱吃咱的，不管她。"又指着津梅问道："她是谁呀？"

她盯着津梅看一会儿道："妈呀！"

丹青、丹红、洪生都大笑。香荷被笑得一愣，忽然训斥丹青道："去边儿去！"

天娇笑道："问她啥都胡说八道。"又指着子昂问香荷："那他是谁？"

香荷又看着子昂说："爹！不是！丫头片子！不是！是！不是！我是娘娘！快拜年，我给钱！"说着从身上摸出一元钞票，觉得少，又来翻子昂兜道："给我！"

他又哄她道："等他们走的，咱先吃饭。"她不高兴，恶狠狠地盯着他。

好不容易吃过了饭，天娇将豆儿交给子昂说："你抱一会儿，我把桌子捡了。"

子昂接过豆儿，见香荷又对他和豆儿发愣，就将豆儿递给她道："抱抱咱闺女。"

她却一脸恐怖地躲开道："咬人！快扔了！"

子昂说："不能扔，这是咱闺女。"

香荷认真地反驳道："她咬人！报仇！"说着变了脸，起身要过来。他忙将豆儿又交给天娇道："你带孩子过去，我给她洗脚，完了哄她睡。"

天娇便抱着豆儿去了对面屋，津梅也抱着阳儿，带着丹青、丹红、洪生回自己屋。香荷还要去抓豆儿，子昂呵斥道："别闹！坐那儿等着，我去打水，看你脚多埋汰！"

她怔了一下，又看着自己的脚底撇嘴道："埋汰！"随后坐到炕上命令子昂道："快洗脚！大懒虫！"

他先打了洗脚水进屋，又铺好香荷的被褥，为她洗过脚就让她躺下睡觉。他想和她一起睡，为她揉脚时忍不住想抚摸她全身，可手刚伸进她内衣，她就急忙起来捂着私处道："俺不！"然后两眼直勾勾地盯着他。

他忙收回手，继续为她揉脚。她仍不放心，时而乖乖地躺着，时而又突然坐起来盯着他。反复几次后她才闭上眼，渐渐地睡着了。

静静地看着她睡实后他悄悄熄灯出了屋，在天娇的屋门上敲敲道："她睡了，你出来把院门插上。"

门立刻开了，借着里面的油灯光亮，见天娇散扎着长发，身穿和香荷一样的粉红内衣站在他面前。他感觉她像婉娇一样妖媚，不禁心慌起来，忙敷衍道："豆儿睡了？"

她一脸羞涩地点下头，又说道："豆儿好哄，就她半夜好闹人，我看她就听你的。"

他听出她是挽留他在香荷屋里过夜，沉默片刻道："要不明天我把她领我屋去，我来照看她。"

她忙说："那不用。她在这屋刚习惯。"

他支吾道："我也想在这儿照看她，是怕人说你闲话儿。"

她低头道："这也免不了人说，三姐就老拿话儿敲打我。"

他心一震问："三姐咋说？"

她犹豫片刻道："你回去吧，我能照看过来。"说着回身关了门。

他愣在黑暗中，猜想津梅能用什么话敲打天娇。他之前还真很注意他和天娇要保持一定距离，倒是刚才被她的魅力吸引得几乎不能自控。这时她又提醒自己，毕竟她是香荷的孪生姐姐，春山和妻妹私通他能理解，但他要偷了小姨姐就没人能接受了，便悻悻地出屋到了院外，听见天娇在里面插了院门才离去。

他想去芸香屋里，见也插了院门，就又去了婉娇生前的屋。

<h2 style="text-align:center">第 119 章</h2>

婉娇的屋除了子昂敢住，别人都不敢。就连婉娇生前的丫头樱桃也住到了津梅那，和丹红、

丹青、玉莲、春草、丽娜、洪生挤在一条炕上睡。

已经过了使用电灯的时候，子昂进屋点亮油灯，看见婉娇的画像又一阵伤感。他没有一丝困意，和衣躺在婉娇生前睡觉的炕头处，并将婉娇的画像立在火墙上，不时地将脸贴在上面，仿佛又和她共枕。贴了一阵，他又盘腿坐在画像前，取出管垚送他的仙女牌香烟点燃，一支接一支地吸着。一连吸了三支，终于感到困了。他想快点入睡，兴许还能在梦里见到他思念的婉娇。

他果然又梦见了婉娇，这回他梦见婉娇与别人成亲了。他心如刀割，骑马追上已经抬出很远的花轿，命令抬轿人落轿，身子一纵，从马背飞到轿顶，像启棺材盖一样掀去轿顶，见婉娇安详地躺在里面看他笑，面容依然娇艳，心中欢喜，一把抱她起来说：“回咱家睡。”说着抱她飞回马背。

他觉得马跑的山路很熟，原来是朝着多日娜设的陷阱而去，担心再跌入陷阱，竭力要掉转马头。可马还是朝着那个方向奔去，随即又跌入陷阱，却是稳稳地落在一个很宽敞的空地上。定睛一看，原来是婉娇的屋院。婉娇自己跳下马，疲惫不堪道：“我困了。”说着先进了屋，他紧随其后。

屋里亮着红色的灯光，是兴隆客栈的房间，但已经变成了妓院。炕上铺着被褥，婉娇上炕钻进被窝，将头也蒙上了。当他将被掀开时，却见是芳子和顺姬浑身赤裸地被绑了手脚，惊讶地问：“谁把你俩绑这儿的？”

万全和宝来突然从门后出来。宝来说：“我绑的，这小日本儿我要了。”

万全也淫笑道：“二哥就要这小高丽，你就给我吧。”说着都上了炕。

他愤怒地从炕上抓起一杆枪道：“不行！她俩都是我的！”

万全和宝来不理他，分别骑上芳子和顺姬。他如箭穿心，连开两枪，将万全、宝来击毙，血流满炕。

见万全丧命，他又担心林海等哥哥们与他翻脸，心慌起来，忙扶起万全哭道：“二哥你不能死！我去求二嫂，让你娶个黄花闺女。我不能把顺姬给你，你骨子里嫌她，一定不会疼她，这世上只有我疼她。”

可万全已经死了，他更加不安，祈求这是一场噩梦，便想从梦中出来。他用力一睁眼，果然从梦中醒来，见自己又在婉娇的炕上，桌上的油灯还亮着。

他睡不着了，看了看桌上闹钟，离天亮还有些时候，便又点燃一支香烟吸着，一边仰望着袅袅青烟，一边想着人们背后对他和婉娇的议论。那些人都很怕鬼，而他却丝毫不惧。他倒希望婉娇真的变成鬼，即使现不出真身，能在袅袅青烟里显形也好，可他在烟雾里怎么也看不到她的身影。

忽然他想起刚才在梦里抱着婉娇飞，后来她钻进被窝，结果是芳子和顺姬被捆绑在里面。当时他只顾心疼芳子和顺姬了，一时竟忽视了婉娇。可梦中的婉娇为什么为他变出芳子和顺姬？是告诉他她已把芳子和顺姬当成她的附体？想芳子、顺姬这些日一直也为他担心，这时他也为她俩担心了，便下地将婉娇的画像又摆回到地桌上，又在像前点上三支香道：“娇儿，你要能显灵就显出来，你做鬼也是我的，让我背着你。只有我愿意背着你，别往别人身上附。”说着竟觉得心里委屈，对着画像又哭起来。

快要天亮时，他才又感到困倦，想再梦见婉娇，便又倒炕睡去，果然又梦见婉娇。婉娇正在浴房内洗澡。腾腾的热气中，她光着秀美的身子，长长的秀发搭在白嫩的背上，就像香荷和亚娃的身子。他又兴奋起来，将她从头亲到脚，再抬头看时，见是顺姬对他笑，又见芳子在另一浴盆内哭泣，忙又与芳子同浴。

香荷、芸香、亚娃、多日娜也都出现在浴房内，透过热气，影影绰绰见她们也都光着秀美的身子，但都很愤怒，并一起过来将他和芳子、顺姬三人同浴的浴盆掀翻。他一惊醒来，窗外已经大亮。

山庄的差事分别交给了顺姬和芳子。顺姬继续管着养禽的雇工，也喜欢亲自做灶上的事。虽然中国饭菜做得不很好，但她的朝鲜族饭菜却有新花样。她用大米做出的面条晶莹滑润，再拌上特制的汤料，吃着清凉爽口，但是制作起来很麻烦，只能偶尔开小灶，供庄内长辈们和香荷、天娇、芸香、亚娃、多日娜、津梅等人享用，雇工们连看都看不到，厨娘们也只能偷着尝一尝。每日三餐还都以中国饭菜为主，好在都是厨娘们动手，顺姬每天只是保证定时开餐，再安排一些小灶。

芳子在日本读过中学，算账和婉娇算得一样快，只是婉娇用珠算，而她是用笔写，只负责记好、收好铁头、春山出入货及交易款。

多日娜很被芳子的礼貌所感动，也是想让子昂高兴，用镇上肉铺卖肉的钱进各种山货和药材，然后交给马帮运出去换钱，换回的钱她都接过来，一部分交芳子入账，大部分都她自己把着，说是留着进货用。

芳子念多日娜与子昂的关系特殊，多日娜交回多少钱她就入多少账，至于还有多少，她只能大概算出卖猪肉的钱，各种山货和药材挣多少就一概不知了，也从不多问。

津梅也开始替子昂代管养猪场和油坊、磨坊、豆腐坊等，但出栏的猪都由多日娜安排人来抓，出库的豆油都由铁头、春山来运走，磨出的面、压出的豆腐都由灶房的人来取，她只是负责监工和记数，根本摸不到实钱。她常常一想到作为周家正房媳妇的妹妹香荷得了疯病，山庄内几乎所有实惠的差事都落入米姓之外的人手中，心中便不痛快。但也庆幸子昂这次没出大事，否则他真随婉娇西去，那周家的财产可就与米家没有多大关系了。更让她感到欣喜的是，子昂还很在意香荷，对天娇也不差，毕竟她姐俩孪生如一人。她也想，香荷不能与子昂正常夫妻，他就免不了对天娇产生特殊情感，便想让已成寡妇的天娇与他圆房，以替香荷生下米姓男孩，补救父亲生前传宗接代的愿望。当然，她最大的心愿是让天娇接替香荷把持周家的大部财产。她已和天娇密谈过，让天娇成为子昂的暗房，即使生下孩子也是随米姓，只要子昂是孩子的亲爹。

再说天娇，当初子昂要和香荷定亲时，她就看好了子昂，尤其被他的绘画才艺所倾倒。子昂与香荷成亲后，她既为香荷感到高兴，也羡慕香荷比她还有福气。自打俊章替她赴死以后，香荷又得了疯病，她在空房之夜，除了怀念俊章而泪湿枕花，还时常因脑海里浮出子昂的健美而潮涌。

可子昂一直故意躲闪她，总是一口一个"小姐儿"地叫。那天她在他给香荷洗脚时对他说："我也比你小五岁呢，以后叫我名儿就行。"

他只是笑笑，但回头还是管她叫"小姐儿"。她无法开心，认为他不肯接纳她。后来知道他是为她声誉而担心，心中不禁又打起鼓来，夜里辗转反侧地倚着一筒棉被，好像倚在他的怀里。她真心愿意津梅希望的那样，也渴望子昂能在这个几乎与外界隔绝的山沟里坦然地接纳她，哪怕和婉娇一样偷偷的。

自九神庙建成后，天气日益炎热起来，山庄的人们都愿白天躲在屋里乘凉。子昂则依然经常整日待在婉娇生前的屋里。

子昂妈开始认为子昂心里太舍不得婉娇才这样，可听说婉娇的鬼魂正附在他身上，立刻又不安起来，让子昂去找村妮来山庄，嘴上说是想干闺女了，实际是想让村妮通过仙家为他驱鬼。

子昂从玉莲嘴里得知村妮要为他驱鬼，心中极为反感。在他看来，为他驱鬼，就是让他彻底忘掉婉娇，这是他无法接受的，便一反之前对村妮亲切，不冷不热道："我知道咱妈为啥让我接你来。别听他们瞎说，我挺好。玉莲也挺好，你愿待就找地上待着，想去哪屋都行，没人敢怠慢你，想吃啥就去找顺姬，没钱花就去芳子拿，你要来驱什么鬼，那就麻溜回去，别在这儿耽误你仙家的事儿。"说完转身要走。

村妮说要去找云济，他不耐烦道："亡国之民，生死无别，人鬼又有何异？"

她明白他的意思，嗔怪道："又说鬼话！"接着又哄道："好弟弟，咱好好的。"

他对她不满道："你老想着驱鬼，咋好啊？我就是鬼，你想把我往哪儿驱？"

她顿时无语。但她实在不愿子昂鬼上身，就又去找爹妈。

听说子昂并不介意身上有鬼，子昂妈更加焦虑，就让周传孝主动和子昂改善一下紧张的关系，然后帮她劝说子昂接受村妮或云济为他治虚病。可子昂一见到爹就想起婉娇的死，心里憎恨，只是有林海等哥哥们镇着，只能不理不睬地与爹擦肩而过，好像从来不相识。而周传孝那一瞬间，就感觉有个鬼魂从他身旁飘过，不禁毛骨悚然。

但周传孝还是急于和儿子缓和关系，可每次他主动与子昂说话，他就好像没听见，又真好像在和鬼说话。虽然他还心中有愧，但他当爹的威严不能这么被儿子蔑视，终于在子昂又去看芸香时将他堵在灶房内，沉着脸道："你先等会儿。我问你，你是总也不和爹说话了是不？"

子昂很不耐烦道："以后再说。"说着要进芸香的屋。

周传孝急了，一把抓住子昂道："你给我说明白，以后是啥时候？等我死以后？"

子昂又冷冷地盯他一眼道："不知道。"

周传孝心中恼火，真想像十几年前一样再给儿子两巴掌。但他已明显感到，眼前的儿子已经不是他从前的乖儿子了。虽然还是他的儿子，却又被传鬼附体，不禁也对眼前的儿子感到有些发瘆，真怕一巴掌下去不知打在谁身上，弄不好再惹出别的怪事来。

这时他就想让子昂接受村妮为他驱鬼，又服软道："你恨爹，爹不怪你。可爹从一开始就为你好。你能娶芸香，爹和米家人没少费口舌。爹愿让你多个媳妇，多两个三个也不要紧，可你也不能啥出身的都娶。"

子昂顿时眼一瞪道："还和我唠出身？那我啥出身？"接着大声道："我现在都不如个婊子！赛金花是婊子还能救国呢！可我现在只能苟且偷生地当个亡国奴！"

周传孝目瞪口呆。子昂更加激动道："前年我从妓院救出四个来，婉娇儿让你逼死了，亚娃儿她妈已经是我丈母娘了！还有芳子和顺姬。今天我就把话挑明了，芳子、顺姬我也都娶了！谁都别想拦我！我还让她俩给我生儿子！咋的？当亡国奴能受着，婊子养的咋就受不了？受不了也都给我受着！亡国奴就是不如婊子！"说完推开周传孝进了芸香的屋，并插了门。

周传孝终于大骂道："你个王八犊子！"但他也只能如此发泄了。子昂妈一直在屋里听着子昂和周传孝对峙，这时忙出来将老伴拉进屋里道："你可别惹他了，好歹他没出大事儿，他爱咋的就咋的吧。"

周传孝真是对儿子无可奈何了，两眼含泪地长叹口气。

芸香就要临产了，走路更不方便，还要照看着丽娜，便一直由百合陪着。这时百合带着丽娜去别的屋了，她正挺着大肚子为自己即将生下的孩子缝制虎头帽，忽然听见子昂进屋的动静，既高兴又不安。子昂病危期间她真的害怕了，天天挺着肚子守在他身边，唯恐他那口气上不来随婉娇西去，那她和她弟弟妹妹的命运就又没着落了。如今她既为子昂转危为安而慰藉，但也为他鬼附体一说而恐慌。刚才听见他和公公在灶房内争吵，心里埋怨公公多事，偏偏在子昂情绪还没稳定时和他唠那些事。她还对若玉也是子昂的丈母娘、芳子和顺姬也将成为他的媳妇而震惊。

这时她见子昂一脸怒气地进来，心中不禁又发怯，放下手里的虎头帽看着他。

他猜她是听到他要娶芳子、顺姬而不高兴，并不急着解释，上前与她亲近。可就在搂她的一瞬间，他明显感到她身体剧烈地一抖，惊愕地松开手问道："我现在就这么可怕？"

她浑身战抖地哭道："你到底是人还是鬼？"

他并不介意，安慰道："别听他们瞎说。你就安心养好身子，把咱孩子顺顺当当生下来，这是咱俩的孩子，不论生闺女生小子，我都稀罕。"

听他说话并不走板，她心里踏实一些，又问："你真要娶她俩？还有亚娃儿她妈，咋也成你丈母娘了？"他绕开她的话题说："香荷儿疯了，婉娇儿也走了，以后我得指望你替我多担着点儿。丽娜和宽儿以后就是咱俩的亲闺女、亲儿子。"

说到丽娜和宽儿，她又任起性来，推开他道："你找别人担吧，我咋那么贱？"

他不想惹她生气，耐着性子说："也是，你就要生了，让你多看两个孩子挺难为你，那我就让别人帮着照看。但有句话我要跟你说，是你的少不了，是我的也不会丢。你要对我有气随便撒，杀了我都成，婉娇儿还在那头等我呢。"

她又一激灵，越发觉得他怪异，只怕他今日只是附魂，明日真的魂去抛下她孤儿寡母和弟弟、妹妹，猛地过来搂着他哭道："你别吓唬我！我不管你的事儿了！求你让咱姐给你瞧瞧病吧。"

他平静道："我好好的看哪门子病？"说着亲她一口，若不是她要临产，他会与她激情一番。他已经许久没有房事了，从米秋成、格格夫人去世到香荷得病，再从婉娇自尽到今日，他和芸香一起睡的时候都很少。这时他忍不住撩起她的衣服，在她鼓鼓的肚皮上听着亲着。

因昨夜又做了很多梦，一吃过午饭，他就困得睁不开眼。见芸香总是不安地看他，他便又去婉娇屋里睡觉。可一躺到婉娇的炕上，他的困意又没了。想着他与婉娇阴阳两界，就越发感到心被撕扯般的痛，也深深自责自己没能看护好她，更加憎恨爹因自作多情而越俎代庖。

他又想到顺姬、芳子也是从妓院救出的，突然想把心中的感慨抒发出来，以排解心中的忧郁和愤恨，立刻起身找出纸和笔，先写下：

过非婉娇，世道所然，香飘风冷，谁知我怜？过在子昂，无德御寒，香余我惜，谁人敢拦？

随后他又为自己写下：

心中有佛自成佛，当下无道我为道。

接着，他又为顺姬、芳子写下：

花烛作泪洗风尘，黄金铺席坐主人。

他决定要把他对爹说的气话变成现实，纳娶芳子和顺姬，谁都不能阻止他。他开始兴奋，午觉也不睡了，先去顺姬那里。

第 120 章

顺姬屋的丫头贞花儿听见有人敲门便出来。他不多问，直接进了顺姬的屋，原来她正和贞花儿一起睡午觉。见他急匆匆进来，顺姬吃惊地坐起来，一时不知说什么。他对贞花儿说："你先去你屋，俺俩有话说。"

贞花儿离开后，他一把将顺姬搂在怀里道："做我媳妇儿吧，给我生儿子。"

她很惊讶，并不挣脱，在他怀里喃喃道："你是哥哥。"

他贴她耳边道："当哥哥迟早得把你嫁出去，你出去我不放心，嫁给我我就能守你疼你一辈子。"

她又担心道："我也从妓院出来，老爷不乐意。"

他搂紧她说："你乐意就行，不管他，我就让他看着。你可千万不能学婉娇儿，也不要再想过去的事，以后就抬起头来做人，做我的媳妇，为我生儿育女。"

她显得激动，将脸紧贴在他胸前道："听你话。"他开始亲吻她，她也主动迎合。

子昂现在就不愿见爹，但他不能将母亲也闪在一旁，便让贞花儿去请母亲来顺姬的屋，然后携顺姬一同跪下道："妈，俺俩明天就成亲，求您接受这个儿媳妇。"

母亲一脸无奈道："妈现在啥也管不了，只要你好好的就行。"

他便拉顺姬一齐为母亲磕头，然后又让顺姬给母亲敬一杯茶。

母亲很被动，又不想刺激儿子，流着泪道："孩儿啊，妈盼着你妹妹平平安安的，就想积点德。妈还要说，咱善待人家的孩子，神就能保佑咱的孩子。"

子昂突然激动道："那你咋不拿婉娇儿也当自个儿孩子？上个三十晚间，你们咋就不给她一分压岁钱？"说着又哽咽。

听子昂这么说，母亲心里针扎一般，哭道："妈可没丧良心，真拿婉娇儿当自个儿孩子，哪知你俩到一块儿了，也没承想你爹那样，娇儿又去寻了短。妈算是白供菩萨了，这德也白积了！"说着坐到地上拍腿哭道："我的闺女啊！妈还能活着见到你吗？"

子昂发了蒙，他没想到自己一席话让母亲这般伤心，忙抱住母亲也哭道："妈您别哭了，是我不好。您放心，我不会欺负顺姬和芳子的。他俩都从妓院里出来的，可她们就不该堂堂正正地活着吗？我不是你说的那种瘾不瘾，我就想让她们都当家，谁再看不起她们，我就陪着她们一块儿让人看不起！我倒要看看，看不起俺们，还能把俺们咋的？我还就要让他们看看，谁比谁活得好！"

顺姬也跟着跪下拉母亲，流泪道："妈不哭，他没欺负我，我乐意。"说着扶母亲起来。

母亲止住哭，起身拉着顺姬手道："这样也好，妈也能一直守着你，就当给妈个赎罪的工夫。"又问子昂道："那你和你爹，就这么拧下去？你爹是不该那样对娇儿，可你总不能让他去偿命吧？"

他脸又沉道："我没法原谅他。小时他供我读书，往后我就供他花钱，将来也给他送终，可我的事都用不着他管。婉娇在月子里就和我说过。让他当老太爷还不知足，偏要拽着婉娇儿提辈分，干啥呀？我是真不想说，说了比我还丢人！"

母亲惊愕，但只是叹了口气。

山庄的人听说子昂要娶顺姬都吃惊。但见子昂还是不开心的样子，便没人敢说话，只是互相窃窃私语。除了各屋的丫头，其他所有男女雇工都被子昂集中起来，分别被安排杀猪、备宴、摆设洞房、购置婚礼所用物品，还要求点灯前把事情办好，对办得好的给赏，办不好的受罚。雇工们只为求赏、吃喜宴，便放下原来的活分头去忙。

子昂要娶顺姬、芳子，最让他不安的就是多日娜和亚娃。多日娜在众人眼里已是周家的媳妇，但他一直没敢与她圆房，尽管他清楚多日娜不会拒绝他。好几次香荷不能满足他，婉娇、芸香又红事搭接时，他真想和她圆房，但心里还是顾忌她是八哥亲妹妹，欲进又止。

婉娇怀孕那段时间，他俩的房事少许多，便答应若玉请求与亚娃偷着合房，既是怜爱亚娃，也是为了得到秋虎的武装。眼下，亚娃也已怀上他的孩子，但她还没有名正言顺地成为周家媳妇，他又要公开娶顺姬和芳子，必会让这对母女恼火。但他现在必须要公开他和顺姬、芳子的关系，只有这样他才可以彻底摧毁爹的虚假正义，他的伤痛的心也才会得到一些疏解。至于亚娃，他以后定亏待不了她，尤其不能让她的土匪弟弟失望，只要让她成为山庄的管家，就可平息她和若玉的不满。

多日娜这些日子一直在镇里忙肉铺和山货的事，晚间基本住在母亲那里。他怕她再闹，便趁她不注意时抓紧和顺姬、芳子成亲。

若玉果真恼火地将子昂堵在桃源居的内屋责问道："你是真疯还是装疯？俺亚娃你还没整明白呢，咋又娶顺姬？那俺亚娃儿咋办？"

他愧疚道："我现在就想和我爹较劲，你当我是疯子是鬼都可以。"

她愤怒道："你甭跟我扯这些没用的，我看你就是心太花花了！"

他却一笑道："那我就是花心疯子、花心鬼。我现在啥都不在乎了，谁也别干涉我的事，我就认准一样，心中有佛自成佛，当下无道我为道。"

她不懂他的佛和道，只觉得他以后不再走正道，又不安道："你别啥都不在乎，那亚娃儿你也不在乎了呗。"

他安慰道："她已经是我媳妇了，你也早是我丈母娘了。"

她还是担忧道："别人还不知道亚娃肚子里的孩子是你的呢！顺姬能和你明着办亲事，俺亚娃儿就得偷着给你生孩子呗？"

他又安慰道："等她把孩子生下来的，到时候咱们双喜同庆；你坐不上花轿我都惋惜，我能忍心让我媳妇这辈子坐不上花轿？你放心，等她生下孩子，不论生男生女，花轿让她坐，山庄的管家也让她当。你最想要的不就是这些吗？但以后不叫大管家，山庄只有大当家，没有大管家了，管钱管账的叫大账房。"

若玉欣喜道："就是换个名呗？这也挺好。"

子昂说："好是好，以后你别管我娶几个媳妇，人有娶十多个的！我这才几个？再说我娶顺姬有我的想法。您最清楚她和婉娇儿，还有芳子，婉娇儿为啥死？不就是我爹嫌她给老祖宗丢脸了吗？行，那我就让他丢个够，我看他脸上能不能少块肉？"接着又激动道："他咋都不会少一点肉的，就是我的心头肉让他毁没了一大块！"

若玉一时不知说什么好。他稳了下情绪接着说："我不能让他给婉娇儿偿命，可我能让这样的人继续给他生孙子！他认不认也是他孙子！好不好受他也得受着！其实我一直想把顺姬当黄花姑娘嫁出去，可没有不透风的墙，有些事真不是我想的那么简单。不瞒你说，有人朝我要过顺姬和芳子，是谁我就不说了。他们都知道她俩在妓院待过，所以要她俩不是娶她，就是想玩她！那要玩够了不管她俩了咋办？这世道，咋活都是一辈子，能丰衣足食地有人用心疼，还在乎啥出身不出身！我也看透了，她跟谁都免不了活受罪，也就跟着我。这世上好像还没谁像我这样可怜人的灵魂。你和顺姬、芳子的灵魂都是干净的，身子脏过是这个世道太脏了！身子脏了洗洗也是干净的，身上有伤伤口长好就不疼了，可灵魂要是脏了，他一辈子都脏在心里！灵魂要是受伤了，她也一辈子疼在心里！顺姬和芳子今天长的和花儿似的，可对于那些不知可怜灵魂的男人们，等她俩花儿谢那天又能是啥？也就是棵烂了根的草！你是遇上我了才有今天对吧？要不遇上我你后半生咋活？现在你都不用在乎我姨夫对你咋样，你是我媳妇的亲娘，也是我孩子的亲姥姥，俺们都会为你养老送终。"

她被说得感动，抹着眼泪道："知道知道。"

他也借机道："正好出了这种事，谁想娶顺姬和芳子我还不给了呢，我让她俩一辈子都跟着我，给我生儿子、生闺女。"

她又惊愕道："咋的，芳子你也娶？"

他反问道："那我刚说那些你没听明白？"

她责怪道："你咋跟过家家似的，一开张嘴就娶一个。我知道你可怜俺们这样人，可天底下妓院多的是，你能把这些姑娘都搂你被窝儿吗？"

他叹口气道："别人我想管也管不过来，但顺姬、芳子是我救出来的，我就要管她俩一辈子！"

她诡异地笑道："那我还是你救的呢！你咋不管我一辈子？"

他不悦道："你看你这话问的！你是我岳母，跟我妈一样。那我问你，养老送终是不是一辈子？咱别唠这些没用的，让人听见成啥了？再说你是我给嫁出去的，我这个岳父也挺疼你，你要说我不管你，那我这片心不白搭了！"

她又责问道："我都半老徐娘了还有人疼，那顺姬和芳子又年轻又俊气，不更得有人疼？干吗非得你这么护着？"

他又反问道："假如我要不让我姨夫娶杏花儿，一旦他知道你以前的事会咋样？你再想想，当年你已经让人买走了，为啥又进了妓院？不就是你那时还年轻漂亮吗？我也不是瞧不起你，你现在已经是半百的人了，也就是我愿意认你当岳母，还有人愿意买你吗？顺姬和芳子还小，我担心把她俩嫁出去，迟早要遭人嫌弃。几年能嫌弃？十年八年她俩还是年轻漂亮，妓院能要，别人还谁要？我再和你说句实话，我对她俩不单单是可怜，也稀罕，她俩都挺懂事，我舍不得了。"

她立刻蔑视道："说真话了吧！啥也别说了，你就是花心！男人都花心，这我可比谁都清楚！

妈是为你好，娶这么多媳妇儿，你身子骨可受不了！"

他索性道："那有啥受不了的，咱娘俩儿就别唠这个了，想知道问你姑娘去。"

她愕然，又诡异地笑道："得，我啥都不问了。不过你刚才说的话可别忘了，日后这山庄管钱管账的事儿，可就是俺亚娃儿的了。你要能保证这一点，你体格儿好，能娶几个就娶几个，我就不给你添乱了。"

他笑着求道："再帮我劝下亚娃儿，让她别生气，以后有她风光的。"说完催她帮助准备他和顺姬的婚事。

出了屋，他见两个厨娘往大灶房抬着一方盘豆腐，忙叫住吩咐道："去拿两个空盘送我屋里。"

两个厨娘不解地互相看，想问又不敢问。他又催促道："发什么呆？压豆腐的盘子，我要用两个闲着的！马上送我屋来。"

两个厨娘答应着把豆腐抬进大灶房就去豆腐坊取，他转身又回了桃源居。

不多会儿，两个厨娘各拎着一个空豆腐盘进来。他说："放炕上就行，你们忙去吧。"两厨娘放下豆腐盘出去了。

他插了门，从炕柜里取出一万块用红纸包好的银圆，共计一百卷，每卷一百块。接着又将两个豆腐盘铺了红纸，将成卷的银圆摆上去，每盘五十卷，都摆成一个山状，又各放进十根金条、金银首饰若干，再试着去端起，感觉很吃力。

太阳落山时，他叫来四名女工，抬上一份财宝，一同去顺姬屋里下彩礼，可他却说是买门槛子。

顺姬屋里已经布置成了洞房，格外喜庆，就连四套红绿铺盖也已叠放整齐。顺姬刚由芳子陪着洗过澡，头发都湿着散扎在后面，见子昂来下彩礼，都为抬进这些财宝而惊讶。顺姬还是显得拘谨羞涩，芳子也一脸慌张的样子，忙要和女工、厨娘们出去。

他不让芳子走，芳子一脸不悦地离去。他问顺姬道："她咋了？"

她说："你还想娶她，她知道了。她不愿意，她要回日本。"

他感到意外，心中有些发慌道："她要能回去，我不拦着她，可我怕她露面有麻烦。我是认识日本人，可有些事不是那么简单的。"想了想又说："我去和她说。"说完出了屋。

芳子正在自己屋里趴在炕上哭，英子见他来，忙对芳子说："大当家的来了。"

他让英子离开，然后去扶芳子。芳子使劲挣脱着，他索性将她抱起来，紧紧地搂在怀里。

她倒不挣了，在他怀里哭道："我要回家，送我回家吧。"

他哄道："现在还不行，可啥时行我也说不好。留下吧，给我生儿子，以后你就是尊贵的夫人，没人敢瞧不起你。"

她哭道："你娶顺姬了！"

他问："我要不娶顺姬你嫁给我吗？"

她责怪的口吻道："你娶了！"

他嘿嘿地笑道："你俩我都娶，我说了就算，谁也管不了我。"

她打他一把道："不害臊！"

他又哄她说："中国男人有娶好多媳妇的，都不害臊。"说着强吻她。她躲闪不开，突然反搂着他，由着他亲吻。

　　子昂决定次日同娶芳子和顺姬，忙去让干活的吃过晚饭继续干活，把芳子的洞房也布置起来，同时将另一份压炕钱摆到芳子的炕上。他还亲自写了两副内容相同的对联，就是他在婉娇屋里有感而发的"花烛作泪洗风尘，黄金铺席坐主人"，又加了"福星高照"的横批，分别贴在顺姬和芳子屋里对门墙上。那面墙上都有一幅连年有余的年画，对联就围着"连年有余"贴上去。芳子没再拒绝，只是害羞地坐在炕上。

　　为顺姬屋里贴对联时，他见顺姬也不高兴的样子，知道她为他明日同娶两个媳妇而不快，索性要提前和她圆房。

　　他上次房事是和婉娇办的，就在她自尽的头天晚上。两个多月间，他总是在梦里和她巫山云雨。最近他又不时地梦外欲火难挨，每梦见婉娇、顺姬、芳子等醒来，身下便涨得要炸开似的。这时他已急不可耐，顺姬也算是过来的女人，被他亲吻抚摸后便无法抗拒了。

　　凌晨，他一见顺姬赤裸地睡在他怀里，借着晨勃又兴奋起来。顺姬还没睡好，见他又要与她房事，一脸畏惧道："弄疼了！不来了！找芳子去吧！去吧！我不生气。"

　　他说："她还生气呢，不能愿意。"

　　她忙说："她愿意！天天梦见你，她说的，偷偷地。"

　　他忍不住笑，对她更喜欢。他真想立刻就去芳子屋，又怕这时叫门会惊动其他人，便又求起顺姬。过后，他又感到困倦，不久又进入梦中。

　　他梦见婉娇死了，发丧的人抬着她的灵柩去下葬。他正悲伤，隐隐听见婉娇在棺材里哭，大声喊道："她活了！快把棺材打开！"可打开棺材一看，里面却是空的。他正疑惑，父亲过来说："别老和我过不去，她根本就没死。"

　　他仍在生爹对婉娇心怀不轨的气，不耐烦道："我说过，她能活过来，那她也不能和你同辈分，她现在是我媳妇！"周传孝愤然离去。

　　他追上去问道："你把她藏哪了？"

　　周传孝也不耐烦道："在芸香儿屋里呢。"

　　他忙去芸香屋里，见婉娇正坐在炕上打算盘，可仔细一看是芸香，问道："婉娇儿呢？爹说她在你屋里。"

　　芸香笑而不答。他急得跺脚，觉得脚下很空，好像又掉进多日娜的陷阱，一惊醒来，见窗外已经大亮，自己正光着身子躺在顺姬的炕上，只是下身盖着一条薄花被。

　　顺姬已经起来穿好衣服，这时正惊讶地看着他问："做梦啦？"

　　他意识到他刚才又说了梦话，问道："我说啥了？"

　　她犹豫一下摇头道："不知道。"又将他的衣服拿给他道："穿上吧，我咋见他们？没脸啦。"

　　他一边穿衣服一边说："你已经是我媳妇了还怕啥？昨晚他们不都知道了吗？"

　　她嗔怪道："还没成亲呢！"

　　他说："我把礼钱送来了，你也给咱妈磕头了，这就算成亲了，现在就差婚书，马上就补上。"又问道："我做梦说啥了？"

　　她撇下嘴道："不知道。"他没再问，继续穿着衣服。

　　从顺姬屋里一出来，他见百合正从桃源居方向过来，一看见他便焦急道："姐夫，你没在你屋住啊？"

见她很急的样子，他问道："有事儿？"

她仍焦急道："俺姐要生了，你快点儿回去吧！"

他忙奔向芸香的屋，一到屋门前便听见芸香在里面痛苦地叫着，推门而入，又被母亲从里面推出来说："在外等着！"他知道母亲要亲自为芸香接产。

周传孝从他们屋出来，见到子昂如同没看见，阴沉着脸出去了。子昂也不去理，听着芸香在里面哭叫，冲里面喊道："香儿，我就在外屋，你挺一挺。"然后在门前焦急地打着转。

生产还算顺利，芸香生下个女儿。见芸香沮丧，子昂安慰道："我稀罕这个闺女，别老想儿子的事儿，咱闺女的名儿我都起好了，叫梦儿。"

她虚弱地问："咋起这名儿？"

他说："刚才我做个梦。"

她又问："又做啥梦了？"

他不敢说他刚才梦见婉娇，只说："梦见你给我生个闺女，还有神仙跟我说话呢，说咱这闺女命好。我真稀罕这闺女！你也高兴点，别跟香荷儿似的，弄得孩子没奶吃。"说着抱起啼哭的梦儿，一边哄一边打量，还特意看了梦儿乱蹬的小脚丫，觉得像婉娇的脚。虽然他对转世投胎半信半疑，但他还是希望梦儿就是婉娇投胎转世，那样她那曾经受尽凌辱的灵魂就能在他这个爹的呵护下，阳光快乐地成长。芸香信了他的话，心里也有了些安慰。

子昂与顺姬、芳子的婚礼继续进行，只是又为梦儿出生加了喜庆。子昂对众人说他今天是三喜临门，先拽着无奈的母亲接过芳子敬的茶，又让人为两位娇羞的新娘子蒙上红盖头，然后他分别在两个新房内为顺姬、芳子揭下红盖头。这时，鞭炮同时在三个屋的院门前鸣放，山庄便又沸腾了。

香荷听见外面放炮显得很兴奋，饭也不吃了，喊着"过年了"，急忙离桌下炕要出去。津梅、天娇和春山的表嫂及玉莲、丹青等孩子们都在陪香荷，这时忙都拦她，急得她又哭又闹。

听着外面子昂迎娶顺姬、芳子和庆贺芸香生女儿的鞭炮声，津梅、天娇都为香荷被另求新欢的子昂冷落得又哭又闹而伤感，伤感良家出身又花容月貌的米家姐妹在子昂心中却不如几个窑姐儿，便一同搂着香荷哭。

香荷立刻不哭不闹了，愣愣地盯着两个姐姐问道："谁打了？妈打他！"

这时外面的鞭炮声突然停了，香荷愣了一下又吩咐道："过年了，包饺子！"津梅立刻答应，说着就去让灶房包饺子。香荷瞄着津梅离去道："大懒虫！"

顺姬、芳子的对面屋都摆了酒席，都是炕上一桌，地上一桌。长辈中只有华老爹、刘王氏和石头坐席，华老爹、刘王氏和一些男女雇工们在顺姬的喜宴上，石头和一些男女雇工坐芳子的喜宴，再就是顺姬、芳子的丫头和喜子，其他人则都躲在自己屋里不露面。

见四桌喜宴空了近一半，子昂心里不快，但也不想这时去难为那些对他不满的人，就让山庄所有干活的都放下手里的活，这才将四桌酒席坐满。然后，他挨桌敬酒，让山庄干活的人都称呼顺姬、芳子为夫人。

有人笑问道："夫人这么多，谁大谁小？"

他不假思索道："没有大小，都是夫人。"善于奉承的都忙敬新夫人酒。

芸香由百合哄着吃着月子饭，炖鸡汤、煮鸡蛋和小米粥，听见外面鞭炮声，只感到炸心一般，但公婆都拿子昂没办法，她只能边吃边流泪。

子昂妈被动地坐了两房新媳妇的堂，又将子昂备好的改口钱给了顺姬和芳子，然后就忙着回来照顾芸香，一脸无奈地安慰道："咱不和他一样，我看他现在就跟魔症似的。魔怔就魔怔吧，总比他没了好，你说是不？咱就认了吧。你现在也有儿有女了，把自个儿照顾好，他愿咋折腾咋折腾，总亏不着咱。"芸香只是叹了口气，又抹了把眼泪。

亚娃也在屋里生闷气，若玉正在一旁劝道："甭管他身上有鬼有神，咱就当他是个疯子，犯不着跟他生那气，咱消停地把孩子生下来，日后把大账房接过来，他爱咋作咋作吧。记住娘的话，世上只有钱是好东西，剩下都他娘的不是东西。"

亚娃倒被她骂笑了，但心里还是不痛快。

津梅从香荷屋里出来越想越生气，她要出去骂子昂。这时，头戴礼帽、一身长袍马褂上交叉系着两朵大红花的子昂正在大灶房内向雇工、炮手们敬酒，见津梅怒气冲冲地进来，立刻意识到她来者不善，忙招呼道："三姐快坐下。"

她愤愤道："你以为我来吃你这破席的？"

他立刻打住道："咱井水不犯河水行不？"

她这才又想起她和春山私通的事一直都由子昂罩着，立刻又敢怒不敢言了，随即转身离开。

退到灶房内，她见山庄包饺子手艺最好的秦嫂正在灶台前忙着，就冷着脸道："差不多就行了，赶紧包点饺子。"

秦嫂直起身说："早包过了，新娘子都吃了。"

她顿时大怒道："新娘子算个屁！现在娘娘要吃！"

听见津梅在灶房内发脾气，子昂忙出来，两眼直直地盯着她。津梅不禁又打一冷战，忙解释道："你家娘娘要吃饺子，你看着办吧！"说完气哼哼地出屋了。

子昂忙吩咐秦嫂道："这个让别人干，你赶紧包饺子。我三姐说的对，娘娘重要。"秦嫂笑着又忙包饺子。

子昂摘了礼帽和身上的披红，直奔香荷屋里。香荷又在哭闹，可一见子昂便不哭了，样子急切道："过年了！给我钱！他们来行礼了。"

他更觉得对不住香荷，忙哄道："稍等会儿，我去给你拿。"说完跑去顺姬屋里借用一卷银圆交给香荷。

津梅还是忍不住和子昂翻脸道："我看把这个家都让别人当了是不？你别忘了，没俺米家就没你今天，你就拿这两个半钱儿糊弄香荷？她疯了俺们可没疯，你可别太丧良心！"

子昂没怨她，安慰道："我说过，到啥时都我会为米家着想。再说我也想让香荷管这个家，可她这样能管吗？那得多少钱让她往外撒？"

她愤愤道："别拿香荷儿有病打马虎，她是有病，可咋说她也是正房！你咋花心俺们管不了，可这个家你不能都给别人了！"

他一笑道："心花钱不会乱花，我不过是让她们帮我管管家，香荷要能管，我肯定都让她管，可她不是管不了吗？"

她又厉声道："香荷儿管不了，俺们替她管！"

他冷笑着问："你想管？"

她立刻觉得自己说的不妥，忙说："我没那意思。"接着口气缓下来说："咱别吵吵，我和你商量点事儿成不？"他点下头。

他随津梅进了天娇的屋，屋里这时就他两人。津梅关上门说："让天娇儿替香荷管行吗？她现在也需要个人来疼，我看你也挺稀罕她。"

他一笑道："我明白你的意思，可咱家你和大姐夫已经这样了，我俩再这样能好吗？"

她理直气壮道："都这份儿了还啥好不好的？天娇儿现在要找人家也好找，可我就寻思，肥水不流外人田。"

他又笑道："你是怕我把钱都流到外头吧？"

她说："也不全为这。你答应过咱爹，香荷儿生头个小子随米性，可香荷现在这样儿，听说你和香荷现已经没那事儿了，就是有，她还能生吗？就是能生，生下来啥样儿也不知道，你就让天娇儿生一个吧，也算了了咱爹活着时的心愿。"

他倒镇静道："大夫不说她以后怕怀不上了吗？"

她急切道："大夫是说让她注意点，养好了一样。她从流产后就没办过那事，都这么长时间了，早该养好了，你就试试呗，给她喝点中药养一养！"

他嘿嘿一笑道："三姐，我告诉你，别把别人管那点钱当回事儿，水有源头别怕流，那才几个钱儿？你放心，都是咱家的。"

她似懂非懂地看着他。他又说："源头就在咱家娘娘那儿，天娇儿只管照顾好咱家娘娘，咱家娘娘有的是钱，所以我和谁成亲你都别担心，快过去吃饭吧。"说罢返回香荷屋里。

津梅还是不明白子昂说的话，越想越觉得子昂在和她兜圈子，心中的火又涌起来，跟着回到香荷屋，见几个孩子正和香荷在炕上玩拜娘娘，每个孩子手里都已握了十几块银圆，立刻对着几个孩子训斥道："干啥呀你们？抢劫呢！一人手里留一块，剩下的都放那儿！真是虎落平川被犬欺，看她好欺负？"又责怪天娇道："你干啥呢？咱老妹儿有病你也有病？她又在那儿乱发钱你咋不管着点？难怪子昂把这么大个家业都让别人管！你咋不为老妹儿争口气？"

天娇一脸委屈道："你看三姐，他们都玩儿呢！"

春山的表嫂也尴尬道："真是玩儿呢，等玩儿完都留下，这不年不节的，咋好让孩子收这么大的钱。"

玉莲将银圆交给天娇道："小姨给你。"其他孩子也都将银圆交给天娇。

香荷先一愣，又从天娇手里抢下银圆，厉声道："我的！你没行礼，不给你！"

津梅抱着香荷哭道："我可怜的妹妹！"

香荷又吃惊道："谁打了？"又摸着津梅脸哄道："别哭，妈给钱。"孩子们又笑起来。

香荷冲孩子们一横眼道："去，不给你！"孩子们更笑。

子昂笑着对春山的表嫂说："嫂子别往心里去，我三姐是拿话儿敲打我呢。虎落平川被犬欺？犬是啥？是狗，我就属狗的！可我爹是属龙的，这龙爹咋就生出狗儿子？狗最忠诚，但狗儿子不孝！"

津梅被吓一跳，顿时慌起来。其实她刚才说此话只是随意想起这么一句，也只是拿几个孩子撒撒气而已，真就没有指桑骂槐地对子昂，听子昂这么一说，觉得自己激怒了子昂，也预感子昂要对她反击，唯恐说她忘恩负义，继而将她和春山到一起的事捅出来，吓得又要哭出来，推开香荷道："子昂，我没说你！我是说孩子！不是，我是随便说的！真的，子昂，我看你又成亲，心里可难过了！不是，我是为香荷儿难受……"

子昂笑道："三姐，我知道，我都知道。你是我的好三姐！你放心，我不会欺负你。不过说到狗，还有一句话，狗急了跳墙。"

津梅又一激灵，更加不安。子昂接着说："只要不把我逼到跳墙那一步，我是不会咬人的，别看我吃过那么多狼心。"

香荷也一激灵道："咬人！报仇！"说着又四下巡视，直直地盯着豆儿。

豆儿已经懂很多事了，对香荷"报仇"的话尤其敏感，见疯妈又盯上她，吓得她又叫着扑进天娇怀里。

子昂忙安抚香荷，又对津梅说："现在有人说我欺负芳子和顺姬，说她俩无依无靠，我是仗势欺人，我让她俩咋的她俩就咋的。其实根本不是那回事儿。我周子昂做事都是有由头的。天生丽质难自弃，哪个男人不好色？别说我呀，咱们老祖宗都好色！不说别的，就说老祖宗研究的字，世上啥最好？女子啊！你看'好'字咋写的？一个'女'字，一个'子'字，合起来就念'好'，啥意思？女子好啊！好色不？"

津梅反驳道："你别搁那埋汰咱老祖宗，你当我不识字呢？'好'字是用'女'和'子'合起来的，人说的是有儿有女的就是好。"

子昂立刻想到米家没有儿子，诡笑道："那家里有儿子没闺女、有闺女没儿子就都不是好人呗？"

津梅立刻感到不对味，不禁一怔卡壳了。

子昂忙转话锋道："我知道你识字，那孬货的'孬'字你会写吧，上面是个'不'字，下面是'女子'两个字，啥意思？我认为就是，不喜欢女子的人，或者说，不尊重女子的人，这人肯定不好！可要按你的说法，是说不男不女呢？还是说没儿没女？要说不男不女那是二异子，二椅子不过是一种病，你能说人得了这种病就不是好人？要说无儿无女，出家人基本都这样，人出家人基本都是慈悲为怀的大善人，你敢说人出家人都不是好人？"

津梅不耐烦地嚷道："烦死了，烦死了！你讨厌！"倒有点是在撒娇，随后又忍不住自己乐。

子昂一脸得意地笑道："所以说，还是我说的对。"

津梅一撇嘴道："得了吧，你一肚子花花肠子，俺是说不过你！"

子昂倒被提醒到原话题上，又嘿地一笑道："你也别说我花花肠子，男子好色根本就不算啥毛病。但你得看他好色为了啥？为啥？要只为那点事儿，凭我有的是钱，去城里逛窑子多省心，何苦把她们绑在我身上，在我这儿，绑了就是一辈子。就像我对香荷儿，她一辈子这样，我不死就一辈子这样护着她！再说了，谁受没受欺负，她自个儿心里最明镜儿。啥事儿都得走一步说一步，我也是豁出这张脸了。但是你们放心，米家的天塌不了。"

津梅仍似懂非懂，便不作声了。子昂又对几个孩子说："以后还这么玩儿吧，只要哄着咱家娘娘高兴就行。都赶紧吃饭吧。"然后又去看给香荷包的饺子好了没有。

周传孝对子昂又同娶顺姬、芳子为妾极为恼火，但想到婉娇是被他羞辱而死，便不敢拿顺姬、芳子发火，况且他感到顺姬、芳子都是被子昂逼迫的。他也意识到子昂是要和他对抗到底，可这里的一切都是子昂的，以后也不会有他什么好事，便决定离开山庄回奉天。

与顺姬、芳子成亲当晚，子昂头次与芳子圆房。她也算是过来的女人，与她巫山云雨间，仿佛婉娇又回到他怀抱，又如获至宝，但他还是忘不了和婉娇在一起的快乐。

许是和顺姬、芳子房事频了些，他早晨醒来竟不记得做过什么梦，就问芳子他夜里说梦话了没有。芳子昨晚与他激情后，也是一觉睡到天亮，并没听见他说梦话，这时听他没头没脑地问，倒觉得他正在说梦话。

这时，周传孝正在芳子的院子里等子昂，他怕晚了又不知子昂去哪个媳妇的屋。

子昂听英子一说就反感，出屋见爹正蹲在地上抽烟袋，毫不客气道："你没事总往我媳妇院里跑啥？"

周传孝被羞得恼羞成怒，起身骂道："你个王八犊子，你咋不说我上你媳妇炕？"

子昂先一怔，接着把屋门一开道："想上啊？上吧，我媳妇儿还没起被窝儿呢。"

周传孝气得说不出话来，竟哭道："儿子，你饶了我行不？爹错了！"接着又蹲下大哭。

见爹哭得伤心，他的心才软下来，叹口气道："已经死了，还啥饶不饶的，你就好好当你的老太爷吧。"接着问道："找我啥事儿？用钱尽管说，别的啥都不用你管。"

周传孝就是为钱来的，又起身抹把泪道："行，你要这么说，就当真给俺们备点钱，我和你妈回老家。"

他立刻反对道："那不行，回那头没人照顾你们。"

周传孝激动道："你还知道照顾俺们？得了吧，俺们享不了这福，也丢不起那人！"

子昂平静道："天底下娶三房四妾的多的是，还有想娶娶不到的，人都不嫌丢人，我咋就丢人了？"

周传孝又骂道："天底下也没有你这么不孝顺的逆子！"

他冷笑道："我不能不孝，但也不能啥都顺。你不常说吗，不孝有三，无后为大，我娶这么多媳妇，就是为了有后，而且还要多后。"

周传孝愤怒道："放你妈的狗臭屁！你是想把咱老祖宗的脸都丢尽了！行了，钱也不用你拿，俺们还要饭回去，饿死也不待在你这儿了！"说完转身出了院。

子昂认为爹是说气话，心想母亲是不会离开他的，便没往心里去，但芸香已经感到不安了。就在这日早上，婆婆对她唠了些莫名其妙的话。话没直说，但话里话外露出她以后照看不了孙子、孙女，让子昂找个有耐性的奶娘帮着带，还让她以后多顺着点子昂，少和他生气，照顾好自己和孩子。她疑惑地问婆婆是什么意思，婆婆只是泪盈盈地说子昂现在太不让她省心了。随后她听到公公在灶房气哼哼地对婆婆说："咱不要他的钱，要饭回去。"又听见婆婆责怪道："你瞎吵吵啥！"

她断定公婆已商量好要离开他们回老家，又不安地问婆婆道："妈，您跟俺爹说的是一回事儿吧？"

婆婆埋怨道："你爹这破嘴，瞎嘞嘞。"又安慰道："甭听他嘞嘞。"

芸香仍不放心，哀求道："妈你别走，你走了俺咋办？"说着哭起来。

这时子昂进来，见芸香在求母亲，心里一惊问道："妈你去哪？"

母亲说："香儿现在离不开人，我能去哪？哪也不去，就守着俺闺女。"

芸香又哭着对子昂说："咱妈和咱爹可能合计好了回老家，别让咱妈走。"

子昂顿时心被猫抓一把似的，跪地搂住母亲的双腿道："妈，儿子是闹过头了，惹您生气了，您原谅我吧！您打我！"也哭求道："妈你千万别走！我让这些媳妇好好孝敬您！"

母亲一脸难色，抚摸着他的头叹口气道："妈不走，你爹也是说气话。行啦，快起来吧，都娶一帮媳妇了，还跟个孩子似的，丢不丢人？"

他起来说："您要走我才丢人呢，把妈丢了，只要您不走就好。"

母亲哭笑不得。芸香终于心情好一些，但和子昂一对上眼，脸又立刻像拉门帘似的拉下来，扭头去看在一旁睡觉的梦儿。他不介意，也嬉皮笑脸地跟着看，芸香又转过身去不理他。

母亲扯他一把道："香儿在坐月子，你别惹她生气。去忙你的吧，妈照看她娘俩儿。"

他也感到对不住芸香，说："那我等香儿不生气时再来。"说完出了屋，骑马离开山庄又买回一沓空白的婚书，先完成了她和顺姬的婚书：

周子昂，直隶省秦皇岛县人，二十五岁，宣统二年七月二十九日寅时生

金顺姬，朝鲜省平安北道县人，二十岁，民国四年午月初七日酉时生

今承秋田芳先生介绍，谨詹于中华民国二十四年八月五日午吉时在龙封关山庄举行结婚仪式，恭请李春山先生证婚，佳偶天成，良缘永缔。情敦伉俪，愿相敬之如宾。祥叶螽麟，定克昌于厥后。同心同德，宜室宜家。永结鸾俦，共盟鸳蝶。此证！

结婚人：周子昂、金顺姬

介绍人：秋田芳

证婚人：李春山

主婚人：唐春英、刘王氏

中华民国二十四年八月五日谨订

接着又完成了他和芳子的婚书：

周子昂，直隶省秦皇岛县人，二十五岁，宣统二年七月二十九日寅时生

秋田芳子，日本省长崎县人，二十一岁，民国三年七月初七日巳时生

今承金顺姬先生介绍，谨詹于中华民国二十四年八月五日午吉时在龙封关山庄举行结婚仪式，恭请李春山先生证婚，佳偶天成，良缘永缔。情敦伉俪，愿相敬之如宾。祥叶螽麟，定克昌于厥后。同心同德，宜室宜家。永结鸾俦，共盟鸳蝶。此证！

结婚人：周子昂、秋田芳子

介绍人：金顺姬

证婚人：李春山

主婚人：唐春英、刘王氏

中华民国二十四年八月五日谨订

然后去将婚书交给顺姬和芳子保管。他先去顺姬的屋，不想芳子也在这里，发髻还是他设计的那种，身上也都穿着大红色的新娘装。他还不知道，她俩这时已被山庄的人孤立了，这才互相依偎地待在屋里。见自己的两个新媳妇依然亲姐妹似的，他倒又兴奋起来，上前将她俩一同揽在怀里，不想她俩一同将他按在炕上捶打。

他手里还握着两份婚书，见她俩不像是在和自己开玩笑，怕折损了婚书，猛地挣开跳下炕，盯着她俩吼道："疯了你俩？"

又见她俩都在流泪，这才意识到自己真的伤了她俩的心，便又靠过去愧疚道："我是混蛋，可我真的舍不得你俩了。我承认我挺贪心，可我也想让你俩也当回主子。想来想去，人活着就是为了活着而活着，我在娘胎里哪知道当下无道，稀里糊涂来到这个乱世间，咋都是苟且偷生。再说娶好几个媳妇的男人有的是，政府里的官老爷们都能，我周子昂为啥就不能？以前我不能，但现在我能。我还能让我的媳妇们都各当各的主人。"说着将婚书分给她俩，接着说："这就是咱们的婚书，各是各的。就凭这个婚书，我要是死了，山庄里的财产，你俩也都有一份。你俩要是生下周家的儿女，只要周家有的，就少不了你俩的。"

她俩分别与他圆房时就知道，婚书不仅是女人的名分，在山庄内还能证明她俩是主子的身份。但她俩都没有刻意地追求这个，异国他乡，又是从妓院里出来的，只想开心一天是一天。但她俩都没想到，同日嫁给子昂后，曾经对她俩友善的人们突然都对她俩鄙视和敌视了，令她俩又感到了羞耻和压抑，也没有脸面再见那些人，只能躲在屋里，好像又被关进妓院里。这时听了子昂如同遗嘱般的话之后，她俩又都不安起来。

芳子哭着解释道："不是的，俺俩不能出屋了，他们都讨厌俺俩，不理俺俩了。"

他释然地笑道："原来是这样。所以你俩一块儿拿我撒气？不过拿我撒气也对，咱不和他们一般见识。要我说，他们就是嫉妒你俩，过段日子就好了。再说了，你俩现在都是我媳妇，他们咋也不敢欺负你俩就是了。"

顺姬仍委屈道："还得干活儿呢，没法干了。"

他郑重道："你俩也是主子，活儿让他们干，有不听摆弄的跟我说，我让他们尝尝跟主子起横的果子啥滋味儿。"

就这时，他们听见外面有人大声叫骂。子昂听出是多日娜在骂他，一时竟显得有些紧张，但还是得出去应对。

第 121 章

多日娜现在对猪肉铺和山货铺的生意越来越感兴趣了。猪肉铺的猪肉零售都由麦冬负责，她只管派人去山庄抓猪和屠宰，然后按着售出的生猪和零售斤数收回整钱。

麦冬聪明伶俐，账比多日娜算得明白，每天尽心尽力叫卖，不但分两不差，还如数把账交给多日娜。其实他头次见到多日娜就喜欢上了，尽管她比姐姐芸香还大一岁。他也知道她和他姐姐一样，都是子昂的女人。开始心里不平，但过后又发现子昂没有娶她的意思，便想通过姐姐说和，使她成为自己的媳妇。接着他又发现，多日娜性情高傲，脾气也不好，总拿他当孩子似的吆来喝去，便对她由暗恋到惧怕，后来又反感她总去肉铺对他吆三喝四的，也使他对女性的向往由多日娜转到文普的女儿梦穗身上。

论起来，麦冬和梦穗应是叔侄关系，这又让他心里感到不舒服。本来他和梦穗没有接触的机会，是文普考虑他是子昂的小舅子，平时守着肉铺热一顿凉一顿的，便常在龙凤阁捎带着弄些热乎的给他送去。赶上顾客多时没工夫送，就让梦穗给送去。

梦穗十五岁了，也越变越俊俏，见到英俊的小伙子也知道害羞了。麦冬虽不及子昂英俊，但在龙凤也很难遇到。梦穗一见到麦冬就动了心，但她得管他叫小叔。

多日娜从没想过麦冬会对她动过心思，看他做事不顺自己心思，"笨蛋""蠢猪"之类的解气话张口就来，好在麦冬从不和自己顶嘴，在钱上也不藏歪心眼，就放手让他全面打理肉铺。她则一门心思收购蘑菇、松子、药材、毛皮等山货。只要听说谁有山货，她就立刻盯上去，验货、谈价，谈妥了就叫人送到肉铺旁的一套房子里备着，估计够马帮走一趟了，就让铁头将她的货驮到山外卖高价。

铁头知道她也是为子昂做事，只要不运送豆油、猪肉，多日娜不找他他也会问她库里有没有货。出驮回来，他再把卖货的钱一并交给多日娜。本该这钱是交给山庄账房的，但当时婉娇当管家，多日娜坚持自己保管。念她和子昂夫妻不夫妻，兄妹不兄妹，铁头便也由着她的性子。

多日娜在接钱、数钱的时候尤其开心。因前段时间子昂为失去婉娇痛不欲生，她也真的担心他有个三长两短，便将生意空了。这些日她见子昂心情好了许多，便又忙起来，接连从跑山人的那里收了许多蘑菇、人参、鹿茸、貂皮等，跑的有些累，便一直和母亲一块住，还故意在母亲、哥嫂和侄儿面前炫耀她挣的钱。

嫂子知道她是替子昂管生意，挖苦道："再显摆你也是过路财神。"

多日娜不服道："钱在我手里，就我说了算！她们能当管家，我也能！看谁管的多！"说着还给了嫂子一些，让她去买她和孩子喜欢的东西。

嫂子开始讨好多日娜，趁没人在跟前就悄悄问她："你俩圆过房了？"

多日娜不愿唠这些，脸一沉道："你少管。"

嫂子笑道："咱妈都不管了，我哪敢管！圆就圆了呗，谁都知道你是搁花轿抬去的，他不要你谁还敢要你？"

多日娜眼一瞪道："再瞎说就不给你钱了！"

嫂子坚持道："他把这么大的买卖都交给你了，凭啥呀？男人就抗不住枕边风。"

多日娜心更烦了，打着嫂子道："欠嘴！"嫂子抵不过，只好跑开了。

她又三天没见到子昂了，是忙着收山货脱不开身。子昂和婉娇的情深虽然让她愤慨，但现在婉娇不在了，她倒渴望子昂能把对婉娇的深情转移到她身上。

她正让人将收来的山货集中打包，子昂又同娶两房媳妇的消息便传进她耳朵。她简直不敢相信，但她又不得不信，于是气冲冲地催马回到山庄，得知子昂好像在顺姬的屋里，就骑马堵在大门口怒骂子昂不要脸。

这时见子昂出来，她愤怒地催马到他身前吼道："周子昂！你就真是鬼我也不怕你！我让你装神弄鬼！"随即一马鞭抽在他身上。

子昂知道她为什么发火，急忙躲她又抽来的鞭子，边躲边说："妹妹听我说！"

她在马上抽不着他，又跳下马来追他抽。他索性迎着马鞭上去，一把抱住她，接着用力夺下马鞭道："我知道你是因我娶她俩，我是跟我爹置气。你是我妹妹，我是什么都不在乎，就怕把你名声给毁了。"

她哭道："你已经把我给毁了！你太不要脸了！我才不稀罕当你妹妹呢！我都嫌你埋汰！

你个臭捡破烂儿的！"

他明白她这是在羞辱顺姬和芳子，顿时心中不快，猛地松开她，冷着脸问："你说谁是破烂儿？"

她并不害怕，又喊道："你那些媳妇都是破烂儿！"

他气得抬手要打她，但手举起来，却怎么也不忍心落在她身上。她倒将头顶到他胸上道："你打你打你打，有种儿你打死我！"

他不忍心打她，放下手问道："她们是破烂儿，你是啥？你也是我媳妇！"

她愤怒地呸他一口道："我嫌你埋汰！"转身跑回她屋里趴在炕上哭。雪儿不知所措，傻傻地立在一边。

多日娜正哭得伤心时，子昂捧着和顺姬、芳子一样多的礼钱进来，将银圆、金条都放在炕上道："你听好了，打今儿起，我再也不把你当妹妹了，你就是我媳妇！这是送给你的彩礼，也是我买门槛子的钱。以后我随时都可以进来，想在这儿睡就在这儿睡！"

多日娜突然爬起，一脸泪水道："别不要脸！你想买门槛子？就不卖给你！出去！滚！"说着硬将他推出屋，并插了门。

见她并没拒绝礼金，他没再坚持进屋，猜她守着那堆钱哭哭就好了，便去张罗人重新布置新房，并又告诉灶房杀猪摆宴。他要今晚就和多日娜圆房，看她以后还骂不骂他是捡破烂儿的。他现在也不怕哥哥们怨他了，林海已经默许了，他也如了开始就想娶她的心愿。

正当子昂无所顾忌地张罗晚宴时，多日娜骑马离开了山庄，雪儿说她又回娘家了。他本想今晚好好哄她开心，见她离去很扫兴，想去将她哄回来，又怕她正在气头上不给他面子，尤其自己又刚刚娶了顺姬和芳子，也无法面对多日娜的家人和哥哥们。

吃大餐的时候，大家听说多日娜并不在山庄，倒不知子昂在玩什么把戏了。子昂故作淡定，让大家都开心地吃喝，他也跟着喝了一些，却越来越觉得心中不安，索性在大家喝得高兴时去了多日娜的屋，他希望多日娜这时已经消气回来了。见多日娜并没回来，礼金还是他开始放的样子，他猜她今晚是不能回来了，索性要在她炕上睡。

虽然他酒后有些头晕，可这时他躺在多日娜平日用的被褥上却兴奋得睡不着，更加思念起她，唯恐她不再回来，便又急忙回到桃源居内，连夜按着多日娜自己坐花轿进山庄的日子立下他俩的婚书：

周子昂，直隶省秦皇岛县人，二十四岁，宣统二年七月二十九日寅时生

多日娜，乌里雅苏台省库伦县人，一十九岁，民国三年九月初八日巳时生

今承陆林海、莫文普先生介绍，谨詹于中华民国二十三年十月二十九日午吉时在龙封关山庄举行结婚仪式，恭请包万全先生证婚嘉礼初成，良缘遂缔。诗咏关雎，雅歌麟趾。瑞叶五世其昌，祥开二南之化。同心同德，宜室宜家。相敬如宾，永谐鱼水之欢。互助精诚，共盟鸳鸯之誓。此证！

结婚人：周子昂、多日娜

介绍人：陆林海、莫文普

证婚人：包万全

主婚人：唐春英、布日固德

中华民国二十三年八月十五日谨订

之后他又完成了他与亚娃的婚书：

周子昂，直隶省秦皇岛县人，二十五岁，宣统二年七月二十九日寅时生

韩亚娃，黑龙江省珠河县人，二十九岁，光绪三十二年三月初三日巳时生

今承韩秋虎先生介绍，谨詹于中华民国二十四年十月二十九日午吉时在龙封关山庄举行结婚仪式，恭请华炳奇先生证婚，佳偶天成，良缘永缔。情敦伉俪，愿相敬之如宾。祥叶螽麟，定克昌于厥后。同心同德，宜室宜家。永结鸾俦，共盟鸳蝶。此证！

结婚人：周子昂、韩亚娃

介绍人：韩秋虎

证婚人：华炳奇

主婚人：唐春英、潘若玉

中华民国二十四年三月二十二日谨订

这时天色放亮，他终于来了困劲，躺在炕上不多时便睡了，随后又进入梦乡，梦见他去找多日娜，哄劝道："跟我回去吧，以后我不当你哥了，咱俩可以拜堂了，大哥他们同意了，我知道，。"

多日娜说："我已经拜过堂了，跟我表哥拜的。"

他心里刀割似的痛，一把搂住她说："你是我的！别听你妈的，她就是贪财！现在我也有钱了，咱跟你妈说去！"

这时万全出现了，用枪对着他说："放开她，她是我的！"

他恼怒道："你总惦记我的女人，今天我让你永远死了这个心！"说着去夺枪。

万全扣动扳机，嘭的一声。他呆住了，低头见自己小腹处被打了个洞，鲜血正从里面朝外涌。他想他要死了，也想到婉娇已经死了，那就让人把他和婉娇埋在一起吧。忽然他又想起香荷，自己死了谁来照看香荷？还有芸香刚生孩子，亚娃也怀孕了，顺姬和芳子会更加孤立无助。他不想死了，再看自己小腹上的洞，原来不过是肚脐眼。婉娇也根本没有死，那都是做的梦。婉娇是被她表哥用花轿抬走了，他必须得去追赶。他很快追上抬轿的人，原来那些人抬着一口大棺材，文静满脸泪痕地躺在里面。他知道她是被表哥糟蹋死的，伤心而愤慨，抄起一把菜刀，将文静的表哥变成了太监。

秋虎过来对他说："以后你就是我姐夫了，以后有用着我的地上尽管说，谁要想欺负你，我就插了他！"说着出刀杀了身边一人，血流满地。

他仔细一看，死的人竟是万全，大吃一惊道："你咋把他杀了？他是我二哥！"

秋虎说："他该杀，他总惦记我姐！我姐是你的女人！"

他不安道："可我那些哥哥不会放过你的，快把他埋了！"

然而已经晚了，哥哥们知道他俩杀了万全，都和他翻了脸，带着日本兵来抓他俩。他俩拼命地奔跑，可怎么也甩不掉后面的日本兵，眼看要被逮着了，他一急醒来。

他还记得梦里说过的话，说的应该是文静的事。他不解怎么做出这种梦，心里又像被掏空似的疼。

屋外已经大亮，他希望多日娜已经一脸灿烂地回到山庄。他爬起刚要出屋，见顺姬为他送来早餐。听说多日娜还没回来，他只能耐心地等待。洗漱后吃过早餐，他带上他和亚娃的婚书

去看亚娃。

若玉自女儿也怀上子昂的孩子后，几乎夜夜都在亚娃屋里陪护，也算诚心成全石头和杏花。她也越来越意识到，她的后半生只能指望女儿也得到周家的名分。虽然对他又同娶顺姬、芳子很不满，但女儿已经怀上他的孩子，怕这时惹他不痛快会鸡飞蛋打。不想他这时送来他和自己女儿的婚书，格外欢喜道："这就妥了。看出来你真不是丧良心的人。"接着又问道："顺姬和芳子也有吗？"

他看她一眼道："管好自个就行了。"

母女俩都一愣。若玉忙又笑道："姑爷说的是，俺们就管自个儿。不过有些话还是为你好。现在咱山庄的生意越做越大，你还不怕媳妇儿多，我看这不少大姑娘小媳妇儿都对你活心了。你说俺们欺负顺姬和芳子，俺娘俩可不敢，也就是那些眼红的。和你远近不说，你得注意身子，体格再好也不能由着性子来。"

子昂倒来了兴致，却埋怨道："你啥意思？你是说山庄的大姑娘小媳妇都想给我生儿子？"

若玉撇嘴道："生不生的，这可难说。多日娜就不用说了，早就是你碗儿里的了，我看津梅、小青、百合这回可都酸溜溜的。还有那个天娇儿，你俩晚间有点啥，香荷儿疯疯癫癫的还能管？"

亚娃先听不过了，责怪母亲道："瞎说啥呀你？自个儿还不知咋回事儿呢，老背后嚼人舌头干啥？"说着委屈地流下眼泪。

若玉忙哄道："你和子昂的婚书都有了，咋还不知咋回事儿？"

亚娃反驳道："你不也有婚书吗，你跟我咋说来的？"

若玉忙辩解道："他和子昂能比吗？那可差着天地呢！"

子昂心疼起亚娃，责怪若玉道："你还是我丈母娘不？我那些媳妇你不敢欺负，这个媳妇儿你就敢欺负？咋的，仗着是你亲生的呗？"

若玉先一愣，随即笑道："你哪个媳妇儿我也不敢欺负，没看我这阵就给你这个媳妇儿当老妈子了？这会儿我倒猪八戒照镜子，里外不是人了。得了，我先回我那头，你两口子好好亲热吧。"说完急忙离开了。他和亚娃亲热了一番。

直到下午，多日娜才回到山庄。他还要和她亲热，却又被她气恼地轰出来。之前他很担心她再也不回山庄了，现在她能回来就好，想她过一阵就又是一轮升起的太阳。

当太阳又升起的时候，子昂还在芸香的炕上睡懒觉。母亲已经哄好了芸香。芸香一想到自己和弟弟妹妹的将来，就又谅解了子昂。子昂昨夜无法和多日娜圆房，也不敢这时去顺姬和芳子的屋，就帮着芸香照看梦儿，一宿又没睡好，天亮时他睡得正酣。吃早饭时叫他起来，他嘴里答应着却睁不开眼。

就在这时，外面忽然传来乐器声。他觉得蹊跷，睁开眼爬起，问芸香，她也不知出了什么事，急忙起来穿衣。

出了屋院，他见庄里不少人聚在多日娜的院门前，敢情是来接亲的，还是上次用花轿送多日娜来山庄的那伙人，这回居然是侯七来娶多日娜。

见一身新娘装的多日娜正由一身新郎装的侯七搀进花轿。他脑袋嗡的一声，随之心像被刀剜一般痛，恼羞成怒地冲上前，将侯七扯倒在地，又将多日娜从轿内拽出，扯去她头上的盖头大声骂道："哪个损犊子净他妈的扯这王八犊子，让这浑犊子跑我家来装犊子？真他妈的完犊子！赶紧让这瘪犊子给我滚犊子！"

围观的人们大笑，有人称赞子昂骂得精彩。多日娜被大家笑得一愣，随即回骂道："你才是犊子！"

他一把抱起她道："我他妈今天是护犊子！"

她奋力挣开怒目道："滚犊子！"

他也瞪眼吼道："这是我的家，让我往哪滚？"

她一转身道："那我滚！"

他一把扯回她道："你是我媳妇儿！滚就往咱家里滚！"

她又愤怒道："别臭不要脸！和你拜堂啦？"

他还要抱她道："那还不容易！"

她又用力推开他道："找你捡的去！"他听她还在骂他是"捡破烂儿的"，气得又将巴掌举起来，却实在不忍心打她。

她歪头斜视着他，脸上的表情不知是伤感还是得意。

侯七这时从地上爬起来，将多日娜揽在自己怀里道："你凭啥打她？她现在是我媳妇儿了！"

他旋即给了侯七一记耳光道："狗日的！你是活腻了！"没等侯七缓过神来，他又对他暴风骤雨般地拳打脚踢，边打边骂他是"癞蛤蟆想吃天鹅肉"。

和侯七一伙的忙上来拉他，也被他拳打脚踢，顷刻间都被他打倒在地上。他越发恼火侯七在挖他的心，趁侯七还没爬起，上前继续用脚狠踹，边踹边骂道："你熊人熊到我炕头上来了！今天你就是吃豹子胆了我也都给你打出来！"越打越疯狂。

侯七被打得抱头惨叫，终于告饶道："不是我，是她逼我这样的！"

他继续对他暴打道："她是让你死！你去死吧！"继续暴打。

多日娜感觉子昂是真要把侯七打死，忙上前抱住他求道："别打了，是我让他来的，我就想气你。"

他这才住手，怒视着她吼道："你杀了我算啦！气人有这么气的吗？"又将侯七身上的披红扯下来问："这是干啥的？这是要和你入洞房！他这么把你接走算咋回事儿？"

她反驳道："开始咋来就咋回去！"

他盯着她说："现在你想回去了？晚了！你已经是我的了！"又对来接亲的人吼道："都给我滚！"

一个吹唢呐的抱怨道："这叫啥事儿？俺们是来挣钱的，可不是来起哄的，这亲接不成，钱谁给？"

子昂指着地上呻吟的侯七道："一会儿把他抬走，工钱我给。"看到雪儿又训斥道："这么大的事儿，你咋不去叫我？白眼狼啊你？"

雪儿委屈地哭了。多日娜训他道："少跟她喊，是我不让的。"

他不想惹多日娜，又对雪儿说："屋炕上有大洋，你去拿一卷来。"雪儿忙回屋去。

侯七已经眼青脸肿，嘴角挂着血，恶狠狠地盯着子昂道："姓周的，我惹不起你，有想惹你的，你就小心点儿吧。"

子昂举拳又要打他道："狗日的，你也敢来吓唬我！"

侯七忙躲闪道："别打别打，我真不吓唬你，田家二少爷回来了！你知道他回来干啥吗？龙凤也要成立皇协军，警察所要变成保安大队了，他就是大队长。你二哥到时就是他手下一个小队长。田少爷有笔账想要和你算；你抢了人家的媳妇，现在又让你弄成疯子了。"

子昂听出他说的是香荷，骂道："滚你奶奶的，我明媒正娶的媳妇，咋成他的了？他也太自作多情了！"

侯七爬起道："那是你俩的事儿，你俩的热闹在后头呢，不信你等着。"接着又说："我知道你会点武功，我也打不过你，有章程你和田二少爷过过招儿，他在皇宫学了霍家八极拳。霍殿阁听说过吧，田二少爷已经拜他为师了。"

子昂心里有些不安了，如果侯七说的是真的，田守旺可是给日本人做事的。他不想再和侯七较劲，等过后再去问问万全，眼下他要把多日娜安抚住，他已经舍不得她了。

这时，雪儿拿着一卷银圆出来。子昂让她把银圆都给侯七，又对侯七说："这一百都给你，买点儿好吃的养一养，不够再说。"又让雪儿回屋取出一百，也交给侯七，说是给抬轿、吹乐器的赏钱，然后吩咐抬轿的把侯七扶进轿里离开山庄。

子昂在打侯七时，芳子、顺姬、小青、津梅、百合也都在围观，见子昂又如疯了一般，谁都不敢靠前，其实她们这时都倾向子昂。

小青和津梅悄悄说："不管子昂和多日娜到没到一块儿，人都知道多日娜是坐着花轿来嫁子昂的。子昂他妈平日就当多日娜也是周家媳妇，还跟人说过芸香要生不下小子还有多日娜，多日娜可是生小子的身子架儿。"津梅心里又纠结。

雇工和厨娘们也都私下议论道："这姑奶奶真是玩儿过头了。"

"你瞅侯七儿那德行，尖嘴猴腮的，也不照照镜子，真是癫蛤蟆想吃天鹅肉。"

"那不一朵鲜花儿插在牛粪上！"

"大当家把山庄那么大块生意都交给多日娜了，她咋又弄出这一出？胳膊肘往外拐是咋的？"

周传孝是在要去他的菜地时发现一伙迎亲队伍来山庄的，顿时也被闹蒙了。他没听说山庄里哪个姑娘要外嫁，便立在那里观望，见花轿停在多日娜的院门前，心里更加糊涂，莫非要把多日娜的丫头嫁出去？可那雪儿才十四岁。接着听说花轿是来接多日娜的，又很吃惊。他清楚子昂把多日娜当妹妹，不过是怕坏了结拜兄弟中的规矩。可上次林海已经默许他俩的事了，而子昂能娶妓院里待过的，却舍得把个已经属于他的黄花大闺女嫁出去？

就这时，他见子昂也从院里出来，怒气冲冲地将多日娜拽出花轿，又暴打了侯七，但他一直没靠前。

送亲的抬着侯七离去了，多日娜立在那里怒视着子昂。他命令她道："给我进屋！"

她却怒气冲冲地朝人群外走。他又一把抱起她道："看我咋收拾你。"

她挣扎着哭道："放下我，我要回家，再也不搁你这儿待了！"

他抱紧她进院，边走边说："这就是你家。"说着将她抱进屋。

直到第二天太阳升起来时，子昂才和多日娜出屋。再看多日娜，好像对子昂昨日的鲁莽并没生过气，便都心照不宣地一笑了之。

子昂妈也想借机缓和父子间的紧张，就让子昂带多日娜去他们屋里吃饭，由多日娜给他们夫妇敬了烟和茶，算是又正式接纳了一房儿媳妇。但子昂吃饭时还是不和爹说一句话，倒是多日娜左一口爹，右一口妈，气氛总算不那么尴尬。

第 122 章

梦儿已经满月，芸香也可以出屋串门子了。她抱着梦儿各屋走了一圈，就连顺姬、芳子的屋也去了，毕竟她坐月子时，她俩也给她下过奶。虽然还对她俩也做子昂的媳妇感到不爽，但她实在惹不起子昂，毕竟是子昂让她的弟弟、妹妹摆脱了苦日子，过上他们此前做梦也不敢想的好日子。她还想靠子昂让弟弟、妹妹过上更好的日子。

大家都对梦儿又抱又逗。罗家奶奶起头叫她"小公主"。作为母亲，芸香感到快慰。而天娇心里有些不平衡，就说豆儿是"大公主"。当日，子昂还为梦儿满月摆了贺宴。

此后，芸香常抱着梦儿去别的屋里聊天。顺姬和芳子对她尤其恭敬，她越发愿意和她俩在一起了，有时吃过晚饭继续聊，天黑时才回自己屋里。

这日，她抱着梦儿从芳子屋里回到自己屋，梦儿一被放到炕上便哭闹不止，喂她奶也不吃。子昂妈闻声过来帮着哄也无济于事，后来竟哭得令人发毛。想到梦儿一见到子昂就爱笑，母亲便去桃源居将子昂叫来。果然，梦儿一进子昂怀里便不哭了，不多会儿便睡了。

可第二日晚间梦儿又哭得吓人。母亲猜想梦儿是被吓着了，就让子昂去找村妮来给叫一叫。村妮来到山庄已经是天黑得锅底一般，一见到大哭的梦儿就问芸香道："你是不晚间抱孩子出去了？"

芸香不安道："就傍晚抱孩子去芳子屋了，回来时是挺晚了，回屋她就闹。"

村妮说："不是芳子的事，准是回来时招到不干净东西了，还不知是近道儿的还是远道儿的。"又吩咐子昂妈道："妈你拿根香来，再用针认根儿红线。"

子昂妈忙取来一根香，又将一根红线穿进针眼。村妮先将穿了针的红线绑住香的一端，又将针插入门框缝隙内，红线便牵着那根倒挂的香，又吩咐子昂道："你来叫。我这就把香点着，咱都瞅着香灰儿，啥时香灰儿掉了你就拍门框子招呼梦儿回家，招呼三声就行。"又吩咐芸香道："你抱孩子上炕，哄着她睡觉。"

梦儿这时竟不哭了，看着村妮抽搭着。芸香忙抱梦儿上炕躺下，对梦儿一边喂奶一边轻轻地拍。村妮随即点着香的底端，然后看着香灰一点点向上变长，见香灰过了香身一半还没落下，吃惊道："这是远道儿来的鬼。"又骂道："死鬼你来这儿干啥？不管你哪来的，都赶紧走远点，不然我就请仙家来收你。"

子昂和母亲也惊讶，但不敢说话，只是盯着香灰继续变长。直到那根香都要变成香灰时才坠到地上，变成一摊灰。

村妮又催促子昂道："赶紧叫。"

子昂忙拍着门框招呼道："梦儿回家了。"一连招呼三遍。

村妮上前拔下针线和剩下的一截香转身出去，一扬手扔出门外道："滚远点儿，不要再来了！"

母亲忍不住问道："不会是婉娇儿吧？"

子昂顿时不悦，又不忍和母亲发怒，反驳道："婉娇儿是远道儿的吗？"

母亲见儿子眼神又如刀子一般，慌忙道："妈就随便问问。我猜也不会是婉娇儿，她是咱自个儿家的人；哪有自家人祸害自家人的？是远道儿的。瞅这香着的，真是不近乎。这下让仙家收走了，咱梦儿也就好了。"

子昂没再答话，将村妮送到芳子屋里过夜。回倒芸香屋里，见梦儿已经入睡，不敢弄出动静，熄了油灯，悄悄地在芸香身边躺下，心里倒期盼婉娇的鬼魂能附在他身上。

梦儿竟果真安静地睡到天亮，夜里醒来哭几声，吃了奶就又睡了。

芸香的奶水也很旺，子昂想天天见到宽儿，便去接回来由芸香接着哺乳。芸香只能也为宽儿担起当妈的责任。

又半个月后，子昂借自己的生日给母亲做大福。开始他又忘了自己的生日，是文普和万全早早提醒他。

万全现在对子昂很纠结，一面垂涎着他身边的佳丽却不得口，一面又顾忌他将是北营的红人。林海说去年子昂给母亲做福只是在龙凤阁吃了顿饭，今年子昂摊了不少闹心事，要把这次作大福办得热闹些，还特别让凤仙的戏班子把七月二十九的场子留出来。

七月二十九这天，上午杀猪宰鸡备宴，午间开席欢聚，屋里屋外一共摆了十多桌。

子昂不让大家提他过生日，只许说给老夫人做大福。林海、万全等弟兄都穿着子昂妈亲手做的绸料新装，并带着各自的媳妇、孩子赶来。凤仙的戏班子和万全的手下也都应时赶来，整个山庄如过大年一般。

这次子昂让所有男女都分开坐席，将母亲和懿莹奶奶、石头母亲、亚娃妈、懿莹妈、刘王氏和若玉、杏花等女性长辈安排到桃源居的炕上，自然是主宴席。次主宴席摆在子昂爹妈的屋炕上，有周传孝、华老爹、石头和几个年长一些又得子昂信任的雇工。

林海等弟兄和妯娌、孩子们坐了四桌席，戏班、警察们坐了三桌。子昂的媳妇们聚在一席，摆在香荷的屋炕上，除了香荷、天娇，就是芸香、多日娜、顺姬、芳子及豆儿、宽儿、梦儿等。本该这桌上还有亚娃，但她与子昂的关系还没有公开。其实通过若玉有意透露，很多人已经心知肚明了。

其他屋也分家里家外的人，津梅、小青、百合、麦冬和春山的表哥、表嫂及孩子们算是家里人，宴席摆在津梅的屋里。丫头们都聚在多日娜房内雪儿的炕上，也都算是家里人。其他在山庄干活的就都安排在大灶房的两个屋内。

子昂之所以这样安排，最大的用意是为了回避爹，尽管他在安排坐席时说让当母亲的坐在一起是让她们都沾沾福气。

不论他怎么说，周传孝都认为是他故意把他们夫妇分开，心中恼怒地骂道："你个瘪犊子，纯是胡诌八扯，男人就不该沾沾福？"但他又觉得这样也好，各吃各的，省得都在一起彼此都别扭，大家也能吃得开心些，福不福的也不是做了就有，不做就没有，上不上主宴席也无关紧要。

子昂这时又正为没有婉娇参加福宴而伤感，便趁大家都忙时又去了婉娇的墓地，摆了供品、上了香，但并不像以往那么悲伤，问婉娇是不是已经投胎变成了他的女儿，接着又说道："如果是也好，往后就护着你将来不再受屈辱，不再有人看不起你。"

子昂妈坐在主宴席的正位上，身后墙上贴着一个大"福"字，同桌人便都恭维她真是个有福的人，有说有笑。

子昂先去主宴席给母亲祝福，双手端着酒杯对席上人说："今天确实是我的生日，可今天的筵席是给我妈做大福。二十五年前，我妈十月怀胎生下我。从那天起，我才有了生日。儿的生日，就是妈的苦日。"又将酒端给母亲道："妈，您受苦了，今天儿子长大了，儿子给您做大福，祝妈福如东海长流水，寿比南山不老松。"

母亲激动得流下眼泪，接过酒道："妈现在享福了，你好好的，妈就有享不完的福。"说着抿一口酒。

子昂又跪地给母亲磕了头，然后起身为其他人斟了酒，自己也斟上一杯，又双手举杯道："在座的都是做母亲的，也祝你们福如东海，寿比南山。"说罢一口饮尽。

随后，子昂在每个屋的酒席上都要坐一会儿，但他真的不愿听人祝贺他的生日，一再说道："不大不小的过啥生日？不过生日，等活到六十岁就过大寿，今天就是给妈做大福；儿的生日，妈的苦日，我今天就是给妈解解苦，做做福。这世上数当妈的最苦，儿女给妈做福是天经地义的事儿，给妈解苦作福，才是儿女生日这天该做的。还有，过生日这天，母亲要不在跟前儿，也得做点好吃的，妈吃不着，就给远方的妈磕个头，妈能感觉到。妈要不在了，那天就到妈的坟前摆上供，烧烧纸，妈在九泉之下也能感觉到。"

在香荷屋里说这番话时，芸香、天娇、顺姬、芳子竟都哭了。子昂立刻想到她们此时的心境，忙自责道："怪我怪我，光顾着自个儿高兴了，是我不好。"

香荷惊讶了，又挨个问道："谁打的？告诉妈，妈打他！"

芸香不耐烦道："去边儿去，给谁当妈？"

子昂立刻用冷峻的目光盯着她道："让谁去边儿去？她没得病前要让你去边儿去咋办？"

芸香如同挨了一闷棍，感到子昂在恼火她忘恩负义，也意识到她有违过去的承诺，既愧疚又害怕，但又不想让这么多人看她难堪，忙强作笑颜道："我和娘娘说着玩儿呢。"又对香荷诉苦道："娘娘，他要打我。"

香荷立刻对子昂眼一横道："尽撩骚儿。去边儿去。"

子昂也看出芸香害怕了，忙玩笑地冲香荷拘拳道："娘娘吉祥！"将大家都给逗笑了。

香荷立刻被提醒，高兴地摸着自己身上道："给你钱！"但并没摸出钱来，脸色一变愣住了，又盯着子昂问道："钱呢？可哪藏！给我！"他忙从身上掏出一沓票子递给她。

香荷抓过钱去打他一下道："不给你了！"转过身，抽出一张给芸香，芸香只能装模作样地接下，也说"娘娘吉祥"。

香荷又抽一张递给也挨她坐的多日娜。多日娜本也要装模作样地把钱接过来，不想在她伸手要接的时候，香荷又将递钱的手缩回去道："不行礼，不给你。"

多日娜不悦地头一扭道："谁稀罕。"看见子昂正用一种责怪的眼光盯着她，不禁也一惊，忙又转向香荷笑脸道："娘娘吉祥！"

可香荷并不满意，训斥道："好好的！"说着自己站起来示范万福礼，又让多日娜起来做。

多日娜心里不痛快，却又不想惹子昂发疯，便耐着性子站起做了。香荷立刻表扬她道："挺好的，坐下吧。"

多日娜一边坐下一边用眼翻子昂。子昂忍不住笑，大家也都笑。香荷不知大家笑什么，样子认真地重复道："挺好的！"

多日娜唆使香荷道："打他，她欺负俺。"

香荷看一眼子昂，又哄多日娜道："妈打他。"然后去打子昂一把道："不听话。"又回身继续发钱。顺姬、芳子、天娇都照多日娜的样子给香荷施了万福礼，倒好像是在给她做大福。

既然是给婆婆做福，作为儿媳妇也该给婆婆祝福。芸香、多日娜、顺姬、芳子都分别去给婆婆送祝福并磕了头，还都备了祝福礼。

津梅知道子昂把媳妇们都安排在香荷屋里，怕香荷、天娇被多日娜欺负，同小青和春山表嫂及孩子们一起吃了一会儿就去看香荷和天娇，见子昂的媳妇们都去给婆婆祝福，偏偏没有香荷的事，就找子昂问："香荷儿是不也得过去，咋说她是正房。"

子昂为难道："她也不认个人儿，她能给我妈磕头吗？我怕她让我妈给娘娘行礼，那不乱套了。"

津梅立刻说："那让天娇儿替她吧。"

子昂会意地笑道："你看着弄吧。"

津梅真就拉着天娇去给子昂妈祝福，说怕香荷闹出笑话，就让天娇过来替，说着让天娇跪地磕头。

天娇怯怯地跪下道："婶儿，我替香荷儿给您磕头，祝您多福多寿。"

子昂妈坐不住了，不安地从炕中间站起道："咳，这成啥事儿了！"边说边要下炕。

懿莹奶奶拉一下道："都是孩子，磕就磕了吧。"

子昂妈站在炕上让天娇起来，说："我可不是多事儿的婆婆，香荷那样儿，不来我也不怪，还替啥呀？"

天娇起来，将一卷银圆递给子昂妈道："婶儿，这是给您做福的。"

子昂妈接过钱道："好闺女，难为你天天照看香荷儿，以后我就当你是亲闺女。"

津梅忙又让天娇跪下叫妈，子昂妈高兴地接了这一跪，从别人给她的福礼中拿出一些给天娇当改口钱。

子昂又去了男性长辈的桌，是因有华老爹等长辈在才不得不去。他没有单个敬，两手端杯，一并对桌上人说："今天我给我妈做大福，也祝各位长辈寿比南山。"说完又一饮而尽，然后让大家接着吃喝，转身又去了别的屋，一直没正眼看爹，周传孝也一直没抬头。

因为大家都急着看戏，午宴用的时间也就半个多时辰。

戏台设在室外的宽敞处，宽八米，长十米，是上午用现成的大板临时搭起的，台下的座位和看桌也是用大板搭成的，每条看桌都铺着花布帘，上面摆着茶水、瓜子、糖和西瓜、李子、沙果及各种新采的野果。入座的时候，孩子们抢先占了前排座，立刻被万全的媳妇哄到后排去，说前排是留给长辈们坐的。接下来，演出开始，先由凤仙和媳妇亲自上场唱了《白蛇传》，接着轮番登场，京戏、小秧歌穿插上演，台下的警察、炮手、雇工们连连叫好。

香荷、芸香、多日娜、芳子、顺姬和天娇也坐在第一排。子昂妈抱着宽儿，芸香和天娇分别抱着梦儿和豆儿，香荷被夹坐在子昂妈和天娇中间。

香荷见聚了这么多人很吃惊，接着看到戏台和准备演出的人也很好奇，子昂安排她坐哪也很听话，呆呆地看着台上演唱，别人叫好她也自己笑道："挺好的。"

子昂妈今天特别开心，见香荷也高兴，顺手拿起一块西瓜递给她说："来，咱边吃边看。"

香荷竟被吓一跳，突然变了脸色，盯着婆婆上下看。天娇也紧张起来，忙问香荷道："你要干啥？"

香荷不答话，站起身，两眼又直直地四下打量，突然又问天娇："妈呢？"

天娇一时不知怎么回答。这时香荷又急着离开道："找妈去。"见左右都坐满了人，索性从看桌下面钻出去，径直朝场外走。天娇忙将豆儿交给芸香，也从桌下钻出去，场面顿时有些混乱。

子昂、津梅和春山在后面也不安起来，不能像第一排一钻就出去，忙让同排的人闪出空当，侧着身子移出去，追上香荷和天娇。他们就得一心照顾香荷了，至少子昂和天娇得陪着香荷。

台上继续表演，警察们借着酒劲想刺激，就冲着台上嚷着要听荤味浓些的小秧歌。林海、万全都怕子昂父母和媳妇们嫌他们这伙人下流，就告诉台上道："也别太荤了，逗逗乐儿就行。"接着台上便又唱起了小秧歌，台下不时传出阵阵笑声。

太阳西落时，林海、万全等人都回镇上了。晚饭时，山庄的人又聚餐一顿，然后便各回各屋睡觉。

临睡前，周传孝借着酒劲在屋里大骂子昂，说他劳神费力地把儿子养大又供着上学，到头来他还不如个婊子，骂得不堪入耳，发誓宁可回奉天住破房子也不在这儿待了。

子昂妈本来挺高兴，这时又闹起心来，无奈道："都怪我，给你生个造孽的儿子。可有啥法儿呀？他现在驴性霸道的，你就别闹了，要走咱明儿个就走。"

周传孝顿时眼一亮问："你真跟我回去？"

她叹口气道："不跟咋整？儿子我生的，我欠你的。"

他情绪好起来，说："回去咱得多带钱，把家里房子重盖一下。"

她瞥他一眼道："瞅你那德性，有章程别指他，自个儿回去挣，跟你去要饭我也认了。"

他眼一瞪道："凭啥？我养他供他二十多年，算一算多少钱？现在你手里有些了，还得朝他要。"

她不再搭话，躺下背对着他。他也觉得困了，便也躺下睡了。

听说母亲要跟父亲回奉天，子昂顿时急了，搂住母亲哭道："妈，你答应我不走的！妈，我不让你走！"哭得又跟孩子似的。

母亲抚摸着儿子的头安慰道："妈就是回去看看。你爹说要把炸坏的房子修一修，咋说那也是咱的家。再说，怪想那些老邻居的，也不知他们都在不在那儿住了。妈不骗你，就是回去看看，到时还回来，妈这辈子就指你了。"

听母亲这么一说，他心情好起来，说要亲自送他们回去。其实他还想借此机会去看看文静过得怎么样，自己现在至少可以从经济上帮帮她。他更为他当年不能与文静结成夫妻而惋惜，如果可能的话，他要挽回他和文静曾经痛失的姻缘，不让他俩今生留有遗憾。

临走头一天，子昂特意去了多日娜的屋，和她脸对脸地侧躺在炕上。说话间，他把山庄的事都交给她打理，还嘱咐她不要和山庄的人闹别扭。

她一撇嘴道："你是怕我跟你那几个宝贝儿打架吧？"

他默认道："香荷儿有病，说话也不着个边儿，别往她跟前儿靠。"

她顿时反驳道："往跟前儿靠我还能欺负她？再干啥我也不能跟个疯子一般见识。"

他顿时不悦道："别老疯子疯子的！"

见他生气，她忙改口道："是娘娘！行了吧？我还天天给她请安去！高兴不？"

他乐了。她推他道："去去去，别和我磨叽，不放心你别走，要不你就让别人管。"

他搂着她说："别人管我不放心，就你我放心。"

她又一撇嘴道："得了吧，你不挺信亚娃儿的吗？她咋总也不露面儿？听说她也猫月子了，也是你弄的吧？别人谁有那胆儿？你也不怕她那土匪弟弟来诓你？"

虽然亚娃和他到一起的事迟早要公开，但现在他还不想挑明，却一时不知对她怎么说好。

她又起身推他道："走吧走吧，我早看出你又打她鬼主意。"

他索性诉苦道："我也是没办法。"

她愤怒道："狗屁，你还没办法？没办法咋都成你媳妇儿了？你是一个都不落呀，下一个是谁？"

他嗔怪道："别胡说。"

她挖苦道："我胡说？你心里想啥我都知道，不跟你一般见识就是了。"

他笑问道："你知我心里想啥？"

她板着脸问道："想去看那个文静吧？"

他不禁一愣。她立即说："别瞪眼睛，我说对了吧？"

他问道："你听我说梦话了吧？"

她又撇嘴道："我想不听，半夜三更地嗷嗷喊，没吓死我！"

他又问道："我喊亚娃了吗？"

她一脸厌烦道："还用你喊，她娘就替你喊了。她妈早就盼你把她也收房，面上都不讲，私下谁听不出来？财迷心窍的狐狸精，没少给你灌迷魂药吧？"

他不敢反驳了，既想转移话题，又想哄她开心，说："所以我才把家交给你管。"

她又推他道："滚滚滚，我现在可烦你了！让我管你就少磨叽！"

他知道她是说气话，偏偏赖着不走，诡笑道："今晚儿我在你这儿睡，可想你了！那天就想你想得厉害，可你那天说你来事儿了。"

她推他一把道："滚边儿去，不让你碰，我也怀孕了。"

他立刻坐起来问道："真的？这么快就有了！"他清楚地记得她的身子是他破的，也坚信她怀上孩子也是他的，便又将她搂在怀里。

她却在他怀里笑道："我骗你的。我就想早点怀上，给你生个儿子。"

他嗔怪道："你要不逗点闷子得憋死，生下儿子也是淘气包子。"

她笑道："就给你生个淘包子，到时像你气爹似的也气气你！"

他不生气，问道："啥时给我生？生下来看我咋调教他。"

她笑道："要快也快，一次就行。咱妈说了，得前十后十。"

他不懂，问道："啥前十后十？"

她说："就是来红事儿前十天和后十天。"

他立刻问道："你不刚来过事儿吗？正好，今晚儿我就让你怀上！你想生儿子，我就让你怀上儿子。定了，今晚儿我哪都不去，就在你这儿。"

她没反对，又改口道："俺想生闺女，闺女是妈的小棉袄儿。"

他已有了宽儿，并不在意她生男生女，笑道："生啥都行，只要你高兴。"

她点他一下脑门道："大傻瓜，我又骗你呢，就想气气你。"

他嘿嘿一笑道："我猜也是。"

她又点他一下道："你咋这么乖！"

他又嘿嘿道："怕你呗。"

她又撇嘴道："撒谎撩屁儿，你还能怕我？我怕你是真的。"

他笑问道："怕我啥？"

她撒着娇道："今晚就一次，半夜不行弄，早晨也不行。"他点头答应。

但他还是怕芸香、芳子、顺姬等人被她欺负，尤其津梅总担心米家姐妹在山庄没地位，会不顺心和多日娜顶起来，就又去了她们处，挨个嘱咐道："多日娜比你们都闯实，我不在家，有些事儿就得靠她出面。她虎超超的，真欺负你们我又不在跟前儿，她爱咋弄咋弄，我心里有数，咋也出不了大格儿，都让着她点儿，啥事儿都等我回来说。"大家都应着。

芸香要照看梦儿和宽儿、丽娜，没心思忙山庄的事，大灶房有顺姬管着，她并不介意山庄谁来管。芳子、顺姬也点头答应，只是津梅和天娇不是很高兴。

子昂在香荷屋里对两个姨姐说："我最不放心的是香荷儿，我不在家时，你俩就都上点心，吃的穿的都要看好了，不能啥都由着她，天天要给她洗脸、梳头，晚间她不睡就给她洗脚揉脚，衣裳一天一换。"

津梅有些不耐烦道："俺俩都是她亲姐，差不了。现在差的是钱，你把山庄都交给别人了，俺们姐妹儿都靠边站了是不？"

他却笑了，然后样子神秘地道："你说咱山庄里谁最趁钱？"

津梅、天娇都被问愣了。

天娇说："你呗。"

他抿嘴笑着摇头道："比我还趁的。"

津梅急着问道："那谁？多日娜？"

子昂神秘道："咱家娘娘。"

津梅、天娇都惊讶。

津梅说："你别逗俺俩了，她趁钱？她要趁钱更没咱的了，还不满世界撒钱去？"

天娇相信子昂的话，问道："那她钱呢？"

他又摇头道："谁知她放哪了？"

香荷正在炕上和两个孩子玩银圆。只要没人提起咬人的话，她就不会喊"报仇"，有时还和两个孩子一起玩银圆，自然前提是喊她"娘娘"。豆儿说话不全，但喊"娘娘"却喊得清楚，自然是天娇为使香荷接纳她没少下功夫。这时听天娇问钱，香荷抓起一把银圆道："这儿呢？"

接着又将钱藏在身后道："没行礼，不给你。".

天娇对香荷说："说话儿呢，待会儿行礼。"

津梅激子昂道："你尽瞎扯。"

子昂说："不信拉倒。但有一点你要信，包子有肉可不在褶上。说真的，没有香荷儿就没有我今天。我对不住香荷儿，但属于香荷儿的，谁也拿不走。"

天娇看着他笑道："那不还是你最趁吗？"

他对天娇说："谁趁都不重要，重要的是香荷儿。你多费心，把香荷儿和豆儿照顾好。"天娇认真地点头。

津梅高兴道："你要这么说，那我就啥都不说了，算你小子还有良心。"

香荷开始注意他们说话了，这时又突然冲津梅道："去边儿，没良心的。"

津梅点下香荷的头说："傻样儿！"

香荷不悦，打一把津梅道："这孩子！回你家吧。"津梅便起身走了。

见津梅离去，子昂将天娇叫到对面屋，将桃源居的大门钥匙交给她道："我那屋你帮看着点，按时去喂喂狗。屋门都锁着，你也不用进去，也别让别人砸门撬锁。你是帮香荷看，跟三姐也别说，我相信你。"说着深情地看着她，就差将她搂在怀里。见她羞得低下头，又嘱咐道："要是有人难为你，你就去找华老爹帮你，我让他暗中保护你们。"

她也深情地看他点头道："我听你的。"

晚间，他又为香荷洗脚、揉脚，待她入睡了，悄悄到了天娇门外道："她睡了，你出来把门插上。"他真想今晚在此过夜，但他已经答应了多日娜。

第 123 章

一切安排和准备就绪，又受了大家的饯行，子昂带着父母离开了山庄。他们从石河乘火车到哈尔滨，又接连从哈尔滨、长春换乘去奉天，除了等车、住店和在餐馆吃饭，其余时间都是在火车上颠簸。

一道上，子昂和父亲仍没有一句话，除了和母亲说说话，就是与同车厢的乘客搭讪，不论男女老少，只要是靠近他们坐的，他就主动问人去哪里，在家做什么，显得亲切和善。遇着也去奉天的，他就像见到久别的亲人，一再打听奉天现在的情况，还有没有打枪的，日本人对中国人怎样等等。但没有人愿意唠这些，只说张学良当年把奉天改称沈阳，日本来了又把沈阳改回奉天。这些子昂都知道，说："咋改都是中国的。"接着又问奉天一些老地方还是不是原来的样子。

他还从车上卖糖果的小贩那里买了糖果，分给在跟前的小孩子。不论年纪多大的女人都愿和他说话。大姑娘、小媳妇都抿嘴笑着听他说话，即使有自己的男人在跟前，也忍不住多看他一眼。他很懂女人的眼神，此时也只是感到惬意，对每个和他说话的女子都回以尊敬。他想每个女人都活得不容易，尤其做了母亲的要承受更多的苦。所以，母亲不论丑俊，只要不是恶毒的人，就该享有不可侵犯的尊严。

这时他想到了秋虎，不知他一旦知道母亲曾在妓院里待过会怎样。他又想起母亲随爹顺铁道线从哈尔滨乞讨到牡丹江，其间有多少人在歧视他的母亲。刚才母亲趴在车窗上朝外看，看着向后移动的山林、田地、河流自言自语道："记不得了。"

他问母亲道："啥给忘了？"

母亲回过头道："没啥。"立刻换了话题道："还是夏天好，瞅哪都绿莹莹的。"

他猜母亲在看他们乞讨来的路，那漫漫的荒路，必会在母亲心中留下难忘的崎岖和苦涩。

这样想着，他更为母亲离他感到心酸，眼里不禁一热，急忙控制着，总算眼泪没有流下来。他真心希望母亲一直在他身边过着有尊严的日子，他剥了一块糖往母亲嘴里塞。母亲躲闪道："够了，嘴儿里含着呢。"

他却坚持道："这个甜。"

母亲又含下儿子剥的糖，看看周围的人，眯眼笑道："俺儿给的是甜。"周围的人又夸子昂孝顺。

周传孝坐在对面听着，心里很不是滋味，索性将含在嘴里的糖球咕噜地咽下了，身子一歪倚在车帮上，一边叹息，一边闭上眼睛装睡。

母亲觉得子昂太掩人，示意他给爹也剥一块，他却坚定地摇下头，然后靠在座椅背上也装睡，心里在想，婉娇也是做母亲的，心里又隐隐地痛起来。母亲愠怒地用手指点他额头道："孬种。"周围人似乎看出门道，都忍不住乐。

他们于第三天到了奉天。子昂只是觉得这里的日本人和插着日本旗的军车比牡丹江还多。而老百姓见到日本军车、巡逻队却都显得很平静。他不担心日本人会难为他们，不时地安慰着有些不安的母亲。

到了久别的家前，他们看到曾经塌了一半的房子又盖了起来。原来是雪峰的父亲用子昂派人送来的钱盖的，是希望子昂的爹妈有一天能回来住，尤其盼着子君回来和雪峰成亲。

虽然是街坊邻居，但别后四年再重逢还是很亲，纷纷前来看望他们。童家还特意摆了接风洗尘宴，把过去要好的邻居都聚到一起，就像过年一般，都夸子昂有出息，成了有钱的大老板。

雪峰的一个弟弟、两个妹妹更是对子昂崇拜得不得了。大妹妹美珍虽然小时就对子昂有好感，但她也知道他当年去北平读书完全是因为失去文静，便对他死了心。这时她已嫁人当了母亲。因为就嫁在附近，所以她很快得知子昂回来的消息，立刻带着自己的男人和孩子来看望，见了子昂，如同亲哥哥一般。

子昂情绪大好，只是遗憾没见到雪峰。美珍偷偷告诉他，雪峰三年前就参加了一个抗日队伍，一年也回不了两次家。偶尔回来一次也是神秘兮兮、小心谨慎的，生怕被日本人察觉给家人招来麻烦。雪峰每次回来都是深夜或凌晨，最渴望得到子君的消息，但每次回来都很失望，待不多会儿就又回山里了。子昂两年前派人来送信、送钱的事他也知道，说有机会他要去趟黑龙江，没有子君的消息，也该看看尚未改口的岳父和岳母，却一直也没得到合适的机会。

身在奉天老家，子昂触景生情地对文静想得更多。晚间，他又梦见他被文静笑靥如花的容貌和他魂牵梦萦的心境。但她又被母亲关在家里，是准备把她嫁给她表哥。他心急如焚地站在她家对面的柳树后，可怎么也见不着她出来。他要等她出来把她藏在自己家，爹妈和妹妹都喜欢她，一定不会去告诉她家人的。正焦急地等着文静的身影出现时，她的母亲将她的表哥迎进家中。他心如刀割，心中产生了杀机，趁夜色靠近文静的房间。门没插，一推便开了，只见文静已被她表哥扒光，他痛恨地扑过去，将她表哥扯到地上，并按着云济和铁头教他的运气之法，将气都运在两掌上，然后对着仇人的两耳猛的一击，只见仇人两眼蹦出，血朝外涌，像个恐怖的鬼。可他仔细再看，那死鬼竟是二哥万全，立刻又担心林海等哥哥们和他翻脸，忙将万全的尸体偷着掩埋。但事情还是被人察觉了，日本人在到处抓他。他没处躲藏了，一惊醒来，正是深夜。他恨不能立刻就去看文静。

第二天吃过早饭，他对母亲说要返回黑龙江，等要过年时再来接他们。母亲牵挂芸香刚满月不久，且不愿他们回奉天，怕她心情不好，就让他早些回去，又让他和爹打声招呼。他不想让母亲伤心，只好去对爹说："我回去了。"

周传孝头也不抬，只说了声"回吧"，他便和大家告别。

从家一出来，他就急着去看文静。就是没有昨晚的梦，他回来前也是这么计划的，还特意给文静带了金条、银圆、钞票和各种首饰，这也是他回来前让爹妈自己揣好钱的缘故，没人知道他皮包里装的是什么。

文静的家及周围环境还是老样子，所不同的是，门前的路上多了一些穿和服的日本人，中国人见了也不以为然，你走你的，我走我的，互不干扰，也看不出彼此敌对。

几个六七岁大的女孩正在文静家门前玩跳格子。子昂上前问道："你们谁是老钱家的？"

一个正跳格的女孩打量他问："你找谁？"

他坦然道："找钱文静。"

那女孩转身跑回院里喊道："娘，他找俺姑姑！"

话音刚落，一个妇女出来。他一眼认出是文静的嫂子，微微一鞠躬道："您好，嫂子。"

嫂子怔了一下，打量起子昂，突然眼睛一亮道："你是周学生吧？"

他点头，又问道："文静儿好吗？"

嫂子忙将他拉到一边说："她这些年就没得好。"接着说起文静的事。

当年文静被表哥迷奸后不久便拜了堂。因痛心不能与子昂结合，整日以泪洗面，后期虽被家人劝得不再哭闹了，但一直郁郁寡欢，没人再看到她的笑脸，脾气也越来越坏。舅舅、舅母指望她生儿育女，便都由着她的性子。不想两年过去了，她也没生下一儿半女，让舅舅一家人越发感到不爽，索性家里活都推给她干，甚至说"骡子就是干活的"。这时她才又变得乖巧些，与表哥的感情也有了些好转。

第三年，她才怀孕生下一个男孩，在家中的地位又骤然而起。然而天有不测风云，孩子两岁多时竟得了哮喘，一发病就喘不上气来，到底有一天，孩子紫青着脸断了气。丧子之痛，让文静刚又怀上的孩子也流了产，舅舅家里又阴了天。舅母背后竟说她是个克子的命。

悲伤加羞辱，小产未过，她就心一横悬了梁，舌头开始朝外伸时才被舅母发现，总算缓了过来，忙去叫来她的父母。

过后，舅舅一家让她父母将她接回家养些日子。可一连过去两个月，舅舅家里也没人来接她。父母都着急送她回去，可她觉得这样回去太没面子，便宁死不从。

无奈，父母去求舅舅，舅舅却说："咱都实在亲戚，孩子在这儿一整就寻死觅活的，也太吓人了。亏了上次救得及时，要不俺们跳进河里也洗不清。"

母亲急了，问道："那你们就是把她休了呗？"

舅舅说："咱咋的也是亲戚，还是让她在你家住一段儿，啥时等她心情真好了再让她回来。"父母觉得舅舅说的不无道理，就又让她继续住在家里，结果至今也没人来问过。

子昂听后不禁心痛，决定将文静带去黑龙江。来之前他就有把她带到他的桃源世界的想法，并已经想好了许多骗术，只要文静愿意，任凭别人骂他是拐子。眼下，既然文静过得这么不开心，他就无论如何也要把她带走。

这时，文静也得到有外人来找她的消息，疑惑地出来辨认，一眼就认出了子昂，顿时泪如泉涌。

子昂见穿一身格子旗袍的少妇在看他，认出就是文静。当年她还梳着长辫子，椭圆的脸上粉里透红，现在她已盘了头，比当年消瘦许多，但还依稀能看到她当年的美丽，忙迎上去道："静儿！"接着便哽咽了。

文静不顾街上有人，扑进子昂怀里大哭道："以为再也见不到你了！我没脸见你。"

嫂子怕人看见，忙让他俩进院。

这是子昂曾经最神往的小院，可这时他顾不得环视院子，又搂着文静道："静儿，跟我走吧，这辈子我就不想留下遗憾，以后都补上，我现在能保护你了。"

这时文静的母亲顿着小脚出来了，见子昂搂着文静，惊叫道："我的天，哪来的野小子？还跑到家里撒野！"说着奔过来拉子昂，脚没捣匀，一个趔趄要倒下。

子昂曾远距离见过文静的母亲，模样似乎没有大变，这时忙松开文静去扶住她，然后又松开手鞠一躬道："伯母您好，我姓周，就是那年想娶文静的野小子。"

文静母亲又一惊，这才打量子昂，见他一身阔富打扮，手里拎着皮包，态度缓下来道："呦，是你呀！那会儿也没见过你的面儿，哪承想你长得这么俊！那也不能一进家就搂搂抱抱的，她可是有男人了！"

他脸一沉说："别提那个狗屁男人！文静是我的，今儿我要把她领走。"

她母亲先一怔，接着笑道："大白天的说啥梦话？咋的她也是有男人的，你说领走就领走？还有王法没有？"

他就不愿亡国之下听人讲王法，轻蔑道："谁的王法？日本人的？我告诉你，现在我就是王法。"

她母亲真被他这话震住了，又愣了一下道："就当你是王法，那你也总得有个说法儿不是？"

他愤慨道："当年听嫂子说，你嫌我穷才把文静给了你的侄子。当年我是钱不多，但现在我问你，你想要多钱？"

她母亲眼睛一亮道："咱不提过去了，过去都是我的错儿，咱屋里唠。"说着拉子昂进屋。

院里是一排五间房，显然不是一同盖的。他们进了一个灶房带着大小两间的屋，格局和村妮家的屋子结构一样。

大屋炕上坐着一个花甲年纪的男人，正哄逗着一个不到两岁大的男孩。文静和嫂子也跟进来，文静对子昂说："这是我爹。"

他忙鞠躬道："伯父您好。"

文静母亲笑道："你说这孩子，一进家就要把咱静儿领走，这哪成啊！"

文静的父亲一愣道："他是谁？"

嫂子说："爹，他就是那年和咱家静儿可要好的周学生。"

文静爹让子昂坐下道："年轻人，婚姻大事，可不是闹着玩儿的。"

子昂说："我是当真的。文静本来就是我的，可当时你们嫌我穷。"

文静娘忙说："咱不说这个，刚才大娘都跟你认错儿了。"接着又问道："那你现在还没成亲？"

子昂说："成了。不过今年春天，岳父死在日本人手里，出殡的时候，岳母也跟着走了，媳妇没经住打击，就得了疯病。"

文静的父母都显得同情，但对子昂要带走文静并没有太大反应，似乎觉得就是不可能的事。

文静爹说："文静是有男人的，你要带走她，不成体统。"

子昂反问道："那你们当初把俺俩活活拆开就成体统？你们设套儿让文静她表哥糟蹋她就成体统？"

文静爹顿时脸一沉道："你咋跟长辈说话呢？"

子昂不禁想起当年懿莹的父亲因他不恭而翻脸，忙说："恕我莽撞。不过说一千道一万是我当年穷，现在我都补上。"说着打开皮包，拿出金条、银圆、钞票道："来得匆忙，没带多，要嫌少，回头看您二老时再补上。"

在场的人都惊讶了。文静妈一脸喜悦道："呦，不是我眼花了吧？还能见到这宝贝！"

子昂掰开一卷，银圆散落在炕席上。文静爹问："你不是砸了钱庄来的吧？"

子昂说："谁爱砸谁砸，我的钱庄不让人砸了就行。"

她嫂子一脸灿烂道："周兄弟也做大买卖了？"

子昂说："当年你跟我说，你家那个亲戚是做大买卖的，所以我失去了文静；现在我也在做大买卖，我要让你们把文静还给我，她本来就是我的！"

文静百感交集地痛哭起来，父母、嫂子也都哑言。子昂安慰文静道："别哭，答应我，跟我走，跟我去过好日子！"

文静抽泣道："俺们有婚书。"

他不屑道："那狗屁婚书就是一张破纸，咱不怕它。但咱也别落个私奔的名声。男人能把女人休了，今儿我替你做主，你把他休了。"说着从怀里取出一支自来水笔，一边拧着一边说："嫂子给我找张纸来。"

嫂子忙找来一个本，他立刻在一页上写下"休书"：

我本良缘有约，不幸遭舅表兄暗投迷药失身，又被舅父家人强娶，实为身屈无奈。七年之辱，苟且偷生，育子不立，亲如水火，实难再与表兄同室共枕，故而休夫，且此后天涯各方，永不往来。

钱文静

民国二十四年九月十八日

听子昂念过休书，钱家人又都愕然了。文静娘倒是活了心，就和自己男人商量道："他爹，咱就不管了吧？让咱静儿跟他去，也是个好出路，省得咱整天提心吊胆的。"

文静爹只是叹口气。嫂子顿时搂着文静兴奋道："成啦！这就成啦！快在那上头按个手印儿吧，我去借个印色。"说着要出去。

文静忙叫她道："嫂子别去。"

就在大家都担心文静会拒绝此事时，只见她自己忍痛咬破手指，拿过休书，以鲜血按在自己的名字上。

母亲也激动地搂过文静哭道："我的苦命闺女，都是妈遭的孽。妈当初是好心办了坏事儿，往后你就原谅妈吧。"又止哭抬起头，为文静擦泪说："走吧，我看小周儿待你不会孬，这边啥事儿都妈来顶，就当是赎罪。"

文静又抱着母亲痛哭。嫂子泪盈盈地哄道："这是高兴事儿，快准备一下走吧，我怕出啥岔子。"

文静这才止住哭，一边抽泣一边擦泪。

子昂将文静拉到身边说："咱给二老磕个头吧。"随即两人跪地磕头，子昂也改口叫了爹妈。文静爹妈都慌了，忙招呼子昂起来。

文静妈不安道："按说俺们得给你改口钱，可俺们那点钱，你哪能瞧上眼儿！"

子昂从炕上拿起一沓钞票说："我带的都在这儿，刚才忘留回去的路费了，俺俩先用一些，就当这是爹妈给的改口钱。"

文静妈欢喜道："那俺们可是借花献佛了。多带些，穷家富路，这留点就行，以后咱日子长着呢。"

子昂只把他拿的票子装进包里，见里面还有给文静带的各种首饰，一并拿出来，项链、手镯等都分金银玉三种，这时他只留下一副珍珠项链和一副翡翠手镯、一对玛瑙脚链，其余都交给嫂子道："嫂子当年就愿意让我和文静儿在一起，没少费心，深表感谢，这些嫂子都收下。"

嫂子欣喜又谦让道："留着给静儿用吧，我天天干活用不上。"

子昂说："家里有的是，回去让她随便挑，这些都是你的。"

嫂子这才收下，激动不已，又问道："你家住哪啊？"

子昂说："黑龙江。"

文静妈顿时又惊讶道："妈天哪，那么老远！"

文静爹抽起烟袋道："远点走也好。"

子昂对两位老人说："二老要不愿住这儿，回头我把你们也接过去，天天有人伺候，只享清福就行了。"

文静妈眉开眼笑道："姑爷不嫉恨俺们就行了。"

子昂说："过去的事儿就不要提了。"说着拿起那副翡翠镯要给文静戴，见她手上有一副银质发旧的手镯，便摘下来，也送给嫂子，回头为文静换上翡翠手镯，将一双秀气的小手映衬得更加诱人。接着，他又拿起那对玛瑙脚链说："这是脚链儿，一会儿给你戴，我还要给你洗脚。上次给你洗脚是七年前，今天是第二次，以后天天有。"

文静妈和嫂子又都吃惊了，嫂子惊讶道："那年你俩就……"但下面的话不知怎么说了。

文静妈懊悔地拍下自己脑袋。

灶房的正面屋是文静这段时间在娘家住的屋。门一关上，就听不清外面的声音了，子昂忍不住搂住文静激吻。

文静轻声哭泣道：“我好像在做梦。”

他轻轻咬她一下嘴唇问道：“疼吗？”

她笑着点下头。他又说：“那就不是梦。”

她兴奋地搂紧他，主动与他亲吻。

他又为她洗脚，然后捧着她的脚端详，还和当年一样诱人，就像喜欢香荷的脚一样低头去亲。她激动又紧张，忙抽回脚。他不坚持，为她戴上脚链后又回到刚才屋里一边等她换装，一边与文静爹妈和嫂子唠他在黑龙江做的生意。

文静再出现时，原来盘起的头这时梳成了当年一样的长辫子，身上换了一件蓝色旗袍，脚上的布鞋换了一双白色拉带皮鞋，显得更加秀美窈窕。

临要走时，文静和母亲、嫂子都在哭。嫂子开始还担心出岔子，这时又要留子昂和大家一起吃顿饭，文静妈忙说去杀鸡。子昂拦住道：“这点儿能赶上去哈尔滨的火车，饭以后有的吃。”便带文静出了屋。

刚到院中央，文静的哥哥从外面回来，三十多岁，身材不是很高，但很结实，有点愣头愣脑，见文静跟个陌生人朝外走，一愣神问：“他谁呀？”

嫂子显得不安道：“你先别问，回头跟你说。”

文静的哥哥叫文涛，一直在舅舅也就是文静的公公的店铺里做工，工钱自然比其他雇工得的多。他性情耿直，这时偏偏不想糊里糊涂地把妹妹放走，执意要先知道究竟。可实情告诉他后，立刻遭到他的极力反对，冲着父母吼道：“静儿现在跟魔怔似的，你们当老的咋也糊涂？她是俺舅家的儿媳妇，这冷不丁地冒出个人来要领她走，你们就让她跟着走？这算啥事儿呀？这是私奔！你们不嫌丢人哪？你们以为他写那个破休书就完事啦？你们听过谁家女人给自己男人下休书的？荒唐！这绝对不行！要走也得等我舅家来人的！”

文静爹哑口无言，文静妈骂道：“你个混犊子！她是妈身上掉下的肉，你这样不是把她往绝路上逼吗？”

文涛愤然道：“没人逼她走绝路，是她想丢尽咱家的脸！”

见儿子不依不饶，母亲怕把事情闹大，便哀求起儿子道：“涛啊，这都是妈的错，自打静儿嫁到你舅舅家她就没开心过，现在都这样儿了，她想干啥咱就由着她吧，要不她可真就疯了。”

文涛仍不罢休，怒目圆睁地吼道：“她疯咱也跟着疯？”又转向父亲道：“爹你说说，怕她疯咱家就不要家风了呗？”

父亲无言以对，只是叹口气。

子昂的心火开始往上涌，上前对文涛说：“你是文静儿的哥，也就是我哥。我敬你是应该的，但你要再和我捣乱，那我就没法当你是大舅哥了；你刚才说的意思是，要家风，文静儿变成疯子也没关系是不？就你这狗屁哥哥，有没有也没关系！”

文涛冷笑道：“哥们儿，看你像个有钱的主儿，可俺家不能为了钱连脸都不要了！”又命令自己媳妇道：“你去，把大舅家人找来，我在这儿看着。”

文涛媳妇又气又急道：“你干啥呀？吃饱撑的？咱爹咱妈都不管，你在这儿显啥大贝勒？”

文涛一指媳妇怒吼道：“滚犊子！咱爹咱妈现在是老糊涂了！”

媳妇求他道："你别难为咱妹儿了，大舅家的活儿咱干也就是个跑龙套的，不干了还能咋的？"

文涛又骂道："滚你妈了的，这跟活儿啥关系？赶紧找人去！"

文静也对哥哥不满道："这是我自己的事儿，你少管！"

文涛又瞪眼指着文静吼道："你老实待着！你还嫌不丢人？"

子昂怒气冲天，抬手一记大嘴巴抽过去，随即趁文涛一趔趄又极其麻利地来个扫堂腿，将文涛仰面朝天地摔在地上。

文涛爬起骂道："兔崽子，跑到俺家来撒野，老子今儿个就废了你！"说完要扑过来，被他媳妇拼命拦住。

子昂现在总是出手就想过瘾，还要上前去打，被文静拉着朝外走。

出了院门，子昂见文涛追出来，回身一飞脚，本想吓他一下，不想文涛也手疾眼快，一把抓住他的脚，想将他拧翻在地。他心一惊，忙一跃身，在半空中打一旋转，又站在地上。

子昂就这一个动作，文涛立刻松了手，再看子昂那只还没落地的脚已经到了他脸前，忙一闪身，不敢再靠前，嘴没说心里却在想，这小子功夫挺硬。

正这时，文涛见一辆摩托车从远处开来，上面有三个穿着日本军装的人，忙上前拦截喊道："太君太君，这有抢人的，赶紧抓他！"

那摩托已经开过去又停下，两个日军下车过来。

子昂并不慌张，对其中一个挎洋刀的军官微鞠一躬道："都是家里事儿，就不劳二位大驾了。"

军官一愣时，文涛忙否认道："他不是俺家人，他是来抢我妹妹的！光天化日之下就敢强抢民女，还有王法没？"

那军官盯着文静看，吓得她不敢说话，忙将脸藏在子昂背后。军官又问子昂："你的，哪里来的？良民证的有？"

子昂从容地将田中太久送他的证件递过去。军官打开证件看了看，又打量了一下子昂，随即双手归还证件并鞠一躬，然后又冲文涛呵斥道："八嘎！"文涛吓得后退一步。

子昂又向军官鞠下躬道："打扰了。"

军官还了一躬，带着和他一起下车的日军返回摩托车，一溜烟地开跑了。

见文涛傻在那里，子昂对他蔑视道："汉奸！"随后拉着文静走了，见迎面跑来一辆人力车，忙叫下，扶着文静上了车，朝着火车站方向驶去。

直到子昂、文静坐的车没影了，文涛还在那里犯寻思，突然问媳妇道："他说谁汉奸？"

媳妇愤愤道："你！"转身回了院子，文涛真的蒙了。

子昂带文静离开家人并没直接赶火车，而是在火车站附近找了一家档次很高的旅馆，他要和文静在此过一夜。文静显得紧张，但还是顺从了他。

子昂要了一套双人间。旅馆的管事见他俩是富家人，并不多问，忙前面引路开了个双人大床的高档间。

子昂也是头次在外住这么高档的房间，开始有些不知所措，四下巡视了一番，然后插了门，将还在惴惴不安的文静抱上床，一直将她喜欢得也兴奋起来。

第二天他们在火车上又要了包厢，吃了东西后又搂在一起睡，迷迷糊糊睡到长春。长春下车后，他们又去住店，住完店又上了去哈尔滨的火车，一路上住了三次旅馆，可谓一路激情地到了牡丹江。

第 124 章

因在牡丹江赶不上当天的火车，子昂趁着白天雇了辆高棚马车回龙凤。

文静恋起子昂的怀抱，坐在颠簸的车棚内，依然让他搂着睡，头发乱了也不顾。他为她将着头发，时而在她脸上亲一口。她已经开始习惯了，半醒半睡，脸上一直透着甜甜的微笑。

到了龙凤大田处，天色已经暗下了。这时回山庄就得摸黑走，他决定带文静在山神庙里住一宿，明天起早回去，便为车夫多付了车钱，拉着文静穿过又将丰收的大田，踏上山林间的溪旁小道。

这时他不急着赶路了，先蹲在溪水旁捧水喝，文静也学着他的样子喝水，说水比在家喝的甜。他用手帕为她擦嘴擦手道："到了我这儿，你会天天感到甜的，但有些事我还没敢告诉你，是怕你生气不跟我回来。你是我的，我必须得把你带回来。你要过得好，我也不会难为你，可你过得并不好，我也是怕你有个三长两短。以后我会好好照顾你，你就是我的媳妇，没有人敢欺负你。"

她愣愣地听他说着，却迟迟听不到他真想说的话，便故作镇静道："我都跟你到这儿了，有啥话你就说，我都听你的。"

他说："你已经到家了，想走我也不会让你走的。我只求你原谅我，不管咋样，你都要跟着我，跟我过好日子。"

她笑道："看你说的，跟你过好日子是好事儿，我哪会怪你？那我不成傻子了。"说着又将脸贴在他胸前，继续说："只要能和你在一起就行，我要好好伺候你，给你做饭洗衣裳，还给你生儿子。我二十四岁还能生。"

他紧紧搂着她说："生，一定生，不光生儿子，咱还生闺女！"

又犹豫了一下，他终于难为情地告诉她说，他已经有七个媳妇了，死了一个，山庄里还有六个，其中一个得了疯病。他在来的路上已对她讲过他的经历，从她被表哥霸占后他伤心欲绝，到他现在经商有了自己的山庄，也打埋伏地讲了他这期间如何认识了婉娇、芸香、懿莹、多日娜、香荷和亚娃、顺姬、芳子，只是没说这些女子后来都成了他的媳妇。

她惊呆了，好一会儿才缓过神来，但没说一句埋怨的话，只是痛心地流着泪。他安慰她道："我也是身不由己，从失去你开始，让我放不下的事一桩接一桩。话又说回来，我要是一直没啥能耐也就罢了，可有了能耐，心里更疼了。曾经本该属于我的，这时我不论想起谁都舍不下。你是第一个要和我成亲的，这辈子要不能和你在一起，我死了都闭不上眼。现在我有这个能耐了，我就得这么做。但这事儿咋也得两相情愿才行。你愿跟我回来我很开心，可我害怕有闪失，道上就没敢告诉你这些。其实中国历来如此，有钱男人多几个媳妇很正常，但你得有钱才行，没钱咋都不行。但我和他们不一样，他们可能是抢别人的，可我是抢回我自个儿的。"

他又一指坡上山神庙道："那是山神庙，是我花钱修的，后来里面来个道人，现在他是我师父。他对我说，当下无道，我就是道。现在我不管别人咋看我，只要有一线希望，我就把曾经属于我的都夺回来。那是我的魂，也是我心口上的伤。我承认我自私，但我无法克制自己，我说了，我不想这辈子留下遗憾。"

文静这时在想，她和她表哥已经做了六年多夫妻，还生过孩子，子昂现在虽然发迹了，却一直深深眷恋着她，也一直努力着使她回到他的怀抱。从这几日和他在旅馆内的激情可以看出，他对她没有一点嫌弃，依然爱得深切。之前她只知他有个媳妇已经疯了，那也是他的正房媳妇，她也是为了这辈子不遗憾才心甘情愿当小的，左右都是小的，又何必在意他有几个媳妇，便安慰起他道："不用在意我，我现在死也值了。"

他被吓一跳，就像当时害怕婉娇会想不开一样，忙又搂住她说："静儿，你别吓唬我，我好不容易把你接回来了，你可别胡思乱想。你本该是我唯一的媳妇儿，可那时我呼天天不应，叫地地不灵，我只能离开奉天。现在你是很委屈，可我真的谁都舍不得。"

她在他怀里说："我咋都愿和你在一起，就是有点怕你那些媳妇。"

他舒一口气，安慰道："你放心，没人敢欺负你。当然，也没人敢欺负她们，你们能处就好好处，处不来也别往一块儿凑。家里啥都不缺，自己过自己的日子，有我在，谁都孬不了。"说着牵她手朝山神庙走，继续说："咋说你也是新来的，我带你去拜拜山神爷。一会儿回到山庄，你就踏踏实实地做我媳妇，也别说几姨太，就是夫人。我的媳妇不分谁老几，除了一个娘娘，都是第一夫人。"又笑道："我那些媳妇都没见过你，可她们都知道你。我经常在梦里哭着喊你。现在你该知道我平时多想你，想你的时候心里有多么痛！"

她又感动地哭道："我也总梦见你，我也痛。"

他又紧搂她道："这些年，我数不清梦你梦见多少回，梦里总是怕你被你表哥抢走，梦醒的时候，是我心里最疼的时候。当初你要不让你表哥霸占，我就是去北平也会带着你。就是来黑龙江也该是咱全家一块儿来。在牡丹江我认识了婉娇和芸香，她俩都是我的救命恩人。她们的婚事都荒唐，可我没有办法改变她们。芸香答应要跟我逃走，可她家人看得太紧，没办法。懿莹也是，她爹都答应把她许给我了，可末了就和当年失去你一样，死的心都有。他们说我花心，其实他们都不懂我的心，我的心就是一颗流血的心，心里流着和你们体内一样的血。有时我觉得我浑身的血已经流干了，就剩下灵魂还活着。只要灵魂活着，心就死不了。"

她似懂非懂道："我懂你的心。我现在这样了，你还不嫌我，我挺知足。我只求和你在一起，给你当仆人也行。要不你就和她们说，我是你找来的仆人。"

他笑道："山庄里干活的有的是，我偏从奉天带回一个来？还是个大美人儿。让你来就是让你当贵夫人。你啥都不用怕，我和她们就实话实说！从婉娇死以后，她们说我也是疯子。我就当我是疯子了，当下无道，我就是道，我就是理。"说完又拉起她的手，直奔山神庙。

到了山神庙前，见志恒正在烧火做饭，见子昂领一美女来，显得有些惊讶。子昂向文静介绍道："这是志恒兄。"

文静怯怯地低头施了礼。子昂又向志恒介绍文静道："这是我媳妇，要来拜下山神爷。"

志恒已和子昂不外，笑问道："又娶新媳妇了？"

子昂认真道："是老家的媳妇。说起来惭愧，当年愚弟无能，媳妇让人抢走了。这次回老家，我把她抢回来了，她是我的，是我的就绝不放弃。"

志恒笑道："难怪师傅说你鬼道。"

子昂也笑道："鬼不鬼道，都是人在说，人在走。人生在世，春秋几何？都说人有下辈子，可到现在我也不知我的上辈子在哪里。来世一回，就这么招儿吧，活一天儿就想法儿乐呵儿一天儿，能有几个跟我一块儿乐呵儿的也算积德了。再说了，当下无道，才有我鬼道。"

接着又问道："师父呢？"

志恒说："云游去了。"

子昂一怔问："去哪了？"

志恒叹息道："他只说去无定处，归无定期。走前他倒是提过一嘴，他有个外甥去了日本，不会也去了日本吧？"

子昂显得愕然，没再多问，牵着文静进庙，在香案前就着烛火点燃三根香，举在面前，对着上面山神爷的画像道："山神爷在上，文静本该我妻，昔日被人抢走，今天我夺她回来，求您保佑她日后吉祥，也保我山庄安泰。"说完将香插在香炉内，又拉文静一同跪下，连磕三个头，起身对志恒道："我俩刚从外地回来，天黑了，那段路不太好走，我两口子就在你这儿过一夜，尝尝你做的饭菜，完了让我媳妇睡觉，咱俩在外屋喝茶唠唠嗑儿。"

志恒欣喜道："难得难得。师父前日走的，昨天我就觉得孤苦伶仃的。"说着又递给子昂两页纸道："这是师父留给你的。"

子昂接过来看，见一页上面是首七言诗：

都说世间人主宰，却是天道注成败。古今争霸血沙场，江山如故新客来。黄土建陵也长存，谁家帝王不尘埃？苍生短苦须相怜，大千同德现蓬莱。

看后他一笑道："若说这个世界属于人类，无非是人类自作多情；若说是人类主宰这个世界，也无非是人类自不量力。这个世界绝对不会因为没有人类就不存在，假如有一天人类灭绝了，这个世界还依然存在，也不过是少了一些你争我夺的游戏而已。"

志恒笑道："人生如戏，也都是自相惊扰，说到底，还是宇宙神包容，不然谁都活不了。"

子昂反驳道："不是包容，是纵容，人类不过宇宙神脚下的一群演戏的；给你空气、给你阳光、给你山川大地，不过玩玩儿你罢了。人来到这世上，也不过是玩玩儿罢了。可再玩儿也就那点儿时光，再玩儿也就那儿玩意儿，只是人类太不知趣儿了，玩儿也不想好好玩儿，啥都争得你死我活。大千同德是应该，可当下是同不了了。这就是无道，这就是当下无道我为道。师父说大千蓬莱，一定是说人间仙境，这我不敢想；当下无道，我还是弄我的世外桃源吧。"

志恒只是笑笑，说去庙后的菜园子摘些菜，然后转身离开。子昂又看了另一页，上面是副对联：

人在做，天在看，举头三尺有神明；善必应，恶必报，扪心百回知祸福

他隐隐觉得云济是在提醒谁不可胡作非为，也像是在提醒他，不禁看一眼文静，随即将纸叠了揣进衣兜。

文静见要在庙里过夜，就主动帮着做了饭菜，子昂、志恒都吃着爽口。

饭后，文静在里屋炕上休息，子昂和志恒在外屋喝茶唠嗑，又各自感悟云济为他俩讲过的

道与德，也唠了各自的家人。

子昂从上次被日本人关进监狱后就再没去看过志恒的父亲和女儿，但他和表哥交代过，每逢年节代他去送些钱去，好在他们都是街里的人，过去剃个头也在情理之中。

第二天一早，子昂带文静回到山庄。几日在外，他虽为抢回文静而惬意，但心中也很挂念山庄的生意和他那些媳妇孩子们。这时他尤其牵挂亚娃已经到了临产期。不论她生男生女，他都要为她大摆筵席庆祝，拜高堂就由华老爹和刘王氏代替公公婆婆接受儿媳妇敬烟、敬茶。他还想着亚娃有今生要坐一回花轿的愿望，便要借她满月挪臊窝之际，用八抬大轿抬着她在山庄转几圈。虽然要比娶芸香、顺姬、芳子时隆重，但子昂主要是做给秋虎看。接下来，他将暗中扶植秋虎的武装，以便随时为他所用。

进了山庄，大家都为子昂回来而高兴，却又因他带回文静而不知所措。芸香一直想知道文静的模样，今日一见，果然也很俊美，像个大家闺秀，难怪子昂常在梦里哭喊她。她清楚没人能拦住他又多房媳妇，全当他和文静是夫妻团聚，对文静也算客气，还让文静先在子昂父母腾出的屋内歇息，等着给她安排新房。子昂被芸香的通情达理所感动，跟着进了对面屋，一眼瞧见地桌上的佛龛前摆着供品，不禁想起母亲供奉菩萨的虔诚，竟忘了送父母奉天前没有安排人初一、十五摆供上香的事，心中有些不安地问芸香道："初一那天你没上香吧？"

芸香不屑道："俺没有，咋叨咕俺也不会，不过初一那天亚娃她妈和芳子都来上香了，上头点心都是她俩摆的。"接着和子昂商量道："我看芳子也挺上心的，咋说她也是你媳妇儿，你就先把菩萨供她屋里呗，她还能好好侍候，这屋我想让百合过来陪我，等咱妈回来再恢复原样儿，行吗？"

子昂看出芸香也不愿供奉菩萨，好在媳妇中有愿供奉的，便答应了芸香。芳子见子昂决定将菩萨供在她的屋里，竟高兴得一再给他和芸香鞠躬。

子昂有些疑惑，笑着问芳子道："你咋这么喜欢拜菩萨？不会是想出家吧？"

芳子却笑道："小时听我爷爷说，中国有个普陀山，那里的观音菩萨庙，就是日本人建的。我们家乡的人，都喜欢观音菩萨。我也喜欢，保佑你，都保佑。"

子昂不知她说的真假，听着却很开心，又觉得芳子比之前更迷人。于是，他亲手将金菩萨连同佛龛摆在芳子屋里的地桌上，随后将她拉上炕亲热。芳子在他身下顾虑道："菩萨在这儿呢。"

他一怔道："咋的，以后我还不能碰你了？"

她纠结道："不是的，菩萨保佑你。"

他却诡笑道："菩萨也保佑你，给我生儿子。"随后为她脱衣。

激情过后，子昂又让山庄干活的把为文静腾出的房子布置成新婚洞房。

津梅见文静姿色也好，顿时妒火又起，但又不敢对子昂发怒，只是偷偷嗔怪他道："天娇儿就那么不合你心思？"

他笑道："我这就去看她。"说完去看望天娇和香荷，他也是不放心他的桃源居。

桃源居这些日子只有天娇进院喂过狗，房门和里屋的炕柜门都没有人开过，他便很感激天娇。天娇见他回来很高兴，但见他只从她手中接过钥匙，心中又不禁有些委屈。

津梅随后又问天娇和子昂关系发展到什么程度，天娇沮丧道："你别瞎寻思了。"

津梅仍不甘心，不管子昂今后还娶几房，她必须要让天娇替香荷坐上山庄大管家的位置。

晚饭又是大宴，雇工、孩子们自然都跟过年似的高兴。子昂要带文静同香荷、天娇、芸香、多日娜、顺姬、芳子和孩子们一起在大灶房吃，除了多日娜又生气不去，别人都不敢与他对抗。

子昂怕多日娜再跑回娘家，便亲自去请，还理直气壮道："文静早就是我的！要不是她表哥把她抢走，咱俩这辈子也可能不认识。"

她用眼横他道："你是不想让我跟她认个错儿？"

他嬉笑道："那倒不用，就想让你放过俺俩。"说着不停作揖。

她又怒视他道："赖皮脸！滚边儿去！以后别说咱俩一家儿的。"

他又嬉笑道："已经播下种子了，现在啥都晚了，咱俩这辈子也甭想分开了。文静是我的，我必须得把她夺回来。你也是我的，谁敢打你主意我就弄死他！"

她怔了一下不吭声了。他又逗她道："还记得你那次在陷阱里跟我说的不？你说铁木真是雄鹰，还说他有四十多个媳妇儿呢！你看我像不像雄鹰？"

她愤愤地捶他道："你个大色鬼！还想娶四十个！"

他搂着她说："这辈子，我就想要回属于我的，不然我就白活了。"接着又说："我不想惹你们生气，你们也别让我活得太憋屈。"

她挖苦道："就你那玩意儿怕憋着。"

他嘿嘿一笑道："憋一道儿了，今晚和你睡。"

她愤愤道："滚犊子！洞房你都摆好了，在我这儿你也是身在曹营心在汉，滚滚滚！"说着往外推他。

他抱起她道："都是我稀罕不够的，我在哪哪是汉，今晚就陪你。这几天在车上老梦见你，梦见你也让表哥抢走了，我又哭又喊的。"

她心中惬意，撒娇道："我和文静一起吃行，那你背我去。"

他立刻答应，背她进了大灶房，大家哄笑。

香荷由天娇陪着已坐下，见子昂背着多日娜进来，不高兴道："这孩子！多大了？下来！"大家又笑。

多日娜更开心了，从子昂背上下来，玩笑地冲香荷施一万福，怪声道："娘娘吉祥！"逗得大家又笑。

文静一直紧张的心也变得轻松些，倒觉得子昂的世外桃源蛮有乐趣。

除了香荷，媳妇们都话不投机，吃过晚饭便各回各的屋了。子昂先安排好文静，让樱桃做她的陪房丫头，又分别去和亚娃、芸香、顺姬、芳子单独亲昵。几个媳妇都留他在自己屋里过夜，他坦言今晚要在多日娜屋里过夜，说想问她这几天她和华老爹守护山庄的事。

多日没和子昂一起过夜，多日娜也急不可待，先在浴房洗了澡，然后回屋铺了被褥躺下，等了好一会儿才等来子昂，却先给他洗了下身才和他房事。

夜里，他果然梦呓喊了多日娜，于是两人又一番激情。可凌晨他就又醒来，摸着她光滑的身子，自己身下又胀起来。她已疲惫，这时困意正浓，不耐烦地推他道："干啥呀？困死了。"说着转过身去。

他又急不可耐，激她道："那我去别屋了？"

她闭着眼睛喃喃道："去吧，都是你媳妇。"然后又睡了。他真就穿了衣服下地，轻轻地出了屋。

入秋的早晨有些凉。这时天刚亮，四周的山都被白色的雾气遮挡着，其实整个山庄都沉浸在雾气中，只是雾中尚可见到近处景物，让人感觉是处于混沌之外的清澈中。

他穿得有些单薄，觉得还是在被窝搂着光滑而暖暖的媳妇惬意。可这时除了多日娜，他不论去哪个媳妇的屋，都要支开陪房的丫头或陪伴的亲近人。

正犹豫时，他见顺姬要去大灶房看厨娘们做早餐，就将她拉进桃源居，一时间恨不得将她整个人都含在口里，她也整个身子酥软了。

又与顺姬激情后他才感到疲倦，便又睡起懒觉，顺姬将早餐端到枕边他都懒得睁眼，无奈顺姬喂着他才勉强吃了早餐，然后接着睡，又一觉睡到傍午。

醒来后，他又担心文静在山庄受委屈，忙又填写他俩的婚书：

周子昂，直隶省秦皇岛县人，二十五岁，宣统二年七月二十九日寅时生

钱文静，辽宁省奉天县人，二十四岁，宣统三年月二十九日申时生

今承阮芸香、金顺姬先生介绍，谨詹于中华民国二十四年十月十六日午吉时在龙封关山庄举行结婚仪式，恭请高家聚先生证婚，礼同掌判，合二姓以嘉姻，诗咏宜家，敦百年之静好。古风今韵，相映成趣，珠联璧合，天作之美。此证！

结婚人：周子昂、钱文静

介绍人：阮芸香、金顺姬

证婚人：高家聚

主婚人：唐春英、刘王氏

中华民国二十四年十月五日谨订

填写完婚书，他正要去文静的屋，见顺姬又来为他送午饭，就说他要和文静说点事，让她去告诉文静过来和他一起吃。她没多言，在去招呼文静时，又让大灶房为桃源居增加了一人的饭菜。

他和文静一边吃饭一边问："在这儿习惯吗？"

她低头喃喃道："不习惯。"

他一愣问道："咋不习惯？有人欺负你。"

她不悦道："就你欺负我。"随即又纠结道："看你让好几个媳妇儿扯着，我心里还是不得劲儿。"说着哽咽落泪。

他心里一震，忙为她擦泪安慰道："别哭。我知道你是心疼我，可我没事儿。再说媳妇儿多的男人有的是，没有能耐也是白扯。有人说了，男人有钱就学坏，其实也不过是多搂几个女人罢了。要是让我说，我是多帮了几个女人。其实人活着就是为了活着而活着，咋活都是一辈子，当下无道，能舒舒服服地活着比啥都强。我也没想到我今天是这个样子。当初咱俩要是能成亲，我肯定一辈子就和你做夫妻。可事与愿违，世道又乱成这个样，我就像只断了线的风筝，只能飘哪算哪。飘的地上多了，放不下的也跟着多了。说真的，现在啥好啥坏、啥该啥不该我真说不清。就算我学坏了，咱俩这辈子也算少了个遗憾。这些年我隔三岔五就梦见你，哪次醒来，心里都像在流血。我真不愿那是梦，可从日本人打进来以后我就开始漂泊，能提心吊胆地活到今天，我倒觉得像在梦里。梦里还是梦外，有时我真挺蒙的，还有时我连我自己到底是人是鬼都说不清。甭管是啥，我的灵魂还在，我就想让你们跟着我过舒服日子，将来眼睛闭上那一天，

咱也不算是赖活着。"

她却无言以对了，想想自己今天到了这一步，能让心上人接着疼爱一回也算圆了当年的梦，毕竟自己成了后来者，已经没有资格责怪心上人还有别的心上人，就这么舒服一天是一天吧，反倒安慰起他道："你开心就好，吃饭吧。"说着夹一块肉塞进他嘴里。

他很惬意，一边嚼着一边将他俩的婚书递给她说："这是咱俩的婚书，你收着。这可以证明你是我的妻，而不是妾。那几个你能处就当姐妹处，处不来就不理她们，没人敢明面欺负你就是了。再有，这份婚书还能证明山庄的财产也有你一份。其实我最开心的，是这上的结婚人是咱俩，我这些年的梦想也算实现了，过后你生个咱俩的孩子，闺女儿子我都稀罕。"

她欣喜地看着婚书问："这上还得卡官印吧？"

他意识到她和她表哥也有婚书，问道："卡官印干啥？"

她也一愣道："你这上都是小印章，应该还有个大方印，是篆字，我不认得。"

他猜奉天的婚书应该是她说的那样，可陆举人压根就没提过大方印的事，估摸小地方的婚书只要私人名章就可以了，便又问道："那你说咱该卡哪的官印？卡日本国的，还是卡满洲国的？去他狗日的吧，咱现在就是龙封关山庄的！当下无道我为道，咱自个儿的名章就管用。"又解释道："这是山沟子，和咱家那头不一样，只要上面有介绍人、证婚人、主婚人就都认可。"随后才专心地吃起饭。

正吃得开心，顺姬急匆匆地进来说："二哥来了，自个儿骑着马，刚到大门那儿。"

子昂猜万全这时来一定有急事，他担心侯七之前恐吓他的话已成事实，更担心田守旺已经得势并依仗日本人来山庄捣乱，急忙下地穿鞋出去，见万全在桃源居门口刚下马，马背上还驮着一副厚厚的褡裢，上前问道："二哥咋急着过来？"

万全不悦道："咋的？媳妇儿越来越多了，二哥不能来了是不？"

子昂忙解释道："不是，我昨个刚回来，也不知你那头咋样了，我怕田守旺真把你顶了。"

万全不屑道："你还真把猴崽子的话当回事了？田守旺确实回来了，我看他整天在家里猫着不露面，田中太久也没和我提这茬儿。准是猴崽子吓唬你。那天你可把他打够呛。"接着又诡笑道："和妹妹入洞房挺好的？"

子昂羞愧难堪，接过马缰绳让道："快进屋吧。"

万全一笑道："鬼小子！这帮哥哥可都服你了。"

子昂仍不接他的话，一边前面引路一边问道："二哥还没吃晌饭吧，我让他们弄几个送来，咱俩喝点。"

万全忙拉住他道："今儿个不喝了，我刚吃完饭。上头又派了活儿，要得还挺急，忙得我跟头把式的，你帮帮二哥忙儿。"说着从马背上卸下褡裢。

原来，万全正按上司要求进行龙凤林区的人口调查，同时填发"良民证"。因为证上的个人信息都需要墨笔填写，万全便来找子昂帮他填写龙凤居民的。

子昂蔑视道："良民？中国的还是日本的？"

万全嗔怪道："你又较劲！有用吗？真较起来你不就和自个儿较！你敢说你天天就守在家里不出门？以后出门不拿良民证，日本人都以通匪论处，咱犯得着吗？"

子昂讪笑道："我又惹二哥生气。我认了还不成？"

万全驳斥道："不认你还能咋的？别忘了，好汉不吃眼前亏。"又吩咐道："你帮我把龙凤的良民证都填了；你字写得好，照着花名册填就行。花名册里没有的，你都帮我补上。"说着拿出一张空白的"良民证"递给子昂道："就往这上填。开始我想去找大爹，一想他眼神不太好，就来你这儿了。"

子昂接过"良民证"，见封面印着"海林保良民证"，去了存根部分，折起来为左右两页。

子昂问："海林保到底啥意思？是乡还是镇？"

万全说："不明白，日本人咋定就咋弄吧，左右都那回事儿。"

子昂继续看"良民证"，见左页是楷体印刷的"注意事项"：

一、发给良民证为保护良民之安全；二、凡无良民证者或通匪罪处罚之；三、良民证遗失损坏之时应即刻报由村长转请警察署补发；四、由他处返回本村居住者准照第三项办理；五、滥发给良民证应严予处罚。

右页为持证人相关信息，分为姓名、年岁、职业、家长名、与家长关系和保人、村长等填项。

看到保人和村长填项时，子昂又问道："村长填谁？"

万全笑道："以前龙凤没村长，啥事都是我这个所长的，这回不成了，田中让咱老大当村长。"

子昂笑道："行啊，大哥、二哥都当官了，我可左右逢源了。"

万全不屑道："这算啥屁官，挣那几个锔子儿，能供上嘴儿就不错了；俺哥们日子好也是仗着你，俺们得给你保驾护航；你可得好好的。那天大爹又唠起你还说呢，媳妇儿也是财，说我克者为妻财，我就没弄明白啥意思。"

子昂又笑道："你也可以多娶，但我只能钱上帮你。"

万全苦笑道："算了吧，命里一尺，难求八丈；你是奇人，俺们都比不了。说正事，你两天完活儿咋样？填完还得去海林保打编号，老的小的好几百号哪，光你这山庄里就得好几十号。"

子昂说："二哥放心，我晚间不睡觉也给你弄出来。"

万全又提醒道："还有，我得说，你也别不高兴，你媳妇多，别都填你是家长，这要拿去审，人家还以为你和人逗闷子呢？"

子昂想了一下说："我填她们都是户主。"又问道："那她们给我生的孩子呢？"

万全怔一下道："那你随便吧。"然后将装着花名册和空白的"良民证"的褡裢交给子昂，上马告辞离去。

夜里，子昂还在填写"良民证"，媳妇中除了香荷和他是夫妻关系，其余都在与家长关系的栏内填写了"户主"，丫头们则是她们各自的女儿。他还想到秋虎无处去办这种通行证，日后再来山庄怕不方便，便给他也填了一份，将姓名改成韩保山，是怕他"韩秋虎"的名字在日本人那里挂过号。乔志恒他也给填了一份，更名为高家聚，职业是祭司。

自从接回文静，子昂的心情越发好起来。他每天除了必须看望香荷和就要临产的亚娃，还尽量多陪文静。

文静虽然在子昂那些媳妇面前还有些不习惯，但她真的喜欢上山庄的好日子了，只是子昂夜里房事有些频，让她难以承受。尽管她对他有多个媳妇仍感到不爽，但每到这时她索性撺他去陪别的媳妇。

子昂知道文静喜欢吃鱼，就在集市上定了一个打鱼卖的老汉，让老汉每周往山庄送一次鱼，那卖鱼的老汉便每次用一头毛驴送来两大筐鱼，全山庄的人都跟着沾光。

这日，卖鱼老汉又来了，顺姬对卖鱼的说："要小的，有吗？"边说边用手比画着，也就一寸多长。老汉问："这么小！喂鸭子？"

她忙先摇头道："俺们吃，好吃！"

老汉不安地问："那大的不要了？"

她说："要，大的小的都要。"

老汉笑道："你看你，有大的还吃小的干啥？那咋吃呀？俺们都不吃，喂鸭子。"

她惋惜道："白瞎了！你拿来，我做，好吃！"

结果老汉下午就送来半筐小鱼，最大的也就两寸多长。顺姬见了高兴，问老汉需要多少钱？老汉说："这个不要钱，白送给你们。"

她认真地摇头道："那不行，我给！"老汉坚决不要，赶着毛驴走了。

随后，顺姬将小鱼摊在木板上晒起来，到干透时，亲自调制辣椒汁拌了一些，先让子昂品尝。他尝了一口，咸辣甜口，就着干粮吃，觉得很爽口，就让顺姬告诉卖鱼的以后大鱼小鱼都送，小的一筐暂按大的半筐付钱，又夹起一筷子对顺姬玩笑道："人家说是用来喂鸭子的，你倒用它做出这么好吃的菜，我成鸭子了。"

她忙解释道："不是的，好吃。"他笑着边应边吃。

听子昂炫耀顺姬为他制了一道好吃的菜，多日娜开始不知是什么菜，一问才知是甜辣小干鱼，不屑道："你真没吃过好东西，明儿个我给你做样男人吃的菜，咱哥教我的。"

子昂好奇地问："啥菜？"

她得意道："烧鹿尾！吃过吗？"

他也不屑道："那有啥吃头，还比鹿肉好？"

她说："咱哥说了，这是男人吃的菜，一般想吃都吃不着。"

他好奇道："菜还分男女？那你做吧，我吃。"

两日后，多日娜真从哥哥那儿拿来一套鹿尾和一坛子酒，让子昂晚间住她屋，她要亲自给他做烧鹿尾吃。子昂能吃肥腻，吃着没觉得不适，也没觉出好在哪。那坛酒也有些怪味，喝了一口问道："药酒？"

她笑道："这酒也是男人喝的酒，咱哥泡的，他老偷着喝，我就偷着拎来了。"

他猜是山鹰泡的壮阳酒，多日娜又一再劝他喝，他便就着烧鹿尾喝了两杯。渐渐地，他感觉浑身开始发热，尤其身下又胀得发烫，满脑子就想办房事，忙去插了屋门，回身搂着她狂吻，恨不得将她整个人都含入口里。

开始她还跟着兴奋，后期便架不住他没完没了的狂热，终于受不住了，哭着把他推开，撵他去找别的媳妇。他只好先搂她入睡，又穿衣去文静屋里。不想文静刚来红事，想搂着她入睡，可身下又胀得疼痛。他又想去顺姬或芳子屋里，可这时已经是深夜了，怕这时去叫门惊得满山庄的狗叫，只好继续忍，忍不住又思念起婉娇。

总算熬到天亮，他才去了芳子的屋。身下依然坚挺，已在裤内无法掖藏，走路也不方便，见英子出来开院门，忙躬身捂住下面先说："肚子疼，我来找点药。"径直进了芳子的屋。

芳子正在穿衣服。他忙插了屋门，脱鞋上炕道："受不了了，就想你。"说着将她搂在怀里狂吻，她也浑身散了架一般。

趁子昂在睡回笼觉，芳子去灶房端来午餐，只是今天不是吃细粮的日子，三个新出锅的玉米饼子和一碟顺姬拌好的甜辣干鱼，还以为他吃不了，不想他很快吃光后，又让她再去多取两个。她没见过他一气吃下这么多，惊得张口结舌。

他坐炕上狼吞虎咽地吃着时，她就坐在旁边看着，见他吃完，一撇嘴道："吓死人了！"

他看着她问道："啥吓死人了？"

她冲他一紧鼻子道："你！大坏蛋！"

他诡笑道："再来呀？"

她推他一把道："滚蛋吧！"他嘿嘿地笑，又去搂她。

这时顺姬进来，见他和芳子拉扯，只是一笑道："来卖豆子的，要吗？"他一边下炕一边说："看看再说。"便随顺姬出去了。

·第 125 章·

子昂随顺姬出了院，见一农家老汉牵着一头驴，驴背上驮着一袋粮食，显然里面是大豆。子昂没见过老汉，问道："你是当地的？"

老汉说："亲戚是当地的。听说你这儿价钱给得好，就过来看看。"

子昂看了大豆说："你这有让虫子嗑的，还想卖好价？也就磨了当饲料用。"

老汉说："能挑出不少好的呢，榨油也能行。"

子昂一皱眉头道："你咋不挑？我挑得用人花工钱。"

老汉说："挑我不怕挑，寻思都能换点钱儿不是。"

子昂更加不悦道："你跑我这儿滥竽充数呢？"

老汉忙说："那不是。周大当家，俺们山外的也不容易。从打日本人来，这庄稼人的日子越来越不好过。就说这豆子，日本人来之前，一百斤还能卖上五块哈大洋。可到了去年，还是一百斤，连三块满洋都够不上；一垧地也就能出十六七块钱，实际乱七八糟加起来得二十六七块，赔钱！没人愿种这个了。我这是自个儿种点留着过年换油的，现在吃油快赶上吃金子了。前儿个去俺家仓房一看，里头有让虫子嗑的，再留家里就都喂虫子了。"

子昂心软下来，又问道："你家是哪的？"

老汉说："老家克山的，前年家里闹鼠疫，庄稼地都让耗子糟蹋了，就来宁安投姑爷，在山边儿刨了几块儿地。现在在哪刨地都有日本人管。他们有个株式会社，让俺们种了庄稼卖他们，那俺就不能都种豆子了，要不得喝西北风去。今年我地里多半是苞米，种那点豆子寻思等收了偷着卖个好价钱。我种的可都是黄宝珠，好品种。你这儿要价格好，来年我就多种点豆子，留点应负日本人，剩下都弄你这儿来。你要想多要，我再帮你多招呼几家儿。"

子昂正愁大豆不够用，一听这话高兴道："那敢情好。这样，你这些豆儿我就按一百斤好豆儿收，给你五块，以后也都是这个价儿，越多越好，咱一手钱一手货，你看咋样？"

老汉欣然接受，然后去芳子那里取钱。

晚间，子昂与香荷、天娇一起吃饭。天娇又说香荷昨晚半宿没睡，她照看豆儿很难顾上她。香荷听天娇在说她，就训斥道："好好吃！堵上嘴！"

他明白天娇的心思，对香荷说："今晚我陪你，行吗？"

香荷低头挑眼看他。他又说："给你揉揉脚。"

香荷立刻把脚伸给他道："洗脚。"

他摸着她的脚说："等吃完饭的。"说着深情地看了一眼天娇，他感到她身上正散发着巨大的诱惑，左右津梅再三求他与天娇圆房，替香荷生下米家的后，这时他又正被多日娜的酒菜补得阳刚，索性又什么都不顾了，只想就此将天娇收为暗房，也算让米家姐妹少了忧虑。

吃完饭，天娇收拾桌子，他打水给香荷洗脚。天娇再回香荷屋时，见他正低头亲吻香荷的脚，有些难为情，但还是故作镇静地说："她脚香啊？"

他这时再见到天娇，不禁心跳加速，稳下神儿道："她脚像花儿。"又鼓足勇气道："你俩的一样。"

她显得慌张，又不舍得离去，也鼓下勇气，羞怯地问："你咋知道？"

他说："看外型就能看出来。"又引诱她道："不信你俩比比。"

她犹豫一下，真就脱下一只脚上的袜子，露出也如美玉般的脚，和香荷的玉足并在一起道："一样吗？"姐俩的脚果然不分彼此。

他想她的身子一定也和香荷一样白皙，但毕竟是两个人，便仍有新奇感，想去摸，又怕她怨，赞许道："好看，也跟花儿似的。"

香荷见天娇突然伸出一只脚来，先一愣，又对他道："她洗脚！"

他和天娇对望一眼，又对香荷假意道："不给她洗。"香荷脸一沉，打他一把道："大懒猪，养你啥用？白吃饱儿！"

他热血沸腾起来，恨不得立刻去捧天娇的脚，终于问天娇道："我给你洗？"

她立刻收回脚，慌得不知说什么了。他忙解释道："香荷儿让的。"

她很紧张，终于红着脸道："等把豆儿哄睡的。"说完慌张地离开。

山庄的电机又停了，子昂点亮油灯为香荷揉脚。她今天没有反复起来看他，躺下后就等着他给揉脚，见他动作慢就训道："快点的！大懒虫！"他心里虽还惦着给天娇洗脚，却还是耐心地为她拿捏着，她就像没有感觉似的闭上眼睛。

香荷睡着了。他停下手，静静地看着她，心里又感到愧疚。天娇正等着让他洗脚，他也无法抵御她的诱惑了。

他悄声下了炕，举灯去了灶房，见天娇已经点了油灯，正神色不安地看着一锅热水发呆。见子昂出来，她紧张地问："睡啦？"

他看着她点下头，也小声问："豆儿也睡了？"她也慌乱地点头，红润的脸令他浑身在发热。

他按捺着兴奋和紧张，将手中的油灯放在灶台上的油灯旁，两束紧挨着的火苗在欢快地跳跃着。随后他将热水舀进盆里，又兑了凉水，觉得温度适宜了，便看着她说："水好了，我给你洗。"

她依然紧张道："在这儿吧。"

他忙放好板凳让她坐下，又急切地为她脱下鞋，感到她的腿脚在发抖。

她两脚的袜子都已经脱下，一双秀美的玉足完全展现在他面前。他将她两只秀足捧在手中欣赏，忍不住低头去亲。

她忙抽回脚道："还没洗呢。"

他这才给她洗，洗完擦干后又吻，突然一把抱起她，隔着薄薄的睡装，仿佛摸到她白皙的肌肤，烧鹿尾的后劲又发作到了顶点。

她在他怀里颤声道："谢谢你。"

他更加兴奋，只顾对她亲吻，又急切地抱她进了她的屋。

山庄的人都知道子昂不在香荷屋里过夜，也知道他是怕人说他和天娇的闲话，毕竟天娇姿色酷似香荷，年纪也才二十岁。可子昂几乎天天要去看香荷吃穿洗睡情况，有时为哄香荷睡觉很晚才出来。于是有人暗里说："他不在香荷儿那过夜，也就是演给别人看，香荷是疯了，可天娇没疯；哪个男人守着这么貌美的单身女子不动心？又哪个女子见了子昂这么英俊风流的男子不怀春？天娇是他的小姨姐，可婉娇还是他认的姐姐呢，不照样偷着为他生孩子！"总之在这些人的心里，子昂和天娇早已云中雨里了。

听说子昂昨夜在香荷屋里过的夜，津梅立刻去了天娇屋里，一边帮她哄孩子一边问："他昨晚在这儿过夜了？"见天娇神色慌张，她又笑问道："你俩成了吗？"

天娇羞涩地推她一下道："啥呀？"

津梅脸一绷道："别装傻！这可是咱米家的大事儿，你别那么没章程。"天娇只好红着脸点下头。

津梅高兴道："成了就对了！要不这么大家产可都成别人的了。"

天娇拍她一把道："你掉钱眼儿里头了。"

津梅嘲讽道："呦，一宿就让他拿住了？你得想法拿住他。"

天娇害羞道："他是大魔鬼，俺拿不住他。"

津梅诡笑道："别光顾着舒服，咱家姐妹可就指望你了。"接着又说："他是个不要命的情种子，都让他娶芸香了，他还和婉娇儿偷着弄。刚听说他和婉娇儿有了孩子，都快把我气疯了。可再看他对婉娇那份情，我都感动了。记住，你也得生个小子。"

天娇低头道："我害怕。"

津梅严厉道："都这光景了你还怕啥？山庄里就他可怕，他要稀罕你，你就啥都别怕。"

天娇忧虑道："怪对不住香荷儿的。"

津梅一撇嘴道："你昨晚咋没这么想？和人快活完了，才想起别人不痛快。"

天娇打她一把道："臭嘴！"

津梅嘻嘻一笑道："三姐话粗理不粗。你就踏踏实实地跟着他，这样对你对香荷儿都没坏处，俺们也能跟你借光儿。"

天娇仍顾虑道："咋说我和香荷儿是亲姐俩。"

津梅说："这算啥事儿呀？姊妹一嫁的有的是。咱妈活着时就总唠，皇宫里娘儿俩、姐儿俩都给一个皇上当娘娘！谁笑话了？不都抢着当娘娘。"

天娇笑道："跟人皇帝比啥呀？"

津梅说："皇帝不是人哪？咱老妹儿可是娘娘，你就当他是皇帝吧，咋的你也算是皇贵妃。"天娇低头抿嘴乐。

津梅又嘱咐道："你可别稀里马哈地白跟他，面儿上咱可以不吭声，被窝儿里你得把他管住了。这世道，谁有也不如自己有，他现在想对谁好谁也管不了，但咱得从财产上和她们争。那帮小妖精，都不是省油灯。他拿她们都当宝贝似的，我瞅着心里闹得慌。还是偷着吃的香。我是说婉娇儿。你看人婉娇儿活着时候多风光！你就让他偷，你就是第二个婉娇儿。不是，你可别学婉娇儿寻短见。就凭你天天替他照顾香荷儿，你得当他心尖尖儿。三姐教你，你得跟他撒娇儿，要不就哭。男人都这德性，女人一娇儿就酥骨，再一哭他就麻爪儿了。这就和咱爹说武术似的，硬的咱不行，那咱就以柔克刚。这一点，香荷儿就是没病也不行。长得再好看，跟个闷葫芦似的，白扯。他对咱老妹儿也够上心的，我猜他是念咱老妹儿是他头个媳妇，身子也干净。老妹儿那么折腾他，他还天天惦着，给她洗脚、揉脚。他真挺怪的，就稀罕女人脚。那次在咱妈屋炕上，他还偷着看过我的脚哪。"

天娇狐疑地看着她问："你也想让他洗？"

津梅笑道："我哪有你那福气？"接着又问道："他给你洗脚了吗？"

天娇抿嘴笑。津梅挖苦道："看把你美的。"又说道："我早看出他稀罕你，你和老妹儿长得和一人似的，他不会对你孬。现在老妹儿这样了，他想办那事儿也办不成，我猜他是要在你身上找咱老妹儿的感觉。他咋想你都别在意，咋的你比咱老妹儿能说，把他哄好了，准比疼咱老妹儿还疼你。你可千万想着要拿住他，替他当家。"

天娇笑道："他说了，包子有肉不在褶上，不让咱和她们计较。"

津梅沉了一下说："他以前可说过，有人送他一大笔财宝，到底谁送的他没说，送多少咱也不知道。咱爹咱妈好像知道，就说了半截话，就是不想让我知道。咳，现在说啥都没用了。不过他要这么和你说，肯定还有老底儿没外露，我猜就在山庄里，要不他能在这狼窝里盖山庄？最可能的是，他把老底儿都藏在桃源居里了，要不他走那几天咋就把大门钥匙交给你，屋里钥匙咋不也交给你？还有，别的院儿里都放一条狗，就他那院儿里放三条，不相干的人，没人敢自个儿进去。以前我看婉娇经常进进出出的，现在好像就他自个儿出来进去的。你得想法儿让他领你进那屋里才行，但别让他看出你是奔钱去的。"

天娇想了想说："他和我说，是你的少不了。你也别没事儿老琢磨他。"

津梅立刻以狐疑的眼光看她，随后在她脑门上点下道："你也学奸了。昨晚他没少给你灌汤儿吧？"

天娇又被说得脸红，捶打津梅道："你臭嘴！"又推她道："去去去，俺要歇会儿，你去看着点香荷儿，要不她又把羊牵屋里了，拉的可哪都是粪蛋儿。"津梅笑着去了香荷的屋。

子昂再次偷与天娇合欢后，她在他怀里撒娇道："三姐说，有人给过你一大笔钱。"然后就没再说。

他明白她的心思，叹口气道："香荷没得病时，有一点不好，啥都向着娘家。和娘家亲我不反对，但也别啥都听娘家人的。你可别和她似的，现在你也是我的人了。"

她先是一怔，又委屈落泪道："俺爹妈都没了，想听还能咋听？"

他疼爱地搂着她说："别难过，我就随口说说。咱先睡一觉儿，等天亮我领你去个地上。"

说着熄了炕桌上的油灯，躺在被窝里搂着她。

他好像刚入睡就被叫醒，是天娇在小声叫他，说外面已经有亮了。他还很困，迷迷糊糊地睁开眼，见是和她睡在一起又激动，亲昵一番才穿衣服。

豆儿还睡得正香，香荷的屋里也静静的。外面天空刚蒙蒙亮，整个山庄仿佛还在睡梦中。感受着新鲜的空气，子昂带着天娇去他曾埋了很多银圆的北树林。

天娇知道他常来这里习武，一脸疑惑地问道："你带我来练武呀？"

他看着她笑道："咱不在被窝儿里练了吗？"

她撒娇地打他一把道："坏蛋。"

他又诡笑道："一会儿回去再练练？我又想了。"

她扭扭身道："怪累的，歇歇吧。"

他故作痛苦状道："受不了咋整？"

她抿嘴笑着嗔怪道："你咋那么大瘾呢？找你媳妇儿练吧。"

他笑问道："找香荷儿呀？她不让我碰，一摸她那儿就叫唤，我也不能硬来。"

她努嘴道："你那么多媳妇呢！得亏你媳妇多，要不真把你憋个好歹儿的。"说完用手背挡嘴看他笑。

他俩进了林子。他先从一堆矮树丛中拽出一把铁铲，又选定一棵一腰粗的柞树，抡铲挖起下面的土，很快露出一层枯草，掀去枯草又露出银圆。天娇在一旁见了欣喜道："你都藏这儿了？"

他说："这里除了咱俩，谁都不知道。"

她激动地搂他亲了一口，又问道："香荷儿也不知道？"

他叹口气道："她没得病前，我想领她来，可咱爹不让她来，是不让她见这儿的人。现在她来了，我又不敢让她知道了，挺对不住她的。不过让你知道了也一样。这棵树下有两千多块，这跟前还有不少树下也埋了。看这树身上，有一道印的，下面就有钱，有两道印的，就是咱已经挖走了。这里还有二十多处没挖的，都是橡子树，也都是十步远。我想都挖出来放你屋里，就怕让香荷儿看见了又去当娘娘。"

她想了想说："做个大炕柜，锁上就没事了。"他听出她还是想把这里的银圆都放在她屋里，就满足她的心愿道："也行，回头给你俩一人做个炕柜儿，都放钱。香荷儿那里放些让她没事玩儿，剩下的都放你屋里，我要用钱，你就赏我点。"

她娇声道："都是你的，俺就帮你看着。"

他喜欢听她娇滴滴的声音，很像婉娇，也像文静和芸香。这时他又决定给每个媳妇都做一个炕柜，再从桃源居里取出一些钱，每个柜里都放一些，文静和芸香的柜里除了放些银圆，还放金砖和金条。他又觉得对不住顺姬、亚娃、芳子、多日娜，那就在她们四个的柜里多放些银圆，左右都是山庄的钱。

这时他对天娇说："那咱今天不往回拿了，等我找几个木匠来打炕柜。咱每屋都给打一个，要不就给你俩打，那几个该寻思了。"她又娇滴滴地应。

从林子里回来，天色已大亮，大灶房的厨娘还没起来做饭，他带天娇又在桃源居内一番激情，然后当炕面填写了他俩的婚书：

周子昂，直隶省秦皇岛县人，二十五岁，宣统二年七月二十九日寅时生

米天娇，天津省南门外县人，二十岁，民国四年七月十二日申时生

今承米津菊、米津梅先生介绍，谨詹于中华民国二十四年十月二十九日午吉时在龙封关山庄举行结婚仪式，恭请李春山先生证婚两姓联姻，一堂缔约，良缘永结，匹配同称。看此日桃花灼灼，宜室宜家，卜他年瓜瓞绵绵，尔昌尔炽。谨以白头之约，书向鸿笺，好将红叶之盟，载明鸳谱。此证！

结婚人：周子昂、米天娇

介绍人：米津菊、米津梅

证婚人：李春山

主婚人：唐春英、米津兰

中华民国二十四年八月十五日谨订

他将婚书交给她说："以后你也是我的媳妇儿了，告诉咱姐她们就行了，对外人先不要讲。"

她很激动，但也很纠结，愧疚道："挺对不住香荷儿的。"

他安慰道："她已经不在乎这些了。现在她和你正相反，面儿上是我媳妇儿，实际是咱妹妹。不管咋说，我还是很感激她。只要我活着，我就让她开心地当娘娘，谁要欺负她，我肯定不惯着，谁也别说我偏着她。你肯定不会说，还能帮我照看她。"

她很感动，依在他胸前撒娇道："你放心，我会好好照看她娘俩，咋说她也是我亲妹妹。以后你要忙，我给她洗脚揉脚，保准她干净利索的。"说着担心起香荷和豆儿，忙揣好婚书回去了。他则又钻进被窝睡起回笼觉，一觉又睡到傍中午。除了天娇以外，都以为他昨晚一人睡在桃源居。

过午，子昂真去找了木匠，他要为每房媳妇打一条炕柜，并将设计好的图案拿给木匠看，柜高一米，宽半米，长两米，上面一排六扇门，下面一排对应着六只抽屉。

他本想把木匠请进山庄，但因在山庄新伐的木头不能立刻打家具，他就让木匠去各家买干料，等炕柜打好后一并运进山庄，届时每条炕柜手工费五块钱，买木料的钱另算，顶多超不过十块钱，木匠高兴地接下。

不过半月，八条炕柜打好，先后用骡子驮进山庄。若玉、津梅、小青、百合等人都瞅着眼馋，就连玉莲和丫头们也想在自己屋的炕梢处放一条长柜。他索性让木匠继续打制，除了雇工休息的屋子不放，其他住人的屋里都放，只是日后里面装的东西各不相同。

第 126 章

转眼又到了深秋，山里的树叶又由绿变黄，接着几阵秋风、几场秋雨，山林渐渐又变得凄凉了。各农家就在这时赶紧收割地里的大豆、玉米、高粱、谷子等庄稼。

住在"四合院"的那些日本人还是多买了几户人家的地，这时他们也在收割着大豆和玉米，要不听他们说话，很难知道他们是日本人。

子昂除了安排人收割自家的粮食，还打听周围收庄稼的是否有多余的大豆卖给他。他先去

问那几个日本人，结果他们对他说："不够吃的，不卖。"后来，他听人说，这几个日本人也在收购别人家的粮食，但价钱不如他给的好。他便悄悄对一些农家说："有多余的卖给我，我随时都收，直接送进山庄的，每斤我再涨一分。"

想卖粮的还是愿到山庄里卖，只是拿出来卖的都不太多，也就是换点现钱准备买些过年的东西。

也有庄稼户问子昂收不收菜的。子昂考虑山庄一冬天人和牲畜、家禽都需要菜，仅靠多种那些还是不够，便答应萝卜、土豆、白菜都收。这样一来，这些人家有了现钱，便又将一些储存的大豆也卖给了山庄。

所有人家年前都要备些年货，条件不好的也要备些鱼肉、小鸡和粉条，然后再蒸几锅馒头和豆包，一并藏在室外仓房的缸内冻着，还得白天黑夜注意着，唯恐被人偷去或被猫狗叼走。特别是腊月二十八到年三十，家家还要炸些馃子、套环、油炸糕之类的油炸食品，是用来过年哄孩子们高兴的，让家里的年味儿浓一些。如此，豆油的需求量要比往常大得多，山庄的油坊便也因此更忙了。

因为之前储备的大豆不够用，子昂一直忙着收购大豆，林海等哥们也都四下帮他联系，直到天降第二场雪时还在收。

这日傍中午，子昂正组织人将收来的大豆往库房里运，忽见村妮带着一个男子来。远看那人男子年纪不大，头戴狗皮棉帽，身穿羊皮袄，脚穿一双高腰毡靴。当那人距他不足十米远时才认出，竟是妹妹的未婚夫童雪峰，惊喜道："哎呀，雪峰！没想到你能来！"随即奔过去。

子昂和雪峰在奉天一别近五年。本想上次送父母回奉天能见着他，没想到他已偷偷参加了抗日游击队。这时他十分高兴，只是不知妹妹是否有了消息，真希望他能带来妹妹的好消息。

雪峰也激动地加快了脚步，张开双臂与子昂拥抱在一起道："我也没想到，几年不见，变成大老板了！"

子昂笑道："啥老板，就是挣点儿活命钱儿。"松开手又急切地问道："子君有消息吗？"

雪峰叹口气道："还没有。你前年让人送的信我看了，可我是去年回家才看到的，当时我就傻了。这次回家见着叔和婶儿了，啥都和我学了。"接着抱怨道："这事儿弄的，咋还整出这么个岔子？"

子昂也叹口气道："谁说不是，一想起这事儿，我这心里就揪得慌。"

雪峰问："听你爹说，你俩弄得挺不痛快？"

子昂又叹气道："别提了，都是揪心事儿。"

雪峰斜眼看着子昂问："听说你学坏了？"

子昂愣一下，猜想是爹说了他坏话，一脸无奈道："啥叫坏，啥叫不坏，这年月，好还往哪好？咱不唠这些。"又问村妮道："你咋遇上他了？"

村妮笑道："他向别人打听你，问到一个邻居就领我那儿去了。"

村妮也是镇里的名人了，一提起武仙姑，几乎没有不知道的。雪峰进镇后先向一个妇女打听子昂，这个妇女又恰恰知道子昂是村妮的弟弟，便将他领进村妮家。听说子昂在这儿还有个姐姐，雪峰感到蹊跷，但还是去见了村妮，听村妮一讲才明白。村妮听说雪峰是子昂的妹夫，如同见了自家人，立刻领他来山庄。

子昂这时兴奋道："这得感谢仙家。"又对雪峰说："我做梦也没想到你能来。"

雪峰说："我也没想到你能在这儿落脚儿。"

子昂说："瞎蒙碰到这儿的。都是亡国之土，在哪都一样。"接着小声问："你不是去抗日了吗？"

雪峰点下头道："我出来办公事儿。"又见有人扛麻袋过来，就问："这说话不方便吧？"

子昂会意道："进屋唠。"又对一个扛麻袋的雇工说："你领着往库里搬，完了歇着等开饭。今天贵客临门，晌午让灶房给你们做好吃的。"

那雇工爽快地应着，又召唤其他干活的说："都卖点劲儿啊，大当家的又给咱解馋啦！"干活儿的都兴高采烈地应着。

雪峰一边随子昂朝芸香屋里走一边问："听说你娶了好几房媳妇。"

子昂说："我爹和你说的？他不说我也不想瞒你，一会儿都让你见见。"

雪峰忙说："不用不用。"

子昂问："你是不挺瞧不起我？"

雪峰说："瞧不起我就不来了。不过说真的，你变了。"

子昂苦笑一下道："是，变坏了。这世道，孔孟之道已经没用了，日本人现在只讲他娘的狗屁亲善和王道乐土。滚犊子，他玩他的假亲善，我弄我的王道乐土。"又沮丧道："刚才一看见你，还寻思能有子君的消息呢。"

雪峰忧虑道："她要还活着，我猜她不能回奉天。她是在哈尔滨走丢的，估计她应该先找大姨家，咋说还是这头近便。"

子昂说："大姨那儿要有消息，肯定有人来报信儿。我和大姨他们交代过，让他们在黄花甸子、火车站前撒大网，凡是开客栈、饭馆、商铺的，还有街上摆摊儿、跑腿儿的，谁遇到一个姑娘打听我姨家，就赶紧去报信儿。我猜子君得和我当时一样，就知道大姨叫啥，别的可能也啥都不知道。我和大姨他们说了，不论谁帮着找到子君，赏现大洋一千。我是怕子君真到牡丹江去找，人生地不熟的，不知咋找，这滋味儿我是尝过。我猜子君要是从哈尔滨去牡丹江，十有八九得先到火车站，她得在那儿打听黄花甸子和我大姨家。不论是火车站，还是黄花甸子，只要她开口打听就好办。"

雪峰激动道："真让你费心了。"

子昂嗔怪道："说哪去了，我知道你也着急，可她是我亲妹妹。"说着眼睛湿润了。

雪峰也哽咽道："但愿老天爷长眼。"

村妮在一旁安慰道："都别哭了，老天爷睁着眼呢。"

子昂看着她问："你说啥？"

村妮笑道："妹夫今天来是好兆头，再等等，我就觉着妹妹离这儿不远了。"

子昂心中一亮。从第一次和她说话，他就觉得她有时说话含蓄又费解，但通过他娶媳妇的事，她说过的那些莫名其妙的话基本都应验了，现在她还顶了仙家。但他没多问，只是激动道："那就好。"又笑着对雪峰说："咱屋里说。"又小声问道："你现在在哪儿呢？"

雪峰道："就在哈尔滨跟前儿。"

子昂又问道："是奔着找子君？"

雪峰叹息道："哈尔滨快让我找遍了，一点儿消息也没有。"

子昂又小声道："我这个姐是顶仙儿的。"

雪峰忍不住又看一眼后面的村妮，然后也低声道："我不信这个。不过有病乱投医，我还是希望她能说得准。"

村妮在后面见雪峰回头看她，猜到子昂对雪峰说了什么，只是抿嘴一笑。

芸香出屋见到村妮领来客人，又和子昂格外亲切，便站在大门前迎接。子昂见芸香正好奇地看着他们，就带雪峰上前道："这是我媳妇，比你小也得叫嫂子，等会儿你再见见那些嫂子。"

雪峰笑着冲芸香叫了嫂子。子昂又向芸香介绍道："他就是雪峰，在奉天和咱家是世交，俺俩还是光腚娃娃加同学，也可以说是咱妹夫，现在就差找到咱妹儿了。"可一提到尚无音信的妹妹，他心里又焦躁不安。

芸香客气地让雪峰进屋，又亲妹妹似的和村妮打了招呼，说又好些日子没相见了，午饭把玉莲叫来一起吃。

子昂搂着雪峰的肩头迈进屋门槛，听芸香这么一说，忙回身吩咐道："告诉大灶房单给这头做，大哥他们送的那些野味儿都做点儿。"又对雪峰说："我在这儿结拜了八位哥哥，有打猎的，一到这时山野味儿吃不了地吃。"

芸香说："我做吧，就在这屋做。"

子昂又吩咐道："那你去告诉大灶房，给大家伙也做些好吃的，今儿个是喜日子。"

芸香让村妮先帮着点火烧锅，自己先出去了。村妮也最喜欢芸香这个兄弟媳妇，一边应一边解下头上的围巾。

子昂带雪峰进了左间屋，见百合正在炕上哄着丽娜、宽儿、梦儿，又介绍说是他的妻妹和两个女儿一个儿子，接着让丽娜管雪峰叫叔叔。

丽娜七岁了，已经习惯管子昂、芸香叫爹叫妈了，子昂对丽娜、宽儿也格外关心，芸香更是丝毫不敢怠慢。

雪峰已通过子昂父母知道丽娜、宽儿是婉娇留下的，一边应着丽娜，一边要去抱宽儿。宽儿有些怕生，露着屁股爬到炕里。梦儿也认生，在雪峰怀里奔向子昂。

玉莲也跟着进来，他又介绍道："这咱外甥女儿，我这个姐家的。"然后让玉莲抱走梦儿去对面屋。梦儿哭着又抓子昂，他便又抱过来，得意地对雪峰说："我这个宝贝闺女就和我亲，除非看不着我，一看着我就得我抱着。"但还是让玉莲抱走了，到了对面屋里还在哭，要不是得和雪峰说话，他才不忍心让梦儿这么哭。

他拿出仙女牌香烟递给雪峰问："抽烟不？"

雪峰接过烟卷笑道："我们能抽袋亚布力烟儿就不错了，你这儿还有烟卷儿呢！"

子昂说："我只抽烟卷儿，走时给你带点。"

雪峰笑着说："尝尝就行了，抽上瘾我还没处弄去。"

芸香和村妮一同做好饭菜，上桌的菜都是山野味，鹿肉、野猪肉、狍子肉，还有山鸡炖蘑菇。

子昂取来一坛酒问雪峰："能喝点吧？"

雪峰说："冬天在山里跑都喝，但喝不多。"

子昂说："我也喝不多，今儿个高兴，咱俩喝点，喝完睡一觉儿。"又对村妮说："姐也喝点。"

村妮笑道："行，今天妹夫来了，高兴。"

子昂对雪峰说："咱姐正经能喝点，我这量是不行。"

玉莲抢过话道："我也能！"

村妮冲玉莲瞪眼道："别嘚瑟，赶紧吃，吃完带丽娜出去玩儿。"玉莲觉得没了面子，冲村妮紧下鼻子抗议。

子昂将酒杯端到玉莲嘴边道："要喝喝大舅的。"

玉莲真就喝了一口，随即咧着嘴叫起来。子昂呵呵地笑，又夹一块肉塞进她嘴里。村妮嗔怪道："让你给惯坏了。"

大家又笑过后正式吃喝。雪峰吃着野味感叹道："我们在山里也吃过这些东西，可做不出这么好的味儿来。"子昂先夸芸香做菜好吃，又问他加入了谁的队伍。

雪峰说："我们现在是东北反日游击队，我在哈东支队，就在哈尔滨那一带。我提个人你兴许能认识，他叫李兆麟，和咱俩同岁，还是咱老乡，家是辽阳铧子乡的。"

子昂想了想，摇头道："没印象。"

雪峰又问："那李超兰呢？"

子昂想了想，突然眼睛一亮问道："他也画过画儿吧？"

雪峰笑道："他现在改名了，叫李兆麟。"

子昂兴奋道："我对他印象挺深。第一次有人和我提他时，还以为他是女生呢！我知道他，他家是农村的，不过挺勤奋。那时候他常去奉天找老师看他画的画。但我和他在一块儿的时候不多，他画国画，我画油画，画法不一样。"忽然又问："他也去抗日了？"

雪峰笑道："何止是抗日，他现在是抗日军的领导。噢，是俺们政委。"

子昂不解地问："政委有军衔吗？"

雪峰说："和俺们司令一般大。"

子昂惊讶道："你们队伍还有司令呢！"

雪峰笑道："这有啥奇怪，领兵打仗哪能没司令？"接着又说道："俺们司令也是咱老乡，家是朝阳的，叫赵尚志。"

子昂虽然不认识赵尚志，但他为抗日军的司令和政委都是辽宁人而感到自豪，便又问雪峰："你是咋入他们队伍的？"

雪峰说："咱俩上次分手后，我一直也没回讲武堂。东北军太丢咱东北人的脸了。这时我听说有个燕子队专门打鬼子，我就去投了。但他们力量很弱，打小股鬼子还行，鬼子一多，就得东躲西藏，就跟土匪帮儿似的。后来成立了东北义勇军，将近一万人。今年春天，游击队又和另外一些队伍联合起来，成立了东北反日游击队哈东支队，我去了珠河，一直在队部里当警卫。我们支队现在也挺强，九个步兵大队，一个骑兵队，还有一个迫击炮队，整个宾县八大区让俺们打遍了，哈尔滨一带都知道有个抗日英雄赵尚志。日本人把他当成眼中钉，派人暗杀他好几次都没杀成，现在又到处悬赏，用两万大洋换他人头。"

子昂兴奋道："我还以为咱东北彻底完了呢。你这一说，咱还有希望，亡不了国。"

雪峰也激动道："亡国？看来你是放弃了，要都这么想，那咱只能亡国。"接着又说："你放心，咱中国人是杀不光的，要和小日本儿一命抵一命，亡国的也是他们，问题是咱敢不敢和鬼子抵命，谁来和他们抵？"

子昂感到雪峰这话是说给他听的，是说他不敢和日本人对抗，心里有些不服，便也炫耀道："要说一命抵一命，那我可赚了，我在自卫军里报销了好几个鬼子。"接着讲起他参加自卫军和跟随刘万奎攻打五卡斯、牡丹江的事。

雪峰已经通过子昂父母知道子昂参加过自卫军，说："听婶儿说了。开始挺惊讶，你这拿画笔的手还能拿枪？后来一想到我们李政委，也没啥奇怪的。国家生死存亡之际，是个爷们儿就该这样。再后来，又听说你当大财主了，还娶了好几房媳妇。"

子昂一笑道："寻思国都亡了，干脆混日子解闷儿吧。"

雪峰说："中国肯定亡不了。现在中国人越来越醒悟，抗日的热情也越来越高涨。我简单给你讲一下。现在东北地区，共产党领导的抗日队伍已经形成了三足鼎立的局面，南满地区有杨靖宇，他的磐石游击队是东北地区第一支由共产党领导的抗日队伍。今年5月，鬼子调集了重兵在吉林通化围剿他们，结果杨司令神奇地突出包围圈，直奔咱的老家奉天和本溪，把鬼子的老窝儿给端了。北满地区有赵尚志、李兆麟的哈东游击队，仗是一仗接着一仗打，最鼓舞士气的，就是冰趟子大捷，把鬼子引到冰趟子，他们在冰上站都站不稳，那还咋和我们打，好几百个鬼子全让俺们给报销了。还有吉东地区，就是宁安、牡丹江这一带，先是反日同盟军，现在是反日联合军，司令和你是一家子，叫周保中，仗也没少打，攻打过安图城、宁安城、镜泊湖，也让鬼子闻风丧胆。"

子昂很感兴趣，又让雪峰详细讲给他听。芸香见他俩谈得投入，也插不上话，就先下桌带百合和孩子去了对面屋。村妮也不吃了，叫上玉莲也去了对面屋。

屋里只剩下子昂和雪峰。雪峰这时更想说话，又对子昂说："不管你参加什么军，只要抗日就是好样的。但眼下鬼子越来越猖獗，他们是贪得无厌蛇吞象，东三省根本满足不了他们，他们占领东北后又进攻华北，最终目的是占领全中国。可蒋介石还是坚持不抵抗，下令'侈言抗日者杀无赦'。开始谁都搞不清东北军为啥不抵抗，后来听国民党内部人讲，蒋介石一直打着他的鬼算盘，也说过他们革命党的敌人不是倭寇，是土匪，也就是共产党领导的红军。他还说过，日本占领东三省热河，他们革命党是不负责任的。他是不负责任，卖国贼还用负啥责任？负责也是为侵略者负责。好在国民党里不全是他这样的。就说冯玉祥的二十九军，誓死保卫长城，那真是日本鬼子的克星。他的得力干将赵登禹旅长在镇守喜峰口时，亲自率领大刀敢死队夜袭鬼子军营，一把就消灭了好几千鬼子。这是中国军队九一八事变后对日本军队取得的第一场大捷。可蒋介石不但不支持，还百般阻挠，结果二十九军惨遭失败，冯玉祥被撤了职，方振武被迫去了香港，吉鸿昌以'违反国策'的罪名被杀害。方振武和吉鸿昌都是共产党的人。"

子昂愤慨道："甭管什么党，他们抗日就是精忠报国的，狗日的蒋介石是陷害忠良，他比秦桧还可恨！"

雪峰叹息道："太让人痛心了。现在凡有良知的国人，不仅痛恨日本鬼子，也都痛恨蒋介石。民主人士有个叫何香凝的……"

子昂忙抢话道："她我知道，她是很有名的女画家。"

雪峰笑道："你们是同行。就这个女画家，你知道她不满意蒋介石就做了件什么事？她给国民党陆军学校校长送去一件女人衣裳和一首诗，她让这位校长把衣裳和诗送给黄埔军校的将领们。"

子昂问："什么诗？"

雪峰想了想背诵道："枉自称男儿，甘受倭奴气；不战送山河，万世同羞耻；吾侪妇女们，愿往沙场死；将我巾帼裳，换你征衣去。"又笑问道："有气魄吧？"

子昂点头道："有气魄。"

雪峰又感慨道："一个女画家都这么有气魄，我们这些大男人还有啥脸面不抗日？"

子昂还是觉得雪峰的话是针对他，笑问道："你来找我，是不想让我跟你去抗日？"

雪峰笑道："咱都不是外人儿，我就是忍不住说说。你在这儿已经落了脚，就是抗日，也用不着跟我去。这也是咱的国土，也有侵略者。鬼子在咱领土上干啥呀？说个最简单的例子吧，现在咱东北到处都有日本采伐队，他们采伐的木材是谁的？咱中国的，更是咱们子孙后代的。所以说，为了咱们子孙后代，哪里有日本侵略者，哪里就该有抗日队伍，让日本侵略者在中国的土地上处处不得安生，直到把他们全部赶出中国去。要说抗日，有拿枪抗日的，也有不用枪抗日的。"

子昂不解地问道："不用枪咋抗日？"

雪峰说："俺们打游击的时候，经常被困在山里，没吃没穿。山里一些老百姓知道后，就偷偷为俺们送吃的，你说这些老百姓算不算是抗日的？"

子昂点头道："那得算。抗日军要都饿死了，那不彻底没人抗日了嘛。"又恍然道："要这么说，那我就当个不拿枪抗日的？我可以为你们提供钱。你说吧，需要多少？"

雪峰又笑道："在深山里，也就是老百姓帮俺们时才能用上钱。老百姓的东西也是拿钱换来的，他们能冒险为俺们跑腿儿出力就算帮了大忙儿了。要没有老百姓把东西送进山里，俺们有钱也用不上。"

子昂又不解地问："那你让我咋帮你？"

雪峰笑道："不是帮我，是帮抗日队伍。只要是抗日的，你能帮就帮，能帮多少帮多少。比如我刚才提到的反日联合军。"

子昂问道："王德林和刘万奎是吗？"

雪峰说："他俩也都是东北军的人，再说这块儿已经没有他们队伍了。"

子昂说："我在自卫军的时候，穿的衣裳和救国军的不一样，俺们是灰色，他们是黄色。"

雪峰说："当时救国军和自卫军都是张学良的人，张学良带主力退到山海关时，这些人是坚持抗日才留下的，也都是好样的，后来都被打散了。当时救国军和自卫军里也都有共产党的人。"

子昂惊奇地问："我咋没看出来？"

雪峰说："那种环境下，要连你都能看出来，他们可就没命了，他们不敢公开身份。"

子昂又不解地问："都是抗日的，为啥不敢公开？"

雪峰叹口气道："有蒋介石和共产党过不去，他们哪敢收留共产党。"

子昂问："共产党不是有自己的队伍吗，还用得着他们收留？"

雪峰说："共产党是有大部队，就是红军，也真想和鬼子面对面地打，可蒋介石到处围追堵截，红军想和鬼子打都没法儿打。"

子昂又骂道："这狗日的！"忽然又问道："你不说联合军是共产党的吗？这不也公开了吗？"

雪峰说："救国军去年在东宁被鬼子打散了，司令部也解散了。你说的那个王德林先是去了苏联，后来听说回老家了，救国军的一些散兵就让共产党重新组织起来了。还有那个刘万奎，去年也是带着队伍去了苏联，可苏联人把他们交给了驻守新疆的部队，他被封为少将旅长，可没多久，他在一次战役中阵亡了。"

子昂惊讶道："他死啦？"

雪峰点下头。子昂痛心道："我给他当过警卫，他对我挺好。"

见子昂很是惋惜，雪峰说："他和王德林都是抗日英雄，可现在一死一逃，都挺可惜。不过共产党的队伍现在正不断壮大。"

子昂又问道："你也是共产党的人吗？"

雪峰坦然道："我是。杨靖宇、赵尚志、李兆麟、周保中都是。吉东地区还有三个姓李的挺有名，李延禄、李荆璞、李范武。你让人给我送的信里提到了牡丹江，我就对吉东这一带做了些了解。我也特意问过李政委，他说周保中和李延禄的游击范围很大，从绥芬河到牡丹江，从牡丹江到宁安，打了不少胜仗，每次少说也消灭几十个鬼子，在整个东北都很有名气。李荆璞带的队伍叫'平南洋'，鬼子一听到这个名儿，也是又恨又怕。"

子昂没想到，牡丹江、宁安一带竟有这么多共产党的队伍在和日本对抗。以前他不了解红军，但这时他对共产党抱有希望，也意识到日本侵略者在中国的日子不会长，他决定要尽自己的能力为共产党的队伍做些事。他甚至也想组建一支队伍，然后也和共产党的队伍联合。但他立刻又担心起他的媳妇们，便决定做个用钱不用枪的抗日者。

吃过午饭，子昂领着雪峰看了他的桃源居。雪峰看了画室正面墙上的岳飞画像和两首《满江红》后，对子昂的画技和不甘亡国的心称赞一番，又问道："吴佩孚还有首《满江红》呢？你哪弄来的？"

子昂说："我有两个连桥开始都在哈尔滨教书，四连桥不知从哪抄来的。我五连桥死在日本人手里了，说是送到五常让日本人做试验了，死不见尸。"

雪峰惊讶，但也只是沉重地点下头，接着又跟子昂去看油坊、养猪场等。

在油坊内，雪峰见有干活的，就将子昂拉到外面小声道："我一看这些豆油，心里就直痒痒。"

子昂笑问道："痒啥呀？"

雪峰说："我们在山里吃的菜很少见到油。"

子昂怜悯道："你们太苦了，向你们深表敬意。可我不知咋帮你们，你走时要能带，带多少都行，你咋带呀？"

雪峰笑道："我是真想弄几坛子回去，可不行啊，日本人封山封得厉害，凡是吃的穿的他们都禁止带进山里，不管你是干啥的，看谁带这些东西，就按反满抗日的抓。"

子昂想了下说："这样吧，你走时我多给你拿点钱，我给你现大洋。你要能带走，我给你拿一万。"

雪峰感激道："那我代表我们哈东支队谢谢你。不过道儿太远，这么多大洋我一人带不了。你要宽绰给我备点大票子。"

子昂说："这面使用满洲国的绵羊票，不知哈尔滨那面好使不？"

雪峰说："整个东北都让鬼子给占了，都一样儿。先甭管谁印的，能换东西就行。"

子昂说："大洋给你带一些，票子我现在有一万多，是收豆子用的，一会儿你都拿上。"

雪峰难为情道："那你收豆子就没钱了吧？"

子昂笑道："这你不用担心，马帮送货的也该回来了，他们回来能带回一些，我这儿还有这么些年前要送的，明天还往牡丹江送，都是一手钱一手货，不耽误事儿。实在不行用大洋，他们都得意这玩意儿，不怕耗子嗑，也不怕变成废纸，想换成小钱儿到黑市上一兑就行。"

雪峰用钦佩的目光看着子昂。

过午，子昂见雪峰酒后一个劲儿地打哈欠，便拉他回到吃午饭的屋炕上睡觉。雪峰很快打起鼾来，子昂现在酒量比以前大些，没有醉意，只有心事，躺了一会儿爬起来，悄悄去了芸香的屋。

芸香正搂着宽儿、梦儿睡午觉，见子昂进来，小声问道："你没睡呀？"

子昂说："睡不着。"说着上炕和她躺在一个枕头上，嘴对嘴说："一会儿把你屋里的整钱都给雪峰带上。"

芸香皱眉用手挡住他的嘴。他也皱起眉头问："咋的？不高兴啊？"

芸香忙说："没有，你说话酒味儿大。"

他说："我没喝多少。"

她一紧鼻子道："那也味大，难闻死了。"说着挪下身将脸贴在他胸前。他搂着她的头，看见宽儿、梦儿在她另一侧睡觉，不禁又想起婉娇，和婉娇在一起的日子好像就在昨天。又想着宽儿已经能扶墙站起来了，梦儿也能满炕爬着抓东西，他的心里很宽慰，又不禁露出笑容。芸香见他好一会儿都默默无语，便抬头看他的脸，见他正抿嘴笑，笑问道："傻笑啥？"

他感慨道："真快，咱闺女、儿子都会站会爬了。"

她转头看一眼宽儿和梦儿，见两孩子仍在睡，回过头，用手一点他的鼻子说："人家做美梦呢，没工夫搭搁你。"然后又将脸贴在他胸前。他笑着，紧紧地搂着她，深情地亲吻她的头发说："辛苦你了。"

她拧一下他嘴道："就会说嘴儿。"

他亲她一口道："今晚疼你。"

她撒娇道："俺也想生个儿子。"他立刻解开她的衣服。

雪峰睡了一个时辰便醒了，精神了很多，说马上就回牡丹江。子昂说："这咱走，到牡丹江可黑了，住店哪？"

雪峰说："那边有咱的人，住的地上也有。"

子昂将十卷银圆和一捆绵羊票放到炕上说："先拿这些吧。"

雪峰见这么多钱，担心道："太扎眼了，拿不了这些。"

子昂又找来曾为米秋成扎的孝带说："这是我为我岳父戴过的孝带，我岳父是让日本人打死的，他天上有灵，会保佑你平安把钱带到你们队伍里。"说着将孝带折起系在雪峰衣内腰间，如同围了一圈布兜，又将银圆一卷卷插进兜内，然后又嘱咐他道上怎么走。

雪峰很理解子昂的心，又穿上羊皮袄说："你放心，国仇家恨都会报的。下一步，共产党领导的东北抗日队伍都要扩编。我们哈东支队马上要扩为东北人民革命军第三军，军长还是赵尚志。牡丹江先要成立中共吉东特委，然后也得扩编，扩为东北反日联合军第五军。我这次来牡丹江，是受李政委委托，来找交通站沟通情况。事儿已经办完了，我跟他们说来龙凤找你，问了好多人才找到这儿。"

子昂说："这里最早叫龙封关。康熙皇帝时，离这儿不远出了个娘娘，姓关。据说娘娘奔沙兰去京城时在这儿歇过脚儿，朝廷大臣还在这儿读的圣旨，真龙天子封关家女子为妃，有人就给这儿起名叫龙封关。后来人们叫来叫去，就叫成龙凤关了，再后来关也没了，就叫成龙凤镇了。其实这还不是个镇。这件事儿我琢磨过，你说京城离这儿那么老远，康熙皇帝为啥要在这儿选娘娘？还是个姓关的。我猜康熙皇帝是想把这片地当作国关。可现在猜啥都没用了。老毛子占了东北那么些土地，大清国连个屁都不敢放；九一八事变后，东北军把东北一扔都去守山海关了，这儿都让给日本关东军了。你看看，龙封关，关东军，中国不认这道关，日本关东军就来冒充主人。"

雪峰笑道："冒充终归是冒充，兔子尾巴长不了。"接着又说："我得赶紧走，来时他们就不放心。我回去把你的情况跟他们汇报一下，咋说你是在他们的活动范围内。"

子昂这时又想起懿莹，嘱咐道："帮我打听个人，曾经是我的未婚妻，家是乜河的，后来跟她二哥去了救国军。她叫罗懿莹，她二哥叫罗景祥。"

雪峰笑道："还嫌媳妇不够？"

子昂解释道："两码事儿，她爹和她大哥都死在日本人监狱里，她妈、她奶奶、她嫂子都在我这儿，都不知他俩现在是死是活？"

雪峰为难道："救国军早就打没了，这我咋打听？"

子昂说："听说他俩在共产党的队伍里。"

雪峰问道："在谁的队伍里？"

他重复道："共产党的呀。"

雪峰也解释道："共产党的队伍也分好多支，就你们这一带，牡丹江、宁安、穆棱、刁翎、绥芬河哪都有。"

子昂茫然，忧虑地摇下头道："那不知道。"

雪峰说："这面我就和交通站有联系，实战部队我都不接触。我先问问交通站的人。"

他点下头，又问道："我能见到他们吗？"

雪峰说："我会把你的情况告诉他们，有事儿我来不了，他们或许来人和你联系。他们的身份也都是经商做买卖的，中药铺、面包房、镶玻璃的，干啥的都有，他们都是优秀的抗日战士。现在你和他们一样了，你的阵地就在这儿。"

子昂问："那我也是你们的人了？"

雪峰笑着拍拍身上的钱说："就凭这儿，当然是。"

子昂欣慰地笑了。

第 127 章

从打进入秋分，顺姬、多日娜、芳子先后都怀了喜。子昂欣喜不已，左右都要他来哄，索性将三个有喜的媳妇都聚到一起，没事就陪她们识字、玩纸牌。他希望文静也为他生下孩子，男孩女孩都可，便将她也拉进来。不久，她也怀了喜。子昂便将山庄的大账房、大灶房的差事都交给了芸香，由百合帮她照看丽娜、宽儿和梦儿。多日娜打理的肉铺、山货铺都交给了麦冬。大作坊的事由津梅代管，油坊、磨坊、豆腐坊和养猪场等有些杂，还得需要子昂介入。但他也只是盯着油坊的榨油进度，大部分时间还是用在绘画上。

子昂眼下还有一个大计划，就是将婉娇生前的屋改成画展室，起名怡梦轩，左右屋内的墙上挂满他的画，就连长辈们、媳妇们、哥哥姐姐们和孩子们的画也都包括在内。

这日他正专心致志地画着亚娃用线织衣服的情景，亚娃的丫头跑来告诉他，亚娃就要生了。他忙放下画笔跑去亚娃的屋。

庄里就有会接生的，这时亚娃正在里面痛苦地叫喊着。他隔门告诉亚娃他在外屋，让她忍一下。他的话音刚落，亚娃就生了，是个男孩。

他很高兴，当即给孩子起了小名盾儿，随后告诉芸香让大灶房大备酒席庆贺，并告诉大家，亚娃也是他的媳妇，今天就当他俩正式成亲，只是新娘子要一个月后和大家见面，届时他还要用八抬大轿抬着亚娃在山庄转上几圈。

这时他没让人鸣放鞭炮，是怕香荷听见响声又以为是过年，也怕天娇顾不过来。庄里的人早从若玉的话里听出她也是子昂的岳母，猜到亚娃总不出屋是和婉娇一样偷着生孩子。这时孩子生下来果真是子昂的，有人就私下炫耀自己之前没有猜错。

雇工们更是把子昂喜欢偷情的毛病当笑话，说他在山庄内想睡谁就睡谁，没准哪天就连天娇、津梅、小青、百合等美女也都为他生下孩子。女雇工们也在私下发起彪，竟有的说出"天天夜里等着大当家的偷偷钻进她被窝，等得裤子都湿了"，一阵哄笑便过去了。

多日娜、芸香、文静、顺姬、芳子、天娇和津梅、小青等人都很不高兴，但没人敢惹子昂，便都背后愤愤地骂着"不要脸"，也不知是骂子昂，还是骂亚娃，但并不影响亚娃也是周家的媳妇。

又要过年了，这将是山庄的第二个年。子昂又开始忙着为大家送年货钱，接着便开始杀年猪。北营的日军也正等山庄送的年货，子昂再不情愿也得主动送去六头肥猪和二十坛豆油。不想田中太久又说猪肉不够过年的，最好再加两头，还让子昂为西营也送去两头猪，说是年前就用。

子昂心中恼火，但他还是不想得罪东条敏夫和田中太久，不然雪峰、秋虎等人以后再来山庄或许会有麻烦，便又抓了四头肥猪，分头送进北营和西营。

为西营送猪时，子昂埋怨万全用猪肉不直接和他说。万全叹口气道："这哪是我的事儿？二哥现在是落配的凤凰不如鸡。"

果如侯七当时所说，田守旺已由长春返回龙凤，即将担任龙凤林区保安大队队长。万全之前对侯七说的话半信半疑，直到田中太久要亲自在龙凤阁为田守旺摆宴接风才真正感到失落。

腊月初八这天，田中太久让万全把警察所一干人都聚到龙凤阁，加上侯七一伙人，四桌酒席都坐得满满的。

田守旺外披狐皮大氅，内穿一身蓝色西装，已比过去显得健壮和圆滑，这时陪着田中太久一同入席，还春风得意地和大家打了招呼。

斟满酒后，田中太久做了开场词，对田守旺在满洲国皇宫当护卫得到满洲皇帝和大日本皇军的信任大加赞许，并宣布即日将龙凤森林警察所改编为皇协军，成立龙凤林区保安大队，由田守旺任大队长，下设三个小队长，除了一个将从外调人员中选拔，其余两个分别由万全和侯七担任。随后，他又对万全安抚道："万全君为大日本皇军也是效过力的，本该大队长由你来当，可守旺君是皇宫派来的，我们也是圣命难违。万全君是大材小用了，还望万全君宽宏大度，顾全大局，和田大队长精诚合作，共同建造我们的王道乐土。"

万全一向把田守旺当成小屁孩儿，这时他对自己将被这个小屁孩儿呼来唤去颇感不爽。但他明白，北营对他已经不信任了，便敢怒不敢言，甚至连想提出卸甲为民的要求都怕惹上麻烦。尤其他见田守旺与田中太久的亲密，也只得耐着性子去迎合，故作心悦诚服的姿态对田中太久道："田大队长是见过大世面的，在下不过是毛驴儿拉磨，看不见道儿，只能瞎绕乎。"又对田守旺说："往后还仰仗大队长多关照。"

田守旺得意道："道儿上论，你盖天掌的大名如雷贯耳，就是那会儿我想把你当大树靠都靠不上。"

万全叹口气道："好汉不提当年勇，此一时彼一时，现在我是病猫的尾巴，翘不起来了。"

田守旺得意地笑道："眼下的时局，识时务者为俊杰，过去的都过去了，往后咱可是一条船上的了，道儿也就一条，精诚合作，为满洲国和大日本皇军效犬马之劳。"

田中太久情绪大好，端起酒道："很好。来吧，为了大东亚共荣，我们都精诚合作。"

侯七立刻呼应，招呼其他桌上的人道："都把酒端起来，皇军让咱们精诚合作，好处大大的！"

谁都不认可侯七由一混混升至领兵的小队长，但又都无奈他和田守旺有私交，这时看他狐假虎威，便也端起酒来迎合。

田中太久吃了几口就说北营有事先撤了，让田守旺组织大家继续喝。万全借酒出气，暗示手下用酒灌田守旺和侯七，自然他要带头，而且都用大碗喝。田守旺和侯七面对大家虚假的恭敬和祝贺只得从命，不多时便都说起醉话。

田守旺通过家人和侯七等人已得知米家落难和香荷变成了"疯娘娘"，子昂摇身富甲、修建山庄、广路经商、梦游移尸、起死回生、连娶多妻等事他也无一不晓。他在言谈中露出对香荷变成"疯娘娘"的惋惜、痛心，对子昂不珍惜香荷还妻妾成群也显得愤愤不平。但他还不知天娇已经成了寡妇，这是子昂和米家一直对外保守的秘密，就连林海、万全等人也都不清楚天娇为何单身住在娘家。

万全知道田守旺曾惦记过米家孪生姐妹，尤其是香荷嫁给子昂后，他与家人大闹一通后才去了长春。虽然他在长春也娶了媳妇，但显然还念念不忘天娇和香荷，对子昂自然还是怀恨在心。这时见他在为香荷抱不平，立刻辩解道："你别冤枉我九弟，她疯是因她家二老一块儿去世，受的打击太大。他媳妇多是他的章程。啥是章程？有钱有势那都不算，能把女人迷得神魂颠倒的那才是真爷们，咱都不行。你也别不服，你要有这章程，娶一百个也没人管你，俺们还得对你这个！"说着一伸大拇指道："爷们儿！"

田守旺反问道："你认为周子昂是爷们儿？"

万全炫耀道："那就是真爷们儿！我九弟现在可不一般，买卖做得大不说，还重情讲义，就一个字：服！"

田守旺心里不痛快，皱下眉道："保安大队现在正是用人之际，马上那两个小队的人就来咱这儿报到。我的想法是，亲不亲故乡人，还是用咱家跟前的人稳妥。你和你九弟说，让他也来咱这儿，我设个副官给他做。"

万全逗他道："刚才你还说他鬼上身呢，让他给你当副官，就不怕鬼闹你？"

田守旺用鼻子哼一声道："净扯淡，我才不信有鬼呢。你信？你信你咋不怕？"

万全神气道："那是俺们一个头磕在地上的兄弟！将来都做了鬼也是好兄弟！"又笑问道："咋的？你想让俺弟兄都来入伙儿？"

田守旺说："别人就不用了，周子昂来就行。"

万全立刻说："谁来都行，就他不行。"

田守旺一愣问："为什么？"

万全也上了酒劲，又炫耀道："皇军吃好他的猪肉了。别以为你和皇军关系好，我九弟在皇军面前也是有面子的！猪肉那还不算啥，知道我九弟还有一手好画儿吗？那皇军稀罕的！还有头阵子，我九弟去牡丹江办事儿，正赶上那儿的皇军抓抗日分子，结果把俺九弟错抓了，差点送进掖河宪兵队。再看俺九弟，面不改色心不跳，一提东条太君，那是真管用；田中太君亲自去牡丹江接俺九弟，回来还摆席给他压惊。也是在这儿摆的席，这是俺四弟开的！咋样？"

田守旺感到惊讶，继而悻悻道："那周子昂我还碰不得呢？"

万全藐视道："咋的？你想碰俺九弟？那你可得寻思好了。我当他二哥的先不说啥，皇军那头你先合计好了，懂不？"

见万全对田守旺有些不敬，侯七硬着舌头训斥万全道："咋和大队长说话呢？"

万全哪把侯七放在眼里，厉声骂道："滚你爹个腿儿的！"只是挥下手背，侯七便退着倒在地上，场面顿时乱起来。万全不解气，又上前拎起侯七骂道："你奶奶的，你也敢指我鼻子了！我指你爹鼻子那会儿，你还在你娘裤裆里头呢！"

毕竟万全曾在龙凤耀武扬威多年，田守旺顿时酒醒了一半，知道弄不好要吃眼前亏，忙过来拉万全道："前辈前辈，有话好说。"

文普听到骂声也从灶房赶来拉架，还对田守旺歉意道："我二哥喝多了，你大人不记小人过，别往心里去。"

万全又冲文普骂道："老四，你他娘的放啥狗臭屁呢？"

文普怕田守旺回头报复，抬脚将桌子踢翻，又一把抓住万全道："你和谁娘了的？"又怒指他的眼睛道："你再骂我一句？"

万全没想到文普能对他发这么大的火，盯着文普发起愣，又恍然道："二哥错了，那是咱的娘，我哪能骂咱娘？来，打二哥，你打，就替咱娘打。"

文普愤愤地推开万全，又对田守旺说："田大队长，实在抱歉，今儿都没少喝，就先到这儿吧，回头我请你，咱们涮火锅儿，昨个儿又打回只狍子。"

田守旺也想见好就收，客气道："谢谢、谢谢，那我们先撤。"说完叫上侯七离去，其他人也都散了。

见大家离去，文普对万全说："二哥，四弟是和你玩把苦肉计。你护咱九弟没错儿，也不能这个护法儿，你想让咱九弟真成汉奸？我怕的不是这个，我是怕你把九弟当自卫军的事儿说漏了，那你可坑死咱九弟了，到时俺们都不原谅你！"

万全一惊道："我刚才说了吗？"

文普说："我是怕你顺嘴儿嘚嘚出来。"

万全说："那不能，说就说九弟和田中太久关系不一般。"

文普嗔怪道："说那些啥用啊？"

万全一屁股坐在椅子上，那一顿劲险些把椅子压碎，愤愤道："我就想让他知道，咱九弟，也不是好惹的！奶奶的，他还想碰碰，瞎了他狗眼！"

文普劝道："二哥，你可是面儿上的人，田守旺再让你不痛快，咱不还是看着日本人的脸子？打狗也得瞅瞅主人不是？"

万全仍不服气道："去他奶奶的，只要咱不犯在日本人手里，我做了他还能咋的？日本人占了咱东北，还他娘的就不缺他这样的狗！"

文普劝说道："咱不怕事儿，可也不能没事找事儿。我知道你心里不痛快，可你不能胡来，得动动脑子！"

万全盯着文普问："二哥没长脑子，是不？"

文普说："不喝酒你脑瓜比谁都快，喝点酒就不是你了。龙凤已经不是咱兄弟玩得开的时候了，不动脑子就容易掉脑袋！"

万全嘿地一笑道："二哥喝多了。"

文普劝道："你先睡一觉儿咱再唠。"

花喜鹊也来劝万全去休息。万全对花喜鹊嘿嘿一笑道："四弟妹，二哥又多了，桌子也翻了。你不知道，二哥今儿个心里憋屈。老四刚才还薅我脖领子，他要打我。这世道，弟弟也敢和哥动手了。"

花喜鹊脸一沉道："你咋连好赖都不知了？周瑜还打黄盖呢，那不演给他们看的吗？"又劝道："二哥，胳膊扭不过大腿，你可得悠着点儿，这些弟弟妹妹还都指着你呢。你把他们都得罪了，俺们往后还指谁呀？你不也说过吗，君子可以得罪，小人千万别惹。田守旺那是啥玩意儿？这街上谁不知道他？比他爹还小心眼儿！你得顺毛儿摩挲他，把他摩挲住了，咱不指他在日本人那儿做糖，也犯不着他给咱做醋去不是？"

万全也认真起来，说："嗯，是这回事儿。那行，二哥委曲点。"文普便拉他去睡觉了。

第二天晚间，万全按照文普的意思，将田守旺和侯七又请到龙凤阁吃火锅，又主动赔了不是，自然是拿昨日醉酒做解脱。

田守旺昨日比万全醉得轻，但一些让他心惊的话和事，还是给他留下了印象，觉得万全是个难以驾驭的刺儿头，也琢磨日后寻机把万全这个小队长换成顺从自己的人。可让他没想到的是，万全竟主动向他和侯七赔礼道歉，顿时打消许多嫉恨，又觉得万全日后还是可以利用的。

因为头日都没少喝，这时体力都还没有完全恢复，万全和田守旺都没有太大酒兴，文普也是为了走过场，便互相奉承，倒也显得友好。

田守旺则按照田中太久事先安排，这时吩咐万全准备扩建西营，万全耐着性子，表现得唯命是从。田守旺有些自鸣得意，但一想到他那些结拜兄弟，他还是觉得别扭。尤其一想到子昂，他心里就又泛起没能得到天娇、香荷的伤痛。他想让子昂成为他的手下，主要还是冲着香荷和天娇。尽管香荷得了疯病，但他知道她依然貌美，曾经的不如愿，如今他情愿在一个疯子的身上得到补偿。让他觉得可以得到香荷的希望是子昂现在多妻，未必把一个疯子当回事，凭他手中越来越大的权势，他可让子昂不疼不痒地休掉香荷，继而由他接过来快活。

然而让他没想到的是，不仅万全在酒桌上说的那些话是真的，田中太久也说子昂是好朋友，这使他想要摆布子昂，继而得到香荷乃至得到天娇的梦想近乎化为泡影。他又想起和他爹关系不错的马九爷，既然子昂不能成为由他摆布的手下，那他就凭借田马两家的世交把马骏先拉进他的队伍，将那个还没确定的小队长让给他。其实他是想凭借骏先是香荷、天娇的二姐夫，不仅可以随时得到孪生姐妹的消息，有些事还可让骏先充当他的说客。

骏先真就相中了小队长的职位，可米田两家关系一直不是很好，津菊也一直对田守旺没有好感，见骏先要去给田守旺和日本人做事，坚决反对，还去爷爷公那儿告了状。

马九爷立刻让津菊把骏先叫来骂道："你个兔羔子，放着好好的生意不做，去给日本人当看门狗！昏了头了？你要敢去我敲折你的腿！"

骏先左右为难了。田守旺念马九爷和自己父亲是老交情，心中沮丧却不敢和马九爷较劲，就对骏先说："老爷子连我爹都敢骂，我哪敢惹他。其实我没别的意思，就是觉得咱两家挺有交情，肥水不流外人田，好事儿不能都给别人了。既然老爷子不让，那就拉倒，只要哥哥知道小弟是一片好心就行了。"

骏先这时倒担心日本人知道这件事，就求田守旺不要把这事跟日本人提起。田守旺诡异地笑道："咱哥俩就是有缘，往后咱得互相帮忙。"骏先不解其意，田守旺也不多解释。

过小年这天，森林警察所正式改编为龙凤林区保安大队。田守旺占用了集市西端挨着警察所买卖牲口的地盘，动用了一切可以动用的力量，仅用不到五天时间，就用大量圆木新盖了营房、伙房、库房、练兵场等，各面墙壁上还挂上"日中亲善""东亚共荣"等汉字标语。

随着营房、伙房、库房等落成，东条敏夫从掖河、牡丹江、乜河、宁安、海林等地调来八十多个身着黄装的皇协军士兵，一并交给田守旺。

田守旺、侯七这时已经穿上黄色的伪军装，各挎一把匣子枪。接着，万全和手下弟兄也都脱了警察服，换上黄军装，一同列队参加了保安大队成立仪式，东条敏夫在田中太久的陪同下亲自来给剪彩。

激烈的鞭炮声引来了一些围观者，但多数是孩子。东条敏夫很高兴，立刻吩咐人去卖来两盆糖块和几筐散放的鞭炮分给孩子们。孩子们只顾着开心，搞得镇子内如同过大年一般。

随着大年临近，各家又都忙着年前的事，除了准备吃的穿的，鞭炮、春联、门神、灯笼、剪纸等也必不可少。

因为米秋成、格格夫人和婉娇头年内相继离世，子昂禁止各屋粘贴春联、福字、剪纸等喜庆饰物，鞭炮也只是买一些供小孩子们玩的，山庄的除夕夜便照去年显得冷清。

子昂此时的心情很低落，不仅思念婉娇和岳父母，也很想念在奉天的母亲和依然下落不明的妹妹。虽然他还憎恨父亲，但他还是想让父母来他山庄过年。年前他想带文静回趟奉天，一是接父母回来过年，二是去看望文静的父母。可这时山庄有许多事情都需他来定。婉娇不在了，他对谁都不放心，便让铁头找人去将父母接来。然而父亲坚决不来，母亲也不好一人回来。好在母亲捎话说，好几年没和老邻居在一起过年了，今年那些老邻居都想和他们一起过个年，别的什么都没说。他认定就是父亲在作梗，恨得牙根子又发痒。

虽然在腊月二十七的晚间已和刘王氏、芸香、百合、津梅、天娇、小青等人一道为各自逝去的亲人烧了纸，可在吃年夜饭前，子昂还是特意在婉娇的画像前摆了供品上了香，不禁又一阵酸楚。

孩子们和丫头们只顾着吃喝玩乐，罗家人招呼刘王氏和华老爹聚一起，石头一家五口和亚娃母子聚一起，多日娜、文静、顺姬、芳子玩纸牌，子昂便和香荷姐仨、芸香姐仨在一起，除夕夜就这么过去了。

大年初一，子昂在去镇里为哥哥们的父母磕头前，先为懿莹的奶奶、母亲和华老爹、刘王氏拜年磕了头。见华老爹、刘王氏一起和罗家人过年，感到他俩都很孤独，就半真半假道："看你俩挺孤单的，以后你俩成一家儿吧，我认您二老做爹妈。"

懿莹奶奶抿嘴笑道："你别说，他俩还真能唠一块堆儿呢！"言外之意也赞成华老爹和刘王氏成一对。

华老爹、刘王氏没说愿意，也没表示反对，子昂便叫了他们爹和妈，一面大家乐着，一面刘王氏羞得不知说什么好。

正月十三这日晚间，子昂各屋看了一圈，见都忙着扎元宵节的灯笼，就去芸香屋里看宽儿和梦儿，顺便为芸香喂梦儿吃奶画素描。

正画着，玉莲突然跑进来说："大舅，表舅来了。"

他一回头，见是大姨家的表哥，心里一怔道："嗯？这么晚你咋来了？有事儿？"

表哥的棉帽子上挂着霜，摘下帽子兴奋道："我应该明天上来，实在忍不住了！喜事儿！大喜事儿！找着咱妹妹啦！"

子昂简直不敢相信自己的耳朵，丢下画笔画板问："你说啥？"

表哥又兴奋地重复道："找着咱妹妹啦！子君！子君回来啦！"

子昂双手抱头傻问芸香道："我不是做梦吧？"

芸香也为失踪了五年多的子君终于出现而惊喜，笑道："还没睡就说梦话。"

子昂样子认真道："真的吗？我还没睡？你掐我一下，使劲掐。"

芸香真就使劲拧他耳朵，疼得他叫起来。

子昂的梦太多，这时真的怀疑自己在梦中，又晃晃脑袋问表哥："子君在哪儿呢？"说着朝门口看。

表哥说："我是自个儿先来报信儿的，一道儿都是坐马车上来的；天黑都不愿来，我是好说歹说，又多给了钱人才答应。"

子昂埋怨道："你咋不直接把她带回来？"

表哥说："子君腿上有伤，走道有点吃劲，我妈说让她好利索再上来。"

子昂吃惊地问："她咋的了？"

表哥见玉莲在跟前，就说："我也不知道，不过没大事儿。明天咱俩回去你问她。"

表哥还没吃晚饭，子昂亲自去找厨娘备酒菜，让把酒菜都端到桃源居，他要喝点酒，庆祝他将和久别的妹妹重逢。

屋里只有子昂和表哥坐在炕上开心地吃喝。表哥这时候才对他说："刚才我守着玉莲没好说。你猜子君这些年去哪了？她也参加抗日队伍了，前阵也让鬼子打散了。她是从珠河去的牡丹江，是让一个小子送去的。"

子昂又很惊讶。表哥接着说道："你让我拉的大网还真派上用场了，他们一下火车就去了兴隆包子铺，那里我也事先打过招呼。说起来还挺热闹。他们吃包子时问句掌柜的认不认识俺妈，结果这一问，在那儿吃包子的老朱头搭话了。这老朱头也是我交代过的人，在火车站跟前儿卖糖葫芦。他是我头些日子刚认识的。我看他在站前可哪走，就有一搭无一搭地跟他说了。我一提俺妈的名字，他说他认得你，说你俩那年在兴隆客栈还睡过一条炕，他帮你在黄花甸子找过俺家。"

子昂立刻想起当年在黄花甸子开垦田地的朱老汉，兴奋道："朱大爷！这真太巧了！"又问道："他不是在黄花甸子种地呢吗，咋又卖起糖葫芦了？"

表哥说："他是想接着种，种不成了，黄花甸子都让日本人给收去了。你还不知道呢，牡丹江又修了个火车站，叫宁北站。还修了机关区，整个一趟都让火车道拦住了，火车道以北，整个浪都是日本人待的地上。"

子昂又问："机关区是干啥的？"

表哥说："修火车的。日本人还招中国人去修火车、开火车。老朱头的俩儿子都去了，一个修火车，一个开火车。老朱头没种地了，俩儿子在这头儿上工还不放心，就都搬到牡丹江了。也行，俩儿子都按月开工钱，他再和他老婆弄点糖葫芦卖，日子也过得去。咱还说正题儿。子君他们不是在包子铺打听俺家吗，问的是包子铺的老掌柜，结果是老朱头先抢的话。他一抢话儿，包子铺的老掌柜就不乐意了，说老朱头跑他店里劫他的财。就是一千现大洋的事儿。"

子昂激动道："只要找到咱妹妹，咋都行！难得你找这些人都这么上心，我就不差那一千大洋，都有份儿。"

表哥说："还有送咱妹妹回来那小子，这可是个关键人。"

子昂说："我知道，我知道咋办。"说着又和表哥碰杯。

夜里，子昂梦见自己在奉天的家里。妹妹子君从屋外进来，高兴地叫他道："哥！"他惊喜地喊母亲道："妈，子君回来了！"

母亲忙进来问道："哪儿呢？"

他回身去拉妹妹，却是懿莹。母亲沮丧地离去。懿莹也对他不悦道："你咋把我给忘了？"

他忙解释道："我忘不了你，是表哥说的，说你去抗日了。"

懿莹愤然道："别提表哥，我恨他！以后我就是你的人。"

他再看她，原来是文静。这时他觉得有人在拉他，猛地睁开眼，眼前一片漆黑，原来是在自己屋的炕上，拉他的是睡在旁边的表哥。

表哥正在招呼他，他应了声问："啥事儿？"

表哥在黑暗中说："你做梦呢？梦话说得这么清！"

子昂起来点灯，想起梦中情景，心里有喜还有忧。他睡不着了，让表哥接着睡，他又抽起仙女牌香烟，一直到天亮。表哥再醒时他才起来穿衣洗漱，然后带表哥去灶房吃早饭。

其他屋的人也都起来了，都为子昂找到失散多年的妹妹感到高兴，对子昂要去牡丹江与妹妹重逢都不敢怠慢，也都早早起来为子昂钱行。

趁表哥还在灶房和大家一起吃饭，他又去了香荷屋里，一边哄着香荷吃饭，一边让天娇为他备三千银圆。

香荷听见了，惊讶道："过年啦！"

天娇知道他为找妹妹悬过赏，点下头又哄香荷道："刚过完年，你把钱藏哪了？"

趁香荷去翻自己的钱，天娇转身去了自己的屋。过了一会儿，她又回到香荷屋对子昂说："我放那屋炕上了。"他点下头，去了对面屋。

子昂将一包沉甸甸的银圆交给表哥，自己又去了亚娃的屋，让她拿两千元绵羊票给他。她一边为他取钱一边问他什么时候回来。他说："看她伤啥样儿，伤要重，就让她在大姨家养好再回来。她要能走，明天就带她回来。"

她将点好的钱交给他说："我也着急见咱妹妹。"

他欣慰地笑道："很快都能见着。"说着揣好钱出了屋，看见芳子、多日娜从大灶房出来，对芳子说："我在亚娃儿那儿拿了两千，你入下账。"

多日娜有些不悦道："咋不在我那儿拿？"

子昂说："都一样。"

芳子对多日娜说："都是他的，咱不管。"

多日娜对子昂说："我想跟你去。"

他嘱咐道："我明天就回，你和顺姬把家看好了。"多日娜不悦地离去。

第 128 章

子昂和表哥在牡丹江一下火车就喊来一辆人力车，然后直奔牡丹街，在大姨家见到了五年多没见面的妹妹子君。

一进屋，他见子君坐在炕上，相貌还很俊美，只是比在家时黑瘦些，也没了那时的长辫子，梳着垂肩短发，身上穿着偏襟棉袄和缅腰棉裤，脚穿白布袜。

他激动地看着妹妹唤道："妹儿！"随即眼泪涌出来。子君也百感交集，起身扑进他的怀里痛哭，姨母的一家人也都跟着落泪。

他还是觉得妹妹变了许多，比在家时沉稳了许多，已经不是过去那个总和他说笑、和他任性、和他斗嘴、总向爹妈告他状的妹妹了。他从家去北平对她刚十八岁，已经是学校里的一朵校花，像他被多个女孩子爱慕一样，也被众男生追求着。但她只念雪峰对她的好，况且他俩从小就定了亲。现在，她已经二十三岁了，正常早该做母亲了，不知她这些年都经历了什么，日后还能不能成为雪峰的妻子。

哭过一阵，他想起妹妹受了伤，忙要看她伤成什么样。姨母忙将两个孩子撵出屋去，其他人也跟着出去了，屋里只剩下子昂兄妹和姨母。

姨母小声道："她受的是枪伤，听说日本人就抓身上有枪伤的，也不敢去医院瞧。还好，俺家你嫂子她姥爷，年轻时在药铺当过伙计，懂得不老少，昨晚儿过来看了，说是伤着小腿骨了，已经见好。他回去再给配点中药就能好得快些。今早儿天没亮老爷子就把配好的药送来了，说这药可霸道了，一天换一次，少走路，再有十天八天就差不多了。"

子君安慰哥哥道："我没事儿，来时走道儿硬挺着走的，有点儿押着。我怕外人看出我有伤，现在好多了。"说着伸直了腿让他看。

她穿着缅裆棉裤，腿伤隐在里面。他心疼地在她小腿上抚摸着，见她脚穿白布袜说道："明个儿让你嫂子给你织双棉线袜子，织红色的，能避邪。"

姨母说："这街上就有卖的，快赶上一条裤子价儿了。"

他立刻吩咐道："买。别管多钱，要红的。"

子君看着子昂，有些犹豫地问道："哥，听说你娶了好几房媳妇。"

子昂问："大姨和你学的？"

姨母笑道："坏小子，还怨上大姨了？不的你还能瞒住咋的？"

子君嗔怪道："哥，你这样好吗？"

他一笑道："她们好就行。咱妈说了，她们都是苦命孩儿，哥是不想让她们受欺负。"

子君撇嘴道："乘人之危吧？"

他不屑道："有点儿，但转危为安，也未尝不好。他们跟我挺开心。哥现在有山庄、有店铺、种地、榨油、磨面、养猪、养鸡，还有马帮、粮店、肉铺、山货铺，你这些嫂子都忙得不行了。自家的买卖，就得媳妇管，别人管我不放心，她们都不跟哥耍心眼儿。再说了，肥水不流外人田，她们就是有啥心眼儿我也装糊涂，她们开心，哥也开心。哥是天天有钱赚，赚钱也不都自个儿花。"忽然想起雪峰，又问道："这些年有人欺负你没？"他实际是想知道妹妹有没有和别的男人成亲。

子君先一怔，然后样子认真道："咋没有！"

他一惊问道："谁？"

她说："鬼子！"

他又一惊问："鬼子咋欺负你了？"

她笑道："把我腿打伤了呗。"然后和大姨一起笑，接着又说："鬼子还把我最亲的大姐抓走了，现在也不知她死活。"说着又伤心地抽泣起来。

他忙安慰她，又问她是怎么去的抗日队伍，这些年是怎么过来的，子君便向他诉说起当年她随父母从奉天来黑龙江却被困在哈尔滨以后发生的事。

当年子君随父母从奉天到哈尔滨，在车上丢了钱后就无法奔牡丹江了，接着被看似当地一王姓财主的老婆、儿子带回家。

王财主的儿子叫福禄，和子君同岁，长得肥胖，说话娘娘腔，却深得父母宠爱，因此也很任性。

子君和父母丢钱后，是母亲的哭声招来一些围观者。王福禄和母亲走亲戚打此路过，就也靠前看热闹，一见到子君就喜欢上了，悄悄对母亲说这姑娘长得好，又执意让母亲将可怜的周家三口带回家，他要和子君拜堂成亲。

福禄妈连句责怪的话都没有，见子君模样确实招人喜欢，就上前安慰子君爹妈道："不就是个路费嘛，找份工作做不就成了。"

周传孝叹息道："俺们可把家底儿都带出来了，寻思去亲戚家避难，也不能白吃人家的。亲戚倒是实在亲戚，可这兵荒马乱的，也不知啥时能消停。"

福禄妈说："俺家里有些活儿想雇人干，你们去俺家干一阵，想干到啥时候都行，到时多给你们点工钱，也是两下都帮了。"

周家三口这时别无选择，便跟着去了王家。

王家的佣人不少，什么活都不让周家人动手。但王家却让他们住着砖瓦房，盖着新的绸缎被褥，一日三餐都由下人送过来。

福禄这时中学还没有毕业，功课很差又总和同学打架，家人经常为他花钱消灾。自打子君来后，他连学校也不去了，整日围着周家人转，想方设法逗子君开心。

子君被搅得心烦意乱，但毕竟这不是自己的家，也只能让父母形影不离地陪着她，防止福禄对她动手动脚。好在福禄对她很在意，她皱下眉头都让他很不安。但他就是愿意守在她跟前。见他胆子小，功课又不好，子君就主动帮他补习功课，福禄开心得像个小孩子。但他的功课实在差太多，子君便像老师对小孩子一样，常常严厉地对他训斥和惩罚，可他总是百依百顺。

福禄娘见了欣喜道："这可真是卤水点豆腐，一物降一物，学校老师要这么喝儿呼他，他早就摔耙子了。花了那老些钱，也没见他学到啥玩意儿，这回可好了，以后子君你辛苦些，好好教教他，将来他在外头也不会让人笑话。"又对子君妈笑道："真没看出来，咱家子君还挺有学问的，以后就让她管着点福禄。咱福禄就愿当大官儿，这要管好了，日后当个局长、县长的也准成。"

此后，王家为周家三人提高了伙食标准，还让福禄跟着周家人一起吃，就差让福禄晚间和子君睡在一条炕上了。

子君看出王家人的心思，但哪怕福禄日后真的当了局长、县长，她也不能接受娘娘腔的福禄，毕竟她和青梅竹马的童雪峰已经定过亲，从感情上她也无法放弃已经深深爱她多年的雪峰哥。但现在她和父母没有回家和去姨母家的路费，王家又显然没有让他们挣工钱积攒路费的意思，这样下去肯定会越来越麻烦。既然王家不给他们挣工钱的机会，她觉得利用一段时间好好帮福禄补习功课，就当是私塾先生也该得些补偿。

转眼到了大年，周王两家一同吃的年夜饭。就在吃年夜饭的时候，他们得知日军又占领了哈尔滨。

一阵恐慌过后，王家还是正式向周家提了亲，并想过了年就让福禄和子君成亲。周家人已在奉天经历过兵乱，这时虽然也对日军打进黑龙江感到不安，但对王家的提亲更是感到惊讶。

子君妈歉意道："俺家子君打小就定了娃娃亲，也寻思过了年就成亲，哪想到日本人把奉天占了，这又跟着打到黑龙江。"

福禄娘这时淡定道："娃娃亲不都是咱大人硬往一块儿捏鼓的？过日子还得是人家小两口心对心。到时咱当老的是省心了，人两口子要合不来，还不得怨咱一辈子？好闺女就得嫁个有钱的人家，俺家啥样你们也都瞧见了，福禄还就愿听子君的，这以后的日子肯定能过好。日本人来了又能咋的？听说蒋委员长正在关里和红军打着，等收拾完红军就来收拾日本人，东北到啥时都是国民政府的。等福禄将来当个局长、县长的，那子君不也是贵夫人吗？"

周家父母都很为难。虽然觉得福禄娘说的也有道理，但子君和雪峰的那份情意不是说断就能断的。子君妈说："俺们也愿意孩子在一块儿合得来，这也得子君愿意才行。"

可子君坚决不同意嫁给娘娘腔的福禄，说左右全东北都让日本人占领了，已经无所谓避难不避难了，这就离开这里回奉天。不想福禄娘立刻翻了脸，让周家交了这几个月的房钱、饭伙钱、被褥钱再走，否则别想迈出王家大门，明显是在刁难。

子君妈这时还有一枚戒指、一副耳环，忙摘下来。可福禄娘收了戒指、耳环后却说还不够这几个月的饭伙钱。

子君妈开始后悔，早知有今天，不如一开始就卖了这副耳环当路费，只要到了牡丹江的姐姐家，怎么也不至于难为他们，终究还能过得去，可现在仅有的一点值钱东西也没了，还欠着王家算不清的钱。

王家并不逼着周家还债，只是让下人们对他们三口严加看管，不得迈出大门。但对周家人却说外面兵荒马乱，到处都是喜欢花姑娘的日本兵，就让子君在家给福禄补功课，算是雇她当先生。但王家为他们提供的伙食标准却更高了，顿顿有鱼有肉，还有他们未曾吃过的山珍海味，显然是以此来套牢他们。

如此，周家三口又在王家住了整整一年，子君也整整为福禄补了一年的功课。王家人都很欣慰福禄这一年成熟了很多，感激子君的同时也更希望她能和福禄结为夫妻。

眼瞅着负债累累，子君爹妈终于活了心。虽然王家是用温和恩惠的方式逼他们就范，终究王家确实富有，福禄对子君也是发自内心地喜欢，便劝子君答应这门亲事。

子君虽然知道他们无法脱身，但她实在舍不得雪峰。面对父母的妥协，她知道紧靠愤慨是无法使自己回到雪峰身边的，便冷静下来，打算设法独自逃回奉天。

但她身无分文，即使逃出王家也很难回到奉天，便当着福禄的面儿假装应下这门亲事，又笑着问福禄道："你对我有心，就不送我件礼物？"

福禄忙跑去将子君答应和他成亲的消息告诉了父母，随后又将一对金镯子戴在她手上。王家上下欢喜，开始忙着操办婚事，连夜里看门的更夫也放松了警惕。

眼瞅着婚期临近，子君每想到自己一旦和福禄成亲就再也无法去见她深爱的雪峰时，就不禁感到精神要崩溃，夜里梦中醒来心也是刀割一般痛，出逃的心思便更加迫切，好像再晚一步福禄就会扒光她的衣服，因为福禄已经把她当成媳妇了，对她也越来越肆无忌惮了。可这时她又舍不得丢下父母，犹豫再三，还是悄悄对父母说出要夜里逃走的想法，不想父母都大惊失色。

周传孝严肃道："人家把喜帖儿都发了，咱这样对人家不丧良心吗？"

母亲也劝道："他家真挺富裕，对咱也有诚意，我看挺好的。你和雪峰的事儿，就是两家口头会气儿，算不上正式定亲，这兵荒马乱的，谁都别怨了，走哪步就算哪步吧。"

她发现父母远不是开始对这桩婚事的抵触和无奈，已经是心甘情愿了，甚至是巴结。她很心寒，也很焦急，更恼火父母为贪图富贵而不顾她的感受，便决定还是自己逃走。

可这回不用王家人看守，亲爹亲妈倒怕她逃走了。她感到麻烦更大了，尤其时间更加紧迫，急忙改变态度笑道："看把你俩吓的，逗逗你俩，我就想知道你俩到底咋想的。既然你俩是真心的，那我也说句心里话，以后我就是他家的少奶奶，你俩跟我享福可以，到时我童大爷家要怪罪，你俩可别说是我自个儿愿意的。"

父母都舒了口气，忙承诺一切责任都由他们承担。

次日凌晨，她趁父母熟睡，悄悄离开王家。那守夜的更夫见王家都忙着办喜事，也放松了警惕，这时也正在熟睡中。

初春的拂晓还很寒冷，街上见不到行人，偶尔听到远处火车的鸣笛声。

子君想去火车站，但又不识路，朝着火车鸣笛的方向跑了一阵后，还是感到茫然。她希望能遇到行人打听一下，可终于听到说话声时，却是她听不懂的日本话，原来是一队巡夜的日本兵在盘问一个夜行人，吓得她忙躲在一个胡同口的黑暗处，直直地盯着前面那条亮着路灯的马路不敢过去。

终于天放亮了，马路上又急匆匆地走来几个人。她仔细再看，是几个中国女子，除了一个身材高挑、穿着风衣的中年女子像个富家太太，其余几个都二十左右岁，一看都是普通人家的。她猜这几个匆匆行走的女子是赶火车，忙迎上去，对那个太太打扮的中年女子说："太太，我想去火车站，不知道咋走，你们是去火车站吗？"

中年女子很端庄，神态平静地打量着她问："你不是当地的？"

子君见她和蔼就坦然道："俺家是奉天的，我想回奉天。"

中年女子又问："你是怎么出来的？就你一人吗？"

子君委屈地哭道："我是逃出来的。姨，您救救我。"

中年女子拉着她的手说："别哭，先跟俺们走，这里不安全。"便一同沿着偏僻的小巷匆匆向前。

中年女子一边走一边询问子君的情况，子君都如实回答。听说子君在奉天上过学，中年女子对同行的女子们笑道："长得这么俊，还是个女秀才呢！"又向子君自我介绍道："我姓李，她们都叫我李姐，你也叫李姐吧。我担心你一人回奉天不安全，先跟着俺们。这几个姐妹是在纱厂做工的，都是受压迫的姐妹。但我们不能甘受压迫，得起来反抗，首先要把日本侵略者赶出中国。"

子君意识到这是一支抗日组织，心中不安地问道："咱这是去哪儿？"

李姐说："先去乡下。你要回奉天也可以，等我先把她们安顿好。"子君感激地点下头。

天色大亮时，她们到了城边的一户民宅。进了屋，见里面男男女女还有许多人。一个四十多岁的妇女见了子君笑道："还领来个美女呢！"

李姐说："她是在道上遇见的，家是奉天的。九一八时她家让日本人给炸了，本来是跟着爹妈来黑龙江投亲戚，结果车上钱被偷了，又让城里一家财主骗进家。她给财主家儿子当了一年多老师，财主的儿子还要霸占她，她就自己逃出来了，爹妈还在那家关着呢。"

一个汉子在为新进来的人分发烙饼，也递给子君一块说："妹子别担心，先吃饭，以后就跟着俺们干吧！回头把你爹妈也救出来！"

李姐说："她还要回奉天，看找机会把她送回去。"

刚才那个妇女说："家都没了，还回去干啥？不管你爹妈了？再说了，奉天也到处是鬼子，你长得这么俊，可不能待在鬼子眼皮下，就跟俺们在一块儿吧，咱这可是个大家庭，可好了！"子君一时不知说什么好。

李姐对大家说："闲话以后说，咱抓紧开个会，一会儿接咱的人就来了。"

大家立刻静下来。李姐郑重道："这次工人罢工是胜利的，工友们都感到了，只要团结起来，就可以克服一切困难，这对我们下一步工作非常有好处。但我们的地下组织也遭到了破坏。老曹同志的被捕，是我们的一大损失，但也给我们提了醒，暗斗不如明斗，只有拿起枪来，才能更有效地推翻压迫，打击侵略者。上级决定把你们这些骨干人员都转移到乡下，我们要在那儿建立根据地，组织我们自己的武装，和日本鬼子展开游击战。都说拿枪打仗是男人的事，但国是我们每个人的国，在国家危难之时，每个中华儿女都应该拿起枪来，狠狠地打击侵略者。也有人说女子不如男，我也不赞成。中国历史上有花木兰替父从军，还有穆桂英挂帅出征，只要姐妹们勇敢地拿起枪，我们都将成为打击侵略者的巾帼英雄！"

有个青年插话道："咱李姐可是黄埔军校毕业的，她今天就是穆桂英挂帅，咱这些老爷们也得服从她指挥！"在场的男人们都笑着响应。

李姐笑道："咱们都要服从总指挥，党就是咱们的总指挥，党指挥咱打到哪，咱就打到哪。但现在咱们的党还很困难，蒋介石不但对日不抵抗，还调集了一百万国民党军队，对北上抗日的红军围追堵截。通过红军反围剿的胜利，我们可以说，红军是打不垮的，北上抗日也不是蒋介石可以阻拦的！中华民族亡不了，但需要我们每个中国人都拿起枪，勇敢地和日本侵略者战斗到底！我们既要满怀信心地迎接北上红军的到来，还要广泛深入地发动当地民众，逐步壮大我们的抗日武装，只要侵略者一天不离开，我们就时刻把枪口对准他们开火，决不让他们高枕无忧地待在我们的家里，直到把他们全部赶出中国去！我坚信，每一个懂得廉耻的中国人都不愿做亡国奴，只要我们积极发动，努力唤醒广大民众，我们的队伍就一定会壮大，日本侵略者想永久地占领我们的家园，那是痴心妄想！"

李姐一番讲话，真就让子君的心也热起来了。虽然她还生父母的气，但想到王家之所以将她和爹妈困在他家一年多，不外都是冲着她。如今她已逃离王家，父母怕是想待在王家也待不成了，关键是王家会不会难为父母？如果父母被赶出来，王家能给他们路费吗？没有路费父母又会去哪？她这时又觉得对不住父母，便问李姐道："能去救俺爹俺妈吗？"

李姐说："可以，但今天不行。这里不能久待，马上来人接我们，你先跟着我们，等这些人到了安全的地方，我再派人过去。你说的那家，我想他们很快就能打听出来。"

正这时，外面又来了十多人，是来接应李姐他们的，身上都背着枪。大家急忙动身，互相招呼着出了屋，急急地出了住宅区，向东穿过一片空旷的田地，又钻进一片树林，接着开始翻山越岭，终于在一座山村落下脚。

李姐与这里乡亲很亲热，一进村就有很多人迎接，然后热热闹闹地将新来的人安排到各家，根本看不出这里是军营。

李姐带子君住进一户只有老两口的人家。老两口待人很热情，使子君不禁又想起父母，不知她逃走后王家人会怎样对待他们。她清楚，父母肯定还要上把火，不仅会在攀附富贵上感到失望，一定还要面对王家人的责难。之后又能怎样？是继续关在王家，还是被王家赶出来？她只希望李姐早日帮她把爹妈救出来。

晚间，李姐又和子君唠了许久。她觉得李姐讲的每句话都在理。尤其听李姐说他们很需要她这样识文认字的人，不禁对他们要做的事情有了兴趣。她决定先不回奉天，毕竟自己没了家，父母又不在身边，自己回到奉天也不好以媳妇的身份住在童家。她求李姐先帮她把父母救出来，敢情李姐已经安排人去救了，心里颇为感激。

第二天傍晚，去城里寻找王家的人回来了，说王家已经乱作一团，正派人四下寻找子君的下落，子君的爹妈也跟着去了火车站，随后就不知去向了。

子君更觉得对不住爹妈，不禁难过地哭起来。李姐过来安慰她，问她爹妈可能去哪里，她说出之前没想说的话，说："我开始想让我爹我妈一块逃，逃出来就去牡丹江找大姨，可他俩也想让我嫁给那家少爷，我这儿才自个儿逃出来。"

李姐惊讶道："这么说，也只是你让王家关了一年多，你爹妈是愿打愿挨的？要我说，不用为你爹妈担心了，他们肯定有办法，估计这会儿他们去牡丹江找你了。你要想去牡丹江，我就派人送你去，你要想留在这儿我更欢迎。"

子君又怨恨起爹妈，坚定道："李姐，我跟着你！"

李姐将她搂在怀里道："可怜天下父母心，也真苦了你爹妈。可说到底，这都是日本侵略者惹出来的。国不泰则民不安，等打走了侵略者，咱还得好好孝敬爹妈。"

此后，子君便成了李姐身边的文书兼卫生员，抄文件、写传单、代写信，为不识字的抗日队员和村里一些孩子当识字先生，还一同帮助农民铲地、收庄稼，和一些姐妹赶制棉衣、棉鞋等，倒也心情愉快，只是一些青年总是围着她转，甩也甩不掉，她就去求助李姐。

李姐笑道："他们都没有坏心，男大当婚，女大当嫁，他们都想娶个你这样的好媳妇。"

子君便又道出她已定过亲。李姐听后就去对那几个喜欢子君的青年说："她已经有婆家了，还是自由恋爱的，以后就当她是自家妹子吧。"

那几个青年都很沮丧，但也都当子君是妹妹。

第 129 章

这样很快一年过去了，前来参加抗日的工农队员已发展到了近百人，便准备正式成立抗日自卫队。但队员们这时多数都没有枪，李姐便又组织了夺枪小分队，先后三次在夜里靠几把砍刀偷袭了帽儿山的日伪哨兵，接着又靠夺来的枪和手雷伏击了关闭嘴的小股日伪军，使队伍有了将近三十杆枪。

从这以后，他们与日军枪对枪的战斗渐渐多起来，基本都是伏击和偷袭，连同破坏日军的交通和通信，既打击了日军的威风，也缴获了更多的武器，使自卫队越来越正规。

但这同时，他们也引来了日伪军的疯狂围剿。同年，自卫队开进了珠河地区，与这里赵尚志领导的东北反日游击队哈东支队遥相呼应，更加沉重地打击了日伪军。这时，李姐的公开姓名已由李一超变为苏丽，并被任为中共珠河中心县委委员兼铁道北区区委书记，她领导的自卫队也更名为铁北游击队，继续与日军展开游击战。

每次战役一打响，子君都背上卫生包。但每次战役都是偷袭和伏击，游击队总是主动攻击，打完就撤，队员的伤亡并不大，她的卫生包也很少派上用场。

又转过年，哈东支队扩编为东北人民革命军第三军，赵尚志任军长。同年秋，根据《东北人民革命军第三军收编通知书》要求，铁北游击队随同其他靠近第三军的抗日武装一同被收编为东北人民革命军第三军一师二团，王惠同任团长，苏丽任政委，接着随大部队攻打方正、依兰等县城，但遭到日军的顽强反击。后来二团被迫退回珠河，并被围在大青山内。

11 月，降下的二场雪已将大青山覆盖，二团将士面临着缺衣少粮的窘境。这时，通讯员又接到军部的命令，第三军决定北上汤原，与李延禄率领的第四军和夏云杰率领的汤原游击队会合，共同开辟江北游击区。

为了跟上大部队，困在山中的二团必须下山，并伺机偷袭日军驻地，既为挺进汤原，也为得到一些补给。

经情报员出去打探，有一队日本军车满载粮食开进撒子沟，据说那里刚刚设了一个日军军营。

团部分析日军这是要在撒子沟设驻防，以加强围剿抗日军。这时有人提议，不论是为了夺取粮食，还是为了摧毁敌人驻防，都有必要全力以赴拿下这个据点，团长王惠同、政委苏丽也同意。

深夜，游击队借着雪的光亮悄悄下山，直奔撒子沟。当又绕过一座山，远远可以看见那座新建的日本军营时，苏丽先观察了一下地形，以她过去的经历和女人特有的敏感，感觉这里非常有可能被敌人设下埋伏，就让队伍停下，对团长说："我担心这前面山里有埋伏。"

团长便先派两名队员沿着山根仔细查看雪地，看有没有多人上山踩出的道。

两名队员沿着山根查看了一百多米远，回来报说，只发现一行脚印。王惠同说："这应该很正常，兴许是白天打猎留下的。"

苏丽想了想说："还是稳妥点好，即使山里没有埋伏，也得防备战役打响后敌人会派增援上来，还是先找个有利于我们的阵地，主力人员先靠山隐蔽，万不得已时还可以进山。"

团长便又派了支小分队靠上去探下底，其余人员都隐蔽在山后，等战役打响后，主力人员或是增援接应，或是阻击掩护，届时见机行事。

小分队谨慎地靠近日军军营，先对一个正在岗楼前打盹的日本兵进行刺杀，可就在那个队员猛地将日本兵勒在怀内时，却发现这个日本兵只是个穿着日军冬装的假人，愣了一下，又进院探那堆粮食，见每个袋子很鼓却很轻，不安地对其他队员说："糟了，咱们上鬼子当了！"大家急忙往回撤。

就这时，敌人的重机枪响起来，小分队的队员纷纷中弹倒下。一个队员一边朝回跑，一边大喊道："团长，上鬼子当啦！"随即也中弹倒地。

隐蔽在山后的将士们顿时都紧张起来，有心营救小分队，却隐隐看见队员们都已中弹倒下，又不知日军从哪打的枪。这时，一个日本人也在声嘶力竭地高喊，显然是个军官在下达命令，接着，就见前面从几十米外的山上冲出众多日军。

日军果然为二团设了包围圈，而且真就埋伏在山里，只是他们以为游击队会一下把军营包围起来，便把军营作为包围点，到时抗日军只能把山林作为掩体，他们就可对抗日军进行上下夹击。但抗日军的主力人员偏偏没有朝前靠，日军设计的包围圈便没有起到预期效果。又因双方这时相距很近，便由围攻转为对攻，即使这样，日军的火力也明显强于抗日军。

二团见已中计，不想恋战，但见从山上钻出的日军很快到了他们对面，只好还击，边打边组织后退。

日军又动用了多架重机枪，虽然是深夜，但雪地的光亮还是能使日军瞄准抗日战士的身影，几名战士已经中弹倒下。可最可怕的是，再往后退就是一片空地，连棵挡人的树也没有了，战士们无疑都将成为日军的活靶子。如果这时进山，山里还有多少日军、埋伏在何处也都不知道，团长便下令留下一个排，由他带领做掩护，其他战士随政委苏丽撤退。

苏丽一边朝敌人还击一边说："这儿的地形我不熟，后面的情况还说不准，你带队伍撤，我留下掩护。"

团长催促道："你是个女同志，哪能让你留下，你领大伙儿撤！"

苏丽一听也急了，吼道："打鬼子还分什么男女，你带队伍撤！"又解释说："山里的鬼子好像都下来了，我们顶一阵子就从这儿上山，咱们密营里会合。"团长这才留下一挺机枪带领主力后撤。

日军的火力很猛，压得掩护排战士抬不起头，两名战士还没等射击就中弹倒下。眼见日军逼到了跟前，苏丽急了，拉开一枚手榴弹，猛地跃起投出。随着对面一声爆炸，这边的机枪手也得了机会，日军也顷刻倒下一片。她又投出第二枚手榴弹，但她肩头中了弹，身子一歪时左手腕也中了弹。

子君刚为一名伤员包了头伤，就被人拉着撤退。得知是政委带领小分队做掩护，她心里不安起来。虽然她还头次经历这么惊心动魄的场面，但她已和苏丽有了深厚感情，于是挣开那个拉他的男战士，也加入到掩护队伍里，从一个牺牲的队员身下拽出枪，爬到一棵树后射击，忽见苏丽中弹，急忙扑了过去道："政委你中弹了！"

一见是子君，苏丽吃惊道："你咋没撤？"

子君哭道："我不放心你。"

苏丽急切道："别管我，你先跟他们撤。把药品保护好，那是救命的！"然后用短枪朝对面射击。

子君坚持道："就这儿需要救命，我不能撤。"见苏丽还能打枪，她就先去给另一名伤员包扎，苏丽只能由着她。

这时，第一个机枪手已经牺牲了，第二个打了没多会儿就没子弹了，苏丽见时间已过去十多分钟，如果没遇上日军的增援，团长带领的人应该安全脱身了，便告诉还活着的队员将身上的手榴弹都投出去，准备往山上撤。

最后三枚手榴弹投出后，他们急忙起身朝山上撤。山林的积雪能没过小腿，日军并没有跟着进山，只是在林子外一齐朝林子内开枪。

子君的小腿也中了一枪，脚再插入厚厚的积雪里便抬不动了。苏丽以为她没有力气拔脚，便来帮她，见她身体一歪倒在雪中才知道她也受了伤，忙让两名男队员一边一个拖着她走，积雪上留下一条带有血迹的拖痕。

到了山林深处，政委见敌人确实没有跟进来，便让大家原地休息一下。这时她才发现，十多人的掩护小分队，现在加上她和子君就剩六个人了，其中四人不同部位挂了彩，又想到前一支小分队全部牺牲，刚才对攻时又牺牲一些，不禁感到心痛，她断定情报来源出现了问题，但这时埋怨已毫无意义。

这时山外的远处还有激烈的枪声，她担心他们一开始就都进了敌人的大包围圈，王团长带领的队伍这时还没有脱离险境，如果那样的话，他们的掩护也只能为主力缓解一时。但她已经无法去增援了，便开始寻找安全出山的路。

直到天亮时，他们才艰难地到了一个只有几十户人家的陌生山村。因子君和另外一名男伤员行走困难，加上天气寒冷，他们想顺利回到密营已经十分困难了，苏丽便决定在村内找一户人家救治伤员，正好子君的卫生包还在身上。

这时各家刚刚生火做饭，还没有人出门，他们选中一户破旧的三间草房人家。开门的是位四十多岁的妇女，见他们身上手上有血，被吓了一跳。苏丽解释道："我们是打鬼子的，想给您添点麻烦，就在你这儿暖和一下包包伤。"

那妇女犹豫一下，还是让他们进了屋。

这是一户老少三辈的五口之家，除了中年夫妻，还有一个老母亲和两个不到十岁的男孩。老母亲是个善良人，见了子君腿上的伤，啧啧地露出疼爱道："这么俊的闺女也敢打鬼子！"接着又骂道："这些造孽的鬼子！"然后吩咐儿子腾出房间，让把馏在锅里的玉米饼和咸萝卜条给战士们吃。那儿子四十多岁，朴实憨厚，显然是个孝子，母亲怎么吩咐，他都急忙照办。

大家觉得这家人很可靠，进了腾出的屋，先是互相取出伤口内的弹头，又包扎好，然后吃了玉米饼子和咸萝卜条。

他们这一阵子就没吃饱过，这时都很饥饿，吃得都很香。苏丽一边吃着饼子一边问老人道："大娘，这里平时来鬼子吗？"

老人说："来过一次，转一圈儿就走了。"

苏丽便说："我想把这两个不能走的留这儿养一养，您看行吗？"

老人说："住可以，就是家里吃的不多，开春儿不掺菜都吃不到粮食下来。"

苏丽忙从怀里掏出几块银圆塞到老人手里道："吃的我们花。"接着说："我寻思您再帮着找一户靠得住的，让他们分开住，这样别人不会注意。"

子君见苏丽吊着一只胳膊，就挽留道："政委，你伤也挺重，咱俩住一块儿吧。"

一个战士也对苏丽说："你这样出去挺显眼，外面啥情况也不知道，你就先别忙着回去了，也一块儿在这儿养养，等我们找到队伍再来接你们。"

苏丽只好答应也留下来，让两个没受伤的战士吃饱后去寻找队伍。

到了晚间，老人的儿子又找了两户愿意隐藏抗日战士的人家。苏丽就住老人的家，子君被安排在一个叫冯寡妇的家，那个男战士被安排在一个哑巴的家，苏丽每家都给了几块银圆。

冯寡妇五十多岁，个头挺高但黑瘦，男人十年前在火车站给俄国人装车时被滚落的木头轧死，自己带着两个女儿生活，如今两个女儿都已出嫁，家中就她一人。听说有个俊闺女受了伤，女长官花钱雇她照顾，立刻便答应了，说钱不钱的不要紧，就想有个陪她说话的。一见子君果然俊俏，高兴得就像对自己女儿一般，睡觉也挨在一起睡，黑暗中互相讲着自己经历过的事。

　　转眼半个月过去了，苏丽、子君和那个男战士的伤势都好了许多，出去找队伍的战士却还没有动静。

　　有一天突然有了动静，却是屋外响起了激烈的枪声，子君和冯寡妇的心都绷起来。枪声很激烈，后来渐渐地远去了。

　　晚间，冯寡妇神色慌张地回来对子君说："出事儿了，村里人都在唠呢。好像是你们队伍上来人了，可鬼子也来了，听说来了好些呢！他们是奔着你们那个长官去的。"

　　子君正担心苏丽，这时更是心提到嗓眼处，不安地问："俺们政委咋样儿了？"

　　冯寡妇说："我啥都没看着，都听别人说的，白天你们女长官让两个人接出来了，刚出院儿就遇上鬼子了，打了一阵子枪，都朝北头去了。北头住的人过来说，有个女抗日挨了枪子儿，死活不知道，反正让鬼子抬走了。"

　　子君清楚，来这儿的女抗日只有她和苏丽，显然那个挨了枪又被日军抬走的就是政委苏丽，不禁伤心痛哭。

　　冯寡妇这时候也开始担心了，对子君说："你也得想想你自个儿了，我怕鬼子再来。你想呀，藏你们长官那家男人也被日本人抓走了，他家人可知道你在俺家。"接着又说："听说日本人可狠了，活埋的、活烧的、活着喂狗的，还有活扒皮的，啥狠招儿都有。闺女，俺不吓唬你，你在这儿藏着真不保准儿，县城你也不能去，那儿的鬼子太多。你不说你牡丹江有亲戚吗？找你亲戚去吧。只要你离开这儿，谁来问你，我就说我早把你撵走了，一天儿也没照看过你。"

　　子君也觉得这里不安全，但她走路还不便利，去牡丹江又不知道大姨家住在哪，只知道大姨叫唐春秀，姨夫姓王。

　　冯寡妇说："我找个赶爬犁的，他是我亲妹夫。先让他把你送他姐那儿落下脚儿，他姐在五卡斯，离这四十多里路，从那儿去牡丹江还近便。他姐夫就是火车站的，是给火车打灯的，他不打灯火车都不敢开，可神气了！我把你们长官给我的钱都给他，让他带你坐火车走。这儿的县城也能坐火车，但这儿离那块儿近，就怕那些鬼子也去那儿。五卡斯离这儿远点，去那儿坐火车估计没人注意你。到了牡丹江，你让我妹夫帮你打听，他对那头可熟了。"

　　子君只好答应。冯寡妇立刻带她去妹妹家。

　　冯寡妇的妹妹家离她家不足百米，妹夫四十左右岁，姓路，叫百顺，是个常跑外的小商贩，东到绥芬河，西至哈尔滨，都是他常跑的地方。

　　百顺性格开朗，好说笑，见子君相貌出众，就对冯寡妇说："大姐把这么俊的妹子交给我，就不怕我给拐跑了？"

　　冯寡妇照百顺脑门拍下道："你长几个脑袋？人家可是打鬼子的，哪天他们长官要来找她，咱还得和人说明白了。我可跟你说，千万不能有闪失。"又将苏丽留给她的银圆递给他说："这是他们长官给的钱，都给你。"

　　百顺拒绝道："大姐留着吧。你放心，我能照顾好她。"说着又看子君一眼。

第 130 章

第二天天一亮，子君头戴狗皮帽，身穿羊皮袄，脸也用围巾围上，只露一双明亮的眼睛，随百顺坐上马爬犁。

马爬犁在雪白的山道上奔驰着，两边挂着雪的树木虽然都不停地被甩到后面，却还是一眼望不到头。百顺泰然自若地对子君说："牡丹江我特熟悉，火车站地上也不小，要是问个男人叫啥还能好找些，可要问个老娘们可不好找。"接着又问："你姨家是住南面还是住北面？"

子君说不清。他又问道："妹子，要是找不到咋办？"

她仍不好回答。他诡笑道："实在找不到，你就跟大哥过日子吧，你就是腿瘸了大哥也不嫌，大哥在牡丹江给你买套房子。"

她吃了一惊，两眼恐慌地看着他。他又哈哈笑道："别害怕，大哥逗你玩儿呢。"接着又问她杀过几个鬼子。她吓他道："老鼻子了。要是抓着活的，就活埋、活烧、活扒皮。鬼子对咱中国人啥样，俺们就对他啥样。"

他吃惊道："看你挺俊的，心还怪狠的。"

她说："兔子急了还蹬死鹰呢，都是鬼子逼的。"

他笑了笑又说："待会儿到我姐家可别说你是打鬼子的。我姐夫是给日本人做事儿的，说是混饭吃，就怕他嫌日本人给的少。我不缺钱花，就缺个俊媳妇儿。"说着又斜眼瞄她。

她又不安了，强作镇静道："那咱不去你姐家呗？"

他说："我忘了他那儿有几点的火车了。看看再说，有车咱就直接上火车，没车就得等，也没准儿等到明天。"

她希望一会儿就能赶上去牡丹江的火车，而且一到牡丹江就能找到大姨家，也希望父母都安然无恙。

说着话，他们到了五卡斯，正好有一列从哈尔滨开来的火车要到站。百顺忙去买了票，带她到站台上等火车进站。

子君见站台有日本兵走动，怕自己的腿伤被看出，便靠在百顺的身上。百顺竟将她搂在怀里小声道："要有人问，你就说你是我媳妇儿。"

她感到别扭，但这时又不能挣脱，只是对他皱着眉，一脸的不高兴，他冲她诡笑。

这时，一列后面挂着货车的旅客列车开进站内。她忍着腿疼站直，装出若无其事的样子被百顺搀上车。

车里的人很多，没有一个空座。百顺从兜里掏出一张票子问一个靠窗户的男子道："用这些钱买你的座，我媳妇儿怀孕了，不能老站着。"

那男子立刻接钱让了座。子君心里委屈，但还是感激百顺，心想车上人多，百顺不能对她太无礼，只要到了牡丹江找到大姨家就好了，便倚在车窗沿上装睡觉，一切都由百顺去应对，心里还是忐忑不安。

火车于中午到了牡丹江。下车后，百顺关心地问她饿不饿。她点下头，随后被他带进一家挂着"兴隆包子"牌匾的铺子内，要了两盘包子。子君这才将围巾解下，露出俊秀的脸。

端包子的是个六十多岁的老头，看他刚训过一个小伙计，像是个掌柜的。百顺接过包子问："掌柜的，我想打听个人，是个女的，五十多岁，叫唐春秀，以前住黄花甸子，后来搬街里住了。"

没等掌柜的开口，从里面一张桌前站起一个老汉，嘴里的包子还没咽下就喊道："我知道，我知道！"随即跑过来盯着子君问："闺女，你是不姓周？叫周子君？"

子君格外惊讶，忍痛站起问道："大爷，你咋知道？"

老汉欣喜若狂道："哎呀闺女，可找到你了！你哥为找你可花大心思了！火车站这片儿让他布下天罗地网了！"

掌柜的瞪眼推一把老汉说："唉唉，干啥呢？打劫来了？"

老汉忙对掌柜的说："老哥别火儿，我没那意思。一千大洋我一块儿都不要，东家要给都归你。这闺女好不容易露面就奔你这儿来了，你这儿可是宝地呀！闺女找到了，不能再出岔子了，我不为旁的，就为我当年和她哥在兴隆客栈一炕睡过，说啥我得护着让她和她哥见见上面儿。"

这老汉真就是子昂当年在兴隆客栈里相识的朱老汉。他比当年苍老些，但精神头仍不减当年。

子君万万没想到哥哥能来牡丹江找她，还怀疑哥哥能出一千大洋布下天罗地网。但眼前这位陌生老人能一下叫出她的名字，看来真是哥哥在找她，真是喜从天降，让她激动哽咽，泪水泉涌一般。

这时百顺却沉不住气了，打住朱老汉的话道："别别别，你们咋回事儿？"

朱老汉问百顺道："你是帮她找亲戚的吧？告诉你，找到啦！你咋还不高兴？"

百顺有些恼火道："你们是她亲戚哪？我还说你们是骗子呢！"说着要拉子君走。

子君哪里肯走，忙抓住朱老汉的衣服道："大爷救我！"

这时，吃包子的、卖包子的和后厨里做包子的都围上来看热闹，掌柜的立刻觉得百顺不是个正路人，眼一瞪，冲着自家伙计喊道："小子们，给我抄家伙！"

霎时，五个年轻力壮的伙计一同冲进厨房，接着又分别拎着菜刀、擀面杖出来，将百顺围在中间问道："老爷子，您再发句话！"

百顺顿时被吓傻了。子君也慌忙道："大爷别打他，他是我恩人。"

百顺很感动，抖着嘴唇说："我也是怕她有闪失，真找到了我高兴，我真高兴。"又对子君说："妹子，那我就把你交给他们了，我走了。"

子君忙拉住他说："大哥别走，我没啥谢你的，等会儿俺哥来，让他好好谢你。"

朱老汉也说："闺女说的是，先别忙着走，你能把她送来，这得多大恩情！她哥现在可有能耐了，人还好。待会儿见个面儿，交个朋友，没坏处。"

大家便又坐下来吃包子，朱老汉也凑到子君和百顺的桌上吃，掌柜的还特意让后厨炒了四盘肉菜，端上一壶酒，说是都免费，他已经派人去叫子君的亲戚了。

刚要吃完，从屋外进来一帮人，是子君的大姨一家人。子君一眼就认出大姨、大姨夫和表哥、表姐们，扑进大姨怀里痛哭。大姨也哭道："我的孩儿哟，可找着你了！这些年你都去哪儿了？

快把你妈急疯了。"

子君止住哭问："俺妈他们真来这头啦？他们咋没来？"

大姨叹口气道："你爹和你哥闹了别扭，就带你妈又回奉天了，听说那头房子都修好了。"

子君又问："他们闹啥别扭？"

大姨说："一句两句说不清，咱家里说，让你表哥去告诉你哥，他还不得乐疯了？你哥这些年也为你急得跟啥似的，可街悬赏找你，就怕你一旦过来找不到大姨家。你表哥也是天天不落地挨家打听你。"忽然想起还没介绍家里其他人，忙将姨父、表哥、表嫂、表姐、表弟介绍给她。

子君除了对表嫂、表弟没有印象，其他人还都记得。打过招呼后，又将百顺介绍给大姨家的人，说："这是我的大恩人，是他把我送过来的。"

大姨家的人都对百顺连连感谢，倒让百顺难为情了。表哥热情邀请百顺跟着去他们家，百顺说："妹子交给你们了，我该回去了。"

子君忙求道："大哥你别走，再等等，见见我哥面儿，你要这么走了，我心里不好受。"说着又哭起来，百顺被感动得落泪，答应等着和子君的亲哥哥见下面。

子君的表哥对掌柜的道："掌柜的，你的功劳也不小。放心，我表弟答应的事儿肯定算数儿，我这就去让我表弟来谢你，一点不带差的。"

掌柜的看着朱老汉笑。朱老汉也笑道："我也说话算话，不和你争。"

掌柜的笑道："我有数、我有数。"

表哥一听就明白了，不禁有些为难。朱老汉说："没事儿没事儿，我当时也和你说过，我和你表弟有交情，钱我不要。"说完又去卖糖葫芦了，子君和百顺也随大姨家的人离开了兴隆包子铺，子君住在大姨家，百顺被安排在表哥家。

听了子君讲述，子昂不禁感慨道："妹儿，你比哥强，哥挺佩服你。哥也挨过鬼子的枪子儿，和你一样儿，队伍也让鬼子打散了。"接着说起他是怎么从奉天到牡丹江的。

说到他在牡丹江找不到大姨家时，他又问子君："你咋知道咱姨家不在黄花甸住了？"

子君说："咱大姨家一搬家就给咱家邮过信，那会儿你还在北平呢。咱大姨去信就是让咱们来这儿住些日子。咱家房子被炸后，爹要去秦皇岛咱姑家，可咱妈想大姨了，偏要来牡丹江。哈尔滨被困那会儿，咱爹一不高兴就骂咱妈，咱妈也不敢回嘴儿，就是哭，我也不敢劝。"

这时，表哥在外敲门问："我能进去吗？"

子昂忙去开门道："这嗑儿唠的，咋俺们一来你连自家门儿还不敢进了？俺兄妹俩又不是强盗。"

表哥笑道："我给你们看门儿呢，你们唠那些话别让孩子听了说出去。听你们唠家里事儿，就没啥怕的了。"

子昂说："我还老多话儿没和咱妹儿唠呢。"

表哥说："该吃晌午饭了，有嗑留着以后唠。今儿我请客，咱去吃大馆子，新开一家五合楼，去的都是有钱人。"

大姨、大姨夫也跟进来。大姨夫对儿子说："你别关公门前耍大刀，要说趁钱你弟弟是真的，你趁那点儿不都仗着你弟弟？"

子昂说："不用我哥花，我来，没看我带钱来的。"

大姨命令道："那也不成，咱就在家里做点好吃的。子昂轻易也不来家吃顿饭，回回年前来就跟火燎腚似的，坐一屁股就走，就上次送你二姨他们回奉天在这儿住一宿。"

表哥解释道："咱家人晚间在家吃，晌午我寻思把帮咱找到子君那仨人都叫着，赏钱归赏钱，再坐一块儿吃顿饭、说说话儿。老朱头和子昂还是老交情，子昂来时也说要和他叙叙旧。"

子昂点头道："俺爷俩真挺有缘分。"

大姨又嘱咐道："那咱也别去五合楼，听说那是日本人的馆子，你们别在那儿喝点酒再嘞嘞些不该嘞嘞的。"

子昂这时才开始关注五合楼，问道："日本人的馆子？咋起这么个名儿，五层楼啊？"

表哥说："跟几层楼没关系，实际就三层，用木头盖的。要说这五合，就是日本人说的那个亲善，就是日本人、满人、汉人、蒙古人、朝鲜人，五个族合起来是一家。"

子昂顿时骂道："狗日的，跟他合个屁？要说满族、蒙古族、朝鲜族都没啥说的，日本人，一肚子花花肠子，一边儿扇着去。我现在是看得再清楚不过了，他们和咱亲善，就是看好咱的土地了；他们现在开始往咱这儿移民呢，没准儿哪天咱这儿连满洲国都不是了。狗日的，还得打他们。"接着对大姨说："大姨，我听你的，有钱咱也不上那狗屁五合楼。"又对表哥说："换个地上。这样，就去那个兴隆包子铺，不说那是宝地吗？再说了，包子有肉不在褶儿上，咱花钱买东西上那儿做，啥好买啥。"

表哥说："正好我让他们在包子铺等咱们，我这就去告诉他们，顺便买点好东西，一会儿你和我爹一块儿去。"说完匆匆出了屋。

表哥出去后，子君笑着对哥说："哥，你真变了，以前从没听你骂过人，现在骂人骂的这么脆声，还都跟狗扯在一块儿，你不就属狗的吗？"

子昂愣一下笑道："是啊，日本鬼子说的话，就跟哥放的屁一样，没用。"

子君和大姨母都忍不住笑，子昂也跟着笑。子君又问道："狗日的是啥意思？"

大姨母忙训斥道："去，大姑娘家家的别乱问，这是山东人骂人最难听的。"又笑道："等你嫁了人再告诉你。"

子君立刻害羞道："哎呀，俺不问了。"

大姨夫呵呵地笑道："山东棒子就是能琢磨。"

大姨母立刻训斥道："臭嘴！山东就山东呗，干啥还带个棒子？你个臭糜子！"

子昂来了兴致，问道："你们这一说我还想问呢，山东棒子和臭糜子是咋来的？"

大姨母笑道："要说山东棒子，我也是听老人讲的，说俺们山东人来东北洗衣裳都用棒槌，这帮老臭糜子看着稀奇，就都管俺们山东人叫棒子。"

子昂恍然道："朝鲜人也用棒槌洗衣裳，所以就叫他们高丽棒子？"

大姨母笑道："八成是吧。想一想也算不上是砢碜话儿，就是棒子棒子的，听着还是不舒服。"

子昂笑笑又问道："那臭糜子呢？"

大姨夫答道："臭糜子是山东棒子给俺们东北坐地户起的。坐地户开始都是俺们旗人，清兵入关以后，闯关东的汉人也成了坐地户。开始大清皇帝是不许汉人来东北的，可东北这么大，旗人想管也顾不上，要不是老毛子总来抢东北，大清皇帝可能现在也不准汉人闯关东。所以呢，现在臭糜子就不光是旗人了，甭管老家哪的，只要在东北出生长大的，都是臭糜子。谁没吃过酸菜、酸汤子？要说臭糜子，实际是说臭米子。过去东北这旮儿没啥好吃的，夏天就把苞米面儿发成臭米子，再做成汤子，用俺们满语叫厄其克，挺好吃。还有酸菜，把大白菜腌酸了炖猪肉，不香吗？"

子昂笑道："我是吃着酸菜长大的，可一直不知道它的来历。酸菜在我山庄里不缺，冬天一整就炖一大锅杀猪菜儿。酸汤子吃得不多，小时在邻居家吃过，在龙凤，我有个拜把子哥哥开酒店，夏天有时他家自个儿做点儿吃，就是苞米面儿做的粗面条儿，煮熟了拌上卤子吃。我还知道这玩意儿得用新苞米，这时候想吃也吃不着。我吃着挺好，也是赶上了吃一顿，人家开酒店，也不拿这当啥好玩意儿。"

子君转移话题问道："哥你还拜把子了？"

子昂反问道："拜把子不好吗？"

子君只是笑笑。子昂道："哥在龙凤有八个结拜哥哥，他们也都挺惦记你。"忙又改口道："我是说他们也都担心你，盼你平平安安地和咱家人团聚。他们还不知道你回来呢，要是知道了，准和哥一样高兴。"说着不禁想起多日娜，暗想若是哪个哥哥效仿他喜欢上他的妹妹该怎么办？接着又想起雪峰，惋惜道："妹儿要早回来半个月，就能和雪峰见上面儿。"

子君惊喜道："他也来这头儿了？"

子昂说："来过，也是可哪找你，想你想的要疯了。"

子君又潸然泪下。子昂逗她道："还想嫁给他吗？"

她努下嘴道："俺俩定过亲了。"

他笑道："那就妥。估计他年后还能来，到时就把你俩的婚事给办了，哥给你操办，摆它三天酒席，唱上三天大戏。"

大姨母说："哪有欢天喜地嫁闺女的？"

子昂不屑道："我还管那狗屁规矩？这头娶女婿，那头娶媳妇儿，都是喜事儿，这是我的规矩。咋的？闺女嫁不出去就该欢天喜地？"

大姨母拍他一把说："臭小子，和大姨也抬杠。"

子昂嘿嘿地笑。子君忧虑道："那咱爹咱妈得跟前儿呀。"

子昂说："到时我回奉天把他们接来，来不来是他们的事儿。"

大姨母忙打断子昂道："先和你姨夫吃饭去吧，看你兄妹俩有唠不完的嗑儿，等你们回来再唠。去了都少喝点儿，晚间咱家里聚。"

子昂这才和姨夫拎着银圆出去，叫了一辆人力车，直奔兴隆包子铺。

从包子铺灶房过去进了一个住屋，酒席已经摆上，朱老汉和百顺也已在此等候。见到朱老汉，子昂热情道："朱大爷，还认得我吗？"

朱老汉看着子昂呵呵笑道："这会儿认得，要在街上可不敢认，你和那年可大不一样了，大老板了！"

子昂笑道："大不大老板，都是混日子。没想到还能遇见您，您老挺好的？"

朱老汉说："真就是你说的，混呗。"

子昂又问："听说你不种地了？"

朱老汉叹口气道："地都让日本人收去了。白瞎俺们开的那些地了，好几坰呢！黄花甸子你去过，现在都变了，日本人在那儿建了火车站、机关区，还要在火车道上面修天桥，到时上头跑汽车、马车，下头跑火车。"

子昂又问道："听我哥说，你俩儿子都给日本人干活儿呢？"

朱老汉又叹息道："也是没办法的事儿。老家的地早就不租了，自家开的地也没了，得吃饭呢。我把我原来的房子卖了，都搬牡丹江来了。俩小子都在这头做工，晚间连口热乎饭也吃不上，正好牡丹江有家卖房子的，就是破点儿，好歹是三间，价钱也不太贵。大小子去年娶媳妇了，今年就生个胖小子，这更得有人照看。"

子昂点点头，又和百顺和包子铺掌柜的相认，一边致谢一边让大家入席，将百顺按到上位坐下，朱老汉、包子铺掌柜坐两侧，他和姨夫、表哥坐外座。

喝酒的时候，子昂先敬了百顺，谢谢他将子君平安送回来，接着将三千银圆分了，百顺、包子铺掌柜和朱老汉各一千。朱老汉捧着十卷银圆感慨道："这得赶上我卖十几年的糖葫芦！"

百顺这时更是惭愧不已，来的道上他真就对子君动了邪念，并不想让她找到亲戚。他在包子铺打听人，也不过是演给子君看，以为谁都不能认识，然后就说没人认识，将她带到一个地方，不管她是否愿意，一宿过后就是他的女人了，作为一个抗联人员，身在日本人的占领区内也只能哑巴吃黄连，只是他万万没想到竟一头扎进子昂布好的大网内。开始他懊恼不已，现在又羞愧不已，也捧着十卷银圆对子昂连连鞠躬致谢。

吃过饭返回大姨家，子昂见子君还能下地走路，就决定第二天带子君回龙凤。大姨一家都说等子君腿伤痊愈后，再让子昂来接，子昂却急着将妹妹接到自己跟前照顾，说："还是我那儿安全。"这样，子昂又和大姨一家唠到深夜，第二天一早带着子君离开牡丹江。

子君仍对哥哥娶了多房媳妇感到不舒服，但已听大姨讲过哥哥的一些怪事，便不敢像在家时那样训斥哥哥，这时一想到她要和一帮嫂子见面，心里还是有种说不清的滋味。

火车上人多不便说，而乘坐雪爬犁时，她见哥哥和赶车的很熟，就又责怪起来。

子昂并不介意妹妹责怪，假装忧虑道："咳，木已成舟，总不会让哥把她们休了吧？"接着又说道："她们都是苦命人，跟着我挺好。"

她觉得哥哥厚颜无耻，生气道："你这是封建。"

他终于不耐烦道："去边儿拉吧，大唐朝封建不？不比现在亡国强。"

她愤愤道："你就强词夺理。"便不理他了。

见妹妹真不高兴，他又叹口气道："你哪懂哥的心？"

她反问道："你啥心？"接着又问道："大姨还说你吃过狼心，你不是变成狼心了？"

他横她一眼，随即又笑道："也对，但分对谁。"又神秘道："哥还有鬼心呢，中国鬼子。"

她一愣神，实在琢磨不透哥哥心里到底想什么，索性换了话题问："那我这些嫂子打仗吗？"

他小声问："打谁？打鬼子？"

她不悦道："别装憨，我问她们。"

他一笑道："也是谁都不服谁。但我和她们说了，能往一块儿聚就往一块儿聚，要瞅谁不顺眼，想骂就回自个儿屋里照着镜子骂，谁想找碴儿就跟我来，要打要骂随便，但谁要背着我挑事儿，那就离我远点儿。不过，再远也不能离开我的世外桃源。"说完又诡笑。

　　马爬犁进了山间雪道。山内刮着大烟炮，林子间狼嚎似的风声有些瘆人，好在雪道上还有一些奔驰的马爬犁，还有悦耳的马铃声。

　　子君虽然穿得很厚，脸也蒙得只露一双眼睛，但两只脚却被冻得猫抓似的疼，便翘起两脚对磕着。子昂后悔道："忘了往你鞋里塞点乌拉草了，冻脚了吧？来，哥给你捂着。"说着去脱她的鞋。

　　她阻止道："不用，我跺跺就行。"

　　他用力按着说："别动。我是你亲哥怕啥？雪峰要在跟前儿我才不管你呢。"

　　她便由他脱下棉鞋，将穿着红线袜的双脚伸进他的棉衣内，紧贴在小棉袄上，顿时感到暖起来，又问道："你对我嫂子好吗？"

　　他说："你甭为她们担心，我不会给她们气儿受；我天天给她们洗脚，你说好不好？小时给你洗脚洗上瘾了。"又笑道："原谅哥吧，别瞧不起哥。"

　　她被感动了，却说："那也得见了嫂子再说。"接着又问道："大姨说你身上又是鬼又是神的，都是瞎扯吧？俺是不信那玩意儿。他们害怕你，俺可不怕，我是你亲妹妹，是吧哥？"

　　他隔着棉衣搂紧她的脚，又一笑道："我可从没说我身上有这有那的，倒是我心里有佛有道，这不犯毛病吧？"

　　她又反问道："佛和道让你娶好几个媳妇？"

　　他又用眼横她，随即又笑道："他们还说我身上有鬼和神呢。没办法，佛道鬼神我都有。不过我还是个大活人。你脚顶我肚子上啥感觉？是不热乎？甭听他们瞎嘞嘞。从你婉娇嫂子走后，我和以前是不一样儿了，他们都挺怕我。可我没吓唬他们，他们是自个儿吓唬自个儿。不过这样也挺好，要不她们还不得窝儿里反？"

　　她又问道："那你训你这些媳妇儿，她们都能乖乖儿的？"

　　他反驳道："没事儿训她们干啥？能好好唠就好好唠，不想好好唠就一边儿待着去。有时和她们生气，我还真就啥话都不说，脸一拉，眼睛直勾地盯着她，她立马就毛了，还以为我又犯病了呢！"说着又诡笑。

　　她用异样的眼光看他问："装神弄鬼呢？"

　　他不悦道："我不说话就装神弄鬼了？她们愿咋想咋想，别胡闹就行。不跟你唠这些了，唠你也不明白。"

　　她倒更加好奇了，又追问道："那你身上到底真有还是假有？"

　　他又不耐烦道："你说有就有，你说没有就没有。"接着又缓和道："我是你亲哥，别老想那些。哥倒希望你还和小前儿一样，该厉害就厉害，该使性子使性子，哥不怪你。"

　　她不再问了，只是默然地点头头，感到哥哥确实不是从前的哥哥了。

　　兄妹俩唠这时，那赶雪爬犁的老汉也不时地回头看子昂，有些好奇，似乎还有些不安。子昂对着前面坐，并不在意老汉回头看他，只是紧紧地搂着妹妹的双脚。

▶第 131 章◀

在要进山庄时，子君突然说：“你这些媳妇我顶多认两个，别的我不认。”

他也突然止步，冷峻地看着她问：“哪两个？”

她也停下来，笑着问：“生气了？”

他又继续朝前走，叹口气道：“你还在乎我生气？说吧，哪两个？待会儿我安排下，该认的认，不该认的就别见面儿了。”

她跟上他说：“哥，你别生气，你听我说。你这些媳妇儿我就跟文静姐熟，开始就以为她能做我嫂子，可现在你让我一下子认这么多嫂子，我真挺难接受。”

见她先提文静，猜她认的另一人就是香荷，仍不高兴道：“难接受就不接受，咋的你也是我妹妹。”又问道：“那她们生的孩子你也不接受？那可都是你亲侄儿亲侄女儿。”

她犹豫一下道：“那是咱周家的骨肉。”

他又问道：“母以子贵懂吗？”

她只好妥协道：“哥，那我慢慢来还不行？”

他又一笑道：“行，你高兴就行。”又继续朝山庄走。

进了山庄，他们先去看香荷。一进院，见天娇哄着豆儿打冰滑。天娇梳着子昂开始为香荷设计的高盘头，上面也镶着凤型金饰，显得高贵而宽松，上身穿着绿绸镶着毛领毛袖的半大衣，胸前一副珍珠项链，下身穿着蓝色毛边长裙，脚穿藕色翻毛棉鞋。豆儿头裹红围巾，身上一件红绸小棉袄，脚上的红棉鞋也是翻毛的。

那冰滑是用雪堆起后浇水冻成的，靠着院墙一侧几米长的缓坡，先将爬犁放到坡顶，人坐上面朝下滑到平地。这时豆儿正开心地从坡上滑下来，险些撞到子昂。他忙一闪身将她抱起来说：“看看谁来了？”

豆儿还不到两周岁，除了能自己吃饭、满地跑，还能说很多成句的话，是天娇竭力承担着香荷不能尽到的责任，以减轻子昂对豆儿的牵挂。豆儿已经把她当成了母亲，只是还不懂妈和小姨的不同含义。

这时豆儿看看子君摇头道：“不认识。”

子昂说：“这是姑姑。”

豆儿立刻说：“姑姑跳大神儿。吓人！”

他责怪道：“听谁瞎白话的？”

豆儿说：“姐姐说的。”

子昂埋怨玉莲道：“这个欠儿登！”又对豆儿说：“这个姑姑不跳大神儿。快叫姑姑。”

子君伸手去抱豆儿道：“让姑抱抱。”

豆儿忙扭身搂住爹的脖子。子昂不高兴道：“爹不稀罕你了。快让姑姑抱下。”

豆儿也生气道："找姨。"说着伸手去抓天娇。

子昂又向子君介绍天娇道："这是你嫂子的小姐儿，比你小两岁。"

子君夸道："长得真俊。"又问道："咋梳这样头？没见过。"

天娇难为情道："你也俊。"说着从子昂怀里接过豆儿说："这是亲姑姑，叫姑姑。"

豆儿摇头道："不好看，爹爹的。"

天娇明白豆儿的意思，解释道："道儿上冷，姑姑就得穿大皮袄，待会儿姑姑就穿好看衣裳。"又让子君道："进屋吧，道儿上冻坏了吧？都盼你回来呢。"说着一同进屋。

香荷正和丹青、丹红、洪生姐弟三个玩纸牌。丹青、丹红心眼儿多，赢了许多钱香荷也不生气，乱碰一通，说她碰错了，她应一声了事。

子君见香荷除了身穿粉绸红边小棉袄，长相、头型都和天娇一样，不禁愣住了，转头又去看天娇。

子昂看出她的意思，笑道："她俩是双胞胎。"

香荷见子昂带着陌生人来，愣了一下问："谁家的？"

子昂哄她道："这是咱妹妹！就那年丢的妹妹，找着了！"

香荷盯着子君又看，突然又问："哪野去啦？家待着。"说着翻了子君一眼。

子君也被闹愣了。子昂忙解释道："她就这样，说的都是我岳母活着时的话。"

香荷冲他脸一板道："去边儿去！胡说八道。"

这时天娇替子君摘下棉帽子说："到家了，待会儿换套衣裳。我看咱俩身子差不多，先穿我的，你哥刚让人做的，回头叫人照你身子量了再做几套儿。"

子君说："有穿的就行。"

香荷见子君露出垂肩短发又吃惊道："辫儿呢？"

子君笑着叫了声嫂子。香荷立刻反驳道："我是娘娘！快行礼，给你钱。"说着去抢丹青、丹红身边的钱。

子昂对子君说："她总说她是娘娘，是一帮孩子给叫出来的，整个龙凤都知道。"

香荷又不高兴道："去边儿去！不给你！"说着把钱往炕柜里藏。

子昂把子君带到天娇屋里说："没办法，就得这么哄她，我也得管她叫娘娘，叫别的不高兴，你也将就点。"

子君说："不听她说话真看不出有病；长得这么好也得这病。"

子昂玩笑道："那长得不好的就该得这病？"

子君埋怨道："你咋这么歪！"

天娇也跟进来笑道："他就好抬杠，一句能捶你南墙上。"说着上炕翻柜取衣服。

子君看着天娇说："我嫂子要像你似的该多好。"

天娇不禁又看一眼子昂，只是抿嘴一笑，继续翻柜子。子君又看子昂，子昂也只是一笑。

子君换上香荷一次也没穿过的毛领冬装，珍珠项链和翡翠手镯也都佩戴上，又由天娇帮着化些妆，金银玉首饰也都佩戴上，立刻也光彩夺目。

子昂欣慰地看着妹妹说："看你梳的头，我就想起穆老师。还记得穆老师吗？"

她点头道："记得，小时她净给咱好吃的。你在北平一直没找到她？"

他摇下头道："我那学校里有认识她的，可都不知她在哪，后来我也没再找；北平那么大，找也和大海捞针似的。她比我大一整旬，今年快四十了，估计孩子都挺大了。她是我的启蒙老师，我就想让她看看我现在画的画儿，告诉她我没辜负她对我的期望，至少我一直坚持画。"

她挖苦道："大姨说你天天就画大美人儿。"

他笑道："江山如画，美女如花，都是天造之美，为啥不能画？回头哥再给你画一幅。"

她摇头道："不让你画了，我喜欢看真人。我去看看文静姐。"

他立刻纠正道："叫嫂子。"

她反驳道："我要敬她，叫啥都一样，要不敬她，叫啥都没用。"

他先一皱眉，又笑道："行，这才是我妹妹，斗嘴的难耐又来了。"说着带她去看文静。

到了院外，一个厨娘迎面过来，忙恭敬地和子昂打招呼道："大当家的回来了！"

他应一声对子君说："这是秦嫂，在大灶房干活儿。"又对秦嫂说："这就是我妹妹，叫子君。"秦嫂为难道："俺也不能叫她名儿啊，得叫姑奶奶吧？"

子君吓一跳，拒绝道："别的别的，啥姑奶奶？多难听，就叫我子君。"

秦嫂笑道："那多不好。"

子昂说："以后叫名儿就行。"又吩咐道："今晚摆大宴，给我妹妹接风洗尘。你先去告诉各房夫人，都在屋里等着，待会儿我领我妹妹去看她们。"

秦嫂建议道："那让夫人们聚一块儿多好，省得你们挨屋跑。"

他说："妹妹得先看嫂子。"接着又责怪道："让你咋干就咋干，咋也这么多事儿？"

秦嫂顿时不安道："大当家的我没别的意思。"

他不想听她解释，又吩咐道："你去吧，我俩先去文静那儿。"秦嫂忙应着离去。子君又责怪哥哥脾气酸，说翻脸就翻脸。他不以为然，一笑了之。

朝文静屋里走时，又遇见一些雇工，都恭敬地和子昂打招呼，直接管子君叫姑奶奶。子君心里别扭，想阻拦已来不及，只能难堪地点头，又挖苦哥哥道："你是大地主，还是资本家？"

他一愣问："地主咋的？资本家咋的？"

她撇嘴道："地主、资本家都剥削穷人。"

他脸一沉道："胡扯！你要说别人剥削有可能，我待他们可不薄。凡是在咱这儿干活儿的，你撵都撵不走，我要剥削他们能这样？"接着又问道："你都从哪学来的？你们队伍里就教这些？"

她笑道："不剥削就好。"

他又横她一眼道："咱妈也常说一句话，举头三尺有神明，我不会昧着良心做事就是了。"

她又逗他道："那你娶这些媳妇就不怕神明怪你？"

他嘿嘿一笑道："周瑜打黄盖，一个愿打，一个愿挨；我这是周郎娶媳妇，一个愿意娶，一帮愿意嫁，撵都撵不走。"

她撇嘴道："臭美，我看你真快成狼了，就吃狼心吃的。你咋啥都吃？"

他又嘿嘿一笑道："别人都不敢，我就想试试，又吃不死人。"说着进了文静的院。

一见到文静，子君欣喜地过去拥抱道："静儿姐！"

子昂又纠正道："叫嫂子！"

子君只好叫了嫂子，又说："在咱家那会儿我就把你当嫂子了。不管咋样，你能和我哥到一块儿也挺好。就是那年苦了俺哥了，他死的心都有，把俺爹俺妈吓坏了。"

他又纠正道："和你嫂子得说咱妈。"

子君不耐烦道："我看你是事儿妈。"又看着文静笑道："嫂子比那会儿还漂亮，怪不得俺哥抢你回来。"

子昂说："你嫂子就是丑八怪，我也得把她抢回来，她就是我的。要不我这心得疼一辈子。没能耐讲不了，有能耐了就得换个疼法。"又冲文静诡笑道："是不媳妇？欠咱多少，咱加倍往回捞，下辈子再说下辈子的。"

文静打他一把道："是我欠你的。"

他笑道："是这鬼世道欠咱俩的。"

文静说："听不懂你说啥。"又拉子君上炕说："妹妹也俊，就是比那年瘦了点，再胖点儿就更好看了。这回好了，在咱自个儿家，好好养一养。"

子君想单独和文静说说话，就撵子昂道："哥你去忙吧，我和嫂子唠点知心嗑儿。"

子昂焦急道："你俩亲我高兴，以后有的是工夫，你先见见那几个嫂子行不？人这会儿都等着你呢。"

文静问："那些屋还没去呢？"

子昂说："咱妹儿和你最亲，偏要先来看你。"

文静很感动，又拉着子君说："我也是，看见妹妹就看见亲人了。"

他故作沮丧道："得，我是白忙活了，对你这么疼，连你的亲人也不是。"

子君又挖苦道："你把人硬抢来的，谁敢和你强盗亲？"

文静笑道："快去吧，要不她们挑礼了。"

子君想说"愿挑就挑"，可话到嘴边又咽回去，对文静笑道："今晚儿咱俩一块儿睡？"

文静高兴地答应，又笑着对子昂说："听见没，以后我跟咱妹儿一块儿睡，你愿去哪屋去哪屋吧。"

子君忙说："俺可没说天天的，那俺不成强盗了？"说着随子昂去别的屋。

从文静屋里出来，那个去报信的厨娘又迎面过来，说各房的夫人除了多日娜又去镇里没回来，那些都告诉到了。他应过后，就带子君去了芸香的屋。

芸香也比子君小两岁，这时见了比自己大的小姑子，心里有些紧张。好在子昂说她杀过日本人，还和母亲情同母女，子君便对她刮目相看，又挨个抱了宽儿、梦儿，对丽娜成为哥哥的大女儿也能接受。

她还听大姨说哥哥的媳妇中有个中俄混血的，还有一个朝鲜人、一个日本人。她尤其对哥哥娶日本媳妇不理解，但念芳子也是苦命人，就不好再埋怨。

子昂怕子君对他有个日本媳妇难以接受，去见芳子的道上就解释道："她是日本人，对外人我都说她是朝鲜人。开始我以为日本人都不是好东西，但从她身上我发现，日本人也不都是坏人。她很温顺，从不多言多语，心地还善良。你们都是共产党的人，日本也有共产党，她爹就是共产党的，只是后来人不见了，也不知死活。"

子君眼睛一亮，点点头说："是，日本也有共产党，而且一直反对侵略中国，也支持咱们中国抗日。前年听俺们政委说，李延禄带领的东北抗日同盟军第四军，前年春天在汪清县马甲大屯一带和日军打了一仗。就在他们子弹要打光的时候，一个叫伊田助男的日本军人开着汽车为他们送子弹，满满一汽车的子弹。发现伊田助男的时候他已经自杀身亡了，谁都不知咋回事，后来又发现他留下一封遗书，这才知道他是日本共产党，在日军辎重部队里负责往前线送弹药，结果那次他把一汽车的子弹都送给了咱们的游击队。"

子昂心里坦然许多，先去见了芳子，又去见了顺姬。子君在对这两个嫂子的美貌也感到惊讶的同时，更对顺姬曾参加过抗日游击队感到亲切，便都叫了嫂子。

从顺姬屋里出来后，本想再去亚娃的屋，这时就见多日娜骑马从外面回来，一身打猎的装束，背上斜挎一杆猎枪。再看她身后，还驮着一只新猎的狍子。子昂问："跑哪疯去了？"

多日娜瞪他一眼道："你才疯呢！"又看着子君说："你就是子君吧？"

子君还不知这个风风火火的美女是何人，点下头又看哥哥。子昂笑道："这也是你嫂子，她就是多日娜。"

多日娜下马得意道："我就猜你今儿能把子君带回来，看，打了只狍子，待会儿拾掇出来冻上，明个儿咱吃火锅。"说着将缰绳塞给子昂，又拉起子君说："到我屋去。"

子君倒很喜欢她风风火火的性格，愉快地跟着她去了。

见过每个嫂子后，子君的心情倒平静了，又去看了桃源居，对子昂说："我这些嫂子的头发梳得挺好看，是你给弄成这样儿的？"

他笑道："东北的老太太、小媳妇儿都梳鬏髻，北平的女人梳啥样儿的都有，也真有好看的。和你香荷儿嫂子成亲后，我就给她设计了新样子，结果都说好看。也就在咱山庄里梳这头，她们也不出去，天天就这些人儿，时间一长也都习惯了。"又问道："你也喜欢？那等你和雪峰成亲的，哥教你咋梳。"

她难为情道："得了吧，我看就你这些媳妇梳这头，还是给你媳妇梳吧。"

他得意道："我的媳妇梳啥头都好看。"

她不悦道："好看！俺不好看也不梳。"

他笑道："我妹儿也是大美人儿，就因这，我娶的媳妇都得是大美人儿，要不我妹儿也瞧不上眼儿呀。"

她一撇嘴道："俺才不管你的事儿呢，你娶一帮丑八怪和俺啥关系？"

他笑道："你就口不对心，那你干吗夸你这些嫂子？"

她嗔怪道："你心里就有你这些媳妇，你和咱爹咋就闹得那么僵？"

他顿时又脸一沉道："唠我媳妇儿你别老提他，提他我心里难受。"他又想起婉娇，眼里竟闪着泪光。

她吃一惊道："哥你别这样，我听大姨说了，咱爹也挺后悔，那天爹还在大姨家哭了一场。"

他忙打住道："不唠这些，有些话没法儿和你说。"

她疑惑地看着他问："你心里好像装着挺多秘密？"

他沉了片刻道："是，有个秘密告诉你。这个山庄能有今天，有你婉娇儿嫂子的汗马功劳。现在只能在梦里见到她了。我领你去看哥画的画儿，我给她画过不少呢。"说着带她又去了怡梦轩。

怡梦轩里，婉娇的画像居多，每幅都是栩栩如生、楚楚动人，有她带着一帮孩子挂红灯笼的《过年》，有她在油灯前拨打算盘的《大管家》，有她举着兰花指听验银圆的《行家》，还有她穿着红斗篷在瑞雪中的《瑞雪兆丰年》、在花丛中怡情观赏的《花中花》、她为丽娜穿新衣服的《温暖》、她给宽儿喂奶的《母亲》等。

看着哥哥的画，子君既欣慰哥哥的画比她以前见过的还逼真，也惊奇婉娇的容姿确实比她刚见过的嫂子们还娇美动人，不禁也动了心，忍不住伸手去抚摸道："嫂子，我来晚了。"

子昂在一旁又泪如泉涌。她忙安慰道："哥，别难过了，这个嫂子走了是可惜，可我那些嫂子也挺好，我看芸香嫂子和她挺像，好好珍惜活着的。"他欣慰地点点头。

看过各幅画后，她又发现每幅画像的右下角都写着"娇"，便问："她和香荷儿嫂子的小姐是一个娇儿吗？"

他回道："一个婉娇儿，一个天娇儿。"

她沉吟片刻又问："哥，问你个事儿，你别生气。"

他笑着问道："你想问天娇儿？"

她一撇嘴道："你真够鬼的。"

他一笑道："在天娇屋里看你眼神儿就猜到了，你肯定会问。"

她问道："她没男人吗？"

他神秘道："她和你芸香儿嫂子一样，也杀过日本人。结果她男人替她抵了命，让日本人送进一个秘密部队里。能找的人都找了，钱也没少花，可愣是没人敢沾这件事儿。找的人就在哈尔滨给日本人做事儿，可到现在也没弄清那个秘密部队到底是干啥的，说是在五常一个叫背荫河的地方。捎来的信儿，只说那是个阎王殿，没有活着出来的，又死不见尸，听着挺瘆人。"

她思索着自言自语道："五常那块儿？没听说那儿有啥秘密。"立刻又转话题道："我看你可有秘密。"

他笑问道："又看出啥了？"

她藐视道："你和天娇儿也挺亲密。"

他嘿嘿一笑说："你是我妹儿，就不瞒你了，她也是你嫂子。"

她几乎是愤怒道："你咋变成这样了？"

他忙解释道："你香荷儿嫂子不让我碰，我不能勉强她。"

她更不满道："不让碰就不碰呗，你还有那些媳妇呢，咋连人亲姐也不放过。"

他不悦道："啥连她亲姐不放过？她有五个姐呢，个个都是大美人儿，我都搂被窝儿里了？"

她一脸失望道："你真学坏了。最可恨的，你总拿不是当理说。算了，我不和你吵吵，咱爹都管不了你，我这不咸吃萝卜淡操心吗？可我还要说一句，别狡辩，你啥心思别人可都看得明白儿的。"

他尴尬道："要说哥对天娇儿没那心，说了你也不信，其实这主要是她那些姐姐的主意，都担心我把山庄的钱给了别人。香荷儿那个样儿，不往外撒钱就不错了，你能把钱都交给她吗？我说我亏不着她家人，可咋说她们也不放心。她三姐就明着跟我说，要让他们放心，我就得答应把天娇也收了房，我也就将计就计了。但这事儿一直没公开。他们也都猜到了，愿咋猜就咋猜吧，就一点，谁都别拦我。"接着又说："再说姊妹一嫁也不是啥丢人事儿。我给你讲个真事儿吧。这事儿还就是天娇她男人和她讲的，是上海的事儿。上海有个警备司令叫钱大均，正儿八经的场面人。那年，钱司令的媳妇得了一种病，说是治不好了。他媳妇也猜到自个儿活不了多久，又怕她死后司令再娶，实际是担心司令后娶的媳妇对她孩子不好，就先把自己妹妹许给了他，说是亲上加亲。可后来得病的媳妇好了，结果人亲姐俩就一直都是司令的媳妇。"

她仍不原谅道："你咋就不学点好的呢？"

他不屑道："这有啥不好？没人笑话呀！咋轮到我这儿就见不得人了？我咋的？我就不是司令呗？那赶明儿个我也当司令。"

她又撇嘴道："拉倒吧，不抗日还想当司令，你要再和日本人好下去，没准你能当个二鬼子司令！"说着用眼横他。

他被挖苦得不痛快，但又不好发火，说："你别以为我真和日本人好，那是没办法，只能忍着。真要到了忍不了的地步，我还真就不愁当不了司令。现在整个东北都让日本人占领了，当不当司令不主要，我就是不甘心当亡国奴。忍不忍的都是闲话儿，就是时机不成熟，时机要成熟，拉个山头就是中国。但中国绝不是占个山头儿就完事的，过去是中国的，必须都得夺回来。"

她忽然觉得哥哥的骨子里面藏着一股莫名的东西，便不想再计较哥哥的男女之事了，说："只要你不当汉奸就行。这都好几年了，能抗日的不抗日，想抗日的又被围剿，东一股西一股地乱打，没把鬼子赶跑，反倒越来越多了。你就先给你这些老婆孩子当司令吧。"

他笑道："我就当我的大当家。头阵雪峰来可说了，不用枪也照样儿抗日。"

她笑道："听他瞎白话，他当鬼子是小咬儿呢？吹口气儿就都跑了？"

他问道："那你们队伍吃的穿的都不缺？"她恍然道："噢！你说这个。"不禁想起他们被日军包围伏击的激烈场面，叹息道："也是，当时俺们要不差这个，就直接去汤原和大部队会合了。"

他忽然想起事来，问："我问你，珠河那一带有几支共产党队伍？"

她说："小股部队好几支，但都归一个司令部。"

他一怔道："那你和雪峰是一个司令手下的，雪峰说他们司令叫赵尚志。"

她兴奋道："对呀！俺们政委叫苏丽，有人说她是赵司令的妹妹。不过开始她姓李。"

他又问："你们政委也是辽宁人？"

她想了想说："不是，听她唠过，她老家是四川的。"

他说："赵尚志肯定是咱辽宁老乡儿。还有个叫李兆麟的，和赵司令是同级长官，也是咱辽宁老乡儿。"

她惋惜道："哎妈呀，我和雪峰真是一个队伍的，咋没想到呢？根本就没想到他也参加抗日了！"

他安慰道："别后悔了，雪峰兴许过阵儿就能来，到时你就能找着你们大部队了。"

她又问雪峰走时怎么说的，说没说具体什么时候再来。他说："你就消停在这儿等，是你的终归跑不了。这块儿干活的人多，别唠你队伍上的事儿，就说是我亲妹妹，本来你也是我亲妹妹。他们都知道你和咱妈在道上走散了。如果有人问你这些年去哪了，你就说你去秦皇岛咱姑家了。"她点头应着。

晚间，山庄大摆庆宴，子君竟被嫂子们给敬晕了，酒席未散就被文静搀回自己屋里睡下。

直到春暖花开时，雪峰才又以商人身份重返山庄，一对久别重逢的恋人忍不住相拥而泣。

雪峰这之前已对找到子君近乎绝望，毕竟已过去五年多，一个生得俊秀的姑娘家，如果落入歹人之手，好一好与人入了洞房，生儿育女，糟糕的可能被逼当窑姐。虽然还不甘心放弃，可当见到朝思暮想的心上人时，还是如同梦中一般，一再让子君掐疼他，这才相信眼前的一切是真的。尤其听说子君也参加了抗日，并和他是一个大部队的，既欣喜她没有落入歹人之手，又懊悔之前没往这上想，让他苦苦找了五年。

因为雪峰还是带着任务去牡丹江的，来山庄也只是看看有没有子君的消息，顺便再让子昂出点经费，这时见到子君，便提出要带她回队伍。

子昂见雪峰不能带子君先回奉天，就提出让他俩先把亲事办了。雪峰自然急着与失而复得的心上人入洞房，但顾虑老人都不在跟前，便显得犹豫不决。

子昂说："你俩是两家老人定的娃娃亲，一个是童家的媳妇，一个是周家的姑爷，二十年前就是了，要差就差个拜高堂，等有机会回奉天拜也不迟。"

子君这时不禁又怨起父母曾想把她嫁给王家的事，索性由着哥哥的意思办。

当日，子昂让人将文静的对面屋布置成临时新房，并杀猪备宴，婚礼就定在第二天。

吃过午饭，子昂亲自送子君到陆举人家，向两位老人说了想法，让陆举人腾出一个房间为子君做闺房。哥哥、嫂子们听说子昂的妹妹已经找到，也都过来认妹妹。又听子昂说要为妹妹急办婚事，便分头忙碌，还派人去宁安通知凤仙的戏班子，要求他们必须第二天辰时前赶到龙凤阁，不需摆戏台，只是用作接送亲时的乐器班。

第二天一早，雪峰一身新郎官打扮，同子昂各骑一马出山去了龙凤阁。赶制的八抬大轿已经备好，凤仙的戏班子也已从宁安赶来，随即起轿、奏乐，去陆举人家接亲。没有过多仪式，由雪峰直接入闺房，将头戴红盖头、身穿新娘装的子君从闺房抱出入轿，然后再起轿，由一队送亲人跟着，吹吹打打地回到山庄。山庄内的和前来送亲的人也入了各屋的酒席。

第三天，新婚夫妇与哥和嫂子们吃了告别饭，又带上给队伍和个人用的一千银圆、两千绵羊票去了牡丹江。

⫸ 第 132 章 ⫷

大地里的庄稼又长出来时，天娇也怀上了子昂的孩子。子昂让津梅去陪天娇，津梅却犹豫道："我还是先不靠她前儿好，头阵一直用药，里头有麝香，怀上孕的就怕这玩意儿。没看我老躲着你那些媳妇，不是和她们过不去，是怕坏了你的好事儿。"

他问："你啥病啊？"

她一笑道："女人病，已经好了。"又嘱咐道："别和别人说。"

他猜她没有病，是怕再怀上春山的孩子无法和人交代，便用麝香避孕。于是，他去马家把天娇怀孕的事告诉了津菊。

津菊听说天娇有了喜，也是欣喜不已。让子昂把天娇收房的事，虽是津梅的主张，但还是她做的主，自然也希望天娇替香荷当起子昂的家，至于能不能生男孩只能顺其自然，日后要真能生个男孩并随米姓，那生前一直期盼有宗嗣的爹也能含笑九泉。

她本该让骏先陪着来看天娇，但骏先正为她们姐妹都同意天娇与子昂合房而不满，便自己去了集市，买了虎鞋虎帽，还是希望天娇能生个男孩，然后又让村妮陪她来山庄，为天娇送了祝福，又听香荷说了通疯话，却不见津梅露面。

子昂谎说津梅病了，津菊便又去看津梅，根本看不出她有病。津梅捂着额头道："我这阵月事不太好，流的多，头老迷糊。"接着说："头阵喝过药，已经好了，等天娇儿需要照顾时，我带孩子一块儿住她那儿。"

津菊这时更关心天娇一旦生下男孩会不会按事先定的随米姓，子昂再次做了保证。

又过两个月，津梅才带两个女儿去了天娇的屋，既护着天娇，又照看着香荷，只是多了几个孩子天天一起吃饭，让香荷多了些心烦。

香荷天天仍在玩钱，豆儿不愿听娘娘摆布，便不和她一起玩。丹青、丹红、洪生都想从老姨手里赚一些，哪知娘娘反复无常，时不时地因为玩钱吵起架，甚至厮打在一块儿。那次正被子昂撞见，自然是训三个孩子。津梅左右为难，便让丹青白天带着丹红、洪生在自家玩，尽量少和香荷接触。

梦儿一岁多了，灵巧讨人喜欢，学着说话也动听，但芸香还是惦记生个男孩，盼着怀上第二胎，还早早让子昂为儿子起名。子昂不介意她生男生女，漫不经心道："生啥咱能说了算吗？你生啥我都稀罕，咱俩两手准备，要生儿子就叫真儿，真假的真，要生闺女也叫珍儿，珍贵的珍。"

她挖苦道："我看你就稀罕闺女，咋不说儿子珍贵呢？"

他把她和梦儿一同搂在怀内道："都稀罕，连你一块儿稀罕。"

她觉得吃了亏，推开他道："去边儿去，又占我便宜。"

他笑道："你才占便宜了呢，开始还是我外甥女，现在都成我闺女他妈了。"

她使劲捶他道："臭嘴！你哪壶不开提哪壶！"

梦儿顿时愤怒了，帮着子昂打芸香道："坏妈妈！"

芸香又打一把梦儿道："你个白眼狼。"

他忙抱梦儿闪开，芸香再打没打着，梦儿得意地嘎嘎笑。

梦儿就和子昂亲，子昂对梦儿也是特别疼爱，他一直觉得梦儿是婉娇转世变成他的女儿，也越看越觉得她像婉娇，没事就来芸香屋里逗一逗、抱一抱。后来子昂有事忙就不敢过来看梦儿，一旦让她看见，就像玉莲开始缠他一样，谁哄也不跟，就是找"爹爹"。

玉莲虽然还是和子昂最亲，但她已经十一岁了，不像开始那么缠着他了，只是那天突然乳头疼，以为得了大病，跑到他跟前痛哭道："大舅啊，我要死了。"

他脑袋"嗡"的一下，一把拉住她问："咋的啦？"

听说她的乳头疼，他也不知何故，忙领她去问懿莹的奶奶。奶奶一听笑道："女大十八变，这就是一变。死不了，疼疼就好了，以后就成大闺女了。"一时间又成了女人间的笑话。

从入秋到转过年，山庄内连连有人生孩子。先是石头的小媳妇生下一个男孩，若玉因供了菩萨，便屋里屋外地忙着伺候杏花，感动得石头晚间又给她捶背，又给她洗脚。

之后,顺姬、芳子、多日娜、文静也相继临产。生下两男两女,顺姬和文静先后生下女儿,用"桃源"二字各起一乳名,芳子和多日娜先后生下男孩,一个叫德儿,一个叫强儿。四个孩子接连降生,相差都不到半个月,依次是桃儿、德儿、强儿、源儿。这时子昂的子女排序为:长子宽儿、次子盾儿、三子德儿、四子强儿;长女娜儿、次女豆儿、三女梦儿、四女桃儿、五女源儿,雇工们都称他们"少爷"和"小姐"。

大地的玉米又长高的时候,芸香怀上了第二胎,天娇也到了临产期。天娇的肚子比别人临产时都大,津梅怀疑是双胞胎,结果真就生下一对儿来,而且是对儿龙凤胎。

山庄的人都知道天娇生的龙凤胎也是子昂的孩子。子昂也不再隐瞒,立刻吩咐大摆喜宴,还允许山庄雇工携全家老小来赴宴。一连摆了两天酒席,子昂还是没有告诉他的哥哥们,毕竟他将天娇收房的事还为人所不齿。但多日娜心中不快回了娘家,和山鹰一说,哥哥嫂子们还是都知道了,却早已不在意子昂这个奇人娶谁了。

玉兰也早就通过津菊知道天娇也被子昂收了房,很理解米家姐妹对山庄财产的担忧,这时又听说天娇生下龙凤胎,只是觉得新奇,就张罗妯娌们一起来给天娇下奶,本来觉得最不光彩的事,反倒成了光明正大、人皆欢喜的大好事,令子昂的那些媳妇都不是心思。

子昂心里踏实许多,这才把哥哥嫂子们都请来喝喜酒。

芸香、亚娃、多日娜等媳妇开始排斥天娇,但都憋在心里,各屋私下联络各开各的小灶,偏不去坐她的喜宴,津梅只顾忙着照顾天娇,喜宴也坐不了,并不知道子昂的那些媳妇正集体抗议米家姐妹。

厨娘们通过各屋丫头到灶房取餐料,才知有不吃宴席的,不禁感到为难。子昂本让她们准备二十桌,可要都不来就得闲出不少桌。有人提议装糊涂,剩多了他们就能多吃几顿好吃的。但有讨好子昂的,偷偷向子昂报了信。

子昂很恼火,但又不想这时与捣乱的媳妇们较劲,便去各屋看,见都自己开灶就冷脸道:"这是想和我分家了是不?是不觉得你们都挺趁?也行,既然咱们合不到一块堆儿,那就分了吧,回头我告诉大灶房,以后做饭就不带你们了,带了也没人吃,那不糟蹋粮食吗?"话虽不瘟不火,但都听出他已气急败坏,便又都妥协和大家一块儿吃。

子昂的目的也不过让大家捧捧他的场,让他脸面过得去,便又安慰道:"我知道你们都不高兴,可就算我和天娇儿有不是,你们不能把两个孩子也拐搭上。你们也可以不给天娇面子,可她生的孩子是我的,我要不要脸是另回事,可你们还得给我装装脸。"

芸香、亚娃、多日娜都不耐烦道:"俺都答应过去了,还磨叨啥?真是二皮脸!"

他见好就收,宴席上喝了不少酒,然后走路摇晃地去看天娇。灶房都被占用办喜宴,津梅正照顾天娇吃月子饭,见子昂满脸通红进来,猜他没少喝,忙拦住哄道:"娇儿坐月子呢,你喝多了,等你醒酒的。"

他兴奋道:"我没多,今儿就是高兴。"

豆儿嬉笑道:"爹像猴屁股。"

他脸一板道:"混蛋,咋和爹说话呢?"豆儿笑着跑开。

津梅挖苦道:"你说话俺得倒着听。"

他嬉笑道:"你倒立个我瞧瞧,你不也和爹学过武吗?"

她打他一把道："俺哪说倒立了？说你喝酒呢，你要说多了准没多，你要说没多准是多了。香荷儿自己在屋呢，去哄她玩儿吧。"说着往香荷屋里推他。

他进了香荷屋，见香荷又在炕上玩钱，便抱拳道："娘娘吉祥！"香荷很开心，但还不满意他行礼的姿势，便起来教他施万福礼。他不屑道："这是你们女人做的，男人是这样。"说着单腿跪地垂头道："娘娘吉祥！"

她更开心，抓一把钱递给他道："给你吧。"

他起身坐到炕边，一把搂过她亲吻。她不愿闻他嘴里的酒气，一边叫着一边扭头挣脱，见挣不脱，脸色一变，啪地在他脸上打一把。他被打得一愣，立刻捂着酸痛的鼻子。他已经多次被她的手或脚弄伤鼻子，但每次都是他把她惹急了。这时，他又感觉手里滑润而温热，知道鼻子又出血了，松开手，果然一手鲜红。

他很扫兴，但拿她没办法，便冷眼盯着她。她不安地跑到炕里，缩在墙角处不再看他。

津梅在外屋听见香荷叫，以为子昂和她闹着玩，并没理会，接着又听见"啪"的一声和子昂的叫唤，随即便静下来，这才推门进来看，见子昂满嘴巴是血，吃惊道："哎妈呀，咋整的？"

他见香荷畏惧地缩在墙角处，既心疼又好笑，假装委屈道："娘娘打的。"

津梅忍不住咯咯地笑，说："看你就没好嘚瑟。把头扬起来，我去打水。"说着去打来凉水让他洗，又去对面屋拿来一团棉花。

盆内的清水很快变成了红色，他一边洗着一边说："这爪子，也太快了，打得我一点儿反应都没有。"

津梅笑道："这咋又爪子了？你不就稀罕她的手和脚吗？"

他从她手里接过棉花道："稀罕，那也稀罕。"说着将一撮棉花塞进出血的鼻孔。可鼻孔里还在出血，堵的棉花团很快被浸透，接连堵了几次才止住血。

他还想逗香荷，招呼道："别怕，我不生你气。过来，我给你揉揉脚。"

津梅又笑道："你真没脸，挨打没够，还要找踹。"又催他道："你去别的屋吧，她没深没浅的，再碰着你鼻子。"他便去了芸香的屋。

这时，芸香正在炕上拍着宽儿睡觉。梦儿不知为什么正在炕里哭，百合正在哄她。一见梦儿哭，他忙上前道："谁又欺负俺宝贝闺女了？"

芸香沉着脸道："我骂她了！让她睡觉就不睡，咧咧咧地就找你。"

他忙张开两手道："来，爹抱。"

梦儿顿时不哭了，挣开百合爬过来，到他怀哭得更委屈。芸香骂道："死丫崽子，好像我是你后妈似的。"

他笑道："你把宽儿当成亲的就行。"

她瞪他一眼道："用你放屁？"

见她又气不顺，他嘿嘿道："你也是我亲的，亲媳妇。"她不理他，继续拍着宽儿。

百合见他喝得脸通红，要从他手里接过梦儿，可梦儿紧紧搂着爹的脖子不让她抱。他笑道："你歇着，我抱会儿。"

百合说："那我回屋了，我还有针线活儿呢。"

他突然想起事来说："等会儿，和你商量点事儿。我看景利挺喜欢你，姐夫给你保个媒咋样？"

百合愣一下没答话，一脸羞涩地出去了。他对芸香笑道："有门儿。"

芸香立刻面色温和道："那也得他们家有门儿才成。"

他自信道："我来撮合。"

芸香这才发现他鼻孔里塞着棉团，问："又挨你那娘娘的打了吧？"接着又恶狠狠道："该，就打你这不要脸的。"

他眼一横道："赛脸！我咋不要脸？"

她挖苦道："你要脸？天娇儿是你姨姐儿，鸟悄儿的也就算了，还弄得惊天动地的，也不怕人笑话。"

他不屑道："笑话？我还怕笑话？心中有佛自成佛，当下无道我为道，我行我的王道，谁愿笑就笑去吧。再说我和天娇也算明媒正娶，她那些姐姐都是俺俩的媒人、证婚人。"

她嘲讽道："她家人的心思谁还看不出来？不就是想和俺们争财产。你在天娇儿那儿也没少藏钱，别以为俺们看不出来。"

他尴尬地一笑道："你们谁都不少。你要是嫌少，以后挣了就往你这儿藏，但不行再骂我不要脸。"

她训斥道："敢骂你是为你好，别好赖不懂。多日娜还敢打你呢，你长记性吗？脸皮比鞋底子还厚，针都扎不透！俺们都懒得骂你，好歹能活着就托你的福了。俺们不骂你，不等于别人在背后不讲究你，你还能把别人嘴都堵上？"

他抱着梦儿往炕上一躺，让梦儿骑在他身上说："谁爱讲谁讲，我就不要脸了能咋的？亡国奴还要个屁脸？我就是个孤魂野鬼，没有脸。"

她责怪道："你整天拿亡国奴当挡箭牌，哪是脸不脸的事？你比鬼子还鬼子。雪峰已经说了，日本人在中国的日子长不了。"

他有些心虚，想起雪峰对他讲的抗日形势，不禁来了灵感，对梦儿说："闺女，爹教你写字儿。"说着将梦儿放在炕上，取来纸和笔，趴在炕上边想边写，梦儿也用笔在纸上乱画。他写了一会儿，又对着写好的七言绝句念道："昨夜飘零梦断肠，朝朝暮暮心惶惶，窗外一缕春风来，眺望龙凤飞大唐。"

梦儿抢他手中的诗稿嚷道："我念。"

他笑道："把你能的，你念吧。"

梦儿哪认得字，用小手点着诗稿道："爹爹。"

他又在纸上写了"爹"字，道："这个是爹。"教她念过后，又写了"梦"字教她念。

芸香在一旁又挖苦道："我看你给她起梦儿就是为你自个儿起的，你天天老做梦，还让咱闺女跟着你做梦？"

他笑道："做梦有啥不好？"接着借酒兴吟诵道："昨夜梦魂中，问君能有几多愁？"

她又挖苦道："看把你得意的，你那是愁吗？"

他嘿嘿一笑道："念错了，不是一锅儿里的。看我多有学问，在肚子里可哪串。"又自言自语道："昨夜梦魂中……下句是什么？"忽然想起道："多少恨，昨夜梦魂中……"

她嫌他扰，驱赶道："瞅你喝那样，赶紧睡觉去，接着做你的梦去吧。"

他不理她，又吟诵道："多少恨，昨夜梦魂中，忽如一缕春风来，望天龙凤飞大唐。也不对，这是我写的。"又问芸香道:"大爹给我那本书放哪了?"

芸香不耐烦道:"啥书啊?不知道。"

他一皱眉道:"就我照着写对联儿的,那里有不少词,昨夜梦魂就在那里头。"

她想了想说:"过年写对联你在你屋写的,上我这儿找啥?"

他转身要去桃源居,梦儿望着他的后背哭喊"爹爹"。他忙又回身抱起梦儿。芸香不放心道:"你喝那些酒,抱她干啥去?"

他不理她,抱着梦儿去了桃源居。

他把梦儿放在炕上玩银圆,又去抽屉里翻陆举人送他的手抄书,里面既有对联句子,也有唐诗宋词,很快便翻到那首《望江南》,先在上面亲了一口,又吟诵道:

多少恨,昨夜梦魂中。还是旧时游上苑,车如流水马如龙。花月正春风。

梦儿又张着小手抢道:"我念。"抢到手后仍点着上面只说"梦",然后得意地笑。他又来了灵感,忙又在纸上写后吟诵道:

多少梦,今日寄桃源。魂牵故国心不死,望天龙凤飞大唐。春风正花蕊。

梦儿又伸手抢道:"我念!"抢到手中还是只说"梦"。

他更来了兴致,又用大纸和笔墨将两首《望江南》以书法形式写出,然后贴在外屋岳飞画像和岳飞、吴佩孚分别作的《满江红》两边,样子十分得意。

芸香见子昂抱着梦儿离去迟迟不回,就出屋找他。有人告诉她子昂去了自己屋,便去了桃源居,见子昂倒在炕上鼾睡,梦儿爬在他身上也睡着了,又气又笑,轻轻将熟睡的梦儿抱回自己屋。

一觉醒来后,子昂为天娇生的龙凤胎起名"龙儿"和"凤儿",都随米姓。米家姐妹除了香荷不屑此事,都很感激子昂。

第 133 章

转过年,达子香盛开的季节,芸香生下二胎,仍是个女儿,便按之前定的叫珍儿。芸香又很沮丧,埋怨子昂早早起了二女儿的名字,所以她才又生下女儿。他哭笑不得,说她生男生女他都珍惜,又摆了三天喜宴,她的心情才好些。

又是一季秋老虎,人们都愿躲在屋里庇荫。子昂光着上身在天娇屋里午睡,豆儿、龙儿、凤儿睡在他两侧。天娇没有睡,正轻轻地为子昂和三个孩子扇着羽毛扇。

春草在外面轻轻敲门,叫着舅母,说家里来客人了,正在桃源居的客厅里等着。天娇放下扇子,下地去开了门,问来人是谁。春草说:"他说他姓王,他家房子卖给咱家了。"天娇认得王家的人,但已多年不见,不知王家人此来何意,又问道:"他咋找这儿来了?"

春草说:"是咱家店伙计送来的。"

天娇说:"先去把茶沏了,你舅这就过去。"

春草应着去忙了，天娇叫醒子昂道："老王家来人了。"

子昂一时想不起来，问道："哪个老王家？"

她说："卖给咱房子地的。"

他问道："啥事儿？"

她说："春草儿来告诉的，在你客厅里等着呢。"说着将他的黑绸衫递给他。

他一边穿着上衣，一边直奔桃源居。到了屋门口处，他听见里面春草说："她是俺舅母。"估摸客人在问春草是米家的什么人。

进了客厅，他见方桌旁坐着一个大约三十岁的男子，中等身材，西装革履，长得还算一表人才。见子昂进来，男子忙站起和他握手道："周先生您好，还记得我吗？"

子昂对他没有印象，却很欣慰他称呼自己先生，歉意道："我好像没见过你。"

男子说："我是你岳父家东院儿的二儿子，叫王文翰。"

子昂这回对上号了，却也只是听说过。王文翰接着说："刚才听说了米叔米婶儿的不幸，深表哀悼。"说着躬下身。

子昂想借此痛骂日本人，但不知这个王文翰是何来意，便只是还下礼道："多谢。"然后让座，两人一同坐下。

春草倒好茶也出去了。子昂对王文翰说："王大爷、王娘搬走前，我们处得挺好。听他二老提过你，说你在北平做事。"

文翰说："我一直都在外面。一岁时家里把我过继给我伯父，我伯父在哈尔滨。十六岁我国文毕业，在报馆做事。二十四岁我和爱人去了北平，也在报馆里，当摄影记者。后来我兄长和我妹妹也都去了哈尔滨，就家父家母在这头守着，想接他们去哈尔滨或去北平，人家哪也不去，就舍不得那片庄稼地儿。故土难离，我也理解，我就得每年回来两趟，终究是亲的，没办法。那年回来探家，我在你岳父家看过你画画儿。"

子昂还是觉得没见过他，又歉意道："不好意思，当时可能光忙着画了，没顾上。再说那会儿刚来这儿，对谁都不熟，失礼了，多包涵。"

文翰说："我没那么多说道。"接着又笑道："听说你买卖做得挺大，真是年轻有为。"

子昂笑道："瞅你不比我大多少。"

文翰说："我属猴儿的，你呢？"

子昂说："属狗。"心中一算道："你才比我大两岁，就不年轻有为了？"

文翰苦笑道："惭愧。我现在是六神无主，只能顾眼前。"

子昂问道："这话怎么讲？"

文翰叹息道："开始以为日本人只为占咱东三省，不忍心把家父家母扔在这边，好说歹说，他们才同意把这边的房子地卖了，跟我去了北平。可日本人连整个华北都不放过，国民政府说是镇守山海关，可还不到两年，山海关就让日本人攻破了。后来又说守热河，却连一个月也没守住。"

子昂也叹口气道："我是真为咱中国军队感到羞耻。"

文翰笑笑说："不只是中国军队不行，中国政府不作为才是主要的。大清灭亡后，北洋政府和南京国民政府都没拿东北当回事。国民党北伐，他们要的是南方'铁血十八省'的统一，根本就没把东北放在眼里，说白了，东北就是后娘养的。要没有张作霖这个东北王，东北早在二十年前就变成满洲国了，也可能变成日本国，根本就不用发动九一八事变。中国政府没看上东北，人日本人可早就看上了，开始人家想花钱买下东北，就因为有个张作霖。张作霖是依靠日本人和蒋介石对抗，可涉及出卖国土的事，他还真就不含糊，所以日本人就在皇姑屯把他炸死了。"

子昂恍然道："啊，是这么回事！"

文翰反问道："那你听说是咋回事？"

子昂说："只听说张作霖被炸死了，具体咋回事不知道。"

文翰又感慨道："张作霖也算是为国捐躯。只是他一死，东北麻烦更大了。张学良明知他老子和蒋介石不合炉，还主动归顺了南京政府。也说不清他是有主见还是没主见，要从国家统一的角度上讲，他倒是比他老子深明大义。但要从维护东北利益上讲，他什么都指望蒋介石还真就没有保准儿的。东北易帜后，他可能以为南京政府会给他撑腰，就想取消苏联在东北的特权，忙着要收回中东铁路，结果让老毛子打得溃不成军，又恢复了苏联在中东铁路的特权不说，咱的黑瞎子岛也让人占去了，这期间蒋介石连一兵一卒也没帮他。要不哲学家胡适就说过，张学良这个人，无论从体力还是智力上，都不可能应付东北的复杂局面。后来日本人又发动'九一八'事变，他还听命蒋介石的，就是不抵抗，眼瞅着日本人占了咱们全东北。"

子昂蔑视道："就是个扶不起的阿斗。"

文翰笑笑，又话锋一转道："但要凭良心说，张学良虽然是子承父业，但咱也不能啥都小瞧他。蒋介石和阎锡山、冯玉祥、李宗仁之间的中原大战，一打就是半年多，百姓苦不堪言，国力也受损耗，这时张学良能从国家统一的角度出发，放弃他父亲和蒋介石的恩怨，改旗易帜，归顺了南京国民政府，又帅兵入关协调，这才停止了军阀内战。可九一八事变后，张学良却连自家门口的事都办不了。张学良不过是个军人，他得听命蒋介石的，九一八事变时，蒋介石正带领三十万中央军围剿红军，根本没有心思抵抗，这也就是蒋介石的攘外必先安内。都骂张学良不抵抗，说白了，他不过是个替罪羊和倒霉蛋。说他是倒霉蛋还有一件事。他曾给奉天兵工厂拨款七十万，用来研发中国人自己制造的汽车。我国有个叫李宜春的科学家，通过借鉴美国瑞雷汽车，于九一八事变的当年五月研发了民生牌汽车，两个月后又参加了上海博览会；这是咱们中国人自己研发的第一辆汽车。可就在第一批民生牌汽车生产出来后，九一八事变爆发了，这批中国牌汽车还没等投放到市场就都让日本人给掠夺了。一个叫丰田喜一郎的日本人给民生牌汽车换了个别的名，民生牌汽车就变成日本人研发的了，这真是养活孩子让狼叼走了。不久，这个丰田喜一郎还成立了丰田汽车工业株式会社。现在看，日本汽车业的发展前景很不错，但应该说，日本汽车业的发展，完全是建立在对中国汽车业产权的掠夺上，不仅张学良枉费了心机，这也是咱们中国的悲哀。

子昂点上一支香烟叹息道："现在说啥都晚了。"

文翰说："但要啥都不说，咱东北到底咋丢的你知道吗？咱东北土地肥沃，日本人和俄国人早就看好了。大清国时俄国佬就没少抢咱东北领土，江东六十四屯、海参崴，那都是咱的！要不是日本人也盯上东北，全东北早成老毛子的了。三十多年前那场日俄战争是在咱东北土地上打的，就是为了争夺这片黑土地，结果毛子让鬼子给打跑了。这不，现在整个东北都鬼子给占了。要说现在东北都成了日本人的，其实还有一伙人从骨子里惦记东北，你能猜到是谁吗？"

子昂想了想，笑道："你就别卖关子了，我这儿洗耳恭听呢。"

文翰也笑笑道："就是大清国的遗老遗少们，东北可是他们祖先起家的地方。只可惜已经是民国了，他们已经活得三孙子似的了，只能把恢复大清国的希望寄托在日本人身上。其实从民国之后，这些遗老遗少们，一直也不甘心被革命党轰出紫禁城，也一直和日本军界秘密来往。别看甲午战争和他们结过仇，这时他们看好的，就是日本人的飞机、大炮和军舰，梦想着有朝一日帮他们恢复大清国。"

子昂见文翰又深喝一口茶，忙起身为他添茶道："你是说那个芳子格格？"

文翰说："何止是她，东北军里还有呢。吉林省掌管军政大权的督署参谋长熙洽，那也是爱新觉罗家族的，早就盼着日本人对东北下手，他好借机恢复大清王朝。日本人一占领辽宁就向吉林进兵，熙洽不但不抵抗，还亲自去火车站迎接日本人，人家投降了！日本人一枪没放就把吉林接管了。剩下个黑龙江，马占山倒是条汉子，和日本人打了一通没打过，也只好投降。后来他是又拉队伍抗日，可日本人已经站稳脚了，就更不是对手了。现在也就剩下抗联这伙人还和日本人干。但听到一些消息也不是很乐观，关键是抗日的红军被蒋介石追着打，这又把日本人成全了。但说实在的，政府不是不想抗日，是蒋介石攘外必先安内的政策误了正事。蒋介石一直把共产党当作心腹大患，同室操戈，骨肉相残。但国民军也不都像蒋介石。就说冯玉祥，为抗日专门成立了同盟军，把日本人打得丢盔卸甲，可结果和张学良一样，也被蒋介石逼得下野了，同盟军只坚持了一年多就被解散了。"又问子昂道："这些你都知道吧？"

子昂尴尬地一笑道："这深山老林的，哪能听到外面的事儿。不过张学良的事儿还知道些，也都是好几年前的事了。"

文翰来了兴致道："看来你真不知道外面又发生了什么。张学良和杨虎城将军做了件惊天动地的大事。"

子昂睁大眼睛问："啥事儿？"

文翰说："去年年底，张学良和杨虎城在西安发动了事变，把蒋介石给活捉了。"

子昂惊喜，又为文翰添茶道："这下可好了。那张学良就是委员长了呗？"

文翰笑道："不是你想的那么简单，委员长还是蒋介石。"

子昂扫兴道："那抓他有啥用？这不捅老虎屁股吗？后来呢？"

文翰说："活捉蒋介石，就是为了逼他抗日。但张、杨二位将军在发动事变前，并没想到事后的国内国际形势很复杂，有主张和平解决的，也有主张杀蒋的，就连美国和英国也出面主张和平解决。"

子昂内心赞成杀蒋，便说："咱中国的事，外国人总跟着掺和啥？"

文翰说："他们在咱中国都有利可图，是怕日本在中国势力强大了，会损害到他们的在华利益。"

子昂急切道："可蒋介石不抗日啊！留着他不把日本人成全了吗？"

文翰说："你也不能说蒋介石不抗日，他只是在衡量日本人和共产党时，把共产党当作头号敌人了，先剿共，再抗日，要不日本人连咱东北也占不了。就中国现状而言，逼蒋妥协可以，但杀他绝对不妥。杀他其实很容易，可杀了他就能保证全国一致抗日吗？恰恰相反，那样中国会发生更大的内战，无非对日本人更有利。"

子昂恍然道："后来咋办的？"

文翰说："我先和你说说这张学良和杨虎城为啥要发动西安事变。张学良虽然归顺了蒋介石，但蒋介石一直对东北军怀有戒心。东北沦陷后，张学良退到关内，接着又丢了热河，后来被蒋介石任命为西北剿匪副总司令，在陕北围剿红军。没想到红军也不好打，打了三个多月，一点便宜没占着不说，还损失了三个师。蒋介石借机把他这三个师的番号给取消了。这时他才意识到，剿共没他什么好事，蒋介石是把红军和东北军都当成了异己，让他剿共，实际是蒋介石的一箭双雕。张学良这时想带兵回东北抗日，但唯一的出路就是停止剿共，停止内战。杨虎城是西北军的掌门人，在陕西势力很大。他也替蒋介石剿共，但据说他和共产党关系密切，还有说张学良和杨虎城都被红军赤化了。西安事变后，张杨二位将军偏偏听了共产党和一个叫端纳的外国人，把蒋介石给放了。"

子昂疑惑道："又是外国人？共产党也和外国人是一伙儿的？"

文翰说："这和哪伙儿没关系。这个外国人是澳大利亚的，据说他最恨日本人，日本人也一直对他恨之入骨。这你就该明白了，不杀蒋介石，前提是蒋介石必须答应停止剿共，停止内战，然后一致抗日。但实际国民党内部还不统一，分成抗日派和亲日派。抗日派中，宋庆龄、何香凝、冯玉祥主张恢复孙中山的三大政策，就是联俄、联共、扶助农工。亲日派是以汪精卫为首，坚持剿共。最后抗日派占了上风，但叫法不同了，叫联共、容共，容就是包容的意思。"

子昂突然说："你刚才说的那三个人，冯玉祥你刚才提过，那两个我也知道，都是女的，宋庆龄是孙中山的夫人，是国母，何香凝是个画家，对吧？"

文翰笑道："你也是画画儿的，要一般人还真不一定知道她。那我再问你一个人，也是女的，宋美龄。"

子昂说："知道，她不是蒋介石的夫人吗？国母的亲妹妹。"

文翰说："她也算是一国之母啊！"

子昂诡笑道："要是头些年我还真不认，不过刚才听你说蒋介石和共产党联合抗日了，那我就认了吧。"

文翰点下头道："宋氏三姐妹都不一般。抗战爆发后，她们姐仨都成立了各种协会支援抗日前线，还都亲自去前线慰问抗日将士。大姐宋霭龄不但把捐来的粮食都送进了难民营，还自己花钱为中国空军买了军用卡车、救护车、汽油、皮衣。她女儿孔令仪去香港捐款，买了大批药品和外科用具，都送到抗日前线了。宋美龄有一次去前线慰问，是冒着日军炮弹去的，结果让炮弹把她的车给炸了，她当场就昏过去了，听说还折了根肋骨。可她一醒过来，还是坚持去前线。见到抗日军就问一个军官，你是怎么带领将士打仗的？那个军官就说：'战斗一打响，我就对弟兄们说，弟兄们，冲啊！'夫人听了就说，'你应该这么说，弟兄们，跟我冲啊！'真的很鼓舞士气。"

子昂不禁感慨道："真是可惜了夫人一片心。"

文翰不解，问："怎么可惜？"

子昂说："将士们的士气再大，不还是没把鬼子赶跑吗？"

文翰说："鬼子也确实是太强了。"

　　子昂反驳道："不是鬼子强，就是咱太窝囊。国军要早和红军联合起来，趁鬼子立足未稳，一块儿打他狗日的，他还能强哪去？早把他打回老家了！"

　　文翰瞄着子昂问："你对共产党挺有好感？"

　　子昂解释道："共产党名声挺大，说是一支专为穷人打天下的队伍。"

　　文翰又问道："你接触过共产党？"

　　见文翰看自己的眼神异样，子昂也心里一惊，后悔自己说话未加思考，忙说道："没有没有，我就是听别人说的。"

　　文翰又笑道："你别多虑，我也是随便一问。不过你也就是对我说，你要是对国民党人和日本人这么说，那你可能要惹上麻烦。你说你听别人说的，这个人是谁呀？你不说都不行了。我什么党都不是，但我现在只信一点，抗日就是好样儿的。共产党我没说她不好。开始我也认为红军不过一伙土匪，后来我觉得他们很不简单。蒋介石一直想剿灭他们，可动用了一百万大军也没把他们剿灭掉。一百万，那叫一百万哪！要把这一百万都用在抗日上，那日本鬼子哪能嚣张到今天？蒋委员长也不至于丢这么大的人。共产党内也有高人，去西安谈判的那位全权代表也姓周，叫周恩来，这个人很厉害。"

　　子昂只听雪峰和志恒提过赵尚志、李兆麟、周宝中、杨靖宇等共产党内领导人，都是抗日联军的，其他人他还没听说过，便问："周恩来是多大的官？"他还想问周恩来和赵尚志、李兆麟、周宝中、杨靖宇等人比谁的官级大。

　　文翰说："共产党内部的事儿我也说不准，但我知道这个周恩来是共产党统帅部的。他们统帅部还有两个人物，一个叫朱德，一个叫毛泽东，加上周恩来，人称共党内的三巨头。特别这个毛泽东，传说他用兵赛过诸葛亮，蒋介石对他很头疼。"

　　子昂说："这就是蒋介石的不对了，共产党会打仗打的是鬼子，是个中国人就该高兴，他咋还头疼？"

　　文翰说："这都是国事，咱也不好乱说。"

　　子昂又问道："现在不是统一了吗？"

　　文翰说："那也只是说现在。现在都私下议论，假如日本鬼子被赶走了，蒋介石会不会还要剿灭共产党？"

　　子昂说："要这样可不好。"

　　文翰忙转话题道："这不关咱的事儿，还是关心咱自个儿家的事吧。上个月，日本人又挑起卢沟桥事变，现在北平、天津也都沦陷了，日子自然也就不好过了，听说还不如咱这头安宁呢。要往最坏里想，在哪都是亡国奴，何苦背井离乡。"

　　子昂对北平、天津也沦陷感到惊讶，心中那缕春风又寒风般的凉。但他没有打断文翰的话。文翰接着说："落叶归根，人的年纪一大，脑子里就不装别的了。家父家母这阵天天磨叨我，死也不在北平待着了，就想回咱老家来。可家里的房子地都卖光了，再都买回来哪那么容易？我今儿个来讨扰，就是想拜托您这件事，想从您手里把原来的房子地再买回来，价钱您还不能要高了。毕竟他们老辈儿是多年的街坊，您这买卖又开这么大，看能宽容您就宽容一下，让家父家母回归故里。刚才听了米叔、米婶儿的不幸，我也很犹豫，敢情这里也不是他们所说的那么安宁。刚才我在街上转了一圈儿，这儿的日本人比那边少多了，这儿的乡亲也没啥大变化，决定还是把这事儿办了的好。"

子昂很理解文翰的父母，但让他把后买的房地再卖给王家是不能答应的，那套房院现在已经是他扩大规模的米店了，而且还是他和香荷成家生女之地。再说那片田地，那可是用岳父母的性命换来的，便说："我很理解大爷、大娘的心情，也很钦佩你的一片孝心。但你可能也看了，那一趟房子我现在都改成米店了，我没法再改，要再改的话，我损失的可不是一套房子。你还说让我价钱不能高了，要真卖给你的话，价钱肯定低不了；我现在是用它做生意，从长远看，那套房子能值一百套的价。再说那片地。要不为那片地，我岳父岳母肯定现在还活得好好的。可以说，那片地是用我岳父岳母的命换来的，绝对不是钱能买的。你为你父母考虑没有错，可我也得为我父母考虑。我岳父母家的情况你肯定都知道，所以我在这个家里，既是小女婿，也是大儿子，米家这片天我得来撑。"

文翰被说得心灰意冷，但他认同子昂的说法，甚至感到惭愧，忙说："实在对不起，事情让我想简单了。不过天下父母都一样，做儿女的，我们谁都没有权利让他们在晚年的时候伤心，我们都有义务为他们创造安逸和快乐。当下我们都身为亡国之奴，风云变幻，吉凶莫测，老人能多快乐一天，我们也多心安一天。我们不能精忠报国，但百善之先我们不能再泯灭了。"说着泪水涌出。

子昂心里不是滋味，却不知说什么好。文翰从衣兜内掏出手帕，一边擦泪一边接着说："我小时候就不在父母身边，现在大了，总觉得欠他们的。按说我该怨恨他们，他们把我过继给我伯父时是多么狠心，可我就是恨不起来，是因为我母亲。小时候我一直管母亲叫二妈。可每次见到二妈时，我都发现她眼里有泪光。我还在她脸上看到一种在我伯母，就是我养母脸上看不到的慈祥。那时我啥都不知道，但我就觉得我这个二妈亲。后来我知道二妈就是我亲生母亲时，我心里特不是滋味儿，想哭哭不出，总是冤得慌、堵得慌。伯父、伯母一直没生孩子，所以，虽然我知道了真相，但作为伯父伯母唯一的儿子，我只能守在他们身边，那时他们身体都不太好，后来接连都走了。事情也巧得出奇，我伯母是奉天沦陷那天去世的，就是九一八事变那天，而我伯父是哈尔滨沦陷那天去世的，大年三十儿。我把家父家母都接到北平时，日本人已经快把北平包围了。没多久，蒋介石让何应钦和日本代表冈村宁次签订了《塘沽协定》。"

子昂问："什么协定？"

文翰说："《塘沽协定》。是个卖国协定，主要内容是让中国军队撤兵，还是不抵抗。张学良从山海关撤下来后，被蒋介石派到了北平。可热河失守后，蒋介石把辱国失地的责任全都推给了张学良，张学良被迫引咎辞职，何应钦接替了他。何应钦上任后没干别的，就是执行蒋介石的不抵抗。现在北平真就让日本人给占了，我特别对不住我父母。我父母提出要回这头儿，我真的很为难，我不知道该怎么办。"说着又哽咽起来。

子昂被眼前这个孝子所感动，拍下文翰的肩安慰道："哥哥别难过，办法儿总会有的。"接着说："要不咱这样儿，你在跟前儿另选一家，价钱贵点儿你也别怕，这钱我给你掏。"

文翰忙说："这可不成。我是当儿子的，要说尽孝心也得我亲自做，让你掏钱成啥事儿了？"

子昂打断他道："钱不是孝，孝在心中。要按你的逻辑，富人可以当孝子，那穷人就不配当孝子了？"

文翰想解释，又被子昂拦住道："你不用说了，听我的，我也觉得挺对不住大爷大娘，这样儿我心里也踏实些。我不知道你手里有多钱，你就用你手里的钱给二老添点啥，岁数大了，别挣命了，好好享受一下吧。"

文翰虽然没能买回自家原来的房院，倒也被子昂的举动所感动，又站起身鞠躬道："那我就代表家人谢谢你。"子昂让他归座喝茶。

文翰换了话题问道："现在还画画儿吗？"

子昂说："有空儿就画，扔不了了。"

文翰夸奖道："你真是个天才，买卖这么大，还坚持搞艺术。能看看你最近画的画儿吗？"

子昂难得遇到一个对画感兴趣的人，想文翰是个搞摄影的，兴许对绘画也有独到见解，高兴道："摄影、美术算是同行儿，请多指教。"

文翰忙说："不敢不敢，长长见识而已。"

两人进了怡梦轩。两个屋内已经挂满子昂的油画作品，墙壁上下两层挂，连几扇窗户也遮挡了，使室内显得很暗。

子昂打开电灯，室内骤然通亮。文翰惊讶道："你这儿还是电灯哪！"

子昂说："油坊、磨坊都得用电，就捎带着照照亮儿。"

文翰这时才看清，作品中男女老少均有，但年轻美貌的女子居多，色彩鲜明、细腻逼真、出神入化、呼之欲出。尤其那些美貌女子，无不充满着迷人的媚气。他认得其中一些人，也不过是米家的人，其中有米秋成盘腿坐炕、眯着眼睛吸烟袋的，飘逸的青烟，衬托得画中人似神仙一般悠闲而惬意，故而名为《悠》；有格格夫人一边往木架上挂着颗粒饱满的玉米棒，一边转身回头笑的，灿烂的阳光和她灿烂的笑，与地上那堆金灿灿的玉米相呼应，让人感到温暖和喜庆，故而名为《喜悦》。

文翰边看边惊叹道："像。太像了。真带劲儿，相机也很难照出这效果。"

子昂说："照相就是黑白两色，又是一对一，人是哭着的，你绝对照不出笑来。画儿就不同了，可以多种颜色，多种姿态，关键是你想怎么画，当然要选精美的画，选有用的画，张冠李戴都可以。但做人做事还得要真实。"

文翰一边点头，一边继续欣赏画。在一幅名为《洁》的画前，他一边端详着画中人一边问："这个是天娇儿还是香荷儿？"上面实际画的是天娇，正蹲在密林间的溪水旁洗衣服，一只手抬起在擦额头上的汗，显然是想突出那只秀美的手，还有晶莹的汗珠和水珠。

子昂说："我媳妇儿。"

文翰感慨道："她姐俩儿可真像！"说着又被另一幅名为《绣》的画所吸引。这一幅画的是香荷，画面整体基调是黑暗中的明亮，香荷坐在圈椅上，神情专注地绣着花儿，旁边桌上的高脚油灯正闪着明亮的光亮，突出她别致的发髻和秀美白嫩的容貌，也突出那只捏着绣花针的手，优美的兰花指状，如同一朵花儿。

文翰忍不住又去看那幅《洁》，接着狐疑地看一眼子昂，只说："像。真不错！"便继续看别的画。

在一幅《盈》的画前，文翰又被吸引住了。画的整体基调依然是黑暗中的光明，画中是婉娇正在一盏明亮的油灯前看着账本打算盘，娇媚的脸上透着欣喜的笑，依然突出着兰花指状的手。

文翰又问："这是谁？"

子昂心中不禁涌起一丝哀伤道："我媳妇儿。"

文翰笑道："听老邻居们说，你有好几个媳妇，个个如花似玉。"

子昂忍不住去抚摸婉娇道："红颜薄命，都是苦命人。不然哪能都成我媳妇！"又看着文翰问："我是不有点乘人之危了？"

文翰奉承他说："是你英俊潇洒、才华横溢，就算你是风流倜傥，还得说你有魅力有能力。"

子昂并不在意文翰所说是褒是贬，答道："我和我这些媳妇说，我是中国鬼子，她们让我和日本人打仗去。她们是说笑话，可我一直想报这个仇。"

文翰说："可你太儿女情长了。"

子昂一怔道："你瞧不起我，是不？"

文翰说："我是担心你。"

子昂不解地问："担心我啥？"

文翰说："记住，言而必信，行而必果；做不了的事，至少暂时做不了的事，就不要轻易说出口。这边日本人虽少，但终归你也惹不起。祸从口出，一旦这话传到他们那儿，你会惹上麻烦。"

子昂说："我也是拿你不外。不过今后我是得小心点。"忽然想起事来，将文翰引到一幅名为《挤羊奶》的画前问："你看这幅。"

《挤羊奶》是子昂那次见老寇头打羊羔受到启发后画的，只是加大尺寸又画了一遍，画面依然是一个农夫在挤羊奶，那头羊被拴在一棵树上，一边无奈地被人挤着自己的奶，一边哀怨地回头望着一只也被拴在树上的羊羔；羊羔努力挣脱着，目光充满着哀伤和渴望。

文翰对画端详了一会儿，忽然惊叹道："你这幅画儿可真有说道。你果然是个很有想法的人。"

子昂笑问道："一看你就是个行家，说说你的想法。"

文翰说："这不就是咱们当亡国奴的写照吗？"

子昂纠正道："是侵略与被侵略的写照。"

文翰点头认可，又问道："为啥不用牛来表现？咱们中国幅员辽阔，用羊来表现，是不小了点儿？"

子昂轻蔑道："再大有啥用？连日本都打不过。甲午战争惨败，九一八丢了东三省，这北平、天津又落他们手里了，啥时能光复还指不定了呢。大中国把脸丢大了。其实我用羊来表现，就因为九一八那年是羊年。"

文翰又点点头，继续看画，除又看了香荷雪中赏梅的《踏雪映梅》和用长巾遮挡身体隐私部位的《冰清玉洁》、芸香低头为怀中宽儿哺乳的《恩情》及文静在镜前梳妆的《靓》以外，还看了芸香笑着往婆婆嘴里夹饺子的《孝心》，噘嘴生气的《又生气了》，多日娜在烈日下骑马挥鞭的《太阳》，在风雪中和顺姬朝群狼射击的《打狼》，亚娃浴后也用长巾遮着身体的《出水芙蓉》，芳子在溪水旁用瓢往桶里舀水的《清泉》，顺姬用水瓢舀溪水喝的《甘甜》，若玉身穿嫁衣的《大花轿》，子昂妈抱着豆儿，宽儿的《慈祥》和《祖母》，格格夫人为观音菩萨进香时的《虔诚》，林海手提猎枪，冷峻地注视远方的《猎人》，山鹰一脸灿烂，用枪挑着猎物归来的《收获》，文普在灶前烹饪的《好滋味》，孩子们围在桌上吃饭的《好日子》，铁头赤裸上身在溪水旁的草地上习武的《功夫》，庚寿扒狼皮时的《屠狼》，金万背筐采药的《寻宝》，凤仙演出前忙着化装的《粉墨登场》，津梅哄两个女儿玩嘎拉哈的《乐趣》，春山和铁头开心地走在马帮前面的《满载而归》。还有玉莲帮丽娜穿新衣裳的《姐妹俩》，丽娜抱着宽儿的《姐弟俩》，豆儿手捧鸡雏玩耍的《雏》，梦儿扶墙壁学走步的《梦》，宽儿用手揪着狗的乳头诡笑的《顽皮》，盾儿在摇篮里看挂在上面的纸风轮的《转》，德儿坐在浴盆里玩水的《戏水》，龙儿和风儿互相对望的《龙凤呈祥》，以及一些山林风景等。

文翰对每幅画都给予了很高的赞许，但对那幅《太阳》感到费解，问道："这副为什么要起这个名字？"

子昂笑道："都是随便起的。"

文翰说："我看你城府挺深，真是中国鬼子？"两人笑着出了画室。

子昂更愿和文翰唠了，要带他返回客厅继续唠。一出怡梦轩，看见亚娃、芳子正在花草间哄着盾儿、德儿抓蝴蝶，就招呼芳子，说庄里来了客人，让她去大灶房告诉一声，晚间炒几个好菜送到桃源居。芳子答应后，让亚娃帮助照看她的德儿，自己去顺姬的屋了。

晚间在餐桌上唠时，文翰突然问："白天我听你管你那个媳妇叫芳子？我听咋像个日本名儿。"

子昂不想让外人知道芳子是日本人，忙掩盖道："她是朝鲜人，叫美芳，我就叫她芳子。我这儿有不少名字带"子"字的，顺子、英子、兰子，我第一个媳妇叫香子，我的名儿里就有子字，周子昂，所以我喜欢这么叫她们。"又问："听你的口气，你也认识不少日本人？"

文翰说："接触过，报馆那地上啥人都接触。"又问道："有个叫川岛芳子的人，你可听说过？"

子昂摇头道："没听过，日本人？"

文翰笑道："中国人，起了个日本名儿。"

子昂不解道："中国人起个日本名儿？汉奸呢？"

文翰笑道："真是汉奸，还是个非常有名的汉奸。"

子昂又吃惊地问："这是个女人名字啊！"

文翰又笑道："女人就不能当汉奸了？她是大清国肃亲王的女儿，是个正儿八经的格格。她父亲痛恨民国推翻大清国，从小就把她过继给一个日本人。听说她长大后，她那个日本养父把她给糟蹋了，后来把她嫁了蒙古人，再后来就为日本关东军做间谍。皇姑屯炸死张作霖，九一八炮轰奉天城，一二八攻占上海，她都参与了，日本特务头子田中隆吉和土肥原贤二都非常赏识她。她还偷偷把前朝皇后婉容从天津护送到长春。长春现在是满洲国的都府，改名叫上京了。前朝皇帝溥仪也是偷偷从天津逃到长春的，是土肥原帮着弄出来的，中国军队截也没截住。关东军把他弄出来的目的就是建满洲国，让他当傀儡皇帝，给日本人占领东北做遮掩。但是有皇帝没皇后也不成，关东军就让川岛芳子想办法。天津是日本人的租界，皇后是人们关注的人物，想把她带出去也不是容易的事。川岛芳子就找了一个人，装成她的朋友住进静园。静园就是大清皇帝被撵出皇宫后住的地上。没多久，有人说川岛芳子的朋友死在静园里了，就又往静园抬进一口棺材，还摆了灵堂。后来人们才知道，出殡的时候，是婉容躺在棺材里。就这么的，婉容也离开天津去了长春。成立满洲国时，溥仪被日本人封为执政，婉容被封为执政夫人。又过了两年，他们才当上满洲国的皇帝和皇后。后来又听说，川岛芳子在满洲国当了安国军司令，皇后天天就是抽大烟，已经是疯子了。"

子昂不禁想起香荷，心想，都是疯子，皇后抽大烟，俺家娘娘天天玩大洋。

第二天，子昂亲自帮文翰在镇里买了一套三间草房。虽然比不上王家原来的好，但子昂答应要帮他维修一下，文翰没花一分钱就得了三间房，很满足，说维修的钱由他自己出，子昂便不再坚持。

两个月后，已是深秋，文翰的父母从北平返回龙凤，对不能回到原住宅感到惋惜，时常要在原住宅门前留恋不已，怎奈子昂已将原来的米王两家都变成了粮食店，还捎带着销售一些常用的杂货。

子昂见老两口的样子可怜，就提出让他们做帮工，每月给他们一些工钱，还准许他们住在他们住了大半辈子的屋里，想住多久都可以，只是房产不再属于他们。老两口竟欣然答应了，子昂也顺便将这里的两个伙计撤回山庄做事。

第 134 章

时至初冬，大年临近，各家用油又将回升，各地油铺也开始储货，以防年前紧缺，子昂山庄的油坊也加紧了生产进度，加上前期积攒，马帮的出行也频繁起来。

这日，铁头、春山运货在去宁安的一山道间遇上劫匪。先是十几个汉子在道旁喊着号子堆木头，见马队到了他们跟前，趁炮手们不备，一同狼一般扑上来，专扑身上有枪的，接着从旁边林子内窜出一支马队，马上之人都持短枪，一边叫喊着冲过来，一边有人朝天上连放两枪。铁头知道遇上劫匪，但跟随的炮手还都在那里夺着枪，反击已经来不及了，只能认栽先保性命，吩咐让炮手们停止夺枪。

铁头希望这伙人是秋虎的人马。他听子昂说过，秋虎在珠河一带日子不好过，要把队伍拉到山庄附近的山里防范田守旺。

田守旺自来龙凤镇担任保安大队长后，从没和子昂会过面，也没对子昂的山庄骚扰过，他甚至在街上出头露面的时候也很少，每天只是负责为手下的万全、侯七等人派任务，再就是与田中太久单独接触，至于两人唠些什么，外人都不知晓。

田中太久对万全的热情也不如从前了，还不如对子昂亲近。万全再对田守旺不服，也不敢与他对抗。

但万全得到消息，田守旺还是对子昂的山庄了如指掌，看来一直有人暗里替他监视子昂，只是碍着子昂与日本人的关系也特殊而不主动挑衅罢了。子昂单从他与田守旺是情敌关系也不敢掉以轻心，一旦田守旺对他发难，估摸就是北营的意思。

这时，铁头问那些劫匪道："请问好汉是哪个绺子的？"

对方回答："说出来吓破你的胆，不怕鬼的鬼见愁！"

春山一听便知是大胆齐龙彪，便一抱拳问道："请问你们大当家的可是龙彪大哥？"

那伙人都愣了，有人问道："什么吃这碗饭？"

铁头见对方在问黑话，忙回答："四大名山的。"

对方问道："什么四大名山？"

铁头抱拳答道："朋友来了有金山银山，我看朋友重如泰山，朋友相聚如到梁山。"

对方又问道："挑的什么万儿？"

铁头答："匪吉子万儿。当年两位大当家从奉天扒火轮子去过牡丹江。我们当家的一直感念你们大当家，请给你们大当家的送个信。"

一个劫匪也抱拳道："那就请舵主跟我们大当家的碰碰码。"

铁头心里更有底，宁安戏园子帮凤仙打仗就是和齐龙彪手下的人打的，见了齐大胆，他一准还能认出他，便上前一步道："去哪路？烦好汉前面引着。"

一劫匪拿出一条黑布带道："朋友见谅。"

铁头闭上眼，被黑布带蒙上，又被换上马，由一名劫匪牵马，两名劫匪持枪护送着进了那片林子。

铁头骑在马上什么也看不清，但从哗哗的树叶声和座下的倾斜平缓，知道他们正走在茂密的树林间。他知道不会有危险，也不故意去记，只盼快些见到齐龙彪。

走了好一阵，马才停下来，接着被人扶下马。摘去蒙眼黑带，见眼前是片密林，周围有一些木头房子，还有一些背着枪的土匪。

齐龙彪比当年和子昂认识时更老成，这时上下一身黑皮装，一边抽着香烟，一边歪头看铁头，不禁一愣神问道："怎么是你？"

铁头一抱拳笑道："龙彪大哥，久违了，听说你专砸小鼻子，今儿咋别起兄弟的梁子？"

龙彪歉意道："崽子们没见过娘家人，大水冲了龙王庙，误会。"说着将铁头让进一间大木屋。

屋内很宽敞，有虎皮床、虎皮椅和一些松杆椅，一张方桌上还摆着一挺轻机枪。龙彪坐上虎皮椅，铁头犹豫一下坐到一把松杆椅上。龙彪说："来报说是子昂兄弟的窑，你们咋碰到一块儿了？"

铁头说："他入了俺们兄弟的门，排行老九，现在做了买卖，我这当五哥的，也不用再打地皮了，给他当了拉挂子。我这九弟重情讲义，跟他做事没啥委屈的。"

龙彪晃下脑袋道："都快忘了子昂兄弟啥模样儿了，就记着他长得俊，在奉天一见着他就瞧上了，可惜他不是女人，要不那会儿俺俩就分不开了。"说着怪笑，接着又问道："他去牡丹江找亲戚了，咋又去了你们那？"

铁头答道："开头找亲戚没找到，小鼻子又在牡丹江抓劳工，没地儿去了，想去宁安投靠你又抹塌山了，让俺们老大拉出来的。"

龙彪得意道："行，我这兄弟心中还有我。"又招呼那两个护送的道："去，那些兄弟就不让进寨子了，送些酒肉过去，让他们吃饱喝足了继续赶路。"

送铁头下山时，那两个护送的还是给他蒙了眼。齐龙彪对铁头说："兄弟别介意，这是山里的规矩。回去告诉子昂兄弟，得空儿我亲自去看他。"

一个月后，龙彪果真到龙凤找子昂。他所以来找子昂，是因为他们在山里的日子不好过，见子昂买卖不小，便来求些援助。他只带着金瑶一个人来，毕竟金瑶也认识子昂，而且他们夫妻成双的来见子昂，也显得更亲近，尤其当嫂子的出面说句话，子昂兴许能更慷慨。

　　子昂见到龙彪和金瑶很高兴。金瑶虽然穿戴不如他的媳妇们华贵，但觉得她比六年前更有风韵，倒透着婉娇身上那股诱人的美。好在他现在妻妾成群，便真心当她是嫂子。这时龙彪上下看着他说："兄弟何时起发了？看情形可是买卖成快，火穴大转，够响儿的。"

　　子昂这两年已从铁头、秋虎那学了许多黑话，这时听出龙彪话里带黑，笑道："杵门子还软呢，不过零毛碎琴，称不得大将。"

　　听子昂用黑话对答，龙彪笑问道："听说你也是个相家，可是真的？"子昂道："是个半开眼，哪比得吃搁念的腿长攒儿亮！"

　　龙彪有些吃惊，又巡视着山庄说道："你这好大池子水。"

　　子昂看出龙彪在试他，回道："水里没有鱼。"

　　龙彪道："鱼大藏得深。"

　　子昂又回道："身上长了刺儿。"

　　龙彪道："刺儿玫也扎人，带来鸡脖子。"

　　子昂道："这里到处鸡脖子，哪来柴火子？朋友来了如泰山，搬来火山暖暖身，金山银山不比梁山低。"

　　金瑶一直看着他俩对答，这时笑道："春点儿真不错，果真不是空子。多年不见了，还是娘家人儿呢。"

　　龙彪笑道："这就好，不为别的，是怕你遭了响马漏空子。"

　　子昂谢道："多谢大哥、小嫂子。"

　　金瑶的性格比当年开朗许多，但看子昂的目光还和当年一样，笑道："还小嫂子呢，早就不是了，再退一步也排不上了。"

　　子昂一时没弄懂，问龙彪："大哥，小嫂子说啥呢？"

　　龙彪一笑道："山里还有俩小的，这不又撅脸子呢。"

　　子昂笑起来。龙彪不解地问道："你笑啥？"

　　子昂继续笑。金瑶也笑道："你大哥就是没出息。"

　　子昂收起笑道："我是笑我自个儿。"

　　龙彪问："你的了？"

　　子昂说："当初我就说你是我老师，看来我这学生没白当，有啥老师就有啥学生。不瞒哥哥、嫂子，我现在也有好几房媳妇儿。"

　　金瑶惊讶，但随即又说："那你和他也不一样，你是美男子，又是大财主，肯定人都是上赶着你，谁愿跟个胡子钻山沟？"

　　龙彪冲金瑶骂道："妈了个巴子，给你脸了是不？钻山沟给你亏儿吃了？"

　　子昂不满龙彪这样对金瑶，推下龙彪说："别这样对嫂子。"

　　金瑶并不在意龙彪骂她，继续发泄不满道："他那熊脾气就这样，不高兴逮谁骂谁，不打你就不错了。"

　　子昂问她："大哥舍得打你？"

　　她嘴一撇道："他有啥不舍得的？现在俺可不跟从前那么吃香儿了。"

　　龙彪又责骂金瑶道："去你妈了的！你还想咋吃香？不吃香让你当二当家？咋的？来跟小

叔子告状呢？”

子昂看出金瑶平时挨过龙彪打，心疼道：“大哥，咱都是男人，别和女人动手。我那些媳妇有时也惹我生气，可我从来不动手。”又看着金瑶笑道：“待会儿让我几个媳妇儿陪着嫂子，你和我哥在这儿多待些日子。”

她一脸哀怨道：“显你媳妇多呀？你也学坏了。”

听她酸酸的语气，子昂心里一震，惭愧道：“兄弟没出息，让小嫂子见笑了。”

龙彪却得意地拍他道：“是我兄弟。当年咱俩扒火车，我看你撒尿就不同一般人，和射水枪似的，哧塌！”

子昂难堪道：“别守嫂子说这些。”又看了金瑶一眼，见她惊讶地在他身下瞥一眼，不禁想起曾在梦中见过她的诱人的胴体，身下又不自觉地热起来，忙带他俩去了亚娃的屋。他要让亚娃陪着金瑶，是想露出秋虎也是占山的，对龙彪也是个警示。

亚娃刚生下第二胎不久，是个女孩，起名环儿。因为之前有了盾儿，这胎生下女孩也让若玉和秋虎高兴，说亚娃也是儿女双全了。若玉前阵帮着照看杏花生的儿子，这时就把盾儿接到她屋里，让亚娃一心哺乳环儿。

文静、顺姬、多日娜也在亚娃屋里，正一起玩着纸牌，都以银圆动输赢。龙彪顿时被眼前的美女、银圆惊呆了，脱口道：“好家伙，都是硬头货。”

子昂猜他说的是银圆，笑道：“自个儿家人玩儿，输赢都在锅里。”然后向四个媳妇介绍龙彪和金瑶。

听说龙彪和金瑶是一家的，现在一同占山打鬼子，龙彪又曾带子昂扒火车来黑龙江，四个媳妇都客气地叫了“大哥、嫂子”，还都施了万福礼。

龙彪问子昂：“这些都是弟妹？”

子昂笑道：“都是亲的。”

龙彪又对金瑶说：“子昂兄弟就是有学问，媳妇也都这么懂规矩，你得学着点。”

金瑶杏眼一瞪道：“滚犊子，山有山规，家有家规，你在山上用这规矩？”说着冲子昂的媳妇们一抱拳道：“嫂子也有礼了。”大家都笑。

多日娜笑道：“我喜欢嫂子这样。”说着也抱拳道：“大哥！嫂子！”大家又笑起来。

饭桌就摆在亚娃的炕上，桌上很丰盛。子昂让刚才打牌的四个媳妇都上桌陪金瑶，他负责陪龙彪。酒席一开场，他先张罗和龙彪干一杯，说是庆祝哥俩久别重逢。媳妇们除了文静、顺姬确实喝不了多少，金瑶、亚娃、多日娜也都干了头一杯。

龙彪对亚娃、多日娜也敢干杯感到吃惊，问子昂道：“你现在酒量见长了！这俩弟妹也不含糊。”

子昂说：“平时就和我那些哥哥们喝点，哥哥们也不难为我。今天哥哥嫂子来我高兴，还真想喝点。我知道嫂子也能两口儿。”

龙彪挑理道：“就没忘了你嫂子！那你是为你嫂子喝的，没我啥事儿呗？”说着瞟了亚娃一眼，似乎觉得这位皮肤白皙、体态丰腴的混血美女更诱人。

子昂顿时感到龙彪的心思已放在自己的媳妇们的身上，心中不爽，但忙笑道：“大哥可有点歪了，咋说没有大哥的事儿？没有大哥我哪里认得嫂子？”说着又端起杯道：“咱慢点喝，我想听听你们怎么砸的小鼻子。"

龙彪说："大哥是落草的，没啥好讲头，还是说说你吧，那会儿你还是个孩子，这会儿咋就火穴大转了？"

子昂说："在家靠父母，在外靠朋友，我来这儿遇上一帮好哥哥，生意是我做，但得大家帮，挣了钱也是大家花。"

金瑶忙端杯敬子昂道："谁要摊上你这个朋友，真是三生有幸，这懂学问的人就是不一样，俺敬你一杯，祝你买卖成快，也祝你这些媳妇多福气。"说着一口干了杯中的酒，又拦子昂道："你不能喝少喝。"

子昂正迟疑，挨他坐的多日娜一把抢下他的杯，一扬头干了，然后对金瑶说："俺当家的不能喝，俺替他干。我把我的也干了。"说着又端起自己的杯说："嫂子长得也俊，敬你。"说着又一饮而尽。

金瑶笑着问多日娜："你喝的是醋吧？"

多日娜一愣道："不是，是酒！咱都一块儿倒的，不信你闻闻。"

金瑶咯咯地笑，子昂、龙彪也哈哈地笑，接着文静、亚娃、顺姬也都乐了，多日娜这才意识到金瑶是在嘲笑她，难为情地拍一把子昂道："你笑啥？傻狍子！"

子昂夹口菜送她嘴里道："谢谢好媳妇儿，没事儿。"

接下来，龙彪、金瑶向子昂讲了他们所以落草为寇和占山为王以来的经历。

金瑶那年与子昂分别后不久，龙彪便将她和儿子大宝从哈尔滨郊区带到宁安。龙彪这时已决定不再贩大烟了，正张罗着开饭庄，金瑶娘儿俩便被安排在饭庄内。饭庄开张后，生意还算兴隆，其中也有穿着中国服装的日本人来吃饭。

那日两个日本人在他店里喝多了酒，见正在收银的金瑶姿色诱人，便开始调戏，顿时惹恼了龙彪，抓住一个一扯，那家伙借着酒劲儿，头重脚轻地扎在一条长凳上，当场就丧了命。龙彪知道日本人不会善罢甘休，就带上金瑶和大宝逃到一个朋友家里躲藏。

正为失去饭庄惋惜时，朋友告诉他，日本宪兵不但封了他的饭庄，还找到他的家，抓走了他的父母、妻儿和两个弟弟。他也想过舍命去赎家人，但又舍不得金瑶，便奢望日本人抓不到他就会放了他家人，毕竟他的家人是无辜的。不想一个月后，日本宪兵将他这些亲人全部杀掉，尸首就堆在一片树林内，等着他去收尸。

他满腔悲愤，却不敢去收尸，发誓要杀一百个日本人，便开始在夜里偷袭日本巡逻兵，只要见到有分帮的日本兵，他就飞身过去夺命夺枪。当他夺到第三杆枪时，日本宪兵开始对宁安城严加防范，使他无法再得手，便拉了几个也想打鬼子的兄弟占山为王了，报号"鬼见愁"，金瑶自然成了他的压寨夫人。

占山后，"鬼见愁"主要以袭击小股日军为目标，但没有吃的时，他们连过道的百姓也打劫，甚至强抢民宅，理由是"老子替你们打鬼子，要你点东西还心疼"。虽然在打劫当中也劫了一些入伙的，队伍很快发展到几十号人，但老百姓却并不因为他们抗日而称道拥护，反而有人主动帮助日本人追剿他们，以致他们见到中国百姓也如同见了日本人。

后来日本人开通了图佳线铁路，他们就靠抢劫列车运输的民用物资来维持，大米、白面、猪肉、衣物等，几乎应有尽有，倒也让他们殷实了两年多。但他们对日本人运输的木材、煤炭、矿石等非民用物资毫无兴趣，也不去碰。在非民用物资中，只有枪支弹药值得他们大显身手。可近两年日本人对铁路运输的民用物资也加强了防范，只要是运民用物资和枪支弹药的，哪怕全列只有一节车，日本人也要派上强兵押运，也让"鬼见愁"付出了血的代价，便不再敢靠近铁路线了。

眼见坐吃山空，连抢劫百姓也要冒很大风险，龙彪不得不改变方式，派人偷偷联系他过去的朋友资助。但他山中要吃要喝的有好几十口子，这些资助也不过杯水车薪。上次劫到子昂的马帮时，他早就想不起子昂了，即使想起来，也想不到子昂会有今天这般阔气。当听铁头说了子昂的现状后，不禁暗喜，开始盘算带人投奔子昂。

其实他的投奔，也不过是想过渡一下。他想龙凤的日本人不会知道他，他手下的弟兄又都是带枪的，即使曾和他从前的弟兄有过冲突的林海等人也不会奈他如何，但一切都要适时而定，只要时机稳妥，来个反客为主也未尝不可，最不理想的打算，就是和子昂及其哥哥们处好关系，以便经常得到一些资助，他们再去打劫些，能从日本人手里劫到实惠更好。

龙彪还是禁不住子昂这四个媳妇的美色诱惑，三杯酒下肚，显得更加兴奋，忍不住挨个敬酒。先敬亚娃，可亚娃说孩子正吃奶，不能多喝，但也喝了一口。文静、顺姬也都说不能多喝，他却硬让喝，子昂、金瑶劝也不听了，又不好翻脸。多日娜看出龙彪心术不正，索性让亚娃、顺姬、文静一人回敬一杯，她再和他连干三杯。

龙彪连续十杯下肚后，很快进入醉态，越发不自重，竟动手去摸亚娃丰满的前胸，硬着舌头道："一看就是二毛子！二毛子，遭人稀罕！"

亚娃就不愿听人叫她二毛子，顿时变了脸，打一把龙彪道："别乱摸！"但也不想和客人翻脸，便也要和他连喝三杯，试图就势将他灌倒。子昂见亚娃正恼，便不拦她，就此能将龙彪灌倒也好。可龙彪确实酒量很大，又三杯酒下肚，反而更加放肆，就想摸亚娃那丰满的乳房。

子昂十分不满龙彪，吩咐让散了酒席。多日娜也已醉了，还要灌龙彪，子昂便狠狠地盯着她。她却不怕他了，嘿嘿地笑道："你看你，吓人闹怪的，干啥呀？我把他灌趴下。"

他没办法，让文静、顺姬分别拉多日娜、亚娃回自己屋。多日娜、亚娃都不肯下炕，子昂又让金瑶先走，说山庄有澡堂子，让多日娜、亚娃带她去洗个澡，并让顺姬去安排人准备热水。金瑶虽然也醉了，但一听山庄有澡堂子，忙让多日娜、亚娃带她去洗澡，说她在山里多日没洗澡了。

龙彪居然也要跟着去洗澡，多日娜顿时骂他道："别不要脸！"然后转身下炕。亚娃也冲龙彪道："滚边儿去！"说完也急着下炕，差点栽到炕下，幸亏子昂手快给接住。文静已经下了炕，忙给亚娃穿鞋，然后对子昂说："我送她回屋。"

亚娃却不想回屋，说也去洗澡。可随多日娜、金瑶出屋后，一遇风便呕吐起来。

子昂闻声赶出去，一边为亚娃拍着背一边说："你不能去洗了，先回你屋躺着吧。"

亚娃这时眼睛也睁不开了，吐到没什么可吐时，被子昂抱回她的屋。亚娃的丫头正哄着环儿，见主人大醉，忙铺了被褥。

多日娜见亚娃被抱进屋，就一边摇晃着一边对金瑶嘿嘿笑道："她不行了！咱没事儿！走，我带你洗澡儿去。"

文静见多日娜也有些站不稳，就让顺姬送多日娜回屋，她带金瑶去洗澡。

子昂他们都在外头时，齐龙彪一直自己在桌前。他也喝多了，好像突然发现人都离他而去，喊道："人呢？美人儿，快回来，撒泡尿也磨磨蹭蹭，就撒我碗里，我喝它！"然后自己傻笑，又叫道："美人儿，快来呀！"

子昂实在反感他，却还得回屋陪他，让他躺下睡一觉，他却絮絮叨叨地夸子昂的几个媳妇哪个长得最好。他把亚娃排第一，多日娜排第二，顺姬排第三，文静排第四，还唠亚娃的皮肤白、乳房大。

子昂简直无法忍受，后悔让自己的媳妇们陪他喝酒，又不好对他发怒，索性装睡，以为这样就可断了他的话题，不想自己借着头晕真的睡着了。

第 135 章

子昂好像刚睡着就被人弄醒，见是亚娃的丫头，正抱着大哭的环儿拉扯他，身子一挺起来问："咋啦？"

丫头哭道："快点儿的，那个人在那屋脱俺姨娘衣裳呢！我撵他，他打我！"

他脑袋嗡的一下，忙起身下地，鞋也未穿便冲进对面屋，见亚娃正在沉睡中，已经被脱得一丝不挂，那对正在哺乳期的双乳也正饱满地力挺着，而龙彪这时正在她白亮的身上疯狂地亲吻着。

他顿时怒火冲天，一把抓住龙彪的一条腿，用力朝后一拽。可龙彪仍死搂着亚娃的臀部，头也不回地骂道："都滚犊子！这是老子的！"

子昂怒不可遏，见龙彪的两条小腿都悬在炕沿外，霍地直起身，抬脚照一条小腿狠一落下，就听咔的一声，那小腿从膝关节处折断。

龙彪惨叫着骂道："我操你祖宗！谁他妈的找死？"显然还在醉中，刚要翻身，又被子昂抓住后腰一拎，整个身体倒退着摔落在地，又惨叫一声，酒醒了大半，想从地上爬起，但没站起来，骂道："奶奶的，吃豹子胆啦？"

子昂抓着他的头发吼道："老子就是金钱豹！还吃你妈的什么豹子胆？"随即又在他头上身上连打带踹道："你狗日的，拿你当人你不做人！"越打气越大，打得龙彪只顾抱着脑袋喊："奶奶的，你是不瞎了狗眼？我是鬼见愁！"

子昂继续打骂道："愁你妈了个腿儿！我看你是来和我结仇的！"

亚娃亮着白美的身子依然沉睡，子昂已经不顾她亮在那里，继续在龙彪头上身上暴雨般地连踢带踹。龙彪几次想起身也起不来，抱着脑袋也急了，骂道："我操你祖宗，你敢这么打老子！"

子昂边踢边骂："去你妈了的！你敢动我的女人，我还有什么不敢的？我插了你眼睛都不带眨的！"

文静和金瑶被丫头叫过来，显然都刚从浴房出来，头发还湿漉漉地披散着。金瑶和亚娃、多日娜喝得差不多，这时也醉得晕头转向，见龙彪已被子昂打得鼻口出了很多血，忙上前拦道：

"咋回事？"

见金瑶来拦，子昂才喘息着停下问道："咋回事都在你眼跟前呢，他看我睡着了，就过来把我媳妇扒溜光，我要晚过来一会儿，他连事儿都办完了！什么鸡巴玩意儿？我拿他当亲哥待，他就这么祸害我？"

金瑶见亚娃赤裸裸地睡在炕上很难堪，忙先过去盖上被，又去捶打龙彪道："你真不要死脸！子昂这么待咱，你就忍心祸害他媳妇？你当你还在山里呢！"

龙彪显然也醒了酒，前额贴地懊悔道："妈了巴子，串火山了，咋进来的不知道。"

金瑶接着骂："你喝人肚子里还喝狗肚子里啦？你也太抹盘子啦！"

龙彪这才抬起脸，想给子昂跪下，但已经折断的腿让他无法跪立，爬了两下道："兄弟下手够狠的，是哥哥太抹盘子，不怪你。"

子昂愤愤道："去你妈的吧！你喝多就祸害我媳妇？你狗日的也太酒后无德了！"又压了压怒火道："小嫂子刚才咋说的？喝人肚子里还喝狗肚子里了？今儿我告诉你，狗要喝了酒，干啥抹盘的事都应该！我还告诉你，我就属狗的，现在我肚子里头也有酒，看来我想不当毒草子都不行！你不仁就别怪我不义！今儿我就对你毒草子了！孩子都是自己的好，媳妇都是别人的好，你看我媳妇好，我看小嫂子也好！你我本该有德成道，都守好自个儿的媳妇儿，既然你先无德，那就别怪我无道，小嫂子打今儿起就是我的了！你不知道我多稀罕小嫂子！"

文静在一旁听着不爽，打一把他说："你瞎说啥呀？"

他对文静说："我说的是真的。当年我失去你以后谁都没看好，小嫂子是我第一个看好的，可当时我没法儿得到她。"

龙彪也急了，骂道："姓周的，我操你祖宗！你要真是大将就冲我来，今天你要不睡了我，明儿我就码人来推大沟！别说臭你个娘们，到时把你这所有的娘们都窑了！"

子昂本来就对亚娃的身子被他连亲带摸感到心痛，这又听他说要烧他山庄、夺他所有女人，更是怒火万丈，心中只有一个念头，必须除掉这一后患，随即脸露狰狞、眼露凶光，抬起右掌运气道："那我今天成全你！"说着要对龙彪的脑袋猛击。

就这时，金瑶猛地又扑上来，死死抱住他举起的手哀求道："我早看出你对我好，你对我咋都行，求你别把他打歪了。"

文静也上前拉他说："可别闹出人命来。"

他不得下手，冲文静瞪眼道："这没你的事儿！赶紧回你屋去！"她还头次被他这么严厉呵斥，既委屈又害怕，只好转身离开。

金瑶显然没有厌烦子昂想要得到她，借着醉意扑进他怀里，紧紧搂着他道："别真弄出人命来。"

子昂就势搂着她说："我手上早就有人命，还就不差他这一条，今天让他死，往后你就跟着我。"

金瑶劝道："他是畜生，你咋打他我不怨，就怕你以后有麻烦。他手下那些弟兄可都是滚刀山的。"

子昂不屑道："狗屁！不就一伙儿占山的，我身子也是占山为王的！"又一指炕上沉睡的亚娃说："就是她的亲弟弟！想来推我大沟？我还想收了他们呢！不信咱就碰一碰！"

金瑶说："我愿跟着你，求你别插他，咋说他也救过俺娘俩，大宝是他帮着带大的。"

他犹豫一下，一把抱起她，站在龙彪的头前说："听见没有？小嫂子已经答应做我的人了，我也答应小嫂子留着你，你就别拿你那些屁话来吓我。当年我认你是老师，打今儿起，你看我咋疼我这个小嫂子。"说着亲吻金瑶。

金瑶求他道："咱别当他面儿。"

龙彪痛心无奈地看一眼金瑶，见她在子昂怀里并不反抗，实已顺从，气得骂道："你敢玩嫖客串子？我要不睡了就让你上刀山！"

子昂得意地笑道："我心里早就藏着小嫂子，她和我同年同月同日生；那次我看你就这样抱着她，我的心里就在流血。你们在那个屋里压裂子，我在对面屋里都要跑马了。今儿我终于能和小嫂子快活了。"

龙彪终于软下来，说："是我抹盘在先，睡你手上我认了，好歹兄弟一场，给我来个痛快的。"

子昂放下金瑶，对龙彪说："我不听你的，我听我新媳妇儿的，以后我就养着你，你得好好跟我学。"说着上前一用力，夹起龙彪回到刚才喝酒的屋，不管龙彪怎么骂，将他往炕上一放，见金瑶也摇晃着跟进来，不禁又想起他当年对她那般渴望的情景，猛地抱起她回到对面屋，就在还沉睡的亚娃身旁为她脱光衣服。

三更时，子昂从一噩梦中醒来，摸着身边光身子的女人，却不知是哪个媳妇，忙起来点亮油灯，见金瑶赤裸裸地睡在他的被窝里，不禁惊喜，又见亚娃也一丝不挂地睡着，终于想起他们昨晚酒后发生的事。

他不知龙彪这时在做什么，忙穿好衣服，举灯出屋，猛见龙彪倒在灶房内，又吃了一惊。他想起他的一条腿已经折断，至于他被放到对面屋炕上后是怎么下的炕，又何时到了灶房内却不知道。

见龙彪一动不动地趴在地上，他俯下身去试探，见他已经气绝身亡，又吃了一惊。他不知龙彪的死是因他头夜殴打过重，还是因他不甘受辱寻了短，总之他的死和他有关。

虽然他当时也想过要除掉这个曾经扒过女坟、贩过大烟、抢过良女、劫过民财，又对他的女人心怀不轨的人，可毕竟他当时是在酒劲未过的气头上，这时见龙彪真的毙命，心中还是感到不安。

他不想让金瑶一醒来就看到龙彪的死状，尤其不想让山庄的人知道龙彪死在山庄内，忙将他尸体扛出屋去。

借着雪光，他趁山庄的人都还在睡梦中，先去开了山庄的大门，又去牵出龙彪来时骑的马，将龙彪的尸体搭在上面。

出了山庄，子昂牵马走出约两里远，选了一处高石处停下，放下尸体，又狠拍一下马屁股，那马顿时受了惊，朝着林子深处奔去。随后，他用雪将龙彪埋在石后，准备选个合适时机将他择处土葬。

金瑶醒来时竟忘了昨晚很多事，一时想不起自己为何脱光了衣服睡，甚至把隐隐记得与子昂的激情都当成了美梦，直到她起身隐隐感到阴内有痛感，才意识到她可能在醉中被梦中恋人偷了身，不然脑海中怎么会有子昂让她那般销魂的印象。

她希望子昂真的偷了她，只是她没有真切感觉到。她又见亚娃睡在她旁边，终于想起子昂与龙彪动手打过仗，想起他俩打仗是因为龙彪上了亚娃的身，脑袋嗡的一声，惴惴不安地穿起衣服。

刚穿好衣服，见亚娃的丫头开门进来，忙问子昂和龙彪在哪。丫头没有答话，忙又去叫子昂。

大家都已吃过早饭，之前子昂不让丫头叫醒亚娃和金瑶，把她俩的饭菜热在锅里。这时听说金瑶醒了，他忙去亚娃的屋，把金瑶叫到对面屋。金瑶先问道："你大哥呢？"

他一时不知怎么说好，但他不想瞒她，瞒也瞒不住，干脆就说他是没脸面对兄弟自杀的。正要说时，金瑶又问道："你俩昨天是不打架了？"

他被问愣了，回问道："昨晚的事你都忘了？"

她难为情道："串山了，啥都记不清了。"

他又问："那昨晚谁和你办那事儿你知道吗？"

她顿时呆住了，不安地看着他问："真是你？"

他也惊讶道："昨晚看你挺清醒，咋睡醒觉啥都忘了？"

她缓过神来，更加惶恐道："哎妈呀！这成啥了？你大哥知道不？"

他本不想对她隐瞒龙彪的死，是因为他昨晚痛打龙彪时她就在场，可这时见她根本不记得龙彪昨晚是什么情况，甚至不记得她昨夜在他身下那般销魂，觉得还是先不露出龙彪已死为好，索性编个谎话让龙彪神秘消失，这样他日后就可以去见他的那些兄弟，就势将这伙穷途末路的绺子收为己用，便镇静道："他啥都知道。他先把我媳妇儿扒溜光，俺俩就因这个动的手。后来你过来劝架，他就把你送给我了，说是赔罪。我看你当时也愿意，咱俩就睡一块儿了，你自个儿脱的衣裳。"

她很惊愕，但也很惬意能和自己暗恋的人到了一起，只是遗憾不记得与他激情时的快活，一脸羞涩道："你不会把我当成嘴子吧？"

他将她搂在怀里说："你是我的宝贝，那年你真让我好心疼。可那时你让他占着，我又没啥能耐，只能眼巴巴地瞅着。那时我要能得到你，也许我这辈子就娶你一个，我也不会嫌弃大宝，你的儿子就是我的儿子。咱俩还同年同月同日生，能相遇真是不浅的缘分。我现在媳妇多也是乱闯乱碰的，可我对哪个媳妇都好。以后你就是我的人了，也是这儿的夫人，回头咱把大宝也接过来。"

她很激动，却又不安道："彪子不会和咱晃门子吧？他现在在哪儿？"

他强作镇静道："昨晚的事，他也觉着太抹盘，没脸再见我那些媳妇儿，说你早该是我媳妇，就把你让给我了，又管我要了两千老头儿。我给他了，他怕道上有吃生米的，天没亮就自个儿走了。"

她又假装埋怨道："来前他就让我和你套近乎，说把你哄高兴了，你就能多给俺们些，他开板儿就想把我押给你了。"

他说："你要舍不得他，我也不难为你。"

她忙搂紧他娇声道："俺就舍不得你，你能把尿滋到天上去。"

他没听懂她这席话，问道："滋到天上去？啥意思？"

她仰脸看他笑道："你忘了咱俩头回见面儿了，你在茅房里撒尿，滋那么老高！"

他想起来了，却想不到她对他那次的难堪竟一直记在心里，现在想起来倒令他十分惬意，对她亲吻一通道："那时我就对你着迷了，可那时我真不敢打你的主意。"

她又将脸贴在他胸前道："我也是。那年你走后，我天天都想再见你一面儿。开始我还跟他打听过你，他一听就骂我，说我的魂儿让你勾走了，后来就不敢问了，老是梦见你。昨晚的事儿我都模模糊糊的，醒来还以为又做梦了呢。"

他身下又已经膨胀了，先去插门挂上窗帘，然后点燃油灯，又为她脱了衣服。

亚娃也醒了，头还很晕，只知自己又喝醉了，其余的事一概不知。又见自己下身赤裸着，觉得异常，便问丫头道："昨晚当家的在我这儿睡的？"

丫头摇头道："没有，就那个人的媳妇儿。"

她还是觉得蹊跷，又问道："你和环儿睡哪了？"

丫头说："俺俩在静姨娘那儿睡的。"接着又说道："昨晚当家的和那人打仗了，都是为了你。"

亚娃一愣问："我昨晚咋的了？"

丫头嗔怪道："你喝多了，咋弄也不醒。那人也喝多了，进来就直勾勾地瞅你，还在你身上乱摸，我撵他走他还打我，我就去我那屋把当家的叫醒了。"

亚娃又不安地问："我衣裳谁脱的？"

丫头支吾道："就那个人。"

亚娃顿时更晕了，差点栽过去，丫头忙又说："他刚把你衣裳脱了，当家的就进来了，把那人好顿打。"接着小声道："好像把那人打死了。"

亚娃吃惊地一叫，丫头慌忙道："你别喊，别人不知道。"

她又问："你咋知道的？"

丫头说："昨晚我总不放心你，后夜我想过来看看你，从静姨娘那儿刚出来，就看见当家的扛个人从咱院子出去。后来当家的用马驮着那个人进山里了。"

亚娃愣了一会儿又问道："当家的看着你了？"

丫头摇摇头。亚娃小声嘱咐道："别和别人说，也别让当家的知道你看见了。"丫头点点头。

这时，她俩隐隐听见对面屋里有女人的声音，她疑惑地问道："谁在那屋？"

丫头说："当家的，还有那个人的媳妇。"

若是往常，亚娃肯定会反感子昂与媳妇之外的女人偷欢，但此时，她正为自己被别的男人扒光身子而羞耻，也对子昂和金瑶在一起欢快感到纠结，一面被子昂因她受辱而杀了龙彪所感动，一面又不情愿金瑶占了大便宜。同时她也恐惧，子昂所以大白日地在丫头炕上和金瑶颠鸾倒凤，许是龙彪也入过她的身，索性甘心让子昂在金瑶身上找回平衡。眼下，她只当什么都没听见，心神不宁地穿着衣服，也不让丫头趴门去听。

多日娜醒酒后，从文静那里知道亚娃醉酒后被子昂的朋友扒光衣服，顿时气得火冒三丈，骂子昂不识好歹人。

子昂很生文静的气，哄着多日娜不要再提此事，又去把文静训了一通。见文静要哭忙又哄道："咱将心比心，这事儿要摊到你身上，你希望别人都知道？这事儿都怨我，以后山庄不管哪个男人来，你们谁都不许上桌儿陪。"

大家见子昂在为金瑶腾房子，都感到金瑶与子昂也非同一般。多日娜虽然对龙彪酒后失德感到愤慨，但对子昂要以霸占金瑶的方式来惩罚龙彪也很不满，又找到子昂训斥道："你和你这嫂子肯定早就有勾搭。"

见她来势汹汹，他坦然道："不是俺俩有勾搭，是那狗日的和阎王爷有勾搭。"

她吃了一惊，隐隐感到齐龙彪已经死在他的复仇中，不禁问道："你把他杀了？"

他又冷笑道："他不义，就别怪我手黑，这就是魔高一尺，道高一丈。你知道就行了，不许对任何人讲。"说完两眼盯着她。

她不禁打一冷战，急忙转身离开。

┣•第 136 章•┫

下午，子昂骑马去镇里转了一圈，看了粮食店和肉铺，只和店铺前的伙计说了几句闲话，便去西营去找万全。

万全被一个站岗的士兵从营里叫出来，问子昂什么事。子昂将他带到没人处问道："有没有日本人抓人的消息？"

万全一愣问："打听这干啥？"

子昂说："有朋友昨天从我那儿走，怕道儿上不安全。"

万全说："咱这片儿没听说。"

子昂又问："宁安那片儿呢？"

万全说："那头是总不消停，头两天又有一伙胡子把日本军车劫了，抓没抓着人不知道。"子昂点点头。万全又问："你说的朋友是谁呀？这么让你不放心。"

子昂说："我舅子手下的，去宁安办点事儿。"

万全说："甭管谁的朋友，只要是日本人想逮的人，逮着了你就不太好救，像你这样的奇人太少了。甭管咋说，来的都是客，吃好喝好咱就尽心了，别操那些没用的心。"

子昂又点下头，说山庄还有事，便骑马回山庄了。

他到了大田处，见一老汉牵着龙彪的那匹马，心里一惊，忙镇静下来，上前对那老汉说："这马不错啊。"

那马似乎还记得子昂曾重重拍它一掌，一见子昂骑马靠前，惊得直挣缰绳。老汉也认识子昂，一边拽马一边说："还是周掌柜的马厉害，这一见着你的马就吓成这样！"又解释道："我刚买的，有点认生。"

子昂笑道："养段时候就好了。"说完催马回了山庄。

金瑶也有了自己的屋。虽然盖时按着住户盖的，但此前因没人住就一直用来储存大豆和玉米，这时让人腾出来，布置得跟新房一般。陪房的丫头也安排了，就是婉娇生前的丫头樱桃。金瑶穿戴得也如新娘子一般，这时正和樱桃说话。樱桃虽对婉娇念念不忘，但见子昂对金瑶如对婉娇一般，便不敢怠慢这位新姨娘。见子昂进来，樱桃忙去了对面屋。

子昂问金瑶："宁安那片儿的绺子有多少？"

她说："够得上天王的有五个，其他就是些野鸡了。咋想起问这个？"

他说："刚才我去趟警察所，听说有伙绺子劫了日本军车，日本人正在那片儿抓人呢，我是担心他回去的道儿上窑变。"

她笑道："他把你媳妇给臭了，你还惦着他？你不恨他？"

他沉吟一下道："恨还能咋恨？你归我就行了！"

她又问："你俩不是合计好了换媳妇儿玩儿吧？"

他脸一沉道："我的就是我的，他的也是我的。"忽然又问道："你刚才说啥？换媳妇儿玩儿？还有这事儿？"

她笑道："林子大，啥鸟没有？去年山上有来挂柱的，里头就有个换媳妇儿换出人命才扯出来。"见他感兴趣，就接着说道："本来俩家交情不错，后来哥俩都看好对方媳妇了，就合计换媳妇儿玩儿，结果有个媳妇儿说啥也不干，这头又抓又挠的，那头已经把事儿办完了。占了便宜的想就此拉倒，吃了亏的又不甘心，好哥俩就这么结了仇，后来又动了手，一没小心，吃亏的把占便宜的打歪了。"

他笑道："要我说，那个吃亏的该死，自个儿啥德行不知道？还敢和人换媳妇儿，结果赔了夫人就耍无赖。"

她搂住他的脖子撒娇道："现在就我占便宜了，我的魂儿可都在你身上了！"他又兴奋，将她搂倒在炕上。

又过两日，子昂随金瑶去"鬼见愁"的老巢接大宝。他跟去接大宝是一方面，收买那些困境中的山匪是他真正目的。因怕龙彪手下疑心而坏了他的事，他已想好了应对，还让铁头、春山偕马帮驮上大米、猪肉、豆油一同前往。他相信，凭他现有实力，定能拢住那些山匪，日后也定能为他所用。

临行前，他假装担心地对金瑶说："我怕龙彪见了你反悔，那样咱俩就空欢喜一场了。"

她也担心道："要不差大宝儿，俺是不想回去。天王山进去容易出来难，他要真晃门子我也没法子。你说你是活窑儿，我就得仗着你了，咋也得把大宝儿扯出来。"

子昂安慰道："先别急着来硬的。咱过去以后，你就说你不想跟着我，看他怎么说。他要撵你出来，你就和大宝儿跟我回来，他要不放你，你也别露出你反草的心，好汉不吃眼前亏，先哄着他开心，等他不留意时，你再带着大宝儿下山。你放心，只要你娘俩儿平平安安地离开那儿，我就让我舅子那些弟兄去拔他寨子，以后你就和大宝儿跟我过好日子。"

她半信半疑道："不会你是晃门子吧？"

子昂郑重道："别的不敢说，这个我敢劈雷子：若对你有半点儿跑火，天打雷劈！"

她忙用手堵他的嘴道："我信你。"就势扑进他怀里说："我一天都不舍得离开你。"

他搂着她说："你已经是我的了，以后你永远是我的。"说着又对她亲吻。

子昂和金瑶随马帮在山道间走了多半日，直接进入"鬼见愁"老巢所在密林。正走着，忽听前面暗处传来吼问声："鬼哪路？"

金瑶忙答道："活阎王！"

两个端枪的男人出现在前面的山道上。见了金瑶，一个哨兵道："是二当家。"

另一个看着子昂的人马问："又来碰窑儿的？"

金瑶说："早就是娘家人儿。"又吩咐道："招子听罗都照福着，尾巴跟着，喷子升点儿放笼。"说的都是黑话；对方是问金瑶是不是又来入伙的，金瑶说的意思是这些人过去就是一伙的，让放哨的注意警戒，见有外人跟踪过来就鸣枪报警。

放哨的应过又藏起来，金瑶带着子昂等人继续朝里面走。又拐过一个山沟，到了铁头上次被蒙眼带到的匪窝。这时已有多人持枪站立两边，显然已经有人来报信了。两个大汉站在中间，都没戴帽子，一个是秃头，一个长发后头扎着马尾辫，见一队马驮着东西，欢喜地迎上来说："你们果然没空着。"

那马尾辫问："咋没瞧见大当家？"

金瑶一愣道："他先带着楚头回来的，你们早该碰码了。"又看着子昂问："不会真的窑变了？"

子昂忙故作震惊地问那两个大汉道："这山门可路过小鼻子？"

马尾辫一愣道："小鼻子多的是，你是说老大让小鼻子捡了蘑菇？"

秃头打量着子昂问："你就是我们老大说的周兄弟？"

子昂心里不安，忙一抱拳道："下排周子昂，幸会诸位哥哥。"

金瑶对龙彪这时没在山上没太放心上，忙向子昂介绍两个大汉，秃头是先锋官，称之炮头，梳马尾辫的是参谋官，称之搬垛。

子昂一一施礼后，故作担忧道："我现在担心大哥，他身上可带着两千老头儿。开始我让他跟垛一道儿上来，他说青天太扎眼，怕道儿上遇到吃生米的，就趁着浑天，自个儿先跨风子上的路，让嫂子给我们搭门槛儿。"

炮头吃惊地问子昂："两千老头儿？这早就不是咱满洲的玩意儿了。听俺老大说，你是个撷彩生，能有绵羊票子供上也算够响儿了。"

子昂听得明白，说："大哥上道儿前，下排可是备了五千老头儿，大哥说不忙着都带过来，等过了吃香的，要带兄弟们去龙凤新开天窑子。"

这些话，金瑶自然没有听到过，但此时她却迎合子昂道："周大当家是靠着黑毛子火穴大转，去他门前开天窑子，是道好山门，砸就砸小鼻子，周大当家少不了咱的错齿子、押腰子。"

炮头脸上露出笑，冲子昂一抱拳道："周大当家仗义，真是及时雨宋江在世。"

子昂忙回礼道："岂敢岂敢。早就听说你们专砸小鼻子。小弟是不甘亡国之辱，又和大哥老交情，所以才愿解囊相助。"

搬垛又问道："老大能去哪路？难不成火点上身扯活儿了？"

子昂说："要不是当了蘑菇，也可能先去踩盘子了，现在还在龙凤。"

搬垛说："这真可能，那咱再等等。"然后招呼下属帮铁头等人从马背上卸下粮食、猪肉、豆油，炮头和搬垛陪子昂进了一间大木屋，并吩咐下人摆宴为金瑶和子昂一行接风洗尘。

龙彪的两个小媳妇也被叫来见过子昂。这两个媳妇都不过二十岁，长得俊秀可人，一见子昂都羞怯。子昂已从金瑶口里知道这两个女子都是龙彪抢来的，这时更加怜惜，但还是恭敬地称呼她们"两位小嫂子"。

金瑶的儿子大宝也叫来和子昂相见。大宝十一岁了，个子比当年高出半个身，但还能看出他当年的调皮相。金瑶将大宝拉到子昂身前问："还认识他吗？"

大宝已不记得六年前的事，就冲子昂一掐腰道："你哪路？也是老海吗？"大家都笑。

子昂笑道："嗬，太岁喊着，也够攒儿亮的。"

大宝却对不上了，愣愣地看着金瑶。金瑶笑道："一句就闷灯儿灭了？簧点不清了吧。这是你周叔叔，你五岁那年，他还送你个大姐姐呢。"

大宝似乎想起子昂当年送他一幅女孩画像，便看着子昂嘿嘿笑。

子昂问大宝："大姐姐还留着呢？"

大宝腼腆道："没了。"

金瑶解释道："去宁安时带着，后来跑路进山也没顾上，他还和我闹了好一阵子。"

子昂便承诺改日再给他画一个，大宝却说他不要画的，也要娶个真媳妇，大家又都笑。

趁着宴席还没备好，金瑶说要带子昂各处看看，实际她开始对龙彪的去向产生了怀疑。见无人跟随，便问道："我现在又想起一些来，那晚他好像趴在地上的。我想问一句，你不是把他打歪了？"

见她记得还是不很清，他坚持不告诉她龙彪就死在那晚上，淡定道："他真是那晚拿了钱走的。他玩毒草子，我是很生气，可他答应把你顶给我了，你也顺了我，我又何必打歪他？咱俩办完那事，他就开始管我要钱，绵羊票子他都不要。你俩一进山庄就看见我那些媳妇儿玩儿大洋，那晚他就管我要老头儿，为了得到你，我就得答应他。"

她依然狐疑地看着他说："那你胆子真不小，就不怕他在这儿绑你票儿？他为了钱和女人啥都敢干。"

他显得不耐烦道："我还答应他去龙凤开天窑子。我还没跟你说呢，他去我那儿开天窑子，往后我一年挣的钱三成归他。"

见她吃惊，他接着说："只要得到你，我花多钱都值。"

她又被他感动，一笑道："你就真把他打歪了，我也不怪你。"一时竟忘了他们此时的处境，忍不住又要在他怀里撒娇。

他一直谨慎，感觉有人在盯他们梢，忙推开她道："有扣子。"她忙直起身。

聚宴时天色已黑，山上大小头领十余人，加上金瑶和子昂一行共有二十多人，一同聚在一间大木屋内。屋内两边点了很多火亮子，地上中间一排木板搭起的桌子有一米宽、七八米长，里面尽头处，可着桌宽放了一把可以躺人的虎皮椅，是龙彪平日宴会和他的女人们坐的。这时龙彪不在山上，金瑶便和两个小媳妇坐在上面，子昂、铁头、春山等人和山上大小头领面对面坐在长桌前。

大家刚坐好，搬垜突然冲门外喊道："拿鬼来！"

话音刚落，就见从外面冲进一群匪兵，个个端着枪对准子昂一伙人。金瑶和子昂、铁头等人都吃了一惊。铁头霍地站起，虎目圆睁道："啥意思？"

立刻有人将枪口顶在他身上道："别动！"

铁头只好又坐下道："俺们是来给你们送吃香的，咋的？还想绑票不成？这也太不义气了！"

搬垜也从身上抽出匣子枪，往桌上一拍道："那咱也得说说看！"

金瑶一脸疑惑地问搬垜道："好好的，咋就鼓了盘儿？"

搬垜冷笑道："刚才有来放笼的，说你和这火点已经妯娌并肩子。"

见搬垜等人已看出自己和子昂关系暧昧，金瑶又吃了一惊，不由自主地和子昂对了下眼光，立刻又训斥搬垛道："开玩笑！"

炮头立刻也举枪对准金瑶厉声道："现在没心情和你开玩笑。说，你们把俺们老大咋样了？"

子昂忙抱拳道："误会，大哥真从我那儿拿了老头儿走的，还说等吃了香就带众弟兄去龙凤开天窑子。"

搬垛又将枪对准子昂道："小子，伤攒子了吧？俺老大啥人我比谁都清！他不会图希那点楚头就扯活儿。"

子昂说："我也不信他扯活儿，香头子还没到旺且呢。他要不是让小鼻子捡了蘑菇，就是先去踩盘子了。"

金瑶是真没想到龙彪没有上山，这时也很难解释清楚，便说："谁也别说他不扯活儿，搬垛想扯秧子，那我就实话说了吧。我们去周大当家那儿，周大当家真当俺们是娘家人。房上有瓦，靠山吃香的，可咱老大串山伤了攒子。"

大家都愣了，搬垛问道："什么事？"

金瑶愤然道："他臭了周大当家的果食！"

搬垛一伙人又都吃惊地看子昂。见子昂神态自若，搬垛问："周大当家好性子，被俺们老大挖了才也能甘心？不会是生了吾攻把他插了吧？"

子昂心一惊，正要辩解，搬垛又对金瑶道："二当家也好性子，看你这样回来，不会是着了盘儿摄火点，想当嫖客串子吧？"

金瑶立刻杏眼一瞪道："大胆！你敢捣胡子！就不怕大当家回来插了你？"

子昂忙说："我大哥臭的就是个展果；大哥哪会毒草子？再说毒了又何妨？兄弟情同手足，大哥身子冷了添挂洒，日后下排还要靠着大哥牌头火穴大转呢！"

那个炮头突然问："可敢劈雷子？"

子昂立刻抱拳道："来到天王山中，敢对达摩老祖！"大家这才显得轻松。

搬垛又诡异地看着子昂问："那俺老大和那展果压裂子了？"金瑶不好答，转头看子昂。

子昂一笑道："大哥串山大发了，攀条子太软，那会儿成了扒子了！"

大家哄笑。搬垛突然又冲子昂变脸道："天王托宝塔，你敢坐莲花？"

子昂忙先抱拳过头顶道："佛祖高上！"接着收拳以掌在胸口前后摆动道："兄弟无彼此。"接着说："六年前，我和大哥在奉天对麦子，又一块儿扒大轮去了牡丹江，那是何等快活？那年嫂子还在哈尔滨，大宝才五岁。后来听说大哥拉了杆子，专砸小鼻子，真是够响儿的。想来见大哥，四下也打听着，都不知大哥立的哪座山，这一晃六年过去了。再说，我要真和大哥结梁子，又何必念着山上的弟兄？都是看着大哥的情分；有大哥在，咱们自然都是娘家人。"

听子昂说的在情理，搬垛忙向子昂抱拳道："周大当家，你的意思！我这赔礼了。"

子昂回礼道："这都不打紧，现在只求大哥平安归来。"大家这才静心吃喝起来。

吃喝间，大家都愿听子昂唠他山庄的生意和平日吃喝。子昂说得夸张，甚至说连日本人都给他三分面子，唠得大家都对子昂刮目相看，嚷着等龙彪回来就去龙凤地界扎寨子，也过神仙日子。

子昂便又按着之前编好的，说起他和齐龙彪谈过为弟兄们重新安寨的事，说之所以让众弟兄重新安寨，一面是宁安一带有真抗日的队伍，日本人已对这一带封堵严密，众弟兄单靠扒火车的日子已日陷窘境，困在山里也只能劫些山民百姓度日，而被劫的百姓怕是连度日也不保；另一面是当下各路绺子繁杂，再好的生意，也经不住雁过拔毛，只望弟兄们靠近山庄安寨，既可保护山庄不遭损失，山庄又可保证弟兄们衣食不愁，可谓两全其美，众人听后更是兴奋不已。

搬垛也很激动，端起酒道："周大当家，你可把俺们的心思都说出来了，老大去你那儿就是求援的，要不弟兄们这香都吃不上了。"

子昂说："大哥都和我说了，我就给他出了这主意。"

炮头也兴奋地喊道："好主意！"接着端起酒对大家道："弟兄们，咱敬周大当家！"顿时激情高涨，喊声一片，几乎同时将酒干掉。

子昂已经勉强喝了两碗，这第三碗实在难以下咽。铁头一把抢过他的酒碗道："俺九弟不胜酒力，这碗我替喝。"

炮头立刻拦住道："慢，这碗得喝，兄弟们的心意。"

子昂见碗里的酒洒出许多，就对铁头说："五哥，还是我来。"

铁头担心道："那只能喝这一碗。"又向炮头一抱拳道："哥们儿多包涵，俺九弟真不能多喝；山不在高，有仙则灵。"

炮头笑道："看你对兄弟义气，不知真假，要是真，你替周大当家连干三碗，然后咱们接着碰，你不下山，我敢劈雷子，我认周大当家这尊仙。"

铁头一撸袖子道："那咱一言为定，倒酒！"随后连干三碗，众人喝彩。

子昂这时无法阻拦铁头，一是他和铁头的兄弟之情面临外人考验，二是铁头若能闯关，至少炮头已经归顺了他，估摸其他人也会跟随，便只有对铁头感动和担心，又随着铁头第三碗酒饮尽也将自己碗中的酒一饮而尽，又伸手抓起一块肉，忍着自己腹中翻江倒海，将肉塞入铁头口中，又赢得众人喝彩。

铁头一边嚼肉一边又倒一碗酒，双手端起，面向大家道："来到天王山，火山好暖身，日后还有金山和银山，哪个也不比梁山低！"大家听得明白，除子昂外都一同端起酒共饮。

之后，铁头又提出为大家表演一套少林武功，实际他是担心自己喝醉，想通过发功将体内酒劲排解掉。炮头、搬垛等人只觉新鲜，均为铁头提议叫好鼓掌。

铁头赤膊立在门前的空地处，先是运气，然后怒目大吼一声，随即拳脚挥舞，只见他神乎其技、身手矫健、一气呵成、所向披靡，尤其他以头点地翻越后又稳稳地站立，赢得了满场喝彩。

如此一套拳脚下来，再见他已经大汗淋漓。最后他又对着门旁的一口水缸怒目运气，接着一头撞去，就听咣的一声，缸破水涌。就在大家惊讶之际，他已起身收气，又一抱拳道："铁头献丑啦！明个儿让俺九弟送一车上来；这叫旧不去，新不来，缸破水流遍地财！"再次赢得满场喝彩。

炮头竖起大拇指道："响儿！俺炮头让铁头给震了！"大家都笑。

铁头重新入座，子昂忙用一条手帕为他擦汗。搬垛对铁头笑道："就是你这一身汗冒出来，刚才的酒可都白喝了，不会山里空了吧？"

铁头笑道："酒是敬神的，能请神，也得能送神，神来一回不白来，留下梁山买路财。"

搬垛、粮台也齐竖大拇指道："好叭哒！"便继续喝酒，这回大家都随意喝。

子昂、春山都觉得头晕，见天色已晚，也不必赶夜回山庄，便和春山及金瑶等女性先分头休息，其他人继续吃喝、行酒令。

夜里，子昂梦见龙彪死而复活，带着众多手下前来寻仇。他忙找来铁头、山鹰等人助阵，举枪对着龙彪道："你不仁，别怪我不义。"

金瑶也在生他气，并不说话，目光冷峻地盯着他。见她衣服已被齐龙彪扯破，白嫩丰满的身子正半遮半掩地露出来，透着迷人的诱惑，他心疼道："他在你碗里下了药。"

齐龙彪斥责道："下不下药，关你屁事！俺俩姑舅亲，亲上加亲。"说着拉起她就跑。

他心如刀割，拼命追赶前面的花轿，一直到牡丹江，见那花轿是口大棺材，原来到了罗家棺材铺，院内院外都是棺材，上面的图案都是他画的。

这时林海等人正将婉娇入殓，随即盖棺。他伤心欲绝，哭喊道："别钉上，她还活着呢！"父亲一脸不悦道："都死好几回了，活不了了。"

他恨不能杀了父亲，可林海怒视他道："你敢大不孝？"

他悲愤欲绝，扑向棺材，将盖掀去，见里面躺着的却是懿莹，脑袋又嗡的一下，哭道："你一个姑娘家哪能去抗日！我就怕你有意外。"

罗金德冲他怒吼道："都是你，拐得他们都想去抗日，蒋介石都不抗日，你显什么能？"说着过来抓推他道："滚！以后不准你再进俺们罗家的门！"

他在推搡中醒来，眼前一片漆黑，旁边真有人推他道："子昂，你做梦呢！"是春山在叫他。他忙答应，知道自己又说了梦话，不安地问道："我又说梦话了？"

春山在黑暗中说："哎呀我的天，这梦话让你说的，又哭又喊，也太真亮儿了，这样你也敢在外头睡？"

他更加不安地问道："我说啥了？"

春山说："东一句西一句的，就听着死了活着的，还有抗日什么的。你脑子里整天想啥呢？"

他却问道："现在啥时辰？"

春山说："估计是后夜了。"

子昂说："睡吧。"自己却不敢再睡，摸黑起来，觉得头还晕，便练起吐纳功，直到天明。

想着梦中金瑶的样子，他一直惴惴不安，唯恐对她得而复失，出了木屋，见金瑶姐三个正在一木房前梳理头发。姐三个都笑盈盈地和他打招呼，问他睡得好不好，他这才心里安稳。

吃过早饭，子昂、铁头、春山一行要离开密营。子昂提出先把大宝带走，等兄弟们去龙凤镇扎了寨，再看大宝愿意待在哪儿。金瑶自然愿意儿子去过好日子，大宝也对子昂说的电灯感兴趣。子昂这时虽舍不得金瑶，但为掩人耳目，只能暂时与她惜别，坚信只要大宝去了山庄，就不愁她不回到他身边。

回到山庄，见亚娃情绪还很低落，担心她日后向秋虎诉说委屈，便又劝她不要把龙彪脱她衣服的事放在心上，并说出他已给她报了仇，龙彪就埋在山庄外的树林内。随后又搂着她说："谁敢碰我的心上人，那就是在挖我的心，我绝不让他活在这世上。"

她很感动，在他怀里撒娇地哭着，耳边回响着金瑶被他激情时的娇声浪吟，便也放纵地对他狂吻，恨不能将他整个人含在口里。他初次在她面前被动，倒令他浑身的血液奔涌起来。

第 137 章

金瑶第三日就带着两个随从回到山庄。子昂故意询问龙彪的下落，回答自然还是不见踪影，然后又假装忧虑。金瑶倒对他安慰道："不管他了，那没良心的，愿扯活儿就随他去吧，窑变、当蘑菇也不是咱的过儿。"

将两个随从安排了住处后，他将金瑶带进桃源居，当她面又填写了他俩的婚书：

周子昂，直隶省秦皇岛县人，二十六岁，宣统二年七月二十九日寅时生

柳金瑶，黑龙江省依兰县人，二十六岁，宣统二年七月二十九日巳时生

今承齐龙彪先生介绍，谨詹于中华民国二十七年一月一日午吉时在龙封关山庄举行结婚仪式，恭请石福禄先生证婚，缔结良缘，订成佳偶，赤绳早系，白首永偕，花好月圆，欣燕尔之，将泳海枯石烂，指鸳侣而先盟，谨订此约！

结婚人：周子昂、柳金瑶

介绍人：齐龙彪

证婚人：石福禄

主婚人：唐春英、韩亚娃

中华民国二十六年十二月三十日谨订

他将婚书交给她道："这是咱俩的婚书，里面最特别的是，夫妻俩同年同月同日生。还有最重要的，你也是我明媒正娶的媳妇儿。和我那些媳妇能处就当姐妹处，处不来别起刺儿惹我心烦，山庄啥都不缺，自个儿过自个儿的日子。"

她端着婚书撒娇道："俺哪敢起刺儿，她们不欺负俺娘儿俩就好。"

他笑道："她们欺负你就是欺负我，你欺负她们也是欺负我。你们只要相安无事，就都是我的心肝宝贝。"

她挖苦道："你玩儿女人真挺有一套的。"

他不悦道："要是为了玩儿，还用得着婚书？我是想疼你疼到老。"

她感动又歉意道："和你说笑话呢，你不心烦就好。"

他又吩咐道："让跟你来的先回去，问问炮头和搬垛，要是愿来这头扎寨子，这跟前就有处好地界，这南山里头有个黑瞎子沟，没有人家，和我这块儿差不多。他们要来，可以在那儿搭寨子，吃的用的我都管。"

她欣喜道："他们都等不及了，张罗着要自个儿来踩盘子。我说我带两个弟兄来踩，他们也没争，都等我们回信儿呢。我看他们也不真心盼你大哥露面儿，炮头、搬垛一直就惦记那俩小儿的，这也好，三个炕上的都换了主。"又问道："你不会也惦记那俩小儿的吧？她俩可都比我小好几岁呢。"

他说："要说岁数，咱俩可是同年同月同日生，这辈子也难找到第二个。再说你让我心里

流过血，现在你就是我身上的血，那俩小的和我没关系。"

她笑道："你们男人不都好吃嫩草儿吗？他就是，从有那俩小儿的，就不咋碰我了，是嫌我半老徐娘了。"

他嗔怪道："才二十八岁就半老徐娘了？我还想让你给我生儿子呢！生闺女也行。"

她撒娇道："我就想生你的。"

他又问道："你和他这些年，就没再生一个？"

她努嘴道："嫌他碜碜，不想生。跟他去宁安时怀着一个，后来在山里跑掉了。也不是故意的。他是想让我生，可天天猫在山里，生下来咋养活？带着大宝就够担心的了，那阵我就怕再怀上。我听他说，麝香能流产，就淘弄块麝香备着，一不来红就闻闻，挺管用。从他抢头个小的就不咋碰我了。我也不愿让他碰，晚上就想你。"

他欣慰道："我要让你开花结果，日后生了男孩就叫康儿，生女孩就叫纯儿。"说着要去插门，可这时大宝和喜子跑进来。

大宝很喜欢山庄的生活，不但吃穿都好，还能和喜子、玉莲、丹红等大一点的孩子们玩到一起，只是几天没见到娘心里有些不安。刚刚听说娘来了，就跑过来看娘，喜子也跟着一起过来。

金瑶这几天也想儿子，也多少有些不安，这时见大宝打扮得和小少爷似的，格外欢喜，问了几句就让他谢谢周叔叔。

子昂嗔怪道："还叔叔呢？我是他亲爹你忘了？"

她忙迎合着对大宝说："大宝儿，娘一直没告诉你，他是你亲爹。"

大宝一愣问："那鬼见愁呢？"

她解释道："他是没办法。那时你还小，鬼见愁就把咱娘俩抢到山里了。现在你亲爹有钱了，就把咱娘俩儿接回来了，以后咱一家就再也不分开了。"

大宝又问道："那你是他媳妇儿？"

子昂说："以前就是，以后永远是。"

大宝显得纠结，嘟囔道："你那么多媳妇儿呢。"

金瑶非常感激子昂真收大宝做亲儿子，忙训斥道："别瞎说，他媳妇多是他有能耐，关你屁事？你要看鬼见愁好，就去找他吧，娘是不回去了。"

喜子也在一旁挖苦大宝道："你真傻狍子，这个爹多好！"

大宝挠着脑袋道："俺没说他不好。"

子昂一直没忘大宝小时讨人喜欢的样子，只要金瑶是他媳妇，大宝就必须得是他的儿子，而且永远都不让大宝知道他是他后爹。其他人除了文静以外也都不让知道真假，那些媳妇再不高兴，毕竟也是他过去的事，恼一阵就都顺理成章了。可大宝六岁就在山里跟着土匪混，已经变成了野孩子，他必须要把他的野性改过来，这时便以爹的威严踢他一脚道："我是你爹！什么他他的？再跟我他他的，我和你娘都不要你了，你瞅谁像你爹就找谁去。还不跪下认爹？"

大宝有些蒙，金瑶忙按他跪下道："快叫爹，小时你不会说话，也不会叫，以后多叫叫就好了，咱就跟着你爹过好日子了！快磕头叫爹。"大宝这才磕头管子昂叫了爹。

喜子在一旁心里不平衡，见大宝跪地磕头就和子昂理论道："你管我爷叫爹，那我也是你儿子。"

子昂笑道："你爷是我干爹，你要做我儿子，只能做干儿子。"

喜子欣喜道："叫爹就行。"

子昂笑道："那好，以后我就是你干爹。"喜子忙也跪下叫了爹。

晚间，子昂让大灶房在金瑶的炕上摆了一桌席，然后把华老爹、刘王氏和在山庄养羊的老寇头两口子也叫到金瑶屋里，加上大宝、喜子一共八口。

席间，他谎说他和金瑶十六岁就在奉天认识了，又偷着到了一起，结果金瑶那次就怀上了大宝，怎奈那时他还上学，也不敢和家里人说，眼瞅孩子要生了，金瑶就去哈尔滨投了亲戚，嫁给一个愿意拖油瓶的，后来又让土匪给霸占了。他还假装这些年对不住金瑶母子，以后要加倍补偿。

桌上四位老人都认定子昂花心，并不对他和金瑶十六岁就到一起感到惊奇，也不想多说什么，只是一边吃喝一边呵呵地笑。子昂又说今天和四位长辈一起吃饭，主要是让大宝认祖归宗，还认喜子做自己的干儿子。华老爹很高兴子昂愿做喜子的干爹，尴尬的场面便又轻松起来。

老寇头开始只是笑，这时讲起拖油瓶的来历，说："这女人要带着头前男人生的孩子嫁人，大伙都说是拖油瓶，实际不对，应该是拖有病，就是女的嫁过来时带个有病的孩子。为啥这样呢？这不是亲生的咋也不行，对别窝的孩子不打不骂的有几个，那打失手把孩子打死的也不是没有。开始有为这个闹官司的，后来带孩子嫁人的就得立个文书，甭管孩子有病没病，都得说有病，这样哪天孩子要真的有个三长两短的，那都是孩子自来就有病，死了也就死了，摊不上官司。"

子昂头次听说拖油瓶是这么个来头，也深深怜悯那些跟着母亲改嫁的孩子，转身摸着大宝的头笑道："大宝是我亲生的，以后我得好好补偿我这个大儿子。还有喜子，说是干儿子，也当亲儿子待，一笔写不出两爹来，只要叫我爹，我就得像个爹样。"

华老爹感慨道："大当家的就是心肠好。这喜子认你做了爹，我这心里就托底了。开始认他做孙子，就看他没爹没娘怪可怜的，可我这都土埋脖子的人了，大当家要不这么的，我还犯愁呢。"

子昂笑道："有儿子在呢，你愁啥？也别寻思土埋脖子的事，咱山庄里可离不开您这老山爷，我希望您老长命百岁。"

华老爹高兴，又让喜子给干爹斟酒，子昂就让大宝给爷爷、奶奶们斟酒，其乐融融，金瑶感动得几次偷抹眼泪。

媳妇们虽然对子昂又将金瑶收了房感到不满，但都已猜到他因亚娃受辱已经杀了齐龙彪，将金瑶也占为己有，不过是为了心理平衡，便都觉得他更加可怕。

又半个月后，炮头、搬垛带着近一百人的队伍悄悄到了子昂选中的黑瞎子沟。黑瞎子沟在子昂山庄的南山中，有五里地远，是片没有人家的密林子，很适合建造密营。虽然这里没有房子，但许多树木都有几抱粗，烂根倒地的空心杨树就可当房住，只是里面都待过黑熊等野兽。他们的到来，等于侵占了一些黑熊的住窝，没了窝的黑熊虽然都很凶猛，但也惧怕人多，只能在周围盘绕两日后又去了别处，好在这里的空心杨树多的是。

但倒地的空心杨树很难让人过冬，大家便取土将空心杨的外表加厚盖起来，呈现出三角土堆中间一圆洞，最后圆洞也用石头砌成方孔，再安一扇门，门里搭铺置火盆，还可垒灶生火做饭。

居住空心杨树不过是权宜之计，他们还得集中采伐实心圆木盖木房。虽然一时盖不起所有人住的，但伐木扩场地还是必须要做的，好在吃的用的都由子昂提供，无须再靠打劫为生，等把木房盖好后，他们还要靠打猎、采集山货从山庄里换各种生活用品，日子不愁过不下去。

这时，秋虎也带人到子昂周围寻密营，自己选好了位于山庄西山中的老虎口。他不知这里叫老虎口，只是相中那条流向山庄的小溪。

子昂通过林海已经知道他那次掉进的陷阱就在老虎口附近。按说他那时藏完财宝后应该顺着水流向东走，可他一直也没搞明白，当时为什么会逆水向西走，也只能解释他当时真的发烧烧糊涂了，便不再想了，也没敢再往那里走过。

这时他听秋虎说已在山庄小溪西头看好一片密林，立刻想到老虎口，担心道："你说的可能是老虎口。那旮儿真有老虎，打猎的进去都胆儿突的。"

可秋虎一听笑道："我就是老虎，那不就是俺的家吗？你也别把打猎的当回事儿，他才几杆枪？"便坚持要去老虎口里建密营。

子昂没再拦，心想他能在狼窝里立住了脚，炮头他们能把熊瞎子赶走，那秋虎他们把老虎赶走也不是不可能，毕竟他们人多枪多，便也效仿炮头他们建起密营。

此后，子昂让两伙人每月赶个深夜来他山庄取粮、油、肉、盐等生活用品，虽然都在深山里活动，不易被日本人知道，但对山庄里的雇工也不能大意。

这时，从地里收的黄豆开始打场，将还连在秸上的豆角摊到场院内，由人轮流用木镰敲打，敲出豆粒，剔除豆秸和豆角皮，地上留下一层黄澄澄的豆子，再将豆子收起装袋入库，只等再用大锅烘炒一遍就可榨油了。

子昂担心那山一般高的豆秸在入冬前打不出来，闲时也和雇工一起干，也不过是给大家鼓鼓劲。

这日他正和雇工一起打豆秸，忽见景利带一陌生老汉来山庄。景利自从被子昂领来认过路以后，几乎每两个月就来山庄住一天。他舍不得家里房子都空着，让给姑姑家的人住也不甘心，况且他还在等景祥、懿莹有一天能回家。

他又长高了许多，已经成了大男人，说话的声音也变粗了。这时随他来的那个老汉约有六十岁，长得黑瘦，但身体硬朗，一身旧布褂，显然是个农家人。

子昂见景利带一个陌生人来，忙将手中家什交给一雇工问："咋回事儿？"

景利喘着粗气说："我二哥和俺姐有消息了！你快救救他们！"

子昂简直不敢相信自己的耳朵，睁大眼睛问："你说啥？你姐！她在哪？"

景利让那老汉说。老汉先给子昂微鞠一躬道："您就是大当家。"

子昂急切道："您别客气，他们在哪儿呢？"

老汉说："在刁翎。他们让鬼子打散了，现在有几个受伤的。"

一听到"鬼子"二字，子昂忙打断老汉的话："等会儿，到我屋去。"便带老汉和景利去了桃源居。

春草正在桃源居内收拾客厅，子昂让她先去帮天娇哄孩子，然后对老汉说："当着那些干活儿的，不能啥都说。"

老汉不安道："哎哟，这咋整？我是太着急了。"

子昂说："也怪我太急了。你坐下说吧，咋回事？"

老汉坐在椅子上说："我姓林，在刁翎柞木岗山里养蜂子，闲着没事儿采点草药、打打鱼。那天一大早，我去江里摘挂子，就听西头打枪，打得还挺凶。响枪地上离我那挺远，我也没太当回事。摘完挂子我要回山里，就听见河上游有孩子哭，一看河当心漂下几根木头，再一瞅，有个小丫头抱根木头哭，我就又跳下河；水挺急，好不容易把丫头救上来。后来丫头跟我说，她是抗联打鬼子的，让鬼子打散了，她们一共八个女的让鬼子追得没退路了，就都跳到江里了，想游过河去，结果那几个都让鬼子开枪打死了，就活了她一个。"

子昂脑袋嗡的一下，心里发起慌，心想这不是来告诉他懿莹已经死了吗？又想懿莹为找自己离家去投救国军，如今又丧了命，而自己已经有了一群媳妇，心中更加愧疚。可他立刻又想起景利刚才让他去救他们，便强作镇静听老汉讲。

林老汉接着说："当时我心里真不是滋味儿，她才十三岁，就是个孩子！其实呢，他们是整个队伍想过河，可又没船。本来跟前儿有家摆渡的，可前几日总下雨，河水挺急，这家人就停摆了。这伙队伍急着过河，就在河边造木筏子，筏子还没弄成，鬼子就上来了，他们就都躲进山里了，可山里也都是鬼子。听丫头说的意思，他们一进山就分了伙儿，她们这伙儿八成是抹塌山了，不知咋的又转到鬼子后头了，就在鬼子后头打。后来一看打不过，就又出了林子，鬼子就在后头追，追得她们实在没路了，就一人抱根木头下了河。丫头说她和一个叫什么圆的女长官抱一根木头，鬼子在后面打枪时，女长官紧紧护着她，她才没挨着枪子儿，可女长官挨了好多枪，丫头眼瞅着女长官沉到河里的。咳，丫头哭得死去活来的，非让我去救那几个，我哪救去呀？八个我就见着她一个。我怕鬼子追到我那儿，也不管她哭了，硬把她扯进山里了。丫头是受了惊吓，在水里又着了凉，过午就开始发高烧。我老婆子一直在山里陪我，我就让老婆子照顾她，我又采些药材给她熬了。中药我还懂一些，有几个偏方，退烧的、治红伤的都有。"

见林老汉有点卖弄，子昂心里着急，耐着性子说："我知道了，你说正事儿。"

林老汉看出他着急，但还是按着他的思路说："在山里猫了两天，我觉着鬼子都不在跟前了，就又去河边，我挂的那些鱼还都扔在那儿呢。我就看见一个小伙子，也就我这打扮，看不出是干啥的。他说他在找他妹妹，问我看见没。我开始就以为我救的那丫头是他妹妹，要不咋这么巧？偏山僻岭的，连个人家都见不着，我这头刚救个丫头，他就来找妹妹。我问他是不是抗联的，他还不和我说实话。我就说没看见，就头两天听见西头打枪来着，后来有八个闺女跳河了。小伙子一听，可不得了了，跪在河边上哭啊。我一看这样，就跟他说，我救上来一个，也不知是不是你妹妹。可一说那丫头长多大，他说不是他妹妹。这会儿他才承认是抗联的，我救的那丫头是他一个队伍上的，我就把他领进山里。丫头那会儿刚退烧，啥都明白了，他俩还真认识。丫头说，还有六个受伤的闺女，当时就藏在山里一棵大树下面，还说那里就有那小伙子的妹妹，是个军大夫。小伙子这下可来精神了，背上丫头就去找，我也跟着去了，还真找着了，六个，身上都有伤，军大夫头上有点轻伤，那几个都挺重，三个根本就走不了路。小伙子就一个一个把她们背到山下林子边。当时就怕鬼子再露面，这又等到天黑才把她们一个个儿弄到我那儿。她们都好几天没吃粮食了，我那些粮食都给她们吃了。我还粘了几只飞龙给她们炖了，还有挂的鱼，她们在山里吃的不算孬，治红伤的药，我也给她们用了。现在就是使啥法子把她们弄出来。那块儿没有人家，冷不丁冒出个人来挺扎眼，她们身上还有伤，老百姓看着可能不当回事，要让鬼子瞧见肯定得麻烦。要是不出山呢，夏天还行，能等到伤好了，到时从山里绕出去，可这天儿马上就要冷了，我这些蜂箱也该往家挪了。他二哥就让我去乜河找他家里人。乜河就他这个小弟弟，也是没法弄，就又来这儿找你。我看就得指你了，你快想个法子吧。"

子昂听到这儿感动道："多谢前辈好心照顾她们，晚辈在这儿有礼了。"说着深鞠一躬。老汉忙拦道："大当家的客气了。我也是中国人，她们小小年纪就敢打鬼子，还有丢了命的，我做这点事儿算啥？"

子昂问："你养的那些蜂子咋往外运？"

老汉说："年年都是花钱雇马车运出来，冬天只能在屋里养。"子昂又问："要是把伤员藏在蜂箱中间，能运出来吗？"

老汉眼一亮道："这倒是个法子，可车老板儿得靠谱儿，听说那跟前专有给日本人报信儿的。"

子昂又被难住了，在地上转着圈，忽然坚定道："花钱买成套的车，价钱让卖家定，车老板儿我从这头带过去。你的蜂箱我也全买了，事后蜂箱还归你，最好来我这儿养蜂子，需要什么您尽管说。"

林老汉说："这倒可以，就是路太远，从这儿到那儿估摸得个四五百里，赶马车走还不得走几天？就怕她们身上的伤受不了。"

子昂又犯愁了，想了想又说："你家不是在那跟前儿住吗？不行先接到你家，等她们养好伤我再把她们接出来。您就帮忙帮到底，我不会亏待您，只要把伤员接到您家里，那些马车都归您，等我把她们接出来，我再给你一大笔钱，保你这辈子花不了，咋样？"

林老汉吃惊道："大当家的，我可没想图你啥，既然你这么说了，那我就帮到底了。"事情就这么定下来，并立即准备动身。

子昂先在庄内叫来五个会赶马车又觉得靠谱的雇工，其中两位是秋虎送来的猎人，三位是曾跟随铁头打把式卖艺的，年纪都大了些，但都信得过。

但山庄的警卫又让他不放心了，以前他不在山庄时都让多日娜、顺姬、金瑶和华老爹及大宝、喜子分头负责山庄警卫，可多日娜和顺姬的肚子也又挺起来，临产期最晚的金瑶也怀上四个多月的喜了。他只好把山庄的警卫都交给华老爹和大宝、喜子，又让景利留在山庄当助手。

听子昂说又去牡丹江，芸香半真半假道："不会再领个媳妇回来吧？"子昂也半真半假道："这回我领一帮回来！"她倒不信了，撇下嘴离去。

临走前，林老汉又说山里的姑娘们还都穿着破旧的抗联服装，子昂又向媳妇们借秋天穿的女装。芸香、亚娃、多日娜、顺姬、芳子、文静一听都不高兴了，并不忙着找衣服，都挺着肚子聚到多日娜屋里议论开，叽叽喳喳。芸香通过景利带一陌生人来，还真就猜到可能找到懿莹了。

子昂这时又想起那个十三岁的小抗联，正好玉莲也十三岁，就又去玉莲屋里找衣服。等再挨屋取衣服时，都是丫头看着屋。一进多日娜的屋，见一群媳妇都横眼看他。他倒忍不住笑起来。

亚娃问他："你要俺们女人衣服干啥用？"

子昂说："先保密，等我回来跟你们说。"又急着吩咐："都赶紧的，我着急走。"

多日娜怄气道："我没多余，要就脱我身上的，完了我光腚出去。"说着解衣服。

子昂忙拦住道："别胡闹，你有几件衣裳我还不知道？再说你们这身子也穿不上，一人拿出两套也不算啥。回头给你们做新的，我又给你们设计了新样子。"

多日娜愤愤地问："不是几件衣裳的事，你拿俺们衣服干啥用？"

子昂焦急道："别问那些没用的，我是去救命，回来一准告诉你们。"

芸香撇嘴道："又救谁呀？别再救你被窝儿里。"

多日娜眼一瞪道："他敢！再弄这出，管他妖魔鬼怪的，咱不能老惯着他！"

芸香说："行，到时咱姐妹心齐点。"

顺姬笑着点他说："把你绑起来，打屁股！"

他连连点头道："行行行，你们现在赶紧去找衣服。"其他屋的这才去取衣服，屋里只剩下他和多日娜。

多日娜突然撒起娇来，搂着他脖子说："我跟你去。"

他责怪道："大肚趔趄的，你去添乱哪？主要你太漂亮，我怕鬼子把你抢走了，你想哭死我？"

她却笑道："那我还怕你再让鬼子抓进监狱呢！"

他也笑道："我身上有剧毒，他们不会碰我的。"

她看着他问："啥？"

他从兜里掏出田中太久送他的那本证件。她一把抢过来看，说："日本人写的！你是汉奸！"

他不悦道："别瞎说，这叫以毒攻毒。"趁她不备，又一把夺回来说："好好看家，把家交给你了，有啥事让老爹帮着出主意。"

她使起性子道："我看不好，让你那个土匪婆儿看吧！"

他不想惹她，认真地说："我不在家，要真有啥麻烦，就让金瑶和亚娃去搬兵。"

正说着，亚娃拿套服装进来，问道："让我干啥？"

子昂说："庄里要有啥麻烦事，你安排人去找虎子。"

亚娃说："瞅你这架势，好像一年半载也回不来，你到底要去几天？"

他说："快了两三天，最多五六天。"

亚娃担心道："我担心你再麻烦。"又问道："是不你梦里喊的懿莹有消息了？"

他一怔问："你听谁说的？"

亚娃反问道："你说给谁听了？"

他猜是那几个雇工漏了消息，不禁为懿莹她们将来落脚感到忧虑，问："是不场院里那几个？"

亚娃说："我刚才回屋取衣服出来，小山东偷着跟我说，你们走后他们有说你是抗日的，倒没说你不好，人就是告诉咱小心点，一旦传到日本人耳朵里就真麻烦了。"

他一开始就担心这种事，事情果然让他更加担心了，可他又不能杀了那几个干活的灭口。

见子昂皱起眉头，亚娃劝他说："我不反对你救她们，要是抗日的更该救，就是救出来别往咱这儿领了。"

他心里不爽，又问道："我没在他们面前提懿莹，你咋就想到是懿莹？"

多日娜说："你心里装的啥谁不知道？她弟弟一来你就急着要去牡丹江，完了又要俺们穿的衣裳，开始俺们就猜到了。她妈背后唠过你和懿莹的事儿，她家那年出殡，你还顶她家姑爷呢。这回人家闺女有信儿了，你是不还惦着给人当姑爷？"

他又急躁道："现在还唠这些干啥？得先把人救出来！现在我就犯愁小山东他们几个，你说跟他们没仇没冤的，我是真不好办。"

多日娜突然仗义起来道："有啥不好办？我过去跟他们说，谁要敢出去乱讲，宰了他全家！"

子昂怕多日娜莽撞，嘱咐道："别来硬的，要说跟他们好好说，顺便告诉他们，过年给他们加红包，只要保着山庄不出事。就这么着吧。赶紧的，把你衣裳找出一套儿来，天黑前我们得赶到牡丹江。"她不和他较劲了，忙从炕柜里取出一套红秋装。

子昂又回自己屋取出三百块银圆、三根金条和三沓钞票，还将秋虎送他的匣子枪别在后腰间，然后一行七人坐两辆马车直奔牡丹江。

第 138 章

到了牡丹江已经天黑，子昂他们住进何家，现在已成了何耀宗的七姐家，就连大嫂、二嫂两家也都搬过来住了，借助子昂的资助，共同打理一个烧饼铺子，生意还算过得去。

林老汉见到七姐的三个女儿才想起山里的人都没有居民证，就对子昂说："咱都有良民证，那几个孩子都没有，咱得预备几个，到时就是比画一下，可你要没有就容易让他们盯上。"

子昂听凤仙说过，牡丹江两年前也实行了"保甲连坐"，做过户口调查，为居民发放了居住证明书。去年，满洲国又将原滨江省辖属的宁安、穆棱、东宁、虎林、密山五县和牡丹江城区设为牡丹江省。

这时子昂责怪林老汉道："来前儿咋不提一嘴？我媳妇那儿都有，拿来顶一下就行。"

林老汉自责道："怪我怪我，着急忙慌的，那会儿就想起衣裳的事儿，这茬儿就没想起来。我看把这仨闺女的借用一下也行，大姑爷的也得用。"

七姐忙让三个女儿和大女婿掏出居民证，说近几日就不要出门了，烧饼铺子由她和自己男人去支应。

子昂笑道："铺子少卖点也没事儿，回头我给补上。"

七姐嗔怪子昂拿他们当外人，大嫂将自己的居民证递给子昂笑道："那俺就等小舅给补了，天天倒在炕上享清福多好。"

子昂接过居民证道："等事儿办妥了，都有赏。"说着翻开居民证看了看，和万全发给他们的一样，办证时间还是"康德二年"。

第二天吃过早饭，子昂将马车留给七姐，又乘上开往勃利的火车，在一个名为下亮子的小站下车。一下车就开始花高价从农户手里购买成套的马车，接连买了六套，不禁引起人们的注意，很快来了一伙日伪军，要查验他们的居民证。

下亮子是三江省的勃利管辖区，子昂先将田中太久给他的证件递给日本军官。日本军官看过证件后，先对子昂上下打量，又看了一遍证件，一脸的狐疑。子昂的心不禁提起来，但他必须要表现得镇静，只是静静地看着军官，倒把军官看得很不自在，问道："车的这么多，什么的用？"

子昂说："在山里养了很多蜂子，天要冷了，都得拉回家里养。"

军官不解地问："疯子？哪来的？"

子昂看出对方没领会，忙又比画着解释道："这么大，会飞的，能出蜂蜜，甜甜的。"

伪军们都明白，这时也殷勤地解释道："太君喝过，蜂蜜，放水里喝的。"

那军官这才恍然点头应了声，又开始打量跟随子昂的人。子昂忙又解释道："这都是我找来干活儿的，装箱子，箱子里是蜂子。"

林老汉身上带着居民证，也看出日本军官的心思，忙主动掏出来递过去道："太君，这是我的。"

不想军官只是瞥了一眼，并没查看，还对子昂鞠了一躬，双手将证件归还子昂道："打扰了，大日本的朋友。"

子昂一边还着鞠躬礼，一边接过证件道："没关系。"随后两伙人便分开了。

日伪军离开后，林老汉疑惑地看着子昂问："你和日本人是朋友？"

子昂笑道："没啥关系，就图个方便，不然很麻烦。"林老汉半信半疑地点点头。

一个时辰后，他们赶着车队进了山，顺着一个山沟到了林老汉的养蜂处。这里是一片高树稀少、相对空阔的山坡，坡上摆有大片蜂箱，每个蜂箱上落满了忙碌的蜜蜂。

林子边还有住人的草窝棚，这时有四个人从窝棚里出来迎接，两个青年男女，一个五旬开外妇人和一个十三四岁的女孩。子昂一眼认出那青年男女，是景祥和懿莹。

懿莹身穿带有补丁的男人装，实际是抗联装，还能透出她原有的秀美，只是原来的长辫子变成了垂肩短发，俊美的面庞比当年显得消瘦，也没了当年的天真烂漫气。景祥比从前健壮许多，这时一副普通百姓打扮，脸上多了从前没有的刚毅。那女孩真和玉莲一般大，有些瘦弱，梳着一条辫子，身穿一件很不合体的抗联装。那个老妇人显然就是林老汉的老伴。

景祥和懿莹看见子昂头戴黑礼帽，脚穿黑皮鞋，身穿一件敞怀儿的黑风衣，里面是一身黑西装，一时没认出来，直到子昂问一句"不认识我了"，景祥这才惊讶道："哎呀是你呀！你咋也知道了？我爹呢？"显然兄妹俩还不知父亲和兄长已经不在人世。

子昂心里酸楚，不好这时说明，谎说道："我没告诉他们，我来就行。"又急着看懿莹，见她衣着寒酸，想起他俩当年分手时的情景，心痛如绞，泪如泉涌，哽咽道："懿莹。"

懿莹终于相信站在眼前的就是她苦苦寻找的周子昂，觉得他变化很大，虽然唇上、两腮和下腭都有了当年没有的黑胡楂儿，但比以前更加英俊，也很潇洒。这时听他在叫自己，终于开口道："真是子昂哥！"

子昂上前一步扶住她道："是我！懿莹，我也一直在找你，可不知你们在哪。"

懿莹的情感终于迸发出来，忘情地扑进子昂怀内痛哭道："子昂哥，我找了你六年，你上哪去了？你说你去参加救国军，我也去了，可就没找到你，还以为你牺牲了呢。"

子昂也流泪道："我去报名没遇上救国军，我看有自卫军，也是抗日的，就入了他们的队伍。后来队伍也让鬼子打散了，我也受了伤。在客栈养伤时，老何去你家送的信儿，你大哥还去客栈看过我；他说你马上就要成亲了，让我早点离开牡丹江，我想再见见你他也没让。我当时还埋怨你不去看我，哪知你一点儿都不知道。后来牡丹江抓劳工，我实在没地上躲了，就逃进深山老林了。再后来我才知道，你和景祥去了救国军，也知道你在找我，可我不知道救国军在哪，前年我听说救国军早就解散了，你家里也没有你俩的消息。"

懿莹继续哭道："爹！大哥！我还咋见你们哪？"然后蹲在地上哭。

他仍不敢说出罗金德和景吉已经遇难，心疼地将她搂住。这时他才注意到景祥等人都在窝棚旁默默地看着他俩，忙分开身，安慰起懿莹。

懿莹又哭一阵才止住，擦着脸上的泪，向子昂介绍几个女抗联战士，先介绍一个腿部受伤的女战士，姓郝，名金凤，是个班长，佳木斯人，比懿莹大两岁，参加抗联前是医院护士，和丈夫一起参加抗联时已有身孕，但在一次转移途中不慎滑下山流产，流下的孩子夭折后葬于雪中。

子昂打量着郝金凤，虽然有些消瘦，但模样也很俊俏，又很像米家姐妹，尤其很像津竹。他不知她名中和米家姐妹名中"津"字谐音的是"津"还是"金"，又想起格格夫人生前说过收养米家五姑娘的人就姓郝，心里不禁一震，忙打断懿莹道："等等。"又问郝金凤道："你名字里是天津的津，还是黄金的金？"

郝金凤一怔道："金子的金。"

他又问道："我冒昧地问一下，你是你爹妈亲生的吗？"

郝金凤吃了一惊，随即笑道："你好像会点啥？"

他意识到她真是抱养的，激动道："我看你很像一家人，姓米，有印象吗？"

郝金凤摇下头问："他家是哪儿的？"

他猜郝金凤就是米家当年送人的五姑娘，只是她还不知亲生父母是谁，便说："他家是龙凤的。我是从你长相和你姓郝上猜的，你长得像他家老四，名字里又有龙凤的凤和金字。米家有四个姐妹犯天津的津字，和你的金字不一样，但念起来像一个字，所以我才问你。"

金凤显得惊愕，终于说道："我确实是抱养的。我养父母本来不想告诉我，可我和我弟弟相差不到一岁，想瞒也不好瞒。我问过我养母，她说我是大山里一家扔的，是我养父捡回来的。我养父母对我一直很好，给我起这名字，说我是大山里飞出的金凤凰，还真和你说的龙凤对上了。"

子昂解释道："如果你真是米家的五姑娘，那可不是你养父捡的，是米家人送的；米家姑娘多，就想生个小子。我听他家人说过，收养五姑娘的就姓郝，是个收山货的。"

金凤又惊讶道："我养父以前是收过山货，说去过很多地上。当时俺家住牡丹江，后来俺们全家都去了佳木斯，和二叔合伙开了家菜馆。听你这么说，我本应该姓米。"

子昂激动道："我看不会有错。"

懿莹一脸狐疑地问子昂道："你和这米家是啥关系？你知道得挺细。"

他猜她还不知自己已经成亲，不禁心慌道："都是龙凤的。我在牡丹江躲日本人抓劳工，迷山到了龙凤，后来又在那儿发了笔财。"

懿莹真就猜到子昂已经娶妻，妻子很可能就是米家的姑娘，便苦笑一下，继续向他介绍女抗联。

崔胜男，也比懿莹大一岁，宁安人，朝鲜族，家中田地被日本人占去后，也随丈夫参加了抗联。这次西征，她丈夫在五常与日军激战中不幸牺牲。

金菊花，和懿莹同岁，林口人，朝鲜族，三年前被抗联从日伪军的魔爪中救出后就一直跟随抗联，作战勇敢，去年冬天还在狼群中救过懿莹的命。今年春天，她遭蛇咬，懿莹又为她吮血去毒，两人情如姐妹。这次突围中，她左胸中弹，懿莹已为她取了弹头，幸好没有伤到要害，只是这时还不敢正常喘气。

唐冬梅，十九岁，穆棱人，十四岁随母亲为救国军做服装，后又一起进了抗联。去年冬天被困山中半月间，母亲夜间站岗，冻饿交加，次日换岗时，发现她已被冻成雕塑。这次突围中，冬梅侧腹中弹，穿透后腰，这时也坐不起来。

尹丹凤，十五岁，刁翎人，是个受苦的童养媳，与所在大户家的一个孤寡女佣情如母女。那日女佣偷拿东家半袋小米接济乔装行乞的女抗联，被东家发现后，骂她是泼米婆，并将她逐出门。丹凤顿觉母女永别，便趁家人不备，随女佣一同投了抗联，母女相称。去年冬天，抗联被日伪军封堵山中达半个月，后七日营中断粮，每人只发半碗炒豆作为此后不知多久的口粮，但母亲却将自己那点口粮都留给了她，自己被饿死在密营的草棚内。这次突围中，丹凤头部中弹，这时虽已神志清醒，但坐起来还会头痛如裂。

介绍那个小女孩时，懿莹说："她叫吴志芳，才十三岁，和她爹一块儿参加抗联的，她爹也牺牲了。我们藏起来时，她跟我们指导员一块儿突围，最后就剩八个人，让鬼子堵到江边上，就一块儿下了江。本来她们可以过江，可鬼子在岸上一齐往江里打枪，好像那些都牺牲了，林大爷只救上她一个。"

听过懿莹介绍，他深为女抗联的悲壮而震撼，稳住情绪道："我也曾是军人，和你们一样打过鬼子，可我中途丧志，弃军从商，实在愧为中国军人，不敢以军礼相敬，只有不惜性命，将你们救出去。"说着摘下礼帽，对着包括懿莹、景祥、志芳在内的每个抗联战士深鞠躬，一边深深鞠躬，一边泪如泉涌地哽咽道："你们受苦了！"

景祥最后受的子昂鞠躬礼，忙去扶住安慰道："你能为我们冒险，我们向你行军礼。"随即立正喊道："敬礼！"八名抗联战士，不论站卧，都向子昂打了军礼，又无不随子昂哭泣。接着，景祥又泪眼模糊转向大山深处大声道："向……这次突围牺牲的全体烈士……敬礼！"礼毕后他又转身面向江水方向，从身上掏出一个上面写着人名的纸片大声道："向……英勇不屈、渡江牺牲的……孙淑梅指导员、白敏菊班长、张曼丽班长、石春燕厂长、肖亚男同志、丁微同志、陈秀媛同志……敬礼！"

一片哭泣声中，子昂随着抗联战士敬礼又两次深鞠躬，每次都几乎将脸贴到膝盖上。

终于大家情绪稳定下来，正值午饭时间，子昂招呼随从把从山外带来的烧饼、酱肉、腌菜都拿出来，说吃饱了就准备往车上搬蜂箱藏伤员，大家便在窝棚内外吃起来。

林老汉的老婆有些顾虑，拽林老汉到一边嘀咕。子昂一看心里明白，从身上掏出一厚沓钞票走过去递上说："大娘，这个您收下，等把她们送到安全地上，这些蜂箱还都是你们家的，连这六套马车也都归你们。"

林老汉对老婆骂道："你个不长眼的败家娘们，边儿上去！"

子昂忙安抚林老汉。林家女人觉得理亏，不敢接钱，解释道："俺就是担心山外有鬼子兵，他们有看道的，还有岗楼子。"

子昂说："您放心，只要能走车，我自有办法。"说着将钱塞进她手里。林老汉给子昂鞠下躬道："谢谢大当家的。"他的老婆也跟着道谢。

吃饭间，子昂见懿莹没心思吃，想哄她开心些，便问她这些年是怎么过来的。她也想单独和他说说话，尤其想知道他到底成亲了没有，就将他引到一边，近乎与他身挨身地坐在一块大石上，有些紧张地侧脸看他问："子昂哥，你成家了吧？"

他心中酸楚地点下头道："懿莹，我对不住你，我不知道……"

她怅然若失道："是俺家对不住你，咋说俺家先收了汪家的彩礼，要说我也算是嫁过人的，可我就是……"她又痛心地捂脸哭起来。

他将她搂在怀里，却只能和她一起流泪。他还想告诉她，金凤应该就是他的五姨姐，但立刻又觉得这时候讲并不合适，他还要多对金凤讲些她亲生父母和同胞姐妹的事。

懿莹艰难地与子昂分开身，强作镇静地擦泪道："今年过三十儿我还想呢，如果你还活着，今年都二十八了，早该当爹了。"

他又难过得哽咽起来。她却淡定地安慰道："你也别难过了。其实我现在挺知足的，还能活着看到你。看你挺好的，不定哪天我也死了，也能闭上眼了。"

他实在忍不住，又搂住她痛哭，真想说"我还能娶你"，但终于没能说出口，哭得像个孩子。见他哭得伤心，她又控制不住了，和他一起痛哭。

景祥这时已通过林老汉知道子昂已经成了家，生意做得很大。但林老汉也只是知道这些，并不知道他已妻妾成群。五个随从见子昂和懿莹的关系很不一般，便不敢乱讲。

见已有家室的子昂又和懿莹抱在一起哭，景祥便过去劝道："过去的事儿就过去吧，这世道，咱们能活着见一面就很幸运了。"说完又回到原处，继续和大家边吃边唠。

子昂、懿莹这才止住哭。子昂还想听她这些年是怎么过来的，懿莹说："你从俺家走后第二个月，我爹就收了汪守江家的彩礼。汪守江和我二哥是同学，我早就认识，可我从没想过能和他定亲。我咋闹也不管用，就差寻死上吊了，我就是不甘心这么和你分开。我跟二哥去救国军，就是想去找你；也寻思了，队伍上要有女兵，我也当兵，只要能和你在一起就行。二哥的事我和你说过，他实在不愿在家待了，就想去投奔救国军，去的人挺多。那阵日本人要修飞机场，让各家都出个干活儿的。有个日本人跟着上俺家，看见我也要和我定亲。俺爹也害怕了，就让我去汪守江家躲，实际是让我直接成他家的媳妇。我本来不想去，可二哥给我使眼色，我猜他心里有啥主意，就跟我爹去了汪家。我和汪守江说了，死也不会嫁给他。他挺生气的，我不管他咋想。那天都后夜了，我二哥去他家和我说，他把那个日本人给杀了，尸体让他装口棺材里推到江里了。他主要想和我说，那些想去救国军的同学联系好了，天不亮就出发，问我想好了没有。我必须得离开老汪家，就答应跟他走。汪守江原来也答应去救国军，可和我订婚后就变卦了。那天二哥说找我出去说点事，他猜到我也要去救国军，就一直跟着。后来我二哥就和他明说了，问他去不去，不去也别拦着俺们。就这么的，他连家也没回就跟俺们走了。俺们先去了另一家，那里有十好几个人，还有三个女生，都是去救国军的。俺们先是去掖河，那里有救国军的接待站，是秘密的。后来俺们一起到了穆陵，脚都走起泡了。俺们几个女的都进了被服厂，天天做军装。"

子昂问道："你二哥他们分哪了？"

懿莹说："他跟着队伍，不定啥时有命令，也不定去哪。"

他又问："那个汪守江呢？"

她说："他也跟队伍。他总和别人说我是他媳妇。开始我还老跟他唱反调，后来我看还有比他烦人的，就承认俺俩确实定过亲。从那以后，他一整就泡病号，转着磨儿地往被服厂跑，他们团长就把他派别的地上了。那天队伍突围，他也牺牲了。"说到这儿，她又伤心地哭起来。

他很理解她，却不知该怎么安慰她。她哭了一会儿又接着说："第二年冬天，救国军闹分派，二哥就带我入了同盟军，跟队伍去了宁安那头。后来我才知道，救国军是国民党的人，同盟军是共产党新成立的。原来都在一起，可共产党的人，都不敢说自己是共产党，听说救国军要知道谁是共产党，抓起来就枪毙，你说你是抗日的也不行，很多人都不理解。那年咱在家唠的王德林就是救国军的总司令，可转过年，总司令换成吴义成了。俺们现在的总司令是救国军的参谋长。他也姓周，叫周保中。他早就是共产党，开始谁都不知道，退出救国军后才知道。从救国军到抗日联军，中间改过两次名，救国军完了是同盟军，后来又改成反日联军，前年又变成抗日联军，就是抗联。我从进同盟军就当卫生员，开始金凤姐教我怎么救伤员，后来俺俩又分开了。这次西征，俺们队伍里成立个妇女团，俺俩又到了一块儿。金凤姐是班长，我还是卫生员，一天东一腿西一腿的，也不知哪是哪。开始一听打枪都害怕，一见到死人，吓得头皮都发炸。可从进了同盟军后，就觉着天天在和鬼子打，天天都有战友受伤，战友牺牲也是经常的。刚刚还有说有笑的，转眼工夫这人就没了，刚刚认识的好战友，头一天还有那么多要说的话，可第二天这人就再也回不来了。"

她的眼泪又涌出来，一边抹泪一边继续说："我就是个卫生员，看着一个队伍上的战友需要抢救，不救他就得死，你还能不管？那时还有啥怕不怕的，有时死活也不去想了，真说不准哪天就啥都不知道了，没有痛苦，也没有那么多的牵挂。"

她忍住哭又说："去年冬天，日本人搞三江大讨伐，敌强我弱，抗联的处境越来越不好，差不多哪次枪响，抗联都有伤亡。上级要求我们西征去五常和舒兰打游击，也是找机会和抗联一路军和关里的八路军会师；八路军就是原来的红军。今年春天，我们从富锦出发到刁翎集中，又翻山去苇河和五常。可鬼子堵得太凶，队伍又被打散了，一部分奔宁安去了，我们师又往刁翎撤。可快到刁翎时，部队让一条江给拦住了，就是你们进来看到的那条江，水挺急，又没有船，师部就让一些男同志伐木头做木筏子，其他人就在林子边歇着。我们到那儿时就要黑天了，等把木头伐下来，天已经黑了，过河就得等天亮。这里夜间挺凉，大伙儿穿的又少，有人就烧树枝子烤火，结果让鬼子发现了。天刚亮，放哨的战士发现西头有鬼子，就先开了火。鬼子是剪子形围攻我们，一路是顺江边过来，一路是绕进山里堵俺们；他们也猜到俺们不能马上过江，只能往山里退。开始俺们也不知道，就以为鬼子都从江边过来的，枪一响就都往山里撤，在林子边上和鬼子打，可鬼子有炮，一下把俺们炸散了，当时就牺牲不少战士，还有让火烧伤的，俺们只好往山里头撤。哪承想，在山里又遇上好多鬼子，俺们让鬼子包围了。没办法，俺们只好拉长战线，一些人守着中间和鬼子对打，其他人向两边撤，主要是为了分散鬼子，能突出去多少是多少。当时都打乱套了。妇女团临时分成两伙，实际就是两个领头的，谁跟谁也没人管了。俺们是跟着指导员这一股向西撤，一共三十多人。开始和两边鬼子都很近，打了没多久，就有将近一半牺牲和受伤的。后来总算把鬼子甩掉了，其实是俺们跑转向了，又跑回原来那块儿。当时鬼子都在俺们上头，俺们是转到鬼子身后了。这时俺们点了下人数，三十多人就剩二十几个了，其中还有十一个受伤的，脑袋、胳膊、肚子、腿，伤哪儿的都有。像脑袋伤轻的，胳膊受伤的，这还都能跑，可肚子和腿受伤的，只能让鬼子抓活的。当时就有一颗子弹从我脑皮擦过去，血淌了一脸，眼睛都给糊上了。这时俺们上头和东面的枪声还挺激烈，可离俺们已经挺远了，俺们猜大部队还没有甩掉鬼子。指导员是想和师部会合，可有五个走不了路的。要真死了也就没办法了，可她们还都活着，也不能把她们扔下不管。指导员见有棵老树让炮弹炸倒了，下面是一溜低坡，大树就斜在坡棱子上，下面能藏好几个人，指导员就把她们藏那里了，后来她还不放心，让我也进去了，说让我照顾她们。其实我当时挺不乐意的，我还能跑。可我是卫生员，就得和重伤员在一起。当时我就觉着山里到处都是鬼子，也说不准哪块儿有。女战士都怕当俘虏，鬼子糟蹋女战士，真是生不如死。指导员她们走后，俺们就备好了手榴弹，一旦让鬼子发现了，我就和金凤姐一起拉响手榴弹，死也不能让鬼子抓活的。还挺幸运，鬼子真就没发现俺们。那天下午山里就没有打枪的了，可俺们一直在树下猫着，第二天也没见指导员她们来。我是能下山，可还有五个伤员呢，三个得搁人抬着走，我就在跟前儿采了些野果吃。饿点俺们还能挺，就是担心指导员她们。"

这时她见志芳往这边来，又说道："志芳当时没受伤，一直跟着指导员她们。"

志芳捧着一把山里红果过来，笑盈盈地端给子昂道："我采的，你吃吧。"子昂双手接下熟透的山里红，见志芳穿着不合体的衣服，想起来时携带的女秋装，便吩咐道："把这身衣裳换了吧，叔叔给你带衣服了。"

懿莹笑道："俺们都认她是小妹妹。"

他愕然道："是吗？我有个外甥女儿和她同岁。那我随你们，也认她是小妹妹。"又对志芳说："以后就管我叫大哥。来时就听林大爷说，这儿有个十三岁的小抗联，我就把我外甥女的衣服带来一套。"说着起身喊一个随从，让把车上的包裹都拿下来。

第 139 章

子昂先为懿莹、金凤、志芳各选一套服装出来，给懿莹、金凤选的是多日娜和天娇穿过的红缎装，给志芳的是玉莲平常穿的粉绸装，然后对懿莹说："剩下的你去分吧，都抓紧换上，不一定合身，先比量着穿，回头给你们做新的。"懿莹一时不知说什么好，用红绸装在自己身上比量着。

看着懿莹终于开心的样子，子昂想到自己身边的女人们都有着穿不过来的好衣服，不禁又一阵心痛，暗想日后一定要为她做出每季多套好衣服，将她失去的美丽都找回来。

这时懿莹问志芳："小妹，好看吗？"

志芳也高兴地比量着，又看着懿莹说："好看，像新娘子。"

懿莹顿时不自然起来，上前去打志芳道："别胡说！"

志芳忙躲到子昂身后求助道："姐夫快帮我！"

他心中甜里掺着苦涩，拦住懿莹说："跟你说点事儿，待会儿你还真得给我当媳妇。是这样，她们不能走的，都得藏在蜂箱空儿里，你伤轻，撇头发挡着看不清，有人要问就说让树枝子捅的，你和志芳都坐车上，咱跟林大爷假装是一家，你二哥就说是雇来赶车的。"

她低头不语。他又说："委屈你了。"

她这才低声道："没事儿。"

志芳得意道："你看，俺叫对了吧？"

懿莹冲志芳道："别嘚瑟，赶紧换衣裳。"便一同去了窝棚。

懿莹和姐妹们开始打扮更衣，林老汉带着几个雇工开始往车上摆蜂箱。景祥也要去帮着装蜂箱，子昂招呼他道："不用着急，等她们换好衣裳的，先让他们摆出空儿来。"又问道："你们整个队伍都被打散了？"

景祥叹口气道："其实我们已经突围了，出去的也没剩多少，我是师部又派出来的，主要是寻找妇女团下落。跟我一块儿出来的还有两个，后来也不知咋的都没影儿了。俺们是第二天返回来的，见山上有不少牺牲的抗联战士，就想把他们集中起来埋一埋。可牺牲的同志太多，又都不在一个地上，俺们连找带抬，还得可哪捡石头；没有挖坑的家什，只能用石头给他们搭坟。那我们也干不过来，不到一天就都干不动了。寻思歇一歇再干，可躺下没多会儿我就睡着了。等我一觉醒过来，那两个不知道哪去了。我不能走，说啥也得把懿莹找到，她就是牺牲了，我也得见着她，要不我咋和家里人交代？她是我给带出来的。可满山也没找到她，我就从东头下山，正好遇上林大爷，这才知道懿莹还活着。"

见景祥不想再说了，子昂说："刚才听志芳说了一些，好像你们当时离得不是很远，你们当时就该增援一下她们！"

景祥又叹口气说："我们一进林子就让鬼子给包饺子了，前后都是鬼子，只能分散开往里头打，想突围都不知从哪突，挺乱套的，当时都绝望了。可就这工夫，俺们听见鬼子那头有喊中国话的，说他们被包围了。俺们仔细一听，山下的鬼子后面有枪声和手榴弹声，一听就是我们抗联的装备，再仔细一听，有女人喊的动静，这俺们就更清楚了，肯定是妇女团的人。可她们咋冲出包围圈的俺们就不清楚了。当时也不考虑这些了，留一部分火力对付下面鬼子，其他人集中火力打上面，这就好打多了，上面的鬼子都是翻山绕过去的，火力比下面的弱，我们这一集中，他们就挺不住了。可打了没多会儿，下面的鬼子又都奔我们开火，正好我们这时在上面扯开个口子，就开始朝上面突围。当时师部也想把下面扯个口子，主要是想让妇女团的人和我们会合，可这个口子怎么也打不开，眼瞅着又有不少战士牺牲，师部就下令全从上面突出去。我知道懿莹她们在下面，也知道往下冲就是送死，可我就是不想往上突，团长要枪毙我，那我也坚持往下打，后来我是被好几个人硬给拽走的。进五常这一来回，我们已经牺牲了好多战士，到要过江时，我们还有三百多人。从山里突围后，我们就剩下不到一百人了，这还亏了妇女团在敌人后面抄袭了一下，要不全都扔山里了。师部也承认妇女团在这次突围中立了功，就派我们三个化装成老百姓回来找她们，也猜到她们活的可能性不太大。现在能找到她们七个活着的，已经让我很惊喜。当然，对于牺牲的同志，我很惋惜，很心痛，也很无奈。"说着也流下眼泪。

子昂安慰道："我虽然不是抗联，但作为一个中国人，我和你同感。可眼泪不能救国。不瞒你说，这几年我一直在准备复仇。这次回去，我准备起兵，我能联络二百多人，到时先把龙凤镇的鬼子干掉，完了就以龙凤镇为大本营，逐渐扩大队伍。"

　　景祥说："这两年鬼子比以往凶多了，对打根本不适合咱们，只能打游击，但也很难。战士们吃的穿的还有武器弹药，都不容易搞到。去年冬天，我们在山里不少是被冻死饿死的。"

　　子昂自信道："我那儿在大山中间，只要拿下来，可守可攻，关键是怎么拿。那块好像是日本人的仓库，但究竟是个什么库，我一直也没弄明白，我就想破开这个谜。"

　　景祥担心道："如果真是仓库，那鬼子会派重兵把守，而且他们的武器装备都很强。"

　　子昂说："我特意观察了好几年，里面的鬼子好像不太多，我给他多算也不过百十号人。外头有他们的保安大队，也百十多号人，都是中国人，当中有个小队咱可以使唤，我准备用他们做内应。这件事我想了快两年了，一旦起兵，先拿西营，就是保安大队，然后引蛇出洞打伏击，同时攻打北营。只要拿下北营，封死进山的山道和河道，日本人想再进龙凤镇，就不是他们开始那么容易了。只要拿下北营，我就可以公开招兵买马，把队伍壮大起来。"

　　景祥开始感兴趣了，问道："如果和抗联合伙，你愿意吗？"

　　子昂高兴道："当然愿意。只要是抗日，咋联都行。"

　　景祥又问道："我们是共产党的队伍，我们一切行动都是听党指挥的，你也愿意？"

　　子昂笑道："我从小到大就知道国民政府，远一点的就是大清国，对共产党真不了解，听说过红军，也没当回事。这些年我还真听了不少共产党的事，觉得共产党真挺了不起。只可惜红军想抗日，蒋介石还想消灭他们。一说蒋介石就来气，他有一百万军队不去打日本人，偏要窝里斗，结果没把红军消灭，这又和共产党联合抗日；要早这样，东北也不至于让日本人占领。我希望共产党队伍强大，我妹妹和我妹夫都是抗联的，我要拉队伍，肯定要和抗联联合。"

　　景祥欣喜道："是这样！那他们是哪支队伍里的？"

　　子昂说："说是赵尚志队伍里的，你们是周保中队伍的吧？"

　　景祥兴奋道："周保中、赵尚志都是抗联。那咱们已经是一个队伍里的了。"

　　子昂笑道："现在我还不是，等我把队伍拉起来的。我没有当军官的瘾，就希望大家联合起来把鬼子赶走，到时我就消停做我生意，领着大家伙儿好好过日子。"

　　景祥点头，忽然问："你刚才说你妹妹我想起来了，你找着你爹你妈了？"

　　子昂说："找着了，先是找着我爹我妈的。别提了，从哈尔滨要饭过来的，还把我妹妹弄丢了。前年才找到我妹妹，人在九一八第二年就入了赵尚志的队伍，在哈尔滨那片儿，跟着一个叫苏丽的女长官，后来中了鬼子圈套，她俩都受了伤，分别藏在老百姓家里，结果苏丽藏的地上让人告密了，日本人就直接奔那去了。照看我妹妹那家人也怕惹事儿，不敢留我妹妹在他家；还不错，让家里亲戚送牡丹江去了。开始我不知我妹妹入了队伍，寻思她要不回奉天，要不就去牡丹江找我大姨。奉天一直没她消息，我就让我大姨她家人帮着悬了一千大洋的赏，黄花甸子和火车站跟前所有做生意的都打招呼了，结果还真管用了！要不我妹妹让人卖到妓院也不是不可能。送我妹妹那小子，好像是在打我妹妹歪主意，可他没承想，他们一下火车就让我们交代过的人碰上了，真是天意。我挺佩服我妈。没找着我妹妹时，她总说举头三尺有神明，善待别人的孩子，神就保佑咱的孩子。甭管咋样，我妹妹是共产党队伍收留的，有时我就想，共产党挺神的，蒋介石用一百万大军对付她，愣没打过她，真挺神奇。"

　　景祥惊讶道："你知道的还真不少。"

　　子昂说："也是东问西打听知道的。我四连桥儿原先在哈尔滨教书，后来摆了点事儿，就回宁安做生意了。他见的人比我多，外头的事儿也知道不少，有时他上我那儿，我就向他问这问那的。他还和我唠过一个女共党，在珠河让日本人给杀了，就是苏丽；日本人在报纸上叫她共匪女头领。也不知我妹妹知道不。她跟我妹夫回队伍了。九一八事变后，他俩两头入的共产党队伍，一连五年没见面，愣不知道是一个队伍上的。上次他俩从我那儿走的，又两年没见他俩了，看你们这样，我真为他俩担心。他俩打小定的娃娃亲，一直互相恋着，感情挺好。"

说到这儿，他见景祥突然情绪低落，不禁想起小青，犹豫片刻道："有件事，我想瞒也瞒不了你多久。"

景祥立刻不安地问道："俺家出事了？"

见景祥惶恐的样子挺吓人，他又后悔起来，忙说："没有没有，我是想说别的事儿？"可又一时编不出能让景祥相信的事。

见子昂犹豫，景祥追问道："俺家肯定出啥事儿了，你告诉我，到底啥事儿？你放心，我死都死好几回了，啥都能挺住。"

子昂犹豫道："那我只和你说，先别告诉懿莹。"景祥点头应。

子昂这才说："叔和大哥都不在了，咱爷也走了。"

景祥呆了一会儿才急切地问道："咋整的？"

子昂大概讲了罗家遇难的事。景祥一直在流泪，转头看一眼懿莹她们在窝棚内说笑，忙擦去泪说："我还真为这事儿担心过。可这些年一直离家远，再说我也真不愿回那个家。懿莹一心在找你，也没唠过想家的事。"又问道："她现在好吗？"

子昂知道他问小青，说："就是心里苦，天天盼你回到她身边。"

他叹气道："回她身边，不还是她小叔子。"

子昂说："妈觉得挺对不住你俩，想让你俩到一块儿。"

他一愣道："那成啥事儿了？"

子昂说："她本来就是你的。不瞒你说，这些年，我做了一些让人背后讲究的事儿，今儿就不说了。可我认准一样，曾经是我的，应该是我的，我一定要把她夺回来。"

景祥这时已不顾子昂因何被人讲究的事了，开始激动道："是，她就是我的。她十五岁就和我好，结果……"他又哽咽道："这些年，我心里一直就跟刀剜似的疼；也想我妈，可就是不愿回家。"又擦把泪说："不管她咋样，我都不嫌她。既然妈有这想法，我也不在乎别人说啥。不管我爹我哥咋死的，我都无法原谅他们。但我绝不感激日本人，爹再有错也是爹，杀父之仇我必须报。如果能活着出去，我和你一块儿干。开始我本想把她们带回刁翎，现在我决定帮你带队伍，看你挺有把握，联合的事，就等你这头儿壮大以后再说。"

子昂激动道："我这儿就缺你这样的人。我妹夫也答应我要帮我带兵，这样我身边至少有六个可以带兵的了，挺好，六六大顺，这是好兆头。"

景祥笑道："那你就是总指挥了呗？"

子昂笑着看他问："我不行吗？"

景祥刚要解释，他又说："我在自卫军里就是个警卫，但指挥打仗我还真不服那些当官儿的。"接着又说："我现在算是个商人，当不当总指挥不重要，重要的，我是中间人，能把几路人拢在一起。等拿下龙凤，这总指挥你们谁有能耐谁来当，我就想好好做生意，给你们当后盾。"又笑着补充道："干啥没钱都不行，财能升官也能通关，官能掌印却受财制。还有一说儿，有钱能使鬼推磨，没钱当官反为仆，当官是个苦差事。"

景祥惊愕道："你懂的真不少。"

子昂笑道："都是些三教九流的玩意儿，细琢磨也不无道理。"又掏出怀表看了下时间问道："她们还没换好衣裳？"

景祥说："我去帮他们装车。"说完朝那片蜂箱走去。

懿莹一身红装出来，显然也刚刚梳洗过，虽然没有当年的天真和那两条长长的辫子，子昂却觉得她很像当年的穆岚老师。她走到他身前羞涩地问："好看吗？"

他仿佛又回到七年前，心中激动道："好看，像个新娘子了。"

她立刻收起笑，低头道："别拿我开心，我还给谁当新娘子？"说着眼里又闪起泪光。

他激动地扶住她说："你是我的。"见她一惊，他又不安道："道上要有人问，你就说你是我媳妇，为了安全。"她只是点下头。

金凤、志芳等女战士也都换上女儿装，互相搀扶着出了窝棚，脸上又都透出了女子的娇柔和魅力。志芳一身靓丽地跑出来问子昂："看我好看吗？"

子昂笑着点下头说："好看，跟我外甥女儿一样好看。"

她不悦道："我是你妹妹。"

他又笑道："都一样。"

她倔强地说："不一样。"

他变通道："是不一样，你是英雄，我有你这样的小妹妹很自豪。"

志芳得意地看着懿莹说："那你就不是我姐姐了，是嫂子。"

懿莹吓她道："又瞎说！"志芳咯咯笑着藏到子昂身后。

子昂对懿莹说："道儿上就这么说。"

她又难为情地点下头道："她们该上车了，我去帮帮她们。"说着奔伤员们去了。

子昂还想知道志芳她们是怎么跳的江，她又是怎么死里逃生的，便对志芳说："咱坐等一会儿，和我说说，你们是咋跳的江？"

志芳沉默片刻说："俺们在山里藏完莹姐她们，想绕过去追队伍，看见从山上下来一群鬼子。指导员怕鬼子看见藏伤员的地上，就先开了枪，想把鬼子引到别的道儿上，俺们也都跟着开枪了。鬼子以为他们被包围了，就都往下面打，看见俺们就一直追，俺们没道儿走了，就往山下跑。还没等出树林，十七个人就剩八个了。兰子姐让鬼子抓住了，淑贞姐和春爱姐受伤走不了，自个儿把自个儿炸死了。"说着又哭起来。

子昂安慰了一阵又问："后来你们就出去跳江了？"

志芳止住哭又说："后来没道儿走了，俺们也不会游泳。鬼子要抓活的，指导员就领俺们往河边撤，说那儿有砍好的木头，让俺们抱着木头游过去。出树林子时，俺们就三枚手榴弹了，扔出去就都往江边跑。那些木头可长了，我咋也抱不动，指导员和我抱一根下去的。鬼子看俺们都下水了，就朝俺们开枪，杨班长第一个中弹的，完了是胡班长，都沉下去了。指导员后背挨了枪，挨了好多枪，可她使劲搂着我，让我一定活下去，漂出挺远了她才松手，也沉水里了。"说到这儿她再也说不下去了，又失声痛哭。

他不忍心再让她伤心，安慰道："别哭了，指导员能不惜生命让你活下来，我就能把你们从这儿带出去，神会保佑咱们的，以后咱还要为指导员她们报仇。"然后带她去蜂箱处，他们正往马车上摆着蜂箱。

各车上已经摆上一些蜂箱，蜂箱的中间都闪出两只蜂箱的空隙，只能一人侧身屈腿躺在里面。先在车板上铺了一层草，然后小心将受伤的女战士扶上车。又怕人被蜂蜇，就用带叶的树枝裹住伤员的全身。接下来继续往上摆蜂箱，分别将伤员围在里面。一层摆好后，先用绳子多道捆绑蜂箱，再严严实实地摆上第二层蜂箱，继续用绳子捆绑，这时已经无法看到里面藏的人了。

子昂还是不放心，上前推了推蜂箱，整车蜂箱已被捆绑得如同一体。林老汉笑道："放心吧，咋颠也散不了，我这是捆十五车的绳子，都用这五车上了。"

他这才放心。但一些散蜂似乎对他不放心，试图围攻他，他忙用风衣遮住脸跑开，懿莹和志芳看他狼狈的样子都忍不住笑。

捆绑好五车蜂箱后，还有许多蜂箱放在山里，左右不是一次能运走的。动车前，子昂又对藏在车里的伤员嘱咐道："我们得从日本人眼皮底下走，千万记住，道上谁都不要吭声，饿了就鸟悄儿地吃点干粮，拉屎撒尿从现在开始就得忍，忍不住也不能吭声，啥时可以吭声俺们招呼你们，听清没？"

车里都没动静，子昂问道："咋都不吭声呢？"

车里这才传出话道："你不不让俺们吭声嘛。"

子昂笑道："现在一人答应一声，完了就等俺们招呼。"

各车里面都答应一声，车队开始启程。子昂、景祥、懿莹、志芳和林老汉的老婆都坐上林老汉赶的空马车，然后在前面引路，五辆藏伤员的车跟在后面，摇摇晃晃地出了山沟，又上了一条弯弯曲曲的泥土道。

第 140 章

六辆马车一进入人家密集的街道就遇上一只日本巡逻队，但这伙日本人都被坐在前辆车上的懿莹所吸引。一个挎刀的军官过来拦住车问："良民证的有？"

子昂忙又下车，掏出那本证件。军官打开一看也一愣，然后鞠躬将证件还给他。子昂也鞠下躬道："家父家母在山里养蜂子，天要冷了，今天带家人过来，帮着把蜂箱运回去。"正说着，一个日军用手轰赶面前几只随车来的散蜂，结果一下惹恼了多只散蜂，一同向那日军攻击，巡逻队顿时散开，巡逻兵都惊叫着逃开。日本军官大笑，又命令那几个日本兵继续前进，自己又向子昂打一敬礼也离去。

终于又上了一条乡间小道，见四下无人，志芳摸着前胸说："哎妈呀，吓死俺了。"

懿莹也平静下来，疑惑地看着子昂问："鬼子咋对你那么客气？"

子昂诡笑道："我也是鬼子，中国鬼子。"

景祥也疑惑地问："我咋没弄明白？"

子昂说："龙凤也有日本人，我们经常有接触。在他们眼里，我是他们的朋友，可一些中国人认为我是汉奸。你们也别多想，不过是以毒攻毒罢了，为的就是蓄势待发。抗日的方式有很多，也别说啥好啥不好，能把鬼子赶走就好。"

懿莹仍眼里透着疑虑问："你没干啥坏事吧？"

他看着她笑道："那我今天干的是好事还是坏事？"见都不回答他，他也认真起来，说："几年前我在龙凤修了一座山神庙，还画了一张岳飞像挂在里面，日本人见了非常不满。他们对中国文化挺了解，就怀疑我是反满抗日的。他们不知道我参加过自卫军，可那年我还是让日本人抓进监狱了，牡丹江守备队，差点把我送进掖河监狱。我只能和他们装糊涂，他们让我为他们画过日本天皇。要没有这个，我可能早就没命了。日本人到处搞集团部落，把分散住的人家都集中到一块儿了，我现在还行，还能有自己一片小天地；有了这片小天地，我就可以做我自己想做的事。有些事儿等咱过了这一关再说。"

天傍黑时，他们又进了一个只有几十户人家的小村子。林老汉的家就坐落在村北一座山的前面，东西也有人家，但都相隔几十米远。

林家的院落很大，六辆马车都赶进去也没显得拥挤，只是院中的房子不太大，是套两间的草房，房后几米外便是山林。

头辆马车一直赶到草房后面才停下。这时子昂才发现，山体间一个凹内是扇门，显然是借助山体挖了洞。

林老汉说："这是俺家蜂窖，蜂子就在这里过冬。等来年开春儿柳树毛子长出来，再把它们运到柳树林子去，这咱新蜂子多，就得指着柳树粉，完了还得挪地上，苕条林子、椴树林子。等椴树花采完了，就得采杂花儿，倭瓜花儿、苞米花儿，啥花儿都采。我是尽量在山里放蜂子，山里的花儿还是比庄稼花儿好。"

子昂觉得新奇，一边听一边跟着卸蜂箱，待蜂箱都卸下来，藏在车上的女伤员也都露出来。

林老汉先带子昂、景祥、懿莹进入蜂窖。借着一盏马灯的光亮，只见蜂窖是下斜方向的地洞，从最上台阶到最底下台阶有三米多深，再向前就是一片平整的空地，去了摆放蜂箱的三层木头架子，只有贴着洞壁一圈很窄的人行道。

林老汉对子昂说："就得先把她们藏这里，把里头的箱架子腾出几个来，铺上被乎、褥子，再搁帘儿拉上，过冬也没事儿。家里没那么多被褥，回头我让孩子他们捎些来。"

子昂忙说："这事儿最好别让人知道。"

林老汉说："你放心，俺们家不会出汉奸。再说我就让他们捎几套被褥，别的不说。"

子昂点头道："那就先让她们在这儿养一养，年前我就想法儿把她们都接到我那儿。再有，尽量给她们做点补身子的，下次来我再给你带些钱，亏不着你。"

林老汉说："只要她们能利手利脚地跟你走，钱不钱的不打紧，你就放心吧，我还懂点中医，看这样儿，年前她们就都能跟你走了。"

子昂又点头，然后对景祥、懿莹说："只能先这样，就是委屈她们点。"

懿莹仍担心道："委屈点不怕，别让鬼子知道就行。"

林老汉宽慰道："我这里从没来过外人。儿子、闺女回来也不到这里来。只要没人给鬼子报信儿，你就尽管放心，吃的喝的都能跟上，明儿个我再配些治红伤的药。"

子昂欣慰地点头，从兜里又取出一沓钞票，塞给林老汉说："那就有劳您了，等我把她们接走，还要给你金条和银圆，保准够您二老养老的，以后您二老也不用总在山里待着了，岁数大了，该享享福了。"

林老汉有些难为情道："我真不是图钱才帮你们，咋说也是中国人，不过这些钱我也收着，给闺女们补身子用，让她们早点养好伤，至于金条、银圆啥的就不用了。"

子昂说："这您就不用管了，钱我有的是，该给谁花我心里有数。"然后一起动手，在紧靠里面的二层木架上铺了棉被、棉褥和兽皮，人钻进去，除了能躺下睡觉，也只能低头坐着。接着，老两口又将家里可用的单被、窗帘、包袱皮甚至用来做寿衣的布料也都拿出来做挡帘。

一切布置就绪，子昂和景祥又逐一将伤员抱进蜂窝，将一盏马灯也留给伤员。林老汉还拎进一只木桶，说是用来大小便。五个女伤员都有些难为情，林老汉说："这有啥，吃喝拉撒，谁都少不了。没事儿的，到时让你大娘进来帮着拾掇。"大家笑笑后便准备吃晚饭了。

吃过林母做的晚饭，大家便都准备睡觉，除了藏在蜂房的伤员，还有八男三女，可只有一条长炕，别说不能男女睡在一条炕上，就是只让八个男的睡炕上也很挤。林母安排道："你们老爷们都屋里挤炕上，我领俩闺女在外屋搭板子睡。"

林母说的外屋是灶房，但子昂带来的几个人说要睡院里的马车上。林母说夜里天凉，没准还会下雨，坚持她的安排，便这么睡下了。

夜里，子昂梦见日军抓懿莹。他急了，将身上的手榴弹都投向日军，随着浓烟退去，所有日军都没有了，但懿莹也不见了，原来她已经跳了江，正在一望无际的大水中挣扎。他大声哭喊着懿莹，也纵身跳进水里，可怎么也游不到她身前。这时有人拽他，他一怔醒来，原来是在林家的炕上做梦。

黑夜里，挨着他睡的林老汉正拽他道："大当家的！"他猜到自己又说梦话了，只是应了声，便又不敢睡了。

第二天吃早饭时，大家都看着子昂笑，懿莹和志芳也抿嘴笑。子昂问都笑什么，林老汉笑着问："你咋晚梦见啥了？又哭又喊的。我的天哪，都快把房子鼓开了。"

他想自己夜里又喊懿莹了，难为情道："咳，我睡觉有个毛病，总说梦话。打扰你们睡觉了，不好意思。"

林母惊奇道："哎呀妈天哪，俺娘仨在外屋听得真亮儿的，又哭又喊的。你说梦话咋说得那么真亮儿哪？这毛病可不好。"接着讲起故事来，说："俺在老家时，同村儿有个叫刘连奎的就好说梦话，说得也可真亮儿了，结果把命说没了。"

子昂、懿莹等人都一愣。林母接着说："咋回事儿呢？俺那儿还有个叫张带的，那次杀了个人，结果没两天就让官府查出来了。那个刘连奎也杀过人，都好多年前的事儿了，可官府愣没查出是谁杀的，后来就没人问了。俺老家是山东的，夏天热，这帮老爷们都愿聚堆儿在长院里睡。那天夜里，这个刘连奎可就说开梦话了，就说'张带呀张带，你可真废物，前脚儿杀了人，后脚儿就让人给抓了，你看我，谁谁谁就是我杀的，都过去这么多年了，他们就是没破了这个案'，说得那个真亮儿。长院里有没睡着的，人家听得也真亮。结果就有个人就去报官了。来抓刘连奎的时候，他还不知咋回事儿呢！进去一动大刑，就得招了，他自个儿都不明白官府咋知道的他杀过人。孩子，大娘可真为你担心，不少人都说梦话，可像你说得这么真亮的真不多。知道你有这毛病，咱往后睡觉可得选好了和谁一块儿睡。"

子昂很在意林母说的话，点点头，又问志芳道："我昨晚喊的啥？"

志芳样子顽皮地道："你喊我莹姐，哭着喊的，声可大了。"

子昂再去看懿莹，见她眼里噙着泪，倒为自己昨夜的梦话感到惬意，对她说："我成亲后和谁都没提过你，可我媳妇知道你，就是从我梦话里知道的。"

懿莹擦去泪问："在你家也这么喊？"

子昂叹息道："我都喊六年了。有这毛病没办法，一到梦里我就管不了了。"

懿莹百感交集，又捂着脸哭起来，大家的情绪也随着低落。

离开林家前，子昂独自去蜂窖和养伤的女战士告别，又对金凤说："你肯定就是米家的五姑娘。要论起来，我得管你叫五姐。"

金凤笑道："你比我大，叫五姐是咋论的？"

他郑重道："我是米家的老姑爷，你亲老妹儿是我媳妇儿。"

她惊讶地看他道："是吗？"

他又说："把你送人的事，要怪只能怪爹，妈这些年一直想找到你，可后来谁都见不着你养父了。现在找到你了，可爹妈都不在了；爹是死在日本人手里的，妈是爹走后太难过，跟爹一起走的。"

她更惊愕，但只是叹口气道："如果我能活下去，就到他们坟上添把土；不管咋说，生母十月怀胎生下我，这些年又一直在找我，我不怨。"说着哽咽落泪。

他安慰道："你们先好好养着，过几天我再来，只要走路方便些，我就接你们去龙凤；那是你的出生地。"

她抹着泪道："让你受累了。"

他鞠一躬道："咱是自家人。"然后转身出了蜂窖。

子昂凭着他的以毒攻毒，先带懿莹、景祥、志芳到牡丹江的七姐家住一宿，七姐一家人都待他们亲如一家。

七姐对子昂提起那个施大洋，说道："他一直想见你，老忘了告诉你。"

子昂又怀念起婉娇，叹口气道："我记得他，他想找我兑换大洋。我那大洋不多了，就不见他了。"七姐没再多说。

第二天又乘坐火车和马车到了龙封关山庄。

进山庄时正是大家吃午饭时，外面一时没有人。这时芳子从自己屋里出来，显然是去大灶房吃饭。她也正怀着二胎，已经开始显怀，走路很小心，见到他们便停住脚，直直地盯着懿莹看。

到了跟前，子昂郑重其事地向芳子介绍懿莹道："这是我媳妇。"

芳子先一愣，但还是给懿莹鞠了一躬。懿莹不知子昂是在逗芳子，还以为他是为了隐蔽她的身份才这么说，便也给芳子还了礼，一切如同真的一般。不想芳子直起身，一脸不悦地去了大灶房。

懿莹疑惑地问子昂："她是谁？"

子昂笑道："我媳妇儿，又要给我生儿子了。"

懿莹吃一惊，立刻气愤地打他道："你个坏蛋！"

他由着她打，笑道："我是故意气她呢。"然后带景祥去见母亲、奶奶和小青，懿莹和志芳跟在后面。

奶奶、母亲和小青、景利及孩子正围一桌吃午饭，两下一见面，顿时都悲喜交加，哭成一团，好一会儿才都止住。懿莹突然感到异常，问母亲道："俺爷和俺爹呢？"

得知爷爷、爹和大哥早已不在人世，懿莹、景祥和家人又哭一气，子昂和志芳也随着哭。但志芳在道上就说过饿了，懿莹便止住悲伤，让志芳脱鞋上炕吃饭。

子昂要去大灶房让厨娘新弄些饭菜来，懿莹妈拦住道："这会儿他们都正吃着呢，就别惊动她们了，咱屋里有东西，让青儿先简单弄点，晚间你想张罗再张罗。"

小青便下地忙起来，烙油饼、炒肉丝、炒鸡蛋，又做了鸡蛋汤。

大家正边吃边说话，忽听多日娜在屋外大声道："我偏要看看，他老在梦里喊的懿莹到底长啥样儿？"说着已挺着肚子出现在门口，芸香、文静、亚娃、顺姬也都大肚翩翩地跟在后面。

见到懿莹，多日娜惊讶道："呀，真又是个大美人儿！"又阴阳怪气地挖苦子昂道："咋的？这就算娶进门儿了呗？那你也太抠门儿了，咋连套新衣裳也不给人家做，穿着嫁过人的衣服进门儿可不好。"

子昂上前捧着她的脸摇着说："哎呀我的姑奶奶，你能不能让我省点心？"

多日娜挖苦道："这么一帮媳妇，你还能省心？你等着！"说完气哼哼地走了，芸香、文静、亚娃、顺姬也跟着离去。

懿莹被闹蒙了，问子昂："她们都谁呀？"

他坦然道："都是我媳妇。"

她吃惊道："你几个媳妇？"

母亲一旁替子昂开脱道："有钱人都这样，俺们都瞅习惯了。"

得知子昂现有九房太太，懿莹傻了一般，好一会儿才缓过劲来，又哭道："我冒着枪林弹雨到处找你，你倒有闲心娶一大帮媳妇，你啥人呢？恶心人！"

子昂无地自容道："我是啥人都不重要了，只要你好好的就行。"

母亲劝懿莹道："子昂心里有苦衷，娘从来也没怨过他，要怨就怨你爹当年太浑了。现在外头这么乱，也不知你俩是死是活。这些年，娘就当子昂是咱家的姑爷，今个儿你回来了，有些事儿还真不知咋办好。"

奶奶说："子昂是个成大事儿的人，多几房媳妇不算啥，奶当初就盼着你俩成亲，已经这样了，奶还盼着你俩到一块儿，要不奶死了都闭不上眼。"

懿莹不悦道："奶，你说啥呢？让我给他当小老婆呀！美的他！真没想到他变成这色样了！"

母亲说："子昂这些年是变了，啥事都由着性子来，旁人谁也管不了，可他心还没坏。也不知你俩今后能咋样，咋样都是你俩的事儿。"

懿莹突然镇静下来，擦去眼泪说："子昂哥，对不起，刚才我不该那样，过去都是俺家不是，现在你再有不是也没我管的份儿。"又强作笑颜道："你的媳妇快成妇女连了吧？"

他也笑道："差不多，我是怜长，怜香惜玉。我对哪个媳妇都好，你也入怜队吧。"

她横他一眼道："别恶心我！我入就入俺们抗联连队，明儿个我就去找抗联。不过我谢谢你这些年一直想着我，还这么照顾俺家人，反正今生是报答不了你了，就等来世吧。"说着又哭起来。

他想去抱她，又怕她发怒，就心疼地看着她说："不管你咋看我，我希望你能留下。现在到处都有日本兵，想抗日在哪都可以。我和景祥在山里唠过了，我也想拉队伍。"

她先一怔，又赌气道："愿拉拉你的，俺不进你队伍。"

他笑道："那你先歇着，我还有别的事儿。放心，在这儿没人敢欺负你，我也不欺负你，不信你问咱奶和咱娘。"

她训斥道："别咱奶咱妈的，不害臊！"

他又笑道："那你问你娘，这些年我是不一直都管她叫娘？"懿莹吃惊地看母亲。

母亲说："妈一直把他当儿子。"

子昂抢话道："一个姑爷半拉儿，半拉儿也是儿，是不娘？"

母亲笑了，又对懿莹说："发送你爷、你爹、你哥那会儿，都是子昂给操办的，还给你爹撒了纸钱。"言外之意，是说子昂早就是罗家的女婿了。

子昂见懿莹娘和奶奶都向着自己说话，心中得意道："娘，奶，你们先唠，我去忙点别的。"说完一边看着懿莹诡笑，一边出了屋。懿莹一脸纠结地皱起眉头。

子昂这时最担心香荷在他不在山庄这几日受委屈，还要把找到米家五姑娘的喜讯告诉天娇和津梅。

香荷穿戴还都整洁，这时正在自己屋里和两只一个月前产的羊羔在一起。两只羊羔都养得很干净，也很欢实，见有人进来，跳跃着到了香荷的跟前。

香荷先看着子昂发愣，又突然训问道："哪野去啦？"

他不答话，想去搂她。她打他道："去边儿去！"

他又去抱羊羔，她又说"我的"，也不让他碰。

天娇进来，怀里抱着龙儿、凤儿，身后跟着豆儿，欣喜地看着他问："回来了！"

他接过龙儿、凤儿道："刚回不大会儿。"又看着豆儿问："想爹没？"

豆儿搂着他的腰说："想了。"

他哄豆儿道："爹抱会儿弟弟妹妹再抱你。"

天娇将龙儿、凤儿接过去，他又抱起豆儿用胡子贴她的脸，豆儿痒得嘎嘎地笑。香荷在炕上焦急道："胡子！"

他对香荷笑笑，又问天娇道："这几天庄里没啥事儿吧？"

天娇顺口道："没啥事儿。"忽然想起事来说："你走第二天二姐和二姐夫来过，把香荷儿的项链要走了，说那是日本人的东西。"

他一怔骂道："尽他妈扯淡！九爷知道，这玩意儿是咱镜泊湖里产的，和他日本有毛儿关系？"

天娇说："别提九爷了，事儿就他引起来的。那次二姐来和香荷儿洗澡儿，也不知咋哄的，香荷儿把那俩手链儿给她了，我也不知道。我倒不是心疼，给她蔫巴悄儿地戴着也行，穷显摆。九爷认得，说这是东珠，大清国那会儿要献给皇太后的，还说咱家香荷儿有一整套。二姐又在田守旺的媳妇跟前显摆，啥都和人说了，结果人家就想花钱买。二姐开始说啥也不卖，田守旺就去找二姐夫的茬儿，说二姐夫不参加他的队伍，就是不想给日本人做事儿，说这跟反满抗日没两样儿，日本人正琢磨他呢。二姐一听就害怕了。开始人家要买她不卖，这会儿倒白送给人家了。哪想到田守旺又当宝贝似的送给了日本人，日本人就说这是他们日本国的玩意儿。"

子昂愤怒了，放下豆儿说："放他娘的狗臭屁！"

香荷被他的骂声惊到，护着羊羔训子昂道："又打架，回你家吧！"

天娇对香荷说："没你事儿，少打岔儿。"

香荷顿时不悦，两眼一横道："打你！"接着举手过来打天娇。

子昂正生日本人的气，眼一横道："别闹！"结果香荷转手扇了他一嘴巴，听他"哎呀"一声，忙又去护那两只羊羔，天娇和豆儿都笑。

子昂也觉得香荷好笑，并没生气，捂着被打疼的脸又入正题道："狗日的，他说是日本的就是他们日本的了？凭啥？"

天娇说："咱那玩意儿不是叫东珠吗？二姐夫说，东就是指日本。那回大姐夫还说过，他家那块儿原来有个东大洼子，后来日本人一来，就管那儿叫东京城了，好像日本有个东京。"

他郁闷道："这我知道，日本还有个名儿叫东瀛；现在叫的日本，就是太阳升起的意思，指的就是东方。日本人野心太大，他们想把整个东方都变成他们的。"又恍然道："我明白了，他们要咱这玩意儿，是不想把它当证据？你看，东珠产在咱们镜泊湖，如果把东珠说成是日本的，那就等于镜泊湖一开始就是他们日本的，多少年以后他们就会说，他们占领咱东北根本不是侵略。"接着又责怪道："你也是，明知日本人要你也给？香荷儿疯你也傻？"

天娇委屈道："你不知那会儿多吓人，二姐夫说了，田守旺说咱家里藏了日本国宝，要不交出来，他就带日本人来咱这儿搜。你又不在家，我就得听二姐、三姐的。华老爹也说这事儿说大就大，让咱破财免灾。"

子昂又愤然道："以后不让二姐他们来，再来别怪我不客气，成事不足，败事有余。"但立刻又想起金凤，激动道："我还真得去找二姐。"

天娇以为他要去找津菊、骏先泄愤，立刻不安道："算了吧，就当破财免灾，二姐也是没办法。"

他一笑道："我找二姐是想告诉她个好消息。我这次出去找到五姐了！"

她没听明白，问道："啥五姐？"

他嗔怪道："还能啥？咱爹当年把她送人了，可你们到啥时都是亲姐妹。"

她惊愕道："哎妈呀！她在哪呢？"

他便讲了他意外认出金凤是米家女儿的经过。

正说着，津梅领着阳儿进来，她听说子昂找到他的梦中情人罗懿莹，想来问子昂是不还要成亲，自然是担心山庄又多个女主人。可当她得知他还找到了她家二十五年前就送人的五妹时，也惊喜万分，就没提懿莹的事，还急着要见五妹，又问道："她长啥样？"

他重复道："和四姐长得像，也有点像你，挺好看，就是瘦点。我猜她在山里吃得不好，等接回来好好给她补补。"

津梅又问："她有男人吗？"

他点下头道："也是抗联的，后来让鬼子打散了，死活也不知道。"

津梅不解道："她咋找个抗联的？"

他责怪道:"找抗联咋的?抗联是救国的,你不救国,还不让别人救国?再说他们不出来抗日,你咋能找到你五妹?"

津梅尴尬道:"我没别的意思。"又惋惜道:"咱妈要活着得多高兴。"

他也叹息道:"谁说不是?咱家的事我都和她讲了,她说要感谢咱妈十月怀胎生下她,要去坟上添把土。"

津梅又激动道:"妈要在天有灵,一定也能高兴。"接着又问道:"她伤得重不?你啥时去接她?"

他安抚道:"你别着急,那头我已经安排人照顾她们了,过几天我再去看看,等能自己走路就接回来。"又想起田守旺讹去东珠的事,骂道:"田守旺,你这狗日的!"但眼下他也只能骂一骂,万全现在都惹不起他。

他还想去见那些都已怀上二胎的媳妇和孩子,可再见到龙儿、凤儿,又想起凤儿和金凤近乎是重名,便和天娇商量道:"五姐的名字也是凤,一家人重名易重命,就把龙儿、凤儿的名字都改了吧。"

天娇有些不情愿道:"那咋改?"

津梅笑道:"这是你俩的事儿,俺可不掺和。"

他对天娇解释道:"大爹知道咱这两孩子叫龙儿、凤儿,听他的意思好像咱不该给孩子起这名儿,说叫庆和悦比较好;百僚庆悦,皆贺神明,就是有神明保佑,万事如意的意思。要我说,咱能找到五姐也是神明保佑。我开始想用庆和悦当孩子的大名,龙儿、凤儿当小名,现在咱知道五姐也叫凤,那两孩子的小名也叫庆和悦吧?"

天娇不再计较,点头道:"听你的。"

津梅赞许道:"挺好的。"

香荷也学舌道:"挺好的。"

他笑道:"娘娘说好就好。"

香荷便又命令他施礼。

他急着去见那些媳妇和孩子,嬉笑着道了声"娘娘吉祥"便离开了。但他又顾忌起多日娜和芸香,想起刚才当着懿莹面戏耍过芳子,就先去了芳子的屋。

英子给他开了房门,说芳子正哄德儿睡午觉。芳子心中还有气,在屋里听见子昂声音就忙插了门,也想戏耍他一下。

他在外面叫她开门。她怕把孩子吵醒,便下地隔着门小声道:"找懿莹去吧。"

他不甘心,好几天没办房事了,这时想得厉害,也小声道:"我搂你睡。"

芳子在门里说:"不用你搂,我搂孩子睡。"

他急了,厉声道:"那我踹门了?开开!"

她这才开门,将他朝外推着说:"去找懿莹吧。"

他搀她上了炕,不顾德儿在炕上睡觉就要为她解衣。她拒绝道:"肚子里还有呢。"

他低声哄道:"轻轻的,稀罕稀罕。"她这才由着他。

景祥和小青的事已经被母亲挑明了,见两人都有到一起的心思,母亲对景祥说:"这里除了咱家人,就子昂知道咱家事。子昂也盼着你俩见面到一块儿,一直对人说,青儿的男人出远门儿了，说的就是你。今儿你回来了，也没人认得你，你就是她男人回来了。本想给你们张罗一下，怕一张罗倒让人犯寻思。"

景祥只图能和小青在一起，对母亲说："给您和奶磕个头就当拜高堂了。"便携小青一同给奶奶、母亲磕了头，接着景祥又认儿子。他家出事时，小家旺刚两岁，什么事都不懂，现在已经八岁了，听说爹回来了，怯怯地管景祥叫了爹。景祥抱着自己的亲生骨肉，不禁百感交集。

午间，母亲有心想让这对心上人亲近，便不让孩子去打扰，小青终于又扑进了景祥的怀抱，又哭又笑。

子昂很为景祥、小青到一起感到高兴，立刻将消息传出去，说晚间大摆宴席，为景祥、小青夫妻团聚庆贺。

芸香、多日娜等人得知懿莹并不愿嫁给子昂，他俩好像也不可能成亲，都很高兴。但毕竟已知道他俩当年的深情，子昂这些年又一直思恋着她，倒觉得子昂很委屈。这时听子昂安排晚间摆宴要为景祥、小青团聚祝贺，谁也没反对，还都答应晚间一同聚餐。

考虑景祥和小青没有拜过天地，子昂想让他俩走下成亲的过场，便以逗大家乐的方式在酒宴上提议道："都说久别胜新婚，他两口子六年没见面了，今晚就当他们新成亲。"便寻开心似的让他们夫妻挨个桌为大家鞠躬、敬酒。虽然当作玩笑开，但罗家的人都知道这是子昂变相为他俩举办一场真正的婚礼，虽然新郎没有高马、新袍、大红花，新娘也没有花轿、凤冠、红盖头，倒也玩笑间洋溢着喜庆。

三日后，子昂又只身去了一趟下亮子，是以买蜂蜜为由去了林老汉的家。

五名伤员都很平安，但还都伤未痊愈，子昂最着急带走的金凤仍要借助拐棍下地。想着米家姐妹都着急见到金凤，他恨不能将金凤抱进他的山庄。正焦虑时，他听见外面有吹乐器的声音，猜是有娶亲的队伍从此经过，便想用送亲的方式将金凤接走。

林老汉立刻摇头道："这旮儿人家少，谁家有点啥事都知道，俺家闺女早都出门子了，要说俺家这会儿嫁闺女，指不定人家说啥呢。他们说啥倒不怕，就怕传到日本人耳朵里；日本人可不好糊弄，为啥叫他们鬼子？太精了！他们精不说，还有些中国人给他们当探子。那伙抬轿的咱都不熟悉，你知道他到底给谁抬轿的，里头要真藏个探子，一瞅就瞅出你是在打马虎眼，甭管你是干啥的，日本人这关你肯定躲不过；老虎也有打盹的时候，可你别让日本人注意上。再又说了，抬轿子也就能抬到下亮子，上下火车她都得自个儿走不是？一瘸一瘸的，谁都能瞧见，可不是藏在蜂箱里那会儿。说真的，这几个闺女能从山里出来也挺悬，过后想想都害怕。我看你胆子挺大。"

子昂听他说得在理，说："不是胆子大，当时也实在没有别的招。您说的有道理，我听您的。那就等她们好利索的，让您二老费心了。"

林老汉说："费心倒没啥，千万别出岔子，这可是掉脑袋的事儿。"

子昂点头道："那就这样，过些日我再来看看。"便逐个告辞，又带上几瓶蜂蜜返回龙凤。

子昂已将找到米家五姑娘的消息告诉了津菊，就连马九爷都感到惊喜。津菊急着去看五妹妹，她还隐约记得自己十岁那年，五妹一下生就被接生婆抱走了，母亲在世时也一直为此痛心不已。子昂也急着让铁头走驮经过宁安时告诉津兰一声。本该这事告诉春山就成，可春山这一年来时常要在家守着津兰。

春山和津梅的私生子阳儿只比豆儿小两个多月，也已经四岁了，胖乎乎地讨人喜欢。明眼人都能看出这孩子很像李春山，尤其津菊、津竹、天娇，越看越觉得孩子就是大姐夫的。津菊、津竹碍于她们那时听了津梅的话，竭力促使子昂将天娇收房，这时心里窝火也只能假装糊涂，已然姊妹一嫁的天娇更是不敢谈论此事。

津兰在阳儿两岁多时就看出不是宝来的，并坚信自己的男人一直和自己的三妹私通，便追问春山阳儿到底是谁的孩子。

春山开始不承认与津梅私通，但津兰无论如何也不信他的这番话，接连用孩子的相貌和津梅离开张宝来的时间来证明阳儿就是春山的。春山被闹得不堪忍受，索性愤然道："孩子就是我的，你能把我咋？我不要脸，你们让天娇给子昂生孩子就要脸？也不要脸！你们就要钱！我是没子昂趁钱，可津梅就该是我的，俺俩都乐意，要怨你就怨你爹和张宝来！"

津兰伤心痛哭，公公婆婆只是虚张声势地骂了春山一通，又说孩子终归是李家骨血，还是要排入李氏宗谱的树字辈中。

津兰感到绝望，居然悬了梁，舌头刚伸出口外就被晴儿发现，被放下后拍了好一阵才缓过来，还是寻死觅活地又哭又骂。

李家人都被吓得不轻，怕真闹出人命，就哄津兰说不将阳儿排入宗谱，但也不能去伤害一个不懂事的孩子。津兰仍不罢休，逼着春山退出子昂的马帮，去翰林、津竹的包子铺里当小二，实则让他与津梅断绝关系。可翰林对春山勾引小姨子很反感，毕竟自己的媳妇也是他的小姨子，明明之前还说他家包子铺里缺帮手，这时却怎么也不肯接受春山给他家当小二。

春山一想起津兰吊在梁上吐舌头的样子就毛骨悚然，也实在不忍让自己的那几个孩子没了母亲，只好答应不再单独去子昂的山庄，但也不做任何事情了，天天待在家里当白吃饱，也不再碰她一下。

津兰几次想去山庄找津梅泄愤，但去了一次就发现子昂也护着津梅，不禁感到自己孤立无助，整日纠结郁闷，便也开始烧香拜佛，竟拜成一头白发，人送绰号"白毛姑"，也有人称她"白蘑菇"。

子昂每年清明和七月十五祭奠岳父母时都能见到津兰，见她一头白发颇感愧疚，想让春山回马帮也不好开口，只是过段时间就让铁头在走驮路过宁安时送些钱去。一连多次，津兰倒难为情了，这才主动提出让春山回到马帮，其实她已把春山和津梅的事情看淡了，常说要不看几个孩子未成人，就去哈尔滨的极乐寺当尼姑。

听说子昂找到了米家的五姑娘，津兰还是惊喜万分，她更记得五妹当年被爹送人时的情景，也惋惜母亲没能活着见到她的五女儿，便自己带着几个孩子到了津菊的家，又一同进了山庄，可惜金凤还无法接回。津兰、津菊都不想见津梅，只是看过天娇、香荷后便又离开山庄，津兰说她等年前再过来。

子昂每隔十天半月就去下亮子买回蜂蜜，眼瞅着伤员们一天天好起来。

腊月初八这天，北风呼啸，天气冷得好像真要冻掉下巴。子昂和景祥就赶在这天去下亮子接回痊愈的伤员。两人都是貂皮棉帽和毛领大氅，一看就是富家人。

伤员们都已痊愈，面色也比两个月前光鲜靓丽。但出于安全考虑，子昂决定一次最多接走两人。这次他也只是将天娇和小青的大毛领冬装和通行证带来。景祥也没有通行证，又借了乔志恒的，只是名字已变成了"高家聚"，职业是"祭司"。

金凤和丹凤的头发也长过肩下，便都梳了辫子，这时又都扮成媳妇的模样，再穿上毛领长襟的艳丽冬装，也俨然贵妇人一般。

子昂将香荷的通行证递给金凤道："这是你老妹妹的，回去道上咱俩得假扮成夫妻。"

金凤显得不自然。子昂又笑道："没想占你便宜，就是为了道上安全。"

金凤羞涩道："没事儿的。"

景祥也将小青的通行证交给丹凤道："这是我媳妇的，道上也委屈你一下。"

丹凤只是羞涩地笑笑。随后，趁着外面寒冷无人，匆匆离开了林家。

回去的路上和车上果然遇到日军检查通行证。子昂虽然也有统一发的通行证，但每次他都先将田中太久送他的通行证递给日本人，也真如他所期盼的那样，日本人对他显得很恭敬，对和他同行的也很客气。金凤、丹凤都很惊愕，但都没敢多问。子昂尽量让金凤轻松，车上又向她讲了一些米家的历史。

又在何七姐家分开住了一夜，次日一早又乘火车到石河站，随即又乘坐一辆拉脚的马爬犁，忍着刺骨寒风到了龙凤大田处。

付过车费，子昂先去山神庙向志恒要了些供品和烧纸，又带金凤到了米秋成和格格夫人的坟前。

金凤相信自己就是米家当年送人的五女儿，虽然还有些纠结，但还是按照子昂的安排摆上供品，又点着烧纸，四人顿时都感觉暖了许多。这期间，金凤没跪没哭，也没叫爹叫妈，只是说了句"我还活着，你们安息吧"。

子昂提示性地跪在坟前道："妈，您生前想念的五女儿回来了，您在天有灵，保佑她平平安安的。"

金凤这才挨着他跪下磕头，哽咽道："妈，委屈您了。"忙又止住哭擦泪。

子昂这才感到欣慰，又一同进了山神庙。许是因为天冷，这时庙里没有香客，他们就一边守着火盆暖身子，一边和志恒唠抗联的事。待身子暖透了，四人与志恒告辞，子昂说他们是按预计时间返回的，山庄一定等着给他们接风。

一进山庄大门就见津梅、天娇一身靓丽地迎过来。子昂问她俩能否认出谁是金凤，津梅竟一眼就看出来了，一把搂住金凤哭道："五妹！可把你盼回来了！"

天娇也搂着金凤哭道："妈活着时就想见到你。"

金凤有些木然，由着津梅、天娇搂了一会儿说："以前也想知道亲生父母是谁，可我是父母不得意的人，想也是生气。这阵儿我心里总是挺乱的，也想来看看你们，咱们应该是亲姐妹。"

津梅激动道："是亲的，你和你四姐长得可像了。子昂回来学，啥都对上了，你就是俺五妹！"又搂着金凤哭。

子昂嗔怪道："俺们都冻一道了，赶紧屋里边吃边唠。"

天娇忙往自己屋里让。因为主要是给金凤接风，洗尘宴就安排在香荷的屋里。景祥对丹凤笑道："我已经完成任务了，该找我自己媳妇去了。"

子昂拉住他说："也得给你接风，你去把小青、懿莹都叫来。"景祥笑着去招呼小青、懿莹。

香荷正在屋里和外甥、外甥女们玩纸牌，实际就是几个孩子又逗娘娘的钱。见子昂领着金凤、丹凤进来，香荷愣愣地看着金凤道："疯丫头！哪野去了？"

金凤不禁一愣，立刻想起子昂说过孪生姐妹中有个精神不好的。但津梅以为她不知道，就在她耳边提示道："她有病。"

香荷眼一横道："去边去！回你家吧！"

津梅忙施万福礼道："娘娘吉祥！"

香荷脸上又露出笑，随手捻起一块银圆给津梅道："给你吧！"

金凤和丹凤都忍不住笑，香荷又不悦，冲金凤、丹凤道："不给你。"

天娇指着金凤对香荷说："她是咱五姐，找到咱五姐了。"

香荷又盯着金凤看了看说："挺好的。"又突然问道："包子呢？"

天娇对金凤笑道："她把你当成四姐了，四姐在宁安开包子铺。"

金凤不禁暗中感慨，一个疯子都能看出她是米家的人，那就更无疑问了，也心疼老妹貌美如花却得了疯病，忍不住去搂香荷道："妹妹，我真是你五姐。"

香荷却不耐烦地推她道："别闹。"又打她一下道："这孩子。"金凤倒觉得这个疯妹妹更招人疼。

接风宴在香荷屋里放两桌，炕上地上各一桌，天娇在炕上照顾香荷和大小七个孩子，子昂、景祥和懿莹、津梅、小青在地上一桌陪金凤、丹凤。

懿莹不愿和子昂的媳妇们一桌吃饭，今天她肯来是因给她的两个战友接风不得已罢了，尽管金凤又是子昂的五姨姐。这些日她也担心五位战友在林家有闪失，今天安全接回两位让她心里踏实些，并也跟着喝了酒。在抗联队伍里，冬天为了取暖，男战士好不容易淘弄些酒来也让她们女战士喝两口，所以这时她并不惧怕喝酒。

子昂之前总好玩笑地说懿莹也是自己的媳妇，这时守着金凤、丹凤的面则不敢太放肆，但还是时不时讲起他在罗家的事，也免不了被懿莹横一眼、瞪一眼，金凤、丹凤也只是笑。

金凤和丹凤都暂时安排在津梅的屋里。夜里，津梅也对金凤唠起米家的历史。开始是就着电灯光亮唠，电灯拉闸后又点上油灯接着唠。

金凤对米家没有深切感情，倒很想知道冒险救他们于危难的子昂的经历。可当她得知米家孪生姐妹都是子昂的媳妇，而且之外还有多个媳妇时，不禁惊得目瞪口呆。

津梅却坦然地笑道："有钱人都这样，子昂现在也没人管得了他。他对媳妇还都挺好，对咱家香荷、天娇也可上心了，就是山庄这么大生意，香荷疯疯癫癫的啥也沾不上，就靠天娇也把不了多少。"接着又问道："五妹嫁人了吗？"其实她通过子昂已经知道金凤的丈夫也是抗联战士，但队伍在苇河被打散后就失去了联系，牺牲或被日军俘虏的可能性很大。她所以故意这么问，是看金凤也年轻有姿色，想寻机在子昂的媳妇阵营里再增一码米家姐妹的分量。

金凤不知津梅的算计，只是沉重地点下头。津梅又问道："五妹夫是干啥的？"金凤便讲了自己的经历。

基于养父一直经商，金凤成长的环境还算优越，在学堂受过教育，中学毕业后就在佳木斯一家医院当护士。因她貌美如花，医院里的男医生们不论是未婚的还是有了家室的，无不对她倾心，虽然这对她起到一定保护作用，但她的婚姻大事也总是难以确定。直到她二十三那年，医院又分来一个姓钟的青年医生，相貌英俊，大她三岁且未婚，两人都一见钟情。又因她是养父母抱养的，长大后的弟弟妹妹都拿她当外人，恨不能早早把她嫁出去。不久，她就和钟医生成了亲。婚后她更加觉得丈夫是她最亲近的人，夫唱妇随，相濡以沫，后来知道丈夫是一名秘密交通员，夫妻俩便冒险积攒药品提供给抗联。不想药品经常神秘流失还是被医院察觉，但也只是院方组织调查。夫妻俩立刻意识到日本宪兵队会很快介入进来，便连夜弃家到了抗联队伍中，成为抗联军中的医生和护士。

和丈夫一起到抗联时她已经怀了身孕，但在一次转移途中不慎滑下山小产，不久孩子夭折，葬于雪中。在这次西征突围中，她和丈夫在苇河战役中失去联系，因为又有许多战士在这场战役中牺牲，她丈夫生还的概率也很小。

听完金凤的讲述，津梅又试探着问道："你和五妹夫还能见面吗？"

金凤难过地流下眼泪，又伤心地呜咽起来。津梅忙安慰，不再唠让金凤难过的事，但还不敢提让她改嫁的事，她想在以后的日子里让金凤慢慢接受已经妻妾成群的子昂，便又讲起子昂的一桩桩轶事。

金凤只是听着，偶尔惊愕，偶尔又笑笑，终于叹息道："俺们天天忍冻挨饿地抗日救国，你们倒天天过着封妻荫子的帝王日子，真是商女不知亡国恨，也难怪鬼子越来越难打。"

津梅有些尴尬道："谁愿亡国呀？可国民政府一开始就不抵抗，咱个小百姓能有啥章程？现在人家都立住脚了你才去和人家比画，人家可不一脚蹬你个跟头。救国是没错，那也该是老爷们的事，咱个女流之辈，就是白费力。再说东北早都变成满洲国了，咱也变不了。好死不如赖活，能有福享就享享福吧，活着不就图个享福吗？"

丹凤一直没有说话，这时也叹息道："亡国奴能有几家享福的，太可悲了。你俩唠吧，我睡了。"说着钻进被窝，金凤也跟着躺下，津梅只好吹灭了油灯，一片寂静的黑暗。

第二天，顺姬怀的二胎开始觉病，傍晚生下一个男孩，起名安儿。随后，多日娜、芳子、文静也开始觉病，不久也都生下二胎。多日娜、文静又都生下男孩，分别起名阔儿和勇儿。芳子生下一个女孩，子昂想起名捷儿，芳子却觉得信儿好，便依了她。

伴随着新生儿接连降生，山庄内也一直洋溢着节日般的喜庆，这让懿莹、金凤、丹凤、志芳都仿佛到了另一个世界，但更多的还是纠结。

第 141 章

过小年这天，子昂将藏在林老汉家最后一名伤员唐冬梅带进龙封关山庄，路上、车上都以夫妻关系面对外人。之前半个月，他还接连将金菊花、崔胜男带进山庄，也都是以夫妻身份过来的。

将金凤、丹凤接进山庄之前，子昂就又腾出一个屋院来。志芳本来和懿莹住一屋院，后来被丹凤拉过去，说懿莹应该和她自己家人一起住，实际是不想妨碍她和子昂的事。菊花、胜男、冬梅先后进庄后，就住在丹凤、志芳住的屋里，五人睡在一条炕上，怎么也比在林家的蜂窝里舒适多了，而且还有电灯。

虽然留在山庄的雇工都是老实本分人，但子昂还是担心外人知道山庄内藏着女抗联，继续把她们当自己的媳妇也不是那么回事，便不让丹凤、菊花、胜男、冬梅四人露面，只能在两个内屋和院内活动，每日三餐也由她们自己动手，自然都是好伙食。但志芳和玉莲同岁，不会引起外人的注意，可以出院跟着玉莲、丹青、大宝、喜子一起玩，自然对志芳什么该说，什么不该说都有交代。

懿莹的母亲、奶奶、嫂子已和庄内的人熟悉，作为罗家正式一员，又和子昂疑似未婚夫妻，懿莹便无须戒备山庄里的人。如此在外人看来，女抗联住的房子，好像只有懿莹和志芳居住。

子昂的媳妇们确信懿莹无法接受子昂妻妾成群，这时倒更愿和她接近了，也为子昂在梦中对懿莹哭喊了六年却不能相逢后共枕有些恻隐之心，甚至还有些心疼子昂这时心里一定又很难过，便都没事就去懿莹屋里唠嗑、玩纸牌。

懿莹面对子昂依然很纠结，也感激他冒险搭救自己和她的战友，子昂要带她到山庄各处走走看看，她也无法拒绝。结果有雇工也称呼她"夫人"，弄得她心里更不是滋味。

子昂并不责怪雇工这样称呼她，见她又皱眉头，就又嘱咐道："现在哪块儿来生人都会引起日本人的注意。咱山庄里没有日本人，就怕有人传出去。如果有人问你和你二哥这些年为啥没和家人在一起，你俩就说在北平上学，现在北平挺乱，不想在那儿待了；北平现在的情况我知道些，回头我单独和你唠。"

她以为他在找理由和她单独相处，借机和她重温旧梦，便一撇嘴道："俺不听。"

他一脸凝重道："不该任性的，千万别任性，这可是一大家子人，咱还有下一步抗日的事情要合计，咱得从长计议，不能因小失大。"

懿莹这才认真对待。一连几天，她不敢再出屋，但子昂已把她和景祥从北平回来的风声放了出去。罗家奶奶、母亲、嫂子还都希望懿莹能答应和子昂旧梦重圆。

小青和景祥到一起后，又愿说说笑笑了，就反复开导懿莹和子昂成亲，说："他那么趁钱，多几个媳妇儿不奇怪，你也别老提小老婆的事，他这些媳妇不分大小，都是夫人。"

懿莹不耐烦道："你和我二哥好好的就行了，别管我的事儿。我去救国军是为了找他，可后来就希望他能活着，他能开开心心地过日子我就心安了。现在看他挺开心的，我也没啥牵挂的了。"

小青笑道："听他那些媳妇说，这些年他总在梦里喊你，现在你到他跟前儿了，又不和他成亲，你说他能开心吗？不把他急出个好歹都怪了。"接着又提到了婉娇，说子昂疼女人是豁出命疼的。

懿莹更加震惊，也更难以接受子昂竟和被她叫了多年的何婶有过奸情、做过夫妻，便对小青翻脸道："今后你们谁再劝我和他成亲，我就自个儿去找队伍，撞上鬼子我认倒霉。"

过后，子昂对小青说："谁都别劝她了，我娶不到她，也不能让她去送死，我和她拜仙家做亲兄妹总可以吧？"小青还是感到惋惜。

可懿莹连拜仙家也不肯，对子昂一脸轻蔑道："俺不信那玩意儿。"但她也不想让他太难堪，就管他的媳妇们都称呼"嫂子"。

雇工们蒙了一阵后，又都称呼懿莹"姑奶奶"。不想懿莹又火了，将称她"姑奶奶"的雇工好顿训。雇工们左右为难，之后再见到她索性什么都不叫，只是点头一笑过去。

又是一个大年三十日，山庄的雇工又都大多回家准备过年了，在山庄过年的人们忙着炸年点、贴门神、挂灯笼、玩纸牌。

子昂正陪着一群孩子在外面提前放着零散的鞭炮，忽见雪峰和子君带着一个中年女子往山庄这边来，子君老远就高兴地喊他。

子昂惊喜道："哎呀，你们可回来了！"又看那中年女子，和子君一样头扎围巾，身穿棉袍，相貌端庄美丽。

子君到他跟前得意道："看我把谁领来了？"

子昂仔细辨认，更加惊讶，原来是小学教他绘画的启蒙老师穆岚，惊喜道："哎呀，老师！"随即忘情地与她拥抱。

穆岚被他搂得很紧，就拍着他的后背道："好了好了，难得你还认得老师，要不是他俩带我来，我还真认不出你来。"又端详着他说："那年你还是个孩子呢，没想到你现在既是美男子，又是大财主。"

子昂激动得热泪盈眶道："老师说笑了，小时我可怕您了！您那年一走，我就再也没能见到您，我还去北平找过您呢。"

见周围只是一群孩子，雪峰低声介绍道："咱老师也是抗联的，现在是我和子君的上级。"

子昂又惊讶他二十年想见见不到的老师竟也和雪峰在一个队伍里，忙往懿莹的屋里让。

穆岚边走边说："总听他俩说，你这儿过的是神仙日子，偏要拽我来你这儿过年，不怕俺们争嘴吧？"

子昂激动道："老师您来我太高兴了！您想吃啥只管吩咐！"

穆岚笑道："吃啥不重要，咱们二十年没见面了，知道你在这头，就来看看你。"

子昂仍按捺不住激动道："今儿是年三十儿，终于能和老师一块儿吃年夜饭了，我太开心了！做梦也没想到你们能来，这也得说是喜临门哪。"

子君对穆岚笑道："看把俺哥高兴的，我就说你一定大受欢迎。"说着进了懿莹的屋。

懿莹、文静、亚娃、芳子这时正围着地中间的方桌玩纸牌，顺姬正守着炕沿哄炕上的几个孩子玩，这时见子昂领着穆岚进来都一愣。文静一见子君、雪峰在后面，惊喜道："哎呀，妹妹、妹夫来了！咋这么久没来，一直担心你们呢。"

亚娃、芳子、顺姬也都热情地和子君打招呼，倒把穆岚冷落了。子昂忙介绍道："这是我的老师，真正教过我的。"

大家忙一边叫着"老师"，一边施着万福礼。

穆岚惊讶道："呦，还都行这礼呢！"又问子昂："这都谁呀？咋都跟仙女儿似的！"

子昂犹豫一下道："不瞒老师，都是我媳妇儿。"

穆岚不禁惊愕。懿莹脸一板道："她们是，别把我带上。"

子昂笑道："梦里的。"懿莹不再反驳，注意去看子君。

穆岚又疑惑地看着子昂说："你真是胡子？咋这么霸道？"

子昂辩解道："我可从不强男霸女。我这些媳妇，都是我欠她们好几辈子的，这辈子不想再欠了。"

子君忙捅他一下道："说啥呢？"

雪峰对穆岚说："来前俺俩都没好意思和你讲，怕说了你多想。你这孩子，啊不，我这舅哥可不是从前那样了，能耐老大了，给俺俩娶了一群漂亮嫂子，这还不全呢。"

子君又捅下他道："别欠儿，唠别的。"

穆岚对子昂妻妾成群也难以接受，自言自语道："我的天哪！"见子昂的媳妇们面面相觑，忙温和道："没说你们，你们接着玩儿，我们去别处说说话儿。"说完转身出去了。

子昂和雪峰都一愣，忙跟了出去。子昂跟到院外不安道："老师生我气了？"

穆岚停下说："我生啥气？因为你娶了一帮媳妇？国民政府都不管，我哪管得了？要说生气，我生雪峰和子君的气，这么长时间他俩也没和我说过这些，不知他俩还有啥事瞒着我。"

雪峰忙解释道："是怕你一开始就对他不放心，其实他咋想的我清楚，说和不说都一样，你先来看看再说。"

子昂有些尴尬道："瞅这架势，我娶这些媳妇让你们挺为难。以前听说别人媳妇多，我也觉得挺别扭，现在我还真觉得没啥奇怪的，怪就怪我现在学坏了。坏不坏的，也只有我心里明白，雪峰说知道我咋想的，其实也未必。"

穆岚笑道："你还挺让人难捉摸的。"

子昂也笑道："也不是，亡国之奴，免不了会让别人琢磨。看我一天张张罗罗的，其实我心里挺孤独，有些心里话也不愿和别人讲。你们来了，我就有的是话要说。雪峰和子君上次走后就再没来，有话说不出，那就自个儿瞎琢磨，琢磨腻了就哄媳妇儿玩儿。她们也没啥乐子，乐意让我哄，一个不够哄就多哄几个，挺好的。"说完嘿嘿笑。

穆岚笑道："你还怪有意思的。"雪峰也跟着笑。

子君没有跟出来，也打量着懿莹问："你是新来的？"

文静说："她就是懿莹。"

子君惊讶道："早听俺哥唠过你，他找着你了？"说着去拉懿莹的手，亲切地问："听俺哥说，你也参加队伍了。"

懿莹也知道子君是抗联的，亲切地邀请道："上炕吧。"说着拉子君上炕，纸牌的局子也散了。

这时，子昂见穆岚心情好些，就将她和雪峰带进他的桃源居，先看了客厅内的岳飞画像和两首《满江红》、两首《望江南》。

雪峰上次来看过《满江红》，这时又多了两首《望江南》就问道："后两首谁写的？"

子昂说："一首是亡国之君李煜，一首是亡国之民周子昂。"说完又诡笑。

穆岚倒对子昂另眼相看道："你还真挺有想法的。"

子昂笑道："但愿不是痴心妄想。"穆岚欣慰地点下头。

进了内屋，子昂对穆岚说："这几天一直刮烟儿炮，道儿上冻够呛吧？脱鞋上炕吧，拿被子盖上暖暖。今儿大年三十儿，庄上早饭吃的晚，年夜饭早点吃，夜里还有除夕饺子，到时咱就在这屋吃。"

她一边应一边脱着毡靴道："山里是比别处冷，这脚冻得现在还疼呢。"

他担心地问："别是冻伤了吧？我这有樱桃泡的酒，缓冻脚管用，你先泡泡吧，我给您拿去。"

她脱下毡靴，脚上穿着白布袜，一边上炕一边说："没那么重，就是冻得疼点，要泡等晚间睡觉的，我先这么暖和一下。"

子昂这时想起小时给她洗脚，便看着她的脚说："我这有她们织的厚袜子，这布袜子就别穿了。"忙又转移视线，从炕柜上拽下一条棉被盖在她的腿脚上。

她笑道："炕挺热乎，还用盖被呀？"

他给她整理一下棉被说："盖着吧，这样暖得快。"

她欣慰地笑道："还怪会照顾人的；你小时就挺懂事儿。我还记得你小时给老师洗过脚呢！"

虽然已经过去了二十一年，但他一直也没忘记，这时听她提起此事，心中又一丝惬意掠过，笑道："不怕老师生气，有时您的模样儿我都记不准了，可您的脚我一直没忘，我一直觉得您的脚是世上最美的花儿。"

她顿时难为情道："说啥呢你？"

雪峰也觉得子昂说得过口，又不好介入，忙转身出去了。

子昂却不以为然道："这有啥？我天天给我这些媳妇洗脚，我都当成是花儿。"

她红着脸说："我可是你老师。"

他恍然道："哦，我就是这么说说，没别的意思。"

她打岔道："你这些媳妇可真都跟花儿似的，好好疼着吧。"

他嘿嘿一笑道："疼，都疼。有时不给她们洗脚都不高兴，那天洗完都半夜了，没办法，都较着劲儿呢。"

她忍不住笑道："你真挺怪的，不是得啥病了吧？"

他一愣道："啥病啊？我就是总也没想明白，女人的脚长得挺好的，过去人咋就喜欢裹成小脚儿？眼泪一缸先不说，也不好看啊，真和咸菜疙瘩似的。其实我每次给媳妇儿洗脚都想，亏了让妇女解放了，要不这好端端的两朵花儿岂不都给摧残了。"

她点点头说："是这样。难得你能为女人想。中国妇女千百年来，一直就得不到应有的尊重，这是封建礼教和世俗陋习。现在是不提倡妇女缠足了，可中国妇女还远远没从男尊女卑的枷锁中解放出来。就说妇女婚姻，女人必须得贞洁，可男人就可妻妾成群！"

他笑问道："老师在说我吧？"

她说："这事儿在中国仍不失为一种国风，你不过是男尊女卑的效仿者。"

他反驳道："我不认同男尊女卑，在我这儿一概是女尊男卑，母亲是最尊贵的。我们这些兄弟，不论谁过生日，都不提自己过生日，而是给母亲做大福；儿的生日，妈的苦日。男人车前车后，女人产前产后，女人生孩子就是一道鬼门关。做儿女的不能光想着庆贺自己来到这个世上，得想自己是咋来到这世上的，那可是母亲冒着生命危险把咱带到这世上的！所以说，每年给母亲做一次大福是应该的。"

她惊喜道："你这儿还兴这规矩呢？"

他说："兴也不是大兴，也就我拜的这些哥哥们这样。这是我大哥他爹想出来的。我这个大爹是大清朝的秀才，考举人时没使银子落了榜，一来气就再也不考了，寻思靠教书养家，又把老家的一个大户得罪了，就从山东来东北投了亲戚。要说为女人想，还得说是我这个大爹，他写的《女人谣》等我让你看看，就是为女人抱不平的，我是挺赞同。"

她笑道："我挺赞同你们给妈做大福，这对天下做母亲的也是个安慰，也是对女性的一种尊敬。你给媳妇洗脚我也不反对，就是你娶这么些媳妇不太好。"

他嘿嘿一笑道："那咋整？留一个，剩下的都休了？"

她也笑道："国风如此，岂是你一人能改变的？保持对媳妇儿都好就行。你也别说女尊男卑，能做到男女平等就很不易了。"

他借机下台阶道："这个老师放心。我对她们都一样，不打不骂，谁要不听话，那是我教妻无方，错儿都在我，我自个儿扇我自个儿嘴巴子。"

她笑道："行了行了，说的比唱的好，骨子里还是大男子主义。你咋不让人教夫有方？"

他又一愣问："这也不行？那女人也太矫情了吧？"

她又笑道："你看你看，狐狸尾巴露了吧？"

他嘿嘿地笑道："我的外号是金钱豹，这又变成狐狸了。"

穆岚似乎有意要改造他的一些观念，但也看出他骨子里还藏着他主观上的一些东西，便说："中国绝大多数妇女已经成了封建礼教的驯服者，还不仅仅是让不让妇女解放的问题，而是她们自身愿不愿意被解放。不过妇女解放这个提法能被男人接受也是一种进步，毕竟中国封建了几千年，这个世界是男人主宰的。只要是男人传承下来的东西，很多妇女还得逆来顺受。你这些媳妇挺满足你这个大男人给她们洗脚，可妇女解放就是让自己男人洗脚吗？如果让她们的脚和男人一样，也都迈出去、跑起来，或许你就不舒服了。不走路和缠足有区别吗？还是有种歧视在里面。当然，谁要想改变这些很难，道家、儒家都讲天尊地卑，又把男人比作天，把女人比作地，这样一来，男尊女卑就好像成了天理。"

他并没把给女人洗脚的事想得这么复杂，只是坚持女人就该由男人来保护，这时听她提到道家，就即兴道："按照道家的阴阳讲，男为阳，女为阴，男主外，女主内，我的山庄基本都是我这些媳妇打理，外面的事我来跑，让她们跑外也真是步步凶险，说到底就是当下无道。"

她沉思片刻道："雪峰和我说过，你想法挺多，我也听得出来。我这次来，是想听听你对抗日救国的想法，你喜欢美女和爱国其实不矛盾。"

他笑道："要按天地之说，一个国家就好比是美女；可惜当下无道多强盗，中国屡遭凌辱，不外是德不衡而道不成，也可说是国无德必有外侵。我也抗过日，可惜国家都不抵抗，我也是心有余而力不足，这就是国不德而民不道。雪峰头两次来，都和我说过他们参加抗日队伍的事，我现在能做的就是经商赚钱，抗日队伍需要，我会竭尽全力。"

穆岚又笑道："谢谢你对抗联的帮助。我听雪峰说，你也拉了队伍？"

子昂说："还算不上拉队伍，有两个亲近人是占山的。现在占山的日子也都不好过，不祸害百姓，不给日本人做事就很不错了。正好我这需要护庄的，就把他们都拉到我跟前了，吃的穿的用的都由我照应着。养兵千日，用兵一时，当下无道，我行我道。"

她问道："听雪峰说，你对道德的理解和别人不一样？"

子昂说："人中道德，是效仿宇宙德道，别人咋理解我不管，我认为我师父说的有道理。日本人已经统治东北八年了，但盛唐之心，真的总也不死，卧榻之侧，岂容他人鼾睡。"

她又问道："你有此心，就不怕引火烧身？日本人现在尤其猖獗，我倒担心你有这些家眷反倒由不得你。"接着又责怪道："你也是，我都不知该咋说你好了，你整小我一旬，今年才二十九吧？你说你小小年纪，咋也这么封建？"

他不屑道："国都亡了，还啥封建不封建？早知亡国，又何必民国？什么解放？倒不如封建。"见她皱起眉头，他一怔道："老师，学生给您丢脸了？"

她说：“娶三妻四妾的男人是不少，可我咋也没想到你也能这样。”

他又嘿地一笑道：“学生没出息，可我也不全是为了男女那点事儿。”

她笑问道：“那还为啥事儿？”

他说：“心里有伤，不想再流血。”

她笑道：“听不懂你说的啥。”

他也笑道：“就当我胡说八道吧。”接着又说：“老师您等会儿。”转身去了客厅，拿来当年那只画夹让她看。

穆岚见子昂当年幼稚地为她画的像还留着，她去北平前在上面写的那席话也依然清晰可辨，不禁又吃惊，一时不知说什么好了。

子昂说：“我还背它去过北平呢。”

穆岚点头道：“听雪峰说了，你去北平深造过，也挺有成就。现在事情多了，是不也不动画笔了。”

他得意道：“老师还没看我画室呢，看看就知道了。”

子昂带穆岚去了怡梦轩。一进内屋，她被一幅幅画技精湛的油画惊呆了，但她更对门两边的一副“心中有佛自成佛，当下无道我为道”的对联所吸引，问道：“这是谁的句子？”

他笑道：“学生我的。”

她也笑，又端详了一会儿对联说：“看来你已经目中无人了。”

他忙说：“您永远是我尊敬的老师，学生也永远听您教诲。”

她又欣慰地笑，然后欣赏起他的画作，连连称赞，尤其看着那幅《挤羊奶》说：“这幅好，真是没想到。”接着说：“那年我们在一个老乡家照顾伤员，那老乡家就养了只奶羊，下了两只羊羔。老乡和我们挺亲，想把羊奶都留给伤员喝，结果那天羊羔没看住，裹了母羊的奶，让老乡一脚把羊羔踢开了，当时羊羔就站不起来了，就跟个孩子哭着喊娘似的，我当时心里也挺不好受。我把这事儿和伤员们说了，结果他们都不喝羊奶了。真是，孩子吃自己母亲的奶，本来是天经地义的，可这起码的权利却被别人剥夺了。当时我就想到了咱们苦难的中国，真想用绘画把那个凄凉场面表现出来，可当时没有那个条件，没想到你画出来了，和我当时的构思几乎一点不差。”

他又得意道：“是老师没白教我。”

她自嘲道：“青出于蓝而胜于蓝，老师落后了。”

他忙恭维道：“老师是忙大事儿的，如果画幅画能救国，我情愿啥都不做了就画画儿。”

穆岚见他画的大多是他的那些媳妇，又笑道：“看出来了，你对你这些媳妇真挺好。”

他说：“本来我就想娶文静，她长得挺像您。”见她有些不自在，忙解释道：“老师我不是那个意思，您是我最尊敬的人。我这个人，谁要对我好，我就总忘不了他。认识文静那年我都十八了，她十七。一见面我俩就都有好感，她还去过我家好几次，我妈也稀罕她，可后来她让她表哥糟蹋了，就成了她表哥的媳妇。那年我大病一场，发烧烧了好几天，活扒一层皮。以前我没能耐，可我心里一直在疼。四年前我回了趟奉天，就把她抢回来了，她是我的！”

穆岚似乎很理解他，点点头，又笑着问：“她在你这些媳妇中排老几？”

他说：“都有自个儿名字，叫名就行了，还分什么老几？我从不分我这些媳妇谁老几，就是我媳妇，都是夫人。她们也不咋闹事儿，有啥闹的？好就往一块儿聚，合不来都有自个儿的屋子、院子，吃的穿的都不缺；人来这个世上，实际就是为了活着而活着，没有一个人在娘胎里就想来到世上干点啥，就爹一痛快，妈就十月怀胎把我生下来了。也许真是上天安排的，可我也真是稀里糊涂来到这个世上的。"

穆岚又惊讶道："这些你都从哪学来的？"

他笑道："都是我胡思乱想的。我就想，世间有很多糊涂人，既然活在世上了，就该让他们好好活着，小猫小狗你也得好好养着，这就是佛的慈悲。子君上次来和我讲过，共产党的队伍是为了让天下穷人也都过上好日子，仔细想一想，这里头就有佛有道，所以我不反对她跟着共产党。去年秋天我还救了几个女抗联，现在都藏在我这儿，外人都不知咋回事儿。刚才我想让你见见她们，看你直接出屋了，真以为您生气了。"接着又说："今晚年夜饭您就和她们一起吃，既为您接风洗尘，也认识一下她们。您是雪峰和子君的上级，应该也是她们的上级，到时我还让我那些媳妇来陪您吃年夜饭，您不生气吧？"

她笑道："客随主便。最好别让太多人知道我们的身份。你救的那些抗联战士，咱单独在一起唠唠。"

他明白她的意思，看完油画后又陪她回到桃源居，然后亲自去告诉干活的，让她们在桃源居摆两桌年夜饭，又吩咐道："这头摆完桌就不用管了，都好好过三十儿吧，电灯一宿不拉闸，愿玩就玩个通宵。"

随后他又去告诉雪峰、景祥、懿莹、子君等人说："吃饭时先别提抗联的事儿，等我媳妇儿她们撤了再唠。"又对子君说："你这些嫂子啥样我清楚，但老师嘱咐了，咱别让她担心。"最后又去告诉媳妇们，年夜饭都到桃源居陪老师吃，吃完就去打牌，他要和老师等人多说说话。这也正符合媳妇们的心思。

天一黑下来，各院同时燃放了多挂鞭炮，然后厨娘、丫头们开始从大灶房内往各屋端菜。

子昂的媳妇们本来想各自搭伙相聚，听了子昂的临时安排后，除香荷不方便、天娇脱不开身，其余的便将孩子交给厨娘、丫头们照看，都穿戴整齐地聚到桃源居，加上金凤、丹凤、冬梅、胜男、菊花、志芳、玉莲七人一共二十人。

本来没让玉莲来陪穆岚，但她这阵和与同岁的志芳小姑玩得开心，听说志芳被安排到屋里吃，便也要跟着。毕竟已是十四岁的大姑娘了，子昂也不想大过年的惹她不开心，便同意她也来这屋吃，还特意嘱咐她，不论听到大家唠什么，过后都不要对外人讲。

两桌席中只有子昂、景祥、雪峰三个男性。女性中除了穆岚穿得朴素，其余人都穿着艳丽的毛领毛袖绸缎装。之前子昂要为穆岚和子君也换上新装，但穆岚说又不是小孩子，穿什么衣服都能过年，坚持穿她的布面偏襟棉袄。子君见穆岚坚持穿自己的衣服，也不想换新装，但文静硬将自己的新装穿在她身上。

这时，厨娘、丫头们一齐上完菜后，也去大灶房吃年夜饭了，在这屋吃年夜饭的便都各就各位。炕上一桌让穆岚坐正位，子昂、景祥、雪峰、子君、懿莹、金凤、丹凤、冬梅、胜男、菊花都陪坐，志芳再上炕就挤不下了，便和子昂的七个到场的媳妇及玉莲坐在地上的一桌，两桌席都坐得满满的。

子昂开场说话，先为穆岚介绍几个还不认识的，又提前给大家拜年，同时为他的老师和妹妹、妹夫到来接风洗尘，随后一起端杯敬穆岚。

放下酒杯，子昂又对媳妇们说："你们也不用多陪，吃完饭就可以回屋了，我老师啥都不挑。机房我已经告诉了，今晚儿一宿不拉闸，你们玩儿个通宵也可以，但都把孩子看好了，别弄得吱哇乱叫的。俺们在这屋多唠会儿。"

芸香听出子昂的意思，说："你们唠学问，俺们听不懂。"又招呼一桌姐妹道："那咱快点儿吃，完了好打牌。今晚儿分两伙儿，待会儿把天娇儿也叫着。"

多日娜说："我来分。"说着"你你你"的点了芸香、金瑶、芳子道："咱四个一桌儿，她们臭手一桌儿。"

亚娃不悦道："俺还不愿和你一伙呢，一整就叽叽歪歪的。"又对芸香、金瑶、芳子说："你仨合伙儿赢她，叫她嘚瑟。"

芳子摇头说："不带玩赖的。"

金瑶说："我赢她。"

多日娜一指金瑶道："你说的？好，你等着，我把你炕柜子也赢走。"说着抓了只馒头咬一口。

金瑶笑道："我那里有把盒子炮，开柜门你得小心点。"大家都笑。

穆岚在炕上看着子昂的媳妇们斗嘴，忍不住抿嘴笑。子昂招呼道："咱吃咱的，不管她们。"

穆岚笑着问子昂："你得操不少心吧？"

子昂说："就这样，天天掐。还行，都不真急眼。啥都不缺，一天就是开心，能好好地活着，犯得着急眼吗？"又难为情道："老师又笑话我了。"

穆岚笑道："你们挺好的就好。"然后唠起山庄的买卖。

媳妇们吃了饭就都和大家告辞了，桌上的菜还剩许多，这时只有志芳和玉莲在桌上，丹凤、冬梅、胜男、菊花便由炕上桌到了地上桌，炕上的桌也宽松许多。

子昂这才对大家说："咱该唠正题儿了。今天主要是想听老师讲讲外头的事儿。老师可是抗联的长官。"

一听说抗联来了领导，景祥、懿莹和金凤、丹凤等抗联人员都激动不已，眼里还都噙着泪花。景祥激动道："咱都是抗联的，老师现在就是咱的上级领导。我提议，咱先下地，一起给领导敬个军礼。"说着第一个下炕穿鞋，其他人也跟着下炕。穆岚想拦反被子昂拦在炕上。

包括子昂、雪峰、子君在内，抗联战士们在地上站成两排，就连玉莲也被志芳拉进队伍。景祥主动担起领队高喊"立正"和"敬礼"。

穆岚也急忙下地穿上鞋，站在队伍对面，眼含热泪地还着军礼，然后说："同志们，你们的事，子昂已经和我讲了。你们都是好样的，在民族危亡之际，你们能挺身而出，出生入死，我该向你们敬礼。"说着又打一军礼，然后又说道："还有那些在战斗中牺牲的同志们，我们一起向他们敬礼。"说着入列喊道："敬礼！"

大家再次敬礼后，穆岚想拥抱一下每名女战士，可刚将懿莹搂到怀里，大家却情不自禁地将她搂在中间，顿时哭声一片。

子昂、雪峰、景祥也跟着一起流泪。子昂怕外面人听见，一边抹泪，一边去插了院门和屋门。

哭过一通后，大家又都入座，已经不想再吃了。子昂让穆岚给大家讲外面的事，尤其想听她参加队伍的事，穆岚便先从她的家事说起来。

第 142 章

穆岚的祖籍是青岛。祖父先是打鱼为生，后又做起贩鱼的生意，家境还算殷实。父亲在家最小，自幼喜欢读书，从私塾一直考下去，直至举人。

按说中了举人便可在朝中谋得职位，门庭显赫，怎奈官场黑暗，不使银子还是谋不到职位。恰此时，穆家遭遇大难，因不满渔市被渔霸垄断，穆家兄弟与渔霸手下发生殴斗，穆岚的大伯、二伯均在殴斗中丧命。足足打了一年官司，被告、原告先后都在判官身上使了银子，判官便左右摇摆，迟迟不给判案。几轮银子送上后，穆家还是处于劣势，原来渔霸还有德国和日本商人帮衬着。眼见打错了官司，穆家心灰意冷，索性卖了所剩家当，举家投奔奉天的一个远房亲戚。

这时穆家开始后悔当初不如先忍一时，把银子都使在家中举人的仕途上，待门庭显赫后再图申冤，而这时再指望家中举人得势，已经是心有余而力不足了。此后穆家又在奉天重操旧业，无奈天时地利人和均已不佳，所赢之利，勉强温饱。

穆岚的父亲一直不甘放弃仕途，可到了光绪三十一年，科举被废，他仍没能在朝中谋到一个职务。直到光绪末年，朝廷将奉天辟为商埠，他才通过那个远亲在商界谋得一个文职。

这年穆岚十岁，天生丽质，乖巧懂事，作为家中独生女儿，被父母视为掌上明珠，入了学堂，喜欢图画，十五岁通过家在北平的姑姑考入北京女子师范学校。

在女子师范学校就读期间，她被高等师范学校一男学长爱慕追求，继而相恋，并互见了双方父母，都很看好，便订下了婚事。十九岁毕业时，考虑自己将来要在北平安家，她提出要先回奉天多陪一阵父母，便临时回到母校关东模范小学任图画教员，这期间最得意的学生就是子昂。

五四运动爆发前夕，其留校任教的未婚夫作为学生抗议示威的骨干成员之一，将她也召回北平，共同参加了这场爱国运动。

五月四日上午十时许，北平各校学生六七千人聚会天安门前，每人手执写有"打到卖国贼，收回山东权利"等标语小旗。大会决议要求惩办卖国贼曹汝霖、章宗祥、陆宗舆，拒绝在《巴黎和约》上签字。接着组织起示威游行，浩浩荡荡地奔向各国公使馆。

队伍到达东交民巷口，遭到外国军队拦截，说根据《辛丑条约》规定，中国人不能成群结队通过公使馆所在地，双方僵持近三个小时也无结果。这时游行学生群情激奋，军方开始妥协，但只允许通过二百米左右。

游行队伍由一个小胡同出来，又高喊口号奔向总统府。但前面领队的却有目的地将队伍引向赵家楼曹汝霖的公馆。这时曹公馆的大门紧闭，数十名武装警察已经守在大门两边，学生们只好在门外怒吼"打到卖国贼"等口号，并伺机冲入公馆。

一名组织者奋然跃上一个小窗，被几名警察拉住腿往下拽，其他学生一些去掰警察的手，一些则痛哭着向警察诉说卖国贼是如何卖国的，中国已经到了生死存亡的境地，终于感动了警察，使窗台上那名义士得以跳进公馆打开门，门外的学生蜂拥而入。

数千学生涌进公馆后，立刻分散到各处，到处都是喊打和捣毁家具的声响，就连院内停放的一辆小汽车也被捣毁。有人在四处搜寻曹汝霖，却只搜出章宗祥，顿时将他围起来拳打脚踢。

这时突然出现一人，不惜自己挨打，死命保护章宗祥。因此人是个日本人，怕惹出国际交涉，只好放过已经半死的章宗祥。

天色将暗时，公馆内燃起熊熊大火，学生们便开始撤离。这时，大批军警赶来，开始抓捕学生，有三十多名学生被捕。

五日起，北平各校学生罢课，要求政府释放被捕学生，惩办曹汝霖、章宗祥、陆宗舆，并致电巴黎专使，对于青岛问题，誓死力争，决不签字。

至六月，全国数百座城镇有数百万学生投入到反帝爱国运动行列，形成了规模空前的革命洪流。而军阀政府不予认可，开始大批逮捕学生，又激起工商界罢工、罢市，运动中心也由北平转到上海。六月五日起，上海的纱厂、书局、铁厂、机器厂和电车、铁路、汽车、海员工人等相继罢工，使上海水陆交通完全断绝，陷于瘫痪，军阀政府只好免去了曹汝霖、章宗祥、陆宗舆三人职务。

转过年，苏联共产国际代表来华。随即，上海、北平、广州等地纷纷成立了共产主义小组。穆岚随未婚夫一同参加了北平共产主义小组，利用创办报刊、补习班等多种形式宣传马克思主义。

这时已是民国九年。此前于宣统三年间，孙中山领导的辛亥革命推翻了中国几千年来均以皇帝为统治核心的封建王朝，建立了以"共和"为政体的中华民国。然而他任临时大总统还不足一个半月，深受外国列强青睐的袁世凯就通过内外夹击，迫使他让出民国大总统的宝座，可怜民国政权实为军阀统治。

袁世凯作为北洋军阀的核心代表，当上民国总统四年后又想复辟当皇帝，顿时遭到各路护国大军的讨伐，最后只在皇帝宝座上风雨飘摇地坐了八十三天，便一气之下毙命归西。此后便军阀割据，各有外强撑腰，战火不断，实为外国列强在中国所享利益之战，又可怜民国大众难逃战乱之苦，更担忧中国将会走向何方，又何为中国之出路。

民国十年，中国共产党成立，确立了"以无产阶级的革命军推翻资产阶级，建立无产阶级政权，废除私有制，直至消灭阶级差别"等纲领和目标。

辛亥革命失败后，孙中山一直为找不到真正的救国出路而一筹莫展。随着俄国十月革命的胜利和中国共产党的成立，他终于找到了新的革命道路和真正的革命盟友，并接纳了中国共产党"打倒帝国主义""打倒军阀"和建立国共联合战线的主张，重新改组了国民党，把旧三民主义发展为联俄、联共、扶助农工的新三民主义，并在苏联和中国共产党的帮助下，于黄埔建立了国民党陆军军官学校，亲自委派蒋介石任校长，共产党人周恩来担任政治领导工作。

在军校学员中，许多共产党员是各地选送的共产党员和社会主义青年团员，使中国革命力量由此而逐渐壮大。

革命统一战线形成后，为推翻北洋军阀统治，中国人民革命军开始了北伐战争前的积极筹备，共产党也将各地许多优秀党员和青年团员派到革命军中。

穆岚这之前已在北平成了家，并有一个女儿。虽为家庭妇女，却是党内一员，一直秘密和在校任教的丈夫一同发展共产主义骨干。当得知上级要选派一批优秀人员进入革命军内时，夫妻二人一同向组织提出申请，随后将不到五岁的女儿安置在婆家，毅然投身到轰轰烈烈的北伐战争中。

然而在国民革命军第二次东征期间，以蒋介石为代表的国民党右派又开始在军中排斥共产党人，继"中山舰事件"和"整理党务案"之后，又同国民党大佬汪精卫一道背叛了孙中山的三大政策和新三民主义，大肆捕杀全国各地共产党，甚至提出"宁可错杀千人，不可使一人漏网"的口号，并制造了"四一二政变""四一五惨案"等一系列的"分共""反共"事件，包括共产党创始人之一李大钊在内的一大批优秀共产党人惨遭杀害。而另一名共产党创始人陈独秀因对蒋介石、汪精卫一味妥协退让给共产党造成惨重损失而被停职。由此，国共合作破裂且针锋相对。

民国十六年八月一日，共产党成员以周恩来为书记的中共前敌委员会和贺龙、叶挺、朱德、刘伯承等领导的北伐部队在南昌举行武装起义，起义将士达三万余人。

经过五个小时激战，起义获得胜利。但在向广东进发时，由于没有与江西农民运动结合，遭到敌人大举围攻而失败。由朱德、陈毅等率领的一部分武装突围后，辗转到了湘南，又于次年四月，在湘赣边界的井冈山与中共中央特派员毛泽东领导的秋收起义队伍会师，正式组成工农红军第四军，朱德任军长，毛泽东任党代表。

与此同时，广州的张太雷、叶挺、恽代英、叶剑英、杨殷、周文雍、聂荣臻等，广东琼崖的杨善集、王文明、冯白驹等，广东海陆丰的彭湃等，湖北的潘忠汝、吴光浩等，江西的方志敏等，洪湖、湘鄂边地区的贺龙、周逸群等，闽西龙岩的郭滴人、邓子恢等，闽西永定的张鼎丞等，湖南的彭德怀、滕代远、黄公略等，西北的刘志丹、唐澍等也都相继武装起义，并成立了共产党领导的苏维埃政权，红军队伍日益壮大。

蒋介石深为红军的日益壮大而不安，先后多次调集大军对红军进行"围剿"。

日本关东军就是在国共内战之际发动了九一八事变，并一举占领了全东北。此时的蒋介石，极力主张"攘外必先安内"，制约了红军"北上抗日，一致对外"的军事战略。五次"围剿"，规模一次大于一次，其中后三次都是在东北已被日军占领的情况下进行的，更让国民感到惋惜和痛心。

九一八事变两周年之后，蒋介石又调集了一百万军队、二百多架飞机，采用"三分军事，七分政治"的方针，向各革命根据地发动了第五次"围剿"，对红军根据地，动用五十万兵力，分路"围剿"中央红军。但在王明"左"倾冒险主义思想的影响下，李德等人先推行"军事冒险主义"策略，在敌人的猖狂进攻面前采取"拼命主义"，最后发展成"逃跑主义"，导致中央红军第五次反"围剿"失败，只好突围转移，开始了被蒋介石讥讽为"流窜"的艰苦长征。

长征途中，红军依然面对着蒋介石的围追堵截，至当年年底，十万红军已损失过半，形势极其严峻。紧急关头，中共中央接受了此前一直被冷落的毛泽东的主张，放弃向湘西前进，与红二、六军团会师，从而使面临全军覆没危险的红军摆脱了绝境。当月，红军攻克黎平，转过年又强渡乌江天险，乘胜占领了黔北重镇遵义。

在遵义，中共中央利用部队休整时机召开了政治局扩大会议。会上，经过失败已经觉悟的红军指战员，都开始团结在毛泽东的周围，揭发和批评了第五次反"围剿"以来和长征以来的"左"

倾错误，并取消了博古、李德的最高指挥权，由毛泽东、周恩来、王稼祥组成了三人指挥小组。从此，红军步入了良性轨道，先后四渡赤水、巧渡金沙江、飞夺泸定桥，又艰难地越过积雪覆盖的夹金山和纵横数百里、神秘莫测、人烟稀少的水草地。

经历了雪山、草地又给红军造成的巨大牺牲，当年十月到达陕北时，红军总数仅剩三万多，可谓人类史上所知最大之悲壮。又恰恰由于这种悲壮，使可以立足的红军，又在一年的时间内，迅速由三万发展到近八万，蒋介石的"攘外必先安内"幻想也彻底成了泡影。

七七事变后，面对已成中华民族大患的日本侵略军企图灭亡整个中国的野心的暴露，蒋介石终于坐不住了，承认了共产党的合法地位，于八月将红军主力四万五千人改编为中国国民革命军第八路军，朱德、彭德怀分任正、副司令，下辖三个师：一一五师师长林彪、政委罗荣桓；一一九师师长贺龙、政委关向应；一二〇师师长刘伯承、政委邓小平。

十月，共产党又与国民党谈判达成协议，将在湘、赣、闽、粤、浙、鄂、豫、皖八省的中国工农红军游击队和红军第二十八军一万多人改编为国民革命军陆军新编第四军。叶挺、项英分任正、副军长，张云逸、周子昆分任正、副参谋长，袁国平、邓子恢分任政治部正、副主任。同时还成立了中共中央革命军事委员会第四军分会，项英为书记，陈毅为副书记。

在整个过程中，穆岚和丈夫一同经历了五四爱国运动、共产主义传播、北伐战争、南昌起义和井冈山会师、五次反"围剿"、万里长征及红军改编八路军。其间，她曾在行军当中流过产，战斗当中负过伤，更在长征途中几次险些牺牲。

过雪山时，在她又饿又冷已经不能行走时，一名男战士从冻饿而死的战士身上脱下坎肩裹在她身上，又将冻硬的死马肉捂热后生着让她吃下，这才没和许多牺牲的战士一样葬在风雪中。

过草地时，她和几名战士接连陷入一处不知多深的沼泽内。就在她的头也将被泥水淹没时，她看见几米外的战友们向她投过一条裹腿带，随后被从泥水中硬拖出来。

九死一生的她，还先后担任过地下工作组组长、宣传队队长和后方医院护士长等职。全国抗战后，共产党组织考虑东北抗联与抗日主战场难相呼应，打击日军后方力量也相对薄弱，便派出一批具有地下工作和宣传工作经验的部队干部秘密深入东北各城市，主要任务是把全国抗战的形势传播到已被日军占领多年的日统区，努力扭转众多已经丧失反抗意志的东北民众的消沉状态，发动、鼓舞、收编以占山为王为主要对象的武装群体，壮大东北抗联的抗日力量和抗日范围，最大限度地扰乱并瓦解日本侵略军的大后方，加快全国抗战的胜利进程。

因为她从小在奉天长大，对当地地理较熟，又有一定的人际关系，上级便将她派回奉天，对外身份仍是小学图画教员，并通过组织联系上正从事抗联交通员的雪峰。

因雪峰上小学时和子昂是同届，所以穆岚在二十多年前也是他的图画老师，只是他不好绘画，对二十多年前的图画老师印象不深。两人第一次接头时都没有认出对方，是穆岚问起他家是哪的、年纪多大、在哪读书时，才想到雪峰在奉天念小学时，她正在模范小学当图画老师。雪峰也这才知道党组织派来的负责人，竟是他的小学图画老师，立刻想起子昂，就把子昂的经历和现状都讲给了她。

她已忘了子昂，但雪峰一提，她还是想起当年那个生得可爱，喜欢绘画，还为她洗过脚的男孩，也很惊喜，决定亲自来见子昂，不想子昂竟然妻妾成群，心里有种说不出的滋味。但事已如此，她不好责怪太多。不论怎样，作为抗日动员的对象，她觉得子昂还是具备一定条件的，所以她要尽可能地让子昂多了解一下国家的发展经历和抗战形势，即使他现在不放弃经商，毕竟他与一些占山为王的有往来，他能明理做个牵线人，对她也是很大的支持。

这时已到深夜。穆岚继续说："共产党已经度过了艰难时期，队伍也在日益壮大，实际是壮大了抗日力量。"

见她停顿，子昂兴奋道："要这么说，日本鬼子真没几天蹦跶了，到时候，那狗屁满洲国也得黄铺子了！"接着又说："我在自卫军时就听说过红军，他们都叫'红匪'。"忙又解释道："我可没说过！当时就觉得这和我也没啥关系，咱嚼那舌头干啥？哪想到，我最敬仰的老师就是红军。真的，听您一讲，红军太神奇了！老师你挺也神奇，能记住这么多的国家大事。以前我觉得红军和我没关系，既然老师也是红军，那红军和我可关系大了。"

懿莹一撇嘴问："和你能有多大？"

子昂先看一眼穆岚，又看着懿莹笑道："你说多大就多大。"

懿莹看出他又不怀好意地讨好她，也看一眼穆岚，又冲子昂一锁眉头道："讨厌。"

穆岚这时已经知道子昂和懿莹那段刻骨铭心的情缘，爱怜地抚摸一下懿莹的头说："你俩就别老斗嘴了。"说着从怀内摸出一枚红五星对懿莹说："你看，这就是红军的帽徽。"

懿莹端在手上看，子昂也探过头去看，央求道："给我呗？"

懿莹立刻将红五星握紧道："凭啥？"

穆岚欣慰地笑道："这是我戴过的。红军改成八路军以后，军装也都换了，只能把这藏在身上。要真喜欢，就送给你们，但你俩别打架。"

子昂得意地看着懿莹道："你看，老师是送给咱俩的。行，那就放你那儿，咱俩谁跟谁呀，是不？"

懿莹用脚蹬他一下道："滚边儿去，臭无赖！"

子昂不生气，嬉笑着去捂他的脚道："别把脚踢疼了。"

她忙收起穿着红袜的脚道："不稀搭理你。"说着靠近穆岚问："那咱抗联现在属于几军？"

穆岚说："抗联现在还叫东北抗日联军，也归共产党领导。现在抗联一共有三路军，杨靖宇、周保中、李兆麟分别担任总司令。说起这些，这话咱还得说回去。七七事变前，共产党就提出和国民党联合抗日，蒋介石不但不同意，还下令让张学良继续围剿红军。国内爱国人士就都起来抗议，要求蒋介石抵制内战、联共抗日。蒋介石又以'危害国民'罪逮捕了不少爱国人士，这也让国民党内的一些爱国将领感到气愤。七七事变的头年冬天，国民党爱国将领张学良和杨虎城在西安扣押了蒋介石，逼他停止内战，联共抗日。

子昂说："这个我听说了，当时一听说，我还盼着张学良杀了他呢，不过现在他也抗日了，我就看他怎么抗日了。"

穆岚笑道："很多人都想杀他，但事情不是那么简单。从抗日角度讲，蒋介石的影响力还是很大的。真要杀他很容易，就连日本人都希望有人杀他，说明他并不是人们说的那种汉奸。这样的话，还真就不能杀他。一旦他死了，那抗日统一战线就很难形成了。当前，把日本侵略者赶出中国是最主要的，但想把侵略者赶出中国，就必须统一全国所有力量。开始蒋介石不抗日，是把红军当成他最大的敌人。现在好了，国共两党的抗日统一战线形成了，日本侵略者注定要滚出中国了！"

子昂仍半信半疑地问："蒋介石真的抗日了？"

穆岚笑道："现在是。不过日本侵略者也更加猖狂了。卢沟桥事变后，日军大举入侵中国，北平、天津、上海、南京、武汉，还有徐州、合肥、广州、厦门都已经沦陷。他们所到之处，烧杀抢掠、奸淫妇女，无恶不作。在南京，他们还制造了骇人听闻的南京大屠杀，不论男女老少，见了就杀，整个南京城的军民快让他们杀绝了，惨不忍睹！"

子昂痛心地骂道："这帮狗日的！"接着又焦虑地问道："不是统一抗日了吗，咱咋还吃这么大的亏？"

穆岚叹息道："日本是个军国主义国家，军事力量确实很强大。但中国军队也很顽强。前年九月，八路军在平型关战役中，一次就消灭鬼子一千多，取得了抗战以来的第一场胜利，打破了日军不可战胜的神话。去年三月，国民党军队在徐州会战中，仅台儿庄一战就消灭鬼子一万多，沉重地打击了日本侵略者，也粉碎了日本侵略者妄想在三个月内灭亡中国的野心，真是极大地鼓舞了全国军民坚持抗战的必胜信心。但我们要知道，想救国就不能怕牺牲，怕牺牲我们就会真的亡国，到时我们的子孙后代也得去当亡国奴。"

子昂开始振奋起来，说："我已经当了八年亡国奴了，决不能让我的后代将来也当亡国奴！其实我一直就不甘心，但我又一直很迷茫。蒋介石要早这样，哪还容得日本人在这儿建什么狗屁满洲国。卢沟桥事变这件事，我是前年听说的，是这儿的一个老邻居回来对我讲的，他在北平当摄影记者。九一八事变后，他不想让他父母待在东北当亡国奴，就都给接北平去了。卢沟桥事变后，北平也让日本人占领了，他父母又想回东北；左右都是亡国奴，还是落叶归根吧。当时我就觉得中国这下算彻底完了，我这亡国奴的帽子，怕是这辈子也摘不掉了。"又对雪峰说："你也是，上次一走就两年不露面儿，结果就没人跟我说这些大道理。咋的？把我妹妹娶到手，就把我这舅哥给忘了？"

雪峰笑道："我和子君一直都想来，你过的可是神仙日子。可俺们任务太多，实在脱不开身，不信你问老师，她是俺俩的上级，俺俩得听她的。"

穆岚也笑道："他俩常和我唠起你，说你在这头挺有能耐，还和一些土匪有来往。其实很多土匪也是爱国的，要能把他们组织起来，一同打击日本侵略者，也是不小的力量。东北已经让日本人统治八年了，很多人已经不把当亡国奴视为耻辱了，这很可悲，也正符合日本人的心思。日本人早有灭亡中国的野心，只是他们需要分步进行。九一八事变后，日本人专心致志地扶持满洲国，这里就藏着大阴谋。他们跨海过来到中国，最先需要的是什么？是一个让他们可以站稳脚跟的大本营，这个大本营就是现在所谓的满洲国。从东北沦陷那天起，他们一直在到处秘密修筑军用工事，大量储备军用物资，目的就是养精蓄锐，视机大举入侵中国。从九一八事变到卢沟桥事变，六年时间，两千一百一十八天，由于我们打内战、不抵抗，日本人已经把东北变成了他们的本土，只要时机一到，他们可以不需要海外本土的补给，就像冲出自己的家门一样，直接入侵整个中国。东北永远是中国的领土，但现在对他们也很重要。据说他们宁失去本土，也不愿失去满洲。对于中国来说，不收回东北，就会真正亡国。来之前，雪峰还和我讲过，这里最早叫龙封关。想一想真是那回事，东北就该是中国的第一关。现在中国的两道关都在日军的控制下，全国的抗战热情是很高，但东北的抗日联军的力量还不够强，必须要唤醒东北的广大民众，一致抗日，让日本侵略者没有喘息的机会。当然，我们现在还有很多困难，但只要革命的火种不熄，我们就一定能燃起燎原之火。就像镜泊湖的火山一样，再硬再重的顽石也压不住炽热的岩浆，最终将所有的顽石都融化为美丽家园的基石。镜泊湖的火山岩，就是我们打败侵略者的一种启示和一面镜子，只要抗战的决心不动摇，发动起每个中国人都端起刀枪，我们就一定会把侵略者赶出我们的家园。现在尤其重要的是，如果东北民众都能起来抗日，就等于是对日本侵略者的釜底抽薪。从东北的现状看，打击侵略者的最有力同盟，就是那些占山为王的好汉们。有些土匪是祸害百姓，但他们也都不愿当亡国奴、当汉奸，要能把他们引上正路，东北的抗日力量就更会强大起来。"

子昂说："土匪都是为了自个儿的事儿，鬼子动静一大，就都猫进山里不敢出来。奔我来的这两伙都这样。我那个内弟拉杆子是为了给兄弟报仇。开始听说鬼子要招中国兵，每月还给工钱，他的两个兄弟就也报名了。可鬼子不要老百姓，就要在东北军里干过的，打过日本人的人也要，说这样人会打枪，过来就是一把好手。他那两个弟兄会打枪不假，可都没当过兵，就和日本人编瞎话儿，说自己在东北军待过，还和日本人交过火，结果咋样？都让日本人给杀了，第二年大河一开化，河里漂的都是尸体。我内弟就这样拉的杆子，一直在珠河那片儿和鬼子干，可实际他们一直在挨鬼子打，偷着摸地比画一下子，回头让鬼子撵得满山跑，后来跑都没处跑，就奔我来了。我现在养着两伙儿，加块堆儿差不多有二百人，都在我跟前山里搭的寨子。我这一年的生意，差不多一半都搭给他们了，可我不后悔。这年月，光趁钱不行，还得趁枪趁炮。"

懿莹挖苦道："你挺趁了，还趁那老些媳妇儿。"

景祥嗔怪道："别哪壶不开提哪壶，说正经的。"

子昂不介意，对懿莹嬉笑道："还差你没归队呢。"

懿莹又蹬他一脚道："滚边儿去！"大家都笑。

穆岚借机又责怪道："就是，还不到而立之年呢，媳妇儿是多了点。"然后看着他笑。

他仍不屑道："铁木真四十多个媳妇儿呢！"

穆岚惊讶道："你野心够大的！"

子君近乎愤怒道："脸皮真厚，针都扎不透！"大家又都笑。

子昂又嘿嘿一笑道："说笑话，咱说正题儿。其实我一直就想拉支队伍打鬼子，我和雪峰、景祥都唠过，可雪峰那次来说过，抗联在山里打游击日子过得很苦，经常没吃没穿，说给抗联支援点钱也是抗日。后来我就打定主意了，多挣点钱，给抗联多攒些。"

穆岚点下头道："抗联现在确实很艰苦，战斗力也始终不稳定，从战士牺牲状况看，除了作战牺牲的，冻死饿死的也有。但我是这么想的，抗联之所以艰苦，是因为日军的残酷封锁。这里也包括日本开拓团的伪装配合，因为他们就和中国老百姓在一起。这里我还要说，日本发动对华战争，不仅仅是军方行为，他们是全民性的侵华，几乎是日本全国民众都参与了这场侵华战争。相比之下，我们的国民，在民族责任感上，还很大程度上表现得麻木不仁。也不是说咱的妇女儿童也都拿起枪来和敌人作战，就现在手里有枪的中国人，要都把枪口对准侵略者，敌人就会顾此失彼，不仅可以打破他们的封锁，还可以里应外合，削弱日军在主战场的力量，支援全国抗战取得全面胜利。九一八事变后，我们没有及时全国抗战，六年时间，已经让日本侵略者在东北站稳了脚，他们不但奴化我们的国民，还在各大深山内储备了大量的全面侵华物资。白天你也说了，这儿的日本人平时就守在北河岸，还经常夜里有军车开过来。我敢说，北河岸的山里就有他们的军需库，但还算不上是特别保密的，如果特别保密，他们不可能让中国人搭上面儿。最近得到一些消息，日本人用中国劳工在深山密林中修了很多秘密工势，前脚修完工事，后脚就把劳工集体杀掉灭口。前阵子有死里逃生出来的人说，他们出苦力的地方都在深山老林里，即使逃过日本人的看管，要不懂山路，也很难逃出深山。所以说，龙凤也应该是个抗日打击点，这得请示上级。"

说到这儿，穆岚见志芳、玉莲接连打着哈欠，就笑着问道："都困了吧？"

子昂说："困也不能睡，今晚大年三十儿。"又掏出怀表看了看说："一会儿还得放炮仗，吃除夕饺子。"又对懿莹笑道："一会儿包饺子，还咱俩一伙儿，我擀皮儿你包。"

不想这话又让懿莹心痛，忍不住眼泪涌出来，忙捂脸擦泪。穆岚见状忙说："今天是大年三十儿，睡也晚点睡，都开心点儿。"又笑着问道，"要不咱一块儿唱首歌？正好庄里现在都是咱自己人，就唱《我的家在东北松花江上》，咋样？"

抗联战士们显然都会唱，一致赞成。穆岚想调整一下懿莹的情绪，就让懿莹起个头。懿莹也不想因为自己让大家扫兴，笑着应下，然后起了头，抗联战士们都跟随着唱起来：

我的家在东北松花江上，那里有森林煤矿，还有那漫山遍野的大豆高粱。我的家在东北松花江上，那里有我的同胞，还有那衰老的爹娘。九一八，九一八，从那个悲惨的时候，九一八，九一八，从那个悲惨的时候，脱离了我的家乡，抛弃那无尽的宝藏，流浪！流浪！整日价在关内，流浪！哪年，哪月，才能回到我那可爱的家乡，哪年，哪月，才能够收回我那无尽的宝藏？爹娘啊，爹娘啊，什么时候，才能欢聚一堂？

子昂不会唱，但越听内心越激动，便也想学会唱。穆岚又让懿莹教他，懿莹却一转脸不看子昂。穆岚笑道："每个中国人都该会唱，咱大伙一起教他。"于是大家又唱起来。懿莹也跟着唱，还拿出笔和本写下歌词递给子昂。子昂不想再惹她难过，双手去接，连连点头道："谢谢、谢谢！"大家都笑。

又开心地唱了两遍，子昂又掏出怀表看一眼道："差不多了，咱包饺子吧。"

懿莹情绪好了许多，招呼志芳、玉莲跟她去大灶房取和好的面和馅，随后大家一起包了当夜够吃的饺子，又到院子里放鞭炮。

就这时，大家听见屋外狗在叫，接着又听见大宝喊着"爹"。子昂出去开了院门，大宝急切道："俺娘要生小弟弟了，奶奶让我叫你。"

子昂忙去了金瑶的屋，见刘王氏正在灶房烧水。刘王氏安慰他道："没事没事，别着急，娘给她接。你在这儿待着就行，她知道你来了，生孩子就能使上劲儿了。"

他点头，又隔门喊道："金瑶儿别怕，我在这儿呢！"

他这一喊，金瑶在里面也叫起来，刘王氏忙端着水盆进屋。

金瑶生下一个男孩。子昂很高兴，对金瑶安抚道："媳妇儿受苦了。"

她躺在被褥里撒娇道："终于生下咱俩的了，再苦也高兴。"接着又让他给孩子取个名。他想了想说："叫康儿吧，咱都健健康康的。"

本来子昂要问父亲周家的辈字该怎么排，现在他不想问了，决定自己排，一边陪着金瑶，一边思考着，天亮时才满意地排出二十个字，即：忠孝慈怜善，仁义礼智信，鸿德守正道，和平进盛世。又工整地制出"周氏族谱"，开始写道：

家族字辈，谨定二十字，千秋万代，后人可续，不分嫡庶，皆为同宗，不论男女，皆入族谱。

并在"周子昂"下以列出学名为忠字辈的子女，男为忠宝、忠宽、忠盾、忠德、忠强、忠庆、忠安、忠阔、忠勇、忠康等；女为忠丽、忠旭、忠梦、忠桃、忠源、忠悦、忠环、忠信等。

忠丽、忠旭便是丽娜和豆儿。丽娜的"娜"字与长辈多日娜重名，犯"重名即冲命"的忌讳，便将乳名也改成丽儿。"豆儿"在黑话中是姑娘的意思，只能用作乳名，故而学名为忠旭。

第143章

正当子昂为康儿降生欣喜之际，多年不敢在龙凤露面的张宝来突然从牡丹江赶来。

自打加入牡丹江黑道的"棒子队"以后，张宝来每天都是一面卑躬屈膝地替日本人维持治安，一面耀武扬威地收取中国商户的"保护费"。后来"棒子队"被日本宪兵队收编为保安大队，专门负责搜查牡丹江地区的反满抗日人员和为抗日联军提供帮助的人。

虽然他也按月从日本人那儿领取劳务费，时不时地还能得些立功赏钱，但后娶的老婆对他也苛刻，平日里的鬼混还是让他负债累累。好几次他想来找子昂勒笔钱，但又怕米秋成、闵掌柜和傻丫的家人都不放过他。可眼下又到了年关，催债的又让他惶惶不可终日，便硬着头皮以进山搜查抗联为由离开牡丹江。

他在保安大队里是个小队长，这次来到龙凤，他还带上两个随从，每人的腰间都别着一只匣子枪。他俨然一副爷的派头，只是断了两根手指的左手让他有些不自信，只能握紧拳头遮掩。那是当年被子昂丢到山里冻伤后烂掉的。他对子昂那次救他下山一直感到蹊跷，但也只能哑巴吃黄连，好歹没被冻死在山里，子昂又替他还了他在闵家客栈欠下的孽债。

到了龙凤后，他还是先去津菊的家里拜年。津菊讨厌他，但骏先要面上过得去，就拉他在没开板的山货铺子里说话。

通过骏先，宝来得知米家二老都已不在人世，香荷疯了，香荷、天娇、津梅和三个孩子都住进子昂的山庄里，天娇为子昂生下一对龙凤胎，津梅也在山庄里生下个男孩，已经五岁了，以及子昂还偷着和认的姐姐婉娇生下儿子等，无不令他惊讶。米秋成的离世，倒是让他少了许多顾虑，而天娇为子昂生下孩子和津梅也在山庄生下孩子让他感到心痛，问道："米津梅生的是谁的？"

骏先已知津梅生的阳儿是春山的，这时却诡异地笑道："说是你在家时留的。"

宝来想了想说："不可能！我记得最后一次想和她办那事儿，她说她那还流血呢，让我再等等，这一等她就回娘家了，再就没回过俺们张家，我也再没去过他们米家；你也是过来的人，这一说你就能明白，这崽子绝对不是我的！"

骏先又呵呵地诡笑道："你脑瓜不空啊。"

宝来气得骂道："周子昂这个兔崽子，他现在连姨姐都不放过了！"

骏先顿时不悦道："说啥呢你？"

宝来立刻想起津菊也是子昂的姨姐，忙解释道："没说你家那个。"接着又问道："他山庄在哪？我去会会他。"

骏先煞有心思地提醒道："你去会他可得小心点；那小子，现在除了日本人和他那些拜把子哥哥，谁都不放在眼里。治安大队的侯队长，那年和他抢个女人，差点没让他打死在山庄里，结果也拉倒了。"

宝来忙问道："抢哪个女人？米天娇啊？"

骏先愤然道："操，米天娇是让她这些姐给架拢的；看香荷成了疯子，山庄的钱都让周子昂那些媳妇把着，这姐几个就毛鸭子了，合伙把米天娇往人被窝里塞；硬要给的小美人儿，哪个男人能忍住？周子昂现在有一大帮媳妇；跟侯七抢的这个你也认识，就一整骑马满街逛的那个虎丫头。"

宝来又吃惊道："她我太知道了，她叫多日娜，是子昂把兄弟的亲妹子呀；把兄弟还带这么玩的？"

骏先笑笑说："这还真不好说。多日娜也是个美人儿，可她就对周子昂着迷。开始子昂答应香荷生头个小子姓米，可香荷偏偏生了个丫头，周家人怕香荷也生不出小子，就给周子昂纳了个妾。多日娜一看周家好这口，人家就自个儿坐着花轿去山庄了，和周子昂的画像入的洞房，那也是周家媳妇了。后来不知咋的，她又让侯七去山庄娶她，这把周子昂整激了，说他跟疯了似的，可把侯七打缩骨了。周子昂现在的武功可不赖，不过俺们拿他也当疯子。你听过梦游扒坟的吗？周子昂为那个窑姐儿半夜去扒坟，都说他鬼附体了。"

宝来更加好奇，正想再问，津菊一脸怒气进来，先抽骏先一记耳光道："瞎巴巴啥！他扒你家坟了？你嘴咋这么欠！大过年的，你就不怕鬼来闹你？"

骏先当着宝来和两个随从的面挨了媳妇的巴掌，顿时觉得颜面丢尽，愤怒地也要抢巴掌。津菊忙一边后退一边指着他怒喊道："马骏先！你敢动我下试试？"

骏先竟顿时傻在那里。原来子昂知道骏先常在背后骂他将天娇收房的事，加上那套东珠落到田中太久手里，他一直想找个与东珠无关的借口狠狠收拾骏先一顿，只是天娇一再求他给二姐个面子，并偷偷将他要收拾骏先的事告诉津菊。津菊现在尤其敬畏子昂，也郑重地警告过骏先。

骏先自然不敢和子昂硬碰，津菊这时又警告他的意思也很明确，不外是他若敢打她，她就由着子昂来收拾他。他表面不去恭维子昂，就因子昂得叫他二姐夫，心里又既想通过亲戚关系得到实惠，又痛恨子昂有那么多媳妇还将他心中痴迷的孪生姐妹都收入自己房中，同时他也确实对子昂的强势、狠毒和"鬼附体"充满恐惧。

吵骂声惊动了骏先的父母及来拜年的邻居，接着，挂着拐杖的马九爷也被重孙子喊过来。津菊理直气壮地向公公婆婆告状道："大过年的，他净唠那些扒坟、闹鬼的事，多膈应人！"其实她在门外已经偷听很多了，但碍于宝来和两个随从都挎着枪，气得肺子要炸了，终于以保护家中吉利为借口对骏先发泄怒火，也是靠着子昂撑腰，并不顾忌宝来怎么想。

马九爷也知道子昂正恼火骏先背后滥嚼舌头，毕竟子昂今非昔比，他不想亲戚之间结下仇恨，便也训斥骏先道："说你八百遍也不长个记性，我真想抽你！"说着挥下拐杖吓骏先，又对宝来说："宝来好久没来了，别听他那些没用的，午饭就要好了，待会儿和你这俩朋友一块儿，陪九爷喝两盅。"显然是给宝来个台阶下。

宝来是奔着子昂来的，津菊又当着他面打骏先的耳光，说不清她打的是谁，就更没心情在此喝酒了，笑道："来就是给您老拜个年，谢谢您的好意，我还得去给子昂拜个年，想让二姐夫给我指下道。"

骏先心里正窝火，立刻答应道："我告你咋走。"说着先出了铺子，经过津菊只是狠狠地横她一眼。

宝来又和骏先的父母告辞，然后对津菊挖苦道："几年不见，二姐的脾气可是大大地见长了。"没等津菊说话，就和两个随从跟着骏先出去了。

津菊背后"呸"了一口，又对婆婆说："瞅他那死德性，自己一裤兜子屎，还总想埋汰别人。津梅就让他给毁了，他还舰个大脸嫌乎别人媳妇多。子昂媳妇多，人都养得起，哪个不跟娘娘似的？把天娇儿给子昂，就是俺姐几个架拢的，人活着就图个享福，没福说啥都没用。姊妹一嫁咋的？我这些妹妹都给子昂当媳妇他也管不着！"

婆婆不悦道："你这张嘴啊，就是没个把门儿的！外人听着你娘家成啥了？"

津菊笑道："我不是说气话嘛！"

马九爷这时倒担心宝来带着人和枪去山庄对子昂不利，津菊坦然道："爷你甭担心，张宝来就是来要钱的，子昂还能让个臭要饭的难住了？指头缝里拉拉点就打发他乐呵的；再说子昂总拿他当恩人，亏不了他，他总不能去把山庄端了吧？"

马九爷仍担心道："他不会冲着津梅去啊？可都带着家伙呢！"

津菊安抚道："冲谁去他也不敢瞎嘚瑟。他给日本人做事，子昂在日本人面前也不是说不上话。再说子昂身边就有不白给的。听津梅说，多日娜就是个看家虎，子昂不在家都是她把着，要不子昂咋老由着她使性子。"

街上的店铺有开有关，路上还有一些走亲戚拜年的人，相识的互相祝福着"过年好"。新一轮满街跑的孩子似乎都不记得米家的新娘娘了，几个顽皮的男孩子正放着零星的鞭炮吓唬女孩子。

路上，宝来挖苦骏先道："你咋混的？连老娘们都敢扇你大嘴巴？"

骏先叹口气道："人现在是娘家有人了，周子昂我现在是真惹不起。也别说我，治安大队田大队长还让他三分呢。田大宽的二儿子，人从上京皇宫派回来的，现在是日本人的大红人。周子昂在山庄里养猪、榨油，买卖干得挺大，一整还去犒劳北营的人，面子不比田老二小多少。"

宝来蔑视道："就龙凤北营里的那几头蒜，和牡丹江宪兵队一比，那就是猴子见大王。我现在就是给宪兵队干事的，我可不在乎那几头蒜！"

骏先讪笑道："你还能让日本人为咱中国人狗咬狗？拉倒吧，也就咱中国人好他娘的窝儿里斗，人日本人可是死抱团儿，要不人也不敢来打中国。你也知道，田老二他爹和俺家老爷子是老交情，田老二开始还给我留个小队长的差事呢，可老爷子说啥不让我玩枪。不过没事俺两家还常到一块儿。要听田老二讲，日本人就是心齐，还不怕死，中国人可差得老远了。你也别说哪儿的日本人，你要在这儿让日本人削一顿，牡丹江宪兵队要是向着你，我都敢输你点啥，根本就不是什么大王小王的事，人家都是主子，咱可都是奴才，知道不？"

宝来眨巴两下眼睛道："那周子昂也挺尿性呗？我是不就不能会他了？"

骏先嘱咐道："你要从他那儿弄些钱花就别客气，听说他还拿你当恩人，你这么长时间没来了，估计张回嘴少不了。至于津梅生的孩子是谁的，这和你一点儿关系都没有，你都把人给休了，还不让人有个人疼着？"

宝来心里又隐痛，有些不耐烦道："你把你家那位看好吧，人可指着周子昂撑腰哪，裤腰带松不松的你知道？"

骏先顿时又不悦道："说啥呢你？"

宝来立刻心情好起来，诡笑道："你不说周子昂认的那个姐和二姐同岁吗，人要就稀罕比他大七岁的，你还能拦住？三十如狼，四十如虎，可都在劲儿上呢。"

骏先忍着怒气道："我不远送了，你们自个儿走吧，他的山庄好找，顺着大田那条水沟进西山，绕过一座山就是。"说完转身回家了。

宝来没和津梅分手前几乎年年都帮米家搞秋收，骏先这一说他就明白了，只是他平时接触的人都好说有刺激的玩笑，这时倒觉得骏先心太窄，索性不管他是否真生气，自己带着两个随从找到子昂的山庄。

张宝来的突然出现，并没让子昂感到不安，反倒很是亲热，毕竟曾是连襟，母亲又曾嘱咐将他视为恩人。这时他还觉得很对不住这个恩人，曾经想借天要他性命是一，再就是他还曾答应以后常去牡丹江看他，可这些年他似乎已把他忘记了。这回他来，津梅喜不喜欢见是另一回事，主要是他想借此再回报他一下，大不了安排他吃喝一顿，大灶房里年货都是现成的，走时再送他一笔钱。

见子昂很亲热，张宝来很受感动，便对两个随从炫耀道："看我连桥咋样？现在可是大当家的！"

宝来的两个随从刚才在马家没得到津菊的好脸色，一直不好插话，这时见子昂对他们很热情，一个立刻也炫耀道："俺们队长也不含糊，宪兵队、矫正院里可都有一号，您要到牡丹江去，喊一嗓子，好使！"

这让子昂心里不禁一惊，故作镇静问道："嗬，三姐夫高升了！在哪高就？"

宝来一笑道："没啥显摆的，就是混口饭吃。可日本人的饭碗不好端，哪比得上你。听二姐夫说，你在这儿跟当皇上似的，三宫六院了。"然后诡笑。

子昂骂道："滚他奶奶的！你去告诉他，他要再瞎嘞嘞，我就把他舌头抠出来喂狗！"

宝来呵呵一笑，感慨道："几年不见，真是刮目相看了。"

子昂打断他道："唠唠你的事，都给日本人做什么？"

那个随从又炫耀道："俺们就抓反满抗日的。日本人说话也算话，抓了就给赏。"

子昂大惊。宝来显得不自然，冲那随从骂道："你可真他妈欠儿登！咋的？你还想在这儿抓个去领赏？也他妈不长个脑子！"

那随从忙解释道："不是不是，都是自家人嘛！你那二连桥不说了吗，大当家的也有日本朋友。"又对子昂点头道："咱都自己人，就是随便唠。"

宝来又对子昂说："开始我还生你气哪，那年你说常去牡丹江看我，可这些年你就去过我家一次，还趁我不在家，把我儿子给弄这儿来了。后来我一寻思，弄来也是米津梅让你弄的，咋说她是亲娘，我现在媳妇对我儿子也不好，弄就弄来吧。刚才还听二姐夫说，你有次去牡丹江让日本人抓错了，后来是这儿的皇军把你接回来的。行，比我混得还硬实。"

子昂心中不爽，一哼道："可我不祸害中国人，就是安心做我生意。"

宝来先是一愣，忙又解释道："我也不是祸害人。你说咱这已经是日本人的天下了，咋说胳膊扭不过大腿，还他娘的瞎折腾啥？大家都消消停停地过日子不挺好吗？"又笑问道："你是不在牡丹江进过监狱就不敢去了？没事儿，有我在，以后闲了没事儿就过去，我天天五合楼安排你！"两个随从都眉开眼笑地看子昂。

子昂开始担心藏在山庄内的抗联战士们，便决定尽早将宝来他们打发走，忙将他们带进桃源居，又让灶房备酒菜。宝来想见津梅和他的三个孩子，子昂便去告诉津梅。

听说宝来就在山庄内，津梅脸一沉道："他来干啥？麻溜儿让他滚蛋！"

子昂笑道："我是想让他滚蛋，可是那回事儿吗？人是想看看你和孩子。"

她一瞪眼道："滚犊子，他有媳妇，看我算咋回事儿？孩子也不让他看！他要把孩子接走，门儿都没有！我是不让我这些孩子和后娘在一块儿。"

他劝道："你不看也就罢了，孩子也都是他亲生的，到啥时候他都是亲爹是不？亲爹看看孩子正常，咱要硬拦着也太不仁义了。你放心，三个孩子，我就让他看一眼，一个都不让他领走。"

她警告道："那咱可说好了，就许看一眼，少一个我可跟你没完！"子昂点头笑。

津梅这才去对面屋。丹青、丹红和两个丫头正在炕上玩耍，她阴阳怪气地对丹青、丹红说道："你们那死爹来了，非要看看你们。先别玩儿了，跟你老姨夫过去瞅一眼。我可提醒你们，他要带你们回牡丹江，谁都别跟他走，跟他走往后就得和后娘在一块儿，看不往死了收拾你们！那年你弟要不让你老姨夫带回来，这会儿小命儿都没了！"

屋里的气氛顿时凝固了，丹青、丹红也都愣在那里。津梅骂道："还傻立着干啥？赶紧下地，去把洪生也叫上。"

丹青、丹红都很想念爹，但又无法接受那个后娘。丹青对丹红说："咱就看看爹，都不跟他走。"丹红点头，一同下了炕。

子昂将三个孩子带进桃源居，与等在客厅的宝来见了面，只有丹青心情复杂地叫了声爹，两个小的都怯怯地不言语。

宝来见三个孩子都长大了，又都是富家子弟的装束，不禁百感交集，眼里含泪道："挺好，都挺好。"令丹青、丹红也忍不住抹起眼泪。

其实宝来的泪水中更多地包含着他对津梅的眷恋，尤其这时见二女儿丹红长得楚楚动人，越发与他初见津梅时的模样相像，也愈加后悔那年不该使性子下那封休书，恨不能与津梅重温那些年的美好时光，便抹去泪水问道："你妈咋没过来？"

丹青为难道："她不来。"

宝来说："她恨我我知道，都是我的错。她不来我不怨，那我去见她，我有事儿和她说。"

丹红为难道："你别去，她不见你。俺们也得回去了，回晚了她又生气了。"

丹青有些恋恋不舍道："爹，那我们就回去了。"说话间，丹红已领着洪生先走了。丹青犹豫了一下，突然跪地磕头道："爹，你好好照应自个。"随后哭着起身离开。

宝来忍不住失声痛哭，子昂安慰他几句后又对那两个随从说道："你们先喝茶，我去灶房安排一下，一会儿咱就在这屋喝点；这阵正杀年猪，啥好吃的都有。"两个随从点头哈腰道谢。

宝来这时就想见津梅，子昂出去不久，他就招呼两个随从道："跟我出去转转。"这三人便也出了屋。可一出屋便被院内那两条大狗恶狠狠地盯上，吓得急忙缩回来。

宝来在屋内急得团团转，又见到桌上的待客糕点，便端起一盘，小心推开房门，将糕点一块块投给那两条狗，直到两条狗对他们显得友好些，他们才小心地出了院子。

屋外的寒风如刀，就连在油坊干活的人也不愿出屋，整个山庄在刮起的飞雪中显得神秘而寂静。

宝来对这里很陌生，也不知道津梅和他的三个孩儿住在哪个屋。就在他们四下张望时，玉莲从懿莹的院里出来，见到三个陌生男人四下张望，便驻足审视他们，立刻认出宝来曾是米家的三女婿。但她知道他和津梅早就分开了，便问道："你们找谁？"

宝来也曾在米家见过玉莲，但现在玉莲已经变成大姑娘了，并没认出来，忙上前道："我找米津梅，她住哪个屋？"

玉莲不敢多言，只是摇头说不知道，随后转身又回到院内。宝来感觉津梅就在这个院内的屋里，便跟了进去，两个随从也紧随着。玉莲忙转身拦道："干啥呀！这屋你们不能进，快出去！"

话音未落，三条看院的狗从窝里蹿出来，直奔三个陌生人。见宝来他们屁滚尿流地逃出门去，玉莲在院内忍不住咯咯地笑。

子昂在大灶房安排完酒席事宜就想赶紧回到桃源居，毕竟里屋的炕下藏着财宝，可一出院门就见宝来他们从懿莹的院里跑出来，心里不禁咯噔一下，心想他们怎么去了那个院？那院屋里住的可都是这伙汉奸想抓的女抗联战士，莫非他们来这儿的目的还是为了这些女抗联？

他忙上前责怪道："你们上这院儿里干啥？"

宝来有些难堪，一脸苦色道："我就想见见你三姐，我真太想她了！"

子昂不耐烦道："我真帮你劝过，她死活不见你，我又不能把她捆来见你。再说她也不住这个院儿，你们咋进这院儿了？"

宝来也狐疑起来，诡异地笑问道："你这院里藏啥宝贝啊？咋都神神道道的！"

子昂忙解释道："这里住的都是女人，你一帮老爷们进去好吗？"

宝来又诡笑道："不会是你的后宫吧？"接着又沉下脸问道："听马骏先说，米津梅在你山庄又生个小子，你种的？"

子昂立刻眼睛一瞪道："你说啥？马骏先这么和你说的？"

宝来意识到自己操之过急，忙解释道："不是不是，他没说谁，我猜是李春山的。米津梅说是我的，她拿这帮人当傻子呢？谁傻我不管，我心里比谁都清楚，我就想去问问米津梅，拿我遮事儿呢？"

子昂反感道："没人说这个孩子是你的。你已经把三姐休了，孩子是谁的和你还有关系吗？但你永远是丹青、丹红、洪生的亲爹。他们姐仨在这儿挺好，三姐咋说是他们亲妈，没必要让孩子和后妈在一块儿，想了你就来看看，走前儿我再给你拿些钱，平时你把你自个儿日子过好就行。你们先回我那屋，饭菜待会儿就好，咱哥几个喝点。"

宝来就是为钱来的，立刻笑道："还是你对我好。你说得对，米津梅现在谁睡她都不关我的事，你对我好就行。"两个随从赔笑。

华老爹听到狗叫也出来查看，见子昂不是很高兴地和三个陌生人说话，便上前问出了什么事。当着宝来他们三人的面儿，子昂只是简单地互相介绍了一下，然后将宝来和两个随从又送进桃源居。

再从桃源居出来，子昂直接去了华老爹的屋，忧心忡忡道："这仨小子可是真汉奸，专给日本人抓反满抗日的。我就纳闷儿，他们怎么奔那院儿去了？"

华老爹也担心道："这可真悬。他们进屋了？"

子昂说："好像刚进院儿就让狗撵出来了。那我心里也不落底。他们怎么就进那个院儿了？"

华老爹点上一袋烟道："他们不会听到啥信儿了，就冲咱这伙人来的？你可得当回事儿啊。汉不汉奸的，都得看清他啥来路，有时麻烦就出在你看不清上。"

子昂点下头道："一会儿吃饭唠唠看。"

华老爹说："那你去吧，我这儿还有坛儿好酒，待会儿我去搭一面儿。"子昂又点下头，起身回到桃源居。

酒桌上很丰盛，子昂一人陪着宝来及其两个随从。刚一杯酒下肚，宝来又提起子昂可能发现宝藏的事，子昂又不耐烦道："钱咋来的你就别问了，我现在铺这么大摊子，都是钱铺起来的，都在面儿上呢。不过帮帮你还不是啥难事，吃完饭我再给你拿些现大洋，你这俩兄弟也别空手回去。"两随从喜不自禁，忙敬子昂酒。

子昂想试探宝来为什么去那个院子，宝来说："我哪知道你这些屋里都住的谁，看见有个姑娘从里头出来，就冒蒙进去了。也不知道那个院里也放着狗，刚进院就吓得跑出来了。"

子昂心里踏实一些。不想宝来又提起芳子，又一脸诡笑地问道："那个日本娘们是不也在那个屋里？"

子昂顿时想起芳子曾被宝来蹂躏过，心中不禁又涌起"刷锅底"的屈辱，恨不得让宝来在世间永远消失，但一想起母亲的嘱托便只好忍气吞声，只能以宝来蹂躏芳子时是在自己娶芳子之前来安慰自己。

就在这时，华老爹提着一小坛酒进来，对宝来及其随从客气道："你们都是贵客，我这儿还留点老底子，少说也有十几年了。我年纪大了，喝不了多少，拿来你们尽兴吧。"说着将酒放在桌上，又嘱咐宝来道："子昂不担酒力，你们别把他灌多了。"

宝来笑脸答应，又邀华老爹上炕。华老爹谢绝道："我还有事忙，你们喝。"见宝来和两个随从已经喝下一杯，正要往杯里斟第二杯，忙说道："我敬你们一杯吧。"说着将酒坛开封，先为宝来斟酒。子昂以为华老爹是为了让宝来酒后吐真言，便没有阻拦。

宝来忙拦道："您是子昂的干爹，俺们当晚辈的哪能让您倒酒，我自个儿来。"

华老爹坚持道："你们是子昂的贵客，你们能来，我这当干爹的也高兴，倒杯酒不犯啥说道。"说着为宝来斟满酒，接着又为两个随从斟满。要将子昂的酒杯也填满时，子昂忙接过酒坛道："我给老爹倒杯酒，你再拿个杯来。"

华老爹说："就用你的杯，你替老爹敬他俩，我喝点就想睡觉，你们愿喝多喝点，喝完睡一觉。"

子昂倒一时不明白华老爹的用意了，又不好驳他的面子，忙点头应，将自己的酒杯填满，然后举杯对宝来和两个随从笑道："来吧，这是老爹的心意，我带他老敬你们。"随即都干了杯。见都干了杯，华老爹告辞道："那你们慢用，我就去忙我的了。"说着转身出去了。

华老爹刚一离开，宝来和两个随从就都感觉头晕，随后便倒在炕上不省人事了。子昂虽然喝得少些，但也瞬间感到头晕，见宝来他们三人几乎同时倒下，立刻意识到华老爹在酒里下了迷药。他想站起来，但随即也倒下了。

子昂醒来时依然头晕，扭头见华老爹正在旁边守着他，一时觉得反常。他想起他和宝来在一起喝酒，忙问道："他们呢？"

华老爹说："都打发上路了。"说着从被褥下取出三把匣子枪和几个子弹夹，都放到他身旁道："你都收好。"

他心一惊，身子弹起般直起，睁大眼睛问道："你说啥？"

华老爹淡定道："开弓没有回头箭，你要入了这条道，就不能当断不断。以后可得记住了，咱这儿留人不能疑，疑人坚决不能留，不然咱这脑袋啥时搬家都不知道。"

子昂脑袋嗡的一声，盯着华老爹道："真给插了？"

华老爹又装起烟袋，不紧不慢道："甭管你高兴不，老爹都是为你好。"

子昂心里一激灵道："哎呀！"随即愣愣地盯着华老爹，他也为自己被迷药迷倒感到一阵后怕。终于，他叹口气道："也罢，这倒清净了。其实我早就对他狠过，可我妈总当他是恩人，结果那年弄了半截，又把他捞回来了。"又想起母亲的嘱托，心中不安道："这回他兴许是冤的。"

华老爹反问道："真汉奸还有冤的？"

子昂点头道："老爹我明白。"又问道："咋弄的？"

华老爹说："睡林子了。老爹埋过那些鬼子兵，这事儿利索着呢。谁要问，就说他们天不亮就走了。"

子昂又点头，心想这倒和他处理齐龙彪如出一辙，也想以后千万不能乱喝酒。他还暗中发誓，以后要对宝来的三个孩子像对自己亲生儿女一般，自然也不能亏待阳儿。

当晚，多日娜说她想喝酒，实际是让子昂去她那儿过夜，子昂说头日喝醉了，头还正晕着，想自己好好睡一觉，答应她明日去她那儿，结果夜里他去了芳子的屋，只是疼爱地与她温存，并没透露曾经蹂躏过她的张宝来已经不在人世了。

津梅过后向子昂问起过宝来。他心里很愧疚，怎么说宝来也是她孩子的亲爹，也许孩子将来会找亲爹。这时他故作镇静道："人想见你你不见，生气了，天不亮就走了。他也是过年没钱花，给他拿了些现大洋。"

她却挖苦道："好人都让你做了。"又愤愤道："这辈子我都不想再见他，他嘎嘣死了才好呢！"他只是诡异地一笑。

第 144 章

转眼又要到正月十五了，家家户户开始挂灯笼。因为穆岚和妹妹、妹夫今年也在他山庄过元宵节，子昂要把这个节过得比大年还热闹。除了三十晚上挂的灯笼，他还凭着小时在家逛灯会的记忆，设计了多种样式的灯笼，多是宫灯样式，又让人从各家选来适用的高粱秆，再雇来几个扎活匠，照着他画的图纸，刀削火烤地扎起来。扎好的灯笼架先放着，然后一起糊上红绿黄色彩纸，每个里面还用萝卜制成蜡烛插座，插入蜡烛点燃便可。按着每院两盏、院外挂一长排计算，共需百余盏。

懿莹妈、刘王氏和芸香、津梅、天娇、小青、懿莹等也都跟着一起扎灯笼，但她们扎的都是小一些的白色方形灯，是正月十五夜里为死去的亲人送的灯。每到这时，子昂也忘不了婉娇，便也跟着一起扎，孩子们都跟着凑热闹。

子昂正和大家说说笑笑地扎灯笼，一个柴工急忙来找他，说有事和他讲。这人正是五年前第一个把自家田地卖给日本人的陈宝根。

陈宝根是去年才来山庄当雇工的，子昂开始一听是他就反对，他一直认为若没有宝根去配合日本人买地，日本人也许就会断了在龙凤买地的念头，米家也不会落此大难。但宝根的媳妇满秋和村妮是沟里一起长大的，又脚前脚后出嫁到龙凤，一直都是好姐妹。碍于村妮出面说情，子昂勉强留下他，让他去做柴工。

子昂将宝根带到院外，问他什么事。宝根诡秘道："打死你老丈人的那个日本人又来了。"

子昂心里一震问："他在哪？"

宝根说："平常他就住那大房子里，晚上总去俺家。"子昂又警觉地问："你们关系不错，为啥来告诉我这事儿？"

宝根叹口气道："说出来丢人，可我又咽不下这口气，他给我戴了绿帽子。那个臭娘们，开始她还不让我搭理他，现在倒好，上赶子人家了，半夜还给他留门儿！我不能受这窝囊气，我就想杀了他！我说的是打死你老丈人的那个日本人，叫东宫太郎。可我弄不了他。他还帮俺家那臭娘们打过我。看他岁数挺大，体格比我猛。他说他是武士，我真弄不了他。也就你行，你有武功，个儿也比他高。到时咱俩一块儿上，我能把他引出来，你说引到哪我就能引到哪，这你一百个放心。"

看宝根激动的样子，子昂相信他说的是真的。但这时他也在想，当年宝根肯定知道东宫太郎的下落，而且这些年一直和他有来往，心中不快道："当年他打死我老丈人时，你就没和我说实话，要不是我姐给你说情，我不但不让你来我这儿干活儿，我还得割了你的舌头。"

宝根忙跪下道："大当家的，以前我是对不住你，可现在他是咱俩的仇人。我发誓，这回我要有半点假话，我就自个儿把舌头割了！"

原来，东宫太郎确实不是一般人。建立开拓团搞日本移民，本来就是日本侵华战略之一，但为掩人耳目，日本军方将大批退役军人组成开拓团，管理模式也是军事化，几乎人人都配有枪支。东宫太郎原是驻扎在依兰开拓团的一名组织者，但他后期的使命就是不停地寻找并确定开拓团的新区域。

五年前，他相中了龙凤大田中间的那条小溪，便想在此改种水田，先遇见陈宝根正一人往自家地里送肥，经过协商，以好价钱买下宝根家几垧田地，随即在那里建起"四合院"式的大房子，准备站稳脚后再以不同价格收购其他人家的田地。

通过此前的一些经历，东宫太郎也想循序渐进、稳步进行，不能一开始就与中国人发生冲突。可不想，他被宝根误导，直接去看了子昂从王家买的那三垧地。听宝根说，这片地的主人已经去了北平，自然田地应归公。东宫太郎信以为真，庆幸自己不花钱、不费周折就得了片好地，又给了宝根一些好处，随后让人来圈地。不想正被米秋成撞见，双方发生争执。米秋成本来性情倔强，见是一伙日本人来占地，顿时气不打一处来，还偏偏不说这三垧地姓米还是姓王，就说"你们日本人指吗来占中国的地？你们这是强盗！"

东宫太郎认定米秋成也想白捡这片地，操着一口生硬的中国话道："这是满洲国的，归公的，明白？"米秋成更是火冒三丈，愤然拔了圈地的木牌子，又见几个日本人上来抓他，一通拳脚，打得那几个日本人连滚带爬，吱哇乱叫。东宫太郎是个武士道出身，原以为可以降住米秋成，不想他那两下子也倒在梅花拳下，顿时凶相毕露，掏出枪来便打，米秋成连中两枪，含恨而去。

直到万全、铁头带人来攻击"四合院"，东宫太郎才感到事情有些麻烦。田中太久带人来时，他就躲在"四合院"内。但宝根倾向他，万全等人又被诳去捉凶手，晚间他就躲进了北营。

东条敏夫也责怪他办事莽撞，他却责问东条敏夫道："整个东北都是咱大日本帝国的了，杀个支那人也这么大惊小怪？"接着说："您下个命令，把那几个开枪的抗日分子抓起来，送到宪兵队去！"

东条敏夫反感东宫太郎给他下指令，大怒道："我现在需要的是治安！稳定的治安！"接着又说："中国有句话，强龙不压地头蛇，这是一伙地头蛇！我不是怕他们，是在利用他们，让他们给我们做事！让他们做，比我们自己做还要好！利用他们，不必要的麻烦不要惹！"

东宫太郎这才承认自己莽撞，问东条敏夫道："事已如此，那下步怎么办？"

东条敏夫说："这伙人不能指望了，我这就向军部请示，这里也得建立皇协军，那些警察都要编入皇协军。继续使用他们，但不能重用他们，时刻防着他们，但不要激怒他们。你们那些人，暂时留几个就行，其他人你都带走，先离开这儿，等我把皇协军建成后再说。"接着他又一拍东宫太郎肩膀道："你说得对，东北已经是我们大日本帝国的了，这里的黑土地，迟早也都是我大日本帝国的。不要着急，小不忍，则乱大谋，还是先忍忍。中国的东北，黑土地多过我们大日本，你先去别的地方看看。"

就这样，东宫太郎只在"四合院"里留了几个人，其余人都被他带回了依兰，之后又去方正、五常等地占了大片田地。

七七事变后，作为一名首批入侵中国东北的日本军人，东宫太郎对全中国奋起抗日感到愤慨，决意返回龙凤，要找那些曾经攻击过他、迫使他离开龙凤的人复仇，倒好像他是曾被赶出自己家园的受害者。不想东条敏夫、田中太久都说，被他开枪打死那人的女婿周子昂一直恭敬他们，买卖做得很大，每逢年节都不忘送油、送肉慰劳皇军，先不要故意激怒他。又说："那起枪击事件已经过去四年多了，你要真想在那儿改水田也可以，但不要故意暴露你和那次枪击事件有关，该怎么做只管做，他们要再捣乱，我会出面的。将来这里不需要中国人，把这个龙凤镇改成大和镇。那个周子昂就让他在那个山沟里养猪，镇里的中国人都要搬到他那里，让那里变成一个大猪圈，我们开拓团的人都住大和镇，吃他们的肉和油。"东宫太郎得意地奉承起东条敏夫。

再说宝根，开始真拿东宫太郎当朋友。东宫太郎吃好中国百姓家的大锅饭菜，但在镇上他只和宝根近，便常到宝根家里吃饭。

虽然东宫太郎每次都给宝根家里留些钱，但宝根的媳妇仍不愿他和日本人交往过密，尤其不高兴他和东宫太郎一块算计中国农民。

　　宝根的媳妇姓关，叫满秋，祖籍宁古塔，先祖在旗，曾随清兵入关。民国后，旗人遭到冷落，所有优待也遭废除，满秋的父亲又好吃懒做，家境变得日益艰难。尤其作为家中未成年女孩，满秋这时的性命正面临威胁。回看满清，女命素来卑贱，其中一个公开的秘密就是因为家里穷而可以私自将未成年女孩处死，官府也很少介入。那年满秋七岁，母亲不忍害死女儿，带着她和五岁的弟弟从青岛逃出，千里迢迢到东北宁古塔投靠亲戚，结果亲戚没有寻到，母亲被一山里的汉子看好并强认了媳妇。母亲为了两个尚不懂事的孩子，只好顺从，从此他们便生活在深山老林中。好在继父赚钱还算容易，对她母亲也很好，她和弟弟便衣食不愁地长大成人，也算因祸得福。

　　满秋比村妮小一岁，两人的娘家在沟里房子只隔一条土道，姐俩从六七岁时就在一起玩，长大后依然和亲姐妹一般。村妮嫁到龙凤镇不足一年，又通过说媒的将满秋和陈家次子宝根结成一家。

　　满秋容貌端庄、身姿丰盈，只是性格内敛、不苟言笑，让人感觉面冷孤僻，不易亲近。婆婆嫌她木讷，便总是冷眼相对，背里骂她是"冤种""好像该她八百吊似的"等等。

　　宝根对母亲一再挑剔自己媳妇越来越不满，后来闹着分田地，又在外买了三间草房自立门户。可自从满秋接连生下三个女儿后，他也变得蛮横无理。有时满秋挨打就去村妮家躲避。村妮不满宝根总对满秋打骂，劝说不成就厉声训斥，结果那次宝根醉酒，将一盆脏水泼到她身上，此后便不再出面管他们的事了，只是偶尔在街上见到满秋说几句安慰的话。

　　玉莲一直称呼满秋为姨，也曾被村妮带去她家玩过。那次村妮高烧说胡话，她就是去找满秋的家，可之前已经好久没再去了，一上街就转了向，恰被刚到龙凤的子昂当成小乞丐。

　　再说满秋，陈家本来并没把她生男生女当回事，是因宝根的哥哥宝柱已经生了一个男孩。不想天有不测风云，那年春，宝柱媳妇带着三岁儿子在林子内挖野菜，一没留神，孩子被狼叼走了。虽然恰巧被几个打猎的遇上将狼吓跑，可孩子还是丧了命。婆婆本来对这大媳妇还好，这时则对她没有看好孙子而怨恨极深，一边哭号，一边和大儿子对她拳打脚踢。大媳妇丧子之后比谁都痛心，这时便一声不吭地由着自己男人和婆婆暴打，结果婆婆越打越气，又抓着头发一抢，嘴里叫着"你咋不去死"，她便昏昏地失去了重心，一头撞在院中的石磨上，当场气绝身亡。

　　大媳妇的娘家人来，陈家人一口咬定大媳妇是因为死了儿子自己撞了头，随后将母子俩一同下葬了事。

　　宝柱虽然当时痛恨媳妇没有看好儿子，却没想到媳妇跟着也死了。就在媳妇、儿子下葬的当天，宝柱得了疯病，见着女人和孩子就惊恐道："别过去，有狼！"见着男人则说："有狼，打它！"见人嘲笑他或避开他，就不高兴地骂道："咬死你！"自然免不了挨通骂或挨通打，但总没记性。

　　这时满秋已经生下个女儿，叫招弟，公婆便开始希望招弟真能招来个弟弟。可之后满秋又接连生下两个女儿，让陈家对她失望又恼火。再后来，宝根的弟弟宝金也娶了媳妇，头胎就生了个男孩，满秋在陈家就彻底没了地位。

　　在东宫太郎低价强买农田这件事上，满秋虽然惧怕宝根，但她还是冒着挨骂挨打的风险劝宝根不要和日本人交往太深，更不要帮着东宫太郎算计乡亲。宝根很反感，骂她头发长见识短，每骂必有一句"你个败家娘们"。有时满秋也任性，免不了挨上宝根几巴掌。

那日满秋身懒，听说东宫太郎晚间要来家里吃饭，大为不快道："懒得伺候他。"说完懒懒地往炕上一倒。宝根见自己要在东宫太郎面前丢面子，暴怒地对她拳打脚踢，后来又抡起了鸡毛掸子，三个孩子都吓得大哭。

正这时，东宫太郎进来，见宝根在打老婆，以为宝根在和他玩苦肉计，心中不悦，但只责怪宝根不要这样对媳妇。宝根却不以为然道："打出的媳妇揉出的面。"

东宫太郎正心里窝火，怒不可遏地给了宝根两掌一脚。宝根顿时鼻口流血地窝在炕根处，还没等缓过神来，东宫太郎已经转身离去。

这倒使宝根夫妇都觉得东宫太郎是个值得信赖、值得亲近、值得依靠的人。此后，宝根多日没再见到东宫太郎，惶恐不安。满秋则对东宫太郎感激不尽。

终于一天，满秋主动向宝根认了错，说东宫太郎是个好人，她不该怠慢他。宝根得意道："要不说呢，你就是头发长见识短！"

满秋不再反驳，说要为东宫太郎的做顿好吃的，让宝根再把他请到家来。宝根心花怒放，费了很大功夫才又见到东宫太郎，把满秋的诚挚邀请说给了他。东宫太郎脸上透出惬意的笑，当晚便又成了宝根一家的座上宾。

自从宝根挨了东宫太郎的打以后，不但不对满秋打骂了，还对她恭敬起来。这让满秋更加感激、恭敬东宫太郎，似乎不会笑的她，这时笑起来也很迷人。

东宫太郎比满秋大十多岁，他越是受她恭敬，就越是觉得自己遇上了红颜知己，也越发感到她丰盈的体内透着无穷的魅力。尤其她那对将胸前衣服顶起的大乳房，更是日益强烈地诱惑着他，恨不能立刻就脱光她的衣服，让他体内的欲望在她身上尽情地发泄，只是碍于宝根拿他当朋友，又曾与他同盟共事，便强忍出一副泰然自若、仁义礼节的绅士风度来。

从那以后，他便开始设法支开宝根，以便得到已令他欲火难耐的满秋；只凭满秋对他那般恭敬，他坚信她可以接受他的要求，哪怕强迫她一次，以后对她再好些，便可一劳永逸。

恰此时，子昂的山庄需要雇工，东宫太郎也听到了这个消息，便让宝根设法进入子昂的山庄，吩咐道："这是少佐阁下的安排。你到山庄后，目的不是挣钱，是监视周子昂，看他每天都干什么，和什么人来往，要是有反满抗日分子去山庄，一定向我报告，皇军大大地嘉奖。"

宝根卖了自家地以后，倒是也想去子昂的山庄挣工钱，但他欺骗过子昂和万全等人，尽管满秋和村妮亲如姐妹，村妮又是子昂认的姐姐，他还是觉得心里不安。这时东宫太郎近乎逼迫他接近子昂，又给了他一笔钱，便硬着头皮接受了，通过村妮引荐，总算得到子昂的接纳，被安排做了柴工。

柴工在山庄里不是最好的活，负责在山庄附近山里伐木打柴，然后锯成桦子，送到各屋院内。只要各屋柴火能供上用，他们就可以闲着得工钱，其实他们也很难闲着。

本来他想一面挣子昂的工钱，一面再骗东宫太郎的赏钱，可见子昂对他很反感，便又决定骗子昂的工钱，挣东宫太郎的赏钱。

但他又很难真正打入子昂的内部，为各屋送桦子也只能送到院子内，女人们住的房内一律不准进入，否则要被扣工钱，甚至被解雇。

东宫太郎并不急着朝他索要山庄的秘密，只要他在山庄守着就能得到月赏。他觉得很占便宜，倒想在山庄干份好活。虽然柴工比起那些整日在各院茅房和猪圈里清理粪便的要体面些，但当水工可以挑水进到美夫人们的灶房内，还能在浴房内干些杂活，其中在女人洗浴前烧水、兑水，等佳丽们洗完澡离开后，还要负责清洁佳丽们刚刚用过的浴盆，竟觉得佳丽们用过的水是香甜的，有时也脱光身子在里面泡一泡、洗一洗，感觉如同和美女们一同洗过澡。

东宫太郎经常晚间到宝根家听汇报，不过是他又想满秋了，即使听宝根说周子昂身边的女人个个貌美如花，他的心思还是在满秋的身上；子昂身边的女人再美，毕竟他都没亲眼见过，倒是满秋的丰盈之体已令他如饥似渴。对于宝根汇报的内容，他都觉得是家常琐事，背着满秋说他最需要周子昂和反满抗日分子勾结的情报，白天看不到，会不会他们夜里有来往，就又让宝根隔三岔五地在山庄里过夜，一旦周子昂被除掉，那里的房子、美人由他随便挑。宝根又拿了赏钱，便常常把活拖到晚间，然后和几个驻庄的雇工混在一起白吃饭。子昂也不差他一人跟着白吃，还觉得他干活肯卖力。

见宝根可以在山庄过夜，东宫太郎暗喜，便趁宝根在山庄过夜时去吃满秋做的饭菜。满秋只顾恭敬，尽管宝根不在家，因有三个女儿在家，便如伺候长辈一般。东宫太郎真如家中的老人似的，一边喝着慢酒，一边逗着孩子玩，还为每个孩子发了买糖的钱。三个孩子老大招弟十三岁，比玉莲小一岁，老二来弟十一岁，老三唤弟九岁，都得了东宫太郎给的买糖钱，自然也拿他当亲人一般。

吃到很晚，东宫太郎一直不下炕，满秋也不好驱赶。终于等到三个孩子困了，东宫太郎反客为主地让她们去对面屋里睡觉。

三个孩子离开后，他又让满秋陪他喝点酒。满秋这时才感到东宫太郎反常，但已经没了主意，只好心怀戒备地坐在他对面喝了些酒。东宫太郎有意让她多喝，见她不想再喝，就说那年米秋成的死和宝根有关，周子昂要知道了不会饶过她家，但周子昂无论如何也不敢得罪日本人。

她很不安，只好又陪他喝。见她脸颊红润，他忍不住抓住她的手道："其实你很漂亮，我的喜欢。"

她惊恐不安，忙要下地，却又被他一把从后面搂住拖上炕。虽然对面屋的三个孩子已经睡了，但她还是不敢喊，一边求他松手，一边则身不由己地进了他的怀抱，像被铁桶固住一般，随即他坚硬的胡茬在她嘴上摩擦，一只手也在她丰满的乳房上揉摸。直到他的手又强行伸到她的私密处，她的大脑一片空白了，心中的江堤也彻底崩溃，一边低声哭泣，一边由他脱光身子。

被东宫太郎强暴后，满秋不但不恨东宫太郎，反而和他更加亲密。从那以后，宝根家的大门只要夜不上闩，东宫太郎就像回家一样，直接钻进满秋的被窝。这时她已经昏了头了，甚至不怕宝根知道她和东宫太郎私通，一方面是宝根不敢惹东宫太郎，另一方面，宝根之所以常在山庄住，定是他为讨好东宫太郎欢心而心甘情愿当缩头乌龟，只是碍于脸面不明说罢了。

宝根很快知道满秋和东宫太郎私通的事，又怒不可遏，对满秋和东宫太郎都怀着刻骨仇恨。满秋虽然误解了宝根，但事已至此，见宝根又要打她，立刻横眉立目道："你敢打我一下，他就剁了你的手！别看他岁数大，你啥都不如他！"

宝根已经举起的手，顿时僵在半空中，随即懊恼地抱头大哭。满秋想安慰他，他大瞪着双眼怒吼道："滚！你个臭婊子！"随即离家又回到山庄。

他不甘心戴上绿帽子，他要向子昂坦白一切，求子昂替他报仇雪恨，在没报仇雪恨之前，他先不去招惹满秋，免得东宫太郎替她出气。

·第145章·

子昂憎恨宝根此前甘当汉奸，也为满秋堕落感到愤慨，更为自己能为岳父报仇雪恨而激奋。他还听宝根说，东宫太郎也惦记他山庄里的女人，便急于除掉这个强盗，好像再晚一步，自己的媳妇们也会被这个强盗霸占。

行动就定在当晚的亥时。子昂让宝根什么都不要做了，只在山庄内休息。午间，他守着香荷午睡。可香荷不睡，守着两只刚又下生一个多月的羊羔，不时地用一碗羊奶喂它们，一见羊羔跪地喝奶，脸上就露出惬意的笑。

子昂依然情绪激奋，也没了往日的睡意，顺着炕沿靠在火墙上，静静地看着香荷逗羊羔。

看着看着，他来了困意，好像刚刚上眼就进入梦境，梦见婉娇在兴隆客栈的房间里光着身子，身边放着一盏红灯笼，红色的光亮照着她洁白如玉的身子，美得让人心醉，但她正在流泪，原来她被东宫太郎关在妓院里。

他心如刀割，发疯般地寻找东宫太郎，愤怒地喊道："狗日的，给我出来！你杀了我岳父，又来糟蹋我媳妇，我非杀了你不可！"

顺姬开门进来拉他道："东宫太郎来了！还有老多鬼子呢，快跑吧，把我也带上。"

他忙抱起婉娇安慰道："你一定好好活着，我不嫌你，我要让你过上好日子！"说着抱起她就跑，还对顺姬和芳子说："跟着我！"一起跑出屋。

可屋外很黑，鬼子在后面追赶并朝他们开枪，他躲着子弹，不慎被西瓜地里的西瓜绊倒，心里一惊醒来，见香荷抱着羊羔盯着他看。

他知道自己又说了梦话，忙下地哄香荷道："上炕睡觉儿吧，小羊儿也困了。"香荷惊讶道："做梦啦！"

他并不介意，又哄道："上炕躺下，我给你揉脚。"

她还愿意让他揉脚，自己脱鞋上炕，乖乖地躺下。他正给她揉脚，她突然坐起来盯着他喊："杀人啦！"

他吃一惊道："别胡说。"

她愣一下道："做梦呢。"然后又躺下。

他一边为她揉脚，一边暗中发誓："东宫太郎，你活不了了！"

天黑下来，子昂和宝根开始行动。行动之前，子昂悄悄将匣子枪别在腰间。他坚信只凭自己的拳脚也能取了东宫太郎的命，但也担心出现意外情况，不管怎样，他都要除掉东宫太郎这个大仇人、大隐患。

可一连在"四合院"对面的树林内瞄了两个夜晚，也没见到东宫太郎露面，每次都让他俩挺到冻得受不了才回山庄。

宝根也一直没回家，跟着一起蹲林子、住山庄。这时，子昂又怀疑起宝根对他说的话，心想龙凤的人都知道宝根是第一个将自家田地卖给日本人，并帮着日本人联系其他卖主的，他也无法确定宝根的女人是否真和这个东宫太郎私通过，尤其无法确定东宫太郎就是枪杀米秋成的凶手，毕竟他是东宫太郎派他来山庄做奸细的。现在他最担心穆岚、懿莹、金凤等抗联人员来山庄的事会被宝根知道，甚至已经通报给了田中太久。

眼下，他还不知道宝根平时在山庄是以什么方式监视他，每次又对日本人说些什么，便愈加后悔自己过早地原谅并相信了他，以致过早地露出他要为岳父岳母报仇雪恨的心思和举动。他还想到，既然东宫太郎和东条敏夫、田中太久有关系，那也免不了和真正孝忠日本人的田守旺有勾连，让宝根来山庄卧底，也没准是田中太久、东条敏夫和田守旺共同的算计。

他心里很清楚，田守旺一直想抓他把柄，然后借助日本人将他除掉，继而实现他对香荷和天娇的占有。窝藏抗联是日本人最不能接受的，但万全说他已买通了田守旺和侯七身边的人，日本人交代他们的事一般很难瞒过他；既然万全一直没给他这方面的信息，说明山庄藏抗联的事还没有泄露，但有人在他山庄卧底还是让他惴惴不安。他要进一步确认宝根到底对山庄掌握了什么，对东宫太郎又讲过些什么。

夜里，他将宝根直接带进桃源居，一边吃着夜宵一边问他道："你说东宫太郎让你来盯我，你都盯我啥？"

宝根说："他就让我盯你山庄有几个炮手？几支枪？有没有生人来？是亲戚还是外人？是男的还是女的？还问你是不还在找他报仇？"

他又问："你咋说？"

宝根不安道："我可没乱说！"

他继续问："你是不看见啥了？"

宝根忙说："没看着啥。就看着啥我也不愿告诉他，咋说我也是端着你家饭碗儿的。村妮儿老去俺家说，可不能再做对不住你的事儿，我哪是忘恩负义的人。再说我也不愿你出啥事儿，你要出事了，我还上哪挣工钱去？"

他点下头道："这样就好，也算我没走眼。以后有啥难事儿就吱一声儿，这个月开工钱，我让他们多赏你一个月的。"

宝根连忙道谢，随后又说："我真不愿和他说你的事儿，但啥也不说也不行。我跟他说过，你有八个拜把子哥哥，都会两下子，来山庄也是山庄有啥事儿才来，平时不咋来。我还说过，你在山庄里不咋管事儿，都是一帮老娘们管，平日你就画画儿，还有练武。你武功挺厉害，打人也挺狠。就是没见你打过女人。我和他说，你媳妇没少娶，一整就领个媳妇拜天地。"

子昂想到他救回的几个女抗联，又不安地问："你和他说我领回几个了？"

宝根嘿嘿一笑道："没几个，随便说的。我说你媳妇里还有朝鲜人，还有二毛子，长得都好看。他说将来你这些媳妇都得归他。"

子昂又骂道："狗日的，他是真活腻歪了。"

宝根借机道："咱可千万不能留他了。"

子昂斜眼看着他问："你不是编瞎话儿激我呢吧？"

宝根忙说："我对天发誓，我说的可都是真的！"接着又说："不过我看他心思好像不在女人身上。"

子昂不解地问："啥意思？"

宝根说："他总问我你这都来过啥样男人，带没带枪。我说过你有一个妹夫，几个小舅子来过，都没带枪，再就很少有生人来，来的也都是当伙计的，就马队来的次数多，再就是来这儿卖东西的。"

子昂这时明白了，日本人一直在防他与抗日组织有来往，估摸东条敏夫和田中太久还对他五年前被牡丹江守备队抓进牢里的事耿耿于怀，看来再不将他们赶出龙凤，他迟早要成为他们的阶下囚、枪下鬼。眼下，东条敏夫和田中太久是他最大的威胁，可田守旺和那个他还没见过面的东宫太郎则是他最直接的威胁。

他必须要把各路武装统一起来了，但他要先借助宝根的配合把东宫太郎除掉，接下来看用什么办法再把日本人的忠实走狗田守旺除掉，不然一旦有什么破绽露给东条敏夫和田中太久，他想突然袭击将所有日本人赶出龙凤的计划就无法实施。一旦除掉田守旺，他就寻机调动老虎口和黑瞎子沟两股武装攻下北营，让龙凤成为他的管控区域，继而壮大抗日队伍，同全国抗战一道，把日本侵略军都赶出中国，不仅摘掉已戴了八年的亡国奴帽子，还可以坦坦荡荡地继续做他的生意。

但他还是戒备宝根，说："我还是不相信你家嫂子是那种人，我也不太相信这个东宫太郎就是杀我岳父的人。拉倒吧，咱就别瞎折腾了。"

宝根顿时急道："我说的全是真的！我再对天发遍誓，若有半句假话，就遭天打雷劈！真的，东宫太郎是咱俩的仇人，你可以不给你老丈人报仇，我不能这么白白当王八，这口窝囊气我必须得出。可我真打不过他。我现在连俺家那臊娘们都不敢碰，她拿东宫太郎当靠山，我就得拿你当靠山。大当家的，求你帮我这一回。"

见宝根确实很着急，他想了想说："明天都过十五，你也该回家看看，假装高兴点，等过了十五再说。"然后吃完夜宵就各自休息了。

第二天，山庄的雇工大多回自己家过节了，几天没回家的宝根也想回家看看。可他离开山庄不多时就又返回来，又找到子昂说："今晚咱能堵着他。"

子昂问："你咋知道？"

宝根说："刚才我在道上看见他了，他说你这儿今晚有人来，让我盯紧点，还给我一沓子钱。去他妈的吧，胡诌八扯，他这是往外支我呢！妈了巴子的，大十五的，把我支出来，他俩想逍遥，美的他！我看这对狗男女是憋得差不多了！不过我答应他了，笑呵呵地答应他的。这样儿，到时你就帮我把他弄倒，剩下的都我来。"

子昂装出勉强的样子说："咋说你也是我家的活计，既然你真想出这口气，那我就帮你帮到底。"

宝根好像忘了子昂也想报仇，一再感谢。

又是正月十五雪打灯。天色暗下来时，天上就又下起了雪，各屋门前都亮起了彩灯，雪花似乎很坚硬，被风刮在灯笼上，发出沙沙声。

山庄里一片通亮，充满着节日的喜庆，但子昂此时的内心却如冰雪一般冷。他本该今晚还要和穆岚、懿莹等抗联人员在一起唠到深夜，但暗杀东宫太郎已不仅仅是为报昔日之仇了，更在于铲除更大的隐患。

他分别悄悄告诉穆岚、雪峰、景祥和芸香、金瑶、多日娜，今晚他去镇上办点事，估计得半夜才能回来，让大家晚间不要玩太晚，进入亥时就谁都不要出屋了，把门插好，该睡觉睡觉。"

被告知的人都感到他这时候离开山庄必是有大事，问他出什么事了，他只说"没啥，你们该玩儿玩儿，就是别太晚了。"又嘱咐道："记住了，一到亥时，谁都不要出屋了。"

多日娜一脸疑惑道："你净神神道道的，故意吓唬俺们呢？"

他哄道："听话，按我说的做，亥时以后谁在哪屋就在哪屋睡，一觉到天亮。"

见她不安的样子，他又安慰道："其实也没啥，就是今晚星不好，大家都得躲一躲，关键是亥时到天亮。"

多日娜仍疑惑道："星不好你还可哪瞎跑啥？"

他说："我去庙上给大家求平安，最晚明早就回来。"

她立刻说："我跟你去。"

他脸一沉道："别闹，这不是女人做得事儿。你的任务也很艰巨，就是到点让大伙儿都插好门，把孩子看好了，别让他们可哪乱窜。"她只好应下。

天黑时，子昂和宝根静静地藏在树林内的一片还挂着枯叶的榛树后，透过树干缝隙，可以借着雪光看到树林外的路上有没有行人和车辆，还可以影影绰绰地看到空旷的田地里那套孤零零的"四合院"。

就在他俩担心东宫太郎又不能出现时，一个人影从"四合院"的方向走来，还咿咿呀呀地哼着小调，一听就不是中国曲。宝根顿时紧张起来，低声道："是他，肯定又喝了。"

子昂这回相信宝根的确认。顿时，米秋成死于暗枪、格格夫人死于悲愤、香荷和天娇因过度悲伤落下疯癫、流产的情景又浮现在他脑海里，心里再次充满替米家报仇的怒火，便也低声道："等他靠近咱们，你出去把他叫进来。"

宝根顿时不安道："他这时最不想看见的就是我，我怕他看出咱要对他下手。"

子昂说："外面白花花的，真武着起来挺扎眼，必须把他骗进来。你假装不知道他想干啥，就说你在这里套了只狍子。他该不该死，就看他信不信，只要他信，就别想活着出去。如果他不信，你就回山庄，今晚咱啥都不能做了，明儿个起大早来堵他，那时外头肯定没有人！懂吗？"宝根只好答应。

当那人靠近时，宝根壮着胆子出去，那人被吓一跳道："干什么的？"

宝根忙说："是我，宝根儿。我要去山庄，你这是去哪儿？"

那人果真是宝根说的东宫太郎，见是宝根，有些疑虑道："去山庄？噢，去吧去吧，我去镇里面，酒的没了，买酒，回来喝，不去你家了。"

宝根心里骂道："去你妈的吧！你还少去了？今晚不管你去不去我都不会放过你！"又假装殷勤道："正好，我逮了只狍子，你拿回去喝酒吧；在林子里呢，你帮我抬出来。"说着转身朝林子里走。

东宫太郎真就很好奇，身子摇晃着跟他进了林子，嘴里还不停地叨咕道："狍子？吆西！给我的？我的看看！"

子昂躬身躲在榛树后，虽看不清东宫太郎的脸，但从他身体轮廓看，觉得这个对手的体格并不比他弱。又见东宫太郎身体摇晃，猜他已是醉态，猛地跃起，猎豹般扑到他背后，像当年勒熊一样，一下勒住他的脖子，并使他的身体失去重心，想叫也无法叫出来。

子昂本可加大力气，使东宫太郎于短时内窒息而亡，他还可迅速倒手拧断对手的脖子，或以双掌猛击他的双耳，使对手瞬间毙命，但他想证实一下当年朝米秋成打黑枪的是否真是这个东宫太郎，便又给他缓出一丝喘息道："你以为你跑了三年就没事了吗？今天我是替我爹来要你的命！"

东宫太郎依然喘不上气来，但还是挤出一句："你的，周子昂？"

他断定宝根没有说谎，眼前这个东宫太郎就是当年朝米秋成开枪的凶手，杀机已下，不容东宫太郎再说，一面双臂用力，一面拖着他整个身体移动，直到东宫太郎两手垂下，不再挣扎。

东宫太郎一动不动地倒在地上。子昂划亮一根火柴让宝根再辨认，见东宫太郎一身中国商人打扮，五十左右年纪，看不出是日本人，只能从他一脸硬胡楂看出是个武夫。

宝根仍不解恨，先从怀里掏出一把剪刀，又解东宫太郎的裤子。子昂忙熄灭火柴问："你干啥？"

宝根愤愤道："我把他那屌玩意儿铰下来喂狗。"

子昂也想将已经毙命的东宫太郎碎尸万段，听宝根提到喂狗的话，顿时又想起懿莹妈曾说过罗金德和罗景吉就是被日本人送进掖河监狱里喂狗的。不论罗金德和罗景吉有什么错，毕竟是懿莹的亲爹和亲哥。他决定借此也为懿莹的父亲和兄长报仇，将东宫太郎也变成狗屎，便对宝根说："换个安全地上。"

宝根兴奋道："我听你的。"

子昂又吩咐道："咱不能从外头走，就从林子里绕，绕到我家地头那儿，我要先去祭我岳父岳母。"

东宫太郎的身子很沉，宝根无法背动，只能由子昂扛起，借助雪的光亮，从林子内绕到自家地头跟前，在米秋成和格格夫人的坟前停下，丢下东宫太郎，跪在碑前道："爹，妈，儿子今天给您二老报仇了，就是这家伙朝爹开的枪，我不会让他好死的，您二老就瞑目吧。"接着连磕三个头。

宝根也跟着磕头道："是我跟大当家的一块儿干的，您二老可别怨我了。当年是我对不住您二老，那也是不得已。不管咋的，现在仇报了，您二老瞑目吧。"

宝根这席话，不禁又勾起子昂的怨恨。当年宝根第一个把自家田地卖给东宫太郎，并帮他联系购买别人家的田地，王家那片地"没有主的"的说法，就是宝根先说的，不然日本人怎么知道王家的人都已离开了龙凤？他甚至认为宝根当年是暗里对他使了坏。

他没再理宝根，又扛起东宫太郎，顺着林子边进了去山庄的小道。扛出一里远后，他又让宝根背。可宝根背出不到百米就挺不住了，一同倒在雪地上，又由子昂接着扛，这样轮流多次，总算进了山庄。

这时已经是后夜，大雪还在下，山庄里挂在外面的灯笼都覆盖了雪，有的灯笼已经被湮灭。

山庄大门在平日天黑后都在里面上锁，早晨开锁都是华老爹负责。在要对东宫太郎采取行动前，他让华老爹把庄门的锁和钥匙及铁链都交给他。华老爹不知子昂用意，但也没好多问。他不怕华老爹知道他做什么，只是不想让一个上了岁数的人为他守门。要说杀鬼子，他自觉不如华老爹，尽管他参加过五卡斯、牡丹江等地的战役，而华老爹是个擅长偷袭日本散兵的猎人。

　　子昂扛着东宫太郎的尸体等宝根打开锁链，铁链的响声还是惊动了山庄各院里的狗，随后叫声一片。他让宝根在后面锁门，自己扛着尸体直奔猪圈旁的一片屋院。这里是专门炓猪食的地方，一共四个猪食房，都是用石头垒成的，有门有窗有烟囱，房前还有用木杆夹起的院落，两边都堆着冻菜、冻萝卜。

　　进了一扇房门，他将尸体摔在地上，摸索着点亮油灯。这是个大单间，三面都是大锅灶，两侧各有四口大锅，对面还有三口，共计十一口，都是用来炓猪食的，每天仅这一个间内就得炓出几十锅的猪食，虽然雇人砍柴，花钱收购家菜和野菜，也能省下不少本钱，年终也能有利可赚，还能给山庄外的一些穷家增添些生计；那些家中园子里吃不了的萝卜、土豆、白菜、倭瓜等都能到这里换点钱。家里没有菜园子的，就让家中的闲人在路边、田边、山边采集各种猪能吃的野菜，忙上一天，总能挣回几斤玉米或高粱。

　　这时宝根也进来，疑惑地问子昂道："弄这里干啥？"

　　子昂仍喘着粗气道："我该做的都做完了，现在该你了。你不是想要解恨吗，我教你咋做；先把炉子点着，烧一锅水，把这狗日的炓熟，我要让他的灵魂永不超生。把他炓熟后，你再把他剁成小块儿，我要用他的肉喂我那些狗！懂吗？"

　　宝根顿时呆在那里。子昂冷冷地看着他问："咋的？害怕了？"

　　宝根真的害怕了，浑身战抖着说："大当家的，咱就找地儿把他埋了吧。"

　　子昂回手拎起一把剁猪食的刀说："咱俩可是合伙儿的，我已经要了他的命，你不能啥都不做吧？明说吧，我怕你去日本人那儿告我的状。"

　　宝根瞄着子昂手中的刀，惊恐地说："不能不能，我发誓不能。"

　　子昂冷冷道："要让我放心，就按我说的做，把他炓熟剁了，今后咱俩就是生死弟兄。你要不愿做，我也不逼你，我做，但有一点，我连你一块儿剁。"说着提起刀。

　　宝根慌忙道："等等等等！"急促地喘了几口道："就奔着和你做生死弟兄，我做。"说着动手生火烧水。

　　子昂说："我太累了，我在外头给你守门，等你把狗食弄好了，我就把狗都叫来。"说完出了屋，倚坐在大门上。他很累，也很困，但天很冷，雪还在下，但他必须把要做的事情都做完才能回屋睡。

　　这时，各房院的狗又平息下来，整个山庄又仿佛进入睡梦中。

　　天色放亮时雪停下来，地上的雪有一尺多厚。宝根端着一盆热腾腾的熟肉块出来问："狗呢？"他真把东宫太郎剁成碎块并煮熟，已根本辨不出是什么动物的骨肉了。

　　子昂说："都倒地上，我一会儿把狗都叫来。"宝根狠狠地将盆里的肉倒在地上道："解恨！真解恨！"转身又回屋去。工夫不大，又端一盆出来，两眼发直道："解恨！解恨！"

　　子昂不仅心一怔。他还清楚记得香荷发病前就是这副样子，不禁担心起来，心想，他若疯了，可就保不准说出什么疯话来，哪怕一星半点也会被田守旺乃至田中太久、东条敏夫顺藤摸瓜查出真相，与其由他去疯，还不如让他和东宫太郎一起死，就凭他曾给东宫太郎当过助手也该死。但他还不敢确定他是否真的疯了，便试探道："你累了吧？回你们屋里睡一觉儿吧，等吃饭时我让人叫你。记住了，千万别跟他们乱讲。"

　　见宝根用脚踢着地上的"狗食"，嘴里还在叨咕"解恨"，子昂猛地上前，一记大嘴巴抽上去道："魔怔啦？"

宝根一激灵，盯着子昂问："干啥？"

他也盯着宝根问："我说啥你没听着？我让你别和别人乱说。"

宝根愣一下道："知道知道，这事儿天知地知，你知我知，对谁都不能说，说了咱俩可就没命了。我可不想死，我还好多事儿没做呢！"

听宝根这么说，他的心里倒矛盾了。看样子，宝根并没有失常，可刚才他明明感到他和香荷一开始的症状一样，莫非他刚才那记嘴巴真的管用了？当时玉兰让他这样打香荷，可他能对宝根下狠手，对香荷却狠不下心，况且时间已经过去这么久了，也只能由着她当娘娘。

这时见宝根神志清醒，他还在犹豫，如果现在连他也杀了，倒是东宫太郎的死再没二人知道，可他是村妮介绍来的，一旦满秋找她要人怎么办？说出实话，让村妮无法面对她的姐妹，不说实话，她可是顶仙的，没准真能让仙家给她指出来。他决定再看看宝根什么举动，便让他回他们休息的屋里睡一觉。

宝根去了他们休息的屋，子昂也想回桃源居里睡一觉，但又怕烀猪食的厨娘来看见这院内的"狗食"，见宝根进了雇工们休息的院子，就先回到猪食房内，见东宫太郎的棉衣、棉裤、棉鞋还都扔在地上，骂道："这个不长脑子的！"忙先将那双皮鞋扔进灶火内，又将棉衣、棉裤扯碎后也都塞进炉膛内，一边在炉前等炉内的衣物烧完，一边闭目养下神。

忽然，觉得身前炽热，一睁眼见自己蹲在炉前睡着了，炉内正向外吐着火舌，已经将他的棉裤烤着了，急忙起身跑到院内，用雪为炽热的两腿降温。这时天已放亮，他猛见东宫太郎的骨肉就堆在他面前，不禁打一激灵。

他正用雪敷着两腿，又忽听院门外一个女人的声音朝院里问道："大当家的，你在里忙啥呢？"

他被吓一跳，知道是烀猪食的厨娘要进来干活，忙说："我烀点狗食。"接着说："你们今儿用那几个屋烀猪食，不够喂就多喂点苞米。告诉料房，就说我说的。"

外面的厨娘应后离去了，他这才撤了顶门的木头，做贼似的将身体探出院外。

芸香正准备要去大灶房看厨娘做早饭，老远看见子昂在猪食房门前关门，问："你上那儿干啥？昨晚你在哪屋睡的？"说着到了他跟前，又见他裤腿和棉衣的貂毛都火烧过，吃惊地问道："你咋烧成这样？咋整的？"

他不耐烦道："吵吵啥！赶紧给我拿一套来。"见他样子吓人，她没敢再问，忙回自己屋里取衣裳。

工夫不大，芸香抱着一套棉装出来。他接过棉装吩咐道："你去让各屋把狗都放出来。"

她觉得他怪怪的，又问道："干啥呀？"

他竟恼火道："能不能不问？赶紧去！"她又不敢出声了，忙转身离去。

各屋的狗陆续欢腾地窜出门来，随后女主人也都跟出来，芸香、多日娜、芳子、顺姬、津梅、天娇、小青等，还有孩子们，像是要看大戏似的，显然都想知道子昂为何让各屋把狗都放出来。

众狗见到同类伙伴便急着往一起聚，互相嗅着。子昂冲着群狗吹了声口哨，那些狗这才注意到他，都奔跑着过来与他亲近，接着被引进院内，一发现地上的肉，又互相凶狠地争抢起来。

多日娜、津梅等人都过来问他为何将狗圈到一起。子昂不让她们看，将门用绳子系上道："让它们相亲，都不许看。"

多日娜笑道："坏蛋。"

津梅也笑道："最坏的坏小子。"便带头去吃饭了。

玉莲和喜子、大宝等孩子也都好奇，玉莲要顺着门缝朝里看，被他一把扯过来道："去边儿去，啥你都想看，不嫌害臊？"

玉莲有些难堪，一指他道："坏小子！"

他眼一横道："赛脸！"

玉莲作下鬼脸跑开了，喜子、大宝他们也跟着跑开了。

要和大家一起吃早饭时，子昂没看见宝根，就问和他同屋的。一个雇工说："他天亮了才回屋，问他去哪了，他也不理俺们，在他铺盖上躺了一会儿就又出去了。我出去撒尿，看他出山庄大门了。"

子昂心里不安起来，忙对芸香说："你们先吃，我出去一下。"接着补充道："你帮我看着点，那个院里别让人进去，狗在那里配种呢，谁进去咬谁。"没等大家缓过神来，他已离开饭桌出了屋。他本想骑马去，但一想雪下得这么厚，还不如自己两条腿快，便跑着追出庄外。

▶ 第 146 章 ◀

顺着山间一行脚印，子昂追到大田也没追上宝根，就又顺着脚印追到一户人家，见有一群人正朝院里看，一问正是宝根的家。

他也朝里望，院内并无人，只有一行脚印，但能隐隐听见房屋里传出女人和孩子们的号叫声，尤其女人的叫声很凄惨。他明白宝根所以急着离开山庄，就是回家教训给他戴了绿帽子的媳妇，忙拨开人群，箭步冲到房前，拽开房门，见三个女孩只穿着肚兜和裤头在左屋门前哭喊着娘。

门里惨叫的显然是宝根的媳妇满秋，这时就听她凄惨地哭喊道："额娘！闺女见不着你啦！"

宝根却吼叫道："操你妈的，见鬼去吧你！"接着又是嘭嘭的击打声，大有让满秋随东宫太郎去死的架势。

子昂头次听到女人如此惨叫，尤其听到满秋绝望地呼叫母亲，只感到心被撕扯，不禁恼怒宝根，心中骂道："狗日的，你要不引狼入室，你媳妇怎么能和日本人私通？如今你却把罪过都扣到她身上，实在可恶！"不禁血往上涌，愤怒地用脚踹门，竟将门和门框一同踹脱了墙，倒向里面。他一眼看见一个头发蓬乱，浑身一丝不挂的满秋正在炕上挣扎着惨叫，宝根正用一根一米多长的擀面杖在她身上凶狠地抽打，就连子昂将门踹倒也没使他停下手。

子昂不顾一切地跃上炕，抓住宝根又举起的擀面杖，怒吼道："你个王八蛋，给我松手！"宝根不肯松手，两眼通红地怒视他道："你少管！今天我打死这个臭婊子！"

听宝根这样骂，他仿佛觉得正在惨叫的满秋是婉娇、是芳子、是顺姬，不禁怒吼道："你狗日的！"随即左手按下宝根的头，右手在他背上猛力一击，宝根便如射出的子弹般蹿下炕，接着一头扎在墙角处的一口缸上，咚的一声，将缸的上半截撞得粉碎，里面盛的玉米也撒出来。

再看宝根，脑袋扎进缸内玉米中，可脖子一侧却被缸的碎片刺破，顿时血涌出来。

子昂大惊，忙跳下炕去拉宝根，见他颈部血涌不止，意识到他已活不了了，只觉得脑袋又嗡的一下。凌晨在山庄时他就想连他一起杀掉，只是碍于村妮和满秋的关系没能下手，可眼下他是守着满秋和三个孩子的面要了他的命，即使满秋怀有救命之恩不会怪他，可对于三个孩子来说，他是她们的杀父仇人。东宫太郎之死可能永远是个谜，可宝根这样死去就未必这么简单了，后悔不如在山庄就让他也神秘消失。

宝根的三个女儿都围着满秋大哭，这时大女儿招弟发现爹的整个脑袋扎在半截缸里一动不动，忙跳下炕去看，见爹的血已经染红了缸内的玉米，惊叫一声，接着又哭喊起爹来，见爹已没了反应，又扑向子昂哭骂道：“你坏蛋！你把俺爹打死了！”

子昂慌乱道：“叔叔是在救你娘；你看你娘，再晚一会儿就让你爹打死了。我没想让你爹死，是他自个儿撞缸上的。”

闻听宝根死了，满秋也止住了哭，已不在意自己还赤裸着身子，呻吟着抬起头，透过蓬乱的头发，看到了地上墙角处一动不动的宝根，只是战抖地从牙缝里冒出一句道：“报应！”又去看子昂。

子昂不敢看她赤裸的身子和她那冷冷的目光，忙从炕上拽条被子给她盖在身上说：“嫂子，我姓周，宝根儿大哥在我那干活儿。我不是故意的，刚才我打了他一把，他就自己跳下炕奔缸去了。”

满秋想爬起来，但显然她伤得很重，痛苦地咧下嘴道：“我认得你，你是玉莲她大舅，谢谢你救我。我都看见了，他是自己往缸上撞的。我丢了他的脸，他没脸活了，是我害了他，不关你的事儿，要偿命，我去偿。就求她大舅一件事儿，帮我照看孩子，我死也能合上眼了。”

子昂感激道：“嫂子你放心，以后我会对她们和玉莲一样，但你不能死，孩子不能没有妈。”

招弟被搞蒙了，听说妈也要死了，吓得又扑过去大哭，说：“娘你别死，俺爹死了，你别死。”

满秋忍痛捋下脸前的头发说：“记住娘的话，这个叔叔，就是玉莲她大舅，以后你们跟着他，天天能吃肉，吃饺子，吃大米饭。”

子昂心里更不是滋味，泪如泉涌道：“嫂子，这些我都答应！你也答应我，好好活着。”随后又去放平宝根的身体，单腿跪下，一边擦他脸上的血一边说：“宝根大哥，我知道你心里有怨，可要怨，就怨你引狼入室，毁了嫂子的清白。这世道，女人想清白都难，你又不护着嫂子，你就放嫂子一条生路吧。孩子天天有肉吃，也不如天天有妈守着好，看在你这些孩子的分儿上，你在天有灵就忍了这口气吧，往后我会帮着照看你的父母孩子，你就安心走吧。”然后起身，对还在哭的招弟说：“帮你娘把衣服穿上，我去给你爹弄副好棺材。”说完出了屋，见院门处聚的人更多了，但就是没有进院的。

子昂不知他们究竟听到了什么，心中又忐忑不安。那些人一见子昂出来，忙簇拥着退到街道上。子昂硬着头皮过去，对几个妇女说：“他家男人死了，大家都帮帮忙儿吧。”

大家都很吃惊。有人惊讶道：“宝根儿死啦？刚才他还……”又狐疑地看着子昂不说了。

子昂明白那人的意思，忙说：“他往死里打他媳妇，快让他打死了；我去给拽开了，就骂了他一句，他就一头撞在缸上。缸撞碎了，他脖子割开个口子，流了很多血。”除了有女人惊叫，谁都没有说话，面面相觑。

终于，一个妇女样子神秘且愤慨地对子昂说："他给日本人当狗，死也该！"

又一个妇女说："快让他家招弟找她日本大爷呀。"大家哄笑起来。

一个小脚老太太打量着子昂问："你是他家啥人哪？"

立刻有位认识子昂的老汉说："老嫂子，他就是咱这旮儿的大善人，你不老想认识一下他吗？宝根儿就在他那儿做活计。"

又一个认识子昂的小声道："老米家的上门女婿，可趁钱啦！"

还有更了解子昂的小声道："和老黑他们拜把子的，排行老九，外号金钱豹，可厉害了，日本人都给他面子，要不咱的地就都让开拓团的人抢去了，就是他老丈人死得挺窝囊。"

子昂并不熟悉这些人，有的看着眼熟，也不知是谁家的，但这时他心里却踏实一些，便又说："宝根他媳妇在炕上呢，身上啥都没穿，我也不方便，去几个大婶儿大姐帮帮她。"

有人惊讶地问："他媳妇儿也死啦？"

子昂说："她还活着，让宝根儿打得不能动了。"接着说："咋说宝根儿是给我干活儿的，我去给他弄口棺材。"

那老妇人感慨道："你真是大善人。"接着叹口气说："你可能不知道，从那个日本人来他家，宝根儿他媳妇儿就学坏了。宝根儿总嫌她没生儿子，这些年是没少打她，可咋的也不该厚着脸皮和日本人胡搞。俺是没看着，是宝根在里头嚷嚷的，俺们都听着了。咱是亡国了，亡国也不能不要这张脸哪。她把咱龙凤的脸丢尽了，谁愿沾她的事儿？"敢情满秋与东宫太郎鬼混的事街坊邻居都知道。

子昂还是觉得满秋冤，尤其觉得她的三个女儿和香荷、天娇童年一样受歧视，心又隐痛，忙对老妇人说："这位奶奶，满秋再不是，那三个孩子可没错，孩子总得有妈疼才是。"

立刻有个男人说："这种妈没了也干净。"

子昂心中不快，立刻横眼去寻那说话的人，却没对上号，忙向众人抱拳道："各位乡亲，我想问一句，哪个女人生下来就是坏女人？满秋的事儿，我也是刚听说。不过宝根儿这之前跟我说起过，满秋开始不愿宝根儿和日本人交朋友，就为这，宝根儿打过满秋！要我说，满秋变坏也是身不由己！要不是宝根儿引狼入室，满秋能学坏吗？她就是没摊上个好男人，才没法儿做个好女人！"

见子昂有些激动，在场的人都呆住了。终于那老妇人说："大善人说的在理儿。"又对几个妇女说："就别在这儿瞧热闹了，进屋去瞅瞅。"说完蹚着厚雪进院，几个妇女也跟着进了院。

子昂先从棺材铺拉回一口现成的棺材，顺便雇来一个阴阳先生，又雇人在满秋家的院内搭起灵棚，总共用了不到半个时辰。

在他忙前忙后时，有人去龙凤阁报了信。文普不知子昂为何对宝根的事这么上心，就也来到灵棚。子昂不想让哥哥们介入，只说宝根是他山庄干活的，他只是帮下忙。正说着，林海、万全等哥哥也都闻讯赶来询问，听子昂说只是帮忙，并不需要他们介入，就又各忙各的去了。

满秋除了浑身青紫，还有几处骨伤，只能趴在炕上。她一声不吭地面对着火墙，除了子昂和她的三个孩子外，谁进屋来也不去理。

子昂又让人去药铺请了坐堂郎中，先讲了满秋的伤势，又说不怕花钱，只要治好她的骨伤，让她重新站起来。

宝根的父母和弟弟等人也来了。他们也都住在当地，和宝根家隔着两趟街，刚刚得知宝根死讯就匆匆赶来。送信的人已向他们透露宝根是因为满秋和那个日本人鬼混才撞头死的。

进院后，他们先见到宝根的灵棚，就围着棺材哭号。子昂这时很纠结，想去安慰又不知说什么好，阴阳先生正要和他商量事，就没有靠前。

陈家人哭了一会儿，又都骂骂咧咧地冲进屋里，子昂随后也跟了进去，见宝根的父母和弟弟一进屋就对满秋大打出手。满秋本就因浑身内外有伤而动弹不得，这时更是浑身断裂般的痛，叫得比被宝根用擀面杖抽打时还凄惨。

子昂不顾他们是一家人，上前将他们逐个扯倒在地上，然后怒视着他们问道："你们想干啥？没看她都让宝根儿打成啥样儿了！"

宝根的父母已听说宝根是子昂到了他家以后才死的，这时正给宝根操办丧事，心中疑惑，一时搞不清和满秋私通的到底是谁，这时又见子昂如此护着满秋，顿时都翻了脸。

宝根的父亲一边从地上爬起一边骂道："杂种操的，你不来我儿子死不了！"随后用头来撞子昂道："我和你拼了！"

子昂感到事情很麻烦，忙抓住他的两臂道："大爷，我不想和您老动手，怕您老胳膊老腿儿的不经碰。您听我说，这事要怨得怨您儿子……"

宝根的弟弟宝金刚才被子昂从炕上扯下摔得很重，一时没爬起来，这时也爬起来冲子昂骂道："去你妈了的！你也是这臭婊子招来的！"骂着从侧面扑来。

子昂仍抓着宝根的爹不放，一面隔住宝金，一面侧身抬脚踹去，正踹在宝金的肚子上，宝金便又倒在地上，捂着肚子叫骂。

子昂不理宝金，仍抓着宝金爹道："你们再来这些也不是我的个儿，别瞎折腾了，有话咱好好说。宝根哥在我那儿干活儿不赖，我是来帮他的。昨天他没去山庄干活儿，我是来找他去干活的，正赶上他打媳妇，我前脚儿给他们拉开，后脚儿他就撞在米缸上了。"

宝金忍痛又爬起来，但不敢靠前，指着子昂怒骂道："放你娘的狗臭屁！我二哥不可能自个儿寻死，就是你弄死的！我都听说了，我二哥打我二嫂时你进的屋，门也是你给踹坏的，完了我二哥就死了！我知道你和陆老二儿是把子，可你是帮着日本人来杀我二哥的，你就是个汉奸！我不管你是谁，杀人就得偿命！我就不信这世上一点王法都没有！"

就在这时，守在满秋身边大哭的招弟大声道："俺爹是自个儿撞缸上死的！"

这让子昂万万没有想到，心里顿时轻松许多，也想到他以后该如何报答招弟，立刻又冲宝金怒斥道："这世道你还和我讲王法？你的王法在哪？把它给我喊出来！"

宝金和父母都不禁愣在那里。宝金的母亲又坐在地上号哭道："我的儿啊，你死得冤啊！为了这个贱女人，你连你亲爹亲娘都不要啦！她可真是咱们家的丧门星啊！"

子昂很愧疚自己让一个母亲晚年忍受丧子之痛，这才松开已经不再抵抗的宝金他爹，愧疚道："宝根哥死，我也很难过。前儿个他还跟我提您二老呢，说等我给他发了工钱，就先买袋大米给你们送去。他是个孝子，可他走了，您二老放心，以后我替宝根哥照顾您二老；您二老就当我是您的儿子！"陈家父母更不知所措了。

子昂要替宝根照顾老人是他的真心，但在孝顺老人上他并不了解宝根。果然，宝金又愤然道："你别在那儿演戏了，我二哥啥样儿俺们都知道，他没你说的那么好！我看你有点功夫，我二哥肯定就是你让他撞的缸！"说着抬脚踢过来。

他手疾眼快，一把抓住宝金的一只脚，只是一拧宝金便整个身体摔在地上，比头两次摔得还重。宝金实在是对付不了子昂，就趴在地上号哭道："二哥，我打不过他！"

子昂没再理宝金，又对两位傻在那里的老人说："既然你们都不相信我，那就随你们便吧。但有一点，谁敢再碰宝根嫂子一指头，我就先让他死！这就是王法！不信你们就试试。"又对正在哭泣的满秋说："嫂子别怕，有我在，谁都别想再欺负你！以后你们娘儿几个的吃的、穿的、用的都我管！"陈家人和帮着办事的无不感到惊讶。

子昂又回身看着陈家的人问道："说吧，你们到底想咋的？"

陈家人都被一团迷雾笼罩，虽然隐隐也觉得宝根的死与子昂无关，却仍不敢肯定。宝金他爹索性糊涂下去，得个干大生意的干儿子，没准还是因祸得福。便叹口气道："我看明白了，你不是坏人。俺家老二该不该死就不说了，人都没了，说啥也没用，我就看你这儿子咋当了！还有，俺们不能白发人去送黑发人，你就都给办了吧。"

子昂暗舒口气道："您二老放心，我会给宝根哥办好的，别的事儿咱过后唠。"

宝根爹说："行，我等着。"说完叫上自家人离开。

宝金这时已对子昂有了恐惧感，嘴也老实了，一瘸一拐地跟着父母出去了。

子昂这时急于返回山庄，山庄的狗还都关在那个猪食房的院子里，他是担心狗不能把东宫太郎的骨头也吃掉，便先出价二百元为满秋母女雇了个女佣，又对阴阳先生做了下交代，然后便蹚着厚雪返回山庄。

傍中午时，子昂回到山庄。山庄的雪已被清出了人行道，分头连到各院的大门前。他见玉莲、丽儿、大宝、喜子、豆儿、阳儿、宽儿等孩子都穿着棉袍、小大衣在屋外，这时正聚在那个猪食房门前，争抢着扶着大门朝里看，显然在看那群狗，便立刻大声呵斥道："干啥呢？"

大宝和喜子一见他来忙跑开，玉莲、丽儿也忙着叫豆儿、阳儿、宽儿、盾儿。豆儿并不着急跑，还颇有兴致地道："俺们看狗玩儿呢！"

他又训斥道："都是咱家狗，天天看还没看够？跑这儿来看啥？"

宽儿嘻嘻道："狗配崽儿呢。"

盾儿则不满道："莲姐不让俺看。"

子昂不悦，训斥玉莲道："你都大姑娘了，咋啥都想看？不嫌害臊？"

玉莲委屈道："俺哪看了？我那样说是不让他们看，他们不听。"

他轰赶道："去去去，领他们都回屋！大冷天的，都给领出来干啥？冻病了咋整？"

玉莲解释道："他们还要堆雪人儿玩儿。"

他不再听，又轰赶道："去吧去吧，都领屋去。"

玉莲带着孩子们离去，子昂打开院门，见里面的雪早被群狗踏平，这时还真有一对狗两尾相连地交配上了，见主人进来，急忙挣着躲开。他全当没看见，一边喝儿呼扑向他亲热的狗们，一边用脚将裹满雪的骨头集中到一处，见大块骨头并不多，只是那个也沾满雪的人头骨有些扎眼，忙找来一只柳条筐装上，又捡了一些短骨棒和碎骨头，在上面盖上雪，借着清理院中的积雪将筐埋在里面。他要等晚间将筐里的东西移到庄外埋起来。

第二天，子昂体面地给宝根下了葬。陈家在这儿没有祖坟，子昂和陈家商量，就把宝根葬在离米秋成、格格夫人墓地十余米远的斜下方。他心里这时又突然闪出一个新念头，回头要把东宫太郎的那些残骨埋在岳父母坟墓另一侧的斜下方，这样他就可以告慰岳父母的在天之灵；不论是杀人真凶，还是替凶手出过主意的，将永世被他二老踩在脚下。

办完宝根丧事，子昂又去看了满秋母女。之前，他已经让米铺伙计和麦冬分别为满秋母女送去大米和猪肉。这时，满秋身上的伤已由郎中敷了药，他也不便掀开被子看，只是嘱咐好好养着。被雇来的女佣有五十多岁，也和满秋母女一起住，除了每天做好她们的三顿饭，还要为满秋梳洗、换药、端屎端尿。

子昂这时最感激的是招弟，见她和两个妹妹都穿得寒酸，便又亲自去了裁缝铺，为满秋母女四人和那个女佣各做了一套新冬装，样式和他山庄里的女人们一样，都是毛领毛边的。招弟姐三个这时好像都不想宝根已不在的事了，再见子昂时比亲爹还亲。

替宝根照顾老人的事，子昂更不敢怠慢，早早为陈家人送去五百块银圆和五百绵羊票子，顿时双方竟亲如一家了。就连宝金也不再疑问宝根的死因了，与他有说有笑，一再称赞他武功厉害，还提出要到子昂山庄里做事。

子昂依然嫉恨宝金，便说要给他出些本钱，让他在镇里开个铺子，宝金又佩服起他的学问，乖乖地答应。子昂终于又去了块心病，也知道是钱帮了他。

第 147 章

因为忙着办理宝根的丧事，还要抚慰宝根父母、兄弟的情绪，子昂几乎顾不上山庄。终于平静下来，打算弥补一下没能一同和家人过元宵节的遗憾，可穆岚和雪峰、子君这时却提出要离开，还说懿莹、金凤、丹凤、冬梅等人也随他们回到抗联队伍里。

子昂不禁又感到失落，他不明白他们为何这时一同离开，尤其对妹妹、妹夫也那么客气地感谢他的盛情款待感到不安，猜想是他从元宵夜暗杀东宫太郎开始就很少和他们在一起，使他们感到了冷落，但又怕说出真相让他们感到不安，便只说他这几日有必须要办的事，现在事情忙完了，他可以天天守着大家了。

雪峰、子君忙替穆岚解释，说他们真的没有生他气，走也是之前定好的。子昂仿佛又回到二十年前和七年前与穆岚、懿莹离别时的伤感中，又想到那些牺牲的抗联战士，竟觉得这一别或许就是他们的永别，不禁伤感落泪，央求他们留下来。

穆岚被他孩子似的依恋所感动，一边为他擦泪一边说："都大男人了，咋还和孩子似的？以后我们还会来。最好早点把日本鬼子赶走，等抗战胜利了，我再来就方便了；我还指着将来在你这儿养老呢。"

他破涕为笑道："啥时都欢迎你，这就是您的家。"

穆岚笑道："这个家挺不错，可我还是得回去。我这次来，是带着任务来的，主要是发展抗日队伍，发展对象就是那些占山为王的；咋说他们也是中国人，民族危亡之际，相信他们骨子里还都爱国，况且有些土匪是让鬼子逼上山的。现在全国都在抗战，不论共产党，还是国民党，都正和日本侵略者浴血奋战，相比之下，东北的抗日力量还是弱。听雪峰说，你和一些占山的有来往，本来是想通过你来集结他们，多杆枪就多分战斗力，抗战就多分胜利保证。可看你生意挺兴旺，还有这么多俊媳妇儿，真不忍心把你扯进来。但我也想了，鬼子现在很猖狂，抗联还真就离不开一些暗中支援。雪峰说得对，抗日不一定都得用枪，你就好好经商，能暗里为抗联做些有益的事，也算不失民族大义。"

这席话令子昂心里很暖。其实他从救回懿莹等人后就一直很纠结，开始被抗联的悲壮所激励，曾答应景祥也要拉起一支抗日队伍。可回到山庄一见到他的媳妇、孩子们便又顾虑起来。他在枪林弹雨中闯荡过，深知一旦和日军交上火，就很难维持他的世外桃源，或许重蹈他南征北战、颠沛流离的覆辙，总不能拉家带口地与鬼子周旋。他认为自己也只能暗中为抗联提供一些经济援助，便不再和景祥提及拉队伍的事，好在景祥也没再问过他。

听穆岚这一说，子昂心里又轻松许多，如是道："我做生意和别人不太一样，别人是多挣多攒，我是多挣多花，不赔本就行。看来以后我真得攒钱了，就给抗联攒。我希望你们都留下来，咱们共同打理。"

穆岚笑道："我对经商不懂，以前还能画些东西，现在画的也不如你了，眼下也就能玩儿枪杆子了。"

见她执意要走，他没有办法再挽留，便让一步道："要走就等天暖和的，这儿的高粱果您还没吃过呢。还有，我看您也喜欢吃鱼，有一种鱼您肯定还没吃过，细鳞鱼，是冷水儿的，就山沟里头有，外面人吃不到。这个您得答应我，再住段日子，起码得等山上达子香花儿开了的，行吗？求求你们了。我这边哥们是很多，可我心里真的很孤独。"说着又哽咽。

穆岚见他真不舍得他们走，就答应再住些日子，雪峰和子君、懿莹也都同意。

过后，子昂总觉得不该有事瞒着穆岚，便单将她请进桃源居，如实讲了他暗杀东宫太郎又误杀陈宝根的事。

她吃惊道："十五那天晚上，我看出你有事儿瞒着大家伙儿，还以为你和你那些哥哥的事儿，也没好多问。"

他忙说："我是怕你们担心，没别的意思。"

她说："可现在我更为你担心。日本在咱东北有很多株式会社，做的事情涉及多方面，也不外都是掠夺。你说的这种，他们现在叫开拓团，是日本向中国移民、企图把中国变成他们本土的侵略集团。他们在这儿没搞起来，不等于他们会放弃；仅黑龙江就有很多开拓团，表面看都是农民，实际他们是日本关东军下设的一支庞大的集团军，也是我们抗联最可怕的敌人，很多抗联实际都死在他们手里。老百姓给山里的抗联送粮食，开拓团这一关就很难过。他们对中国人搞集团部落，就是为了切断抗联的外援。不过中国农民已经有不少起来反抗的，勃利县的土龙山，五年前就组织了农民抗日自卫军，现在他们也是抗联。你杀东宫太郎不能说是坏事，但现在看也是挺糟糕的事，日本人肯定要查他为什么失踪。你觉得你做得天衣无缝，实际问题就在那个陈宝根身上。你不该和他合伙儿，合伙了就不该连他也杀了，日本人一定会认为你是杀人灭口：第一，你和东宫太郎有深仇大恨，有杀他的动机；第二，陈宝根和东宫太郎一直暗中勾结，又一直在你这儿卧底，是不是你所有的秘密都让他知道了？比方说我们这些人的身份。

第三，陈宝根死时你在跟前，就打真是陈宝根自己撞缸死的，估计日本人也不会信。陈宝根是东宫太郎失踪的唯一线索，可又偏偏在你跟前断了，所以你将成为他们的第二条线索，总之他们不会放过你。"

子昂虽很不安，但却镇静道："国都糟了，我岂能不糟？就是早晚的事儿，亡国奴再有章程也是苟且偷生。从把懿莹她们救回来，我就整天提心吊胆的，就怕日本人知道。我不是怕她们给我带来麻烦，是心里憋得慌；她们都是中国人，待的也是中国的土地，干吗要让她们偷偷摸摸地活着？有时我真想把队伍拉起来，再和鬼子枪对枪地干一场，可又担心我这些媳妇和孩子。开始就想让他们都过好日子，可要真和鬼子打起来，安稳日子怕是过不成了。这几天我都想过回奉天，把媳妇孩子都带走。可现在走，我又怕坑了我那些哥哥。他们都指我过好日子是一方面，最让我于心不忍的是，我要跑了，他们能不能被牵连进去？"

她安慰道："你说这些我理解。可现在事情已经明摆着了，假如日本人查到你头上怎么办？"

他说："那就咬定不认识东宫太郎，陈宝根是他自个儿撞死的。"

她又问："你认为他们能信吗？日本人的脑瓜儿可不白给，要不咋叫他们鬼子？现在你不能出事，你要出事就牵扯一大面，可现在你又最容易出事，除非日本人不拿那个东宫太郎当回事，但这种可能性太小；和日本人打了这些年仗，我们发现他们很在意本国人的生命，就是一具尸体也不轻易丢弃，所以咱得把事儿往最坏里想。"

他想了想说："现在除了陈宝根的死都知道，东宫太郎还没啥动静。我想再等等，让我二哥帮着打听点，一旦有风吹草动，我也只能破釜沉舟了。我偷偷养的两伙儿人马都藏在暗处，离我这儿不太远，随用随叫，将近二百号人，估计拿下北营不是问题。"

她又问："就算拿下来了，你能守住吗？日本人只要设了军营，就不可能孤立存在。"他皱起眉头沉思。

她笑道："你要真有这个打算，我帮你选个可进可退的路。"

他眼睛一亮道："老师，我听您的。"

她说："我们这次是从镜泊湖来的，那里有我们抗联的根据地，领导人叫陈翰章，比你还小两岁，有勇有谋，打了好多胜仗，日本人在那儿修的发电站也让他们捣毁了。他那块儿好就好在地域宽阔、山水相连、地形复杂，很适合做抗日根据地，也适合居家过日子。我的意思是，你要是拿下龙凤，能守就守，一旦觉得守不住，咱就来个金蝉脱壳，有愿跟咱走的也都带上。"

他期盼地问道："那您就不走了吧？"

她叹息道："你现在的处境很危险，我哪放心走？"

他兴奋道："那太好了。你在这儿我心里就踏实多了。"

就这时，他俩听见外屋有动静。他心一惊，一个箭步冲出去，见芸香正急着朝外走，不知她什么时候进来的，猜她已偷听了他俩说的话，不悦道："回来。"

芸香要迈出房门的脚便停住了，回身道："来叫你俩吃饭。"

他沉着脸问道："那你跑啥？"

她慌乱道："你俩没唠完呢，接着唠吧。"说完转身走了。

吃过晚饭，子昂先去看了香荷，又为她洗了脚。天娇问他睡哪屋，他说今晚去芸香屋里有话讲。

夜里，孩子们都已入睡，芸香在子昂怀里怯怯地问他道："你又杀人了？"

他知道她听了不少他和穆岚说的话，反问道："你不也杀过吗？"

她打他道："说正事儿，咋办哪？"

他并不遮掩道："啥咋办？我还嫌杀得少呢，我想多杀一些。"

她更加不安道："那咱山庄不要了？"

他故作镇静道："山庄是咱的，永远是咱的。"

她又问："你不说要去镜泊湖吗？"

他揪她耳朵道："偷听。"

她被揪疼了，打他道："薅疼了！招你俩吃饭还有错？"

他给她揉着耳朵说："没错。"又回到原话题道："不到万不得已，先不走这步；走一步看一步吧，不过走哪步你也别害怕，日子还得往好里过。"

躺下后，他心里仍想着穆岚对他讲的可进可退之路，越发觉得这是唯一可行的路。他更希望他投入到抗战洪流中之后能早日打败日本侵略军，不禁又来了灵感，起身比照辛弃疾的《鹧鸪天》作词一首：

山河姣好绚昌华，香花婉弱魔魈踏。百年飘零魂无去，几度沉浮落谁家？越王梦，提剑拔，万里雄关远征伐。昨日羞恨铭刻骨，扫平狼穴碎獠牙。

次日，他将穆岚又请进桃源居，把他填的词送给她看。她看后惊喜道："难得你能这么雄心壮志；中华儿女若都有这种英雄气概，那抗战胜利的日子就在我们眼前了。"

子昂释然道："有老师给我引路，我心里敞亮多了。"

穆岚会心地笑道："那咱就勇敢地去面对敌人，早日迎来抗战胜利的那一天。"

他顽皮地立正敬礼道："是！"穆岚又欣慰地笑。

过了正月就到了二月初二龙抬头的日子。中午，大灶房的人们都忙着炸猪头。芸香问子昂用不用多炸一些。他说："咱庄里人够吃就行，四哥店里也少炸不了，哥他们都去他那取，咱就不管了。"

就这时，麦冬匆匆忙忙回到山庄，说文普让子昂马上去趟龙凤阁，有要紧的事情。子昂预感是万全那里得了什么消息，也不过是宝根死的事，只是不知是满秋反悔，还是陈家的人出尔反尔？毕竟宝根的死让人疑惑，他左右躲不了干系，便穿戴严实，又揣了一些钱，骑马去了龙凤阁。

龙凤阁整个正月也没怎么营业，是因各家还都留些过货，亲朋间的往来也都是在家里吃喝一顿。大一点的商贩好像还都陶醉在大年的喜庆中，一些周边屯子来的小商贩，更是舍不得把挣的一点钱都花到馆子里，进店要点主食、热汤填填肚子暖暖身，好喝两口的也不过是来一杯干烧和一碟小菜。

今日刚过正月，各家又在准备过二月二，一些小贩已经提前收了摊，午饭也都赶回自家去吃。文普两口子正忙着炸猪头，以备第二天有人来买。

见子昂来，文普放下灶上的活，又将他引到阁楼雅间内说："二哥刚才来了一趟，把个叫大白话的也弄来了，连唬带吓地问他出点事儿来。田守旺把宝根儿他媳妇和大闺女都抓进西营了，逼她们说是你杀的宝根儿。听大白话说，宝根儿他媳妇死活也没说是你杀的，田守旺他们就把那娘俩好顿祸害，宝根儿他媳妇给弄成了大流血，他大闺女才十三岁，说也让田守旺那瘪犊子弄得不会走道儿了。"

子昂吃惊过后，痛恨地骂道："这帮狗日的！"

文普又说："实际是北营让他们整的，说有个日本人在咱这儿没影儿了，先是怀疑宝根儿，可宝根儿死了，咋死的没弄清，就又瞄上你了。二哥问完话就忙三火四地回西营了，临走时偷着告诉我，赶紧让麦冬去把你叫来，待会儿咱合计一下咋对付这事儿。"

子昂意识到，东条敏夫和田中太久已经感到东宫太郎遭了暗算，并且怀疑到了他。他先是后悔自己当时对宝根下手太重，如果这时宝根还活着，他一定会教他怎么欺骗田守旺等人，毕竟是他将东宫太郎蒸熟碎尸的，他绝对不敢说出真情，可现在连个说假话的人都没有了，而且宝根的死又和他扯不清楚，难免被人怀疑是他杀人灭口。但一想到田守旺逼供手段恶劣，即使宝根不死，也没准会在酷刑之下招供，毕竟田守旺已经露出陷害他的意图，这就难保他们不搞串通，然后把所有的事情都扣到他头上，到那时他更是难以解脱，便又觉得自己失手要了宝根的命就是神明给自己留的一线生机，这一线生机就是揭竿而起，现在该是他动用两支武装的时候了，又有穆岚、雪峰、景祥、懿莹等抗联战士还都在他山庄内，但要详细策划一下怎么起兵。

原来东宫太郎死后十多天才被同伙确定为失踪。开拓团的其他成员都知道东宫太郎只和宝根有来往，也知道他和宝根媳妇的关系不一般。开始他们还以为东宫太郎离开"四合院"是又和宝根的媳妇鬼混去了，左右"集团部落"计划要等到冰雪消融时才实施，便由着他去风流。但东宫太郎一连十多天没露面，还是让他们感到蹊跷，便有人找到宝根的家，结果一提到宝根，被问的人说宝根正月十六那天就死了，正是东宫太郎失踪的第二天，便立刻去北营报了信。

东条敏夫立刻意识到东宫太郎已遭暗杀。近期他常从上司那里得到日本士兵神秘失踪的可怕消息，有时竟一次失踪十几人。

根据军部分析，神秘失踪的日本士兵都是遭到了中国百姓的暗算。如果东宫太郎也遭到暗算，很可能就是龙凤人所为。他怀疑的第一个就是子昂。他知道子昂曾想替岳父报仇，只是当时不知是谁朝他岳父开的枪。按说没人能把真相告诉子昂，因此他又不敢断定东宫太郎的失踪就与子昂有关，便让田守旺出面调查此事。

陈宝根因为媳妇与东宫太郎鬼混而自杀的事已在龙凤山区传遍。田守旺虽然对满秋偷汉子的事情很感兴趣，但因为偷的是日本人，所以不敢贸然介入。当他得知东宫太郎就在宝根死的头一天神秘失踪时，立刻想到这事与陈宝根的死有关，忙向田中太久汇报了此事，并提到是周子昂为宝根操办的丧事。

东条敏夫还知道有个为东宫太郎买地扯线的中国人，但并不知这个人是谁。这时他才知道，那个协助东宫太郎买地的中国人就是在东宫太郎失踪第二天死了的陈宝根。他也想起这个陈宝根可能知道是东宫太郎开枪打死的米秋成。陈宝根本该一直和东宫太郎是同伙，但东宫太郎和他的媳妇私通，所以他就将东宫太郎开枪打死米秋成的真相告诉了周子昂，玩了借刀杀人的伎俩。而周子昂知道是东宫太郎打死的他岳父后，就利用东宫太郎和陈宝根或他媳妇的关系引诱东宫太郎入套，然后秘密将他暗杀。再之后，周子昂为保全自己，回手又杀了陈宝根灭口，这很符合他们开始对周子昂的怀疑，便让田中太久去安排田守旺调查。

可田中太久前阵因晋升中尉去了趟长春，回来后情绪就一直不佳，他只好派人将田守旺带进北营，指示他一定要查清陈宝根是怎么死的，特别要查清是不是周子昂杀了陈宝根灭口。

龙凤警察所改成保安大队后，万全由原来的警察所所长改成第一小队队长，从宁安、牡丹江、依兰、方正等地调来七十多名皇协军组成了二、三小队，侯七任第二小队队长，第三小队队长是从外来人中挑选的，都直接隶属于田守旺。田守旺因和侯七从小就很亲密，他便将二小队视为他的嫡系队，同时还将几个也和他关系亲密的发小都编进这个小队。

保安大队的职责主要是巡山防范抗日人员和维持山区居民治安。开始田守旺想把龙封关山庄的所在山区交给侯七，这样他也便于给子昂制造些麻烦，还可以和心腹人员一同去山庄看看天娇和香荷，但万全看出他醉翁之意不在酒，过后便警告侯七道："你要敢去我九弟那儿捣乱，小心让你鬼上身，别到时少条胳膊少条腿儿时来怨我没给你提醒儿。也别当你是北营的一碟儿菜，咱都差得远着呢。没钱儿花就吭下声儿，我九弟可是个敞亮人。"

侯七虽有田守旺撑腰，但也不想得罪万全这些拜把子兄弟，尤其田守旺与周子昂水火不容，没准什么事会让他左右为难；周子昂每年都给北营送油、送肉，真要闹出不愉快，田中太久也得在里和稀泥，到时没准都拿他撒气，真要惹得那不人不鬼的周子昂不痛快，谁怎么替他撑腰也不如他保住好胳膊好腿，况且他已经吃过周子昂的巴掌和甜枣，便想避开那个是非之地，去求田守旺道："让我和包队长换换吧，我管那片儿害怕鬼上身。"

田守旺顿时不悦道："鬼什么鬼，你是让周子昂打怕了！他就会装神弄鬼，你怕他个屌？给你们发的家伙是烧火棍子呀？"

侯七坚持道："包队长也是你的兵，咱都是给皇军干事儿的，他能干你就让他干呗。"

田守旺愤然道："我怕他闹鬼。"

侯七又哀求道："大队长，我啥鬼都害怕，求求你，别让我管那片儿。要不你给我换支长枪，我当小喽啰，天天给您老人家端茶倒水，好好伺候您。"

田守旺既失意又很得意，也不想太难为他，便想让三小队替换二小队。可第二小队长是外来的，他并不很托底，而且三小队长也说害怕鬼。

他明知是万全在暗中搞鬼，却又不好因此和万全闹翻，毕竟他的企图和北营的意图风马牛不相及。但他还是不甘心，试图让田中太久出面施压，让万全不要总在暗中搞鬼。

因为觉得子昂对自己山庄的生意很投入，对北营也一直表现得很友好，田中太久并没觉得让万全负责子昂的养猪场的所在山区有什么不妥，他和东条敏夫倒是对万全因没当上龙凤治安大队长而心情不爽感到一些担忧。他想万全愿意负责那片山区也不外是兄弟情义，也或许是为了让周子昂念他的好，从中还能多得些好处。

左右是为他们北营做事，田中太久想借此送万全个人情，以让他心理平衡一下，就安抚田守旺道："他准是奔着周子昂去的，周子昂是他兄弟，在那片山里做生意，肯定是怕不熟悉的人去捣乱。我猜包万全心里还是不痛快，他在这儿当了那些年警察所长，本该大队长他来当，你当了他不高兴，我一开始就看出来了。他好在愿意给大日本帝国效力。既然他想管那片，就让他去管吧。这是用人之道，心情不好，什么事都做不好。他再做不好，就要他的脑袋。其实也没什么好不好，周子昂那儿就是山沟子，好不好也是他们的事。你让二队把外围看好，让周子昂在那里好好地养猪。"

田守旺又很沮丧，但也只好让万全负责龙封关山庄的所在山区。

因为龙凤及附近比较安定，山区巡视也都是走马观花地在林子边上转一转，田守旺还总想摆摆大队长的威风，整天在西营的操场上教一些人打八极拳，蛮有一副教官的气派，也看出他在长春真是学了些东西。

田守旺在长春通过哥哥先在满洲皇宫里当侍卫，不久又被霍氏八极拳创始人、溥仪的少将武官霍殿阁收为门徒，倒也勤学苦练，虽然功力总是不很到位，但一般人与他对打也很难招架。

万全学过铁头的少林拳，这时见田守旺在前面一番示范后，倒感到八极拳敏捷刚劲，爆发力大，极富攻击性。又听田守旺对大家讲解八极拳在于头、肩、肘、手、尾、胯、膝、足八部位应用，并强调力发脚跟和手指，觉得正适合自己的一双大手，便也跟着学起来。

果然有人对他赞许道："包队长，八极拳是奔你这大巴掌来的吧？"

大家都笑。但田守旺却谨慎起来，平日只练基本功法，暗中才对侯七等心腹手把手地传授攻击术。万全通过自己的心腹知道田守旺暗中只对侯七等人重点传授，心中不快，却一副无所谓的样子道："学几招也就是玩玩，真要攻击，啥拳也比不上子弹快。"便不再学了。

万全心里厌恶田守旺却不能明着和他对立，总是有请示，有汇报。而每当此时，田守旺都会想起周子昂，继而想到他曾经想得得不到的天娇和香荷。尤其他已通过骏先知道这对孪生姐妹如今竟都成了周子昂的媳妇，心里总是隐隐地在痛并憎恨着，但也为周子昂和田中太久、东条敏夫是朋友而有所顾虑。这时他接到东条敏夫调查周子昂的指令，不禁欣喜若狂，在他看来简直是喜从天降，喜就喜在米家孪生姐妹仿佛正在向他靠近。

他想立刻带人去龙封关山庄调查陈宝根的死因，借机看看米天娇、米香荷是不是还是那么美丽动人。

但东条敏夫却告诫他说："周子昂那边，先不要打扰，悄悄地，拿到证据。你去陈宝根家，从他媳妇那里查，陈宝根怎么死的？你的明白？"

他低眉顺眼地应着，心里为东条敏夫并没拿周子昂当朋友而激动，期盼着通过满秋拿到周子昂的罪证，只要周子昂成了抗日分子，他那些把兄弟也随之"连坐"，继而他便可堂而皇之地去霸占米家孪生姐妹，还有多日娜等美色。

▶第 148 章◀

虽然不能直接调查周子昂，但田守旺仍对调查陈宝根的死因很上心，他要在宝根家人的身上找到突破口，无论如何也要把东宫太郎失踪一事扣到周子昂身上，只要确定周子昂与东宫太郎失踪有关，那他的小命就很难保住，到时他的那些媳妇就可由他享受，只有这样，他才能一解这些年的心痛和嫉恨。

在具体办案中，他要找些和他一条心的人来协助，先得意地告诉侯七道："周子昂惹恼了东条太君，下令让咱们调查他，只要查出陈宝根是他杀的，那他就宪兵队的干活了。只要他和皇军不是朋友，那咱就啥都不用怕。周子昂不是还抢了你的多日娜吗？到时这个美人儿就是你的。"

侯七也很兴奋，在本队选了几个铁杆心腹，一同去了满秋的家。

满秋身上的伤还未痊愈，躺下起不来，吃喝和大小便依然由佣人帮助。半个多月来，她一直向三个女儿灌输她被东宫太郎欺负了，宝根是没脸见人才自己撞缸死的，谁问也不能说别的，不然日本人就会杀了周叔叔，家里就再也吃不到猪肉、大米饭了，还得上街去要饭。

自打陈宝根死后，招弟和两个妹妹每天都能吃上馒头、白米饭和鱼肉蛋，隔几日还能吃顿饺子，子昂为她们定做的毛领毛边衣裳就连睡觉都不舍得脱，这时都害怕周叔叔让日本人给杀了。

田守旺带人到了满秋家，连哄带吓地盘问陈宝根是不是被周子昂打死的。满秋和女儿们都一口咬定陈宝根是自己撞米缸死的。

田守旺十分恼火，但不论事实怎样，他都要想法将杀死陈宝根和东宫太郎的罪名定在子昂身上，见满秋的三个女儿都穿着富人家的衣服，就挨个摸着说："这衣裳是你家的吗？都是姓周的给的吧？他可没少在你们身上下功夫。"他想逼迫满秋和三个孩子都按照他的意思说，又见有一佣人也在跟前，就想将她撵出去，而这女佣和他的父母都是老街坊，这时依然视他为晚辈，一笑道："大侄子，俺挣的可就是这个钱。你现在当大官儿了，那还能赶上你爹你娘大？你要再撵我，我就去找你爹问问，有你这么办事儿的吗？"

田守旺有火发不出。这时，一个随从提醒道："和她们废啥话？听说宝根他爹和姓周的闹过，上那边一问不就清楚了。"

田守旺便带人去了陈家。陈家人都在，对田守旺带人来查宝根死因感到惊讶。因得了子昂的钱，宝根爹娘都说宝根是自己撞缸死的。疯子宝柱突然说宝根是被狼咬死的，自然是疯话，被侯七等人轰出屋去。

宝根的父母和宝金都很不满，更是咬定宝根是自己撞死的。

陈宝根正如陈宝金那日所说，不是子昂说的那么孝顺，从小就长个鬼心眼，大人在家藏点什么东西都能被他偷出去，还经常在外惹是生非，搞得邻居都烦，家人也都不喜欢他。成家以后，他的顽皮好了许多，但媳妇满秋性情内向，又没生下儿子，与生下儿子的哥嫂比，就像是后爹后娘生的，因此与父母哥嫂闹得分了家。哥哥家发生两死一疯不幸后，父母倒是对他们亲近了许多，也不外是希望满秋也为陈家生个儿子。怎奈满秋肚子不争气，继招弟之后又生下两个女孩。随着陈宝金婚后头胎就生下一个男孩，陈家父母就又骤然与宝根一家疏远，几乎断了关系，宝根家的事情很少过问，除了照顾疯癫的宝柱，就和宝金一家亲热。

但宝根的死还是让他的父母感到心痛，这才知道他四年前把自家田地卖给日本人，不久米秋成被开拓团的人开枪打死。这期间，宝根曾领着一个日本商人，也就是东宫太郎去有田地的人家谈田地买卖。米秋成死后，东宫太郎好久没在龙凤露面，但"四合院"里一直还有几个日本人，和中国农民一样，种着几片他们之前占为己有的田地。直到四年后的前不久，东宫太郎才又在龙凤露面，并常去宝根的家。再后来，有人发现东宫太郎常在宝根不在家时和满秋在一起，而且都是晚间来，后夜以后才离去，猜到是和满秋私通。陈宝根活着时，左邻右舍都是私下谈论满秋偷野汉子，但因她偷的是日本人，便都装着不知道。子昂为陈宝根操办完丧事后，又有人猜测陈宝根的死可能和米家这个上门女婿周子昂有关，显然米秋成的死也和宝根有关。但毕竟陈宝根是子昂山庄里的雇工，两人是什么关系都不清楚，宝根具体怎么死的也都不敢确定。

宝根的父母一直很矛盾。他们先是怀疑子昂杀了他儿子，是因为他觉得子昂和满秋也有奸情。听到儿子生前一些事后，便更怀疑是子昂杀了他儿子，不外也怀疑米秋成的死和他们死去的儿子有关，认定周子昂理当要替岳父报仇。可满秋和三个孙女都说他儿子是自己撞缸死的，便又怀疑起自己的怀疑。

田守旺开始引导宝根父母说："我听说你家宝根儿死后，你们还和姓周的闹过一场。我没弄明白，咋收场收得这么快？不会也让姓周的花钱收买了？宝根儿可是你们的亲儿子，姓周的给你们再多钱，你们忍心花吗？这钱你们要花，那可是在喝儿子的血。"

宝根的父母也认得田守旺的父母，只田家太富有，一直瞧不起他们陈家，这时也不想让田守旺在他家的事上有利可图。宝根的母亲不冷不热道："话可不能这么说。俺们那会儿对周大当家不满，是怪他老护着那养汉老婆，还寻思他俩也那样了呢。后来一看，人家可不是那种人。"

田守旺顿时瞪大眼睛说："他不是那种人？你真以为他是只好鸟儿？他有一帮媳妇儿我就不说了，他姨姐、他妹妹都让他弄出孩子了！他不是那种人？他啥缺德事儿都能干出来！我就和你们明说吧，宝根儿他媳妇肯定和他也有一腿，这事让宝根儿知道了才往死里打媳妇。"

宝根爹忙打断田守旺的话道："俺家老二儿媳妇偷了谁，这街坊邻居都知道，还真就没有说她和周大当家有那事儿的，周大当家有几房媳妇，和谁生孩子是另回事儿，咱得打盆儿论盆儿，打碗儿论碗儿是不？你能来帮俺查宝根儿咋死的，俺们全家感谢你们，就是这事儿挺丢人的，俺们不想查了。"

田守旺立刻训斥道："人命关天，你们说不查就不查了？你是不以为现在是满洲国了就没有王法了？你给我听好了，到啥时都得杀人偿命，日本人比咱中国人还讲王法！我看你们就是让姓周的收买了，你这是贪赃枉法、包庇凶犯，就凭这，你们得跟俺们走一趟，你们跟日本人说去。"

宝根的父母都害怕了，原本想到宝根已死，周子昂又是个趁钱并舍得花钱的人，为了活着的人，莫不如见好就收，要指望眼前这伙给日本人做事的人查出真相，最后也只能查得他们鸡飞蛋打。可眼下，田守旺要把罪责落在他们身上，他们不想再昧着当爹娘的良心为子昂撑下去了。

宝根爹忙说："不是这样儿啊！咋说那是俺养大的小子，我也想知道他到底咋死的。要真把凶手查出来，我非亲手剐了他不可，可俺们当时都没在跟前儿，这没依没据的，也不能乱说呀。"

宝根母亲也说："俺们是听那个臭养汉老婆说的，咋说她也躲不了干系，你们就把她王法了吧！我现在一想起她就恨得牙痒痒。你们去问她，打死她俺们都不管，就当给俺们解恨了。"

田守旺一听这话笑道："有你老人家这句话就好办。"随即带人返回满秋家，他决定无论如何也要撬开满秋的嘴。

再去满秋家时，田守旺没有一点好脸色，盯着满秋问："你家宝根儿到底咋死的？今天你得老实交代，不然我就让你下地狱。说吧，宝根儿是不是让那个姓周的打死的？"

满秋盖被躺在炕上说："他真是自己撞的缸。"

田守旺一把掀开她身上盖的被骂道："你个臭养汉的，你家宝根儿啥德性我不知道？他自己撞的缸？说死我也不相信！我就相信那姓周的和你关系不一般。"

因为两臂、肋骨、后背都有伤，满秋的上身两侧和后背都敷了药，并用白布缠裹着。这时她连肚兜也没戴，两只乳房都敞露着，下身也只穿着花裤头，大腿和小腿都裹敷着草药。

　　见她近乎全裸着,侯七等随从立刻都色迷迷地盯着她的前胸看。她这时竟出奇地镇静道:"不信你问俺闺女,俺闺女那天也在跟前儿。"

　　招弟和她两个妹妹都在炕上,守在母亲身旁,小的已被吓得在哭,被子昂雇来的佣人抱过去。招弟忙为母亲盖上被骂道:"不害臊!"

　　田守旺诡异地笑道:"你还知道害臊?"又盯着她说:"看来你知道不少。那我问你,你爹咋死的?"

　　招弟憎恶地翻他一眼道:"自个儿死的。"

　　他又问道:"你爹和那个姓周的是不打架了?"

　　招弟又一扭头道:"没看见!"

　　他沉下脸道:"没看见?你就在跟前儿能没看见?你眼瞎了?要不就是说,他俩可能打架了,是不?"

　　招弟又愤然道:"俺爹就是自个儿撞死的,周叔叔是好人。"

　　田守旺先一愣,然后摆出一副温和的样子问:"噢,他是好人?他哪好?"

　　最小的唤弟见他态度温和,立刻不哭了,抹着泪说:"周叔叔给俺家送好吃的。"

　　田守旺脸又一板道:"我就猜到姓周的把你们收买了!这是趁钱人惯用的把戏,我比谁都懂。"

　　满秋心里埋怨孩子们多嘴,但孩子终归是孩子,她没有办法,忙说:"她爹活着前儿,大当家的就对俺们好。"

　　田守旺不是好笑地盯着她说:"他就对你好吧?不,是你这养汉的对他好。那小子长得可不赖,体格也好,让他骑着你,一定舒服得不得了吧?"

　　侯七等人都怪笑。侯七又帮腔道:"姓周的给你灌啥迷魂汤儿了?"

　　另一个同伙怪笑道:"是雄汤儿?咕咚咕咚的!"又一阵怪笑。

　　满秋忍着羞辱道:"你咋埋汰俺都成,别埋汰人周大当家。"

　　田守旺脸色一变骂道:"滚你妈了巴子,死到临头了,还对他好呢!行,你不就认大当家的吗?待会儿我让你知道谁是大当家。"又回头吩咐侯七道:"把她弄咱老虎堂去。"

　　侯七又命令两个背长枪的说:"动手啊!"那俩当兵的忙过去拉扯满秋。满秋一被拉扯,浑身剧痛,忍不住痛又惨叫起来。

　　招弟和两个妹妹都疯了似的扑过来,田守旺去扯她们时,一只手被来弟咬了一口,疼得他猛一抢手,将来弟从炕上抢到地上。佣人见田守旺开始犯浑,吓得不敢说话了,又见来弟倒在地上大哭,忙去抱起来。招弟更疯了一般,继续对田守旺拳打脚踢,并试图也去咬他的手。田守旺推开招弟,又命令侯七道:"这个也带走。"

　　满秋已被两个伪兵架下炕,忍痛怒骂田守旺道:"姓田的,你不得好死!"田守旺不理她,先出了屋,后面的人则用那扇门板将满秋抬起,上面盖着一条棉被。

　　街上有不少看热闹的,只是交头接耳,没有一个靠前说情的,显然都不愿管满秋的闲事。

　　到了西营,田守旺让人把满秋抬到一个备有各种刑具的审讯室内。门板放在地上,田守旺蹲下问她道:"知道这啥地儿吗?"

　　她痛苦地呻吟道:"让我自己死,放了俺家闺女。"

他狞笑道："我不让你死。说出宝根儿咋死的，你娘儿俩一块儿放。"

她忍痛道："他真是自个儿撞死的。"

他劝说道："你就别替那姓周的瞒事儿了，秃顶的虮子明摆着，宝根儿根本就不是那号人，只要你对日本人说出宝根儿是让周子昂害死的，需要钱我给你，要多少你说个数儿。姓周的是趁点钱，他还能趁过我们田家？我们田家可是做了几十年的买卖了，宁安城的银号就跟俺家开的一样。说吧，你现在可没男人了，说出来，以后我疼你。"说着又掀开她身上的棉被，一边抓捏着她丰满的乳房一边淫笑道："我咋越看你越有女人味儿，平时我还真没太注意，你真挺让男人动心的，难怪他们都愿睡你。"

她想拨开他的手，但裹着绷带的两臂只是本能地抬了一下，便又面色痛苦地落下，闭上眼骂道："卑鄙。"

他诡笑着问道："你偷野汉子卑鄙不？"

她无言以对。招弟在一旁被一个伪兵按着，看着妈妈被羞辱，也哭着骂道："你不要脸！别碰俺妈！"

田守旺起身对招弟说："行，我不碰她，我搁样东西碰她，看你妈还咋说？"说着叫人取一包做针线活的钢针，捻出一根，用针尖点着满秋的嘴唇道："你要再不说，我就用它把你嘴缝上，反正你这嘴也没啥用。"

满秋浑身战抖道："宝根儿真是自个儿撞死的，你别逼俺了。"

田守旺冷笑道："你能好好跟我说话就行，但你得说我爱听的。行，那我就不缝你嘴了，咱换个法儿。都说十指连心，我现在想看看你对周子昂是不是真心。"

她怒视着田守旺道："我不能昧良心！宝根儿是我害死的，是我背他偷汉子，他没脸活了。"

田守旺又淫笑着问："周子昂睡过你几回？"

她厌烦地翻他一眼道："不是周大当家，是个日本人，他叫东宫太郎，街坊都知道，不信你问他们。周大当家那天头次去俺家，说宝根儿一天没去干活儿，就来俺家找他。宝根儿那宿去哪了我也不知道。"

田守旺耐着性子问："咋就那么巧？他头次去你家，就赶上宝根儿打你？他头次去你家，宝根儿就自个儿撞死了？我不和你说了嘛，你家宝根儿不是那号人。你要真不知道，我告诉你宝根儿是啥人。他能打死你，可他不会寻短见。别以为我啥都不知道，早就有人跟我说了，宝根儿正打你时，周子昂去的你家，你家屋门就是他踹坏的，没多大工夫，你家宝根儿就死了。你要还和我嘴硬，我也不想和你废话了，到了我这里，你再嘴硬也没用！我劝你还是识相点，我教你咋说你咋说，都是为你好。日本人要问你，你别说你偷汉子，多丢人。你就说周子昂头次上你家，你刚才不也说了吗？头次上你家干啥？就是去杀你家宝根儿的。咋杀的？就说他薅着宝根儿头发往缸上撞的，完了又把你打成这样。至于他为啥要杀宝根儿，你就说不知道。我也啥都不知道，没关系，把这些说给日本人，你和你闺女就可以回家了，我也可以交差了。"

她坚定道："我不能冤枉人。你要找个偿命的，就让我来偿，是我害死宝根儿的！"说完又闭上眼睛。

其实她这些日子一直在生与死间徘徊。本来她以为东宫太郎可以镇住宝根，她也可以靠着东宫太郎不再挨宝根的打，毕竟日本人的势力最大。不想那天宝根打她时说过一句"我让你跟他一块儿去见阎王"的话，猜想东宫太郎可能遭了他的暗算，至于怎么暗算的，她并不知道。这时她已经没了依靠，自己的男人也因她而死，恐怕日后谁都敢指她鼻子骂她是个坏透顶的骚女人。她已经没有活下去的勇气了，但她还不放心三个女儿。通过村妮，她早知道子昂是个知恩图报的人，也为自己三个女儿而羡慕玉莲白捡个好舅舅。虽然她的三个女儿有爷爷、奶奶和叔叔，但她清楚，即使她死了，三个女儿也不会有好日子过，他只想把三个女儿托付给子昂，让子昂也当她们的舅舅。眼下田守旺逼她说出子昂是杀死宝根的凶手，显然是想让子昂为宝根偿命。虽然她不明白田守旺为何这么替宝根讨公道，但她实在不能接受子昂的死，这等于把她三个女儿的生路给断了。

村妮被人称为仙姑以后，满秋曾在她家里见过子昂。当时村妮正嘟嘟囔囔地借着仙家显灵给人看病，没能把子昂介绍给她，子昂也没有注意她，是把她也当成来瞧病的香客了。她很不理解，村妮白捡个这么好的弟弟，怎么就迷上了跳大神？田守旺等人说她和子昂有奸情，还真令她芳心愉悦一番，只是惋惜子昂年轻英俊又很富有，不会把她放在心上，况且她还和一个日本男人做了丢人的事。尽管她心里清楚宝根就死在子昂的手上，可她致死也要感激子昂是为救她性命失的手。又尽管她那天一丝不挂地在他面前被杖打而感到羞愧，但还是为这个富有的美男两次救她的性命而感动。现在，她已经没脸活下去了，也已经为她所敬慕的人和所牵挂的三个女儿做好了死的准备。她想她要死了，她的三个女儿也能和玉莲一样了，她在九泉之下也能瞑目了。

见满秋一脸坚定和从容，田守旺有些恼羞成怒，骂道："你这犟种，真是不见棺材不掉泪！"说着抓起她的一只手，将针刺进她的一根手指。她只是惨叫，就是不说子昂是杀死宝根的凶手。当她的手指和脚趾都被刺进针时，她已疼得昏死过去。招弟在一旁亲眼看着母亲受刑、惨叫，只是惊恐地大哭。

侯七发现招弟的棉鞋表面是湿的，仔细再看，是从棉裤下口流出的，就对田守旺说："头儿，你看这丫头，吓尿裤子了。"

田守旺回头看招弟，见地上也有了尿水，就到了招弟跟前，装出关心的样子，轻轻拍着她脸安慰道："别怕别怕，你告诉叔叔，你爹是不是那个姓周的打死的？说了就把你和你妈都放了。"

招弟以为妈妈死了，只是撕心裂肺地哭喊着妈。田守旺本来就对满秋死不招供感到恼火，这时心里更烦。忽然，他脸上露出诡异的笑，又对招弟说："你看你，里头都湿了吧，贴在身上怪难受的，来，脱了，待会儿给你换条新的。"说着去扒她的棉裤。

招弟本能地挣扎，但双手还被那个皇协军把着，只能一边哭得更凶，一边左右挣着下身，但还是被田守旺脱光下身，然后两眼贪婪地盯着，又伸手去摸。

那几个心腹也色迷迷地聚过来看。侯七淫笑道："真招人稀罕！"也要伸手去摸，被田守旺打一把道："这嫩玩意儿也是你摸的？"又回手一指昏死的满秋道："去，那个归你们了。她娘们能为姓周的这么挺，咱也犯不着憋着了。你们好好给她灌灌汤儿，等给她灌舒服了，她就啥都说了。"

顿时，那几个皇协军狼一般扑向昏死的满秋，扯去身上的棉被，又褪去她身上仅有的花裤头，几只手一同伸向她的乳房和下身，田守旺则夹起大声哭叫、光着下身的招弟去了隔壁的牢房。

剩下的皇协军数侯七职位最高，先驱开手下，为轮奸满秋排了顺序，他排头一号，然后脱光下身，骑到她浑身是伤的身上。

满秋在侯七的兽性下醒来，浑身剧痛，又感到有人强奸她，睁眼见是侯七，又见周围好几双色迷迷的眼睛盯着她被奸淫，惊恐和羞愧，竭力挣扎着想摆脱，但她浑身上下没有一处不痛的，想动一下都感到疼痛剧增，只能放弃挣扎，怒视着侯七道："畜生！"然后绝望地闭上眼。接下来，一个个畜生旁若无人地在她身上施展淫威。

满秋被轮奸时，田守旺在隔壁的牢房内将招弟也强暴了，她的哭喊声和大骂田守旺是"臭流氓"的声音，都被正受蹂躏的满秋清楚地听到。她浑身里外都疼，心里更疼，但一切都晚了，只能用眼泪去安抚也在忍受蹂躏的女儿。

当第六个皇协军要上满秋的身子时，发现她的身下在流血，知道不妙，忙去喊田守旺。

田守旺已在招弟身上发泄完，正哄着她不要再哭。她的那里也出了血，而且她这时已经很难站起来，只是捂着下体哭号。忽然门外有人叫，他忙将自己的一件黄上装盖在她赤裸的身上。

听说满秋那里在流血，田守旺也吃了一惊，知道问题要比招弟那里出血还严重，忙过去看，见满秋身下已红了一片，立刻吩咐侯七去找郎中。他没有想到事情会这样，但他清楚满秋是东条敏夫要查出东宫太郎失踪的重要线索，如果她这么死了，东条敏夫一定会很恼火，虽然不会因为他们玩两个中国女人而过分责怪他，大不了挨通训或几记耳光也就罢了，但因此误了东条的大事，他这个大队长的职位可就难保了，尤其周子昂会因此躲过一劫，他要得到米天娇、米香荷等佳丽的美梦就会彻底破灭。

❖第 149 章❖

找来的郎中认为满秋是小月流产，他又恰有专治产妇流血的秘方。用药不久，满秋身下不再流血，但已面色苍白，郎中说多吃血肠就能养过来。

田守旺庆幸满秋活过来，虽然猜她死也不会招供，但他还是不能放人，放人就等于放弃了东条敏夫交给他的使命。眼下这母女一个站不起来，一个走路困难，只好先关在一间牢房内，安排侯七等人轮流送药送吃喝和倒便桶，还警告知情人不得对外人说起此事，等母女俩恢复原状，就是有人告他们干了那些缺德事，他们也绝不承认，东条敏夫定不会追究此事，只要他坚持宝根的媳妇、孩子都被周子昂收买，东条敏夫肯定要亲自出面调查，到那时，宝根的媳妇和孩子是死是活就和他没有关系了。

田守旺将满秋母女抓进西营时，万全正带着手下在山里巡视，这是他躲避田守旺吆喝的最理想的方式，也不知道牢房里关着满秋母女。但他的一个心腹和侯七的一个参与审讯满秋的心腹是刚结不久的连襟，亲戚之间都赶在正月里互相宴请，免不了酒后说些掏心窝子的话，顺便露出田守旺正为东条敏夫调查陈宝根的死因，是和一个叫东宫太郎的日本人失踪有关，还将满秋母女在牢里被凌辱的经过当成荤段子讲出来。侯七的这个心腹有个绰号叫"王大白话"，他所以敢把这件事讲出来，是因为当时还没等他快活，满秋那里已经流了血，虽然有些沮丧，倒也坦然没造这把孽。

万全很快得到自己心腹的汇报，听说田守旺在逼迫满秋说出子昂是杀死陈宝根的凶手时，顿时感到事态严重，也预感到子昂要摊大麻烦。

但他还想多知道一些，便瞄着王大白话的动向，好伺机将其绑架，逼其说出全部真相。见他一人去街里逛，又正好临近中午，便以请他吃午饭为由，将他哄进龙凤阁，先定下楼上雅间坐下，又下楼低声对文普说："九弟要摊大事儿。"

文普吃一惊问："咋回事儿？"

万全说："详细的我也不太清楚。上头那位是田守旺的狗，我要让他和我说清了，完了看咋办。你赶紧弄点酒菜。"说完又返回雅间，挨着大白话坐下，觉得事不宜迟，未等酒菜上来就开门见山地询问满秋被逼供的经过。

王大白话不想说，只说什么都不知道，还装出很吃惊的样子。万全立刻翻脸道："你可不要敬酒不吃罚酒。跟你明说吧，只要你进了这个门儿，你的小命可就攥在我手上了。"说着将粗壮的手指按得咔咔响。

大白话被吓一跳，腾地站起问："你想干啥？"

万全也站起，一只大手在大白话肩头一拍道："坐下！"

大白话只觉得像有千斤重担突然压在肩上，身子一歪又坐下，一脸惊恐道："包队长，我真啥也不知道，你就放过我吧。"

万全说："小子，我都把话说到这份儿了，就这么放过你，那田队长能放过我吗？"

大白话忙说："您放心，我保证不跟他提这事儿。"

万全说："你可以跟他说，但现在你必须跟我说，有半句假话我就让你从这儿消失。别以为你是田队长的人我就不敢碰你，我要想碰你，路子多的是。日本人失踪，北头肯定要查，可你这个亡国奴要没了，都不赶田队长的一泡尿。田队长兴许会找你，但咱俩无冤无仇的，他绝对想不到是我把你做掉的？"

大白话吓傻了，只好如实讲出田守旺强暴招弟和侯七等五人轮奸满秋的事。

这时文普问子昂："宝根儿咋死的你知道吗？"

子昂说："他撞他家米缸上死的。"

话音未落，就听铁头在楼下问花喜鹊道："四嫂，九弟来了吗？"

花喜鹊说："和你四哥在上头呢。"

铁头又问："老大他们还没来？"未等花喜鹊答话，又嚷道："嘿，说曹操曹操就到，在上头呢。"显然林海也来了。

子昂忙出雅间迎，见林海、铁头、山鹰正往楼上来，打过招呼，又进间内围桌坐下。林海一脸严肃地看子昂，欲言又止，转头问铁头："你二哥呢？"

铁头说："他去找三哥和老六了，马上就来。老七又去唱堂会了，二哥说不等他了。"

又等了一会儿，除凤仙在外，其他兄弟都赶过来，围着桌子抽烟、喝茶、嗑瓜子。

万全吸了口热茶说："聚大家来，有个要紧事儿合计。现在情况挺不妙，北营瞄上九弟了。我说咋好一阵没搭着田中太久的影儿，我猜他是躲起来了。前阵儿有个日本人在咱这儿没影儿了，东条敏夫亲自查这事儿。现在是田守旺在查，他想在咱九弟身上查出事儿来。宝根儿到底咋死的我不知道，田守旺一直在逼宝根儿的媳妇和孩子说是咱九弟弄死的。这里还有个事儿，他们找的那个日本人，之前一直和宝根儿在块儿混，都说宝根儿的媳妇也和那个日本人混到一被窝儿里了，也不知是真是假。那天宝根儿在家打媳妇，九弟不知咋的就在他家里，街坊邻居可都瞧见了。后来宝根儿就撞死在他家米缸上了。别说田守旺，就连我都觉着九弟脱不了干系。我倒不是怪九弟，现在这事儿对咱兄弟都不妙。田守旺是死心塌地给日本人做事儿，是东条敏夫给他下的命令。但他们真正要查的，绝不是宝根儿咋死的，是查那个日本人到底是死是活。如果活着，是让人绑票儿了还是咋的？如果死了，那杀人凶手是谁？这事儿要说清楚，好像就宝根儿能说出点玩意儿，可他又死了，死得不明不白。现在很明显，都怀疑那个日本人没影儿了和九弟有关，宝根儿肯定知道咋回事儿，所以九弟就把宝根儿给杀了。现在好的是，宝根儿的媳妇儿孩子都宁死不说是九弟杀的宝根儿，也可能真和九弟没关系，可田守旺现在是不管真的还是假的，只要说出是九弟杀的宝根儿就行。田守旺恨九弟我知道，就是想娶米家的姑娘一个也没捞着。这都不重要了，重要的是，宝根儿媳妇一旦说出是九弟杀的宝根儿，那九弟肯定要被送到宪兵队。掖河宪兵队已经搬倒牡丹江了，估计得送牡丹江宪兵队。你们可能不知道，就这种事儿，一旦进了宪兵队，那就等于进了阎王殿。过去有点啥事儿，田中太久真的假的还能帮帮咱，现在他们有了田守旺，已经不需要咱了。田守旺这狗杂种，现在处处难为我，我的日子越来越不好过，田中太久明摆着不向着咱。"又转向子昂说："二哥一直没怨你，那年你老丈人让日本人打死，我是带着所有弟兄想替你报仇，结果仇没报了，还把田中太久他们得罪了。打那以后，他们是时时刻刻地防着咱，把俺们这伙人变成了保安大队不说，大队长还给了田守旺。他奶奶的，我在龙凤坐头把时，他还穿着开裆裤抹鼻涕呢，现在他倒和我吆五喝六的。"

林海将抽剩的烟头捻灭道："田守旺是个真汉奸，你是不没当上真汉奸挺难受？"

万全说："我现在难受当初不该让日本人顺顺当当地进来。我是想说，日本人早就不放心咱了，要放心咱，他们可能都不会成立保安大队。现在说不妙，是说日本人开始琢磨咋除掉咱这伙地头蛇了。"

万全的一席话，让子昂坚定了起兵的决心，好像再不出手，以后想动手也没机会了，便说："各位哥哥，我说几句。我现在心里很明白，日本人想除掉的，不仅仅是咱这伙人，好像是整个龙凤的人。宝根儿没死前跟我提过，说咱龙凤以后得来很多日本人，还要把龙凤改成大河镇。不用问，这种话肯定是那个日本人对他讲的，他哪有这章程？当时我挺纳闷儿，日本人咋对大河这么亲？过后我冷不丁想起，那回田中太久和咱一块儿吃饭说的一句话，他说他们日本是大和民族。所以我猜，他们要改镇名儿，不是冲咱那条大河说的，是说咱这儿以后就是他们大和民族的了，那咱这些中国人也该换换地上了。以前我就说过，日本人开始往中国移民了，依兰那头进来日本移民不久，我老丈人就死在这上！大前年，宁安那一带也进了不少移民，搞的是集团部落，中国人都被集中到一块堆儿，好田好地都让日本开拓团的霸占了。说是花钱买，给那点儿钱还不够逃荒的路费呢。其实他们在依兰成立开拓团时，东宫太郎就相中咱这块儿了。这是我老丈人死在他们人手上，田中太久准是猜到哥哥们不会袖手旁观，怕把事儿闹大了，逼得咱这些人也拉杆子抗日，再说他们那会儿得指着二哥给他们做事儿，这才假惺惺地给咱个人情。现在我寻思过来了，他们是和咱玩儿缓兵之计，他们迟早要把咱们也集团部落了。咱不说他们移不移民，也别说他们是为了种水田，就说河北那头的军营，一到夜里就有他们军车往那儿开，都卸的啥玩意儿？干啥用？咱谁都不知道。这几年一遇年节我就给他们送肉、送油，一是不想让他们难为咱，再就是我想过那座桥看一看，看他们到底在里忙乎啥？我只要看个大荒儿就能猜个八九不离十，咋说我在军营里待过。可去了这么多趟，他们都故意不让我上桥，我是越来越觉得那里有秘密。这事儿我和我老师也唠过。我老师说，日本一开始就有吞并全中国的野心，但他们是分成几步进行的。就说从九一八到七七事变，六年时间里，日本人没有大举进攻华北，可他们一直也没闲着，他们是先把咱东北当作他们进攻全中国的大本营，不停地储存战备物资。现在全东北的深山里，到处都有他们的秘密工事；凡给他们干工事的，都是咱们中国的劳工，工事干完以后，劳工全部被秘密杀掉，一个活口儿都不留。也有大难不死逃出来的，那是太少了。最近有人在深山里找到日本人的秘密仓库，里面藏的都是军用物资。但日本人挺鬼道，他们也怕这些东西一旦落到中国人手里，会成为攻击他们的工具，所以每个秘密仓库里藏的东西都是单件的。比方说三八大盖儿，枪托藏在这个库里，可枪栓你不知他藏哪了，就打你发现了一个库，里面的东西你想用也用不了。但人家想用的时候，穆棱库和牡丹江库一联合，要不就是宁安库和咱这儿的库一联合，然后一组装就是一批完整的枪。包括穿的东西也这样，左脚穿的鞋藏在牡丹江的山里，右脚穿的可能就藏在咱这块儿。"

铁头惊奇道："嘿，他奶奶的，真够鬼的！"

山鹰笑道："鬼子鬼子，不鬼还叫鬼子？"

林海忧虑道："我也看出田中太久对咱不像开始了。老二儿你得想辙儿了，咱不能这么等着他们查子昂。宝根儿媳妇现在没咬子昂，过后咬不咬也不保准儿，咱得先把宝根儿他媳妇儿保出来。"

万全愤然道："田守旺那个犊子太不是人，他看宝根儿媳妇死活不供出九弟，就让他身边那几条狗好通快活，愣把那娘们弄出大流血，要不是药铺掌柜的有秘方，那会儿就流死里头了。田守旺也他娘的没闲着，把宝根儿他闺女也祸害了，那还是个孩子哪！"

子昂心痛得眼含热泪，愤慨道："这账我都给他们攒着，到时一个都不放过。"

林海焦虑地看着子昂说："现在人家是不想放过你，到时你啥样还不知道呢，还有闲心说这些没影儿的气话！要我说，你就直接去找田中太久唠，问他你哪块儿对不住他们？这几年你又是豆油又是猪肉的，是给少了还是咋的？他再鬼道也该讲点良心吧？"

子昂立刻问："跟他们讲良心？他们有良心吗？他们要有良心，咱还能亡国？他们要有良心，还能惦记把咱集团部落了？他们要有良心，就不会在南京屠杀那么多中国人！我和二哥现在都看明白了，面儿上看是田守旺和我过不去，实际是东条敏夫、田中太久和咱玩阴的。不管田守旺能不能查出来，他们都不直接对咱们；要没查出来，那是我和田守旺的私人恩怨，如果宝根儿的媳妇儿把我招出来，到时不论哪的宪兵队来，都和北营没关系。所以我现在去找他们也没用。再说人家现在是背着我查，也没查我，我去了咋说？那不此地无银三百两，不打自招了吗？他们就是等着宝根儿的媳妇儿把我供出来，那时要奔我来可就不是查的事儿了。"

林海疑惑地看着万全问："看你俩一个调儿，你俩啥意思？"

万全一拍桌子站起道："反了！反了咱就连根儿拔，把日本人一招儿赶出去，那龙凤可又是咱哥们的天下了。"

林海吃惊道："要真能把日本人赶出去，我早就张罗动手了。开始都敢没动，这都八年了，人家早就四平八稳了。就不的话，人家是正规军，咱算啥呀？是，保安大队里你还管点人，可真正说了算的不还是田守旺，咱还指啥？就指咱哥几个？"

万全笑道："哥哥，你说的可是老皇历了，今个儿可不同那会儿了。我今个儿是真服咱九弟了。要说鬼道，咱九弟那才叫鬼道，说中听点儿，这叫卧薪尝胆。九弟都没和咱讲，我是前儿刚听五弟说的，咱九弟现在也算得上是统军司令了，兵不太多，二百多人。东条他们能有多少人？我估摸着顶多一个连。子昂他老师是抗联派来的，知道的比咱多。听子昂跟我说，现在日本人已经占领咱半个中国了；就他那小国家，老的小的加一块儿能有多少人？当年他们占咱东北是挺顺溜，可现在他们玩儿大了；这么大个中国，是他们想吞就能吞的吗？现在他们兵力分散不说，主要是国军和红军联到一块儿了，叫抗日统一战线。日本人的兵力已经打不开点儿了，只能雇些二鬼子，都是朝鲜人，再就是俺们这样的。俺们这样的也都没办法不是？现在有办法了，就算是墙倒众人推，咱再不推，那咱可真就一点中国人的味儿都没了。"

子昂解释道："各位哥哥别怪我有事瞒着你们，我和五哥说过，那些弟兄在山里待惯了，说话办事和咱不一样，就怕他们冲着各位哥哥，他们也不敢出山。我养着他们，也是找机会把龙凤夺回来，让我二哥接着当所长，村长也好，镇长也好，还是大哥的，我还接着做我的买卖，哥哥们的好日子也不能断了。"

林海看了一眼子昂，又点上一支香烟，问大家是什么想法。铁头立刻说："咱兄弟可都是一根绳儿上的蚂蚱，九弟要出事，咱都好不了，要我说，干！我就看九弟的了。"

子昂也坚定道："干！到时我先杀了田守旺那几个狗日的！今天把话说到这儿了，我就跟哥哥们说实话吧，他们找的那个日本人，是我和宝根儿一块儿杀的，完了用锅蒸了，又剁了喂我那群狗了！他们想找人？骨头渣儿也找不着！宝根儿也确实是死在我手上。"

大家都震惊。文普立刻恢复平静道："九弟，你可够狠的，不愧是咱老大把你捡来的。"又对林海说："大哥，我真服你，你不但手黑，眼也够毒的。"

林海苦笑道："你这是夸我呢？"又自嘲道："我可没老九鬼道，章程也不行了，以后咱都得靠老九。"

子昂笑道："大哥永远是大哥，但保护各位哥哥，老弟也是应该的。"

万全手点子昂道："你看你看，我就猜他们瞄你不是瞎瞄的。我也料到这里肯定有你的事儿。"

铁头问子昂："那个日本人你认识？"

子昂说："他就是四年前开枪打死我老丈人的，叫东宫太郎。其实我不认识他，宝根儿认识，还啥事儿都知道。那年他没和咱讲真话，把咱们好顿骗，害得二哥他们白跑好几十里地。"

万全问："你就因这杀的宝根儿？"

子昂说："他死还真不是我故意的，只能说是天意。那天干掉东宫太郎后，他突然就没影儿了。我看他不太对劲儿，就顺着他脚印追到他家。十五那晚下了大半宿雪，第二天早上有一尺多厚。他是天亮离开我那儿的，回家就为了打他媳妇。我一进他家院儿，听他媳妇在里头鬼哭狼嚎的，就冲进去了。他家三个孩子都给关在外屋地了，我就把屋里门踹开了，一看宝根儿在炕上用擀面杖抽他媳妇儿。说了你们别笑话，他媳妇儿啥都没穿。我倒是想躲，可一看宝根儿是真往死里打；那天我要不去，或是我要躲了，他媳妇儿死定了。可我也没想到，我就在宝根儿后背上拍了一把，他就一头栽下去了，脑袋撞在米缸上。估计他家那破缸也不结实，他一撞缸就碎了，一家伙把脖子豁开了。"

铁头忙问道："你拍他那下子是不运着气拍的？"

子昂说："我当时是挺生气，压根儿也没想运气的事儿。"

铁头又说："想不想也都是那回事儿，缸再结实也没用了。你也算是练家了，意到气到，气随意行，你还是动了杀机。"

子昂说："我开始是想杀他，可就是下不了手，咋说也是乡里乡亲的。后来拍他那一下，还真没想让他死，就想打疼他，让他别那么打媳妇。后来一看人死了，啥都别怨了，就是他该死。我老丈人死，绝对和他有关系。有时我都觉得是我害死我老丈人的。我要不买老王家那片地，我老丈人也只能守着原来的地，肯定惹不上日本人。还有一点怨我。当时我就知道那伙日本人是来熊咱的，依兰那头在那之前就玩这路子了，我连桥儿他表哥不就是吗，挺大一片地，就给那点踢不倒的钱，卖也得卖，不卖也得卖。看着他们是种地的，个个都有真家伙，哪是一般的百姓？那年我也是不想惹他们，就让二哥去找田中太久帮我罩着点儿，可我就忘了提我后买的那片地了。其实也谈不上忘，我花的钱，那地就是我的了，我干吗还要把我的地分成两下？再说东宫太郎为啥去占那片地？他咋就知道老王家的人都不住这儿了？他一个外国人咋啥都知道？这肯定就是宝根儿在里使坏。除了他以外，咱这儿没有第二个和东宫太郎近乎的。宝根儿这一坏，算上流产的，等于要了米家三条命。还有香荷儿，没这事儿她也疯不了！就凭这些，东宫太郎一条命根本就不够！我不杀他，天老爷都不容！"

文普、庚寿、山鹰也都开了口，都说宝根该杀。文普感慨道："行，米家也算没白收九弟这半个儿，有良心！"

说到良心，子昂又想起还被田守旺关押的满秋，说："再有我想说，宝根儿咋死的，他媳妇心里明镜儿的。可田守旺那么折磨她，她都不说……"他不禁哽咽起来，哭道："我要不杀了田守旺，誓不为人！"立刻又止住哭抹把泪道："我不想拖累哥哥们，就想跟哥哥们打个招呼，干，我是肯定要干了，干就连北营一块儿端；只要二哥配合我，拿下龙凤易如反掌，但动手之前不能打草惊蛇，必须抓紧干。刚才我想好了，明天是二月二，我照样给田中太久他们送几头猪过去，这工夫我把人马都调过来，争取晌午打响第一枪。拿下龙凤后就把各关卡要道都设上岗，日本人就是派援兵也很难进来。"

金万担心道："是很难，不等于不可能。要是日本人豁出命来和咱拼，咋办？听说鬼子都不怕死。"

子昂立刻回道："他不怕死，不等于他不死，他死一个就少一个。再说咱这儿易守难攻，他们想进来也得从明处进，那他们得搁多少垫背的？垫得起吗？"

万全更加兴奋，对林海说："老大，我决定和九弟一块儿干。你也知道我，我受不了田守旺的窝囊气。九弟也说了，拿下北营就搁咱的人守着，到时龙凤又是咱的天下！"

林海又紧锁眉头沉思，大口大口地吸着烟卷。

见林海犹豫不决，铁头说："我跟二哥、九弟一块儿干！这可是咱的地盘儿，不能等着日本人把咱也部落了。"见林海还是抽烟不语，他又急问道："大哥今儿是咋的了？这要是过去，你可是一点都不含糊。"

万全也急道："咱可不能光和中国人黑，对日本人该黑也得黑！"

林海不悦道："别说那些屁话！"接着将烟头一扔道："你们说吧，咋干？"

万全一拍大腿道："得嘞！老大发话了，那咱就好好合计合计。"

子昂也激动道："那我就抓紧码人，用不上俩时辰就能码出二百人，我早就备着有今天。咱现在的买卖是挺大，可再大也是亡国奴，指着强盗过消停日子，那可太不保准儿了。今天咱们要不动手，我猜他们今年开春儿就得对咱们下手了。宝根儿那天说得挺明白，东宫太郎这次回来就是为这事儿，这事儿也不能说干掉东宫太郎就黄了。事已至此，咱是干也得干，不干也得干了，只要主动出击，胜算还是很大。"

林海还是担心道："仇是该报，亡国奴咱也不想当，可日本人真的不好惹，要不东北军也不至于那年一下都退到山海关。我不是不想干，问题这火一交上，那咱可就甩不掉了。我现在最大的担心是，拿下龙凤后咱能守多久？刚才你们也说了，日本人在挠河那头藏这藏那的，我猜日本人肯定得来救兵，要是牡丹江、宁安、横道河子、五常、珠河、延寿的日本人都来打咱，那咱可就成了瓮中鳖了。"

文普、庚寿、金万等人也都不安起来。文普说："这真不是闹着玩儿的。"

庚寿说："再好好想想，咱可别蛮干。"

金万说："要那样，不如接着给日本人当良民，好死不如赖活。"

山鹰焦急道："咱都可以赖着活，可日本人不会放过九弟。"

铁头愤然道："要死一块儿死，咱可是一个头磕在地上的！"

金万看出铁头、山鹰都对他不满，忙又说："咱都活，最好九弟先离开，把弟妹也都带着。"

万全不悦道："你真不长脑子！日本人都打进关里了，你让九弟那一大帮往哪去？就算他有地上去，你想没想过你咋办？我要是田守旺，九弟不是跑了吗？他还有八位哥哥呢，挨个审！审到你，你咋说？田守旺一整就说强龙压不住地头蛇，啥意思？他是琢磨着把咱们都搬了。别说九弟有这事儿，就没这事儿他还想给咱安点事儿呢，咱兄弟照样好不了。"

林海又点燃一支烟，文普、庚寿、金万也一同跟着点了烟。子昂看出他们心里都很矛盾，说："各位哥哥别愁，大哥说的我也有准备。本来我不想说，怕哥哥们以为我拿龙凤不当回事。现在咱只能走一步说一步，不到万不得已，我是不舍得放弃龙凤。"

文普、庚寿、金万又都惊讶了，庚寿问道："放弃龙凤？啥意思？"

林海拦住道："先听他说。"

子昂镇定道："我老师他们是从镜泊湖过来的。那面也有日本军队，但也有一支抗联队伍。前一阵，日本人修了个发电站就让他们给炸了，日本人想在那儿站脚都难。还有，那面山连水，水连山，还有大片好田地，既是鱼米之乡，又是世外桃源。当然，谁都故土难离，但现在有些事儿真由不得咱。就算没有我这码事儿，谁敢担保日本人不把咱也集团部落了？既然到了这步田地，北营咱要夺，夺回来咱得守，实在守不住，咱就带着咱家人去镜泊湖安家。"

万全又兴奋道："好！九弟想得挺周全。镜泊湖那地上我去过，这回退路也有了，那咱就可以甩开膀子干了！"接着又说："日本人那年刚进来时我就想反，可没办法，上头都顺了，我就那十几个人，也不知道进来多少鬼子，实在没把握。现在不同了，九弟那头可以调动二百支枪，加上我手下这些，还有一些会使枪的，快有三百支枪了，一个连是富富有余了。咱先不唠去镜泊湖的事，现在就唠拿下北营，守住龙凤。"

林海说："你别光说拿下来，到底咋拿？人家两头有军营，西头的人都能听你的？"

万全说："我这头就靠我那几个铁子。刚才九弟说了，明天是二月二儿，猪头肉今晚儿就开烀，明早儿两头一块儿送，晌午就让他们吃大餐，五弟带几个炮手负责往西营送酒送肉。但都不要带枪，等我枪响，你们听到枪响，就赶紧到我那儿取枪，咱再来个调虎离山，打空枪把北营那帮家伙引过来。我估计他们咋也能带出十几个人来，领头的肯定是田中太久。这时咱可就不管他是谁了，露面就打，往死里打，干掉一个咱就少个对手。九弟那些人算是咱的主力，先都埋伏在山神庙那儿，看见田中他们去西营，就一起攻打北营。"

子昂激动道："我和二哥想的一样。但咱还得防着那个大房子，别让那里的日本人出去搬救兵。山神庙这头，我让志恒给他们领道儿，具体怎么打，让我老师当总指挥。等干掉田中太久他们，所有人都去攻打北营。打北营先不要上桥，远距离佯攻，把里面的兵力都吸引到桥头，这时咱再派两伙人从河面上过去；现在河面还能经住人，过去后就三面夹击他。西营这头要速战速决，然后一起攻打桥头，拿下北营不是问题。"

万全称赞道："九弟不愧在自卫军里待过。行，就这么打。"接着又说："等北营消停了，咱立马开始布防。第一是大房子。日本人要派救兵，这条道是他们最方便的道。守住这条道，就可以堵住宁安、牡丹江方向来得救兵。他们要想进来，也只能从大河两头进，再就是翻山过来。翻山他们要没个好领道的，也不容易过来，再说他们也不一定为咱这小地上花那么大血本儿。头阵我去牡丹江，有个朋友也和我讲，日本人现在挺吃紧。关里那头国军和红军联合抗日了，日本兵力有点不够用了。咱第二个布防的是西营，守住那条山道，就能堵住从珠河、五常、方正方向来的救兵。第三是大河两头。到时东头西头都给设上卡子，盖几个木头房子。这就基本可以了，咱只要多备些弹药，鬼子来也是送死。"

子昂插话道："我现在最担心的就是弹药不够，所以我希望北营里面能有个弹药库。"

万全说："那里到底藏些啥玩意儿我也不知道，估计弹药肯定能有，有多少不知道。不过你也别担心，老七头阵儿给一家唱堂会，去了不少占山的，唠的都是道上的事。老七挺留意，发现那家大少爷是个贩枪的，他能贩枪就能搞到弹药。再说他贩枪为了挣钱，只要咱舍得花钱，枪支弹药也不是问题。赶紧把老七找回来，就让他办这件事儿，咱大伙一块儿凑钱，能买多少买多少。"

子昂说："不用凑，我那儿还有些金砖、金条，咱搁金子换，买卖还好成。"接着又惭愧道："不管咋说，是老弟给哥哥们惹麻烦了。我要不给我老丈人报仇，可能也没这事儿，可我不能不报这个仇。"

铁头说："一个姑爷半拉儿，九弟你和别人还不一样，这仇该报。"

子昂抢话道："开始我以为这事儿干得挺神秘，可现在事儿明摆着，也就是宝根儿的媳妇儿给我死扛着。我做梦也没想到。如果她一开始就把我供出来，甭管真的假的，我现在肯定不能和哥哥们坐在一块儿了。刚才六哥说了，让我离开龙凤。其实宝根儿一死我就担心会节外生枝，也想离开过。可说真心话，我能把我媳妇儿孩子带走，在座的这些哥哥我带不走。不管咋说，咱们是一个头磕在地上的，一个是舍不得和哥哥分开，再一个，我跑了，北营要管你们要人咋办？到那时，谁都不知我跑哪去了，你们说不知道，他们能信吗？他们不是查宝根儿咋死的，是查东宫太郎哪去了？你们知道吗？你们不知道。我跑了，说明我知道。我跑哪去他们不会知道，可他们会以为你们知道。你们知道吗？你们也不知道。那时你们要说不知道，那就是你们嘴硬。日本人能咋对付嘴硬的？这个你们肯定都知道。"

万全抢话道："九弟说的是，可现在说这些没用了，咱老大爷同意了，没二话，就是干了！还让他们查？查个屁！"铁头、山鹰也响应。

子昂又说："我还想说，哥哥们都有自个儿的家，老人媳妇儿孩子，还有兄弟姐妹，都和咱们连着呢，都舍不下，要走也得一起走，现在只是说要做好准备。这儿的房子地永远是咱的，可一旦去了新地上，也得需要房子地。也说不好以后还能不能做生意了，所以我决定把山庄的本钱分一下，八位哥哥，每家三千大洋。"

三千大洋绝对是个大数目，每人三千就是两万四，更是个大数目。哥哥们惊得瞠目结舌，看着子昂不知说什么，都感到他已破釜沉舟了。

子昂又一笑道："咋都这么看着我？这些钱就是用作去新地上置房置地的，用上用不上都是哥哥们的。如果用不上，将来还能做生意，咱九兄弟一块儿干。如果用上了也别心疼，一定要把咱家人都安顿好。今晚都去山庄吃饭，我把钱都给你们预备好，到时各拿各的。"

大家又把目光投向林海。林海丢掉烟头踩灭道："这是让我说话呢？那我就说说我的想法儿。九弟这些年生意做得挺大，养猪、榨油不说，山货生意快让他包圆儿了。可九弟没吃独食，咱这些当哥哥的，家里也都攒下钱了是不？那都是九弟给咱攒的。今儿个九弟要把山庄的本钱分给大家伙儿，我不同意。"

万全附和道："老大说得对，可我在琢磨九弟是咋想的。"又问子昂道："瞅你这架势，咱肯定不能在这儿待了是不？你要这么想，北营咱就别打了，直接打铺盖卷儿走人不就完了吗？"

子昂坚定道："北营必须打，田守旺必须和他算总账！宝根儿的媳妇儿和孩子还都在西营受罪呢！她为我连命都不顾了，我不能把她扔下。我必须要把她这条命救回来！"说着又哽咽，泪水涌出来，又抹把泪说："把钱分给哥哥们，也只是防备万一；打北营容易，可周围各处都有日本军队，到时咱可是孤军奋战，能守住最好，一旦守不住，咱的老人媳妇儿孩子咋办？到那时，咱还真得跟我老师去抗联根据地。"

铁头激动道："要活一块儿活，要死一块儿死，别那些废话，先把小鼻子拧下来！实在不行，咱就去镜泊湖，那不有咱娘家人吗？"

狄庚寿平时很少表态，这时也感慨道："咱九弟真是有情有义，是条汉子！咱这些当哥的，别的可以没有，就这身义气不能少。要我说，就听九弟的，上刀山下火海，都是咱兄弟该做的。九弟分的那些钱，也别说该不该，真需要花，该花就花，不该花也都给九弟攒着，就一个意思，想干就别婆婆妈妈的，先别唠钱，钱咋花都能花，可哥兄弟能活在一块儿死在一块儿不是钱能买下来的。"万全、铁头、山鹰都叫好。

文普称赞道："三哥今儿个真出息，说到我心坎儿上了。"万全点头称是。

子昂深受感动，站起身道："就这么定了吧，晚间都去山庄，先把钱拎回来，要不到时我也拿不了那些，先放哥哥们这儿保管，用的时候也方便。我得赶紧回去准备，晚间好酒好菜等各位哥哥。七哥现在在哪我不知道，想法儿把他找回来。"

铁头说："他们在宁安，待会儿我骑匹快马去。"

子昂对哥哥们抱拳道："那咱们晚上见。"说完转身出屋下楼。

花喜鹊正泪盈盈地站在楼梯口处，显然听了上面说的话，这时抹去泪水道："九弟别着急，甭管死活，四哥四嫂跟着你。"

子昂又泪如泉涌，深鞠一躬道："拖累嫂子们了，替我和那些嫂子解释下，九弟对不住哥哥嫂子。"

她嗔怪道："别说没用的，赶紧去准备明天的事儿，我先去大嫂那儿。"他点下头后匆匆离开龙凤阁。

▶ 第 150 章 ◀

子昂回到山庄就安排人杀猪、熰肉。顿时猪嚎声不断，可人们还没有意识到，这二月初二龙抬头的喜庆中，还隐藏着杀猪之外的杀机。

子昂又悄悄地安排华老爹带喜子去西山老虎口通知秋虎晚间来山庄议事。随后，他将穆岚、雪峰、景祥、子君、懿莹等人请到桃源居，讲了北营正在调查东宫太郎失踪的事，满秋因此已被田守旺折磨得死去活来，现在还关在西营里，他要在田守旺暗中调查此事时抓紧起兵，一举拿下西营和北营。

穆岚感到意外，但也欣喜子昂能这么快就决定起兵，便帮着部署道："我支持你们打，但能打到什么程度我心里没底，所以咱得往最坏里想，一旦打不动了咋办？咱这周围都是深山老林，真打起来，对敌对我都不利，时间长了对咱更不利，咱属于孤军，又没有外援，最容易被敌人包饺子。现在你也只能先下手了，但前提必须要有金蝉脱壳的准备，上次跟你提过镜泊湖的事儿，我想可以作为这次行动的一步战术。别看陈翰章年纪比你小，他在镜泊湖建立的根据地挺有实力，你不要有后顾之忧。"

子昂说："有志不在年高，无志空活百岁，去年我把志芳救出来时，她才十三岁，我都为我这个大男人感到羞愧。其实您那天和我那么一说，我就明白您的意思。今天我二哥和我一说满秋的事儿，我就猜到我这儿的豆油要断流了。我现在是急着把满秋救出来，一想她遭那种罪，我心里就不是味儿；不管别人咋说她，我是非常感激她。去镜泊湖的事，我跟我那些哥哥也说了，他们都做好准备了。我跟他们说了，龙凤这块儿要看情况，能守就守，实在守不住就三十六计走为上。"

穆岚高兴道："这样咱就可以放手一搏了。"又笑着问懿莹道："你不急着回队伍吗？现在咱有仗要打，这跟回到队伍一样。"

懿莹一笑道："打日本鬼子俺不怕，现在我怕这个中国鬼子。"

大家都笑。子昂冲懿莹一皱眉道："中国鬼子不是你叫的。但你怕我是对的，我的媳妇儿都怕我。"

懿莹也一皱眉道："滚蛋！"

子昂只是笑笑，又对穆岚说："那就先这样，我还得和金瑶儿去趟黑瞎子沟，让那伙儿弟兄也都准备下。"说着从炕柜上的被褥下摸出两把匣子枪。

金瑶正和刘王氏一同逗着康儿，子昂毫不避讳地说出他暗杀东宫太郎、北营要对他下手和他要起兵夺北营的事。金瑶担心和日本人交火后被缠住，叹息道："我这刚过几天消停日子，弄不好还得钻山林子东躲西藏。"

子昂递给她一把匣子枪安慰道："也未必，现在只有夺下北营，守住龙凤，咱们才能过消停日子。"接着又道出如果守不住龙凤就都去镜泊湖抗联根据地的打算。

金瑶只能面对子昂的选择。但去黑瞎子沟不一定什么时候能返回，她担心康儿再饿时他们赶不回来，说得抱着康儿去。

子昂嗔怪道："钻老树林子你抱孩子干啥？咱家还能缺了孩子的奶？文静、顺姬、多日娜奶水儿都挺旺，饿了让她们谁给喂喂；这也是我的儿子，她们敢给我饿着？"又吩咐刘王氏道："一会儿你把康儿抱多日娜那儿去，她老说她奶子胀得疼，让她喂，就说我说的。"然后带金瑶出了屋。

这时芸香正在找子昂，见子昂从金瑶院里出来，就说有急事要和他说。见芸香心事重重又神秘兮兮的，他让金瑶先回屋等他一会儿。

原来，麦冬回山庄叫子昂去龙凤阁后，自己去和姐姐说他要娶梦穗，立刻遭到反对，说梦穗是子昂的侄女，他俩差着辈分。不想麦冬竟说他要把姐姐、姐夫当作再生父母。芸香气得骂他混账，坚决不同意他娶梦穗。而麦冬又语出惊人，说梦穗已经是他的人了，她顿时不知怎么办好了。

芸香这两年一直为弟弟的亲事着急，山庄虽有可心的姑娘，却都是晚辈。子昂说找个和他们没有亲属关系的就可，还建议把樱桃嫁给麦冬。可她又说山庄的人都知道樱桃是个丫头。他顿时不悦道："大家闺秀你想哪找去？咱家丫头就是大家闺秀，随便拉出一个都识文断字，全龙凤哪家闺女敢和咱家丫头比？"

见他不悦，她忙解释道："你不说咱家的丫头都是晚辈儿吗？"

他脱口道："开始你还是我晚辈儿呢。"

她生气不理他了。但冷静下来还是觉得樱桃懂事，便同意让弟弟娶樱桃。不想麦冬并不接受，此后就很少回山庄，一直守着集市内的猪肉铺子，又自己单占一个屋，就愿意梦穗为他送餐。

梦穗已经十九岁了，也变得亭亭玉立，又值情窦初开，终于架不住麦冬这几年对她的热恋，先是被他摸了手，继而又被他搂抱、亲吻，最后半推半就地被他破了身。

子昂听说麦冬已经碰过梦穗的身子，不禁吃了一惊，但知道发火也没有用了，倒觉得是件不破不立的好事。

那天他去龙凤阁，花喜鹊一脸忧虑道："坏菜了，咱家又出个疯子！"

原来有人为梦穗提亲，但梦穗正深深恋着麦冬，得知那媒婆提的不是麦冬，气得把媒婆一直推出龙凤阁。花喜鹊这才知道女儿相中了麦冬，埋怨文普总让她去为麦冬送餐。

文普不悦道："侄女给小叔送送饭算啥毛病？但他俩成亲不行。"

花喜鹊又劝梦穗道："你俩到一起真不行，他是你小叔，哪有侄女嫁给叔叔的？"

梦穗反驳道："他算啥叔叔？八竿子都打不着。"

花喜鹊急道："咋打不着？他管你九爹叫姐夫，你俩要成亲，你还跟着他管你九爹叫姐夫？"

　　梦穗愤然道："那俺谁都不嫁了！"又训斥母亲道："以后别给我提亲，谁再来给我提亲，我就拿菜刀剁了他！"文普也不知如何是好了。

　　子昂也反对这门亲事，听了花喜鹊的讲述，他就亲自去给麦冬施加压力，让他不要再惦记梦穗。

　　进了肉铺的后屋，他竟见梦穗正在麦冬怀里抹泪，气得一把扯过麦冬，照着屁股狠踹一脚道："你混蛋！她不懂事你也跟着装傻！"

　　梦穗心疼麦冬，跪地哭道："九爹别打他，要打就打我，是我要跟他。"

　　子昂真怕梦穗也和芳娥一样，无奈道："我哪舍得打你。"

　　麦冬被梦穗感动，也跪下哭道："要打就打我，我不怕，只要打不死就行。"

　　子昂不忍心再打他，又劝道："你俩不是一个辈分的，就断了这个念想吧。"

　　麦冬反驳道："辈分就那么要紧？又不当饭吃。你和我姐开始还不是一辈人呢！"

　　子昂一瞪眼道："我他妈抽死你！"

　　麦冬真就抽起自己嘴巴道："我错了，我错了，我不该提这茬儿。"

　　子昂左右不是，又耐着性子劝道："你姐和这不是一回事儿。穗儿她爹和我是把兄弟，他也是你哥。"

　　麦冬苦着脸道："我不管他叫哥，叫就叫爹叫阿玛。再说你们是后拜的哥们，又不是一个妈生的，干啥把俺俩也扯进来，俺们冤不冤哪！"说着哭起来。

　　他很理解他俩此时的心情，但又不好由着他俩，继续劝道："都别犟了，回头我给你俩都找个中意的。"

　　见子昂口气温和，麦冬焦急道："过了这村儿就没那店儿了！"

　　梦穗努嘴道："过了这村儿我就去阎王殿！"

　　子昂心一惊，开始说起软话道："不是我纯心难为你俩。你说你俩，一个管我叫姐夫，一个管我叫九爹，你俩要成亲，别人听了还不得笑掉牙。"

　　麦冬突然说："那我给你当儿子还不行吗？"

　　见麦冬说起疯话，子昂训斥道："闭嘴！"

　　麦冬磕头道："我是说真的！我这条命是你给捡回来的。我早就没爹没娘了，以后你和我姐就是我再生爹娘。爹，你就答应俺俩吧，以后俺俩好好孝顺你！"接着又咚咚地磕起响头，梦穗也跟着磕头。

　　子昂彻底没了主意，一脸苦色道："说你啥好啊？"又对麦冬和梦穗道："得了，这事儿我不管不了，回去问你姐。"

　　梦穗站起兴奋道："九爹答应了！"说着搂住子昂的脖子，忘情地在他脸上亲一口道："谢谢九爹！"又叫麦冬道："快谢九爹！你亲他那面儿！"

　　麦冬很听话，也要去亲子昂，子昂眼一瞪道："滚边儿拉去！"随后转身离去，自言自语道："疯了！都疯了！"

　　梦穗兴奋地又搂住麦冬道："九爹答应了！你知道吗？他说了就算，他贼厉害，就他敢娶那老些媳妇儿，还都可好看了。我也好看是不？我能做你媳妇儿啦！"麦冬也激动地将她放倒在炕上。

从肉铺出来，子昂又回到龙凤阁，一脸无奈道："管不了，再管真疯了。"

其实文普两口子都愿意麦冬做他们女婿，便又说怕梦穗也得芳娥一样的病。子昂看出他俩的心思，便说道："那就得跟外人说，芸香不是他亲姐。"文普、花喜鹊都见好就收。

但子昂一时还想不出怎么和芸香说，毕竟芸香很拿弟弟为重，如今却要把亲的说成不是亲的，而且日后见面也都没法称呼；梦穗不可能管子昂叫姐夫，麦冬也没法管芸香叫婶子。估摸最不能让芸香接受的，是弟弟和弟媳生下的孩子只能管她这个亲姑姑叫奶奶。他想芸香面对这种情况会坚决反对这门亲事，那样会让麦冬、梦穗和文普两口子都很难过。他实在没有解决的办法，不禁憎恨麦冬和梦穗给他找麻烦，索性不愿去想了。

这时他安慰芸香道："由他去吧，他俩一块儿闹过我，我一直没想好咋和你说，既然他来说，那我也告诉你，他俩已经拆不开了，要是硬来，我和四哥、四嫂都怕弄出点啥事儿。四哥四嫂都挺得意麦冬，看看抓紧给他们把亲事办了，别等梦穗儿肚子大了，那可就是咱的罪过了，就睁只眼闭只眼吧，赶紧让他俩成亲。"

她纠结道："那也太别扭了，以后他俩咋称呼咱？"

他笑道："反正梦穗儿必须得管你叫婶儿。"

她又问道："那他俩生的孩子呢？"

他仍笑道："管我叫姥爷，管你叫姥姥。"

她懊恼道："这成啥事儿了？"

他叹口气道："那有啥办法？我要不娶你就没这些啰嗦了。"

她一愣问："你啥意思，娶我后悔了？"

他脸一板道："不是我后悔，你瞅你弟弟干的事儿！当叔没个叔样儿，好好个大闺女让他给毁了，四哥四嫂要知道他俩到一块儿了，你说你弟弟一时糊涂没忍住，就这么拉倒了？你弟弟是不活腻歪了？"

她不禁打一冷战，随即愤然道："不管了！他愿当儿子他就当，我啥都不认他！"

见她很窝火，他又提起百合和景利也正在相恋的事，说找个机会把这桩喜事也办了。

她很愿意妹妹能和景利成一对，不仅两人般配，辈分也相当，只是担心懿莹和她家的其他人不同意。

他诡笑道："学学麦冬，生米成了熟饭，不吃也得吃。"

她捶他道："臭鬼子！你倒是不怕俺妹妹吃亏！麦冬就你给带坏的！"

他着急和金瑶去黑瞎子沟，只是呵呵一笑，哄她回了屋，然后带金瑶钻进山里。

自从扎寨黑瞎子沟，齐龙彪的手下们一直受着子昂的照应，近百人的油粮肉等每月都有专人去送。虽然他们是用采集到的各种山货换取山庄的食物，好在生计比此前更有保障。于是，齐龙彪是死是逃，他们都不再追问，也意识到齐龙彪不会再露面。他们尤其已经看出金瑶和子昂的关系不一般，虽然还怀疑他俩私通合谋害死齐龙彪，倒觉得周子昂城府很深不寻常。再者他们跟随齐龙彪已生计难保，而周子昂慷慨仁义，更适合做他们的领头人。齐龙彪的两个小媳妇还跟着他们，已经形成统治联盟的炮头和搬垛，就势将这两个小媳妇分别占为己有，倒担心齐龙彪如果没死有一天会找上来。

这时见了子昂和金瑶，炮头和搬垛都如同见了亲人一般。又听说子昂已经聚集了多路人马，准备合力攻下北营，然后由众兄弟一同镇守龙凤，炮头和搬垛都立刻响应。

炮头恭维道："周大当家果然是干事的人，俺们可跟定你了。"

搬垛也兴奋道："这回可跟着周大当家过把露脸儿的日子了；整天在山里猫着，都他娘的快憋屈死了。"随即准备拔寨起营。

子昂说："先不着忙，你们明天晌午饭前赶到我山庄就行，小一百号子人，这会儿都过去怕漏了风儿，再说也没那些住的地儿。记住，你们去了先都隐蔽在林子里，晌午饭我早点安排人送去。明天二月二儿，猪头肉、干烧子我都给你们备好了，吃完晌午饭咱就开始行动。"

齐龙彪的两个小媳妇都不到十八岁，一个叫灵巧儿，一个叫春秀儿，都是被齐龙彪看好生抢进山的。虽然她俩穿得和男人差不多，但模样都不比金瑶差，也难怪齐龙彪当时顶着金瑶的不满硬将她俩都占为己有。

金瑶上次和子昂来看望大家时就发现她俩分别在与炮头、搬垛偷情，虽有被强暴之嫌，倒也觉得理所应当。她一直对齐龙彪强抢民女感到不满，虽不曾对两个小媳妇有过刁难，但也很少亲近。这时见了她俩很亲切，还摘下自己的金项链、金手镯分给她俩说："往后你俩就是俺亲妹子。他俩都挺有心，俺也认是妹夫了。明个儿咱这些弟兄就都去大当家的山庄，待会儿你俩就跟俺俩先过去，那头有澡堂子，咱姐儿仨一块儿洗个澡儿，穿的戴的也给你俩配齐了。咱都是女人，活就活出个女人样儿来，能开心比啥都好。"

春秀儿小心地问她："你是大当家的人了吧？"

她直言不讳道："上辈子就是他的人。"

春秀没听懂。灵巧儿也问道："有大当家的信儿吗？"

她歪头看着灵巧儿问："你想他了？"

灵巧儿忙说："不是。"接着忧虑道："他要回来可咋办？"

她说："姐都没怕，你怕啥？"

灵巧儿如释重负，脸上透出一丝欣喜的笑，答应先跟她去山庄。

炮头、搬垛听说金瑶要带灵巧、春秀先去山庄，显然有些顾虑，婉言道："怪麻烦的，明儿个一招儿过去吧。"

金瑶看出他俩的心思，笑道："你俩别把周大当家的看得那么坏。他媳妇儿多不假，那可真都是他的，不是他的他不碰。周大当家说了，等拿下北营，得热热闹闹地给你们操办下婚事；做回女人，你们不能让人一辈子没坐过花轿吧？"

搬垛欣喜道："多谢大当家！多谢夫人！"

炮头也兴致道："往后周大当家也是俺的大当家，听周大当家的吆喝。"接着集合队伍认子昂、金瑶为大当家和夫人，去了各处把手，仍有五十多人。

虽然是些邋遢兵，但子昂见了仍很高兴，金瑶也欣喜自己被大家认可为夫人。

吃过午饭，子昂、金瑶带着灵巧儿、春秀儿回到山庄。山庄所有雇工都早早放假回家过二月二去了，明天二百多人吃的午饭就只能由山庄内的亲信们一同上手。所有屋内都热气腾腾，煳肉、烙饼、蒸馒头，比准备过年还忙碌。

第 151 章

太阳要落山时，子昂的哥哥们和秋虎带的几个人也来到山庄。秋虎带的人中还有他的媳妇和已经两岁多的儿子。

秋虎的媳妇就是他当年葛姓东家的小女儿，名叫春柳。当年秋虎给东家放丢了羊，随后借着出去找羊就没敢再回去。不知为什么，这几年他常常梦见他给东家放羊的那段日子。不论葛家人当年对他怎样，毕竟是在他无处可去时有个吃饭的地方，葛家逼他找回他放丢的羊也是情理之中。这时他的手头宽绰，便想把当年给葛家造成的损失补回去。他还想知道当年那个给他送饭摔倒的三小姐长得什么样了，是不是已经出嫁了。虽然他曾逛过妓院，但这时他也想找个良家女子过老婆孩子热炕头的安稳日子。

在秋虎决定把队伍从珠河拉到子昂这儿之前，他扮成商人，带上两个随从和子昂给他的一些银圆去了葛家。进院第一个见到的就是春柳，已经是个俊俏的大闺女了。两人相见时已经互不认得，但四眼一对就都有好感，做了介绍后，更是欢喜。

葛家老爷见秋虎很有出息样，好生款待，也看出他喜欢春柳。当得知秋虎还没有成亲又不禁惋惜，说秋虎若早来半月就可把春柳许给他，还说他俩的名中一个是春，一个是秋，日子一定能过得殷实，只是半月前所在区的保长已托人来给他一个跛脚的儿子提了亲。虽然都没看好保长的儿子，怎奈保长仗着日本人的势力不敢得罪。秋虎一听更动了心，说他认识占山的胡子，回头把春柳抢走便是，不外是姑娘再好，一进匪窝就没有人家愿要了。为打消保长的怀疑，到时再抢跟前两家富户。虽然舍不得老闺女离开身边，但事情还是这么定下了。

第二天后夜，秋虎带上十余人骑快马摸回东家，一面由他接春柳上马，一面由手下抢了两个富家，然后打着枪离去，待日本兵出来追时，他们已经进了山。春柳这时才知道秋虎就是占山的，却并不怨恨，倒很快慰秋虎众手下敬她为"大嫂"和"夫人"。

一到他们的密营，众弟兄便张罗着给他俩办了喜宴。一夜洞房后，第三天天一亮队伍就开拔了。翻山越岭离开了珠河，直奔距子昂山庄只有一山之隔的老虎口安了营。

秋虎本该早带春柳来认母亲和姐姐，只是开始一直忙着建营地，先是盖些简易的窝棚，后又伐木垒房，等盖好可容近百人住的木房后，半年时间过去了，春柳又有了身孕。他也想把春柳送到母亲和姐姐身边，但因不满母亲嫁了个小男人，姐姐当时也正怀孕，他们也不像以前打打杀杀，就让春柳一直住在密营，直到生下孩子，是个男孩儿。因降生于山林中，故起名生林，又叫林儿。那以后，秋虎曾多次带人去子昂山庄送山货和取粮油、猪肉等物，却一直不肯让母亲和姐姐知道他已娶妻生子。若玉和亚娃一直希望秋虎娶个媳妇，但秋虎不肯告之，子昂也不想多事，若玉和亚娃母女只能干着急。

这时秋虎先向子昂介绍了自己的媳妇和儿子。子昂又嗔怪秋虎道："早就该接来，要说我外也无妨，你娘你姐可都是亲的，早接过来多好。"

秋虎叹口气道："我姐好说，娘就不好说了。"接着又说道："她过她的吧，我不想让我媳妇儿认个不相干的老公公，更不想让我儿子给他当孙子。"

子昂有些愧对秋虎，但也确实是怜悯若玉的苦命，这时不好多说，将秋虎一家领到亚娃那里。亚娃见了弟媳和侄儿，一面高兴，一面又责怪秋虎。

这工夫，若玉也被子昂叫过来。得知秋虎一直怨她改嫁，见了儿媳、孙子后，忍不住伤心哭了一场，直到春柳跪地磕头叫了娘她才渐渐安定下来。

要吃晚饭前，林海、万全等兄弟也都聚过来，凤仙和他的戏班也被找回来。林海悄悄将九兄弟叫到一起，说先去九神庙歃血盟誓，还说他父亲新写了誓词，让大家先记住"生在一起，死在一起，生死兄弟，抗日到底"十六字。

子昂欣喜，忙让人从大灶房取来酒食、活鸡、碗碟等，他还亲自备了去祭婉娇的祭品。

到了九神庙，大家一起动手摆供、上香、杀鸡、斟酒，然后在香案前一排站立，对着九神画像举酒盟誓。先是林海对着九神道："九位战神在上，在下九兄弟准备攻打北营，求九位战神保佑我们旗开得胜，从今日起，我们要生在一起，死在一起，生死兄弟，抗日到底！"随后大家一同慷慨激昂地重复这十六字，将酒饮尽，又将空碗都摔得粉碎。

从神庙出来，子昂让八位哥哥先回庄内，他还要去婉娇的坟上看看。大家又被他的深情所动，就一同跟着子昂过去。

子昂在婉娇的坟前摆好供品道："娇儿，以后兴许不能常来看你，我知道你最懂我的心，我也懂你的心。活着的时候你说过，你要是个男儿，就也参加救国军。今儿我对你说，你要鬼魂还在，就附在我身上，我背着你去救国！"

八位哥哥不禁都愕然，但林海还是带头给婉娇三鞠躬，然后一同回到庄内。

大灶房的两屋内各摆了两桌酒席，凡上桌的都是会打枪的。多日娜、顺姬各坐一桌，座上还有丹凤、志芳等女抗联和部分从北营救出的女子。

对面屋里，穆岚被安排到和子昂的八位哥哥坐一桌，子昂则和雪峰、景祥、秋虎、子君、金瑶、懿莹、金凤坐另一桌。

子昂先将穆岚、雪峰、景祥、秋虎、金瑶等人介绍给哥哥们。穆岚一一握手问好，又客气道："子昂没少和我提你们。谢谢你们这些年都当他是亲弟弟，没有你们帮助，他也成不了今天。"

万全笑道："你这孩子可是奇人，这些年都是他帮俺们。"

大家都会心地笑，然后共同喝了开场酒。林海提议让穆岚讲讲外面抗日的事，万全带头鼓掌欢迎。

穆岚欣慰道："很高兴看到你们的抗日义举。国家兴亡，匹夫有责，现在的中国，是抗日统一战线的中国，不论男女老少，都有驱逐日寇、收复河山的决心和勇气。虽然一些抗日勇士已为民族大义流血牺牲，但中华子孙永远不会忘记他们。咱对面屋有个小抗联战士，今年才十四岁。可她参加抗日队伍已经好几年了，是个当之无愧的女英雄。去年他们在刁翎一带遭到鬼子伏击，突围战斗中，他们宁死不向鬼子投降，最后都跳进江里。和她一起渡江的就她一人活下来。但她没怕过，这次还要和咱们一起战斗。日本人已经占领咱东北八年了，他们现在是宁失本土，也不肯失去满洲，为什么？其实他们从一开始就把满洲作为他们占领全中国的大本营。从九一八事变到七七事变，由于国民政府不抵抗，日本侵略者已经在中国有了立足之地。

就在前年夏天，他们以为他们站稳了脚跟，攒足了实力，扬言要用三个月的时间占领整个中国。可是他们打错算盘了，中国人到底还是一家人，过去水火不容的国共两党，现在已经形成了强大的抗日统一战线。从七七事变到今天，又过去二十多个月了，日本侵略者不但没有灭亡中国，反而面临着越来越强大的抵抗。平型关战役、台儿庄战役，我们中国军队都取得了鼓舞人心的胜利，日军不可战胜的神话，已经变成了空话。只要每个中国人都加入到统一战线中，日本灭亡中国的野心就不会得逞。只要我们东北人民都拿起枪来抗日，日本侵略军就没了他们在中国领土上的大本营，我们会在不久的将来，彻底打败日本侵略者。我们永远都不需要日本侵略者的大东亚共荣。我们自己的家园，我们要自己动手来建。我们也不能总当亡国奴，中国人的日子，要由我们中国人自己来做主。这些日子，子昂给我讲了很多事。现在迫在眉睫的，就是日本人正在策划他们的集团部落。其实日本人已经在东北很多地区搞了日本移民和集团部落；大批的日本农民从日本来到咱东北，通过软硬兼施，将大片的好田地都给霸占了。中国人没了田地但还得靠着种地吃饭，就得把自己家的地再从日本人手里租回来。辛苦了一年，去了给日本人交的租子，一年的粮食连年都过不去。这就是他们的大东亚共荣，这就是他们的集团部落，他们是想让我们中国人和我们的子孙后代永远被他们欺压和剥削。我们这代人是很不幸的一代，但我们不能让我们的子孙后代接着不幸。"

万全竖起拇指称赞道："不愧是俺九弟的老师，懂得多，想得远，讲的也在理儿。"又说道："我现在是看明白了，咱要不动手，日本人迟早把俺们也部落了，还是先下手为强，拿下龙凤，招兵买马，干就往大里干。再说了，一个小丫头都能抗日救国，俺一帮爷们要再低三下四地当亡国奴，那可真不是爷们儿了。今天俺们都来这儿集合，就是来盟誓的，明天就把大旗扯起来。俺九弟也说了，你是大城市来的，又是抗联的长官，世面肯定比俺们见得广，正好你又姓穆，那你就穆桂英挂帅吧。"又问林海道："大哥你说呢？"

林海说："甭管谁挂帅，打就图个赢。穆老师是子昂的老师，我也该尊敬，刚才又听穆老师讲那些，是个女中豪杰。"

穆岚笑道："子昂总说当下无道，可无道之下，大家还都不失为一个中国人，也很让我敬佩。"说着敬了大家酒，接着吃喝，唠起明日起义的事，酒都没敢多喝。

饭后，子昂将八位哥哥带进桃源居。这时桃源居内没有人，炕上放着一些扯成块的红布。子昂上炕打开柜门，将平时已用红纸卷好的银圆一一捧出，总共二百四十卷，然后下炕对哥哥们说："谁都别说啥，八位哥哥，每人查出三十卷，那有包袱皮儿，包好都拿走。都和家里人交代好，明天咱就痛痛快快干一场。"

哥哥们都很感慨，一一拥抱一下子昂后各自数出三千银圆。随后，子昂又拉开地桌的抽屉，里面还是卷好的银圆，也都取出来对万全说："二哥，这些是两千块，你也拿回去，给你那几个铁子分了，最好今晚就发给他们，明天开板儿成不成，他们挺关键。"

万全说："九弟放心，我和那几个也和磕头弟兄似的，咱的事儿就是他们的事儿，这两千我就不拿了，也不知你到底留多少，你多留点儿，他们从我这里分点儿就行。"

子昂坚持道："你的就是你的，这些是他们的。"

万全又搂住子昂道："好兄弟，别生二哥气。"

子昂会意道："磕头兄弟，有气只有义气。"

万全又拍拍他道："二哥明白。"

子昂将两千银圆也包裹起来，然后一同出了屋，他们分别将沉甸甸的包裹搭在马背上。

子昂将哥哥们送到山庄大门外，借着积雪光亮，一直望着哥哥们拐过那块刻着龙封关山庄的大石头才回身锁大门。

这时，他见雪峰在桃源居门外等他，问道："不去睡觉，站这儿干啥？"

雪峰说："出来方便下，看你送客人，想趁着没人和你说点儿事儿。这几天一直想和你唠，看你忙忙活活的，总也没得空儿。"

子昂说："我也睡不着，进我屋唠。"

进了桃源居，两人都点燃一支香烟。雪峰吐口烟道："这次过来，就想让你组织人抗日，开始看你挺为难，没想到你现在决心这么大，真挺好。可我也听子君说，你又娶了好几房媳妇？"

子昂一笑道："都是舍不得的。可懿莹还不是，我想娶她她不愿意，认她做妹妹她也骂我，不想惹她生气，随她便吧。"

雪峰叹息道："我要说你荒淫无耻，你肯定不高兴，可你也差不多点。我是你妹夫，这事和我没多大关系，可子君是你亲妹妹，你别让她脸上挂不住。"

尽管他没说子昂就是荒淫无耻，但子昂听出他就是这么想的，心里恼火道："你这么和我说话，我已经很不高兴了。但你是我妹夫，今儿我就把话说明白了，子君要真觉得挂不住脸儿就别认我这个哥。你们要觉得男人不该三妻四妾，那就把这个世道变一变，没那两下子就甭和我较劲。我还告诉你，我不是人，我是鬼，中国鬼子，懂吗？"

见他恼怒，雪峰忙解释道："哥你误会了，三妻四妾的男人是不少，我们是怕你和马步芳似的，我是说他荒淫无耻。"

他一怔问道："马步芳是谁？"

雪峰说："国民党的一个司令，人称西北王，蒋介石的得力干将，也是红军的大仇人。死在他手里的红军有好几万，让他俘虏的女红军也上千。这家伙就荒淫无耻，见到好女人就强行霸占。有个女红军被俘虏后，被他手下一个军官强迫做了姨太太，后来她逃了出来。她听那个军官说，马步芳是生我、我生者以外无不奸；他手下的妻女要是让他看好了，那肯定是没好。别说外人家的女人，他就连自己的亲妹妹、亲嫂子、亲弟媳妇都不放过。可蒋介石拿他当宝贝，没人奈何得了他。"

子昂仍不悦道："你拿这种畜生和我比，就是在骂我荒淫无耻，你把我也当成畜生了是不？我问你，这个马步芳我能见着？我要能见着就阉了他！"

雪峰笑道："我就随便一说，你也别太往心里去。我知道你有你的想法。"

他不耐烦道："你就咸吃萝卜淡操心，我当然有我自个儿的想法。以前我是管金瑶叫嫂子，可齐龙彪不仁，就别怪我不义。俺俩是同年同月同日生。再说义不义的，我肯定不会对我亲妹妹动那心思，你就好好疼你媳妇儿吧。但你要给她屈儿受，那你可别怪我翻脸不认人。"

雪峰难堪道："瞅你说的啥话？我哪是这意思？算了，不和你唠了，就看你怎么杀鬼子。"

子昂横他一眼道："我听我老师的。你不也听她的吗？"

雪峰笑道："那就成。"说完回自己屋去了。

子昂本想让雪峰也睡在桃源居，但他还生他气，便没挽留他。但他还担心明天起兵的事，也担心一旦攻不下或守不住就得放弃山庄，他山庄内还有那些金条、银圆怎么能带走。他决定将炕下的金条、银圆都分散一下，先把那些金条分给媳妇们携带，便又倒出炕柜里的东西，将里面的大小"黄鱼"都取了出来。

他先包了两根"大黄鱼"和二十根"小黄鱼"去叫开文静的屋门，见在这里借宿的满秋母女已在樱桃的屋里睡下，文静和樱桃正在对面屋里哄孩子睡觉，就将包裹打开，对文静吩咐道："如果明天山庄待不了了，这些你们也都带上。"又分出十根"小黄鱼"对樱桃说："樱桃，你们来之前我就说过，丫头是丫头，但都当闺女待。这些年你们都没少挨累，本想都给你们找个好婆家，风风光光地把你们嫁了，可现在情况不太好，也可能日后各奔东西，这些金条你随身带着，不论在哪安新家，这也是份好嫁妆了。"

樱桃立刻哭道："俺不离开你们。"

他安慰道："能不离开咱还在一起，直到你出嫁。可咱得往最坏里打算，一旦山庄待不下去了，咱就得去别处安家，也可能得分头安家，到时都自个儿把自个儿保护好。但从山庄撤的时候，咱们要一起撤，你姨娘这头要带走的东西，你多担着点儿。"

樱桃哭着点头。他又吩咐道："今晚你俩都晚点睡，抓紧缝两条装金条和大洋的腰带，一旦撤时都系在腰上。"又帮着设计了腰带的样式，和子弹夹有些相似。

文静虽然也恐慌，但忙和樱桃缝制起腰带。

在文静屋里吩咐完，子昂没去叫起满秋，又去叫开多日娜、芸香、天娇、顺姬、芳子、亚娃、金瑶的门，让她们今晚都晚些睡，等着他交代要紧的事情。然后他返回桃源居，以给文静屋里的为标准分别送去"大黄鱼"和"小黄鱼"，又来回七趟，讲的也都是那些话。只是去天娇屋里时多带了香荷的一份，满秋的一份也给备出来。等忙完这些已经过了子时，感觉有些体乏，他这才躺下睡觉。

但他睡得不踏实，又从梦中醒来，窗外刚刚放亮。他没记清又梦见什么，但他确实又做梦了，好像梦里又有花轿。他猛地想起景利和百合、麦冬和梦穗都在热恋中，担心今日一旦夺不下北营，会耽误这两对情侣的婚事，便忙又备出两份彩礼，每份十根"小黄鱼"和两千银圆。接着，又想起罗家其他人，尤其是懿莹，便又为懿莹的奶奶、母亲和景祥、小青各备两千元安新家的钱，为懿莹备了和他媳妇们一样的"大黄鱼"和"小黄鱼"。接下来，他又为津梅、若玉、杏花、秋虎、刘王氏、华老爹、喜子和春山的表哥家各备两千元，为百合另备了二十根"小黄鱼"。

天大亮时，他有些吃力地拎着给罗家人的六千银圆和两根"大黄鱼"、二十根"小黄鱼"去了懿莹的奶奶、母亲和弟弟住的屋。

懿莹昨晚也住在这儿，是担心攻打北营后不知什么情况，想多陪陪奶奶和母亲，这时她也在洗漱准备吃早饭，见子昂拎着一只沉甸甸的包裹进来很疑惑。

子昂将包裹放在炕上说："正好都在，把这个分一下收着。"说着打开包裹，按他定的分出各份，又说道："山庄能待多久我也说不好，一旦待不了，你们是回乜河，还是跟着去镜泊湖，这些就是你们的。"先指出哪些是奶奶和母亲的，哪些是景祥和小青的，哪些是给景利办婚事的，最后又摸着懿莹的那份对奶奶、母亲说："这些是懿莹。不隐瞒说，和我那些媳妇儿一样。但如果这辈子不能娶她，就当是哥哥给妹妹预备的嫁妆。"

景祥和小青也闻声从对面屋过来，罗家人都将目光投向懿莹。懿莹没再反驳他，忍不住又哽咽起来。

母亲叹息道："瞅这架势，山庄像是要散伙，以后还指不定啥样，走一步看一步吧。懿儿昨晚和俺们都讲了，你们今儿个就和日本人打仗。娘不反对，就盼着你们能打赢。如果真去镜泊湖，俺们也都跟着，乜河的房子还让你姑他们照看着。"

子昂欣慰地点点头，又看一眼在抹泪的懿莹说："今天就是二月二，龙抬头的日子，就看今天的了。不论结果咋样，咱都做好准备吧。"又吩咐小青抓紧缝几条装金条、银圆的腰带后便离开。

接下来，他又先后去了津梅、若玉、杏花、刘王氏、华老爹的住屋，秋虎和喜子那两份分别交代给了若玉和华老爹，百合的二十根"小黄鱼"都交给了芸香，却都没提起麦冬。

大灶房这时正忙着将昨天烀好的猪头肉、肘子肉和方肉回遍锅，准备送到北营和西营。因为昨晚商议起兵，山庄所有雇工都以二月二名义放了假，这时便由芸香、顺姬领着女抗联们忙碌着。

铁头和几个马帮成员也按时赶来，正赶上猪肉二次出锅，随即便分别装入二十只铁桶内，每只桶都罩上了棉罩，然后由子昂、铁头和几个马帮成员领着一支由十匹马组成的马队送进北营和西营，事先分好给北营十四桶，西营六桶。

因为每年这时都要为北营送猪头肉，看守南桥头的日军都很高兴，但依然得等着里面的信再过来接。很快，东条敏夫带一伙人从桥对面过来，而田中太久却并没有露面。

子昂发觉东条敏夫看他的眼光有些异常，心中一惊，镇静道："今天又是二月二儿，过节俺们过，肉大家一块儿吃，给阁下留的，和去年的一样，请笑纳。"

东条敏夫掀开桶上的棉被和盖帘，挨个闻了闻，见子昂疑惑，又诡异地笑道："嗯，香香的！谢谢了！"又对子昂说："我们的亲善，七年了，吃西！不亲善的不要，明白？"

子昂点头道："明白。还望阁下多关照。"说着鞠了一躬。

东条敏夫仍以异样的目光看子昂，令子昂等人更为紧张。难道东条敏夫已对他们的行动有所察觉？也可能他还在等待田守旺审问满秋的消息。子昂不敢多想，忙又一指没有卸下马背的六只桶说："这些是给西营的。往年没有他们的，想吃就去龙凤阁，今年我二哥说多要点，让我一招儿都备出来。"

东条敏夫又掀开各桶闻了闻，然后笑道："这个的香。"

子昂忙解释道："都一样的。"

东条敏夫也一笑道："开玩笑的。"接着又催促道："送去吧。"然后招呼自己手下将那十四桶每人两桶拎过桥去。

子昂这时还在想东条敏夫刚才那异样的目光，虽然马上就要对西营采取行动，继而来夺北营，但眼下还是要稳住他，忙招呼道："阁下！"

东条敏夫猛然回头看子昂。子昂一指那些桶说："桶！用完送这儿来，我来取。"

东条敏夫说："肉的，我的，桶的，我不要。"说完转身离去。

子昂很反感东条敏夫那股不可一世的傲慢，心里骂道："狗日的，待会儿让你变成龟孙子！"然后招呼铁头等人去西营。

第 152 章

因有万全在西营，子昂和林海一直不和田守旺正面接触。今日要拿西营，虽以送肉来麻痹敌人，但还是怕田守旺起疑心，子昂便和林海、庚寿、金万、玉良等人先躲在龙凤阁内，送肉的差事则由文普、铁头、山鹰等人去做，就等听到枪声后两伙立刻会合。

文普、铁头、山鹰送过肉去也没逗留，与万全和田守旺告辞后就躲进猪肉铺内。麦冬不知子昂他们要拿西营，这时正和一雇工在门前叫卖猪肉，忽见文普带着铁头、山鹰来，竟被吓了一跳，以为梦穗把自己那里出血的事告诉了爹。正不安时，文普让他沏茶，并非生气的样子，他忙放下手中剃肉的尖刀去烧水沏茶。

正午十分，西营内响起枪声，龙凤阁和猪肉铺的八弟兄立刻从不同方向直奔西营。铁头冲出肉铺时，见猪肉案上有尖刀，顺手抓在手里。

到了西营，只见万全和他那些心腹已经控制了田守旺、侯七等人和所有枪支。万全其他手下这才恍然大悟，也加入到起义人员当中。另外两个小队的一些伪军，见田守旺、侯七都被万全的人捆绑起来，立刻也转舵投向万全。

但万全这时还不敢接受这些人，就让田守旺和侯七的心腹都抱头跪下，其余的列队站到一旁，又问道："一会儿把北营的鬼子都引过来，敢打不？"却只有几个应得干脆，其余犹豫者又被命令抱头跪下。

犹豫者们又都承诺愿意跟着攻打北营。万全怕逼急他们，就又让他们站起，吩咐道："你们先看着，等俺们把来的鬼子干掉了再发你们枪。"又安排两个心腹在门口端枪把守。

见兄弟们都赶过来，万全递过两支匣子枪说："老大你和子昂用这个，这是当官儿用的。"

林海接过匣子枪比画一下说："这个用不惯，我还是用长的。"说着要给子昂，见子昂已经接过另一支，就转手递给玉良道："你们都当官儿，我跟着打就行。"又问万全道："下步咋整？"

万全说："先放空枪，把鬼子引过来。不常玩枪的，借这工夫练一练，先都朝墙上打。你们就守着子弹箱子，省得换子弹不方便，我带我的人先藏子昂的肉铺里，多带点手榴弹就行。待会儿我让人去北营报个信儿，就说我和田守旺干起来了，让北营出兵来平事。田中肯定借机会来收拾我，最好他能把北营的鬼子都扯出来，到时只要虎子他们把北营一占，那龙凤就又咱说的算了。田中带兵来肯定先往这头奔，到时你们别怕，和他们对着打，俺们在肉铺那块儿断他后路，咱们一块儿包顿饺子吃。"接着又不放心道："屋里蹲着那些，一定要看好了，别让他们抄了咱后路。"

子昂说："这个交给我，我得亲手把田守旺这狗日的解决了。"

万全说："你咋解决俺就不管了，俺们得赶紧过去了。记住，估摸着俺们到了肉铺，你们这头就开枪，等鬼子在这头一露头儿你们就开打，俺们在他身后打。"说完招呼十多人去了猪肉铺。

子昂急着去了关押田守旺和侯七等人的营房，见田守旺、侯七等人手脚被捆绑着坐在地上，万全的两个心腹正用枪对着他们。

田守旺并不屈服，一边挣着一边怒吼道："姓周的，你们真是不知深浅，我就是死了日本人也不会放过你们。"

子昂一想起还是孩子的招弟被他糟蹋就怒不可遏，上前狠狠一脚，又用脚踩着他的脸骂道："狗日的，死到临头了，你还指日本人给你撑腰？今天我要让你好好认识认识我。"

田守旺看出子昂不会放过他，但他不甘心就此了结一生，冷笑着嘲讽道："你要真想和我斗，就来点光明正大的，偷着下手也算是爷们？"

子昂也冷笑道："你这狗汉奸也配讲光明正大？甭管偷不偷，兵不厌诈，胜者王侯败者寇，但日本鬼子胜败都是寇。"

田守旺气得眼冒凶光，仍不甘心道："那你总得讲点公平吧？听说你武功也不赖，你把我松开，咱俩一对一空手决斗，你打死我我认，我打死你你也别怨。"

子昂蔑视道："咱们之间没公平；你们是汉奸帮着强盗侵略中国，我就是中国人捍卫自己家园，这也算公平？那母女俩一个浑身是伤，一个还是个孩子，你们那么糟蹋她们也算公平？我听说你练过八极拳，可我得留着力气对付日本强盗，懒得和你扯犊子，你就把你这身功夫带到阴曹地府去吧，甭指望碰我一指头。"

田守旺绝望地咆哮道："姓周的，我做鬼也不放过你！可惜我就晚一步，要不我日你所有媳妇儿！"

子昂被激怒，用力去踢田守旺的胯下吼道："我叫你日！你狗日的，连个孩子你都不放过，我叫你日！日！日……"

他已经不顾田守旺如何惨叫，此时仿佛只听到满秋被他用针刺入手指、脚趾时发出的惨叫，脑海中还浮现着招弟被他踩蹭得站不起来的情景，痛和恨在他心中持续地膨胀，踢出的脚也一脚重过一脚，脚趾踢疼了就用脚底用力地踏，却仍不解恨，直到田守旺停止惨叫，如同死猪一般。

在场的人都被子昂的疯狂吓傻了。一个看守惊慌地对子昂说："你把他踢死了。"

子昂停下来道："我就想让他死！我今天就想杀人！"说着又目光凶狠地盯着侯七。

侯七已惊恐万分，虽然也被绑了手脚，但还能跪在地上，这时声嘶力竭地哭求道："周大当家，九爷啊九爷，从前我欺负过你，还癞蛤蟆想吃天鹅肉，我错啦！九爷啊，您大人不记小人过，看在我也帮过您的份上，您就饶了我吧。"说完接连磕头。

子昂脑海里又浮现出满秋被他和另外四人轮奸至大流血的情景，强压怒火道："饶你？你那天是咋祸害满秋的？你们好几个连着祸害她，差点要了她的命，我咋饶你？"

侯七魂飞魄散一般，继续号哭着求饶。

子昂不理侯七哭求，又问那几个也被捆绑的伪军道："谁是大白话？"

大白话立刻也跪地磕头道："九爷九爷，那天我可没祸害人，撒句谎我就天打五雷轰。"

子昂说："我让你把那天祸害满秋的都指出来，一个都不能少，说对了，饶你不死。"

顿时又有四个伪军和侯七一起磕头求饶。

子昂又问大白话道："是他几个不？"

大白话浑身战抖地点头道："是，一个都不少。"

子昂吩咐道："那天没沾边儿的，都给我滚炕上待着。"

大白话第一个蹦到炕前,往炕上一扒,真就滚到炕里。另外几个没磕头的也僵尸般蹦到炕前,滚到炕里。地上除了一个死猪般的田守旺,就剩下侯七等轮奸满秋的五个,依然哭着磕头求饶。

子昂不理他们,又问大白话道:"牢房在哪?"

大白话忙说:"在后院儿,我领你去。"说着要起身。

子昂用枪一指他道:"老实待着!"又吩咐看守道:"看好了,不老实就开枪,但先别打死,往腿上打。"然后自己出屋去了后院儿。

这时,院子内响起枪声,是几个练枪的正对着院墙乱打,不需要练枪的则潜伏到院子外的隐蔽处,只等日军露面开打。

街上的人都不知出了什么事,开始还都朝着响枪的方向张望,终于有人发现西营的人已摆出迎战的架势,感到不妙,急忙躲避或关了门市。

子昂猜日军还得等一阵才能来,便去找到后院的牢房。透过一长趟房间门上的方孔,看到只有三个房间里面关着人,其中两间里各关着一个男子,满秋母女这时被关在尽西头的一间内。他不知那两个房间里关的是什么人,也没工夫去问,一找到关押满秋母女的房间,就举枪照门锁上连开两枪,卸了锁,开门进去。

满秋面色苍白地正躺在地铺上,身上穿着皇协军的棉衣。招弟还穿着子昂定做的棉装,这时正惊恐地望着牢房的门。

一见是子昂,招弟如见亲人一般哭起来。他忙上前将她搂在怀里安慰道:"叔叔来救你们了。"说着不禁哽咽,又起身为满秋单腿跪下道:"满秋姐,让你们受苦了。"又忍不住痛哭。

满秋也哭道:"还能见到你,死也瞑目了。"

他搂紧她哭道:"你要活着,我让你活着!"

她身上的伤还未痊愈,呻吟道:"俺仨闺女,往后就都跟着你吧。我相信你,以后她们也能跟玉莲一样了。我是个坏女人,最埋汰的女人,死了也没啥。"招弟又趴她身上哭。

他不敢用力搂满秋,擦把泪道:"别这么说。在我心里,你不坏,也不埋汰。我都知道了,你是为了我才遭这些罪的。我想报答你,可不知咋样才能报答你。"说着去看她光着的一双脚,见被针刺过的脚趾都肿着,疼爱地抚摸着问:"还疼吗?"

她不禁浑身一抖,又痛苦地呻吟。他又看她的双手,手指也都肿着,捧起她的双手,用嘴轻轻地亲吻道:"知道你疼,我的心也疼。"说着眼泪又涌出来,滴在她的手上,接着说道:"你要不反对,以后你就是我的人,我要用我的疼,换回你的疼。"

她感到惊讶,眼睛突然明亮起来,痛苦的脸上也露出羞愧的笑,说道:"俺没你那些媳妇儿长得俊。"

他说:"俊不俊,不全在脸上,还在灵魂里。我看到了你的灵魂,你是我的,以后就是我的。我保证,我会像对亲生闺女一样对你三个孩子,我愿给她们当亲爹,可她们还得有亲妈。别老想着死的事儿,就想咋能好好活着。"

她叹息道:"我就不放心三个孩子。"

他又安慰道:"别胡思乱想。答应我,好好活下去。过去的,就当是一场噩梦。将来我还给招弟儿她姐仨都找个好人家,你要亲眼看着。"说着小心地将她抱起,又叫着招弟去了关押侯七等人的营房。

他先将满秋放到炕上说："地上这几个就是祸害你娘俩儿的，今儿个就是咱报仇雪恨的日子。"说着将匣子枪递给她问道："能握住枪吗？要能就你来。想打谁就打谁，打死了也没关系，现在没有杀人偿命这一说，咱就是王法。"

满秋这会儿有了精神，愤怒地盯着地上仍一动不动的田守旺，两手战抖地接过枪，却不知怎么用。子昂便教她怎么握枪、瞄准、扣扳机，吓得侯七等人快要没了魂，又哭喊着"姑奶奶饶命"。

满秋也全当没听见，终于忍痛举起枪，枪口朝下，直对田守旺，可一扣扳机，不想枪在她手中一蹦，嘭的一声，窜出的子弹竟击中侯七的脑袋。

侯七应声倒在地上，吓得那四人顿时都瘫在地上。

满秋显得惊慌，盯着手里的枪发呆。子昂安慰道："没事儿，他该死。接着打。"

那四人看出她是想打田守旺，似乎看到一点生存的希望。这时见子昂让她继续打，慌忙躲开田守旺，将头扎在地上躲子弹，个个身体都在战抖，一个已经吓得尿了裤子。

满秋果真就想击中田守旺，又二次举起枪，这回她想用力压着枪身打，又不想扣动扳机的一瞬间，手指疼得她身体一歪，枪落地的同时，子弹又斜着射出，偏偏击中一个躲子弹躲得最远的伪军。而更惊奇的是，应声倒地不动的竟是两个，一个中弹身亡，一个倒地抽搐。

就这时，一个还跪在地上的突然愤怒地站起来，蹦着直奔子昂撞来吼道："和你拼了！"

见来拼命者来势凶猛，子昂身子一闪，随即又照对方的后脖颈砸了一拳，对方便一头撞在炕沿上，顿时口鼻流血。还有一个坐在地上，开始嘿嘿地傻笑，谁都看得出，他已被吓疯了。

子昂不理撞头流血和吓疯的，先看了一眼那个在地上抽搐的，见他大瞪着双眼，嘴唇紫青，仍不去理，又去探了探田守旺鼻息，确定他已身亡，然后拾起匣子枪对满秋说："咱没杀他们，这可是天杀。"

这一切，都被闻声赶来的林海、庚寿、文普、铁头等兄弟看在眼里，都为子昂的杀人手段感到惊讶。

子昂听到门口有人说话，回头一看是哥哥们，问道："你们不在那儿打枪吗？"又对庚寿说："三哥，刚才我想找你，寻思问你阉人怎么阉，我想阉了他几个，可现在不用了。"

铁头更惊讶道："你真够狠的。"

子昂看一眼林海道："大哥教的，该狠就得狠。"

林海哼地一笑，刚要开口，忽听外头响起机枪声，催促道："赶紧的，他们来了！"说着先端枪冲了出去，其他人紧随其后。

子昂吩咐两个看守道："看好他们。"又对满秋、招弟说："在这儿等我，别害怕。"说完也提枪追出去。

万全带人进肉铺等了一阵才听到西营打枪，便安排一心腹去北营报信，说田守旺和包万全因抢猪头肉抢翻了脸，已经抄了家伙，当场就有丧命的，只有皇军出面方可平息。

工夫不大，大桥上便出现一队日军，最前面是辆指挥官乘坐的摩托车。然而那指挥官竟然是不经常出面的北营的头号人物东条敏夫。

一队三十多个日本兵在大街上跑步前进，这在龙凤居民区内还是少见的。街上的行人正为西营响枪而莫名其妙，这时又见日本兵列队出动，顿时感到气氛愈加紧张，纷纷惶恐地躲进自家和店铺内，整条街上也顷刻间只有摩托车的突突声和日本兵的皮鞋一齐落地的哐哐声，让人感到惊愕和不安。

东条敏夫自然想不到万全准备断他后路，带队经过门前空荡的肉铺，直奔西营而去。万全透过门缝看到东条敏夫坐在摩托车内，不禁一愣，心想田中太久已经离开龙凤了吗？可田守旺怎么也不知道？

他不再多想，招呼手下立即行动，悄悄地尾随在日军后面。又见日军拐过前面那道弯，他立刻带头飞步跟上。前面拐过弯就能见到西营，他们必须在西营与日军交上火的同时从后面发起进攻，这样会使东条敏夫蒙头转向，十分便于他们迅速拿下首战。

他们一拐过弯道就听见西营响起机枪声，几个日军中弹倒地，队伍也立刻散开，慌忙各自寻找掩体还击。那摩托车的驾驶员反应迅速，就势转舵冲到一堆柴垛后面停下。

东条敏夫气急败坏地抽出军刀，咆哮着指挥士兵还击。那些士兵都是措手不及，一时找不到掩体，只能分散两边，趴在杖子下、草垛后和一些小型遮挡物后面还击。万全见时机已到，立刻下令开火，手雷也随着投过去，枪声和爆炸响成一片，日军再无藏身之处了，慌乱逃窜，随即中弹倒地。但万全手下也有中弹的，竟然是对面自己人开枪打的。

万全忙让手下都靠两侧，而且全用手雷。一人只投出一枚，日军便没了动静。万全便向对面喊道："先别打了，伤着自己人了。"枪声戛然而止，如同死一般寂静。

爆炸的硝烟还未散去，几家的草垛也燃烧起来。东条敏夫被几个日本兵端枪围护着，目光仇视地对着两头的中国人。这是他们此次出动仅剩的几个人，显然都很清楚，再打也是徒劳，但却没有投降的意思。

万全和手下撤回拐弯处，然后向东条敏夫喊话道："少佐阁下，不要顽抗了，把枪放下投降吧。"

东条敏夫没有回答，而是向身边几个士兵训话。那几个士兵突然一齐"嗨"了一声，随后各自从枪上卸下刺刀，又都跪在地上，哭喊着将刺刀刺入各自的腹部，随后倒地。

在西营门口打阻击的子昂、林海等人因有事先备好的掩体，战斗时间也不长，他们没有一人受伤，只是配合机枪射击过程中，他们听说自己人打到自己人了，便都停止射击。正犹豫怎么接着打时，他们又听见万全对东条敏夫喊话，接着就见东条敏夫对那几个日本兵训话，几个士兵都剖腹自尽，战斗就这么结束了。子昂这时在想，当年日军入侵东三省，几十万东北军如果也能宁死不降，又何以使日军仅仅百余日就占领全东北，以致中国东北成了日军大举侵华的大后方？他有些不甘心，要亲自去和唯一持刀立在对面的东条敏夫舌战一把，并先留下这个活口，是为了知道北营的全部秘密，也可能对下一步攻打北营有利。

他一边为他的匣子枪压满子弹一边对林海说："最好活捉他，北营的秘密他肯定都知道，一会儿打北营兴许也有用。"说着越过掩体，举枪对着东条敏夫走过去。林海、铁头、山鹰等人也都警惕地紧随子昂其后。

距东条敏夫三米左右时，子昂停住脚，用枪指着对方道："少佐阁下，没想到咱们会这样见面吧？看你中国话已经学得不错了，我想和你唠唠。"

东条敏夫怒视子昂道："你的什么意思？"

子昂坦然道："我的灵魂告诉我，有仇不报非君子。四年前，我岳父死在你们日本人的枪下，此仇不报，我死不瞑目。听说你在调查东宫太郎是怎么失踪的，你在怀疑我？现在我来告诉你，他就是我杀的。"

东条敏夫故作镇静："我们一直朋友的，你的这样不仁义。"

子昂冷笑道："你说这话不觉得可笑吗？我早就和我的哥哥们说过，咱们弄不到一块儿去。你说我们是朋友，实际就是亡国奴要顺从你们这些侵略者；你们说的亲善也不那么仁义，实际就是披在狼身上的羊皮。有人说狗的前身就是狼，可我喜欢狗。"

东条敏夫也冷笑道："你们中国人也常说，狼走千里吃肉，狗走千里吃屎，和狼的交朋友，吃屎的不要。"

子昂蔑视道："这些年你吃的肉可都是我给的。"

东条敏夫顿然大怒道："狼的你不配！"

子昂又冷笑道："其实你根本就不懂啥是狼，狗饿疯了就是狼，狼吃饱了就是狗。我很同情狼，但我不喜欢贪得无厌的狼。你是见过我打狼的，知道我那次打死多少吗？总共九百一十八只。是不太巧了？可你们发动的九一八事变一点都不巧；从甲午战争开始，你们就一直想吞掉中国这块肥肉。"

东条敏夫一怔问道："你的，什么的干活儿？抗联的？"

子昂郑重道："现在是抗联，七年前是抗日自卫军，牡丹江自卫战后，我来道这里，根本没想和你们交朋友。"

东条敏夫被气得暴跳如雷，举刀奔向子昂："你的狡猾的！"

子昂立刻连打三枪，一边打一边又提醒哥哥们道："要活的！"

他只想打东条敏夫举刀的手，可三枪都没击中对方手臂，倒是一颗子弹贴着对方的耳朵飞出去。

东条敏夫看似以死相拼，但子弹贴他耳朵飞过的那一瞬，他还是下意识地一缩身。当他再举起刀时，子昂的一记飞脚已将他踢翻在地，随即林海等人也扑上去将他按住。

这时，北营方向也响起了枪声，并且逐渐激烈。子昂带人将五花大绑的东条敏夫单独关进西营牢房，然后又忙着去看满秋母女。

为满秋母女守门的和子昂岁数相仿，也是万全的心腹，以前没少得子昂的好处，一直称呼子昂为"九爷"。这时他已看出满秋母女在子昂心中的重要，便又讨好道："开始想给她娘俩换个地上，可大姐手脚疼，不让碰，我就把那些死倒儿都抬走了，那些人都让我撵别的营房了。还有那个疯子，让我关牢里了。"

子昂问："他真疯了？"

看守说："真疯了，拉一裤兜子，光腚出去的，我看外头挺冷，就把他拽牢里了。"

子昂没多问，进了屋，见炕上摆着许多好吃的，满秋母女已经吃完。看守忙又说："她娘俩儿还没吃晌饭呢，我把俺们晌午吃的好东西给她俩端来了。"

子昂欣慰道："你做得挺好，回头我单赏你。"

看守忙鞠躬道："谢九爷。"

满秋体质还很虚，这时正无力地靠在墙上。子昂上前说："咱换个地上，再给你找个大夫调一调。"

她又精神起来，虽然说话声音还很弱，但脸上透着深情的微笑，有些娇声道："这样就挺好的。"

子昂让看守拿来一条棉被，先铺在炕上，又将她抱上去，像包孩子一样裹起被子，小心抱起，又让看守帮忙背上招弟，一同出了屋，正遇见万全来找他。

万全见子昂抱着用被包裹的满秋，吃惊地问："这是干啥？"

子昂说："她还走不了道儿，先送我肉铺去。"

万全笑道："还想卖人肉？"

子昂听着不顺耳，但也一笑道："这不能卖，给多钱也不卖。"

万全又狐疑地看着他问道："又出啥幺蛾子？"

子昂一笑道："赶紧走吧。"然后一同出了西营。

经过肉铺时，子昂抱着满秋先进去，对一脸不安的麦冬说："让她娘俩先在这儿待着，等那头儿完事了，我送她俩去山庄。一会儿你去她家，把那俩小儿的也接来。"说着将满秋放到炕上嘱咐道："这也是咱家，先在这儿待着，等我回来。"不等她答话就转身离开，追上去北营的队伍。

▶▶ 第 153 章 ◀◀

到了北营对面，他们与正面攻打桥南岸岗楼的秋虎会到一处。一切都按事先计划的进行，先是佯攻南桥头，真就将营内的日军吸引过来不少，炮头、搬垛便各带一部分人顺利通过还封冻的河面，接着又将营内的日军扯成了三伙。

这时，大田方向也响起枪声，显然是穆岚率领的抗联人员和金瑶、多日娜、顺姬等人在乔志恒的配合下和"四合院"的日本人也交上了火，也定是那伙日本人听见北营枪声激烈准备增援。

子昂不知大房子里有多少日本人，不禁为穆岚他们担心。但眼下攻占桥头更紧迫，他只能盼着早点拿下桥头。他从北营内的枪声听出，守桥的日军和东西两侧的敌人都不是很多，只要他们攻过桥去，就可以和已经过河的炮头、搬垛两部会合，继而占领整个北营。

对面桥头岗楼里好像只有一挺机枪和两只步枪，火力并不很强，但因怕伤亡，秋虎所率领的六十多人还只是趴在树后射击。万全手下的身上都有手雷，就便让手下把所有手雷都投过去，以遮挡对面视线，然后让其他人从两侧包抄上去，继续用手雷轰炸。

这一战术很见效，那个岗楼在轰炸中倒塌，里面驻守的日军一共就三人，也确实只有一挺机枪，但已经被炸毁，子昂不禁感到惋惜。

攻下河南岸的岗楼后，万全见北桥头的日军都被炮头、搬垛牵扯过去，就指挥大家抓紧过桥增援，并顺利迅速穿过几十米长的石头桥。

到了桥对岸，眼前是一片零散建造的砖瓦房和木头房。虽然都不清楚这里的地形，但通过东西两侧的枪声可以断定，这里的敌人已经被分向两侧，便由万全、秋虎各带一队人分向东西，顿时将这里的敌人分头包围夹击。

子昂没有跟随万全、秋虎他们去，而是叫住林海、庚寿、文普、铁头等哥哥道："咱得小心房子里头有人。"

林海四下巡视一番，指着一个看似军营的大木房道："先可大的来。"便小心谨慎地靠过去，里面果然是军营，但却空无一人，就近又查看了伙房、仓库等建筑，也都是空的，这才又去搜查那些砖瓦结构的住房。

进入第一个砖瓦房，里头是两间屋，一间是木制拉门，里头是个矮炕。另一间是两扇对开的木制门，里面是间办公室，中间放着一张大木桌，桌上有电话和一些文档。桌子后的一面墙上，正挂着子昂画的那幅巨大的日本天皇油画，这显然是东条敏夫的住所。

子昂一见到自己亲手画的天皇画像，心中顿时又涌起屈辱感，上前一把扯下，手脚齐上，拆了四框，又用手去扯画布。怎奈已经干透的水胶和油彩使画布变得铁板一般，索性朝上面连开数枪，又用脚去蹭那连成一片的枪孔，这才撕扯开。

哥哥们都知道这是子昂画的，也看出他此时的心情。林海说："费那劲干啥？点把火儿烧了不就得了。"

子昂停住手道："拿外头烧，这屋留着咱有用。"

铁头发现那桌子上有香烟、火柴和满是日文的文件，上前抓过火柴和文件，玉良和山鹰忙将已扯破的画像拽出了屋。

油画布很是易燃，火起后越烧越旺。文普自然也知这幅油画是子昂画的，看着空中飘散的黑烟道："这可真是，成也萧何，败也萧何。"

子昂先一怔道："四哥这么说可不对，画是我画的，那会儿我也是没办法，你这么一说，好像他让全日本侵略中国是我让的，那我不成卖国贼了！"

文普笑道："你这脑袋瓜儿，想得也忒多了。我也就是说这个画儿，没说他真人。"

林海也笑道："别贫嘴了，赶紧再去那边搜。"便又一同靠近另一幢砖瓦房。

这幢砖瓦房的内部结构和东条敏夫住的一样，但让他们吃惊的是，田中太久正端坐在地炕上，上穿白内衣，下着黄军裤，脚穿白袜子，身两边一边放着一把军刀，一边放着一幅美女画像。

子昂一眼认出，美女画像也是他亲手画的，那是田中太久的妻子美惠子，当时他和美惠子刚结婚不久就来到中国。看着美惠子那甜美可人的画像，子昂倒有些不知所措了，难道田中太久想以此求他宽恕吗？

田中太久见到子昂惊愕道："果真是你！"接着又问道："你是来杀我的？"

子昂看着军刀、画像问道："这是啥意思？"

田中太久没回答，端起美惠子的画像，看了一会儿递给子昂道："还给你。"

子昂不解道："她是你的媳妇儿。"

田中太久苦笑着摇摇头道："不是了。"

子昂还是不明白他的意思，接过画像端详道："她很美，我挺稀罕。"

田中太久冷笑道："听说你就稀罕婊子。"

子昂一怔，铁头将枪对准田中太久的头骂道："你奶奶的，你娘和你老婆才是婊子！"

田中太久看了铁头一眼，又一脸严肃道："我不喜欢婊子。"又对子昂说："喜欢就去找她吧，她也在中国，在满洲国的国都，我们叫上京，你们叫长春。"

见田中太久没有反抗的意思，子昂便示意哥哥们先收起枪。他想知道美惠子为什么也会来中国，田中太久又为何骂她是婊子，但田中太久只是摇下头道："不关你的事。"

子昂无法知道，实际就在上个月，日本关东军司令部抽调一批包括田中太久在内的新晋级的军官赴长春观摩，其间军部还为他们提供一套特殊大餐，就是满足他们的性欲望。

他知道，自日军全面侵华以来，包括龙封关的北营内，几乎都有军妓为官兵提供性服务，对此他也乐此不疲，但让他震惊的是，他在这里居然遇见了他的妻子美惠子。

美惠子这时二十四岁，貌美如花，袅娜妩媚。开始他不相信一身日本军服的美女是他的美惠子，但通过对方发现他时的惊恐目光，他断定这个美貌女子就是他日日盼着和她团聚的美惠子。他能猜到美惠子来中国和日本军官在一起的结果，甚至他可以断定，曾经答应为他保守贞操的爱妻，如今已经是个高等军妓了。

他很清楚他的本国，自古就因孤岛贫瘠而好战，少壮男丁几乎一直都被征去当兵，实际就是出海做海盗，根本没有时间结婚生子，造成本国人丁日益减少。据说有一位天皇为此定下一个不成文的国策，允许国内所有男人不分何时何地都可与任何女人发生关系，以此维持日本后代繁衍。

田中太久早在中学时就对女性熟知，曾与多名本国女子有过肌肤之亲，先是他的童年玩伴和同学，但后来这两个给过他快乐的姑娘都去当了艺妓，他便又去逛妓院，却从来没人责怪他。其实其他家庭的妻子也基本都允许丈夫逛妓院，他的性生活环境就是这样的。

大学期间，他开始了解各国文化，其中在性方面，他发现日本是世界上所有国家中最开放的，倒觉得他的国家很另类。涉及娶妻，他倒是很仰慕中国男人的择妻理念，可以多妻，但很注重贞操。他可以继续逛妓院，但也希望自己的妻子像中国女人一样，对自己的丈夫要忠贞不渝。

怀着这样的情结，他选中了还在读中学的松下美惠子。美惠子不但容貌清秀，身材也是日本姑娘中少有的婀娜。从他们相爱那时起，他就开始从内心拒绝他心爱的女人被其他男人所玷污，更希望美惠子能成为他心中一片永远的纯洁之地。

也就在这时，对华战争开始了，浓厚的中国文化兴趣，和他一口流利的汉语，使他成为关东军征召的最佳人选。但他更想守住他心中的那片纯洁，便匆忙与还在高中读书的美惠子结了婚，一再嘱咐她要为他守住贞洁。婚后的第三天，他就身负着军国的荣耀，恋恋不舍地抛下爱妻，随军到了中国满洲。

然而他毕竟青春正旺，已经有过多年性经历的他无法忍受没有女人的日子。被派到龙凤北营后，他既要为东条敏夫当翻译，还要负责与当地中国人亲善，免不了要与中国人接触、交流、结朋友，也免不了遇上中国姑娘。

他看到中国姑娘的身材很多都像他的美惠子，尤其喜欢经常骑马逛街的多日娜。虽然他让美惠子为他守贞洁，但这时他想入乡随俗地纳个妾，也就是想把多日娜占为己有。在他看来，这并不影响他和美惠子的爱情。但他也清楚中国男人十分注重女人的贞操，自己可娶三妻四妾，却不能忍受自己的任何女人红杏出墙和被人强暴失身。如此，中国女人也往往把自己的贞洁看得比生命还重。尤其那些未婚女子，婚前一旦被人破身，就会招来一生的不幸，便多是以死来逃避将来的不幸。

通过与已经归顺的警察所所长包万全接触，他感到他就是统治当地的核心人物，便要通过与他交友来保持治安稳定。而让他惊讶的是，包万全作为当地的核心人物，其背后力量竟是他的一群结拜兄弟，远不是朋友所能替代的，其中多日娜就是他的一个结拜兄弟的亲妹妹。

为保证当地中国人心悦诚服地顺从日本人统治，尤其要保证军方提出的具有过渡性的亲善政策的顺利进行，东条敏夫告诫他必须要克制，避免激起中国民众的抗日情绪，他也只能在中国人面前，特别是在女人面前表现出平易近人的绅士风度。此后他又参加了子昂和香荷的婚礼，见米家姐妹也都貌美如花，不禁感慨，地处群山之间的龙凤，竟有如此多和她妻子一样美丽的花姑娘。但他又实在担心万全等人会因他的放荡而聚众反抗，那样他会受到东条敏夫甚至军部的严厉责罚。

东条敏夫一直担心龙凤的中国人不安定，同时也担心他的士兵见了女人就性狂，在告诫田中太久的同时，还竭力控制其他士兵与当地百姓接触，以防止因发生奸淫妇女事件引来不必要麻烦。

他很清楚，就在九一八事变的当年，日本海军士兵在中国上海疯狂奸淫良家妇女，曾引起中国民众和国际社会的强烈不满。为此，日本海军陆战队在虹口选择一批日本妓院作为其海军的特别慰安所，方使日本海军强暴妇女事件得到收敛。

为了解决他本人的性欲望，安抚他的士兵，他也想找家妓院作为特别慰安所，但龙凤山区并无妓院，他便决定在自己的军营内设置慰安所，想通过他和牡丹江守备队的个人关系，从牡丹江与军方有关系的妓院里征来一批妓女。可为牡丹江附近军营提供妓女的近藤四郎却活不见人，死不见尸地消失了，其经营的几家妓院也几乎人去楼空，剩下几个没处去的妓女就被他们骗到龙凤北营内。

但几个妓女无法满足他们北营官兵的需求，想去别人经营的妓院得到妓女就得花钱买，硬抢又容易抢出麻烦来。好在他的军营负责往山里军营运送补给，后来听说这些部队经常抓到一些抗日人员，其中还有女性，男性送到外地当劳工，女性则关押起来供士兵享乐，去了自尽身亡的，委曲求全活下来的还是多数。但关押太多的女俘也累赘，就允许他从这些女俘中押一些到北营，名义是反满抗日分子，实际就是军营内的慰安女。

北营内的慰安女多时能达到三十多，其中有中国人，也有朝鲜人，除了被士兵们随时奸淫，她们还要为营内的士兵们洗衣做饭。

北营的士兵大体分为三部分，一部分负责物资装卸，一部分负责往山里押运，其余人员专门负责警卫。平日没有装卸和押运任务时，他们几乎无所事事，玩女人则是他们最大的乐趣。但又怕士兵们染上梅毒，这里唯一的一名军医便成了军妓医生。

北营是这些慰安女的人间地狱，却是东条敏夫及其手下的快乐世界，这也是东条敏夫和田中太久都不让万全、子昂等人经过那座桥进入北营的一个原因。

就是在田中太久欲火难耐时北营有了慰安女，这倒也让他在营外的中国人面前始终把持着绅士般的风度，只是每每在营内慰安女身上发泄时，他的脑海里总是浮现出令他热血沸腾的多日娜和米香荷。

而对于东条敏夫来说，高万全和周子昂是他先后格外关注的两个人。高万全是因为他在龙凤当了多年警察所所长，在当地人中的威望很大。而周子昂除了他画的那幅日本天皇油画外，还有他在山里养猪、榨油的生意越来越大和他每逢年节都不忘了和北营亲善。

　　虽然他因此被誉为教化中日亲善的楷模而受到军部嘉奖，但米秋成遭到东宫太郎枪杀后，包万全能带人替周子昂去攻击"四合院"还是让他感到不安，便决定改编龙凤警察所，成立龙凤山林治安大队，更想借此找个能压住龙凤九兄弟的人来担任治安大队长。

　　田守旺的哥哥在长春也听说龙凤要组建皇协军，便托人和东条敏夫打了招呼，想让田守旺回到父母身边，还希望田守旺能够借着龙凤警察所的改编一步坐上治安大队队长的交椅。

　　东条敏夫觉得家在本地又正在长春为溥仪当护卫的田守旺是替代包万全的好人选。但后来他发现，田守旺身为龙凤治安大队队长，却依然有些畏惧龙凤九兄弟，倒是包万全好汉不吃眼前亏，周子昂又逢年过节都用猪肉、豆油和北营亲善让他们心里又有许些疑虑。

　　但疑虑归疑虑，包万全还能唯命是从地为北营做事，周子昂除了喜欢娶媳妇，就是生意越做越大，兜里的钱越来越多，况且涉及龙凤治安的事情，基本都由田中太久出面。而田中太久实际一直感激周子昂的识时务；他能由少尉接连升至上尉，很大程度和周子昂画的那幅日本天皇画像和他每年都用猪肉、豆油和北营亲善有关，其中也包括他作为龙凤九兄弟之一，可以影响着其他兄弟都和北营保持亲善，等于龙凤的最大隐患被排除。

　　然而田中太久又实在无法接受有妻子天天陪着的那些将军们。但他实在无可奈何，也只有暗中悲伤和愤恨。

　　那么美惠子是怎么来到满洲的？原来，日本关东军发动九一八事变后，日本国内都已意识到他们对中国的战争要不断扩大，便于次年由政府颁布了《高等女学校令》，就是日本女子在高中开设的关于支持对华战争的"修身课"。同时根据这部法令，女子高中又增加了"公民课"，就是培养"军国之妻""军国之母""军国少女"等，形成了以女性为组成部分的强大的侵华后方，近乎举国上下都在为日本天皇和日本军国效力，大量的"军国之妻""军国之母""军国少女"都自发地在战争用品工厂做工，以保证日军在中国战场的需要。

　　美惠子曾在一家防毒面具工厂做工，她当时的心理就是通过自己的劳动，让在中国战场的日本将士不受伤害，尽快夺取对华战争的胜利，也使她与两国相望的丈夫早日团聚。然而随着七七事变的爆发，战争并不像日本政府预期的那样，不但没有"三个月内占领全中国"，而且还造成了大量的日军伤亡，以致国内可征用的男子开始不足。日本政府因此在国内出台了《母子保护法》，制定了"母子育成策"，大力提倡"努力繁殖、努力生育"，还大批征用年轻女子赴中国战场充当通信兵和卫生兵。

　　田中太久回日本休假也想让妻子生育，但不知为什么，妻子一直没能怀上。这时的美惠子倒是因为丈夫在军营中很安逸很想跟他来中国，却遭到他的拒绝，说他的军营里不允许携带家属，让她继续在国内的工厂里做工。

　　可生活安逸的大满洲已经成了美惠子心中的巨大诱惑，就在整个日本都沉浸在战争的狂热之中时，她和许多报名参军的年轻女子一道，也报名参加了卫生兵，而且一心奔着中国满洲来。

　　本以为到了中国满洲就可见到她思念的丈夫，不想中国满洲真的很大，她先被安置到长春一家军用医院。可在护理一名高级军官时，该军官也对她的美貌所痴迷，不久她就被调到这名军官跟前，以从军家属身份做了军中机要秘书。

　　这时她已经不想见到田中太久了，可田中太久却偏偏在异国他乡出现在她面前，不禁让她一时惊恐不安。但镇静过后，她乞求田中太久不要说出他俩是夫妻关系，不然会让将军们很难堪。

田中太久崩溃了，恶狠狠地对"军国之妻"骂了一句，随即愤然离开，此后他一直心痛如割、借酒消愁。

东条敏夫那次被他夜里痛声号哭所惊动，听他哭诉美惠子也参军来到中国便什么都明白了，但并不是很在意，说美惠子能为大日本帝国的"大东亚圣战"献身是光荣的，也一定可以成为一名出色的"帝国之花"，劝他不要因为美惠子效忠天皇而伤心，还许愿为他选个本国姑娘专门服侍他，如果喜欢外国姑娘，中国、朝鲜的都可随时招来，就连荷兰、俄国、马来西亚、菲律宾的也能招来，但他无法振作起来。

也就在他开始厌恶这场战争的时候，东条敏夫开始让田守旺调查东宫太郎失踪案，最终迫使子昂、万全等起兵抗日。

西头枪声一响，便有西营士兵来报，说田守旺和包万全在西营因内讧发生火拼，只有皇军出面可以平息。

东条敏夫的第一念头就是想借此除掉包万全，便让田中太久带兵去平息。但田中太久依然情绪低落，气得他骂了一句，忙自己带上二十余人直奔西营，结果中了子昂、万全设的埋伏，顿时蒙了头。

他已在龙封关驻守了八年，还从未有过中国人对他攻击，当然这主要是田中太久与当地地头蛇所谓亲善的功劳。但他又很不解，难道田中太久之前就知道包万全要谋反？可他为什么没有将这么重要的事情告诉他？难道他是在报复天皇和军国？不禁恨起田中太久，只可惜他已成了周子昂的俘虏。

田中太久知道东条敏夫正让田守旺调查东宫太郎失踪案和陈宝根离奇死亡案，但他实在没有心情顾及这些事情。

他做梦也没想到会有人敢来攻打北营，当得知有人攻打北营时，他的第一反应就是包万全被田守旺逼反了，随即又意识到东宫太郎失踪案和陈宝根离奇死亡案定与周子昂有关，因为他很清楚周子昂的岳父就是被东宫太郎枪杀的，只是一直对外秘而不宣。同时他还意识到，包万全已经控制了西营，然后又设下调虎离山计，以分散北营兵力，分头击溃，估摸东条敏夫已经中了埋伏有去无回了。

他不禁恐慌，本该是他带兵去平息西营的所谓内讧，但因他正在闹情绪，所以东条敏夫才带兵出营，无论如何他都得负此责任，军部不能宽恕他，周子昂也不会饶了他。

为了挽回损失，他忙组织营内兵力反击，但营内的兵力已被东条敏夫带走一部分，剩下的兵力又被攻营的扯成三部，明显感到力不从心，大势已去。

这时，田中太久伸手拿起那把战刀。林海、铁头以为他要反抗，立刻又举枪对准他吼道："别动！"

万全、秋虎、炮头、搬垛显然已结束了外面的战斗，这时也寻到这里，见田中太久手握战刀坐在地炕上，都很莫名其妙。

田中太久并不理会对准他的枪口，将刀尖顶在炕面上，两手握住刀柄，又看着子昂说："你的妻子很美，疯了太可惜。多日娜也很美，她也疯了。不过我很羡慕你，要能有来世，我也做个中国男人，娶一大帮漂亮的妻子，都是我的，别人不能碰。这辈子完了，都结束了。"说着提起刀，猛地刺入自己腹中，白色的衣衫很快透出殷红的血，在场的人又无不感到惊讶。

第 154 章

田中太久死了，低垂的头颅搭在体外下斜的刀背上，好像因为刀的支撑，才使身体没有倒下。

炮头这才问："他一直在这儿坐着呢？"

子昂说："俺们进来时他就这么坐着。"万全说："听田守旺说过，头阵儿他好像去了趟长春，回来就一直没搭过他的面儿。怪了，他回来咋就变了个人儿？我还以为他能带人去西营呢，结果是东条敏夫带人去的。"

林海说："刚才听他的意思，好像他媳妇儿成了婊子。"

炮头问："咋的，他媳妇儿是中国人？"

子昂说："日本人。"说着让炮头看美惠子的画像。

这时万全说："鬼子肯定得来救兵，咱得琢磨下一步咋办？得先定个挑总头儿的，各个地上都得琢磨到了，鬼子救兵要来，咱可不能一盘散沙似的各打各的，一旦漏了空子咱这把可就白忙活了。现在全龙凤的小命儿都攥咱手里了。"

见万全说出了关键，子昂立刻说："二哥带兵带了这些年，懂得排兵布阵，这总头儿就你来当。"

万全谦虚道："昨儿个不定好了穆桂英挂帅吗？"

子昂说："她对咱这儿的地形不熟，现在正关键，我看就你合适。我老师在抗联里就是长官，不能总待咱这儿。就看咱能不能守住龙凤，日后要真去镜泊湖，那时我老师就是总指挥。"又问林海道："大哥你看呢？"

林海点头道："按你说的来，但你不能躲清闲，这些弟兄可都是你召集的。"

子昂说："二哥当司令，我当传令官。"又问秋虎、炮头、搬垛道："你们看行吗？"

炮头对万全不熟，对子昂如此看重万全有些不是心思，但又不想和子昂过不去，一笑道："行不行大当家的已经传令了，你这传令官俺哪敢不听？喘气儿还指着你吃香儿呢？"

子昂不在乎炮头话里什么含义，郑重宣布道："那二哥以后就是咱的司令。我只说一点，今后的一切军事行动都听司令的，任何人不得违抗。没有别的意思，就是让大家抱成一团；当年在自卫军里我见识过，分心就会让鬼子钻空子，咱们千万不能分心。"

炮头抢话道："这我同意，但我有个心思，我和搬垛就在这儿趴窝儿了，咋样儿司令？"

万全本想自己带人守北营，但炮头先提出来，又被称呼司令，不想让炮头扫兴，只好让步道："你们愿守这儿就你们守着，但我得提醒你们，有伙儿鬼子从这儿逃进山里了。北山林子深，就怕他们还从这儿杀个回马枪，你得派人盯紧了。再有，鬼子要来救兵，也可能从大河两头过来，现在河面上还能经住人，两头你都得搁人守，一有情况，马上开火。桥头你不用搁人，把兵力都搁到我说的这几个地上。"

炮头如愿地得了北营，便愉快地应道："司令放心，这几个地上我黑白搁人把着，保准连只耗子也甭想过来。"

万全点点头，又对秋虎吩咐道："虎子兄弟，你带你的人住南头大房子，那里住几十个兄弟没问题。东山根儿那儿还有个砖窑，已经没人住了，也得搁人把着，把住这两地上，就能堵住从宁安、海林、牡丹江过来的救兵。我还是守西营吧，那条道儿是往沟里去的，苇河、亚布洛尼、横道河子要来救兵都得打那头来。只要咱把住这些地上，鬼子想进也进不来，除非他们从别处翻山过来，那他们可就成神仙了。"又对子昂说："九弟你身边会打枪的不多，可都是碰过硬的，我就不扯他们了，让他们帮你守山庄，主要是西头老虎口，那块儿一般不去人，但这会儿就不太好说了。"

子昂对万全的部署很满意，又补充道："我在山神庙那儿也设道岗；大房子周围都是庄稼地，现在都光秃秃的，一旦顶不住，退都没地儿退，容易当成活靶子。山神庙离那儿最近，要看不行别硬挺，抓紧退到山神庙，北营、西营听到枪声就抓进增援，先守着对面儿的树林子，只要把鬼子引过来，山神庙那头就可以侧面出击，再给他们包顿饺子。"

万全赞同道："在理儿在理儿。那这样，赶紧让人搬弹药；我看这儿的粮库、弹药库都够份儿，大房子和西营都要多备些。"

炮头忙说："我这儿等于守三面，也得多留些。"

万全说："库里那老些呢，想都搬走也搬不了。我那头还有一些，粮食、弹药都先拉一车应下急。大房子那头今儿个可劲搬；鬼子来救兵，十有八九从那过来，那可是咱的南大门，弹药必须得备足了。"又安慰炮头道："子弹不是摆着玩儿的，该用就得用，用没了咱有办法弄，少不了你们的。你们这是北大门，可攻可守可退，一旦失守，等于整个龙凤失守，那咱可白忙乎了；鬼子没守住，是因为咱们打他个冷不防，他们兵力又让咱扯得稀里哗啦，外头还没有增援，这也给咱以后提醒儿了。"

炮头应道："听司令的。"随后大家分头行动。

这时子昂想起那串东珠项链，就招呼铁头、玉良、山鹰道："我有串项链儿让田中给逗来了，帮我翻一翻。"

铁头不解道："你还在乎串项链儿？"

子昂说："开始没在乎，后来田守旺找过我二连桥儿，说这串项链是日本国产的，净他妈的扯淡。东珠是咱镜泊湖里的玩意儿，镜泊湖和日本海根本不着边儿，咋就成他们的了？就因这串珠子叫东珠。你们可能不知道，日本原先叫东瀛，他们现在的国都叫东京。他们想把所有带东字的东西都变成他们的，就是想把整个东方都变成他们的。七哥能知道，宁安有个东大洼子，也让他们改成东京城了。"

凤仙一怔道："东京城是老叫法儿，大清国那会儿就这么叫，绝对不是日本人起的。东京城是个镇，现在改成渤海了。要说日本人喜欢这个名字定是别有用心，他们把东大洼子改成东京城了，现在是火车站，还有飞机场呢。"

子昂恍然道："这回事儿。咋的咱先不管，先帮我把项链儿找出来。"大家便开始寻找。

可在田中太久屋里翻遍了也没找到那套东珠，倒是在一只皮箱里发现一部照相机和许多照片。照片都是男女合欢、洗浴的淫秽照，还有女性私处的特写照，实在不堪入目。再看照片上的裸体女人，既有东方人，也有西方人。

几个人都看傻了眼。没等将所以照片看完，子昂说："不好看，拿出去烧了吧。"

凤仙阻止道："看又不瞎眼，烧了干啥？"

铁头不说话，将凤仙手中的裸体照夺下扔进箱子内道："没啥好看的。"然后将箱子一扣，拎起朝外走。

子昂忙追着喊道："把照相机留下！我的东珠没找到，也不能空手回去！"说着夺下箱子，从里面拿出照相机说："这玩意儿不大，里头啥都能装，能装埋汰的，也能装干净的。"

铁头问："你会装？"

子昂笑道："我会学，没准儿将来我还能开照相馆呢，比画画儿省事儿多了。"

铁头不解地问："东条咋不想省事儿？还让你画那个皇帝老儿。"

子昂说："照相真实，可照不了我画的那么大，我说省事儿是先用它照，完了照着相片儿放大。"

铁头点头道："那你好生留着。"说着又扣上箱子拎起，直奔外面那堆还在燃烧的火前，先开箱将里面的相片都倒在火上，顺手将箱子也扔进火中。

先出去的人正在外面等他们，见铁头拎箱东西出来烧，都很好奇。万全问："烧的啥玩意儿？"

铁头说："田中的相片儿。"

万全没在意，又听凤仙说是女人光腚照，就埋怨铁头道："操，你烧了干啥？你们过完眼瘾了，也不让俺们瞧瞧。"说着要去捡，但火势更旺起来。

林海挖苦道："一遇这事儿，他可来精神了。"

万全难为情道："说啥呢你？"

林海说："说你当司令没个样儿。"

万全嘿嘿一笑，不再惦记那些裸照了。

这时，大家都听见东条敏夫的住屋里传出电话声，便都进去，谁都不知该怎么办。子昂问："会不会是他们上司？"

万全上前抓起话筒，听见里面喊日语，听不懂说的是什么，索性对着话筒"嗨"了一声，又将电话扣下。

山鹰问："里头说啥？"

万全说："哇啦哇啦的谁知说的啥？听不懂。"大家都笑。

电话又响起来，万全说："甭管它，咱忙咱的。"说完都出了屋。

去弹药库时经过一个营房，秋虎、炮头、搬垛和他们的一些手下正在门前嬉笑。这时有提着裤子从里面出来的，立刻有人嬉笑着解裤子，一边解一边跑进去。

子昂知道里面有女子正被他们享乐着，心里很不是滋味，也不忍进去看。忽然他将炮头、秋虎拉到一边问："里面几个女人？"

炮头说："二十多个呢！咋的？大当家也有意思？"

子昂为这里有这么多女人感到吃惊，说："和你们商量点事儿。把她们都放了吧，让她们各回各家。兄弟们要去库果窑儿我管不了，但这些肯定不是库果窑儿的。都是爹生妈养、有血有肉的，但凡有点章程，也不愿这样让人糟蹋。咱这样儿好不好？把她们都放了，回头我给每位发二十块大洋，贴金的除了给打口好材，每人再给三百块大洋，能找到家人的给家人，找不到我的意思也到了，咋样？"

炮头笑道："大当家的就是会疼女人，怪不得给你当小儿都美够呛。"

子昂反驳道："也有跟你美的嘛！"

炮头说："那是齐大胆儿毒草子，早想和他拔香头子了，可单搓又扯不起海子，新挂柱又都是没房瓦的，亏了遇上你这及时雨。"突然又问道："我一直在想，齐大胆儿是不让你给插了？没事儿，要真你把他插了，我还得谢你呢。"

子昂坚持否认道："他不想钻山了，又去跑黑货，真从我这拿走不少老头儿。这都过去了，还是想咱以后的。明儿个我把你俩的夫人都送过来，你俩也准备拜天地，人家跟了你们，不能让人一辈子连花轿都没坐过，是不？"

炮头欣喜道："那是。"又抱拳道："大当家，那我就听你的。"又冲着手下们喊道："压裂子的都出来，大当家的给她们赎身了，你们每人发二十个老头儿。还没压过的加老头儿一个，压过的少一个。"

一个手下嬉笑道："还有没打炮儿的呢！"

炮头说："没打炮儿也加一个。麻溜点儿，让朵花子把挂洒都上了。"

立刻有人进去催促。有人问秋虎道："老大咱有吗？"秋虎看了子昂一眼。

子昂答道："都有。"

很快，里面的男人都提着裤子出来，互相询问从哪取大洋。子昂说："我这就回山庄里拿，要是放不下，就跟我去几个。"

炮头忙说："那干啥？我信得过大当家。"

子昂说："那我就把人带走了。"又招呼一人道："看她们穿好没，穿好出来跟我走。"那人应着进去了。

又等了一会儿，从营房里接连走出二十一名身穿黄色男棉装的女子。虽然都是盘着头，但年龄差别较大，大的三十左右岁，小的十七八岁，这时见了炮头，自觉排成两趟，然后又都神情木然地低着头。

炮头对她们说："这是俺们大当家，他花钱给你们赎身了。"

女子们这才又抬起头，谨慎地打量子昂，顿时眼里都放出光，嘴角上也都露出微笑。一个岁数大些的忙跪地感谢，接着都跪地磕头。子昂想扶她们起来，但又觉得不方便，说："都起吧。我想你们都是良家女子，都回家吧，一会儿跟我去换下衣服，再给你们拿些回家的路费。"未等说完，下面已哭声一片。子昂不禁心酸，一一将她们扶起。

这时，万全的一个心腹急着来报信，说被关在牢房内的东条敏夫杀了他们一个弟兄后向西逃了。万全吃惊道："关在牢里咋还让他给弄了？"

报信的哭丧道："不知他咋把绳子弄开了，还假装上吊，俺俩以为他死了，就开门进去看，可一到他跟前，他就把大尕脖子拧折了。他挺有功夫，我一人弄不了他，咬他一口才跑出来找人，等找来人他跑远了，追也没追上；他过河朝山里去了。"

万全骂道："他奶奶的！"又对炮头说："你守这头真得小心点，东条也进这后山了。"

炮头不屑道："进还能咋的，我让他进去出不来。"又说："待会儿让崽子们进去搜，逮住他我把腿儿给他敲折。"

报信的又对子昂说："桥那头有人找你，说和咱一伙儿的，他们把南头的日本人收拾了。"

子昂一听是穆岚、雪峰他们，就对秋虎说："大房子也让咱拿下了，你赶紧运些弹药过去，我怕他们援兵从那头过来。"秋虎便带自己人去搬弹药。

子昂又对炮头说："天黑前我把钱送来。"然后带着二十一个女子离开北营。

穆岚带领包括志恒在内的抗联人员站在南桥头处等子昂，除了她和雪峰拎着匣子枪，其他人都端着一杆三八式。

子昂上前道："这面全拿下了，你们也挺顺利？"

穆岚说："开始俺们没想打，看他们端枪出来才打的。"又见子昂身后跟着一群穿黄棉装的女子，惊讶地问："她们干啥的？"

子昂说："从这里救的，待会儿给她们都换套衣裳，再给她们拿点钱，都各回各家。"

穆岚问其中一个女子："你们咋进这里的？"

那女子说："俺也打过鬼子，没打过，就让他们抓来了。"

穆岚以为她们是被打散的抗联战士，又问道："你们是谁的队伍？"

那女子说："就是跟着占山的。这里就几个，剩那些有沟雨打猎的，还有逃荒让鬼子逮来的。"

穆岚与她们拥抱道："你们受苦了。"然后又说："你们想回家就回家，愿意继续打鬼子就跟着俺们一块儿干。"

子昂说："先给她们换套衣服，回山庄洗洗澡儿再说。"又见景祥、志恒、子君、懿莹等人都端着三八式，问道："这些枪都是缴获的？"

景祥说："那房子里有两箱这样的枪，子弹也不少。"

子昂惊讶地问："他们人不少？"

穆岚说："十几个儿，可俺们就三支枪，要不是侧面伏击，还真不一定能对付得了。"

子昂说："这头有些伤亡，你们没有伤着的吧？"

穆岚说："就你媳妇儿受点儿伤。"

子昂一惊问道："谁呀？"

穆岚忍不住笑道："多日娜，没大事儿。"

子昂忙在人群里找多日娜，却没见到她，金瑶、顺姬他也没见着。懿莹撇嘴道："看把你吓的，就胳膊挨一枪。"

穆岚安慰道："她挺勇敢。摞倒出来的几个后，她头个进的院子，里头还有俩看门儿的，雪峰和景祥进去收拾的。那头一结束就来和你们会合，也不知你们咋样，我让金瑶她们仨守着那房子。里头还有罐头，亏不着她们。"说完又抿嘴笑。

子昂也笑笑，又看一眼懿莹玩笑道："咋不把她也留那儿吃罐头？"

懿莹一皱眉道："滚蛋！"大家都笑。

子昂嘿嘿一笑又对穆岚说："你们那头枪一响我就知道也接上火儿了，真挺担心的；你们枪少，也不知道那里有多少人，现在看还算不错。"接着又感慨道："北营拿下了，一想跟做梦似的。就是让东条那家伙蹿了不太妙。头一仗就把他活捉了，关在西营牢房里，结果两个笨蛋没看住，还给弄死一个。田中太久自杀了，现在就担心那些逃进北山的，怕他们偷袭北营。不过已经安排好了，那个大房子也安排了，让秋虎他们去守着，咱们就守山庄。"随后，他让穆岚带领抗联人员和他的三个媳妇回山庄，他带二十一个救出的女子去粮食店，主要是考虑山庄还没腾出她们住的房子，在粮食店还方便为她们换套新装。

米家粮食店一直由王文翰的父母和一个雇工帮着打理，所卖米面、豆油、食盐回的钱也一直是子昂隔三岔五去结算。老两口虽然也是给子昂出工，但他们只图能住在他们原来的房子里，况且子昂待他们也如父母一般，便不和子昂藏一点心眼。

外面打枪时，老两口已经关了铺子，这时见子昂带着一群装束怪异的女子回来，就问外面出了什么事。

子昂说："我们把北营给端了。"

老两口都显得不安起来。他安慰道："现在全国都抗日了，别怕，龙凤现在都是咱的兵，各个道口搁人把上了，鬼子进不来。就是能进来也不怕，咱都去镜泊湖安家，那儿有咱的根据地。"

听他这一说，一个被救的女子惊喜道："俺娘家就是镜泊湖的。"

他看那女子，二十多岁，有些消瘦，想她在日本军营里受过凌辱，心中怜悯道："那就跟着俺们，到时咱一块儿回娘家。"那女子很高兴，看他的目光也是暖暖的。

子昂将二十一个女子都安排在原米家人住的房子内，两个屋各分别安排十人、十一人，只是睡觉时要身挨身地躺。然后，他又去叫开卖衣服的店铺，按着大概尺寸，一并订了二十一套现成的女人冬装。那家店铺本是卖布料的，可每年入秋时都有裁缝按着不同身材做出一些送到这里代卖。可卖了一冬也没卖几件，这时几乎都让子昂买下了。那家人高兴得忘了刚才外面打枪，捆了三大捆由家人分别扛着送到米家粮食店，又从文翰母亲手里拿了钱。

在二十一个女子嬉笑着换装时，子昂又亲自赶着一辆牛车去了肉铺，将满秋母女四人也接到粮食店。满秋穿着子昂之前为她定做的毛领毛边冬装，又让招弟为她梳洗打扮一番，也同贵妇人一般。

街上的人虽还不多，但有认识子昂和满秋母女的，却都低头过去，然后互相议论。子昂隐隐听见一个老汉说："那就是老米家的花姑爷，他就为这个骚女人和日本人干起来了，祸国殃民哪！"

子昂顿时恼怒，想去打那个老汉，可那老汉见他怒目转身，吓得如同见了鬼一般逃去，他便只是骂了句"狗日的"，继续赶着牛车。

回到粮食店，子昂小心地将满秋抱进老两口的对面屋，让那个雇工去肉铺帮麦冬。文翰的父母也都认识满秋，就背着满秋母女问他："你咋把她抱回来了？"

他说："她是为了我才让田守旺祸害成这样儿的。也对，我就是为了救她才和日本人反的。"随后讲了田守旺他们如何轮奸满秋、强暴招弟和他杀了田守旺、侯七等人的事。

文翰母亲气得骂道："田大宽咋养这么个畜生？死了也该。"接着又担心道："那你就不怕摊官司？"

他一怔道："咱现在是亡国，你让日本人判官司？去他妈的，这官司我判了就算。"

文翰母亲说："那老田家朝你要人咋整？"

他不屑道："让他管日本人要去，他们全家都是日本狗。我还就想让他家人都知道，这就是日本狗的下场。"接着又吩咐道："把锅灶都点上，焖两锅大米饭，再炖几只鸡，晚上让她们可够儿吃，我也过来吃。她们顶多在这儿住两天，回头就把她们接山庄里住，等我把山庄房子再腾出一套来的。"说完转身离开回了山庄。

子昂回山庄主要是为炮头他们取他承诺过的银圆,先去看了多日娜,见她的臂伤已经缠了白布带,就搂在怀里安慰了一阵,然后又去了天娇的屋,让她备出四千银圆。

天娇正照看着庆儿和悦儿,并没怨他取这些银圆,但还是忧虑道:"咱要去镜泊湖住新家,林子里那老些钱咋整?"

子昂还在为拿下北营激动着,这时舒心地笑道:"也不一定。真要走的话,那里埋的先别动。还得亏就挖回两棵树的,要不拿不走那些还不太好办了,再等等看。你屋里放几千就行,真要是走,让家里人搭下手就带走了,咋也够花一阵的。"

她仍担心道:"咱要走了别人去挖咋整?"

他点下她的嘴唇道:"你这儿不漏出去谁知道?"

她努下嘴,样子讨人喜欢,他又亲她一口。

日头西落时,他叫上雪峰和景祥,各拎一千多块银圆离开山庄,他要在天黑前将这些钱交给守北营的炮头和搬垛,心里虽然有些不舍,但现在正是用人之际。

炮头和搬垛见到四千银圆欢喜,要留子昂一块庆祝。子昂说:"还不到庆祝的时候,等消停一点儿的,我把你俩媳妇儿都搁八抬大轿送过来,那时咱再一块儿庆祝。放心,她俩在山庄都挺好的,没人敢碰一根毫毛儿,你俩就等着和新娘子拜天地吧。"

炮头笑道:"都快成老蒯了,还拜啥拜,接过来快活就行了。"

子昂责怪道:"还不到二十就成老蒯了?你也太拿人家不当回事儿了。"

搬垛笑道:"当回事当回事,往后得跟大当家学着疼媳妇。"

子昂笑笑,又带雪峰、景祥去米家粮食店吃大米饭和炖鸡肉。

吃饭时,被救女子中那个岁数大些的对他们讲了一件事,说日本人在北营时,经常夜里有满载的军车进去,车内装的有米袋子,也有不同规格的木箱子,有存入库里的,也有往后山运的。子昂和雪峰都意识到,北营的后山要么还有日本人的军营,要么就有些物资被储藏在后山的某个地方。

子昂想起东条敏夫逃进北营后山,顿时有种不妙的感觉,就对雪峰、景祥说:"咱小看日本人了,他们后山肯定还有秘密,就怕那头还有他们的军营。要是有军营,能有多少驻军?小股的还好,要是大股的就麻烦了,也许北营咱今晚儿就守不住。本来咱兵力就不太多,炮头他们要被端了,那咱可就更撑不住了,事儿让咱惹大了。"放下筷子又说:"我得去跟我二哥说一声,让北营今晚儿小心点儿。"说着离开去找万全。

万全正在西营和手下庆祝胜利,听子昂一说,也感到不安,立刻抽出一半兵力协助守北营,以保证今夜平安无事,明天天一亮就进山搜查。

又到了北营,炮头、搬垛也正和手下们聚餐庆祝,听说后山可能还有日本军营,也都不安起来,又立刻让手下停止喝酒,吃完饭就做好战斗准备,夜里睡觉都不许脱衣服,把枪搂在怀里,听到放哨的打枪,立刻赶到指定位置。

▸第 155 章◂

深夜，山里很静，山外果然又响起枪声。子昂正迷迷糊糊地陪着多日娜，听到远处的枪声，第一反应就是北营后身的日军开始夜袭了，急忙起来穿衣服。

穆岚、雪峰、景祥等人都知道北营后山有秘密，这时也都听到远处的枪声，纷纷起来穿衣服，并都提枪到了院外，见子昂和华老爹已提枪站在山庄门口。

雪峰说："会不会是北营？"

子昂不敢确定，对穆岚说："老师，我和雪峰、景祥去看看，你和老爹带家人守山庄，有啥事儿我回来告诉你们。"然后和雪峰、景祥跑出山庄。

到了山神庙，山外的枪声已经停止。这时他们借着林子内还没化尽的雪的光亮，隐隐看见有一人影正朝山神庙来，身上好像还扛着东西，立刻隐蔽起来问："谁？"

那人影丢下东西躲藏起来回问道："子昂吗？"

子昂听出是志恒，出来说："是我。哪打枪？北营吗？"

志恒过来说："不是北营，是大房子，来了两辆日本军车，一车是大米，一车是日本军装和大皮鞋。两辆车才六个鬼子，让虎子他们给报销了。虎子让我扛袋大米回来。"又说："我猜是换季节了，拉来的军装都是单的。那些皮鞋可挺怪，都是右脚的，虎子他们想穿也穿不了。"

子昂明白了，说："这是他们要往这儿藏的。这些年他们一直也没闲着；现在我敢说，北营后山肯定有他们的大仓库，估计也不能光藏这些东西。"又问道："北营没动静？"

志恒说："没听着。"

子昂舒口气道："我还以为北营遭偷袭了呢。现在就怕北营遭偷袭，关键咱不知北山里头有多少鬼子。"说着一起朝林子外走。

在临近"四合院"的土道上，秋虎手下的人都在忙，一些人正举着火亮子，其余人在从一辆军车上往下搬大米。

子昂他们靠上前，有人看不清他们大声问："哪路？"

子昂说："娘家的。"

秋虎听出是子昂，过来说道："鬼子够意思，给咱送粮来了。"

子昂说："他们肯定还不知咱把北营端了，要不他们得给咱送枪送炮。"

秋虎发起牢骚道："我白天寻思从北营多搬点子弹，你瞅他们熊德性，才搬两趟就不是心思了，好像搬他家东西似的。要不看你面子，真想跟他火拼，真他娘的给脸不要脸。"

子昂叹口气道："我和二哥都看出他们挺独，不过也没办法，要不我哪舍得一下掏出那些现大洋给他们？那些钱得招多些兵来！"立刻又觉得不该守着秋虎这么说，忙改口道："给是该给，他那头挂了那些弟兄，我是说，那些挂了的弟兄，他俩未必能把钱往家里送，有的可能连家是哪的都不知道。给不给就他俩的事了，我也不能跟腚追着问。你这头我还没顾上，明儿个得空儿给你们送来，两个挂彩的多给点，剩下也都二十块，给你拿两千。"

秋虎说："咱都家里的，意思下就行，要不兄弟们都瞅见了，一点不给好像你这头挺偏心的。"

"三千大洋咱得招多少兵？二哥说了，明天就开始招兵买马，咱先忍着点儿，到时再说吧。"

正说着，万全带着一伙人靠过来，相互确认后，子昂问："北营没事儿吧？"

万全说："现在还没事儿，我让他们盯着呢。"又问了这头的情况。

秋虎说他们也一直派人紧盯着道路，发现有汽车开过来，知道是日本军车，立即开枪将车拦住。车上的日军似乎没有意识到太大危险，都下车寻找打枪的人，结果被秋虎他们一同剿灭，加上开车的，一共六名日军。随后他们又检查车上装的东西，发现是大米和日军军装，只是奇怪那些皮鞋都是右脚穿的。

万全对子昂说："这就是你老师跟咱讲的，北山里头肯定有玩意儿。"

子昂说："我也这么想，这些年他们一直这么忙乎，我猜得有不少玩意儿。"

万全说："但愿今晚别出啥事儿，只要挺到天亮，我就带人进去搜。要是搜到了，我想这样，你让那些抗联的进去守，我瞅那俩小子不带架儿，别真漏了空儿。"

秋虎接话道："你看，司令也不痛快了吧。那我就和司令说个事儿。这些大米就存我这儿，司令用、姐夫用都没说的。定的明儿个俺们还去北营拉粮食，这样我就不和他们惹气了。"

万全点头道："你这儿也是碰硬的，别亏了弟兄们。"

秋虎立刻又吩咐手下先将缴获的大米都搬进大房子，又向万全和子昂承诺，明天让弟兄们为西营和山庄都运一些去。

万全说："西营用就去北营取，离得还近便，这些大米你和你姐夫分一下。"

秋虎便将手下人分出一伙，将一半大米运进山神庙，等过后再往山庄运。

北营夜里无事，早晨大家闻着新鲜空气，都有种很轻松的感觉。龙凤的居民有在街上放鞭炮庆祝赶走日本人的，但也有人担心日本人还会杀回来。

果然，在傍午时，几十名日伪军乘着两辆军车来进攻。军车刚到昨晚被伏击的军车前就遭到秋虎所部的阻击，顿时双方对攻激烈。但日伪军有机枪和钢炮，"四合院"不多时就被炸塌了半面，里面的人也开始出现伤亡。

秋虎感到不支，见日伪军袭击的目标的"四合院"，忙让手下往山神庙撤。尽管从"四合院"到山神庙这时很空旷，容易让日军当成活靶子，但也只有硬着头皮逃离"四合院"。

秋虎还真有几个过命弟兄，都要掩护他先带人撤进林子，然后用远火力掩护他们撤。秋虎只好带领多数兄弟分散开先撤，由临时组成的阻击小队继续用火力压着敌人。

又对峙了一阵，七十多人的队伍，近八成撤入西山林内，随即远距离向敌人射击。但日伪军见"四合院"的火力明显减弱，两辆军车便开始朝那里硬冲，车上的机枪继续朝着开始的目标扫射，两队身穿冬装的日伪军都端枪尾随在车后。

阻击小队还是无法脱身，眼瞅着军车逼近，他们只好背对着敌人的扫射朝山神庙奔跑，但都没躲过敌人扫射。秋虎在林子内急得要哭，命人狙击军车上的机枪手。可刚击毙一个，有一个日军冒出来，继续用机枪扫射。

正这时，北营对面的树林内也响起了枪声。这是万全带人在这里阻击，他们也是听到这面枪声激烈才匆匆赶过来。

上午，万全率一些手下和林海等兄弟在北营后山搜查日本人的军营和仓库，可顺着积雪上的脚印翻过山后，发现脚印越来越多，忽然感到不安，忙叫住大家道："咱别往里走了，咱就这点儿人，别中了他们埋伏。"急忙顺着原路返回，准备让炮头在山里也设一道岗哨。可刚到北营内，就听见"四合院"方向响起激烈的枪声，猜到是日军的援兵到了，并已经和秋虎所部交了火，忙和北营搬垛一部赶到北营对面的树林内，见秋虎的人已经顶不住了，正朝山神庙所在的林子内撤退，又见日军开着军车追打，便下令开枪，想把军车吸引过来。

万全一边打一边对林海说："咱开始想得挺对路。九弟他们可能也在山神庙那头，只要把鬼子引过来，咱就一块儿包饺子。"这一说，大家谁都不惧怕日伪军靠近了，各在一棵树后朝日伪军射击。

日伪军似乎想乘胜追进西面林子，这时北面的林子又响起激烈的枪声，立刻又都躲在军车后不敢露头。

正如万全所说，子昂和穆岚、雪峰等抗联人员一共十多人这时已经在山神庙下，和虎子他们会合到一处。

子昂在山庄内一听到枪声就和抗联人员急行军奔向山神庙，就连华老爹和玉莲也加入进来。玉莲见志芳也有模有样地端着枪，执意也要跟来学打枪。到了山神庙，子昂才发现玉莲也跟过来，守着与她同岁的志芳不好责怪，立即投入战斗。

见秋虎满脸泪水地和弟兄们朝外打枪，子昂和抗联人员才知道他有十多个兄弟刚刚阵亡，心里也都很难过，也一同朝对面的日伪军射击。

秋虎的手下都被子昂带来的女枪手们惊呆了，更对志芳这个小女枪手感到惊奇。秋虎见手下一个个有点色迷迷的，气得吼道："看什么看？恨恨地打！"

西北两个林子的枪声汇到一处，躲在车后的日伪军顾北顾不了西，纷纷中弹倒地。不久，两辆军车转向顺原路逃去。

战斗就此结束了，共击毙日军十一名，伪军二十三名，缴获枪支四十二支，机枪两挺，子弹近千发，手雷近百枚。虽然秋虎的弟兄阵亡十二人，伤了九人，但仍是一场胜利。

子昂提议把阵亡的十二个弟兄葬在米秋成和格格夫人坟墓的附近，秋虎同意。因一时打不出十二口棺材，山土还结着冻，便只是刨了一条不是很深的长坑，将阵亡者挨排摆在里面。起坟头时，为了不让冻土接触阵亡者的身体，又让多人从山里找来一些人家伐后还没有取走的木头，也挨排铺到坑口上，然后在木头上垒起一个大坟包。

秋虎一直在为那个过命兄弟阵亡悲伤痛哭，他的手下也在哭。子昂也很难过，跟着一起落泪，又让志恒去山神庙取来供品、焚香和烧纸。

待秋虎和手下摆供、焚香又烧了纸，穆岚也上前说："看到弟兄们牺牲，我也很难过。在这场拯救中华民族于苦难的抗日战争中，我们已经牺牲了很多爱国志士，他们都是拯救中华民族的英雄，我们的后人不会忘记他们。今天，我们又失去了十二位好兄弟、好战友，他们也都是英雄，愿他们的在天之灵保佑我们，保佑我们坚强地活下去，保佑我们彻底打败日本侵略者，保佑我们的后人不做亡国奴。现在，我们一齐朝天上连开三枪，以告慰英雄们的在天之灵。"

大家一齐枪口朝上，连放三枪，枪声骤然激烈，更显悲壮和震撼。接着，穆岚又带头向阵亡义士行告别军礼，随着她的一声"敬礼"，子昂随抗联人员都打了军礼，万全也带自己手下打了军礼。秋虎和他的手下们都没经历过这种场面，这时也都激动地效仿着打了军礼。

最后，他们将那些丧命的日伪军也抬进山里，因都不愿费力再去刨坑，便只用一些积雪和树叶盖上了事。

原以为歼灭首批日军增援后还有恶仗接踵而来，各路关卡便都严阵以待，不敢懈怠。可一连过去两日，一直没有日军再来增援，又猜想日军可能彻底放弃了龙凤，紧张的心便又开始松弛。

自子昂建起九神庙后，砖场老板管垚就撤走了，砖场内只剩一趟房子和两个冷清的砖窑。因"四合院"已被炸得只剩下一半，除一部分人留守，其余人便都随秋虎驻守在砖场这面，房子中的一间作为秋虎和媳妇、孩子的住屋。

北营也经过了一番整理，炮头、搬垛及手下也都分头安置下来。炮头、搬垛分别将原东条敏夫和田中太久的住屋当成他们的新房。

子昂这时也心里平静许多，便开始为秋虎、炮头、搬垛操办婚事，先是又杀了几头肥猪，将猪肉分发到各营，又备好三顶花轿，找来凤仙的戏班子，将秋虎、炮头、搬垛和春柳、春秀、灵巧都打扮成新郎新娘，唢呐声、鞭炮声和欢笑声让北营和大田间都洋溢着节日般的喜庆，紧张了数日的百姓们也轻松了许多，孩子们都像出笼的鸟一般，雀跃地聚到北营的南岸看热闹、抢喜糖、放鞭炮。

林海、万全等弟兄分伙去了秋虎和炮头、搬垛的营地，一面加强警戒和对过往龙凤的行人进行盘查，一面分头喝着喜酒。

子昂带着雪峰、景祥又叫上志恒去北营和砖瓦场贺喜，包括华老爹、多日娜、顺姬和志芳、玉莲在内参加过伏击战的人员，都被穆岚聚到一个屋内，庆祝将日本人赶出龙凤和接连打胜的两场伏击战。

子昂想回山庄庆祝胜利，在北营和砖场各喝了杯喜酒后就又和雪峰、景祥、志恒回到山庄，一直说笑到很晚才陪多日娜回屋休息，钻进被窝不久便睡了。

梦里，他带人攻下北营，见炮头的手下正在强暴一群女子，再看那些女子，竟有他的媳妇们，还有穆岚、懿莹和满秋。他很心痛，立刻开枪打死炮头的手下。

他又见穆岚穿一身红色旗袍，妩媚动人，上下打量着问道："你没事儿啊？"

她焦急道："你快看满秋，她让鬼子糟蹋了，手和脚都给穿上针了。"

他这才去看满秋，奄奄一息地倒在地上，身下是一片鲜血，手和脚上都刺满了钢针，却疼在他的心里。

随着将针一一拔去，她的手脚竟和香荷的脚一样白嫩秀美，忍不住捧起亲吻道："我知道你疼，你都是为了我，以后我要报答你，天天给你洗脚，糟蹋你的畜生都让我打死了，你要好好活下去，千万别想不开。"

可满秋并不答话，原来她已经死了，死的样子就和婉娇一样，他不禁伤心地抱起她哭道："你是我的恩人，我还没好好报答你呢！"接着便醒了。原来是多日娜被他哭醒，立刻将他推醒道："又梦见谁了？"

他没回答，只说："没事儿，睡吧。"可梦里的悲伤又让他睡不着了。昨天只顾着喝喜酒和庆贺胜利了，没有去看望满秋和那些从北营救出的女子们，不知满秋是不是真的出事了。

天刚放亮，他就起来穿衣，将枪别在腰间，骑马直奔米家粮食店。

刚从大田进入那片树林，他见文翰的父亲正急匆匆地走来，顿时心提到嗓眼处，催马上前，一边跳下马一边问："是不满秋出事儿了？"

老人站住说："她娘儿几个还好，那屋的姑娘出事儿了！"

他心又一惊问："咋的了？"说着跳下马。

老人说："田大宽昨儿后晌来了，把他家丁也带来了，都端着家伙，说你把他儿子弄死了，要找你报仇。"

子昂眼一横道："他该死！满秋就让他们祸害的，她闺女才十三，那还是个孩子，也让田守旺给祸害了。"

老人叹息道："他是该死，可你救那些闺女遭殃了。这田大宽，以前瞅他还跟个人儿似的，昨个儿也混账了。他就是奔你来的，说来要你命，骂你一面当菩萨，一面当魔鬼，就拿那些闺女撒开气了，说让你菩萨当不成。他知道你在北营张罗喜事儿，就给他那些家丁也开了洞房。我活这大把年纪也没见过这阵势，一大帮人就在一炕上弄，弄得吱哇乱叫的，折腾了大半宿。我想出来送个信儿，他们有拿枪看我的，连屋都出不来，我这一宿都没睡。刚才我又试了一把，可能都折腾乏了，看我那小子也趴灶台上睡了，这我才溜出来。你赶紧的吧，把你那些人都找来，没准他们这会儿醒了。"

子昂的肺子要气炸了，瞪大眼问道："田大宽也在里呢？"

老人说："他昨儿个天黑就回了，有他个外甥在里头领头儿。他这外甥比他还凶，昨儿个就想去你山庄。田大宽猜你肯定得来这儿，就让他外甥带人在这儿守着，说见到你就要你命，完了提你脑袋去见他。"

他飞身上马道："狗日的，我倒要看看谁提谁脑袋。"边说边从腰间拔出枪。

老人担心道："你一人哪对付得了他们？可别自个儿冒蒙进去。"

他不屑道："几个烂家丁能有多大本事？他们要真折腾到后半夜，估计这会儿还醒不了，就怕他们知道你出来。我先去看看再说，找人也得在那头儿找。"随即催马直奔米家粮食店。

接近米家粮食店时，他先下马将马拴在一家挂灯笼的木杆上，然后谨慎地靠近粮食店大门朝里听。

院里静悄悄的，他端着枪，谨慎地进了院，又迅速摸到西屋门前。虽然忘了问家丁们住在哪个屋，但他知道东屋住着文翰的父母和满秋母女，中间屋已经当了仓库，家丁们折腾那些女子，一定在西屋。

他见窗里没有挂帘，不知里面有没有人注意窗外，但他想，只要先封住西屋门，风险就会减少一半，忙快步到了西屋门旁，听里面还很静，就又靠近右间屋窗户，一面注意着门的动静，一面探头朝窗里看，见里面睡着一炕人，是五套被褥里睡着五对男女。随后他又猫腰靠近左间屋的窗户，见里面也是一炕人，但都是他救出的女子，应该是十六人，这时都穿着他给买的棉装，正歪倒歪斜地睡着。他觉得找他报仇的家丁都在右间屋，决定进屋先奔右间屋。

又在门前听了听，轻轻开门朝里看，见墙上的油灯还亮着，一个警卫家丁正搂枪倚在左间屋的屋门打着鼾，显然是看守着里面的十六个女子。

他也猜到右间屋的家丁身边都有枪，这时不能弄出大动静，就悄悄靠近警卫，见警卫还在沉睡中，先轻轻地将手中匣子枪放到地上，又运气到两只手上，然后对着警卫的两耳猛地一击，只见警卫身体一抽搐，鼻子和眼内便涌出血来，随即连人带枪歪倒在他胳膊上。

他将警卫慢慢放倒，忙拾起匣子枪对准右屋门，靠上去又贴门听了听，只听见里面有鼾声，又猛地开门进去，枪口对准炕上。炕上实际是五套被褥连成的一个十人大被窝。尽管他有多个媳妇，但他也只是见三两个媳妇一起在浴房内洗澡。有时想和她们同浴，却被她们一同用水泼出来，和两个以上媳妇同睡、同浴还从没过。眼前的情景，便令他难以接受。

一个女子还是听到动静醒来，慌忙起身，但正光着身子，忙用棉被裹上，将和她同盖一床被的家丁赤裸裸地亮在那儿。他忙示意女子不要声张，又示意她下炕，那女子便裹着棉被下了炕。

他又去推那四个女子。四女子醒来一见子昂正端枪站在头前，都不禁惊愕地爬起。他又忙做手势，四女子也都忙裹着棉被下炕，五个彪悍的家丁便都赤裸裸地在炕上。

这时的屋内有些凉，有个家丁显然感到了冷，闭着眼睛乱抓，却抓到另一家丁的身上。被抓的家丁立刻醒来，见枪口对着他，吓得惊叫一声，随即子昂也扣动了扳机。

随着骤然响起的枪声和地上女子的惊叫声，五个家丁仅在几秒钟内就都被击毙，三个击中头部，两个击中前胸，随即又静下来。

子昂不知还有多少家丁，便问裹着棉被的五个女子：“他们多少人？”

一个女子战抖道：“来过七个。”

他立刻又警觉道：“那还差一个。”

有一个女子说：“外地有个看俺们的，还有看着大爷大娘的。”

他心里有了数，吩咐道：“赶紧穿上衣服。”说着出屋奔左屋，拖开已经七窍流血的警卫，进屋见十六个女子都被枪声惊醒，正惊恐地对着门口。

就这时，院内也响了一枪，他忙提枪出去，见文翰他爹正和一个家丁夺着一支长枪，立刻举枪对准那家丁。

这个家丁四十多岁，一见子昂将枪口对准他，顿时傻了眼，夺枪的手也松开举起，哀求道：“别开枪，我是俺家老爷逼着来的。”

子昂问：“田大宽有多少家丁？”

家丁恐慌道：“一共十二个，来这头七个。”

他又问：“你是不也糟蹋她们了？”

家丁嘴打哆嗦道：“没有，他们都在屋里呢。”说完想逃，被子昂一把抓住，用枪顶着他一起回到西屋右间。

家丁一见炕上五个同伙都赤条条地死在炕上，吓得脸色苍白，又跪在地上求饶。

子昂问那五个正系衣扣的女子道：“他说他没祸害你们，是真的吗？”

一个女子立刻愤怒地上来打这家丁道：“他没祸害？他祸害得最狠，他那玩意儿不行就咬俺们咂儿头，我咂儿头都快让他咬掉了，现在还出血呢。”说着哭起来。

另一女子也气愤道：“这个王八蛋坏得流脓，打死他！”

子昂愤怒地将枪管捅入这家丁口中骂道：“狗日的，你也是裹你妈奶奶头长大的，你咋不把你妈的奶头咬下来？”话音未落，枪声又响，子弹从这家丁的后脑穿出。

这时，对面屋的女子也过来一些，但谁都不说话，只是用异样的目光看着子昂。子昂愧疚地深鞠一躬道：“对不起，我没保护好你们。”

那个家在镜泊湖的女子慌忙道："不是你的错，你是真心救俺们。"

那个年纪稍大的女子说："俺们能从日本人那儿出来就万幸了，就不在乎让中国人祸害了，谢谢你又给俺们报仇。"说着跪下磕头，那些女子也跟着跪下。

他拉起她们，又一起动手将七具尸体一排放在院内，赤裸的尸体上都用衣服遮住私处。

子昂担心田大宽很快就过来，就将那七支长枪交给女子中打过枪的人说："你们守住这个院儿，他们要再来人，进来一个打一个。都不要怕，现在整个龙凤是咱们的，田大宽现在是条疯狗，我这就去找人除掉他。"说完出院，骑马直奔林海的家。

►第 156 章◄

玉兰刚刚起来，给子昂开了大门。林海昨日的喜酒也没少喝，这时正在睡懒觉。子昂将他叫醒，说了田大宽要杀他，还在昨夜让家丁强暴了他救的那些女子，他已经杀了田家七个家丁。

林海惊讶道："你杀红眼了？"

子昂说："没办法，将来下地狱我认了。"

林海一边起来穿衣服一边问："田大宽你也杀？"

子昂说："那老家伙是要跟我拼命。我宁可死在日本人手上，也不能死在他手上，我要连他一块儿除掉。"

林海犹豫道："九爷和你家是亲戚，和田大宽关系也不错。"

子昂说："管不了那些了，他不死就是我死，我现在还不想死。"

林海说："你是不能死，可田大宽和咱父辈处了这些年了，也是不落忍。先听听你二哥的意思，他要不留咱二话没有，他要也顾着老情面，看怎么能把这事儿解一下。"

子昂不安道："好像不能等了，田大宽家还有几个家丁，我怕他们一会儿也去那头儿堵我。他们要看见那七个都死了，肯定更得红眼。那七个和我没有仇，可他们都是田大宽养的狗，我不杀他们，他们也得杀我。再说我救的那些女的没少让日本人祸害，不能因为这样就不把她们当人看。我知道田大宽家以前让胡子绑过红票，可那些女的也都是爹生妈养的，他咋就不为别的爹妈想一想？我杀田守旺，就因他连个孩子也糟蹋，不弄死他天理不容！田大宽我不想留他。"

林海想了想说："那就可你来。你二哥那儿还得打声招呼，要动一起动；已经到了这步，黑就黑透了。"

这时，外面传来几声枪响，子昂不安道："糟糕，田大宽可能去了，我得赶紧回去。"说着出了屋。

玉兰不安地问："又是日本人？"

子昂安慰道："大嫂别怕，我去看看。"说着上了马离开。

催马拐上宽街，子昂见两个男子拎枪朝西跑；田大宽家就在街西，这两人显然是田大宽另外的家丁，立刻掏出枪喝道："站住！"

那两人先一愣，然后举枪朝他打来，他一蹬马还击，谁也没打到谁，那两人疯了似的钻进一条小道。

子昂并没去追，又催马回到自家粮食店，见大门前倒着一具尸体。他进院时，见几个女子正在院里举枪对着门外，心一惊道："别打！"

女子们放下枪对他讲，刚才进来三个拿枪的，见地上放着一排尸体，知道不妙，转身就跑，她们猜是田家派来的，就一起开了火，打死一个，跑了两个。

约莫一袋烟的工夫，林海、万全等八位哥哥都带着枪赶来。见到地上八具尸体，都很惊讶。铁头问子昂："都你干的？"

子昂反问道："咋的？"

文普说："你比老大还黑，真杀红眼了？"

万全说："田大宽得恨死咱们了。"

子昂说："告诉田大宽，人都我杀的，要恨就恨我。"

万全嗔怪道："别说没用的，咱们是一根绳儿上的。不过你要是田大宽得咋想？白发送黑发，这可不是简单说说就能拉倒的。"

这时山鹰突然进来说："田大宽来了，跟来一帮人呢！"

子昂一愣道："一帮？他家不就剩三个家丁了吗？"

山鹰说："我看像好几家，侯七那些哥哥、侄子也都来了。"

万全要出去看，可随即被外面打枪顶回来，骂道："他奶奶的，想绝杀了，准备打！"

九弟兄和八位会打枪的女子都抄起了枪，一共十七杆枪对准门外。但这样既施展不开，又只能等着外面人来打，万全便将匣子枪伸出门去朝西盲目乱打。

子昂招呼铁头、山鹰去搬梯子，然后上了房顶。居高临下朝西看，只见街道对面就有二十多人，这面有多少人还看不到。但看对面的二十多人，手里有枪的不多，多是拎着镰刀、斧头、菜刀和木棒。

田大宽这时正和两个端枪的在对面，发现粮食店的房顶上了拿枪的人，急忙躲在一家商铺前的案子后。子昂一眼认出田大宽，就想一枪击毙他，连续朝那个案子打枪，铁头和山鹰也跟着朝那里打，立刻打得下面人掉头逃跑一些。

子昂的枪里子弹不多，打光后又让靠不上前的女子递上一只长枪，继续朝田大宽藏身处射击，虽然打不到人，但也压得对方不敢露头。万全贴地探出头去，见对方除有一人倒在地上不动的，也就十几个找到遮挡物体的不敢再露头。

万全这时还发现对方当中有治安大队的人，很是吃惊，便让对方缴枪投降，否则一点不留情面。对方已被房顶上的射击压制住，只好将枪扔到地上。万全这才让房顶上停止打枪，同林海、庚寿、文普、金万、凤仙一同举枪出去。

就这时，镇守北营的炮头和在砖瓦场扎营的秋虎也分别率领部分人赶来，大约有五十人。

东粮食店院内响第一枪时就引起炮头和搬垛的警觉，但随后又静下来，以为是西营枪走火，便又回屋睡懒觉。可刚要睡着，又听见响了几声枪，意识到西营防区有情况，急忙带人赶来。

秋虎虽然离得远，但在寂静的早晨里，枪声还是很清晰。站岗的听到第一声枪响就去敲秋虎住屋的门，可秋虎急忙穿上衣服出来后，四周却都是静悄悄的，认为那站岗的听差了，还埋怨站岗的扰了他的美梦。这时他也不想睡了，出屋去砖窑处小解。刚提上裤子，就听见西营防区有枪声，担心日军援兵在偷袭西营；毕竟万全是姐夫的结拜哥哥，况且西营若被日军攻下，继而占领龙凤各街道，他们和北营就会被切断，一旦砖瓦场附近也有日军准备偷袭，那他的队伍就容易被包饺子，急忙集合队伍。

可这时他又犹豫了，是把队伍都拉进去，还是拉一半进去？要都拉进去，怕日军是调虎离山，一枪不打就占领砖场这个前沿；如果拉去一部分，又怕兵力分散被可能藏在山里的日军捏了软柿子。经和新任的二当家一商量，二当家让他带大部分人坚守砖场，自己带少部分人去北营问下情况，等问清情况再说。这样，二当家带领二十几人直奔北营，见北营并无异常，就又奔西营。

一拐进宽街，他们见北营的二十多人隐藏在街头边上望风，一问也是准备增援西营，只是搬垛发现街上的人多数拎着镰刀、斧头、菜刀，像是两伙百姓打群架。因不知东粮食店和子昂有关系，便不知院子里的一伙人是谁。

正疑惑着，院子里的人开始向街道的人喊话，街上的人便都把枪械扔出来，接着又见万全带人从院子里出来，这才靠过来问道："司令咋回事儿？"

万全、子昂等兄弟吃惊又感动。万全说："几个捣乱的。没大事儿了，你们都赶紧回去，一下出来这些人，别让鬼子钻了空子。"出来增援的两伙人便都返回各营。

田大宽没想到对手如此强大，第一个从那案子后站起来，愤愤地看着万全靠近他说："你们来得倒挺快，我可没有冲着你。"

万全说："可你要杀我九弟；杀我兄弟者必杀之！"

田大宽一怔道："咱们同乡这些年，他可是个外来的。"

万全说："甭管哪来的，我们是一个头磕在地上的，这个规矩你懂。"

田大宽瞪着眼睛不知所云，见林海也靠上前才又开口道："老二儿，你给评评理，俺家老二儿不就玩儿个小丫儿头吗，这八竿子打不着的小兔崽子，就把我儿子活活踢死了。事儿还没了呢，这又让他夺去八条人命。"

林海说："我九弟是个有想法儿的人。"

田大宽立刻愤然反驳道："啥想法儿？一面当菩萨，一面当魔鬼？他是佛是鬼我不管，就这么弄死我儿子，我咽不下这口气！"

林海说"谁都有口气，咽下咽不下，也不能可着一头说；小丫儿头的事儿，不能说是小事儿，乡里乡亲的，祸害人也不该这么祸害。"

见林海也不给面子，田大宽强压怒火道："陆老二儿，我和你爹从大清国那会儿就搁这儿刨食儿吃，咱父一辈子一辈这些年了，没有多大交情，那也是乡情吧？那小兔崽子是后搁奉天来的！"

林海说："他从哪来俺们也是磕过头的。"

田大宽吼道："那俺家老二儿就白死了呗？"

林海冷脸问："事出有因，没啥白死不白死。"

田大宽气得眼里冒火，盯着林海说不出话。

林海眉头一皱道："你想干啥？"

田大宽又咆哮道："我要一命抵一命！"

林海又眼一横道："我九弟手上有你家九条命，你是想让俺们九兄弟都给你偿命？"

田大宽忙说道："我可没这意思，我就要那小兔崽子的命！"

林海也吼道："那你试试看！"目光也变得刀子一般。

田大宽不禁一激灵，随即绝望地闭上眼道："你手黑，也不差多黑我一个，连我一块儿收了吧。"

林海又缓了口气道："您老刚说过，没交情还有乡情。"接着抱拳道："晚辈有礼了，求求前辈，这事儿就锁了吧，需要多钱，您老说个数。"

田大宽仍闭目摇头，老泪纵横道："俺们田家从来就没缺过钱，就是缺，给多少也不要。"接着哽咽道："我老了，不中用了！"然后甩一把泪，转身离去，走出几步，又仰面号啕大哭。

然而八位哥哥这时却都看子昂。子昂就在一分钟前还要除掉田大宽，可此时见这老人撕心裂肺般的丧子之痛，便又不忍心下手了，眼里也不禁一热模糊了。

林海在子昂肩上拍下道："杀人不过头点地，得饶人处且饶人。"

子昂点头，眼里的泪水也涌出来。

铁头担心道："大哥，这老家伙可是要跟咱九弟拼命的，咱饶他，他能饶了九弟吗？明的不整，他要暗整呢？"

子昂已决定不在此时对田大宽下手，对铁头说："谢谢五哥。我会小心的，咱看看再说。"

万全说："他没啥章程了，但咱确实得小心点。"

说话间并不避讳田家的两个家丁，又让这两个家丁送田大宽回家。那几个给田大宽当帮手的皇协军也想离去，万全立刻叫住，又对一个瘦子狠踹一脚道："你奶奶的，田大宽给你们多少钱？"

瘦子并不屈服，冷冷地盯着万全道："没给钱。"

万全顿一下道："我知道你和田守旺有交情，可你长对儿眼睛也不看个事儿？北营已经让咱给端了，这里没有日本人了。"

瘦子说："包队长，说句你可能不爱听的，你把北营端了，实在是太欠思量。"

万全一怔问："咋欠思量？"

瘦子说："你能拿下北营，可拿不下满洲国，更拿不下大日本帝国。"

万全又将瘦子踢倒在地骂道："你奶奶的，不让你当亡国奴还挺难受！"

瘦子爬起来说："亡国奴我也不愿当，可自个儿半斤八两我还知道。"

万全又骂道："你知道个屁？我看你脑子不算空，咋就不打听点儿国事？现在全国都抗战了，不是九一八那会儿了！"

瘦子说："九一八我没忘，可国民政府早就不要咱们了，你不当亡国奴还能咋的？已经八年了，好像一眨眼的工夫。再想一想，人活一辈子能有几个八年？活到今天还剩几个八年？再说了，没当亡国奴时没看好哪去，当了亡国奴也没看孬哪去，好死不如赖活着，你领大伙这么闹，是让俺们就活这八年？"

万全气得用枪顶住他脑门儿道："那你现在就该死了。"

瘦子冷笑道："早晚得死，随你便。死前给你透个信儿，老田家昨儿个就已经让人去上京了，他大儿子在上京给满洲皇帝当差，也是给日本人当差，估计他这几天就能回来。"

万全不屑道："你少拿他家老大吓唬我，那是咱龙凤的头号大汉奸，现在这儿的鬼子都打跑了，他回来还能咋的？我活扒了他，看他身上还有没有中国人的血。"接着又恍然道："怪不得，你们是等他家老大回来呢？"

瘦子说："不光我等，咱都得等。"

万全收起枪道："那行，咱就一块儿等。"接着又一把扯住他的衣领，一气拽到粮食店门前，一指院里八具死尸道："他们都在等你呢，但你先把他们弄回老田家，咱俩过后再算账。"

瘦子又冷笑道："包队长，我也是为你好。"

万全又一瞪眼道："你还是先对他们好点儿，帮田大宽找地儿都埋了。"

瘦子便去找来牛车，和同伙一起将八具尸体送回田家。

当日，田大宽家又急着赶制一口厚棺和八口薄棺，加上之前田守旺的一口厚棺，一共十口棺材，一齐摆在镇东田家大院的门前，过路行人无不感到毛骨悚然。

田家的丧事全由家中两个家丁负责办理，因田守旺的父母还都健在，出殡时没搞任何礼仪，只是田守旺的母亲和媳妇哭得死去活来。万全念与田家同乡多年，又与田守旺共事一回，留下西营警戒人员，亲自率十余名手下跟着送葬，坟地一并选在镇子南的山林内。

同日，送葬的还有侯七等家人，都是被满秋胡乱打死的。田守旺和侯七糟蹋满秋母女的事儿在全镇传开了，没有不骂田守旺和侯七的，但也有议论万全和他兄弟的手太黑，打死了那些日本人，又杀了这些中国人。

夜里，他在芳子的炕上迟迟不能入睡，脑海里一直浮现着白天田大宽在悲伤号哭，心里也一直惴惴不安。他想田大宽也是多个儿女的父亲，此时越发理解他作为一个父亲的丧子之痛。

他又想到齐龙彪、张宝来、陈宝根、侯七和东宫太郎，他们也都是被各自母亲十月怀胎后，从呱呱坠地、咿呀学语、蹒跚学步成长起来的，至少都曾是有父有母的孩子，可他们先后都死在自己的手里。即使他们的父母都已离世，在天之灵也不愿看到自己的孩子遭此劫难。

他在暗中责问自己，"周子昂啊周子昂，你杀了这些别的父母的孩子，就不怕神明怪罪你吗？"

他感到不安，便又暗向神明忏悔道："无处不在的神明，我也有颗慈悲心，根本不想杀人。张宝来的死，是他做了不该做的，看了不该看的。陈宝根的死，是因他已把满秋拉到了鬼门关；满秋与东宫太郎鬼混是不该，可陈宝根若不引狼入室，满秋一定能做个好女人。田守旺的死，是因他助纣为虐，又丧尽天良地糟蹋一个还没长大的孩子，这样一个没有一点人性的人，若让他继续活在世上，谁知还有多少天真柔弱的女孩被糟蹋？齐龙彪的死，是因他一直就好夺他人之美，这样的毒草子不铲除，只能让他越来越贪婪；我的女人是比常人多，可我只想让她们活得好，她们也确实都愿跟着我。东宫太郎的死，是因他贪婪又强盗；民以食为天，食以田为大，他企图霸占别人家的田地，就是要断了别人家的活路。他们都是作恶在先的，对于这些作恶的孩子，也该值得善待吗？我以恶对恶难道不该吗？实际上，也恰恰是这些不停作恶的孩子，让这本该和睦相处的世间变得无德无道。"

他又暗对母亲说："妈，您说的也未必全对；善待别人的孩子是应该，是不也该区分什么样的孩子？"

接着，他又在想另一个问题："假如我不来龙凤，齐龙彪、张宝来、陈宝根、田守旺和东宫太郎，还有其他一些人，也许还能活得好好的。可我为什么会来龙凤？而东宫太郎、田中太久远在日本，又为什么来到中国？不就是因为日本人发动了九一八事变，又侵占了中国全东北。可日本人为什么会发动九一八事变？又为什么能把铁蹄踏踏向全中国？就是因为中国德力弱而被人霸道。这就是德与道：互不能失便是德，互不能侵方成道。当下日军正大举入侵中国，望能举国合力，积华夏之强德，中国方可人前有道。"

这般思来想去，他又进入梦乡，原来正在极乐寺，只见佛像高耸，金光闪闪，急忙下跪叩拜。方丈一旁施礼道："不必大礼，心中有佛，你就是佛。"

他抬头去望大佛，发现那佛竟是云济道人，惊喜道："师父，您不是去日本了吗？中国和日本，啥时能有道？"

云济一脸庄重道："当下无道，你就是道。"

他叩头道："多谢师父。"抬头再看，大佛和云济都已不见踪影，只见周围尸横遍野，望不到头，原来这是穆岚说的南京城，日本军人屠杀了全城的男女老少。他惊讶地发现穆岚也浑身是血地倒在尸群间，急忙扑上去，痛哭着唤她醒来。接着他又发现，周围被日军杀害的，还有他的所有亲人，感觉他们都在地狱里。他希望他又在做梦，随后便从梦中醒来，心中依然惊恐。黑暗中，芳子推他道："又做梦了！"

他转下身道："睡吧。"便又静下来。

第二天，田大宽将家交给家丁看守，带着悲伤的几个家人要离开龙凤。但万全已经派了心腹在监视他们。

家人都登上那辆蓬式马车后，田大宽无精打采地对万全的那个心腹道："就不用你们看着了，俺们惹不起还躲得起。告诉你们包队长，后会有期。"然后也上了车离去。

万全得信出来时，那蓬式马车已经走出很远。他没让人去追，鼻子一哼道："后会有期也得会上算，他还能凶过日本鬼子？"

▌第 157 章▐

子昂要将满秋母女四人接到山庄去。满秋的脚还不敢走路，他便找来一顶轿子抬她，招弟、来弟、唤弟三姐妹都被扶上了马。二十一个女子和文翰的母亲都因炕上死过人和院内停放过一排死尸，而不敢住在粮食店，便一同去了山庄。

这之前，子昂又腾出山庄一个存放大豆的房子，让二十一个女子分住左右屋，满秋母女则被安排在他那炕下藏着财宝的屋子；满秋在他心中的位置已不逊色婉娇。

到了山庄后，子昂让满秋母女和二十一个女子做的头件事就是去浴房洗澡，浴房内的几个大浴盆都已备好热水，二十五个人分成几伙轮流洗，每伙都是新换的干净水，忙得雇工们背后发牢骚。

多日娜还在养伤，听说满秋是被用轿子抬进山庄的，便没好气地问他道："你又出啥幺蛾子？"

他故作镇静道："你说呢？"

她冷着脸问："不会又收一房吧？"

他一笑道："离铁木真差得还远着呢。"

她骂道："不要脸！"

他郑重道："我要不要脸是我的事儿，你们得给我留点脸，满秋那仨闺女以后也是我亲闺女，你们要凶和我凶，别和她们凶。"

她挖苦道："闺女都认了，你和闺女她妈是不早就有那事儿了？听说你架拢咱哥他们打北营就是为了她。"

他坦言道："就是为了她，她敢为我豁出性命，你们敢不敢我还没看到。"

她气愤道："她凭啥愿为你豁命？是你没少偷着疼她吧？她男人是不挺碍眼？你就故意把他弄死了。"

他一瞪眼道："你懂个屁！日本人要把龙凤的人都部落到咱山庄里，到时咱们就是一群任他们宰割的猪！我杀陈宝根你屁话那么多，我杀侯七你知道为啥？为了你！狗日的，谁敢惦记我媳妇儿，我就让他见阎王！这阵我亲手杀就杀了十多个，咱哥他们都说我杀人杀红眼了，那也得看我杀的是谁！侯七、田守旺都该杀！"

她又一激灵道："魔鬼。去和满秋入洞房吧，以后少碰我。"说完转身离开。他随即回桃源居又立下他和满秋的婚书：

周子昂，直隶省秦皇岛县人，二十九岁，宣统二年七月二十九日寅时生

关满秋，黑龙江省宁安县人，三十三岁，光绪三十二年八月初一日戌时生

今承武春妮、苗姚氏先生介绍，谨詹于中华民国二十八年四月二十八日午吉时在龙封关山庄举行结婚仪式，恭请夏松林先生证婚，嘉礼初成，良缘遂缔。诗咏关雎，雅歌麟趾。瑞叶五世其昌，祥开二南之化。同心同德，宜室宜家。相敬如宾，永谐鱼水之欢。互助精诚，共盟鸳鸯之誓。此证！

结婚人：周子昂、关满秋

介绍人：武春妮、苗姚氏

证婚人：夏松林

主婚人：唐春英、刘王氏

中华民国二十八年三月二十二日谨订

他将婚书交给满秋道："这是咱俩的婚书，你收好。以后你也是周家的媳妇，过去的事都让它过去，不要有其他想法，就想以后要好好活着，好好过日子。我能照看好咱这三个闺女，可狗不嫌家贫，儿不嫌母丑，钱再好也不如亲妈好。"接着又让招弟、来弟、唤弟姐仨都认他做爹，并为她们改了姓名，分别为周忠洁、周忠媛、周忠环，排在他的周氏家谱女孩中前三位。

满秋又感动得不知说什么好。但她还是感到自卑，整日和三个女儿连院子也不出，三顿饭定时有厨娘送过来，有时子昂也来和她们一起吃，倒也其乐融融。

芸香仍为麦冬要降辈分娶梦穗不开心，尤其对麦冬说她当年被卖给何家已与阮家没了关系而伤感，这时子昂又把满秋也列入媳妇行列，虽然也生气，但她对文静、亚娃、顺姬、芳子说："他

愿咋作就咋作吧，俺管不了他？"过后，没人再和他提满秋的事儿，也念满秋为子昂肯舍性命，谁都不去难为她们母女，装着什么都不知道。

击溃日军援兵后一连多日，龙凤一直没再出现日军，人们便都猜测日本人可能真的放弃了龙凤，渐渐喜上眉梢。开始埋怨攻打北营是"没事找事"的人们也开始称赞起龙凤九兄弟，茶余饭后的都是日本鬼子没什么可怕的。

眼瞅着大河融化、田地里又生出新绿，种地的人们也开始翻种田地，每年都指望山野菜发点小财的人们，这时又跃跃欲试地准备采山了。

子昂也要将山庄的各种粪肥运入田地撒开，然后用牛马拉犁翻土晾晒，就连曾被日本人占去的田地也都翻开了。山庄的人也出庄帮着翻地、施肥，除了子君怀孕闻到粪便就恶心，穆岚、雪峰、景祥、懿莹、金凤等人都跟着往山外抬粪肥，一派繁忙的春耕景象。

清明这天，天上又下起细雨，这是开春后的第二场雨。子昂头天晚间就又让灶房备了多份供品和烧纸，先是冒雨陪着刘王氏去祭拜那座合葬的大坟，又带芸香、丽娜、宽儿、樱桃等人去婉娇的坟前祭奠。雨虽不大，但烧纸还是不愿燃烧，子昂便用伞罩着烧纸点燃。然后他又带着天娇、金凤、津梅及丹青、丹红去米秋成、格格夫人的坟前祭奠。

金凤已经接触过米家的每个姐妹，因都对她有相见恨晚的亲切，她也越来越把自己融入了米家，但每次和子昂在一起依然很纠结。

到了米家坟前，津兰、津菊、津竹和她们的男人和孩子也都来了，正在旁边一个草棚内避着雨。

津菊埋怨子昂来得晚，子昂解释道："就近把那头要上的坟先都上了，寻思下雨你们来不了呢。"

津竹也不悦道："下刀子也得来呀。"

子昂笑道："那是那是，我错了。上完坟都到庄里去，今天庄上做百鱼宴。"

骏先阴阳怪气道："拉倒吧，别再丢啥东西急头白脸的。"

子昂现在对骏先一点也不客气，上次他将那串项链送给田中太久就想去骂他，只是那时还没打算攻打北营，这时眉头一皱道："放屁呢？你不愿去自个儿回你家，别搁这儿瞎搅和。"

骏先已听说子昂现在杀人不眨眼，顿时不敢说话了。津菊也责怪他道："净没屁搁勒嗓子。"

骏先冲津菊一瞪眼道："闭你臭嘴，你个傻狍子。"

津菊不悦道："我看你是贱懒子！"

骏先心中恼火却无奈道："等回家的。"

子昂立刻冲骏先瞪眼道："回家咋的？你要敢动二姐一指头，我把你爪子掰下来！"

骏先痛恨地盯着子昂不敢反驳。子昂又训斥道："甭跟我瞪眼睛，我可说到做到，要不是看着二姐、三姐的面儿，我可没想饶你。"

津竹和翰林还在宁安开包子铺，对这面事情知道的不多，这时津竹惊诧道："咋变成这样了？"又冲子昂道："你咋这么冲？财大气粗了？"

子昂淡淡道："和钱没关系。"

津竹又问骏先道："你又犯啥错儿了吧？"

骏先尴尬道："此一时彼一时，现在我错不错都惹不起他。没听人讲，他现在比老黑枪还黑。

我现在想都不敢想他，害怕夜里做噩梦。"

子昂又训斥道："少说没用的，黑不黑我也分对谁，咋说咱俩还是连襟，要想不做噩梦，以后少惹我不痛快。"

天娇捅了他一下央求道："行了吧。"

子昂对天娇说："那你让他重说，他要去咱山庄，我啥都不说，想吃啥咱就给他弄。"

翰林忙帮骏先打圆场道："子昂也是好意，人好心好意给咱预备了百鱼宴，咱哪能晒着人家？这一家人不像一家人，搁谁心里也不痛快。"

一头白发的米津兰因她男人李春山和她三妹米津梅私通生子，上次悬梁被救后到底还是放不下几个孩子，便开始吃斋念佛，就差出家为尼了。这时她叹口气道："一不一家就那么回事儿吧。谁都别闹了，上完坟都去子昂那儿，看看咱老妹儿。"便都不扯闲话了，在坟前摆了供品，又在伞下将烧纸点燃。

大家接连往火里投着烧纸招呼道："爹，妈，俺们给你们送钱来了，你们收好了。"

津兰还是忍不住心中的委屈，失声哭道："爹，你是省心了，大闺女日子好苦啊！"

除了金凤还不知道三姐和大姐夫私通生子，其他人都心照不宣，但谁不好这时去劝阻或安慰她，春山和津梅更是低头不语。

烧过纸后已近晌午，雨还在淅淅沥沥下着，山庄大灶房的人正忙着为各屋摆宴席，席面上多是各种新鲜的开河鱼，三花五罗十八子等几乎应有尽有，好一顿丰盛的百鱼宴。

米家这面的人都聚在香荷的屋里，炕上大人们一桌，地上孩子们一桌，本来还都别别扭扭，津菊、津梅、津竹又让香荷一展"娘娘"的威风，香荷便吆喝子昂、天娇给她拿钱，稍不对心思就出手打人，逗得大家一阵阵欢笑，气氛这才变得轻松起来。

津兰感慨道："老妹儿比咱谁都好，一天啥愁事儿都没有。"

香荷又注意起津兰道："谁家的？"

子昂训斥道："大姐你又不认识了？"

她翻他一眼道："胡说八道。我是娘娘，钱呢？"说着又翻他衣兜。

子昂训斥道："别闹，吃完饭给。"

她立刻打他一巴掌道："可哪藏！给我！"

他不再理她，招呼大家吃鱼，先往香荷碗里夹了一条细鳞子，又嘱咐道："慢点吃，别扎嘴。"

她一愣神，盯着碗里的鱼道："咬人！"

他忙将那条鱼的头部折下来夹到自己碗里道："不咬人，都是肉，好好吃。"

她却盯着他碗里的鱼头道："咬你！"大家又笑。

骏先一直没有高兴起来，偶尔被香荷逗得一笑，有人往他碗里夹鱼才说句客套话，让他喝酒，也只是端杯碰一下，子昂和翰林、春山唠杀死东宫太郎和攻打北营的事他也不插一句话，好在没有发生让大家不愉快的事。

吃了一阵，子昂又去了穆岚住的屋，也是炕上地上各一桌。

玉莲也在这屋，和志芳在地上一桌紧挨着。她是这屋里唯一的晚辈，虽然要称呼和她同岁的志芳为小姑，但她俩却近得如同亲姐妹，吃饭睡觉都是在一起。这时她俩又不顾着吃饭，志芳正举着空枪教她怎么瞄准。

子昂责怪道："吃饭也没个样，愿弄待会儿外头弄去，我给你们画个靶子，真枪真弹地练。"

玉莲高兴地撒娇道："那你说话得算数。"

子昂反问道："大舅啥时说话不算数？不过得从明儿个开始；我得和各个营里打声招呼，要不咱这儿一打枪他们又毛了。"

玉莲又央求道："大舅，俺也想当抗联。"

子昂笑道："咱现在都是抗联的。"

穆岚坐在在炕中间笑道："是该让他们学学打枪了，志芳十二岁就能打枪。我看咱这里十五六、十七八的大姑娘、大小子差不多快有一个排了。从北营救出来的那些，也有一半没打过枪。现在国内到处都有日寇，都学会了，用来自卫也方便。"

子昂说："我下午再多运些子弹来，明儿个上午开始练。"说完让大家接着吃，转身又去了别的屋。

子昂头一天就悄悄告诉秋虎山庄设百鱼宴，让他把军营安排好后就带着媳妇、孩子过来，这时正和亚娃、华老爹、刘王氏及喜子、盾儿、环儿一起吃。若玉和石头、杏花及老人孩子一起吃，吃了一会儿又去亚娃屋里吃几口，已不在意秋虎和她疏远，倒是竭力表现她怀有一颗菩萨心。

景祥和懿莹之前多和抗联人员一起吃，今天是清明，都很思念逝去的亲人，他俩就来和家人一起吃百鱼宴。景利已对变得越发俊并楚楚动人的百合所痴迷，年前就将乜河的房子让姑姑家人照看，他要在山庄帮子昂做些事，实际是想天天能够见到百合，更希望他俩终成眷属。饭前他还想让百合和他家人一起吃，只是他俩的情侣关系还没有公开。

芸香、文静两屋的合成一桌，加上百合和几个孩子还是很宽松，一桌鱼宴比任何一桌都富富有余。

多日娜、金瑶、顺姬、芳子四屋的在多日娜屋里摆一桌。桌上多数是孩子，大宝是最大的，还有四个是吃母乳的。多日娜边吃边唠起男人们夺下西营、北营的事。芳子不唠这些事，只是默默地为能吃又不会吃鱼的孩子们挑鱼刺；孩子们都很喜欢她的温和友爱。

满秋母女四人和几个厨娘在桃源居的炕上吃。满秋通过医治和调养，身上的骨伤已经恢复许多，手脚也已消了肿，可以下地走路了。但被打折的右臂估摸再也伸不直了，只好练习左手使筷子。子昂只是为她洗过脚，又把她打扮得和那些媳妇一样，厨娘们也称她是夫人，称呼忠娣、忠婵、忠媛为大小姐、二小姐、三小姐。

还有从北营救出的二十一个女子，在她们住屋的两间内各摆一桌。加上油坊、猪场等在山庄的雇工，这顿百鱼宴一共摆了十五桌。

第二天，山庄里开始有人练打枪，学打枪的除了玉莲、百合、大宝、喜子和从北营救出的一些女子外，还有各个屋的丫头们，就连芸香、文静、亚娃、津梅、小青等人也感兴趣出来跟着学；多日娜、顺姬、金瑶则和穆岚、懿莹、子君等抗联人员一道当起个人教官，子昂、雪峰、景祥和华老爹专门负责靶场安全，严禁看热闹的大人、孩子进入危险区域。

枪声惊动了香荷，又嚷着过年了冲天娇要钱，给少了又不高兴，追着天娇打，一直追到屋外。出院见众人打枪，又惶恐道："黑瞎子！咬人！报仇！"说完自己跑回屋，上炕躲在墙角处，每听外面一响枪就哆嗦一下。

子昂听天娇说香荷害怕打枪，就给大家限定每人再打十发子弹就停止，并说以后再练都不得超过十发子弹，并与各营沟通确定在什么时间内。

子昂见景利和百合形影不离，就去和懿莹的奶奶、母亲商量结亲的事，不想罗家人都似乎有难言之隐，只是懿莹母亲说再考虑考虑。

他感到蹊跷，又不好追问，正和芸香猜疑着，百合哭着跑进来。他更加疑惑地问百合怎么回事，百合哭道："你别去罗家给俺提亲了，人家嫌俺不干净。"

他吃一惊，眼一瞪问："谁说的？"

百合继续哭道："就他家人，还问谁干啥？"

他又急问道："他家咋说你不干净？"

百合突然不哭了，看着他说："景利问我咱俩有没有啥事？他啥意思？不就看你和米天娇在一起了吗？"

他脑袋嗡一下骂道："这个兔崽子！"

芸香也生气道："他家咋这样？"

他转身要去找景利，被百合一把拉住道："别去了，人把话都说出来了，你去能说啥？说啥人也不信。"

他又瞪眼道："你也胡说八道！那我就得背这黑锅是不是？"接着又哀叹道："得，我是看出来了，我现在想做人都不成了。"又对百合说："可我不能让你背这黑锅。"

百合倔强道："背就背，和他们没关系了。"

他一下愣住了，看一眼芸香说："你看咱妹妹，疯了咋的？"

芸香也吓一跳，问百合道："你刚才说啥呢？"

百合反问道："俺说啥了？啥都没说，都是他家人说的。说了也好，反正俺不嫁了。要非让俺嫁，就让姐夫把俺也收房吧。"

芸香气得抬手抽了百合一嘴巴道："不要脸！你学天娇儿呢？"

百合捂脸哭起来。

芸香这一打一骂，等于在子昂心里一枪两眼，既心疼百合，也不高兴天娇受辱，瞪眼推一把芸香道："干啥你？"

芸香顿时恼火道："你干啥？我看你是真动百合儿心思了！"

他感到委屈，但横眼看着芸香道："我要真动她心思，你能拦住吗？"

芸香顿时傻了眼，随后也哭起来。姐俩哭到一起，梦儿和珍儿也被吓得哇哇哭起来。他忙去抱梦儿哄道："不哭不哭。"又埋怨百合道："你咋啥都说呢？"

百合哭道："我就说，我是你救回来的，没你就没有我今天，我就想报答你。"

他很感动，但态度坚决道："这绝对不行。你想报答姐夫也不能这么报答。你要想报答姐夫，就让姐夫做回人。你姐不拿我当人看，你不能也不拿我当人看。"

芸香顿时不哭了，打一把他道："你没良心的，谁不拿你当人看了？"

梦儿也不哭了，伸手去打芸香道："坏妈妈。"

芸香也打梦儿道："死丫头！"

子昂一转身，芸香打空了，梦儿搂着他的脖子嘎嘎笑。

他也笑道："要拿我当人看，我就好好做回人；我去跟他们说，咱家百合是干净的，说好了我立马为他俩办亲事。"又对百合说:"我的亲妹妹,别哭了,你是属于景利的,这是天注定的事。姐夫对你就一个心思,让景利好好疼你。也别他家人这么想,是我在他们眼里太不是东西。但脚正不怕鞋歪,我这就去说,他们要再不信,我他妈的把脑袋削给他们!"说着将梦儿塞给百合转身出屋,梦儿哭也不顾了。

子昂直接去了懿莹奶奶和母亲的屋,见罗家人都在炕上说话,景利正一脸沮丧地靠墙坐着。

见子昂冷着脸进来,母亲吃惊地问:"咋的了?"

他一指景利道:"问他!他和百合说了什么混账话?"

见大家都不作声了,他心里更恼道:"这么说,你们都一个心思?那我今儿个告诉你们,百合儿是干净的!我周子昂是混蛋,可我对百合儿一点儿没犯浑!"

懿莹不悦道:"浑不浑是你的事儿,跟俺们咋呼啥?"

他被噎得一愣,接着火气道:"我现在就想跟你浑!"

懿莹也眼一横道:"滚!"

奶奶忙拉一下懿莹道:"好好说话,看把子昂气的。"又哄子昂坐下。

子昂见懿莹真生气,立刻软下来说:"那你别跟着瞎猜行不?要是别人猜咱俩你是不也乐意?"

懿莹打他道:"你臭美!"又推他道:"滚出去。"

他和她顶撞着说:"我不走,话还没问完呢。"就势扶住她的两臂。

她忙挣开他,又打他一把道:"不要脸!"

他突然得意地笑道:"但我还知道什么不该做。"又质问景利道:"我问你,脑子咋想的?我混蛋你咋说都行,别因我把好人冤枉了。"

景利瞄了一眼自家人,仍不说话。子昂看出根源不在景利,就说:"今儿我当你们面儿对天起个誓,百合儿是我那头的妹妹,景利是我这头的弟弟,他们才是一对儿;我要做过半点儿对不住我弟弟的就天打雷劈,不得好死!"

懿莹又打他道:"你瞎说啥呀!"

奶奶、母亲和景祥、小青都笑。母亲对子昂说:"俺们啥都没说,你也别多想。景利娶媳妇儿这事儿,俺们不想瞎掺和,他俩要是乐意,你就选个日子把亲事办了,百合儿俺们都挺稀罕。"

子昂见好就收道:"都我来办,我一定把俺弟弟的婚事办得风风光光的。可以后景利既是俺弟弟,也是俺妹夫。不算毛病,这才是亲上加亲呢!"又逗懿莹道:"咱俩要拜了堂,景利就名正言顺是我内弟了,那就是亲上加亲再加亲。"

懿莹又打他道:"臭美!"

他又收起笑道:"你要真不想嫁我,咱俩就拜仙家,以后你就是我亲妹妹,我保证哥有哥样儿。"

她盯着他看了一会儿道:"啥都不稀罕!"又打他道:"滚!滚蛋!"随即又趴到炕上大哭。他愣在那里,想去哄又不知怎么哄。

小青对他笑道:"你去忙吧,俺们给你哄。"

子昂心情沉重地离开,听着懿莹在哭,就像七年前他在罗家与她分别时的心痛。

景利和百合成亲的日子定了下来。这时子昂还担心麦冬和梦穗到过一起的事情露出来,就去和文普两口子商量道："让大爹当他们的媒人吧，赶紧把亲事办了；他俩现在谁都离不开谁，左右也那么回事儿了。辈分的事儿就甭考虑了，麦冬不怕降辈分，咱何苦操那闲心。"

花喜鹊担心道："就怕芸香有想法。"

子昂说："她想法大了，可麦冬嘴挺损，说芸香已经让他家卖了，他家的事儿和她没关系了，气得芸香哭了好几起儿，现在不管了。还有我侄女呢，也是不撒手，别也和芳娥儿似的，由着他们吧。"便又定下一桩亲事，将麦冬和梦穗的新房就定在猪肉铺后面那套三间房内。

子昂还把景利、百合和麦冬、梦穗成亲的日子定在了同一天，只是相差一个时辰。景利和百合成亲在前，定在卯时结亲拜堂，花轿从芸香的屋前抬起，绕着山庄的房区转一圈到新腾出的新房，辰时正式开宴，和平日开早餐是一个时间。

作为媒人，子昂只是喝了一小盅喜酒，然后骑马出山庄，去参加麦冬和梦穗婚事，正赶上热热闹闹地接亲。花轿从肉铺到龙凤阁接亲，又在街上转了一圈入新房。子昂代替婆家长辈接受一对新人拜堂，然后去龙凤阁喝喜酒，一直和哥哥们喝到太阳落山。

▶第 158 章◀

夜里，子昂突然被金瑶叫醒，说山外又有打枪声。白天他也喝得头晕，回山庄一见到金瑶就借酒劲将她抱上炕，过后便睡了。这时他听到山外打枪声，急忙穿上衣服，下地抓起匣子枪出了屋，见外面已有不少人都不安地听着山外的枪声。

借着几个人拎着马灯的光亮，他见先他出来的人正是穆岚、景祥、雪峰、懿莹、子君等人，还正在打听他睡在哪个媳妇的屋里。

庄内的狗叫得越来越凶，远处的枪声也越来越激烈，并有机枪和爆炸声。子昂一拍大腿道："坏了！准是鬼子打回来了！"忙到穆岚跟前请令。

穆岚让他抓紧组织人员去增援，工夫不大，一支由三十多人组成的队伍就列好了，每人都有枪，手里还各举着一把火亮子，将本该漆黑的山庄照得通明。

队伍出山庄到了山神庙，志恒和秋虎几个手下正在林子边徘徊，见山庄里的队伍出来，便一同穿过田地上了土道，正遇见秋虎带着一部分人从砖场方向赶来，都听出枪声是从北营里传出来的，便又一起摸黑靠近北营。

枪声确实是从北营里传出的，真是日军偷袭了炮头和搬垛。可这时枪声已经不像刚才那么激烈了，不知是这面人占了上风，还是日军已经控制了北营，问看守桥南的两个卫兵，他们也不知里面是什么情况，想一起过桥进入北营，又怕天黑中了日军埋伏。

就在这时，隐隐看见一伙人在桥上边打边往这边来，其中还有女人的叫喊声。子昂知道，北营内除了春秀和灵巧再没别的女人，想他们正往外撤，感到形势不妙。

大家等了一会儿，从桥上跑过来十几个人，哭喊的女人正是炮头和搬垛的媳妇，一个披着头发，一个衣服还没穿全。

子昂急忙问："就你们这些人，他们咋样了？"

灵巧哭道："他们都憋里头了。让俺们先撤，刚上桥，河边又过来一帮鬼子。"

穆岚忙安慰两个媳妇道："先别哭，知道有多少鬼子吗？"

春秀惊魂未定道："蒙头转向的，也看不清，好像哪都有鬼子。"

就这时，桥上又有一群人影奔来，当中有日本话的叫喊声。懿莹提醒道："鬼子追来了！"

穆岚命令道："不能让他们过来，打！"接着一通射击，桥上的人影除了倒下的，其余都逃了回去。

雪峰忧虑道："咱还没法进去了。"

灵巧接着哭道："他们都憋里了，你们得救他们！"

穆岚焦虑道："现在过不去了，桥那头已经让鬼子占了，咱现在过去就是送死。"春秀、灵巧都无奈地蹲在地上哭。

这时，万全也带人从西营过来，确定是子昂他们在南桥头才靠上前问："里面咋样了？"

子昂沮丧道："坏菜了，咱的人都让鬼子围里了！也看不太清，咱没法儿往里攻。"

万全一拍脑袋道："他奶奶的！"又命令手下道："往里冲，把北营夺回来！"

子昂拉住他说："桥上就有鬼子，里面鬼子在哪咱也看不清啊！"

万全跺脚道："这可真毁了。"

穆岚说："现在只能等天亮，要是冒蒙过去，兴许一个都活不了。"

子昂有些责备地问万全："你们咋才过来？"

万全说："别提了，昨天你走后，俺们又接着喝，老大要不张罗散，得喝到天亮去。回家好像刚睡着，你二嫂就把我薅起来了；我一听这头打枪就知道坏了，赶紧去西营叫的人。"

万全话音刚落，就听桥上有人喊："别开枪，我是自己人，他让我过去。"

万全大声问道："你们多少人？"

桥上答道："就我一个。"

秋虎说："准是给小鼻子放笼的。"

子昂说："盯着点后头，别有尾巴跟着。"大家便都举枪盯着桥面，见真就一个人影过来。过来的人是被日军抓了俘虏的，放过来就是送劝降书信的。万全问："咱那些人呢？"

送信的沮丧道："好像都挂了，就留我一个，这不，他们让我把信捎过来。"

春秀和灵巧又抱在一起哭，子昂、穆岚等也为一下失去六十多名抗日兄弟感到痛心。

在隐蔽处，借着火柴的光亮，子昂和穆岚、雪峰等人一起看了那封劝降信，见上面写道：

包万全、周子昂：

北营又被我们占领了，占领北营，就等于占领龙凤，希望你们不要再抵抗，立刻缴械投降。太阳很快就要升起来了，那是大日本帝国的太阳，如果太阳升起时你们还不缴械投降，我们就开炮炸平整个龙凤。我们还能从牡丹江、宁安调来飞机，让龙凤在一天内变成火海，即使伤及无辜，也绝非我们大日本皇军的错。你们要识时务，和大日本皇军对抗，绝对没有好结果。

东条敏夫

一看是东条敏夫在劝降，万全又骂道："奶奶的，后悔那天没宰了他。"又埋怨子昂道："就是你，非留什么活口，这回好，活口来了，咋办？"

穆岚说："这不是活不活口的事，你就杀了这个东条，还会有别的东条来。如果日本侵略者就他一个人，那咱不费力就把鬼子赶跑了。这时谁都不要埋怨，想想下步怎么办？"

万全说："投降也是死，去他奶奶的！想法儿再把北营夺回来。"

穆岚说："恐怕时间不赶趟了；现在攻，对面啥都看不清，过去等于送死，等天亮，咱要不投降，他们没准儿真开炮，也备不住真把飞机派来，到那时，这儿的百姓就遭殃了。"

秋虎不安道："我现在怕鬼子再去攻砖窑那头儿，他们要是合计好了，这会儿没准儿已经派兵过去了，我得赶紧回那头儿。"

万全赞成道："你赶紧回去，这头怕是不能守了，四路兵已经没了一路，可不能再有闪失。"秋虎便带人返回砖窑。

秋虎走后，万全又焦急地问："快想辙呀，下步咋办？"

子昂说："看来就得准备去镜泊湖了。"

万全也叹息道："没办法，就按开始定的来吧。"

子昂立刻吩咐道："现在就准备吧，先把人都带我山庄去，家里的钱和房契都带上，其他的都先别管了，一旦真去镜泊湖，咱先在黑瞎子沟站下脚，那里林子密，还有不少营房，他们就是追，一时半会儿也不敢往里追。"接着又问道："你西营还有多少子弹？"

万全说："十几箱吧。"接着骂道："他奶奶的，现在后悔也来不及了，开始以为北营有仓库，用差不多了再来取，这倒好，又都还给人家了。"又对身边心腹说："咱得撤出龙凤，谁都不能在这儿待了，日本人肯定得找咱麻烦，家在这儿的，连家里人也都带上。"又安排两个心腹分头去通知相关人家，让天亮前都到龙凤阁门前集合。两个心腹犹豫一下，但还是去通知了。接着，万全又吩咐另两个心腹道："你俩去找个马车，把咱西营所有的枪和子弹，还有大米，都拉到山庄去。"两个心腹应后也离开了。

子昂让穆岚、雪峰、景祥等人帮着守桥，自己去通知林海、文普、铁头等哥哥和村妮、津菊等，挨家翻院叫门。

其实各家都被北营的枪声惊醒了，正站在街上看热闹，听说日本人重新占领了北营，又都骂起九兄弟"没事找事""祸国殃民"。

林海、庚寿、文普、铁头等兄弟听说日军又占领了北营，并要炮轰龙凤居民区，只好准备弃家。

朴金万的媳妇忙让他下菜窖去拿子昂给的三千银圆，他却对媳妇说了句朝鲜语。子昂听不懂，一愣神问金万："你说啥？"

金万忙回道："没事，我知道了，你去告诉他们，俺们就过去。"

子昂没多想，转身又去了别处，见到铁头又想起马帮，就让他找几个人将马棚里的马都牵出来，将米家粮食店内能驮走的粮食都先驮进山庄。铁头便让媳妇收拾好东西带孩子们去龙凤阁，他转身去找人牵马。

告诉完哥哥们，子昂又去跳村妮家的杖子，敲津菊家的店门，却都不配合。村妮两口子因玉莲在山庄内，还是听了子昂的。可马九爷一家四辈人却坚持不肯离开家。马骏先反感道："你不说你们撤了日本人就不打炮了吗？那你们想走走你们的，你们走了，俺们就啥事儿都没了。"接着又嘟囔道："净没事儿找事儿，穷嘚瑟。"

子昂很恼火，但他没有工夫和他计较，又劝说津梅道："二姐，你是马家媳妇儿不假，可你也是天娇儿、香荷儿的二姐，你留下肯定不安全，真出点儿啥事儿我没法儿和天娇儿和三姐她们解释。"

骏先突然愤慨道："别不嫌碜碜了，天娇儿你也该叫姐！"

子昂大怒，抓过骏先便打，边打边骂道："狗日的，都要出人命了，你还有闲心搁这儿扯犊子！是不看我要不行了？瞎了你的狗眼！"越说越气，打得骏先只是招架。

津梅不高兴地推开子昂吼道："干啥你？要走你走，别搁这儿狗拿耗子！"

子昂顿时愣住，随即气哼哼地离开。

天要亮时，龙凤阁门前聚了近百人，男女老少、大包小裹，俨然一群逃荒者。其他人家也都闻声出来看热闹。

有人在说风凉话："没那弯弯肚子，就别吞那镰刀头子！咋样儿？这下他们瘪谷了吧？有章程接着闹啊！"

更有窃喜者道："他们这一走，怕是回不来了，咱这儿的房子、地能空出不少呢！"七嘴八舌，越说越向着日本人说话了。

子昂骑马来催促着，听到有人在贪图撤退人家的房子、田地，不禁恼火，看不清是谁也呵斥道："你们少打歪主意，俺们还得打回来！"顿时街上没了闲杂人的人影。

见没有再朝龙凤阁聚的人了，林海发现金万一家都不在，问子昂道："你六哥呢？忘告诉他了吗？"

子昂疑惑道："告诉了。是不家里值钱东西太多了，我去帮他拿。"说罢又骑马去了金万的家，却见门上挂着锁，忙又返回龙凤阁，问林海："六哥家里锁门了，已经出来了。"

林海焦急道："哪有他们？赶紧喊一喊。"

子昂和山鹰分头在人群里喊了一阵，都没有回声。庚寿说："不会直接去山庄了吧？"

铁头说："也备不住，他腿儿比谁都快。"

林海便说："先去山庄再说。"然后让大家出发。

长长一队人影，扶老携幼地朝着子昂的山庄走去。随即，守在北营南桥头的万全和穆岚等人也悄悄撤回山庄。

要进西山时，子昂又想起在砖窑把守的秋虎及其手下。虽然这里还没听到枪声，但只要日军过了桥，龙凤就会被他们控制，如不把秋虎他们也带进西山，那他们的境地将极其危险。

秋虎听子昂这一说，立刻让手下搬出所有子弹，又组织人员将已炸成半截的"四合院"内的大米也搬运到山神庙，并在林子边上用石头和木头垒起用来阻击的掩体，一直忙到天色大亮。

这时，山庄已经聚满了背着大包小裹的男女老少，约有三百号人。大家都担心日本人朝居民区开炮，可一直没听到炮声。九兄弟中，除了凤仙昨日帮着办完两桩喜事后就回了宁安，再就是朴金万和家人一直都没露面。

子昂焦急不安地问："六哥他们能上哪去？"

林海也忧虑道："那你问谁呢？"

子昂说："咱不能把他一家丢下不管。"

万全脸色阴沉道："谁丢下谁还不一定呢。"

子昂想起他去通知金万撤退时，金万对媳妇说的那句他听不懂的朝鲜话，这才意识到金万可能不愿跟他们走，便问万全道："六哥是不不愿跟咱走？"

万全说："天要下雨，娘要嫁人，咱管不了了。"

万全的手下也只是不足十个心腹跟来，好在西营的两挺机枪和各种子弹都运过来了。子昂见哥哥们的一些家人都不太高兴，心里很是愧疚，忙先腾出屋子让陆举人等老人和孩子们休息。多日娜的母亲、嫂子、侄子都安排到桃源居内。一时没能安排住屋的人中有埋怨万全放着安稳日子不过，偏偏去打北营，弄得大家都有家不能回。

万全心里正窝火，气得骂道："你们就是长着亡国奴的脑袋！不愿跟着俺们，俺们也不强迫你们，现在就可以回家过你们的好日子，你看日本人能不能让你们过上好日子。今儿我就和你们明说吧，就是不打北营，日本人也得让咱有家不能回！知道集团部落不？别处都已经部落了，咱龙凤也逃不过去！"

很多人还不知集团部落是什么，便问道："啥是集团部落？"

万全说："就像赶羊群似的，把咱们都赶到一个旮旯里，咱的房子都让日本人住，大田里的地也归日本人种。还记得米老爷子咋死的不？日本人来抢咱地，不给就打死你！还有田守旺那小兔崽子，为啥回龙凤给我当头儿，那是日本人怕我坏了他们集团部落。"

有人恍然道："日本人是不想让咱活命啊！"

万全说："咱都想活命，那日本人往哪移民？移民懂不？就是把日本国的老百姓都弄到咱国家来。来了没房没地的咋整？那就抢咱的！现在看，咱的房子地咋都守不住了，那咱就离开这儿，跟着子昂的老师去镜泊湖，那面有抗联队伍护着咱，大片的田地，咱们随便种，还能天天打鱼吃。但龙凤还是咱的家。现在全国在抗日，日本鬼子迟早得滚出中国去，到时咱愿回来就回来。"

穆岚对万全的解释很满意，对万全说："你讲得很好。"

万全客气道："都是听你讲的，现学现卖。"接着又对大家说："她就是子昂的老师，是抗联队伍里的长官，咱都跟她走，差不了事儿。"大家都将目光投向穆岚。

穆岚对大家说："听子昂说，来到这里的都是亲近人，等咱到了镜泊湖，先把大家安顿好。日子我们还要过，鬼子我们也要打，打鬼子就是为了我们的子孙后代过上好日子，龙凤永远是咱们的家，镜泊湖也是我们的家，等把鬼子打跑了，咱们的家园比现在还大，咱们的日子也一定比现在还好！"

这时，子昂又腾出一些住屋，无非是将原来几屋的人并到一个屋，男人和男人一屋，女人和女人一屋。新结婚的两对新人屋内虽然没有安排外人，但各自的对面屋都挤满了人。

景利原想和百合成亲第二天就带奶奶和母亲回牡丹江，但洞房夜里就听见山外响起激烈的枪声和爆炸声，天亮时便有大批人涌进山庄，想走已经不可能了。

芳娥还是与自己的男人可贵形影不离，而且她还怀了身孕。见到子昂，她又发起愣，突然一伸舌头，把他吓一跳。他忙让这对夫妻也单占一屋。他还想让香荷、津梅和几个孩子去天娇屋，可香荷见对屋孩子多，待了片刻就又回自己屋了，再让她去对面屋，怎么说也不肯，抬手就打拉她的人，也只好由着她。

芸香、文静、亚娃、多日娜和顺姬、芳子、金瑶等人的屋里都有自己的钱，便不想把屋子让出去，只能让她们带着丫头和孩子一起住，最后也就是丫头和一些雇工的屋子都腾出来。好在天气暖和了，夜里也不是很凉，灶房、库房、油坊、磨坊、豆腐坊等平时不住人的屋子也都安排住了人。凡从镇里过来的人，来前都没休息好，这时总算能躺下补一觉。

该补觉的补觉，早晨的饭还是要吃的。灶房内，厨娘们正忙着烙大饼，按平均每人一张饼也得二百多张，便其他的屋也都起了灶，能上手的都上手，烙饼、熬粥、煮鸡蛋，也算是很丰富的早餐。

子昂已经意识到，即使日军不追来，他们在山庄内也住不了很久，一旦粮食吃没了，再搞粮食就困难了，必须要赶在粮食够吃的时间内将这些人转移到镜泊湖安置新家。同时，对山庄内一些不方便带走的食品能吃就抓紧吃掉。

最让他难办的就是养猪场内还有二百多头猪。年前杀一批年猪，二月二又杀了一些，这时剩的只是年总量的一小部分，多数都是自家繁殖的未成猪。要在往年，这时还要买进一批猪崽入栏，但眼下已不允许了，而且还要把那些成猪都杀掉，晚间让大家痛痛快快地吃一顿就准备撤离，估摸这是山庄最后一顿丰盛的晚宴了。

早饭已全部备好，但没有那么多的碗筷，便将补觉的人分伙叫起，都去大灶房就餐。原山庄的人都在各自屋里吃，吃完赶紧将碗筷送出去刷洗，供其他人使用。

子昂、雪峰、景祥和林海、万全、铁头等九人都简单吃了几口，便带上枪械为镇守山神庙的秋虎等五十多人送早餐，庄内的骡子、马有三十多匹，这时也全都用上了。

还没赶到山神庙，就听见前面又响起激烈的枪声，猜到是日军前来追剿。但他们暂时还不用太担心，只要秋虎这时能开火，说明日军是从庄稼地过来，交战中也肯定是藏在暗处的秋虎他们占便宜，即使他们有炮也不至于被当成活靶子。

万全最清楚，日军要想进山庄，除非从南面或北面的山中翻过来，还得有向导领路才能办到。当年他们警察所曾配合东北军攻打现山庄位置的土匪窝，就是采取两路翻山将土匪包围的，便早早在山庄的南北两山林内设了岗哨，一旦发现日军就鸣枪报警。

显然，东条敏夫以为他们在北营歼灭了炮头、搬垛等多人，属于万全的人便只有西营的伪军了，而西营的伪军中也只有不到十人跟随万全进了山庄，根本无力和他们对抗，估摸想不到还有秋虎所部在林子边设了防。

当子昂他们赶到山神庙时，枪声已经停止了。子昂问秋虎："是鬼子吗？"

秋虎笑道："是帮蠢猪。"

万全一愣问："咋回事儿？"

秋虎说："来了二十多个，就几个鬼子跟着，剩下都是你手下的，还当俺们是扒子呢，大摇大摆地想进来，俺们也没客气，全给报销了，对不住了。"

万全说："都这前儿了，还啥对不住的？过去是我手下，往后就都当是鬼子了。我猜他们也是大意了，以为咱没多少人儿了。"

子昂说："要这么打下去，没准儿咱还能夺回北营呢。"

万全说："下步就难说了，东条那老狗肯定不会再这么来。他们要想进山庄就得翻山过来。你也知道，你那山庄当年是个土匪窝，东北军想干掉这伙土匪，开始也是从这打，结果死了不少人，想从别处进，根本不知咋进，是俺们带路从南北两头翻山过去的，天一亮就把老窝儿给围上了，再架炮一轰，跑都没处跑。"又对秋虎说："今儿早一进山庄我就担心这个，这面儿有你守着，鬼子轻易不敢在田里露面儿，除非苞米长高了他们敢，现在外面都光秃秃的，他们肯定和咱玩不起。那三面儿我都搁人设了岗，见人就开枪，他们上山下山也得一阵子，只要不把山庄围上，这么大的山，咱从哪都能钻出去。"

秋虎说："要这样，咱就这么守着也不错，这块儿就差多几套住人的房子。"

万全说："北营在鬼子手里，咱在这儿没法落脚儿，要想再把北营夺回来，还得等冬天大河冻上后才行。"

子昂也对秋虎说："盖房容易，问题是买卖不能做，地也不能种，花钱买都没法买，咱总不能不吃不喝光睡觉吧？要说离开我最舍不得，置办这个山庄，花钱多少不说，费我多大心思！可这儿实在没法儿待了；现在我才知道北营可攻可守，真就是谁占领北营，谁就占领了龙凤。鬼子打山庄也不好打，可咱不能这么被困着，千万不能像二十年前似的让人连窝儿端了，只能准备离开。刚才来前儿我让他们把那几头大猪都杀了，晚间咱再好好吃一顿，明天看差不多就往镜泊湖撤。"接着又说："酒我就没法儿备了，晚间站岗的都精神点儿。我现在怀疑炮头他们昨晚儿也都喝酒了，要不咋进去那么多鬼子都不知道。"

万全说："开始我也这么认为，后来听里面逃出来的说，鬼子好像从个地洞里钻出来的。"

子昂一惊道："山洞？你们在里头那么搜也没搜着？"

万全说："根本没法儿搜，说开始那块儿就是个砬子，昨晚刚从里头通开的。当时好几个都在那儿跟前儿，也不知咋的就倒了一堆石头，还没弄清咋回事儿，里头机枪就扫上了。啥都别说了，鬼子就是鬼子；我猜那个洞得穿一座山过来，绝对不是一天掏的。"

子昂叹息道："这也没啥奇怪的，鬼子在那儿待了七年了，啥洞挖不出来？开始咱就怀疑里头有猫腻儿，可一直咱也进不去。那天老师不也说吗，鬼子净往山里藏东西，可到底在哪藏，藏的啥玩意儿？咱都不知道。"

万全惋惜道："俺们那天上山搜，也没太敢往里钻，估计山那头儿肯定有洞口。"

子昂说："现在说啥都晚了，还是想想跟前儿的事吧。"又对秋虎说："你们也吃饭吧。"

秋虎说："再等会儿，我让他们瞄着对面儿呢，看没啥动静，过去把那些枪都捡回来，里头有挺歪把子，我是奔它使劲儿。"说着又朝林子外看，见田地里的日伪军还都一动不动地倒在那儿，就让几个手下过去，结果几个手下一到跟前就发现有个装死的伪军，正跪在地上求饶。

万全忙喊道："别打死他，把他带过来！"几个手下便拾了歪把子和一捆长枪，押着那个伪军过来。

那俘虏果然是西营的老人，头部受了伤，满脸是血，这时一见万全又跪下道："包队长，我不跟你走是不想玩儿枪了，可今早上日本人又发给俺们枪。真不想和你们打，我也是没办法。"

万全问："鬼子咋说的？"

俘虏说："他们就想抓住你们，问你们去哪了。都知道你们进这里了，就让俺们来打你们；不来不行，他们要拿机枪突突俺们。"

万全又问："鬼子知道俺们多少人吗？"

俘虏说："跟他们说，你们就十来个男的，剩下都是女的，跟着进山的，都是老的老小的小。鬼子不太相信俺们，让俺们先来，是想试探你们到底有多少人。"

万全对子昂说："还真让他试探着了。不过也好，这他们就不敢轻易进来，得想别的辙儿了。"

子昂担心金万和津菊一家，也问俘虏道："看没看见我六哥，药耙子。"

俘虏说："鬼子把你们哥几个的家都去搜过了，开始还以为你们都走了，没想到他家人都没走。鬼子给俺们发枪时，还给他发了枪。"

万全对子昂说："你看你看，我咋说的？真是蔫巴人儿古董心儿！怨就怨你四哥，送他几棵人参就拿他当好人了。那年接你七哥、八哥入门儿，你四哥磨磨唧唧的，非要拉他也进来。你瞅瞅，关键时候就秃噜扣儿。瞧着吧，没准儿他还能当上二鬼子呢。行啦，以后咱都别拿他当兄弟了，白瞎那三千大洋了，真他奶奶丢不起这脸。"又对俘虏说："滚吧，杀你一个啥都不当，回去告诉东条那老狗，三天内俺们夺回北营！你再问问药耙子，俺们兄弟哪块儿对不住他？告诉他，人各有志，让他好自为之吧。"俘虏磕头谢过逃去。

第 159 章

晚间，山庄大宴，除了白米饭，就是管够吃的四大炖菜——猪肉炖粉条、小鸡炖蘑菇、排骨炖土豆和用冬天剩的酸菜炖的杀猪菜。山庄仅剩的一些白酒和山葡萄酒就也只能为愿喝酒的均分一下。人多桌少，许多人都是以木板、锅盖当桌。各屋都有电灯，令许多头次用上电灯的人都忘了开始的不快，如同过年一般。

子昂这时就担心日军夜里真的翻山过来，尤其不知朴金万到底怎么想的，他要真的抛弃兄弟情义，一心为日本人效力，凭他常在山里采药，比猎人还熟悉山路，那山庄可就防不胜防了，也许会像当年的东北军一样，也把这里围得水泄不通，杀得一个不剩。他要再提醒万全他们严加把守山庄南、西、北三面山林，一旦有情况，立刻鸣枪报警。他也一再嘱咐秋虎夜里把哨卡范围再扩大，盯紧日军动静，发现日军再偷袭，同样以枪声为令，能打就打，打不动就往山庄撤。秋虎便将手下分成三伙，夜间按时辰轮流站岗。

山庄内，白天大家都补了觉，很晚也都没有困意，从吃过晚饭就守着电灯说话，都为即将丢弃山庄感到惋惜，又询问去了镜泊湖能不能也过上这样的日子。穆岚为打消大家的疑虑和不安，在各个屋里都讲了镜泊湖的好处，终于让大家欢欣鼓舞起来。

这时子昂又在想，暂时放弃山庄已成必然，但桃源居的炕下还藏有不少没有分散出去的金条和银圆。毕竟这里的房子是龙凤山区其他房子都无法媲美的，估摸只要他们前脚离开山庄，后脚日本人或龙凤的百姓就会进来，若不将所剩的金条、银圆都带走，不论谁进来都容易被发现。可要将这些金银也都带走，众目睽睽之下，他还是有许多顾虑。他决定趁夜深人静时再将这些金银分头隐藏，实在不行就在撤走前将所有房子炸掉，尽管他很舍不得。

吃过晚饭，大家都准备休息，所有的屋都安排了八九人。子昂让招弟带着两个妹妹去和玉莲她们挤一炕，他要和满秋一起过夜。

满秋紧张道："这好吗？"

他安慰道："你已经是我的人了，没人敢拦。今晚有别的事儿，不想让别人知道，到时你就知道了。"她仍紧张得不敢看他。

晚间，他亲自为她铺了被褥，又打来温水为她洗脚。

她难为情道："我一只手能洗。"

他抚摸着她的脚说："要说脚好看，得数香荷儿和天娇儿的，但要说让我最心疼的，就是你的脚。你这双脚，永远都走不出我的心了，一定要跟着我，好日子都在后头。"她感激地点着头。

深夜，他带满秋下到藏宝的地窖，这是婉娇之后又一个随他进入藏宝地窖的人，只是这时的财宝已是当年的一半了。但满秋见了依然惊喜万分，尤其对她是他现在媳妇中唯一一个进入藏宝处的人感到激动，不禁扑进他怀里又哭又笑。

子昂本想将炕下的金银都倒上来，可反复上来下去，天快亮时才倒上来不到十箱散装银圆。他还要赶在天亮之前将倒上来的银圆分散隐藏，这时已经感到时间不够用了，便封好炕柜内的挡板，将杂物又塞满炕柜。

他已让满秋将五千银圆用红纸每卷一百地打了卷，准备撤离时她和三个孩子带在身上，其余的他都要分散隐藏起来。

他想到的第一个藏点就是桃源居院内的果窖。每年秋季，集市上的苹果、沙果等秋果都便宜，为了冬天也能吃到保鲜果，他在自己院内挖了果窖。盖窖前，里面除了放些柳条筐以外，还有两口大缸。这时筐内和缸内都空着，他便将两口缸内装满了银圆，然后用筐遮挡上。

他选定的第二个藏点是浴房院内和小溪旁的水井。两个水井都有十多米深，将银圆投到水下，只要藏时不被人发现，基本没人能够想到。

他先将大约三万块银圆倒进浴房院内的水井，又将约两万多块银圆倒入小溪旁的水井内。他本想再搬运两趟，可不小心惊动了对过院内的狗，接着其他院内的狗也跟着叫起来，便回屋里等了一阵。等狗都不叫了，他又扛起半面袋子银圆，拎着一把锹出了屋，悄悄打开山庄大门，却再次被狗察觉，他并不理会，扛起钱袋拎着锹，摸黑进了山庄外的山林。他已经很熟悉这片山林了，便朝着理想的藏钱处奔去。

狗第一次叫时就把华老爹惊醒了，拎着枪出屋，转了一圈并没发现异常，便回屋接着睡。刚要睡着，隐隐又听到外面狗叫，再出来发现山庄大门的锁被打开，知道是子昂出山庄了。

要不是白天子昂朝他要了大门钥匙，这时他会怀疑子昂是不是又在梦游。他不知子昂天亮前回不回来，便不敢锁门，回屋取了烟袋出来，蹲在道上抽起烟。

两袋烟工夫，子昂回来了，手里拎只空袋子，并没看见华老爹蹲在道上，忽听华老爹问道："大半夜的去哪儿了？"

子昂一惊道："你吓我一跳！"又问："蹲这儿干啥？一直在这儿蹲着呢？"

华老爹说："听见狗叫出来的。头起儿叫就出来了，也没看见谁在外头，回屋刚躺下，狗又叫二起儿，出来看大门开了，一猜就是你出去了。也不知你亮天前回来不，门也没敢锁，就搁这儿守着，要不进来个外人，狗都听不见。"

子昂松口气道："你睡吧，我睡不着，就怕秋虎那头有动静。"

华老爹在鞋底上磕了磕烟袋说："那我再眯会儿。"说着回他住的屋了。往常是他只和喜子住一屋，这时他的屋也安排了其他人，左右他得守夜，他就在灶房搭了个简单的地铺。

子昂又往返了几趟林子，直忙到天亮。最后一趟回来，正与一个去灶房做早饭的厨娘打一照面。厨娘以为他是从山神庙回来，不安地问他道："俺们还能回家吗？"

他叹息道："不好说，再等等看。"然后回到桃源居的院内，开始拆填果窖。好在土里的冻层都已融化，很快将埋在窖顶上的木头全取出，用石土填了窖，原来的土丘状又变回和地面一般平。但他仍不放心，便又将周围的平地也翻起，开了垄，俨然一片要播种的菜园子。

这时他感觉又困又乏，想回屋搂着满秋睡一觉。可刚要回屋，就听山神庙方向传来枪炮声，急忙冲出院子。

不多时，穆岚、雪峰、景祥等抗联人员和林海、万全等兄弟也都持枪从各自的屋里出来，都猜到鬼子开始攻打山神庙，也担心秋虎他们若顶不住，山庄就得变成前沿，便让大家做好撤进山里的准备。

穆岚感到形势严峻，开始集合抗联队伍，包括雪峰、景祥两名男性在内的原十名抗联战士，加上二十一个女子和华老爹、志恒、金瑶、大宝、喜子、玉莲、樱桃等人，一共有近四十人。

之前穆岚就说过，如果把这些会打枪的女子都集中起来，真就可以组成一个妇女连，组成妇女团也有希望，虽然是说句笑话，但她显然有此愿望。

万全也把自己的手下和炮头、搬垛的手下都组织起来，加上林海、庚寿、铁头、山鹰四人，也有二十多人。

子昂不知秋虎那头是什么情况，担心他们一旦顶不住，日军会直接攻进山庄，便和穆岚、万全等人商量，让铁头和山鹰率领山庄的非战斗人员先向黑瞎子沟撤，到那儿以后先都安顿下来，等人齐后再分批向镜泊湖转移。同时，山庄里所有吃的、穿的、用的及铺的、盖的，凡能捎带手的都带走。

山庄内还有不少豆油，考虑去黑瞎子沟后不能很快都转移到镜泊湖，便安排原来从北营逃出的十余人将油坛子运往南山林子内埋起来，再用油囊带进黑瞎子沟一些。

穆岚开始组织人员撤离，对铁头吩咐道："你领大伙儿往黑瞎子沟撤，岁数大的、孩子小的都先走，先让他们进林子，离山庄远一点，这样鬼子一旦进来，俺们可以在后面做掩护。"铁头答应，招呼山鹰在前面引路，大家便开始大包小裹地往南山撤。

子昂让多日娜、顺姬组织他的媳妇孩子们撤退，特意嘱咐让都穿上冬装，既预防林子里夜间凉，又可方便身上藏钱，还让各屋丫头帮着携带值钱的东西，其他东西都不要管。

多日娜焦虑地问道："那猪和鸡鸭鹅狗猫都不要了？"

他惋惜道："顾不了太多了，让各屋把狗都叫上，大小整整八十条，一条也别少，其他的过后再说。把猪圈门儿都打开，先让它们自个儿找食儿吃吧。"

景利照看着奶奶、母亲、嫂子和孩子，百合去帮芸香收拾东西，又负责照顾珍儿，随后两伙并到一处。芸香不仅自己身上系上塞满金银的腰带，丽娜、宽儿、梦儿的身上也都系上了塞着银圆的腰带。

花喜鹊知道芸香照顾的孩子多，便让麦冬来帮芸香。但芸香还在气头上，眼一横道："不用你管，咱俩没关系。"麦冬无奈，便又去找梦穗。

津梅、天娇、香荷及五个孩子聚到一起，村妮两口子、春山表哥一家和春草都过来帮忙，见天娇屋里值钱的东西真不少，仅银圆就有上万块，还有金条和各种首饰，这时也顾不得保密，除了身上系的，其余分别卷在棉被里。

香荷听见远处有炮声，又以为是过年，跑出来见到出出进进的人又愣住了，但还是被远处的炮声吸引，忽然兴奋道："过年啦！"随即又跑回自己屋，见春山的表嫂在她屋里，怀里抱的都是她的服装，上前去抢道："俺家的！"

表嫂说："鬼子来了，咱上别处去。"又问道："你还有啥值钱的？"

香荷又嚷道："过年啦！"忽然上炕，从里面拽过一只上面盖着绣帘的笸箩道："这儿呢！快行礼，娘娘给钱！"

津梅带着她的四个孩子过来帮着照顾庆儿、悦儿并帮着拿值钱的东西，见笸箩里还有一些香荷平时玩的银圆，不耐烦地夺下笸箩道："还搁这娘娘呢，赶紧走！"

香荷不高兴地打津梅道："不给你！"说着去抢过笸箩。

津梅忙哄道："鬼子来抢钱啦，咱不给他，快走，藏起来。"

香荷这才发蒙地跟着出了屋，见人乱哄哄地朝山里奔，转身又回屋了。

子昂见香荷出院又缩回去，忙跟进去说："你听，放炮了。"

香荷又欣喜道："过年啦！"

他哄她道："咱去过年去，你看他们都去了。"

她这才又出院子。子昂见津梅背着阳儿，怀里抱着棉被，丹青、丹红、洪生、豆儿也都抱着棉被，就嗔怪津梅道："天娇儿屋里不少值钱东西，你们都抱着被乎干啥？"

天娇用胳膊肘顶他一下道："你别管了，我心有数儿。"

他明白了，对津梅说："咱这头儿钱不是最重要的，你把香荷儿看好了，我就担心她。"又对香荷说："快去，过年去，跟着三姐，别丢了。"

村妮和拄着拐杖的松林也赶过来，上身都裹着棉衣。村妮对子昂说："香荷儿我帮照看着，你去忙你的。"说完拉起香荷道："走，咱过年去。"

香荷走出几步，忽然回头愣愣地看子昂。子昂好久没被香荷这么看了，心里一震道："你先去，我马上就来。"

香荷又见大家怀里都抱着东西，跟着走了几步又转身跑回院子，直奔后院的羊圈。

羊圈里已经有好几只羊了，其中有两只两个多月大的小羊。香荷打开羊圈门，进去用两只胳膊夹起那两只小羊。母羊见自己的孩子被香荷夹走，就也跟了出来，其余的羊和那条一直跟着香荷的老黄狗也都跟在后面。子昂见此情景不禁感慨，便没去阻拦香荷。

多日娜和顺姬带着文静、芳子、满秋和十几个孩子往外撤，亚娃、若玉、石头、杏花、春柳分别背着、领着、抱着两个行动不便的老人和几个孩子紧随在后。子昂在山庄门外遇见他们，特意嘱咐多日娜、顺姬将这些人照顾好。芳子背上背着孩子，胸前还挎着一个红布兜，里面只有那尊米秋成当年在天津从日本兵手里夺回的金菩萨。子昂好奇地问道："这是啥？"

芳子轻轻拍下红布兜道："菩萨，我带着。"

子昂却叹息道："快跟上他们，都别落下，我还忙别的。"说完朝山庄里跑去。

远处炮声隆隆，山庄内乱作一团，女人叫，孩子哭，如同一群惊慌失措的难民。有的顾不上拿东西就跟着往外跑。

正这时，秋虎一个手下跑来送信，见到子昂喘息道："俺老大让我先过来，让你们赶紧撤，鬼子用炮轰了，这仗咱打不了。"

子昂急切地问："他们咋样了？"

报信的说："有俩挂彩的，没大事儿。那头一开炮，俺们就都撤到山神庙了。看样子鬼子得打一阵炮才能进来。俺老大说，鬼子进山就用不上炮了，等他们靠近山神庙，再打他们一次伏击，打一会儿就撤过来。俺老大还说，让这头也准备打下伏击，接一下他们，要不鬼子跟腚追怕缓不过手，这样还能挡挡他们。"

子昂忙将秋虎的情况告诉穆岚。穆岚便让子昂确定了伏击点，就在距山庄百余米外刻着"龙封关山庄"的大石头后面，那里是已经开满达子香的高坡，可以居高临下地看到来山庄的人。随后，山庄内所有拿枪的五十多人都隐蔽到山坡石头后和达子香树后。

玉莲已经学会了打枪，这时和志芳也端着枪隐蔽在开满达子香的石头后，这将是她第二次参加打击日军的战斗，比上次在山神庙前阻击日军时从容了许多。

子昂在刻着"龙封关山庄"的大石前等着秋虎他们撤过来。听到远处的炮声又变成激烈的枪声，猜想日军又对山神庙发起进攻，已经遭到秋虎他们的伏击。

枪声响了一阵后又静下来，子昂冲着山坡上喊道："都盯紧了，他们开始撤了！"大家都紧张起来，将枪口都对准下面不同方向。

又等了好一阵，山坡上的人才看见秋虎率队朝山庄这面撤退。

子昂迎过去对秋虎说："咱们进山庄，把子弹和粮食都扛进山里，还有各屋的被褥，要是够手儿都带走，沟里肯定用得着。你再给我派俩人，帮我把那些画儿都摘下来，差点儿把他们给忘了。"

秋虎嗔怪道："都这节骨眼儿了，还顾那些玩意儿干啥？"

子昂一皱眉道："那都咱亲人，你姐也在里头，必须都带走。"

秋虎不再争执，让两个手下跟着子昂，自己带人去扛子弹箱和大米袋子。

进了怡梦轩，子昂先从门后摘下穆岚当年送给他的画夹，又吩咐那两人把墙上的画都摘下来，再都去掉四框，一共拆下油画五十多幅，分别捆成三大卷。

这时，外面又响起激烈的枪声。日军果真追上来，加上伪军近百人。日伪军显然没想到他们追的人会攀到几米高的山上伏击他们，顿时打得晕头转向，又丢下十几具尸体向后撤。

玉莲还是有些紧张，打出几发子弹却不知打没打中鬼子，又见日伪军丢下一些尸体仓皇而逃，顿时得意起来，兴奋地喊道："胜利啦！咱们胜利啦！"

大家急忙下山，有人要乘胜追击，被穆岚拦住道："我怕敌人没都跟过来，别咱追过去他们正用钢炮瞄着咱，咱不能有无谓的伤亡。我猜敌人不会放过这儿，趁这工夫，咱赶紧往山里撤。"大家便一面防护，一面撤退。

子昂用根绳子将三卷油画和画夹困在一起，然后背在后背上，出屋见秋虎正带领手下从库房里往外抬整麻袋的大豆，山庄门口已经垒起一条五米多长、半人多高的掩体，中间还留出几个射击口，问道："你还想打？"

秋虎坚定道："打，不打对不住我那些贴金的弟兄。我看前面是个拐把子，两边儿都敞着，这也是咱的口儿；他们敢露头就搂他，要能把他们都撂这儿最好。"

子昂说："我还寻思插这工夫把房子都炸了；咱住不了，也不让他们住，将来有机会盖新的。"

秋虎惋惜道："炸了白瞎了，他们要能住就借他们，住也住不坏，没准儿哪天咱还能打回来，也省得花钱盖了，这得老鼻子钱了！"

子昂炸房子主要是想炸桃源居，但只炸桃源居倒显得此地无银三百两，这时听秋虎这么说，心里焦急又不好明着坚持，转念又想，也没准这场伏击后真会形势好转，便迎合道："那就接着打。"又将油画交给一个手下道："把这个送山里，打完这场我去找你。"然后也跟着去抬大豆垒掩体。

就这时，负责警戒的喊道："他们追上来了！"

子昂和秋虎都忙伏到掩体后，见对面拐弯处有几个伪军和一个日军刚探出身子朝山庄这边张望。

秋虎抬手一枪，击中一个伪军，机枪手也在掩体射口处朝前扫射，又倒下两个伪军，其余都慌忙缩回去。

又静了一会儿，忽听对面马骏先喊道："子昂，是你吗？你别打了，他们把俺们抓来了，咱爷要和你说几句！"

听到马九爷也被抓来，子昂心里一震，忙吩咐大家停止射击，又冲对面喊道："九爷，让您老受苦了！实在对不住！您要说什么？我听着！"

他的话音刚落，就见马九爷在拐弯处露了面，一边搂着一个重孙子，又见他将津菊也叫出来，接着几个日伪军也露出来，都在后面端着枪。马九爷蹒跚地向前走了几步，立刻被身后的日军喊住。马九爷停住后冲这面喊道："孙女婿，你是好样儿的！你喂我那几口儿，九爷谢谢啦！今儿个九爷要和你练练！"

子昂一时没听明白，接着又听九爷喊道："小鼻子，零毛碎琴，你把喷子亮出来，俺们低头你抬头！"

九爷喊的是黑话，是说日伪军来的不多，让这面准备开枪，他们趴下躲子弹，显然是想摆脱日伪军的控制。子昂和秋虎等人都听明白了。子昂忙吩咐左右道："压上路，下路留给娘家的！"随即又冲对面喊道："九爷，我听您的，俺们抬头等着呢！"

这头话音刚落，就见九爷猛地将两个重孙子按倒在地喊道："津菊趴下！"津菊先是一怔，见九爷和两个儿子都趴下忙也跟着趴下。

就在后面的日伪军一愣神时，子昂一跃起来开枪，秋虎等人也高挑枪头射击，一个日军和两个伪军都上身中弹倒下，其余的又都缩回山弯内。

这面不停地高位射击，子昂边打边又喊道："九爷，二姐，带着孩子爬过来！先别站起来！"

津菊忙带着两个儿子朝这面爬，而九爷明显两腿使不上劲，爬了一段就趴在那里。子昂又焦急地喊道："九爷别停下，俺们护着您呢！"津菊这时带着两个儿子已经拼命爬到掩体跟前了，九爷还是趴在那里不动。

津菊将两个儿子送过掩体才发现九爷还趴在那里，喊着"爷"便要返回去。子昂忙丢枪伸手过去，一把扯住她的后衣襟道："别起来！"津菊便仰面倒在掩体上，随即又被子昂双手搂住前胸，正按到她的双乳上，不敢多想，用力将她拖过掩体。他已看到她一截白皙的肚皮露出来，只差裤子没被褪下来，忙松手将她放到地上，又抓起匣子枪射击。

津菊已不顾这些了，爬起来哭着喊"爷"，两个儿子也哭喊着"太爷"。子昂忙吩咐人将母子三人拉到后面，拆掉杖子进南山，随后又对九爷喊道："九爷，快往这头爬！俺们掩护你！"

　　九爷吃力地爬了两下又停下，似乎在说什么，但枪声大作，听不清他说了什么。子昂也要冲过去，却被秋虎按住道："枪乱了，不能过去！"

　　就在这时，对面从暗处朝这面打炮。许是距离近又看不准目标，炮弹都越过掩体落在身后的房顶、院内和院子外的地面上，四处逃散的猪也有被炸死的。接着，又有几发炮弹打过来，落在掩体的前面和一端，将麻袋里的大豆炸得四处飞溅，溅到阻击人员的脸上如针刺一般痛。还有一枚炮弹就落在马九爷的头前，马九爷还是一动不动地趴在那儿。

　　秋虎命令大家赶紧也往山里撤。子昂痛心地又看了一眼马九爷，只好跟随大家撤到养猪场南侧，通过拆开的杖子进了南山。

　　桃源居好像依然完好，可日军却停止了轰炸。子昂决定趁日军还没进入山庄时亲自去炸毁桃源居，忙将秋虎几个手下带的手雷集中一下，然后不顾秋虎反对，又返回山庄内。

　　就在他要靠近桃源居时，发现一队日伪军正谨慎地从掩体后走出，准备进入山庄。他还远远看见骏先正跪在马九爷的身旁，显然马九爷已经身亡。

　　日伪军发现子昂幽灵般一闪，立刻都朝这边射击。他忙躲进桃源居的院内，拔掉一枚手雷的保险，又用力磕了下内部击针，然后奋力投向掩体方向，轰的一声，接着又投出一枚。

　　他在自卫军里没用过日本手雷，攻打北营时他还不知怎么用，是万全教他怎么用的。眼下他想用手雷炸毁桃源居，倒觉得这种手雷很不适合定点爆破。

　　就在他不知所措时，日军又开始打炮，炮弹正落在桃源居的房顶上，大面积房瓦被掀开。他意识到日军是瞄着他打的，急忙离开桃源居。就在他迈出院门的一瞬间，又一枚炮弹就在他刚刚站过的位置上爆炸。他不禁一阵后怕，但也窃喜炮弹又接连落在桃源居的房顶和院内。

　　他又躲进对面怡梦轩的院内，这里能看见桃源居被炸的程度。但日军的炮弹不久又停了下来，而桃源居好像还在那里屹立着。

　　他不甘心，趁日伪军在掩体后面朝这面观望时，他又幽灵般地闪到已被炸去房顶的桃源居前，继续朝掩体方向投掷了两枚手雷，然后又迅速躲闪开。

　　日军果然又朝桃源居打炮，这次比上一次炸得更猛烈，整个桃源居都笼罩在炮火中。当炮声再次停止时，子昂透过硝烟见到桃源居已经被夷为平地，这才暗舒口气。

　　秋虎只以为子昂执意去炸掉山庄的房子是和日本人置气，他还是希望山庄的房子能多留就多留些，怎么说这也是他姐姐的家产。但毕竟子昂才是山庄真正的主人，所以他又不好过于阻拦，心想几枚手雷也炸不了几套房子，便没有配合子昂。可随后他听出是日军朝着山庄打炮，立刻感到子昂有危险，尤其不愿让姐姐就这么成了寡妇，忙组织手下去营救。但他并不知子昂的具体位置，只知道日伪军都躲在山庄门口的掩体后，落炮弹的地方他们又无法靠近。

　　正当不知如何是好时，穆岚、雪峰、景祥、懿莹、金凤等抗联人员和万全、林海等兄弟也正向山庄靠近，与他们聚到一起。

　　穆岚、万全两队都已经撤进南山，见子昂和秋虎都没跟上来，山庄内又突然响起激烈的炮声，以为他们被敌人缠住，忙组织人员回山庄增援。刚摸到山庄养猪场，就见秋虎及手下正为找不到子昂焦急，并不多问，一同摸回山庄，见敌人的炮弹都落在桃源居处，猜想子昂就在那里，便在暗处朝山庄大门方向打枪，以转移敌人的火力，好让子昂脱身，虽然都意识到子昂凶多吉少。

　　日军果然改变了轰炸地点，穆岚忙让大家撤回南山，也更焦虑子昂的安危，见懿莹正在哽咽，也忍不住流下眼泪，但他们不知子昂在哪，必须得撤回南山。

就在他们忐忑不安地撤到养猪场时，子昂也撤到这里。大家都长出口气，也埋怨子昂太莽撞，秋虎几乎和他发了火。

子昂见大家都为自己担心，尤其见穆岚、懿莹等人在为他流泪，心中感激道："对不起大家，我想炸这些房子，是怕日本人把这儿当成龙凤的集团部落，都炸了日本人也就不惦记这儿了，他们不至于让百姓都住露天儿吧？"又招呼大家赶紧撤进山里。

一同撤进南山后，回头再看龙封关山庄，已经是一片火海了，估摸是日本人为防止巷战造成伤亡，所以才将山庄夷为平地。

开始撤进南山的已经走出很远了，先头部分已随铁头、山鹰接近黑瞎子沟，紧随其后的是秋虎部分手下和原炮头、搬垛手下从北营逃出来的，身上都扛着粮食和子弹。从北营救出的二十一个女子也都扛着被褥。

子昂的媳妇、孩子和相关人等五十多口，在金瑶、多日娜、顺姬一同组织下，也单独聚成一支队伍，互相帮扶地跟着大队走。平时子昂的媳妇之间还都相互排斥，这时落荒而去，彼此倒多了往日少见的帮扶，尤其孩子们已经不分是谁生的了，凡管子昂叫爹的就都当是自家的孩子，能抱的抱，能背的背。

子昂还是不放心他的媳妇、孩子们，尤其担心香荷。追上媳妇们后，见大家都互相帮扶着，欣慰中不禁有股酸楚，觉得很愧对家人，也希望到了镜泊湖就能有处仍属于他们的家园。

津菊母子三人也已赶到这儿，正心事重重地等子昂过来，这时一见子昂就急切地问："咱爷咋样了？"

他不想这时告诉她马九爷已经死了，若无其事道："我看他和二姐夫在一块儿，现在咋样不知道。"又安抚道："咱先去个密营，下步去镜泊湖安新家，以后还会好起来。"

她愧疚地哭道："子昂，真对不住你。今天能这样，咋说也是为了给咱爹报仇，昨晚不该和你那样儿，就该跟你出来。"

他舒口气道："好歹没把你娘仨丢下，就是他们没跟来我挺担心。"

她又气愤道："日本人不知咱是亲戚，好像就你那个六哥说的，让俺们过来劝你们投降。你二姐夫也完犊子，把事儿都推我身上了，说你能听我的，把咱爷气够呛，要搁拐棍儿抽他，日本人就把俺们都撵出来了。咱爷从打开春儿就腿脚儿不利索，是他们搁椅子抬来的。也不知他们现在咋样儿了。"

他又安慰道："咱爷最疼他两个重孙子，等把新家安顿好再说。"又吩咐道："你现在去帮天娇和我三姐，把香荷儿和孩子都照看好。"她点头应后带着两个儿子去追津梅、天娇她们。

豆儿、宽儿、梦儿、盾儿等似懂非懂的孩子们都被这落荒而逃的阵势吓蒙了，都不想自己跟着走，缠着大人背着、抱着。梦儿只是哭着找爹，芸香背她也不肯。子昂听见梦儿哭，急忙过去道："爹在这儿呢。"说着背起她，又等到在后面守护的穆岚、万全、秋虎等参战人员跟上来问道："还有没有落下的？"

穆岚说："后头没有咱的人了，鬼子也没跟过来。"

他欣慰道："咱的人别落下就行。鬼子好像不太多，前面就是咱的密营，他们就是追进来也占不着便宜；进了这里，他们的钢炮就成瞎子了，咱能布好多暗哨，他们敢进来就甭想活着出去。"

穆岚心安道:"那就好,到了密林先休整一下,这样乱哄哄地走不行;咱得好好安排一下,分批走,先把家眷护送出去。到了密营,我先带几个人去趟根据地,让他们在道上接应咱们。等分批走的时候,除了护送人员,其他人都先守着密营,但得保证你那些人必须得服从命令。"

子昂自信道:"您只管吩咐,我听您的。我这头儿有我内弟和哥哥们镇着,别人想起刺儿也起不了。"

穆岚欣慰地点点头。

周子昂跟随着他一直敬仰的老师进了大深山。可他又实在不甘心就这么丢下他苦心经营的世外桃源。伴着渐渐远去的炮声,他忍不住再次回头望去,茂密的森林中,他已经什么都看不见了。

突然他长吸一口气,朝着龙封关山庄的方向大声喊道:"龙——封——关——,你是我的——!我还回来——!"

喊声穿透了浩瀚的大森林,惊动了山中的野兽,也惊动了阴暗的天空,随即又传向遥远的地方。(全本终)